Herrin der Lüge

Der Roman über den Kreuzzug der Jungfrauen

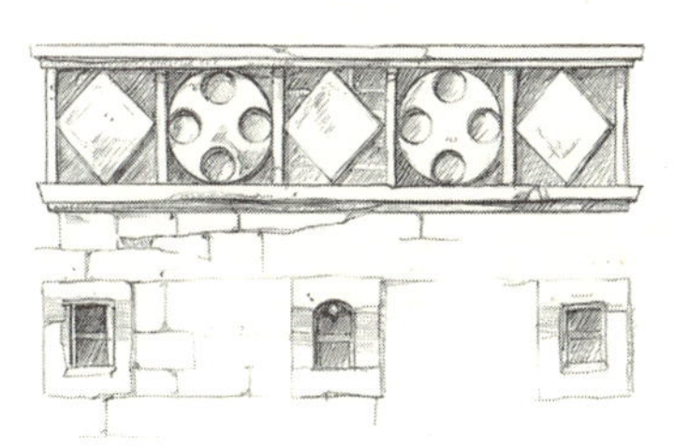

BASTEI LÜBBE TASCHENBUCH
Band 15891

1. Auflage: August 2008

Vollständige Taschenbuchausgabe
der im Gustav Lübbe Verlag erschienenen Hardcoverausgabe

Bastei Lübbe Taschenbücher und Gustav Lübbe Verlag
in der Verlagsgruppe Lübbe

Deutsche Taschenbuch-Erstausgabe 2008 in der
Verlagsgruppe Lübbe GmbH & Co. KG, Bergisch Gladbach
In Zusammenarbeit mit der Michael Meller Literary Agency, München
Titelillustration: akg-images/Electa/2005 Pepin van Roojen
Illustrationen: Dieter Jüdt
Umschlaggestaltung: Gisela Kullowatz
Satz: Bosbach Kommunikation & Design GmbH, Köln
Druck und Verarbeitung: GGP Media GmbH, Pößneck

Printed in Germany
ISBN: 978-3-404-15891-1

Sie finden uns im Internet unter

www.luebbe.de
www.lesejury.de

Der Preis dieses Bandes versteht sich einschließlich
der gesetzlichen Mehrwertsteuer.

Inhalt

Viertes Buch
Staub zu Staub

»Es gab weibliche Ritter unter den Franken, mit
Rüstungen und Helmen, gekleidet wie Männer, die ins
dichte Schlachtgetümmel ritten und männliche
Härte zeigten trotz der Schwäche ihres Geschlechts.
Sie trugen Panzerhemden und wurden erst erkannt, als
sie der Waffen entkleidet und entblößt wurden.«

Imad ad-Din, Saladins Sekretär, 12. Jahrhundert

»Frauen zogen in den fränkischen Reihen mit, saßen
keck mit gespreizten Beinen nach Männerart im Sattel,
trugen Männergewand und sahen mit ihren Lanzen
und Rüstungen wie Männer aus, blickten auch ganz kriege-
risch und taten noch männlicher als die Amazonen.«

Niketas Choniates, byzantinischer Chronist, 12. Jahrhundert

Prolog in Flammen

Anno Domini 1204
Sechs Jahre vor dem Kreuzzug der Jungfrauen

Die Nacht war aus Asche, als der Maskierte einen Weg durch das brennende Konstantinopel suchte. Die beiden Kinder an seinen Händen waren verstummt und blickten mit aufgerissenen Augen in die Zerstörung ringsum; sie weinten lautlos und mit starren Gesichtern.

Es roch nach Ruß und geöffneten Leibern, nach vergossenem Wein und dem Angstschweiß der Geschändeten. Wo der Maskierte die Pulks aus betrunkenen Eroberern umgehen konnte, tat er es so früh wie möglich. Meist hörte er die Schreie der Opfer, bevor er jemanden sah. Dann zog er seine beiden Söhne in die ausgebrannten Ruinen der Häuser, schlich durch Gassen, in denen sich der Schutt geborstener Fassaden türmte, suchte den Schutz der lichtlosen Keller.

Ihre Verfolger blieben unsichtbar. Doch der Maskierte spürte ihre Nähe.

Der kleinere der beiden Jungen stolperte – nicht zum ersten Mal. Der Mann fluchte leise, zerrte ihn zurück auf die Füße und wünschte insgeheim, er könnte sanfter sein, liebevoller, wie es sich für einen Vater gehörte.

Es war der dritte Tag der Plünderung, und noch immer wehten Feuer in lodernden Flammenstürmen über Dächer und Kuppeln Konstantinopels hinweg, schlängelten sich in zerfransten Glutspiralen an Türmen empor und fauchten hungrig durch die Gassen und einstigen Prachtstraßen. Dort, wo es für die Flammen am wenigsten zu holen gab, wüteten sie mit der größten Beharrlichkeit: in den Elendsquartieren am Stadtrand und am Ufer des Lycus, in den schäbigen Vergnügungsvierteln hinter dem Prospherionhafen und den Anlegestellen an der Südküste.

Nur in den Palästen waren alle Brände rasch gelöscht worden. Hier hatten die Eroberer eigenhändig jede Glut erstickt, damit ja kein Stück dem Feuerorkan zum Opfer fiel: Die Diener der Kirche Roms achteten sorgsam auf ihre Beute.

Der Maskierte war auf der Seite der Sieger gewesen, als der finale Angriff auf die Stadt begann. Vor über einer Woche, am sechsten April, war draußen am Goldenen Horn zur letzten Schlacht geblasen worden. Die Schiffe der Verteidiger hatten verzweifelt versucht, die Kreuzfahrer auf ihren venezianischen Galeeren von den Stadtmauern fern zu halten. Aber es hatte nicht lange gedauert, ehe die ersten Ritter aus dem Westen an Land gegangen waren. Das Viertel von Blachernae war zuerst gefallen, seine Stadtmauer geborsten, die Männer auf den Zinnen niedergemacht. Während der byzantinische Kaiser seinem Volk den Rücken kehrte und feige durchs Goldene Tor nach Thrazien floh, fielen seine Krieger unter dem Ansturm der Feinde, zusammengetrieben und massakriert wie Vieh. Die ältesten unter den Eroberern waren längst übereingekommen, dass es nie zuvor eine Plünderung wie diese gegeben hatte. Nirgends sonst waren die Kirchen vergoldet bis unters Dachgebälk, nirgends die Paläste bis zum Bersten gefüllt mit Reichtum. Konstantinopel war ihnen allen wie das Himmelreich erschienen. Doch die Hauptstadt von Byzanz, das Herz des östlichen Christentums, war gefallen. Das Paradies stand in Flammen. Und seine Einwohner waren tot, vertrieben, den Gelüsten ihrer Peiniger ausgeliefert.

Der Maskierte zerrte die Kinder vorwärts. Der Junge weinte jetzt noch heftiger, verschluckte sich fast an seinem Schluchzen.

»Er kann nicht mehr laufen«, sagte sein ältester Sohn, die ersten Worte seit einer Ewigkeit. »Du musst ihn tragen.«

Der Maskierte nickte stumm. Er, der so viele Kämpfe geschlagen hatte, fühlte sich hilflos wie nie zuvor. Selbst auf das Naheliegende war er nicht gekommen. Er packte den Kleinen unter den Achseln und hob ihn auf seine Arme. »Halt dich gut fest. Hörst du?«

Der Kleine schluchzte etwas.

»Hast du verstanden? Gut festhalten!«

So hetzten sie weiter, der Junge schwer und immer schwerer, den Kopf an die Schulter seines Vaters gepresst. Sein älterer Bruder, mit sechs Jahren selbst noch ein kleines Kind, stolperte neben ihnen her, mit kurzen Schritten, außer Atem, aber tapfer wie ein Erwachsener. Der Maskierte war maßlos stolz auf ihn. Er liebte beide Kinder, aber der Erstgeborene war ihm immer näher gewesen. Warum hätte er daraus ein Geheimnis machen sollen? Er hatte auch unter seinen Hunden Favoriten, die schnellen, die scharfen, all jene, die sich aufs Kämpfen verstanden.

Nicht mehr weit bis zur Aelios-Zisterne. Er konnte ihren schwarz gezahnten Dachstuhl sehen, Teile der zerfallenen Außenmauer über den unterirdischen Wassergewölben. Feuer wüteten im Inneren, er sah ihren Schein auf schwarzen Qualmballen über dem nördlichen Viertel. Von dort aus war es nur noch ein Steinwurf bis zum Charisius-Tor in der Stadtmauer. Dahinter lag im Norden und Osten offenes Land. Freiheit und Rettung, dafür betete er.

Bevor er gezwungen gewesen war, mit den Kindern die Flucht zu ergreifen, hatte er Boten an seine Getreuen ausgesandt. Sie lungerten auf dem weiten Platz vor der Hagia Sophia, auf den Foren des Konstantin und Theodosius, im Schatten des Valens-Aquädukts und auf der Rennbahn nahe des Bucoleon-Palastes, wo längst keine Pferde und Hunde mehr hechelten, sondern aus allen Richtungen Frauen zusammengetrieben wurden. Dem Geschäft des Tötens war das Geschäft des Raubens gefolgt, und es waren keine Stunden vergangen, ehe die Ersten das Geschäft des Fleisches entdeckt hatten. Nun wurden Kinder und Mädchen aus den Ruinen gezerrt, aus Verschlägen in halb verschütteten Kellern und Fluchtkammern hinter angekohlten Mauern, um den unersättlichen Appetit der Eroberer zu stillen.

Der Junge regte sich in seinen Armen. Der Maskierte umschloss den kleinen Körper fester.

Wenn nur ein Viertel seiner Getreuen dem Aufruf folgten, konnte er hoffen. Vielleicht sogar einige mehr, falls sie genug Kraft aufbrachten, um den Weg durch die Stadt zum Tor und zur Straße nach Adrianopel zu finden.

Lasst alles zurück, besagte seine Botschaft an sie. Sammelt euch und folgt mir. Gehorcht nur mir, nicht den anderen. Ich bin der, für den ihr kämpft. Und kämpft für meine Söhne!

Er verlangte viel von ihnen, das wusste er. Keiner von ihnen kannte die wahren Gründe für seine Flucht. Sie ahnten nichts von der geheimen Zusammenkunft und dem Vertrag. Ausgehandelt in nur wenigen Tagen hatte das Dokument ausgelöscht, was Jahrhunderte lang gewachsen war.

Er selbst hatte vorausgesehen, was geschehen würde. Den Angriff, den Untergang. Er hatte es zugelassen, wusste um seinen Teil der Schuld. Aber er hatte nicht den Geruch erahnen können, hatte sich nicht ausgemalt, wie es war, wenn Tausende von Kriegern über eine Stadt herfielen, mit der es nichts, rein gar nichts in ihrer Heimat aufnehmen konnte.

Nun blieb ihm nur die Flucht. Und die verzweifelte Hoffnung, dass er das Tor erreichte, ehe die anderen ihn fanden.

Der Maskierte bog mit den Kindern aus dem Gewirr der Gassen auf die Hauptstraße. Sie führte in gerader Linie vom Forum des Theodosius hinaus aus der Stadt. Der Vierjährige schluchzte noch immer an seiner Schulter, beinahe ein Röcheln, viel zu heiser für ein Kind. Vielleicht vom Rauch, vielleicht auch, weil er unter Schock stand und das Grauen keinen Unterschied kannte zwischen Alt und Jung. Linkisch strich der Mann ihm über den Rücken, doch er wusste, dass keine noch so zärtliche Geste den Schrecken mildern konnte.

Sie sahen das Tor vor sich, ein mächtiger Klotz aus grauem Gestein, so wuchtig wie die meisten Bauten an diesem verschwenderischen Ort. Der Maskierte zögerte. Auf den Zinnen standen keine Wachen. Womöglich würde ihre Flucht leichter sein, als er erwartet hatte.

Oder man hatte ihnen eine Falle gestellt.

»*Gahmuret von Lerch!*«

Die Stimme erklang hinter ihm. Sie hatten ihn gefunden. So kurz vor dem Ziel.

»Seht nicht hin!«, flüsterte er seinen Söhnen zu und wusste doch, dass sie nicht gehorchen würden.

Langsam, fast bedächtig setzte er den kleineren Jungen neben seinem Bruder ab. Dann zog er sein Langschwert und drehte sich um, schützte die Kinder so gut es ging mit seinem Körper.

»Bischof Oldrich.« Er nickte dem älteren Mann in der Straßenmitte zu, als wäre dies ein Wiedersehen zwischen alten Freunden. Aber der Maskierte, Graf Gahmuret von Lerch, hatte keine Freunde mehr, nicht seit heute morgen, seit dem größten Vertrauensbruch von allen.

Geblieben waren ihm nur seine Söhne.

Bischof Oldrich von Prag trug keine seiner Insignien, die er sonst so selbstverliebt zur Schau stellte. Stattdessen war er zum Kampf gerüstet, in rußgeschwärztes Eisen von Kopf bis Fuß. Sein enger Helm ruhte auf einem schweren Kettenkollier. Die breiten Schulterprotektoren aus Stahl ließen ihn kräftiger erscheinen als er war; ein bodenlanger roter Umhang war mit einer Federkrause daran befestigt und beulte sich im rauchgeschwängerten Wind. Kleine Augen, so grau wie das Eisen seines Rüstzeugs, starrten unter dem Helm hervor, die verwüstete Straße entlang auf Gahmuret von Lerch und die beiden weinenden Kinder.

Das gute Dutzend Männer in Oldrichs Rücken zog die Schwerter blank. Kämpfer seiner Leibgarde. Der Bischof gönnte sich beim Ton ihrer Klingen jenes stolze Lächeln, das ihm daheim in Prag allein der Gesang der Chorknaben entlockte.

Einen Augenblick lang hatte Gahmuret keinen anderen Wunsch, als diese triumphierende Grimasse von den Zügen des Älteren zu schälen wie die Haut von einem Apfel.

Bischof Oldrich gab seinen Männern einen Wink. In breiter Reihe schoben sie sich an ihm vorüber, rückten geschlossen auf den Mann mit der Maske zu.

»Niemand entkommt aus der Hölle, Gahmuret, auch Ihr nicht!« Der Bischof umfasste die ausgebrannten Ruinen auf beiden Straßenseiten mit einer weiten Geste. Das Fanal der Flammen spiegelte sich auf seiner Rüstung. Zwischen den Trümmern waren keine weiteren Menschen zu sehen. Falls noch Leben in den Steingerippen dieses Viertels existierte, war es klug genug, sich zu verkriechen.

»Euer Pathos war schon immer schwer zu ertragen«, entgegnete Gahmuret und nahm die Maske ab. Einigen der Soldaten entwich beim Anblick seiner verwüsteten Züge ein Stöhnen. Monatelang hatte er vermieden, dass seine Söhne ihn so sahen; jetzt aber war es wichtiger, die Gegner zu verunsichern. »Ihr verkündet Prophezeiungen, seit ich Euch kenne, Bischof Oldrich, aber Ihr seid zu feige, selbst für ihre Erfüllung einzutreten.«

Die Krieger waren nur noch zehn Schritt von Gahmuret entfernt. Er überlegte, ob er versuchen sollte, vor ihnen davonzulaufen. Das Charisius-Tor war nicht weit, nicht einmal hundert Schritt, und er mochte es vor ihnen erreichen. Aber die Kinder würden nicht schnell genug sein. Und selbst wenn – draußen vor den Mauern würde man sie ebenso abschlachten wie hier im Inneren.

»Es tut mir leid um Euch, dessen seid versichert.« Oldrich nahm seinen Helm ab und klemmte ihn in die Armbeuge. »Ihr habt Euch tapfer geschlagen.«

Die Miene des Bischofs änderte sich nicht, nur der Flammenschein erzeugte die Illusion von Bewegung auf seinen Zügen.

Gahmuret streckte das Schwert aus und zeigte damit in einem langsamen Halbkreis die Reihe seiner Gegner entlang. Hinter ihm wimmerte der kleinere der beiden Jungen; der ältere ergriff die Hand seines Bruders, war aber selbst zu verängstigt, um ihn zu trösten.

»Zwölf Männer gegen einen?«, sagte Gahmuret zum Bischof. »Die Kirche muss mich wahrlich fürchten.«

»Euer Wissen macht Euch zu einem gefährlichen Mann.«

Gahmuret nickte. Statt weiter mit dem Bischof zu sprechen, wandte er sich an dessen Gefolgschaft. Die Gesichter der Männer wirkten entschlossen, kantig, unnahbar. »Bevor ihr mich tötet, werde ich dieses Wissen hinausbrüllen, sodass jeder von euch es hören kann. Und was, glaubt ihr, wird dann mit *euch* geschehen?«

Hier und da ein leichtes Zucken, das Runzeln einer Stirn, ein Flackern in rotgeränderten Augen. Zu viel Rauch, zu viel Tod. Aber genug Verstand, um den Sinn seiner Worte zu erfassen.

Fünf Schritte trennten die Männer von der Spitze seines Langschwertes. Es war eine starke Klinge, sie hatte schon seinem Vater gute Dienste geleistet.

»Wenn ihr wisst, was ich weiß, dann wird Oldrich auch euch töten lassen. Und wenn nicht er, dann jene, die meinen Tod beschlossen haben.«

Der Oberste der Garde hob die Hand. Er war der Einzige, der einen geschlossenen Helm trug. Die Männer blieben stehen.

»Zwölf Männer, Oldrich«, wiederholte Gahmuret. In seiner Linken hielt er immer noch die Maske. Seit der Schlacht um Zara war sie sein zweites Gesicht. »Wie viele werden nötig sein, um diese zwölf zu erschlagen? Hundertzwanzig? Und wie viele von *denen* werden es wissen, bevor sie diese hier zum Schweigen bringen?«

»Seid still!«, zischte der Bischof. Es klang, als hätte das Fauchen der Feuer Silben geformt.

»Erst wenn Ihr mich und meine Söhne gehen lasst.« Gahmuret fürchtete nicht um sein eigenes Leben, nur um das der Kinder. Sie waren Zeugen des Verrats an ihrem Vater.

Die Hand des Gardeführers war noch immer erhoben. Niemand regte sich. Gahmuret sah, wie es hinter den Gesichtern der Männer arbeitete. Aus seiner eigenen Miene konnte niemand mehr ablesen, was er dachte. Selbst sein Lächeln war ein vernarbter Albtraum. Er war froh, dass die Jungen hinter ihm standen und sein Gesicht nicht deutlich sehen konnten.

Er unterbrach die schwingende Halbkreisbewegung seiner Schwertspitze. Die Klinge an seinem ausgestreckten Arm zeigte jetzt auf den gesichtslosen Anführer.

Quer über den Hals des Gardeführers, gerade unterhalb des Adamsapfels, verlief eine scheußliche Narbe. Gahmuret hatte Geschichten über diesen Mann gehört, schreckliche Gerüchte. Er war bereits tot gewesen, hieß es. Nun tötete er, um weiterzuleben, sagte man.

Gahmuret fixierte die Augenschlitze. »Wenn ihr angreift, stirbst du zuerst«, knurrte er dem Mann entgegen. »Ganz gleich, was danach mit mir geschieht – *du* wirst sterben!« Das war eine alte List beim Kampf gegen eine Übermacht: Such dir einen aus und bedrohe ihn von Angesicht zu Angesicht. Nur ihn allein. Wenn du Glück hast, großes Glück, wird er unsicher und hält die Übrigen zurück.

»Tötet ihn!«, befahl der Bischof.

»Dich fällt mein Schwert«, sagte Gahmuret zum Gardeführer, »und euch andere mein Wissen.«

»Tötet ihn – oder ihr werdet alle sterben!«, keifte Oldrich.

»Ihr werdet sterben, wenn ihr mit anhört, was ich zu sagen habe. Und ich werde es *jetzt* sagen!«

Der Bischof stieß ein zorniges Brüllen aus. Falls es Worte waren, trug der Flammenwind sie davon. Der Gardeführer riss das Schwert nach oben,

Ein Raunen ging durch die Reihe der Krieger. Ihre Blicke geisterten an Gahmuret vorüber und entdeckten etwas in seinem Rücken, drüben am Charisius-Tor. Wildes Geschrei erhob sich dort. Eine Schar von Männern strömte durch den Steinbogen, flutete von außen herein in die Stadt.

»Graf Gahmuret!«, brüllte eine vertraute Stimme. »Ihr habt uns gerufen, und wir haben Euch draußen im Dunkel erwartet. Nun sehen wir, was Euch aufgehalten hat.«

Gahmurets Narbenlächeln wurde breiter. Sie waren tatsächlich gekommen. Weit mehr als ein Viertel, sogar mehr als die Hälfte seiner Männer. Treue, brave, kühne Seelen!

»Bringt meine Söhne in Sicherheit!«, rief er über die Schulter.

Bischof Oldrich verengte die Augen, so als könnte er nicht erkennen, was da vom Ende der Straße näher kam. Vielleicht wollte er es nur nicht glauben.

Der Gardeführer mit dem vernarbten Kehlenschnitt streckte die Klinge in Gahmurets Richtung aus, bis sich die beiden Schwertspitzen berührten. Ein stählernes, tödliches Versprechen.

Irgendwo stürzte ein brennender Dachstuhl ein. Flammen krallten sich in den Himmel.

Eine neue Silhouette trat plötzlich vor wallende Funkenwolken.

Das Weinen der Kinder schwoll an – und verstummte.

Erstes Buch

Mensch und Gott

»Die Lüge ist der gemeinsame Code zwischen Mensch und Gott, die sich von Angesicht zu Angesicht gegenüberstehen und sich an der Geschicklichkeit in einer beiden bekannten Kunst erkennen, der Kunst der Lüge.«

Maria Bettetini, Philosophin

Burg Lerch
Anno Domini 1210
Sechs Jahre nach dem Untergang Konstantinopels

Hoch über dem Burghof verharrte Saga in der Luft. Sie balancierte mit nackten Füßen auf einem Seil, das sich vom Wachturm auf der Ostmauer hinüber zu einem Zinnenkranz im Westen spannte. Dreißig Schritt lagen zwischen den beiden Gebäuden. Dreißig Schritt Leere und ein Strick, nicht breiter als ihr Zeigefinger.

In der Tiefe ging ein Raunen durch die Menschenmenge. Alle Augen waren auf das Mädchen gerichtet, das in schwindelerregender Höhe sein Leben aufs Spiel setzte. Kinderhände krallten sich in das Leinenzeug ihrer Mütter. Männer, die den Markttag damit verbracht hatten, lautstark ihre Ziegen, Stoffe und Früchte anzupreisen, pressten gespannt die Lippen aufeinander. Ein lallender Betrunkener bekam von einem zweiten Zecher einen Schlag versetzt, der ihn stumm zu Boden schickte.

Dann verebbte auch das letzte Flüstern. Niemand rührte sich.

Saga ertastete mit den Zehen die Markierung in der Mitte des Seils. Ihre Fußsohlen waren angespannt und leicht gekrümmt. Sie hatte beide Arme zur Seite ausgestreckt und hielt in jeder Hand eine lodernde Fackel. Vom Boden aus ließ die Nähe der Flammen ihren Mut noch größer erscheinen; tatsächlich aber hielt sie mit den Fackeln ihr Gleichgewicht.

Noch zwei weitere Schritte, bis ihr Zwillingsbruder Faun oben auf dem Westturm von ihrem Vater das vereinbarte Zeichen erhielt. Sie hatte ihm den Rücken zugewandt, aber sie wusste, dass Faun dort hinten auf das Trommelsignal wartete. Er stand breitbeinig auf den Zinnen, unweit des Abgrunds. Auch er hielt eine Fackel, am ausgestreckten Arm emporgereckt in den Abendhimmel.

Bewegungen unten im Burghof störten Sagas Konzentration. Sie ließ ihren rechten Fuß reglos über dem Seil schweben, um durch die Ablenkung nur ja keinen Fehler zu begehen. Es gab kein Netz dort unten, nichts, das sie auffangen würde, falls sie abstürzte.

Aber Saga stürzte nie. Sie hatte dieses Kunststück schon viele Dutzend Mal vorgeführt, ohne auch nur einmal aus dem Gleichgewicht zu geraten.

Jetzt aber irritierte sie der plötzliche Trubel im Hof. Als sie nach unten blickte, sah sie im Schein der Feuerbecken Eisen blitzen. Vier Burgwächter drängten sich vom Tor her durch die Menge. Die Menschen machten widerstrebend Platz. Starr verfolgte Saga den Weg der Bewaffneten zur Westseite des Hofes und verlor sie aus den Augen, als sie unter ihr hindurch waren; sie hätte sich auf dem Seil herumdrehen müssen, um ihnen hinterherzublicken. Trotzdem hörte sie das Murren der dicht gedrängten Menge, dann und wann die barschen Aufforderungen der Soldaten, unverzüglich zur Seite zu treten.

Schließlich ließ das Lärmen nach. Stattdessen polterten gedämpfte Schritte im Inneren eines Gebäudes, immer dann ein wenig lauter, wenn die Soldaten auf ihrem Weg die Treppe hinauf eine der Schießscharten passierten. Sie waren jetzt im Westturm.

Faun war der einzige Mensch dort oben.

Saga schwankte leicht, die Sorge machte sie unvorsichtig. Sie fragte sich, was er diesmal angestellt hatte. Dabei lag es doch auf der Hand. Das, was er immer tat.

Sie hätte ihrem Zwillingsbruder gern einen Blick über die Schulter zugeworfen, aber das hätte ihr Gleichgewicht noch stärker gestört. Ihr Herz schlug schneller als sonst. Ihre eingeübte Ruhe war auf einen Schlag wie fortgewischt.

Warum gerade jetzt? Warum *schon wieder*? Konnte Faun nicht einmal die Finger von den Sachen anderer Leute lassen?

Ihr rechter Fuß fand den Kontakt zum Seil. Ohne nachzudenken machte sie einen weiteren Schritt. Das war die vereinbarte Stelle, zwei Schritte nach der Hälfte des Weges. Unten im Burghof begann ihr Vater seine Trommel zu schlagen, erst leise, dann immer schneller und lauter. Die Zuschauer vergaßen die Störung durch die Soldaten, alle blickten wieder nach oben.

Saga wusste ohne hinzusehen, was Faun gerade tat. Sobald der Trommelwirbel seinen Höhepunkt erreichte, senkte ihr Bruder seine Fackel und steckte das Seil hinter ihr in Brand. Bis zur Mitte war es mit einem Ölgemisch bestrichen, an dem sich die Flammen in Windeseile entlangfraßen, ohne sofort den Hanf zu verzehren. Saga blieb genug Zeit, die andere Seite zu erreichen, bevor der Strick verbrannte und unweigerlich in die Tiefe fiel.

Hundertmal geprobt, fast ebenso oft vor Zuschauern aufgeführt. Sie und Faun waren perfekt aufeinander eingespielt. Sie teilten weit mehr als nur die Stunde ihrer Geburt: nahezu das gleiche Geschick als Artisten – er war der bessere Jongleur, sie kletterte flinker –, Fertigkeiten auf mehreren Musikinstrumenten, akzeptable Singstimmen. Allein aufs Stehlen verstand Faun sich besser. Er achtete darauf, nicht aus der Übung zu kommen.

Erschrockene Schreie wurden laut, als Faun die Fackel in einem glühenden Bogen senkte und das Seil in Brand setzte. Saga wusste, was die Menschen von unten aus jetzt sahen: Hinter ihr schoss eine flammende Spur durch den Abendhimmel, wie ein letzter Strahl der untergehenden Sonne im Westen. Das Feuer wanderte schneller, als Saga sich vorantasten konnte, aber auch das gehörte zum einstudierten Teil der Vorführung. Auf halber Strecke endete das Öl, jenseits davon war das Seil mit Wasser getränkt. Hier verharrten die Flammen für eine Weile und kamen ihr nicht näher.

Trotzdem blieben ihr nur wenige Augenblicke. Dann würde das verbrannte Seil reißen.

Alles aussperren. Das Seil ansehen. Die Verteilung deines Gewichts spüren. Ganz ruhig weitergehen.

Doch Saga zögerte – zum ersten Mal während all der Jahre, in denen sie mit ihrer Familie auf Burghöfen und Marktplätzen gastierte. In ihrem Rücken hörte sie das Klirren von eisernem Rüstzeug, dann grobe Stimmen. Ihr Vater schlug ununterbrochen die Trommel, darum konnte sie nicht verstehen, was hinter ihr gesprochen wurde. Nahmen die Bewaffneten Faun in Gewahrsam, weil er einmal mehr etwas an einem der Marktstände gestohlen hatte? Sie würden ihm hoffentlich nicht an Ort und Stelle etwas antun.

Das Wissen um die Zeit, die ihr auf dem brennenden Seil noch blieb, war ihr längst in Fleisch und Blut übergegangen. Gerade genug für einen Blick zurück.

Denk an dein Gleichgewicht! Mach jetzt nur keinen Fehler!

Sie blieb auf der Stelle stehen. Drehte ihre Hüfte, dann die Schulter, zuletzt ihren Kopf. Aus dem Augenwinkel sah sie, dass sich die Burgwachen auf der Turmplattform drängten; einer verpasste Faun einen Schlag mit dem Schwertknauf.

»Nein!«, stöhnte sie.

Fauns Kopf – kahl rasiert nach Art der männlichen Gaukler – sackte nach vorn, dann brach er hinter den Zinnen zusammen. Zwei Soldaten packten ihn an den Armen und zerrten ihn hinab in den Turm. Ihre Brutalität entsetzte Saga. Faun hatte sich nicht mal zur Wehr gesetzt.

Am liebsten wäre sie zurückgelaufen, ungeachtet des Abgrunds und der Flammen. Sie musste sich zwingen, wieder nach vorn zu blicken und ihren Weg fortzusetzen. Wenn sie länger zögerte, würde sie abstürzen. Keine Zeit mehr. Sie *musste* weiter.

Der Trommelschlag setzte sich fort. Hatte ihr Vater nicht bemerkt, was geschehen war? Doch, sicher, er musste die Soldaten gesehen haben. Aber der Auftritt hatte Vorrang. So war es schon immer gewesen. Manchmal hasste Saga ihn dafür. Nichts war so wichtig wie das Gelingen der Vorstellung, die Begeisterung des Publikums – und, zu guter Letzt, die Münzen in den Holzschüsseln, mit denen ihre vier jüngeren Schwestern durch die Menge liefen.

Saga geriet erneut ins Schwanken. Sie durfte jetzt nicht an ihren Vater denken, nicht einmal an Faun. Horch nur auf die Trommel! Sie vertreibt alles andere, lässt dich schweben, macht dich leicht, ganz leicht.

Und weiter, mach schon!

Mit der Ruhe der Menge war es vorbei. Die Zuschauer tobten. Viele Aahs und Oohs ertönten, aufmunternde Rufe und, wie üblich, auch die Aufforderung des einen oder anderen Witzbolds, einfach stehen zu bleiben und abzuwarten.

Aber Saga konzentrierte sich nur auf die Trommel. Für gewöhnlich schärfte das alle Sinne. Nur das Gefühl in ihren Fußsohlen zählte und das Gleichgewicht ihrer ausgestreckten Arme. Das Gefährliche war, dass sie nicht spüren konnte, wie weit die Flammen das Seil bereits verzehrt hatten. Es würde keine Vorwarnung geben, ehe der Strick zu Asche zerfiel.

Die Trommel. Nur die Trommel war jetzt wichtig. Auf ihren Klängen musste sie sich treiben lassen, so als griffen ihr die Laute unter die Arme und trugen sie zu den Zinnen hinüber.

Saga starrte auf ihre Füße. Noch drei Schritte. Die Schärfe ihres Blickes verlagerte sich vom Seil und ihren Zehen zum Burghof tief darunter. Die Menge teilte sich, als die Bewaffneten Sagas Zwillingsbruder quer durch das Publikum zum Haupthaus schafften.

Zwei Schritte.

Die Rufe wurden lauter. Anfeuerndes Gebrüll stieg mit den Rußfahnen zahlloser Feuerbecken zu ihr auf. Die Trommelschläge hätten all das übertönen sollen, doch Sagas Konzentration war endgültig zerstört. Aus allen Richtungen schienen jetzt Geräusche auf sie einzudringen. Das Fauchen der hungrigen Flammen. Das Säuseln des frischen Abendwindes. Das Ächzen des brennenden Hanfstricks.

Fauns Gedanken inmitten der ihren: Achte nicht auf mich! Mach weiter! Beeil dich!

Seine Stimme war nur Einbildung, ebenso das Wispern der Flammen. Aber die Vorstellung gab Saga den nötigen Stoß nach vorn. Sie setzte alles aufs Spiel, federte einmal auf und nieder – viel zu stark! –, stieß sich ab, schleuderte die Fackeln nach beiden Seiten von sich und flog mit einem Satz auf den Zinnenkranz zu.

Hinter ihr zerfiel das Seil in einem Funkenregen. Wie eine brennende Ameisenstraße löste sich die hintere Hälfte in tausend Glutpartikel auf, die taumelnd in die Tiefe stoben. Die unversehrte Seite sackte unter Saga davon, zischte schlängelnd in den Abgrund und schlug im selben Moment gegen die Turmmauer, als Saga die Zinnen zu fassen bekam.

Niemand war da, um ihr zu helfen. Früher hatte dort ihre Mutter auf sie gewartet, doch seit ihrer Krankheit konnte sie keine Treppen mehr steigen.

Saga landete mit einem angezogenen Knie zwischen zwei Zinnen, stieß sich grauenvoll hart das Schienbein, verkeilte sich mit ausgestreckten Armen und zog sich blindlings vornüber. Einen Augenblick lang war ihr, als würde ihr zweites Bein sie zurückreißen, wie es da ausgestreckt über dem Abgrund baumelte und ihr plötzlich so schwer erschien wie Granit. Dann aber fiel sie vorwärts auf die Turmplattform, krachte auf die linke Schulter, rollte sich ab und blieb auf dem Rücken liegen.

Unten im Hof brandete Jubel auf. Hochrufe aus hunderten Kehlen, tobender Applaus, ausgelassenes Lärmen, Klatschen und Brüllen.

Saga lag auf dem Rücken, spürte jeden schmerzenden Knochen in ihrem Körper und bekam keine Luft. Es dauerte eine halbe Ewigkeit, ehe sie wieder atmen konnte. Ein schmerzerfülltes Lächeln flirrte um ihre Lippen. Sie hatte sich bepinkelt; das Leinen ihrer Beinlinge klebte warm und feucht an ihren Oberschenkeln.

Über ihr am dunkelblauen Himmel funkelte der erste Stern. Sie starrte ihn an wie etwas ungeheuer Schönes, vollkommen Einzigartiges.

Ich tue das niemals wieder, sagte sie sich und wusste es doch besser. Bis zur nächsten Burg, zum nächsten Ort, zum nächsten Markttag würde sie fluchen und schimpfen – und dann erneut auf ein Seil klettern und vor dem Feuer fliehen. Wie armselig, überlegte sie, seinen Lebensunterhalt damit zu verdienen, dass man vor etwas davonläuft. Und wie irrsinnig, dabei sein Leben aufs Spiel zu setzen.

Sie war dem Tod noch nie so nahe gewesen wie gerade eben. Er hatte die Hand schon nach ihr ausgestreckt, da oben auf dem Seil.

Nie wieder, es sei denn –

Faun!

Die Erinnerung verdichtete sich, das Bild der gerüsteten Wachleute in ihren leichten Kettenhemden und den wappenlosen Steppwämsern. Faun halb bewusstlos in ihrer Mitte.

Sie musste herausfinden, was mit ihm geschehen sollte. Heiliger Jesus, warum *konnte* er das Stehlen nicht sein lassen? Benommen rappelte sie sich hoch, kämpfte gegen ihren Schwindel. Die nassen Beinlinge rochen nicht schlimmer als die heiße Luft, die sich im Inneren des Burghofs staute und selbst hier oben noch ganz erbärmlich stank.

Im Dunkeln fand sie den Zugang zur Treppe und machte sich schwankend an den Abstieg.

~

Ihr Vater kam ihr im Schein der Feuerbecken entgegen, als sie gerade den Turm verließ. Er fasste sie an den Schultern. »Geht's dir gut?«

»Ich hab mich bepinkelt.«

Er zerrte sie an sich und umarmte sie. Sie erwiderte die Geste nicht. Im Augenblick fiel es ihr schwer, ihn zu mögen. Vielleicht war auch seine Sorge nur Spiel, nur Gaukelei für die Augen der Zuschauer. Bei ihm konnte man nie ganz sicher sein.

»Wo ist Faun?«, fragte sie und entwand sich seinen Armen. »Hast du gesehen, wohin sie ihn gebracht haben?«

Die Züge ihres Vaters verhärteten sich. Sein Kopf war so stoppelig wie der von Faun – alle Männer unter den Gauklern schoren sich das Haupt, nur Mädchen und Frauen trugen langes Haar. »Lass uns jetzt nicht von ihm sprechen. Er hat einmal zu oft sein Glück herausgefordert und sich –«

»Nicht von ihm sprechen?« Sie trat einen Schritt zurück und wäre fast über die eigenen Füße gestolpert. Ihre Knie waren noch immer ganz weich. »Ich kann nicht glauben, dass du das ernst meinst.«

»Zuerst machen wir weiter«, beschwor er sie mit warnendem Unterton. »Später können wir hören, was sie ihm vorwerfen.«

»Er ist dein Sohn!«, brüllte sie ihn an, viel zu heftig, viel zu laut. Erst jetzt bemerkte sie, wie viele Menschen ihre Ankunft am Boden erwartet hatten, um sie jubelnd in Empfang zu nehmen. Doch die Gesichter, die ihr wie ein lebender Wall entgegenstarrten, blieben nun stumm. Alle schienen gespannt auf den Streit zu sein, der da zwischen Vater und Tochter entbrannte. Saga las in ihren Augen, was sie dachten: *Es sind nur Gaukler! Lasst sie sich zerfetzen, vielleicht wird sogar das ganz amüsant.*

Sie beschloss, die Meute zu ignorieren, und konzentrierte sich wieder auf ihren Vater. »Wir können nicht einfach zusehen, wie sie ihn in den Kerker sperren!«

Ihr Vater beugte sich an ihr Ohr, damit die Umstehenden seine Worte nicht hörten. »Faun ist ein Dieb, Saga. Er ist mein Sohn, und ich liebe ihn. Aber das ändert nichts an der Tatsache, dass er ein verfluchter Unruhestifter ist.«

»Hast du nie in deinem Leben gestohlen?«

»Ich hab mich nicht so oft dabei erwischen lassen.«

Sie starrte so fest es eben ging in seine Augen. Ihr Vater war ein strenger Mann, und manchmal vergaß er über alle Prinzipien sein Herz. Aber er war niemals kalt gewesen. Wenn es nun doch diesen Anschein hatte, dann konnte das nur eines bedeuten: Er hatte Angst. Angst um Faun, gewiss, aber noch mehr Angst um seine ganze Familie. Diebstahl war ein schweres Verbrechen, und es bestand nicht der geringste Zweifel, dass Faun schuldig war. Nicht einmal Saga konnte das bestreiten.

»Ich suche ihn.«

»Nein«, widersprach er heftig. »Das wirst du nicht! Wir kümmern uns später darum. Die Vorstellung ist noch nicht zu Ende.«

»Ich stinke nach Pisse. Ich kann jetzt nicht –«

»Dann zieh dich um. Eine Weile lang kann ich sie noch hinhalten.« Er deutete zu dem kleinen Podest, das der Gauklerfamilie als Bühne diente. Die Menge hatte ihre Aufmerksamkeit nun wieder dorthin verlagert. Sagas jüngere Schwestern zeigten im Fackelschein einen Entfesselungstrick. »Danach gehst du dort hoch und tust deine Arbeit«, fuhr ihr Vater fort. »Die Leute warten auf dich, Saga.«

Sie ließ ihn stehen und rannte los. Aber sie lief nicht zum Palas, in den die Burgwachen Faun verschleppt hatten, sondern hinüber zu einem der beiden Planwagen, in denen die Familie durch die Lande reiste.

Die Leute warten auf dich, hatte ihr Vater gesagt. Gemeint hatte er nicht sie, sondern den Lügengeist. Die Seilnummer, die Entfesselungskünste, die Späße – all das diente nur als Vorspiel für die wahre Attraktion des Abends.

Saga hasste sich dafür, dass sie ihrem Vater gehorchte. Nach dem, was heute mit Faun geschehen war, noch mehr als sonst.

Die Wagen standen unweit des Podests am Rand des Hofes. Ihre bunt bemalten Planen aus gefettetem Leinen dienten als Hintergrund der Bühne.

Ihr Vater hatte lange gezögert, ehe er sich entschieden hatte, die Einladung der Gräfin zu einem Auftritt anzunehmen. Die

Lage in der Grafschaft war angespannt, seit Violante von Lerch und ihr Mann Gahmuret sich während des Thronstreits auf die Seite Philipps von Schwaben gestellt hatten. Zwar war Philipp schließlich gekrönt worden – um dann aber, vor zwei Jahren, von einem seiner Verbündeten ermordet zu werden. Nun herrschte sein Erzrivale Kaiser Otto IV. über das Heilige Römische Reich, und die Mitläufer des Schwaben mussten um Leib und Leben fürchten.

Die Grafschaft Lerch war Otto gewiss ein Dorn im Auge, und sich länger als nötig hier aufzuhalten mochte ein Fehler sein – auch für Gaukler und Spielleute. Letztlich aber hatte Sagas Vater das ungewöhnliche Ersuchen der Gräfin zu sehr geschmeichelt. Spielleute wurden nur selten förmlich geladen; meist mussten sie dankbar sein, dass die Obrigkeit sie nicht verjagte, gerade in Zeiten wie diesen, so kurz nach dem Ende des Bürgerkrieges. Die Aussicht auf einen guten Verdienst war daher das beste aller Lockmittel. Sagas Vater hatte nicht widerstehen können.

Aufgebracht und viel zu achtlos kramte Saga in ihrer Kiste. Schließlich fand sie ein sauberes Paar Beinlinge: zwei einzelne Hosenbeine, die unter dem Saum ihrer halblangen Tunika mit der Bruch, einer windelartigen Unterhose, verschnürt wurden. Wie die meisten Spielleute trug sie zweifarbige Kleidung, die linke Hälfte rot, die rechte grün. Auch die Beinlinge waren unterschiedlich gefärbt, passend zur jeweiligen Körperseite.

Als sie das schmutzige Paar abgestreift hatte, entdeckte sie an der Öffnung des Planwagens zwei kichernde Jungen, die rotgesichtig auf ihre nackten Beine starrten. Sagas Körper war schlank und hellhäutig, vielleicht eine Spur zu muskulös.

»Verschwindet!« Im Grunde war sie dankbar, dass da jemand war, auf den sie ihren Zorn entladen konnte. Noch lieber wäre ihr gewesen, die Kleinen hätten sich widersetzt; dann hätte sie ihnen eine Tracht Prügel verabreichen können.

Gedanken an Faun stiegen in ihr auf, und sie schämte sich. Wäre die Lage umgekehrt gewesen, hätte Faun sicher alles getan, um sie freizubekommen – oder wäre bei dem Versuch selbst im Verlies gelandet.

Von Kind an war Faun immer derjenige mit den verrückten Ideen gewesen, Zwillinge hin oder her. Saga war ruhiger, nicht gerade in sich gekehrt, aber – so hoffte sie jedenfalls – ein wenig verantwortungsvoller als er. So war es meist sie, die für ihn gerade stehen musste. In einem aber hatte ihr Vater Unrecht: Faun war kein schlechter Dieb, nur ein nimmersatter. Meist stahl er Dinge, die der ganzen Familie zugute kamen. Ein Laib Brot, ein Lederschlauch mit gewürztem Wein für die kalten Abende auf der Straße, ein Mantel für eines der vier jüngeren Mädchen.

Saga streifte die frischen Beinlinge über, verknotete sie unter der rot-grünen Tunika und sprang hinaus ins Freie. Das Entfesselungskunststück ihrer Schwestern war beendet, der verhaltene Applaus verklungen. Nun stand ihr Vater auf der Bühne und überbrückte mit ein paar derben Späßen die Zeit bis zu Sagas Auftritt. Seltsam, dass er nur dort oben so vergnügt sein konnte. Im Kreis seiner Familie war er stets voller Sorge, manchmal aufbrausend. Saga hatte selten ein ehrliches Lachen auf seinen Zügen gesehen, erst recht seit dem Tod seiner beiden ältesten Söhne. Sie waren während des Bürgerkrieges ums Leben gekommen. Saga und Faun waren damals noch Kinder gewesen.

»O-ho, seht, seht!«, deklamierte ihr Vater mit ausgreifender Geste in ihre Richtung. »Die wagemutige, die liebreizende, die wunderschöne … *Saga-vom-Seil!*«

Sie setzte ihr strahlendstes Lächeln auf, strich ihr kastanienbraunes Haar zurück und überließ sich ihren erprobten Instinkten. Schwungvoll sprang sie neben ihren Vater auf die Bühne und stieß ihn spielerisch beiseite – so war es abgesprochen und zigmal ausgeführt. Er riss theatralisch die Hände empor und eilte buckelnd davon. Das Publikum grölte schadenfroh. Hölzerne Krüge stießen gegeneinander. Wein spritzte und troff aus Mundwinkeln.

Saga begann ihre Ansprache. Laut und mit allerlei einstudiertem Wortwitz bereitete sie die Zuschauer auf den Höhepunkt des Abends vor. Sie endete mit einer tiefen Verbeugung und den Worten: »Lasst mich euch belügen und betrügen – und gebt reichlich von eurem Geld dafür!«

Das Publikum johlte und klatschte. Ein paar kleine Kinder in vorderster Reihe quietschten vergnügt. Saga erkannte die beiden Jungen vom Wagen unter ihnen und war drauf und dran, einen von ihnen auf die Bühne zu holen. Dann aber fiel ihr Blick auf einen fetten Kerl, der weder applaudierte noch jubelte. Stattdessen betrachtete er das Treiben auf der Bühne mit der Arroganz eines Gockels. Er trug drei Tuniken übereinander, ein Zeichen bescheidenen Wohlstands; die oberste und kürzeste war mit Stickereien verziert. Trotz der lauen Abendluft hatte er eine Mütze auf dem Kopf, die mit schmuckvollen Bordüren besetzt war.

»Ihr da!«, rief sie und zeigte mit dem Finger auf ihn. »Ja, Ihr! Ein Edelmann seid Ihr gewiss, mein Herr, und einer, der etwas von Heiterkeit und Frohsinn versteht.«

Den Zuschauern entging seine saure Miene nicht, was zu allerlei Gelächter führte. Saga wusste sehr wohl, dass der Dicke kein echter Adeliger war – nie hätte sie sonst gewagt, ihn offen zu brüskieren –, aber die Eitelkeit und schlechte Laune der Edlen war ihm zweifellos vertraut. Vermutlich war der Kerl ein Händler, der im vergangenen Frühjahr ein wenig Glück mit seinen Geschäften gehabt hatte – mehr Glück als Verstand, so wie er aussah.

»Wollt Ihr mir wohl auf der Bühne Gesellschaft leisten?«, rief sie zu ihm hinüber, ehe er in der Menge untertauchen konnte.

»Auf die Bühne! Auf die Bühne!«, rief das Publikum.

»Seid unbesorgt, ich will weder Euren Beutel noch Eure Jungfräulichkeit!«, rief Saga in die Runde.

Noch mehr Lacher. Ein Betrunkener trommelte sich mit den Fäusten auf die Brust, als gelte der Jubel ihm. Sagas Vater sagte oft, es gäbe keine Anzüglichkeit, die nicht noch unterboten werden konnte. *Die Masse ist dumm*, pflegte er zu sagen. *Ein Maultier hat mehr Verstand als hundert Menschen auf einem Haufen.*

Der Händler näherte sich der Bühne, mehr geschoben als aus freiem Willen. Schließlich erklomm er mit einem Ächzen das Podest und grinste nervös in die Runde, ehe er Saga einen finsteren Blick zuwarf.

Sie achtete nicht darauf. Stattdessen verschloss sie sich vor allen äußeren Einflüssen und horchte in ihr Inneres. Horchte, bis sie den Lügengeist in ihren Gedanken fand und bereit war für ihren großen Auftritt.

»*Ihr seid ein stattlicher Anblick, mein Herr*«, sagte sie mit der Stimme des Lügengeistes. Für jeden anderen unterschied sich der Klang dieser Worte nicht von den vorausgegangenen, doch in Sagas Ohren ertönten sie verzerrt und schrill. Es war eine abstoßende Stimme, die sie da aus ihrem Inneren heraufbeschwor; ganz und gar angemessen, dass sie allein der Lüge diente.

»Nun ja«, stammelte der Händler und blickte an sich hinab. Mochte er vorher letzte Zweifel an seiner Erscheinung gehabt haben, so waren sie nun verflogen. Er glaubte Saga. Glaubte ihr jedes Wort. Die Macht des Lügengeistes ließ ihm keine andere Wahl – doch davon ahnte er nichts.

»*Die Menschen können nicht anders, als Euch zu lieben*«, sagte Saga mit ihrer Lügenstimme. Sie auf einen einzelnen Menschen zu richten war einfach. Schwieriger war es, größere Gruppen in den Bann des Lügengeistes zu ziehen.

»Ja, ja!«, schrien ein paar Männer im Publikum. »Wir lieben Euch!« Hässliches Gelächter erschallte aus allen Richtungen, aber der Händler schien es misszuverstehen. Er verbeugte sich, lüpfte seine Haube und genoss den hämischen Jubel.

Sagas Vater hatte ihren Auftritt vollmundig angekündigt, und nun sah die Menge ihre Erwartungen bestätigt. Die beste Lügnerin auf Erden sollte sie sein, und, bei Gott, das war sie wohl.

Keiner konnte sich ihren Worten entziehen, wenn sie den Lügengeist heraufbeschwor. Jedermann musste ihr glauben – solange er glauben *wollte*.

»*Mein Herr.*« Saga war vorsichtiger in der Wahl ihres nächsten Schwindels. »*Ihr seid schön anzuschauen, Ihr seid mit beträchtlichem Wohlstand gesegnet – aber seid Ihr auch ein gläubiger Mann?*«

Niemand hätte das verneint. Die Ketzerfeuer im ganzen Land brannten auch unter dem neuen Kaiser Otto mit unverminderter Wut.

»Das bin ich«, sagte der Händler. »Gott sei mein Zeuge.«

»*Dann seid Ihr sicher auch gewiss, dass ein Schutzengel Eure Hand und Euer Herz behütet.*«

»Ist das so?«, fragte der Händler leise und nur in ihre Richtung, doch was da an Zweifel durchklang war schwach und ohne Überzeugungskraft.

»*Sicher, mein Herr. Jeder hier weiß, dass ein Engel Euch zu Euren außergewöhnlichen Erfolgen verhilft.*« Sie deutete auf eine Stelle neben seinem Kopf. »*Da sitzt er, ich kann ihn sehen.*« Sie lächelte in die Menge, versicherte sich ihrer ungeteilten Aufmerksamkeit und sagte dann zum Händler: »*Ihr könnt es auch.*«

Dem dicken Mann stand jetzt Schweiß auf der Stirn, aber aus seinen Augen war der letzte Rest von Argwohn verschwunden. Er schaute nach rechts und schien tatsächlich zu *sehen*, was Saga ihm vorgaukelte. Weil er glauben wollte, dass ein Engel ihn schützte, sogar schon selbst über diese Möglichkeit nachgedacht hatte, war das Wesen jetzt für ihn sichtbar geworden. Allerdings nur für ihn allein.

»*Ihr seht ihn!*«, verkündete Saga und spürte, wie sich ihr Magen zusammenkrampfte. Meist wurde ihr schlecht vom Klang der Lügenstimme. Einmal hatte sie sich auf offener Bühne übergeben müssen, so abstoßend fand sie das Krächzen des Lügengeistes. Längst wusste sie, dass niemand sonst sie so hörte, dass die Stimme nur in ihrem Kopf diesen abscheulichen Tonfall hatte. Die Verunsicherung war seither gewichen, aber der Ekel blieb, wurde von Jahr zu Jahr immer schlimmer. Damals, als sie zum ersten Mal entdeckt hatte, was da in ihrem Inneren schlummerte, als sie erkannt hatte, dass sie lügen konnte wie niemand sonst auf der Welt – da war das für sie Furcht einflößender gewesen als ihre erste Blutung; vor beidem hatte niemand sie gewarnt. Manchmal kam ihr der Lügengeist wie ein eigenständiges Wesen vor, eine zweite Intelligenz hinter der ihren. Aber sie hütete sich, irgendwem außer Faun davon zu erzählen. Nicht einmal ihr Vater kannte alle Ängste, die sie mit der Lügenstimme verband. Er sah nur die Jahrmarktsattraktion. Welche Gefahr sollte schon von etwas ausgehen, das keinen eigenen Körper besaß?

Die Lüge war für ihn ein Talent, eine Kunst, vor allem aber ein Geschäft – und kein Risiko, solange man sie zu harmlosen Zwecken nutzte. Gaukelspiel, zum Beispiel. Brave Späße auf Kosten anderer.

Der Händler zog mit der rechten Hand die Mütze vom Kopf und tupfte sich damit Schweißperlen von der Stirn. Die linke aber wanderte hinauf zu dem unsichtbaren Wesen auf seiner Schulter und tastete vorsichtig über ein Engelsgesicht, das nur er sehen konnte. Saga war stolz auf sich. Zielsicher hatte sie das perfekte Opfer für den Lügengeist aus der Menge gepickt: über die Maßen selbstverliebt und bereit, jede Lüge zu glauben, solange sie nur seiner Eitelkeit schmeichelte.

Das Publikum tobte. Häme überschwemmte den Burghof. Über allem hing der Duft von gebratenem Hammel und der Gestank der Tiergehege, in denen Schafe, Ziegen und Kühe den Tag über in der prallen Sonne den Käufern präsentiert wurden und nun halb betäubt vor sich hin dösten.

»*Euer Engel wird Euch vor allem Schaden bewahren*«, sagte Saga eindringlich und ignorierte das Rumoren in ihren Eingeweiden.

»Schon mein ganzes Leben lang«, bestätigte der Händler. Er

klang weder benommen noch berauscht. Er war völlig überzeugt von Sagas Schwindel.

Der Rest war ein Kinderspiel. Saga hatte ihr Opfer in der Hand. Sie konnte verlangen, was sie wollte – solange der andere überzeugt war, dass der Schutzengel ihn sicher behütete, würde er jedes Risiko eingehen. Zu Schweinen in den Koben steigen und sich im Schlamm suhlen. Vor Publikum den nackten Hintern entblößen. Aber auch einer heimlich Geliebten alle Gefühle offenbaren. Saga musste ihr Opfer nur überzeugen, dass es zu seinem Besten geschah, dass sie selbst und das Publikum ihn dafür haltlos bewunderten. Für gewöhnlich schmückte sie ihre Lügen mit möglichst vielen Einzelheiten aus, auch deshalb waren sie oft so viel glaubwürdiger als die Wirklichkeit. Und je eitler der Geck, desto größer die Dummheit, zu der er sich verführen ließ.

Sie warf ihrem Vater einen kurzen Blick zu. Er nickte aufmunternd. Niemals, nicht ein einziges Mal, hatte er Zweifel an der Richtigkeit ihres Tuns geäußert. Sogar Saga selbst hatte mit den Jahren vergessen, wie es gewesen war, als sie noch Skrupel gehabt hatte, andere Menschen der Lächerlichkeit preiszugeben. Längst gehörte es zu ihrem Tagwerk, so wie ein Bauer die Kühe molk und ein Schmied seinen Amboss schlug.

Wäre nur nicht die Übelkeit gewesen. Der Ekel und die Abscheu vor der schrillen Geisterstimme in ihrem Inneren.

Und heute, ganz besonders, die Angst um Faun.

Mach weiter!, sagte der Blick ihres Vaters.

Mehr! Zeig uns mehr!, schrien die aufgerissenen Augen der Zuschauer.

Und Saga fuhr fort, den Händler zum Narren zu machen. Am Ende der Darbietung verkniff sie es sich nicht, seinen Dank für ihre weisen Worte entgegenzunehmen. Noch in vielen Wochen würde er glauben, an diesem Abend viel Gutes und Wunderbares erfahren zu haben. Es gab nichts, für das er sich schämen musste. Saga führte ihn von der Bühne, verbeugte sich ein letztes Mal und zog sich zurück.

Hinter den Planwagen fiel sie auf die Knie und kotzte sich die Seele aus dem Leib. Ihr Vater sah es, aber er kam nicht herüber.

~

Als Faun die Bewusstlosigkeit abschüttelte, nahm er als Erstes den Gestank wahr. Es roch nach altem Schweiß, nach verdorbenen Essensresten und Rattendreck. Gerüche, die ihm nach siebzehn Jahren auf der Straße nicht fremd waren. Doch so geballt an einem Ort sorgten sie dafür, dass er nur mit Mühe das gestohlene Hühnerbein vom Nachmittag im Magen behielt.

Seine erste Sorge galt Saga. Er hatte gesehen, wie sie schwankend auf dem brennenden Seil gestanden und zu ihm und den Soldaten herabgeblickt hatte. Als die Männer ihn durch die Tür des Palas gestoßen hatten, drohte sie gerade ihren Halt zu verlieren.

Die Angst um sie lag wie ein Stein in seinen Eingeweiden. Er hatte das Gefühl, nicht aufstehen zu können, so schwerfällig und erschöpft fühlte er sich. Es war eine neue Erfahrung für ihn, dass Furcht einen ebenso auslaugte wie körperliche Anstrengung.

Er hatte Tränen der Wut in den Augen, als er sich mühsam hochstemmte und zur Kerkertür schleppte. Die Burgwachen hatten ihn grob vor sich her gestoßen, aber nicht misshandelt – abgesehen von dem einen letzten Schlag hier im Verlies, der ihm die Sinne geraubt hatte. Dass nichts Schlimmeres geschehen war, machte ihm ein wenig Hoffnung; vielleicht würde er hier doch wieder herauskommen. Die Strafen für Diebstahl unterschieden sich überall im Reich. Er war nicht sicher, wie ein solches Vergehen in der Grafschaft Lerch gehandhabt wurde. Dennoch gehörte nicht viel dazu, sich die Konsequenzen auszumalen. Schweißausbrüche überkamen ihn, und er fragte sich, ob er ernstlich krank wurde. Krank vor Angst, vor allem aber aus Sorge um Saga.

»Heh!«, rief er und schlug gegen die Kerkertür. »Ist da draußen jemand?« Er bezweifelte, dass man allein zu seinen Ehren einen Wächter abgestellt hatte. Für einen Moment hielt er den Atem an, lauschte auf eine Antwort, auf Schritte, vielleicht auf die Laute anderer Gefangener.

Die einzige Antwort war das Schweigen der meterdicken Kerkermauern.

Der Raum besaß nur eine kleine strohbestreute Bodenfläche, war aber mehr als dreimal so hoch wie Faun. Das einzige Licht fiel durch ein schmales Fenster, kurz unter der Decke. Draußen war es längst stockdunkel, daher musste vor der Öffnung dort oben eine Fackel brennen. Sie befand sich wahrscheinlich auf Bodenhöhe; der Kerker selbst musste demnach im Erdinneren liegen, drei Mannslängen tief in den Lerchberg getrieben. Faun erinnerte sich vage an eine steile Treppe, aber der größte Teil des Weges hierher verschwand in seiner Erinnerung hinter einem Schleier aus Kummer und den Nachwirkungen der Bewusstlosigkeit. Fast zu spät bemerkte er, dass sich jemand an der Tür zu schaffen machte. Er trat einen Schritt zurück und spannte seinen Körper. Die Vorstellung erbitterter Gegenwehr mochte einen Hauch von Heldenmut an diesen verzweifelten Ort bringen, aber Faun war sich seiner Chancen durchaus bewusst. Seine Arme und Beine waren muskulös und drahtig, und er lief schneller als jeder andere, den er kannte – aber er war keine Kämpfernatur. Er verstand sich aufs Bogenschießen, weil das zu einem seiner Kunststücke gehörte, genauso wie das Messerwerfen. Doch es war zwecklos, sich für einen geübten Faustkämpfer auszugeben. Falls sie kamen, um ihn zu richten, würde er ihnen nichts entgegenzusetzen haben.

Das Scharren und Schaben am Eingang brach ab. Nicht die Tür ging auf, sondern eine kleine Luke auf Augenhöhe. Eine Silhouette schob sich vor flackerndes Fackellicht.

»Dein Name?«, fragte eine weibliche Stimme.

Er gab keine Antwort, versuchte erst zu erkennen, wer da zu

ihm sprach. Er hatte Wächter erwartet wie jene, die ihn hergebracht hatten. Aber eine Frau?

»Dein Name!« Diesmal war es keine Frage mehr, sondern ein barscher Befehl.

»Faun.«

»Du bist der Sohn der Gauklerfamilie, nicht wahr?«

Sein Gefühl sagte ihm, dass sie all das bereits wusste. Zweifel schienen dieser Stimme fremd zu sein, sie klang fest wie Granit. Sehr fraulich und doch so scharf und gläsern wie ein Eiszapfen.

»Ja«, sagte er und fügte rasch hinzu: »Egal, was mir vorgeworfen wird, ich habe nichts –«

Sie unterbrach ihn. »Ich weiß genau, was du getan hast. Drei Händler haben Klagen gegen dich vorgebracht.«

Drei?, durchfuhr es ihn. Also ging es nicht nur um die verdammte Gugel, die er heute Morgen von einem der Marktstände vor dem Burgtor geklaut hatte. Er hatte die Kapuze mit dem angenähten Schulterteil seinem Vater schenken wollen. Sollten sie etwa auch beobachtet haben, wie er das geröstete Huhn und – ja, und die Paar Stiefel …? Sie waren für Saga gedacht gewesen und lagen versteckt am Boden seiner Kiste im Planwagen.

»Meine Männer haben all die Dinge gefunden, die du gestohlen hast«, sagte die Frau. »Sie haben eure Wagen durchsucht, gerade eben erst. Dein Vater schien nicht gut auf dich zu sprechen zu sein.«

Natürlich, dachte Faun. Sein Vater war niemals gut auf ihn zu sprechen. Faun hatte es mit Zuneigung versucht, mit Nähe, mit besonderem Mut und Arbeitseifer. Zuletzt mit Geschenken. Sein Vater hatte sie angenommen – die Familie war zu arm, um irgendetwas auszuschlagen, für das sie nicht bezahlen musste –, aber seine Abneigung gegen Faun hatte sich dadurch nicht gelegt. Faun war überzeugt davon, dass sein Vater ihn an seinen älteren Brüdern maß. Und dem Anspruch würde er nie gerecht werden. Die beiden waren ermordet worden, als marodierende Söldner während des Bürgerkrieges ein Dorf gebrandschatzt hatten, in dem die Familie gastierte. Ihre Eltern waren mit den Zwillingen entkommen – aber die beiden ältesten Söhne waren ermordet und verbrannt worden. In den Jahren des Krieges zwischen Welfen und Staufern um die Reichskrone waren solche Ereignisse an der Tagesordnung gewesen. Irgendwann hatte niemand mehr gewusst, wem die Soldaten eigentlich gehorchten, die einem das Dach über dem Kopf anzündeten. Für das einfache Volk hatte es ohnehin nie eine Rolle gespielt. Als der Welfe Otto von Braunschweig vor einem Jahr die Kaiserkrone empfangen hatte, war das für die Menschen im Land weder Grund zur Erleichterung noch Wut gewesen; kaum jemand wusste, welcher Seite er in diesem Krieg das eigene Elend zu verdanken hatte. War Otto das geringere Übel? Derzeit stand eher das Gegenteil zu befürchten, denn der Kaiser führte Krieg in Süditalien und scherte sich einen Dreck um Armut und Leid in der Heimat.

Faun versuchte, die Frau hinter der Luke zu fixieren. Doch noch immer sah er sie nur als Schattenriss, als formloses Dunkel auf der anderen Seite der Tür. Er ahnte, wer sie war. Wer sonst hätte die Soldaten *meine Männer* nennen können, wenn nicht Gräfin Violante selbst? Aber warum zeigte sie Interesse an einem einfachen Dieb?

»Wie werdet Ihr mich bestrafen?«, fragte er.

»Ist dir der Kerker nicht Strafe genug?« Zum ersten Mal lag da eine Spur von Belustigung in ihrer Stimme. Er war nicht sicher, ob er ihre Art von Humor gerne teilen wollte.

»Werdet Ihr mich dem Scharfrichter vorführen lassen?«

»Du hättest es wohl verdient.«

Er griff nach dem Strohhalm, den ihre Wortwahl verhieß. »Aber?«

»Du hast ein hastiges Mundwerk. Ist deine Schwester genauso dreist wie du?«

Faun machte einen Satz nach vorn und stemmte die Handflächen neben die Luke. Die Silhouette zuckte leicht. »Was ist mit ihr? Geht es ihr gut?«

Die Gräfin machte eine lange Pause, ehe er begriff, dass ihr Schweigen die Strafe für seine Ungeduld war.

»Deine Schwester«, begann sie schließlich sehr langsam, »ist ein höchst interessantes Mädchen.«

»Sie hat nichts damit zu tun!«, stieß er hervor. »Es ist wahr, ich habe all diese Dinge gestohlen. Aber Saga ist unschuldig. Das müsst Ihr mir glauben!«

An ihrem Tonfall hörte er, dass sie lächelte. »Da haben wir es wohl mit einem besonderen Fall von Geschwisterliebe zu tun. Ist das nicht so, Faun? Wie sehr liebst du deine Schwester? Und, viel wichtiger: Wie sehr liebt *sie dich*?«

Faun war sprachlos. Was hätte er darauf erwidern können? Wir sind Zwillinge, du Miststück. Wir sind eins. Das waren wir immer.

»Deine Antwort.« Die Stimme wurde eine Spur ungeduldiger.

»Natürlich lieben wir uns.« Es klang seltsam brüchig, wie er das sagte, sogar in seinen eigenen Ohren. Er ballte die Fäuste, bis seine Hände schmerzten.

»Würde sie versuchen, dich aus einem Kerker zu befreien? Würde sie ihr Leben für dich aufs Spiel setzen?«

Das Blut sackte ihm aus den Zügen, seine Hände fühlten sich lahm und schlaff an. Er taumelte einen Schritt zurück und wäre auf dem klammen Stroh beinahe ausgerutscht.

»Was wollt Ihr von meiner Schwester?«

Sie lachte leise. »Du hast Verstand, Faun Hühnerdieb. Das stimmt mich hoffnungsvoll, was deine Schwester angeht. Verstand ist eine gute Voraussetzung.«

»Für was?« Er begriff nicht, was sie da redete. Welches Interesse hatte die Gräfin an Saga, wenn sie sie nicht ebenfalls für eine Diebin hielt?

»Dies«, sagte sie leichthin, »und jenes.«

Unvermittelt zog sie sich von der Luke zurück. Durch die Öffnung sah er nur noch die Fackel an der Mauer gegenüber. Einen Herzschlag lang schien es, als sei die Silhouette selbst entflammt, so als hätte er mit purem Feuer gesprochen, nicht mit einem Menschen.

»Was meint Ihr damit?« Wieder schlug er gegen die Tür.

»Schlaf gut, kleiner Dieb.«

Die Luke schlug zu. Keine Geräusche mehr.

Nur das Schweigen der Mauern klang lauter als zuvor.

Saga wartete, bis alle schliefen.

Ihre vier Schwestern lagen in Decken gewickelt zwischen ihr und dem Ausstieg des Planwagens; ihre Eltern nutzten wie üblich den zweiten Wagen als Nachtlager. Lisa, die jüngste der vier, hatte sich beim Einschlafen an ihre älteste Schwester gekuschelt. Saga küsste flüchtig das weizenblonde Haar der Vierjährigen und schob sie behutsam beiseite. Lautlos glitt sie ins Freie.

Die Nacht war kühl. Das Hügelland rund um den Lerchberg lag in sternenklarem Schlummer. Die nahen Wälder flüsterten sanft. Ganz in der Nähe glühte noch die Asche einer Feuerstelle, daneben schnarchte ein Betrunkener.

Die Zelte und Wagen der Händler standen auf einer Wiese unweit des Burgtors. Alle hatten den Hof verlassen müssen, als die Nacht anbrach und das Marktfest seinen Abschluss fand. Die Soldaten hatten hinter ihnen das Tor verriegelt, als gelte es, eine feindliche Armee fern zu halten. Niemandem, der nicht dorthin gehörte, war es gestattet, innerhalb der Burgmauern zu übernachten. Schon bei ihrer Ankunft vor drei Tagen war den Gauklern aufgefallen, wie streng die Kontrollen gehandhabt wurden. Die Karren waren weit gründlicher als üblich durchsucht worden. Jeder Neuankömmling hatte angeben müssen, woher er kam und was er dort über die Lage im Land gehört hatte. Einige Händler waren abgewiesen worden, ohne dass man ihnen die Gründe genannt hatte.

Trotz des ausgelassenen Treibens im Burghof lag Furcht über Burg Lerch. Sagas Vater hatte seinen Kindern hinter vorgehaltener Hand die möglichen Ursachen erklärt. Als Anhängerin des unterlegenen Philipp von Schwaben drohte der Gräfin wie Dutzenden anderer Edelleute im ganzen Reich die Rache des Kaisers; nicht, weil Otto IV. ein übermäßig grausamer Mann war, sondern weil er sich nach dem Bürgerkrieg gezwungen sah, jeden Unruheherd im Keim zu ersticken. Adelige, die auf der Seite seines Feindes gekämpft hatten, blieben eine Gefahr. Aufruhr lag in der Luft. Violante und ihr Ehemann Graf Gahmuret von Lerch hatten als enge Freunde Philipps gegolten.

Dass nicht längst kaisertreue Edle die Burg bewohnten, hatte einen Grund: Gahmuret war seit mehr als sechs Jahren verschollen. Damals, im Jahr 1204, war er mit Tausenden anderen ins Heilige Land aufgebrochen, um die Sarazenenpest aus Jerusalem zu vertreiben. Der Kreuzzug war nach der Schlacht um Konstantinopel zerfallen, viele Ritter nie heimgekehrt. Gahmuret war einer von ihnen.

Saga blieb im Schatten des Planwagens stehen und blickte zur Burg. Es war ein stattliches Anwesen, wenn auch nicht übermäßig groß. Eine feste Mauer schützte die Gebäude rund um den Palas. Mehrere Wachtürme erhoben sich über den Zinnen, und es gab einen hohen Bergfried, der das umliegende Land weit überragte. Westlich des Lerchbergs lagen jenseits eines Waldstreifens ausgedehnte Güter. Saga hatte einmal gehört, dass die Abgaben aus sieben Dörfern nötig waren, um einen Ritter und seine Burg zu unterhalten. Die Grafschaft Lerch hatte weit mehr als sieben Ortschaften zu bieten, doch die Tage verschwenderischen Reichtums waren seit dem Bürgerkrieg vorüber. Es hieß, Graf Gahmuret habe seinen Freund Philipp von Schwaben bei dessen Kampf um die Krone großzügig mit Gold unterstützt und dafür sogar Teile seiner Ländereien beliehen. Heute tat die Gräfin ihr Möglichstes, die Güter des Hauses Lerch zurück zu altem Glanz zu führen und die Freundschaft zum früheren König vergessen zu machen. Doch der Schatten des allmächtigen Kaisers, der jederzeit wieder auf sie fallen konnte, machte es ihr schwer, tüchtige Lehnsmänner auf ihre Höfe zu locken. Die Lage schien verfahren, und die Ahnung allmählichen Niedergangs hing schwermütig über der Gegend.

Trotz alldem hatte sich die Entscheidung von Sagas Vater, seine Familie hierher zu führen, als eine glückliche erwiesen. Die Menschen, dankbar für ein wenig Spaß und Unterhaltung in finsteren Zeiten, hatten großzügig die Schalen der Mädchen gefüllt. Der Lohn für die vergangenen Tage übertraf bereits jetzt den ihrer letzten Auftritte oben im Norden.

Saga bewegte sich noch immer nicht, während sie weiterhin die Zinnen der Burg beobachtete. Soldaten patrouillierten dort oben, Männer in den weißen, wappenlosen Steppwämsern der Burgwache. Die schwere Zugbrücke war verschlossen und würde wohl erst bei Tagesanbruch wieder herabgelassen werden. Vor dem Tor und rechts davon erstreckte sich ein Wassergraben um den Fuß der östlichen Mauer; er war von Menschenhand ausgehoben worden und speiste sich aus einer Quelle, die zwischen ein paar Felsen auf dem Bergrücken entsprang. Links vom Tor ging das Ufer des Grabens in eine Wiese über, die schon nach wenigen Schritten an einer schroffen Felskante endete. Zur Westseite hin fiel der Lerchberg steil ab, von dort aus schien es nahezu unmöglich, in die Feste einzudringen. Gerade deshalb legte Saga ihr größtes Augenmerk auf diesen Teil der Mauern.

Sie warf einen zögernden Blick zurück zum Wagen, dann gab sie sich einen Ruck, löste sich aus seinem Schatten und ging los. Sie unterdrückte den Drang zu rennen, denn das hätte bei den Wächtern auf den Zinnen für Argwohn gesorgt. Scheinbar ziellos schlenderte sie durchs Lager vor der Burg, als könnte sie in der sternklaren Nacht keinen Schlaf finden.

Sie wanderte nach Westen. Das letzte Stück legte sie im Schutz tiefer Schatten zurück, zwischen einigen Wagen und Zelten, die nah an der Steilwand des Lerchberges standen.

Die Westmauer wuchs nicht übergangslos aus dem Fels. Vielmehr bildete der Berg am Fuß der Burg einen schmalen Wulst aus Felsbuckeln, die unten entlang der Mauer verliefen. Eine geschickte Artistin konnte mühelos darüber hinwegbalancieren – und mit ein wenig Glück die Mauer selbst an Fugen und Vorsprüngen ersteigen.

Zuletzt war es viel leichter, als sie erwartet hatte. Behände schob sie sich an dem groben Mauerwerk empor. Nur ein einziges Mal geriet sie in Bedrängnis, als eine Windbö aus dem Nichts an der Burg vorüberfegte. Saga konnte sich gerade noch festklammern, die nackten Zehen tief in eine Mauerfuge gepresst, ihre Finger um die Kanten rauer Steinblöcke gekrallt. Sie spürte Blut über ihren Handrücken laufen, als sie sich die Nagelbetten einriss. Ein Krampf loderte in ihrem linken Fuß, so schmerzhaft, dass sie schreien wollte und sich auf die Unterlippe biss. Für eine Weile schien das ganze Unterfangen zum Scheitern verurteilt.

Doch der Wind kam nicht wieder, und wenig später erreichte sie die Zinnen. Sie hatte kein einziges Mal nach unten gesehen. Große Höhen machten ihr längst keine Angst mehr.

Wie sie erwartet hatte, konzentrierten die Wachen ihre Aufmerksamkeit auf die Süd- und Ostseite der Burg. Dort befanden sich das Lager und der Weg zum Tor. Weiter entfernt führte die alte Handelsstraße durch die Wälder, von der es hieß, sie folge dem Verlauf eines ungleich älteren Weges aus vergessenen Tagen.

Über die Zinnen zu klettern war ein Kinderspiel. Zwischen einem Fass mit Trinkwasser, aus dem sich die Wächter mit hölzernen Kellen bedienen konnten, und der Brüstung einer Treppe ging sie in Deckung. Unter ihr lag der Burghof. Tagsüber war er voller Zelte, Stände und Menschen gewesen. Nun aber lag er verlassen da, und er erschien Saga ungleich größer als noch vor wenigen Stunden. Sie hatte nicht bedacht, wie schwierig es sein würde, ungesehen über die offene Fläche zu gelangen. Selbst wenn sie sich im Schatten der Mauern bewegte, war sie von den Zinnen aus leicht zu entdecken.

Es half alles nichts, sie musste weiter. Wenn sie länger hier sitzen blieb, würden ihr nur noch mehr Dinge einfallen, die schief gehen konnten. Dabei hatte sie nicht einmal darüber nachgedacht, wie sie Faun tatsächlich aus dem Kerker befreien wollte. In die Burg zu gelangen, vielleicht sogar in seine Nähe, war die eine Sache. Ihn aber von hier fortzubringen eine ganz andere. Sie bezweifelte, dass er es die Mauer hinunter schaffen würde. Klettern war nicht seine Stärke.

Geduckt huschte sie die Treppe hinunter. Die Burgwachen auf der Mauer – sie zählte vier – taten ihr den Gefallen und blickten weiterhin nach außen. Solange keinem einfiel, sich herumzudrehen, war sie einigermaßen sicher.

Die unterste Stufe, dann der festgetrampelte Lehm des Burghofs. Auf geradem Weg waren es von hier bis zum Portal des Palas etwa fünfzig Schritt; schob sie sich mit dem Rücken an der Mauer entlang, fast das Doppelte. Dabei konnte sie die Deckung ausnutzen, die ihr die Überbleibsel des Marktes boten. Noch am späten Abend hatten Bedienstete damit begonnen, die liegen gebliebenen Abfälle aufzusammeln und in große Tuchplanen einzuschlagen. Diese Bündel, einige fast mannshoch, waren an die Ränder des Hofes gezerrt worden, damit sie den Karren der Händler und Bauern bei ihrer Abfahrt nicht im Wege standen. Saga boten sie Gelegenheit, sich vor unerwünschten Blicken zu schützen.

Die zweiflügelige Tür des Palas war angelehnt, als Saga sie erreichte. Zum ersten Mal kam Misstrauen in ihr auf. Welcher Burgverwalter, dessen Herrin die Rache des Kaisers fürchten musste, war so nachlässig, eine Tür nicht zu verriegeln? Schlimm genug, dass es einer Gauklerin gelingen konnte, bis hierhin zu kommen, doch ein solcher Leichtsinn roch nach ausgewachsener Dummheit.

Oder Absicht.

Sie hatte den Gedanken kaum gefasst, als hinter ihr ein Schleifen ertönte. Eisen auf Holz und Leder.

Saga wirbelte herum. Atmete tief ein. Schloss für zwei, drei Herzschläge die Augen.

»Nicht bewegen«, sagte ein Mann. Das Schwert in seiner Hand war gerade erst aus der Scheide geglitten. Hinter ihm traten fünf weitere Gestalten aus schattenschwarzen Winkeln im Mauerwerk.

Keiner von ihnen wirkte überrascht, und Saga biss sich auf die Lippen. Wie dumm sie gewesen war! Das, was sie für Nachlässigkeit gehalten hatte, war geplant gewesen.

Saga wehrte sich nicht, als die Soldaten der Burgwache sie wortlos in ihre Mitte nahmen. Sie wusste, dass sie keine Chance hatte. Mehr noch, es hätte alles nur viel schlimmer gemacht.

Im Fackelschein wurde sie ins Innere des Palas geführt, und wenig später bogen die Männer mit ihr in einen steinernen Gang ab, der von verblichenen Wandteppichen gesäumt wurde. Sie passierten geschlossene Türen und stiegen schmale ausgehöhlte Treppenstufen hinauf.

»Dort hinein«, sagte der Anführer der Burgwache und deutete auf eine Tür, die in Erwartung eines späten Gastes weit offen stand. Hinter Sagas Rücken fiel sie zu. Ein Riegel knirschte an der Außenseite.

Sagas Blick irrte durch den weitläufigen Raum. Erst nach einem Augenblick erkannte sie, dass sie vom Palas hinüber in den Bergfried gegangen waren, mehrere Stockwerke hoch über dem Innenhof. Das einzige Fenster war vergittert, die Fugen noch frisch, wo die Stäbe ins Mauerwerk eingelassen waren. Das Zimmer war nahezu kreisrund, mit einer einzelnen Geraden auf der gegenüberliegenden Seite des Fensters; dort befand sich die Tür zum Treppenhaus. Auch hier bedeckten Teppiche die Wände, um im Winter die Wärme des offenen Kamins zu halten. Von der Decke blätterten schlichte Malereien. Es gab ein großes Bett, das eher einem Gast zugestanden hätte als einer Gefangenen, und eine glasierte Tonschüssel mit frischem Wasser. Auf der Matratze aus Samt und gestopftem Stroh lag ein schlichtes Kleid in Erdfarben.

Saga rührte sich nicht. Ihre Panik ließ sie innerlich gefrieren, unfähig, einen vernünftigen Gedanken zu fassen.

Sie war erwartet worden. *Jemand* war erwartet worden. Aber wirklich *sie*?

Dann entdeckte sie den Anhänger, der an einem Lederbändchen auf dem Kopfkissen lag. Es war ein ovaler Stein von hellstem Türkis, nicht größer als ein Daumenglied, eingefasst in ein Netz aus Silber.

Sie kannte ihn gut. Er gehörte Faun.

~

Irgendwann hörte sie auf, ihre Fragen hinaus in das Schweigen zu brüllen. Sie legte sich aufs Bett, die Beine angezogen, Fauns Stein an ihre Wange gepresst. Sie erinnerte sich an den Sommer, als er mit dem Anhänger am Hals aufgetaucht war und behauptet hatte, er sei das Ei eines Drachen. Sie hatte ihn ausgelacht, aber als er sie bat, keinem der anderen von seinem Geheimnis zu erzählen, hatte sie sich seinem Wunsch gefügt und Stillschweigen bewahrt. Für Saga gehörte der Anhänger so untrennbar zu Faun wie sie selbst.

Die Tränen rannen ihr die Wangen hinunter, und sie machte nicht einmal den Versuch zu verstehen, was hier passierte. Hundert Fragen. Tausend mögliche Antworten.

Am nächsten Morgen brachte ihr jemand Essen, eine mausgraue Magd, die ebenso gut hätte stumm sein können. Auf dem Korridor klirrte Eisen, eine sanfte Ermahnung, dass jeder Fluchtversuch zwecklos war. Saga überschüttete die Frau mit Fragen, flehte sogar noch, als die Tür sich längst hinter ihr geschlossen hatte. Sie erhielt keine Antwort.

Ein weiterer Tag, eine weitere Nacht.

Bald eine Woche.

Und noch immer keine Erklärungen.

Mehrmals am Tag lief sie zur Tür ihres Zimmers und hämmerte dagegen. Anfangs häufig, zuletzt immer seltener. Es machte keinen Unterschied. Hinter der Tür herrschte noch immer Totenstille, genauso wie vor ihrem vergitterten Fenster nur die Leere des Himmels zu sehen war.

Ihre Tränen versiegten, nicht jedoch die Gedanken, die Erinnerungen, das Schuldbewusstsein, das sie empfand, wenn sie an Faun dachte.

Je mehr Zeit verstrich, desto öfter schoss Saga durch den Kopf, dass überhaupt nichts mehr passieren würde. Dass sie für immer in diesem Turmzimmer eingesperrt bliebe, gefangen in ihrer eigenen Einsamkeit und Verzweiflung. Deswegen war sie fast dankbar, als die Magd ihr am Morgen des neunten oder zehnten Tages das Buch brachte.

Irgendjemand musste ihr den Befehl dazu gegeben haben, und Saga nahm das als Bestätigung, dass sie vielleicht doch nicht vergessen worden war. Und auch wenn sie nicht lesen konnte, begann sie sich die kunstvollen Bilder auf den Seiten anzuschauen; der von Hand kopierte Codex war zweifellos mehr Gold wert, als ihr Vater in seinem ganzen Leben verdienen würde. Sie vermutete, dass es sich um eine Bibel handelte. Sie kannte ein paar der Geschichten in der Heiligen Schrift, und sie entdeckte bekannte Szenen in den Illuminationen und Vignetten.

Wenn sie nicht in dem Codex blätterte, saß sie meistens auf dem schmalen Bett und sah durch die Gitterstäbe auf den fernen Himmel, an dem sich Helligkeit und Dunkelheit in regelmäßiger Folge abwechselten. Um sich Bewegung zu verschaffen, lief sie an der Wand des weitläufigen Zimmers entlang, Runde um Runde, und ihre Gedanken liefen dabei mit ihr im Kreis.

Anfangs dachte sie oft an ihre Eltern und jüngeren Geschwister. In den ersten Tagen hatte es wehgetan, aber das hatte bald aufgehört. Sie zweifelte nicht, dass ihr Vater mit den anderen weitergezogen war. Seit dem Tod seiner ältesten Söhne ging er jedem Konflikt mit der Obrigkeit aus dem Weg.

Eine Weile lang würde die Familie es schwer haben, ohne Sagas Seiltanz, vor allem aber ohne den Lügengeist.

Aber Martha balancierte schon jetzt recht gut, und ihr Vater würde dafür sorgen, dass sie besser wurde. Noch ein paar Jahre, ein paar Narben mehr, und sie würde so geschickt sein wie Saga.

Auf den Lügengeist allerdings mussten sie verzichten. Keines der jüngeren Mädchen besaß das Talent der Trugstimme.

Doch auch Saga versagte der Lügengeist hier in der Gefangenschaft des Burgzimmers seinen Dienst. Sie hatte versucht, die Magd mit seiner Hilfe zu überzeugen, ihr zur Flucht zu verhelfen, aber das hatte keinen Erfolg gezeigt. Die Frau wollte ihre Lügen nicht glauben, man mochte ihr Gott weiß was über Saga erzählt haben. Zweifellos war sie überzeugt, dass die Gauklerin zu Recht im Bergfried festgehalten wurde. Saga indes hätte alles gegeben, um den Grund zu erfahren.

~

Sie war nicht sicher, wie lange der Lügengeist schon in ihr wohnte. Vielleicht seit ihrer Geburt. Vielleicht auch erst seit dem Tag, an dem sie zum ersten Mal mit seiner Hilfe gelogen hatte. Es war ganz wie von selbst geschehen. Plötzlich war er da gewesen, und mit ihm ihr Talent für die Lüge.

Es hatte nicht lange gedauert, ehe sie seine einzige Regel durchschaut hatte: Wichtig war, dass die Opfer belogen werden *wollten*. Sie alle glaubten nur das, wovon sie insgeheim längst überzeugt waren. Der eitle Händler, der immer schon vermutet hatte, dass der Himmel selbst ihn beschützte. Eine Frau, die nicht wahrhaben wollte, dass ihr Mann es mit einer anderen trieb. Ein Trunkenbold, der damit prahlte, mehr saufen zu können als jeder andere. Sie alle waren so leicht zu durchschauen gewesen. Mit der Zeit hatte Saga ein Talent dafür entwickelt, die Schwächen der Menschen zu erkennen. Meist genügten nur wenige Augenblicke, vielleicht ein kurzes Gespräch, dann kannte sie den wunden Punkt und stieß ihre Stimme hinein wie einen Dolch.

Die meisten dieser Auftritte waren derb und unappetitlich gewesen, andere – wie jener der betrogenen Frau – gingen ans Herz. Sie alle aber zielten auf die niedersten Instinkte des Publikums: Schadenfreude und Mitleid. Das sorgte für den Erfolg ihrer Darbietung.

Und Skrupel? Gewiss, die kannte sie. Mehr als genug. Aber ihr Vater verbot ihr den Mund, wenn sie wagte, sie auszusprechen. *Sie wollen es so*, sagte er, und dagegen war schwerlich anzureden. Tatsächlich wäre die Stimme des Lügengeistes ohne Wirkung geblieben, hätten die Leute es nicht gewollt.

Sie tröstete sich damit, dass ihre Lügen zufrieden machten, manche gar glücklich. Jedenfalls für den Augenblick. Und wenn die Opfer aus ihrem Selbstbetrug erwachten, waren die Gaukler und ihr Gold längst über alle Berge.

Aber immer dann, wenn sie zu genau nachdachte über das, was sie tat, fiel es ihr schwer, sich selbst zu mögen. Es wäre zu einfach gewesen, allein ihrem Vater die Schuld zu geben. War es nicht *ihre* Stimme? Ihre Entscheidung? Wenn jemand dem Lügen ein Ende machen konnte, dann nur sie selbst.

Im Turmzimmer hatte Saga Zeit, diesen Gedanken weiterzuspinnen. Es war leichter, über ihre eigenen Fehler nachzugrübeln als über das Schicksal ihres Bruders. Manchmal gelang es ihr gar, eine Weile lang überhaupt nicht an ihn zu denken. Aber wenn die Erinnerung zurückkehrte, kam sie einher mit Schuldgefühlen, Selbstzweifeln und einem Gefühl von Verlust, das sich wie Feuer in ihre Seele brannte.

~

Die Magd brachte ihr mehr und noch mehr Bücher. Lauter fromme Schriften, den Bildern nach zu urteilen. Sie war der einzige Mensch, den Saga zu Gesicht bekam. Und sie blieb weiterhin so stumm wie ein Fisch.

Niemand schien es zu kümmern, ob sie die Bücher lesen konnte. Niemand schien es zu kümmern, dass sie überhaupt hier war.

Und trotzdem wuchs die Zahl der dicken Bände von Tag zu Tag, bis sie schließlich überall auf dem Boden verteilt lagen. Hin und wieder benutzte Saga sie zu kindischen Spielen, sprang auf einem Bein von einem kostbaren Buchdeckel zum nächsten. Häufiger aber blätterte sie darin, erst widerwillig, dann interessierter. Es gab sonst nichts, um sich die Zeit zu vertreiben. Zumindest hielt es sie davon ab, nur über sich selbst nachzudenken.

Die Heiligen in den Illuminationen der Codices wurden plastischer, je länger Saga sie betrachtete. Manche schienen sich zu ihr umzudrehen, andere wanderten in den Bildern umher.

Saga fragte sich, ob man ihr etwas in die Mahlzeiten mischte. Ein Gift, das sie wahnsinnig machte. Oder fügsam.

Da beschloss sie, nicht mehr zu essen.

Am Tag darauf erschien die Nonne.

~

Eine Erscheinung hätte es in der Tat sein können, denn Saga fand wenig Menschliches an ihr. Die Nonne schwebte in ihrem Gewand zur Tür herein, die Füße unter einem bodenlangen Saum verborgen. Ihre Tracht war schwarz, genau wie die breite Haube, die ihren Kopf und die Schultern bedeckte. Allein ihr Gesicht leuchtete blass zwischen den dunklen Stoffen hervor, kantig wie aus Holz geschnitzt. Ihre Augen blickten flink in jede Richtung, ohne dass sich der Kopf bewegte. An ihrer symmetrischen Knochigkeit war etwas Insektenhaftes, fand Saga. Es fiel leicht, sie abscheulich zu finden.

Die Tür wurde von außen zugeworfen, noch bevor Saga sie erreichen und sich hinauszwängen konnte. Die Nonne blieb in der Mitte des Raumes stehen, ohne sich zum Eingang umzudrehen. Wortlos wartete sie, bis Saga es aufgab, an der schweren Klinke zu rütteln und Verwünschungen gegen das Holz zu brüllen. Ohne eine Regung stand die Frau da, eingesponnen in wallendes Schwarz wie eine Aussätzige.

Saga näherte sich ihr vorsichtig von hinten und umrundete sie langsam. Der Kopf unter der schmalen Haube war stur nach vorn gewandt, doch als Saga auf Höhe ihres Profils kam, bemerkte sie, dass die Blicke der Frau sie bereits erfasst hatten. Fortan folgten sie jedem ihrer Schritte, bis sich die beiden Auge in Auge gegenüberstanden.

Saga sprudelte ihre Fragen hervor. Wie geht es Faun? Warum bin ich hier? Was wollt Ihr von mir? Wer seid Ihr überhaupt?

Auf keine davon erhielt sie eine Antwort.

Die Nonne musterte sie schweigend, und Saga kam mit einem Mal der beunruhigende Gedanke, dass diese Frau womöglich all die Tage lang vor der Tür gestanden hatte, so als wäre die Stille dort draußen von ihr ausgegangen wie ein unangenehmer Geruch. So als müsste ein Schweigen wie dieses einen *Ursprung* haben.

Unsinn, dachte sie. Nur eine fromme alte Frau. Und sie kann nicht gutheißen, was man dir antut. Niemand hat ein Recht dazu. Vielleicht kann sie dir helfen.

Saga verlegte sich aufs Bitten, dann aufs Flehen. Man möge sie gehen lassen. Und ihren Bruder auch. Sie hätten doch beide niemandem schaden wollen. Wirklich nicht.

»Bitte«, sagte sie noch einmal ganz zum Schluss, müde geworden von dem vielen Gerede, auf das keine, nicht einmal die geringste Reaktion erfolgte.

Die Nonne starrte sie nur an.

Ihre Augen waren dunkel wie ihre Tracht, Schattenlöcher, in die zerklüftete Hautfalten wie Felsspalten mündeten. Sie musste sehr alt sein, aber sie war hochgewachsen und hielt sich gewissenhaft gerade. Ihr Auftreten strahlte unerbittliche Strenge aus, gegen sich selbst genauso wie gegen andere.

»Warum redet Ihr nicht?« Plötzlich war die Vorstellung, der grässlichen Frau die Augen auszukratzen, ungeheuer verlockend.

Noch immer blickte die Nonne sie an, nicht durch Saga hindurch, sondern auf einen Punkt zwischen ihren Augen fixiert. So als versuchte sie, Sagas Gedanken zu lesen. Oder sie einer Prüfung zu unterziehen.

»Sprecht mit mir!« Saga machte einen Schritt auf die Nonne zu. Sie hätte nur die Arme ausstrecken müssen, um die Finger in ihre Augenhöhlen zu stoßen. Es würde gut tun, sich an jemandem zu rächen für das, was sie hier durchmachte.

Die schmalen Lippen der Nonne öffneten sich, aber die Worte schienen erst verspätet aus ihrer Kehle zu kommen.

»Eine Spielmännin!«, sagte sie eisig. »Ich wollte dich mit eigenen Augen sehen. Und, bei Gott, es ist wahr. Sie zieht eine *Spielmännin* vor und macht sie zur Magdalena.«

»Was?« Wovon redete sie da? Wer oder was war eine Magdalena? »Ich verstehe nicht –«

»Nicht mehr lange«, sagte die Nonne. »Gott helfe uns allen.«

Dann drehte sie sich um und glitt zurück zur Tür.

Saga sprang vor und verstellte ihr den Weg.

»Nicht mehr lange bis *was*?« Ihre Stimme überschlug sich. Sie wollte zornig klingen, vielleicht kaltschnäuzig. Stattdessen war ihr Unterton so flehend, dass sie sich selbst dafür hasste. »Bis man mich umbringt? Oder freilässt?«

»Geh zur Seite, oder du wirst diesen Raum nie mehr verlassen.«

Saga zögerte – und wich aus. Gerade weit genug, dass die Nonne sie passieren konnte. Der schwarze Stoff streifte ihren Arm. Sie bekam eine Gänsehaut.

Die Nonne klopfte mit einem bleichen Fingerknöchel gegen die Tür. Auf der anderen Seite quietschte der Riegel.

»Du musst essen«, sagte die Frau, ohne sich noch einmal umzudrehen. »Du musst stark sein für den langen Weg, der vor dir liegt.«

»Welcher lange Weg?«

Die Tür schwang auf.

»Welcher Weg?«

Die Nonne schwebte hinaus.

Türschlagen. Riegelknirschen.

Saga war allein. Und hungrig.

~

Sie aß wieder, sobald die Magd ihr etwas brachte. Sie trank mehr Wasser als zuvor und begann mit einfachen Übungen, um beweglich und bei Kraft zu bleiben. Sie balancierte auf der Bettkante, machte Überschläge aus dem Stand heraus, lief auf den Händen und machte Klimmzüge an den Gitterstäben des Turmfensters.

Ihre Wahrnehmung normalisierte sich. Bald waren die Heiligen in den Büchern wieder erstarrt. Keiner wandte mehr den Kopf zu ihr um. Sie waren einfach nur gemalte Gestalten, nicht einmal lebensecht.

Ein langer Weg, also. Ihren Tod konnte das nicht bedeuten. Weshalb hätte sie zum Sterben bei Kräften sein müssen?

Wohin aber sollte sie gehen? Wohin wollte man sie bringen? Und was bedeutete es, jemanden zur *Magdalena* zu machen?

Letztlich aber war alles besser, als länger in dieser Kammer festzusitzen. Irgendwo da draußen war Faun. Vielleicht würde sie ihn wiedersehen. Womöglich gar die Wahrheit erfahren. Die Gründe für ihre Gefangenschaft.

Sie war bereit.

~

Am Ende der dritten Woche erwachte sie nachts von Geräuschen. Aus dem Hof drang das Klirren von Schwertern herauf, begleitet von wildem Geschrei. Saga sprang aus dem Bett, zog sich zum Fenster hinauf und presste ihr Gesicht so fest an die Gitterstäbe, dass ihre Wangenknochen schmerzten. Sie konnte trotzdem nichts erkennen. Der Nachthimmel war dicht bewölkt, selbst die Landschaft am Fuß des Lerchberges lag in völliger Finsternis. Der Burghof befand sich viel zu tief unter ihr, als dass sie ihn aus diesem Winkel hätte überschauen können.

Ganz in der Nähe gurrte eine Ringeltaube. Saga kannte sie bereits, sie saß oft nahe dem Fenster in der Mauer. Sie wünschte sich, das Tier zu verstehen; es hätte ihr verraten können, was dort unten geschah.

Die Schreie und der Kampflärm brachen ab, begannen kurz darauf erneut. Schließlich verlagerte sich beides ins Innere eines Gebäudes. Ein Fauchen ertönte, dann tanzten Funken vor dem Fenster aufwärts. Im Hof brannte ein Feuer. Alarmrufe gellten, aufgebrachtes Kreischen.

Saga wich instinktiv einen Schritt zurück und bemerkte dabei, dass die Geräusche nun auch im Inneren des Bergfrieds erklangen, nicht weit von ihrer Tür entfernt. Dann und wann hallten Schreie durch das Gemäuer, verzerrt, gedämpft, aber nah genug, um Sagas erste Hoffnung in Furcht zu verwandeln.

Nun wurde überall gekämpft, draußen wie auch drinnen. Funken sah sie keine mehr, das Feuer mochte gelöscht sein. Irgendwo weinten Kinder, vermutlich die der Dienstmägde. Im Turm stank es jetzt nach Rauch, aber das musste nichts bedeuten. Bis der Dunst des gelöschten Feuers die Kammer erreicht hatte, mochte im Hof viel geschehen sein.

Irgendwann verklang das Singen der Schwerter. Erschöpfte Stimmen riefen durcheinander, ein Mann brüllte aus Leibeskräften nach einem Medicus.

Alle Muskeln in Sagas Körper waren angespannt. Sie musste sich zwingen, die Erstarrung abzuschütteln und ihr Kleid überzustreifen. Ihre eigenen Sachen hatten irgendwann so erbärmlich gestunken, dass sie sie freiwillig abgelegt hatte. Die Magd hatte sie mitgenommen und nie mehr zurückgebracht. Mit ihnen war auch Fauns Drachenei verschwunden.

Zeit verstrich. Nichts geschah.

Dann Schritte vor der Tür. Waren das die Angreifer oder die Verteidiger der Burg? Hatten sie ein ebensolches Interesse an ihr wie die anderen?

Vielleicht, dachte sie, muss ich jetzt sterben.

Die Tür flog auf.

»Mitkommen!«, befahl eine Stimme.

Die Abreise

Überall war Blut.

Es klebte auf den Treppenstufen und bildete zerlaufene Fratzen an den Wänden. Manche Flecken sahen aus wie dunkelrote Schatten, die jemandem vom Körper geschnitten worden waren. Und da waren noch weitere Spuren des Kampfes: Auf einem Treppenabsatz lagen drei Finger, einer der Länge nach aufgeschlitzt wie ein ausgenommener Fisch. An einer Mauer klebte etwas Haariges, von dem Saga rasch den Blick abwandte, bevor sie mehr erkennen konnte. Und über allem hing der Gestank von warmem, rohem Fleisch, wie bei den Schlachtfesten, die in vielen Dörfern gefeiert wurden.

Die beiden Männer, die Saga abgeholt hatten, gehörten zur Burgwache. Das gab immerhin Aufschluss über den Ausgang des Angriffs. Beide wirkten angeschlagen. Ihre weißen Steppwämser waren mit dunklem Blut bespritzt, einer humpelte leicht. Der andere war noch sehr jung, und Saga bemerkte, dass das gezogene Schwert in seiner Hand zitterte. Beide Männer sahen nicht aus, als wären sie dazu aufgelegt, die Fragen ihrer Gefangenen zu beantworten.

Doch als sie den Fuß der Treppe erreichten und hier unten auf noch größere Verwüstungen stießen – ein Toter lag mit aufgerissenem Bauch vor einem Kamin, die linke Hand in den eigenen Eingeweiden vergraben; ein zweiter lehnte mit dem Rücken an der Wand und starrte mit blutunterlaufenen Augen ins Leere –, fasste sich Saga ein Herz und fragte: »Was ist hier passiert?«

Keiner der beiden Männer gab Antwort. Der jüngere biss sich auf die Unterlippe und schien gar nicht zu bemerken, dass sie blutete.

Die Toten trugen Kettenhemden und Helme, der eine sogar eiserne Arm- und Beinschienen. Ihre Ausrüstung war solider und teurer als jene der Burgwache, und Saga fragte sich unwillkürlich, wie viele Getreue der Gräfin nötig gewesen waren, um sie zu besiegen. Ganz sicher hatte es Tote auf beiden Seiten gegeben.

Sie versuchte es noch einmal, als sie in den ersten Stock des Palas hinaufstiegen, über eine breite Treppe in gelbem Fackelschein.

»Wer sind diese Männer gewesen?« Sie sprach ihren Verdacht aus, bevor sie über mögliche Folgen nachdachte: »Soldaten des Kaisers?«

Das Gesicht des älteren Soldaten ruckte zu ihr herum, und einen Moment lang fürchtete sie, er würde sie schlagen. Dann aber blickte er wieder starr nach vorn. Es war gut, er musste nichts sagen. Sie hatte die Antwort in seinem verzweifelten Blick gelesen, dem Blick eines Mannes, dem heute Nacht klar geworden war, dass er auf der falschen Seite eines aussichtslosen Konflikts stand.

Auch hier oben gab es Zeugnisse eines erbitterten Kampfes. Eine totenbleiche Magd schleppte gerade zwei Wassereimer und Putzlappen herbei, eine andere hockte schluchzend auf den Knien und wischte mechanisch an einem Blutfleck herum, der davon nur größer wurde. Sie sah aus verheulten Augen zu Saga auf, als die Soldaten sie vorüberführten.

Vor einer Doppeltür in der Mitte eines breiten Steinkorridors blieben die Soldaten stehen. Der ältere steckte sein Schwert in die Scheide und pochte ans Holz.

»Herein mit ihr!«, sagte eine Frauenstimme. Saga ahnte, wer

sie dort drinnen erwartete. Aber seltsamerweise spürte sie nur noch einen Schatten des unbändigen Zorns, der sie all die Wochen gequält hatte. Sie hatte gehofft, sie käme nahe genug an Gräfin Violante heran, um ihr an die Kehle zu gehen. Doch jetzt war ihre Wut … nein, nicht verflogen, aber doch so weit in den Hintergrund gerückt, dass sie Mühe hatte, überhaupt an etwas anderes als die Leichen unten in der Halle zu denken.

Der Soldat öffnete die Tür und schob Saga hinein. Die Kammer war geräumig, doppelt so groß wie ihre eigene im Bergfried. Bestickte Wandbehänge schmückten die Mauern. Einer zeigte eine Jagdszene in tiefen Wäldern, über deren Wipfeln der Umriss der Lerchburg thronte. Auf einem anderen war der Zug der Tiere ins Innere der Arche Noah zu sehen. Die Zimmerdecke hatte man mit Sternen und Tierkreiszeichen bemalt, eine prachtvolle Farbenfülle aus Blau und Rot und Gold. Auf Truhen und Mauersimsen brannten Kerzen aus billigem Talg, nicht aus Wachs, wie Saga es im Haus einer Edeldame erwartet hätte.

Die schlanke Frau, die mit dem Rücken zum Eingang vor einem flackernden Kaminfeuer stand, drehte sich langsam um. Ihr langes hellblondes Haar war zu einem nachlässigen Knoten geschlungen und mit einer einzigen Nadel befestigt. Sie war in einen kostbaren Mantel gehüllt, den sie mit beiden Händen vor ihrer Brust zusammenraffte; darunter schaute der Saum eines schlichten Nachtgewandes hervor. Ihre Füße waren nackt, und Saga erkannte getrocknete Blutspritzer auf ihrem rechten Fußrücken. Auch auf halber Strecke zwischen der Tür und dem herrschaftlichen Bett befand sich eine Blutlache.

Jemand ist dort gestorben, dachte Saga. Jemand wollte die Gräfin ermorden und ist dort vorn erschlagen worden. Kurz vor dem Ziel!

Gräfin Violante folgte Sagas Blick zu dem Fleck, dann gab sie den Wachmännern einen Wink. »Lasst uns allein.«

Der jüngere schien zu zögern, wurde aber von dem anderen hinausgeschoben. Saga fand den Befehl ebenso erstaunlich wie er.

Violante schenkte dem Jungen ein Lächeln. »Sie wird mir nichts zu Leide tun.«

Saga war sich dessen nicht ganz so sicher.

Die Tür wurde mit einem Scharren zugezogen. Saga hörte keine Schritte. Die beiden Soldaten blieben in Rufweite.

»Komm näher.« Die Gräfin machte eine einladende Bewegung. »Es ist wärmer am Feuer. Und wir werden noch genug frieren in der nächsten Zeit.«

Saga rührte sich nicht von der Stelle. »Wo ist mein Bruder?«

»In Sicherheit.«

»*Wo* ist er?«

»In dieser Burg. Er ist wohlauf. Du brauchst dir um ihn keine Sorgen zu machen.« Eine winzige Pause, dann: »Jedenfalls nicht, solange du tust, was ich dir sage. Und nun komm ans Feuer.«

Saga machte ein paar langsame Schritte, bis sie die Wärme der Flammen spürte. Für eine Frühsommernacht war es in den Fluren und Treppenhäusern der zugigen Burg erstaunlich kühl, und das nahe Feuer tat gut. Gegen ihre Gänsehaut kam es trotzdem nicht an.

Gräfin Violante von Lerch war hochgewachsen, einen halben Kopf größer als Saga. Aus der Nähe war zu erkennen, wie sehr die Ereignisse der letzten Stunde sie mitgenommen hatten. Ihre hellgrünen Augen waren geschwollen, so als hätte sie Tränen unterdrückt, die noch immer darauf warteten, über ihr Gesicht zu rollen. Wenn sie schwieg, spannten sich die Muskeln unter ihren Wangen, und ihre Kiefer mahlten. Sie hatte eine alte Narbe unter dem linken Auge, die aussah, als stammte sie von einem Vogelschnabel. Die Falknerei war beliebt unter Edelleuten; möglich, dass Violante sich dabei verletzt hatte. Für eine Frau, der man gerade erst nach dem Leben getrachtet hatte, machte sie trotz allem einen erstaunlich gefassten Eindruck.

»Saga«, flüsterte sie leise, als müsste sie über diesen Namen nachdenken. Dann atmete sie tief durch. »Wir haben wenig Zeit. Geh ans Fenster und schau in den Burghof.«

»Warum?«

»Tu's einfach.«

Saga blieb stehen. »Ich will Faun sehen.«

»Das wirst du. Aber erst, wenn du hinausgeschaut hast.«

Mit unsicheren Schritten trat Saga an eines der beiden Fenster. Das Brett, mit dem es für gewöhnlich verschlossen wurde, war bereits herausgenommen und am Boden abgestellt worden.

Die Nacht war noch immer stockdunkel. Fackeln und Feuerbecken erhellten einzelne Teile des Hofes, aber jedes dieser erleuchteten Gebiete wirkte isoliert von den anderen. Menschen eilten darin umher, verschwanden in den dunklen Flecken zwischen den feuerbeschienenen Arealen und tauchten anderswo wie aus dem Nichts wieder auf. Nahe des Tors waren vier Leichen übereinander gelegt worden, die beiden aus der Halle wurden gerade herangebracht; zwei Diener bedeckten den makaberen Hügel mit einer Plane. Bei den sechs Männern musste es sich um die toten Eindringlinge handeln. Man würde sie später ins Freie schaffen und verscharren, oder aber jenem zurückschicken, der sie ausgesandt hatte. Der Kaiser würde nicht erfreut sein, wenn ihn auf den Schlachtfeldern Süditaliens die Nachricht über den misslungenen Anschlag erreichte.

In der Mitte des Burghofes standen drei Pferdekutschen, schmucklose Holzkästen mit hellen Vorhängen hinter den Fenstern. Vor jede waren zwei Rösser gespannt, große, muskulöse Tiere. Mägde und Dienstboten luden Kisten und Säcke ins Innere oder verschnürten sie auf den Dächern der Kutschen.

Einer der Wagen hatte Gitterstäbe vor den Fenstern. Saga erinnerte sich an die Worte der unheimlichen Nonne.

»Glaubt Ihr wirklich, Ihr könnt vor dem Kaiser davonlaufen?«, fragte sie, drehte sich aber erst nach einem Augenblick zur Gräfin um.

Das schöne Gesicht der Frau schien zu beben, aber das mochte auch vom Flackerschein des Kaminfeuers rühren. In ihrer Stimme lag ein gespannter Unterton, der sie bedrohlicher wirken ließ als jeder Wutausbruch. »Ich laufe nicht davon. Unsere Abreise ist seit langem geplant. Der … Vorfall von heute Nacht hat mich nur veranlasst, unsere Reise um ein paar Tage vorzuverlegen.«

»Unsere Reise?«

»Ich weiß, dass Gunthild bei dir war. Und was sie zu dir gesagt hat.«

»Die Nonne?«

Die Gräfin nickte.

»Sie hat von einem langen Weg gesprochen.« Tief in Saga regte sich der Wunsch, zu brüllen und um sich zu schlagen, doch nach außen hin bewahrte sie Ruhe. Es war wie bei einem ihrer Auftritte auf dem Seil: Du kannst alle Angst der Welt haben, aber nach außen hin darfst du sie nicht zeigen. Sonst packt dich der Abgrund und reißt dich hinab.

»Ein langer Weg, in der Tat«, wiederholte die Gräfin. Saga fand, dass sie nicht älter aussah als dreißig, obwohl das täuschen musste. In Wahrheit waren es sicher zehn Jahre mehr. Keine junge Frau mehr, aber auch noch keine alte. »Du bist es ja gewohnt, zu reisen.«

»Und wenn ich mich weigere?«

»Warum solltest du das tun? Ich habe deinen Bruder.« Die Drohung wurde mit einer solchen Unschuldsmiene vorgebracht, dass es Saga für einen Moment die Sprache verschlug.

»Ihr wollt ihm … etwas zu Leide tun?« Ihre äußerliche Gelassenheit bekam Risse, aber noch behielt sie sich unter Kontrolle. Auf einmal hatte ihre Ruhe nichts mehr mit Konzentration zu tun, nur mit Entsetzen.

»Er ist ein Dieb.« Gräfin Violante trat an ihr vorbei ans Fenster und sah hinaus. »Wir haben nicht mehr viel Zeit, fürchte ich.« Sie wandte sich wieder um und blickte Saga fest in die Augen. »Unser Handel ist ganz einfach. Du kommst mit mir, und dein Bruder bleibt am Leben. Versuchst du zu fliehen oder zeigst dich auf andere Weise widerspenstig, sende ich noch in derselben Stunde einen Boten aus, der sein Todesurteil überbringt. Ich möchte, dass du verstehst, dass sein Schicksal allein in deiner Hand liegt, Saga. Du trägst jetzt die Verantwortung für ihn.«

Saga schloss die Augen und fühlte den Boden unter sich schwanken. Sie ballte eine Faust, öffnete die Lider – und schlug Violante mitten ins Gesicht.

Die Gräfin stolperte zurück, und beinahe wäre sie dem Kaminfeuer so nahe gekommen, dass ihr Mantel die Flammen berührt hätte. Aber sie fing sich im letzten Moment, schwankte leicht und fuhr sich mit einer Hand an die Wange. Langsam atmete sie ein und aus, ganz tief, so als lindere das den Schmerz.

»Gut«, flüsterte sie, »das war der Preis für die vergangenen vier Wochen. Der eine Ausrutscher, den ich dir verzeihe. Beim nächsten wird dein Bruder sterben. Und du wirst die Gewissheit haben, dass du die Schuld an seinem Tod trägst, bevor es dir genauso wie ihm ergeht.« Sie straffte sich, massierte sich den Wangenknochen und trat dann wieder direkt vor Saga, ohne Furcht vor einem weiteren Schlag. »Das ist ein Versprechen, Saga. Hast du das verstanden? Ich meine, *wirklich* verstanden?«

Saga bewegte sich nicht. Sie konnte nicht glauben, was sie da hörte. Konnte auch nicht fassen, was sie gerade getan hatte. Alles wurde von Herzschlag zu Herzschlag unwirklicher. Die Blutspritzer auf dem nackten Fuß der Gräfin. Ihre gerötete Wange. Der kalte Blick ihrer grünen Augen. Und kein äußerliches Zeichen von Zorn. Was Violantes Selbstbeherrschung anging, so war sie Saga turmhoch überlegen. Vielleicht, weil auch sie schon seit vielen Jahren über einem Abgrund balancierte, ohne sicheren Boden zu betreten – seit der Kaiserkrönung ihres Feindes Otto von Braunschweig. Länger noch, seit dem spurlosen Verschwinden ihres Gemahls Gahmuret. Violantes Leben war ein einziger Balanceakt. Wer das übersteht, dachte Saga, fürchtet niemanden mehr. Schon gar kein Gauklermädchen mit schlechten Manieren.

»Warum ich?«, fragte Saga.

»Das weißt du nicht?«

Sie schüttelte den Kopf.

»Oh, ich denke doch. Du besitzt etwas, für das ich dich überaus bewundere. Ich gebe es nicht gerne zu, aber ich bin ausgesprochen neidisch.«

Aber sie besaß nichts … nur den Lügengeist. Hätte sie gekonnt, sie hätte sich in die Brust gegriffen und ihn herausgerissen wie das Herz eines Fremden. Wie die Last, die er im Grunde genommen immer gewesen war. Ihr ganz persönlicher Fluch.

Ein Dutzend Fragen brannten ihr auf den Lippen, doch dann stellte sie nur eine: »Was ist mit meinen Eltern?«

»Was soll mit ihnen sein?«

»Sie sind abgereist, oder?«

Ein Schatten huschte über Violantes Züge. War das Bedauern? Saga spürte ein hysterisches Lachen in sich aufsteigen, beherrschte sich aber. Keine Schwäche mehr, nicht vor ihr.

»Kurz nachdem ich ihnen mitteilen ließ, dass du und dein Bruder in Gewahrsam genommen worden seid, haben sie ihre Sachen gepackt und sind verschwunden.«

Sagas Mund war trocken, ihre Zunge fühlte sich an wie geschwollen. »Einfach so?«

Gräfin Violante schien einen Augenblick nachzudenken. »Nein«, sagte sie zu Sagas Erstaunen. »Dein Vater ist zu mir gekommen. Er hat mich angefleht, euch gehen zu lassen. Ich glaube, er liebt dich mehr, als du weißt.«

Saga senkte den Blick, holte tief Luft, schwieg.

»Ich habe ihm Geld angeboten«, fuhr die Gräfin fort. »Weit mehr als nötig gewesen wäre. Er hat es nicht angenommen. Er hat mich beschimpft und wäre beinahe auf mich losgegangen – so wie du gerade eben. Ihr seid euch ähnlich, du und er.«

»Er hat das Geld nicht haben wollen?«

»Nein. Er schien mir gar nicht zuzuhören – was letzten Endes gut so war, denn sonst hätte er sich fragen können, weshalb ich ihm angeboten habe, ihn für zwei Verbrecher zu bezahlen.

Mich an seiner Stelle hätte das stutzig gemacht.« Das schattenhafte Lächeln auf den Zügen der Gräfin tat Saga weh, ohne dass sie so recht zu sagen vermochte, weshalb. War es der Spott, den sie darin vermutete? Die Überheblichkeit? Oder, ganz im Gegenteil, der Anflug von *Freundlichkeit*? Beinahe war das ein noch größerer Hohn.

Ich will sie hassen, dachte sie. Aber warum ist es nur so schwer, sie richtig einzuschätzen?

»Wir haben jetzt keine Zeit mehr zum Reden«, sagte Violante. »Später werden wir genug Gelegenheit dazu haben.«

»Ich soll für Euch lügen«, stellte Saga leise fest. »Das ist es, nicht wahr?«

Die Gräfin wandte sich ab und ging Richtung Tür. »Später.« Sie hob die Stimme und rief den Wächtern zu: »Bringt sie zu ihrem Bruder. Sie darf ihn sehen, aber nicht mit ihm sprechen.«

Die Tür ging auf, die beiden Männer traten ein. Der jüngere zitterte noch immer, sein Blick huschte wieder zu dem Blutfleck am Boden.

»Danach bringt sie zum Wagen«, befahl die Gräfin. »In einer Stunde brechen wir auf.«

~

Faun befand sich in einem seltsamen Zustand zwischen Wachsein und Traum. Er kämpfte dagegen an, seit er eingesperrt worden war. Er wollte bei Sinnen sein, wenn die Gräfin erneut zu ihm kam. Doch nach drei Wochen im Dämmerlicht dieses Kerkerlochs, nie ganz sicher, ob er nun fror oder fieberte, nie ganz allein, weil er manchmal Stimmen hörte, die den früheren Insassen der Zelle gehören mochten – nach drei Wochen voller Ungewissheit, unbändigem Zorn und allmählicher Gleichgültigkeit fiel es schwer, sogar das Interesse an sich selbst aufrechtzuerhalten. Noch ein Monat, und ihm würde egal sein, ob er hier war oder anderswo, gefangen oder frei.

Und dann, mitten in der Nacht, wurde er plötzlich von Schreien und Kampfgetöse aus seiner Lethargie gerissen. Durch das winzige Fensterloch unter der Decke drang der Lärm eines Gefechts herein.

Ob das ein gutes Zeichen war oder ein schlechtes vermochte er nicht zu sagen. Er kannte Geschichten von Gefangenen, die nach der Eroberung einer Stadt oder Festung auf freien Fuß gesetzt worden waren. Weit häufiger allerdings waren die Erzählungen von Eroberern, die mit allen Insassen der Kerker und Gefängnisse kurzen Prozess gemacht hatten. Warum sich mit Verbrechern belasten, wenn man genug Mühe damit hatte, die eigenen Leute bei Laune und Futter zu halten?

Wie er es drehte und wendete, letztlich war ihm die Ruhe zuvor weit lieber gewesen. Sie hatte ihm Schlaf geschenkt, nachts wie auch tags, wie ein Hund, der sich in einer Ecke zusammenrollt und sein Leben verträumt. Die Schreie der Verletzten und Sterbenden hingegen ließen sich schwerlich ignorieren. Schlimmer noch, sie führten ihm einmal mehr die Ausweglosigkeit seines Schicksals vor Augen.

Irgendwann verebbte der Lärm. Das Klirren der Schwerter verklang.

Eine ganze Weile später knirschte die Sichtluke in der Mitte der Kerkertür. Faun blieb mit angezogenen Knien sitzen, hob das Gesicht und wischte sich mit schmutzigen Fingern über die Augen. Sein Kopf war nicht länger kahl rasiert, sein braunes Haar während der Gefangenschaft nachgewachsen. Jetzt war es schon länger als ein Fingerglied, seine Kopfhaut juckte und kratzte. Vielleicht hatte er Läuse.

Faun hatte die Worte der Gräfin nicht vergessen, darüber, dass er nichts als ein Köder war. Sie wollte Saga, nicht ihn. Nach fast drei Wochen – zwanzig Kerben im Holz der Tür – musste längst eine Entscheidung gefallen sein. Der Gedanke an Saga hatte ihn immer wieder gequält. Doch die Abstumpfung, mit der er seine eigene Zukunft betrachtete, hatte allmählich auch auf die Sorge um seine Zwillingsschwester abgefärbt. Bislang war er sich dessen nicht bewusst gewesen, doch der Kampflärm hatte ihn wachgerüttelt. Urplötzlich war die Furcht um Saga wieder da.

»Seid Ihr es, Gräfin?«, knurrte er dem hellen Rechteck in der Tür entgegen. »Verreckt und geht zum Teufel!«

Gemurmel vor der Tür. Dann ein leiser Schmerzensschrei und ein Fluch. Gleich darauf eine Stimme, die er kannte wie seine eigene.

»Faun!«

Sein Name und zugleich ein Aufschrei. Dann Gescharre und der Lärm eines Handgemenges. Ein Mann brüllte etwas, es klang wie »Gebissen!«.

In Windeseile war Faun an der Tür. »Saga!« Die dumpfe Gleichgültigkeit fiel auf einen Schlag von ihm ab. Ihm war schwindelig, urplötzlich auch ganz schlecht vor Sorge, aber sein Verstand war vollkommen klar. »Saga! Was tust du hier? Was haben sie dir getan?«

Jemand prallte gegen die Tür, ein Mann schrie auf. Eisen klirrte, als eine Klinge zu Boden schepperte. Faun hörte Saga fluchen und ächzen, während sie mit jemandem rang. Er presste das Gesicht an die Luke, sah im Schein der einzigen Fackel zwei Gestalten miteinander kämpfen, ein verschlungenes Knäuel aus Gliedern, dazwischen Sagas Kastanienhaar. Ihre Hände hatten sich in das Gesicht eines Soldaten verkrallt, nicht viel älter als sie selbst. Faun sah, wie der junge Mann in Panik mit der Faust ausholte und Saga in den Magen schlug. Ihre Finger lösten sich von ihm, aber eines seiner Augen blutete. Sie hatte es nicht ausgekratzt, aber offenbar fest genug dagegen gepresst, um ihn für einen Moment halb blind zu machen. Er taumelte zurück, die stöhnende Saga noch immer im Schlepptau, und fiel gegen die Mauer. Der zweite Soldat, der unterhalb der Tür gelegen hatte, rappelte sich gerade hoch und kam seinem Gefährten zu Hilfe. Er packte Saga an der Taille und riss sie kraftvoll nach hinten, fort von dem jüngeren Mann.

»Lass sie los!«, brüllte Faun durch die Luke und rüttelte an der Tür so fest er nur konnte. »Du sollst sie loslassen!« Der Mann blickte über die Schulter und löste eine Hand von Saga, um die Holzklappe zuzuschlagen. Sie prallte gegen Fauns Nase und ließ ihn mit einem Fluch zurücktaumeln.

Sofort aber war er wieder vorn, hieb die unverriegelte Luke nach außen und traf damit den Soldaten am Hinterkopf. Der schrie auf, ließ Saga los und stolperte. Sie drehte sich um und trat ihm fest gegen das Knie, dann, als er zusammensackte, mit aller Kraft zwischen die Beine. Wimmernd rollte der Mann sich zusammen.

Faun streckte seine Hand durch die Luke. »Saga!«

Sie ergriff seine Finger, ihre Haut war eiskalt. Ein schmerzerfülltes Lächeln huschte über ihre Züge. Da war Blut an ihrer Nase.

»Faun! Was haben –«, begann sie, kam aber nicht weiter, denn der junge Soldat war plötzlich wieder auf den Beinen und stürzte sich mit einem wütenden Brüllen auf sie. Die Hände der Zwillinge wurden von dem Aufprall auseinander gerissen. Saga stürzte unter dem Mann zu Boden, quer über den anderen, der immer noch röchelte und lauter stöhnte, als die beiden über ihn hinwegpolterten.

Faun musste sich verrenken und sein Gesicht in die Öffnung drücken, um zu sehen, was weiter geschah. Viel Gerangel, erhobene Fäuste, Finger wie Krallen. Schreie und Flüche und Keuchen. Und dann, zuletzt, ein dumpfer Schlag.

Sagas Körper erschlaffte. Sie bewegte sich noch, murmelte etwas, streckte die Hand in Fauns Richtung aus, war aber zu schwach, sich weiter gegen die beiden Soldaten zu wehren.

»Ich bring euch um, wenn ihr meiner Schwester noch ein Haar krümmt!«, brüllte er hilflos durch die Luke, hämmerte mit den Fäusten gegen das Holz und tobte wie ein Wahnsinniger. »Ich mach euch kalt! Ihr Dreckschweine! Beschissene Hurensöhne! Ich bring euch um!«

Einer der Männer starrte ihn teils verstört, teils zornig an, mit blutender Nase und zerwühltem Haar. Dann fiel die Luke zu. Der Riegel wurde vorgeschoben.

Faun trat gegen die Tür, warf sich mit der Schulter dagegen. Schrie und fluchte und wünschte der Gräfin den Teufel an den Hals.

Irgendwann merkte er, dass es draußen auf dem Gang wieder still geworden war. Saga und die Soldaten waren längst fort. Er war allein.

Faun fiel im Stroh auf die Knie und weinte.

~

Saga wurde hinauf in den Burghof geschleppt. Eine Frauenstimme – nicht die Gräfin, vielleicht eine Magd oder die Nonne Gunthild – beschimpfte ihre Bewacher, was jene dazu brachte, sich unbeholfen zu verteidigen und in gegenseitigen Anschuldigungen zu verzetteln.

»Sie blutet, Herrgott noch mal!«, schimpfte die Frau. Die Nonne war es nicht, dessen war sich Saga jetzt sicher, obwohl sie noch immer alles durch einen Schleier sah, ganz benommen und kurzatmig. Sie hatte Schmerzen, ohne sagen zu können, was genau ihr wehtat. Eigentlich alles, mehr oder minder. Wahrscheinlich war sie voller Prellungen und Schürfwunden von der groben Mauer im Kerkergang. Die Soldaten konnten nicht viel besser aussehen.

Sie wehrte sich nur noch schwach, als man sie in eine der Kutschen schob. Dort legte man sie auf den Boden zwischen den beiden Sitzbänken, winkelte ihre Knie an und schloss hinter ihr die Tür. Kurz darauf ging der andere Einstieg hinter ihrem Kopf auf, jemand beugte sich über sie, murmelte eine Reihe von Flüchen und tupfte mit einem feuchten Lappen in ihrem Gesicht herum.

»Halt still!«, sagte die Frauenstimme von vorhin. »Ich tu dir nichts.«

»Mein Bruder –«, murmelte Saga.

»Nicht reden.«

»Er ist da unten –«

»Wirst du wohl endlich den Mund halten.«

Saga wollte abermals widersprechen, aber dabei geriet ihr das Tuch zwischen die Lippen, sie schmeckte ihr eigenes Blut und hielt fortan still.

»So ist's besser«, sagte die Frau, reinigte sanft Sagas Gesicht und schob ihr ein Kissen unter den Kopf. »Schlaf dich gründlich aus, dann geht es dir besser. Hast diese beiden Dummköpfe ganz schön zugerichtet.« Nun klang sie fast amüsiert, keineswegs ärgerlich. »Ein Mädchen gegen zwei Soldaten der Burgwache. Himmel, ein Wunder, dass uns die Männer des Kaisers heute Nacht nicht alle umgebracht haben.«

»Wohin …«, flüsterte Saga. Es kam ihr vor, als ginge die Sonne unter, dabei herrschte doch seit Stunden tiefste Nacht.

»Fort von hier«, sagte die Frau.

Saga bemühte sich, noch einmal die Augen zu öffnen, um ihre Wohltäterin zu erkennen. Sie sah ein verschwommenes Gesicht, darüber eine helle Haube wie ein Heiligenschein. Graues Haar. Oder weiß?

»Ich bin nur eine einfache Magd, Mädchen, aber ich wünsch dir viel Glück. Das wünsch ich dir ganz aufrichtig.«

»Du kommst nicht mit?«, brachte Saga hervor, mit einem Mal fast panisch bei dem Gedanken, dass die erste Person, die es gut mit ihr meinte, auf der Lerchburg zurückbleiben würde.

»Nein. Nur die Kammerzofen der Gräfin reisen mit. Und diese scheußliche Nonne. Und natürlich Frau Violante selbst.«

»Ich –«

»Schlaf jetzt.«

»Aber ich –«

»Ich weiß. Hab dir gern geholfen. Wünschte, ich könnte mehr für dich tun.«

»Und Faun? Mein Bruder?«

Das Gesicht zog sich zurück. »Leb wohl.«

»Geh… nicht!«

Keine Antwort mehr. Die Tür wurde geschlossen und von außen verriegelt. Auch an der zweiten knirschte ein Riegel. Fackellicht fiel durch Ritzen zwischen den Vorhängen, schimmerte auf mattgrauen Gitterstäben.

Faun, dachte sie noch einmal.

Alles wurde eins. Die zahllosen Stimmen auf dem Hof. Die vielen Schritte. Die vorüberhuschenden Schatten.

Die Kutsche setzte sich in Bewegung.

Papstpalast

Kardinal Oldrich von Prag stand am Fenster des Papstpalastes und wartete voller Ungeduld auf die Entscheidung des Heiligen Vaters. Der Kardinal ging auf die sechzig zu, ein beträchtliches Alter, und seine Augen waren schon lange nicht mehr die besten: Was er sah, war eine wogende, diffuse Menschenmasse, die sich vor dem großen Tor des Atriums drängte. Gardisten hielten sie in Schach, aber selbst sie erkannte er nur als eisenblitzende Farbkleckse an den Rändern des Bettlerheeres.

Seit Jahren sprach er sich dafür aus, einen größeren Sicherheitsradius um die Basilika des Heiligen Petrus und die Palastbauten zu ziehen, aber der Heilige Vater schätzte es nicht, wenn seine Kardinäle sich in Belange der Verwaltung einmischten. Nicht mal Oldrich als seinem engsten Vertrauten gestattete er Mitsprache in dieser Angelegenheit.

Ruhelos machte Oldrich auf dem Absatz kehrt und durchmaß den Saal mit weiten Schritten. Der Kardinal war noch immer ein großer Mann, kraftvoll und geschmeidig in seinen Bewegungen, nicht so krumm wie manch jüngerer und gewiss sehr viel wacher im Geist als all die anderen Kriecher am Ornatzipfel des Papstes.

Als Bischof von Prag hatte er erstmals Innozenz' Blick auf sich gezogen, durch geschicktes Taktieren mit der weltlichen Herrschaft, durch eiserne Härte, wann immer sie ihm angebracht schien – manche mochten das Grausamkeit nennen, aber jene begriffen *nichts* –, und durch die Schärfe seines Verstandes. Oldrich hatte schnell erkannt, welche Gelegenheit sich ihm durch die Aufmerksamkeit des Heiligen Vaters bot. Und er hatte seine Chance genutzt. Erst hatte der Papst ihn mit Verhandlungen beauftragt, dann, nach vielerlei Bewährungen, mit der Verantwortung für einen gewissen Vertrag bedacht. Neun Jahre war das jetzt her. Oldrich selbst hatte viele der fauligen Früchte dieses Abkommens kosten müssen, und noch heute lag der grässliche Geschmack jener Taten in seinem Mund, schwelte wie eine Glut, die sich zu jeder Stunde neuerlich zum Weltenbrand ausweiten mochte.

Zum Weltenbrand. Papst Innozenz selbst hatte diese Worte benutzt. Und, bei allen Heiligen, er mochte Recht behalten. Die anderen wollten es nicht begreifen, doch Oldrich wusste Bescheid. Er *verstand.*

Seit drei Tagen führte er Gespräch um Gespräch, mit anderen Kardinälen, mit herbeikommandierten Spionen am Kaiserhof, vor allem mit Innozenz selbst. Und nun, nachdem alles gesagt war, jede Warnung ausgesprochen, jede Vision des Untergangs in dunkelsten Farben ausgemalt, nun also hatte sich der Heilige Vater zurückgezogen, um seine Entscheidung zu treffen.

Innozenz war ein kluger Mann, einer der jüngsten Päpste der Kirchengeschichte und mit einem wachen Geist gesegnet. Oldrichs Argumenten gegenüber war er stets aufgeschlossen gewesen. Die anderen Kardinäle neideten Oldrich die Nähe zu Innozenz' Ohr.

Doch der Heilige Vater konnte auch unberechenbar sein. Was, wenn sich der Papst in dieser Angelegenheit gegen das Einschreiten aussprach, das der Kardinal selbst für unumgänglich hielt? Es war möglich. Man musste durchaus mit dem Schlimmsten rechnen.

Ein junger Priester trat durch einen Steinbogen in den Saal, verbeugte sich ehrerbietig, murmelte die üblichen Grußformeln und schrak zusammen, als Oldrich ihn barsch unterbrach.

Der Junge spürte die Nervosität des Kardinals, und er musste wissen, dass Oldrich von Prag niemals vergaß, nicht das kleinste Missgeschick, den einfachsten Fehler. Oldrich hatte diese Aura der Unbarmherzigkeit mit Bedacht aufgebaut, sie war Teil seiner angenommenen Insignien. Hätte der junge Priester geahnt, dass Oldrich ihn von seinem Platz am Fenster aus nicht einmal deutlich *sehen* konnte, nun, er hätte womöglich weniger Respekt gezeigt.

»Der Heilige Vater wünscht Euch jetzt zu empfangen, Eminenz.«

Oldrich von Prag verschränkte die Hände hinter dem Rücken, nickte abgehackt und eilte an dem Priester vorüber durch den Torbogen. Im Vorbeigehen erblickte er das Gesicht des Jungen – aus der Nähe sah er noch immer wie ein Luchs –, doch heute mochte nicht einmal die nackte Angst in den Augen des anderen ihn mit Zufriedenheit erfüllen.

Er eilte durch die hölzernen Korridore des Papstpalastes, vorüber an hohen Doppeltüren, kargen Gebetsnischen und Mönchen mit gesenkten Gesichtern. Es roch nach Alter in diesen Fluren und Sälen, nach jenem der Balken und Böden, aber auch nach menschlichem Verfall. Manchmal kamen Oldrich selbst die Ideen und Gedanken, die unter diesen Dächern ausgebrütet wurden, grau und vergreist vor. Er selbst war gewiss kein Erneuerer, ganz im Gegenteil, aber er hasste es, wenn Rost und Gries in den Gelenken des Glaubens spürbar wurden. Hier in Rom war die Last der Vergangenheit allgegenwärtig.

Innozenz erwartete ihn in einem seiner Audienzsäle. Der Heilige Vater hatte sein fünfzigstes Jahr erreicht, aber er sah so jung aus wie am Tag seines Amtsantritts. Als die Kardinäle ihn vor zwölf Jahren zum Papst gewählt hatten – Oldrich war damals noch Bischof gewesen –, war ihm von manchen der baldige Verlust seiner Ideale und Ziele vorausgesagt worden. Mit achtunddreißig hatte er die Kraft eines Streitrosses besessen, war voller Ehrgeiz und Durchsetzungsvermögen gewesen – und zum Erschrecken vieler hatte sich daran seither nichts geändert.

Der Papst nickte Oldrich zur Begrüßung zu, als der Kardinal den Saal betrat. Die hohen Wandteppiche mit Darstellungen der Genesis dämpften den Klang seiner Schritte auf dem Marmor. Niemand außer ihnen beiden war anwesend, auch die Wachen hatten den Raum verlassen müssen.

»Ihr seid zu vertrauensselig, Heiliger Vater«, sagte Oldrich, während er sich Innozenz näherte. »Keine Wächter? Die Attentäter stünden Schlange vor dem Tor, wenn Eure Gegner wüssten, wie leicht zu Euch vorzudringen ist.«

»Ich bin voller Hoffnung, dass Ihr es ihnen nicht verraten werdet, Kardinal.«

Der Papst stand zwischen zwei Spitzbogenfenstern, deren Farbkaskaden ihn und den Saal in verwirrendes Regenbogenlicht tauchten. Er trug ein schlichtes weißes Gewand mit rotem Ärmelbesatz, das durch ein Cingulum zusammengehalten wurde; darüber einen langen Umhang, dessen Saum sich am Boden wellte. Außerhalb offizieller Anlässe legte Innozenz nicht viel Wert auf die liturgische Kleiderordnung. Manche nahmen ihm selbst das übel.

Innozenz III., geboren als Lothar von Segni, stammte aus reichem Hause und stand in enger Verwandtschaft zur römischen Aristokratie. Manche behaupteten, das sei einer der Gründe, weshalb sich die Kardinäle entgegen der Tradition für einen so jungen Mann entschieden hatten. Er hatte in Paris Theologie studiert und in Bologna Kanonistik. Schon als Bischof hatte er sich für größtmögliche päpstliche Autorität ausgesprochen, und so nahm es kein Wunder, dass er diese erst recht einforderte, nachdem man ihn zum Heiligen Vater gewählt hatte. Innozenz war womöglich der einflussreichste Papst, der je über das Heilige Grab gewacht hatte; ganz zweifellos war er einer der machtgierigsten.

Macht war für ihn wie für Oldrich eine der größten Versuchungen, und solange sie einander im Streben danach von Nutzen waren, stand nichts und niemand zwischen ihnen.

»Ich habe Eure Argumente sorgfältig erwogen und durchdacht«, sagte Innozenz.

Oldrich deutete eine Verbeugung an. »Ich habe keinen Zweifel, dass Ihr einen weisen Beschluss gefasst habt.«

Innozenz lächelte. Er hatte volle, fast mädchenhafte Lippen unter einem scharfkantigen Nasengrat. Seine Wangen waren eingefallen, die Knochen darüber wie gemeißelt. Dennoch neigte er zu einem Doppelkinn, das so gar nicht zum hageren Rest seiner Erscheinung passen mochte. Man konnte vieles über den Heiligen Vater sagen, aber gewiss würde keiner behaupten, Innozenz sei ein schöner Mann.

»Ich habe mich gegen Eure Ratschläge entschieden«, sagte er.

Der Kardinal verzog keine Miene. Darin war er geübt. Aber unter seinen Gewändern brach ihm der Schweiß aus, und er spürte das Aufwallen von Zorn. »Ganz wie Ihr meint, Heiliger Vater.«

Innozenz' Lächeln blieb unverändert, aber mit diesem Gesicht der Gegensätze gelang es ihm, zugleich die Stirn zu runzeln. »Ich sehe ebenso wie Ihr die Gefahr, die von dieser Person und ihren Bestrebungen ausgeht. Gahmurets Weib hat eigene Pläne, die nicht zwangsläufig den unseren gleichen. Aber, wie ich es sehe, dienen sie doch in gewisser Weise dem Wohle der Mutter Kirche. Sie zu beseitigen könnte ein Fehler sein.«

»Ich sehe nicht, inwiefern.« Oldrich hatte es geahnt. Irgendetwas hatte ihn gewarnt, dass Innozenz sich gegen seinen Rat entscheiden würde. Er gab sich größte Mühe, dies nicht als Herausforderung zu deuten, womöglich gar als ersten Hinweis auf einen Gunstverlust. »Es kann nicht im Interesse der Mutter Kirche sein, wenn ein jeder hingeht und in ihrem Namen tut… nun, *was* sie eben tut.«

Innozenz verweigerte sich jeglichem Zweifel. »Wir werden abwarten«, sagte er. »Nebenbei bemerkt, Ihr wisst, dass Kaiser Otto der Gräfin nicht eben wohl gesinnt ist. Es würde mich nicht wundern, wenn er längst eigene Meuchelmörder gegen sie ausgesandt hätte. Bis dahin aber werden wir beobachten, was sie tut, und sie uns zu Nutze machen, statt zum Feind.«

»Was für ein Feind wäre sie schon?«, entfuhr es Oldrich. »Ein Feind ohne Einfluss!«

»Und das ist es, worin Ihr Euch täuscht, Kardinal. Solltet gerade Ihr es nicht besser wissen? Unterschätzt sie nicht. Und auch nicht den Erzbischof von Mailand, der auf ihrer Seite steht.«

»Der Erzbischof von Mailand ist –«

»Ein treuer Diener des Glaubens. Und ein Mann von beträchtlichem Reichtum.«

»Unbestritten. Aber er –«

Innozenz brachte ihn mit einem energischen Kopfschütteln zum Schweigen. »Sie wird uns nützlich sein.«

»Dann sagt mir, wie.«

Der Papst trat an eines der beiden Buntglasfenster, durch die ein Blick nach außen unmöglich war. Erst nachdem eine Weile mit Schweigen verstrichen war, erkannte Oldrich, dass Innozenz nicht ins Licht blickte, sondern auf das strahlende Bild der Jungfrau, zu dem die Glaskaskaden zusammengefügt waren. Für einen Augenblick sah es tatsächlich aus, als badete der Papst im Schein ihrer Heiligkeit.

Früher hat er mich um Rat gebeten, dachte Oldrich düster. Jetzt befragt er ein *Bild*.

Innozenz wandte sich nicht zu ihm um, als er leise zu sprechen begann. »Hört meinen Plan, Kardinal. Dann werdet Ihr mir Recht geben.«

Es war längst hell geworden. Die Kutsche holperte noch immer ohne Pause durch Schlaglöcher und über Reste uralten Straßenpflasters. Draußen regnete es, ein anhaltender Sommerschauer, der das Tageslicht zu einem dämmerigen Grau dämpfte und Sagas Stimmung widerspiegelte wie ein Blick in ein stilles Gewässer. Wenn sie hinaussah, war es, als schaute sie sich in die eigene Seele: düster, vernebelt und voll von Ruinen.

Der Bürgerkrieg war längst beendet, die letzte Schlacht vor vier Jahren geschlagen. Philipp von Schwaben hatte das jahrhundertealte Kronerbe der Staufer erfolgreich verteidigt. Es war purer Hohn, dass er nach all den Strapazen und Entbehrungen kurz nach seiner Krönung einem Mordanschlag zum Opfer gefallen war – dazu noch einem der dümmsten Sorte, nicht etwa von seinem Erzfeind Otto von Braunschweig initiiert, sondern die Tat eines Einzelgängers, der sich um seine Verlobung mit einer von Philipps Töchtern betrogen fühlte. Nach dem Mord hatten sich die Staufer bereit erklärt, den Welfen Otto zum Kaiser zu krönen – und damit den jahrelangen Krieg mitsamt seiner Opfer nachträglich zur Bedeutungslosigkeit verdammt. Zuletzt war es, als hätten Philipps Siege nie stattgefunden: Sein Feind saß auf dem Thron des Reiches, Philipps eigene Tochter hatte man dem Welfen zur Frau versprochen.

Alles sinnlos, dachte Saga, während sie an den überwucherten Trümmern verlassener Dörfer vorüberkamen und auf den

Hügeln die Überreste verfallener Burgen passierten. Im Regen und durch die Gitterstäbe wirkte die Szenerie noch farbloser, noch trauriger.

Am Nachmittag legten sie eine kurze Rast ein. Die Pferdeknechte stellten die drei Kutschen in einem engen Kreis auf. Das Dutzend Soldaten, das die Reisenden auf gerüsteten Rössern eskortierte, bezog rundherum Stellung.

Der Ort war klug gewählt. Sie befanden sich am Rand eines dichten Waldes. Saga blickte vom rechten Fenster aus in verwobenes Unterholz. Die tief hängenden Äste der Bäume und das wuchernde Buschwerk bildeten eine Mauer, durch die Gegner sich nicht nähern konnten. Die Soldaten konnten ihre Aufmerksamkeit auf die andere Seite konzentrieren. Durch das linke Fenster blickte Saga über das winzige Rund zwischen den Wagen hinaus in die gewaltige Landschaft, verschleiert vom Nieselregen, aber immer noch weit und wild genug, um ihr die eigene Gefangenschaft noch schmerzlicher vor Augen zu führen.

Sie befanden sich auf einer Anhöhe. Jenseits der Kutschen senkte sich das Land hinab zu einem grasbewachsenen Hügelmeer. Wind und Regen kämmten die Wiesen nach Osten, an vielen Stellen lagen die Gräser flach am Boden und bildeten bizarre Muster im endlosen Grüngrau.

Diesmal war es keine Magd oder Kammerzofe, die Saga Essen und Wasser brachte, sondern die alte Nonne. Ihre schwarzen Gewänder wurden von den Winden aufgeplustert und füllten Sagas gesamtes Blickfeld. Das bleiche Gesicht schien inmitten der Finsternis zu schweben wie ein halb erloschenes Irrlicht. Sie schob einen Laib Brot, ein Stück Wurst und Käse durch die Gitterstäbe, danach einen Tonbecher mit Wasser.

Hungrig stopfte Saga alles in sich hinein. Es war eine ganze Weile her, seit sie zuletzt gegessen hatte. Kauend blickte sie auf und bemerkte, dass die Nonne sie noch immer anstarrte.

»Dein Name ist Gunthild«, stellte Saga zwischen zwei Bissen fest. Sie hatte eingesehen, dass es auf Dauer unmöglich war, ihre

Entführer anzuschweigen. »Was für eine Nonne bist du? Welcher Orden?«

»Benediktinerin.«

»Die legen ein Schweigegelübde ab«, murmelte Saga mit vollem Mund. »Warum redest du dann mit mir?«

»Ich habe den Orden verlassen.« Gunthilds Gesicht blieb starr und knöchern. »Für *das* hier.« Zum ersten Mal war so etwas wie eine Gefühlsregung in ihrem Tonfall zu hören, eine Spur von Zynismus, die Saga bei ihr als Letztes erwartet hatte.

»Um mich zu entführen?«

Gunthild stieß ein verächtliches Schnauben aus. »Dich? Gott, wenn ich früher von dir gewusst hätte …« Sie brach ab und schüttelte den Kopf so ruckartig, dass er aussah wie eine Holzfratze auf einem Stock, die ein Puppenspieler im Inneren des schwarzen Gewänderwirbels bewegte. »Diese Sache ist größer als ich oder die Gräfin oder irgendeiner von uns anderen. Ganz sicher größer als *du*! Du wirst vielleicht noch manchmal den Eindruck bekommen, dass dies alles sich nur um dich dreht. Dabei ist es nur wie bei einem faulen Apfel, der vom Baum fällt und um den sich das Ungeziefer schart. Der Apfel, das Ungeziefer – alles dient nur dazu, dass die Kerne ins Erdreich sinken und ein neuer gesunder Baum heranwächst. Aus dem, was wir tun, wird etwas Neues, etwas Großartiges entstehen. An uns selbst aber wird sich schon bald keiner mehr erinnern wollen.«

Überrumpelt von dem unvermuteten Redeschwall ließ Saga ihren Tonbecher sinken. »Warum sagt mir dann niemand, um was es geht? Was hat die Gräfin vor? Und warum braucht sie mich dazu?«

»Es gab eine Zeit, da war ich ihr gut genug. Aber nun gibt sie dir den Vorzug.«

»Aber dich hat sie nicht entführt! Du bist freiwillig hier.«

»Sie braucht auch heute noch meine Hilfe. *Du* wirst meine Hilfe brauchen.«

Saga hob den Rest vom Brotlaib und den letzten Bissen Käse. »Danke.«

»Nicht als deine Dienstmagd!«, fuhr die Nonne sie an. »Das meine ich nicht.«

Saga ahnte sehr wohl, dass Gunthild auf etwas anderes hinauswollte, aber sie verspürte Genugtuung dabei, die alte Frau zu reizen. Sie verabscheute die Geheimniskrämerei, mit der Gunthild und die Gräfin ihr begegneten. Sie fürchtete jetzt nicht mehr um ihr Leben – sie tanzte auf dem Hochseil, aber es stand noch nicht in Flammen-, und sie wollte irgendjemandem heimzahlen, was Faun in diesem Kerkerloch durchmachen musste. Sie hoffte, dass sie bald in die Nähe der Gräfin käme. Wenn Violante sie tatsächlich so dringend brauchte, dann käme Saga beim nächsten Mal vielleicht mit mehr davon als einem Schlag ins Gesicht. Ihre Furcht, die vorher wie ein Nebel um alle ihre Sinne gewabert war, ballte sich zu einem Kern aus ungeheurer Wut. Es war unüberlegt gewesen, sie Faun sehen zu lassen, erst recht in diesem Verlies. Violante war also nicht unfehlbar, ihre Pläne weniger scharf durchdacht, als sie Saga glauben machen wollte.

Gunthild wollte gehen.

»Hörst du ihn auch?«, fragte Saga unvermittelt.

»Ihn?«

»Den Lügengeist.«

Die Züge der Nonne blieben starr, verständnislos. »Ich habe keine Ahnung, wovon du redest.«

Saga musterte sie prüfend und kam zu dem Schluss, dass Gunthild die Wahrheit sagte. Sie wich dem stechenden Blick der Nonne aus. »Nichts. Schon gut.«

Gunthild stand noch einen Moment länger da, und in ihren Augen war jetzt ein alarmiertes Leuchten, ein Zeichen von Unverständnis und Sorge. Dann aber drehte sie sich wortlos um und ging.

~

Es war später Abend, als der Wagenzug abermals anhielt. Um diese Jahreszeit wurden die Tage länger, und so war die anbrechende Dunkelheit ein verlässliches Zeichen für die große Entfernung, die sie zurückgelegt hatten. Vielleicht ging es der Gräfin tatsächlich nur darum, in kürzester Zeit so viele Meilen wie möglich zwischen sich und Burg Lerch zu bringen.

Aber Saga mochte nicht glauben, dass das alles war. Violante war auf der Flucht, natürlich; sie selbst hatte gesagt, dass die Abreise aufgrund des nächtlichen Angriffs vorgezogen worden war. Dennoch war der Aufbruch seit längerer Zeit geplant gewesen. Allmählich fragte sich Saga, ob gar die Einladung ihrer Familie nur dem Zweck gedient hatte, sie auf die Burg zu locken. War es möglich, dass ihr Ruf ihr so weit vorausgeeilt war? Wer war sie denn schon? Nur eine Jahmarktsattraktion.

Aber, flüsterte eine Stimme in ihrem Kopf, wie viele andere Menschen können lügen wie du?

Draußen wurde ein Riegel zurückgeschoben. Saga durfte die Kutsche verlassen. Zwei Soldaten nahmen sie in Empfang, einer legte ihr eine Schlaufe um den Hals. Der Hanf kratzte und zog sich schmerzhaft zusammen, als sie ein paar voreilige Schritte machte. Stumm führten die Männer sie bis zum Waldrand. Die beiden wandten sich ab, als Saga ihr Kleid hochzog und sich hinter einen Busch hockte.

»Wo kann ich mich waschen?«

Die Männer wechselten einen Blick, dann deutete der eine zu einer Wand aus Schilf, nicht weit vom Lagerplatz entfernt. Vier junge Frauen, Kammerzofen der Gräfin, teilten gerade die mannshohen Gräser und traten hindurch.

»Darf ich?«, fragte Saga.

Der eine Soldat nickte mürrisch.

Als sie an ihrer Leine den Zofen ins Schilf folgte, blickte sie zurück zu den Wagen und Soldaten. Mehrere Lagerfeuer waren entzündet worden, dunkle Silhouetten wanderten umher. Eine davon mochte die Gräfin sein – falls sie sich überhaupt unter die Mitreisenden mischte und es nicht vorzog, in ihrer Kutsche zu bleiben.

Hinter dem Schilf lag ein Tümpel. Zwei der Zofen hatten Fackeln dabei, die sie in den Uferschlick steckten. Der Feuerschein flackerte über die Wasseroberfläche.

Als die Zofen Saga bemerkten, verstummte ihr Gespräch. Schweigend sahen die vier zu, wie sie an den Teich geführt wurde, ohne Scheu ihr Kleid raffte und ins Wasser stapfte. Das Seil, an dem die Soldaten sie hergeführt hatten, war lang genug, sodass die beiden Männer zurück ins Schilf treten konnten. Saga war nur ein Mädchen von niederem Stand und als Spielmännin von zweifelhaftem Ruf; dass die beiden Soldaten sie dennoch so respektvoll behandelten, musste sie einem Befehl der Gräfin zu verdanken haben.

Saga ignorierte die abweisenden Blicke der Zofen, klemmte sich den Saum umständlich unters Kinn und wusch sich den Unterleib. Sie war übersät mit blauen Flecken vom Kampf mit den Soldaten, aber sie fand keine ernsthaften Wunden. Ihre Schmerzen beschränkten sich auf Muskelkater und ein paar empfindliche Druckstellen. Keine Brüche, keine verschorften Blutkrusten.

Ihr Kleid wurde trotz aller Obacht nass, aber als sie zurück ans Ufer ging, fühlte sie sich besser. Sie hatte sich Gesicht und Hals gewaschen und ihr langes Haar ins Wasser getaucht. Mochten die feinen Zofen dort drüben mit ihren Schüsseln und Tüchern hantieren, die sie gefüllt und befeuchtet zurück zum Lager trugen; Saga war es gleichgültig, was die vier über sie dachten. Sie fühlte sich erfrischt und wach, und für einen Augenblick erwog sie den Gedanken an Flucht. Dann aber dachte sie wieder an Faun und folgte den Soldaten gehorsam zum Lager. Sie hoffte nur, dass die Gräfin zu ihrem Wort stand und Faun kein Leid geschah. Es fiel Saga schwer, an ihn zu denken, ohne am ganzen Leib zu zittern. So gut es ging verdrängte sie die Erinnerung an die dunkle Kerkerzelle und versuchte stattdessen, so viel wie möglich von ihrer Umgebung aufzunehmen.

Die Wagen standen im Kreis angeordnet, dazwischen hatte man in drei Gruppen die Pferde festgebunden. Die Soldaten hatten rundherum Lagerfeuer entzündet, an denen je drei bis vier Männer saßen. Ihre Waffen lagen griffbereit, blankgezogene Schwerter und Lanzen. Ihr Befehlshaber, ein grauhaariger Mann mit Bart und schlecht verheiltem Schmiss auf der Wange, stand vor der Tür der gräflichen Kutsche und sprach leise mit jemandem im Inneren. Violantes Gesicht wurde vom Schein einer Kerze aus dem Dunkel gemeißelt, aber ihre Miene war nicht zu deuten. Die Züge des Hauptmanns wirkten ernst und voller Sorge.

Einmal mehr fragte sich Saga, was hier vorging. Dies war keine gewöhnliche Flucht, und auch keine Reise wie jede andere. Die Wachsamkeit der Soldaten ließ auf ihre Angst vor Angreifern schließen. Sicher, jeder Reisende musste Wegelagerer fürchten, erst recht in Zeiten wie diesen, da noch immer Zigtausende hungerten und unter den Folgen des Bürgerkrieges litten. Doch in Anbetracht des Angriffs auf die Burg war wohl die Sorge über eine weitere Attacke der Kaiserlichen der Grund für die hohe Alarmbereitschaft.

Saga ging wie selbstverständlich auf die Kutsche der Gräfin zu. Nach wenigen Schritten hielt einer ihrer Bewacher sie am Arm zurück: »Nicht dorthin.« Er drängte sie zu ihrer eigenen Kutsche. Die Tür war weit geöffnet.

Saga wollte gerade einsteigen, als hinter ihnen ein Ruf ertönte.

»Wartet!«

Sie wirbelte noch schneller herum als die beiden Soldaten.

Die Gräfin kam mit entschlossenen Schritten auf sie zu, betrachtete Sagas nasses Haar, dann fiel ihr Blick voller Missfallen auf den Strick um ihren Hals. »Wenn du mir versprichst, dass du nicht fortläufst, lasse ich dir dieses Ding abnehmen.«

Saga nickte.

Violante gab den Soldaten einen Wink. Der eine wollte die Schlaufe lockern, aber Saga schüttelte ihn ab und befreite sich selbst von der Fessel um ihren Hals. Die Haut darunter juckte entsetzlich, und eine Weile lang rieb sie hektisch daran herum.

»Zwischen den Wagen wird gerade ein weiteres Feuer entzündet«, sagte die Gräfin. »Willst du mich dorthin begleiten? Vorzugsweise, ohne mir das Gesicht zu zerkratzen.«

Saga nickte erneut, erwiderte das Lächeln der Gräfin aber nicht. Sie versuchte, sich ihre Erleichterung nicht anmerken zu lassen.

Bald darauf saß sie mit Violante am Feuer. Die Zofen hatten Kissen bereitgelegt. Niemand außer der Gräfin und Saga befand sich auf dem kleinen Platz zwischen den Kutschen. Die Nonne war nirgends zu sehen, und die Zofen waren draußen bei den Soldaten an deren Lagerfeuern. Nur bei den Pferden standen mehrere Wachtposten und blickten ebenso häufig zu den beiden Frauen herüber wie hinaus in die nächtliche Waldlandschaft.

Violante starrte nachdenklich in die Flammen. »Du wirst nicht fliehen, nicht wahr?«

»*Nein*«, sagte Saga mit der Stimme des Lügengeistes. Er hatte ganz nah unter der Oberfläche ihrer Gedanken darauf gewartet, endlich für sie lügen zu dürfen. Es tat gut, ihn wieder zu spüren, obgleich ihr seine Stimme so fremdartig und schrill erschien wie eh und je.

»Ist das die Wahrheit?«, fragte die Gräfin lakonisch. »Nein, ich glaube, nicht.«

Unmöglich!, durchfuhr es Saga.

»*Ich werde nicht fortlaufen*«, ließ sie den Lügengeist sagen.

»Natürlich würdest du, wenn du nicht solche Angst um deinen Bruder hättest.« Violante drehte den Kopf und blickte Saga aus tiefen Augenschatten an. »Versuch nicht noch mal, mich anzulügen.«

Niemand konnte der Macht des Lügengeistes widerstehen. Schon gar nicht so beiläufig, wie die Gräfin es gerade tat.

Sie muss glauben *wollen*, dass du nicht fliehen wirst, redete

Saga sich ein. Solange sie das nicht tut, kannst du ihr nichts vormachen.

Aber hätte Violante ihr sonst die Fessel abnehmen lassen? Auch die Soldaten waren auf ihren Befehl hin zurückgeblieben.

Warum also glaubte sie ihr *trotzdem* nicht?

»Ich verstehe eine ganze Menge vom Lügen«, sagte die Gräfin, als sie Sagas Verwirrung bemerkte. »Mehr als du selbst, womöglich.«

»Ich –«

Die Gräfin unterbrach sie. »Oh, mir fehlt das, was deine Fähigkeit ausmacht: Intuition. Du lügst so perfekt, weil du mit dem Talent dazu geboren wurdest.« Ihre Mundwinkel zuckten. »Ich musste mir meines hart erarbeiten.«

Saga war schon anderen Menschen begegnet, die behauptet hatten, gute Lügner zu sein. Doch sie alle ahnten nicht, dass der Unterschied zwischen geschickter Schwindelei und der Macht des Lügengeistes so unermesslich war wie der zwischen dem Teich dort draußen und dem Ozean.

»Erzähl mir davon«, bat die Gräfin, die Saga erneut ansah, woran sie gerade dachte. »Wie fühlt es sich an, solche Macht über andere zu haben?«

»Wenn ich mich weigere, darüber zu sprechen, lasst Ihr Faun dann umbringen?«

Saga hatte bissig klingen wollen, doch Violante nahm die Frage ernst. »Nein«, sagte sie. »Aber wenn du mir von dir erzählst, dann werde ich dir mehr über mich erzählen. Und warum ich dich vielleicht besser verstehe als jede andere.«

Saga schnaubte verächtlich. »Nur weil Ihr gelernt habt zu lügen?«

Violante schüttelte den Kopf. Sie hatte die Stirn in Falten gelegt, und die Schatten des Lagerfeuers verstärkten noch den Eindruck tiefer Nachdenklichkeit. »Ich bin vielleicht eine passable Lügnerin, aber das ist, ehrlich gesagt, keine große Kunst. Manche von uns können einfach besser mit der Unwahrheit umgehen als mit der Wahrheit. Sich selbst und andere anzulügen ist nicht schwer, wenn man einmal heraushat, wie es geht. Nein, Saga, was ich dir voraushabe, ist etwas anderes. Im Gegensatz zu dir weiß ich, *warum* wir lügen. Und was eine Lüge eigentlich ist.«

Saga musterte sie verwundert. *Was* eine Lüge ist? Daran gab es nicht viel herumzudeuten. Ebenso gut hätte die Gräfin in den Wald zeigen und behaupten können, sie wisse, was ein Baum wirklich ist. Ein Baum war ein Baum. Und eine Lüge eine Lüge.

Trotzdem war Saga jetzt neugierig. »Was wollt Ihr wissen?«, fragte sie nach kurzem Zögern.

»Was fühlst du, wenn du die Leute anlügst?«

Saga überlegte nicht lange. »Meint Ihr Skrupel? Ich hatte früher ein schlechtes Gewissen dabei, aber das geht vorüber.«

Violante nickte langsam, sah dabei aber unverwandt ins Feuer. »Mit der Zeit vergisst man, dass Lügen doch eigentlich etwas Schlechtes sein sollte. Außer für einen selbst, natürlich.« Ihr feines Lächeln wirkte nicht besonders humorvoll, eher niedergeschlagen. »Ich habe als kleines Mädchen mit dem Lügen begonnen und seither nicht mehr damit aufgehört.«

Sie sollte mir so etwas nicht erzählen, dachte Saga irritiert. Müsste sie mich nicht bedrohen und versuchen, mich einzuschüchtern? Stattdessen schüttet sie mir ihr Herz aus wie einer alten Freundin.

»Ich habe die alten Philosophen studiert, um zu erfahren, was sie über die Lüge wussten. Ich bin in Klöster am anderen Ende des Landes gereist, um Einblick in ihre Bibliotheken zu nehmen.«

Saga spürte, wie ihre Gedanken abdrifteten. Der Lügengeist pulsierte in ihr wie ein zweites Herz. *Ich bin immer noch da. Benutze mich.*

»In Griechenland gab es vor langer Zeit einen weisen Mann namens Aristoteles.«

Saga hörte den Namen zum ersten Mal.

»›Es kennzeichnet den Gebildeten‹«, zitierte Violante, »›in jedem Gebiet nur so viel Genauigkeit zu verlangen, wie es die Natur des Gegenstandes zulässt.‹ Das hat er gesagt. Mit anderen Worten: Jeder darf selbst entscheiden, wie lange er bei der Wahrheit bleibt. Alles eine Frage der Sichtweise.« Sie lachte leise, dann fiel ihr etwas anderes ein. »Oder nimm nur die Kirche – weißt du, was sie vom Lügen hält?«

»Gott verbietet es.«

»In der Tat. Dabei wird doch gerade in der Bibel ohne Unterlass gelogen. Jakob, zum Beispiel, der sich als sein älterer Bruder Esau ausgibt, um von Isaak gesegnet zu werden. Joseph, der in Ägypten seine wahre Herkunft und seinen Namen verheimlicht – und dafür seit tausend Jahren gepriesen wird. Oder denk nur an Petrus, den ersten Heiligen Vater, der sich abwechselnd mal als gläubiger Jude, mal als Christ ausgibt. Und was ist mit den ägyptischen Hebammen, die behaupten, sie seien niemals bei der Geburt eines jüdischen Kindes dabei gewesen? Dafür wurden sie von Gott sogar belohnt!« Violante sah aus, als hätte sie am liebsten ins Feuer gespuckt. »So viele Lügen, egal wohin man sieht. Ausgerechnet in dem einen Buch, dessen Lektüre unsere Herzen und Seelen reinigen soll.«

Saga kannte die Geschichten der Bibel nur von den Predigern auf den Marktplätzen, und mit den meisten Episoden, die Violante erwähnt hatte, wusste sie nichts anzufangen. Trotzdem begann etwas von alldem zu ihr durchzudringen. Es war, als bekämen ihre eigenen Gedanken dadurch eine Art neues Fundament. Die Menschen verurteilten das Lügen, jubelten Saga aber zu, wenn sie es zu ihrer aller Vergnügen tat. Und natürlich logen sie selbst, wenn dabei ein Vorteil für sie heraussprang.

»Ich glaube«, fuhr die Gräfin fort, »der Herr hat den Menschen die Fähigkeit zum Lügen geschenkt, weil sie noch immer unsere beste Waffe im Kampf ums Überleben ist. Durch geschickte Lügen sind mehr Kriege verhindert worden als durch Drohungen mit dem Schwert. Ein wildes Tier hat scharfe Zähne, wir aber eine scharfe Zunge – und manche wissen sie schlauer zu nutzen als andere.« Sie zuckte die Achseln. »Das ist das ganze Geheimnis, so wie ich es sehe.«

Saga starrte sie verwundert an. Die Worte der Gräfin klangen so vernünftig, so nachvollziehbar. Nicht *was* sie sagte, irritierte sie, sondern vielmehr, warum sie überhaupt davon sprach – und ausgerechnet zu ihr. Außerdem bestürzte es Saga, dass sie die Gefühle, die sie Violante entgegenbrachte, nicht in den Griff bekam. Sie war noch nie jemandem begegnet, der so offen über die eigenen Gedanken sprach. Und so gebildet war. Ihr Vater hatte sie gelehrt – oft mit der Kraft seiner Hand –, dass man Ideen, die nichts mit dem täglichen Überleben zu tun hatten, am besten vergaß. Dummes Zeug, hatte er gesagt, nichts als Hirngespinste.

»Und nun erzähl mir von dir«, bat Violante. »Du weißt jetzt, dass ich dich nicht verurteile. Du kannst ganz aufrichtig sein. Wirst du das tun?«

Saga war nicht sicher, was die richtige Antwort darauf war. Sobald sie an Faun dachte, wollte sie der Gräfin am liebsten an die Kehle gehen – und dann wieder, wenn sie sein Gesicht verdrängt hatte, die Verzweiflung über seine Gefangenschaft, dann, ja dann war ihr fast, als könnte sie dieser Frau vertrauen. Einer Frau, die sie entführt hatte und die ihren Bruder mit dem Tod bedrohte. Sie ahnte schon, wie sie darüber denken würde, wenn sie eine Nacht geschlafen hatte.

»Wann hast du zum ersten Mal gespürt, dass du besser lügst als alle anderen?« Violantes feingliedrige Hände knickten gedankenverloren ein Stück Rinde, das sie vom Rand der Feuerstelle aufgehoben hatte. Zwischen ihren Fingern wurde die weiche Borke zu etwas mit vier Beinen, einem Pferd oder Hund. Tatsächlich tat sie damit das Gleiche wie mit der Wahrheit: Sie bearbeitete und verdrehte sie, bis es ihr gefiel.

Zuletzt warf sie die Rinde achtlos in die Flammen und schaute zu, wie sie verbrannte.

»Ich war noch sehr klein«, sagte Saga. »Sechs Jahre alt, höchstens sieben. Eines Morgens bin ich aufgewacht und wusste, dass ich es kann. Ich wusste, ich kann jeden Menschen belügen, solange er nur bereit dazu ist. Wenn da ein winziges Stück Überzeugung in ihm ist, ein kleines bisschen Bereitschaft, mir zu glauben – dann habe ich gewonnen.« Saga schlug die Augen nieder. Nun, da sie so offen darüber sprach, schämte sie sich fast dafür. »Es war einfach da.«

»Aber was genau?«, bohrte die Gräfin nach. »Was war da?«

Saga zögerte nur kurz. »Der Lügengeist.«

Eine Pause entstand zwischen ihnen, Augenblicke unangenehmen Schweigens. »Wer ist das?«

»Er ist in mir. Ganz tief drinnen. Ich kann mit seiner Stimme sprechen. Niemand sonst kann ihn hören, aber ich schon.«

»Hast du vorhin versucht, ihn bei mir einzusetzen? Mich mit seiner Hilfe zu belügen?«

Noch ein Zaudern. »Ja. Aber Ihr habt mir trotzdem nicht geglaubt.«

»Dann kann er kein echter Geist sein. Geister sind allmächtig.«

»Ich könnte es noch einmal versuchen … Euch zu belügen, meine ich. Aber nicht jetzt. Ich bin zu durcheinander, glaube ich.«

Im Tonfall der Gräfin lag jetzt Heiterkeit. »Das wäre ein interessanter Versuch, in der Tat.«

Das kannst du haben, dachte Saga grimmig. Gib mir die Gelegenheit, und ich werde lügen, dass dir die Zähne ausfallen. Nur weil ich mit dir rede, bedeutet das nicht, dass ich dir irgendwas verziehen habe. Ganz bestimmt nicht.

Aber sie sagte nur: »Vielleicht, ja.«

»Was genau ist er, dieser Lügengeist? Weißt du das?«, fragte Violante.

»Nein. Er ist einfach … da.«

»Redet er selbst mit dir? So wie ein Mensch?«

Saga schüttelte den Kopf.

»Und du hattest nie Angst vor ihm?«

»Am Anfang schon. Ich dachte, er ist der Teufel.«

Die Gräfin nickte zustimmend. »Manch einer könnte auf die Idee kommen... Aber nicht *ich*, keine Sorge«, fügte sie hastig hinzu. »Wenn die Lüge eine Waffe ist, dann führt eben manch einer eine stärkere Klinge als der andere.«

»Und was wollt Ihr von mir?«, fragte Saga. »Warum interessiert Ihr Euch für mich? Doch nicht nur, weil Ihr gelehrte Schriften über das Lügen gelesen habt?«

Violante stieß ein leises Seufzen aus. Sie blickte über die Flammen hinweg zur anderen Seite des runden Platzes. Sie waren noch immer allein am Feuer, doch als Saga ihrem Blick folgte, erkannte sie in der Dunkelheit zwischen den Wagen die Nonne Gunthild, ein geisterhaftes Stück Nacht, dem ein bleiches Gesicht gewachsen war.

»Ich dachte, ich könnte sie benutzen für das, was uns bevorsteht«, sagte die Gräfin. »Aber dann ist mir klar geworden, dass dafür weit mehr nötig ist als eine verbitterte alte Frau. Ein Wunder, wohl eher. Und ich glaube, du bist dieses Wunder, Saga.«

Saga blickte sie verständnislos an.

»Als ich zum ersten Mal von dir gehört habe, von ein paar Händlern, die dich auf einem Markt im Norden gesehen hatten, da wusste ich sofort, du bist diejenige. Ich ließ Erkundigungen über dich anstellen, sandte Männer aus, die deine Vorführungen beobachtet und mir Bericht erstattet haben. Schließlich bin ich selbst zu einem deiner Auftritte gereist.« Sie lächelte schmallippig bei der Erinnerung daran. »Es war gar nicht so einfach, euer nächstes Ziel vorauszusehen, und zweimal habe ich dich knapp verpasst. Aber dann... nun, dann habe ich gesehen, welche Macht du besitzt, Saga. Ich wusste, du bist die Eine. Diejenige, mit der sich all meine Pläne erfüllen werden.«

»Welche Pläne?« Saga war es, als redeten sie über eine andere, nicht über sie selbst. Und doch fühlte sie sich insgeheim geschmeichelt über die Ernsthaftigkeit, mit der die Gräfin zu ihr sprach.

»Es ist noch zu früh, dich in alles einzuweihen. Aber bald wirst du es erfahren. Das verspreche ich dir.«

»Warum nicht jetzt?«

Die Miene der Gräfin verdüsterte sich einen Herzschlag lang. Sie war es nicht gewohnt, dass man ihr widersprach. »Wir sind noch nicht außer Gefahr. Noch kann alles scheitern. Der Kaiser lässt uns zweifellos verfolgen. Mehr als zwölf Männer konnte ich nicht mitnehmen, die übrigen müssen die Burg verteidigen, falls es nötig sein sollte. Wir sind hier draußen alles andere als sicher.«

»Ihr habt Angst um Euren Sohn«, stellte Saga fest.

»Große Angst sogar. Aber ich habe auch die Hoffnung, dass der Kaiser es vor allem auf mich abgesehen hat.«

»Dann dient dies alles nur dazu, die Mörder von Eurem Sohn fortzulocken?«

Ein gequältes Lachen kam über die Lippen der Gräfin. »Ich wünschte, es wäre so einfach. Bei Gott, das wünschte ich!«

Saga wartete schweigend ab, ob Violante fortfahren würde. Vielleicht war es besser abzuwarten, bis sie von selbst mit der Sprache herausrückte.

In diesem Augenblick aber brandete außerhalb der Wagenburg Lärm auf. Rufe ertönten, überall sprangen Männer auf die Füße. Rüstzeug und Waffen rasselten.

Saga und Violante waren gleichzeitig auf den Beinen.

»Sind sie das?«, fragte Saga. »Die Männer des Kaisers?«

»Das wäre ein böser Zufall, nicht wahr?«, flüsterte die Gräfin. Die Hitze des Feuers ließ ihre Züge verschwimmen. Sie sah plötzlich noch bleicher aus, dreieckige Schatten lagen hohl auf ihren Wangen. »Alle Frauen zu mir!«, rief sie. »Alle hier ans Feuer.«

Aus mehreren Richtungen stolperten die vier aufgeschreckten Zofen herbei. Auch Gunthild betrat das Rund zwischen den

Wagen. Ihre Schritte, die sonst so gleitend, beinahe schwebend wirkten, hatten jetzt etwa Spinnenhaftes.

»Herrin!«, rief der Hauptmann. »Frau Violante!« Hastig schob er sich zwischen den unruhigen Pferden hindurch.

Saga war alles Blut vom Kopf in die Beine gesackt. Berittene in der Nacht waren niemals ein gutes Zeichen. Während des Bürgerkrieges hatte Pferdelärm im Dunklen oft bedeutet, dass jemand sterben würde.

Der Soldat kam auf die Gräfin zu und beugte sich flüsternd an ihr Ohr. Ihre Miene veränderte sich, aber Saga konnte den neuen Gesichtsausdruck nicht deuten.

»Gott sei Dank«, entfuhr es Violante mit einem scharfen Ausatmen. »Der Himmel meint es heute wahrlich gut mit uns.«

~

Die Gräfin zwängte sich ungeduldig zwischen den angebundenen Pferden hindurch. Der Hauptmann wollte ihr behilflich sein und zwei der Tiere an den Zügeln fortziehen. Aber Violante zeigte nicht die geringste Ehrfurcht vor den riesigen Schlachtrössern und schob sie mit bloßen Händen beiseite.

Saga schlüpfte hinter ihr durch die Lücke zwischen den Tieren, noch ehe der Hauptmann sie aufhalten konnte. Im Augenblick schien sich ohnehin niemand für sie zu interessieren. Eine gute Gelegenheit zur Flucht; vielleicht die beste, die sich ihr je bieten würde.

Aber sie blieb. Natürlich blieb sie. Die Gräfin mochte sie vorhin nicht wie eine Gefangene behandelt haben, sie mochte sogar versucht haben, Sagas Vertrauen zu gewinnen. Aber Saga zweifelte jetzt noch weniger als zuvor, dass Violante ihre Drohung wahr machen würde, sollte Saga einen Fluchtversuch wagen.

Mehrere Soldaten erwarteten Violante außerhalb der Wagenburg. Sie wurde nicht langsamer, als die Männer einen Kreis um sie bildeten, der sie nach allen Seiten gegen Gefahr abschirmte.

Das Lager war auf einer Lichtung aufgeschlagen worden, und die Gruppe aus Violante und ihren Leibwächtern bewegte sich nun zum Waldrand, dorthin, wo ein Weg einmündete. Viele Fackeln tanzten dort in der Nacht, und sie beschienen eine große Gruppe Menschen. Bei den vorderen handelte es sich um den Rest ihres Schutztrupps, aber die Neuankömmlinge waren offenbar weit in der Überzahl. Blankgezogene Klingen schimmerten im Feuerschein, doch es wurde nicht gekämpft.

Einer der Leibwächter löste sich aus der Formation, schaute zurück, entdeckte Saga und eilte auf sie zu. Sie wollte ihm ausweichen und zu Violante aufholen, doch er hielt sie zurück.

»Nicht«, befahl er knapp und packte sie an der Schulter. »Die Gräfin hat Befehl gegeben, dich zurück zu deiner Kutsche zu bringen.«

Saga stellte sich auf die Zehenspitzen und versuchte, über die Schulter des Soldaten zu schauen. Sie erhaschte einen Blick auf einen hochgewachsenen Mann in brauner Kleidung, der Violante und ihren Kriegern entgegentrat. Sein Haar war silbergrau und zu einem langen Pferdeschwanz gebunden. Kurz darauf wurde er von den Wächtern verdeckt.

»Wer ist das da drüben?«, fragte sie.

Der Soldat hielt sie noch immer fest, drehte sich nun aber gleichfalls um und richtete seinen Blick zum Waldrand. »Zinder«, knurrte er.

Saga machte keine Anstalten, zur Kutsche zu gehen.

»Ein Söldnerführer«, sagte der Mann so unverhohlen abfällig, dass sie ihm nun doch ins Gesicht schaute. Seine Züge waren nicht besonders ausdrucksvoll, ein einfacher Soldat mit blondem Haar und Bartstoppeln. Trotzdem war er ihr schon vormals aufgefallen. Tagsüber war er am Gitterfenster ihres Wagens vorbeigeritten und hatte hineingeschaut, nicht so offensichtlich gaffend wie einige der anderen, eher argwöhnisch und nicht besonders freundlich.

»Diese Männer, sind das alles Söldner?«, wollte sie wissen.

»Ja.« Er drehte sie um und drängte sie Richtung Kutsche. Sie gehorchte, ging aber langsamer als nötig.

»Was wollen sie hier?«

»Das weiß nur die Gräfin selbst.«

Sie musterte ihn skeptisch von der Seite. »Du hast wirklich keine Ahnung?«

»Ich weiß, was von ihnen erwartet wird. Aber nicht, warum… Als wären wir nicht selbst in der Lage, die Herrin zu schützen.«

Überrascht blieb sie stehen. »Heißt das, Violante hat diesen Zinder und seine Männer angeheuert?«

Er murmelte etwas, das eine Bestätigung sein mochte.

»Als Verstärkung also«, mutmaßte sie.

»Wohl kaum.« Er klang jetzt fast wütend, und Saga erkannte verspätet, dass sein Zorn gar nicht ihr galt. Erst als er fortfuhr, begriff sie.

»Zinder und seine Männer bilden den neuen Schutztrupp für eure Weiterreise. Wir anderen kehren um. Nicht, wenn's nach mir ginge, und der Hauptmann hat auch widersprochen, aber – «

»Aber die Gräfin hält nicht viel von Widerspruch«, beendete Saga seinen Satz. »Das hab ich gemerkt.«

Ein kurzes Lächeln huschte über die Züge des Soldaten. Er schob sie weiter zur Kutsche, doch sein Griff verlor an Grobheit. »Frau Violante wird wohl wissen, was sie tut«, sagte er ohne echte Überzeugung.

»Du denkst, die ganze Reise ist ein Fehler?«

Er zögerte. »Dazu habe ich keine Meinung.« Er gab sich nicht einmal Mühe, ein guter Lügner zu sein.

»Sicher hat dein Hauptmann eine«, sagte sie diplomatisch und gab ihm damit Gelegenheit, seine eigenen Bedenken auszusprechen und trotzdem den Respekt vor seiner Herrin zu bewahren.

Zu ihrer Überraschung ließ er sich darauf ein. »Niemand

versteht so recht, was sie vorhat. Aber keiner wagt, dagegen zu reden. Jedenfalls keiner, den ich kenne.«

»*Aber du wüsstest schon, was du ihr sagen würdest, nicht wahr?*«, fragte sie mit der Stimme des Lügengeistes. Das schrille Krächzen war wie Nadelstiche in ihren Ohren, aber er bemerkte es nicht.

»Allerdings«, sagte er.

»*Du bist ein treuer Diener deiner Gräfin, und du würdest sie gerne vor Schaden bewahren.*«

»So ist es.«

»*Dann solltest du mir verraten, was sie vorhat. Auf mich wird sie hören.*« Das war ein Wagnis, denn sie konnte nicht wissen, ob er einen solchen Einfluss tatsächlich für möglich hielt, geschweige denn daran glauben wollte.

Aber sie hatte Glück. In seiner Sorge um die Gräfin war er verzweifelt genug, um jeden Ausweg in Erwägung zu ziehen. »Das wäre möglich«, murmelte er, als sie die Kutsche erreichten.

»*Ich kann sie überzeugen*«, log Saga. »*Ich muss nur wissen, mit welchen Argumenten. Am besten, du verrätst mir deine.*«

»Die Reise ist viel zu gefährlich«, sagte der Soldat, nun tatsächlich in dem Glauben, dass Saga alldem ein Ende machen konnte. »So weit fort von zu Hause … Sie muss von Sinnen gewesen sein, als sie sich das in den Kopf gesetzt hat. Und alles nur für den Grafen, der doch eh längst tot ist.«

Saga machte gar nicht den Versuch, die Zusammenhänge zu verstehen. Erst so viele Aussagen wie möglich sammeln, dann sortieren – und am Ende vielleicht so etwas wie die Wahrheit daraus zusammensetzen.

»*Ganz bestimmt ist der Graf tot*«, redete sie ihm zu. »*Ich bin sicher, die Gräfin wird mir glauben, wenn ich ihr das erkläre. Wo, glaubst du, ist er gestorben?*«

»Konstantinopel, natürlich. Von dort hat man zuletzt von ihm gehört.«

»Sie will nach Konstantinopel?« Saga war so erschüttert,

dass sie vergaß, die Stimme des Lügengeistes einzusetzen. Sie erkannte ihren Fehler, als sich der Schleier im Blick des Soldaten zu klären begann. Rasch fügte sie hinzu: »*Ich glaube auch, dass Graf Gahmuret dort gestorben ist. Du hast ganz bestimmt Recht.*«

Er nickte benommen.

»*Sie will ihn also suchen, richtig? Sie ist tatsächlich von Sinnen.*« Die gewohnte Übelkeit setzte ein. Saga lehnte sich mit dem Rücken gegen die Kutschentür. Sie hatte Hunger, und das machte es nur noch schlimmer.

»Ja«, sagte der Soldat. »Manche glauben, sie hat den Verstand verloren.«

»*Aber du glaubst das nicht.*«

»Nein. Ihre Trauer ist schuld. Sie will nicht wahrhaben, dass Graf Gahmuret nicht mehr lebt.«

»*Du wärest der Gräfin eine große Hilfe, wenn du mir mehr erzählst von dem, was du darüber denkst. Zum Beispiel über den weiteren Verlauf der Reise. Und über diesen Söldnerführer, diesen –*«

»Zinder«, sagte er bereitwillig. »Man erzählt sich, er habe bereits unter Kaiser Heinrich gekämpft.« Heinrich war der ältere Bruder Philipps von Schwaben gewesen. Nach seinem Tod im Jahr 1197, vor dreizehn Jahren, hatte jener Streit um die Krone begonnen, der schließlich zum Bürgerkrieg zwischen den Anhängern Philipps und Ottos geführt hatte.

Der Soldat fuhr fort: »Später hat Zinder Philipp auf seinem Zug nach Italien begleitet. Er hat für ihn im Elsass und gegen Heinrich von Thüringen gestritten und schließlich mit Philipps Heer vor den Toren Braunschweigs gestanden. Später wiederum soll er auf der Seite Ottos gekämpft haben – da muss er schon die Treue zu seinem Herrn hinter die Aussicht auf guten Sold und reiche Beute zurückgestellt haben.« Die Miene des Soldaten verriet deutlich, wie er darüber dachte.

»*Ein Verräter also*«, stimmte Saga ihm zu. Der Lügengeist war am überzeugendsten, wenn er die Ansichten seiner Opfer als Tatsache bekräftigte und nicht in Frage stellte. Mit den Jahren hatte Saga gelernt, dass sich aus den meisten Menschen mit Hilfe gezielten Nachplapperns ebenso viele Antworten herauskitzeln ließen wie durch Fragen. Oftmals war die Erwiderung sogar ehrlicher, glaubte der andere sich doch in seiner Meinung bestärkt.

»Ein Verräter, allerdings«, sagte der Soldat mit gesenkter Stimme. »Aber als Söldner besitzt er einen guten Ruf. Er habe seine Leute fest im Griff, heißt es, und er versteht etwas davon, eine Heerschar im Kampf zu führen. Außerdem ist da das Schwert, das er trägt. Wielands Schwert, munkeln manche ... Aber wer seinen Herrn einmal verraten hat, der wird es wieder tun. Da macht es keinen Unterschied, ob er das Schwert eines Zauberers trägt oder eine Mistgabel.«

»Die Gräfin macht einen Fehler, sich auf so jemanden zu verlassen.« Saga musste dem Mann nichts vormachen; es war ihre aufrichtige Meinung. Schlimmer war, dass die Gräfin nicht nur sich selbst, sondern auch Saga in die Hand dieses Söldners geben wollte.

»Warum sagst du ihr das nicht selbst ins Gesicht?«, erkundigte sich plötzlich jemand neben ihnen im Dunkel.

In ihrem Ringen um die Worte, die den Soldaten aus der Reserve locken sollten, hatte sie nicht bemerkt, dass sich die Gruppe am Waldrand aufgelöst hatte. Nun erkannte sie erschrocken, dass Violante herangekommen war. Im selben Moment traf sie eine so heftige Ohrfeige, dass sie zurückgeschleudert wurde, mit dem Kopf gegen die Kutsche krachte und vor Schmerz in die Knie brach.

»Ist sie das?«, fragte eine männliche Stimme, nur halb verständlich durch die Explosion in ihrem Schädel. »Sieht mir nicht wie eine Heilige aus.«

»Oh, keine Sorge – sie ist eine. Gesegnet durch und durch.« Violante beugte sich vor. »Aber manchmal vergisst sie unsere Abmachung, nicht wahr?«

Saga hob den Kopf, wollte etwas sagen, als eine zweite Ohrfeige sie traf und halb unter den Wagen schleuderte.

»Hauptmann!«, hörte sie Violante rufen. »Zehn Stockschläge für diesen Mann. Und auch für jeden anderen, der mit ihr spricht.« Zu Saga sagte sie: »Und du wirst so etwas nie wieder tun, verstanden? Sonst lasse ich dich für den Rest der Reise knebeln.«

Der Söldnerführer mit dem Silberhaar beugte sich vor und betrachtete Saga wie ein verendetes Tier am Wegrand. »Sie wird uns Ärger machen. Besser, sie wäre tot.«

Der lebende Tote

Es war bereits Nacht, als Kardinal Oldrich durch Roms verwinkelte Gassen eilte. Seit dem Abend, an dem der Heilige Vater ihn in seine Pläne eingeweiht hatte, waren einige Tage vergangen. Tage, die Oldrich mit düsteren Gedanken und noch dunkleren Befürchtungen zugebracht hatte. Er hatte sich seinen Entschluss nicht leicht gemacht. Bei Gott, das hatte er wahrlich nicht.

In dieser Nacht, würde er gegen den Willen des Papstes verstoßen. Gegen Innozenz' ausdrückliche Anweisungen handeln. Und schwere Schuld auf sich laden. Aber er war bereit dazu, denn es diente einem größeren Gut, dem Heil der Mutter Kirche. Und damit, in nicht unerheblichem Maße und auf längere Sicht betrachtet, seinem eigenen.

Die Häuser standen in diesem Teil Roms dicht beieinander, Dachgiebel beugten sich über die Straße wie tuschelnde Mönche. Auch Oldrich suchte Schutz im Schatten seiner Kapuze, hielt den Oberkörper unter dem langen Mantel leicht vorgebeugt und gab sich Mühe, nicht nach rechts oder links zu blicken. Die Versuchungen kamen in einer Gegend wie dieser in vielerlei Gestalt – lockende Weiber, entblößte Knaben, käufliches Fleisch jeden Alters –, weit mehr Sorge machten ihm jedoch Diebe und Halsabschneider, die sich in dieser Gegend tummelten.

Warum hier?, fragte er sich zum wiederholten Male und kannte bereits die Antwort, so sehr sie ihm auch missfiel: Um mich zu demütigen. Um herauszufinden, welchen Preis ich diesmal bereit bin, für seine Dienste zu zahlen.

Oldrichs Ziel war eine Taverne nahe des Tiberufers, so verkommen und finster wie alle Trinkhäuser dieser Gegend. Denjenigen, den er dort suchte, kannte er nur als den Bethanier. Der Mann, der sich so nannte, nahm dieser Tage viele Namen an, vielerlei Identitäten. Einst war er tot gewesen, und lebte doch noch immer. Anfangs hatte Oldrich das Gerede über seine Wiederauferstehung für Blasphemie gehalten, doch mit der Zeit waren ihm Zweifel gekommen. Eine Weile lang hatte er den Bethanier gar als Führer seiner Leibgarde beschäftigt, damals während des Kreuzzuges – und das war ihn in mehrfacher Hinsicht teuer zu stehen gekommen –, aber auf Dauer hatte ihn die Nähe dieses Mannes nervös gemacht. Unbestreitbar war etwas an ihm, das jeder andere spürte, ohne es benennen zu können. Ein Frösteln, das einen überkam, wenn man seinen Blick kreuzte. Eine Hand, die einen im Nacken berührte, obgleich man ihm doch gegenüberstand. Ein Wühlen tief in den Eingeweiden.

Oldrich traute dem Bethanier nicht – nein, er *kaufte* ihn. Und so war es ihm lieber. Oldrich hatte die Erfahrung gemacht, dass Zuverlässigkeit die käuflichste aller menschlichen Tugenden war. Treue? Wohl kaum. Freundschaft oder Ergebenheit? Nicht, wenn es hart auf hart kam. Aber wenn es darum ging, einen Auftrag auszuführen, ohne Loyalität, nur der Bezahlung wegen, dann war der Bethanier jemand, auf den er zählen konnte. Tot oder nicht tot, wiedergeboren oder schlichtweg irrsinnig.

Während er auf die erleuchteten Fenster der Taverne zueilte, die der Bethanier ihm als Treffpunkt genannt hatte, überdachte er noch einmal das Gespräch mit dem Heiligen Vater. Innozenz' Worte hatten vernünftig geklungen, sorgfältig überlegt wie jede seiner Entscheidungen. Und doch hatte er Oldrichs Zweifel nicht zerstreuen können. Gahmurets Gemahlin blieb eine Gefahr, ob der Papst das wahrhaben wollte oder nicht. Innozenz hatte eigene Pläne mit ihr, und es waren unbestreitbar *gute* Pläne. Doch nicht sie war diejenige, von der die größte Bedrohung ausging. Tatsächlich mochte die Gräfin ihnen von Nutzen sein, ganz ohne Zweifel. Aber welchen Preis nahm der Heilige Vater dafür in Kauf? Jene andere, die Magdalena, konnte der Kirche Schaden zufügen, der ins Unermessliche ging. Innozenz unterschätzte die Gefahr, die von den Gerüchten über sie ausging. Das Potenzial, das in den Geschichten steckte. Und so schwer Oldrich dieser Schritt auch fiel – er würde etwas gegen diesen Fraß am Fundament des Glaubens unternehmen.

Oldrich kämpfte schon lange gegen die Blasphemien der Welt an. Doch die Magdalena war etwas anderes als die Bettelmönche, Ketzer, Hexen. Niemand konnte ihm Genaueres über sie berichten. Keiner seiner Spione hatte sie je gesehen. Allmählich hatte er Zweifel, ob überhaupt jemand wusste, wie sie aussah. Und gerade das war es, was ihm Angst machte. Gegen einen Menschen konnte er vorgehen, darin hatte er hundertfache Erfahrung. Aber gegen ein Gerücht, gegen ein Trugbild?

Der Bethanier hatte auf Anhieb gewittert, dass Oldrich in dieser Sache auf sich allein gestellt war. Der Wiedergeborene spürte Schwäche, so wie gewöhnliche Menschen einen Geruch wahrnahmen. Vielleicht weil er die letzte und größte aller Schwächen am eigenen Leib erfahren hatte, den Tod. Wohin auch immer der Schnitt durch seine Kehle ihn geführt hatte, er war verändert von dort zurückgekehrt.

Oldrich erreichte den Eingang der Taverne. Gestalten lungerten zu beiden Seiten herum, standen in tuschelnden Gruppen beieinander, zu vertieft in ihre elenden Geschäfte, um den Kardinal unter seinem Lumpengewand zu bemerken.

Die Tür stand einen Spalt weit offen, Lärm drang ins Freie. Laute der Sünde, Gesang und Gebrüll. Ein unerträgliches Chaos aus Stimmen. Das Klirren prostender Becher, Trampeln und Grölen. Oldrich fühlte sich beschmutzt, noch bevor er zaghaft die Tür aufdrückte.

Und die Gerüche … Bei Gott, die Gerüche! Schweiß und

Wein und süße Substanzen, mit denen die Schankmädchen den Schmutz vom Vorabend übertünchten. Der Kardinal war zutiefst angewidert, als er sah, wie ein verfilzter Straßenköter an einem der vorderen Tische das Bein hob und einem betrunkenen Kerl an die Wade pisste.

Oldrichs Blick wanderte weiter, stocherte in einer kochenden Suppe aus geröteten, schwitzenden Gesichtern. Verzweiflung wallte in ihm empor. Wie immer ließen ihn seine Augen im Stich bei allem, das weiter als fünfzehn Schritt entfernt war. Wo war der, den er suchte?

Ein Schemen huschte blitzschnell an ihm vorüber, substanzlos wie der Schatten wehenden Herbstlaubes. Eine Stimme ohne Betonung. »Kommt mit!«

Der Mann war gewiss keine fünfzehn Schritt entfernt, und doch hatte Oldrich das Gefühl, ihn so verschwommen zu sehen wie die Menschen am anderen Ende des Schankraums. Dabei war er nah genug, um die Finger seiner Hand zu zählen. Aber der Eindruck des Verwischten blieb. Oldrich musste sich zwingen, ihm zu folgen.

Durch eine Seitentür gelangten sie in einen schmalen Gang aus Bretterwänden. Von der einen Seite wehte der Lärm der Taverne herein, von der anderen der Gestank einer Hinterhoflatrine.

»Ich weiß, weshalb Ihr hier seid«, sagte der Mann mit dem vernarbten Kehlenschnitt. Er trug einen Mantel mit Kapuze, ungleich edler als jener, unter dem sich Oldrich verbarg. Kein Dieb wäre so verrückt, sich mit ihm anzulegen. Die meisten hier kannten und fürchteten ihn.

»Natürlich weißt du das«, sagte Oldrich. »Ich habe dir eine Botschaft gesandt.«

Der Bethanier schüttelte den Kopf. Sein Gesicht lag im Schatten, nur auf den Wulst aus wildem Fleisch an seiner Kehle fiel ein Lichtstreif.

Der Kardinal sah ihn verständnislos an. Und zutiefst beunruhigt.

»Ihr seid ganz krank vor verletzter Eitelkeit«, sagte der Mann, der den Tod überlebt hatte. »Ihr redet Euch ein, dass es Euch um Eure kostbare Mutter Kirche geht. In Wahrheit fürchtet Ihr um Euren Einfluss. Ihr erinnert Euch gut an Violante von Lerch, nicht wahr? Wie es aussieht, versteht sie sich noch immer trefflich darauf, andere Menschen zu manipulieren.«

Oldrich rümpfte die Nase. »Ich bin nicht hier, um mit dir über die Vergangenheit zu reden.«

Der Bethanier schwieg. Bewegte sich nicht. Oldrich fragte sich, ob er zu weit gegangen war. Man erzählte sich, dass der Bethanier Leben nahm, um sein eigenes zu erhalten. Dass er Menschen die pochenden Herzen aus der Brust riss, um sie zu verschlingen. Dass *sie* es waren, die ihn bei Kraft hielten.

Oldrichs eigenes Herz schlug noch schneller.

Ein Schlitz öffnete sich in den Schatten – es hätte ebenso gut die Wunde an der Kehle statt Lippen sein können. »Wie Ihr wünscht«, flüsterte der Bethanier.

Warum nur hatte Oldrich das Gefühl, dass der Mann ihn tatsächlich durchschaute? Lag es an den Augen des lebenden Toten? An der unausgesprochenen Drohung in seinem Tonfall?

Nur an deiner eigenen Angst, redete der Kardinal sich ein. Sie macht dich unsicher, macht dich schwach. Falls Oldrich die Gunst des Papstes verlor – und das würde geschehen, wenn seine Befürchtungen über die Magdalena sich bewahrheiten sollten –, dann würde Innozenz sich von ihm abwenden. Für einen Mann, der ein solches Wissen über die innersten Geheimnisse der Kirche besaß wie Oldrich, war das gleichbedeutend mit einem Todesurteil. Innozenz hasste es, im Unrecht zu sein, und das machte Oldrichs Entscheidung, die Dinge in die eigene Hand zu nehmen, so paradox: Er musste verhindern, dass er mit seiner eigenen Warnung Recht behielt.

Eine Niederlage konnte der Papst verwinden, nicht aber den Mann, der ihn allein durch seine Präsenz täglich daran erinnern würde. Oldrich hatte schon andere Ratgeber des Heiligen Vaters unerwartete Tode sterben sehen, nur weil sie Zeuge gewesen waren, wie Innozenz sich geirrt hatte. Sie wurden Opfer plötzlicher Krankheiten und Gebrechen, die niemand hatte voraussehen können – außer die Giftmischer des Papstes in ihren geheimen Palastkellern.

Was aber Violante von Lerch betraf… Tatsächlich schwelte die Wut noch immer in ihm, selbst nach all den Jahren. Als Oldrich ihren Namen im Zusammenhang mit diesem Kreuzzug gehört hatte, war das wie ein Schlag gewesen.

Dennoch – er hatte die richtige Entscheidung getroffen. So oder so. Für die Kirche, für den Papst und vor allem für sich selbst. Nur wenn es ihm gelänge, diesem ganzen Wahnsinn vorzeitig ein Ende zu bereiten, würde er wieder ruhig schlafen können.

Oldrich zog einen schweren Beutel mit Gold unter seinem Gewand hervor und legte ihn in die bleiche Klaue des Bethaniers. Ungezählt verschwand die Belohnung im Dunkeln.

»Erzählt mir alles«, sagte der Bethanier tonlos.

Oldrich suchte nach Worten, während die Augen im Schatten seine Ängste sezierten.

Saga verbrachte die Tage eingeschlossen in der Kutsche. Nach dem Zwischenfall mit dem Soldaten der Burgwache hatte man zwar darauf verzichtet, sie zu knebeln, wie Violante es angedroht hatte. Aber die Aufmerksamkeit ihrer Bewacher war deutlich geschärft. Wenn der Zug eine Rast machte, wurde sie hinter die nächsten Büsche geführt, danach aber gleich wieder eingesperrt. Die Zofen der Gräfin brachten ihr Essen – Brot und Käse, gelegentlich etwas Braten –, manchmal kam aber auch Gunthild und schob ihr die Ration zwischen den Gitterstäben hindurch. Die Nonne zeigte nach wie vor ein sonderbares Interesse an ihr, teils Abscheu, teils Faszination. Saga war daran gewöhnt, eine Jahrmarktsattraktion zu sein – sich allerdings anstarren zu lassen wie einen dreiköpfigen Hund war dann doch ein wenig zu viel für sie. Abwechselnd beschimpfte sie Gunthild oder tat, als bemerke sie sie gar nicht.

Auch andere schauten ab und an verstohlen durchs Fenster, Söldner, die ihre Pferde wie zufällig neben den Wagen lenkten und einen Blick herein riskierten. Manche musterten sie, als hätten sie Angst vor ihr. Saga konnte sich kaum vorstellen, dass das allein an den drakonischen Strafen lag, die Violante androhte, für den Fall, dass jemand das Wort an sie richtete. Saga hatte das seltsame Bedürfnis, sich bei dem Soldaten zu entschuldigen, der ihretwegen die Stockschläge bekommen hatte, doch der war längst zusammen mit den anderen Burgwachen umgekehrt. Die

Kutschen wurden jetzt von Zinders Söldnern bewacht, die zu beiden Seiten des Zuges lange Reihen bildeten und aufmerksam hinaus in die Wälder starrten. Saga versuchte sie zu zählen, doch ihr Blickfeld war aus den Wagenfenstern heraus zu stark eingegrenzt. Dreißig waren es mindestens, alle beritten; vermutlich eher mehr.

Von Gräfin Violante sah und hörte sie tagelang nichts. Sie war froh darüber. Während des Gesprächs am Lagerfeuer war die Gräfin ganz anders gewesen, als Saga sie sich nach all den Wochen ihrer Gefangenschaft vorgestellt hatte. Das war gefährlich. Sie wollte kein Mitgefühl für ihre Entführerin empfinden, wollte sie schon gar nicht mögen. Violantes Fernbleiben gab ihr jetzt die Gelegenheit, zurück zu ihrem alten Hass zu finden; die Erinnerung an die Ohrfeigen taten ein Übriges.

Sie dachte oft an Faun, der gefangen war wie sie selbst, aber nichts von den wahren Gründen ahnte. Wäre es besser gewesen, sie hätte vor der Verliestür stillgehalten und ihn nicht auf sich aufmerksam gemacht? Jetzt war er sicher ganz verrückt vor Sorge um sie, zusätzlich zur Ungewissheit über sein eigenes Schicksal. Einen Gefallen hatte sie ihm damit wohl kaum getan.

Aber es führte zu nichts, sich darüber den Kopf zu zermartern. Sie musste die Lage nehmen, wie sie war, und versuchen, irgendwie am Leben zu bleiben. Faun als Geisel eingesperrt, sie selbst entführt und unterwegs nach … ja, wohin? Wirklich nach Konstantinopel?

Für Saga war das nicht mehr als ein Name, ein Ort, der so weit entfernt lag von allem, was sie kannte, wie das heilige Jerusalem oder die Himmelspforten selbst. Sie hatte davon gehört, von der verheerenden Schlacht um die Stadt vor … wie vielen Jahren? Sechs? Damals, während des letzten Kreuzzugs, waren die abendländischen Ritter auf ihrem Weg ins Heilige Land dort eingefallen und hatten die Stadt verwüstet. Das Reich Byzanz war gefallen, seine Hauptstadt geplündert, sein Thron von einem der Eroberer aus dem Westen bestiegen worden.

Die meiste Zeit über saß Saga in Fahrtrichtung auf der Holzbank, zog abwechselnd die Knie an oder legte die Füße hoch und versuchte, die Gesprächsfetzen der Söldner zu belauschen. Kamen zwei, die sich unterhielten, nahe genug heran, rückte sie ans Fenster und tat, als schliefe sie, für den Fall, dass einer hereinblickte. Auf diese Weise erfuhr sie, dass die Männer in einer Stadt gelagert hatten, deren Namen Saga nicht kannte und gleich wieder vergaß; dort hatten sie auf die Ankunft der Gräfin und ihrer Begleitung gewartet, gerade so wie es der Kontrakt verlangte, den Zinder und sie schon vor Monaten ausgehandelt hatten. Dann aber war lange vor dem vereinbarten Tag ein Bote aufgetaucht und hatte Zinder aufgefordert, alles stehen und liegen zu lassen und der Gräfin entgegenzureiten. Der Aufbruch sei vorverlegt worden – Saga kannte die Gründe. Offenbar erhoffte sich Violante von der Söldnertruppe besseren Schutz als von ihren eigenen Soldaten; kein Wunder, dass das ihren Hauptmann verärgert hatte.

Die Söldner entsprachen dem Bild, das Saga sich schon früher von Männern ihres Schlages gemacht hatte. Sie alle trugen die Abzeichen Dutzender Kämpfe zur Schau: Narben in den Gesichtern, auf den Handrücken und Armen; verbissene Mienen, die sie unnahbar und bedrohlich erscheinen ließen; gestückeltes Rüstzeug, zusammengeplündert auf zahllosen Schlachtfeldern. Manche besaßen verstärkte Lederkleidung und Steppwämser, andere eiserne Brustpanzer, vereinzelt auch Armschienen und Helme. Bis auf eine Hand voll Männer, zu der auch Zinder zählte, waren sie solide, aber selten vollständig ausgerüstet. Der eine mochte Schwert und Dolch besitzen, der andere nur Streitaxt oder Morgenstern. Manche trugen Beinzeug, das nicht zueinander passte, oder gar unterschiedliche Stiefel. Das Haar der meisten war lang, reichte bis über die Schultern. Nicht wenige ließen sich Bärte stehen, die eine Handbreit unterm Kinn achtlos mit dem Messer gekürzt, aber nur selten ganz abrasiert wurden.

Am achten Tag der Reise rief Saga einen von ihnen herbei, als er in die Nähe ihres Fensters kam. »He, du. Komm her.«

Der Söldner sah sie an, erst abweisend, dann neugierig. Er war jung und hochgewachsen. Im Gegensatz zu vielen seiner Gefährten, von denen manche gewiss schon seit Jahrzehnten dem Kriegerhandwerk nachgingen, hatte er erstaunlich wenig Narben im Gesicht. Er trug eine grünweiß geteilte Gugel mit gezacktem Saum, die Kapuze war zurückgeschlagen. Sein leichtes Kettenhemd war voller Scharten und rostbraun angelaufen. Wahrscheinlich hatte es mehr als einen Vorbesitzer gehabt.

»Ich tu dir nichts«, fügte sie hinzu. »Du hast doch keine Angst vor mir, oder?«

Er lachte leise, widersprach aber nicht. Als er von ihr hinüber zu seinen Kameraden blickte, dann zurück zum Fenster, bemerkte sie, dass der erste Eindruck getäuscht hatte. Anstelle eines Ohrs war da nur ein vernarbtes Knorpelding, ein Loch, umgeben von einer hässlichen Fleischwulst.

»Wie heißt du?«, fragte sie.

»Ich weiß nicht, ob du hübsch genug bist, um für dich Stockschläge zu kassieren«, erwiderte er spöttisch.

»Sind die Huren hübscher, die du dir von deinem Sold kaufst?«

Er grinste, und Saga sah, dass ihm ein Schneidezahn fehlte. »Die letzte war's jedenfalls.«

Sie erwiderte sein Lächeln.

»Jannek«, sagte er mit spöttischer Verbeugung.

»Ich bin Saga.«

»Die Magdalena, was?« Er fuhr sich durchs Haar. Es war hellblond und wucherte wild in alle Richtungen.

Die Magdalena. Da war es wieder.

»Woher hast du das?«, fragte sie.

»Das mit der Magdalena? Alle sprechen davon. Du sollst eine Heilige sein, sagen manche.«

Ein älterer Söldner lenkte sein Pferd neben Janneks und versetzte dem Jüngeren einen kräftigen Schlag gegen den Hinterkopf. »Halt's Maul!«, fuhr er ihn an. »Du hast die Befehle gehört.«

Jannek sah einen Moment lang aus, als würde er den Schlag erwidern, doch dann zuckte er die Achseln und trat seinem Pferd in die Flanken.

Der ältere Söldner ritt noch immer auf einer Höhe mit ihr, begutachtete sie argwöhnisch und schien zu überlegen, ob er ein paar Worte riskieren konnte. Doch dann riss er nur sein Pferd herum und trabte davon.

Saga ließ sich seufzend zurück auf die Bank sinken. So würde sie niemals erfahren, wohin die Reise wirklich führte. Sie konnte nur abwarten, bis Violante sie endlich in alles einweihte.

~

Aber Violante ließ weitere drei Tage auf sich warten.

Als die Gräfin endlich zu ihr kam, begann sie mit den Worten: »Es gibt jetzt kein Zurück mehr.«

»So?« Saga war bemüht, ihre Verunsicherung zu überspielen. Mittlerweile gelang ihr das recht gut.

»Ich möchte mich bei dir entschuldigen«, sagte Violante sachlich. »Ein Schlag wäre genug gewesen.«

»Warum lasst Ihr nicht einfach meinen Bruder laufen, und die Sache ist vergessen?«

Sie lagerten am Fuße hoher Fichten, die sich wie schwarze Türme über den Kutschen und Zelten erhoben. Saga hatte noch nie im Leben ein Gebirge gesehen, aber sie konnte sich schwerlich vorstellen, dass es eines gab, das höher war als diese Bäume. Irgendwo in der Nähe rauschte ein Fluss oder Wasserfall, aber von ihren Fenstern aus konnte Saga ihn nicht entdecken.

Die Gräfin war ganz unvermittelt vor den Gitterstäben der Kutsche aufgetaucht. Sie trug nicht mehr das prächtige Kleid, in dem sie aufgebrochen war, sondern eine schlichte Reisetracht mit engen Ärmeln, geschnürtem Ausschnitt und einem breiten

Gürtel, an dem zu Sagas Erstaunen ein Dolch hing. Ihr hellblondes Haar war streng geknotet, aber sie trug keine Haube, wie es einer Dame auf Reisen geziemte. Die Narbe des Schnabelhiebs unter ihrem linken Auge sah in der Dämmerung tiefer und dunkler aus als zuvor; sie verlieh ihr eine widersprüchliche Aura aus Härte und Verletzlichkeit.

»Es ist an der Zeit, dir zu erzählen, weshalb du hier bist.«

Saga sagte nichts und wartete. Violante schob den Riegel beiseite, zog die Wagentür auf und stieg zu ihr in das Gefährt.

»Du hast gehört, dass mein Gemahl während des letzten Kreuzzugs verschollen ist«, sagte sie, als sie sich Saga gegenüber auf der zweiten Bank niederließ. »Gahmuret … der Graf … er ist nicht von der Eroberung Konstantinopels zurückgekehrt. Aber er ist nicht tot, das weiß ich. Und ich will ihn zurück.«

Im ersten Moment klang sie wie ein verärgertes Kind, dem man ein Spielzeug weggenommen hatte. Dann aber bemerkte Saga den Unterton tiefer Verzweiflung. Es war, als hätte die Gräfin dieselben Worte schon unter ganz anderen Umständen ausgesprochen, wehklagend und weinend, in Augenblicken höchster Trauer. Und da war noch etwas: eine Verbissenheit, die jede Entgegnung erstickte.

»Ich bin überzeugt, dass Gahmuret gefangen gehalten wird, irgendwo in den Ländern der Ungläubigen. Und ich werde ihn befreien.«

»Mit den paar Dutzend Söldnern dort draußen?«, fragte Saga.

Violante verzog verächtlich die Lippen. »Nein. Mit einer Armee.« So trocken, wie sie es sagte, klang es nicht wie etwas Besonderes. Sie musste schon so viele Male darüber nachgedacht haben, dass der Gedanke für sie zur Selbstverständlichkeit geworden war.

Saga spürte eine Wut in der Gräfin, die nicht ihr galt, sondern der Welt im Ganzen. Anders als an jenem Abend am Lagerfeuer war Violante nicht in Plauderstimmung. Sie war entschlossen, ihren Willen durchzusetzen. Sie ließ keinen Zweifel daran, dass sie hier das Sagen hatte und allein entschied, was zu tun war. Saga war nur ihr Werkzeug, genau wie Zinder, wie all diese Männer dort draußen im Schatten der Fichten.

»Es war ein Kreuzzug, der mir meinen Mann genommen hat«, sagte Violante. »Und es wird ein Kreuzzug sein, der ihn mir zurückbringt.«

»Was für ein Kreuzzug?«

»*Dein* Kreuzzug, Saga. Deswegen brauche ich dich. Du wirst für mich predigen. Du wirst die Menschen dazu bringen, dir zu folgen – über das Meer hinweg, ins Heilige Land. Zu Gahmuret.«

Manche glauben, sie hat den Verstand verloren, hörte Saga wieder den Soldaten sagen. Und plötzlich schien das gar nicht weit hergeholt.

Doch ein Blick in Violantes Augen genügte, und sie wusste, dass es so einfach nicht war.

»Du bist überrascht«, stellte die Gräfin mit einem Lächeln fest. »Du hast mich für ein bösartiges Miststück gehalten, aber nicht für eine Verrückte, stimmt's?«

»Möglich, ja.«

»Ah, ein Anflug von Ehrlichkeit!« Violante schlug in gespieltem Entzücken die Hände zusammen. »Ist es nicht eine wunderbare Ironie, dass die beste Lügnerin der Welt ehrlicher zu mir ist als all meine Berater und Lakaien? Himmel, sogar Zinder da draußen gibt sich alle Mühe, zu verbergen, was er tatsächlich von mir hält. Als reiche es nicht, einfach in die Gesichter seiner Männer zu blicken und die Wahrheit in ihren Augen zu lesen!«

Sie ist einsam, dachte Saga verblüfft. Sie fühlt sich allein und sucht eine Verbündete. Aber dabei hat sie doch wohl kaum an *mich* gedacht?

»Was genau habt Ihr vor?«, fragte sie.

»Ich werde einen Kreuzzug ins Heilige Land führen. Einen Kreuzzug, wie es vorher noch keinen gegeben hat.« Sie holte weit mit beiden Händen aus. »Einen Kreuzzug der *Jungfrauen*, Saga. Keine Männer. Nur junge, gesunde Frauen, die reinen

Herzens und in guter Verfassung sind. Die noch keine Kinder geboren haben. Und die nicht älter sind als zwanzig.«

Saga fand die Vorstellung zu unwirklich, um sie auf Anhieb ernst zu nehmen. Im ersten Moment haftete ihr beinahe etwas Komisches an.

»Lach mich aus, wenn du magst.« Violantes Gleichgültigkeit wirkte aufrichtig. »Das haben schon andere getan. Aber keiner von ihnen hat *dich* gekannt! Keiner wusste, was du vermagst. Erst habe ich selbst geglaubt, es würde ausreichen, eine Frau wie Gunthild zur Predigerin zu machen – wenn sie von Gott spricht, hat die alte Krähe ein Feuer, das man ihr sonst gar nicht zutraut –, aber dann stieß ich auf dich. Und ich wusste, du bist diejenige, die mir alles ermöglichen wird. Du bist wahrhaftig eine Auserwählte, Saga.«

»Ich verstehe das nicht«, brachte Saga langsam hervor. Sie tat sich schwer damit, auch nur die Hälfte all der Fragen, die sich ihr stellten, im Kopf zu behalten. »Was sollen Frauen… Mädchen im Heiligen Land ausrichten? Etwa Jerusalem befreien? Sollen sie Kriege führen, die bereits von Tausenden und Abertausenden von *Rittern* verloren worden sind?«

Violante dachte kurz nach, schaute dann aus beiden Fenstern der Kutsche und versicherte sich, dass niemand lauschte. »Anfangs dachte ich tatsächlich, ich würde leichtes Spiel mit dir haben. Ich dachte, ich könnte dich bezahlen, und dafür würdest du tun, was ich von dir verlange. Ohne Fragen, ohne Gewissen. Aber dann habe ich dich zum ersten Mal selbst erlebt, auf einem Markt im Norden. Du magst eine Spielmännin sein, du ziehst den Leuten die Münzen aus der Tasche, und sie fühlen sich sogar noch glücklich dabei – aber du tust das nicht für ihr Geld. Ist es nicht so?«

Violante wechselte die Themen so schnell wie ihre Launen. Saga gab sich Mühe, Schritt zu halten. »Das Geld hat immer mein Vater genommen. Unsere ganze Familie hat davon gelebt.« Und wovon leben sie heute?, überlegte sie. Jetzt, da Faun und ich nicht mehr bei ihnen sind? Sie stellte den Gedanken zurück. »Für mich war es eher … ich weiß nicht. Ich nehme an, so etwas wie eine Herausforderung. Ich habe nie darüber nachgedacht.«

»Natürlich hast du das!«, widersprach Violante. »Viele Nächte lang.«

Saga schwieg.

»War es nicht so?«

»Mir hat nicht gefallen, was mir dabei durch den Kopf gegangen ist.«

Violante lächelte triumphierend. »Dass du es *gern* tust! Das ist es doch, oder? Es gefällt dir, die Menschen anzulügen. Sie haben es nicht besser verdient! Du erzählst ihnen nur das, was sie hören wollen.«

»Der Lügengeist kann ihren Glauben nur stärker machen, aber nicht völlig neu erschaffen.«

»Und der Glaube ist es, den wir uns zu Nutze machen werden«, sagte Violante hitzig. »Du wirst all diesen Mädchen genau das erzählen, was sie insgeheim immer gewusst haben. Dass sie ihre Ketten zerbrechen müssen. Dass sie zu Höherem bestimmt sind als ihre Mütter, die sich auf den Feldern, im Stall und am Ofen bucklig schuften. Dass sie Auserwählte Gottes sind, reiner im Herzen als andere – ganz sicher reiner als die Männer, die ihnen nachstellen und auflauern und sie zu Müttern kreischender Bälger machen, ohne sie zu fragen, ob sie das überhaupt wollen.«

»Das klingt, als würdet Ihr die Männer hassen. Und doch wollt Ihr alles riskieren, um Euren eigenen zurückzubekommen?«

»Du müsstest ihn kennen, um das zu verstehen.«

»Selbst wenn ich tun könnte, was Ihr verlangt … Wenn ich anderen vorgaukeln könnte, es wäre zu ihrem Besten, sich Eurem Kreuzzug anzuschließen und mit Euch ins Heilige Land zu ziehen … Warum das alles? Wie soll Euch das Euren Mann zurückbringen?« Sie musste sich zwingen, Violantes Rede nicht einfach als Irrsinn abzutun. In ihrer Lage blieb ihr keine andere Wahl, als die Pläne der Gräfin ernst zu nehmen.

»Ich will dir die Wahrheit verraten, Saga. Ich kann Gahmuret weder mit einer Hand voll Söldner, noch mit tausend gläubigen Frauen befreien – nicht aus den Händen der Sarazenen! Was ich tatsächlich brauche, ist die Unterstützung der christlichen Ritterorden im Heiligen Land. Templer, Johanniter, Deutscher Orden ... einer von ihnen oder am besten alle drei. Wenn es mir gelingt, sie auf meine Seite zu ziehen, dann ist *alles* möglich. Vorausgesetzt, ich kann zuvor den Papst von der Lauterkeit unserer Sache überzeugen.«

»Den Papst!«, entfuhr es Saga.

Violante beugte sich vor, ihre Augen glühten. »Wenn ich einen Kreuzzug der Jungfrauen auf die Beine stelle, gewaltig genug, dass jedermann davon erfährt, dann wird auch der Heilige Vater mir zuhören. Dann *kann* er mir seine Unterstützung gar nicht versagen. Deshalb dürfen es keine fünfzig Frauen sein, auch keine fünfhundert. Tausende, Saga! Wenn ich Tausende Frauen in Venedig einschiffe und über das Meer nach Osten führe, bleibt dem Heiligen Vater gar keine andere Wahl, als mir seinen Schutz zuzusagen. Die Templer, Johanniter und Deutschordensritter sind seine ausführende Hand, sie sind sein Schwert im Heiligen Land. Wenn der Papst mich unterstützt, dann werden auch sie mich unterstützen. Die drei Orden hassen einander, aber wenn eine einzige Sache, ein großes Ziel sie eint, dann kann niemand ihnen standhalten. Die Mauern der Sarazenen werden stürzen, ihr Reich zu Asche verbrennen.«

Es lag etwas Aberwitziges in der Tatsache, dass sie diese Pläne in einem vergitterten Reisewagen, irgendwo in einem deutschen Wald deklamierte, so überzeugt, als stünde sie am Fuße des Heiligen Stuhls.

»Und das alles, um einen einzigen Mann aus der Gefangenschaft zu befreien?«, fragte Saga mit belegter Stimme.

»Er ist nicht irgendjemand.«

Jetzt wich Saga dem Blick der Gräfin nicht mehr aus. Sie versuchte, in Violantes Augen zu lesen. »Ein Kreuzzug aus *Liebe*?«, flüsterte sie, und als sie es aussprach, wurde ihr endlich das tatsächliche Ausmaß dieses Wahnsinns bewusst. »Ihr wollt riskieren, dass alle diese Mädchen in den Tod gehen, nur damit Ihr den Mann, den Ihr liebt, zurückbekommt?«

Violante rückte zur Tür und ließ sie nach außen aufschwingen. »Und was ist mir dir, Saga? Wie weit wirst du für die Liebe zu deinem Bruder gehen? Wirst *du* das Leben Tausender aufs Spiel setzen, um ihn zu retten?«

Eine Weile verging. Schweigend sahen sie einander an.

Violante kletterte ins Freie und schob den Riegel vor.

Fauns Hinrichtung

Zwei Tage, nachdem Saga vor der Tür des Kerkers mit ihren Bewachern gekämpft hatte, kamen die beiden Soldaten zu Faun in die Zelle. Sie kamen am frühen Morgen, der junge und der ältere Mann, und während der eine Faun in Schach hielt, führte ihm der andere seine Prellungen und Wunden vor. Danach war sein Gefährte an der Reihe. Faun saß da, mit einer Schwertspitze an der Kehle, und musste zusehen, wie sie ihm jede einzelne Schürfwunde, jede Blutkruste und blaugrün verfärbte Stelle zeigten.

Dabei versprachen sie, dass er bald wissen würde, wie sich solche Verletzungen anfühlten. Sie würden besonderes Augenmerk darauf legen, dass er sich in sie *beide* hineinversetzen könnte, nicht nur in einen von ihnen. Das seien sie ihm und seiner Schwester schuldig, nicht wahr?

Als sie ihre Drohung wahr machten, hatte er das Gefühl, die Schläge und Tritte nähmen kein Ende.

Nachdem es vorbei war, lag er in seinem eigenen Blut und Erbrochenen, schmutzig und zerschunden. Die Soldaten hatten kein Wort gesprochen, während sie ihn schlugen und traten, so als sei vorab alles Wichtige gesagt worden.

Als sie die Kerkertür hinter sich schlossen, wurde es in rascher Folge Nacht, dann Tag, dann wieder Nacht. Faun bewegte sich nicht während dieser Zeit. Manchmal stöhnte er leise. Meistens wünschte er sich, er wäre tot.

Später war er nicht mehr sicher, wann er sich schließlich aufgerappelt und zur Tür geschleppt hatte. Dort hatten sich mehrere Holzschüsseln mit Essen angesammelt, mittlerweile von den Ratten angenagt, die ihm im Kerker Gesellschaft leisteten. Faun vertrieb die schwarzen Biester und stopfte sich begierig die Reste der Nahrung in den Mund. Er hatte zwei Zähne verloren, ein dritter war locker, und das Kauen von hartem Brot und zähem Fleisch war eine Tortur. Seine Augen waren so dick geschwollen, dass er nur verschwommen sah. Und seine Nase mochte gebrochen sein oder auch nicht – der Schmerz kannte keinen Unterschied.

Das abgestandene Wasser in den Bechern kam ihm vor, als sei es gerade erst aus der Quelle geflossen, so durstig war er. Vielleicht hatten die Wächter hineingepinkelt, doch das glaubte er nicht. Sie hatten ihre Rache und ihren Spaß gehabt.

Besten Dank, Saga, dachte er, aber es lag nur wenig Verbitterung darin. Erstmals tauchte sie wieder in seinen Gedanken auf, trat durch die Schleier aus Schmerz auf ihn zu und bedeutete ihm, ihr zu folgen.

Aber wohin?

Und wie?

Weitere Tage vergingen. Mittlerweile war es sieben Nächte her, dass er Saga zuletzt gesehen hatte. Der Schmerz fraß noch immer überall an seinem Körper, und oft wachte er auf, weil er glaubte, die Ratten nagten mit gelben Zähnen an ihm. Dabei hatten sie wohl mehr Angst vor ihm als umgekehrt, und keine wagte sich näher als einen Schritt an ihn heran. Was da so wehtat, waren seine Blutergüsse und Platzwunden, obgleich er mittlerweile glaubte, dass nichts gebrochen war. Vielleicht war das Absicht gewesen, vielleicht auch Zufall. Jedenfalls tauchte keiner der Soldaten bei ihm auf, um das Versäumte nachzuholen. Sie hatten ihm heimgezahlt, was Saga ihnen angetan hatte. Er vermutete, dass es dabei weit weniger um ihre blauen Flecken und Kratzer gegangen war als vielmehr um die Erniedrigung, von einer Frau derart zugerichtet zu werden. Gewiss hatten sie sich von ihren Kameraden in der Wachstube eine Menge Spott anhören dürfen.

Am achten Tag bekam Faun erneut Besuch.

Als die Tür aufging und zwei Soldaten eintraten, glaubte er erst, er habe sich getäuscht und seine Peiniger wären zurückgekehrt. Der lockere Zahn tat mittlerweile scheußlicher weh als die Wunden der beiden ausgeschlagenen, doch alles andere begann allmählich zu verheilen. Eine Schande, dachte er, wenn sie das wieder zunichte machen würden. Er hatte sogar mit einfachen Übungen wie Liegestützen begonnen. Früher hatte sein Vater ihn dazu gezwungen, um ihn auf die körperlichen Strapazen ihrer Gauklerkunststücke vorzubereiten; nun war er beinahe dankbar dafür. Falls er jemals hier herauskäme, wollte er nicht auf Krücken durchs Burgtor wanken.

Die beiden Soldaten, die rechts und links der Tür Stellung bezogen, waren nicht dieselben wie vor einer Woche. Sie musterten ihn mit einer Mischung aus Neugier und Überheblichkeit, machten aber keine Anstalten, ihn anzugreifen.

Den Männern folgte ein Junge, höchstens zehn Jahre alt. Nikolaus von Lerch hatte das hellblonde Haar seiner Mutter geerbt, sein Gesicht war voller Sommersprossen. Er trug helle, einfache Kleidung aus besticktem Leinen, enge Beinlinge, eine Tunika und, an einem schmalen Gürtel, einen Dolch, der an ihm so groß wie ein Kurzschwert aussah. Die Scheide war alt und abgewetzt – ein Erbstück, mutmaßte Faun. Vielleicht ein Andenken an seinen verschollenen Vater Graf Gahmuret.

»Du bist der Bruder der Lügnerin«, stellte der Kleine fest.

Faun wollte aufstehen, doch einer der Soldaten deutete mit der Lanze in seine Richtung und befahl ihm, am Boden sitzen zu bleiben. Faun hob beschwichtigend eine Hand und blieb im schmutzigen Stroh hocken. So befanden er und der Grafensohn sich fast auf gleicher Augenhöhe. Nikolaus war klein für sein Alter, sein Körperbau ungemein zart. Seine Haut schimmerte durchscheinend. Erwachsene mochten ihn für ein hübsches Kind halten.

»Du darfst mich nicht unterbrechen!«, fuhr Nikolaus den Soldaten an, der Faun zurechtgewiesen hatte. Der Wächter versteifte sich und richtete die Augen geradeaus.

Der Junge wandte sich wieder an Faun. »Und du musst jetzt meine Frage beantworten. Du bist ein Gefangener, und Gefangene müssen gehorchen.«

Faun war kurz davor, ihm zu erklären, dass er gar keine Frage gestellt, sondern eine Feststellung getroffen hatte. Aber dann nickte er. »Saga ist meine Schwester, das ist richtig.«

»Und dein Name?«

»Faun.«

»Ich heiße Nikolaus.« Nach kurzem Zögern setzte er hinzu: »Ich bin jetzt der Herr von Burg Lerch.«

»Wo ist die Gräfin?«

»Fort.«

»Und meine Schwester?« Fauns Fäuste ballten sich am Boden um Stroh. »Was habt Ihr mit ihr gemacht?«

»Sie ist auch weg«, sagte der Grafensohn. »Zusammen mit meiner Mutter.«

»Weg? Wohin?«

Der Kleine runzelte die Stirn in der Nachahmung eines Erwachsenen. »Du darfst mir keine Fragen stellen. Ich bin der Herr von Burg Lerch. Du bist mein Gefangener.«

Faun lag eine passende Erwiderung auf der Zunge, doch er schluckte sie widerwillig herunter. »Also ist Saga am Leben«, stellte er fest.

»Kannst du auch lügen?«, platzte es unvermittelt aus Nikolaus hervor. Offenbar war das die Frage, die ihn hergetrieben hatte.

»Nein«, sagte Faun.

Der Kleine musterte ihn durchdringend. »War *das* eine Lüge?«

»Was meint Ihr?«

»Ich hab dich gefragt, ob du auch so gut lügen kannst wie deine Schwester, und du hast Nein gesagt. Das könnte die Wahrheit sein, aber auch eine Lüge. Und ich würde es nicht merken, weil das bedeuten würde, dass du genauso gut lügst wie sie.«

Nikolaus sprach ungeheuer schnell, und Faun hatte nach den einsamen Wochen im Kerker Schwierigkeiten, ihm auf Anhieb zu folgen. Er brauchte ein paar Herzschläge, ehe ihm klar wurde, was der Junge meinte. Es kam ihm nicht vor wie etwas, das ein gewöhnlicher Zehnjähriger sagen würde. Martha, seine achtjährige Schwester, redete ganz anders. Vielleicht hörte er besser auf, den Grafensohn zu unterschätzen.

»Ihr habt Recht«, sagte er diplomatisch. »Wenn ich ein so guter Lügner wäre wie Saga, könnte alles, was ich sage, gelogen sein. Aber«, fügte er hinzu, »Ihr würdet mir trotzdem nicht glauben, jedenfalls nicht, solange Ihr mir nicht glauben wollt.«

»Warum sollte denn jemand belogen werden *wollen*?«, fragte Nikolaus verständnislos.

»Bei Erwachsenen ist das manchmal so.«

Der Junge wurde nachdenklich und überlegte einen Moment lang mit ernster Miene. Als er zu keinem zufrieden stellenden Schluss kam, schob er den Gedanken beiseite und verkündete: »Du wirst es mir beibringen. Wie man lügt. So richtig, dass jeder mir glauben muss.«

»Aber das kann ich nicht.«

»Ich kann befehlen, dass du getötet wirst.«

Faun musste jetzt sehr vorsichtig sein, was er als Nächstes sagte. »Ich bitte um Verzeihung, Herr« – und dieses Wort musste er nun wirklich herauswürgen –, »aber ich bin kein Lügner wie Saga. Sie ist mit diesem Talent geboren worden. Ich nicht. Wenn es anders wäre, würde ich Euren Wunsch gern erfüllen. Aber so, wie es nun mal ist, kann ich es nicht.«

»Du lügst mich doch gerade an. Das beweist, dass du's kannst.« Der Junge grinste breit. »Meine Mutter sagt, sie erkennt sofort, wenn jemand sie anlügt. Ich auch.«

»Aber erkennt Ihr auch die Wahrheit?«

Nikolaus stutzte. »Wenn ich weiß, wenn jemand mich anlügt, dann weiß ich auch, wenn er die Wahrheit sagt.« Der Junge wurde mit einem Mal unsicher und blickte sich Hilfe suchend nach den beiden Soldaten um. »Oder?«

»Gewiss, Herr«, erwiderte einer der beiden gelangweilt.

»Verzeiht noch einmal, Herr«, bat Faun, der das Gefühl hatte, dass er sich gerade um Kopf und Kragen redete und trotzdem nicht damit aufhören konnte, »das ist ein Irrtum. Lüge mag das Gegenteil von Wahrheit sein, aber die Wahrheit ist keinesfalls immer das Gegenteil von einer Lüge.« Das hatte Saga einmal behauptet, und er hatte eine Weile gebraucht, bis ihm klar geworden war, was sie damit meinte.

Der Grafensohn jedoch war nun restlos verwirrt, und Faun erkannte im selben Moment, dass das nicht gut war.

»Alles, was du sagst, ist gelogen«, stammelte der kleine Herr von Burg Lerch. »Das ist der *Beweis*, dass du lügen kannst! Und du *wirst* es mir beibringen.« Er scharrte mit einem Fuß im Stroh, stampfte dann auf. »Morgen komme ich wieder. Bis dahin kannst du dir überlegen, wie du mich zum besten Lügner der Welt machst.«

»Aber, Herr, ich –«

»Morgen«, unterbrach ihn Nikolaus patzig.

Er gab den Wachen ein Zeichen und verließ den Kerker. Die Männer folgten ihm. Dann schlug die Verliestür zu.

In der Ferne hörte Faun, wie sich das Quengeln des Jungen entfernte.

~

Am nächsten Tag, dem neunten nach Fauns letzter Begegnung mit Saga, kehrte Nikolaus zurück. Bis dahin hatte Faun die stille Zuversicht gehegt, dass der Kleine nach Kinderart das Interesse an ihm verloren haben könnte.

»Und?«, fragte Nikolaus, nachdem sich die beiden Soldaten neben der Tür aufgebaut hatten.

Faun saß im Stroh, diesmal mit dem Rücken zur Wand, weil er fürchtete, sich verteidigen zu müssen. Von oben schien fahles Tageslicht wie ein glühender Stachel durch die Fensteröffnung.

»Ich bin kein Lügner«, sagte er.

Der Junge gab sich keine Mühe, seine Wut zu verbergen. Er ballte die kleinen Fäuste. Blau und grün zeichneten sich die Adern unter seiner dünnen Haut ab.

»Ich will, dass du's mir beibringst«, verlangte er.

»Wenn ich's könnte, würde ich es tun.«

»Dann tu's gefälligst!«

Fauns Blick huschte nervös von einem Soldaten zum anderen. Langweile las er in ihren Gesichtern, aber keine Spur von Anteilnahme. Nicht gut, dachte er. Gar nicht gut.

»Versteht doch, Herr«, versuchte er es noch einmal, »ich könnte einfach behaupten, dass ich Euch alles beibringe. Und was dann? Ihr würdet schnell genug herausfinden, dass das tatsächlich eine Lüge war. Und dann würdet Ihr mich zu Recht bestrafen.«

»Siehst du!«, rief der Junge begeistert und klang nun wahrhaftig nicht mehr wie ein Kind. »Du gibst es also zu! Du *kannst* lügen!«

»Ich –«

Nikolaus sprang auf ihn zu, und für einen Augenblick glaubte Faun tatsächlich, der Kleine wolle eine Rauferei mit ihm anfangen. Doch der Grafensohn blieb eine Armlänge vor ihm stehen, stemmte die Hände in die Seiten und sah ihn trotzig an.

»Du machst mich zu einem Lügner«, sagte er, »oder du stirbst.«

Faun sagte nichts.

»Also?«

»Ich könnte es versuchen –«

Der Kleine stieß einen Jubelruf aus und drehte sich im Kreis.

» – aber es hätte keinen Zweck.«

Nikolaus holte aus und schlug ihm mit der Faust ins Gesicht.

Fauns Schädel flog zurück. Sein Hinterkopf prallte gegen die Wand. Für drei, vier Herzschläge verschwamm die Umgebung. Als er wieder sehen konnte, erkannte er, dass Nikolaus blutete. Die weiße Haut seines Handrückens war an Fauns Wangenknochen aufgeplatzt.

Der Junge stand da und kreischte vor Überraschung und Wut, vielleicht auch vor Schmerz.

Die Soldaten stürmten heran, einer packte Faun am Oberarm und riss ihn vom Boden. Der andere beugte sich über Nikolaus und wollte die Wunde begutachten.

»Lass das!«, schrie der Junge und stieß ihn von sich. Ein roter Handabdruck blieb wie ein Emblem auf dem Wams des Mannes zurück.

Der Soldat, der Faun gepackt hielt, ließ seine Lanze fallen und zog mit der freien Hand seinen Dolch. Faun spürte kalten Stahl an seiner Kehle.

»Herr?«, fragte der Soldat mit einem Blick zu Nikolaus.

»Was?«, keifte der Junge.

»Soll ich … ich meine, wollt Ihr, dass er stirbt?«

Nikolaus erstarrte, seine Augen wurden groß und rund. Die Frage kam nicht unerwartet, aber einmal ausgesprochen schien sie ihn doch zu überrumpeln. »Dass er stirbt?«, wiederholte er dumpf.

»Ja, Herr.«

Der Blick des Kleinen fiel wieder auf seine Verletzung. Er hatte die Linke auf den rechten Handrücken gepresst. Dünne Blutfäden sickerten zwischen den Fingern hervor. Sein Gesicht wurde noch blasser, seine Unterlippe begann zu zittern.

»Du hast mich verletzt«, flüsterte er fassungslos in Fauns Richtung, so als sei dies völlig undenkbar.

»Herr, ich habe nicht –«

»Halt's Maul!«, befahl der Soldat und presste den Dolch noch fester gegen Fauns Hals.

Nikolaus nahm die linke Hand herunter. Faun wunderte sich, dass aus derart heller Haut so viel Blut fließen konnte. Es war eine harmlose Platzwunde, wie Kinder sie sich laufend zuzogen. Nikolaus hob jetzt die Hand vor die Augen und betrachtete sie von allen Seiten. Dann presste er sie sich auf den Mund und saugte das Blut aus der Wunde. Der Soldat runzelte missbilligend die Stirn.

»Herr, Eure Wunde muss versorgt werden.«

Nikolaus achtete nicht auf ihn. Gedankenlos schmierte er das eigene Blut übers Kinn und die Wangen. Bald sah sein Kindergesicht aus wie eine scheußliche Maske. Und noch immer saugte er an der geplatzten Haut und starrte über die Hand hinweg ins Leere.

»Er soll sterben«, sagte er schließlich. Seine Mundpartie glänzte vor Blut, sogar seine Vorderzähne waren rot. »Aber nicht hier unten.«

Die Klinge blieb an Fauns Kehle, schnitt aber nicht in die Haut.

»Eine richtige Hinrichtung«, sagte der Junge, und jetzt hellte sich seine Miene auf. »Draußen auf dem Hof.«

Der Soldat mit dem Blutfleck nickte abgehackt. »Wie Ihr befehlt, Herr.«

»Jetzt gleich!« Nikolaus schien der Gedanke zunehmend zu gefallen.

»Und die Anweisungen Eurer Frau Mutter?«, wagte der andere Mann einzuwenden. »Dass der Kerl am Leben bleiben soll?«

»Die Gräfin ist nicht hier«, sagte der Junge unbeeindruckt. »Oder siehst du sie irgendwo?«

»Nein, Herr.«

»Sie hätte nicht gewollt, dass ich *blute*, oder?«

»Sicher nicht, Herr.«

»Dann tut, was ich sage.«

»Ja, Herr.«

Faun war wie betäubt. Die Worte klangen so weit entfernt, als beträfen sie ihn gar nicht.

»Ich verurteile dich zum Tode«, verkündete der Junge und zeigte mit der blutigen Hand auf ihn. »Hoch mit ihm, in den Hof!«, befahl er den Soldaten. »Man soll ihm den Kopf abschlagen!«

~

Faun hatte früher oft bei Hinrichtungen zugesehen, hatte in den vorderen Reihen gestanden und gebannt den Verurteilten angestarrt, wie er herbeigeführt, in die Knie gezwungen und mit der Wange auf den Richtblock gepresst wurde. Manche schrien wie am Spieß, andere starben ohne ein Wort. Das viele Blut und der offene Halsstumpf sahen nicht anders aus als bei einem geschlachteten Huhn, und Faun und Saga hatten sich manches Mal gefragt, ob der Enthauptete wohl noch ein paar Schritte im Kreis laufen mochte, wenn man ihn nur ließe.

Für Kinder waren das wichtige Fragen gewesen, die sie stundenlang beschäftigt hatten. Später, als sie begriffen hatten, wie gefährlich das Leben für fahrende Spielleute sein konnte und wie eingeschränkt ihre eigenen Rechte waren, da war ihre Faszination allmählich in ahnungsvollen Ekel umgeschlagen. Sie hatten mit angesehen, wie schnell und schuldlos andere Gaukler die Grenze vom Rechtlosen zum Geächteten überschritten hatten.

Die hohen Herren wurden nicht müde, neue Strafen zu ersinnen, und oft ließen sie sie mit einem Sinn fürs Spektakel zelebrieren, der den Wechsel eines Spielmanns von der Bühne auf den Richtblock fast unausweichlich erscheinen ließ.

Dem Volk war es einerlei – die Hinrichtung eines Verurteilten unterhielt die Massen ebenso wie Sagas Tanz auf dem Seil. Erst Nervenkitzel, dann die Aussicht auf Blutvergießen. Saga sagte oft, dass ihr bester Auftritt der sein würde, bei dem sie zu Tode stürzte. *Darüber* würden die Leute noch monatelang reden.

Nun stand Faun zwischen den beiden Soldaten im Hof und wartete auf seinen eigenen großen Auftritt. Ein Geräusch wie von einem rumpelnden Weinfass kam immer näher. Als er in die Richtung der Laute blickte, sah er, dass ein Knecht den runden Richtblock heranrollte. Eine Magd brachte von irgendwoher einen Korb. Als sie seinen Blick kreuzte, schlug sie hastig die Augen nieder.

In den Türnischen des Hauptgebäudes drängten sich ein paar Mädchen. Einige Knechte hatten in ihrer Arbeit innegehalten. Oben auf den Zinnen blickten die Wächter über die Schulter hinab in den Hof. Die Neuigkeit machte eilig die Runde. Mit jeder Minute tauchte aus Ställen und Anbauten mehr Gesinde auf, um einen Blick auf den Verurteilten zu erhaschen.

Der Grafensohn war nirgends zu sehen. Richtblock und Korb waren mittlerweile aufgebaut, doch Nikolaus von Lerch zeigte sich nicht.

Faun stand mit weichen Knien zwischen den beiden Soldaten und starrte auf die gekerbte Oberfläche des Holzblocks. In den Furchen hatte sich getrocknetes Blut festgesetzt, schwarz angelaufen wie Schriftzeichen. Tausend Dinge gingen ihm durch den Kopf, Bilder flimmerten vorüber. Sätze, die irgendwann gesagt worden oder noch zu sagen waren. Gesichter vermischten sich mit Geräuschen, Erinnerung mit Einbildungskraft. Er stand vollkommen starr, und obgleich er wusste, was ihm bevorstand, drang die allerletzte Konsequenz erst schleichend zu ihm durch. Er würde Saga nie wiedersehen. Auch seine jüngeren Schwestern vermisste er. Ganz anders als seine Eltern. Seine Mutter hatte nie gegen den herrschsüchtigen Vater aufbegehrt, sie war immer ein Schatten im Hintergrund gewesen, selten tröstend, meist nur das nachplappernd, was ihr Mann von sich gab. Und seinen Vater sollte der Teufel holen! Wie hatte er Faun und Saga im Stich lassen können? Faun widerstrebte es, dass seine letzten

Gedanken ausgerechnet ihm galten. Er musste sich zwingen, die Züge des Alten aus seiner Erinnerung zu verdrängen.

Aus einer Nebentür des Palas trat jetzt der Grafensohn ins Freie. Er war in ein Gespräch mit einem älteren, schwergewichtigen Mann verstrickt. Faun erkannte den Burgvogt. Nikolaus mochte von Standes wegen den Oberbefehl über die Grafschaft haben, solange seine Mutter nicht anwesend war, aber der Vogt führte die alltäglichen Geschäfte. Eine Hinrichtung, die über seinen Kopf hinweg von einem Zehnjährigen angeordnet worden war, musste ihm zwangsläufig zuwider sein. Ganz abgesehen davon, dass damit gegen eine Anordnung der Gräfin verstoßen wurde.

Für einen Augenblick schöpfte Faun neue Hoffnung. Der Vogt zeigte wenig Respekt vor dem Jungen. Vielmehr sah es danach aus, als hielte er dem Kleinen eine Standpauke. Das Raunen der versammelten Mägde, Knechte und Soldaten übertönte das Gespräch der beiden. Der Vogt gestikulierte wütend, während Nikolaus mit hängenden Schultern vor ihm stand, dem Blick des Älteren auswich und mit der linken Hand die bandagierte Rechte umklammerte.

Auch die beiden Soldaten an Fauns Seite waren auf den Jungen und den Vogt aufmerksam geworden. Der eine unterdrückte ein Lächeln.

Faun löste seinen Blick widerwillig von Nikolaus und dem Vogt. Dort drüben wurde gerade über sein Leben entschieden, aber gar so leicht gab er nicht auf. Er hatte nicht all die Wochen im Verlies ausgehalten, um nun wegen eines beleidigten kleinen Jungen zu sterben.

Er stand nicht weit von der hinteren Burgmauer entfernt. Eine schmale Steintreppe ohne Geländer führte dort hinauf, gut zehn Schritt von ihm entfernt. Wenn seine Orientierung ihn nicht täuschte, gähnte hinter den Zinnen die Steilwand des Lerchberges. Auf der gegenüberliegenden Seite, außen vor dem Burgtor, fiel das Land viel seichter ab. Dort gab es einen Burggraben, der bis an den Fuß der Mauer reichte. Wie tief das Wasser war, wusste Faun nicht. Aber darüber konnte er sich später Sorgen machen.

Mit einem raschen Blick zählte er die Wachtposten auf den Zinnen. Zu viele, das stand fest. Dennoch war die Mauer seine einzige Chance.

Ein heftiges Schluchzen riss ihn aus seinen Überlegungen. Nikolaus von Lerch, Sohn des Gahmuret, stand trampelnd vor dem Burgvogt und trommelte mit beiden Fäusten auf den beachtlichen Wanst des Mannes ein. Der Vogt wich nicht zurück, stand vielmehr da, als spürte er die Schläge des Kleinen gar nicht. Seine Brauen waren zornig zusammengerückt. Noch immer redete er weiter, während der Grafensohn heulend auf ihn einschlug, ein trotziges, verwöhntes Kind, das versuchte, seinen Willen durchzusetzen.

Faun atmete tief durch. Er konnte abwarten, bis eine Entscheidung fiel. Oder er konnte alles auf eine Karte setzen.

Der Burgvogt wollte den Jungen an den Armen packen, doch Nikolaus riss sich los und prügelte weiter auf seinen Bauch ein. Die Mütze des Vogts verrutschte und fiel von seinem Kopf. Er hatte rotes, lockiges Haar, das sich am Hinterkopf lichtete. Auch alle anderen Menschen im Hof blickten jetzt in die Richtung dieses bemerkenswerten Schauspiels. Irgendetwas musste der Vogt unternehmen, sonst lief er vollends Gefahr, den Respekt seiner Untergebenen zu verlieren. Aber Nikolaus war noch immer der Sohn der Gräfin. Allzu heftiges Auftreten mochte nach Violantes Rückkehr Konsequenzen haben – und noch schlimmere, falls sie *nicht* zurückkehrte.

»Ich – will – dass – er – stirbt!«, kreischte der Junge jetzt so laut, dass es in den hintersten Winkel des Burghofs schallte. Irgendwo wieherte ein Pferd. Eine Ziege, die von einem Knecht am Strick geführt wurde, blieb stehen und rührte sich nicht mehr.

Jetzt!, dachte Faun.

Aber er blieb noch einen Atemzug länger stehen, unsicher, ob die Situation wohl gerade zu seinen Gunsten umschlug. Was würde dann geschehen? Bestenfalls ließ ihn der Vogt zurück in den Kerker stecken.

Das Heulen des Kleinen ebbte ab – und begann dann noch lauter von neuem. Der Verband seiner rechten Faust hatte sich rot gefärbt, durch die Schläge auf den Bauch des Vogts war die Wunde wieder aufgebrochen.

Alle starrten das schreckliche Kind an.

Niemand achtete mehr auf Faun.

Er aber entdeckte derweil noch etwas anderes: Aus einer zweiten Tür des Hauptgebäudes kam ein Bediensteter und trug ehrfurchtsvoll einen langen Gegenstand, eingeschlagen in roten Samt. Ein Stoffzipfel löste sich und entblößte die Spitze einer breiten Klinge.

Das Henkersschwert.

Faun versuchte es mit einem zaghaften Schritt nach hinten. Keine Reaktion seiner beiden Bewacher. Sie verfolgten gespannt den Ausgang des Machtkampfs zwischen Kind und Burgvogt. Der dicke Mann versuchte erneut, die wirbelnden Fäuste des Kleinen zu schnappen, und diesmal bekam er eine zu fassen. Die zweite traf dafür ein Stück tiefer – und das gab den Ausschlag. Der Vogt holte aus und versetzte dem Jungen eine schallende Ohrfeige.

Stille senkte sich über den Burghof. Alle standen da wie versteinert. Auch Nikolaus rührte sich nicht. Der Vogt stieß einen tiefen Schnaufer aus, dann ein Seufzen.

Faun bekämpfte den Drang, einfach loszurennen. Stattdessen bewegte er sich langsam rückwärts, bemüht, nur ja keinen Laut zu verursachen. Die Soldaten bemerkten es noch immer nicht. Vier Schritte, fünf Schritte lagen jetzt zwischen ihm und den bewaffneten Männern.

Der Vogt bückte sich und hob seine Mütze vom Boden auf.

Nikolaus folgte der Bewegung nur mit den Augen – dann

holte er aus und schlug dem vorgebeugten Mann mit aller Kraft auf den Hinterkopf. Ein Stöhnen ging durch die Menge, eine Magd schrie auf. Mit einem Keuchen ging der Vogt zu Boden, fiel mit all seinem Gewicht in den Staub des Burghofs und lag nun zu Füßen des Kindes, als hätte dieses ihn mit einem Schwertstreich gefällt.

Der Junge wirkte ebenso überrascht wie alle anderen. Er starrte auf den Vogt am Boden, dann auf seine Faust mit dem blutigen Verband. Sein Gesicht glänzte von Tränen, aber es flossen keine neuen nach. Verblüfft registrierte er, dass er gerade einen Erwachsenen – und keineswegs *irgendeinen* Erwachsenen – niedergeschlagen hatte.

Er fuhr herum und rannte stolpernd zurück in den Palas. Vergessen war die Hinrichtung, vergessen der Grund der Auseinandersetzung. Nikolaus floh vor den fassungslosen Blicken der Masse, vor seiner eigenen Verwirrung.

Der Vogt fluchte lautstark, hielt sich den Kopf und versuchte, sein beträchtliches Gewicht zurück auf die Füße zu wuchten. Ein Dienstbote kam ihm zu Hilfe, ein zweiter folgte.

Rückwärts gehend erreichte Faun die Treppe, die hinauf zu den Zinnen führte. Viele der Menschen auf dem Hof erwachten aus ihrer Erstarrung. Irgendwo lachte jemand leise, ein anderer stimmte mit ein. Die angespannte Stimmung schlug um, und dass nun der Vogt mit hochrotem Gesicht zu brüllen begann und wütend in alle Richtungen gestikulierte, tat ein Übriges. Niemand in seiner unmittelbaren Nähe verspottete ihn offen, doch an den Rändern des Hofs machte sich die Heiterkeit mehr und mehr Luft.

Faun hatte drei Viertel der Stufen erklommen, als die beiden Soldaten sein Verschwinden bemerkten. Einer schaute sich um und alarmierte mit seinem Fluch den anderen.

Faun sprang die letzten Stufen hinauf und erreichte den Wehrgang. Wandte sich nach links und raste an den Zinnen entlang. Auf der anderen Seite bildeten die Burgmauer und die Steilwand des Lerchberges einen schwindelerregenden Abgrund. Dahinter, weit in der Ferne, verschmolzen Wald und Hügelland zu einem blauen Schimmer, wurden eins mit dem wolkengetupften Sommerhimmel. Faun hätte alles gegeben, um jetzt irgendwo dort am Horizont zu sein, weit entfernt von dieser Burg und dem ganzen Irrsinn, der ihn seit Wochen nicht mehr losließ.

Er sprintete an den Zinnen vorüber, tauchte unter den Armen eines Wächters hindurch, umrundete auf einer hölzernen Balustrade einen der Wachtürme und war nun auf der vorderen Mauer, zwei Mannslängen oberhalb des Burgtors. Hier versperrten ihm gleich zwei Soldaten den Fluchtweg, aber nur einer hatte sein Schwert gezogen. Bei ihrem Versuch, Faun entgegenzulaufen, behinderten sie sich gegenseitig.

Es war eine verbreitete Sitte, die Wachleute der kleineren Burgen zu unterschätzen. Das einfache Volk machte sich gern über sie lustig, galten sie doch als zu dumm für höhere Posten, zu faul für handfeste Feldarbeit und zu überheblich, um Mitleid für ihre langen Stunden auf zugigen Zinnen zu erregen.

Dennoch taten die beiden Soldaten ihr Bestes. Siegessicher nahmen sie Faun auf dem Wehrgang in die Zange, während vom Hof Rufe heraufschallten. Faun versuchte es mit demselben Trick wie vorhin: in die eine Richtung antäuschen, in die andere vorpreschen. Hinter ihm holte der dritte Wachmann auf, den er eben erst ausgetrickst hatte.

Der eine Soldat bekam ihn am Arm zu fassen. Der andere zielte mit dem Schwert in seine Richtung, stieß aber nicht zu. Faun schlug um sich und fühlte sich von dem stärkeren Mann hinterrücks umschlungen und hochgerissen. Dadurch hatte er plötzlich beide Beine frei, zog sie an und trat sie mit aller Kraft in die Richtung des Bewaffneten. Der hatte mit einem Fluchtversuch, aber nicht mit Gegenwehr gerechnet, bekam den Tritt genau vor die Brust und fiel hinterrücks vom Wehrgang.

Der zweite Mann, der Faun noch immer festhielt, kam durch den Aufprall ins Schwanken, taumelte zwei Schritt zur Seite, musste sich abstützen und ließ Faun dabei los. Der rammte ihm die Ferse auf die Zehen und stürmte weiter. Hinter ihm stieß der fluchende Mann mit dem dritten Soldaten zusammen. Sie brauchten nicht lange, um ihre Arme und Beine zu sortieren, aber Faun schenkte das einen Vorsprung von fünf, sechs Schritten.

Unten im Hof tobte der Vogt, nun nicht mehr wegen der Blamage von vorhin, sondern weil augenscheinlich bereits die nächste im Gange war. Wenn der Gefangene die Soldaten dort oben noch länger zum Narren hielt, fiel ihr Versagen auch auf den Vogt zurück.

Der Wehrgang endete an der niedrigen Bogentür eines Wachturms. Faun tauchte in das kühle Dämmerlicht im Inneren ein, liebäugelte kurz mit der Treppe nach oben – hier hätte er sich besser verteidigen können – und schlug hinter sich die Tür zu. Der Riegel war rostig, ließ sich aber vorschieben. Außen polterten die Soldaten mit Fäusten und Stiefeln gegen das Holz, doch vorerst hielt die Tür ihnen stand. Rufe wurden laut. Die beiden Wächter vom Hof hatten die übrigen eingeholt.

Falls Faun vorhin richtig gezählt hatte, befand sich vor ihm jetzt nur noch ein einzelner Mann. Er bewachte die zum Graben gewandte Seite der Burg. Weitere mochten vom Hof aus unterwegs nach oben sein. Er musste sich beeilen.

Er gab dem Riegel einen weiteren Stoß, der ihn vollends einrasten ließ, wirbelte herum – und blickte in die Augen des letzten Wächters, der ihm durch die zweite Tür auf der anderen Seite bereits entgegengelaufen war. Sie befanden sich nun beide im Inneren des engen Turms. Vom Hof aus waren sie nicht zu sehen.

»Du hast Mut«, sagte der Soldat. Er war kein junger Mann mehr, das verriet seine Stimme. Im Gegenlicht des zweiten Ausganges konnte Faun sein Gesicht kaum ausmachen. Doch ob alt oder jung – er besaß enorm breite Schultern und wirkte selbst als Silhouette ungemein einschüchternd.

Fauns Keuchen füllte den schmalen Raum.

Der Soldat wog sein Schwert in der Hand, doch er griff nicht an. Stattdessen stand er abwartend vor der offenen Tür zum hinteren Wehrgang und lauschte auf die Flüche und Faustschläge der anderen Wächter.

Lachte er etwa?

»Dieser kleine Quälgeist dort unten kommt viel zu sehr nach seiner Mutter«, knurrte er plötzlich, »und davor bewahre uns Gott!«

Faun, der die Fäuste zur Verteidigung geballt hatte, stutzte.

»Verdammt.« Der Mann trat zur Seite und machte den Weg zum Wehrgang frei. »Ich werde dich wohl kaum dafür erschlagen, dass du es einem quengelnden Kind gezeigt hast!«

Fauns angehaltener Atem entwich in einem Seufzer. Trotzdem zögerte er noch. »Du lässt mich laufen?«, fragte er ungläubig.

»Wonach sieht es denn aus?«, fragte der Soldat. »In der Mitte ist das Wasser im Graben am tiefsten. Wenn du runterspringst, gib Acht, dich weit genug von der Mauer abzustoßen – an ihrem Fuß hat sich eine Menge Dreck angesammelt, in dem du lieber nicht landen willst.«

Jetzt konnte Faun auch sein Gesicht erkennen.

»An deiner Stelle würde ich mich beeilen. Ewig wird die verfluchte Tür nicht halten.«

Faun machte argwöhnisch ein, zwei Schritte an dem Mann vorbei.

»Bis zur Mitte, denk dran«, sagte der Soldat. Dann drehte er sich zur Tür um und legte eine Hand auf den Riegel. Das Rütteln auf der anderen Seite war verstummt.

»Warte noch«, bat Faun. »Meine Schwester … Weißt du, was aus ihr geworden ist?«

»Die Gräfin hat sie mitgenommen.«

»Wohin?«

»Auf ihre Reise nach Süden … Nach Mailand, sagen die Leute.«

»Was für ein Land ist das?«

»Eine Stadt, Dummkopf! In Italien.«

Italien! »Wo Kaiser Otto Krieg führt?«

»Mailand liegt im Norden. Der Kaiser kämpft unten im Süden.«

Abermals wurden vor der Tür die Stimmen laut.

»Schnell!« Der ältere Mann sah ihn jetzt nicht mehr an, sondern rüttelte an dem Riegel. »Er klemmt!«, rief er lautstark gegen das Holz. Und über die Schulter zischte er: »Verschwinde jetzt! Sofort!«

Faun rannte los. Unten im Hof herrschte helle Aufregung. Als er aus dem Turm ins Freie kam, wurde der Lärm noch lauter. Finger zeigten in seine Richtung. Der Vogt zerknüllte aufgebracht seine Mütze und schleuderte sie zu Boden. Drei weitere Soldaten waren über eine zweite Treppe auf dem Weg nach oben, gleich würden sie das andere Ende des Wehrgangs erreichen. Aus dem Palas schleppte ein Mann eine Armbrust herbei, doch ehe er sie spannen konnte, würde Faun längst fort sein.

Die Mitte des Wehrgangs kam näher. Nur noch wenige Schritte.

Hinter ihm polterte die Tür auf, mehrere Gestalten strömten in den Turm. Alle brüllten durcheinander und nahmen Fauns Verfolgung auf. Diesmal gaben sie Acht, einander in dem engen Turm nicht zu behindern. Nacheinander sprangen sie hinaus auf den schmalen Steinsteg des Wehrgangs, angefeuert vom Jubel des Gesindes, der ebenso gut Faun wie ihnen gelten mochte.

Er erreichte die Mitte. Die drei Soldaten auf der Treppe nahmen mehrere Stufen zugleich und kamen nacheinander auf dem Wehrgang an. Zwei von ihnen kannte er: Es waren die Männer, die ihn im Kerker zusammengeschlagen hatten.

Er blieb stehen, blickte nach hinten, dann nach vorn. Sie kamen jetzt von beiden Seiten. Gleich hatten sie ihn. Ohne nachzudenken, wirbelte er herum, stemmte beide Hände auf die Zinnen und landete mit angezogenen Knien auf der Mauerkante. Der warme Sommerwind wehte ihm ins Gesicht und schien ihn zurücktreiben zu wollen, doch Faun ließ sich nicht beirren. Ein

Blick in die Tiefe. Der Wassergraben sah von hier oben beunruhigend schmal aus. Allzu tief konnte er nicht sein. Tief genug, hoffentlich.

Die Soldaten brüllten ihm nun aus beiden Richtungen Befehle zu, verfluchten ihn. Faun schenkte ihnen ein angestrengtes Grinsen, dann stieß er sich mit aller Kraft von den Zinnen ab.

Um ihn herum war nichts mehr – das war sein stärkster Eindruck während der endlosen nächsten Augenblicke. Kein Boden, keine Wände, nichts, an dem er sich festhalten konnte. Seine Hände schnappten wirbelnd ins Leere. Er strampelte hilflos mit den Beinen. Seine Augen versuchten, sich nach irgendetwas auszurichten, Entfernungen abzuschätzen. Aber die Welt war nur mehr ein verschwommener Farbenrausch aus dem Schmutzbraun des Wassers unter ihm und den Wipfeln der Wälder am anderen Ufer. Einzig der flirrende Horizont – blau und grün und grau – blieb beständig, aber er hatte nicht genug Substanz, um Fauns Blicken Halt zu bieten.

Alles war Schwindel, war Stürzen, war Panik.

Dann der Aufprall auf dem Wasser.

Und ein *zweiter* darunter.

Der Soldat und das Mädchen

Fauns Knie knickten ein, als seine Füße auf Widerstand stießen. Alles geschah gleichzeitig. Er riss den Mund auf, schrie, schluckte Wasser und bekam keine Luft mehr. Für einen Moment fühlten sich seine Beine an, als wären sie mit Hammerschlägen in seinen Unterleib getrieben worden.

Schon wenige Herzschläge später erkannte er, dass es halb so schlimm war – oder nicht *so* schlimm, wie es hätte sein können. Er war tatsächlich am Grund des Burggrabens aufgeschlagen, aber es war mehr ein Taumeln durch das Dämmernass des Gewässers, gebremst von weichem Schlamm, als ein ungebremster Aufprall auf hartem Untergrund, der ihn fraglos getötet hätte.

Nicht atmen. Wasser ausspucken. Augen aufreißen. Irgendwas erkennen, sich abstoßen. Schnell!

Aber seine Füße steckten fest, eingesunken bis zu den Knien im Schlamm. Etwas hielt ihn am Grund des Grabens, so kam es ihm vor, und für den Bruchteil eines Augenblicks funkelte die Wahnidee durch seinen Kopf, dass es keines Soldaten bedurfte, ihn zu töten; das schaffte er recht gut ganz allein.

Irgendwie musste er die Panik abschütteln, die Gewalt über sich selbst zurückerlangen. Das waren keine konkreten, vernünftigen Gedanken, nur ein Wirrwarr aus Reflexen und Instinkten, Einfälle wie schmerzhafte Stiche, so als wäre sein Hirn von Ameisen befallen. Über ihm war Helligkeit, gefiltert durch die

Dreckbrühe des Burggrabens, ein Gitterwerk flirrender Sonnenstrahlen im Wasser. Er strampelte, planschte – und kam auf einen Schlag frei. In einer Eruption aus wolkigem Schlamm und Moder stieß er zur Oberfläche empor, hustete, schnappte nach Luft, orientierte sich vage an einer Wand aus Grün am Ufer und kraulte wie von Sinnen darauf zu.

Er blickte nicht zurück, erst recht nicht hinauf zu den Zinnen. Rufe drangen an sein Ohr, aber wie seine Sicht war auch sein Gehör noch nicht vollends wiederhergestellt. Sinneseindrücke brandeten von allen Seiten auf ihn ein, verpufften. Er war beherrscht von dem Willen, irgendwie ans Ufer zu gelangen, dann ins Unterholz und durch den Wald den Berg hinunter. Fort von der Burg. Fort von den –

Hunden?

Markerschütterndes Gebell ertönte von irgendwoher, verzerrt vom Wasser in seinen Ohren. Faun schwamm weiter, mit ausgreifenden Kraulbewegungen.

Seine Füße berührten abermals Boden, sein Gesicht brach durch niedriges Schilfgras. Nicht allzu weit entfernt donnerten Schritte auf der Zugbrücke. Faun sah noch immer nicht hin. Er fürchtete, dass der Anblick eines Dutzends Soldaten mit fletschenden Bluthunden ihn auf der Stelle lähmen würde.

Stolpernd, stöhnend, mit Rotz an der Nase und Morast in den Haaren kämpfte er sich an Land, taumelte irgendwie über ein schmales Stück Wiese hinweg und tauchte ins Dunkel des Waldes. Dichtes Unterholz sog ihn auf, peitschte sein Gesicht und tastete nach all seinen Gliedern. Die Dunkelheit umfing ihn schlagartig und mit erstaunlicher Konsequenz: Das Tageslicht blieb zurück, er wurde eins mit den Schatten, eins mit dem unwegsamen Dickicht. Berstende Zweige und raschelndes Laub waren überall. Seine Verfolger mochten schon ganz nah sein, um ihn herum, auf allen Seiten. Aber das Hundegebell klang gedämpfter als zuvor, und er dachte halb betäubt, dass die Tiere es schwer haben würden, seine Spur aufzunehmen, nachdem er aus dem Wasser gekrochen war und vermutlich nach Algen und Fäulnis stank, nicht aber nach menschlicher Beute.

Er sah seine eigenen Füße nicht mehr, stolperte und fiel hin. Rappelte sich hoch, taumelte weiter, wehrte sich mit Armen und Beinen gegen den Griff des Waldes. Bald verlor er jedes Gefühl für die Richtung, lief einfach so gut es ging bergab, denn so entfernte er sich am schnellsten von Burg Lerch und seinen Verfolgern. Das Gebell jaulte durch die Wälder wie durch das Innere einer Kirche, hallend und verzerrt, zurückgeworfen und vielfach verstärkt.

Irgendwann kam er an einen felsigen Einschnitt im Bergrücken, kletterte, sprang und stürzte hinab, folgte dann dem Verlauf, bis er einen Bachlauf erreichte. Er hörte jetzt nur noch seinen eigenen Atem, Hecheln wie von einem Tier in Panik, durchsetzt von dem viel zu schnellen Wummern seines Herzschlags. Falls da andere Laute waren – die Hunde, das Geschrei der Soldaten –, dann wurden sie von den Geräuschen in seinem Inneren übertönt.

Es war verlockend, in den Bach zu springen und ihm zu folgen, damit er den Bluthunden keine Fährte bot. Aber er fürchtete, dass der Grund ebenso schlammig war wie der des Burggrabens und dass er viel zu langsam vorankommen würde. So watete er nur zur anderen Seite, fand seine Befürchtung bestätigt und zog sich an Wurzeln ins Trockene. Hier war das Unterholz ein wenig lichter und machte das Laufen einfacher.

Wann er zum ersten Mal stehen blieb, den Oberkörper vorgebeugt, die Hände auf die Knie gestützt, wusste er später nicht mehr. Vor Anstrengung übergab er sich, spie Grabenwasser und Galle ins Farnkraut, versuchte Luft zu holen, atmete seinen eigenen Gestank ein und erbrach sich erneut.

Stunde um Stunde lief er weiter. Die meiste Zeit über blieb er im Schutz des verwobenen Unterholzes, zerkratzt, aber noch immer ohne Brüche oder verrenkte Gelenke, was an sich schon ein Wunder war. Er hatte von Fluchten wie dieser gehört, in ausgeschmücktem Gauklergarn, das sich die Spielleute untereinander erzählten. Aber immer hatten alle nur mit ihren Verfolgern zu kämpfen gehabt, niemals mit dem Land an sich, das immer stärker darauf beharrte, dass er stehen blieb, sich hinwarf und vom Dickicht verschlungen wurde, aufgezehrt wie ein Tierkadaver.

In diesen Stunden lernte er den Wald zu fürchten. Nicht wie früher wegen der Gefahr durch Wegelagerer oder hungrige Tiere, sondern allein aufgrund dessen, was die Bäume, Sträucher und Disteln ihm antaten. Alles an ihm schmerzte von Prellungen und Kratzern, und wo seine Haut noch unversehrt war, da brannte sie wie Feuer von den buschigen Brennnesseln, durch die er sich kämpfen musste. Er schwor sich, wenn er je lebend hier herauskäme, würde er nie wieder einen Fuß unter Bäume setzen, nie wieder in seinem ganzen Leben. Aber er ahnte auch, wie viel solche Schwüre erst galten, wenn man in Sicherheit war und die Vernunft allmählich zurückkehrte, wenn dies alles selbst eine Gauklergeschichte unter vielen geworden war, zum Besten gegeben am Lagerfeuer, begleitet vom Klang einer Trommel oder leisem Flötenspiel jenseits der Flammen.

Weiter lief er, immer weiter.

Irgendwann endete der Wald. Faun bemerkte es erst, als er bereits ins Freie stolperte. Zu seiner Linken war ein Zaun, daneben ein festgetrampelter Pfad, zerfurcht von tiefen Karrenspuren. Am Ende des Weges lagen Häuser und gedrungene Hütten, mit Reisig gedeckt, aber von gemauerten Kaminen überragt. Hier lebten Menschen. Faun war nicht sicher, ob das gut war oder schlecht.

Sein Zustand war erbärmlich, aber nicht schlimm genug, um aufzugeben. Ein Bad – ein warmes, vorzugsweise –, ein paar Salben oder zerstoßene Kräuter für die Schrammen, dazu eine Brühe mit Fettaugen. Danach würde es ihm besser gehen.

Er blieb stehen und horchte in die Ferne. Nichts war zu hören, keine Hundemeute auf seiner Spur. Auch keine wilden Rufe,

Drohungen und Flüche in den Wäldern. Fast sah es aus, als hätte er seine Verfolger abgehängt.

Es wurde noch nicht dunkel, aber die Sonne stand bereits tief hinter den Wipfeln. Schatten nagten vom Boden her an den Hütten. Ganz kurz dachte er, dass irgendetwas mit dem Licht nicht stimmte, die eine Seite des Himmels war zu hell, die andere zu dunkel. Warum ging die Sonne linker Hand unter, nicht rechts von ihm? Aber er war noch immer zu verwirrt, um mehr als einen Gedanken daran zu verschwenden. Hätte ihm die Sonne aus einem Maulwurfsloch entgegengelächelt, wäre ihm auch das einerlei gewesen. Er hatte Schmerzen, er hatte Hunger, er musste endlich ausruhen.

Langsam, dann ein wenig entschlossener bewegte er sich vorwärts, den ganzen Körper angespannt, jederzeit bereit, in die Hocke zu gehen und sich im hohen Gras am Wegrand zu verbergen. Die Häuser rückten näher, und aus dem Schatten vor dem gegenüberliegenden Waldrand schälten sich noch einige Dächer mehr.

Er hörte Stimmen, harmloses Gerede hinter Holz- und Mauerwänden, dazwischen das Meckern von Ziegen, grunzende Sauen, Hühnergackern. Es roch nach Schweinetrog und Misthaufen. Bald entdeckte er, dass zwischen den Häusern eine breitere Straße verlief, die tiefer in das Gewirr einer weitläufigen Ansiedlung führte. Das hier war kein Gehöft, auch kein armseliger Weiler, sondern ein großes, dicht bewohntes Dorf voller Menschen.

Noch etwas entdeckte er, viel zu spät, um kehrtzumachen.

Hinter den Dächern und einem weiteren Streifen Wald erhob sich eine Felswand wie eine steingewordene Flutwelle, braun und zerklüftet. Und auf diesem Felsen, hoch droben unter dem leuchtenden Sommerabendhimmel, standen Mauern, Dächer, ein Bergfried und Türme.

Da begriff er, wo er gelandet war.

Er war im Kreis gelaufen, ein meilenweiter Kreis, bei dem der

Anfang wie ein Schatten über dem Ende lag. Die Festung dort oben war Burg Lerch, die Felswand die andere Seite des Lerchbergs. Und dieser Ort, dieses Dorf voller Menschen, die ihn jeden Moment entdecken und packen und fortschleifen mochten, war die größte Ortschaft der Gegend, das Stammdorf derer von Lerch und der Gräfin treu ergeben.

~

Faun warf sich herum und rannte. Aber nicht weit. Dann dachte er an Wasser, an Nahrung, an ein paar Stunden Ruhe. Das vor allem.

Stundenlang hatte er sich für nichts und wieder nichts durch das Dickicht gekämpft, und nun war er wieder dort, wo alles begonnen hatte. Er brauchte nur den Kopf zu heben, und er sah Burg Lerch dort oben thronen. Die Festung schien die ganze Welt zu beherrschen.

Wie lange würden die Soldaten nach ihm suchen? Möglich, dass sie die Verfolgung längst aufgegeben hatten. Der Grafensohn schien nach dem Eklat mit dem Burgvogt das Interesse an seinem Gefangenen verloren zu haben. Faun bezweifelte, dass sie ihn einfach laufen ließen, aber sogar das war eine Möglichkeit.

Fühl dich nur nicht zu sicher, warnte ihn eine innere Stimme.

Vorsichtig umrundete er die Häuser im Schutz des Waldrandes. Danach wusste er, welcher Weg um den Berg herum hinauf zur Festung führte und welche anderen Pfade es gab, über die Soldaten ins Dorf gelangen konnten. Er fand keine Anzeichen für Wachmannschaften. Nichts deutete darauf hin, dass sich die Männer und ihre Hunde in der Nähe befanden.

Sein Entschluss war schnell gefasst. Er rührte nicht so sehr daher, dass er sich bewusst entschied. Vielmehr übermannten ihn Müdigkeit und Hunger und die Sinnlosigkeit einer Flucht, die ihn doch nur zurückgeführt hatte. Er musste ausruhen, und vielleicht gelang es ihm sogar, aus einem der nahen Häuser einen Laib Brot oder etwas Milch zu stehlen.

Er fand einen halb verfallenen Schuppen nahe am Waldrand, der ihm für kurze Zeit als Versteck dienen mochte. Das Dach war irgendwann einmal abgebrannt und nie neu errichtet worden.

Lange nach Einbruch der Dunkelheit saß Faun kauernd in der dunklen Stallruine. In seinem Magen rumorte es, nicht mehr vor Hunger, sondern weil er dem Frieden nicht traute und er jeden Augenblick mit seiner Entdeckung rechnete. Er hatte sich im hintersten Winkel des Schuppens verkrochen, zwischen hohem Unkraut und pilzbewachsenen Balkenresten.

Wolken waren während der Dämmerung aufgezogen, und jetzt war der Himmel pechschwarz. Keine Sterne waren zu sehen, nur der Halbmond leuchtete fahl hinter milchigem Dunst. Die Dorfbewohner hatten sich in ihre Häuser zurückgezogen, erschöpft von der Arbeit im Wald und auf den Feldern jenseits des Lerchberges. Faun vermutete, dass die meisten Menschen in den Hütten längst schliefen. Noch immer hing ein schwacher Duft nach Eintopf in der Nachtluft, der von irgendwoher über die Dächer trieb, aber es gab kaum Geräusche außer dem vereinzelten Scharren und Schnauben von Tieren in ihren Umzäunungen. Mit der Schlafenszeit legte sich Stille über das Dorf.

Allmählich entspannte er sich ein wenig, lehnte sich zurück und blickte durch das Balkengerippe hinauf in die Nacht.

Die Entscheidung, was er als Nächstes unternehmen wollte, hatte er längst getroffen. Er hätte seiner Familie folgen können, aber diese Möglichkeit schied aus, noch während sie ihm in den Sinn kam. Er musste versuchen, Saga einzuholen. Die Gräfin hatte sie verschleppt, aus welchen Gründen auch immer, und er würde sie gewiss nicht einfach aufgeben, so wie sein Vater es mit ihnen beiden getan hatte.

Hundert Erinnerungen geisterten ihm durch den Kopf, Momente im Leben eines Zwillingspaares, das niemals länger als ein paar Stunden voneinander getrennt gewesen war. Sie mochten in zahllosen Dingen völlig unterschiedlich sein, und doch war da etwas zwischen ihnen, das sich nicht einfach lösen ließ. So als wäre da noch immer ein unsichtbares Band, das bei ihrer Geburt nicht durchschnitten worden war. Er stellte sich nicht die Frage, *ob* er sie suchen sollte. Vielmehr fragte er sich, wie.

Er besaß kein Geld, und er wurde von der Obrigkeit verfolgt. Nach ein, zwei Tagesmärschen war er wahrscheinlich außer Gefahr, schließlich war er nur ein Dieb, kein Mörder. Doch änderte das nichts an seiner Sorge, nicht schnell genug zu sein. Wie waren die Gräfin und Saga gereist? In Kutschen? Gar auf Pferden? Wie sollte er je einen Vorsprung von zehn Tagen aufholen, zu Fuß und völlig mittellos?

Wieder kamen ihm die Worte des Burgwächters in den Sinn. *Sie reisen nach Mailand, sagen die Leute.*

Italien. Er würde Wochen dorthin brauchen. Vielleicht Monate.

Und obwohl die Weite des Weges ihm unermesslich erschien, erfüllte ihn allein der Gedanke an ein Ziel mit Zuversicht. Er nahm sich vor, nur ein wenig auszuruhen und sich noch in dieser Nacht auf den Weg zu machen. Er durfte keine Zeit verschwenden. Im Dunkeln konnte er die Straßen benutzen. Selbst wenn Soldaten die Wege überwachten, gelang es ihm in der Finsternis womöglich, sie zu umgehen.

Die zahllosen Kratzer und Schürfwunden umwoben seinen Körper mit einem feinen Gespinst aus Schmerz. Zuletzt aber konnte auch das den Schlaf nicht von ihm fern halten.

Als er wieder erwachte, war es heller Tag.

Nachdem er den ersten Schrecken überwunden hatte, erkannte er, was ihn geweckt hatte.

Schreie.

Irgendwo dort draußen schrie ein Mensch unter Todesqualen.

Faun wagte sich nicht ins Freie. Auf allen vieren kroch er aus seinem Versteck im hinteren Teil der Ruine nach vorn zum Eingang. Der Schuppen hatte keine Tür mehr, nur zwei mannshohe Balken zu beiden Seiten der Öffnung, an die die Reste der hölzernen Außenwände grenzten. Wenn er tief genug unten blieb, konnte ihn vom Weg aus niemand sehen.

Seine Vorsicht erwies sich als unnötig. Dort draußen war niemand. Der abgebrannte Schuppen lag nah am Waldrand, die nächsten Häuser standen einen halben Steinwurf entfernt. Die Gebäude grenzten an die Dorfstraße, aber auch sie war verlassen. Stimmengewirr, aufgebrachte Rufe und immer wieder die peinvollen Schreie eines Mannes drangen vom Marktplatz herüber. Von hier bis dorthin mussten es gut zweihundert Schritt in gerader Linie sein, vielleicht sogar mehr. Alle Einwohner, die um diese Tageszeit nicht bei der Feldarbeit waren, mussten sich dort versammelt haben, um den Qualen des Mannes zuzuschauen; vor allem Alte und kleine Kinder. Wahrscheinlich war im Morgengrauen jemand an den Pranger gestellt worden. Die Dorfbewohner mussten ihm gehörig zusetzen, so wie er brüllte.

Das alles war nicht Fauns Problem. Er ließ sich mit dem Rücken gegen die Holzwand sinken und ärgerte sich über sich selbst. Wie hatte er nur einschlafen können! Bei Tageslicht war es zu gefährlich, die Straße nach Süden zu nehmen. Nun würde er einen weiteren Tag verlieren, während er hier saß und auf die nächste Dunkelheit wartete.

Die Schreie brachen für eine Weile ab, um dann erneut zu beginnen. Gott, was taten diese Leute da nur? So brüllte doch niemand, der mit verfaulten Eiern oder Pferdeäpfeln beworfen wurde.

Faun führte die Hand zur linken Wange und rieb sich die Backenzähne. Er spürte, wie sich einer von ihnen bewegte, und sofort stach Schmerz wie von einer glühenden Nadel in seinen Kiefer.

Er kannte sich ein wenig aus in solchen Dingen. Sein Vater

verstand sich wie viele Gaukler auf die Zahnbrecherei, und in manchen Orten waren sie deswegen weitaus herzlicher empfangen worden als wegen ihrer Musik und Gaukeleien. Ein Stück Schnur war in seinem Fall das beste und einfachste Mittel, der Zahn saß wahrscheinlich lose genug. Sich selbst mit einer Klinge das Zahnfleisch aufzuschneiden, würde er nicht fertig bringen.

Jubel brandete jenseits der Häuser auf, gefolgt von Gelächter und neuerlichem Geschrei. Faun lief ein Schauder über den Rücken. Das dort draußen hätte ebenso gut er selbst sein können. Noch war er nicht außer Gefahr. Die Angst vor Entdeckung lag wie eine Halskrause aus Stein auf seinen Schultern.

Vielleicht waren die Qualen des armen Kerls auf dem Marktplatz zumindest zu einem gut: Die Menschen im Dorf waren abgelenkt. Er konnte die Gelegenheit nutzen, um Vorräte für seine Flucht zu besorgen. Die meisten Häuser standen wahrscheinlich leer, das Spektakel einer öffentlichen Bestrafung ließ sich niemand entgehen.

Mit klopfendem Herzen und dem Gefühl, kaum durchatmen zu können, verließ Faun die Ruine. Tief gebeugt lief er durch hohes Gras. Gestern Nacht hatte er Brot und Milch aus einem Haus am anderen Ende des Dorfes gestohlen, heute wollte er sich nicht ganz so weit von seinem Versteck fortwagen. Die Schreie waren ihm Warnung genug.

Einige Häuser hatten Fenster, die mit dünnen Häuten bespannt waren, andere standen vollständig offen; die Bretter, mit denen sie bei Nacht oder schlechtem Wetter geschlossen wurden, nahmen die Bewohner an schönen Sommertagen wie diesem heraus. Faun kletterte in eine der Hütten, fand vor dem Herdfeuer ein gerupftes Huhn, ein paar Laibe Brot und Gemüse vom Vortag. Er gab Acht, von allem nur ein wenig zu nehmen; das Huhn rührte er nicht an.

Im zweiten Haus stahl er ein ledernes Bündel, sonst nichts. Im dritten bediente er sich vom Brot und Kohl und nahm auch ein wenig getrocknetes Fleisch. Zuletzt fand er einen Schlauch mit Wein, eine kleine Kostbarkeit, von der er ein paar Schluck probierte und den Rest zurücklegte.

Während seines Diebeszuges durch die verlassenen Hütten des Dorfes brachen die Schreie immer wieder ab, um dann nach kurzer Pause erneut einzusetzen. Irgendwann würden die Menschen das Interesse an ihrem Opfer verlieren und in ihre Behausungen zurückkehren. Grausamkeit war nicht endlos unterhaltsam.

Faun musste verschwinden, zurück in sein Versteck am Waldrand. Er war bereits auf halbem Weg, als er verharrte und zum ersten Mal *wirklich* auf das Wimmern des Verurteilten horchte.

Die Stimme kam ihm bekannt vor. Sie war verzerrt vom Leiden und der Erschöpfung, und er mochte sich täuschen. Trotzdem stutzte er.

Rasch rief er sich seinen Erkundungsgang von gestern Abend ins Gedächtnis. Die vom Burgfelsen abgewandte Seite des Marktplatzes war nicht weit entfernt vom Waldrand. Wenn er sich dort im Unterholz versteckte, konnte er vielleicht zwischen zwei Häusern hindurch einen Blick auf den Pranger riskieren.

Er versuchte, seinen Zahnschmerz nicht zu beachten, und änderte die Richtung. Geduckt schlich er zwischen den Hütten hindurch zu den vorderen Bäumen. Das Dorf war fast vollständig von Wald umgeben, nur zur Felswand des Lerchberges hin wucherte kein Dickicht. Faun huschte von Baumstamm zu Baumstamm, verharrte immer wieder, beobachtete die Umgebung und vergewisserte sich, dass ihn niemand bemerkte.

Schließlich ging er zwischen hüfthohen Farnen in Deckung und schaute zum Markt. Es handelte sich eher um eine Kreuzung, an der die Dorfstraße auf mehrere schmale Wege traf, als um einen echten Platz. Der Pranger war eine wuchtige Holzkonstruktion. Rostige Eisenringe hielten den Verurteilten daran fest. Die Zuschauer bewarfen den Mann mit Dreck und Fäkalien, verhöhnten ihn und machten sich einen besonderen Spaß daraus, ihn mit glühenden Eisenstäben zu malträtieren. Faun bebte vor Abscheu, als er sah, wie ein kleiner Junge, kaum sechs oder sieben Jahre alt, dem Gefangenen einen langen Zimmermannsnagel in eine offene Wunde in der Seite schob. Ein paar Erwachsene feuerten ihn an, während andere sich abwandten. Der Mann am Pranger schrie heiser auf, kaum mehr als ein gemartertes Krächzen.

Der Junge rannte eilig zurück zu seiner Großmutter, die ihn am Ohr packte und davonschleifte.

Fauns Position war ungünstig, er sah den Gefangenen von hinten. Der Mann trug ein knielanges, mit Blut und Schmutz verkrustetes Wams. Seine Beine waren nackt, er trug kein Schuhwerk.

Kaum noch verständlich flehte er um Erbarmen. Es waren die ersten Worte, die Faun aus seinem Mund hörte. Und diesmal schwanden alle Zweifel. Er kannte die Stimme.

Fauns Körper versteifte sich. Hitze jagte sein Rückgrat entlang und setzte sich als pochender Schmerz in seinem Schädel fest. Er hatte das Gefühl, sich übergeben zu müssen. Mit einer Hand stützte er sich zwischen den Farnbüscheln ab, um nicht das Gleichgewicht zu verlieren.

Das ist nicht gerecht, durchfuhr es ihn. Nicht *er*!

Ein wütender Schrei stieg in ihm auf. Er biss die Zähne so fest aufeinander, bis ihm vor Schmerz fast schwarz vor Augen wurde. Immerhin ließ ihn das nach einer Weile klarer denken.

Nicht er, hallte es noch einmal in seinem Schädel nach, ein Echo seiner eigenen Fassungslosigkeit.

Es war der Soldat, der ihn hatte laufen lassen. Der Mann aus dem Wachturm. Die Wächter auf der anderen Seite der Tür mussten gehört haben, was er zu Faun gesagt hatte. Oder jemand hatte einfach nur die richtigen Schlüsse gezogen. Was immer der Grund war – man hatte ihn zum Pranger verurteilt, und dass seine Verletzungen ihn umbringen würden, schien niemanden zu kümmern.

Er hat gewusst, auf was er sich einlässt, redete Faun sich ein. Er musste es doch wissen! Er hat einen Gefangenen laufen lassen.

Aber was er auch versuchte, um sich zu beruhigen, nichts davon fruchtete. Schließlich löste er sich von dem Anblick des leidenden Mannes und zog sich ein gutes Stück tiefer in den Wald zurück. Am Grund einer niedrigen Senke, im Schatten eines Findlings und einer mächtigen Eiche, ging er in die Hocke. Er hasste sich für seine Unbekümmertheit während der Flucht über die Zinnen, hasste sich sogar dafür, dass ihm jetzt die Tränen über die Wangen liefen wie einem kleinen Kind. Nichts half, nichts rettete dem Mann am Pranger das Leben.

Vielleicht, wenn es dunkel wurde ... Vielleicht konnte er sich dann ins Dorf stehlen und versuchen, den Soldaten zu befreien.

Du weißt, dass er dann tot sein wird, wisperte es in ihm. Wie lange kann er wohl leben, mit einem Stück Eisen im Leib und Gott weiß welchen anderen Verletzungen?

Verloren starrte er auf das Bündel mit der gestohlenen Verpflegung. Auch wenn er kaum Chancen hatte, er schuldete dem Mann wenigstens den Versuch.

Als die Dunkelheit aus dem Unterholz kroch und die Nacht wie schwarzer Nebel durch das Blätterdach wehte, machte Faun sich auf den Weg zurück zum Dorf. Mehr als einmal ließ ihn das verwobene Dickicht stolpern, und danach verharrte er still in der Finsternis, wartete auf Hundegebell oder Alarmrufe hinter den Bäumen. Aber niemand rechnete mit einem Fremden, der durch die Nacht heranpirschte. Das hier war ein Bauerndorf, keine Festung.

Zu beiden Seiten des Prangers brannten Fackeln. Wahrscheinlich hatten ein paar späte Heimkehrer von den Feldern sie entzündet, um ihre grausamen Scherze mit dem Gefangenen zu treiben. Jetzt aber war niemand mehr zu sehen. Der Soldat hing leblos in seinen eisernen Fesseln. Seine Knie waren eingesunken, Genick und Handgelenke hielten sein ganzes Gewicht.

Er ist tot!, schoss es Faun durch den Kopf. Du kommt zu spät! Dreh um, du kannst ihm nicht mehr helfen!

Auf dem kleinen Marktplatz rührte sich nichts, nur die flackernden Flammen schufen Bewegungen auf den Fassaden der nahen Häuser. Hinter den Holzläden einiger Fenster tanzte Kerzenschein in schmalen Ritzen, aus manchen Richtungen drangen Wortfetzen wie geisterhaftes Flüstern. Es gab keine Wächter, was ein weiteres Indiz dafür sein mochte, dass der Gefangene nicht mehr lebte.

Ich muss wenigstens sichergehen, dachte Faun. Das ist das Mindeste, was ich für ihn tun kann. Und für mich.

Als er sich gerade vorwärts bewegen wollte, regte sich etwas im Unterholz, nicht weit von ihm. Zwanzig Schritt weiter links, wo der Waldrand einen leichten Bogen machte und sich um die Flanke des Dorfes schmiegte, brach die Dunkelheit auf wie eine Blüte aus Schattenblättern und spie eine Gestalt ins Freie.

Sie war nicht sehr groß und sehr schlank, in engem Beinkleid, und verbarg Kopf und Gesicht unter einer Kapuze, die sie weit über die Stirn gezogen hatte.

Sein Sohn!, dachte Faun unwillkürlich. Oder jemand anderes, der ihm nahe steht. Wer sonst würde versuchen, im Schutz der Nacht heimlich in die Nähe des Gefangenen zu gelangen?

Faun entspannte seine Muskeln. Er sank wieder tiefer ins Farn, wartete ab und beobachtete.

Die Gestalt huschte über den Wiesenstreifen zwischen dem Wald und den vorderen Häusern, verschwand im Schatten kurz aus seinem Blickfeld und tauchte unweit des Prangers wieder auf. Dort blieb sie stehen und schaute sich angespannt um. Dann erst legte sie die letzten Schritte bis zu dem Gefangenen zurück. Aus seinem Versteck beobachtete Faun mit angehaltenem Atem, wie die Gestalt eine Hand nach dem Mann am Pranger ausstreckte. Der Körper des Gefangenen bewegte sich nicht.

Faun holte scharf Luft. Wieder war er versucht, einfach umzudrehen und in den Wäldern zu verschwinden. Er hatte alles, was er benötigte. Verpflegung, ein Ziel, den Schutz der Dunkelheit.

Trotzdem blieb er zwischen den Farnwedeln hocken und wartete ab, was weiter geschah.

Die Gestalt streifte ihre Kapuze zurück. Im Fackelschein wurde das schmale Gesicht eines Mädchens sichtbar. Ihre Wangen und Stirn glänzten, sie stand unter ungeheurer Anspannung.

Sie hatte ihr blondes Haar streng zurückgebunden, wahrscheinlich zu einem Zopf, den sie unter dem Wams verbarg. Ihre Kleidung sah aus, als lebte sie schon länger im Freien. Nur ihr Gesicht war sauber und makellos, was in einem absonderlichen Gegensatz zu ihren schmutzigen Sachen stand.

Trotz allem wirkte sie nicht halb so verwahrlost wie Faun, dem schlagartig bewusst wurde, wie nötig er ein Bad und frische Kleider hatte.

Abermals schaute sie sich um, bevor sie noch einmal einen Schritt nach vorn machte und den Soldaten berührte. Faun war nicht sicher, ob das Keuchen, das er hörte, von ihr oder dem reglosen Mann am Pranger kam.

Verschwinde von hier!, wollte er ihr zurufen. Irgendwer wird dich entdecken. Und mich gleich mit!

Langsam erhob er sich, schob die Farnwedel auseinander und trat ins Freie. Vor dem grobschlächtigen Foltergerät sah sie noch verletzlicher aus. Aber es waren weniger Beschützerinstinkte, die sich in ihm regten, als vielmehr völlige Fassungslosigkeit. Am liebsten hätte er sie bei den Schultern gepackt und durchgeschüttelt.

Herrgott, was tat sie denn *jetzt*?

Das Mädchen kniete sich vor dem blutüberströmten Mann auf den Boden nieder, als befände sie sich in einer Kirche. Sie schlug ein Kreuzzeichen, faltete die Hände und senkte den Kopf in stiller Andacht.

Irgendwo schepperte eine Tür. Stimmen ertönten.

Das Mädchen rührte sich nicht vom Fleck.

Faun trat nervös auf der Stelle. Die Häuser waren im Weg, er konnte nicht sehen, ob jemand näher kam. Aber ihm war, als würden die Stimmen lauter.

Wenn das Mädchen nicht aus dem Ort war – und nach einem zweiten Blick auf ihre zerissene Kleidung zweifelte er daran keine Sekunde –, würden die Dorfbewohner sie schnappen und die Gegend nach weiteren Herumtreibern absuchen. Irgendjemandem würde auffallen, dass Essen aus den Häusern gestohlen worden war, und in Windeseile würden sie eine regelrechte Treibjagd auf die Diebe veranstalten.

Ein Pochen ertönte. Nicht weit entfernt wurde an eine Tür geklopft, gefolgt von undeutlichen Rufen. Faun verstand ein paar Wortfetzen. Wieder kamen Stimmen näher, diesmal rascher als zuvor.

Das Mädchen schaute über die Schulter, blieb aber auf den Knien hocken. Faun sah, dass sich ihre Lippen schneller bewegten. Sie wollte ihr Gebet zu Ende bringen.

Er gab sich einen Ruck und rannte los.

»He!«, rief er gepresst, während er geduckt auf sie zueilte. »He, du!«

Sie schaute erschrocken auf, und im selben Moment wurde ihm klar, was sie auf sich zukommen sah: eine verwahrloste Gestalt aus den Wäldern, übersät mit getrocknetem Blut und Dreck, zum Himmel stinkend, weil er seit Wochen die Kleider nicht mehr gewechselt hatte. Sein einstmals geschorenes Haar war dunkelbraun nachgewachsen und stand schmutzverkrustet in alle Richtungen ab. Er konnte nicht mehr viel Ähnlichkeit mit seinem früheren Ich haben.

Mit einem Satz war sie auf den Füßen und blickte sich lauernd um.

»Nicht!«, warnte Faun mit einem unterdrückten Ruf. »Du wirst das ganze Dorf aufwecken!«

Rechts von ihnen johlten Stimmen. Es klang, als ob die Männer betrunken waren. Drei, schätzte er, vielleicht vier. Sie mussten auf einem der Seitenwege näher kommen, sonst hätten sie das Mädchen längst bemerkt.

»Ich tu dir nichts«, sagte er und konnte sich in etwa vorstellen, wie diese Worte aus seinem Mund klangen. Falls sie ihn überhaupt als Mensch erkannte, glaubte sie wahrscheinlich, er wolle sie ausrauben oder vergewaltigen.

Er hatte den Pranger noch immer nicht erreicht. Sieben oder acht Schritt lagen zwischen ihm und dem Mädchen.

Er blieb stehen und hob beide Hände, um ihr zu zeigen, dass er unbewaffnet war.

Sie schüttelte den Kopf. War sie stumm? Besser wäre es, dann würde sie nicht mehr Lärm veranstalten als nötig, wenn er sie packte und zwischen die Bäume schleppte.

Er warf einen raschen Blick auf den Soldaten am Pranger. Aus der Nähe gab es keinen Zweifel mehr, dass er tot war. Sein Hals hing unnatürlich schief in der Kopföffnung des Prangers, und der große dunkle Fleck zu seinen Füßen war ganz sicher kein Schatten.

Das Mädchen stand noch immer regungslos an derselben Stelle. Sie hatte den Kopf leicht geneigt, wie um den Geräuschen und Stimmen zu lauschen, die sich näherten.

Die Furcht lähmte sie. Faun kannte das. Er hatte Verständnis dafür. Aber es änderte nichts an der Gefahr, die ihnen drohte.

Mit einem leisen Seufzen lief er los, genau auf sie zu, in der Hoffnung, dass sie überrumpelt genug war, um keinen Widerstand zu leisten.

Sie ließ nicht zu, dass er sie berührte. Mit einem zornigen Fauchen tauchte sie unter seiner Hand hinweg, machte einen Ausfallschritt nach vorn und rammte ihm den Ellbogen in die Seite. Faun konnte nicht ausweichen. Er war noch immer viel zu angeschlagen von seiner Flucht und den zahllosen kleinen Verletzungen. Stöhnend stolperte er zur Seite, fiel über die eigenen Füße und landete im Dreck. Als er aufschaute, sah er ihren Stiefel auf sich zukommen. Er drehte das Gesicht weg, aber sie erwischte ihn an der Wange. Ihre Fußspitze traf ihn wie ein Hammer.

Faun fiel vornüber auf den Bauch. Er spuckte Blut und noch etwas anderes in den Staub. Der lockere Zahn! Eine Sorge weniger. Dafür brannte jetzt sein ganzes Gesicht, als hätte man ihn in glühende Kohlen gedrückt.

Das Mädchen rannte davon, zurück durch die Schneise zwischen den Häusern, Richtung Waldrand. Faun kam taumelnd auf die Füße, sah die Umgebung leicht verschwommen, orientierte sich und nahm als Erstes die Stimmen der betrunkenen Dorfbewohner wahr. Sie mussten jeden Moment um die Ecke biegen. Er sah Schatten über die Hauptstraße zucken. Die Männer hatten Fackeln dabei. Da kamen sie!

Faun hetzte los. Vielleicht hatten sie ihn gesehen, vielleicht nicht. Er würde nicht abwarten, bis er Gewissheit hatte. Vorbei an dem toten Soldaten. Er sah ihn jetzt zum ersten Mal von vorn. Das Gesicht des Leichnams war mit einem Gitter aus Schnittwunden überzogen. Verzeih mir, dachte er und versuchte, sich gegen das Grauen zu wehren, das ihn bei dem Anblick überkam. Er musste schneller sein. Irgendwie den Wald erreichen.

Vor ihm ertönte ein Fluch, dann ein Rascheln, gefolgt von einem dumpfen Laut. Das Mädchen war im Dunkeln über irgendetwas gestolpert. Er sah sie gerade noch am Boden zwischen den Farnwedeln verschwinden. Natürlich, sein Bündel!

Mit wenigen Sätzen war er bei ihr, warf sich mit seinem ganzen Gewicht über sie und fingerte hektisch in ihrem Gesicht herum, bis er den Mund fand und zudrückte. Sie versuchte, ihn zu beißen, und wehrte sich mit Händen und Füßen. Aber sie hatte keine Chance.

»Ich will dir nichts tun!«, flüsterte er heiser an ihrem Ohr. »Aber wenn du nicht still bist, finden sie uns!«

Falls sie das nicht ohnehin längst getan hatten. Er wagte kaum, einen Blick zurückzuwerfen, aber als er es doch tat, war eine Wand aus Farnkraut im Weg.

»Sei still! Bitte!«, wisperte er.

Sie schnappte erneut nach ihm, und diesmal bekam sie mit den Zähnen ein Stück von seinem Handballen zu fassen. Es fühlte sich an, als bisse sie ihm den ganzen Arm ab. Mühsam unterdrückte er einen Schrei, riss sich los, presste die Hand aber gleich wieder auf ihre Lippen, zu fest, als dass sie abermals zubeißen konnte.

Dann verlagerte er sein Gewicht, bis seine Knie ihren Oberkörper tiefer in den Boden drückten. Umständlich hob er die Schultern, ohne den Druck zu verringern. Rund um den Pranger waren jetzt mehr Fackeln als zuvor. Doch keine von ihnen bewegte sich in ihre Richtung.

Er zog seinen Kopf zurück. »Sie haben uns nicht gesehen, glaube ich«, flüsterte er. »Kann ich dich jetzt endlich loslassen, ohne dass du das ganze Dorf zusammenbrüllst?«

Ihr Widerstand erlahmte, auch wenn sie immer noch vom Nacken bis zu den Fußsohlen angespannt war. Dann murmelte sie etwas. Es klang wie ein Ja.

~

Sie hatte tatsächlich nicht geschrien, und sie gab auch jetzt keinen Laut von sich, als sie gebückt durch das Dickicht huschten. Faun war erstaunt, dass sie ihm freiwillig folgte. Er blieb erst stehen, als sie einen weiten Bogen um das Dorf gemacht hatten. Niemand war ihnen gefolgt.

Faun sah sich um. Hier musste es nach Süden gehen. Das Blätterdach war zu dicht, um nach dem Mond zu suchen, aber er glaubte zu erkennen, wo die Wolken heller waren als anderswo. Das reichte aus, um sich zu orientieren.

Sie blieb neben ihm stehen, richtete sich zögernd auf und lehnte sich mit dem Rücken gegen einen Baum. Sie war hübscher, als er im ersten Moment angenommen hatte, und das verwirrte ihn, selbst in einer Lage wie dieser. Ihr langer blonder

Zopf war zur Hälfte aus dem Wams gerutscht und stand wie eine Schlaufe von ihrem Nacken ab. Sie bemerkte es und stopfte ihn zurück unter die Kleidung.

»Wer war er?«, war zu seiner Überraschung das Erste, was sie über die Lippen brachte. Sie hatte Blut am Kinn. Seines, von der Bisswunde.

»Du kanntest ihn nicht?«

Sie schüttelte den Kopf. »Er hat mir leid getan. Ich hab ein Gebet für ihn gesprochen.«

»Ein Soldat von Burg Lerch.« Seine Hand brannte wie Feuer. Eigentlich hätte er die Wunde mit irgendetwas reinigen müssen, aber er hatte in den letzten zwei Tagen so viele Kratzer, Schrammen und Abschürfungen davongetragen, dass eine mehr ihn nicht umbringen würde.

»War er ein Freund von dir?« Ihre Aussprache war auffallend klar. Sie war beileibe nicht so außer Atem wie er.

»Ich kannte nicht einmal seinen Namen.« Er hob die Hand und betrachtete in einem Streifen Mondschein den halbmondförmigen Abdruck ihrer Zähne. Einige Vertiefungen waren blutunterlaufen, aber es war nicht so schlimm, wie er anfangs geglaubt hatte.

Sie zeigte keine Spur von Reue. »Fass mich nicht an, und das passiert nicht noch einmal.«

Er wollte wütend auf sie sein, aber etwas dämpfte seinen Zorn. Er war nicht einmal sicher, was es war. Du wirst dich nicht von einem hübschen Gesicht aus der Fassung bringen lassen, nicht wahr?, dachte er. Und doch fürchtete er, dass genau das die Ursache war. Sie war zu schön für dieses raue Waldland, selbst unter dem Schmutz und in ihren zerschlissenen Kleidern. Er wollte nicht mit ihr streiten, obgleich er wahrlich allen Grund dazu hatte.

»Wer bist du?«, fragte er.

»Ich heiße Tiessa.«

Er schüttelte den Kopf. »Das meine ich nicht. Was tust du

hier? Du gehörst nicht zu dem Soldaten. Aber aus der Gegend stammst du auch nicht.« Er sah sie fragend an. »Warum reist du allein?«

»Ich bin auf der Suche nach der Magdalena.«

Faun stutzte. »Nach wem?«

»Nach der Heiligen, die Frauen zum Kreuzzug aufruft, um die Ungläubigen vom Grab des Erlösers zu vertreiben.«

»Ein Kreuzzug ins Heilige Land?«, fragte Faun spöttisch. »Heißt das, der Erlöser ist plötzlich darauf angewiesen, dass ihm Weiber zu Hilfe kommen?«

In ihren Augen blitzte es, das war alles. Es schien unter ihrer Würde zu sein, sich auf einen Disput mit ihm einzulassen. Und sie hatte keine Skrupel, ihn das wissen zu lassen.

Hochnäsige Ziege, dachte er.

»Wenn es stimmt, was sich die Leute erzählen, dann muss die Magdalena hier vorbeigekommen sein. Sie ist weiter nach Süden gezogen«, erklärte sie. »Reist du auch nach Süden?«

»Vielleicht.«

»Warum gehst du dann nach Osten?«

Er blickte voraus in den Wald, dann wieder zu ihr. »Aber da *ist* Süden.«

Sie schüttelte den Kopf. »*Da* ist Süden«, sagte sie und zeigte nach rechts. Sie ging voraus, blieb aber nach ein paar Schritten stehen und schaute sich zu ihm um. »Kommst du?«

»Warum sollte ich dich mitnehmen?«, fragte er.

»Im Moment nehme ich *dich* mit, oder?« Sie sah, was für ein Gesicht er machte, und fügte hinzu: »Ich habe Geld«, sagte sie und lächelte ihn entwaffnend an. »Du auch?«

Er rückte sein Bündel zurecht, dann zuckte er die Achseln. »Tiessa, richtig?«

Sie nickte.

»Ich heiße Faun.«

Das Land war so flach, dass die Sonne hier länger schien als anderswo. Jedenfalls behaupteten das die Händler und Pilger, die über die Straße nach Norden kamen und den einsamen Hof passierten. Die Sonne gehe hier früher auf und versinke später hinterm Horizont, sagten sie; das sei unnatürlich. Wenn Gott gewollt hätte, dass die Welt so flach wäre wie ein zugefrorener See, dann hätte er anderswo nicht so hohe Gebirge geschaffen. Es müsse doch einen Grund geben, warum er den Menschen in dieser Gegend keine Berge, nicht einmal einen Hügel geschenkt habe. Nichts, das im Sommer Schatten und im Winter Schutz vor den eisigen Winden spendete.

Die neunjährige Maria, die mit ihren Eltern und Geschwistern den abgelegenen Hof inmitten der Ebene bewohnte, hatte noch nie einen Berg gesehen. Sie hatte in Predigten davon gehört – sie wusste, dass Noahs Arche auf einem gestanden hatte –, aber sie konnte sich keine rechte Vorstellung davon machen.

Der Gedanke, etwas könne die Welt überragen, höher als der Kirchturm des Klosters, eine halbe Tagesreise von hier, machte ihr Angst. Warum hielten die Leute einen Schatten, dem sie nicht ausweichen konnten, für etwas Gutes? Weshalb nahmen sie in Kauf, dass er sie Tag für Tag berührte? Die Sonne dagegen war Licht, war freundlich.

Heute allerdings war von ihren warmen Strahlen nichts zu spüren. Die Sicht reichte nicht weiter als bis zur Reihe der Olivenbäume, hinter denen sich sumpfiges Marschland erstreckte. Alles andere versank in dem dichten Nebel, der sich morgens oft über die Ebene legte.

Auch die Straße nach Norden, markiert durch vereinzelte Zypressen zu beiden Seiten, lag unsichtbar hinter dumpfem Grau. Umgekehrt war der Hof von dort aus nicht zu sehen, und keiner, der die Abzweigung nicht von einem früheren Besuch her kannte, wäre auf die Idee gekommen, bei solch einem Wetter den sicheren Weg zu verlassen. Das umliegende Marschland war tückisch, selbst für jene, die sich hier auskannten; täglich entstanden neue Sumpflöcher und Tümpel, und bei Nacht hörten Maria und ihre Geschwister oft den Wölfen zu, wenn sie jenseits der Olivenbäume den Mond anheulten.

Maria zog einen Eimer Wasser aus dem Brunnen im Hof, als sie gedämpft das Klappern von Pferdehufen vernahm. Sie blickte auf, die Stirn unter den wilden schwarzen Locken sorgenvoll gekräuselt. Sie war das älteste Kind auf dem Hof. Luca und Michele, ihre Brüder, waren sechs und sieben. Zwei Schwestern waren kurz nach der Geburt gestorben, und beinahe wäre es Maria ebenso ergangen. Vor einem Jahr hatte sie ein tückisches Fieber überlebt, und alle hatten das für ein Wunder gehalten. Noch heute betete ihre Mutter jeden Tag einen Rosenkranz – nun, *fast* jeden Tag –, um dem Herrn für seine Gnade zu danken.

Das Geräusch der Hufe näherte sich aus Richtung der Straße. Woher auch sonst. Niemand, der alle Sinne beisammenhatte, wagte bei solcher Witterung, die Sümpfe zu durchqueren.

Maria starrte angestrengt in den Nebel. Die Olivenbäume sahen aus wie alte Weiber mit zu vielen knöchernen Armen und wirbelndem Haar, das eine Laune der Natur hatte erstarren lassen. Maria fürchtete sich vor diesen Bäumen, nicht nur bei Nebel. Selbst im Sonnenlicht erschienen sie ihr manchmal wie eine düstere Prozession von Hexen, bucklig und wispernd, die das Gehöft umkreisten und nur zufällig immer dann an derselben Stelle anlangten, wenn man gerade in ihre Richtung schaute.

Sie knotete das Brunnenseil fest und hob den Eimer mit beiden Händen auf die Ummauerung. Sie war klein für ihr Alter, sehr zart gebaut, und ihr Vater hatte einmal gesagt, die Krankheit stecke ihr wohl noch immer in den Knochen, weil sie gar nicht größer und kräftiger wurde. Ihre Mutter hatte es auf einen Streit mit ihm ankommen lassen und war Maria zu Hilfe gekommen: Sie selbst sei in diesem Alter klein und zierlich gewesen – und habe sie das etwa davon abgehalten, mit einem groben Klotz wie ihm in dieser Einöde zu siedeln und ihm ein Kind nach dem anderen zu gebären? Wäre Marias Vater tatsächlich so grob gewesen, wie sie vorgab, dann hätte er darauf wohl antworten können, dass zwei dieser fünf zu schwach zum Leben gewesen waren und sie auch Maria fast verloren hätten. Stattdessen aber nahm er erst seine Frau in die Arme, danach Maria, und zu den beiden Jungen sagte er, sie sollten sich hüten, jemals eine Frau zum Weib zu nehmen, die klüger sei als sie selbst; falls sie es aber dennoch täten, dann sollten sie sich gefälligst eine aussuchen, die so prächtig anzuschauen war wie ihre Mutter.

Der Hufschlag im Nebel kam näher. Der Reiter schien es nicht eilig zu haben. Das Ross trabte gemächlich über den festgestampften Boden. Dann und wann platschte ein Huf in eine Pfütze.

Maria überlegte, ob sie den Eimer nehmen und zurück zum Haupthaus laufen sollte. Ihr Blick streifte die verkrüppelten Olivenbäume, kaum mehr als knorrige Silhouetten in der milchigen Ödnis. Sie würde den Fremden erst zu sehen bekommen, wenn er die Bäume passiert hatte. Er war also noch ein gutes Stück entfernt. Genug, um zum Haus zu laufen – allerdings nur, wenn sie den schweren Eimer zurückließ.

Sie überlegte eine Spur zu lange, denn als sie sich gerade entschieden hatte, schälte sich bereits die düstere Form des Reiters aus dem Nebel, groß und ungeheuer massig. Maria hatte schon früher Schlachtrösser gesehen, gewaltige Tiere mit buschigem Fell an den Hufen, einem Rücken so hoch wie ein Haus und dem

Schädel eines Drachen. Aber dieses hier übertraf sie alle. Der Mann im Sattel dieses Giganten stand dem Tier an Gewaltigkeit nicht nach, was daran liegen mochte, dass er schwer gerüstet war, so als ritte er in eine Schlacht.

Maria ging hinter der Brunnenmauer in Deckung, umrundete sie halb und schaute verstohlen über den Steinrand. Ihre Eltern und Brüder waren auf der anderen Seite des Hofs im Stall. Ihr Vater wollte heute Schweine schlachten. Das Quieken und Schreien der Tiere gellte schon den ganzen Morgen durch den Nebel.

Der Fremde lenkte das Ross nah am Brunnen vorbei auf den Hof. Sie konnte das Tier jetzt riechen, sogar das gefettete Eisen des Kettenhemdes, das der Mann am Leib trug. Sein Helm war am Sattel befestigt, der leere Augenschlitz blickte in Marias Richtung. Der Reiter hatte sich eine Kapuze aus schwarzem Samt tief ins Gesicht gezogen. Maria fürchtete sich vor den Augen, die darunter in der Dunkelheit lagen.

Der Mann war anders als jene, die sonst den Hof passierten. Am liebsten waren ihr die Händler mit Geschichten und süßem Backwerk. Weniger gern mochte sie die Pilger, die oft schlecht gelaunt waren und seltsames Zeug redeten. Auch Ritter kamen manchmal vorbei; sie forderten meist, statt zu bitten.

Doch dieser hier unterschied sich von ihnen allen. Er war gerüstet wie ein Edelmann, in dunkles, matt schimmerndes Eisen, aber er trug kein Wappen. An seinem Sattel hing ein Bündel Waffen, Klingen in allerlei Längen und Stärken, eine Armbrust, ein kurzer Bogen, ein Streitkolben mit gezackter Spitze und eine Axt mit schmaler, sichelförmiger Schneide. Er trug einen Mantel, der hinter ihm auf dem Sattel gerafft war; darunter stach eine weitere Schwertscheide hervor, samtig rot und mit silbernen Nieten behauen. Schwere Schulterschützer, die jeder andere zum Reiten abgenommen hätte, ließen ihn so breit wie einen Riesen erscheinen.

Maria war noch nie einem so gefährlichen Mann begegnet. Verängstigt verkroch sie sich hinter dem Brunnen und schloss die Augen. Mit angehaltenem Atem lauschte sie auf den Hufschlag, der auf der anderen Seite des gemauerten Schachts vorüberklapperte und sich jetzt dem Haupthaus näherte.

Im Stall schrie ein Schwein herzzerreißend laut, ehe die Geräusche unvermittelt abbrachen. Ihr Vater hatte dem Tier mit einem Hammer den Schädel eingeschlagen.

Nachdem die Schreie verhallt waren, lag Stille über dem Hof. Kein Hufschlag mehr. Maria lehnte mit bebenden Lippen an der Brunnenmauer und wagte nicht, sich umzudrehen und über den Rand zu blicken. Der Fremde musste das Pferd zum Stehen gebracht haben.

Ihr Vater hatte sie oft vor Kriegern gewarnt. Es war noch nicht lange her, dass die Heerscharen des deutschen Kaisers diese Gegend passiert hatten. Norditalien gehörte zum Kaiserreich, deshalb war es hier nicht zu Plünderungen und Morden gekommen; das hatten sich die Soldaten für den Süden aufgehoben. Trotzdem war der Anblick des endlosen Heerwurms beängstigend gewesen. Damals hatte Marias Vater seine Kinder gewarnt, niemals einem Mann in Eisen zu vertrauen. Wer es nötig hatte, schwer bewaffnet durch die Lande zu ziehen, der konnte nichts Gutes im Schilde führen.

Maria unterdrückte ein Schluchzen. Sie wollte zu ihren Eltern laufen und sie warnen, dass ein Fremder aus dem Nebel gekommen war. Ein Fremder mit allen nur erdenklichen Waffen. Aber sie war wie gelähmt, und es gab ohnehin keinen Weg zum Stall, auf dem der Mann sie nicht entdeckt hätte.

Klirrend rieben die Kettenglieder aneinander, als der Fremde aus dem Sattel stieg. Er machte ein paar Schritte, aber Maria konnte vom Klang her nicht abschätzen, in welche Richtung er sich bewegte. Kam er zum Brunnen herüber? Möglich, dass er nur durstig war. Er *musste* sie nicht gesehen haben.

Sie kniff die Augen noch fester zusammen, bis sie farbige Punkte in der Schwärze sah. Wie schillernde Gasblasen in einem Sumpfloch stiegen sie aus der Dunkelheit empor und zerplatzten.

Wieder Schritte. Jetzt ein wenig schneller.

Kein Zweifel, der Fremde entfernte sich vom Brunnen. Sicher ging er zum Haupthaus hinüber. Aber wenn er nur um Verpflegung bitten wollte, warum rief er dann nicht nach den Besitzern des Hofs? Warum nannte er nicht sein Begehr und seinen Namen?

Weil ihm das, was er begehrt, niemand freiwillig geben würde, flüsterte es in Marias kindlichem Verstand. Weil er böse ist.

Tränen traten ihr in die Augen und zogen Bahnen über ihre schmutzigen Wangen. Sie konnte nicht einfach hier sitzen bleiben. Aber sie konnte auch nicht zum Stall laufen.

Seht euch das feige Mädchen an, wisperten die Hexenbäume an der Grenze des Nebels. *So klein und hilflos.*

Maria biss sich die Unterlippe blutig, um nicht aufzuschluchzen.

Unendlich vorsichtig zog sie die Knie an, schob sich mit dem Rücken an der Mauer hinauf und drehte den Kopf gerade weit genug, um einen Blick über den Brunnenrand zu erhaschen.

Da war das Pferd, reglos in der Mitte des Platzes. Die Klingen am Sattel mussten selbst so viel wiegen wie ein Mann.

Aber etwas fehlte.

Die Axt mit der Sichelklinge.

Ein verzweifelter Laut kam über Marias Lippen. Sie biss die Kiefer noch fester aufeinander, bis sie keine Luft mehr bekam, weil ihre Nase lief. Sie schnappte nach Atem, sah vor lauter Tränen und Nebel überhaupt nichts mehr, horchte, hörte aber nur ein Pochen, das aus ihr selbst kam. Ganz schnell und dröhnend.

Sie richtete sich auf, hielt sich mit einer Hand an der Brunnenmauer fest und wischte sich mit der anderen über die Augen. Der Fremde war nirgends zu sehen. Die Tür des Haupthauses stand offen, aber das tat sie fast immer. Er mochte dort drinnen sein. Oder er war auf dem Weg um die Gebäude, schlich vielleicht gerade an den Viehverschlägen entlang und näherte sich dem Stall.

Ein spitzes Schreien ertönte, gefolgt von einem dumpfen Schlag. Dann abermals Stille.

Ihr Vater hatte das nächste Schwein getötet.

Aber der Schrei hatte anders geklungen. Nicht so röchelnd wie bei einem der Tiere.

Vielleicht täuschte sie sich.

Feiges kleines Mädchen, neckten sie die Hexenbäume und rasselten mit den Ästen. *Schaust einfach zu und tust nichts.*

Zögernd schob sie sich um den Brunnen. Sollte sie die Tür des Hauses im Auge behalten? Oder eher die Schneise zwischen den Gebäuden?

Tief in ihr war noch immer Ungewissheit. Vielleicht wollte ihnen der Fremde gar nichts Böses. Ihre Brüder würden sie auslachen, wenn sie erfuhren, wie sie sich angestellt hatte. Sie war die Älteste. Sie hätte auch die Mutigste sein müssen.

Feiges kleines Mädchen.

Das schwarze Schlachtross stand vollkommen reglos, als wäre mit dem Reiter jegliches Leben aus dem Tier gewichen. Maria benutzte es als Deckung in Richtung Haupthaus, während sie sich langsam vom Brunnen löste und den freien Platz überquerte.

»Mama?«, flüsterte sie wie zu sich selbst. Selbst wenn sie hätte rufen wollen, hätte sie nicht die Kraft dazu aufgebracht.

Das Pferd senkte den Schädel und schnaubte leise.

Maria fuhr erschrocken zusammen, blieb wie angewurzelt stehen.

Von der Tür des Hauses aus war sie aus diesem Winkel nicht zu sehen. Umgekehrt aber konnte auch Maria nicht am Pferd vorbei auf den Eingang blicken. Falls dort jemand ins Freie trat, würde sie ihn erst entdecken, wenn es zu spät war.

Der leere Helm am Sattel starrte schon wieder in ihre Richtung, als hätte er sich aus eigener Kraft an seiner Befestigung zu ihr umgedreht.

Sie machte noch zwei, drei weitere zaghafte Schritte an dem

Pferd vorbei – und rannte los! Sie sah nichts mehr, hörte nichts mehr, spürte den Boden nicht unter ihren Füßen, schoss vorwärts wie ein Pfeil von der Bogensehne. Ihr Instinkt befahl ihr, ins Haus zu laufen. Aber womöglich war *er* dort drinnen. Und wenn nicht, würde er es vielleicht später durchsuchen, nachdem er –

Nachdem *was*?

Erneut das stumpfe Schlagen. Diesmal ohne einen Schrei.

Irgendwo grunzten die restlichen Schweine.

Maria schüttelte sich im Laufen unter einem Weinkrampf, als sie im letzten Moment von ihrem Weg zur Haustür abbog, nicht nach rechts zur Schneise und den Stallungen, sondern nach links, an der Vorderseite des Haupthauses vorbei zur nächsten Ecke.

Von hier bis zu den Hexenbäumen waren es keine zwanzig Schritt.

Hier läuft sie!, schienen die Bäume dem Fremden zuzuraunen. *Und sie ist nur ein* Kind*!*

Der Nebel war dichter geworden. Maria presste sich mit dem Rücken an die Seitenwand des Hauses, geschützt von der Ecke, die sie jetzt vor Blicken vom Hof her bewahrte.

Ein markerschütterndes Kreischen ertönte, mehrere Stimmen durcheinander. Poltern. Tumult. Dann ein Fauchen wie von einer Katze, ein bedrohliches Zischen. Viele dumpfe Schläge hintereinander.

Stille.

Ein hektisches Rascheln, ähnlich einem Hund, der sich die Flöhe aus dem Pelz kratzt. Dann wieder Schweigen.

Maria war wie betäubt. Sie konnte kaum noch stehen, trotz der Hauswand in ihrem Rücken. Sie war erst neun, noch ein Kind. Aber sie ahnte, was die Laute zu bedeuten hatten. Sie wollte sich zusammenkauern, die Knie anziehen, den Kopf unter den Armen verbergen. Die Augen schließen und einfach nirgends mehr hinsehen. Seh ich ihn nicht, sieht er mich nicht.

Aber das war Kinderkram. Nur Einbildung, nicht die Wahrheit. Die Geräusche im Stall – sie waren wirklich gewesen. So wie die Gefahr, in der sie schwebte.

Irgendetwas musste sie tun.

Mit steifen Gliedern setzte sie sich in Bewegung. Kaum gelenkiger als eine der Holzfiguren, die ihr Vater manchmal am Feuer schnitzte.

Mit jagendem Atem erreichte sie die Rückseite des Haupthauses. Die Mauern waren aus gebrannten Lehmziegeln, das tiefe Dach mit Stroh gedeckt. Die wenigen Fenster waren klein und mit hölzernen Läden abgedichtet, die nur selten herausgenommen wurden. Maria blickte an der Rückwand entlang. An ihrem Ende, jenseits der Schneise, konnte sie den Eingang des Stalls erkennen. Das hölzerne Tor stand offen. Sie befand sich zu weit seitlich des Spalts, um hineinblicken zu können. Trotzdem war ihr, als wäre da Bewegung im Inneren. Vielleicht nur die Schweine.

Vielleicht auch *er*.

Niemand sprach. Kein Tumult mehr.

Sie wusste, was das bedeutete, und wollte es doch nicht wahrhaben. Mit rasselndem Atem taumelte sie an der Rückseite des Hauses auf den Stall zu. Links von ihr befand sich offenes Marschland, verborgen hinter Nebelschwaden. Wenn jetzt jemand aus dem Stall trat, musste er sie unweigerlich entdecken. Aber das war ihr egal. Einen Moment lang.

Gerade lange genug, um das Tor zu erreichen und hineinzuschauen.

Im Dämmerlicht der Scheune war alles voller Blut. So war es immer an Schlachttagen.

Ihre ganze Familie lag mit verrenkten Gliedern am Boden. Nicht alle Arme und Beine waren, wo sie hingehörten.

Der Fremde schleifte gerade den kleinen Luca an den Haaren neben seine Eltern. Michele war schon bei ihnen.

In den Schatten erhob sich plötzlich wildes Geschrei, dann raste etwas aus der Dunkelheit auf Maria zu.

Ein panisches Schwein jagte an ihr vorbei durch das Tor. Sie warf sich zur Seite und entging haarscharf dem Blick des Mannes. Zwei weitere Schweine folgten dem ersten. Jene, die ihr Vater bereits getötet hatte, lagen unweit der Menschenleichen, ebenso reglos und halb ausgeblutet.

In Maria schrie alles danach, davonzulaufen. Aber sie konnte nicht mehr rennen. Etwas zog sie zurück zum Torspalt, eine unsichtbare Kette. Etwas in ihr hatte sich geschlossen wie eine Tür. Keine Panik mehr, keine Trauer. Nur ein letztes Mal wollte sie hinsehen.

Der Fremde hatte ihr den Rücken zugewandt. Er hockte vornübergebeugt zwischen den Leichen und arbeitete mit präziser Leidenschaft. Maria sah das silbrige Metall der Axt aufblitzen. Plötzlich riss der Mann den Arm in die Höhe. In einer Hand hielt er etwas, das aussah wie ein dunkelroter Apfel. Vielleicht war es wirklich einer, denn der Mann drehte sich jetzt ein wenig, sodass Maria sein Profil sehen konnte, und biss hinein. Sie sah seine Augen, schmale Sicheln voller Weiß, als hätten sich die Pupillen ekstatisch nach oben verdreht. Er blickte jetzt genau auf Maria, die zitternd im offenen Tor stand. Aber weil sein Blick nach innen gerichtet war und nur Weiß unter seinen Lidern glänzte, entdeckte er sie nicht.

Über seine Kehle verlief eine wulstige Narbe.

Ein Stöhnen raspelte über Marias Lippen, als sie erkannte, in was er da gerade hineinbiss.

Der Mann riss die Hand mit dem Herzen zurück, ließ es fallen und sprang taumelnd auf die Füße. Blut war in seine Augen gespritzt. Ehe er es fortgewischt hatte, war Maria bereits davongelaufen. Sie rannte wie noch nie in ihrem Leben, den Weg zurück, den sie gekommen war, vorbei an der Rückwand des Haupthauses. In der Ferne, jenseits des Gehöfts, schälten sich vage die Umrisse der buckligen Bäume aus dem Nebel.

Komm zu uns, flüsterten sie. *Wir verraten dich nicht. Wir sind deine Freunde.*

Sie schaute nicht zurück. Er folgte ihr, ganz bestimmt sogar. Und sicher war er schneller als sie, so viel schneller. Trotzdem rannte sie, aber sie schrie nicht dabei. Ihre Stimme gehorchte ihr nicht mehr. Sie war wie blind, war taub, war vollkommen leer im Inneren. Aber sie lief so schnell sie konnte.

Um die Ecke des Hauses. An der Seitenwand entlang. Es gab kein Ziel, kein Versteck. Vielleicht in den Brunnen. Aber dort würde er sie finden.

Erst recht nicht ins Haus.

Es gab nur einen Weg. Eine einzige Richtung. Hinaus in die Marschen.

Komm zu uns! Wir sind deine Freunde!

Sie hörte ihn jetzt hinter dem Haus, nicht so zielstrebig, wie sie befürchtet hatte, eher taumelnd, als wäre er benommen von der Arbeit, die er verrichtet hatte. Maria bog nach rechts und rannte auf die Olivenbäume zu.

Komm näher! Zu uns!

Kurz bevor sie die Bäume erreichte, blieb sie stehen. Mitten in der Bewegung. Nicht aufrecht, sondern halb gebeugt, ein Arm erhoben, der andere schlaff an ihrer Seite. Im Laufen erstarrt.

Vorsichtig sah sie über die Schulter zurück zum Haus. Nebelschwaden trennten sie von dem Gebäude, aber er würde nur ein paar Herzschläge brauchen, um die Distanz zu überwinden.

Und, ja, da war er.

Breitbeinig stand er an der Hausecke, den Oberkörper leicht vorgebeugt, lauernd wie ein Raubtier. Blickte in diese, dann in jene Richtung. Schließlich wieder zu ihr herüber.

Was er sah, waren verkrüppelte Olivenbäume im Nebel. Graue Umrisse, nicht mehr. Der eine kleinere Umriss, der unmerklich näher war als die knotigen Stämme, wurde im Nebel von ihnen aufgesogen, schien aus der Entfernung zu ihnen zu gehören. Ein Auswuchs, ein Baumstumpf, nichts sonst.

Er sieht mich nicht!, durchfuhr es sie. Sieht mich nicht, sieht mich nicht, sieht mich nicht!

Lange stand er da und spähte hinaus in den Dunst.

Maria rührte sich nicht.

Schließlich wandte er sich um und verschwand hinter Schwaden. Maria schloss die Augen. Sie würde gleich ohnmächtig werden.

Aber sie beherrschte sich. Holte endlich wieder Luft. Hob langsam die Lider.

Und da stand er vor ihr. Atem dampfte unter seiner Kapuze hervor. Die Narbe am Hals war jetzt nahezu unsichtbar. Sein schwarzer Brustpanzer stank nach geschlachtetem Vieh.

Sie regte sich nicht. Wie betäubt, aber doch völlig wach, starrte sie zu ihm auf. Kein Laut kam über ihre Lippen.

Der Herzfresser streifte einen Handschuh ab und streckte lange Finger nach ihr aus. Eine Hand so weiß wie der Nebel berührte sanft ihre Stirn.

»Du warst einmal tot«, sagte er, und es klang … verwundert?

»Ich bin krank gewesen«, flüsterte sie.

Er schüttelte den Kopf. Nur Schwarz unter der Kapuze. Und irgendwo darin seine Augen, seine Zähne. »Tot«, sagte er. Und nach einer Pause: »Wie ich.«

Dann ergriff er ihre Hand und führte sie langsam zurück zum Haus.

Später, als sein Werk vollendet war, setzte er sie vor sich in den Sattel seines Schlachtrosses, legte einen Arm um sie und ergriff mit rechts die Zügel. Dann nahm er sie mit sich durch den Nebel, durch den Sumpf, über die uralte Straße nach Norden.

Morgen ist es so weit«, sagte Gräfin Violante zu Saga. Sie waren jetzt seit fast zwei Wochen unterwegs. »Du wirst deine erste Predigt halten.«

Saga erwiderte nichts.

»Mach dir keine Sorgen.« Violante legte etwas Mütterliches in ihre Stimme, das beinahe ehrlich klang. »Es wird alles gut gehen.«

Gedankenverloren blickte Saga nach Süden. Sie stand neben der Gräfin auf der Kuppe eines Hügels. Ein warmer Sommerwind strich über das Land zu ihren Füßen und formte eigenartige Muster im hohen Gras. Sie fragte sich, wie diese Bewegungen wohl von oben aussahen, durch die Augen der Vögel betrachtet. Konnten sie daran ablesen, in welche Richtung sie vor dem Winter fliehen mussten? Saga wünschte sich, jemand würde *ihr* geheime Zeichen geben, wie sie am besten aus dieser ganzen Sache herauskäme.

»Wie verstehst du dich mit Gunthild?«, fragte Violante. »Hilft sie dir, die richtigen Worte einzustudieren?«

Saga nickte, ohne die Gräfin anzusehen. »Ich hab alles auswendig gelernt. Genau, wie Ihr es verlangt habt.«

»Und Gunthild?« Violante ließ nicht locker. »Sie behandelt dich gut, hoffe ich.«

»Sie versucht nicht, meine Freundin zu werden, wenn Ihr das meint. Sie ist eifersüchtig, weil Ihr mich ihr vorgezogen habt. Sie kann das nicht so leicht verwinden.«

»Ich werde mit ihr sprechen.«

»Nein.« Saga kreuzte ihren Blick. »Tut das nicht. Das würde es nur schlimmer machen. Erniedrigt sie nicht noch mehr.«

Die Gräfin hob die Schultern. »Ganz wie du wünschst.«

Saga blickte die Rückseite des Hügels hinunter zum Lagerplatz. Im Westen hatte sich der Himmel goldrot gefärbt, beschien die Zelte der Söldner und die drei Kutschen, die sich am Fuß der Erhebung aneinander drängten. Mit Seilen hatte man eine Koppel für die Pferde abgeteilt. Irgendwo dort unten, das wusste sie, stand Gunthild und starrte den Hügel herauf. Saga konnte sie nicht sehen, aber sie spürte, dass die Nonne sie und die Gräfin nicht aus den Augen ließ.

Gott, wie sie dieses missgünstige alte Weib hasste. Obwohl, nein, *hassen* war das falsche Wort. Das war eine Empfindung, die sie sich für Violante aufsparte.

Allerdings – während sie jetzt gerade miteinander sprachen, auf diesem Hügel bei Sonnenuntergang, umgeben von nichts als friedvoller Natur, da fiel es ihr schwer, für irgendjemanden Hass zu empfinden. Vielleicht war es ja gerade das, was Violante so gefährlich machte. Die Gräfin wusste stets die richtigen Augenblicke, die richtigen Orte für sich und ihre Ziele zu nutzen. Als könnte sie aus allem einen eigenen Vorteil ziehen, sogar aus der Ruhe dieser Landschaft, der Stille des Augenblicks.

Violante verschränkte die Arme. »Du musst aufhören, in mir eine Feindin zu sehen.«

Es gab vieles, was Saga darauf hätte erwidern können, aber sie entschied sich einmal mehr, zu schweigen.

Von hier oben aus konnten sie weiter ins Land hinausblicken als von irgendeinem anderen Ort zuvor, und sie fragte sich, ob das dunkelblaue Band über dem Horizont Gewitterwolken oder bereits die Ausläufer des Gebirges waren. Sie würden die Alpen überqueren, so viel hatte sie mittlerweile herausgefunden. Ihr Weg führte sie nach Mailand in Norditalien. Bischof Karl von Mailand war Gahmurets Cousin zweiten Grades, und aus Gründen, die nur er selbst kannte, hatte er sich schon vor Monaten bereit erklärt, Violantes Vorhaben zu unterstützen – vorausgesetzt es gelänge ihr, den Segen des Papstes für ihren Jungfrauenkreuzzug zu erhalten. Dahinter steckten Motive, die mit den komplizierten Verstrickungen italienischer Hof- und Kirchenpolitik zu tun hatten. Bischof Karl wollte die Überfahrt des Heeres ins Heilige Land finanzieren. Es hieß, alle nötigen Absprachen mit den Venezianern seien bereits getroffen: In der Lagunenstadt wartete eine Flotte von Schiffen auf Violantes Heer.

Die Überfahrt ins Heilige Land. Liebe Güte, gerade einmal zwei Wochen waren vergangen, seit Saga noch eine Gefangene in einem Turmzimmer gewesen war. Und nun dachte sie bereits mit einer Selbstverständlichkeit über Reisen ans Ende der Welt nach, die sie erschreckte. Violantes Saat ging auf. Saga *wusste*, dass sie manipuliert wurde, aber sie konnte sich nicht dagegen wehren.

Die Drohung, Faun töten zu lassen, schwebte noch immer über jedem Satz, den sie mit der Gräfin wechselte. Und doch schien die Gefahr mit jedem Tag ein wenig weiter in die Ferne zu rücken. Gewiss, Violante konnte jederzeit einen Boten aussenden, der das Todesurteil zurück zur Burg trug. Allein die Vorstellung, dass der Überbringer der Nachricht viele Tage lang unterwegs sein würde – Tage, in denen Saga mit dem Wissen weiterleben musste, was geschehen würde, aber nicht das Geringste dagegen unternehmen konnte –, war genug, um ihr die Luft abzuschnüren.

Doch zugleich – und das entsetzte sie nicht minder – begann sie sich mit den Dingen abzufinden. Sie dachte nicht mehr in jeder Minute über eine Flucht nach, und wenn sie es doch tat, dauerte es nicht lange, bis sie den Plan wieder aufgab. Violante schien Sagas Wandlung zu spüren, denn vor kurzem hatte sie ihr gestattet, sich frei innerhalb des Lagers zu bewegen. Auch durfte sie, wenn sie das wünschte, während der Fahrt vorn auf dem Kutschbock sitzen. Und *ob* sie wollte! Saga mochte es sich noch immer nicht eingestehen, doch insgeheim genoss sie es, die fremden Ländereien nicht länger durch ein vergittertes Viereck vorüberziehen zu sehen.

»Morgen also«, sagte sie nachdenklich und blickte wieder zum südlichen Horizont. Die Berge hatten neue Gipfel und Täler gebildet, und sie wanderten jetzt in der Ferne dahin wie eine Karawane exotischer Riesentiere. Also doch kein Gebirge, sondern die Vorboten eines Gewitters.

»Dort drüben«, sagte Violante und streckte den Arm aus. »Kannst du die Dächer sehen? Gleich hinter dem Tannenwald, an dem kleinen See?«

Saga kniff die Augen zusammen und nickte.

»Das Dorf hat keinen Namen. Jedenfalls keinen, den irgendwer außer seinen Bewohnern kennt. Es gibt hunderte solcher Orte im ganzen Land. Meine Kundschafter haben zahllose auf unserem Weg nach Süden ausfindig gemacht, und wir werden einer ganzen Reihe davon Besuche abstatten. Dort kannst du erproben, wie gut du deine Fähigkeiten beherrschst.«

»Warum an so abgelegenen Orten?«

»Der Glaube sitzt dort tiefer als in den großen Städten. Außerdem will ich nicht riskieren, dass sich irgendein Vogt oder Reichsverwalter aufspielt und uns in die Quere kommt. Einer Menge Leute wird es nicht gefallen, wenn die jungen Frauen in Scharen ihre Familien verlassen und sich einer Predigerin anschließen.« Sie hob eine Augenbraue. »Was hätte *dein* Vater gesagt?«

»Mein Vater schert sich keinen Deut darum, was aus mir wird.« Oder aus Faun, ergänzte sie in Gedanken. »Schon vergessen?«

»Du tust ihm unrecht. Er war bei mir. Er hat versucht, euch beide freizubekommen.«

»Weil er Angst um seine Einkünfte hat.«

»Er hat geweint, Saga. Und, glaub mir, ich weiß, wann ein Mann mir etwas vormacht. Dein Vater ist ehrlich gewesen. Er hat gelitten.«

Einen Moment lang war Saga verunsichert. »Warum erzählt Ihr mir das?«

»Damit du lernst, die Welt nicht in Gut und Böse einzuteilen. Oder in Freunde und Feinde. Es gibt noch eine ganze Menge dazwischen.«

»Freunde wie Euch, zum Beispiel?«

»Ich bin nicht naiv, Saga. Du wirst nie eine Freundin in mir sehen. Aber du könntest allmählich damit anfangen, mich nicht einfach nur für ein Scheusal zu halten. Es gibt Gründe für das, was ich tue.«

Saga verzog spöttisch das Gesicht. »Eure Liebe zu Gahmuret!«

»Vielleicht bist du einfach zu jung.«

O ja, dachte sie bissig, *das* Argument kenne ich. Und es ist nichts als ein Haufen Scheiße.

Sie drehte sich um und ging den Hügel hinunter zurück zum Lager. Es fühlte sich gut an, Violante stehen zu lassen.

»Ich werde für Euch predigen, Gräfin«, sagte sie, ohne sich umzudrehen. »Ich werde alles tun, was Ihr verlangt. Aber versucht nicht, mir die Welt zu erklären. Ihr lebt vielleicht für Euren Traum, aber Ihr wisst *nichts* von der Wirklichkeit.«

Violante gab keine Antwort.

~

»Warum dieser Name?«, fragte sie später am Lagerfeuer die Nonne. »Warum Magdalena?«

»Kannst du dir das nicht denken?« Gunthild saß seltsam steif neben ihr im Gras und starrte in die Flammen. Sie trug wie immer ein schwarzes Kleid und ihre Haube. Im Hintergrund loderten weitere Feuerstellen, um die sich die Söldner scharten. Der Geruch nach Leder, Schweiß und Pferden wehte herüber und brachte Bilder von Vertrautem mit sich; er erinnerte Saga an die Jahre auf der Straße, in den engen Wagen der Familie, auf rauchgeschwängerten Burghöfen und lärmerfüllten Marktplätzen. Das alles schien so lange zurückzuliegen, dass die Einzelheiten bereits verblassten.

»Ihr wollt mich den Leuten als Heilige verkaufen«, sagte sie. »Maria Magdalena war aber alles andere als eine Heilige.«

»Sie war eine Hure«, bestätigte Gunthild. »Aber fällt dir irgendeine andere Frau ein, die unser Herr Jesus Christus an seiner Seite geduldet hat? Irgendeine?«

»Warum nicht die Jungfrau Maria?«

Gunthild schlug ein Kreuzzeichen. »Versündige dich nicht! Die Jungfrau Maria ist … sie ist größer und herrlicher, als du oder ich je erfassen könnten.«

Saga zuckte die Achseln. »Also erhalte ich meine göttlichen Eingebungen von Maria Magdalena.« Sie lachte ungläubig auf. »Das ist –«

»Was?«

»Völliger Bockmist! War das deine Idee?«

Gunthild blickte mit ihren tief liegenden Augen in die Flammen. Sie sah aus, als wollte sie die Hand danach ausstrecken. »Nichts von alldem ist meine Idee gewesen. Am wenigsten das, was mit dir zu tun hat.«

»Ich weiß, dass du mich nicht magst. Du musst mir das nicht jeden Tag von neuem zeigen.«

Gunthild fuhr auf und packte sie am Handgelenk. Die Bewegung war so schnell, dass Saga erschrocken zusammenzuckte. »Was immer die Gräfin mit alldem bezwecken mag, Saga – das Ergebnis zählt. Wir werden das Heilige Grab sehen. Wir werden die Ungläubigen von dort verjagen. Der Herr wird uns lieben.«

»Ja.« Saga schnaubte verächtlich. »Eine Lügnerin wie mich und eine Nonne, die sich hat kaufen lassen.«

Gunthild starrte sie an, sackte plötzlich in sich zusammen und ließ Sagas Hand los.

»Wir tun das Richtige«, flüsterte sie ins Feuer. »Wir tun bestimmt das Richtige.«

~

Saga wanderte durchs Lager. Im Schein der Lagerfeuer spürte sie die Blicke der anderen auf sich und versuchte so zu tun, als bemerke sie sie nicht.

Violante saß mit ihren Zofen auf Decken, die an einem Feuer nah bei ihrer Kutsche ausgebreitet waren. Und, Himmel noch mal, sie *stickte*. Kopfschüttelnd dachte Saga, dass Violante ein wenig zu augenscheinlich Ruhe demonstrierte. Einen ehrlichen Blick in ihr Inneres gewährte sie niemandem. Dabei gehörte nicht viel dazu, sich vorzustellen, wie es dort aussah. Für sie stand einiges auf dem Spiel, gewiss mehr, als sie zugeben wollte.

Saga beugte sich über eines der Wasserfässer. Mit einer hölzernen Kelle trieb sie tote Insekten beiseite und trank ein paar tiefe Züge. Sie war nicht besonders durstig, wusste aber, dass sie ohnehin nicht einschlafen würde, wenn sie sich hinlegte.

Als Saga die Kelle zurück an den Fassrand hängte, entdeckte sie auf der bewegten Wasseroberfläche das Spiegelbild des Söldnerführers.

»Ich wollte dich nicht erschrecken«, sagte Zinder, als sie herumwirbelte.

Sie warf einen Blick zum Feuer der Gräfin. Violante hatte ihr Stickzeug abgelegt und schaute herüber.

Mit einem Kopfnicken deutete Saga auf den Schwertgriff, der aus einer Scheide an Zinders Gürtel hing. Die Waffe hatte eine breite Kreuzstange, in deren Mitte eine runde Metallscheibe saß, so groß wie der Handteller eines Mannes. Der Griff selbst war mit dunklem Leder umwickelt und beinahe so lang wie der eines Zweihänders.

»Ist das Wielands Schwert?«, fragte sie. »Das Kettenschwert, von dem alle reden?«

»Tun sie das?« Zinder sah nicht besonders interessiert aus.

»Hat es einen Namen?«

»Wielands Schwert. Dieser Name ist so gut wie jeder andere.«

»Darf ich es sehen?«

Die Frage schien ihn zu überraschen. Er war nicht herübergekommen, um mit seinem berühmten Schwert zu prahlen. »Nicht jetzt«, sagte er.

»Ist es wahr, dass es keine Klinge hat?« Sie blieb beharrlich. »Nur eine Kette, die durch ein Zauberwort fest wird wie geschmiedeter Stahl?«

Er nahm die Kelle vom Haken und schöpfte Wasser aus dem Fass. Als er sich vorbeugte, hielt er mit der freien Hand seinen silbergrauen Pferdeschwanz fest, damit er nicht ins Fass fiel. Beim Trinken lief ihm Wasser aus den Mundwinkeln und benetzte sein Wams. Er ließ sich viel Zeit, seinen Durst zu löschen, hängte die Kelle dann zurück und musterte Saga eingehend.

»Du redest nicht wie eine Heilige.«

»Ich bin keine.«

»Das dachte ich mir. Warum sollen die Menschen dir dann folgen?«

Sie schluckte verhalten, weil sie darauf keine Antwort wusste. Zögernd erwiderte sie: »Warum folgen deine Männer dir?«

»Weil sie mich respektieren.«

»Oder fürchten?«

Zinders Mundwinkel zuckten leicht, aber das mochte ein Trugbild des fernen Feuerscheins sein. »Ich führe diesen Haufen jetzt seit mehreren Jahren, und es mag genug Kerle geben, die Grund haben, mich zu fürchten. Aber keiner von ihnen ist noch bei uns. Furcht ist kein gutes Fundament für Loyalität. Irgendwann schlägt Angst in Hass um. Und du wirst nicht wollen, dass neben dir im Dunkeln jemand schläft, der dich hasst.«

Sie dachte an Gunthild und war zugleich erstaunt, wie redselig er plötzlich war. In den vergangenen Tagen hatte er ihr nur finstere Blicke zugeworfen und selten mehr als ein paar Worte mit ihr gewechselt. »Das sind Dinge, die du zur Gräfin sagen solltest«, bemerkte sie, »nicht zu mir.«

Seine Hand ruhte auf dem Griff von Wielands Schwert. »Sie behauptet, *du* führst uns an.«

Saga lachte. »Ich?«

»Das sagt sie jedenfalls.«

Sie schauten beide zu Violante hinüber, die ihren Blick ausdruckslos erwiderte. Sie sah gefährlich aus, fand Saga. Unberechenbar in ihren Launen und Entscheidungen.

»Du bist die Magdalena«, stellte er fest. »Aber noch weiß niemand, was das tatsächlich bedeutet. Sag du es mir.«

»Hat die Gräfin mich so genannt?«

»Das halbe Land spricht von dir.«

»Aber ich habe noch gar nichts getan«, entgegnete sie erstaunt. »Niemand kennt mich.«

»Und doch reden sie von dir, viele Tagesritte von hier in alle Richtungen. Von der Magdalena, die mit ihrem Heer von Jungfrauen auszieht, um das Heilige Land zu befreien.«

Saga wurde aschfahl. »Ist das wahr?«

Zinder machte eine weit ausholende Bewegung, als wollte er das ganze Kaiserreich umfassen. »Unter meinen Männern gibt es welche, die von dir gehört hatten, *bevor* die Gräfin mir einen Kontrakt angeboten hat.«

Allmählich begriff sie. Violantes Kundschafter hatten ganze Arbeit geleistet. Violante musste die ersten Gerüchte schon vor Monaten gestreut haben. Bereits damals war ihr Plan unumstößlich gewesen. Die Magdalena war ihre Schöpfung, und es gab sie keineswegs erst, seit Saga diese Rolle übernommen hatte. Falls Zinder die Wahrheit sagte, gingen Geschichten über sie seit Monaten von Mund zu Mund, vielleicht seit Jahren.

»Überall warten sie darauf, dass du auftauchst«, sagte der Söldnerführer und beobachtete jede Nuance ihrer Fassungslosigkeit. »Aber, so frage ich mich, wie kann das sein, wenn du noch keine einzige Predigt gehalten hast? Und wo *ist* das Heer, das du angeblich anführst?«

Der Argwohn in seinem Tonfall machte sie stutzig, und da

erst wurde ihr bewusst, was das bedeutete. Violante hatte Zinder nicht eingeweiht! Er wusste nicht, wer Saga wirklich war und dass sie gezwungen wurde, etwas zu sein, an das sie selbst gar nicht glaubte.

Sie senkte die Stimme, als sie sah, dass Violante sich von ihrem Platz am Feuer erhoben hatte. »Warum stellst du diese Fragen nicht der Gräfin?«

»Weil du die Magdalena bist. Dieses Heer der Frauen, von dem alle munkeln, folgt *dir* – jedenfalls sollte es so sein, wenn die Gerüchte wahr sind.«

»Aber hier ist kein Heer«, sagte sie bestürzt, so als wäre das nicht die offensichtlichste Sache der Welt.

Violantes Stimme schnitt in Zinders Rücken durch das Dunkel und ließ Saga zusammenfahren. »Natürlich ist es nicht hier! Es wartet auf uns in Mailand.«

Die beiden drehten sich gleichzeitig zu ihr um. »Aber Ihr habt gesagt«, begann Saga, »dass ich predigen soll, damit –«

»Wir werden ein Gefolge um uns scharen, um nicht wie Bittsteller in Mailand einzutreffen, das ist wahr. Aber glaubst du, ich habe vor, tausende Frauen über die Alpen zu führen? Wie viele kämen wohl lebend auf der anderen Seite an, selbst im Sommer? Wir können es uns nicht leisten, dass Hunderte umkommen, bevor wir überhaupt in See gestochen sind.« Violante löste ihren Blick von Saga und fixierte Zinder. »Und du, Söldnerführer, solltest nicht versuchen, mich zu hintergehen. Ich bin es, die dich und deine Leute bezahlt. Nicht dieses Mädchen.« Sie senkte die Stimme zu einem drohenden Raunen. »Wage es nicht noch einmal, meine Autorität in Frage zu stellen. Ich weiß, dass du es dir nicht leisten kannst, diesen Kontrakt zu verlieren.«

Saga sah Zinder an und bemerkte, dass seine Wangenmuskeln zuckten. Unterdrückter Zorn gloste in seinen Augen, aber er widersprach nicht.

»Du hast dir viele Feinde gemacht«, sagte die Gräfin kalt, »als du Philipp im Bürgerkrieg den Rücken gekehrt und die Seiten gewechselt hast. Niemand mag Verräter, auch nicht derjenige, der mit ihrer Hilfe den Sieg davonträgt. Das Geld, das der Bischof von Mailand dir auszahlen wird, wenn du uns heil an seinen Hof bringst, rettet dir und deinem Trupp die Haut.«

Zinder ballte die Faust um den Schwertgriff. »Ich habe niemanden verraten.«

»Manche glauben das aber. Schade, dass es gerade diejenigen sind, die heute die Fäden ziehen.«

»Selbst wenn ich auf Euer Gold angewiesen wäre … Ich muss trotzdem wissen, wen ich beschütze«, knurrte er. »Ob eine Heilige oder eine –«

»Betrügerin?«

»Eine Lügnerin«, beendete er seinen Satz. Saga hätte fast hysterisch aufgelacht.

»Du schützt die *Magdalena.*« Violante hob die Stimme, damit jeder im Lager sie hören konnte. Erst jetzt bemerkte Saga, dass überall an den Feuern die Gespräche verstummt waren. Dutzende Augenpaare waren auf sie gerichtet. »Und die Magdalena schützt *euch*!«, setzte die Gräfin hinzu. »Denn es ist Gottes Wille, den sie verkündet, und Gott ist mit ihr und ihrem Werk. Morgen werdet ihr den Beweis dafür bekommen.«

Zinder sah aus, als wollte er etwas ganz und gar Unchristliches einwenden. Doch im selben Augenblick sprang an einem der Feuer ein Söldner auf und rief: »Ein Hoch auf die Magdalena! Gott ist auf unserer Seite!«

Andere erhoben sich. »Ein Hoch auf die Magdalena!«, riefen sie im Chor, immer wieder und wieder, bis schließlich alle mit einstimmten, auch jene, denen die Zweifel deutlich ins Gesicht geschrieben standen.

Nur Zinder schwieg.

»Komm jetzt«, flüsterte Violante ihr zu, während um sie der Sturm aus Stimmen tobte. »Du musst schlafen.«

Saga war so wach wie selten zuvor, aber sie nickte benommen, eilte an Violantes ausgestreckter Hand vorbei und verschwand in ihrer Kutsche. Als sie die Tür hinter sich zuzog, hatte sie zum ersten Mal das Gefühl, die Gitter wären nicht da, um sie einzusperren, sondern um sie vor der Welt dort draußen zu schützen.

Ich bin gekommen, um euch nach Jerusalem zu führen«, rief Saga über den kleinen Platz im Zentrum des Dorfes. Es hatte zu regnen begonnen, das Wasser staute sich bereits in Pfützen und tiefen Karrenspuren auf dem schlammigen Boden.

Selbst bei trockenem Wetter musste diese Ansiedlung einen elenden Anblick bieten. Es gab nur wenige Steinhäuser, die meisten Hütten waren aus Holz erbaut und mit Stroh gedeckt. Hühner und Ziegen liefen frei umher, dann und wann aufgescheucht von Hunden mit schmutzverkrustetem Fell. Von den umliegenden Waldhängen wehte das Rauschen von Regentropfen auf Laub herab, durchzogen vom Krächzen hungriger Krähen.

Saga spürte den Lügengeist in ihrem Inneren vor Aufregung pulsieren und wachsen, so als strebe er danach, sie ganz und gar auszufüllen. Seine Euphorie steckte sie an, und trotz ihrer Skrupel durchfloss sie ein Gefühl von Macht, das sie erschreckte und zugleich seltsam befriedigte. Seine Anwesenheit beruhigte sie, sie spürte ihn wie etwas, das nicht ganz nah war, aber auch nicht fern, jederzeit bereit, über sie hereinzubrechen.

Sie sprach bereits seit einer ganzen Weile zu der ärmlichen Menschenschar am Fuß des provisorischen Rednerpodests, aber erst jetzt begann sie, sich die Stimme des Lügengeistes zu Nutze zu machen. Am meisten erstaunte sie, dass die Menschen auf dem Dorfplatz ihr bereits gebannt zuhörten, bevor sie überhaupt ihre Lügenmacht einsetzte. Die Erwartungen an die Magdalena waren hoch, seit Monaten durch Gerüchte genährt und gewachsen. Und nun war sie hier, eine Predigerin, die junge Frauen aus dem Elend ihres Daseins befreien wollte.

»*Jerusalem ist die Stadt, in der David und Salomon herrschten*«, rief sie mit der Stimme des Lügengeistes in die Menge. Das waren die Worte, die Gunthild für sie vorbereitet hatte. Saga hatte sie auswendig gelernt wie die Texte der Puppenspiele, die ihre Familie oft aufgeführt hatte. »*Aber schon lange vor ihnen war Jerusalem bereits der Nabel der Welt, denn hier wirkte Adam und gab sein Leben im Einklang mit Gott. Nirgendwo sonst auf der Welt ist der Herr so nah bei den Menschen. Zwischen Jerusalem und dem allmächtigen Vater besteht eine Verbindung, die bis zum Anbeginn der Zeit zurückreicht. Er schuf die Heilige Stadt genau in der Mitte des Erdenkreises, und wenn er den Menschen seine Liebe und Allmacht zeigen will, dann tut er es auch heute noch zuallererst dort.*«

Saga wollte sich verachten für das, was sie den Menschen auf dem Dorfplatz da weismachte. Stattdessen aber begann sie ihre eigene Darbietung zu genießen. Aus Gründen, die sie nicht verstand, machte es vom Gefühl her keinen Unterschied, ob sie diesen Mädchen und Frauen eine bessere Zukunft versprach oder einem wichtigtuerischen Kaufmann Erfolg im Geschäft.

Manchmal glaubte sie fast, der Lügengeist ernähre sich von ihrem schlechten Gewissen. Er zehrte davon wie ein Ungeborenes von der Kraft seiner Mutter. Je verwerflicher die Lüge, desto stärker schien er zu werden – und damit auch sie selbst. Er schützte sie vor ihren eigenen Skrupeln. Violante und er hätten gut zueinander gepasst. *Sie* hätte seine Macht besitzen sollen, dachte Saga, nicht ich. Dann wäre alles viel einfacher. Besonders für Faun.

Sie schüttelte den Gedanken ab. »*In Jerusalem sprach Jesus zu seinen Jüngern. Hier litt er, und hier starb er für uns alle. Es ist unsere Pflicht, auf seinen Pfaden zu wandeln und den Ort seines Wirkens und seines Sterbens für die Christenheit zurückzugewinnen. Wir gemeinsam können das vollbringen!* Ihr *könnt das vollbringen!*«

Die Mädchen und Frauen des Dorfes drängten sich in den vorderen Reihen. Zinders Söldner schienen überall zugleich zu sein, und ein paar der größten und kräftigsten standen nah bei Saga. Sie achtete darauf, keinen der Männer direkt anzusprechen, ließ ihre Blicke stattdessen immer wieder über die schmutzigen Gesichter der Dorfbewohnerinnen wandern. Beinahe konnte sie sehen, wie der Schatten des Lügengeistes an ihnen haften blieb. In den Augen vieler loderte bereits nach wenigen Worten das Feuer der Überzeugung, manche murmelten zustimmend, andere starrten sie mit offenen Mündern an.

Natürlich gab es auch Männer unter den Zuhörern. Das Nahen eines Trupps von fünfzig Bewaffneten war Grund genug, den Feldern und Ställen fernzubleiben und sich mit Knüppeln und Werkzeugen zu bewaffnen. Erst als sich herumgesprochen hatte, dass es die Magdalena war, die mit ihrer Eskorte ins Dorf kam, hatten die Menschen ihre Waffen sinken lassen.

Jetzt, etwa eine Stunde später, fand Saga in den Mienen der Männer jede nur denkbare Regung. Einige hatten zu Anfang versucht, sie von ihrer Predigt abzuhalten, aber Zinders Söldner waren in ihrer eisenbewehrten, bewaffneten Masse einschüchternd genug, um Ausschreitungen zu verhindern. Die Väter und Brüder unter den Dorfbewohnern fürchteten um ihre Töchter und Schwestern, manch einer um seine Braut – diesmal nicht, wie noch zu Zeiten des Bürgerkrieges, aus Angst vor marodierenden Soldaten, sondern allein wegen all der Verheißungen, die über die Magdalena durchs Land geisterten.

Niemandem in Dörfern wie diesem ging es gut, keiner war zufrieden mit seinem Los. Jedes zweite Bauernkind starb innerhalb der ersten Jahre an Krankheit oder Hunger. Frauen brachten alle ein bis zwei Jahre ein Neugeborenes zur Welt, in der Hoffnung, dass es lang genug lebte, sie im Alter zu versorgen. Falls die Gerüchte der Wahrheit entsprachen, dass die Magdalena junge Frauen im heiratsfähigen Alter in die Fremde lockte, war das für die Zurückgebliebenen nicht allein ein familiärer Verlust; es war eine Katastrophe für die gesamte Dorfgemeinschaft. Jedes Mädchen, das sich auf den Kreuzzug der Frauen begab, würde der Dorfgemeinschaft keinen Nachwuchs mehr schenken. Für Eltern und Geschwister konnte das in späteren Jahren Hunger und Tod bedeuten.

Saga nahm die Umgebung wie durch einen Schleier wahr. Die Stimme des Lügengeistes sorgte dafür, dass ihr abermals übel wurde. Es war jetzt so viele Wochen her, seit sie ihn zuletzt beschworen hatte, dass die Intensität ihrer Abneigung sie unvorbereitet traf. Früher hatte sie ihn alle paar Tage in sich gespürt und den Klang seiner Worte vernommen. Mittlerweile aber hatte die Gewöhnung nachgelassen. Das entsetzliche Krächzen, das nur sie allein hören konnte, wühlte in ihren Innereien, schien sie auszuwringen wie ein feuchtes Tuch.

Sie redete und redete über die Verheißungen Jerusalems und die Pflicht, sich an der *gesta dei*, dem Werk Gottes, zu beteiligen. Die Mädchen und Frauen bemerkten nichts von dem Aufruhr in Sagas Innerem. Die Ersten sanken vor ihr auf die Knie, übermannt von den Lockungen der Heiligen Stadt und Visionen ewiger Glückseligkeit. Kein Priester hatte je so überzeugend zu ihnen gesprochen, kein Wanderprediger sie so mit seinen Worten gefesselt.

»*Maria Magdalena ist mir erschienen*«, rief Saga in die Menge, »*viele Male, und sie sprach zu mir: Gehe hinaus und überbringe meinen Schwestern die Wahrheit! Nur sie vermögen das Joch der Ungläubigen zu zerbrechen! Nur sie können die heiligsten Stätten vom Sarazenenschmutz befreien!*«

Saga hatte zwei Wochen Zeit gehabt, um sich die Rede einzuprägen, und nun sprudelte sie wie von selbst über ihre Lippen. Einmal, ganz kurz, fragte sie sich, was Faun wohl über sie gedacht hätte. Sie verbreitete ein Wort Gottes, das in Wahrheit gar nicht von Gott, sondern einer verbitterten alten Nonne stammte; sie belog gutgläubige, ehrliche Menschen und brach damit ihren eigenen Vorsatz, niemals irgendwen bloßzustellen, der den

Spott des Lügengeistes nicht verdient hatte; und sie drohte Familien auseinander zu reißen, die aufeinander angewiesen waren und in denen das Fortgehen Einzelner über Leben und Tod entscheiden mochte.

Warum, zum Teufel, schämte sie sich nicht? Was tat der Lügengeist mit ihr, dass sie nicht verzweifelt zusammenbrach und allen hier zubrüllte, dass sie gezwungen worden war, die Rolle der Magdalena zu spielen, dass sie dies alles gar nicht wollte und sich schlecht dabei fühlte und eine Heidenangst hatte vor den Konsequenzen?

Stattdessen redete sie und redete.

Die Macht des Lügengeistes brach mit dem Klang ihrer Worte über das Publikum herein und ließ sich ebenso wenig steuern wie ein Sturmwind, der in die Gesichter der Menschen fauchte. Faun!, durchfuhr es sie in einer Aufwallung von Schuld. Ich tue das für dich! Nur für dich!

Jemand schob sich am Rand der vorderen Reihe in ihr Blickfeld. Durch die Schlieren aus Schwindel und Übelkeit vor ihren Augen erkannte sie den Söldner mit der Zahnlücke. Ihre Blicke begegneten sich. Er schenkte ihr ein aufmunterndes Grinsen. Sie hätte es gern erwidert, ermahnte sich aber, dass das wohl kaum im Einklang zu ihren erbaulichen Worten stünde. Gerade sprach sie von der Notwendigkeit, die Strapazen einer Kreuzfahrt auf sich zu nehmen, als sie bemerkte, dass der Söldner auf die Knie sank. Zinder sah es ebenfalls und runzelte die Stirn, stand aber zu weit entfernt, um den Mann zurück auf die Beine zu ziehen. Saga verhaspelte sich und hätte kurz vor Ende der Predigt beinahe alles verdorben. Doch die Worte kamen jetzt wie von selbst über ihre Lippen.

»*Wir werden am Jordan der Taufe und Demut gedenken, am Hügel Golgatha der Hingebung und dem Martyrium, am leeren Grab der Erlösung und Auferstehung.*«

Der Söldner beugte das Haupt. Er betete.

»*Amen.*«

Er betete *zu ihr*.

Alles kreiste um ihre Augen, der Himmel wurde dunkel, die Wälder rückten näher. Finsternis überkam sie. Saga brach zusammen.

~

Sie erwachte in einer Kutsche. Unter ihrem Kopf und Rücken spürte sie Kissen mit samtenem Bezug. Das Gefährt holperte durch Löcher und über Steine. Durch die Fenster drang das Hufgeklapper der Eskorte, die Stimmen der Söldner. Die Vorhänge wehten nach außen, ohne auf den Widerstand von Gittern zu treffen. Licht flirrte herein, immer wieder zerschnitten von Dunkel: Sonnenschein, der durch ein Blätterdach fiel.

Das hier war nicht ihre Kutsche.

Sie hob den Kopf und hatte das Gefühl, jemand hämmere ihn mit einem Faustschlag zurück in die Kissen. Höllische Kopfschmerzen. Ein Stöhnen kroch über ihre Lippen, sie schlief wieder ein, erwachte erneut. Vielleicht nur einen Herzschlag später.

»Alles wird gut«, flüsterte Gräfin Violante und streichelte ihre Wangen. »Du hast das Bewusstsein verloren. Das ist alles.«

»Das ist … eine ganze Menge«, krächzte Saga. Sie klang heiser wie nach einem Gelage.

Violante lächelte. Sie waren allein in ihrem Wagen. Saga lag mit angezogenen Knien auf einer der beiden Sitzbänke. Sie waren breiter als in ihrer eigenen Kutsche.

Die Erinnerung kehrte zurück, flutete über Kopfschmerz und Schwäche hinweg und machte die Vergangenheit einen Augenblick lang zur Gegenwart.

»Ich mach's wieder gut!«, entfuhr es Saga erschrocken. »Bitte, Ihr dürft Faun nicht töten! Beim nächsten Mal gebe ich mir mehr Mühe. Ich schwör's.«

Violantes Lächeln wurde noch sanftmütiger. »Kein Grund, dich zu entschuldigen. Du warst großartig.«

»Aber ich … bin ohnmächtig geworden. Oder?«

»Nachdem alles vorbei war – ja.«

Saga stutzte. »Dann haben sie es geglaubt?«

»Geglaubt?« Violante stieß ein helles Lachen aus. »Sie lodern vor Begeisterung für die Magdalena und unsere Sache, Saga! Sie würden dir überallhin folgen, bis ans Ende der Welt und darüber hinaus.«

Saga war noch zu benommen, als dass ihr dies mehr als einen gelinden Schrecken hätte einjagen können. »Ist das wahr?«

»Du bist jetzt die Magdalena, Saga! Achtzehn von ihnen haben sich uns angeschlossen. Beinahe ebenso viele mussten wir zwingen, zurückzubleiben, weil sie schon zu alt waren oder ihre Kinder mitnehmen wollten.«

»Zwingen?«

Violante tupfte Sagas Stirn mit einem feuchten Tuch ab. »Keiner ist ernsthaft verletzt worden. Ein paar Männer, die sich uns in den Weg stellen wollten, mussten von Zinders Leuten zurückgetrieben werden. Das Schlimmste dürften ein paar gebrochene Knochen sein.«

Und alles nur, weil sie gelogen hatte. Weil der Lügengeist ihr Fluch und ihr Segen zugleich war. Sie fühlte sich schuldig am Schicksal dieser Menschen, aber mehr noch als um ein paar Bauern mit gebrochenen Nasen sorgte sie sich um die achtzehn Mädchen, die ihr nun folgten.

»Was, wenn die Wahrheit herauskommt?«, fragte sie gedämpft.

»Wie sollte sie?«

»Jemand könnte dahinterkommen. Oder Zinder … was ist mit ihm? Wir müssen ihm die Wahrheit sagen. Seine Leute müssen sich schützen … mit Wachs in den Ohren oder sonst wie …«

Violante beugte sich vor und hauchte ihr einen Kuss auf die Stirn. Saga war so überrascht, dass sie nicht wusste, wie sie darauf reagieren sollte. Die Gräfin lächelte, streifte sich ein paar hellblonde Haarsträhnen aus dem Gesicht und nahm Sagas Hand in ihre. Ihre Finger fühlten sich kühl und trocken an, genau wie ihre Lippen.

»Mach dir nicht so viele Gedanken«, sagte sie leise. »Alles wird sich richten. Ich rede mit Zinder.«

Saga hatte das Gefühl, Violantes Mund noch immer auf ihrer Haut zu spüren. Es war ein Kuss gewesen, wie ihre Mutter ihn ihr früher manchmal gegeben hatte. Nicht oft. Und das war lange her. »Was wollt Ihr ihm sagen?«

»Die Wahrheit. Er wird sie für sich behalten. Das Gold wird seine Ohren ebenso zuverlässig verschließen wie Wachs – und seinen Mund dazu. Ich kenne ihn ein wenig, glaub mir.«

»Und die anderen?«

»Wachs ist keine schlechte Idee«, stimmte Violante schulterzuckend zu.

Saga dachte an Zinders Misstrauen am Abend zuvor und an das Schwert an seiner Seite. »Was, wenn er auf die Idee kommt, ich könnte eine Hexe sein?«

»Bist du denn eine?«

Mit großen Augen starrte Saga sie an. Violante meinte es vollkommen ernst. »Ich weiß nicht, was ich bin. Was *er* ist.«

»Der Lügengeist?«

Saga nickte.

»Er ist ein Geschenk«, sagte Violante. »Ein Geschenk, das wir uns zu Nutze machen müssen. Es ist eine Verpflichtung, verstehst du? Die Menschen dort draußen *wollen* glauben, an Gott, an das heilige Jerusalem … und an dich. Sie sind bereit, für dich zu sterben.«

»Das ist schrecklich!«

»Ich habe dich beobachtet, da draußen auf dem Dorfplatz. Es hat dir gefallen. Du hattest kein schlechtes Gewissen. Du bist eine Gauklerin. Es macht dir Spaß, die Leute zu belügen.«

Sagas erster Impuls war, alles abzustreiten, solche Gefühle weit von sich zu weisen. Was Violante da beschrieb, das war nicht sie. Unmöglich. Und doch: Die Gräfin hatte Recht. Es *hatte* ihr gefallen, dort zu stehen und vor den Menschen ein Gebäude aus Lügen zu errichten. Für die Frauen war alles im selben Moment wahr geworden, da die Worte aus Sagas Mund gekommen waren. Ganz kurz gestattete sie sich einen Blick auf das wahre Ausmaß ihrer Macht, wie das Blinzeln zu einem fernen Horizont, den nur sie allein sehen konnte: Ihre Worte konnten Bilder in den Menschen erschaffen, konnten Überzeugungen aus Leere erstehen lassen. Und wurden Dinge nicht dadurch wahr, dass jemand an sie glaubte? Für ihn, diesen Einzelnen, bedeuteten sie einen Teil seiner Welt, bedeuteten Wahrheit.

»Ich will sie sehen«, sagte sie. »Die Frauen, die sich uns angeschlossen haben.«

Violante schüttelte den Kopf. »Noch nicht.«

»Ich muss sie sehen!«, fauchte Saga mit der Stimme des Lügengeistes. Ihn sich in ihrem Zustand gefügig zu machen war gefährlich. Aber sie scherte sich in diesem Moment nicht um sich selbst oder das, was mit ihr geschehen mochte. Sie wollte mit eigenen Augen sehen, was ihre Macht bewirkt hatte.

Für einen Herzschlag war da etwas in den Augen der Gräfin, ein Flackern, ein Hauch von Unsicherheit. Saga glaubte schon, sie hätte Erfolg gehabt mit ihrem Überraschungsangriff.

»Nein«, sagte Violante nach kurzem Zögern. »Du musst dich erst erholen. Und versuch das nicht noch einmal.«

»Ich muss sie sehen!«

Violantes Hand zuckte so schnell heran, dass Saga dem Hieb nicht ausweichen konnte. Sie rechnete mit einem zweiten Schlag, genau wie damals, doch der kam nicht.

Stattdessen griff Violante unter ihre Sitzbank und zog eine kleine Holztruhe hervor, nicht größer als ein Kopf. Sie klappte sie auf und hob etwas heraus, klein, in Leder eingeschlagen.

Saga rieb sich die brennende Wange. »Was ist das?«

Violante warf es ihr in den Schoss. »Pack es aus.«

Zaudernd streckte Saga die Hand danach aus. Es war sehr

leicht. Länglich. Rund. Als sie das Leder zurückschlug, stieß sie ein leises Keuchen aus.

»Ein Finger?«

Die Gräfin nickte. »Fauns Finger.«

Saga starrte das Ding an. Es war ein männlicher Finger, ganz ohne Zweifel. Die Wunde war eingetrocknet, der Knochen lugte gelblich aus schwarzbraunem Grind.

Sie musste sich zwingen, ihren Blick davon zu lösen. Violante sah ihr tief in die Augen.

»Ihr lügt«, stellte Saga fest.

Violantes Brauen rückten zusammen. »Bist du ganz sicher?«

Saga drehte den Finger in der Hand, dann warf sie ihn zurück zu Violante. Er prallte von ihren Schenkeln ab, fiel zu Boden und rollte unter die Sitzbank. Violante kümmerte sich nicht darum.

»Du hast Recht«, sagte die Gräfin. »Es ist schwer, dich zu belügen. Ebenso wie man mich nicht belügen kann. Denk daran, wenn du es das nächste Mal versuchen willst.« Sie beugte sich vor. »Du *musst* überhaupt niemanden sehen. Aber du *darfst*, wenn du es wirklich willst.«

Damit stand sie auf und gab dem Kutscher mit einem heftigen Klopfen zu verstehen, die Pferde zu zügeln.

Wenig später war der ganze Zug zum Stehen gekommen. Saga folgte Violante ins Freie. Es hatte aufgehört zu regnen, der Boden war trocken.

»Du hättest warten sollen«, sagte die Gräfin.

Saga lief an den drei Wagen vorbei zum Ende des Zuges. Die Blicke der Söldnereskorte folgten ihr. Einige Männer lenkten ihre tänzelnden Pferde beiseite, um sie passieren zu lassen.

Vom hinteren Teil des Zuges drangen Stimmen herüber, fromme Gesänge gemischt mit aufgeregtem Geplapper und, dann und wann, dem monotonen Singsang eines Gebets.

Jemand entdeckte Saga, noch bevor sie auf den Anblick reagieren konnte.

»Die Magdalena!«, schrie eine Frau, und andere stimmten mit ein.

Saga blieb stehen.

Violante war lautlos herangekommen. »Ich habe dich gewarnt.«

Die Frauen verstummten, als Saga zwischen sie trat. Eine fiel auf die Knie und starrte mit glasigem Blick zu ihr empor, ein verzerrtes Lächeln auf den Lippen. Andere taten es ihr gleich. Schließlich kauerten alle achtzehn am Boden. Manche schauten auf, andere hatten in Demut die Häupter gesenkt.

Sie alle trugen einfache Kleider, die bis zu den Knöcheln reichten. Ihr Schuhwerk würde ihnen auf einer so langen Reise noch Sorge bereiten; manche hatten nur Lappen um ihre Füße gewickelt, andere trugen Sandalen, in denen sie sich spätestens im Gebirge blutige Zehen holen würden. Ein paar hatten Hauben auf dem Kopf, die unterm Kinn geschnürt wurden. Einige trugen das Haar zu Zöpfen geflochten.

Saga war nicht sicher, wie lange sie bereits unterwegs waren. War dies noch der Tag der Predigt? Oder hatte sie eine ganze Nacht ohnmächtig in der Kutsche gelegen? Wohl kaum. Die Sonne stand noch am Himmel, seit ihrem Aufbruch aus dem Dorf konnten höchstens ein paar Stunden vergangen sein.

Dann sah sie, dass sich einige der Mädchen Kreuze in die Stirn geschnitten hatten.

Blut und Staub hatten hässliche Krusten gebildet.

»Herrin«, wandte sich eine an sie, »sieh her, dies Muttermal.« Die dunkelhaarige junge Frau, vielleicht so alt wie Saga, stolperte auf die Füße und raffte ihr Kleid bis zu den Oberschenkeln. Mit zitterndem Finger deutete sie auf einen unregelmäßigen dunklen Fleck über dem rechten Knie. »Ein Kreuz, siehst du? Ich trage es seit meiner Geburt. Ich wusste, dass du kommen würdest, um uns ins Himmelreich zu führen. Ich habe es allen immer wieder gesagt. Die Erlösung ist nah, hab ich gesagt. Und dann, als wir zum ersten Mal von dir gehört haben, da hab ich ihnen zugerufen: Die Magdalena wird auch zu uns kommen und uns ins heilige Jerusalem führen.«

Saga blickte fahrig auf das Muttermal. Es gehörte eine Menge Einbildungskraft dazu, darin ein Kreuz zu erkennen. Was sie aber am meisten erschreckte, war die Tatsache, dass dieses Mädchen bereits mit Hingabe an das Kommen der Magdalena geglaubt hatte, als sie selbst noch auf Marktplätzen Gaukelstücke vorgeführt hatte. Die Erkenntnis überkam sie mit solcher Intensität, dass sie beinahe bitter aufgelacht hätte.

»Und ich, Herrin«, rief eine zweite und sprang auf, »trage das Zeichen des Herrn im Auge.« Sie kam heran, und schon wollte einer der Söldner sie aufhalten. Doch Zinder, der von der Spitze des Zuges herbeigeritten war, hielt ihn mit einem Wink zurück.

»Im Auge?«, flüsterte Saga.

»Ja, Herrin. Hier, sieh!« Die junge Frau, recht hübsch, aber viel zu mager, mit Stupsnase und dunkelblonden Locken, trat ganz nah vor Saga und zog sich die Haut unter dem linken Auge herunter. Unter der Iris, gerade noch sichtbar, bevor das Weiß des Augapfels im glitzernden Rot verschwand, war ein kleiner Fleck zu sehen, nicht größer als der Kopf einer Fliege. »Wenn man genau hinsieht, erkennt man das Gesicht unseres Herrn Jesus Christus«, behauptete das Mädchen eifrig. »Ich schwöre, es war noch nicht da, bevor die Nachricht von deinem Kommen unser Dorf erreicht hat. Aber dann ... dann ist es plötzlich erschienen, als Zeichen, mich dir anzuschließen.«

Saga machte einen Schritt zurück.

»Meine Schwester und ich«, sagte eine andere und zerrte ein zweites Mädchen am Ärmel mit sich auf die Füße, »meine Schwester und ich, wir haben die himmlischen Engelsscharen gesehen, als ihr ins Dorf kamt. Ganz deutlich, ich schwör's bei meinem Leben! Die Wolken am Himmel haben sich verändert und wurden zu Engeln mit mächtigen weißen Flügeln und... und Schwertern! Blitzenden Schwertern im Sonnenschein!«

»Es hat geregnet, als wir in euer Dorf kamen«, sagte Saga. »Der Himmel war grau.«

Ein paar der Söldner lachten leise, aber Zinder brachte sie mit einer Geste zum Schweigen.

»Die Wolken sind aufgerissen«, rief die junge Frau beharrlich. Sie war dick, mehr noch als ihre stämmige Schwester, was darauf schließen ließ, dass ihre Familie besser gestellt war als die der übrigen Mädchen. Sie schaute sich um, und jetzt war aufrichtige Verzweiflung in ihrem Blick. »Hat es denn sonst keiner gesehen? Sonnenstrahlen sind durch die dunklen Wolken gefallen, und aus den Rändern wurden die Engel, und das Licht hat sich auf ihren Schwertern gespiegelt!«

»Ich hab's gesehen!«, rief eine schmutzige Rothaarige und drängte sich nach vorn. »Ich hab die Engel gesehen. Und die Schwerter!«

»Ich auch!«, pflichtete eine andere bei.

»Und ich hab Hörner gehört! Hörner vom Himmel!« Ein Mädchen, vielleicht das jüngste in der Gruppe, fuhr sich mit beiden Händen ins Haar, und für einen Moment sah sie aus wie eine Wahnsinnige. »Die Engel haben gesungen. Mit herrlichen Stimmen. Lieder wie in der Kirche – nur unendlich viel schöner!«

Saga wich langsam zurück und stieß mit dem Rücken gegen Violante.

»Du wolltest sie sehen«, flüsterte die Gräfin nah an Sagas Ohr. »Jetzt hör ihnen zu und tu so, als wüsstest du, wovon sie reden.«

Erst hatte Saga geglaubt, die Mädchen wollten sie nur beeindrucken. Doch allmählich kam sie zu der Einsicht, dass sie tatsächlich an diese Dinge glaubten.

»Mach schon«, forderte Violante flüsternd.

Die achtzehn jungen Frauen sahen Saga erwartungsvoll an.

Ich will das nicht!, durchfuhr es sie. Ich will mit alldem nichts zu tun haben!

»Der Herr hat euch seinen Willen offenbart«, sagte sie mit bebender Stimme, zu schwach, um den Lügengeist heraufzubeschwören. Sie musste weg hier, fort von all diesen Augen, die sie unverwandt anstarrten, hoffnungsvoll, angstvoll, erfüllt von einer Erwartung, die sie niemals erfüllen konnte. »Er hat euch seine Wunder gezeigt und den rechten Weg gewiesen.«

»Ihr seid seine wahren Töchter«, wisperte Violante ihr ins Ohr.

»Ihr seid seine wahren Töchter«, wiederholte Saga und verachtete sich dafür. Solange sie nicht mit der Stimme des Lügengeistes sprach, spürte sie Widerwillen und Skrupel. Das beruhigte sie ein wenig. Aber nicht sehr.

Eine der Frauen begann zu beten, die anderen fielen mit ein.

Saga stand da, ungläubig, fassungslos, von dem unwirklichen Anblick ins Herz getroffen. Was sollte sie tun? Abwarten? Sich zurückziehen?

»Bete mit ihnen«, forderte Violante leise.

»Ich kenne ihre Gebete nicht.«

»Dann bewege deine Lippen!«

Kurz war Saga versucht, den Wunsch der Gräfin zu erfüllen. Dann aber drehte sie sich um, kreuzte Violantes Blick und lief zurück zu ihrer vergitterten Kutsche.

Das Murmeln der Frauen folgte ihr.

»Schluss jetzt!«, übertönte Zinders Ruf die Gebete nach einer Weile. »Aufbruch! Es geht weiter!«

~

Einige Tage später, am Abend nach Sagas dritter Predigt, lagerte der Zug am Ufer eines Sees. Die Feuer erleuchteten einen Teil seiner glatten Oberfläche, nicht weit entfernt löste sich das Wasser in Schwärze auf, endete abrupt wie eine abgebrochene Schieferplatte. Rund um das Ufer beugten sich Trauerweiden über den See, berührten mit ihren Zweigen die sanften Wellen, als tasteten sie darin nach ertrunkenen Kindern.

Alles in allem folgte den Söldnern und Wagen nun ein Tross von siebenundsechzig jungen Frauen, die Ausbeute dreier Ansiedlungen im Nirgendwo, weitab von allen großen Städten und einer wachsamen Obrigkeit. Im dritten Dorf hatten die Zusammenstöße mit den Vätern, Brüdern und Gefährten der Mädchen an Schärfe gewonnen. Blut war geflossen, als Zinder seinen Söldnern befohlen hatte, die Ausschreitungen um jeden Preis zu unterdrücken. Ein paar der Mädchen entwickelten daraufhin einen solchen Widerwillen, ihnen zu folgen, obgleich sie doch an Sagas Worte glaubten, dass sie in ihrer Verzweiflung und Hin- und Hergerissenheit durchgingen wie wilde Pferde und in den Wäldern verschwanden. Saga hoffte inständig, dass sie irgendwann zur Vernunft kommen und zu ihren Familien zurückkehren würden.

Die meisten aber waren nur zu bereit, die Herrschaft ihrer Familien und Männer hinter sich zu lassen. Manche der Mädchen lehnten sich offen gegen ihre Väter auf und suchten Schutz bei Zinders Söldnern. Andere rissen sich von ihren Geliebten los und folgten dem Tross der Kreuzfahrerinnen.

Zinder ließ das Ende des Zuges jetzt stärker bewachen als zuvor, weil er fürchtete, aufgebrachte Dörfler könnten sich bewaffnen und ihnen in den Rücken fallen. Doch bislang war nichts dergleichen geschehen, die Reise nach Süden verlief friedlich und ohne Zwischenfälle. Einmal am Tag musste Saga zu den Frauen sprechen, und sie begann, sich an die Beteuerungen göttlicher Gesichter, kreuzförmiger Leberflecken und blutender Stigmata zu gewöhnen. Diese Mädchen waren bereit, alles zu tun, um sich ihren Platz im Kreuzfahrerheer zu sichern. Aber taten sie es für Gott? Für die Magdalena? Oder für sich selbst, um ihrem armseligen Schicksal zu entfliehen? Saga fand keine Antwort darauf.

Verpflegung kauften sie in Dörfern, in denen Saga auf Predigten verzichtete. Selbst dort, ohne jede Beeinflussung des Lügengeistes, schlossen sich ihnen weitere Frauen an, vereinzelter als zuvor, aber ebenso feurig in ihrer Begeisterung für die Befreiung der Heiligen Stätten.

Am Ufer des dunklen Sees ließ Violante Wein für alle ausschenken. Die Mädchen saßen rund um die Lagerfeuer – getrennt von den Söldnern, über deren Begehrlichkeiten Zinder mit Argusaugen wachte – und genossen ihre neue Freiheit. Becher aus Ton und Leder machten die Runde, obgleich nicht jede daraus trank. Bald war das Lager von hellem Gelächter erfüllt, dann wieder unterbrochen von andächtiger Stille, wenn eine ein Gebet anstimmte und alle mit berauschter Glückseligkeit lauschten.

Violante wollte nicht, dass Saga sich an dem Treiben beteiligte. Es gehöre sich nicht für eine Predigerin, sagte sie, und in dieser Angelegenheit hatte sie Gunthild auf ihrer Seite. Die alte Nonne hatte sich in den vergangenen Tagen zurückgehalten, schweigsam beobachtet, aber selten die Ereignisse kommentiert. Doch nun trat sie erneut aus dem Schatten und hielt eine zeternde Rede über die Verneblung des Geistes und die Sünde der Trunkenheit.

Während der Lärm am Seeufer immer lauter wurde, zog Saga sich in das Zelt zurück, das die Söldner für sie aufgeschlagen hatten. Stoffe für die Planen zu kaufen war nicht schwierig gewesen, und unter den Frauen war fast keine, die sich nicht aufs Nähen verstand.

Alles in allem führten sie nun genügend Zelte mit sich, um Dutzende weiterer Frauen unterzubringen. Einige der Söldner mussten auf die Bequemlichkeit ihrer Pferde verzichten; stattdessen wurden die Rösser mit allerlei Utensilien beladen und am Zügel geführt. Zinder gelang es trotzdem, die Männer einigermaßen bei Laune zu halten.

Sagas Zelt bot Platz für drei bis vier Menschen, war aber ihr allein vorbehalten. Dafür war sie dankbar. Rund herum wurden mehrere Schrittbreit Abstand zu den nächsten Unterkünften eingehalten. Dort brannte ein Kreis von Fackeln, und einige Mädchen hatten begonnen, aus allerlei Zweigen und anderen Utensilien Kreuze zu errichten. Bei Nacht patrouillierten rund um das Zelt mehrere Söldner und achteten darauf, dass keine Fremden, aber auch keine der Kreuzfahrerinnen der Magdalena zu nahe kamen. Und obwohl es keine der Frauen ahnte, wahrscheinlich nicht einmal die Söldner selbst, sorgten sie dafür, dass die Magdalena blieb, wo sie war.

Saga wollte sich gerade ihr Wams über den Kopf ziehen, als sich jemand vor der Plane am Eingang räusperte.

»Wer ist da?« Sie zog das Hemd wieder nach unten.

Die Stimmen der Frauen wehten verzerrt vom Seeufer herüber, gedämpft durch die Zeltwand.

Zinder schlug die Plane beiseite und trat ein, ohne auf ihre Frage zu antworten. Er war fast zwei Köpfe größer als sie und musste das Haupt leicht vorbeugen, um im Inneren des Zeltes aufrecht zu stehen. Sein grauer Pferdeschwanz hing über seine Schulter bis auf die Brust. Saga versuchte zu erkennen, ob er betrunken war. Sein Blick war klar, seine Bewegungen sicher. Er roch nicht nach Wein, nur nach Schweiß und dem Leder seiner Kleidung.

»Was willst du?« Sie machte keinen Hehl daraus, dass sie ihn nicht mochte.

»Mit dir reden.«

»Violante wird das nicht gefallen.«

»Sie ist unten am Ufer und hört den Mädchen zu.« Er lachte leise. »Sieht aus, als käme sie allmählich von ihrem hohen Ross herunter.«

Saga war die Wandlung der Gräfin ebenfalls aufgefallen. Und sie wunderte sich nicht minder.

»Aber deswegen bist du nicht hergekommen, oder?«

»Ich bin neugierig. Und auch ein wenig besorgt.«

»So?« Ihr Blick fiel auf den Schwertgriff an seiner Seite. Er bemerkte es und runzelte die Stirn.

»Du brauchst keine Angst vor mir zu haben«, sagte er.

»Violante würde dich nicht bezahlen, wenn mir ein Leid geschähe.«

Er grinste, was ihn erheblich jünger aussehen ließ. Sie schätzte ihn auf Anfang vierzig. Die Falten, die sich tief um seine Augen eingegraben hatten, stammten gewiss nicht vom vielen Lachen; es schien ihr schwer vorstellbar, dass ein derber Kerl wie er Humor besaß. Falls doch, dann wollte sie lieber nicht wissen, worüber er für gewöhnlich lachte. Keine appetitlichen Dinge, vermutete sie.

»Ich bin nicht ganz so versessen auf Gold, wie Violante glaubt. Nicht mehr als jeder andere.« Er registrierte, dass sie einen halben Schritt zurücktrat, und verschränkte die Arme vor der Brust. »Willst du die Wahrheit wissen? Warum ich diesen Kontrakt mit ihr eingegangen bin?«

Sie zuckte die Achseln. »Es ist keine allzu gefährliche Arbeit, schätze ich.«

»Noch nicht.« Ihr gefiel nicht, wie er das erste Wort betonte. »Ich hab nicht vor, als Söldner auf irgendeinem Schlachtfeld zu sterben. Weder für Violante noch für dich, noch für irgendeinen anderen.«

»Das sind klare Worte.«

»Aber solange mein Kontrakt mich dazu verpflichtet, werde ich euch mit meinem Leben beschützen. Die Gräfin bezahlt gut dafür, dass wir euch nach Mailand bringen. Das heißt, der *Bischof* zahlt – ich hab meine Zweifel, ob sie selbst so viel überhaupt aufbringen könnte …«

»Und von deinem Anteil baust du dir ein Haus, nimmst dir eine Frau und hast Kinder und Ziegen und –«

Er lachte leise. »Ja, so ungefähr habe ich mir das vorgestellt.«

Noch immer war sie nicht sicher, was sie von seinem Besuch

in ihrem Zelt zu halten hatte. Seine Anwesenheit beunruhigte sie. Er schien in sonderbarer Plauderstimmung zu sein.

»Aber um das alles genießen zu können, müsste ich noch am Leben sein, wenn es so weit ist, nicht wahr? Und, ehrlich gesagt, das ist es, was mir seit ein paar Tagen Sorgen macht.«

Sie neigte fragend den Kopf.

»Ich verstehe nicht, wen wir da durchs Land eskortieren. Ich verstehe nicht, *was* du bist.« Er stand noch immer gleich hinter dem Eingang, aber ihr war klar, dass zwei Schritte genügen würden, um bei ihr zu sein.

»Ich bin noch nie einer Heiligen begegnet, aber ich hatte jemanden mit einem goldenen Lichtkranz über dem Kopf erwartet… nicht eine Gauklerin, die normalerweise auf Seilen tanzt und Feuer schluckt.«

Sie schnappte nach Luft. »Woher weißt du –«

»Ich habe dich gesehen. In einem Gasthof, vor ungefähr einem Jahr, oben im Norden. Violante mag sich für besonders schlau halten, weil sie mit deinen Darbietungen gewartet hat, bis wir ein paar Tagesreisen südlich von Burg Lerch waren. Das mag ausreichen, um ein paar Bauern hinters Licht zu führen. Aber ich bin weit herumgekommen. Ich wusste gleich, dass ich dich kenne. Es hat nur eine Weile gedauert, ehe mir wieder einfiel, woher.«

»Wissen es alle?« Sie hätte sich am liebsten in irgendeiner Ecke verkrochen. Falls die Sache herauskam und sie ihren Wert für die Gräfin verlor, was würde dann mit Faun geschehen?

Er ließ sie einen Moment lang zappeln, ehe er den Kopf schüttelte. »Die, die damals dabei waren, waren viel zu betrunken, um sich an irgendwas zu erinnern. Normalerweise wissen sie am nächsten Morgen nicht mal mehr, wie die Weiber aussehen, mit denen sie es im Suff getrieben haben.«

Wenn er sie damit schockieren wollte, unterschätzte er sie. Sie war ihr Leben lang mit Gauklern über die Märkte gezogen, und sie war selbst nicht zart besaitet. Es gab wenig, das sie nicht schon gesehen oder gehört hatte. Besoffene Kerle und Huren hatten zu ihrem Alltag gehört wie blaue Flecken und der Geschmack des Brandöls im Mund.

»Ich bin also über ein Seil gelaufen, damals?«

»Du hast auch diese andere Sache gemacht. Das mit den Lügen. Deshalb kann ich mich so gut an dich erinnern. Nicht weil du ein hübsches Gesicht hast oder auf Seilen herumhüpfst.« Er verlagerte sein Gewicht und blinzelte sie misstrauisch an. »Was du uns hier seit ein paar Tagen darbietest, das ist keine Predigt. Ich glaube auch nicht, dass es was mit Visionen zu tun hat. Es ist Gaukelkram. Ich weiß nicht genau, wie du es machst – und hol mich der Teufel, wenn ich wüsste, warum Jannek und ein paar von den anderen plötzlich Stein und Bein schwören, dass du so heilig bist wie die Jungfrau selbst.« Als sie nicht gleich etwas erwiderte, stellte er die Frage, die ihm wohl am schwersten auf der Zunge lag: »Ist es Zauberei?«

Sie hatte das Gefühl, sich setzen zu müssen. Aber hier im Zelt gab es nur ihre Decken, und sie wollte keine Schwäche zeigen, indem sie sich vor ihm auf dem Boden niederließ. Stattdessen lehnte sie sich mit einer Hand an eine Zeltstange und hoffte, dass es nicht aussah, als müsse sie sich irgendwo festhalten.

»Nein«, sagte sie, »Zauberei ist das ganz bestimmt nicht.« *Aber bist du da wirklich so sicher?* »Ich kann nicht zaubern, und ich kenne auch keinen, der es kann.«

»Weiß ich's?« Er hob die Schultern. »Ich sag's dir nur so, wie es ist: Ich werde dich gegen Räuber und Wegelagerer und von mir aus auch gegen die Leute des Kaisers verteidigen, wenn es nötig sein sollte. Aber ich stecke den Kopf nicht für eine Hexe in die Schlinge.«

»Ich bin keine Hexe!«

Er machte einen blitzschnellen Schritt nach vorn. »Was bist du dann?«

Sie senkte den Blick. »Die Magdalena«, flüsterte sie.

»Natürlich«, seufzte er. »Aber was hast du von alldem hier?

Was springt für dich dabei heraus? Und für deine Freundin, die Gräfin?«

Sie war drauf und dran, ihm alles zu erzählen. Die ganze Wahrheit über Fauns Gefangenschaft und Violantes Drohung. Aber dann erkannte sie, dass Zinder wohl schwerlich der Richtige war, um sich ihm anzuvertrauen. Nicht einem Söldner, dem der Ruf von Verrat nachhing wie der Geruch seines Pferdes.

»Wir wollen nur Jerusalem befreien«, sagte sie kläglich.

Seine Augen verdüsterten sich. »Mit ein paar falschen Predigten? Mit Lügen? Denk nach, Mädchen! Wie weit werdet ihr wohl kommen? Die Ersten werden schon oben im Gebirge krepieren. Dann die Überfahrt. Kennst du die Geschichten über das, was die Venezianer mit den Männern des letzten Kreuzzuges angestellt haben? Dem Heer, zu dem Graf Gahmuret gehört hat? Sie haben sie gezwungen, Konstantinopel zu zerstören, weil die byzantinischen Kaufleute Venedig einmal zu oft in die Suppe gespuckt haben. Und wir sprechen hier von einem Heer von Tausenden von Kriegern! Was wird den Venezianern wohl für ein paar hundert Frauen einfallen? Die meisten noch *Jungfrauen*, um Himmels willen! Was kommt danach? Hunger und Durst auf dem Meer. Ganze Flotten von Piraten gibt's da unten, denen ein paar Schiffe mit Frischfleisch für die afrikanischen Basare gerade recht kommen. Falls sie nicht selbst Gefallen an euch finden, heißt das. Und so geht es weiter und weiter … bis ihr irgendwann im Heiligen Land ankommt, wo die Sarazenen euch die Haut in Streifen vom Leib schneiden werden. Sie essen Menschen, erzählt man sich. Vielleicht stimmt's, vielleicht nicht. Aber töten werden sie euch, auf die eine oder andere Weise.« Während Zinder redete, war seine Hand auf den Schwertknauf gesunken. »Und nun mach du mir noch mal weis, ihr wollt Jerusalem befreien! Das ist sogar zu lächerlich, um sich darüber lustig zu machen.«

»Wenn Violante dich so reden hört –«

»Das wird sie, verdammt, weil ich es ihr genauso sagen werde!

Diese ganze Idee eines Kreuzzugs der Frauen ist etwas für Wahnsinnige. Diese Mädchen da draußen mögen dir aus irgendwelchen Gründen folgen wollen – und, glaub mir, die meisten tun es, weil es sie aus ihren Dörfern fortbringt, nicht weil sie ihre Liebe zu Gott entdeckt haben –, aber Violante ist zu klug für so was. Und du? Sie nutzt dich aus. Ich weiß nicht, vielleicht zwingt sie dich sogar … Ist es das? *Willst* du überhaupt hier sein?«

Sie spürte Tränen in ihren Augen, und es machte sie wütend, dass er sie zum Weinen brachte. In ihrem Kopf rumorte der Lügengeist – *Benutze mich! Ich werde schon fertig mit ihm!* –, aber etwas hielt sie davon ab, Zinder auf so unwürdige Art und Weise abzukanzeln. Schlimm genug, dass Violante sie zwang, für sie zu lügen. Aber niemand zwang sie *jetzt*, in diesem Augenblick. Sie musste nicht lügen, wenn sie nicht wollte. Sie hatte es satt. Ihr wurde schon schlecht bei dem Gedanken daran. Und trug nicht der Lügengeist die Schuld daran, dass sie überhaupt hier war?

Lass es, flüsterte es in ihr, das führt zu nichts. Wimmel ihn ab. Denk nicht so viel nach. Du kannst nichts ändern. Nicht, wenn Faun überleben soll.

»Ich kann nicht«, murmelte sie.

»Was?«

Sie hob den Kopf und sah ihm fest in die Augen. Die ganze Umgebung war verschwommen. Verdammte Tränen! »Ich kann es dir nicht sagen.«

Und dann war da plötzlich wieder ein Lächeln um seine Mundwinkel, ganz schwach nur. »Die beste Lügnerin der Welt, hmm?« Er klang jetzt sanfter als vorhin, beinahe freundlich. »So haben sie dich damals genannt. Die gottverdammt beste Lügnerin der Welt.«

Sie zuckte nur die Achseln und wischte sich mit dem Handrücken die Nässe von der Wange.

»Du weißt, wie sie den Teufel nennen, oder?«, fragte er.

Sie blinzelte verwirrt.

»Den Herrn der Lüge.«

»Das, ja … Das hab ich oft genug gehört.«

»Dann gib Acht, mit wem du dich einlässt. Für dich, für all diese Mädchen da draußen … und wer weiß, wie viele es noch werden.«

»Und für dich?«

Er schüttelte den Kopf. »Der Teufel ist nichts für einen Mann wie mich. Genauso wenig wie Gott.«

Er schob die Plane beiseite und ging.

Zweites Buch

Der Böse Weg

»Die Selbsttäuschung beherrscht der Mensch noch sicherer als die Lüge.«

Fjodor M. Dostojewski

Verfolger

Faun und Tiessa wanderten durch mädchenlose Landstriche.

»Hast du den Falken gesehen?«

Sie fuhr zusammen. Seine Stimme hatte sie aus tiefen Gedanken gerissen. Erschrocken folgte sie seinem Blick zum Himmel. »Welcher Falke?«

»Der kleine Punkt über dem Hügel? Schau an meinem Arm entlang!«

Er zeigte in die Richtung, in der das Tier gerade mit der Landschaft verschmolz.

»Was ist so Besonderes an einem Falken?«

»Ich hab ihn schon ein paar Mal beobachtet. Jedenfalls denke ich, dass es derselbe war.« Er zuckte die Schultern. »Vielleicht bilde ich's mir auch nur ein.«

»Glaubst du, er verfolgt uns?«

»Ich weiß es nicht.«

Faun richtete seinen Blick wieder auf den Pfad. Nachdem sie die Grafschaft Lerch hinter sich gelassen hatten, war er weitaus ruhiger geworden. Er konnte sich nicht vorstellen, dass die verbliebenen Mannschaften der Burgwache sich immer noch die Mühe machten, ihn zu verfolgen.

Aber dennoch – restlos sicher fühlte er sich nicht.

Der Weg wand sich über eine offene Hügelkuppe, um dahinter wieder in tiefem Waldland zu verschwinden. Heidekraut und Grasinseln bedeckten den Boden beidseits des Pfades.

»Wie wichtig bist du für diese Leute?«, fragte sie.

»Abgesehen davon, dass dieses kleine Ungeheuer einen Narren an mir gefressen hat?« Er spie im Gehen vor die Füße. »Gott, ich hasse adelige Kinder! Verzogene Bastarde, allesamt.«

Sie musterte ihn amüsiert, und dabei schien sie wieder auf ihn herabzublicken. Das tat sie oft, und es brachte ihn zur Weißglut.

Um sich abzulenken, kniff er die Augen zusammen und versuchte, den Falken noch einmal in der Ferne zu erspähen. Aber der Vogel war längst Teil der Umgebung geworden.

Tiessa und er waren jetzt seit rund zwei Wochen gemeinsam unterwegs, und noch immer wusste er fast nichts über seine neue Weggefährtin. Sie schien erpicht darauf, der Magdalena so schnell wie möglich zu folgen, und es war offensichtlich, dass sie sich ausrechnete, mit Faun an ihrer Seite sicherer voranzukommen, ohne sich unangenehmen Fragen auszusetzen. Warum sonst hätte sie ihr Geld mit ihm teilen sollen?

Faun hatte nichts dagegen, so rasch wie möglich in Richtung Süden zu reisen. Und doch wäre ihm wohler gewesen, wenn er mehr über Tiessa gewusst hätte und über ihren seltsamen Wunsch, sich einer neuen Heiligen anzuschließen.

Schon nach wenigen Tagen war es ihm unmöglich erschienen, jemals *nicht* von der Magdalena gehört zu haben. Alle sprachen über sie. In jedem Dorf, das sie passierten, in jedem Gasthof, in dem sie für eine karge Mahlzeit einkehrten.

Ein paar behaupteten, sie hätten die Magdalena gesehen, aber jeder gab eine andere Beschreibung. Ein jüdischer Kaufmann sprach von einer Frau mittleren Alters, größer als jede andere, die ihm je unter die Augen gekommen sei. Ein Wandermönch beschrieb sie als goldgelockten Engel, nicht älter als fünf oder sechs, der mit der Stimme einer alten Frau spräche. Und ein Wirt, der lauthals damit warb, sie habe unter seinem Dach eine Nacht verbracht und das Haus gesegnet, mochte sich auf gar kein Äußeres festlegen; vielmehr habe sie am Abend ganz anders ausgesehen als am nächsten Morgen, und nur an ihrem Heiligenschein hätte er sie wiedererkannt.

Das Sonderbare an all diesen Berichten war, dass noch keiner die Magdalena hatte predigen hören. Falls sie tatsächlich zu den Leuten sprach und junge Frauen für ihren Kreuzzug rekrutierte, dann tat sie es anderswo, nicht hier. Dennoch geisterten allerorts Geschichten von verschwundenen Töchtern umher, Mädchen wie Tiessa, die von der Magdalena gehört und sich heimlich auf die Suche nach ihr gemacht hatten. Glaubte man den Gerüchten, so war es nicht länger nur ein einzelner Zug, der sich Richtung Süden bewegte – nämlich jener, den die Magdalena selbst anführte –, sondern bereits mehrere, deren gemeinsames Ziel Mailand war. Dort wollten sich die Frauen zusammenschließen, um vereinigt ins Heilige Land zu reisen.

Seit Faun von dem Ziel der Kreuzfahrerinnen wusste, dachte er immer häufiger daran, dass sich Gräfin Violante der Magdalena angeschlossen haben könnte. Falls sie tatsächlich nach Mailand unterwegs war, wie der Soldat behauptet hatte, dann konnte diese Übereinstimmung mit dem Ziel der Magdalena kein Zufall sein. Aber warum zwang sie Saga, sie zu begleiten?

Schweigend folgten sie dem Pfad hügelabwärts, jeder in seine eigenen Gedanken versunken. Selbst nach vielen Stunden schien Tiessa nicht müde zu sein, und Faun staunte nicht zum ersten Mal über ihre Zähigkeit.

So oft er auch in diesen Tagen an Saga und Violante dachte, vermied er es meistens, allzu häufig über seine neue Begleiterin nachzugrübeln. Er mochte sie, sogar in jenen Augenblicken, wenn ihre Hochnäsigkeit schwer zu ertragen war und das Geheimnis, das sie um sich machte, ihren Umgang miteinander merklich belastete. Er sah sie als Weggefährtin auf Zeit, und manchmal hatte sie durchaus etwas an sich, das ihrer Arroganz den Giftstachel zog. Eine Ernsthaftigkeit in Momenten, in denen er nicht damit rechnete. Eine Nachdenklichkeit, die manchmal schmerzlich an Schwermut grenzte.

Im Grunde, so redete er sich ein, wartete er nur auf die Gelegenheit, ihren Geldbeutel zu stehlen und sich auf und davon zu machen. Aber solche Gelegenheiten waren gekommen, und er hatte sie ungenutzt verstreichen lassen. Jede Nacht schlief sie zusammengerollt an seiner Seite, schutzlos, eine zerschlissene Stoffpuppe an sich gepresst, für die sie viel zu alt war. Und er ertappte sich immer häufiger dabei, dass er sich weit mehr Sorgen darüber machte, wie er sie wohl am besten vor Räubern beschützte, als darüber, wie er selbst sie berauben könnte.

Die Sonne stand bereits tief über dem Horizont, als sie den Fuß des Hügels erreichten. Faun ließ seinen Blick ein letztes Mal zum Himmel schweifen. Der Falke blieb verschwunden.

Bevor sie in die Schatten der Wälder eintauchten, richtete Tiessa erneut das Wort an ihn. »Du hast erzählt, dass deine Schwester besser lügt als jeder andere, oder?«, fragte sie unvermittelt.

»Ja.« Faun blickte überrascht auf. Er war in Gedanken noch immer bei dem Vogel.

»Kann sie mehrere Leute auf einmal belügen? Wirklich *viele* Leute?«

Er sah sie an, ziemlich fassungslos, weil sie da etwas andeutete, das ihm selbst schon durch den Kopf gegangen war.

»Meinst du damit, sie könnte eine von denen sein, die sich als Magdalena ausgeben?«

Die Abendsonne überzog Tiessas herzförmiges Gesicht mit Blattgold »Es wäre möglich.«

»Warum sollte sie das tun?«

»Wer weiß? Vielleicht wird sie –«

»Gezwungen?« Er blieb stehen, aber sie wartete nicht auf ihn. »Das wäre …« Er verschluckte den Rest des Satzes und schwieg, bis sie die ersten Bäume erreicht hatten.

»Stell dir vor«, sagte Tiessa nach einer Weile, »sie wäre nicht deine Schwester.«

Er sah sie fragend von der Seite an.

»Könnte die beste Lügnerin der Welt nicht auch die überzeugendste Predigerin der Welt sein?«

~

In der folgenden Nacht entdeckte Faun, dass sie in der Tat verfolgt wurden. Aber nicht von einem Falken.

Sie hatten ihr Lager in einer Senke nahe der Straße aufgeschlagen, unter tief hängenden Ästen, von denen die Feuchtigkeit der Nacht auf sie herabtränte. Es konnte nicht lange geregnet haben, als Faun von den Tropfen auf seinem Gesicht erwachte, denn der Waldboden um sie herum war noch immer sommerlich trocken: ein knisterndes Bett aus altem Laub, Wurzeln, die sich einem in den Rücken drückten, und vereinzelten Grasbüscheln. Rundum waren die Schrägen der Senke mit Farnkraut bewachsen, durch das sie sich einen Weg hatten bahnen müssen. Im Herbst würde hier alles voller Pilze sein.

Faun wischte sich die Nässe vom Gesicht – er musste schon mehrere Tropfen abbekommen haben, immer auf dieselbe Stelle unter seinem linken Auge – und setzte sich auf. Sein erster Blick galt Tiessa, die mit dem Rücken zu ihm lag, eng zusammengerollt wie in all den vergangenen Nächten, so als habe sie ihr Leben lang im Schlaf vor etwas Angst haben müssen.

Er beugte sich vorsichtig über sie und sah, dass sie tatsächlich schlief. Ihre Augen waren geschlossen, aber ihre Lippen bebten leicht. Schwere Träume, dachte er und wusste, dass es zwecklos war, sie danach zu fragen. Sie hatte ihm noch nicht einmal erzählt, woher sie kam, oder aus was für einer Familie sie stammte. Sie war kein armes Bauernmädchen, so viel stand fest. Aber sie konnte auch keine Tochter von Stand sein, denn dann hätte sie sich wohl kaum hier im Dreck gewälzt und im Freien unter Bäumen geschlafen.

Er stand auf, vorsichtig, um sie nicht zu wecken, und stieg den Trampelpfad durchs Farn hinauf. Mondlicht fiel durch die

Lücken im Blätterdach, aber nicht genug, um das Mädchen vom Rand der Senke aus sehen zu können.

Saga hätte Tiessa zum Sprechen gebracht, dachte er. Seine Schwester verstand es wie keine andere, mehr aus den den Leuten herauszulocken, als sie bereit waren preiszugeben, auch ohne den Lügengeist zu benutzen.

Saga, dachte er. Ich würde mein Leben geben, um dich wieder zurückzubekommen.

Aber würde er das wirklich? Sein Leben für sie geben?

Ja, sagte er sich, ganz bestimmt. Aber tief in ihm blieben Zweifel. Bist du wirklich solch ein Held?

Du bist ihr Bruder.

Geräusche rissen ihn aus seinen Gedanken. Alarmiert schaute er sich um und bemerkte ein Rascheln in den Baumkronen nahe der Straße. Etwas hatte dort die schlafenden Vögel aufgeschreckt. Vielleicht nur eine Eule auf Beutejagd.

Oder jemand, der sich anschlich.

Faun schüttelte die nassfeuchte Kälte ab. Seine einzige Waffe war ein schartiger Dolch, den er unterwegs in einem Dorf gekauft hatte – mit Münzen, die Tiessa ihm gegeben hatte. Die Klinge war schmal und sehr lang. Sie lag unten in der Senke neben seinem Schlafplatz.

Mit ein paar schnellen Schritten huschte er zurück durchs Farnkraut. Tiessa regte sich und knurrte verschlafen.

»Bleib liegen!«, flüsterte er ihr zu.

Er packte den Dolch, den er zum Schlafen von seinem Gürtel gelöst hatte. »Ich will nur nach dem Rechten sehen.«

Blitzschnell war sie wach und auf den Beinen. »Wo?«, wisperte sie.

Er seufzte unhörbar und machte sich auf den Weg. »Da war irgendetwas. Vielleicht auf der Straße. Bleib hier!«

»Ich denk nicht dran.«

Sie folgte ihm geduckt durchs Dickicht. In Windeseile hatten sie die Senke verlassen und pirschten im Schutz der dicken

Stämme zur Straße. Das Gepäck hatten sie zurückgelassen. Nein, bemerkte Faun voller Missmut, er hatte *seines* zurückgelassen. Tiessa trug wie immer alles Wichtige bei sich – unter anderem den Beutel mit den Goldstücken an ihrem Gürtel und ihren Dolch. Die alberne Stoffpuppe schaute oben aus dem Bündel hervor, das sie sich auf den Rücken geworfen hatte.

Die Straße war eigentlich kaum mehr als ein mondbeschienener Pfad durch die Wälder. Karrenräder hatten tiefe Furchen hinterlassen, die im Sternenlicht aussahen, als wären sie mit Blei ausgegossen.

Ein Reiter stand in der Mitte des Weges. Sein langmähniger Schimmel schnaubte leise und rührte sich nicht. Der Mann trug dunkle Kleidung und leichtes Rüstzeug, einen Harnisch aus Leder und Eisenschuppen. Ein kurz geschnittener Bart umrahmte seine harten Züge. Seine Augen waren im steil fallenden Mondschein tiefe Schattenlöcher. Das kalte Nachtlicht entzog ihm alle Farben; unmöglich zu sagen, ob sein Haar braun oder grau oder schwarz war.

Faun war abrupt stehen geblieben. Tiessa hielt sich hinter ihm, als suche sie Schutz. Der Reiter hatte sie noch nicht bemerkt, die Dunkelheit des Waldes und eine Reihe dichter Haselsträucher verdeckten sie. Trotzdem musste er einen Grund haben, warum er ausgerechnet an dieser Stelle verharrte, so nah bei ihrem Lager. Seine unsichtbaren Augen blickten die Straße entlang, strichen dann über den Waldrand zu beiden Seiten. Dabei schien sein Blick auch Faun und Tiessa zu streifen, wanderte aber weiter, ohne sie in der Dunkelheit des Unterholzes wahrzunehmen.

Tiessa stupste Faun von hinten an. Ihre Augen waren weit aufgerissen, selbst in der Finsternis sah er die Angst darin. Sie bedeutete ihm mit Gesten umzukehren, doch er schüttelte den Kopf. Ohne auf ihren stummen Protest zu achten, wandte er sich wieder dem Mann auf dem Pferd zu.

Der Schimmel trug eine edle Satteldecke, das Zaumzeug war verziert. Sein Besitzer war gewiss kein armer Mann. Der Reiter selbst war hochgewachsen und kräftig. Obgleich er nicht mehr jung war, strahlte er Stärke und Entschlossenheit aus. Die Ruhe, mit der er die Umgebung untersuchte, ließ ihn noch bedrohlicher erscheinen.

Plötzlich legte der Mann den Kopf in den Nacken und stieß ein Krächzen aus. Es klang wie ein Vogelruf, nicht wie etwas, das einem Menschen über die Lippen kommt. Tiessa stieß Faun erneut an, aber diesmal drehte er sich nicht einmal zu ihr um. Kein Zweifel, das war ein Falkenschrei gewesen!

Hufschlag ertönte von links, aus der Richtung, aus der auch sie selbst gekommen waren. Nach wenigen Atemzügen preschten drei weitere Pferde heran, mit Männern in ähnlichem Rüstzeug. Alle drei waren jünger als der erste und unterstanden augenscheinlich seinem Befehl. Einer hatte eine Glatze, auf der sich der Mondschein spiegelte. Ein anderer trug eine Augenklappe, sein Bart war sehr schmal und sauber rasiert.

Der Anführer stieß einen zweiten Falkenschrei aus und blickte erwartungsvoll zu den Baumwipfeln. Jetzt sah Faun, dass der rechte Unterarm des Mannes mit Leder umwickelt war, um ihn vor Vogelkrallen zu schützen.

Einer der anderen Männer sagte etwas zu dem Falkner. Nur etwa zehn Schritt trennten Faun und Tiessa von den Reitern, aber die Männer unterhielten sich zu leise, um ihre Worte verstehen zu können. Faun überlegte, ob er wagen sollte, noch näher heranzuschleichen. Doch der Anblick der Schwerter und Äxte an den Sätteln hielt ihn davon ab. Ohnehin hätte Tiessa ihn wahrscheinlich an den Haaren zurückgehalten, so erpicht war sie darauf, von hier zu verschwinden.

Ein drittes Mal stieß der Anführer den Lockruf aus, und wieder bekam er keine Antwort. Zwei der anderen wechselten einen Blick. Der Falkner fluchte, dann gab er den Übrigen einen knappen Befehl. Augenblicklich setzten sich die Pferde in Bewegung. Ihr Hufschlag verhallte in der Stille der nächtlichen Wälder, während sie in südliche Richtung davonsprengten.

Eine ganze Weile verging, ehe Faun und Tiessa wieder zu sprechen wagten.

»Sie hätten uns fast entdeckt!« Tiessas Stimme klang gepresst. Sie war außer sich vor Zorn.

Faun zuckte mit den Schultern. »Die haben nicht nach uns gesucht, sondern nach dem Falken.«

Sie stieß nur ein wütendes Schnauben aus.

»Wenn dir nicht passt, was ich tue, dann kannst du ja allein weitergehen«, sagte er gereizt. Er hatte es satt, dass sie ihn behandelte wie einen Dummkopf. Er wusste, was er tat. In der Dunkelheit, im Dickicht, hätten die Männer sie niemals sehen können.

Nicht die Männer, meldete sich seine innere Stimme zu Wort. Aber ihr Falke.

Doch darüber wollte er sich jetzt keine Gedanken machen. Der Schreck war ihm tief in die Glieder gefahren, und er hatte nicht die geringste Lust, sich von Tiessa Vorhaltungen machen zu lassen.

Sie musterte ihn wortlos, fast, als wollte sie ihn und sein Verhalten neu einschätzen und bewerten. Faun wusste nicht, zu welchem Ergebnis sie gekommen war, denn plötzlich verschwand jegliche Emotion aus ihrer Miene – als könnte sie ihre Gefühle mit purer Willenskraft aus ihren Zügen entfernen.

Sie ließ ihn stehen. Ohne ihn zu beachten, drehte sie sich um und ging mit ruhigen Schritten auf die Straße. Aus dem Bündel ragte die alte Puppe hervor. Plötzlich kam ihm das nicht mehr kindisch und albern vor, sondern ungeheuer fremd. Wie Tiessa selbst.

Zehn, elf Schritte weit ließ er sie gehen. »Tiessa«, rief er. »Warte.«

Erst zeigte sie keine Reaktion. Doch dann blieb sie mit einem tiefen Durchatmen stehen, kam ein paar Schritte zurück und machte vor ihm Halt.

Ihre Miene war jetzt düster, eine einzige Anklage.

»Was ist?«, fragte er, als sie ihn schweigend anstarrte.

»Versprich mir etwas.«

Etwas in ihrem Tonfall ließ ihn die heftige Erwiderung verschlucken, die ihm eigentlich auf der Zunge lag. Es war ihr ernst. Sie hatte *wirklich* gehen wollen.

»Versprich mir, dass du auf mich hörst, wenn ich dir sage, dass es gefährlich wird.« Sie zögerte und setzte dann hinzu: »Ich muss entscheiden, ob du ein zu großes Risiko für mich bist, Faun. Ob ich dir trauen kann. Und ich muss diese Entscheidung *jetzt* treffen. Mach es mir nicht zu schwer.«

Sie sahen sich im Dunkeln über die Distanz hinweg an, kaum in der Lage, die Züge des anderen auszumachen. Er spürte, wie aufgeregt sie war.

»Du weißt, wer die Männer waren, oder?«, fragte er gepresst.

»Ritter.«

»Warum suchen sie nach dir?«

Sie kam jetzt langsam zurück, blieb aber auf halber Strecke stehen, noch immer drei Schritt entfernt. Er glaubte schon, sie würde ihm keine Antwort geben, als sie plötzlich die Hand auf den Geldbeutel an ihrem Gürtel fallen ließ. »Deswegen.«

Er hatte alles Mögliche erwartet, aber nicht das. »Du hast das Gold gestohlen? Von *ihnen*?«

Sie nickte.

»Ist das wahr?«

Noch ein Nicken.

»Liebe Güte! Hättest du dir nicht jemanden aussuchen können, der kein Schwert trägt?«

»Den Sohn einer Gräfin?«

Er spürte ein Grinsen in sich aufflackern, war aber nicht sicher, ob dies der richtige Augenblick dafür war.

Gerade wollte er zu einer Erwiderung ansetzen, als sie mit ein paar schnellen Sätzen herankam. Sie war jetzt so nahe, dass er ihren Atem spüren konnte. »Ich hatte Angst, vorhin«, sagte sie leise.

»Ich auch«, gestand er, viel zu überrumpelt, um sich eine Antwort zu überlegen, die sie trösten würde. Vorsichtig hob er seine Hand und strich ihr über das Haar, das sie im Nacken noch immer zum Zopf geflochten trug. Wunsch und Widerstreben hielten sich fast die Waage, aber die eine Schale neigte sich gefährlich.

Sie rührte sich eine Weile lang nicht, doch dann sah sie abrupt zu ihm auf. »Ich will keinen Fehler machen, Faun. Aber vielleicht tue ich das gerade.« Sie zögerte. »Zwing mich nicht noch einmal zu gehen.«

»Ich …«, begann er.

»Weil ich«, sagte sie, »beim nächsten Mal tatsächlich gehe. Und, ich glaube, das willst du nicht.« Damit stellte sie sich auf die Zehenspitzen und presste ihm einen Kuss auf die Lippen, so schnell, dass er einen Augenblick später nicht sicher war, ob er sich die Berührung nicht nur eingebildet hatte.

Sie löste sich von ihm und huschte zwischen den Bäumen davon.

»Wo willst du hin?«, fragte er heiser.

»Deine Sachen holen.« In der Dunkelheit klang es, als lachte sie. »Wir müssen weiter.«

In der folgenden Nacht wälzte Faun sich unruhig auf einem Bett aus aromatischen Gräsern und Kräutern. Er redete sich ein, es läge am Duft der Pflanzen, dass er keinen Schlaf fand. Immer wieder blickte er hinüber zu Tiessa, die zusammengerollt zwischen ihm und der Feuerstelle lag.

Am Abend hatten sie Holz aufgeschichtet, aber schließlich doch nicht gewagt, es zu entzünden. Jetzt lagen die Äste und Zweige unversehrt übereinander, vielleicht für den nächsten Wanderer, der am Fuß des porösen Findlings Rast machte. Sie hatten sich weiter von der Straße entfernt als in den Nächten zuvor, aus Sorge, die Ritter könnten erneut auftauchen. Wenn die Geschichte stimmte, die Tiessa ihm erzählt hatte, dann hatte sie die Börse von dem Mann mit der Augenklappe gestohlen, in einem Gasthof im Norden der Grafschaft Lerch. »Wer hätte denn ahnen können, dass sie mir wegen ein paar Goldmünzen so weit folgen?«, hatte sie mit Unschuldsmiene gefragt. Wer denn auch, ganz richtig. Faun fand es ebenso absonderlich wie sie, dass die Ritter nichts Besseres zu tun haben sollten, als einer Diebin über mehrere Tage zu folgen.

Es war ziemlich offensichtlich, dass Tiessas Geschichte an allen Ecken und Enden bröckelte und nicht einmal von Fauns gutem Willen zusammengehalten werden konnte. Zu heftig war ihre Reaktion auf die Männer gewesen.

Das Mädchen atmete ruhig, obgleich sich ihre Lippen bewegten. Faun konnte sehen, wie sich eine ihrer Fäuste in die Decke klammerte. Ungeduldig wartete er auf die Nacht, in der sie im Schlaf sprechen und ihre Geheimnisse offenbaren würde. Aber wahrscheinlich träumte sie sogar mit Berechnung.

Ärger stieg in ihm auf. Gestern war er in die offensichtlichste aller Fallen gestolpert und hatte es doch seither nicht geschafft, sich gänzlich daraus zu befreien. Er konnte ihre Lippen noch immer auf den seinen spüren. Er war kein Narr, und er wusste sehr wohl, dass das Ganze Mittel zum Zweck gewesen sein mochte.

Sie spielt mit dir, und du weißt es.

Oder sie ist ehrlich und braucht deine Hilfe.

Er betrachtete das Auf und Ab ihres Atems, folgte dem verschlungenen Verlauf des Zopfs, der unter ihrer Decke hervorschaute. Wenn sie ihn löste, musste ihr hellblondes Haar bis weit über die Taille reichen. Verwundert ertappte er sich bei der Vorstellung, wie sie dann aussähe.

Er gab sich einen Ruck. Reiß dich zusammen! So kann das nicht weitergehen!

Mit einem Stöhnen drehte er sich auf die andere Seite und starrte in die Dunkelheit. Der gewaltige Findling wölbte sich bedrohlich über ihnen, löchrig wie wurmstichiges Holz. Resigniert schob Faun die Decke zurück und setzte sich auf. Die Nacht war kalt, trotz der warmen Jahreszeit. Ein Feuer hätte ihnen beiden gut getan, aber die Gefahr, dass die vier Reiter sie bemerken könnten, erschien ihm selbst in der Nacht zu groß.

Der Gedanke an die Ritter führte ihn zu dem Gold in Tiessas Gürteltasche. Es war eine verlockende Vorstellung, einfach danach zu greifen und sich aus dem Staub zu machen. Ein Teil seiner Probleme wäre damit gelöst.

Ich muss wissen, ob ich dir trauen kann, hatte sie gesagt. Aber woher nahm sie die Arroganz, Vertrauen von ihm einzufordern, ohne auch nur ein Stück von sich selbst preiszugeben? Ganz bestimmt nicht durch einen flüchtigen Kuss.

Vorsichtig zog er die Beine unter der Decke hervor. Tiessa

lag etwa zwei Schritt entfernt. Die Geldbörse trug sie links am Gürtel. Sie zeichnete sich unter der Decke ab, eine flache Delle an ihrer Hüfte. Er musste nur den Stoff zurückschlagen. Und was dann? Wie sollte er ihren Gürtel öffnen, ohne dass sie erwachte?

Es sei denn … der Dolch! Der Gedanke, ihr das Gold ausgerechnet mit jener Klinge vom Gürtel zu schneiden, die sie für ihn gekauft hatte, beschämte ihn beinahe ebenso sehr wie die Vorstellung des Diebstahls an sich. Aber er hatte sich auch schon früher geschämt, wenn er gestohlen hatte: Kleidung für seine kleineren Schwestern, Essen für die ganze Familie. Und doch war es richtig gewesen.

Er rutschte auf den Knien näher an Tiessa heran. Ihr Atem veränderte sich nicht, sie schlief tief und fest. Sie hat mich belogen, sagte er sich. Es ist nicht *schlimm*, wenn ich sie bestehle.

Vorsichtig streckte er die Hand aus, griff mit Daumen und Zeigefinger nach einem lockeren Deckenzipfel. Die grobe Wolle fühlte sich kratzig an. Ganz langsam zog er sie zurück.

Tiessa stöhnte im Schlaf. Ihre Lider flatterten, aber sie erwachte nicht.

Lange saß er vollkommen reglos da.

Sie macht dir nur Ärger! Lass sie zurück! Vielleicht kehrt sie dann um und wird wieder zu dem behüteten Töchterchen, das sie einmal war. Dein Diebstahl könnte den Ausschlag geben! Er wäre *gut* für sie!

Natürlich. Gut für sie.

Schweiß trat ihm auf die Stirn, als er die Decke erneut bewegte. Unendlich behutsam zog er sie zurück, Fingerbreit um Fingerbreit, bis er die Geldbörse vor sich sah. Sie war mit zwei Lederbändern an Tiessas Gürtel befestigt, ein schmuckloses, hellbraunes Ding, das mit drei Knöpfen aus Horn verschlossen wurde.

Ohne ihr Gesicht aus den Augen zu lassen, zog er seinen Dolch aus der Scheide. Er hatte schon den einen oder anderen

Geldbeutel gestohlen, meist in der unüberschaubaren Menschenmenge der Märkte, und auch da hatte er manchmal im Vorbeigehen eine Klinge benutzt. Ein kurzer, gezielter Schnitt, ohne dass der Besitzer es bemerkte, und die Börse lag in Fauns Hand.

Er hielt den Atem an und hob den Lederbeutel mit beiden Fingern von Tiessas Hüfte. Das Mädchen rührte sich nicht. Sie sah süß aus, wie sie so dalag, fand er.

Langsam führte er die Klinge an das eine Lederband.

Ein Teil von ihm appellierte ein letztes Mal an sein Gewissen. Tu's nicht. Es ist falsch. Du kannst nicht –

Ein schrilles Kreischen ertönte.

Etwas raste mit rauschendem Schwingenschlag aus den Baumwipfeln herab und schlug messerscharfe Krallen in Fauns rechte Schulter. Mit einem Aufschrei riss er die Klinge zurück, ritzte das Lederband, und schlug mit der Hand und dem Messer um sich.

Tiessa öffnete die Augen, fuhr schlagartig hoch, prallte gegen ihn und sah zugleich, wie er von ihr fortgerissen wurde, auf den Rücken fiel und mit Händen und Füßen gegen etwas kämpfte, das jetzt in einem Wirbel aus Federn auf seiner Brust hockte.

Lodernder Schmerz raste durch seinen Oberkörper, als die Krallen in sein Fleisch hackten. Schwingen streiften sein Gesicht und schlugen über ihm zusammen. Ein stechender Gestank hüllte ihn ein. Der Schnabel des Falken leuchtete hornfarben über ihm, hieb auf seinen Handrücken herab, holte erneut aus –

Tiessa stieß ein hohes Krächzen aus.

Der zweite Schnabelschlag kam nicht, und plötzlich lösten sich auch die Krallen aus seiner Brust. Faun robbte in Panik auf Rücken und Ellbogen nach hinten, schlug noch immer um sich, obgleich doch der Vogel gar nicht mehr auf ihm saß.

Stattdessen thronte der Falke majestätisch auf Tiessas ausgestrecktem Arm, hatte die Flügel angelegt und ließ sein Gefieder von ihr streicheln wie ein verschmustes Katzenjunges.

Faun tastete nach seiner Schulter, dann nach seiner Brust. An seinen Händen klebte Blut, aber die Wunden waren nicht tief. Sein Wams hatte ein paar Risse, die Haut darunter Kratzer, die sich zu jenen gesellten, die er bei seiner Flucht durch den Wald davongetragen hatte; sie waren gerade erst halbwegs verheilt. Er würde schwerlich an diesen Verletzungen sterben, aber sie taten weh. Ein paar Augenblicke länger, und der Raubvogel hätte weit Schlimmeres angerichtet.

»Was … ist das für ein Vieh?«, stammelte er.

Tiessas Blick wanderte von ihm zu dem Falken auf ihrem Arm, dann zu Fauns Dolch, der neben ihrer Decke lag. Die Geldbörse hing nur noch an einem Band von ihrem Gürtel, das andere war durchgeschnitten.

»Sein Name ist Sturm. Ich hätte ihm einen anderen gegeben, aber als man ihn mir geschenkt hat, hieß er schon so.« Sie sprach mit entwaffnender Unschuld, so als hätte Faun wissen müssen, dass etwas Derartiges passieren könnte. »Er hat geglaubt, du wolltest mir mit dem Messer etwas zuleide tun.«

Faun brachte keinen Ton heraus. Sein Blick haftete an dem edel gezeichneten Falken auf dem Arm des Mädchens. Die winzigen Augen starrten zurück.

»*Wolltest* du mir etwas zu Leide tun?«, fragte sie ruhig.

»Ich … nein, natürlich nicht!« Er machte nicht einmal den Versuch, nach einer Ausrede zu suchen. Es gab keine.

Ihre linke Hand wog die Geldbörse in der Hand. »Ich hätte nicht geglaubt, dass du das wirklich versuchst. Ich meine, ich habe darüber nachgedacht. Aber nach gestern Nacht … Ich dachte …« Sie brach ab.

Er öffnete den Mund, doch es kam kein Laut über seine Lippen. Jede Entschuldigung hätte nur zynisch geklungen.

»Du solltest die Wunden auswaschen«, sagte sie.

Er zeigte auf den Falken. »Das ist *deiner* gewesen, die ganze Zeit über! Der Vogel, den ich gesehen hab, all die Tage.«

»Ja.«

»Aber der Mann auf dem Pferd ...«

»Sturm hat früher ihm gehört. Er hat geglaubt, der Falke würde ihn zu mir führen, wenn er nach ihm ruft. Aber Sturm gehorcht jetzt mir, nicht ihm. Deshalb ist der Mann so wütend gewesen.«

Faun versuchte aufzustehen. Die verletzte Haut spannte und schmerzte, aber er war nicht in seinen Bewegungen eingeschränkt. Sein Tonfall wurde ätzend. »Ach! Hast du den Falken etwa auch geklaut?«, fragte er spöttisch. »Wie die Münzen?«

Sie schwieg eine Weile, dann schüttelte sie den Kopf. »Was das Geld angeht, so hab ich dich nicht angelogen. Ich hatte eigenes, als ich aufgebrochen bin, das ist wahr. Aber das war viel zu wenig. Vor ungefähr zwei Wochen habe ich gemerkt, dass die vier Ritter mich verfolgen. Ich hatte es mir schon vorher gedacht, aber an diesem Abend habe ich sie das erste Mal gesehen. Sie stiegen in einem Wirtshaus ab, in dessen Heuschober ich die Nacht verbringen wollte.« Ihre Stirn runzelte sich leicht. »Damals glaubten sie noch, sie hätten leichtes Spiel mit mir. Als sie schliefen, habe ich dem mit der Augenklappe die Börse gestohlen.«

Faun starrte sie ungläubig an.

»Das ist die Wahrheit«, sagte Tiessa.

Er wusste nicht, was er über diese Geschichte denken sollte – etwas in ihm wollte ihr glauben, so viel stand fest –, aber er hatte zu viele andere Fragen. Und, zum Teufel, das Mistvieh auf ihrem Arm hätte ihm fast die Augen ausgehackt. In seinem Handrücken klaffte eine hässliche Scharte, die sich wieder und wieder mit Blut füllte.

»Wer bist du wirklich?«

»Das kann ich dir nicht sagen.«

»Ist Tiessa dein richtiger Name?«

Sie wich seinem Blick aus und streichelte jetzt wieder den Kopf des Falken. Das anmutige Tier saß vollkommen still, wie ausgestopft. »Ich habe eine ganze Reihe von Vornamen. Tiessa ist der dritte oder vierte.« Auch das sprach für eine adelige Herkunft. »Ich sag doch, ich habe dich nicht angelogen.«

»Natürlich nicht. Du hast mir nur nicht die ganze Wahrheit gesagt.«

Sie nickte stumm.

Er streifte sein Wams ab, spritzte sich Wasser aus einem Lederschlauch über die Wunden und tupfte sie mit einem Zipfel seiner Decke ab. Die grobe Wolle kratzte über die Wundränder und ließ ihn zusammenzucken.

Tiessa griff mit der leeren Hand in ihr Bündel, zog ein Stück Leinentuch hervor und warf es ihm zu. »Hier. Das ist einigermaßen sauber.«

Er nahm es widerwillig an und reinigte die Verletzungen.

»Tut mir leid«, sagte sie.

»Muss es nicht. Ich war es, der dein Geld stehlen wollte.«

»Es tut mir leid, dass du Schmerzen hast.«

»Das geht schon.« Er verrieb das frische Blut an den Löchern seiner Tunika, bis nur noch ein dunkler Schleier zu sehen war. Dann streifte er das Kleidungsstück über den Kopf und zog es zurecht.

»Wir kaufen dir ein neues Wams«, sagte sie.

Überrascht blickte er auf. »Du willst noch weiter mit mir reisen?«

»Die Auswahl ist nicht besonders groß.«

Der Falke schüttelte sein Gefieder. Tiessa machte eine ruckartige Bewegung mit dem Arm. Sofort stieg das Tier in die Höhe und verschwand im Dunkel der Baumwipfel.

»Ich werde das nicht noch einmal versuchen«, sagte Faun ernsthaft.

Sie lächelte. »Ich weiß.«

Am Abend des darauffolgenden Tages entschieden sie, dass es sicher genug war, in ein Gasthaus einzukehren. Faun fürchtete noch immer, dass die vier Ritter ihnen auf den Fersen waren, aber der Hunger überzeugte schließlich auch ihn.

In der Nähe hatten sie einen windschiefen Wegweiser gefunden, den beide nicht lesen konnten. Tiessa meinte, sie befänden sich in der Nähe von Ravensburg, aber sicher war auch sie nicht.

Der Zug der Magdalena war ein Stück weiter westlich vorbeigekommen. Eine alte Bäuerin, die Faun und Tiessa am Morgen getroffen hatte, hatte die Frauen gesehen und erzählt, es wären mehrere hundert gewesen, die als langer Menschenwurm durch die Täler gewandert seien. Wenig später waren auch Faun und Tiessa auf die Spuren des Zuges gestoßen, auf vertrocknete Pferdeäpfel und Abfälle, dann auf Brandlöcher von Lagerfeuern und die Überreste von ein, zwei zerschlissenen Zelten. Schließlich auf einen Grabhügel. Faun war von der unerklärlichen Angst gepackt worden, dass dies Sagas Grab sein könnte. Es war keine vernünftige Furcht, nichts, für das es irgendeinen Grund gab, aber der Gedanke beschäftigte ihn dennoch so sehr, dass er stundenlang kaum ein Wort sprach.

Kurz danach hatten sie Menschen getroffen, die die Magdalena tatsächlich gesehen hatten. Sie erzählten davon, wie sie in einem Nachbardorf gepredigt und viele Mädchen dazu bewegt hatte, sich ihrem Kreuzzug anzuschließen. Faun und Tiessa hatten den Ort besucht und mit den Bewohnern gesprochen. Einige waren mürrisch und verschlossen gewesen, gebeugt vom Verlust; andere aber hatten ihrem Zorn bereitwillig Luft gemacht und auf die Magdalena, ihre Krieger und Gott selbst geflucht.

Zum ersten Mal hatten sie übereinstimmende Beschreibungen der Magdalena erhalten. Demnach musste sie siebzehn oder achtzehn sein, schlank, mit kastanienbraunem Haar. Das mochte auf zahllose Frauen zutreffen, aber es hätte Tiessas Seitenblicke nicht bedurft, um den unerhörten Verdacht in ihm zu nähren:

Die Worte, mit denen die Dörfler die Magdalena beschrieben, waren nahezu die gleichen, die Faun benutzt hatte, als er Tiessa von Saga erzählt hatte.

Es passte alles zusammen. Jede Kleinigkeit.

Mit einer Ausnahme: Saga glaubte nicht an Gott, und ganz sicher nicht an die Befreiung des heiligen Jerusalem. Sie würde sich niemals für eine solche Sache hergeben. Ganz bestimmt nicht freiwillig.

Den Falken sah Faun ebenso selten wie zuvor, nur manchmal erhaschte er aus den Augenwinkeln einen Blick auf einen dunklen Punkt am Himmel, der mal da war, dann wieder verschwand.

Die Schänke war ein zweistöckiges Fachwerkgebäude mit bemoostem Dach und zwei großen Regenfässern rechts und links der Tür. Auf der einen Seite befand sich ein schmaler Hof, über den man zum Pferdestall gelangen konnte. Auf der anderen Seite wuchsen ein paar mickrige Obstbäume, ehe das Land erneut unter dem allgegenwärtigen Wald verschwand.

Faun warf Tiessa einen Seitenblick zu. »Meinst du wirklich, es ist sicher genug?«, fragte er.

Sie nickte, hakte ihre Hände unter das Bündel und ging los. Als sie am Pferdestall vorbeikamen, fiel Fauns Blick auf einen dickbäuchigen Knecht, der davor lungerte und sie neugierig musterte. Hastig zog er Tiessa weiter.

Nach ein paar Schritten gelangten sie zur Tür des Gasthauses. Die Fensterläden an der Vorderseite waren geschlossen. »Scheint ziemlich voll zu sein«, sagte Tiessa skeptisch und deutete auf den Flammenschein, der durch die Ritzen der Läden fiel. Er wurde unterbrochen durch allerlei schattenhaftes Zucken, wenn im Inneren Menschen vorübergingen. Zahlreiche Stimmen vermischten sich zu einem unverständlichen Kauderwelsch.

»Hoffentlich keine Räuberhöhle«, sagte Faun und meinte es nur halb im Spaß. Wenigstens wirkte das Anwesen einigermaßen gepflegt. Aller Wahrscheinlichkeit nach handelte es sich um eine ordentlich geführte Zwischenstation für Reisende auf dem Weg in die Berge. Von hier aus konnte es nicht mehr allzu weit sein, bis sie die Ausläufer der Alpen erreichten.

Faun öffnete die Tür und blickte als Erster hinein. Noch bevor er Einzelheiten wahrnahm, suchte er nach den vier Rittern. Sie waren nicht da. Mit einem Wink gab er Tiessa zu verstehen, dass sie ihm folgen sollte.

Mehrere Dutzend Menschen befanden sich im Schankraum des Wirtshauses, die meisten von ihnen Bauern und ihre Knechte, außerdem ein paar Händler auf der Durchreise, Köhler und Holzfäller. Womöglich auch der eine oder andere Wegelagerer; zweifelsohne gab es hier genug verschlagene Mienen für zwei Räubernester.

Der Boden der Gaststube bestand aus gestampftem Lehm. An langen Tafeln – blank gescheuerten Brettern auf Holzböcken, die rasch beiseite geräumt werden konnten, um Raum für Tanz oder zusätzliche Schlafplätze zu schaffen – saßen die Gäste in Reihen, manche auf Schemeln, die meisten auf groben Bänken, die recht wacklig auf Steinklötzen ruhten. Vor den Fenstern, die bis auf eines in der Seitenwand mit Läden verschlossen waren, gab es auch ein paar dicht umlagerte Einzeltische. An den Wänden verliefen gemauerte Absätze und Bretter, auf denen Krüge aus Ton und Holz aufgereiht standen. Die Luft war stickig, es roch nach abgestandenen Getränken, nach Schweiß und dem Schmutz der Straße. Während die meisten Männer tranken und sich unterhielten, gab es auch welche, die den Aufenthalt nutzten, um sich zu reinigen. Einer, nah am Eingang, zog sich gerade die Stiefel aus und schlug sie lautstark gegeneinander, damit der Schlamm abbröckelte. Ein anderer kämmte sich mit einem Knochenkamm die verfilzten Nester aus dem Haar. Ein großer Hirtenhund hatte sich vor dem kalten Kamin zusammengerollt; die Feuerstelle bildete den Mittelpunkt des Schankraums und war nach allen Seiten hin offen.

Kaum jemand nahm Notiz von den beiden Neuankömmlingen. Ihre schmutzige Kleidung ließ darauf schließen, dass sie lange auf Wanderschaft gewesen waren. Vielleicht ein Handwerksgeselle und sein Weib. Seit Faun nicht mehr die zerschlissene Gauklerkleidung trug, mit der man ihn ins Verlies geworfen hatte, erkannte man ihn nicht mehr auf Anhieb als einen vom fahrenden Volk. Das dunkle Haar, das ihm dicht und ungestüm auf dem einst kahl rasierten Schädel nachwuchs, tat ein Übriges, seine Herkunft zu verschleiern.

An Orten wie diesem wusste man ohnehin nie, woran man als Gaukler war. Der Wirt empfing einen meist mit offenen Armen, weil Musik und Spiel die Gäste länger an die Tische band. Aber in einem wild gemischten Haufen wie diesem mochte es genug argwöhnisches Volk geben, das in Spielleuten nur Diebe und Faulpelze sah.

Faun und Tiessa nahmen am Ende einer langen Tafel Platz. Zwischen ihnen und den nächsten Gästen am Tisch, einer Gruppe Waldmänner, von denen keiner mehr die volle Zahl Finger besaß, lag gerade mal eine Armlänge Platz. Faun fühlte sich unwohl, und er sah Tiessa an, dass sie noch weit weniger angetan war von diesem Ort.

»Essen«, bestellte Faun bei einer hageren Schankmagd mit sehnigen Armen, »und Bier.«

Die Frau verschwand.

»Du trinkst doch Bier?«, erkundigte er sich bei Tiessa.

»Danke der Nachfrage.«

Er beugte sich vor. »Wein ist zu teuer.«

»Und wer von uns beiden zahlt die Zeche?« Sie lächelte ihn an, und er hob abwehrend beide Handflächen.

Die Magd kam zurück und brachte Eier im Schmalz, gekochtes Federvieh von ungesunder Farbe und schlaffes Gemüse. Nichts davon schien auch nur halbwegs genießbar, aber sie verschlangen alles bis zum letzten Bissen. Es mochte ihren Gaumen keine Freude bereiten, aber ihre Mägen dankten es ihnen. Auf der Straße hatten sie sich von Beeren, Brot und Hirsebrei ernährt, jetzt war ihnen jede Abwechslung willkommen. Im Gegensatz zum Essen war das Bier ganz vorzüglich, und Faun bestellte sich einen zweiten Krug, als er spürte, dass ein Teil seiner Anspannung von ihm abfiel. Tiessa trank ihren bis zur Hälfte aus und nutzte den Krug danach vor allem zum Festhalten. Sie warf den schmuddeligen Gestalten neben ihr immer wieder argwöhnische Blicke zu, während Faun allmählich begann, sich in so fröhlicher Gesellschaft heimisch zu fühlen.

»Was hältst du davon, wenn wir uns heute ein Bett leisten?«, fragte er.

»Wir haben nicht viel Geld übrig.«

»Zur Abwechslung nicht von hundert Mücken zerstochen zu werden wäre schön. Außerdem müsste ich nicht mit einem offenen Auge schlafen, um nach deinen Verfolgern Ausschau zu halten.«

»Du?« Sie stieß ein helles Lachen aus. »Du schläfst doch als Erster von uns beiden ein.«

»Aber ich habe einen leichten Schlaf.«

Kopfschüttelnd beugte sie sich vor und nahm noch einen weiteren Schluck vom Bier.

»Du hast Schaum an der Nase«, sagte er.

Sie wischte sich mit dem Handrücken übers Gesicht. »Bier ist nicht so schlecht, wie ich dachte. Zu Hause hat man mir immer – « Sie brach ab, und der Anflug guter Laune verschwand schlagartig von ihren Zügen.

Er wartete einen Augenblick, doch als sie nicht fortfuhr, sagte er: »Du vermisst jemanden.«

»Meinen Vater.«

»Warum gehst du dann nicht zu ihm zurück? Hat er dir diese Männer hinterhergeschickt?«

»Mein Vater ist tot.«

»Das tut mir leid.«

Sie schüttelte den Kopf. »Es ist schon eine Weile her. Aber ich denke noch immer viel an ihn.«

Wie oft hatte er in den vergangenen Wochen an seinen eigenen Vater gedacht? Nicht häufig. Und wenn doch, dann waren es keine angenehmen Gedanken gewesen. Aber er glaubte zu verstehen, was Tiessa meinte.

»Was für ein Mann ist er gewesen?«

»Er war oft traurig. Er hat nicht viel Zeit für mich und meine Schwestern gehabt. Aber er ist immer gut zu uns gewesen.«

Wahrscheinlich war dies die beste Gelegenheit, um mehr über sie zu erfahren. Aber etwas hielt Faun davon ab, sie auszuhorchen. Das Bier hatte ihre Zunge gelöst, doch er hätte sich schäbig dabei gefühlt, ihre Trauer auszunutzen. Er hatte ihr Vertrauen bereits einmal missbraucht. Das war genug.

»Irgendwann erzählst du mir von ihm, ja?«

Tiessa nickte. »Vielleicht.« Ihre Blicke trafen sich, hingen für einen Moment aneinander. Dann wich sie ihm aus. »Hast du noch Durst?«

Er hatte gar nicht bemerkt, dass er auch den zweiten Krug geleert hatte. »Nein, das reicht.« Er streckte sich und gähnte. Einer der Waldarbeiter mit den verstümmelten Händen blickte herüber und ließ sich nicht im Geringsten davon beirren, dass Faun zurückstarrte. Etwas unverhohlen Bedrohliches lag in den Augen des Mannes.

»Faun!« Tiessas Stimme lenkte seine Aufmerksamkeit zurück auf sie. Plötzlich wirkte sie aufgeregt. Ihre Lippen bewegten sich, aber er verstand nicht, was sie ihm zuflüsterte.

Sie schob ihren Krug beiseite und beugte sich so weit über den Tisch vor, dass sie dazu von der Bank aufstehen musste. Ihre Stimme war ein angespanntes Raunen. »Ich habe gesagt: *Das Geld ist weg!*«

»Das ist nicht lustig.« Sein Grinsen wirkte wie erstarrt.

»Nein. Ist es nicht.«

Die Decke des Schankraums schien sich auf ihn niederzusenken. Ihm war mit einem Mal ungeheuer heiß, und er zerrte an seinem Ausschnitt, um Luft an seine Haut zu lassen.

»Bist du ganz sicher?«

Sie nickte hektisch. »Draußen war die Börse noch da. Jetzt ist sie verschwunden.«

»Du hättest besser auf sie achten müssen!«

»Was leichter gewesen wäre, wenn nicht jemand gestern Nacht mit dem Messer daran herumgefuchtelt hätte.«

Verstohlen blickte er zum anderen Ende des Schankraums, wo der Wirt mit verschränkten Armen neben der Tür zur Küche stand und wachsame Blicke durch den Raum schickte. Der massige Mann behielt gleichermaßen die Mägde und seine Gäste im Auge. Faun sah rasch in eine andere Richtung. Ihm war, als müsste der Wirt jeden Moment herüberschauen und auf der Stelle erkennen, dass hier zwei Zechpreller saßen.

»Was jetzt?«, fragte Tiessa.

Der eine Waldarbeiter stieß einen seiner Gefährten an und tuschelte mit ihm. Faun hatte aus widersinnigen Gründen keinerlei Zweifel, dass der Kerl genau wusste, was geschehen war. Er fühlte sich, als hätte jemand die Wahrheit wie einen Schuldspruch in seine Stirn geritzt.

Hatten *sie* die Münzen gestohlen? Gut möglich. Eine ungeheure Wut stieg in ihm auf, verbunden mit Hilflosigkeit. Mindestens zwei der Männer hatten Holzfälleräxte an die Tischkante gelehnt.

»Wir kommen hier nie unbemerkt raus.« Auch er lehnte jetzt weit über dem Tisch, die Ellbogen in Ringen aus abgestandenem Bier, während er mit Tiessa tuschelte.

Sie folgte seinem Blick zur Tür. Die Distanz hatte sich scheinbar verfünffacht. Die Menschenansammlung zwischen ihnen und dem Ausgang wirkte so massiv wie ein Wall aus Granit.

»Du bist doch Gaukler«, sagte sie unvermittelt.

»Und?«

»Frag den Wirt, ob du für die Zeche aufspielen kannst. Mach Musik. Oder wirf Bälle in die Luft. Irgendwas.«

Er verzog das Gesicht. »Wenn ich zu ihm gehe und ihm sage,

dass wir kein Geld haben, wird er mich nicht mal ausreden lassen. Hast du ihn dir mal angeschaut?« Faun wagte noch immer kaum, zu dem riesigen Mann hinüberzusehen, aus Angst, er könnte seine Aufmerksamkeit auf sie ziehen.

»Hmm«, machte Tiessa gedehnt. »Sieht aus, als könnte er einem Arme und Beine ausreißen.«

»Eben.«

»Dann frag ihn nur, ob du auftreten darfst. Du brauchst ihm ja nicht zu erzählen, warum.«

Faun sah zu den Waldarbeitern hinüber, die jetzt wieder alle in ein Gespräch vertieft waren. »Wenn du siehst, dass ich in Schwierigkeiten bin, dann warte nicht auf mich. Hau so schnell wie möglich ab.«

Sie nickte und lächelte ihm zu. »Du machst das schon«, sagte sie.

Schweren Herzens stand er auf und musste sich zwingen, den Wirt anzusehen. Er bot keinen schönen Anblick, wie er so dastand, breit wie der Türrahmen und ebenso hoch. Bei jeder Bewegung blitzte Kerzenschein auf einem Fleischerbeil an seinem Gürtel. Es war blank geputzt wie das Schwert eines Ritters und diente fraglos keinem anderen Zweck als der Einschüchterung von Unruhestiftern.

Der Wirt wurde auf ihn aufmerksam, noch ehe er den halben Weg zurückgelegt hatte. Sein Blick wich nicht mehr von Faun, bis der ihn erreicht hatte. Die haarige Pranke des Mannes lag reglos auf dem Griff des Fleischerbeils.

Faun musste von unten zu ihm aufschauen. Von nahem wirkte er ungleich kolossaler.

»Was gibt`s?«, fragte der Wirt.

»Ich …«, begann Faun, schluckte und versuchte es erneut: »Ich … möchte Euch eine Frage stellen.«

Eine buschige Braue ruckte nach oben. »So?«

Faun nickte. »Ich bin Gaukler. Und würde gern zum Tanz aufspielen, zum Wohlgefallen Eurer ehrenwerten Gäste – und natürlich zu Eurer eigenen hoch geschätzten Unterhaltung. Wenn's gestattet ist.«

»Warum redest du so?«, knurrte der Wirt.

»Wie, Herr?«

»Wie ein Vollidiot.«

»Nun, ich…« Und dann ging ihm erst mal die Puste aus, denn ihm wurde bewusst, dass er womöglich einen Fehler begangen hatte. Unterwürfigkeit mochte bei Hofe gefragt sein, aber nicht an einem Ort wie diesem, der ebenso rau und kantig war wie das Waldland, das ihn umgab.

»Ich würde gern in Eurem Haus auftreten«, sagte er mit erzwungener Ruhe. »Ihr tragt da ein ziemlich großes Beil, deshalb hab ich's für klüger gehalten, Euch um Erlaubnis zu bitten.«

»Hm-hm«, brummte der Wirt. »Schon besser. Was kannst du denn?«

»Vieles. Hühnereier jonglieren –«

»Die Decke ist zu niedrig.«

»Singen –«

»Nicht bei dem Lärm.«

»Flöte spielen –«

»Ich seh nirgends eine. Wo hast du sie?«

»Sie… sie ist mir gestohlen worden. Ihr habt nicht zufällig eine hier? Oder eine Laute?«

»Ein schöner Gaukler bist du mir!« Stechend schaute der Wirt ihm in die Augen. »Aber ich habe tatsächlich eine Flöte. Vom letzten Kerl, der hier musiziert hat. Er hat sie… sagen wir, danach nicht mehr gebraucht.«

»So?«, krächzte Faun.

Die gewaltigen Finger schlossen sich um das Beil, und Faun war keineswegs sicher, ob der Mann ihn gerade zum Narren hielt. »Er hat schlecht gespielt.«

»Ich bin besser.«

»Das würde ich dir auch raten. Kann nämlich keinen Ärger gebrauchen.« Die dunklen Augen verharrten noch einen Moment länger auf Faun, dann richtete der Wirt sich mit knarzender Lederschürze auf und sah zu Tiessa hinüber.

»Kann sie tanzen?«, fragte er.

»Wer?«

»Die Kleine.«

»Oh, die … Nein. Ich meine, nein, ich glaube nicht.«

»Ist sie nicht dein Weib? Sonst wär's Kuppelei, euch hier zu bewirten. Und ich kann keinen Ärger gebrauchen.«

»Doch, doch, das ist sie. Vor Gott mir angetraut.«

»Sie soll tanzen. Dann hast du meine Erlaubnis. Zwei Drittel von allem, was du verdienst, gehören mir.«

Zwei Drittel? Das war Wucher der allerschlimmsten Sorte. »Die Hälfte?«

Der Wirt gab keine Antwort. Stattdessen runzelte er erneut die Stirn. »Sie zieht sich nicht aus, oder? Beim Tanzen? Kann keinen Ärger gebrauchen.«

»Himmel, nein!«

»Gut.« Damit drehte er sich um und ergriff einen Knüppel. Faun glaubte gerade, sein letztes Stündlein habe geschlagen, als der Koloss das Ding gegen einen metallenen Gong krachen ließ. Für zwei, drei Herzschläge übertönte der Klang jedes andere Geräusch in der Schänke. Alle Gespräche brachen ab. Mit einem Mal waren Dutzende Augenpaare auf den Wirt gerichtet.

»Hört her!«, rief der Wirt in die Menge. »Dieser Gaukler hier, ein ausgesprochener Meister seiner Kunst, wird uns alle nun mit Musik und Spaß erfreuen. Und sein hübsches Weib dort drüben tanzt dazu auf dem Tisch.«

Das *hübsche Weib* wurde beim Anblick des riesigen Fingers, der in ihre Richtung zeigte, so blass, dass Faun schon glaubte, sie würde ohnmächtig. Doch nach dem ersten Schrecken reagierte sie bemerkenswert gefasst. Ihre Lippen formten ein schüchternes »Oh!«, aber das wurde bereits vom rauen Jubel der Gäste übertönt. Am lautesten tobten und applaudierten die fingerlosen Waldburschen.

Der Wirt verschwand für einen Augenblick in der Küche und kam mit einer alten Flöte zurück. Sie war übersät mit Fettspritzern, und Faun hätte sich nicht gewundert, wenn sie sich durch die Nähe zum Herdfeuer verzogen hätte. Er blies probeweise ein paar Töne und war überrascht, dass sie recht passabel klang. Allemal gut genug für diese Meute.

Der Wirt gab ihm einen kräftigen Schubs, der ihn zurück in Tiessas Richtung beförderte. Die Menge strömte auseinander und schuf eine Gasse.

»Gut gemacht«, fauchte Tiessa, als er sie erreichte. »So viel Aufmerksamkeit – und nur für uns allein!«

»Du kannst doch tanzen, oder?«

»Und wenn nicht?«

Faun schwenkte die Flöte. »Die hat dem Letzten gehört, der irgendwas nicht gut genug konnte.«

»Oh«, sagte sie zum zweiten Mal, und dann wurde sie auch schon von einem Kerl von hinten um die Taille gefasst und auf den Tisch gehoben. Sie quietschte auf, hatte aber gleich wieder alle Sinne beisammen und verbeugte sich. Faun fand es bemerkenswert, wie rasch sie sich mit der neuen Lage abfand.

Die Holzfäller räumten alle Schalen, Krüge und Kerzen beiseite, und bald hatte sich ein enger Kreis um den Tisch und Faun gebildet. Anfeuernde Rufe ertönten, Händeklatschen und Fußstampfen.

Der Wirt nickte Faun zu.

Der setzte die Flöte an die Lippen, schenkte Tiessa ein aufmunterndes Lächeln und begann ein schnelles Tanzlied. Tiessa brauchte drei, vier Herzschläge, ehe sie sich auf den hastigen Rhythmus eingestellt hatte.

Aber, bei Gott, dann *tanzte* sie. Tanzte, dass Faun beim Blick über die Flöte und seine huschenden Finger fast die Augen aus den Höhlen fielen. Sie trug nach wie vor die schmutzige Wegkleidung, enge Beinlinge, eine weite Tunika mit kurzer Jacke und geschnürte Stiefel, die bei jedem Schritt die Tafel erbeben ließen. Und doch sah sie zauberhaft aus, beinahe elfengleich mit ihrer anmutigen, zarten Gestalt. Nach einem gemeinsamen Seufzen brach die Menge in begeisterten Applaus aus. Einen Moment lang verlor Faun den Faden seines Spiels, aber das war nicht schlimm, weil die Melodie ohnehin im Lärm des Jubels unterging. Dann fand er zurück zu den richtigen Klängen, und Tiessa drehte und reckte und schlängelte sich dort oben auf dem Tisch, dass das Zuschauen eine wahre Wonne war und selbst dem gröbsten Gesellen aus den Wäldern das Herz schneller klopfte.

Nicht *zu* schnell, hoffte Faun, der sich bereits ausmalte, wie schmutzige Hände nach dem Mädchen griffen und es vom Tisch zerrten.

Aber da stand der Wirt schon neben ihnen, gleichermaßen gefesselt von Tiessas Darbietung, aber doch auch immer mit einem wachen Auge auf die aufgepeitschte Menge. Nun war es gewiss kein Zufall mehr, dass seine Finger am Griff des Fleischerbeils ruhten.

Faun sah zu Tiessa hinauf, während sein Atem und seine Finger das Instrument wie von selbst bedienten.

Das war der Moment, in dem ihre Tunika verrutschte und er die Geldbörse bemerkte, die fest umschnürt an ihrem Gürtel hing. Stammte das Klimpern, das er zu hören glaubte, etwa von Münzen?

Er stockte, erntete einen finsteren Blick des Wirts und spielte rasch weiter. Tiessa hatte es gar nicht bemerkt. Sie achtete eh kaum auf sein Spiel, war vielmehr in einen bezaubernden Taumel verfallen, der sie von einem Wirbel zum nächsten führte, im einen Moment eine Hexe, die ihren Zopf ekstatisch schüttelte, im nächsten eine arglose Nymphe auf einer Waldichtung im Wald, unbeeindruckt von den Augen, die sie gierig begafften.

Die verdammte Geldbörse hing an ihrem Gürtel! Und sie war keineswegs leer!

Faun verschluckte sich fast, doch der Anblick des Beils, genau auf Höhe seiner Augen, ließ ihn weiterspielen. Erst recht, als sich die freie Hand des Wirts auf seine Schulter senkte und liegen blieb wie fleischgewordenes Unheil.

Er beendete das Stück und begann gleich mit dem nächsten. Jemand warf ihm eine Münze vor die Füße. Augenblicklich bückte sich der Wirt und fischte sie auf. Weitere folgten. Tiessa wirbelte umher, sprang die gesamte Länge der Tafel entlang, sodass sich Männer rasch auf das eine Ende stützten, damit es sich nicht hob, wenn sie auf der anderen Seite tobte.

Faun war viel zu wütend auf sie, um sich nun auch noch über die gierigen Hände des Wirts zu ärgern. Warum hatte sie ihn angelogen? Aber das sah ihr ähnlich. Vermutlich hatte sie ihren Spaß dabei, es ihm für seinen Diebstahlsversuch gestern Nacht heimzuzahlen.

Doch sie spielte mit dem Feuer. So gut es im Augenblick für sie aussehen mochte, so schnell konnte die Stimmung umschlagen. Falls es wirklich ein paar dieser Kerle auf das Mädchen absähen, würde auch der Wirt keine große Hilfe sein. Und was war später, wenn sie das Wirtshaus verließen? Draußen im Wald waren sie den Männern ausgeliefert.

Er spielte Lied um Lied, bis ihm allmählich die Luft ausging und die Finger schmerzten. Tiessas Tanz war ruhiger geworden, aber nicht weniger aufreizend. Doch auch sie ermüdete, was der Begeisterung des Publikums keinen Abbruch tat.

Nach dem nächsten Lied gab sie ihm einen Wink, kam erschöpft zum Stehen und verbeugte sich in alle Richtungen. Applaus und Jubel brandeten zu neuen Höhen empor, aber Tiessa ließ sich zu keiner Zugabe bewegen. Faun schwante Übles – etwa dass der Wirt sie kurzerhand zwingen würde –, doch der Koloss schien ein Einsehen zu haben, reichte Tiessa eine Hand, half ihr beim Sprung vom Tisch und wandte sich dann mit einer kurzen Rede an die Menge. Die Vorführung sei beendet, sie könnten nun alle frisch gezapftes Bier bestellen, und wer damit nicht zufrieden wäre, solle sich gefälligst nach Hause scheren. Ein paar enttäuschte Zurufe ertönten, aber die meisten sanken zurück auf ihre Plätze an Tafeln und Tischen und waren bald wieder in ihre Gespräche, Streitereien und trunkenen Gesänge vertieft.

Nicht wenige warfen verstohlene Blicke zu Tiessa herüber, die sich mit einem Ärmel den Schweiß von der Stirn wischte und ein wenig wacklig auf den Beinen beim Wirt und Faun stand.

Im offenen Seitenfenster lehnte ein Knecht. Es war derselbe, den sie vorhin beim Pferdestall gesehen hatten. Angelockt vom Lärm hatte er den Tanz des Mädchens verfolgt und war nun in ein Gespräch mit einem kleinwüchsigen Mann verstrickt.

Der Wirt zählte eine Hand voll Münzen ab, reichte sie jedoch nicht Faun – der gleich die Hand danach ausgestreckt hatte –, sondern Tiessa. »Hier, Mädchen, hast dir dein Geld verdient. Euer Essen und das Bier gehen aufs Haus.« Damit ließ er den Rest der Münzen klimpernd in seiner Schürze verschwinden und stampfte durch die Menge davon.

»Sieht aus, als könntest du die behalten.« Tiessa zeigte auf die Flöte in Fauns Hand. Ihre Brust hob und senkte sich schnell, ihre Stimme war atemlos. Aber sie brachte den Hauch eines Lächelns zustande.

Faun achtete nicht auf das Ding in seinen Fingern. »Warum hast du das getan?«, fuhr er sie an.

»Nicht jetzt.« Mit einem Nicken deutete sie in die Richtung des Fensters, durch das sich der Stallknecht noch immer hereinbeugte und angeregt unterhielt.

»Nicht jetzt?«, flüsterte er aufgebracht. »Wir hätten –«

»Der Stall ist unbewacht«, unterbrach sie ihn.

Ihm wurde heiß und kalt zugleich. Er hätte es sich denken können.

»Wenn wir schneller vorankommen wollen, brauchen wir Pferde«, sagte sie mit entwaffnender Logik.

»Nach alldem hier willst du *Pferde stehlen*?«

Sie nickte.

»Ich sehe hier fünfzig Kerle, die dein Gesicht mit Sicherheit die nächsten paar Tage nicht aus dem Kopf kriegen werden!«

Sie hörte schon gar nicht mehr hin, sondern wandte sich zum Ausgang. »Komm schon. Streiten können wir später noch.«

Er warf in einer hilflosen Geste die Arme in die Luft und setzte sich in Bewegung, um sie in dem Gewühl nicht zu verlieren. Er konnte selbst kaum fassen, dass er sich noch immer Sorgen um sie machte. Im Gehen steckte er die Flöte unter seinen Gürtel und wünschte sich, sie wäre ein Schwert.

Draußen blieben sie einen Moment lang stehen.

»Los«, flüsterte Tiessa, nachdem sie sich vergewissert hatte, dass ihnen niemand ins Freie folgte. »Wenn der Wirt merkt, dass der Pferdeknecht nicht auf seinem Posten ist, wird er ihn schleunigst dorthin zurückjagen.«

»Das ist keine gute Idee.« Aber Faun folgte ihr trotzdem, fasziniert von ihrer Entschlusskraft, die für eine Weile sogar seine Wut auf sie in den Hintergrund drängte.

Der Platz an der Seite des Gasthofs lag silbern im Mondlicht. Das offene Fenster leuchtete zu ihrer Linken. Der breite Rücken des Stallknechts zeichnete sich als Silhouette gegen den Kerzenschein ab. Er hatte sich weit ins Innere gebeugt und gestikulierte mit den Armen.

Sie wagten nicht, zum Stalltor hinüberzurennen, aus Furcht, der Mann könnte ihre Schritte hören. Stattdessen schlichen sie in einem Bogen am Waldrand entlang, möglichst weit von dem Mann entfernt, und näherten sich dann von der Seite her dem Tor. Es war nur durch eine Lederschlaufe gesichert, die vom einen Torflügel zum anderen gespannt und an einem Haken befestigt war. Faun löste sie und schob den einen Flügel vorsichtig nach innen. Das Holz scharrte über lose Steine und Dreck.

An der Vorderseite des Gasthofs fiel Licht über die Straße, als dort die Tür geöffnet wurde und jemand ins Freie trat. Sie konnten von hier aus nicht sehen, um wen es sich handelte. Dann waren sie auch schon im Inneren des Stalls und schauten sich angestrengt in der Finsternis um. Es roch intensiv nach Pferden und Stroh. Aus mehreren Richtungen ertönten leises Scharren von Hufen und schläfriges Schnaufen.

»Wenn wir nur eines nehmen, schlagen sie uns vielleicht nur die Hände ab«, sagte Faun. »Nehmen wir zwei, bringen sie uns auf jeden Fall um.«

Ohne Entgegnung huschte Tiessa davon.

»Kannst du irgendwas sehen?«

»Das hier«, sagte sie bestimmt und redete dann sanft auf das Tier ein: »Ja, braver Junge. Du kommst mit uns, hm?«

»Wie, zum Teufel, kannst du entscheiden, welches die Besten sind?«

»Nicht die Besten. Die Ruhigsten. Oder willst du dir einen Wildfang klauen, der dich draußen vor dem Tor gleich abwirft?«

Faun war kein besonders erfahrener Reiter. Er würde sich gerade so im Sattel halten können, wenn es darauf ankam. Tiessa mochte das ahnen, oder aber sie war selbst nicht allzu erfahren im Umgang mit Pferden. Allerdings sprach dagegen die Art und Weise, wie sie im Dunkeln mit den Tieren tuschelte.

Nach kurzer Zeit hörte er Hufe im Stroh rascheln und ein leises Schnauben. Dann kam Tiessa tatsächlich mit zwei Rössern zu ihm zurück. Sie wirkte bedrückt, aber das mochte an der Dunkelheit liegen. »Kannst du deins selbst satteln?«, fragte sie heiser.

»Sicher.«

Wenig später waren die Tiere bereit zum Aufbruch. Im Dunkeln hatte die nötige Prozedur ein wenig länger gedauert, aber schließlich saßen die Sättel fest auf den Rücken der Pferde. Fauns Stute war dunkel – braun oder schwarz, vermutete er –, während sich Tiessa einen Schimmel ausgesucht hatte. Tiessa zog sich in den Sattel, wickelte sich die Zügel um die rechte Hand und warf einen letzten Blick auf Faun, der zum Tor ging und einen sichernden Blick ins Freie warf.

»Schnell!«, zischte sie und klang jetzt ganz anders als vorhin. Nicht mehr nur einfach besorgt, sondern regelrecht verängstigt.

Faun sah zu ihr auf. »Ist da irgendwas, das ich wissen sollte?«

»Diese Pferde …«, sagte sie leise.

Sein Blick glitt über den Schimmel. Für ihn sah ein weißes Pferd aus wie das andere.

»Das sind ihre«, flüsterte sie.

»Ihre?« Er schluckte etwas hinunter, das sich anfühlte wie ein Kieselstein. »*Ihre*!«

Tiessa tätschelte dem Schimmel den Hals. »Die Männer, die mich verfolgen. Sie sind hier … irgendwo.«

»Und wir stehlen *ihre Pferde*?«

»Es sind die besten im ganzen Stall. Außerdem kennen sie mich. Ein bisschen, jedenfalls.«

Er bewegte sich noch immer nicht vom Fleck. »Heißt das, diese Kerle waren die ganze Zeit da drinnen?«

»Sie müssen auf ihren Zimmern sein. In der Schänke waren sie jedenfalls nicht.«

Er wusste nicht, was ihn härter traf. Die Tatsache, dass ihre Feinde jetzt dort draußen waren und Tiessa und er drauf und dran waren, ihre Rösser zu stehlen. Oder vielmehr die Erkenntnis, dass sie die ganze Zeit über nur durch eine dünne Holzdecke von den vier Rittern getrennt gewesen waren.

Er gab sich einen Ruck und zog langsam das Tor auf, gerade weit genug, dass ein Ross mit Reiter hindurchpasste. Der Knecht lehnte noch immer im Fenster.

Mit zitternden Knien kehrte er zu seiner Stute zurück und zog sich in den Sattel. Sie bewegte sich unruhig auf der Stelle, ließ ihn aber gewähren.

»Bereit?«, fragte Tiessa.

»Bereit«, erwiderte er.

Sie verließ den Stall als Erste. Der Knecht bemerkte sie noch immer nicht – wohl aber die fünf Gestalten, die am anderen Ende des Platzes standen, gleich an der Straße. Ob die Männer den

Gasthof verlassen hatten, um die hübsche Tänzerin ausfindig zu machen, oder ob sie andere Gründe gehabt hatten, spielte jetzt keine Rolle mehr. Im selben Moment, als der erste das Mädchen im Mondlicht erkannte, stieß er einen Pfiff aus, zeigte auf sie und alarmierte die anderen.

Es bedurfte keiner Absprache. Innerhalb eines Herzschlags waren sie sich einig. Tiessa trat dem Schimmel die Fersen in die Seiten. Faun versuchte es genauso zu machen, aber seine Stute reagierte erst beim dritten Mal. In der Zwischenzeit wirbelte der Stallknecht herum, entdeckte sie und stieß einen wilden Fluch aus.

Die Tiere brachen in Galopp aus. Faun traute seinen Augen nicht, als Tiessa zwei der Kerle ohne zu zögern über den Haufen ritt, während ein dritter versuchte, sie am Bein zu packen. Sie schwankte, doch in dem Moment gehorchte Fauns Stute, und er trieb das Pferd mit einem wilden Aufschrei auf den Mann zu. Instinktiv ließ der Tiessas Bein los und drehte sich um, doch da wurde er schon von den Füßen gerissen. Ein Huf streifte seine Schulter, dann war Fauns Stute über ihn hinweg. Der Knecht rannte ein Stück hinter ihnen her, schwenkte die Fäuste und brüllte Beschimpfungen. Die beiden anderen Männer waren zurückgewichen, kamen nun aber angelaufen und beugten sich über ihre verletzten Gefährten.

Sie wussten nicht, wie viel Zeit ihnen blieb, ehe die Ritter die Verfolgung aufnehmen würden. Aber die Männer waren zu viert; und zwei ihrer Pferde standen noch immer im Stall.

»Keine Sorge!«, rief Tiessa über die Schulter. Ein Lächeln hatte sich über ihre Gesichtszüge gelegt. »Ich habe ihre Sattelgurte zerschnitten.«

Er konnte nur ihren Rücken anstarren und brachte kein Wort heraus.

Tiessa lachte glockenhell auf. »Sie werden's spätestens in ein paar Minuten merken.«

Übermütig ließ sie ihren Schimmel noch schneller laufen. Sie preschten über ein Feld, fanden zur Straße zurück und bogen auf ihr in den Wald ein. »Das war leicht, oder?«, rief sie zu ihm hinüber. Ihre Augen blitzen fröhlich.

Tiessa verblüffte ihn immer wieder aufs Neue. Nicht nur, weil sie nicht die Wahrheit sagte und keine Macht der Welt ihr entlocken konnte, was sie nicht preisgeben wollte. Sondern weil sie sich von einem Moment auf den anderen scheinbar mühelos verwandeln konnte, fast wie Saga, wenn sie in ihre Rolle als Lügerin schlüpfte. Bodenlose Trauer wechselte sich bei Tiessa mit unbändiger Lebenslust ab, aus dem verschreckten Mädchen wurde eine geheimnisumwobene Flüchtende, aus der aufreizenden Tänzerin eine geübte Reiterin. Er hatte sie unterschätzt, die ganze Zeit über, und er fragte sich, was es noch über sie zu erfahren gab, das er zu diesem Zeitpunkt nicht einmal ahnen konnte.

Ausgelassen galoppierten sie nebeneinander durch die Nacht, die Straße entlang nach Süden, den unsichtbaren Bergen hinter den Wäldern entgegen.

Saga hatte Todesangst.

Als die Menge auf sie zutobte, eine wogende Masse aus geröteten Gesichtern, verfilztem Haar und schmutzigen Kleidern, fiel ihr nichts Besseres ein, als die Arme vors Gesicht zu ziehen und stocksteif stehen zu bleiben. Wohin hätte sie auch zurückweichen sollen? Die aufgebrachten Mädchen und Frauen drangen von allen Seiten auf sie ein, heulend und kreischend, mit hochgerissenen Armen und geweiteten Augen.

Gesänge ertönten, Lobpreisungen Gottes, der heiligen Maria und – ja, der Magdalena selbst. Saga war längst nicht mehr erstaunt darüber, dass an allen Orten, in die sie kam, Lieder zu ihren Ehren existierten, eigene Gebete, ganze Predigten nur in ihrem Namen gelesen wurden.

Und nun kamen all diese Frauen über sie und wollten ein Stück von ihr, einen Fetzen ihrer Kleidung, eine Strähne ihres Haars, eine kurze, und sei es noch so flüchtige Berührung ihres Fleisches.

Die sechs Söldner, die Zinder zu ihrem persönlichen Schutz abgestellt hatte, wurden von der lärmenden Menschenwoge überrollt und fortgerissen. Saga sah weitere Männer in dem Gedränge verschwinden, eins werden mit der tobenden Masse, und sie glaubte sogar Zinder selbst zu erkennen, der vom Rand des Platzes aus Befehle schrie, die in all dem Getöse niemanden erreichten.

Hunderte folgten ihr mittlerweile, mehr als Violante je vorausgesehen oder gar angestrebt hatte. Der Plan der Gräfin war es gewesen, mit so wenigen Anhängerinnen wie möglich – und doch gerade genug, um bei ihrer Ankunft in Mailand Eindruck zu schinden – über die Berge nach Italien zu ziehen. Aber nun folgte ihnen bereits ein Menschenstrom, der kaum noch zu kontrollieren war. Und wie die Dinge lagen, wollten sich hier und jetzt noch viele weitere dem Zug der Magdalena anschließen.

Vorausgesetzt, sie ließen etwas von ihr übrig.

Jetzt kletterten die Ersten an dem hölzernen Podest empor, das man für die Predigt errichtet hatte. Saga versuchte, ruhig zu bleiben, nahm die Arme vom Gesicht und richtete ihren Blick über die Masse hinweg auf die gewaltigen Berggipfel, die sich jenseits der Dächer dieser namenlosen Ortschaft erhoben. Majestätisch wuchsen sie in den Himmel, Giganten aus schroffem Granit, deren bewaldete Hänge aus dem Nebel dampften, weiter oben in kahles Aschgrau übergingen und sich hoch über der Welt bedrohlich und scharf gezahnt mit dem Himmel vereinten. Sie dachte, wenn sie sich nur auf die Gipfel konzentrierte, auf diese eherne Ruhe dort oben, unveränderlich und blind gegenüber dem Treiben der Menschen am Boden, dann würde etwas von dieser Gelassenheit auch auf sie selbst übergehen und das Unausweichliche leichter machen.

Hände streckten sich nach ihr aus, berührten sie. Die jungen Mädchen, die sie als Erste erreichten, fielen auf die Knie, um ihr zu huldigen, wurden aber gleich darauf von der nächsten Welle niedergetrampelt oder vorwärts geschoben, über Saga hinweg, die den Halt und das Gefühl für oben und unten verlor, und plötzlich inmitten einer Flut aus zupackenden Händen gefangen war, hin- und hergerissen, durchgeschüttelt, und dann schier in Brand gesetzt von Schmerzen.

Durch einen Schleier aus Panik und Pein sah sie ein Gesicht neben sich, sah eigentlich Dutzende, aber doch dieses eine inmitten der anderen – Gunthilds Gesicht, das wie eine Erscheinung im Zentrum dieses Menschenwirbels leuchtete, umhergeworfen wie sie selbst, und doch mit festem Blickkontakt zu ihr. Dunkle, alte Augen voller Abscheu. Schmale, verdorrte Lippen, die sich öffneten und schlossen, als flüsterten sie ihr etwas zu.

»Glaub nicht, dass es immer so sein wird«, drangen Worte wie Gift an ihre Ohren. »Irgendwann werden sie die Wahrheit erkennen. Irgendwann werden sie begreifen, was du wirklich bist.«

Dann verschwand Gunthild zwischen den anderen, und Saga glaubte an einen Traum, eine Vision, die von den Schmerzen aus ihren eigenen Gedanken emporgespült und wieder ausgelöscht worden war. Sie spürte, dass ihre Kleider zerrissen wurden, von gierigen Händen, die einander um den kleinsten Fetzen kämpften, spürte, wie jemand an ihren Haaren riss, wie sie von allen Seiten betastet, befühlt, vereinnahmt wurde. Dann bekam sie keine Luft mehr, niedergepresst am Boden von all den Körpern, die über sie kamen und ihrerseits von anderen begraben wurden, als hätten die Berge selbst beschlossen, sich über die Menschen hinwegzuwälzen und dabei alles zu zermalmen, das ihnen im Weg war.

Keine Luft, dachte sie noch einmal.

Sie hörte Stimmen von Männern. Zinders Stimme. Er rief ihren Namen.

Trotzdem konnte sie nicht atmen. So viel Gewicht auf ihrer Brust. Auf ihrem Kopf, der zu zerspringen drohte. Auf ihrem Becken.

»Saga!«

So sollte er mich nicht nennen, dachte sie noch. Nicht vor all diesen Menschen.

Saga. Die Magdalena.

Gott, das bin ich!

~

Zinder half ihr auf die Beine, schrie andere an, zurückzubleiben, hatte den linken Arm um ihre Taille gelegt und schlug mit dem rechten um sich, stieß Menschen von dem Podest, trat jemanden beiseite und stand doch fest verankert inmitten all dieses Chaos und beschützte Saga vor dem Ansturm der Masse.

Sie war nackt, trug keinen Faden mehr am Körper. Alles war fortgerissen, unter den Gläubigen verteilt, als wäre jeder Fetzen ihrer Kleidung eine Reliquie.

Aber ich lebe noch, schrie es stumm in ihr, *und Reliquien sammelt man nur von Toten!*

Dabei hätte sie tot sein können, ganz gewiss sogar, wenn Zinder ihr nicht beigestanden hätte. Er war wie ein Fels, um den sich die Wogen teilten, und der allein kraft seiner Aura aus Zorn und Entschlossenheit die fanatischen Frauen in ihrem Wahn auseinander trieb.

Sie wusste nicht, wie lange das so ging – sie splitternackt in seinem Arm, halb stehend, halb in sich zusammengesunken –, während er um ihr Leben kämpfte, gegen Menschen, die ihr doch eigentlich gar nichts Böses wollten, die nur *etwas* von ihr besitzen wollten, einen Schatten ihrer Heiligkeit und Nähe zu Gott. Und das alles um einer Lüge willen.

»Ich kann stehen«, brachte sie stöhnend hervor. »Zinder, es geht schon … du kannst mich loslassen.«

»Den Teufel werd ich tun!«

»Nein, wirklich … es geht.«

Er schlug einem Mädchen ins Gesicht, das mit verzücktem, wahnhaftem Blick auf sie zustürmte, als alle anderen sich schon zurückzogen. Saga sah die Kleine davontaumeln, vom Rand des Podests kippen und im Strudel der Menge verschwinden.

»Wie … wie konnte das nur passieren …«

»Zu wenig Männer«, keuchte er verbissen. »Ich rede seit Tagen, dass wir mehr Soldaten brauchen, Wachen für dich und den ganzen Zug, aber Violante wollte nicht auf mich hören.«

Andere Söldner waren mittlerweile ebenfalls ins Zentrum des

Platzes vorgedrungen und trieben die Frauen mit blanken Klingen auseinander.

»Sie sollen… ihnen nichts tun«, brachte Saga hervor. »Sie wollen nichts…«

»Sie hätten dich fast umgebracht!«

Sie schüttelte den Kopf. Ihr Nacken tat weh. Um ein Haar hätten sie ihr das Genick gebrochen. »Nicht absichtlich.«

»Oh!«, höhnte er. »Das ändert alles.« Wieder teilte er Schläge aus, als zwei junge Frauen den Wall der Söldner durchstießen und bis auf das Podest gelangten. Sie brüllten Hallelujas und sangen Lobpreisungen, als andere Söldner sie von hinten packten und hinaus in die brodelnde Menschenmasse stießen.

»Lass mich los«, bat sie ihn.

»Nein. Du bist verletzt.«

»Zinder! Lass – mich – los!« Jetzt war es ein Befehl, und zu ihrem Erstaunen gehorchte er mit einem verächtlichen Schnauben. Wahrscheinlich wartete er nur darauf, dass sie wieder zusammenbrach, doch den Gefallen tat sie ihm nicht. Schwankend, übersät mit Kratzwunden und Prellungen, stand sie im Zentrum des Podests, schob Zinder sanft von sich und betrachtete die Menge zu ihren Füßen.

Sie glauben nicht an das, was ich *sage*, sondern *an mich*!, durchzuckte es sie. Das alles hatte nichts mehr mit dem Lügengeist zu tun. Nicht mit ihren Fähigkeiten. Nicht einmal mit ihr selbst, mit Saga der Gauklerin.

Das alles geschah wie von selbst. Ob sie zu ihnen sprach oder nicht, ob sie ihnen vom heiligen Jerusalem und der Sarazenenpest erzählte oder es bleiben ließ – diese Mädchen hatten bereits an sie geglaubt, bevor sie hier aufgetaucht war. Die Geschichten, die durchs Land streiften wie Gespenster ihrer selbst, hatten sie alle zu glühenden Anhängerinnen gemacht, zu Dienerinnen der einen Sache. Zu willigen Werkzeugen für Violante und ihre undurchsichtigen Ziele.

Saga fühlte sich schuldig. Und zugleich so unendlich erhaben und stark und unverwundbar. Sie war die Magdalena. Sie war der Grund, warum all diese Menschen hier waren. Jedem Wort, das sie sagte, würden sie huldigen. Jedem Befehl gehorchen.

Ihre eigene Macht flößte ihr Furcht ein. Aber sie genoss sie auch, und nicht erst seit heute. Das wiederum machte ihr Angst vor sich selbst und vor einer Seite ihres Wesens, die sie bislang nicht gekannt hatte.

»Hört mir zu!«, rief sie hinaus in diesen Hexenkessel, mit dünner, geschundener Stimme, heiser von zu vielen Predigten, zu vielen Nächten im feuchten, zugigen Zelt. »Hört mich an!«

Der Ring aus Bewaffneten, der sich jetzt rund um das Podest formiert hatte, verhinderte, dass weitere Gläubige den Weg zu ihr fanden. Sie alle erstarrten, die vielen Mädchen und Frauen auf dem Platz genauso wie Zinders Söldner.

Schweigen senkte sich über das Meer aus Köpfen. Nur ein paar Verletzte wimmerten leise, und am Rand ihres Blickfelds sah Saga, wie Gestalten ein paar andere davontrugen, reglose Leiber, hoffentlich nur bewusstlos, nichts Schlimmeres. Aber tief im Inneren wusste sie es besser. Die Ausschreitungen hatten Opfer gefordert. Menschen waren ums Leben gekommen, niedergetrampelt, zerquetscht, erstickt zwischen all den anderen.

Für mich, dachte sie erneut. Ein verhallendes Echo ihres schlechten Gewissens. *Für mich gestorben.*

Sie begann wieder zu sprechen, redete beruhigend auf die Menschen vor ihr ein, sagte einfach das, was ihr gerade in den Sinn kam. Und dabei war sie sich kaum bewusst, dass sie noch immer nackt war. Sie fror nicht, und sie stand aufrecht wie eine gemeißelte Statue aus Stein, wie die ehernen Berge über den Dächern, ungebeugt, unbeschadet, trotz ihrer Wunden, ganz die Heilige, die sie von Tag zu Tag mit größerem Geschick verkörperte.

Während sie sprach, streiften einige ihre Kleider ab und reichten sie demütig den Söldnern, die sie erst ablehnen wollten.

Doch Zinder sprang dazwischen und sammelte ein paar Teile ein – ein schlichtes Kleid, ein fleckiger Mantel, grobe Schuhe für ihre blutenden Füße. Das alles trug er zurück zu Saga, auf ausgestreckten Armen, als brächte er ihr ein Opfer dar. Einmal mehr fragte sie sich, ob er nicht doch an sie glaubte oder ob er das Spiel nur mitspielte, längst zu sehr Teil dieses Betrugs, um sich noch widersetzen zu können.

Sie ließ zu, dass er von hinten den Mantel um ihre Schultern legte und die übrigen Sachen vor ihren Füßen ablegte. Dann zog er sich zurück und verfolgte mit ausdrucksloser Miene ihre Rede.

Irgendwann fiel ihr nichts mehr ein, das sie hätte sagen können, und sie dankte allen für ihr Kommen und lud sie ein, ihr zu folgen, ins Heilige Land, in die Freiheit.

Wieder wurden Gesänge angestimmt, aber diesmal drängte niemand mehr zu ihr herauf. Zinder nickte ihr anerkennend zu, wandte sich ab und gab seinen Männern Befehle.

»Saga.«

Sie drehte sich um, noch immer benommen und von grässlichem Schwindel gepeinigt, kaum in der Lage, sich aus eigener Kraft auf den Beinen zu halten.

Es war die Gräfin. Violante war sehr blass, ihr blondes Haar zerzaust. Ein blutiger Handabdruck leuchtete an ihrem rechten Ärmel, als hätte sich jemand unter Schmerzen daran festgekrallt.

»Gunthild«, sagte sie mit tonloser Stimme. »Sie haben sie niedergetrampelt.«

Saga erinnerte sich an das hasserfüllte Gesicht in der Menge. An die Vision, die keine gewesen war. »Wie geht es ihr?«

»Sie stirbt. Sie will dich ein letztes Mal sehen.«

~

Man hatte die alte Nonne in eines der Häuser gebracht und im Erdgeschoss auf Decken gebettet. Der Besitzer protestierte, in Schach gehalten von zwei Söldnern mit gezogenen Schwertern, während seine Frau dienstbeflissen Wasser und Tücher herbeibrachte. Unter allerlei Verbeugungen eilte sie vor Saga, Violante und Zinder her, als wäre die Heilige Dreifaltigkeit persönlich in ihrem Haus erschienen. Sie entschuldigte sich für das unwürdige Gebaren ihres Mannes, für den Schmutz in der Kammer, sogar für den Lärm, der durch die geschlossenen Läden hereindrang.

»Es ist gut«, sagte Saga und zog sich den Mantel enger um die Schultern. »Du hast uns einen großen Dienst erwiesen. Der Herr wird es dir danken.« Mittlerweile sagte sie solche Dinge, ohne darüber nachzudenken. *Gott dankt es dir. Jesus wacht über dich. Die Jungfrau Maria ist immer bei dir.* Sie hatte nicht nur das Ausmaß ihrer eigenen Macht erkannt, sondern auch den Einfluss bestimmter Worte. Kein Lügengeist war nötig, um den Glauben der einfachen Menschen zu entfachen.

Gunthild schien nicht zu bemerken, dass Saga an ihr Lager trat. Die Nonne war bis zum Hals zugedeckt, und Saga war dankbar dafür. Ihrem zertrümmerten Gesicht nach zu urteilen, musste sie unter dem Stoff entsetzlich aussehen. Ein Wunder, dass überhaupt noch Leben in ihr war. Eine Hand ragte unter der Decke hervor, baumelte leblos über der Bettkante. Ein feiner Blutfaden troff vom Mittelfinger zum Boden hinunter.

Sie lag auf dem Rücken, den trüben Blick zur Decke gerichtet.

»Du bist gekommen«, kam es krächzend über ihre aufgeplatzten Lippen. Ein Wangenknochen war unter einer dunkelroten Schwellung verschwunden, der andere auf groteske Art nach innen gebeult wie ein geleerter Weinschlauch. Ihr hatten schon vorher Zähne gefehlt, aber jetzt klaffte zwischen ihren Lippen ein hässliches, rotes Loch. Ein Wunder, dass ihre Worte überhaupt zu verstehen waren.

»Es tut mir so leid«, sagte Saga. »Ich hätte mir gewünscht, dass du die Heilige Stadt mit eigenen Augen siehst.«

»Aber ich kann sie sehen, Saga! Im Gegensatz zu dir werde ich bald dort sein. Der Herr erwartet mich mit ausgebreiteten Armen.«

Eine Heilkundige, die sich notdürftig um Gunthilds Versorgung gekümmert hatte, beugte sich an Sagas Ohr. »Sie phantasiert und sieht … Dinge.«

»Lasst uns allein«, keuchte die Nonne.

Saga zögerte, dann nickte sie.

Violante wollte protestieren, doch Zinder gab bereits allen anderen in der Kammer zu verstehen, dass sie hinausgehen sollten. Zuletzt waren neben Saga und der Sterbenden nur noch der Söldnerhauptmann und die Gräfin anwesend.

»Ihr auch«, sagte Saga, ohne den Blick vom zerstörten Gesicht der Nonne zu nehmen. »Geht. Bitte.«

Violante gefiel es nicht, aber sie gab nach. Wortlos fuhr sie herum und schritt mit erhobenem Haupt aus der Kammer. Zinder nickte Saga zu, dann folgte er der Gräfin und zog die knarrende Tür hinter sich zu.

»Du bist nicht verletzt«, sagte die Nonne. Es war eine Feststellung, keine Frage. Dabei blickte sie Saga noch immer nicht an.

»Ein paar Schrammen, das ist alles.« Spätestens morgen Abend würde sie am ganzen Körper grün und blau sein, aber das war nichts im Vergleich zu den Verletzungen, die sich unter dieser Decke verbargen.

»Er hat dich beschützt«, sagte Gunthild.

»Zinder hat mich gerettet. Er war plötzlich da und –«

»Nicht dieser Söldner. Er! Unser Herr Jesus Christus!«

Saga atmete tief durch. »Schon möglich.«

»Es ist, als wollte er uns verspotten, nicht wahr?« Gunthilds Stimme wurde von einem feuchten Lispeln beherrscht, als wäre ihr beim Sprechen die eigene Zunge im Weg. Und Blut, viel zu viel Blut, sickerte als Faden aus ihrem Mundwinkel, sogar in der Rückenlage; es war, als liefe etwas in ihr einfach über. »Aber selbst in seinem Hohn liegt Wahrheit. Er hat seine Entscheidung getroffen, und unfassbar weise sind seine Gründe.«

»Hör auf damit.«

»Weise, aber nicht immer gerecht.« Ein röchelndes Kichern kam aus Gunthilds Kehle. Ihre Lippen, einst nur unsichtbare Striche, waren jetzt angeschwollen und aufgeplatzt. Schaudernd dachte Saga, dass Gunthild ausgerechnet in der Stunde ihres Todes zum ersten Mal wie eine lebendige Frau aussah.

»Die Wahrheit ist eine andere, als ich dachte«, krächzte die Nonne. »Ich habe mich in dir getäuscht.«

Saga suchte nach Worten, wollte die Sterbende besänftigen, doch ihr fiel keine Erwiderung ein, die nicht falsch geklungen hätte. Stattdessen wartete sie ab und gab sich Mühe, ihre eigenen Schmerzen zu ignorieren. Sie musste sich mit einer Hand am Bettpfosten abstützen, um sich aufrecht zu halten.

»Wenn der Herr mich zu sich ruft und dich am Leben lässt, dann muss es dafür einen guten Grund geben.« Die Nonne sprach undeutlich, und jetzt wurde ihre Stimme immer leiser. Saga verstand dennoch jedes ihrer Worte. »Er verfolgt ein Ziel mit all seinem Tun. Auch für dich hat er eines. Ob du willst oder nicht – du bist sein. Du dienst ihm mit jedem Schritt, mit jeder deiner Lügen.«

»Ich will das nicht hören«, flüsterte Saga.

»Er hält alle Fäden in der Hand. Sträube dich nicht dagegen. Lass es einfach geschehen.« Gunthild hatte nie zuvor so zu ihr gesprochen. Für einen Moment glaubte Saga, der nahe Tod habe die Nonne milde gestimmt, doch dann erkannte sie die Wahrheit. Gunthild ergab sich ganz ihrem letzten großen Triumph.

»Er ruft mich zu sich, weil er dich ins Verderben führt. Dich und alle, die dir folgen. Ich war blind, aber jetzt *sehe* ich. Auch Judas hat Gottes Willen erfüllt, ohne es zu wissen. Du bist wie er, Saga. Du verrätst jene, die dem Herrn treu ergeben sind – aber am Ende wird er dich erleuchten, und auch du wirst seine Gründe begreifen. Du bist sein Judas, sein Antichrist.«

Ein Hustenanfall brachte Unmengen Blut zum Vorschein, das sich wie ein stachliges Diadem über die Decke rund um Gunthilds Kinn ergoss. Saga überwand ihre Abscheu und wollte eine Hand unter den knochigen Hinterkopf schieben, doch die Nonne krächzte nur, sie solle nicht wagen, sie anzufassen.

»Du bist der Feind, den er sich selbst erschaffen hat. Die Versuchung am Baum der Erkenntnis. Du bist die Herrin der Lüge.«

Saga taumelte einen Schritt zurück, ließ dabei den stützenden Bettpfosten los und verlor fast das Gleichgewicht. Nur unter größter Anstrengung gelang es ihr, auf den Beinen zu bleiben.

»Du bist nichts als eine verbitterte alte Frau«, brachte sie atemlos hervor. »Ich hoffe, du verrottest in der Hölle!«

»Die Hölle, Saga?« Gunthild stieß ein entsetzliches Lachen aus, das wie Husten klang. »Ich *verlasse* die Hölle und betrete sein Königreich. Du aber wanderst mit jedem Schritt tiefer hinein. Du glaubst, was heute geschehen ist, war schlimm? Es war nichts als ein Anfang. Die wahre Verdammnis erwartet dich noch. Dich und die Gräfin und all diese Frauen dort draußen.«

Gunthilds Mund fiel ein Stück weit auf, aber noch immer drang röchelndes Keuchen aus ihrer Kehle.

Saga sank mit beiden Händen gegen die Wand und tastete sich zur Tür. Sie wollte nicht hier sein, wenn diese Hexe ihren letzten Atemzug tat. Wollte nicht im selben Raum, nicht einmal im selben Haus sein, wenn Gunthilds Seele ihrem Körper entwich und frei durchs Zimmer schwebte. Selbst dann mochte sie noch Hass und Zorn versprühen wie aus einem giftigen Wespenstachel.

Die Knochenhand über der Bettkante streckte sich zitternd nach ihr aus, als wollte die Sterbende sie festhalten, doch da bekam Saga endlich die Tür auf und stolperte hinaus in die vordere Kammer. Zinder stand mit Violante an der Haustür. Jetzt sprang er eilig herbei und fing Saga auf, hielt sie zum zweiten Mal an diesem Tag in seinem Arm und flüsterte beruhigend auf sie ein. Mit einer Hand raffte sie den Mantel vor ihrer Brust zusammen, krampfte die Finger fest um die Wolle.

Violante hastete an ihr vorbei ins Hinterzimmer, gefolgt von der Heilkundigen.

Wenig später kehrten sie zurück. »Ihre Haut ist schon kalt«, sagte die Gräfin mit kreideweißen Zügen.

Zinder schnaubte. »Unmöglich.«

Die Heilkundige kam zu Saga herüber und legte ihr eine Hand auf den Arm. »Ist sie gestorben, gleich nachdem wir das Zimmer verlassen haben?«

Saga schüttelte mühsam den Kopf. Der Schmerz drohte ihren Verstand zu verschlingen. »Sie hat gesprochen ... immer weitergesprochen.«

»Das kann nicht sein. Sie muss schon vor einer ganzen Weile an ihrem eigenen Blut erstickt sein.« Die Frau senkte den Blick. »Vor mindestens einer Stunde, wenn ich es nicht besser wüsste.«

Violante schüttelte ungehalten den Kopf. »Wir haben keine Tote in dieses Haus getragen.« Ihr Zorn wirkte unecht, als wüsste sie selbst nicht, gegen wen er sich richtete.

»Sie hat gesprochen«, flüsterte Saga beharrlich.

»Was hat sie gesagt?«, fragte Zinder.

Alle blickten sie erwartungsvoll an.

»Nichts«, flüsterte sie nach Augenblicken angespannten Schweigens. »*Sie hat nicht gesprochen*«, wisperte der Lügengeist.

Die Heilerin nickte zufrieden. »Sie muss gestorben sein, als wir die Kammer verlassen haben. Deshalb ist sie so kalt.«

Herrin der Lüge. Der Feind, den er selbst sich erschaffen hat. Gunthilds Worte. Die Worte einer Toten.

»Komm«, sagte Zinder, »ich bring dich hier raus.«

Er hob sie auf, eingewickelt in den Mantel einer Fremden,

und diesmal wehrte sie sich nicht. Im Rücken spürte sie den Knauf von Wielands Schwert, als er sie hinaustrug in den Schatten des Gebirges.

Die Geschichte des Söldners

Saga wusste nicht, wie viele Stunden verstrichen waren, als sie aus etwas erwachte, das ebenso gut Schlaf wie Ohnmacht gewesen sein mochte. Draußen herrschte tiefe Nacht. Eine Öllampe hing an einem Haken von einer Zeltstange und spendete zuckendes Licht.

Zinders breiter Rücken verdeckte den Eingang zu ihrem Zelt. Er hielt Wache.

Als sie sich regte, drehte er sich um, kam mit raschen Schritten herein und ging neben ihrem Lager in die Hocke.

Sie hob den Oberkörper und stützte sich auf die Ellbogen. Allein diese kurze Bewegung verursachte ihr Schmerzen in den Schultern, im Rücken und der Brust, aber das hielt sie aus.

»Leg dich wieder hin«, bat er. »Du musst dich erholen.«

»Wie lange habe ich geschlafen?«

»Den Rest des Tages und mehr als die halbe Nacht. Erst in der Kutsche, dann hier im Zelt. In ein paar Stunden geht die Sonne auf.«

Erleichtert schloss sie die Augen. »Wir sind nicht mehr in dem Dorf?«

»Nein. Wir folgen jetzt dem Rhein tiefer ins Gebirge. Wir haben versucht, die meisten Mädchen davon abzuhalten, mit uns zu gehen, aber sie ziehen trotzdem hinter uns her. Früher oder später können wir sie nicht mehr abweisen.«

»So war das alles nicht geplant, oder?«

Er zuckte die Achseln. »Das solltest du Violante fragen. Seit wir das Lager aufgeschlagen haben, war sie fast die ganze Zeit an deiner Seite. Es ist noch nicht lange her, dass sie sich schlafen gelegt hat.«

»Sie weiß, dass es schwierig wird, wenn ich ihr wegsterbe.«

»Mag sein.«

»Du glaubst doch nicht etwa, dass sie sich meinetwillen Sorgen gemacht hat?«

»Sie ist nicht leicht zu durchschauen.«

Er setzte sich auf den Boden und zog die Knie an. Auf seltsame Weise ließ ihn das viel jünger erscheinen. Saga hatte noch nie einen Mann seines Alters getroffen, der sich so hinsetzte.

»Deine Gelenke knacken«, sagte sie.

»Ich bin alt.«

»Genau daran musste ich gerade denken.«

Er erwiderte ihr Lächeln und rieb sich müde die Augen.

»Erzähl mir von dem letzten Kreuzzug«, sagte Saga unvermittelt. Sie versuchte, sich auf die Seite zu rollen, damit sie ihn leichter ansehen konnte. Es ging besser, als sie erwartet hatte. Man hatte ihr keine Glieder geschient, auch war keine ihrer Rippen gebrochen. Fast konnte sie verstehen, weshalb Gunthild an ein Eingreifen Gottes geglaubt hatte: Es schien wie ein Wunder, dass Saga den Ansturm nahezu unverletzt überstanden hatte, während die Nonne an den Folgen sterben musste. Die Wege des Herrn wären nicht immer gerecht, hatte Gunthild gesagt. Dem war schwerlich zu widersprechen.

Zinder runzelte die Stirn. »Vom Kreuzzug? Warum?«

»Diese Männer, damals«, sagte sie, »waren die Letzten, die vor uns den Versuch gemacht haben, gegen Jerusalem zu ziehen. Nach dem, was gestern passiert ist, sollte ich allmählich anfangen, mir Gedanken darüber zu machen, weshalb sie gescheitert sind.«

»An nichts, worauf du Einfluss hättest.« Aber in seinen Augen sah sie ein Aufblitzen von Überraschung. Und Anerkennung. »Du willst diesen Weg wirklich zu Ende gehen?«

Sie versuchte, die Schultern zu heben. Es gelang nur halbherzig, bevor ihre verspannten Muskeln blockierten. »Ich weiß es nicht. Könnte ich denn überhaupt noch zurück?«

»Hier geht es nicht mehr um dich, Saga. Violante könnte jede andere auf ein Podest stellen, und diese Mädchen würden ihr folgen. Ist dir nicht aufgefallen, dass sie längst an dich glauben, wenn du in ihre Dörfer kommst? Die Gerüchte und Geschichten über die Magdalena sind schneller als der Wind. Die Vögel müssen sie über Berge und Täler tragen. Das ist, bei Gott, die einzige Erklärung, die mir einfällt.«

Saga schüttelte den Kopf. »So einfach ist das nicht. In Mailand werden Gesandte des Papstes auf uns warten. Sie lassen sich bestimmt nicht mit frommem Hörensagen abspeisen.«

Etwas Lauerndes trat in seinen Blick. »Und wie willst du sie überzeugen?«

»Sie werden mir glauben«, sagte sie mit mildem Lächeln, weil sie Verständnis für seine Neugier hatte, aber noch nicht bereit war, ihm die Wahrheit über den Lügengeist zu erzählen. »Und *nur* mir. Der Papst und die Ritterorden im Heiligen Land sind Violantes wahre Sorge, nicht die Mädchen da draußen.«

Kopfschüttelnd spuckte er auf den Lehmboden.

»He«, protestierte sie, »das ist mein Zelt!«

Grinsend entblößte er die Zähne. »Nicht mal du selbst gehörst dir. Das alles ist Besitz der Gräfin, du eingeschlossen.«

»Und du?«

»Sie hat unseren Sold erhöht, seit meine Männer angefangen haben, die Mädchen im Kampf zu unterrichten. Ein ziemlich aussichtsloses Unterfangen, wie's scheint, aber ein einträgliches. Das Stück von mir, das ihr gehört, ist seitdem etwas größer geworden.«

»Gott, du magst sie!«

Mit seiner schwieligen Hand winkte er ab. »Der Kreuzzug, also. Von Anfang an?«

Sie nickte.

»Ich weiß nicht alles darüber. Nicht mal besonders viel, wenn ich ehrlich bin. Hölle noch mal, ich bin kein Gelehrter! Aber ich weiß, dass es jetzt ziemlich genau elf Jahre her ist, dass Innozenz Papst wurde. Und es ist kein Geheimnis, dass er ein machtgieriger Bastard ist. Die Eroberung Jerusalems ist genau das, was einer wie er sich gern auf die Flagge schreiben würde. So viele sind daran gescheitert, aber wenn es ihm damals gelungen wäre … nun, so weit ist es nicht gekommen. Die meisten Ritter und Vasallen, die sich vom Kriegsgeschrei der Prediger überzeugen ließen, waren Deutsche und Franzosen. Es wurde beschlossen, in Ägypten einzufallen und sich von dort aus an der Küste entlang bis ins Heilige Land vorzukämpfen … *Das* ist schon mal nichts, woran du dir ein Beispiel nehmen solltest.«

Saga blitzte ihn trotzig an, konnte aber ein Grinsen nicht unterdrücken. Zum ersten Mal fiel ihr auf, dass seinen blauen Augen etwas Pfiffiges innewohnte, weit mehr Humor, als er offen nach außen trug.

»Zwei Jahre später, im Jahr 1201 unseres Herrn, befand sich unser König Philipp von Schwaben noch im Streit um die deutsche Kaiserkrone, aber auch wenn es damals noch niemand ahnte, hatte er sein eigenes Interesse an diesem verfluchten Kreuzzug. Wusstest du, dass er mit einer Tochter des byzantinischen Herrschers verheiratet war? Irene, ein Prachtweib. Allerdings wurde ihr Vater kurz nach der Hochzeit vom byzantinischen Kaiserthron gestürzt und in Konstantinopels Kerker geworfen. Ein Kreuzzug kam Philipp damals gerade recht, in der Hoffnung, das Heer könne unterwegs in Konstantinopel Halt machen, das byzantinische Reich vom Joch der Usurpators befreien und Philipps Schwiegervater zum zweiten Mal krönen. Sich selbst sah Philipp schon als Kaiser des Westens, verheiratet mit der Tochter des Kaisers im Osten. Was wäre das für eine Machtfülle gewesen, der endgültige Triumph für das Geschlecht der Staufer! Natürlich erzählte Philipp damals niemandem von diesen Plänen, und beweisen kann sie bis heute keiner. Aber er war ein kluger Mann, und es reicht, eins und eins zusammenzuzählen, um auf den gleichen Gedanken zu kommen wie er.«

Saga starrte ihn an. Das was Zinder sagte, war unfassbar. Philipp sollte das riesige Heer des Kreuzzuges missbraucht haben, um seinem eigenen Machtbestreben nachzugehen?

»Papst Innozenz in Rom hatte unterdessen ein Abkommen mit dem Dogen Enrico Dandolo geschlossen, um die Überfahrt der Kreuzfahrer zu sichern«, fuhr Zinder fort. »Der Venezianer war damals bereits ein uralter Mann, der noch dazu einen persönlichen Groll gegen die Byzantiner hegte. Er sagte den Kreuzfahrern zu, Schiffe für ihre Überfahrt zu stellen. Als die Männer jedoch in Venedig eintrafen, mussten sie erkennen, dass der Preis, den sie an die Venezianer entrichten sollten, bei weitem ihre Möglichkeiten überstieg. Dandolo ließ sie wochenlang auf einer seiner Inseln schmoren, ganze elftausend Mann, bis er ihnen schließlich ein Angebot unterbreitete. Wenn sie bereit wären, für ihn die venezianische Stadt Zara an der Adriaküste von den Ungarn zurückzuerobern, würde er den Preis für die Überfahrt senken, und alles würde sich zum Guten wenden.«

Saga schwirrte der Kopf. Die Schmerzen, die sich ein wenig gebessert hatten, kehrten zurück.

»Unsere Kreuzritter waren davon verständlicherweise wenig begeistert. Sie waren aufgebrochen, um Ungläubige zu erschlagen, nicht ungarische Christen. Auch wollten sie nicht in die Kriegstreiberei der Venezianer verwickelt werden. Doch letztlich blieb ihnen keine andere Wahl. Der Pakt mit dem Dogen wurde geschlossen, und das Heer brach im November 1202 auf. Zara fiel nach einem vernichtenden Sturmangriff innerhalb weniger Tage, und es kam zu schweren Plünderungen durch Venezianer und Kreuzfahrer gleichermaßen. Papst Innozenz war angeblich außer sich, als er davon hörte, aber ob das die Wahrheit ist, weiß wohl nur er selbst. Derweil lagerte das Heer bis zu Beginn des Jahres 1203 in Zara, als eine Nachricht aus Konstantionpel eintraf. Alexios, Philipps Schwager und Sohn des gestürzten Kaisers, trat in Verhandlungen mit den Kreuzfahrern. Falls sie die Stadt angreifen und den alten Kaiser aus dem Kerker befreien würden, versprach er ihnen ausreichenden Nachschub für ihren gesamten Kriegszug im Heiligen Land. Da das Heer verarmt war und in der Schuld Venedigs stand, schien es weise, dieses Angebot anzunehmen. Philipps Plan ging auf.«

Saga nickte nachdenklich, aber sie sagte nichts.

»Die Flotte zog weiter gen Konstantinopel«, setzte Zinder seine Erzählung fort. »Im Juni 1203 erreichten die Männer die Stadt und griffen an. Tatsächlich gelang es ihnen, die Thronräuber zu besiegen und den Kaiser zu befreien. Da er allein nicht mehr in der Lage war, zu regieren, setzte ihm das Heer seinen Sohn Alexios an die Seite. Doch als es ans Bezahlen ging, musste Alexios ihnen gestehen, dass er seinen Teil der Abmachung nicht einhalten konnte. Die Kreuzritter waren rasend vor Zorn, erst recht, als das Volk rebellierte und versuchte, sie aus der Stadt zu werfen. Zugleich erhob sich eine Revolution gegen das schwache Kaisergespann. Alexios wurde ins Verlies geworfen und dort erdrosselt, sein Vater – Philipps Schwiegervater – starb wenige Tage später vor Kummer.

»Dann hatte Philipp sein Ziel also nicht erreicht«, sagte Saga. »Und die Kreuzritter gingen leer aus.«

Zinder nickte. »Das ist richtig. Und dazu waren sie ganz und gar nicht bereit. Das Heer der Kreuzfahrer eroberte Konstantinopel im April 1204 ein *zweites* Mal – und diesmal ließen sie sich ihre Belohnung von niemandem vorenthalten. Drei Tage lang plünderten und brandschatzten sie die Stadt, und niemand weiß, wie viele Unschuldige dabei abgeschlachtet wurden. Niemand im Abendland hatte Kirchen und Paläste wie jene in Konstantinopel gesehen, und besonders die Venezianer taten sich darin hervor, sie auszuplündern und ihre Beute auf dem schnellsten Weg zurück in ihre Heimat zu bringen. Niemals zuvor ist bei irgendeiner Eroberung so viel Reichtum erbeutet worden. Drei Achtel gingen an die Kreuzfahrer, drei Achtel an die Venezianer, und ein Viertel war für den neuen Kaiser vorgesehen, den das Heer auf den byzantinischen Thron setzte.«

Saga versuchte, die Zusammenhänge zu begreifen. Die Vielzahl der Namen und Ereignisse ließ ihren Schädel brummen. Während die Kreuzfahrer geglaubt hatten, dass sie in den Heiligen Krieg ziehen würden, waren sie in Wahrheit ausgenutzt worden. Philipp hatte sich des Heeres bedient, um seine eigene Macht auszubauen, auch wenn er damit kläglich gescheitert war. Und die Venezianer hatten das erreicht, was sie allein nie fertig gebracht hätten. »Was wurde aus den Kreuzfahrern?«

Zinder holte tief Atem, blickte auf seine schmutzigen Fingernägel und lächelte halbherzig. »Mit der Eroberung Konstantinopels war der Kreuzzug beendet. Es kam zum Streit unter den Kreuzfahrern, aus vielerlei Gründen, nicht zuletzt, weil einige nun ein schlechtes Gewissen plagte. Christen hatten Christen getötet, hatten christliche Kirchen geplündert und ein uraltes Reich ohne ersichtlichen Grund in Schutt und Asche gelegt. Wie sollten sie das jemals zu Hause erklären? Viele beschlossen, nie mehr in die Heimat zurückzukehren, teils aus Angst vor der Schande, teils weil sie Ländereien in Romania – wie man von da an Byzanz nannte – für sich beanspruchten und sich dort niederließen. Einige wenige beschlossen gar, ihre Fahrt ins Heilige Land fortzusetzen, aber von ihnen hat man nie wieder gehört. Jerusalem haben sie ganz sicher nicht befreit!« Er lachte bitter auf. »Und wir Übrigen – nun, wir gingen zurück und taten weiterhin das, was wir am besten konnten.«

»*Du* warst einer von ihnen!« Sie war nicht überrascht, nur erstaunt, dass er es so offen eingestand.

Er nickte langsam. »Ich bin nicht besonders stolz darauf.«

Sie spürte den sonderbaren Drang, seine Hand zu nehmen, aber dann tat sie nichts dergleichen. »Danke«, sagte sie, »dass du mir das alles erzählt hast.«

Er nickte, und sie hingen eine Zeit lang schweigend ihren Gedanken nach.

»Was hast du danach getan?«, fragte Saga schließlich.

Zinder räusperte sich. »Eine Weile lang habe ich noch an Philipps Seite gekämpft«, erzählte er zögernd. »Er war sicherlich nicht der einzig Schuldige an diesem Fiasko. Sogar über die Rolle des Papstes wurde gemunkelt – obgleich der Heilige Stuhl die Taten im Nachhinein scharf verurteilte.«

Saga sah hoch. »Was könnte ausgerechnet der Papst für einen Grund haben, den Kreuzzug scheitern zu lassen? Hast du nicht vorhin gesagt, dass er es war, der überhaupt erst zur Fahrt ins Heilige Land aufgerufen hatte?«

Zinder nickte nachdenklich. »Sicher. Doch der Untergang Konstantinopels und seiner störrischen Kirchenfürsten war ein ungeheurer Sieg für den Papst. Die Christen des Ostens haben sich stets geweigert, Roms Päpste als Oberhäupter anzuerkennen. So viel steht fest: Innozenz kam die Zerstörung von Byzanz nicht ungelegen. Aber wenn wirklich jemand beweisen könnte, dass der Papst einen Kreuzzug missbraucht hat, um die Ostkirche von Byzanz zu vernichten, dann wäre das eine Katastrophe für die gesamte Christenheit.« Zinder machte eine kurze Pause, als müsste er seine Gedanken neu sortieren. »Wie auch immer – ich jedenfalls konnte Philipp nicht mehr ins Gesicht blicken, nach allem, was passiert war. Ich konnte nicht vergessen, was wir – was ich dort unten im Namen Gottes getan hatte.«

»Hast du deshalb die Seiten gewechselt und für Otto von Braunschweig gekämpft?«

»Ja. Aber wenn du mich fragst, ob das die richtige Entscheidung war – ich weiß es nicht. Philipp blieb trotzdem deutscher König und wurde bald darauf ermordet. Und nun sitzt Otto auf dem Thron, doch was tut er? Führt Krieg in Italien, überwirft sich mit dem Papst, dem er seine Kaiserkrönung verdankt …« Er schüttelte niedergeschlagen den Kopf. »Es scheint, als hätte die ganze Welt den Verstand verloren.«

Saga sah ihn mitfühlend an. »Wovon träumst du wirklich, Zinder? Doch nicht nur von einem Stück Land und einer Familie.«

Ihr war, als unterdrückte der Söldnerführer ein Schaudern. »Von Vergebung? Willst du das hören?«

»Ich weiß es nicht. Sag du es mir.«

Aber er gab keine Antwort, saß einfach nur da und starrte den Boden an.

Burg Hoch Rialt

Erst als das Land immer steiler anstieg, erfasste Saga, was das Wort *Berge* tatsächlich bedeutete. Sie hatte nie zuvor solche Giganten gesehen. Nicht einmal in ihrer schlimmsten Vorstellung waren diese Gipfel so hoch gewesen.

Jetzt, da sich das Gebirge nicht mehr nur vor ihr erhob, sondern sie mit jeder Wegstunde rascher von allen Seiten einkreiste, überkam sie eine solche Angst, dass sie sich in ihrer Kutsche verkroch, das Gesicht zwischen den Armen vergrub und eine Weile lang nichts anderes tun konnte, als erbärmlich zu zittern und sich selbst beim Atmen zuzuhören – einem Atmen, das klang wie der Blasebalg eines Schmiedes.

Irgendwann legte sich ihre Panik, und sie erinnerte sich an die vielen Mädchen dort draußen, denen sich der Anblick der Berge ebenso fremd und Ehrfurcht gebietend darbot wie ihr selbst.

Sie folgten noch immer dem Rhein, der hier gemächlich durch ein breites Tal floss, herab von seiner Quelle irgendwo in der Einöde des Gebirges.

Solange sich Sagas Augen nur auf den Fluss konzentrierten, dessen Ufer flach und von saftigem Gras bewachsen vor ihr lag, konnte sie ihre Furcht im Zaum halten. Doch sobald sich ihr Blick nach oben verirrte, über das ebene Ufergebiet hinweg, die dicht bewaldeten Hänge hinauf und dann empor zu den zerfurchten Kalk- und Granitzähnen, überkam sie augenblicklich neue Beklemmung. Es kam ihr vor, als würde das Gebirge vornüberkippen, um das gesamte Rheintal unter sich zu begraben. Die wandernden Wolkenmassen, die sich zwischen den Gipfeln dahinschoben, verstärkten den Eindruck von Bewegung, vom Eigenleben dieser grauen Felsgiganten.

Die Pferdegespanne befanden sich an der Spitze des Zuges, und so erkannte Saga das Ausmaß ihrer Schwierigkeiten erst, als der Wagenzug zum Stehen kam und sie mit zittrigen Knien ausstieg.

Zahlreiche Mädchen scharten sich am Ufer des Flusses zu engen Gruppen zusammen, und ihr Wehklagen musste hinauf bis zu den eisigen Gipfeln ertönen. Saga hatte geahnt, dass sie nicht die Einzige war, der die Berge solche Furcht einjagten, aber sie hatte das Ausmaß der Panik unterschätzt, das sich jetzt offenbarte.

Viele hatten sich in ihrer Angst in gemeinsame Gebete geflüchtet, andere sangen Lobpreisungen, aber die meisten jener jungen Frauen, denen die Furcht vor den Bergen tief in den Knochen saß, kauerten reglos oder mit schaukelnden Oberkörpern im Gras und starrten apathisch ins Leere. Zwanzig oder dreißig hatten sich, einem alten Aberglauben entsprechend, die Augen mit Stofffetzen verbunden, damit der Anblick der Berge sie nicht in den Wahnsinn trieb. Manche Mädchen, denen das Gebirge vertrauter war, weil sie sich dem Heer erst während der letzten Tage angeschlossen hatten, versuchten ihre Gefährtinnen zu beruhigen, andere fluchten und schimpften, weil sie kein Verständnis hatten für die unheilvolle Wirkung dieser Landschaft auf jene, die nie zuvor etwas Derartiges gesehen hatten. Die Söldner schwärmten beritten oder zu Fuß um die verängstigten Mädchengruppen, manche schrien Befehle und barsche Verwünschungen, andere sahen sich hilflos nach Zinder um, damit er ihnen sagte, was zu tun sei. Die Männer waren überfordert mit der Aufgabe, einen Zug von über vierhundert jungen Frauen zusammenzuhalten.

»Saga!« Violantes Stimme ließ sie herumwirbeln. Die Gräfin stand hinter ihr, in einen dunklen Wollmantel gehüllt, dessen Schlichtheit ihr viel von ihrer hochherrschaftlichen Erscheinung raubte. Ihr Haar war längst nicht mehr so kunstvoll hochgesteckt wie zu Beginn der Reise, und dunkle Ringe unter ihren Augen verrieten, dass die Sorge um die Überquerung des Gebirges sie um den Schlaf brachte. »Saga, du musst zu ihnen sprechen. Irgendwer muss sie beruhigen. Dir werden sie gehorchen.«

»Ich …«, begann Saga, aber nur ein Krächzen kam über ihre Lippen. Sie presste rasch die Lippen aufeinander, atmete tief durch und stützte sich mit einer Hand am Wagen ab. Im Hintergrund neigten sich die Berggipfel einander zu und flüsterten sich windumtoste Rätsel zu.

Violantes Augen weiteten sich, als sie begriff, dass es Saga ebenso elend erging wie vielen Mädchen des Trosses. Sie fluchte zwischen zusammengebissenen Zähnen, hielt Ausschau nach Zinder, fand ihn nicht und wandte sich abermals Saga zu.

»Du musst dich jetzt zusammenreißen. Ich weiß, wie es ist, wenn man diese Berge zum ersten Mal sieht. Aber es sind nicht die Berge allein.«

»Wie meint Ihr das?«, brachte Saga stockend hervor.

Violante zögerte widerwillig, dann drehte sie sich um und wies mit ausgestrecktem Arm am Rhein entlang nach Süden, dorthin, wo der weitere Weg tiefer in das Gebirge schnitt. »Kannst du das Dorf dort sehen?«

Vor Sagas Augen schienen die Uferwiesen zu verschwimmen, überschattet von der Ungeheuerlichkeit der Berghänge, die sie rechts und links begrenzten. Nach einem Dutzend schneller Herzschläge erkannte sie schließlich die Zusammenballung niedriger Hütten und Häuser, die sich am Ufer des Rheins aneinander drängten. Unmittelbar hinter der Siedlung verengte sich das Tal zwischen steilen Felswänden und machte einen Knick, der es gänzlich im Labyrinth der Steinriesen verschwinden ließ.

»Dies ist keine gute Gegend«, sagte Violante leise, die merklich hin und her gerissen war zwischen ihrem Wunsch, Saga zu beruhigen, und der Notwendigkeit, ihr zu offenbaren, was vor ihnen lag. »Dort, wo der Fluss zwischen den Felswänden verschwindet, befindet sich eine tiefe Schlucht. Die Römer haben sie die Via Mala genannt. Den Bösen Weg.« Sie atmete tief durch, als spürte auch sie die schlechte Aura dieses Ortes. »Ich würde einen anderen Weg wählen, wenn es einen gäbe, der uns ebenso rasch auf die andere Seite des Gebirges und nach Mailand brächte. Ich habe die Via Mala schon einmal durchquert, vor vielen Jahren mit meiner Familie. Ich war noch sehr klein, damals, aber ich habe keine guten Erinnerungen daran. Trotzdem weiß ich, dass man heil bis ans andere Ende gelangen kann.«

Sagas Gedanken kreisten wie ein Strudel um das, was Violante ihr da womöglich – oder auch nicht? – sagen wollte: Dass sich vor ihnen der schlimmste Abschnitt ihrer Reise durch das Gebirge befand. Und das erzählte sie ihr ausgerechnet jetzt, wo doch schon alle halb den Verstand verloren, bevor überhaupt eine Gefahr bestand? Was sollte erst werden, wenn diese Schlucht, dieser Böse Weg, sichtbar vor ihnen lag?

»Wir müssen ihnen die Wahrheit sagen«, entschied Saga. »Wenn die Via Mala hinter diesen Felsen liegt, erreichen wir sie spätestens in einem Tag. Wir müssen ihnen die Wahl lassen, weiterzugehen oder umzukehren.«

Violante nickte. »Sie werden es nur akzeptieren, wenn du es ihnen sagst. Der Magdalena werden sie zuhören.«

»Da ist noch etwas!« Beide fuhren herum, als Hufschlag neben ihnen ertönte. Zinder zügelte sein Pferd, stieg aber nicht ab. »Ich bin noch nie hier gewesen, aber ich habe von diesem Ort gehört. Und von der Festung, die den Eingang zur Via Mala bewacht.« Mit ausgestrecktem Arm deutete er in die Richtung der Felswände am schroffen Ende der Flusslandschaft. »Dort oben, ein gutes Stück hinter dem Dorf, auf dem Felssattel. Das ist sie, nicht wahr?«

Violante nickte. »Burg Hoch Rialt. Stammsitz der Ritter von

Rialt. Sie bewachen das Tor zur Schlucht und erheben Wegzoll auf ihre Durchquerung.«

Saga runzelte die Stirn. Sie erkannte nicht mehr als einen hellen Fleck dort oben, ein vager Punkt auf dem Kamm eines unzugänglichen Felssockels. Zugleich stellte sie fest, dass es half, diese diffuse Panik abzuschütteln, wenn sie ihre Aufmerksamkeit auf ein bestimmtes Problem konzentrierte, statt sich von der monströsen Präsenz der Berge überrollen zu lassen. Plötzlich konnte sie wieder klarer denken. »Wenn Wegzoll erhoben wird, sollte die Strecke durch die Schlucht einigermaßen sicher sein, oder?«

»Ich habe anderes gehört«, knurrte Zinder.

Violante winkte ab. »Mit dem Herrn von Hoch Rialt werde ich einig. Saga, kümmere du dich darum, dass die Mädchen wieder zu Verstand kommen. Und du, Zinder«, fügte sie schärfer hinzu, »achte auf deine Leute. Ich will nicht, dass sich so etwas wie gestern noch einmal wiederholt.«

Der Söldnerführer riss sein Pferd herum, und einen Moment lang blieb unklar, wer das lautere Schnauben ausgestoßen hatte, das Tier oder er selbst. Saga blickte ihm nach, wie er davonsprengte und seinen Männern Befehle zuschrie.

»Es war nicht seine Schuld«, bemerkte Saga.

»Er hätte es nie so weit kommen lassen dürfen.« Violante wandte sich ab und ging ein paar Schritte nach Süden. Dort stand sie einsam auf einem Grasbuckel, eng in den windgepeitschten Mantel gewickelt, und starrte gedankenverloren dem Eingang zur Schlucht entgegen – und jenem winzigen hellen Fleck, der oben auf den Felsen thronte. Saga schätzte, dass sich die Burg mehrere hundert Mannslängen über dem Talboden befand, und doch ragten im Hintergrund die Gebirgsgipfel noch um ein Vielfaches höher empor. Aus der Ferne sah die Festung der Ritter von Rialt aus wie ein Spielzeug. Von hier aus war schwer nachzuvollziehen, weshalb sie Zinder solche Sorgen bereitete.

Violantes wütender Vorwurf hatte sich auf ein Ereignis vom

Vortag bezogen. Bei den Waffenübungen, die die Söldner mit den Mädchen durchführten, hatte einer der Männer eine junge Frau belästigt und sie später im Wald vergewaltigt. Das arme Ding war darüber halb wahnsinnig geworden und hatte ihrem Peiniger mit einem Stein den Schädel eingeschlagen, während er noch auf ihr lag. Der Mann war gestorben, bevor das Mädchen wie von Furien gehetzt aus dem Unterholz gesprungen war, über und über voller Blut. Sie weigerte sich zu sprechen – oder konnte es nicht mehr –, aber die anderen Söldner hatten ihren toten Kameraden schon bald darauf ausfindig gemacht und ins Lager geschleppt. Ein wütender Streit war entbrannt, und für einen Moment hatte der Gestank von Meuterei in der Luft gehangen. Zinder und Violante waren der Lage kaum Herr geworden. Erst als die Gräfin den Forderungen der Söldner nachgegeben und sich bereit erklärt hatte, das Mädchen zu bestrafen, hatten sich die Männer beruhigt. Darüber waren nun wiederum die Frauen außer sich geraten – weit mehr noch als über die Vergewaltigung, die schlimm genug gewesen war –, doch Violante hatte zähneknirschend eingesehen, dass sie mit aufgebrachten Weibern leichter fertig wurde als mit einer Horde schwer bewaffneter Krieger. Das gepeinigte Mädchen war an einen Baum gefesselt und unter den Augen aller ausgepeitscht worden – nicht von einem der Söldner, wie diese es eigentlich verlangt hatten, sondern von Violante persönlich. Viele der Mädchen hassten sie seither beinahe ebenso sehr wie jene unter den Söldnern, die am lautesten eine Strafe für das Vergewaltigungsopfer gefordert hatten. Dass Violante nur auf diese Weise hatte sicherstellen können, dass das Mädchen die Auspeitschung überlebte, machte sich kaum jemand bewusst. Aber Saga ahnte, dass die Gräfin durch diese Entscheidung womöglich mehr aufgegeben hatte, als zu diesem Zeitpunkt abzuschätzen war.

Trotzdem wurde auch Saga übel bei dem Gedanken an das Unrecht, das dem missbrauchten Mädchen widerfahren war. Ihr Verstand sagte ihr, dass Violante das Richtige getan hatte – nein, nicht das Richtige, aber das *Beste* für sie alle –, doch ihre Gefühle lehnten sich dagegen auf und wünschten der Gräfin die Pest an den Hals, ihr und der Hälfte von Zinders Halsabschneidern. Auch der Söldnerführer selbst trug – und damit hatte Violante wohl Recht – Mitschuld an der Eskalation. Insgeheim wusste er das, und Saga war aufgefallen, dass er ihr seither nicht mehr in die Augen gesehen hatte.

Wie sich herausstellte, hatte es früher schon ähnliche Katastrophen gegeben, aber Saga musste sich eingestehen, dass sie bislang kaum Interesse für solche Vorfälle gezeigt hatte. Vieles hatte Violante von ihr fern gehalten, und mit einem Anflug von schlechtem Gewissen musste Saga einsehen, dass ein Teil der Schuld an ihrer Unwissenheit auch sie selbst traf. Sie war so sehr mit sich selbst beschäftigt gewesen – ihren Selbstzweifeln, ihrer Sorge um Faun –, dass alles andere für sie nebensächlich geworden war. Genauso wie der Gedanke an Flucht für sie immer unwichtiger geworden war.

Vielleicht, so dachte sie, geriet man eben doch immer nur an jene Menschen, die man verdiente. Violante, Zinder und sie selbst waren sich wohl in mancher Hinsicht ähnlicher, als jeder von ihnen wahrhaben wollte.

Noch einen Augenblick länger betrachtete sie Violante, die unbewegt auf dem Grashügel stand und ihren Gedanken an den Bösen Weg nachhing. Ihre verbissene Miene, ihre ganze Haltung schrie hinaus, welchen Kampf sie mit sich selbst austrug. Saga hatte das Gefühl, niemals zuvor einem zerrisseneren und zugleich entschlosseneren Menschen begegnet zu sein.

Erschöpft und wacklig in den Knien wandte sie sich um und stellte sich der zerstreuten Menge am Ufer. Während sie durch das hohe Gras auf die verängstigten Mädchen zuschritt, legte sie sich die Worte zurecht, mit denen sie ihnen die Angst vor den Bergen nehmen wollte.

Tief im Inneren hoffte sie, dass auch ein Teil von ihr selbst daran glauben konnte.

~

Zinder sandte eine Vorhut ins Dorf Thusis, um alle Vorräte aufzukaufen, von denen sich die Bergbauern trennen wollten. Violante ritt mit ihnen, während Saga zurückblieb. Am Ende ihrer Rede war ihr keine andere Wahl geblieben, als den Lügengeist einzusetzen, um die Mädchen von der Ungefährlichkeit des Gebirges zu überzeugen. Sie kam sich schäbig dabei vor, und einmal mehr wurde sie sich des dunklen Weges bewusst, den sie eingeschlagen hatte. Dass ihr dies ausgerechnet beim Anblick der Via Mala klar wurde, erschien ihr wie Hohn.

Mit bepackten Maultierkarren und Satteltaschen setzten sie die Reise fort. Hinter dem Dorf blieb das Uferland noch ein kurzes Stück eben, doch der Anblick der dunkelgrauen Felswände, die sich am Eingang zur Schlucht erhoben, raubte ihnen fast ebenso sehr den Atem wie die schlimmste Steigung.

Bald führte der Weg in engen Schlingen bergauf. Der Boden war notdürftig befestigt, teils durch uraltes Pflaster, teils durch Baumstämme, die als behelfsmäßige Treppenstufen an den steileren Stellen in den Boden eingelassen waren. Hier und da, wo der Abgrund auf einer oder beiden Seiten des Weges allzu schroff gähnte, waren Handläufe aus vermoostem Seil angebracht worden; allerdings sah Saga niemanden, der sein Leben allen Ernstes diesen halb verrotteten Stricken anvertraute.

Der spektakuläre Felskopf, von dem aus Hoch Rialt nach Norden hin das Rheintal und nach Süden hin den finsteren Eingang zur Schlucht überschaute, war nur von einer Seite aus zugänglich. An den drei anderen fiel das schwarze Schiefergestein steil in die Tiefe ab. Saga hatte in ihrem Leben viele Burgen besucht, aber niemals auch nur eine, die so großartig und zugleich Furcht einflößend gelegen war. Wer die Via Mala durchqueren wollte, hatte keine Wahl: Er musste diesen Pfad nehmen, zum Adlernest der Feste hinauf, an deren Tor vorüber und auf der anderen Seite hinab in den Schatten der Schlucht.

Sie hatten erwogen, die Reisewagen zurückzulassen, aber im Dorf hatte man ihnen versichert, dass gelegentlich auch Pferdegespanne den Weg durch die Via Mala nahmen. Violante hatte daraufhin entschieden, die Kutschen vorerst nicht aufzugeben, und so knarrten und quietschten die strapazierten Gefährte jetzt an der Spitze des Zuges den Weg hinauf. Saga war unwohl dabei, hinter ihnen zu laufen, aber sie wollte den anderen ihre Unruhe nicht zeigen und widerstand dem Drang, sich bei erstbester Gelegenheit an den Wagen vorbeizuzwängen und vor ihnen herzugehen.

Sie passierten drei Wegposten auf dem Weg nach oben, gelangweilte Wächter, die erst aus ihrer Lethargie erwachten, als ihnen bewusst wurde, wie viele Menschen sich da den Fels heraufquälten. Der erste verließ seinen Posten und eilte voraus zur Burg, um seinen Herrn, den Ritter Achard von Rialt, von der Ankunft der Kreuzfahrerinnen in Kenntnis zu setzen.

Der Aufstieg dauerte eine halbe Ewigkeit, und es dämmerte bereits, als die Spitze des Zuges – die Kutschen, gefolgt von Saga, Zinder und seiner Hand voll Hauptleute – das Felsplateau erreichte. Hohes Gras bog sich im scharfen Wind, der hier oben von zwei Seiten zugleich kam: aus der schrecklichen Schlucht herauf und aus der Weite des Rheintals. Hohe Fichten und Eichen stemmten sich dem Tumult der Luftmassen entgegen.

Die Burg bedeckte den größten Teil des Felskopfes. Von außerhalb der Mauer ließ sich ein klobiger Wohnturm im Westen erkennen, augenscheinlich das Herzstück der Anlage. Im Norden, unweit des Tors, erhob sich eine schlichte Kapelle mit schmucklosem Glockenturm. Folgte man der Ummauerung weiter nach Süden, entdeckte man hinter den Wipfeln der Bäume einen Wachturm, von dessen Zinnen Gestalten mit aufgepflanzten Lanzen im Schein eines Feuers zu den Reisenden hinabblickten.

Violante ließ ihr Pferd in der Obhut einer Zofe und gab Zinder einen Wink. Saga folgte ihnen unaufgefordert. Mehrere Wachmänner empfingen sie am offenen Tor. Auf den ersten Blick war zu erkennen, dass ihr Rüstzeug wahllos zusammengestückelt war, nicht unähnlich der Bekleidung von Zinders Söldnern. Auch Zinder selbst schien dies zu bemerken, denn er verlangsamte seine Schritte merklich und hielt Violante zurück.

»Lasst mich das machen«, sagte er leise. »Das sind keine Männer, mit denen sich eine Edeldame wie Ihr abgeben sollte.«

»Sie sehen aus wie Ihr«, bemerkte sie spitz.

Er grinste, aber Saga fand, dass er unglücklich aussah. »In der Tat.« Mit einem kaum merklichen Seufzen trat er an der Gräfin vorbei und setzte sich an die Spitze. Mehrere seiner Männer holten auf und bildeten ein Spalier zu beiden Seiten von Violante und Saga.

Der Wächterpulk am Tor brach auf, während sie sich ihm noch näherten, und aus seiner Mitte trat ein hochgewachsener Mann mit langem schwarzem Haar. Sein Bart war kurz geschnitten, wenn auch unregelmäßig; erst von nahem erkannte Saga die vielen Narben, die wie fleischige Krater sein Kinn und seine Wangen bedeckten. Eine ungleich größere Verletzung hatte eine Kerbe in seine buschige linke Braue gefräst und setzte sich auf der Wange fort. Wie durch ein Wunder war der Augapfel unversehrt geblieben.

»Ich bin Achard von Rialt, Ritter des Bischofs und Herr dieser Burg.« Sein Blick streifte jeden von ihnen und verharrte schließlich auf Violante. Da er diese Zollstation wohl schon länger verwaltete, hatte er vermutlich ein Auge für jene, die Verantwortung trugen. Zinder als bezahlten Gefolgsmann zu erkennen fiel ihm nicht schwer, und so schenkte er dem Söldner an der Spitze der Gruppe kaum Beachtung.

»Ich hörte, Ihr seid mit einer großen Menge Pilger unterwegs«, sagte er.

Zinder wollte etwas erwidern, aber Violante kam ihm zuvor. Resolut machte sie einen Schritt nach vorn. »Kreuzfahrer, Ritter Achard. Es sind Kreuzfahrerinnen, um genau zu sein.«

»Und Ihr seid?«

»Gräfin Violante von Lerch. Eheweib des Grafen Gahmuret von Lerch und verantwortlich für –«

»Ah«, unterbrach Achard sie gedehnt, »Gahmurets Gemahlin. Ich habe von Eurem Mann und seinen Taten gehört.« Er deutete eine Verbeugung an und gab seinen Kriegern mit einer Geste zu verstehen, das Tor zu räumen. Aus dem Inneren der Festung fiel ihnen der Schein von Feuerbecken und Fackeln entgegen. Der Himmel über dem Felsplateau und den Zinnen hatte sich mittlerweile verdunkelt, Rauch stieg unsichtbar in die sternenlose Nacht hinauf und sättigte die Umgebung mit harzigem Aschegeruch.

Saga war nicht sicher, was Achard mit Gahmurets Taten meinte, und sie sah Zinder an, dass nichts von dem, was er gerade gehört hatte, seine Sorgen zerstreute. Dennoch folgten sie beide der Gräfin und dem Ritter durchs Burgtor. Niemand erhob Einspruch, als sich ihnen ein halbes Dutzend Söldner anschloss. Die übrigen blieben als Speerspitze des Frauenkreuzzugs vor der Burg stehen und behielten die bewaffneten Männer auf den Zinnen im Auge. Vom Serpentinenpfad drängten immer noch weitere Mädchen auf das Plateau, ließen sich erschöpft ins Gras fallen oder begannen ganz pragmatisch, Vorräte und Kochgeschirr auszupacken.

Der Innenhof der Burg erstreckte sich über unebenen Felsboden, dessen bucklige Erhebungen durch Holztreppen ausgeglichen wurden. Stallungen, Lagergebäude und Unterkünfte der Burgbesatzung waren über das Gelände verstreut und schimmerten rötlich im Schein der Feuer. Irgendwo spielte jemand Flöte, nicht einmal schlecht, aber Saga konnte den Musikanten nirgends entdecken. Die Melodie erinnerte sie schmerzlich an Faun. Vielleicht konnte sie Violante zur Entsendung eines Boten überreden, bevor sie diesen Felsen verließen; sie würde einen Schwur leisten, die Rolle der Magdalena weiter zu spielen, falls die Gräfin Befehl gab, Faun freizulassen.

Rund um die Feuer saßen zahlreiche Männer und blickten

auf, als Saga und die anderen über Stufen und poröse Felsflächen zum Wohnturm geführt wurden. Fettverschmierte Lippen ließen von gebratenen Wildkeulen ab und flüsterten oder grinsten, als die beiden Frauen und ihre Eskorte vorüberschritten.

Sagas Herz schlug rascher beim Anblick der waffenstarrenden Kriegshorde; fast schien es, als bereitete Achard einen Eroberungszug vor, statt diesen Außenposten am Rande einer Gebirgsschlucht zu bewachen.

Möglicherweise war der Zugang zur Via Mala bedeutsamer, als sie bislang angenommen hatte. Sie war froh, die Felskluft vom Burghof aus nicht sehen zu können; die kurzen Blicke, die sie während des Aufstiegs durch Nadelholz und Eichenkronen darauf hatte werfen können, waren beunruhigend genug gewesen. Es war, als dampfte das Unheil wie Nebel aus den schieferschwarzen Tiefen.

»Ihr seid eine Menge Menschen.« Achard blickte im Gehen über die Schulter. »Was Ihr vorhabt, ist nicht ungefährlich.«

»Unser Vorhaben ist ein *Kreuzzug*, Ritter Achard«, entgegnete Violante mit verblüffender Streitlust. »Wer hat behauptet, die Befreiung Jerusalems könne ungefährlich sein?«

Unbeeindruckt zuckte er die Achseln. »Darum ist sie auch keinem auf Dauer gelungen, nicht wahr? Darf ich fragen, warum ausgerechnet Ihr an einen Erfolg glaubt? Ich meine, einige hundert Frauen … Ohne unhöflich sein zu wollen, ist mir nicht ganz klar, wie Ihr gegen Hunderttausende wilder Sarazenen bestehen wollt.«

Saga krümmte sich innerlich, als hätte er seinen Finger in eine offene Wunde gelegt.

»Gott liebt die Reinen und Unschuldigen. Darum wird er uns beistehen.« Beachtlich, mit welchem Ernst Violante diese Worte sprach. Beinahe als glaubte sie selbst daran.

Achard blieb stehen, nur noch wenige Schritte vom Turm entfernt. »Ich bin überzeugt von Euren hehren Zielen, edle Gräfin«, sagte er mit gesenkter Stimme, »aber Ihr solltet Acht geben, vor meinen Männern nicht allzu laut die Unschuld Eurer Begleiterinnen zu beteuern.«

Violante wollte etwas erwidern, doch diesmal fiel Zinder ihr ins Wort. Ein kaltes Lächeln spielte um seine Mundwinkel. »Dann solltet Ihr Euren Männern besser Befehl geben, ihre Finger und, besser noch, ihre Blicke bei sich zu behalten.« Saga fand, dass er das ganz großartig machte: drohen *ohne* zu drohen. Alles eine Sache des Mienenspiels. Am liebsten hätte sie ihm anerkennend auf die Schulter geklopft.

Achard erwiderte das Lächeln, nickte Zinder zu und wandte sich wieder zum Turm um. Von nahem wirkte er sehr viel eindrucksvoller. Mindestens vier Stockwerke, schätzte Saga. Der Eingang befand sich ein paar Stufen über dem Boden, und weiter oben umsäumte ein hölzerner Rundlauf das gesamte Gebäude; dort gab es eine zweite Tür. In ihr stand eine schlanke Gestalt, die sich, als Saga ihren Blick kreuzte, eilig ins Innere zurückzog. Achard hatte sie nicht bemerkt, hörte nun aber, dass dort oben die Tür ins Schloss fiel. Eine Falte erschien auf seiner Stirn, sein Blick strich an der Fassade hinauf, konzentrierte sich dann wieder auf seine Gäste.

»Folgt mir hinein«, bat er, jetzt ein wenig schroffer. »Dort können wir alles Nötige besprechen.«

Sie betraten eine Halle mit rußgeschwärzter Balkendecke. Geweihe, ausgestopfte Bärenschädel und mehrere Wolfsfelle schmückten die Wände. In einer Feuerstelle, groß genug, um einen Ochsen darin zu braten, loderten Flammen. Für die warme Jahreszeit war das Feuer viel zu stark geschürt, die Hitze unangenehm. Auf die Gesichter der Besucher legte sich augenblicklich ein glänzender Schleier.

»Nehmt Platz!« Achard wies auf Stühle an einer hufeisenförmigen Tafel. Die Spuren eines Gelages waren noch nicht gänzlich beseitigt worden, an einem Ende des Tisches stapelten sich benutzte Schüsseln und Krüge. Getrocknete Ringe aus Bier und Wein schimmerten im Schein der Flammen.

Während die Söldnereskorte nahe des Eingangs Stellung bezog, setzten sich Violante, Zinder und Saga an die gegenüberliegende Seite des Tafelkopfes. Achard sank mit einem Stöhnen auf einen besonders großen Stuhl, über den eine Vielzahl von Fellen gebreitet war. Die leeren Augenhöhlen eines Fuchsschädels starrten über die Schulter des Ritters hinweg in Sagas Richtung. In Verbindung mit dem Geruch des verkrusteten Geschirrs wurde ihr übel bei diesem Anblick.

»Ich will Euch nicht länger als nötig aufhalten«, sagte Achard und fixierte Violante über den Tisch hinweg. »Meine Männer sind mir treu ergeben, aber ich würde nicht für jeden einzelnen die Hand ins Feuer legen. Ihr versteht, was ich meine? Je schneller Ihr und Euer Weibertross von hier fort seid, desto früher wird in diesen Mauern wieder Ruhe und Anstand einkehren.«

Irgendwo in diesen Worten steckte eine Unverschämtheit, gar eine Beleidigung, aber Violante entschied wohl, nicht darauf einzugehen. Wenn Achard die Gräfin reizte, dann womöglich nur, weil er sich dadurch einen Vorteil bei den Verhandlungen über das Wegegeld versprach.

»Was Ihr da sagt, ist ganz in meinem Sinne«, entgegnete Violante. »Nennt also Euren Preis.«

»Ihr seid … wie viele? Vierhundert? Fast fünfhundert?«

Violante nickte.

»Das macht …«, begann Achard, zählte an den ausgestreckten Fingern irgendetwas ab, verstummte wieder und runzelte abermals die Stirn. »Ich fürchte, das wird nicht billig für Euch, Gräfin.«

Violante blieb gefasst. »Bedenkt, dass es uns um die Befreiung des Heiligen Grabes geht, Ritter Achard. Der Herr wird es Euch danken, wenn Ihr Euch großzügig zeigt.«

»Oh, gewiss, gewiss. Wenn Ihr in meinem Namen ein Gebet am Ort seiner Auferstehung sprechen könntet, wäre ich Euch zutiefst verbunden.« Er lächelte. »Nur, was, wenn Ihr niemals dort ankommt? Ich meine, die Aussichten auf einen guten Ausgang

Eurer ehrenwerten Unternehmung sind, sagen wir, begrenzt. Es wäre ein schlechtes Geschäft für mich.«

Zinder wollte auffahren, aber Violante legte ihm rasch eine Hand auf den Unterarm. »Wie viel?«

Achard nannte einen Betrag in Gold. Genug um eine Burg wie die seine zu *kaufen*.

»Ihr vergesst Euch!«, rief die Gräfin erbost.

Achard schenkte ihr ein Grinsen. Die Narben auf seinen Zügen gerieten dabei in Bewegung wie ein Schwarm rosa Schnecken. Mit einem Wink rief er einen Diener herbei. »Bringt uns Bier! Und Wein für die Damen!« Sein Blick traf Saga und verharrte auf ihr, so als nähme er sie zum ersten Mal war.

»Du musst die Magdalena sein, von der alle sprechen«, sagte er leise. »Die Heilige.«

Sie erschrak, blieb aber nach außen hin gefasst.

»Wir liegen zwar abseits der großen Städte«, sagte er selbstzufrieden, »aber es bitten viele Reisende um die Erlaubnis, meine Schlucht zu durchqueren. Von allen Wegen über die Alpen ist dies mit Abstand der schnellste. Manch einer bietet Berichte aus der Ferne als Wegezoll an, und hin und wieder bin ich genügsam und höre zu.«

»Dann wisst Ihr, was auf dem Spiel steht«, sagte Violante. »Das Seelenheil vieler Tausender, die uns in Mailand erwarten. Der Papst persönlich hat Gesandte in die Stadt geschickt, die auf die Magdalena warten, um ihr zu huldigen. Wollt Ihr Euch dem tatsächlich in den Weg stellen, Ritter Achard?«

Er antwortete erst, als seine Diener Becher und Tonkrüge zwischen ihnen auf der Tafel abgestellt hatten. »Ich muss meine Interessen wahren. Diese Burg unterstand viele Jahrzehnte lang dem Vater meines geliebten Eheweibs Jorinde. Ihr könnt nicht erwarten, dass ich Schande über sein Andenken bringe, indem ich fast fünfhundert Seelen ohne jegliche Bezahlung passieren lasse.«

Jorinde. War das die Gestalt auf der Balustrade gewesen?

Saga überlegte, ob es eine Möglichkeit gab, den Lügengeist gegen Achard einzusetzen. Aber was hätte sie ihn glauben machen können, an das er glauben wollte? Ihr fiel keine Lüge ein, die in seinem Interesse war. Dass für ihn kein persönlicher Vorteil heraussprang, wenn er den Kreuzfahrerinnen Zugang zur Schlucht gewährte, stand außer Frage, und sie konnte ihm unmöglich einen vorgaukeln.

Achard nahm einen Zug aus seinem Bierkrug, wischte sich Schaum aus dem Bart und beugte sich mit einem Ruck über die Tafel. »Es gäbe vielleicht eine Möglichkeit, wie wir handelseinig werden könnten«, sagte er. »Vorausgesetzt, ich könnte Euch überreden, mir einen Gefallen zu tun.«

»Einen Gefallen?« Zinders Augenbraue war fast bis zum Haaransatz hochgerutscht. Betrug lag in der Luft, und jeder im Saal konnte ihn wittern.

Achards Blick wurde eisig, als er den Söldnerführer ansah. »Seid Ihr der Wortführer – oder diese Dame?«

Zinder wollte auffahren, doch Violantes schlanke Finger auf seinem Unterarm hielten ihn zurück. »Sagt, um was es Euch geht, Achard, und meine *Berater* und ich werden darüber nachdenken.«

Der Burgherr lehnte sich träge zurück und legte das rechte Bein über die Armlehne seines Fellthrons. »So kommen wir also ins Geschäft… Ihr müsst wissen, dass mein Weib Jorinde eine Frau von höchster Gläubigkeit und Gottergebenheit ist. Sie kennt ihren Gott und dient ihm vorbehaltlos.« Ein feines Schmunzeln zog Falten durch die vernarbte Haut um seine Augen. »Tatsächlich steht Jorinde Euch an Begeisterung für die Sache des Herrn nicht nach, und ich weiß, dass es ihr größter Wunsch wäre, sich Euch anzuschließen.«

»So?« Violante gab sich keine Mühe, ihren Argwohn zu überspielen. »Wo ist sie? Wenn sie mit uns ziehen will, steht dem nichts im Wege.«

»Nun«, sagte Achard langsam, »sie ist hin- und hergerissen

zwischen dem brennenden Wunsch, mit der Magdalena« – er nickte in Sagas Richtung – »ins Heilige Land zu ziehen, und der Liebe einer Mutter für ihren Sohn, den sie nicht verlassen will. Ihre Entschlusskraft ist, sagen wir, nicht die allergrößte.«

»Kinder können uns nicht begleiten«, sagte Violante.

»Natürlich nicht.« Der Ritter massierte sein bärtiges Kinn zwischen Daumen und Zeigefinger. »Darum braucht es womöglich ein wenig Überzeugungsarbeit, um Jorinde zu ihrem Glück im Schoße des Herrn zu führen.«

Zinder und Violante wechselten einen Blick. »Ihr verlangt von uns«, sagte die Gräfin voller Abscheu, »dass wir Eure Gemahlin gegen ihren Willen mitnehmen?«

Heuchlerin!, dachte Saga. Solche Skrupel hattest du nicht, als es um *meinen* Willen ging, nicht wahr?

Achard verschränkte zufrieden die Finger. »Euch sollte klar sein, dass es keinen Grund zur Feilscherei gäbe, wäre meine geliebte Frau an Eurer Seite. Ich würde es mir nicht nehmen lassen, zu ihrer und Eurer Sicherheit meine besten Führer bereitzustellen. Und selbstverständlich würde ich von meinem Weib und seinen Begleitern keine Bezahlung annehmen.«

Zinder kaute auf der Unterlippe. Es war offensichtlich, dass er Achard am liebsten an die Kehle gegangen wäre.

»Wir werden darüber nachdenken«, sagte Violante und erhob sich.

Achards Miene verriet, dass er sich als Sieger dieser Verhandlungen wähnte. »Für heute Nacht steht Euch eines meiner Gastzimmer zur Verfügung, Gräfin … *Nur* Euch, fürchte ich«, fügte er mit einem Seitenblick auf Saga und die anderen hinzu.

»Nicht nötig«, entgegnete Violante eisig. »Ich ziehe es vor, im Lager vor Eurem Tor zu übernachten.«

»Ganz wie Ihr wünscht.«

Sie gingen zur Tür, wo die Söldnereskorte sie erwartete. Achard blieb sitzen. Als Saga über die Schulter zurücksah, trafen sich ihre Blicke. Es überraschte sie, dass das breite Grinsen von seinen Zügen verschwunden war und er ihnen ernst und nachdenklich hinterherschaute.

Draußen flüsterte Zinder zur Gräfin: »Ich hoffe, Ihr wisst, auf was Ihr Euch da einlasst.«

»Noch habe ich keine Entscheidung getroffen.«

»Als bestünde darüber irgendein Zweifel.«

Sie ging an ihm vorbei und setzte sich an die Spitze. »Ihr vergesst Euch, Söldner.«

Einen Moment lang sah es aus, als würde Zinder diesen Affront schlucken wie so viele andere zuvor. Dann aber schnellte seine Hand nach vorn, packte die Gräfin an der Schulter und riss sie herum. Saga erstarrte.

»Was glaubt Ihr –«, entfuhr es Violante, aber dann verstummte sie, als sie die Wildheit in Zinders Augen entdeckte.

»Ihr bezahlt mich, damit ich Euch beschütze!«, fauchte der Söldnerführer. »Und darum gebe ich Euch folgenden Rat: Geschäfte mit Männern wie Achard bringen selten etwas Gutes. Selbst wenn Ihr Euch sicher vor ihm wähnt, vertraut mir, Ihr seid es nicht! Achard ist kein goldgieriger Dummkopf, auch wenn er sich gerade alle Mühe gegeben hat, Euch diese Rolle vorzugaukeln.« Er sah wutentbrannt zurück zur Tür des Wohnturms, die immer noch offen stand. Die nächsten Lagerfeuer waren weit genug entfernt, sodass keiner von Achards Männern den Streit mit anhören konnte. Dennoch hatten einige der Männer die Köpfe erhoben und starrten düster herüber.

Violante war überrascht, aber nicht eingeschüchtert. Mit erbostem Blick baute sie sich vor ihm auf und starrte ihm unverwandt in die Augen. »Wir haben keine andere Wahl. Versteht Ihr das nicht? Die Via Mala ist mörderisch genug, auch ohne dass wir uns Achard von Rialt und seine Bande zu Feinden machen!«

Sagas Blick wurde plötzlich von einer Gestalt angezogen, die oben auf der Balustrade erschienen war, gute drei Mannslängen über dem Haupteingang. Die junge Frau trug ein weißes, knöchellanges Kleid, als hätten ihre Zofen sie für ein besonderes Fest ausstaffiert; es lag ungewöhnlich eng an, was sie anderswo gewiss in Verruf gebracht hätte. Sie war sehr schlank, dünner noch als Violante, aber bei einer gepflegten Frau ihres Standes wirkte ein solcher Körper nicht ausgezehrt, sondern liebreizend. Diesen Eindruck verstärkte das glatte blonde Haar, das offen über ihre Schultern fiel. Die Höhenwinde spielten darin, und Saga wurde bewusst, dass es diese Bewegung war, die ihre Aufmerksamkeit überhaupt erst auf das ätherische Geschöpf dort oben gelenkt hatte. Wahrscheinlich stand sie schon schweigend auf der Balustrade, seit Saga und die anderen den Wohnturm verlassen hatten.

»Fragt sie einfach«, sagte Saga ruhig.

Zinder und Violante, die den Auftritt der Burgherrin nicht bemerkt hatten, wandten ihr gleichzeitig die Köpfe zu. »Was?«, fauchte die Gräfin.

»Fragt Jorinde, ob sie mit uns gehen will.« Saga deutete mit einem Kopfnicken nach oben zur Balustrade. »Und bietet ihr an, ihren Sohn mitzunehmen. Sie sieht nicht glücklich aus, oder? Vielleicht ist sie froh, von hier verschwinden zu können. Wer will schon freiwillig an einem solchen Ort leben?«

Mit einer raschen Bewegung zog sich die junge Frau zurück in die Schatten hinter der Tür. Ihr Bild schien wie eine Lichtschliere einen Augenblick länger am Geländer zu haften, ehe es sich gleichfalls in Dunkelheit auflöste.

Zinder stieß ein heiseres Lachen aus. »Begreifst du denn nicht, Saga?«

Mit einer Mischung aus Verwirrung und Ärger blickte sie von ihm zu Violante.

Die Gräfin seufzte, nahm sie am Arm und drehte sie von der offenen Tür weg. »Ist es nicht offenkundig? Achard hat das Erbe dieser Frau an sich gerissen. Und nun will er sie loswerden. Würde er sie einfach, sagen wir, vom nächstbesten Felsen werfen, würde er alles verlieren – das Erbe fiele zurück an ihre Familie.

Zieht sie aber mit uns und taucht nie wieder auf, ohne dass ihr Tod je bestätigt wird, dann wäre sie nur eine vermisste Kreuzfahrerin mehr, und ihr Sohn würde zum Herrn dieser Burg. Achard jedoch wäre sein Vormund. Alles bliebe beim Alten – nur ohne Jorinde und ihre lästige Familie. Deshalb würde er um nichts in der Welt zulassen, dass sie das Kind mitnimmt. Der Junge ist sein Schlüssel zu dieser Burg, zur Via Mala und zu all dem Gold, das er auf diese oder jene Weise mit ihr verdient.«

Sagas Mund war trocken geworden. »Aber das *vermutet* Ihr nur!«

»Ja.« Widerstrebend kam Zinder der Gräfin zu Hilfe. »Trotzdem wette ich meinen Sold, dass es genauso ist. Solche Geschichten passieren überall und jeden Tag. Männer wie Achard waren schon immer sehr geschickt darin, sich den Besitz anderer anzueignen.«

Violante eilte voraus Richtung Tor. »Erstaunlich, dass *Ihr* noch kein Burgherr seid, Hauptmann Zinder.«

Brütend blickte er ihr nach. Erstmals sah Saga ihn verlegen um eine Antwort.

Sie streifte ihn mit der Schulter. »Sie mag dich auch.«

Am Abgrund

Der Mond übergoss die schroffen Berggipfel mit mattem Silberglanz. Die himmelhohen Granitzähne verschlangen das Licht, kein Stern war zu sehen. Eine bedrückende Stille lag über dem Gebirge. Die einsamen Winde, die weiter oben über menschenleere Pässe fegten, verloren auf dem Weg in die Täler ihre Stimme und verwehten stumm in der Felsenödnis.

Saga saß allein in der Krone einer Eiche und starrte in den schwarzen Abgrund. Der Baum erhob sich am Rand der senkrechten Felswand des Plateaus. Tannen und Fichten klammerten sich mit eisernem Überlebenswillen ans Gestein. Weiter unten lag der Eingang zur Schlucht in absoluter Finsternis. Was immer dahinter lauerte, ruhte in einem Grab aus Schatten und Stille.

Es kam ihr vor, als wäre sie seit einer Ewigkeit nicht mehr geklettert oder über Abgründen balanciert. Ihr Leben als Gauklerin schien weit hinter ihr zu liegen, zusammen mit Faun, ihren Eltern und Schwestern, zusammen mit allen Skrupeln, die sie einmal gehabt hatte. Obwohl, nein, das war nicht die ganze Wahrheit: Sie *hatte* noch Skrupel, nur dass sie aufgehört hatten, ihr Handeln zu bestimmen. Ihr schlechtes Gewissen regte sich dann und wann ganz weit hinten in ihren Gedanken, gemeinsam mit einer tiefen Traurigkeit, die ihr beinahe noch mehr zu schaffen machte.

Sie kauerte mit angezogenen Knien in einer mächtigen Astgabel, hatte einen Arm um den Stamm geschlungen und schabte mit der anderen Hand gedankenverloren an der Rinde. Hin und wieder löste sich ein Stück und segelte abwärts, hinab in den Schlund des Bösen Weges, wo die Finsternis es nach kurzer Zeit verschluckte.

Vieles ging ihr durch den Kopf, aber sie schaffte es nicht, einen Gedanken festzuhalten und sich darauf zu konzentrieren. Stattdessen war da ein Strudel aus verwirrenden Gefühlen, Bildern und Sorgen. Sie hatte gehofft, hier oben ein wenig Ruhe zu finden, um über sich selbst und ihre Lage nachzudenken – etwas, das ihr seit einer halben Ewigkeit nicht mehr gelungen war. Doch auch jetzt war sie noch immer viel zu aufgewühlt.

Die Schwärze der Via Mala zerrte an ihr, aber Saga widerstand der Versuchung, einfach loszulassen und sich aus der Baumkrone in die Tiefe zu stürzen. Während ihrer Seiltänze hatte sie schon über zahllosen gähnenden Schlünden gestanden, und die Verlockung des Abgrunds besaß längst keine Macht mehr über sie. Allerdings war noch etwas anders an diesem Ort. Es schien ihr, als ginge vom Bösen Weg ein ganz eigener, bedrohlicher Sog aus.

Aber war es die Schlucht, die sie fürchtete, oder doch eher der Abgrund, der sich in ihr selbst auftat?

Sie dachte an die vielen Mädchen und Frauen in den eng gedrängten Zelten auf der hügeligen Fläche außerhalb der Mauern von Burg Rialt. Viele Kreuzfahrerinnen hatten hier oben keinen Platz gefunden und ihre Zelte rechts und links des kurvenreichen Weges ins Tal aufgeschlagen. Zinder hatte seinen Männern verboten, eigene Unterkünfte zu errichten. Für sie alle herrschte höchste Alarmbereitschaft. Die Tatsache, dass sich das Lager der Frauen an den Serpentinen entlang fast bis ins Tal erstreckte, machte es beinahe unmöglich, sie alle gleichermaßen zu bewachen. Dass Saga unbemerkt durch die Wächterkette geschlüpft war, zeigte nur umso deutlicher, wie gefährlich die Lage war. Doch Achard schien Wort zu halten: Bislang hatte keiner seiner

Männer der Versuchung nachgegeben, die ihnen die Nähe so vieler Mädchen bot.

Aus Zinders Andeutungen ahnte sie, wie schlecht es um viele der Frauen stand. Sie hatte von den Schmerzen gehört, die der endlose Fußmarsch vielen bereitete. Von geschwollenen, aufgeplatzten Füßen. Von gebrochenen und verstauchten Knöcheln. Von Geschwüren und Ausschlägen und einer Erschöpfung, die nur vom unermüdlichen Glauben an die Worte der Magdalena in Schranken gehalten wurde. Sie hätte sich ihnen häufiger zeigen sollen, nicht nur aus der Ferne. Aber sie fürchtete diese anonyme Masse von Mädchen und jungen Frauen mehr, als sie je für möglich gehalten hätte. Was, wenn sie durchschauten, was Saga in Wirklichkeit war? Wenn eine darunter war, die sie von irgendwoher wiedererkannte, so wie Zinder? Oder wenn abermals eine Massenhysterie ausbrach wie jene, die Gunthild das Leben gekostet hatte?

Aber es waren nicht einmal nur solche konkreten Befürchtungen, die sie die Gesellschaft der Mädchen meiden ließ. Etwas viel Diffuseres bereitete ihr Übelkeit, wenn sie nur daran dachte, ihnen zu nahe zu kommen: die Erkenntnis, wie falsch das war, was sie tat. Wie gemein und arglistig und durch und durch schlecht. Sich das einzugestehen fiel schwer, und sie war mittlerweile recht gut darin, den Gedanken zu verdrängen.

Und doch – wenn sie predigte, in sicherer Entfernung und gut abgeschirmt durch Zinder und seine Männer – war da etwas in ihr, das es genoss. Außerdem, so redete sie sich ein, waren die Mädchen nicht längst von ihr abhängig? Wenn sie wirklich aufgäbe, sich klammheimlich davonmachte wie eine Diebin, würde dann nicht die ganze Unternehmung in Chaos versinken? Niemandem wäre damit gedient, am wenigsten jenen, die ohnehin das größte Leid zu ertragen hatten.

Ich habe keine Wahl, hämmerte sie sich ein.

Keine Wahl, bestätigte der Lügengeist, und sie war nur zu bereit, ihm zu glauben. *Du tust das Richtige.*

Blicklos starrte sie auf die Schlucht unter ihr. Kann ein Weg wirklich böse sein?, fragte sie sich. Oder waren es nur jene, die ihn gingen?

~

»Lasst mich mit Jorinde sprechen«, verlangte die Gräfin am Morgen vom Herrn der Burg Hoch Rialt. Sie hatten sich wieder im Saal des Wohnturms versammelt. Das schmutzige Geschirr stand noch immer am Tafelende, umschwärmt von fetten Fliegen. »Ich will hören, was sie zu sagen hat.«

»Das wird nicht nötig sein«, entgegnete Achard mit liebenswürdigem Lächeln. »Sie ist mit allem einverstanden.«

»Bevor ich meine Entscheidung treffe, wird sie es *mir* sagen müssen.«

Für einen Moment hatte Saga den Eindruck, dass Zinder Recht behielt: Achard spielte ihnen etwas vor. Die Maskerade des Toren zerfiel für einen Atemzug, und darunter starrte ihnen etwas Raubtierhaftes entgegen, das selbst Violante für einen Augenblick lähmte. Saga unterdrückte den Drang, einen Schritt zurückzuweichen. Dann aber bekam Achard von Rialt sich wieder unter Kontrolle. Seine Züge entspannten sich.

»Ganz wie Ihr wünscht«, sagte er mit betonter Ruhe. Er gab einer eingeschüchterten Zofe einen Wink, und wenig später hörten sie leise Schritte im Treppenhaus. Die Tür schwang auf, und herein trat Jorinde von Rialt, weiß gekleidet wie am Abend zuvor, aber mit einem breiten Ledergürtel um die kindliche Taille. Sie trug eine geschnürte Haube, unter der sie ihr Haar verbarg.

Ihr Gesicht war geschwollen und dunkel angelaufen, das eine Auge halb geschlossen.

Violante atmete scharf ein. Saga biss sich auf die Unterlippe. Zinder stieß einen Fluch aus.

»Jorinde, mein Engel«, rief Achard und breitete die Arme aus, »wie schön, dass du dich zu uns gesellst.«

Zinder verbeugte sich, und Saga tat es ihm nach. Jorinde öffnete den Mund und sagte etwas, das niemand verstand.

»Sprich lauter«, verlangte Achard.

»Ich grüße Euch«, kam es zaghaft über Jorindes aufgesprungene Lippen. Bei ihrer Statur hatte es wohl kaum mehr als einiger Ohrfeigen bedurft, um sie derart zuzurichten. Selbst gestern in der Dämmerung und weit entfernt auf der Balustrade hatte ihr etwas Kränkliches angehaftet.

»Wir danken für Eure Gastfreundschaft«, sagte Violante und verbeugte sich nun ebenfalls. »In unserem Gefolge befinden sich einige hervorragende Heilkundige, deren Künste Ihr gern in Anspruch nehmen könnt.«

»Wir haben selbst einen Heiler«, erwiderte Achard voller Ungeduld. »Jorinde, sag diesen braven Leuten, was du dir sehnlicher wünschst als alles andere.«

Jorindes Unterkiefer zitterte, aber sie hielt ihre Tränen im Zaum. »Ich wünsche mir … ich möchte Euch bitten, Euch auf Eurem Kreuzzug begleiten zu dürfen.«

»Ihr seid uns herzlich willkommen«, entgegnete die Gräfin. Ihr Gesicht war steinhart, wie aus Kalk gehauen. Sie wirkte zehn Jahre älter als noch vor wenigen Minuten. Erstaunlich, dachte Saga, dass das Schicksal der jungen Adeligen sie derart mitnahm. Ausgerechnet Violante. Es war fast, als erkannte sie in der jungen Frau etwas von sich selbst wieder.

»Dann wäre ja alles geklärt«, rief Achard und klatschte erfreut in die Hände. »Ihr könnt sofort aufbrechen. Meine Führer stehen bereit. Wenn Ihr wünscht, stelle ich Euch außerdem eine bewaffnete Eskorte zur Verfügung.«

»Nicht nötig«, knurrte Zinder, gereizt wie ein Kettenhund.

»Wie Ihr wollt«, gab Achard zurück, aber jetzt loderte gefährlicher Spott in seinen Augen. Zinder und er fochten ein stummes Duell miteinander, das erst unterbrochen wurde, als Jorinde mit leichtem Humpeln zwischen die beiden Männer trat, dabei aber nur Saga ansah.

»Du bist die Magdalena«, stellte sie leise fest. Ihre Stimme war so zart, dass Saga sie kaum verstand. »Du hörst ihre Stimme?«, fragte Jorinde behutsam. Von nahem sah sie noch jünger aus, kaum zwanzig.

»Ja.« Alle Blicke waren jetzt auf Saga gerichtet. Selbst Achard musterte sie eingehend.

Jorinde nickte nachdenklich, sagte nichts weiter, drehte sich mit schmerzverzerrter Miene um und verließ den Saal.

»Komm«, sagte die Gräfin zu Saga, nahm sie am Arm und führte sie hinaus ins Freie. Zinder folgte ihnen, eine Hand am Griff von Wielands Schwert, als warte er nur auf eine unbedachte Geste des Burgherrn.

»Er war es, der sie so zugerichtet hat«, flüsterte Saga benommen, als sie am Fuß der Treppe stehen blieb.

»Achard wird seine gerechte Strafe bekommen«, sagte Violante, »früher oder später.«

Zinder trat neben sie. »Jetzt gleich, wenn es nach mir ginge.«

»Ich weiß«, erwiderte Violante. Aber sie sagte es auf eine Weise, die offen ließ, ob sie Zinders Hass auf den Ritter teilte oder schlichtweg eine Feststellung traf.

~

Kurz vor ihrem Aufbruch kam ein hagerer alter Mann ins Lager und bat um eine Gelegenheit, mit der Gräfin zu sprechen.

»Mein Name ist Elegeabal«, sagte er und verbeugte sich vor Violante. Er trug weite, erdfarbene Gewänder in mehreren Lagen, die unteren dunkler als die oberen, befleckt und zerschlissen. Er stützte sich auf einen knorrigen Stab, der ihn um Haupteslänge überragte. Sein Bart war ungepflegt und vom Alter ausgedünnt, ein Wirrwarr weißer Spinnweben. Der linke Nasenflügel war zu einem hässlichen Narbengeflecht verwachsen, als wäre dort die Haut einmal mit stumpfer Klinge aufgeschlitzt worden. Das Auge darüber war starr und blind.

»Ich bin der Traumdeuter des Ritters von Rialt«, sagte er, »und der Knochenflicker seiner Männer.«

»So hast du gewiss viel zu tun, alter Mann.« Zinder trat hinzu, ein Bündel in der Hand, in das er nachlässig zerknüllte Kleidung stopfte.

Elegeabal verneigte sich auch in seine Richtung, aber dabei zuckte es spöttisch um seine Mundwinkel. »Mehr Träume und weniger Wunden würden mir das Leben in der Tat erleichtern, mein Herr.«

»Warum willst du mit mir sprechen?«, erkundigte sich Violante ungeduldig. Im Hintergrund bauten die Zofen ihr Zelt ab.

»Ich möchte Euch bitten, Euch ein Stück weit in die Schlucht begleiten zu dürfen«, sagte der Alte. »Der Herr von Rialt schätzt meine Kunst nicht hoch genug, um mir eine eigene Eskorte zu gewähren, und ich würde die Gelegenheit gern nutzen, um dort unten meine Forschungen voranzutreiben.«

Violante zeigte wenig Interesse und blickte über seine Schulter zu den Zofen hinüber, die sich mit der gerollten Zeltplane abmühten. »Tut, was Ihr wollt. Mir soll's gleich sein.«

»Was für Forschungen sind das?«, fragte Saga. Sie saß in der offenen Tür ihrer Kutsche, nur wenige Schritt entfernt. Die Pferde waren abgeschirrt. Einer von Achards Führern hatte Violante unmissverständlich erklärt, dass es für diese Art von Wagen in der Schlucht kein Durchkommen gäbe.

»Ich untersuche Funde, die ich vor ein paar Jahren gemacht habe.«

»Funde?«, fragte Zinder. Auch er behielt beim Sprechen seine Männer im Blick. Die Söldner hatten ihre eigenen Zelte bereits verstaut und halfen nun den Mädchen auf dem Plateau und am Wegrand beim Abbau der ihren. Saga hatte den Verdacht, dass einige der Kreuzfahrerinnen längst nicht mehr so jungfräulich waren, wie Violante gern behauptete; ein paar kicherten und kokettierten, wenn die Männer in der Nähe waren und um ihre

Aufmerksamkeit buhlten. Zinder ging dazwischen, wo er nur konnte, doch auch er hatte seine Augen nicht überall.

»Diese Schlucht ist ungeheuer alt«, sagte Elegeabal, »und sie hat Wesen gesehen, die heute nicht mehr über die Erde wandeln. Geister, Zwerge, Trolle – und Drachen. Dies war einst eine ihrer Heimstätten. Es gab viele Drachen hier, aber einen besonders großen und mächtigen. Die ersten Menschen haben ihn gefürchtet und verehrt, und die Römer fanden schließlich seine Überreste, als sie Wege in die Felswände des Bösen Weges trieben.«

»Heh!«, rief Violante ihren Zofen zu. »Vorsicht damit!« Sie ließ den Traumdeuter stehen und eilte zu ihnen hinüber.

Elegeabal blinzelte ihr verwirrt hinterher.

Zinder räusperte sich. »Ein Drache, sehr schön. Begleite uns, wenn du magst, alter Mann, aber halt dich zurück mit solchem Geschwätz. Die Furcht meiner Männer vor dieser Schlucht ist groß genug. Ich kann niemanden gebrauchen, der ihnen etwas von Ungeheuern vorfaselt.« Damit wandte auch er sich ab, spie ins Gras und begab sich auf einen Kontrollgang durchs Lager.

Elegeabal stand ein wenig verdattert da, doch ein schmales Lächeln erschien auf seinen Zügen, als Saga von der Wagentür aus bat: »Erzähl weiter.« Seine Geschichte mochte sie für eine Weile ablenken, und dafür war sie ihm dankbar.

Der Traumdeuter näherte sich ihr. Er roch ungewaschen und nach Alter. Aber sein Lächeln war listig und verlieh seinem beweglichen Auge ein jungenhaftes Blitzen.

»Ich bin auf die Höhle des Drachen gestoßen, und wann immer sich mir die Gelegenheit bietet, gehe ich dorthin. Seine Gebeine sind vor langer Zeit zu Stein geworden und müssen mit Hammer und Meißel aus dem Fels geschlagen werden.«

»Knochen aus Stein?«, fragte sie ungläubig.

»Gewiss doch. Mächtige, riesenhafte Knochen. Einmal fand ich einen Zahn so lang wie meine Hand.«

Wahrscheinlich waren die Knochen, die er gefunden hatte, nur halb so groß, wie er behauptete. Vermutlich gehörten sie einer Kuh, die irgendwann einmal in den Abgrund gestürzt war. Aber Elegeabal ließ keinen Zweifel an seiner Überzeugung, und das machte ihn zumindest amüsant.

Er legte den Kopf schräg. »Bist du die Magdalena?«

Sie stieß einen Seufzer aus. »Die bin ich.«

»Dann sag mir, Kind, träumst du manchmal?«

»Tun wir das nicht alle?«

»Welcher Art sind deine Träume?«

»Ich hab sie vergessen, sobald ich aufwache.«

Er streckte ihr den Arm entgegen, die offene Handfläche nach oben gerichtet. »Leg deine Hand in meine. Ich kann deine Träume lesen, wenn du magst.« Er deutete mit dem Stab auf ihre Stirn. »Sie sind alle noch dort oben drin, jeder einzelne. Träume vergehen nicht. Genau wie die Knochen des Drachen. Sie werden zu Stein und verkrusten mit den Jahren, und irgendwann muss man sie mit Hammer und Meißel aus ihrem Gefängnis befreien. Aber die Erde verschwendet keine ihrer Gaben, und die Träume, die sie uns schickt, sind für die Ewigkeit gemacht.«

Sie sah seine knöcherige Hand an, behielt ihre eigene aber bei sich.

»Du hast Angst«, sagte er.

»Lass mich in Ruhe«, verlangte sie unwirsch. Aber sie konnte nicht aufstehen, ohne ihn beiseite zu stoßen. Plötzlich scheute sie seine Berührung mehr als seine Worte.

Der Traumdeuter bewegte sich nicht von der Stelle. »Da ist etwas in dir. Und du weißt davon. Es hat eigene Träume. Falsche Träume. Lügenträume!«

Verunsichert suchte sie nach Worten. »Lügen nicht alle unsere Träume?«

Der Alte schüttelte den Kopf. »Die meisten verraten uns größere Wahrheit als unsere Augen und Ohren.« Er lächelte wieder. »Gib mir deine Hand.«

Sie ignorierte die Aufforderung. »Was für Träume hat ein Mann wie Achard?«

Elegeabal hob überrascht eine Augenbraue. »Träume von Macht. Von Reichtum. Aber es sind primitive Träume, lose gewebt wie ein altes Wams, das er sich schon viel zu oft übergestreift hat.«

»Und Jorinde?«

Ein trauriges Kopfschütteln war die einzige Antwort darauf. »Wirst du mir nun deine Hand geben?«

»Nein.«

»Ich könnte dir mehr über dich verraten, als du selbst weißt.«

»Vielleicht mehr, als ich wissen will.«

Er kicherte. »Wohl wahr.« Die fleckige Knochenhand sank zurück an seine Seite, wo sie schlaff herabhing, als wäre kein Leben mehr darin. »Heil dir, Magdalena. Und heil dem, der in dir wohnt.«

Elegeabal wandte sich ab und wanderte langsam zu einer der ausgekühlten Feuerstellen. Gedankenverloren stocherte er mit dem Stab in den Überresten, als lägen dort Antworten auf unausgesprochene Fragen.

»Kannst du die Träume des Drachen lesen?«, rief sie ihm hinterher. »Aus seinen Knochen?«

Der Alte zog den Stab aus der Feuerstelle und betrachtete das grau bestäubte Ende. »Alles Asche«, murmelte er. »Wohin man sieht, nur Asche.«

Der Bethanier folgte dem schreienden Mann ins Dickicht der Weidenbäume. Hinter ihnen schloss sich der Vorhang aus Peitschenästen. Das Kreischen des Mannes entfernte sich zwischen den Stämmen, aber er war nicht schnell genug. Der Bethanier würde ihn einholen. Seine Opfer waren niemals schnell genug.

Maria stand neben dem schwarzen Schlachtross und sah den beiden Gestalten nach, als der Weidenhain sie verschluckte. Sie bewegte sich nicht, genau wie der riesenhafte Pferdeleib neben ihr. Weder das Ross noch sie selbst waren festgebunden. Aber im Gegensatz zu dem Tier überlegte sie, ob dies womöglich die Gelegenheit war, dem furchtbaren Ritter zu entkommen.

Er hatte ihre Eltern getötet, um ihre Herzen zu essen. Das hatte er ihr gesagt, bei einer der wenigen Gelegenheiten, als er das Wort an sie gerichtet hatte. Das schenke ihm ewiges Leben, hatte er erklärt. Deswegen musste er Menschen töten.

Er glaubte *wirklich daran*: dass die Herzen seiner Opfer ihn unsterblich machten. Weil er schon einmal gestorben war. Genau wie Maria. Behauptete er.

Maria war erst neun, aber sie wusste, dass sie *nicht* gestorben war. Krank war sie gewesen, schwer krank; ihre Eltern hatten ihr davon erzählt. Aber tot war sie nicht gewesen. Und der Bethanier?

Er war verrückt, genauso wie der Mönch, der einmal aus dem

Kloster in den Sümpfen zu Marias Hof herübergekommen, hinauf aufs Dach gestiegen war und einen halben Tag lang wie ein Hahn gekräht hatte. Damals hatte Marias Vater ihr erklärt, dass manche Menschen nicht ganz richtig im Kopf wären.

Einige krähten wie ein Hahn.

Andere aßen Herzen.

Das Schlachtross erhob sich neben ihr als Berg aus schwarzer Muskelmasse. Sie fürchtete, dass das Tier sie bewachen sollte. Wenn sie einen Schritt machte, würde es womöglich wiehern oder nach ihr treten.

Aber im Augenblick kümmerte sich das Ross nicht um sie, stand einfach nur da und blickte hinüber zu den Weiden, zwischen denen sein Herr verschwunden war. In entgegengesetzter Richtung, hinter einer Graskuppe, lag die alte Steinstraße, der sie gefolgt waren. Nach Osten, hatte der Bethanier gesagt, aber Maria wusste nicht, was das bedeutete. Fest stand, sie waren jetzt mehrere Tagesritte von ihrem Zuhause entfernt. Er hatte sie mitgenommen wie einen Gegenstand, und sie wusste bis heute nicht, was er von ihr wollte. Er war freundlich zu ihr, selbst wenn er davon sprach, noch vielen Menschen die Herzen aus der Brust zu reißen. Niemals brüllte er sie an oder schlug sie gar. Es war, als wäre ihre Anwesenheit genug, um ihn zufrieden zu stellen. Irgendetwas erkannte er in ihr. Eine Verwandtschaft, hatte er gesagt. *Du bist wie ich.*

Aber sie war nicht wie er. Trotz ihrer Angst war sie nicht verrückt. Der Schmerz beim Gedanken an ihre Eltern – und sie dachte an kaum etwas anderes – ließ sie oft weinen, aber selbst dann wurde er nicht ungehalten. Er schwieg nur und wartete, bis sie sich irgendwann an ihrem eigenen Schluchzen verschluckte und wieder ruhiger wurde.

Auch jetzt traten ihr Tränen in die Augen, doch sie beherrschte sich. Das Pferd stampfte einmal mit dem Vorderhuf auf, gab ein leises Schnauben von sich und erstarrte wieder. Maria nahm all ihren Mut zusammen und bewegte sich zaghaft von der Stelle.

Sie entfernte sich seitwärts von der glänzenden Flanke des Rosses und dem Sattel, an dem mehr Waffen befestigt waren, als sie zählen konnte. Der Bethanier hatte nur seine Sichelaxt mitgenommen, als er dem Mann zwischen die Weiden gefolgt war. Mit ihr hatte er auch die übrigen Männer des kleinen Pilgerzuges getötet. Vier Leichen lagen weiter oben auf dem Hügel, inmitten einer Narbe aus niedergetrampeltem Gras. Die umliegenden Halme waren so hoch, dass Maria die Toten von hier aus nicht erkennen konnte. Aber sie hatte aus der Ferne mit ansehen müssen, wie sie fielen, niedergemacht in Sekundenschnelle.

Die Schreie zwischen den Weiden verstummten. Der Bethanier musste sein Opfer eingeholt haben. Maria blieb stehen und lauschte auf weitere Laute, aber da war nichts. Normalerweise wäre sie darüber froh gewesen, doch jetzt wünschte sie fast, das Wüten der Sichelaxt hätte ihr verraten, wo genau sich der Ritter befand. So aber konnte sie den Blick nicht vom Rand des Weidendickichts nehmen, während sie steif Schritt um Schritt machte.

Ihr Fuß stieß gegen etwas am Boden, unsichtbar im hohen Gras. Nur ein Stein. Sie war viel zu angespannt, um aufzuatmen.

Das Schlachtross fegte mit dem Schweif ein paar Fliegen beiseite. Eine surrte zu Maria herüber und setzte sich auf ihre verschwitzte Stirn. Das Mädchen wagte nicht, sie wegzuscheuchen. Vielleicht stand er schon dort unten hinter den Peitschenvorhängen und lauerte.

Nicht daran denken. Weitergehen.

Sie wurde schneller. Die Fliege krabbelte auf ihrer Haut. Es juckte, und je mehr Maria darauf achtete, desto unerträglicher wurde das Gefühl. Sie machte ein paar kurze, ruckartige Kopfbewegungen, aber das Kribbeln auf ihrer Stirn blieb.

Die Weiden erstreckten sich als braune Masse bis zu den Ausläufern der Hügel, die den Horizont verdeckten. Weiter als ein Bogenschuss, dachte Maria. Zweimal, dreimal so weit. Eine wogende Masse, die vom Wind in Bewegung gehalten wurde. Die Peitschenäste baumelten vor und zurück, manchmal so heftig, als stieße eine Hand sie von innen beiseite. Aber noch blieb der Bethanier unsichtbar.

Maria war jetzt gut fünfzehn Schritt von dem Schlachtross entfernt. Das Tier gab keinen Laut von sich.

Langsam bewegte sie sich die Anhöhe hinauf, an deren Fuß der sumpfige Weidenwald begann. Der Hang stieg nur sanft an, der Hügel war kaum mehr als eine Welle in der Ebene. Das Gras reichte Maria bis zur Hüfte und strich an ihren Beinen entlang. Insekten stoben auf und bildeten eine kribbelnde Wolke um ihren Kopf.

Maria hob nun doch die Hand und wischte die lästigen Tiere fort. Die fette Fliege auf ihrer Stirn hatte sich an ihrem Schweiß gesättigt und brummte davon. Eine andere, kleinere surrte in Marias Ohr und verschwand gleich wieder. Für ein paar Herzschläge war das Mädchen abgelenkt.

Die Weidenäste teilten sich. Ein schwarzer Handschuh stieß ins Licht, gefolgt von einem Arm, dann Schultern, schließlich dem ganzen Mann. Die Luft schien zu flirren. Metall und Leder knirschten, als der Bethanier aus dem Schatten der Weiden trat und mit energischen Schritten die Anhöhe heraufkam.

Maria ließ sich fallen. Im hohen Gras tauchte sie unter wie in einem grünen See. Vom Fuß des Hangs aus konnte der Bethanier sie jetzt nicht mehr sehen. Erst, wenn er näher käme.

Ganz vorsichtig hob sie den Kopf. Schweiß lief in ihre Augen und brannte. Tränen vermischten sich damit und rannen ihre Wangen hinab.

Zwischen den wogenden Spitzen der Gräser konnte sie nicht bis zum Fuß des Hügels sehen. Höher aber wagte sie den Kopf nicht zu heben. Und wenn sie weiterkroch? Noch war der Wind heftig genug, um den gesamten Grashügel in Bewegung zu halten. Der Ritter würde sie nicht bemerken.

Die Rückkehr zur Straße schied aus. Nicht nur, weil er sie

dort zuerst suchen würde, sondern weil eine Flucht dort unmöglich war. Ihre Gedanken überschlugen sich. Bilder aus dem dunklen Stall vermischten sich mit blitzartigen Eindrücken der sterbenden Pilger. Wenn er Maria einfing, würde sie das nächste Opfer der Sichelaxt sein.

Die Weiden!

Nein, unmöglich. Ein erwachsener Mann hatte dem Bethanier dort nicht entkommen können. Und sie war nur ein Kind. Viel langsamer als er – aber andererseits auch kleiner. Sie passte in Verstecke, die einem ausgewachsenen Mann keinen Schutz boten. Sie konnte sich hinter Baumstämmen verbergen. Hinter Bündeln aus Weidenzweigen. Sogar unter Wurzeln.

Sie musste es versuchen.

Wo war er? Ein letzter Blick durch die Gräser. Seine kolossale Gestalt blieb unsichtbar. Das Schlachtross stieß ein helles Wiehern aus.

Lauf! Nun lauf schon!

Aber sie rannte nicht los. Noch nicht. Stattdessen ließ sie sich ein Stück weit seitlich den Hang hinabrollen, drückte Grashalme nieder und musste nun deutlich zu sehen sein, falls er in ihre Richtung blickte.

Ich bin nicht schnell genug, dachte sie. So geht das nicht. Ich *muss* laufen!

Ohne sich umzuschauen, sprang sie auf und rannte auf ihren kurzen Beinen hangabwärts. Hinter ihr ertönte ein neuerliches Wiehern. Sie hörte das Rasseln seines Kettenhemdes. Aber keinen Befehl, sofort stehen zu bleiben. Auch keine Drohung.

Noch zehn Schritt bis zu den vorderen Trauerweiden. Der Boden wurde hier weicher, schlammiger. Da begriff sie, dass sie in sumpfiges Gelände rannte. Immerhin, das kannte sie von zu Hause. Sie wusste, wie man sich im Sumpf verhielt. Ihr Vater hatte es ihr immer wieder erklärt, bevor –

Hör auf!, schrie es in ihr. Du wirst nur heulen und langsamer werden. Aber du musst jetzt schnell sein. Und gewandt.

Fünf Schritte.

Drei.

Die herabhängenden Peitschen der Trauerweiden schlugen ihr ins Gesicht, als sie ungebremst durch den schaukelnden Vorhang stürmte. Hinter ihr ertönte dumpfes Trampeln, als der Bethanier sich näherte. Sie sah nicht hin, als zwänge etwas ihr Gesicht nach vorn. Sie war noch niemals von jemandem gejagt worden, höchstens zum Spaß von ihren Brüdern. Aber sie ahnte, dass sein Anblick sie versteinern würde.

Ihre Füße patschten in Pfützen zwischen den Bäumen. Die Weiden bildeten natürliche Kammern, baumelnde Zweige wurden zu Wänden. Manchmal hatten sich die Peitschen zu Geflechten verwoben, in denen man sich allzu leicht verfangen konnte.

Hinter ihr explodierten die Weidenschnüre nach innen, als der Bethanier auf Marias Spur durch das Dickicht brach. Warum rief er sie nicht?

Das Klatschen ihrer Füße übertönte die Laute in ihrem Rücken. Vom Hügel aus hatte sie gesehen, wie weit sich die sonderbare Landschaft erstreckte – unendlich weit für ein Kind –, aber gerade das machte ihr Hoffnung.

Oder, nein, Hoffnung war etwas anderes. Sie hoffte nicht mehr, folgte mehr oder minder ihren Instinkten, angetrieben von der Vorstellung, was da hinter ihr herankam, immer näher.

Näher? Sie hörte ihn nicht mehr, selbst dann nicht, wenn der Boden an manchen Stellen trockener wurde und sie über das Hämmern ihres Herzens hinaushorchte. Vor dem Stamm einer Weide fuhr sie herum.

Die Zweige pendelten hierhin und dorthin, ein geisterhaftes Wippen und Wogen. Über den Kronen leuchtete Tageslicht, ein heller, blauweißer Sommerhimmel. Unter den Kuppeln aus Ästen und Laub herrschte dämmeriges Halblicht. Jenseits der vorderen Weidenvorhänge, wo sie in zwei, drei Lagen übereinander hingen, wurde aus Düsternis Schwärze. Irgendwo dort mochte er sein.

Etwas blitzte, nicht weit entfernt. Ein verirrter Sonnenstrahl brach sich auf einer silbernen Sichelschneide. Einen Atemzug lang glühte die Klinge in den Schatten wie ein Mond.

Maria schluckte lautlos, kam aber nicht gegen den Kloß in ihrem Hals an. Langsam schob sie sich mit dem Rücken um den Baumstamm, bis er sich zwischen ihr und der Stelle befand, an der sich das Licht gebrochen hatte. Schultern und Handflächen fest an die Rinde gepresst, blieb sie stehen, hielt jetzt den Atem an, hätte am liebsten sogar ihr Herz gestoppt. Der Bethanier musste hören, wie es gegen ihren Brustkorb schlug, als wollte es ihn herbeilocken, damit die ungestüme Flucht ein Ende hatte.

Nun hörte sie wieder seine Schritte. Schwere Stiefel im Wasser. Wenn die sumpfige Brühe über die Ränder des Leders schwappte, würde ihn das zusätzlich behindern. Ohnehin musste sein Rüstzeug eine erhebliche Last sein. Aber er war stark, viel stärker als ein gewöhnlicher Mann.

Sie gab sich einen Ruck, stieß sich von dem Weidenstamm ab und hastete los.

Sie huschte jetzt von Stamm zu Stamm, hielt immer wieder an, versuchte etwas in ihrer Umgebung zu erkennen. Jedes Mal wenn sie glaubte, sie hätte ihn vielleicht abgehängt, hörte sie in irgendeiner Richtung das Kettenhemd klirren oder die saugenden Laute des Sumpfs um seine Stiefel. Sie war erschöpft und verzweifelt, aber sie geriet nicht in Panik. Irgendetwas hielt sie bei Vernunft, ein Panzer, der sich schützend um ihren Geist gelegt hatte.

Gerade drückte sie sich erneut durch einen Peitschenvorhang, als ihr Fuß im knöchelhohen Wasser an etwas hängen blieb. Mit einem hellen Stöhnen verlor sie das Gleichgewicht und schlug der Länge nach in den Schlamm. Kurz war ihr Gesicht unter Wasser, sie bekam die brackige Brühe in die Nase und rollte sich planschend herum. Hastig sprang sie auf, schaute sich um – und erkannte, woran ihr Fuß sich verhakt hatte.

Ein rostiger Brustpanzer ragte wie eine Schildkröte aus dem Sumpfwasser. Die Feuchtigkeit hatte ein Loch hineingefressen, Moos schillerte an den Rändern. Aber das Ding war eindeutig Teil einer Rüstung gewesen.

Bebend schaute sie sich um. Überall um sie herum, bis zum nächsten Weidenvorhang und wahrscheinlich darüber hinaus, waren alte Eisenteile im Sumpf verstreut. Die meisten waren fast vollständig versunken, aber manche lagen noch weit genug an der Oberfläche, um ihren ursprünglichen Zweck zu verraten.

Einst hatte hier eine Schlacht stattgefunden.

Maria tastete sich weiter, jetzt vorsichtiger, um nicht erneut zu stolpern. Mit zitternden Händen schob sie die Zweige beiseite und trat unter die benachbarte Weidenkuppel. Auch hier war der Boden übersät mit Rüstzeug. Da steckte ein rostiges Schwert in einem Baumstumpf. Anderswo ragte der Stiel eines Kriegsbeils aus dem Schlamm, um sofort zu zerfallen, als Marias Fuß ihn streifte. Sie stolperte erneut, hielt sich mit links an einem Bündel Zweige fest und patschte mit der rechten Hand ins Wasser. Ihre Finger griffen in weichen Morast, stießen auf Widerstand, zogen beim Auftauchen etwas mit sich aus der schwarzen Brühe.

Es war ein rostiger Dolch, selbst in Marias Hand noch eine kleine Waffe; jemand musste ihn als letzte Reserve im Stiefel oder am Körper getragen haben. Das Leder, das einst um den Griff gewickelt war, quoll als vermoderter Brei zwischen ihren Fingern hervor. Das Eisen selbst aber hatte der Nässe standgehalten. Klinge und Kreuzstange waren mit Rost überzogen und die Schneiden stumpf; die Spitze aber hatte noch genug Biss, um sich in einen Körper zu bohren. Ohne nachzudenken, schob Maria sich die Waffe unters Kleid, wo sie eiskalt und sperrig gegen ihren Oberkörper drückte. Sie verschwendete keinen Gedanken daran, dass sie sich damit selbst verletzen könnte. Es fühlte sich gut an, überhaupt etwas zu besitzen, mit dem sie sich verteidigen konnte und von dem der Bethanier nichts wusste.

»Maria!«

Sie hatte ihm ihren Namen verraten, als er sie kurz nach ihrem Aufbruch vom Hof danach gefragt hatte. Nun aber rief er ihn zum ersten Mal, seit sie sich diesen Wettlauf durch den Weidensumpf lieferten.

Sie blickte nicht zurück, sondern stürmte los, tiefer in die Wildnis. Jetzt spürte sie seine Nähe, hörte ihn nicht nur, sondern hatte das Gefühl seiner Hände auf ihren Schultern, seines Atems in ihrem Nacken.

Noch einmal wurde sie schneller, sprang über modriges Holz und rostiges Eisen, spürte zugleich, wie die uralte Klinge unter dem Kleid ihre Haut ritzte, und gab doch nicht auf.

»Maria.«

Kein Ruf mehr, sondern beinahe ein Flüstern.

Sie stolperte über irgendetwas im Wasser, fiel mit einem Aufschrei nach vorn und sank mit Händen und Knien in den Schlamm. Das Oberteil ihres Kleides beulte sich aus, als der Dolch in den Stoff sackte. Sie hatte noch nie eine Waffe benutzen müssen, natürlich nicht, aber nun bekam sie einen Vorgeschmack, wie es war, einen anderen so zu hassen, dass man seinen Tod wünschte.

Der Bethanier nannte sie zum dritten Mal beim Namen, diesmal beschwörend.

Da wusste sie, dass ihre Flucht zu Ende war.

Mutlos drehte sie sich um, und da war er. Stand direkt hinter ihr, keine Armlänge entfernt. Sein schwarzes Rüstzeug war von oben bis unten mit Schlamm bespritzt; auch er war mindestens einmal gestürzt.

»Willst du jetzt mein Herz essen?«, fragte sie wie betäubt.

Der Bethanier schüttelte den Kopf. Seinen Helm hatte er beim Pferd zurückgelassen, aber er hatte noch immer die schwarze Samtkapuze hochgeschlagen. Sie war verrutscht und ließ Dämmerlicht auf seine hageren Züge fallen. Unter seinem Kinn war die Narbe zu sehen, die quer über seinen sehnigen Hals verlief. Zum ersten Mal fragte sie sich, wer das getan hatte und was wohl aus ihm geworden war.

»Komm«, sagte er und streckte ihr seine Hand entgegen.

Tiessa fand Faun tief im Wald.

Er kniete am Boden, hatte das Gesicht gesenkt, als litte er Schmerzen, und tat, als bemerke er ihr Kommen nicht. Fußspuren führten durch das nasse Erdreich von ihm aus in mehrere Richtungen. Jeder dieser Pfade reichte bis zu einem anderen Baum. Wie es aussah, war er auch zwischen den einzelnen Stämmen hin und her gegangen.

»Hat das, was du da treibst, irgendeinen Zweck?«, fragte sie skeptisch.

»Hm hm«, machte er.

»Erklärst du's mir?«

Er war schon vor einer ganzen Weile hierher gekommen. Die vergangene Nacht waren sie fast durchgeritten, und nun brauchten die Pferde dringend eine Rast. Von ihnen selbst ganz zu schweigen. Fauns Hinterteil schien nur noch aus Schmerz zu bestehen, die Innenseiten seiner Oberschenkel waren feuerrot, und durch den ständigen Druck der Zügel, die Tiessa beim Reiten so locker in den Fingern hielt, hatten sich Blasen an seinen Händen gebildet. Er war kein guter Reiter, und im Augenblick sah es nicht danach aus, als würde in absehbarer Zeit einer aus ihm werden.

Tiessa kam herüber und ging neben ihm in die Hocke. Verwundert blickte sie auf die Abdrücke, die seine Füße im Waldboden hinterlassen hatten. »Wie oft bist du zwischen diesen Bäumen hin und her gelaufen?«

»Ein paar Mal.«

»Und warum?«

»Ich hab die Abstände gemessen.« Er deutete auf Striche vor ihm am Boden, die er mit einem Ast ins Erdreich gekratzt hatte.

Sie sah ihn aus großen Augen an, und erst jetzt bemerkte er ihre Sorge.

»Ich bin nicht verrückt geworden«, sagte er. »Keine Angst.«

»Sieht aber ganz danach aus.«

Er deutete auf die Bäume. »Das da ist meine Familie.«

»Deine Familie«, wiederholte sie tonlos. »So.«

Faun nickte. »Der Baum da vorn, die Eiche, das ist mein Vater. Meine Mutter steht ein ganzes Stück dahinter. Die Buche, siehst du? Du musst dich vorbeugen, um sie von hier aus zu sehen. Sie ist genau hinter ihm.«

Tiessa folgte zögernd seinem Blick.

»Und das da vorn, die drei kleinen Bäume, sind meine jüngeren Schwestern. Sie stehen genau zwischen den beiden, aber ein bisschen näher bei meiner Mutter.« Er sprach sehr ruhig und überlegt. Für ihn ergab das alles einen Sinn. »Und dann noch der Baum da drüben, der sich ungefähr einen Fuß über dem Boden gabelt und zwei Stämme hat. Siehst du den?«

Der Baum stand weiter weg als die anderen und war im trüben Morgenlicht, das durch die Laubdecke fiel, nur vage zu erkennen. Nebelschwaden wehten durch die Wälder und verschleierten die Sicht.

»Das seid dann ihr beiden, oder? Du und Saga«, vermutete Tiessa.

»Das war leicht, hm?« Er wollte sie mit seinem Lächeln anstecken, doch sie blieb ernst und rückte sogar ein wenig auf Distanz. »Saga und ich stehen weit weg von allen anderen. Am weitesten von meinem Vater. Schau dir seine Äste an. Sie greifen zu uns herüber, sind aber nicht lang genug. Sie berühren gerade einmal die Zweige meiner Schwestern.«

»Faun?«

»Was?«

»Du *bist* verrückt geworden.«

»Kann sein«, seufzte er. »Ist trotzdem ein seltsamer Zufall, oder? Ich bin nur hergekommen, weil ich nicht mehr liegen konnte und dich nicht wecken wollte. Plötzlich sehe ich diese Bäume. Und alles ist sofort ganz klar. Ich hab die Entfernungen abgemessen, aber das wäre gar nicht nötig gewesen. Ich wusste auch so, dass die Verhältnisse zueinander irgendwie … *stimmen.*«

Sie bewegte sich in der Hocke vor ihn und versperrte damit seinen Blick auf die Bäume. Dann nahm sie sein Gesicht in beide Hände – sie fühlten sich kühl an und sehr sanft – und blickte ihm fest in die Augen. »Es wird Zeit, dass du deine Schwester wieder siehst, weißt du das?«

»Hast du dir den Baum mit den beiden Stämmen mal genau angesehen?«

»Nein«, sagte sie betont. »Und warum auch? Es ist ein *Baum*!«

»Der eine Stamm stirbt ab. Er ist voll mit Pilzen und Flechten. Die Rinde fällt schon ab.«

Sie schloss für einen Atemzug die Augen. »Und«, fragte sie, »wer von euch beiden ist das? Du? Oder Saga?«

Er schüttelte den Kopf und spürte, wie ihm Tränen in die Augen traten. »Ich weiß es nicht. Ich weiß nur, dass ich Saga finden muss. Sie ist meine Zwillingsschwester. Aber mit jedem Tag, der vergeht, kommt es mir vor, als wären wir weniger … weniger eng verbunden. Anders kann ich es nicht beschreiben.«

Sie sah ihn nur an, aber plötzlich mit dem Anflug eines Lächelns um ihre roten Lippen.

»Was ist?«, fragte er.

Sie entspannte sich und ließ sich wieder vor ihm auf die Knie sinken. »Als mein Vater gestorben ist, da habe ich mir geschworen, ihn niemals zu vergessen. Nichts, keine Einzelheit … Und heute, ein paar Jahre später, kann ich mich kaum mehr an sein Gesicht erinnern.«

Er nickte. Genau das war es. »Aber warum ist das so?«

»Weil es nicht wichtig ist, wie er ausgesehen hat. Überhaupt nicht wichtig. Alles *andere* ist wichtig, das, was von ihm noch hier drin ist« – sie zeigte auf ihren Kopf, dann auf ihre Brust – »und hier drin.« Unvermittelt streckte sie die Hand aus und streichelte seine Wange. »Saga ist immer noch in dir, genau wie vorher. Und ob du dich nun an ihr Gesicht erinnern kannst oder nicht … es ist egal. Was du fühlst, ist wichtig, nicht was du siehst.«

Sie ließ ihm keine Gelegenheit zu einer Antwort, sondern stand wieder auf, bevor er nach der Hand an seiner Wange greifen und sie dort festhalten konnte. »Komm mit«, sagte sie. »Ich bin dir nachgegangen, weil ich dir etwas zeigen wollte. Aber wir müssen uns beeilen.«

Er stand auf und konnte ein paar Herzschläge lang kaum stehen, so steif waren seine Knie geworden. Seine Unterschenkel waren eingeschlafen.

»Mach schon!«, drängte sie ihn. »Sonst sind sie weg.«

Die Art und Weise, wie sie von einer Stimmung zur nächsten wechselte, irritierte ihn wie so oft. »Wer?«

Ohne eine Antwort zu geben, lief sie einfach los, und Faun folgte ihr mit schwankenden Schritten. Seine Muskeln und Knie erholten sich nur langsam, aber nachdem sie die halbe Strecke zu ihrem Lagerplatz zurückgelegt hatten, konnte er wieder laufen wie zuvor. Das letzte Stück bewältigten sie schneller, auch weil Tiessa ihn wieder und wieder zur Eile antrieb.

Sie hatten den Schimmel und die Stute oberhalb eines Abhangs angebunden. Der Waldhügel fiel dort steiler und felsiger ab, die Bäume standen ein paar Schritt von der Kante entfernt. Unter ihnen lag das atemberaubende Panorama endloser Wälder im ersten Morgenlicht. Die Sonne stand in ihrem Rücken, verborgen hinter Baumwipfeln. Die Welt schien von einem wabernden Hellblau erfüllt. Weiter im Süden thronte das Gebirge oberhalb der Frühnebel, nur die höchsten Gipfel schimmerten im Gold des frühen Tages.

Tiessa streckte die Hand aus. »Dort unten in den Tälern – kannst du sie sehen?«

Für jede bewaldete Erhebung schien es auch eine Senke zu geben, ein rollendes Auf und Ab aus Baumwipfeln. Aus den Tälern stieg Nebel auf, zerfaserte an seinen Rändern und formte Umrisse von Menschen.

»Nebelfrauen«, flüsterte Tiessa.

Faun wären sie nicht aufgefallen, hätte das Mädchen nicht darauf gezeigt. Oberhalb einiger Täler, umrahmt vom Graublau der benachbarten Waldhügel, bildete der Nebel Kolonnen aus wehenden Körpern, graue Umrisse von Frauen mit fließendem Haar und in weiten Gewändern. In langen Reihen zogen sie vorüber, wurden von sanften Winden über die Landschaft getragen. Hätten sie mehr Substanz besessen, hätte man sie für Trauernde halten können, die einem unsichtbaren Totenzug folgten.

Faun blinzelte. Schon viele hundert Mal war sein erster Blick nach dem Aufwachen auf nebelverhangene Täler und Seen aus Morgendunst gefallen. Aber niemals hatte sich ihm ein Anblick wie dieser geboten.

»Sie sind überall«, flüsterte Tiessa leise, so als fürchtete sie, ihre Stimme könnte die Gestalten vertreiben. »Die meisten Menschen sehen sie nicht, weil sie gelernt haben, dem Nebel und seinen Formen zu misstrauen. Aber wenn du sie wirklich sehen willst …«

»Was sind sie?«, fragte Faun. »Geister? Teufelsspuk?«

»Nichts davon. Niemand muss sie fürchten. Wenn die Sonne höher steigt und die Täler berührt, verschwinden sie. Vielleicht kehren sie morgen früh zurück. Oder auch nicht.«

»Warum habe ich sie früher nie gesehen?«

»Weil du nicht hingeschaut hast. Nicht so, wie du es jetzt tust.«

Die langen Kolonnen der Dunstgeschöpfe schwebten von Tal zu Tal, von einem Nebelteich zum nächsten. Sie schienen aus dem zerfasernden Rand des Gewölks zu wachsen, genau dort, wo sich die Schleier auflösten und den Blick auf das Gebirge freigaben.

»Dann und wann verlieben sich Nebelfrauen in sterbliche Männer«, erzählte Tiessa. »Aber sie sind dazu verdammt, niemals wahre Liebe zu erfahren. Manchmal zeigen sie sich einem Mann im Morgengrauen, und dann kann es sein, dass sie in der Nacht heimlich bei ihm gelegen haben, obwohl er sie schon fast vergessen hat. Sie können niemals ihm gehören, und er niemals ihnen.«

Faun hatte schon viele solcher Geschichten gehört – tragische Mären über Geister, die ihr Herz an Sterbliche verloren –, aber diese berührte ihn mehr als jede andere zuvor. Es mochte an diesem Ort liegen, dieser grandiosen, urgewaltigen Landschaft und ihren geheimnisvollen Nebellöchern, an Tiessas trauriger Stimme oder an der Tatsache, dass er spürte, wie sie ihn von der Seite her ansah und er doch nicht wagte, sich zu ihr umzuschauen.

Sie tastete nach seiner Hand. Er spürte ihre Finger zwischen seinen und war mit einem Mal froh, dass sie aus Fleisch und Blut und nicht aus Nebel war und dass sie sich warm anfühlte und bei ihm war und sich nicht beim ersten Sonnenstrahl in Luft auflösen würde.

So standen sie lange da und sahen zu, wie das Morgenlicht über die Wälder kroch, die Nebelfrauen immer durchscheinender und verschwommener wurden und schließlich ganz vergingen. Der Sonnenschein über den Wipfeln vereinte sich mit jenem an den fernen Gebirgshängen, der Dunst versickerte im Unterholz. Der Tag vertrieb die Schatten der Nacht.

Sie zogen sich ins Dickicht zurück, wickelten sich in ihre Decken und schliefen bis zum Nachmittag. Dann tränkten sie die Pferde an einem schmalen Bachlauf, aßen von ihren spärlichen Vorräten und machten sich bei Einbruch der Dämmerung erneut auf den Weg.

Zwei Nächte später erreichten sie die Berge.

~

Die Spuren der Kreuzfahrerinnen waren jetzt nicht mehr zu übersehen. Mittlerweile mussten es Hunderte sein, und ihre Lager nahmen gewaltige Flächen ein. Die Wiesen, auf denen sie ihre Zelte aufgeschlagen hatten, waren auch Tage später noch zertrampelt und zerfurcht. Feuerstellen gab es im Übermaß, schwarze Löcher im Gras und in Felsensenken. Auch die Bewohner der armseligen Gehöfte und Dörfer wussten Geschichten über sie zu erzählen, manche Familie hatte Töchter verloren, die sich dem Zug der Mädchen angeschlossen hatten. Die Magdalena und ihr Gefolge schlugen eine Schneise aus Bitterkeit und Trauer durch die Lande, und hier im Gebirge, wo die Armut noch größer war, standen ganze Familien vor dem sicheren Untergang. Dabei schienen die Kreuzfahrerinnen und ihre bewaffneten Begleiter keine vorsätzlichen Schäden anzurichten, und es hieß, sie zahlten gut für Nahrungsmittel. Doch die Menschen ernteten hier kaum genug für sich selbst, geschweige denn für ein paar hundert Fremde, und so machten andere die Geschäfte mit den Frauen: Landeigner, gut betuchte Händler und die Herren der einsamen Burgen.

Manch einer hatte die Magdalena mit eigenen Augen gesehen, und die Beschreibungen stimmten ein ums andere Mal mit Saga überein. Faun wusste, dass Tiessa längst keinen Zweifel mehr daran hatte, dass seine Schwester die Magdalena war. Nach außen hin weigerte er sich, daran zu glauben, doch tief im Inneren begann seine Abwehr zu bröckeln. Insgeheim akzeptierte er die Wahrheit. Er fragte sich, ob Saga bewusst war, was sie anrichtete. Sie raubte diesen Menschen die Töchter, Schwestern und Bräute, und je länger er darüber nachdachte, desto zorniger wurde er.

Sie näherten sich dem Ende eines breiten Tals, durch das der Rhein einen schmalen Lauf gegraben hatte. Zu beiden Seiten erstreckten sich weite Uferwiesen, flankiert von den bewaldeten Berghängen, die sich weiter oben zu graubrauner Felsenödnis auftürmten. Die schiere Größe dieser Giganten überwältigte ihn und raubte ihm auch nach mehreren Tagen noch den Atem. Schließlich begann er, sie als das zu sehen, was sie waren: Falten, die das Land zum Himmel hin aufgeworfen hatte. Keine denkenden, lebenden, bedrohlichen Riesen, sondern nur Stein. Das half ihm, die Scheu vor ihnen zu verlieren, und in manchen Momenten erschienen sie ihm beinahe schön in ihrer zu den Sternen strebenden Majestät.

Das Rheintal endete vor steilen Hängen, die von einer schroffen, unwirklichen Kluft gespalten wurden. Inmitten ihres Zugangs erhob sich ein bewaldeter Felsklotz, über dessen Kuppe eine Festung wachte, ein winziger Fleck vor dem Ehrfurcht gebietenden Gebirgspanorama. Auf den Höfen, unten im Tal, erzählte man ihnen von der Burg Hoch Rialt und dem Ritter Achard, der dort residierte. Sie erfuhren auch vom Aufstieg der Kreuzfahrerinnen und ihrem Weiterzug in die Schlucht, die jenseits der Burg durch die Berge schnitt. Via Mala nannten die Einheimischen diese Klamm, und als Faun wissen wollte, was dahinter lag, erzählte man ihm von einem hohen Pass, auf dem die Luft so dünn wurde, dass die Reise dort entlang schon manchen den Verstand gekostet hatte.

Und von noch etwas hörten sie nun zum ersten Mal: von sonderbaren Erschütterungen, die im Boden zu spüren waren, seit der Kreuzzug die Schlucht passiert hatte. Von Erdrutschen und Lawinen und tiefen Rissen im Gestein, so als hätte sich das Gebirge selbst gegen den Durchzug der Frauen wehren wollen.

»Gebt Acht, wenn ihr um Einlass in die Via Mala bittet«, raunte ihnen eine alte Bäuerin zu, die zu gebrechlich und müde war, um die Mächte dieser Burg noch zu fürchten. »Der Ritter von Rialt ist ein teuflischer Mann, und grausam sind seine Schergen. Ihr solltet nicht zu ihnen gehen, wenn ihr nicht unbedingt müsst. Doch wenn ihr den Bösen Weg durchqueren wollt, bleibt euch keine andere Wahl, denn Achards Männer wachen mit den Augen ausgehungerter Adler über den Zugang zur Klamm.«

Mit solcherlei Warnungen in den Ohren kamen sie nach Thusis, dem letzten Dorf im Tal. Der Ort sah aus, als wäre er in alter Zeit von eben jenen Felsen gestürzt, die ihn nun so bedrohlich überragten, eine Ansammlung ärmlicher Hütten, achtlos in die Landschaft gestreut.

Sturm, Tiessas Falke, schwebte in schwindelerregender Höhe vor der grauen Gipfelkette, als wollte er die Umgebung der Burg und das Tor zur Schlucht für sie ausspionieren.

In einem Gasthof quartierten sie sich für ihre letzte Nacht vor der Via Mala ein und bezahlten ihre Zeche mit Musik und Tiessas Tanz. Faun war dagegen, aber das Geld aus Tiessas Beutel war schon vor einigen Tagen zur Neige gegangen, und sie hatte ihm klar gemacht, dass sie nur so genügend Geld zusammenbekommen würden, um sich die nötige Verpflegung und dann und wann ein richtiges Bett zu leisten. Auf das Bett hätte er verzichten können, doch er hatte einsehen müssen, dass es zu gefährlich war, sich allein durch seine Diebeskünste mit Essen zu versorgen. Die Bedrohung durch ihre vier Verfolger war groß genug; zusätzlich eine Spur bestohlener, aufgebrachter Bauern zu hinterlassen hätte ihre Lage nicht eben angenehmer gemacht. Widerwillig musste er eingestehen, dass Tiessa Recht hatte. Sie schien sich nicht bewusst zu sein, wie aufreizend ihr Tanz zuweilen wirken konnte, erst recht auf betrunkene Zecher in aufgepeitschter Stimmung. Als er mit ihr darüber sprach, war sie erstaunt, aber auch ein wenig geschmeichelt, und versprach ihm, in Zukunft vorsichtiger zu sein.

Während ihres Auftritts in der Schänke von Thusis saßen an einem Tisch sechs Männer in zusammengestückeltem Rüstzeug, zu denen alle anderen merklichen Abstand hielten. Es gehörte nicht viel dazu, sich auszurechnen, dass es sich bei ihnen um Gefolgsleute des Ritters von Rialt handelte. Alle sechs waren ungepflegt und hatten mehr Ähnlichkeit mit Wegelagerern als mit Soldaten einer Burgwache, und ihr Anblick verhieß nichts Gutes über die Gepflogenheiten im Hause Hoch Rialt. Ihre Augen hingen an Tiessa, als sie zwischen den Tischen tanzte, und Faun spürte selbst dann noch ihre Blicke, als der Wirt knauserig ein paar Münzen abzählte, um das junge Gauklerpaar für seine Dienste zu entlohnen. An diesem Abend nahm er ein Vielfaches ihres Lohns durch Bier und Essen ein, doch die Kammer, die er den beiden zur Verfügung stellte, war die kleinste und gewiss auch die schmutzigste im Haus.

Durch einen Spalt zwischen den Fensterläden beobachtete Faun spät am Abend, wie die sechs Männer des Herrn von Hoch Rialt auf ihre Pferde stiegen und ins Dunkel davonpreschten. Eine Weile später hörte er ihre trunkenen Stimmen und das Hufgetrampel ihrer Pferde von den Steilhängen widerhallen.

»Sind sie fort?«, fragte Tiessa hinter ihm. Sie saß im Schneidersitz auf der Strohmatratze ihres Bettes. Die schmuddelige Decke hatte sie zu Boden geworfen, aus Angst vor Ungeziefer.

»Sieht so aus.« Faun kehrte zu seinem eigenen Bett zurück, das von ihrem durch einen schmalen Durchgang getrennt war.

Er musste sich zwingen, Tiessa nicht anzustarren. Sie hatte ihre Hose abgelegt und ließ sie in einem Bottich mit Wasser einweichen. Ihr nackten Beine glänzten im Schein der Talgkerze. Sie hielt ihr Bündel im Schoß, und er war nicht sicher, ob sie darunter noch etwas trug.

Wohl kaum, flüsterte es in ihm.

Sein Fuß stieß gegen einen hölzernen Nachttopf, der von einer ekelhaften Kruste am Boden festgehalten wurde; der Tritt brach ihn los und ließ ihn davonschlittern. »Wir hätten draußen übernachten sollen«, sagte er angewidert. Dabei war er selbst derjenige gewesen, der aus Gründen ihrer Sicherheit darauf bestanden hatte, den überteuerten Preis für diese Kammer zu bezahlen.

»Wir müssen morgen früh dort rauf«, sagte sie bedrückt. »Hast du ihre Blicke bemerkt?«

Er nickte.

»Ich hab mit einer der Mägde gesprochen. Sie hat gesagt, es

sei gefährlich in der Via Mala. Viele sind nicht von dort zurückgekehrt.«

»Teufelsspuk und Geister«, seufzte er. »Darin zumindest scheinen sich alle hier einig zu sein. Aber seit dieser Bäuerin hat keiner mehr ein schlechtes Wort über Achard von Rialt verloren. Kommt dir das nicht auch seltsam vor?«

»Er ist ihr Lehnsherr«, entgegnete sie mit einem Schulterzucken. »Was erwartest du von ihnen?«

»Diese Kerle vorhin sahen jedenfalls nicht aus, als wäre der Herr der Schlucht ein ehrenwerter Mann.«

Sie begann in dem Bündel zwischen ihren nackten Schenkeln zu kramen, bis sie die alte Stoffpuppe fand und unschlüssig in der Hand hielt. Faun sah sie an und verspürte einen heißen Stich in der Brust. Aus irgendwelchen Gründen bedeutete ihr diese Puppe ungeheuer viel, und mochte er sie auch kindisch finden, so ging ihm der Anblick doch zu Herzen. Zugleich bot das zerschlisssene Kinderspielzeug einen grotesken Gegensatz zur Weiblichkeit von Tiessas Körper, die ihm nie so bewusst gewesen war wie in diesem Augenblick.

»Ich möchte dir etwas zeigen«, sagte sie unvermittelt. Sie öffnete zwei Knöpfe auf dem Rücken der Puppe, streifte ihr das grob gewebte kleine Wams ab und zog zu Fauns Erstaunen einen Keil aus dem Holzkörper. Sorgfältig legte sie ihn neben sich, ruckelte am Kopf der Puppe und konnte ihn jetzt ohne Mühe abziehen. Während Faun mit wachsender Neugier zusah, drehte sie die kopflose Figur herum und schüttelte eine Pergamentrolle aus dem offenen Hals. Sie musste die ganze Zeit über im Inneren der Puppe verborgen gewesen sein.

Faun beugte sich vor. »Was ist das?«

»Etwas, über das du Bescheid wissen solltest.« Sie legte die Puppe beiseite und öffnete das Band, das die Rolle zusammenhielt.

»Sag nicht, es ist *das*, was die Ritter suchen.«

Sie wich seinem Blick aus. »Sie suchen mich – *und* das hier.«

Das Pergament knisterte, als Tiessa es auf einem ihrer Oberschenkel entrollte. Es schien lange nicht geöffnet worden zu sein, denn das Material war steif geworden und gab nur widerwillig nach. Sie drehte es um und reichte es Faun.

Es war ein handgeschriebener Text, zehn oder fünfzehn Zeilen, und darunter fünf Namenszüge und fünf Siegel.

»Ich kann nicht lesen«, sagte er.

Tiessa lächelte. »Ich auch nicht. Aber ich weiß trotzdem, was da steht.«

»Und?«

Sie nahm das Pergament zurück und strich es auf ihrem nackten Bein glatt, gedankenverloren und länger, als nötig gewesen wäre. »Vor acht Jahren hat eine Gruppe von Männern einen Pakt geschlossen. Mein Vater war einer von ihnen. Sie haben sich im Geheimen getroffen, um einen Vertrag zu unterzeichnen.« Sie klopfte mit dem Fingerknöchel auf das Pergament. »Darin beschlossen sie, gemeinsam einen Kreuzzug ins Leben zu rufen – ein Kreuzfahrerheer, von dem alle Welt denken sollte, es werde gegen die Sarazenen ziehen und Jerusalem aus der Hand der Ungläubigen befreien. In Wahrheit aber diente es einem anderen Zweck.« Sie machte eine Pause, konnte ihm aber noch immer nicht in die Augen sehen. Ihre Geschichte klang wie auswendig gelernt. »Die Kreuzfahrer sollten ohne ihr Wissen benutzt werden, um das byzantinische Reich zu zerschlagen. Von Anfang an war das wahre Ziel, Konstantinopel zu erobern und dem Erdboden gleichzumachen. Jeder der Männer, die diesen Vertrag unterzeichnet haben, hatte persönliche Gründe, sich auf dieses Unternehmen einzulassen. Mit dabei war der Doge von Venedig, Enrico Dandolo, der den Byzantinern ihre Handelsmacht im Mittelmeer neidete. Graf Bonifaz von Montferrat« – sie deutete auf ein zweites Siegel – »sollte wiederum den Kreuzzug anführen, was seine Stellung im Kaiserreich erheblich stärken würde. Für ihn ging es einzig um Machtgewinn, ganz gleich, was dazu nötig war. Der dritte Mann war ein Mann der Kirche – der Bischof von Prag und direkter Abgesandter des Heiligen Stuhles.«

Faun, der schweigend zugehört hatte, sah auf. »Ein Abgesandter des Papstes? Was hätte der für einen Grund gehabt haben sollen, solch einen Vertrag zu unterzeichnen?«

»Das Ostchristentum in Byzanz lag mit dem Heiligen Stuhl seit Jahrhunderten im Streit. Für die östlichen Christen war Konstantinopel das, was für uns Rom ist – der Sitz ihrer höchsten Priesterschaft –, und den Papst haben sie nie als Oberhaupt anerkannt.«

»Und für deinen Vater?«, fragte Faun.

»Mein Vater war als Gastgeber des geheimen Treffens ausgewählt worden, weil« – sie zögerte – »weil keiner der anderen Männer etwas gegen ihn einzuwenden hatte, nehme ich an. Er hat nie mit mir darüber gesprochen. Aber weil er anwesend war wie die anderen und das Abkommen bezeugen sollte, musste auch er Namen und Siegel unter den Vertrag setzen.«

Faun deutete mit einem Nicken auf das Pergament. »Und wer ist der fünfte?«

»Ich weiß es nicht. Mein Vater hat es mir nicht gesagt, und ich kenne das Siegel nicht. Wahrscheinlich einer der anderen Führer des Kreuzzuges, ein Untergebener von Bonifaz von Montferrat. Oder ein zweiter Kirchenmann. Wer weiß.«

»Dein Vater ist gestorben, hast du gesagt.«

Tiessa nickte. »Vorher hat er mir das Pergament gegeben. Ich dürfe es niemandem zeigen, hat er gesagt. Nach seinem Tod würden vielleicht Männer auftauchen, die danach suchten, aber sie dürften es nicht finden. Es gab fünf Abschriften davon, jede mit allen fünf Siegeln und Namen versehen. Das hier ist die einzige, die noch existiert, hat mein Vater behauptet. Der einzige Beweis für das, was an jenem Tag beschlossen worden ist: die gesamte Christenheit mit einer Lüge in die Irre zu führen und für einen Krieg gegen Konstantinopel zu missbrauchen, der in Wahrheit nur im Interesse von einigen wenigen lag.«

Faun neigte den Kopf. »Heißt das, diese Männer, die dich verfolgen, sind vom Papst ausgesandt worden? Oder vom Dogen? Oder diesem … Bonifaz von Montferrat?«

»Ja und nein. Es sind Männer meines Vaters. Sie haben in seinen Diensten gestanden. Der eine war unser Falkner und mein Lehrer. Aber sie sind gekauft worden, von einem der vier anderen Verschwörer oder von allen gemeinsam. Woher soll ich das wissen? Jedenfalls wollen sie diesen Vertrag an sich bringen.«

»Deshalb bist du also von zu Hause fortgelaufen.«

»Ja«, sagte sie leise.

»Aber warum der Kreuzzug? Was willst du von Saga … von der Magdalena?«

»Wenn es ernst wird, hat mein Vater gesagt, wenn andere an seine Abschrift des Vertrages heranwollen, dann müsse ich das Pergament an mich nehmen und damit verschwinden. Am besten sogar aus dem Kaiserreich. Als er starb, konnte er noch nichts vom Kreuzzug der Magdalena wissen, aber kennst du einen besseren Weg, unerkannt von hier fortzugehen? Als ich davon gehört habe, dachte ich, ich könne einfach in der Menge untertauchen und mit ihr nach Osten segeln, in die Kreuzfahrerstaaten von Antiochia oder Zypern. Vielleicht bin ich dort in Sicherheit.«

Er schüttelte den Kopf. »Warum hast du mir das alles erzählt?«

Ihr Gesicht entspannte sich. Abermals senkte sie den Blick. »Weil du dein Leben aufs Spiel setzt, wenn du weiter mit mir reist.«

»Tue ich das nicht schon die ganze Zeit?«

»Ich glaube, dass uns die vier bald einholen werden.«

»Wie kommst du darauf?«

»Sturm«, sagte sie. »Er benimmt sich seltsam. Fliegt tiefer als sonst und kommt öfter zu mir, so als würde ihn etwas beunruhigen. Dafür kann es eigentlich nur einen Grund geben.«

»Vielleicht machen ihn die Geister der Via Mala nervös.«

»Das ist nicht witzig.«

»Nein«, gab er zu, »ist es nicht.« Er deutete auf das Pergament. »Steck es wieder ein. Ich kann es nicht lesen. Mag sein, dass alles wahr ist. Mag auch sein, dass nicht.«

Sie gab keine Antwort. In ihrem Blick war keine Empörung. Vielleicht ein verhaltenes Schuldbekenntnis. Er wusste es nicht, und es war ihm egal. Oder, nein, nicht egal – aber er konnte ohnehin nichts daran ändern. Fast wäre es ihm lieber gewesen, sie hätte die Existenz des Pergaments für sich behalten. Nun gab es ein Problem mehr, über das er sich Sorgen machen musste.

»Steck es zurück in deine Puppe«, sagte er. »Und dann lass uns schlafen gehen. Wir brechen morgen früh auf.«

Sie rollte das Dokument zusammen und ließ es im Inneren der Puppe verschwinden. Mit einem geübten Handgriff steckte sie den Kopf wieder auf und schob den Keil zwischen die geschnitzten Schultern.

Faun streifte die Stiefel ab und sank zurück auf die Strohmatratze. Er versuchte sich zu konzentrieren. Ihre Geschichte zu überdenken und sich darüber klar zu werden, ob er ihr vertraute. Etwas daran stimmte nicht. Irgendetwas verschwieg sie ihm.

Tiessa hob das Bündel aus ihrem Schoß, erhob sich mit schimmernden Gliedern und zog die tropfnasse Hose aus dem Bottich.

Die Felsenburg

Im Morgengrauen packten Faun und Tiessa ihre Habseligkeiten zusammen und stiegen die knarrende Treppe hinab in den Schankraum. Eine Magd war dabei, das schmutzige Stroh vom Boden auszukehren. Durch ein Seitenfenster schaufelte ein Knecht frisches herein. Ein magerer Kater leckte getrocknete Bierränder von den Holztafeln.

»Können wir etwas Brot kaufen?«, fragte Faun das Mädchen mit dem Besen. »Oder Obst?«

Sie zuckte die Achseln, deutete zu einer Tür, die in die Küche führte, und widmete sich wieder ihrer Arbeit. Faun hatte gehofft, nicht mit dem Wirt verhandeln zu müssen – der Kerl war ein Geldschneider und Geizkragen –, und er war drauf und dran, alle Hoffnung auf Wegzehrung aufzugeben, als Tiessa ihn anstieß und zum offenen Eingang zeigte.

Vor dem Gasthaus waren mehrere Reiter aufgetaucht. Einer sprang aus dem Sattel und betrat das Wirtshaus. Sie erkannten ihn beide: Es war einer jener Männer, die am Abend im Schankraum gesessen hatten.

»Ihr da!«, sagte er und zeigte mit einer ungewaschenen Pranke auf Faun und Tiessa. Fauns Blick huschte zum Fenster, durch das der Knecht noch immer Stroh schaufelte. Wenn sie schnell genug waren, konnten sie vielleicht –

»Der ehrenwerte Ritter von Rialt will euch sehen«, sagte der Mann, zog die Nase hoch, atmete geräuschvoll aus und ein und schnaubte dann herzhaft in die bloße Hand. Den Schleim schleuderte er der Magd vor den Besen. Das Mädchen starrte angewidert darauf, sagte aber nichts. Sie hielt sich mit beiden Händen am Besenstiel fest, als wollte sie sich dahinter verstecken.

»Uns?«, fragte Faun. Tiessa war neben ihm stocksteif geworden. Ihm war, als hörte er ihr Herz hämmern. Sein eigenes schlug kaum langsamer.

»Seh keinen anderen hier, den ich meinen könnte«, erwiderte der Mann. Er hatte zerzaustes braunes Haar und einen Leberfleck auf der linken Wange. »Kommt jetzt!«

»Was kann der hohe Herr wohl von uns wollen?«, erkundigte sich Faun.

»Piss dir nicht in die Stiefel«, entgegnete der Soldat. »Es gibt was zu feiern, deshalb veranstaltet der Herr heute Abend ein Fest, und es ist knapp bestellt mit Musik und Tanz auf Hoch Rialt. Ihr beiden Hübschen werdet für uns aufspielen.«

Faun und Tiessa wechselten einen Blick.

»Aufspielen?«, fragte Faun.

»Tanzen?«, fragte Tiessa.

Der Soldat grinste. »Ich und meine Kameraden, wir haben euch empfohlen. Habt uns euer Glück zu verdanken. Könnt froh sein, dass wir keinen Anteil von eurem Lohn verlangen.«

»Dafür sind wir sehr dankbar«, sagte Faun mit dünner Stimme.

»Recht so«, gab der Kerl zurück. »Und nun kommt. Herr Achard will euch sehen, und er wartet nicht gern.« Er drehte sich um und wollte den Gasthof verlassen. Dann fiel ihm etwas ein, und er blickte noch einmal zurück. »Ihr kennt nich' vielleicht noch `n paar von eurer Sorte in der Nähe? Ein paar Weibsbilder wären nicht schlecht.«

Tiessa war jetzt so blass, dass Faun schon fürchtete, sie könnte zusammenbrechen. »Nein, bestimmt nicht«, stammelte er eilig. »Keine Weibsbilder.« Dann fiel ihm etwas ein: »Ich habe gehört, es gab erst vor kurzem eine ganze Menge davon hier in der Gegend.«

Der Soldat nickte mit düsterer Miene. »Nicht anrühren durften wir die. Stell sich das einer vor. Alles Jungfrauen, hat's geheißen. Und nich' anfassen, nicht eine einzige. Deshalb sind ja alle ganz wild darauf, dass 'n paar Weiber von anderem Schlag auf die Burg kommen.« Er zwinkerte Tiessa zu, die sich mit einer Hand an der Tischkante abstützte.

»Nun los«, kommandierte der Mann im Hinausgehen. »Euer Schaden wird's nicht sein.«

⁓

Der Weg führte in weiten Kurven an der linken Flanke des Felskegels hinauf. Das Plateau, auf dem Hoch Rialt über die Via Mala wachte, lag höher, als es von weitem den Anschein gehabt hatte. Vor dem Hintergrund des mächtigen Gipfelpanoramas hatten Burg und Fels vergleichsweise klein und gedrungen gewirkt. Vom Weg aus aber, der an dem steilen, dicht bewaldeten Hang hinaufführte, bot sich ein anderer Anblick. Mit einem Mal wirkte Hoch Rialt allein durch seine Lage unbezwingbar.

Die Männer, die sie begleiteten, wirkten nicht besonders glücklich, schon so früh am Morgen im Sattel sitzen zu müssen. Abgesehen von der einen oder anderen Bemerkung in Tiessas Richtung blieben sie schweigsam und grimmig. Alle sechs waren schwer bewaffnet, mit Langschwertern und Äxten, manche auch mit eisernen Streitkolben, die in Schlaufen an ihren Sätteln hingen und gegen die Flanken der Pferde scheuerten. Nebel dampfte zwischen Tannen und Eichen empor. Die Männer hatten sich Fellumhänge über die Schultern geworfen, die sie noch mehr wie struppige, schmutzige Raubtiere aussehen ließen.

Faun hatte keinen Zweifel, dass ein Entkommen ausgeschlossen war. Er und Tiessa mochten die schnelleren Pferde besitzen – mehr als ein neidischer Blick hatte sie beim Aufbruch getroffen –, doch sie kannten das tückische Gelände nicht und hatten keine Ahnung, ob noch weitere Krieger im Unterholz wachten.

Der Pfad zur Burg hinauf war schmal. Je höher sie kamen, desto deutlicher wurde, dass erst kürzlich zu beiden Seiten des Weges jemand mit Beilen das Unterholz ausgedünnt hatte, um Zelte aufzuschlagen. Die Kreuzfahrerinnen mussten hier gelagert haben. Faun machte sich bewusst, dass Saga erst vor kurzem diesen Weg benutzt hatte, ein einfaches Gauklermädchen in der Rolle einer Heiligen. Der Gedanke ließ ihn niedergeschlagen den Kopf schütteln.

»Was ist?«, fragte Tiessa. Ihre Stimme klang noch genauso belegt wie vorhin im Gasthof, auch die Farbe war nicht in ihr Gesicht zurückgekehrt.

»Nichts, schon gut.« Er klopfte auf die Flöte, die er wie einen Dolch in einer ledernen Scheide am Gürtel trug. »Wir werden uns ziemlich ins Zeug legen müssen.«

Die beiden Reiter hinter ihnen lachten leise, aber als Faun sich zu ihnen umsah, grinsten sie ihn nur wortlos an. Einer hatte keine Zähne mehr.

»Wir haben uns gefragt, wie weit es noch ist«, rief Tiessa nach vorn zum Anführer des Trupps. Der Schweif seines Pferdes sah aus, als wäre er einmal in Brand geraten.

»Die halbe Strecke haben wir«, antwortete der Mann. »Bald kommen die ersten Posten.«

Ein stumpfer Aufprall ertönte, gefolgt von einem Keuchen. Eines der Pferde in ihrem Rücken stieß ein Wiehern aus. Das rhythmische Hufgetrappel geriet aus dem Takt, und ein zweiter Mann schrie auf, als sein eigenes Ross beinahe über den Wegrand hinaus in den Abgrund gedrängt wurde. Auf der linken Seite des Pfades klaffte eine tiefe Senke, an deren Grund dichter Tann wuchs; die Baumwipfel endeten nur wenige Schritt unterhalb des Weges und lagen reglos da wie ein dunkelgrüner Bergsee.

»Tiessa!«, schrie Faun. »Pass auf!«

Etwas verfehlte einen der hinteren Reiter, sauste über die beiden hinweg und schlug mit einem splitternden Laut in einen Baum am rechten Wegrand.

Mehrere Atemzüge lang herrschte Chaos. Die Krieger zügelten ihre Pferde, die hinteren stießen gegen die vorderen, und es dauerte weitere Sekunden, bis endlich allen klar wurde, was geschehen war.

Ein dritter Armbrustbolzen hob einen der vier Männer hinter Faun und Tiessa aus dem Sattel. Der erste, der getroffen worden war, hing leblos über der Mähne seines Tieres; ein daumendicker Eisenschaft ragte aus seinem Hinterkopf. Jener aber, der vom Rücken seines Rosses gerissen worden war, blieb im Steigbügel hängen, stürzte zwischen die Pferde und wurde über den Boden geschleift. Dafür war auf dem schmalen Weg kaum Platz, und so stieg eines der anderen Tiere unter schrillem Wiehern auf die Hinterläufe.

Alle brüllten jetzt durcheinander. Jeder wollte am anderen vorbei, da die Gegner sich von hinten näherten. Mit ihren Armbrüsten töteten die Angreifer einen weiteren Mann, ehe Faun, Tiessa und die übrigen drei ihre Tiere so weit unter Kontrolle hatten, dass sie losgaloppieren konnten.

»Das sind *sie*!«, keuchte Tiessa.

Faun nickte. Hinter ihnen auf dem Weg blitzte Eisen, noch zu weit entfernt, um die Klingen der Gerüsteten fürchten zu müssen. Vier Bolzen waren verschossen worden. Um weitere einzulegen blieb keine Zeit, schon gar nicht auf dem schwankenden Rücken der Pferde. Der nächste Blutzoll würde mit Schwertern eingetrieben werden, im Kampf Mann gegen Mann.

Doch darauf schienen Achards Männer keinen Wert zu legen. Statt sich den Angreifern zu stellen, hetzten sie ihre Pferde den Berg hinauf, vorbei an einem hektisch gestikulierenden Wachtposten. Der Mann stand unschlüssig da, legte dann einen Pfeil an die Bogensehne und schoss auf die Verfolger. Ein Schrei ertönte, und obgleich Faun nicht erkennen konnte, wer getroffen worden war, verspürte er Genugtuung. Tiessa trat ihrem Ross noch kräftiger in die Seiten. Von oben ertönte ein Kreischen, dann senkte sich der Falke aus dem grauen Himmel herab und schoss graziös vor ihnen her.

Einer von Achards Männern war jetzt noch hinter ihnen, zwei an der Spitze des Trupps. Faun und Tiessa waren in der Mitte gefangen, konnten weder schneller noch langsamer den Pfad hinaufgaloppieren. Dabei kam ihnen zugute, dass die anderen die Strecke kannten; ihre eigenen Pferde folgten denen der Krieger, bogen um heimtückische Kehren und entgingen verborgenen Abgründen.

Ein zweiter Schrei ertönte, diesmal der des Wächters. Die Verfolger hatten ihn erreicht und für den Pfeilschuss teuer bezahlen lassen.

In einem Wirbel aus Hufen, wehenden Mähnen und ausgerissenem Gras preschten die Rösser zwischen den Bäumen hinaus auf ein Plateau. Hoch Rialt tauchte hinter Zweigen auf und verhieß mit einem Mal nicht mehr Gefahr, sondern Sicherheit.

Sturm kreischte, flog vor dem Burgtor eine enge Kurve und verschwand zwischen den Bäumen. Oben auf den Zinnen brüllten Männer durcheinander, als sie bemerkten, was weit unter ihnen vor sich ging.

»Das Tor zu!«, rief der Anführer des Trupps, als sie in den Hof galoppierten. »Macht das verdammte Tor zu! Und schießt die Schweine von ihren Pferden!«

Die Wachtposten am Tor reagierten rasch. Mit breiten Schultern warfen sie sich gegen die eisenbeschlagenen Holzflügel. Zwei hoben gemeinsam einen mächtigen Balken in Aufhängungen, der das Burgtor hinter Faun, Tiessa und den anderen sicher verschloss.

»Was ist hier los?«, rief jemand, während Männer herbeigelaufen kamen und nach dem Zaumzeug der Pferde griffen. Die Tiere tänzelten aufgeregt auf der Stelle. Tiessa glitt aus dem Sattel und stellte sich mit dem Rücken gegen die Holzwand eines

Schuppens. Ihr Bündel mit der Puppe presste sie fest an die Brust, die Augen weit aufgerissen. Ihr Atem jagte.

Faun kletterte unbeholfener vom Pferde, schwankte, als er wieder festen Boden unter den Füßen spürte, und stolperte zu Tiessa hinüber.

Die Stimme ertönte erneut, diesmal näher. »Was, bei allen Hunden der Hölle, geht hier vor?«

Der Anführer straffte sich und stapfte mit klirrendem Rüstzeug auf den langhaarigen Mann zu, der am Ende einer Holztreppe erschienen war. Das unebene Fels- und Grasgelände im Inneren der Festungsanlage war übersät mit solchen Stiegen und in Stein gehauenen Stufen. Über vielen Erhebungen tauchten weitere Männer auf, die meisten mit blankgezogenen Waffen.

»Wir sind angegriffen worden«, rief der Anführer dem Mann mit der wilden Mähne zu. Der Burgherr trug lederne Beinlinge in Schwarz und Braun, hohe Stiefel und ein Wams mit weit geschnittenen Ärmeln. Sein Gesicht war narbig, ebenso die Haut über seiner Brust, die im Ausschnitt des Wamses zu sehen war.

Tiessa drängte sich an Faun, der in diesem Moment nicht wusste, wen sie mehr fürchten mussten, Achard von Rialt und seine Festung voller Meuchelmörder, oder aber die Ritter draußen vor dem Tor.

Auf den Zinnen ertönten Rufe, ein paar Männer hatten Pfeile nach unten geschossen. Einer der Wächter wurde mit einem Aufschrei wie von Geisterhand nach hinten geschleudert. Als er mit knirschendem Rückgrat auf einer Steinkuppe landete, steckte ein Wurfdolch in seiner Kehle.

»Sie können doch zu viert keine *Burg* angreifen!«, keuchte Faun.

Tiessa brachte kein Wort heraus.

Achard von Rialt schenkte den beiden keine Beachtung und debattierte gestikulierend mit seinem Unterführer. Der Burgherr tobte, weil seine Männer berittene Feinde auf das Plateau geführt hatten. Der Krieger, der Faun und Tiessa abgeholt hatte, redete dagegen, beteuerte, dass ihn und die anderen keine Schuld träfe und sie nicht die geringste Ahnung hätten, woher die Verfolger mit einem Mal gekommen seien.

Achard ließ ihn stehen und stürmte zu einer Treppe, die hinauf zum Wehrgang führte. Oben angekommen, baute er sich ungeachtet der Gefahr durch weitere Wurfdolche oder Armbrustbolzen auf der Mauer auf, die Hände in die Seiten gestemmt und blickte wie ein überlegener Heerführer von seinem erhöhten Aussichtspunkt in die Tiefe.

»Wo seid ihr?«, brüllte er hinaus über das Plateau und die Abgründe, die es umgaben. Seine Stimme hallte von den Felsen wider. »Wo, zum Teufel, steckt ihr? Keiner greift ungestraft die Soldaten des Herrn von Rialt an! Hört ihr mich? Niemand!«

Tiessa presste sich noch enger an Faun. Auch ihm war jetzt so übel, dass er sich kaum noch auf den Beinen halten konnte. Sie waren vom Regen in die Traufe geraten. Dies hier war keine gewöhnliche Burg, dafür reichte ein Blick in die Gesichter der umstehenden Männer. Dennoch saßen sie hier fest, und draußen warteten der Falkner und seine Getreuen.

Achard spie geräuschvoll über die Zinnen hinaus in die Tiefe, schaute sich noch einmal in alle Richtungen um, dann kam er zurück in den Hof, nahm immer drei Stufen auf einmal.

»Richard!«, brüllte er einen seiner Leute an. »Nimm dir zehn Reiter und finde sie! Einen will ich lebend, den anderen reißt meinetwegen die Haut vom Leib. Aber einen brauche ich, hörst du? Und er muss noch reden können!«

Der Angesprochene, ein rotblonder Hüne, nickte stumm und scheuchte mit wenigen Handbewegungen zehn Krieger auf Pferde, die rasch herbeigeführt wurden. Das Tor wurde einen Spaltbreit geöffnet, gerade weit genug, dass der Trupp hinauspreschen konnte, dann fiel es wieder zu. Die eisenbeschlagenen Ränder krachten gegeneinander und ließen den Boden erbeben. Selbst Faun und Tiessa spürten die Erschütterung im Schatten des Holzschuppens.

»Veit«, wandte Achard sich an den Führer des Trupps, »wie viele Männer hast du verloren?«

»Drei, Herr. Aber –«

»Kannst du Hurensohn nicht mal ein paar Gaukler aus dem Dorf heraufholen, ohne Fehler zu machen?«

»Herr, ich –«

»Ach, halt's Maul!« Der Ritter von Rialt winkte ab und wandte sich zum klobigen Wohnturm am anderen Ende des Burggeländes. »Bete zu Gott, dass Richard diese Kerle erwischt. Wer auch immer sie sind – ich will sie nicht in der Nähe meiner Burg haben. Sonst bist du der Nächste, der nach ihnen sucht! Allein!«

Ohne Faun und Tiessa auch nur mit einem Blick zu würdigen, stieg er die Stufen hinauf. Mehrere Dutzend Männer im Burghof standen stocksteif da, keiner wagte es, Achards Aufmerksamkeit durch ein Wort oder eine Bewegung auf sich zu ziehen.

Veit, der seinen Zorn nur mühsam unterdrücken konnte, starrte seinem Herrn hasserfüllt hinterher. Er hatte die Faust um den Griff seines Schwerts geballt.

»Sie werden sie töten«, flüsterte Tiessa Faun zu.

Er brauchte ein paar Herzschläge, ehe er begriff, wen sie meinte. »Das waren elf Männer«, gab er leise zurück. »Der Falkner und die anderen sind zu viert. Zu dritt, wenn der Wächter am Weg wirklich einen erledigt hat. Gegen so viele haben sie keine Chance.«

Tiessa gab keine Antwort.

~

Im Westen umrahmte Dämmerung die Berggipfel und ließ sie noch schroffer und bedrohlicher erscheinen; im Osten hatte sich Finsternis über das Gebirge geschoben wie Gletscher aus Asche. Wer jetzt noch draußen im Dunkeln war, sah besser zu, dass er einen sicheren Platz für die Nacht fand, sonst war er zwischen Felsspalten, Hochmooren und tückischen Geröllfeldern verloren.

Richard und seine Männer waren nicht zurückgekehrt. Achard tat, als kümmere es ihn nicht, und ließ trotz alledem die Feierlichkeiten beginnen. Faun und Tiessa hatten den Rest des Tages in der Küche zwischen Knechten und Mägden verbracht und erfahren, dass das Fest zu Ehren des vierjährigen Sohnes des Burgherrn stattfand. Jetzt, da die Dame Jorinde sich dem Kreuzzug der Magdalena angeschlossen und den Jungen in der Obhut des Vaters zurückgelassen hatte, war es Achards erste väterliche Geste, dem kleinen Achim von Rialt vorzuführen, wie wahre Männer zu feiern verstanden.

Den ganzen Tag über drehten sich Rotwild und Schweine über den Feuern der Burgküche. Bierfässer wurden herbeigerollt, Schläuche voller Wein gestapelt. Es gab nicht viele Bedienstete in diesen Mauern, aber die wenigen taten ihr Bestes, den Herrn von Rialt zufrieden zu stellen. Angst vor ihm und seinen Männern stand den Mägden und Knechten ins Gesicht geschrieben, und die wenigen Worte, die sie mit dem fremden Gauklerpärchen wechselten, waren kurz und eingeschüchtert. Am Abend aber, als sich die Männer des Burgherrn in der Halle des Wohnturms drängten, hatten die beiden genug mit angehört, um sich ein Bild vom Leben auf Hoch Rialt machen zu können. Mehr als einmal an diesem Tag hatte Faun sich gewünscht, sie wären wieder draußen im Wald, ungeachtet ihrer Verfolger.

Jeden Moment würde man sie in die Halle rufen. Sie beschlossen, draußen vor dem Turm zu warten und frische Luft zu schnappen. Nicht alle Krieger des Burgherrn nahmen teil an dem Bankett; viele hatte er mit Fackeln in den Händen auf den Zinnen postiert, unter ihnen auch Veit. Dort blickten sie in die Nacht hinaus und warteten auf die Rückkehr ihrer Gefährten. Der Fackelschein reichte nicht bis ins Innere des Hofs. Das Herz der Festung lag in tiefer Dunkelheit.

Dann war es so weit. Jemand rief Faun und Tiessa herein, und so betraten sie zum ersten Mal die große Halle von Burg Hoch Rialt. Faun setzte ein Lächeln auf, nickte Tiessa aufmunternd zu und schritt gemeinsam mit ihr in die Mitte der hufeisenförmigen Tafel. Es war ungeheuer warm hier drinnen. Einige Männer hatten sich die Wämser heruntergerissen und saßen mit nackten, schweißglänzenden Oberkörpern auf den Bänken. Die Tafel war gut bestückt mit Platten voller Fleisch und Fisch. Bier und Wein flossen reichlich. Was immer man dem Ritter von Rialt auch nachsagen mochte, knauserig war er nicht.

Tierschädel glotzten blind von den Wänden herab. Ein eiserner Leuchter mit einer Unmenge von Kerzen hing von der schwarzen Balkendecke. Faun fiel ein Tropfen auf die Wange, und als er mit der Hand darüberwischte, stellte er verwundert fest, dass es sich um wertvolle Wachskerzen handelte, nicht um Talg.

Am Kopfende der Tafel saß Achard von Rialt und hatte die Ankunft der beiden Spielleute noch gar nicht bemerkt. Er redete lautstark auf einen bärtigen Mann zu seiner Linken ein. An seiner anderen Seite saß auf einem erhöhten Stuhl ein kleiner Junge – sein Sohn Achim. Hinter ihm an der Wand stand eine Frau mit unglücklicher Miene und versuchte, dem ausgelassenen Treiben so wenig Beachtung wie möglich zu schenken. Sie musste die Amme des Kleinen sein.

Der Junge hatte feines, hellblondes Haar, das er wohl von seiner Mutter Jorinde geerbt hatte, denn Achards Mähne war dunkel und wuchernd und hatte Ähnlichkeit mit den Wolfspelzen, die die Wände seiner Halle schmückten. Der Kleine mühte sich mit beiden Händen mit einem viel zu großen Stück Fleisch ab, das man ihm in eine Holzschüssel gelegt hatte.

Faun verneigte sich, obgleich Achard es kaum wahrnahm, und begann, auf seiner Flöte zu spielen. Kaum jemand nahm Notiz davon, alle redeten weiterhin durcheinander, lärmten, prahlten und verschlangen das Fleisch aus den Schüsseln. Erst als Tiessa ihre Starre überwand und zu tanzen begann, verstummten die ersten Gespräche. Bald redete kaum noch einer, und auch Achard von Rialt wandte sich dem Spielmannspaar zu. Er ergriff seinen

Krug und begann, rhythmisch damit auf die Tafel zu klopfen. Andere taten es ihm gleich, und bald schlugen Dutzende Krüge einen wilden Rhythmus aufs Holz. Faun hatte Mühe, mit seiner Flöte dagegen anzuspielen, doch für eine Weile erlag sogar er der Faszination, die sich aus seiner Melodie und dem martialischen Stampfen der Krüge ergab. Tiessa tanzte dazu immer lebhafter, als vergäße sie die Welt um sich herum, die lüsternen Blicke der Männer, die Gefahr, die sie mit jeder Biegung ihres gertenschlanken Leibes, jedem scheuen Lächeln ein wenig achtloser heraufbeschwor. Faun schwitzte vor Hitze, aber auch vor wachsender Sorge, und er tat sein Bestes, die Männer an der Tafel im Auge zu behalten. Sobald es zu brenzlig wurde, musste er Tiessa hier herausschaffen. Auch wenn ihm im Augenblick jeglicher Einfall fehlte, wie das zu bewerkstelligen wäre.

Tiessa tanzte über die Atempause zwischen zwei Melodien hinweg, fand mühelos in den Takt des nächsten Liedes und wirbelte ausgelassen an der Innenseite der Tafel entlang. Alle Blicke folgten ihr, obgleich gewiss der eine oder andere einer Maid mit dralleren Formen den Vorzug gegeben hätte.

Schließlich wusste Faun nicht mehr, wie viele Lieder er gespielt hatte, und er sah Tiessa an, dass auch sie kurz vor der völligen Erschöpfung stand. Ihre Schritte wurden unsicher, einmal taumelte sie gegen die Tischkante und konnte nur durch einen stolpernden Schritt den zupackenden Händen eines Mannes entgehen. Sie waren beide mit Wachs besprenkelt, der vom Leuchter auf sie herabtropfte, aber weder Tiessa noch Faun hatten die heißen Berührungen wahrgenommen. Zu versunken waren sie in Spiel und Tanz, und nun war es schwer, daraus zurück in die rußgeschwängerte Wirklichkeit der Ritterhalle zu finden.

Faun spielte den letzten Ton einer Melodie, nahm die Flöte von den Lippen und verbeugte sich. Ihm wurde schwindelig dabei, mehr noch, als er sich wieder aufrichtete. Hastig griff er nach Tiessas Hand. Sie verneigte sich neben ihm. Das Krügeklopfen auf der Tischplatte wurde schneller und erreichte einen lärmenden Höhepunkt, als alle Schläge in ein tosendes Tohuwabohu übergingen.

Der kleine Junge an der Seite des Burgherrn hielt sich die Ohren zu und begann zu weinen. Seine Amme eilte hastig nach vorn, aber Achard stieß sie lachend zurück und erhob sich von seinem Platz. Mit hochgereckter Hand sorgte er für Ruhe. Der Junge hörte auf zu weinen, vielleicht weil er fürchtete, sein Vater hole zu einem Schlag aus.

»Gut aufgespielt«, rief Achard den beiden zu, »und ganz vortrefflich getanzt! Mir scheint, es war eine blendende Idee, euch auf die Burg bringen zu lassen.« Dass dabei drei seiner Männer ihr Leben gelassen hatten und elf weitere seither verschollen waren, ließ er außer Acht. Die übrigen sahen nicht aus, als wollten sie gerade jetzt daran erinnert werden.

»Ich würde dich an meine Seite bitten, schönes Kind«, sagte er zu Tiessa, »aber mein geliebtes Eheweib hat gerade erst das Kreuz genommen und ihr Leben dem Kampf um die heiligen Stätten geweiht. Ich wäre wohl ein schlechter Gemahl, würde ich ihren Platz gleich einem so schönen und unschuldigen Mädchen wie dir anbieten.«

Gelächter und zotige Zurufe brandeten auf, und Tiessa wurde wohl nur deshalb nicht totenbleich, weil ihr Gesicht noch immer vom Tanz gerötet war. Faun rückte unmerklich ein wenig näher an sie heran.

»Nach alter Sitte will ich euch guten Lohn für eure Dienste entbieten«, fuhr Achard fort, nachdem er den Lärm mit einer Geste besänftigt hatte. Mit diesen Worten streifte er sich das lederne, mit Fell besetzte Wams vom Körper und warf es ihnen zu. Faun sprang vor und fing es auf. In der Tat war es üblich, dass Gauklern und Spielleuten als Entlohnung Kleidungsstücke der Herrschaft überreicht wurden – was nicht selten dazu führte, dass Fahrende in teure Stoffe gehüllt waren, dafür aber anderswo keine Almosen mehr erhielten, denn niemand wollte ihnen glauben, dass sie tatsächlich auf jede Gabe angewiesen waren.

Das Lederwams des Ritters von Rialt war verschwitzt und stank nach schalem Bier, aber es war zweifellos ein teures Stück. Unter anderen Umständen hätte Faun versucht, es am nächsten Tag zu verkaufen, und womöglich einen guten Preis dafür erzielt. An diesem schrecklichen Ort aber ahnte er, dass es nicht damit getan sein würde, das Wams in Empfang zu nehmen.

Seine Befürchtungen wurden bestätigt, als ein verschlagenes Grinsen auf Achards Zügen erschien. »Zeig deine Dankbarkeit, indem du es für mich trägst«, verlangte er und blickte dabei nicht auf Faun, sondern in Tiessas Richtung. »Leg diesen Lumpen ab, und zieh dein neues Gewand über.«

Tiessa stand da wie versteinert.

Das Schlagen der Krüge begann erneut, diesmal in einem langsamen, lauernden Takt. Niemand sprach, nur Lachen erklang aus manchen Ecken.

Faun hielt das Wams noch immer in beiden Händen.

»Nun?«, rief Achard. »Reich deinem Weib ihr neues Hemd. Ich will, dass sie es trägt. Jetzt gleich!«

Die Amme trat abermals einen Schritt vor, um eine Hand vor die Augen des kleinen Jungen zu legen, sollte Tiessa sich tatsächlich entblößen.

»Gib's her«, raunte Tiessa Faun zu.

Er sah sie erschrocken an.

»Du sollst es mir geben«, forderte sie.

Zögernd streckte er den Arm aus. Als sie ihm das Wams abnahm, streifte seine Hand die ihre. Wenn es noch eines letzten Beweises bedurft hätte, dass er mehr für sie empfand, als er sich bislang eingestanden hatte, dann war es dieses sonderbare, beängstigende, großartige Gefühl, das ihn durchzuckte, als sie sich berührten. Dutzende rotgeränderte Augenpaare starrten sie an, und hinter vielen mochten die niederträchtigsten Wünsche lodern; doch für ein paar Herzschläge schienen Faun und Tiessa ganz allein zu sein. Sie ließ ihre Finger einen Moment länger als nötig zwischen dem Wams und seiner Hand, dann zog sie das Kleidungsstück zu sich herüber. Während Faun sie noch fassungslos ansah, wog sie das Wams in beiden Händen.

»Ich bin Euch zu Dank verpflichtet, Herr Ritter«, sagte sie laut. Ihre helle Stimme übertönte kaum das Hämmern der Krüge. »Eure Großzügigkeit wird weithin gelobt, und mein Gemahl und ich sind froh, dass unser Weg uns in Euer Haus geführt hat.«

Weiter knallten die Krüge, jetzt im Rhythmus von Fauns wildem Herzschlag.

Tiessa klemmte sich das Lederwams zwischen die Beine, dann begann sie, die Kreuzschnüre ihres eigenen zu lösen. Es war fleckig und mit Schmutz bedeckt. Während der Reise ins Gebirge hatte es ihr gute Dienste geleistet, doch nun war es tatsächlich kaum mehr als ein Lumpen.

Faun atmete tief ein. Es war abscheulich, dass er gezwungen war, sie wie alle anderen mit weiten Augen anzustarren, so als sei er eine dieser verkommenen Kreaturen. Zugleich aber spürte er in sich eine Faszination, für die er sich schämte, eine Neugier und, Gott, ja, den verdammenswerten *Wunsch*, sie nackt zu sehen. In all den Tagen an ihrer Seite, an all den Abenden, wenn sie gemeinsam unterm Nachthimmel und in Herbergskammern gelegen hatten, hatte sie sich ihm nicht einmal so gezeigt wie jetzt, als sie ihr schmutziges Wams abstreifte und für einen Moment mit bloßem Oberkörper dastand, hellhäutig, verschwitzt und mit rosigen Brüsten.

Tiessa, dachte er, das wird uns umbringen. Wenn es dein Tanz nicht getan hat – das hier wird es tun!

Er riss sich von ihrem Anblick los und beobachtete die Männer um sie herum. Viele Krüge standen jetzt still auf der Tafel. Die Luft schien zu knistern vor Erregung. Faun wollte sich vor sie werfen, sie vor diesen widerwärtigen Blicken schützen. Aber er wusste auch, wenn er das täte, würde das den Kessel zum Überkochen bringen. Es schien fast, als warteten sie nur darauf, dass etwas Unvorhergesehenes geschah, etwas, das als Begründung herhalten konnte, um über die Tafel zu springen und sich auf das Gauklermädchen zu stürzen.

Steh ganz still, hämmerte er sich ein. Sag nichts. Tu nichts.

Nie im Leben war ihm irgendetwas so schwer gefallen.

Während sein Blick umherwanderte, von einem Gesicht zum anderen, bemerkte er einen alten Mann, der ihm bislang nicht aufgefallen war. Er saß zurückgelehnt an einem der beiden Hufeisenenden der Tafel. Während alle anderen gafften, füllte er sich in aller Ruhe einen weiteren Becher mit Wein und trank. Dabei blickte er über den Becherrand zu Faun herüber. Für einen Herzschlag kreuzten sich ihre Blicke. Der Mann trug weite Gewänder in mehreren hellen und dunkelbraunen Lagen, die selbst im Sitzen bis zu seinen Füßen reichten. Sein dünner Bart wehte bei jeder Bewegung, so leicht und spärlich waren die langen Haare. Etwas war mit seiner Nase; die linke Seite wirkte klobig, wie von einem Geschwür oder wildem Fleisch entstellt. Tiessa zog sich das Wams des Ritters über, und ein leises »Ohh« und »Ahh« ging durch die Reihen, als ihre nackte Haut unter dem rauen Leder verschwand. Aber Faun war nicht nach Aufatmen zumute. Diese Männer hatten Beute gewittert, und er fragte sich, wie er verhindern sollte, dass sie sich später in der Nacht auf die Jagd begaben.

»Seid heute unsere Gäste«, sprach Achard und ließ sich zurück auf seinen throngleichen Stuhl fallen. Neben ihm schaute der kleine Junge verwirrt und äußerst unglücklich drein. »Ihr könnt in den Ställen schlafen, dort ist es warm und geschützt.« Bei seinem letzten Wort begannen einige der Männer leise zu lachen, aber Achard beugte sich ruckartig vor und schlug mit der Faust so heftig auf den Tisch, dass die Schüssel des Kleinen schepperte und abermals Tränen in seine Augen traten. »Dieses ehrenwerte Spielmannspaar steht unter meinem persönlichen Schutz!«, donnerte der Burgherr in die Runde, und dann, zu einem der Knechte hin: »Bring die beiden in ihr Quartier.«

Noch bevor der Bedienstete sich in Bewegung setzen konnte,

erhob sich der Greis. »Lasst mich das machen! Hier ist es zu heiß und laut für einen alten Mann. Ich bin froh, wenn ich an die frische Luft komme.«

Achard gab mit einem gleichgültigen Wink sein Einverständnis. Der Knecht zog sich wieder zurück in den Durchgang zur Küche.

Faun sah Tiessa sorgenvoll an. Sie zitterte, gab sich aber Mühe, dass niemand sonst es bemerkte. An der Tafel wurden die Gespräche wieder aufgenommen, Bier nachgeschenkt, neue Speisen aufgetragen.

Elegeabal, der Traumdeuter, führte die beiden ins Freie.

Ich erkenne deine Augen, Junge«, sagte der alte Mann, nachdem er sich Faun und Tiessa vorgestellt hatte. Beide trugen jetzt wieder ihre Bündel auf dem Rücken. »Du hast *ihre* Augen. Denselben Blick.«

Kühle Nachtluft umfing sie, als sie zu dritt vom Portal des Wohnturms auf den Burghof hinabstiegen. Die Worte des Alten schnürten Faun fast den Atem ab.

»Von wem sprichst du?«, fragte er.

»Von wem? Von der Magdalena!« Elegeabal kicherte. »Was seid ihr, du und sie? Geschwister? Ja, ich würde sagen, das seid ihr wohl.«

Faun stand da wie angewurzelt. »Du bist ihr begegnet?«

»Das will ich meinen.«

Er schluckte den Kloß in seinem Hals und konnte einen Moment lang noch schlechter durchatmen. »Wie geht es ihr? Ist sie gesund? Wird sie von irgendwem bedroht? Ist sie verletzt, oder hat man sie –«

Elegeabal winkte ab. »Sie machte einen recht gesunden Eindruck. Und ziemlich selbstbewusst, würde ich sagen. Ganz gewiss kein Opfer.«

»Hat sie ihren Namen genannt? Ihren wirklichen Namen?«

Der alte Mann wurde ernst. »Ich kann die Verbindung zwischen euch beiden sehen, Junge. Dafür braucht es keine Namen. Du und dieses Mädchen, ihr seid vom selben Blut.«

Faun und Tiessa tauschten einen besorgten Blick. Hätte auch Achard davon gewusst, hätte er sie wohl darauf angesprochen. Es musste einen Grund geben, warum Elegeabal seine Erkenntnis bislang für sich behalten hatte.

»Keine Angst«, sagte der Alte. »Ich kann zwar nicht behaupten, dass es in dieser Burg irgendwen gibt, dem ihr vertrauen könnt. Aber von allen Halunken, die sich hier zusammengerottet haben, bin ich gewiss der … nun, der älteste und weiseste.« Er zwinkerte Tiessa zu, und Faun bemerkte zum ersten Mal, dass eines seiner Augen starr und blind war. Der Traumdeuter stützte sich auf einen knorrigen Stab und humpelte weiter. »Kommt schon mit.«

Tiessa deutete zum Tor. »Die Ställe liegen in dieser Richtung.«

»Ich weiß«, entgegnete er und ging in eine andere. »Nun macht kein solches Aufheben und folgt mir schon nach.«

»Was willst du von uns?«, fragte Faun.

»Verratet mir, was ihr über die Magdalena wisst – und ich erzähle euch im Austausch ein paar Dinge, die euch helfen werden, in der Via Mala zu überleben. Denn durch sie wollt ihr doch hindurch, oder? Hinter den anderen her. Bruder folgt Schwester. Ist es nicht so?«

Er wartete nicht auf Antwort, sondern ging einfach weiter.

Faun nickte Tiessa zu, obwohl er keineswegs überzeugt war, das Richtige zu tun. Zögernd schlossen sie sich dem seltsamen Alten an. Der Weg über den unebenen, felsigen Hof war ein ständiges Auf und Ab. Sie stiegen mehrere in Stein gehauene Treppen hinauf und wieder hinunter, umrundeten Holzhäuser, Pferdetröge und Hühnerställe und kamen schließlich an ein klobiges Gebäude aus Stein, dessen Rückwand an die Ostmauer grenzte. Auf dem Wehrgang, oberhalb des Daches, patrouillierten Wächter mit Fackeln; die Flammen wurden von den scharfen Bergwinden geschüttelt und fauchten zornig dagegen an.

Einer der Männer dort oben war Veit. Faun war dankbar, dass der Krieger hinaus ins Gebirge blickte und sie nicht bemerkte.

Ganz sicher gab er ihnen die Schuld für den Tod seiner Männer und die Tatsache, dass er auf den zugigen Zinnen ausharren musste, während seine Kameraden im Rittersaal feierten. Ihm jetzt über den Weg zu laufen mochte böse enden. Eilig folgten sie dem Alten in den Schutz des Gemäuers.

Drinnen war es dunkel bis auf eine Öllampe, die inmitten eines offenen Wassertrogs schwamm.

»Mag die Dunkelheit nicht«, sagte Elegeabal. »Lass deshalb immer ein Licht brennen, auch wenn ich fortgehe. Hab zu viel gehört im Dunkeln, unten in der Schlucht. Zu viele seltsame Geräusche und Stimmen und Schreie.«

»Schreie?«, flüsterte Tiessa.

Der Traumdeuter kicherte. »Ich kann euch helfen, dass ihr heil hindurchkommt.«

Faun funkelte ihn an. »Warum versuchst du dann, uns Angst zu machen?«

Elegeabal fuhr herum. »Weil es gut ist, dort unten Angst zu haben, Junge! Die Angst wird dir das Leben retten. Dir und deiner Frau!« Ein wenig milder setzte er hinzu: »Seid ihr wirklich verheiratet?«

»Das ist nicht deine Angelegenheit.«

»Nein«, antwortete Elegeabal schulterzuckend. »Ist es nicht. Aber denkt daran, dass Sünde andere Sünde anzieht. Da unten sogar noch ein wenig mehr als anderswo.« Wieder kicherte er, und Faun beschloss, die unheilschwangeren Bemerkungen des Alten zu ignorieren. Er wünschte sich, Tiessa könnte das ebenfalls tun, doch sie war noch bleicher geworden, seit sie das Gebäude betreten hatten. Was allerdings – wie er nun erkannte – nicht zwangsläufig mit den Worten des Traumdeuters zu tun haben musste.

Das Haus wirkte von innen größer als von außen. Früher mochte es sich um einen weitläufigen Stall oder eine Scheune gehandelt haben, doch heute diente es allein dem alten Mann zu seinem wunderlichen Treiben. An zwei Wänden erstreckte sich eine Art Werkbank, tiefer als ein gewöhnlicher Tisch und voll gestellt mit fremdartigen Apparaturen aus Metall und Ton. Bei manchen der kugelförmigen Gerätschaften schien es sich um astronomische Modelle zu handeln, rund geschmiedete Gitter, die nach geheimnisvollen Gesetzmäßigkeiten miteinander verzahnt waren. Es gab auch Scheiben, in die bewegliche Kugeln eingelassen waren, und ganz und gar unbeschreibliche Mechanismen aus Kupfer, Blei, sogar aus Stein. Überall türmten sich Berge von Schriftrollen und gebundenen Codices, lose Pergamente, Stoffbahnen mit eingenähten Buchstaben und gegerbte Häute, auf die Sternbilder und astronomische Schemata aufgemalt waren.

Das alles jedoch war nichts gegen das gewaltige Konstrukt, das den weitaus größten Teil des düsteren Saales beherrschte: ein Gerippe – oder Teile davon –, größer als ein Pferdegespann. Es stand aufrecht auf mehreren Beinen, deren Zahl auf den ersten Blick ein Rätsel blieb. Ein mächtiger Schädel, dreieckig, mit leeren Augenhöhlen und fehlendem Hinterkopf, glotzte ihnen entgegen. Erst als Faun genauer hinsah, bemerkte er, dass all diese Gebeine an Fäden und Ketten von den Dachbalken hingen und durch Seile miteinander verbunden waren. Niemand hätte dieses monströse Ding für lebendig halten können; dafür fehlten zu viele seiner Teile, auch wenn Elegeabal versucht hatte, sie durch grob geformte Platzhalter aus Holz und Lehm zu ersetzen. Doch allein der Gedanke, dass eine Kreatur dieser Größe jemals auf Erden gewandelt war, ließ Faun erstarren.

»Was ist das?«, fragte er heiser.

»Ein Drache.« Elegeabal sagte es so gelassen, als spräche er über das Gerippe einer Kuh. »Ein Drachen*junges.*« Und nun klang er beinahe abfällig.

Tiessas Hand suchte Fauns und umklammerte sie. So standen sie da, noch immer nahe der Tür, die Elegeabal jetzt hinter ihnen zuschob, und wagten nicht, sich dem toten Ungetüm zu nähern.

»Es beißt nicht«, sagte der Traumdeuter. »Wahrscheinlich

hat es das nie. Jedenfalls nichts, das es selbst gejagt hätte. Dafür war es zu klein, als es starb.«

»Zu klein?«, entfuhr es Faun.

Elegeabal lachte. »Ihr solltet die Knochen seines Vaters sehen. *Das* ist ein Drache, sag ich euch! Er war der wahre Herrscher dieses Gebirges. Er liegt unten in der Schlucht, in einer Höhle. Der Fels hat sich um ihn geschlossen wie ein Sumpf, als wäre er davon verschluckt worden. Ein paar Ecken habe ich freigelegt, aber das ist gerade einmal genug, um zu ahnen, wie gigantisch er war.« Er warf resigniert die Hände in die Höhe. »Ich bin zu alt für so was. Wenn ich ihn dreißig oder vierzig Jahre früher gefunden hätte … Aber so muss ich mich mit dem da begnügen.«

Faun presste die Lippen aufeinander, unsicher, ob er dem Alten Glauben schenken oder ihn lieber für wahnsinnig halten wollte. Tiessa hingegen hatte ihre Entscheidung getroffen. Ihre Zweifel verwandelten sich in morbide Faszination.

»Kann man es anfassen?«

»Wie gesagt«, kicherte Elegeabal, »es beißt dich nicht.«

Sie zog Faun mit sich, als sie sich dem Ungeheuer näherte, und streckte die linke Hand nach dem kantigen Wangenknochen des Echsenschädels aus.

»Das fühlt sich nicht an wie Knochen. Eher wie –«

»Stein«, bestätigte Elegeabal. »Die Zeit hat die Gebeine zu Stein gemacht. Ist das nicht ein Beweis für die Macht dieser Wesen? Wir Menschen werden zu Staub. Aber diese da … sie werden eins mit den Bergen und überdauern die Jahrtausende!«

Von nahem war der Kopf so riesig, dass Faun seinen Blick daran entlangstreifen ließ, um jedes Detail zu erfassen. Von den halbrunden Wölbungen, wo einst Zähne gesessen hatten, bis zu der gesplitterten Bruchkante des zertrümmerten Hinterkopfs maß das Drachenhaupt mehr als vier Ellen – so viel wie drei Pferdeschädel. Die Augenhöhlen waren im Verhältnis dazu winzig, kaum größer als die eines Menschen. Er stellte sich kleine

Schlitze vor, schwefelgelb und tückisch, aus denen geschmolzenes Silber tränte.

Tiessa ließ Fauns Hand los.

»Er sieht aus, als hätte man ihm den Schädel eingeschlagen«, stellte sie fest. »Wer sonst, wenn nicht Menschen –« Sie brach ab, als der Traumdeuter lächelte.

»Damit kommen wir zum Kern eurer Schwierigkeiten.« Er ging zu einer der Werkbänke und öffnete eine kleine Schatulle. Rasch nahm er etwas heraus und umschloss es mit der Faust, während er sich wieder zu ihnen umdrehte. »Nicht den Drachen müsst ihr fürchten, denn er ist lange tot. Aber es gibt noch eine andere Macht an den Wurzeln des Gebirges. Manchmal regt sie sich, und dann stürzen Lawinen von den Gipfeln und begraben Dörfer und ganze Festungen unter sich. Ich glaube auch, dass sie es war, die den großen Drachen und sein Junges getötet hat. Lange hat dieses Wesen geschlafen … doch jetzt ist es von Neuem erwacht. Um es aus seinem Schlaf zu reißen, hat es einer Kraft bedurft, die nicht menschlich ist.«

Faun warf Tiessa einen Seitenblick zu. »Geschwätz«, knurrte er abfällig.

Elegeabal fuhr unbeirrt fort: »Eine Kraft wie jene, die erst kürzlich durch diese Schlucht gekommen ist. Eine Kraft, die im Herzen oder Verstand oder gar in der Seele eines ganz bestimmten Mädchens haust.«

Fauns Mund klappte auf. »Saga?« Mit einem Schnauben winkte er ab.

»Ich habe versprochen, euch zu warnen, und das tue ich nun«, sagte Elegeabal ungerührt. »Ob du mir glaubst, Gaukler, oder nicht … nun, wie du vorhin gesagt hast: *Das* ist tatsächlich nicht meine Angelegenheit. Die Anwesenheit deiner Schwester hat etwas wachgerüttelt. Ein Talent wie das ihre kommt nicht ohne Preis. Ich weiß nicht, *was* es ist. Aber es ist unnatürlich. Und es ist nichts Gutes, das ganz gewiss nicht.«

»Saga ist nicht schlecht. Sie mag manchmal –«

Elegeabal unterbrach ihn mit einem krächzenden Lachen. »Nicht schlecht? Sie führt all diese Mädchen geradewegs ins Verderben! Aus welchem Grund auch immer, aber sie tut es.«

»Sicher wird sie dazu gezwungen!«, entgegnete Faun zornig. »Sie würde so etwas niemals freiwillig tun!«

Tiessa berührte Faun am Arm. Ihr stummer Blick schien ihn anzuflehen, jetzt nichts Falsches zu sagen: Lass dich ein auf sein Spiel, wenn ihn das glücklich macht. Alles ist recht – solange es ihn dazu bringt, auch uns sicher durch die Via Mala zu bringen.

»In der Schlucht bebt die Erde«, sagte Elegeabal. »Der ganze Berg erzittert, und wahrscheinlich auch noch andere rundherum. Vor ein paar Tagen ist ein ganzer Trupp von Männern nicht aus der Via Mala zurückgekehrt. Der Schläfer unter dem Berg ist erwacht. Er regt sich und erschüttert das Gestein. Die Via Mala hat ihren Namen nicht von ungefähr. Die Römer haben geahnt, was sich dort unten verbirgt – in der Höhle des Drachen haben sie sogar ein Heiligtum für ihren Gott Mithras errichtet, damit er sie beschützt.«

Tiessa trat einen Schritt zurück und stieß dabei mit der Schulter gegen einen Knochen. Sogleich schwankte und zitterte das gesamte Gerippe in seiner Aufhängung.

Elegeabal öffnete seine Hand. Eine Lederschlaufe fiel heraus, an der ein matt glänzender Anhänger aus Metall befestigt war. Kupfer, so schien es im schwachen Licht. »Das hier kann euch beschützen.«

»Ein Amulett?«, flüsterte Tiessa.

Faun musterte sie skeptisch. Sie würde sich doch von so einem Hokuspokus nicht beeindrucken lassen? »Das soll uns dort unten beschützen?« Er versuchte, nicht allzu abweisend zu klingen. In Wahrheit aber fand er, dass Elegeabal sich mit diesem Metallding endgültig als Scharlatan und Quacksalber demaskierte.

Elegeabal ließ den Anhänger in seinen Fingern pendeln. »Ihr könnt ihn haben. Glaubt mir, ihr werdet noch dankbar dafür sein. Aber nur, wenn du mir vorher von deiner Schwester erzählst.«

Faun schwieg. Tiessa streifte erneut seine Hand. »Es kann nicht schaden, oder?«, raunte sie ihm zu.

»Du glaubst doch nicht ein Wort von alldem?«

Sie zuckte die Achseln und wich seinem Blick aus.

Faun gab sich einen Ruck. »Ich erzähle dir von Saga, und du gibst uns dafür das Amulett, richtig?«

»Ja«, sagte Elegeabal.

»Aber damit sind wir noch nicht in der Via Mala. Wir müssen irgendwie raus aus dieser Burg.«

»Auch dafür kann ich sorgen.«

Faun beobachtete den alten Mann argwöhnisch und suchte nach Anzeichen von Verschlagenheit. Doch so wenig er Elegeabal auch mochte – es fiel schwer, in ihm etwas anderes zu sehen als einen versponnenen Alten. Und er *konnte* ihnen helfen.

Faun trat ein par Schritte vom Skelett des Drachen zurück und lehnte sich gegen die Werkbank. Sein Blick fiel auf ein seziertes Reptil, dessen zurückgeschlagene Hautlappen mit Nadeln auf einem Stück Rinde befestigt waren. Angewidert schüttelte er den Kopf, wandte sich Elegeabal zu und begann zögernd mit seinem Bericht. Von dem Tag, an dem Saga ihm zum ersten Mal vom Lügengeist erzählt hatte. Von den Vorstellungen auf Märkten und Höfen. Von all den Menschen, die sie Hohn und Spott ausgesetzt hatte, indem sie das Blaue vom Himmel gelogen hatte. Der Traumdeuter hörte aufmerksam zu und spielte nachdenklich mit dem Amulett in seinen Fingern, während Tiessa angespannte Blicke von ihm zurück zu Faun warf.

»So, so«, brummte Elegeabal, nachdem Faun beim Beginn seiner Suche nach Saga angelangt war und seine Erzählung beendete. Tiessa löste sich von seinem Platz und streckte dem Traumdeuter fordernd die Hand entgegen. Er schenkte ihr ein Lächeln und ließ die münzgroße Kupferscheibe an dem Lederband auf ihre geöffneten Finger herab. Tiessa betrachtete sie sorgfältig. Faun interessierte sich zu wenig dafür, um hinüberzugehen und das Ding ebenfalls anzusehen. Elegeabal holte tief Luft, als müsste er das Gehörte erst verarbeiten. »Sehr ungewöhnlich, das alles«, sagte er. »Und aufschlussreich. Möglich, dass deine Schwester diese Reise in Wahrheit gar nicht aus den Gründen macht, an die sie selbst glaubt. Vermutlich wissen auch jene nicht davon, die sie zum Mitkommen gezwungen haben. Aber das Schicksal weiß es. Gott weiß es.«

Faun hatte genug. Ungeduldig löste er sich von der Werkbank. »Zeig uns jetzt den Weg hier raus. Wir müssen weiter.« Der Sterndeuter hob eine Braue. »Ihr wollt bei Nacht durch die Via Mala? Herrgott, Junge, hast du mir denn gar nicht zugehört?«

»Wir hatten eine Abmachung.«

Elegeabal hob abwehrend eine Hand. »Sicher. Und ich halte mich daran. Trotzdem solltet ihr wenigstens bis zur Morgendämmerung –«

»*Still!*« Tiessa ließ die Hand mit dem Amulett sinken. »Was war das?«

Faun schrak auf. »Was?«

»Auf dem Dach. Das Geräusch.« Sie zog sich das Lederband über den Kopf und ließ den Anhänger unter Achards Lederwams verschwinden. Zugleich setzte sie sich in Bewegung und huschte lautlos zum Eingang des Schuppens.

»Komm da weg!« Faun war mit drei Sätzen bei ihr und hielt sie am Arm zurück.

»Irgendwas war da oben«, flüsterte Tiessa.

»Hierher!« Elegeabal deutete auf einen Vorhang unter der Werkbank. »Versteckt euch dahinter! Schnell!«

»Nur einen kurzen Blick.« Tiessa wollte sich von Faun lösen und weiter zur Tür laufen, aber er war abermals schneller.

»Nein!«, sagte er bestimmt. »Komm, er hat Recht.« Und dann zog er sie einfach mit sich, warf dem Traumdeuter einen letzten Blick zu und kroch gebückt mit Tiessa unter die Werkbank. Elegeabal legte den Finger an die Lippen, nickte kurz und zerrte den Vorhang zu. Muffige Luft schloss sich um sie wie ein dunkler Mantel. Das wenige Licht, das durch die Ritzen fiel, ließ Faun gerade einmal Tiessas Profil erkennen, aber nicht ihre Augen. Der verängstigte Blick, denn er kurz zuvor von ihr aufgeschnappt hatte, verfolgte ihn. Ihre Hand in seiner war eiskalt.

»Das sind sie«, raunte sie an seinem Ohr.

»Der Falkner und seine Männer?«

»Ruhe«, flüsterte Elegeabal gedämpft hinter dem Vorhang, dann entfernten sich seine Schritte. Gleich darauf wurde die Tür des Schuppens geöffnet. Ein kalter Wind schlug gegen den Vorhang und presste ihn in ihre Gesichter.

Lange, viel zu lange rührte sich nichts.

»Wo ist er hin?«, fragte Faun gepresst, als er das Schweigen nicht länger ertrug.

Tiessa verlagerte ihr Gewicht in dem engen Verschlag auf das andere Bein. »Ich muss wissen, was da draußen los ist.«

»Vielleicht nur ein Streit unter den Wächtern.«

»Und wo bleibt dann der alte Mann?«

Es *gab* Antworten darauf, harmlose Erklärungen, doch das Ziehen in seinen Eingeweiden sagte Faun, dass Tiessas Furcht berechtigt war. Er presste die Lippen aufeinander und horchte hinaus in die Halle.

Tiessa schob den Vorhang einen Spaltbreit beiseite. Faun verrenkte sich den Hals, um ebenfalls etwas sehen zu können, aber seine Position war zu ungünstig. »Und?«

»Niemand da. Die Tür steht offen.«

Während Faun von Saga und dem Lügengeist erzählt hatte, hatte Elegeabal weitere Öllampen entzündet, doch ihr Schein reichte nicht aus, um den ganzen Raum zu erhellen. Im Halbdunkel der Halle mochte alles Mögliche lauern, nachdem die Tür minutenlang offen gestanden hatte.

»Ich gehe raus«, sagte Tiessa.

»Nein!«

»Ganz bestimmt bleib ich nicht hier sitzen und warte, bis sie mich finden.«

Er hielt ihre Hand noch fester. Plötzlich war es gar nicht mehr so schwer, sich einzugestehen, wie groß seine Angst um sie war. »Selbst wenn es der Falkner und seine Männer wären – sie haben eine ganze Burgmannschaft gegen sich!«

»Umso besser.«

»Das ist verrückt.«

»Du kannst ja hier bleiben.« Sie streifte seine Finger ab. »Tiessa ... Ich will nicht, dass du dort hinausgehst. Ich will ...« Er zögerte. »Ich will dich nicht verlieren.«

Sie blickte ihm in die Augen, und er versuchte darin zu lesen. War da noch mehr als Furcht? Vielleicht Unentschlossenheit? Er versuchte abermals nach ihrer Hand zu greifen, doch sie entzog sie ihm hastig, drehte sich um und schlüpfte hinter dem Vorhang hervor, ehe er sie zurückzuhalten konnte.

Die Sorge um sie bohrte sich wie ein Splitter in sein Herz. Was tut sie mit mir?, durchzuckte es ihn. Dabei wusste er es längst.

Fluchend kroch er hinter ihr ins Freie. Kein Mensch war zu sehen. Auch nicht der Traumdeuter.

Etwas bewegte sich draußen vor der Tür. Ein Windstoß trieb ein Stück Stoff herein. Faun hob es auf. Es war ein Leinenfetzen mit blutigen Rändern. Angewidert ließ er ihn wieder fallen.

»Wir müssen hier weg«, sagte Tiessa. »In der Burg sitzen wir in der Falle.«

»Sie sind nur zu viert. Vielleicht sogar nur noch zu dritt. Und wie viele Männer waren in der Halle? Fünfzig? Sechzig?«

»In der Halle«, sagte sie betont. »Ganz genau.«

»Auf den Zinnen waren auch –«

Sie schüttelte den Kopf, und Faun verstummte. Tiessa beugte sich weiter nach vorn, und in dem Moment kam es ihm so vor, als ob sie bewusst versuchte, den Abstand zwischen ihnen zu vergrößern. Dabei fand er ihre Nähe viel verwirrender als während des gedrängten Beieinanderkauerns vorhin.

»Ich kenne diese Männer«, sagte sie. »Ich weiß, wie hervorragend sie ausgebildet sind. Und sie haben einen guten Grund, ihr Bestes zu geben.«

Er sah sie an, wartete auf weitere Erklärungen.

»Sie werden alles verlieren, wenn sie mich nicht zurückbringen«, sagte sie hastig. »Ihre Ehre, ihre Titel, womöglich ihr Leben.«

Faun dachte an die Puppe in ihrem Bündel, an das Dokument mit den Namen und Siegeln. Und doch wollten diese Männer auch Tiessa, nicht allein das Schriftstück. Wer war sie nur? *Was* war sie?

»Komm jetzt«, sagte sie, hielt noch einmal unterhalb des Türrahmens an und schlich dann ins Freie. Widerstrebend folgte er ihr – und prallte fast gegen sie, als sie über etwas stolperte, das nur wenige Schritte vor der Tür des Schuppens lag. Ein Körper.

»Ist er das? Der Traumdeuter?«

Tiessa brauchte nicht zu antworten, denn nun sah er selbst, wer dort lag. Veit, der Mann, der sie zur Burg gebracht hatte. Sein Wams war am Rücken von mehreren Messerstichen zerfetzt worden. Das Stück Leinen stammte von ihm. Genau wie das Blut. Hier gab es noch viel mehr davon. Sein Mörder hatte zur Sicherheit die Halsschlagader durchtrennt.

Faun blickte nach hinten, über das Dach des Schuppens hinweg zum Wehrgang. Veit war von dort oben hinuntergestürzt, die Schräge hinabgerutscht und hier aufgeschlagen.

Niemand sonst war auf den Zinnen zu sehen. Kein einziger Wächter. Aber an einigen Stellen lagen die Fackeln am Boden und beschienen reglose Formen.

Faun zog Tiessa an die Wand des Schuppens. »Du hast Recht. Wir müssen hier weg. Aber nicht, ohne wenigstens einen Moment lang nachzudenken, *wie*.«

Sie schaute zum Tor hinüber. In der Dunkelheit sah es aus, als stünde der eine Flügel einen Spalt weit offen. Vielleicht nur ein Schatten. Vielleicht auch nicht.

»Sie haben die Männer getötet, die Achard ihnen hinterhergeschickt hat«, flüsterte Tiessa. »Und jetzt sind sie hier. Mindestens zwei von ihnen. Oder alle.«

Faun konnte sich noch immer nicht vorstellen, dass sie es zu dritt oder viert mit einem Trupp von elf geübten Kriegern hatten aufnehmen können. Aber Veits Leichnam sagte ihm etwas anderes, genau wie die leblosen Menschenbündel oben auf dem Wehrgang.

»Denk nach«, flüsterte sie, mehr zu sich selbst, als in seine Richtung. »Was werden sie als Nächstes tun?«

»Uns suchen?«

Sie schüttelte den Kopf. »Die Burg sichern.« Ihr Blick richtete sich auf den schwarzen Umriss des Wohnturms, drüben auf der anderen Seite des Hofs. Stimmen drangen verzerrt herüber, von den Gebirgswinden zu unverständlichen Silben zerzaust.

»Dann ist der Weg zum Tor vielleicht frei«, sagte Faun.

»Vielleicht, ja.«

»Versuchen wir's?«

Ihre Unterlippe zitterte, aber sie nickte. Nach einem letzten Durchatmen setzten sie sich in Bewegung, liefen geduckt an der Vorderwand des Schuppens entlang, dann um die Ecke in noch tieferen Schatten, schließlich an der Burgmauer entlang Richtung Haupttor.

»Warte«, sagte Faun, als sie die Hälfte des Weges zurückgelegt hatten. »Was ist mit den Pferden?«

»Zu weit bis zu den Stallungen.«

»Aber draußen werden wir froh sein, wenn wir die Tiere dabeihaben. Zu Fuß kommen wir nicht weit, falls sie uns folgen.«

Vom Turm her ertönte ein Schrei. Faun glaubte erst, ein weiterer Mann sei getötet worden, doch dann entdeckte er die Gestalten, die aus dem Gemäuer ins Freie stürmten. Achard von Rialt stand mitten unter ihnen, reglos wie ein Standbild, während sich die Menge seiner Krieger um ihn teilte und nach allen Seiten ausschwärmte.

»Das ist Absicht«, flüsterte Tiessa.

»Absicht?«

»Die Ritter haben Achard und die anderen herausgelockt. Das gehört zu ihrem Plan.«

»Was für ein Plan soll das sein? Sich möglichst schnell umbringen zu lassen?«

Sie lief weiter, nun wieder auf das Tor zu. »Faun!«, rief sie über die Schulter. »Beeil dich.«

»Wir brauchen die Pferde.«

»Das ist Wahnsinn!«

Aber da hatte er sich schon aus dem Dunkel der Mauer gelöst und rannte geduckt auf das Tor des Pferdestalls zu. »Warte draußen! Ich schaff das allein.« Er schaute sich nicht um, weil er inständig hoffte, dass sie blieb, wo sie war. Dann aber hörte er sie schon neben sich, flinker und schneller als er und mit versteinerter Miene, die ihn warnte, nur ja keinen Streit anzufangen.

In den Stallungen schnaubten und raschelten die Pferde, aber niemand vertrat den beiden den Weg.

Er erkannte den Grund dafür, als sein Fuß sich in etwas verhakte. Mit einem gepressten Aufschrei fiel er hin und landete auf dem Leichnam eines Pferdeknechts. Überall war Blut.

Faun fluchte und schlug in Panik um sich, traf jemanden, wehrte sich weiter und begriff erst allmählich, dass es Tiessa war, die verzweifelt versuchte, ihn festzuhalten, damit er sich beruhigte und nicht noch mehr Lärm machte.

»Tut... tut mir leid«, stammelte er und stand schwankend auf. Seine linke Hand war mit Stroh und Schmutz und Blut verklebt.

Sie fanden den Schimmel und die dunkle Stute, sattelten sie in Windeseile und führten sie zum Ausgang des Stalls. Aufgebrachte Rufe wehten über den Burghof. Achards Männer hatten begonnen, alle Gebäude auf den Kopf zu stellen und nach den Angreifern zu suchen. Nicht mehr lange, und die ersten würden in den Stallungen auftauchen.

»Los jetzt«, rief Tiessa und zog sich in den Sattel. Faun brauchte länger, bis er endlich sicher auf dem Rücken der Stute saß. Angespannt ritten sie aus dem Stall und lenkten die Tiere zum Burgtor hinüber.

»Halt!«, rief jemand.

Faun wagte nicht, über die Schulter zu blicken. Fackelschein geisterte wild bewegt über die Mauern und Holzwände im Burghof. Schatten zuckten umher.

»Ihr da! Bleibt stehen!«

»Heja!«, schrie Tiessa und hieb ihrem Schimmel die Fersen in die Flanken. Das Tier machte einen Satz nach vorn, aber die Bauten im Inneren des Hofs standen zu eng für einen Galopp zum Tor. Sie konnten nur hoffen, dass es wirklich ein Stück weit offen stand und sie sich vorhin nicht getäuscht hatten.

Etwas zischte, dann wurde Faun fast vom Pferd geschleudert. Ein Schlag hatte seine linke Schulter getroffen. Im ersten Augenblick glaubte er, benebelt von Schmerz und Schock, jemand habe eine Lanze nach ihm geschleudert. Er ließ den Oberkörper nach vorn sinken, eng über den Hals des Pferdes, und brachte es irgendwie fertig, das Tier voranzutreiben. Er konnte die Zügel nicht loslassen, um nach der Stelle an seinem Rücken zu tasten, aber es tat schrecklich weh, und er war nicht sicher, ob da etwas in ihm steckte oder was genau es war, das ihn getroffen hatte.

»Ein Stein!« Tiessa blickte tief geduckt nach hinten. »Einer von ihnen hat eine Schleuder!«

Er dachte, dass ihm das Geschoss womöglich das Schulterblatt zertrümmert hatte, erkannte dann aber, dass er den Arm bewegen konnte und der Schmerz bereits nachließ. Wahrscheinlich hatte der Mann auf seinen Kopf gezielt.

Glaubten die etwa, *sie* hätten die Wächter umgebracht? Nein, wohl kaum. Achard musste Befehl gegeben haben, dass niemand Hoch Rialt verlassen durfte.

Die Pferde trugen sie um eine Ecke, aus der Schussbahn der Steinschleuder, und nun lag das Tor geradeaus vor ihnen. Nur noch dreißig Schritt über einen Weg, den man zwischen den Felsen und Bauten des Burghofs angelegt hatte.

Tatsächlich stand einer der beiden Torflügel offen. Ein Angreifer musste über die Mauer gestiegen sein und seine Gefährten eingelassen haben.

Schwerterklirren übertönte den Hufschlag der Pferde, als nicht weit entfernt ein Kampf entbrannte. Zwischen zuckenden Fackeln und blitzendem Stahl war auf den ersten Blick nicht zu erkennen, wer gegen wen kämpfte. Ein ganzer Trupp aus Gewährsleuten des Raubritters hatte sich um einen oder zwei Gegner geschart. Schreie erklangen. Stahl schlug auf Stahl. Noch mehr Geschrei.

Auch an anderen Stellen wurde gekämpft, weiter weg vom Tor. Am Fuß des Turms stand jetzt niemand mehr, alle Männer hatten sich im Hof verteilt und suchten im Dunkeln nach Feinden. Faun, der nur kurz nach hinten sah, konnte Achard nirgends entdecken, aber ihm blieb keine Zeit, um abzuwägen, ob das gut war oder schlecht.

Ein Ruf, der alle anderen übertönte, erschallte quer über den Hof und wurde mehrfach wiederholt. Faun verstand die Worte nicht. Er konzentrierte sich jetzt ganz auf das Tor. Mehrere Männer waren zu Fuß unterwegs dorthin, um den Flügel zu schließen. Einer stellte sich ihnen mit gezogenem Schwert entgegen, ein anderer eilte mit einer Axt an seine Seite. Niemand schien sicher zu sein, wer gegen wen kämpfte. Mordlust stand in den Mienen der Männer, aber auch zornige Verwirrung. Sie mussten wissen, was mit ihren Kameraden auf den Zinnen geschehen war, aber sie wunderten sich wohl auch, ob wirklich zwei Gaukler dafür verantwortlich sein konnten.

Die Rufe vom Turm her ertönten erneut, und plötzlich kam der Kampf unterhalb der Mauer zum Erliegen. Eine gerüstete Gestalt stieß wütend einen der Räuber von sich und stand schwer atmend inmitten des Pulks. Niemand griff ihn mehr an. Die Kämpfer belauerten einander, blickten aber zugleich auch zum Turm.

»Was geht da vor?«, keuchte Faun.

Tiessa zügelte ihr Pferd. »Warte!«, rief sie Faun hinterher.

»Was?« Sein Blick raste von ihr zum Tor. Dort verharrten jetzt auch die Männer, die den schweren Holzflügel hatten schließen wollen. Er stand noch immer halb offen.

»Faun – bleib stehen!« Tiessas Schimmel tänzelte angespannt auf der Stelle.

Seine Schulter pochte, sein Kopf tat weh, alles war Schmerz, aber er war noch genug bei Sinnen, um zu erkennen, dass sie es ernst meinte. Sie verlangte tatsächlich, dass er das Pferd zügelte! Und aus einem Grund, den er selbst nicht recht begriff, gehorchte er. Zwei Pferdelängen von ihr entfernt kam die Stute zum Stehen und ließ sich tänzelnd von ihm herumdrehen.

Die beiden Männer, die sie eben noch hatten aufhalten wollen, ließen Axt und Schwert sinken. Sie waren nur wenige Schritt von Faun und Tiessa entfernt, aber keiner machte Anstalten, sie anzugreifen.

Endlich erkannte Faun, wer die Rufe ausgestoßen hatte. Und warum überall im Burghof die Waffen ruhten.

Oben auf der Holzbalustrade um den ersten Stock des Wohnturms stand der Falkner. In der rechten Hand hielt er das Schwert. In der linken ein Kind.

Achim von Rialt, Achards Sohn, bewegte sich nicht. Der Falkner hatte den Arm um den Jungen gelegt und hob ihn mühelos von den Füßen, ein lebender Schutzschild vor seiner Brust. Er presste die Klinge an den Hals des Jungen.

»Keiner rührt sich!«, rief er über den Hof hinweg, so scharf, dass es das Fauchen der Gebirgswinde durchschnitt. »Achard – sorg dafür, dass deine Männer keinen Fehler machen, sonst stirbt dein Sohn!«

Achard trat langsam und mit vorgestreckten leeren Händen aus dem Schatten eines Gebäudes, nicht weit vom Fuß des Turms entfernt. Vorsichtig stieg er ein paar in den Fels gemeißelte Stufen empor und blieb unterhalb der Balustrade stehen.

»Was wollt ihr?«, rief er zu dem Mann hinauf, der das Leben seines einzigen Kindes bedrohte.

»O nein«, flüsterte Tiessa. Faun hörte es, als sein Pferd neben das ihre trabte. Einen Moment lang hatte er Sorge, der Hufschlag auf dem Weg könnte Grund genug für den Falkner sein, den Jungen zu töten. Doch der Mann auf dem Turm sah nicht zu ihnen herüber, sondern fixierte den Burgherrn.

»Was soll das?«, raunte Faun Tiessa zu. »Ich denke, die sind hinter dir her?«

Sie nickte. Ihr Gesicht schien knochiger geworden zu sein , so als wäre sie gerade um Jahre gealtert. »Deshalb haben sie die Männer aus dem Turm gelockt. Nur damit er sich den Jungen schnappen konnte.«

Faun sah über die Schulter zum Tor. Goldener Fackelschein ließ Schattenrisse über Holz und Mauern zucken. Es war nicht weit bis dorthin. Sie konnten es schaffen. Aber wenn sie die Pferde jetzt herumrissen und losritten – würde der Falkner dann wirklich das Kind ermorden? Herrgott, was hatten sie mit Achards Sohn zu schaffen? Warum sollte diese Drohung sie aufhalten?

Und doch blieben sie stehen. Gegen alle Vernunft. Vielleicht, wenn Zeit gewesen wäre, um nachzudenken … Aber so starrten beide nur das hilflose Kind im Arm des Ritters an, die scharfe Klinge, die an seiner Kehle lag. Faun war froh, dass die Entfernung so groß war. Aber er musste die Panik in den Zügen des Jungen nicht sehen, um sie zu spüren. Jeder hier auf dem Hof konnte es fühlen. Selbst die abgebrühtesten Räuber hatten die Augen auf den Falkner und seine Geisel gerichtet.

»Was wollt ihr von mir?«, rief Achard erneut zur Balustrade hinauf. »Warum dringt ihr in mein Haus ein, erschlagt meine Männer und bedroht mein Kind?«

»Du bist ein Nichts, Achard von Rialt. Du und deine Räuberbande sind nicht wichtig.« Der Mann löste die Klinge vom Hals des Jungen und deutete damit über den Hof. »Diese beiden dort will ich! Und du wirst sie mir geben!«

Die Bergluft zog sich um Faun zusammen wie eine enge Haut und raubte ihm den Atem. Tiessa hatte schon einen Augenblick vor ihm erkannt, auf was dies alles hinauslief. Wie gut kannte sie diese Männer wirklich? Sie wandte ihm den Kopf zu, kreuzte seinen Blick, aber er nahm es kaum wahr. Wie versteinert saß er im Sattel und starrte zum Turm. Überall auf dem Burghof, auf den Felskuppen und zwischen den Hütten, drehten die Krieger ihnen die Gesichter zu. Achard hätte den Befehl gar nicht aussprechen müssen. Alle wussten, was zu tun war.

»Haltet sie auf!«, brüllte der Burgherr. »Bringt sie zu mir!«

Die Männer, die Faun und Tiessa den Weg zum Tor versperrten, reagierten als Erste. Schwert und Axt zuckten in die Höhe. Mit weiten Sätzen eilten sie heran. Einer wollte nach den Zügeln der Stute greifen, aber Faun trat ihm mit der Ferse ins Gesicht und schleuderte ihn zurück.

Oben auf der Balustrade begann der Junge zu heulen und zu strampeln.

»*Nicht!*«, rief Achard zu dem Falkner hinauf. »Tu ihm nichts!«

Einen Moment lang hatte der Ritter Mühe, das tobende Kind zu halten. Er zog die Klinge zurück, aber der Junge schlug mit der bloßen Hand dagegen und kreischte noch lauter, als die Schneide in seine Finger biss.

Achard stieß einen Schrei aus, als hätte die Klinge ihn selbst verletzt. Der Falkner fluchte und stolperte einen Schritt zurück, als das Kind mit seinen kurzen Beinen gegen das Holzgeländer trat.

Chaos brach aus. Überall Geschrei und trampelnde Schritte. Wieder klirrte Eisen, auch das Gefecht am anderen Ende des Burghofs ging weiter. Faun blieb keine Zeit, dorthin zu sehen, denn mit einem Mal befanden er und Tiessa sich im Zentrum des Aufruhrs, während von allen Seiten weitere Männer herbeieilten.

Tiessas Schimmel stellte sich auf die Hinterbeine, als der Mann mit der Axt nach ihrem Bein greifen wollte. Der Krieger wich taumelnd zurück. Tiessa ließ das Pferd vorwärts sprengen. Es rammte dabei zwei andere Krieger und trampelte über einen dritten hinweg.

Faun tat es ihr gleich. Überall blitzten Klingen im Fackelschein. Auch die Torwächter sprangen jetzt vor. Statt den Flügel zu schließen, machten sie sich auf, die beiden Flüchtigen einzufangen, wohl in der Hoffnung auf eine Belohnung für jenen, der sie dingfest machte.

»Zur Seite!«, brüllte Faun, nicht weil ihm am Wohlergehen der Räuber lag, sondern weil es das Einzige war, das ihm einfiel, und ihm die Worte wie von selbst über die Lippen kamen.

Die Stute raste hinter Tiessas Schimmel her. Er saß wie betäubt im Sattel, hielt sich an den Zügeln fest und sah das Tor näher kommen. Ein letzter Blick über die Schulter auf die Kämpferschar, die ihnen nachströmte, schließlich hinauf zum Turm – und dann die Erkenntnis, was gerade dort oben geschah.

Der Falkner verlor endgültig die Geduld mit seiner strampelnden Geisel. Das Schwert entglitt seiner Hand, als das Kind in seinen Unterarm biss. Er stolperte nach vorn gegen die Brüstung und fluchte.

Angewidert ließ er den Jungen fallen.

Faun sah nicht mehr, wie das Kind auf die Felsen prallte. Er hörte Achards Aufheulen und blickte voraus zum Tor. So weit und groß und dunkel schien ihm der Spalt, breit genug, um hindurchzugaloppieren – und er entdeckte die Gestalt in Silber und Schwarz, die plötzlich dort stand, eine Armbrust im Anschlag. Der Bolzen zielte auf Tiessa. Vielleicht auf ihr Pferd.

Das Mädchen stieß ein Pfeifen aus, und im selben Moment raste etwas aus dem Nachthimmel herab, fegte auf den Ritter mit der Armbrust zu und hackte nach seinen Augen. Der Mann schrie auf, taumelte zur Seite und gab den Weg frei. Räuber wurden beiseite geprellt, Körper wirbelten in die Schatten, als die beiden Rösser durch den Torspalt jagten, hinaus auf das Plateau, aus dem goldenen Schein der Fackeln in die Finsternis des Gebirges.

Tiessa sah beim Reiten nach hinten. Faun riss den Kopf herum. Ein Dolch blitzte, als sich der Ritter den Vogel mit links vom Gesicht riss und mit der Rechten zustach. Die Klinge drang durch Gefieder und Knochen. Der Falke kreischte auf. Seine Schwingen erschlafften. Der Ritter schleuderte ihn beiseite und hielt sich schreiend die blutenden Augenhöhlen. Einen Herzschlag später traf ihn der Schwerthieb eines Räubers und spaltete Schulter und Brust.

»*Sturm!*« Tiessa stieß ein Heulen aus und wäre beinahe aus dem Sattel gerutscht, hätte Faun sein Pferd nicht an ihre Seite getrieben und sie im selben Moment zurückgestoßen.

Noch einmal rief sie verzweifelt den Namen des Falken, dann preschten sie davon, fort vom Tor und der Leiche des Ritters, fort von den Männern, die in immer größerer Zahl ins Freie drängten, Klingen schwenkten und Flüche brüllten. Die Steinschleuder wirbelte in einem zischenden Kreis über dem Kopf eines Kriegers, doch das Geschoss ging fehl und verschwand im Laub einer Baumkrone. Eine Eule stob auf und flatterte davon.

Faun versuchte, dies alles auszublenden, wollte sich nur auf den Weg konzentrieren, auf die Schwärze der Gebirgsschlucht. Tiessa hatte Sturm verloren, Achard seinen Sohn. Die übrigen Ritter wurden zweifellos gerade von den Räubern in Stücke gehackt, und einmal war ihm, als hörte er den Schrei des Falkners jenseits der Mauern, so schrill und hoch, als wäre er selbst ein Raubvogel, der ein letztes Mal die Stimme erhob und seinen Zorn hinauskreischte. Dann brach auch dieser Laut ab, gefolgt vom Brüllen des Ritters von Rialt, das ihnen geisterhaft den Pfad entlang folgte und vibrierend von den Felswänden widerhallte.

Sie sprachen nicht, sahen einander nicht an. Hielten sich nur an den Zügeln fest und ritten hinab in die Schlucht, tiefer in die Finsternis.

Eine Gestalt schälte sich vor ihnen aus der Nacht, stand mitten auf dem Weg. Fauns Stute hätte sie beinahe umgerannt.

»Haltet ein!«, rief eine brüchige Stimme.

»Elegeabal«, flüsterte Tiessa. Sie klang schrecklich, fand Faun; dabei brachte er selbst keinen Ton heraus.

»Vertraut mir!« Der Alte deutete auf eine Schneise zwischen den Bäumen, eine Wunde im Gewebe der Nacht. »Hier entlang! Schnell!«

Und so betraten sie die Via Mala.

Elegeabal trug eine Öllampe und wies sie an, von den Pferden zu steigen und die Tiere an den Zügeln zu führen. Wenig später erkannten sie den Grund. Die Zweige hingen so tief, dass ein Durchkommen zu Ross unmöglich war. Selbst im Gehen schlugen ihnen Äste und Fichtennadeln ins Gesicht. Auch die Pferde senkten die Köpfe, um den scharfkantigen Hindernissen auszuweichen.

Der alte Mann führte sie weiter bergab, in spitzem Winkel fort von dem Weg, der sich oben am Osthang der Schlucht entlangzog. Der Pfad, den sie benutzten, war kaum als solcher zu erkennen, und keinem Ortsunkundigen wäre wohl aufgefallen, dass es an dieser Stelle überhaupt so etwas wie eine Schneise durch das Dickicht gab.

»Weiß Achard von diesem Weg?« Faun war froh, sich über etwas anderes als zerschmetterte Kinder und tote Falken Gedanken machen zu müssen.

»Unter seinen Leuten gibt es Fährtenleser, die sich weit besser in der Via Mala auskennen als ich.« Elegeabal duckte sich und warnte sie vor einem tief hängenden Ast, der in der Dunkelheit nahezu unsichtbar war. »Jeder Stein, jeder Baum hier ist ihnen vertraut. Aber sie wissen wenig über die Höhlen, weil sich keiner von ihnen dort hineinwagt, seit sie mein Drachenkind gesehen haben. Erst recht nicht, seit immer wieder die Erde bebt.«

Tiessa starrte schweigend vor sich hin. Faun machte sich Sorgen um sie, aber im Augenblick war es wichtiger, dem Herrn von Hoch Rialt und seinen Männern zu entkommen.

»Höhlen?«, fragte er zweifelnd. Bei Nacht und an einem Ort wie diesem waren die Vorstellung noch tieferer Finsternis und Abgeschiedenheit schwer zu ertragen.

Elegeabal kicherte leise, und da ruckte Tiessas Kopf in die Höhe. Tränen der Wut und des Zorns schimmerten schwach auf ihren Wangen. »Dieser kleine Junge ist tot«, fauchte sie den Alten an. »Ich weiß nicht, was es da zu lachen gibt.«

Der Traumdeuter blieb stehen und drehte sich zu ihnen um. Die Stute wieherte leise, als Faun sie ruckartig anhalten ließ. »Achards Sohn ist tot?« Hatte Elegeabal zuvor noch beunruhigt, aber nicht verstört geklungen, so lag nun Panik in seiner Stimme. »Was genau ist geschehen?«

Da erzählte Faun ihm alles, hastig und im Flüsterton. Wie sich herausstellte, war Elegeabal nach Beginn des Angriffs aus der Burg geflohen. Angeblich hatte er gehofft, die beiden würden ebenfalls eine Möglichkeit zur Flucht finden. In Wahrheit, so dachte Faun, hatte er sich wohl nur im Unterholz des Plateaus in Sicherheit gebracht und dabei gehöriges Glück gehabt, nicht dem Mann mit der Armbrust über den Weg zu laufen. Wahrscheinlich war er nicht durchs Tor hinausgelaufen, sondern kannte einen anderen, geheimen Weg aus der Burg. Als Faun seine Vermutung aussprach, nickte der Alte und erklärte, dass er sie auf eben jenem Weg aus der Festung geführt hätte, wäre ihnen nicht der Überfall zuvorgekommen. »Ich pflege meine Versprechen zu halten«, sagte er. »Obwohl der Tod des Kleinen einiges ändert.«

»Nicht für uns«, entgegnete Faun.

»Oh, doch«, widersprach der Traumdeuter. »Ganz sicher sogar. Ohne euch wäre es gar nicht erst so weit gekommen. Achard wird voller Hass sein auf jeden, der mit Achims Tod zu tun hat. Wahrscheinlich rüstet er in gerade diesem Augenblick einen Trupp aus.«

»Wird er nicht erst sein Kind begraben?«, fragte Faun.

Der alte Mann schnaubte abfällig. »Der Kleine war Achards Faustpfand, das ihm die Macht über diese Burg und die Via Mala gesichert hat. Das alles hier gehörte einst den Vorfahren der Dame Jorinde, Achards Gemahlin. Als sie sich mehr und mehr gegen ihn und sein Treiben gestellt hat, hat er sie gezwungen, mit auf diesen verrückten Kreuzzug zu gehen. Ein sauberer Weg, um sie loszuwerden. Denn wenn Jorinde umkommt, fällt Hoch Rialt nicht an ihren Mann, sondern an ihren Sohn – so lautet das Gesetz. Für Achard wäre das eine gute Lösung: Jorinde stirbt mit all den anderen Mädchen, er aber erzieht den Kleinen in seinem Sinne und hütet ihn als Erben der Burg wie seinen Augapfel.« Er seufzte. »Der Tod des Jungen ändert alles. Es gibt kein anderes Kind. Und Jorinde ist fort. Das bedeutet –«

In jähem Begreifen fiel Faun ihm ins Wort: »Das bedeutet, dass er kein Anrecht mehr hat auf Hoch Rialt und den Weg durch die Via Mala! Keine Zölle mehr – und keine Möglichkeit, Händler und Pilger auszurauben!«

»So ist es. Jorindes nächste Verwandte, denen Achard seit jeher ein Dorn im Auge war, werden auf kaiserliches Recht pochen und Achard zur Not mit Waffengewalt von hier vertreiben lassen.«

»Und er kann nichts dagegen tun?«

»Doch«, sagte Elegeabal, »das kann er. Falls Jorinde ihm einen *zweiten* Sohn schenken würde, ein weiteres Kind, dann sähe die Sache ganz anders aus. Aber Jorinde ist im Gefolge der Magdalena unterwegs ins Heilige Land.« Wieder lachte er, ein humorloses Raspeln. »Achard wird in diesen Minuten weniger um sein Kind trauern, als seinen eigenen Fehler verfluchen. Er braucht Jorinde zurück, und er wird versuchen, sie einzuholen, bevor sie an Bord eines Schiffes geht und für immer verschwindet.«

Tiessa horchte auf. »Dann wird er nicht uns verfolgen, sondern *sie*!«

Im Halblicht der Öllampe nickte der Traumdeuter. »Dumm nur, dass ihr denselben Weg nehmt. Achard wird euch die ganze Zeit über im Nacken sitzen, und möglicherweise holt er euch ein. Vielleicht sogar schon hier in der Schlucht.«

Für einen Augenblick erfüllte die Ausweglosigkeit ihrer Lage Faun mit Verzweiflung. Nun mussten sie nicht nur versuchen, Saga und die anderen rechtzeitig einzuholen – auf ihren Fersen würden bald auch noch Achard und seine Mörderbande sein. Und der Herr von Hoch Rialt würde gewiss nicht vergessen, wem er dies alles zu verdanken hatte.

»Kannst du uns helfen?«, fragte er den Traumdeuter.

»Lebend durch die Via Mala zu kommen – vielleicht. Aber ich lege meine Hand nicht dafür ins Feuer. Der Hauptweg, den Achard nehmen wird, ist trotz aller Schwierigkeiten die einfachste Route. Kann sein, dass er noch sicher ist. Aber die Höhlen? Wir können es nur darauf ankommen lassen.« Der Alte klang jetzt gar nicht mehr so, als machte er sich einen Spaß daraus, ihnen Angst einzujagen. Wahrscheinlich wurde ihm gerade bewusst, auf was er sich eingelassen hatte.

»Was sollen wir jetzt tun?«, fragte Faun.

»Durch die Höhlen des Drachen werden uns Achards Fährtensucher nicht folgen, falls sie es wirklich so eilig haben, wie ich glaube.«

»Das gefällt mir nicht«, bemerkte Tiessa.

»Und das ist gut so.« Der Traumdeuter eilte weiter den Hang hinab. »Vielleicht macht dich das vorsichtiger, und du achtest darauf, dass dein Gaul nicht gar so viele Äste zerbricht wie bisher. Sie mögen uns nicht in die Höhlen folgen, aber wer weiß, ob sie nicht auf die Idee kommen, uns *vorher* einzuholen.«

Tiessa sah erschrocken nach hinten, aber Faun schüttelte sachte den Kopf. »Lass ihn reden. Wenn sie unsere Spur suchen, werden sie sie finden, egal, ob da zerbrochene Äste sind oder nicht.«

Während sie weitergingen, flüsterte sie beruhigend auf den

Schimmel ein, und tatsächlich schien es, als bewegte sich das Tier nun mit größerer Vorsicht durch das Dickicht. Elegeabals Öllampe tanzte im Dunkeln auf und ab, der Mann selbst aber war vor ihnen nicht mehr zu sehen.

»Er hätte den Jungen begraben müssen«, murmelte Tiessa und wischte sich mit dem Handrücken über die Wange, so fahrig und wütend, als ärgerte sie sich darüber, ihre Gefühle nicht besser im Griff zu haben. »Das hätte er wirklich.«

Faun sagte nichts, schaute nur nach vorn und beschleunigte seine Schritte.

»Still!«

Plötzlich war Elegeabal wieder bei ihnen. Finsternis umgab sie, nur zwischen den Fichtengipfeln spannte sich ein Netz aus grauem Mondlicht. Kaum etwas davon gelangte bis zum Boden.

Der Hang war jetzt so abschüssig, dass sie nicht mehr in gerader Linie nach unten gehen konnten, sondern in weitem Zickzack fast parallel zum Flussbett wandern mussten. Den Pferden fiel es schwer, sicheren Halt zu finden. Das Rauschen des Wassers stieg vom Grund der Schlucht zu ihnen empor, aber sehen konnten sie nichts von dem schmalen Zufluss des Rheins, der auf seinem Weg von der Quelle vor Urzeiten die Via Mala aus dem Gestein geschnitten hatte.

»Hufschlag«, flüsterte Tiessa. »Oben auf dem Weg.«

Faun presste die Lippen aufeinander. Achard und seine Männer waren also bereits unterwegs, viel schneller, als er für möglich gehalten hatte. Elegeabal hob die Lampe und legte in ihrem Schein einen Finger an die Lippen. Mit einem Wink gab er ihnen zu verstehen, ihm wortlos zu folgen.

Hundegebell ertönte in ihrem Rücken, weiter oben im Hang.

Tiessa blickte über die Schulter zurück zu Faun, vorbei an

ihrem Pferd. Er sah sie jetzt nur noch als Silhouette vor dem Lampenschein an der Spitze ihres kleinen Zuges.

Das Rauschen war lauter geworden, aber Faun wurde erst bewusst, dass sie den tiefsten Punkt der Schlucht erreicht hatten, als Tiessas Schimmel vor ihm ins Wasser patschte. Kies und Geröll scharrten unter den Hufen.

»Ans andere Ufer«, rief Elegeabal gedämpft.

»Vielleicht verlieren die Hunde im Wasser unsere Spur«, sagte Faun.

Der Alte schüttelte den Kopf. »Nicht Achards Panzerhunde.«

»Was sind Panzerhunde?«, fragte Tiessa.

»Bete, dass du sie nicht mit eigenen Augen siehst.«

Das Kläffen erreichte einen neuen Höhepunkt – es sind mindestens drei, dachte Faun mit einem Schaudern, vielleicht mehr –, dann brach es unvermittelt ab.

»Schneller«, zischte der Traumdeuter und eilte voran durch das Wasser. Der Saum seines Gewandes wurde von der Strömung mitgezerrt, aber er behielt schwankend das Gleichgewicht und kämpfte sich mit Hilfe seines Stabes weiter voran. In der anderen Hand hielt er hocherhoben die schaukelnde Öllampe. Der Fluss reichte ihnen fast zu den Hüften; Tiessa sogar bis zum Bauch.

Faun schaute sich um, konnte aber in der Finsternis des Ufers nichts erkennen. Der Hang und die Felsen darüber waren eine kompakte schwarze Masse ohne Konturen. »Sie bellen nicht mehr. Vielleicht sind sie weg.«

»Nein«, keuchte Elegeabal. »Panzerhunde verstummen, wenn sie die Fährte aufgenommen haben. Sie schleichen sich an ihre Beute heran.«

Ein Pferd wieherte schrill, als es etwas witterte, das ihm Angst machte.

»Sie sind ganz nah«, rief der Traumdeuter. Er gab sich jetzt keine Mühe mehr, seine Stimme zu dämpfen.

Von ihnen allen hatte Tiessa am meisten mit der Strömung

zu kämpfen. Obwohl das Flussbett hier recht breit war und dem wild aus den Bergen schießenden Wasser dadurch viel von seiner Kraft nahm, drohte sie immer wieder umgeworfen zu werden. Schließlich zog sie sich in den Sattel und ließ sich von dem Schimmel tragen. Das Pferd kämpfte sich weiter voran.

Die Hunde können uns nicht folgen, redete Faun sich ein. Das Wasser wird sie fortreißen.

Aber Elegeabal hastete weiter und schaute sich nicht nach ihnen um, so als säße ihm der Teufel selbst im Nacken.

Ein kurzes Heulen ertönte, dann war wieder Stille. Faun glaubte Männerstimmen hinter ihnen am Ufer zu hören, aber als er sich umsah, war da nur Dunkelheit. Möglich, dass er sich getäuscht hatte. Der Fluss musste jeden Laut übertönen.

Sie erreichten die andere Seite und schleppten sich eine steile Geröllhalde empor. Mit ihrem nassen Schuhwerk drohten sie auf dem Schiefer immer wieder abzurutschen, auch die Pferde hatten es schwer. Auf dieser Seite wurde das Ufer von einem fahlen Mond beschienen, der grau über die Gipfel im Osten blickte. Düstere Fichten standen hoch oben in der Steilwand, dazwischen beugten sich zerklüftete Vorsprünge weit über den Abgrund. Einen Augenblick lang war es Faun, als bebte der Boden, doch das führte er auf seine Erschöpfung und auf den Kampf um sein Gleichgewicht zurück.

Tiessa glitt aus dem Sattel zurück auf den Boden. Ihr blondes Haar klebte als nasser Strähnenfächer auf ihrem Rücken.

»Weiter, macht schon!«, forderte Elegeabal. »Sie kommen!«

Tiessa und Faun schauten zurück über das Wasser, das nach wenigen Schritten mit der Schwärze des gegenüberliegenden Ufers verschmolz. Da war noch immer nichts zu sehen. Schon gar kein Hunderudel.

Der Traumdeuter stieg zwischen Fichten einen kurzen Hang empor. »Sie sind hinter uns! Beeilt euch!«

Plötzlich war es gleichgültig, ob sie ihre Verfolger sehen konnten oder nicht. Die Panik in der Stimme des Alten trieb sie vorwärts. Faun verschluckte sich an seinem eigenen Atem, stolperte, kämpfte sich weiter.

Hinter den Fichten versank wieder alles im Schatten. Die steile Felswand, die vor ihnen in die Höhe wuchs, konnten sie nur erahnen. Die bizarren Überhänge weiter oben schoben sich so über die Schlucht, dass es Faun für einen Moment lang vorkam, als befänden sie sich bereits in den Höhlen, von denen Elegeabal gesprochen hatte.

Vom Flussufer drang ein Platschen und Klatschen herauf, das sich vom gleichförmigen Rauschen der Wassermassen unterschied. Elegeabal hatte Recht. Da näherte sich etwas.

Eilig führte der Traumdeuter sie am Fuß der Felswand entlang und umrundete einen gewaltigen Findling. Plötzlich fiel der Schein seiner Öllampe auf eine Öffnung im Fels. Ihre Ränder erglühten matt im Licht der Flamme, ein verwinkelter rotgelber Rahmen um Elegeabals Silhouette.

»Hier ist es!«, ächzte der alte Mann. »Seid vorsichtig. Der Boden ist abschüssig.«

Sie folgten ihm durch den Höhleneingang, und noch während Faun über die Schwelle dieses unterirdischen Reiches trat, spürte er, wie etwas hinter ihnen herankam.

Stolpernd, mit zusammengepressten Lippen folgten sie dem Traumdeuter ins Innere des Gebirges. Faun hatte das Amulett, das Elegeabal ihnen gegeben hatte, längst vergessen, aber Tiessa zog es jetzt unter dem Lederwams hervor und schloss die Faust darum.

Ein Jaulen ertönte, gefolgt von Steinprasseln. Im selben Moment – oder gar eine Winzigkeit *vorher*? – bebte der Boden erneut. Und diesmal war Faun ganz sicher, dass er sich die Erschütterung nicht eingebildet hatte.

Die Pferde erstarrten vor Schreck und Verwirrung.

»Nicht stehen bleiben!«, rief Elegeabal gehetzt.

»Der Berg stürzt ein!«, gab Tiessa zurück.

Der Alte gab keine Antwort. Der Schein seiner Öllampe wanderte an den Wänden eines verwinkelten Tunnels entlang, kaum breiter als ein Wehrgang.

Faun kam es so vor, als atmete er Staub ein, aber es war zu finster, um mit Sicherheit sagen zu können, ob wirklich Erdreich oder gar Gestein von der Decke rieselte.

»Komm«, zischte er Tiessa zu, »er hat Recht. Da draußen *sind* Hunde!"

Ziehend und zerrend brachten sie die Pferde dazu, sich tiefer in die Höhle hineinzubewegen. Die Hunde wurden wahrscheinlich an Leinen gehalten, sonst hätten sie sie längst eingeholt. So aber schleppten sie ihre Führer hinter sich her, die in dem schwierigen Gelände nicht viel schneller vorankamen als die drei Flüchtlinge.

Nach zwanzig oder dreißig Schritten verbreiterte sich der abschüssige Tunnel zu einer Art Blase im Gestein, einer nahezu runden Höhle, vor deren Stirnseite ein brusthoher Steinblock thronte. Er war nicht viel breiter als ein mächtiger Baumstamm, zwei Menschen hätten ihn mühelos umfassen können. Seine Ecken waren von den Zeitaltern rund geschliffen, ganze Teile abgebröckelt. Das obere Ende bestand aus einer Vertiefung, einem längst erloschenen Feuerbecken. Selbst in seiner Panik nahm Faun die verwunschene Aura dieser Grotte wahr.

In die Höhlenwände waren Reliefs eingelassen, manche zerfallen, andere erstaunlich gut erhalten. Am besten zu erkennen war ein riesiger Stier mit eingeknickten Vorderbeinen; ein Mann beugte sich über das verletzte Tier und zielte mit einem Dolch auf seinen Hals.

»Das Amulett«, flüsterte Tiessa und presste die Faust noch fester um den Anhänger. »Genauso ein Stierkopf wie der da.«

»Ein römischer Tempel des Mithras.« Ungeduld sprach aus Elegeabals Stimme. Er deutete auf einen Spalt hinter dem Feueraltar, den Faun auf den ersten Blick für eine dunkle Stelle im Gestein gehalten hatte. »Dort entlang.«

Vom anderen Ende des Tunnels ertönten jetzt Stimmen, verfremdet von sonderbaren Echos, die hier unten jeden Laut verstärkten. Scharren und Rascheln und, noch schlimmer, ein gieriges Hecheln.

Hastig drangen die drei durch den Spalt tiefer in das Gebirge vor. Zu Fauns Erstaunen folgten ihnen die Pferde ohne jeden Widerstand, wohl weil auch sie die Hundemeute witterten.

Tiessa war direkt hinter Elegeabal. »Was sind Panzerhunde?«, flüsterte sie.

»Riesige Wolfshunde, die Achard als Welpen zähmt und dann monatelang frei in der Via Mala umherstreifen lässt. Keiner weiß genau, was dort mit ihnen geschieht. Aber die wenigen, die sich später wieder einfangen lassen, sind verändert. Sie scheinen noch größer zu sein als vorher und viel muskulöser. Ihre Zähne sind länger und ihre Augen wie tot. Und ihr Fell ist zu etwas verkrustet, das wie Horn aussieht. Kein Wasser kann es wieder lösen, und es bedarf einer scharfen Klinge, um hindurchzustoßen.«

»Was ist mit denen, die nicht wieder gefangen werden?«, fragte Faun, weil ihn das von dem schrecklichen Hecheln ablenkte.

»Manche verschwinden einfach. Ein paar verlieren den Verstand und verkriechen sich in irgendwelchen Löchern und Spalten zum Sterben. Einige werden auch getötet, wenn sie Achards Kriegern begegnen. Aber nicht selten ist es umgekehrt. Ein paar laufen angeblich jahrelang frei in der Schlucht umher, auch wenn ich noch keinen gesehen habe. Mag aber sein, dass nicht *alle* verschollenen Reisenden in diesen Bergen ihr Schicksal Achard zu verdanken haben.«

»Vielleicht verirren sie sich in den Höhlen«, sagte Faun und wünschte sogleich, er hätte das nicht gesagt. Tiessas Bewegungen wurden noch steifer. Auch er selbst verspürte lähmende Beklommenheit.

Die Öllampe riss nur ein kleines Stück Felsboden aus der Dunkelheit. Was jenseits davon lag, blieb ungewiss. Die Grotte war viel zu weitläufig. Außer am Eingang reichte das Licht nirgends bis zu den Wänden.

»Können wir den Spalt verbarrikadieren?« Faun blickte sich zu der Öffnung um, durch die sie die Grotte betreten hatten.

Elegeabal hob die Laterne über seinen Kopf. »Hier gibt es nichts, das sie aufhalten würde. Aber die Hunde wären längst da, wenn ihre Führer sie freigelassen hätten. Wahrscheinlich stehen die Treiber gerade am Höhleneingang und streiten mit den Fährtensuchern. Wenn wir Glück haben, hält sie das noch eine Weile auf.« Falls er sie damit beruhigen wollte, hatte er sich zu wenig Mühe gegeben: Aus seinem Tonfall sprach kaum unterdrückte Todesangst.

»Warum sollten sie streiten?«, fragte Tiessa.

»Kein Hundetreiber sieht sein Tier gern auf Nimmerwiedersehen in diesen Grotten verschwinden. Nicht einmal die Panzerhunde. Und die Treiber sind seltsame Männer. Die Zwinger der Hunde stehen unten in der Schlucht, dort wo ein geheimer Pfad vom Plateau hinab in die Via Mala führt. Achard will sie nicht oben in der Burg haben, und die anderen Männer danken es ihm. Aber die Treiber lieben ihre Tiere auf eine eigene, wahnhafte Art, und die meisten von ihnen hausen mit ihnen in Hütten unten in der Schlucht. Kann sein, dass dieser Ort nicht nur Tiere verändert, sondern auch Menschen, die tagaus, tagein zwischen den Felswänden leben.«

»Da gefällt's mir doch hier unten gleich noch viel besser«, knurrte Faun.

Elegeabal schüttelte den Kopf. »Ich war selbst so oft hier – und mein Verstand ist noch immer der alte.«

Faun und Tiessa wechselten einen Blick.

Ein Brüllen ertönte hinter ihnen, jenseits des verlassenen Götzentempels.

»Sieht aus, als hätten sie sich entschieden«, sagte Faun.

Tiessas Augen weiteten sich. Zwei, drei Atemzüge lang lauschten alle drei in die Ferne. Das Rascheln, Kratzen und Hecheln wurden lauter, vielfach verzerrt und zurückgeworfen von feuchtem Gestein.

»Ja«, presste Elegeabal hervor. »Da kommen sie!«

Rasch setzten sie sich in Bewegung. Der Boden war einigermaßen eben, und die Versuchung, auf die Pferde zu steigen, verlockend. Aber dann tat sich vor ihnen mit einem Mal eine Grube auf, nicht natürlich geformt, sondern grob aus dem Fels gehauen.

»Was ist das?«, stieß Faun atemlos aus.

»Meine Ausgrabungsstätte«, erwiderte Elegeabal. Das Licht der Öllampe erhellte eine grob gehauene Kante, reichte aber nicht weit genug, um den Boden der Grube sichtbar zu machen. Auch die gegenüberliegende Seite war kaum zu erkennen, nur ein ganz schwacher Schimmer, die Ahnung von massivem Gestein. »Hier habe ich die versteinerten Knochen der Drachenbrut aus dem Fels geschlagen … Kommt weiter, nach links!«

Sie hasteten an der Kante entlang und rechneten jederzeit mit einem Angriff aus dem Dunkel. Die Panzerhunde bellten nicht, aber ihr Hecheln war deutlich zu hören und schien von allen Seiten zugleich zu kommen. Trotzdem vermutete Faun, dass sie die große Grotte noch nicht erreicht hatten, sondern vielmehr gerade den Höhlentempel untersuchten. Nicht lange, dann würden sie auf den Spalt stoßen.

»Jetzt nach rechts!«, kommandierte Elegeabal.

Faun glaubte, die Grube wäre hier zu Ende, doch das war ein Trugschluss. Stattdessen führte an dieser Stelle ein Holzsteg über das Loch hinweg, eigentlich nur zwei Bretter, die provisorisch mit ein paar Stücken Seil nebeneinander gebunden waren. Es gab weder Handläufe, noch waren die Enden im Stein verankert.

»Wie sollen wir die Pferde da rüberbekommen?«, fragte Tiessa.

Der Traumdeuter zuckte die Achseln, dabei hüpfte auch der Lichtschein auf und nieder. »Gebt euch Mühe.«

Und das taten sie. Tiessa war die Erste, die Elegeabal folgte, rückwärts gehend, damit sie dem Tier gut zureden konnte. Tatsächlich folgte es ihr nach einigem Tänzeln und Schnauben hinaus auf den Steg. Wenig später standen die beiden auf der anderen Seite.

Nun war die Reihe an Faun. Er hatte kaum Erfahrung mit Pferden und begann sich damit abzufinden, das Tier zurücklassen zu müssen. Doch als er gerade am Zaumzeug zerrte, um die störrische Stute auf den Brettersteg zu lotsen, kam Tiessa zurück, nahm ihm die Zügel ab und vollbrachte das gleiche Wunder ein zweites Mal. Nur Augenblicke später beruhigte sich das Pferd und folgte ihr über die Grube. Faun wartete nervös ab, bis das Paar drüben ankam, ehe auch er die schwankenden, knirschenden Bretter betrat.

Er war gerade zwei Schritt weit gekommen, als in seinem Rücken ein grässliches Fletschen und Fauchen ertönte. Ihm blieb keine Zeit mehr, sich umzudrehen, denn im selben Augenblick rammte etwas in gestrecktem Sprung zwischen seine Schulterblätter, stieß ihn nach vorn und hinab in die Grube. Krallen scharrten noch im Sturz über seinen Körper, stinkender Atem hüllte ihn ein, Fänge schlugen aufeinander – dann krachten Junge und Hund gemeinsam auf den zerfurchten Felsboden, gleichermaßen überrascht von dem abrupten Aufprall.

Irgendwo über ihnen schrien Tiessa und Elegeabal durcheinander, die Pferde wieherten und trampelten, und weitere große Schatten erreichten den Holzsteg, verharrten aber im letzten Moment und schlichen knurrend und fauchend an der Felskante entlang.

Grauenvoller Gestank erfüllte die Grube. Faun rollte zur Seite. Elegeabal rief seinen Namen, beugte sich vor und ließ die Lampe am ausgestreckten Arm über der Kante baumeln, damit Licht bis zum Grund des Felsenlochs fiel. Allzu tief war die Grube nicht, vielleicht anderthalb Mannslängen, aber das reichte aus, um Faun hier unten festzusetzen.

Wo war der Panzerhund?

In Panik robbte Faun rückwärts bis zur Wand. Der Boden war bucklig und von scharfkantigen Spuren der Grabungen zerfurcht. Tiessa schrie seinen Namen, während die übrigen Hunde zähnefletschend an der Felskante entlangstreiften und sich nicht auf die schwankenden Bretter wagten. Sie hatten ihren Rudelbruder in der Tiefe verschwinden sehen und besaßen genug verschlagene Intelligenz, nicht das gleiche Risiko einzugehen. Zugleich war es nur eine Frage der Zeit, ehe sie erkennen würden, dass sie die Grube umgehen konnten, wenn sie nur weit genug nach rechts oder links liefen.

Fauns Blick huschte umher. Zitternd schob er sich mit dem Rücken an der Wand hinauf. Sein Bündel behinderte ihn, drohte sich zu verkanten. Dann aber stand er unsicher auf den Beinen. Seine Brust schmerzte, so schnell pumpte sein Herz, und er hatte sich bei dem Sturz mehrere Prellungen zugezogen.

Vor ihm schlich der gestürzte Panzerhund in Lauerhaltung aus dem Schatten des Holzsteges, ein schwarzer Koloss, auf dessen Körper der Lampenschein schimmerte. Sein Fell war zu etwas verklebt, das wie Rinde aussah. An zahllosen Stellen war die Oberfläche aufgebrochen; sie nässte, wo sich das Tier gekratzt und gebissen hatte, halb wahnsinnig vor Juckreiz. Tränende Augen glühten in leichenhaftem Weiß, und das Gebiss knirschte wie blanker Knochen, als die Kiefer beim Fletschen aufeinander rieben.

Faun zerrte den Dolch hervor. Die Waffe kam ihm lächerlich vor im Vergleich zu der mörderischen Kraft des schwarzen Biests. Der Hund schlich auf ihn zu, den Bauch fast am Boden, den Rücken zum Angriff gekrümmt. Sein Fauchen verwob sich mit dem Knurren und Fletschen der Tiere oben an der Felskante.

Ein Stein kam angeflogen und traf den Hund in der Grube am Schädel. Der Koloss riss den Kopf hoch und schnappte zornig ins Leere. Der Sturz hatte ihn verwirrt, und er zog eines seiner Hinterbeine nach. Tiessa packte einen zweiten Stein und traf zwischen den vorderen Schulterblättern. Dort prallte er von der Panzerborke ab und schepperte davon.

»Mehr Steine!«, rief Tiessa Elegeabal zu. Der Alte stellte die Lampe am Rand der Grube ab und verschwand im Dunkeln. Dadurch verschoben sich Licht und Schatten, rund um Faun wurde die Umgebung merklich finsterer. Der Hund wurde wieder zu einem gewaltigen Umriss, stinkend und fauchend. Er richtete seine Aufmerksamkeit jetzt erneut auf den Menschen, der mit ihm hier unten gefangen war.

Faun brachte keinen Ton heraus. Mit dem Rücken an der grob gehauenen Wand hielt er den Dolch vor sich und wagte nicht, sich zu bewegen, um das Tier nicht noch stärker zu reizen.

»Hier!«, hörte er den Traumdeuter weiter oben sagen, und gleich darauf flogen zwei weitere Steine in die Grube. Einer, so groß wie eine Männerfaust, traf den Hund am Auge. Der andere schlug gegen seine Schnauze. Für einen Moment ließ das Biest von Faun ab, machte einen taumelnden Satz gegen die Felswand und schnappte vergeblich nach Tiessa und Elegeabal. Sekundenlang stand es auf zwei Beinen, die Vorderpfoten an die Wand gelehnt, dann knickte es mit dem verletzten Hinterbein ein. Zorniges Bellen und Jaulen drang aus seiner Kehle.

Faun warf sich nach vorn. So fest er konnte stieß er den Dolch in die gepanzerte Flanke. Die Klinge prallte ab, schrammte über die Oberfläche – und drang durch eine der offenen Wunden, die sich das Tier in seinem Wahn selbst beigebracht hatte. Die mächtigen Kiefer schnappten unweit von Fauns Gesicht zusammen, der Hund sackte zur Seite, überschlug sich einmal und versuchte, wieder auf die Beine zu kommen. Der Dolch steckte zwischen seinen Rippen. Die weißen Augen glühten und zogen bei jeder Bewegung helle Bahnen durch die Dunkelheit. Für einen Herzschlag empfand Faun entsetzliches Mitleid – Achard hatte das Tier zu dem gemacht, was es war, den Hund traf keine Schuld. Dann musste er sich auch schon mit einem stolpernden Satz in Sicherheit bringen. Der Hund begann zu toben. Er versuchte, das stechende Ding in seiner Seite mit der Schnauze zu erreichen, drehte sich dabei rasend vor Schmerz im Kreis und stürzte erneut. Diesmal blieb er zuckend auf der Seite liegen, die Zunge fiel ihm aus dem offenen Maul, sein rasselnder Atem erstarb.

Faun machte langsam einen Schritt auf das Tier zu.

»Was tust du denn da?«, brüllte Elegeabal von oben, und sogleich antworteten die Hunde auf der gegenüberliegenden Seite mit Gebell. »Bleib da weg!«

Aber Faun hörte nicht auf ihn. Er sackte neben dem leblosen Körper auf die Knie. Wie in Trance streckte er eine Hand aus und strich über die Flanke des Hundes. Der Brustkorb bewegte sich nicht mehr. Faun war zum Heulen zu Mute, nicht aus Angst um sein Leben oder weil ihm alles wehtat. Er hatte Hunde immer gemocht, und er hasste Achard für das, was er diesen Tieren antat.

»Faun!«

Durch einen Tränenschleier sah er zu Tiessa hinauf. Sie zerrte gerade an den Brettern, um den Steg auf der Seite der Hunde zum Einsturz zu bringen. Elegeabal bückte sich, um ihr zu helfen.

»Pass auf!«, rief sie, als das Ende des Bretterstegs verrutschte und hinter Faun in die Tiefe krachte. Auf ihrer Seite aber blieb er oben liegen und bildete eine Schräge. »Komm hoch!«

Das Knurren und Bellen der Hunde war jetzt ohrenbetäubend. Faun musste irgendwie den Kopf freibekommen, sich zwingen, einen klaren Gedanken zu fassen. Stattdessen kniete er noch immer neben dem toten Tier und befand sich in einem seltsamen Schwebezustand, irgendwo zwischen Trauer und Schock.

»Faun!«, rief Tiessa erneut, und diesmal klang es wütend. »Sie werden einen Weg hier rüberfinden. Wir müssen weiter!«

Faun rappelte sich hoch, zögerte, bückte sich erneut und zog den Dolch aus dem Hundekadaver. Er streifte das Blut ab und steckte die Waffe ein. Dann erklomm er auf allen vieren die schrägen Bretter.

Er hatte die Hälfte hinter sich gebracht, als zwei Hunde in seinem Rücken die Geduld verloren und mit zornigem Jaulen hinab in die Grube sprangen. Tiessa schrie auf. Elegeabal brüllte irgendetwas, das Faun nicht verstand. Knurren und Scharren näherte sich ihm von hinten.

Tiessa packte ihn am Arm und zog ihn das letzte Stück der Schräge herauf. Faun ließ sich zur Seite fallen und riss sie mit, während Elegeabal beidhändig das Stegende packte und über die Kante schob, gerade noch rechtzeitig, ehe die Hunde denselben Weg nehmen konnten. Krachend landeten die Bretter am Boden der Grube. Das aufgebrachte Bellen der Tiere erreichte einen neuen Höhepunkt, wie tollwütig warfen sie sich gegen die Felswand. Aber die Grube war zu tief, die Hunde schafften es nicht herauf. Im Blutrausch liefen sie vor und zurück, sprangen wieder und wieder am Fels empor oder schnüffelten an ihrem toten Artgenossen.

Die Pferde tänzelten aufgeregt, und jetzt erst wurde Faun bewusst, wie wenig noch fehlte, bis sie durchgehen würden. Das Hundegebell machte ihnen schreckliche Angst, sie konnten den aufgepeitschten Zorn dieser Kreaturen spüren.

Augenblicke später waren die drei wieder unterwegs, folgten Elegeabals Lampenschein und versuchten, die Beben zu ignorieren, die sich jetzt immer häufiger wiederholten.

»Wir werden hier unten verschüttet werden«, flüsterte Faun.

»Nicht, wenn wir rechtzeitig einen Ausgang erreichen«, widersprach der Traumdeuter.

»Kennst du noch einen anderen?«

»Sicher.«

»Wie weit ist das von hier?«

Der Boden erzitterte, und eines der Pferde stellte sich panisch auf die Hinterbeine. Tiessa entging nur mit Glück den strampelnden Vorderhufen. Gleich darauf aber hatte sie das Tier wieder unter Kontrolle, flüsterte beruhigend in sein Ohr und streichelte seine Blesse.

»Es ist noch ein Stück«, gab der Traumdeuter vage zurück, und die Art, wie er »ein Stück« sagte, ließ wenig Zweifel daran, dass ein gehöriger Marsch vor ihnen lag.

Das Gebell der gefangenen Hunde folgte ihnen hallend durch Schächte und weite Felskammern.

»Wir müssen durch die Halle des großen Drachen«, sagte Elegeabal, als sie gerade eine Rampe hinaufstiegen. Die Hufe der Pferde scharrten darüber hinweg und drohten immer wieder abzurutschen.

Sie gingen jetzt schweigsamer. Irgendwann brach das Hundegebell ab, was bedeuten mochte, dass die Tiere wirklich zurückblieben oder aber erneut die Spur ihrer Opfer aufgenommen hatten. Zumindest schienen die Pferde sie nicht zu wittern, was ihnen allen ein wenig Hoffnung machte.

Die Luft hier unten war kalt und roch nach nassem Stein. Das Gebirge erbebte erneut, und diesmal wurden sie derart heftig durchgeschüttelt, dass Elegeabal ausrutschte und mit einem dumpfen Aufschrei hinschlug. Tiessa sprang vor und fing die Lampe auf, bevor sie verlöschen oder zerschellen konnte. Der Schimmel protestierte mit einem verängstigten Schnauben, als seine Herrin ihn losließ, blieb ansonsten aber ruhig. Das Mädchen half dem alten Mann beim Aufstehen und reichte ihm seinen Stab.

»Danke«, murmelte er und nahm auch die Lampe wieder entgegen. »Nicht mehr weit.«

Wenig später traten sie durch eine Öffnung, fast ein Tor, das hinaus auf eine natürliche Galerie führte. Jenseits der Felskante lag ein schwarzer Abgrund. Der Lampenschein verblasste blind im Nichts.

»Was ist das hier?«, flüsterte Faun.

Im Inneren der Felsen grummelte und knirschte es, als marschierten Riesen über ihre Gipfel.

»Dies«, sagte der Traumdeuter weihevoll, »ist die Halle des großen Drachen. Von hier aus ist es nicht mehr weit … nicht *sehr* weit«, setzte er hinzu.

Tiessa trat vorsichtig näher an den Abgrund, hielt sich mit rechts am Pferdezügel fest und blickte nach unten. »Wie tief ist das?«

»Tief genug, um sich den Hals zu brechen«, entgegnete Elegeabal ungehalten. »Komm da weg!«

Abermals regte sich der Berg, und diesmal prasselten winzige Steinchen auf sie herab wie Hagelschauer.

»Schnell!«, kommandierte der Alte, und beide folgten ihm ohne Widerworte.

Elegeabal führte sie nach links. Die Galerie, eigentlich nur ein unregelmäßiger Absatz, der an der Felswand entlanglief, war an ihrer breitesten Stelle vier oder fünf Schritt breit. Dann wieder verengte sie sich so sehr, dass Faun und Tiessa Sorge um die Pferde hatten. Die Tiere mussten spüren, wie groß die Gefahr war, denn sie liefen ungewöhnlich diszipliniert hinter den beiden her. Keines scheute oder weigerte sich, weiterzugehen.

Der Lampenschein erhellte jetzt immer wieder Staubwolken, die von oben herabrieselten, wabernde Säulen in der Finsternis, begleitet von Prasseln, das beinahe wie Atmen klang. Faun sandte ein Stoßgebet hinauf in die Schwärze, dass es zu keinen stärkeren Beben kommen würde. Vor allem an den schmalen Stellen der Felsengalerie gab es keinen Halt, keinen Spielraum zwischen ihnen und der ungewissen Tiefe.

»Die Halle ist eigentlich eine Art Schacht, breiter als der Burghof von Hoch Rialt«, erklärte Elegeabal, aber er sprach so leise, dass Faun Mühe hatte, ihn zu verstehen. »Der Drache liegt unten an seinem Boden. Wie hoch die Decke ist, weiß niemand. So weit reicht auch kein Fackelschein.«

Die Wände verliefen in einer natürlichen Rundung. Wenig später verbreiterte sich die Galerie zu einer kleinen Plattform. Elegeabal musste Hilfe von Achards Männern gehabt haben, als er hier eine Schwindel erregende Konstruktion aus Balken und Seilen errichtet hatte, mit der ein Transportkorb in die Tiefe hinabgelassen werden konnte. Das becherförmige Geflecht war etwa halb so groß wie ein Ruderboot und bot bestenfalls Platz für zwei Menschen.

Trotz der Staubfontänen und Steinsplitter verspürte Faun den widersinnigen Wunsch, einen Blick auf den Grund der Höhle zu werfen. Das Drachenjunge in der Werkstatt des Traumdeuters war gewaltig gewesen, und es fiel ihm schwer, sich die Gebeine einer Kreatur vorzustellen, die ungleich größer war.

Die Galerie setzte sich jenseits der Plattform fort. Faun und Tiessa wollten so schnell wie möglich weiter. Der alte Mann aber blieb am Flaschenzug stehen und spähte in die Tiefe. Bedauern lag in seiner Stimme. »Wenn hier wirklich alles einstürzt, wird er da unten für immer begraben sein.«

»Wenn hier wirklich alles einstürzt«, bemerkte Faun, »sind wir tot.«

»Lauft weiter!« Elegeabal rührte sich nicht von der Stelle. »Noch etwa fünfzig Schritt, dann stoßt ihr in der Felswand auf einen Spalt. Er führt aufwärts. Ihm müsst ihr folgen.«

Faun und Tiessa tauschten einen Blick. »Du kommst doch mit«, sagte Tiessa.

Der Traumdeuter hielt ihr die Lampe entgegen. »Hier, nehmt sie. Ich bleibe.«

Faun fuhr auf. »Hast du den Verstand verloren?«

Ein kopfgroßer Steinbrocken zerschellte keine Mannslänge neben ihnen auf dem Weg. Die Pferde scheuten. Mehrere Herzschläge lang waren sie alle in Staub gehüllt. Aus der Tiefe erklang der Lärm weiterer Aufschläge. Etwas zerbrach. Mit einem Mal wehte Gestank von dort unten empor. Schwefel – und etwas anderes. Eine schwere, betäubende Süße.

Elegeabal hustete. »Der Berg wird den Drachen in Stücke schlagen. Ich bleibe bei ihm.«

»Nein«, sagte Tiessa entscheiden, »tust du nicht! Wir lassen dich nicht hier!«

Faun wusste, dass sie im Zweifelsfall gar keine andere Wahl hatten. Vor allem aber blieb keine Zeit für Diskussionen. Er packte Elegeabal am Arm und zerrte ihn mit sich. Tiessa nahm dem Alten die Lampe ab und ging voraus.

»Lass mich los!«, fauchte Elegeabal. »Ich weiß genau, was ich tue.«

»Sicher.« Faun zog den Traumdeuter einfach mit sich, was noch schwieriger wurde, als sich die Galerie erneut verengte.

Elegeabal protestierte, die Pferde tänzelten ängstlich, und Faun hatte alle Mühe, nicht mitsamt seiner Stute und dem Alten über die Kante zu stürzen. Der Gestank raubte ihnen den Atem und benebelte ihre Sinne. Sie brüllten durcheinander, als ein neuerliches Grollen den Berg erschütterte.

Es übertraf die Beben davor um ein Vielfaches. Überall um sie herum stürzten Felsbrocken in die Tiefe. Einer streifte den Rand der Galerie und schlug eine tiefe Kerbe hinein, groß genug, um einen erwachsenen Mann zu verschlingen. Unter ihren Füßen bäumte sich der Boden auf. Wie Wellen rasten die Erschütterungen unter ihnen dahin und drohten sie in den Abgrund zu schleudern. Die Pferde schrien in Panik. Fauns Stute zerrte an den Zügeln und machte einen Satz nach vorn, der ihn fast zwischen den Pferden zerquetscht hätte. Er musste Elegeabal loslassen, während er um sein Gleichgewicht und die Kontrolle über das Pferd kämpfte. Staub drang in seine Lunge, er bekam keine Luft mehr, warf sich blind nach links, auf die Wand zu, weil er hoffte, dort irgendwie Halt zu finden. Tiessa rief seinen Namen, vielleicht auch nur einen Schmerzenslaut, und dann war Elegeabal plötzlich fort, und neben ihnen klaffte eine Öffnung in der Wand.

»Hier entlang!«, brüllte Tiessa gegen den Lärm der stürzenden Felstrümmer an. Gleich darauf war sie hinter einer Wolke verschwunden. Eine Kaskade aus Schutt ging zwischen ihnen nieder und hätte das Loch im Fels fast verschüttet. Tiessas Husten war zu hören, dann konnte Faun sie wieder sehen.

»Elegeabal!«, schrie er nach hinten, doch der Alte gab keine Antwort.

Tiessa stieß einen spitzen Schrei aus, dann rasselten weitere Steine an ihnen vorüber. Die Öllampe wurde ihr aus der Hand geprellt und verschwand in der Tiefe. Bestürzt blickte Faun ihr hinterher, aber die Dämpfe verklebten zäh sein Empfinden, sogar seine Panik. Benommen trat er an die Kante und versuchte, etwas dort unten zu erkennen. Das Licht fiel und fiel, schlug auf und explodierte in einer Blüte aus Feuerschein, als brennendes Öl in alle Richtungen spritzte. Zwei, drei Herzschläge lang erkannte er bizarre Formen, die aus dem Felsboden ragten, mächtige Bögen, so hoch wie ein Haus, verwinkelt wie die Überreste eines niedergebrannten Waldes, und etwas, das Stämme sein mochten – oder Knochen so *groß* wie Stämme.

Dann wurde das Feuer vom Staub und weiteren Gesteinstrümmern gelöscht, und von einem Augenblick zum nächsten war die Finsternis vollkommen.

»Faun!« Tiessas Stimme überschlug sich, durchmischt von Hufklappern und hysterischem Schnauben. »Hier geht es nach oben. Die Pferde führen uns.«

Die Stute war kaum noch zu bändigen und drängte von sich aus in den Felsspalt. Faun ließ sich von ihr am Zügel mitziehen, schaute aber noch einmal über die Schulter. »Elegeabal!«, brüllte er. Erst kam keine Antwort, dann ein entferntes »Lauft!«. Die Stimme des Alten wurde erneut von Steinprasseln und einem Grollen tief im Fels übertönt. »Beeilt –«

Eine Schuttlawine ging hinter Faun nieder und schnitt dem Traumdeuter das Wort ab. Ob die Steine ihn getroffen oder verfehlt hatten – Faun vermochte es nicht zu sagen. Verzweifelt ließ er sich an den Zügeln mit in den Felsspalt ziehen, prellte sich die Schulter, scharrte an kantigem Stein vorüber und hatte alle Mühe, nicht unter die Hufe der Stute zu geraten. Tiessa und ihr Schimmel mussten irgendwo vor ihm sein, nicht weit entfernt, denn er hörte Geklapper und hin und wieder auch Tiessa selbst, die ihm über das Toben des Berges hinweg etwas zubrüllte, das er nicht verstehen konnte.

Blindlings stolperte er neben seinem Pferd durch die Finsternis. Ein paar Mal stieß er sich Arm und Schulter, wenn der Felsspalt enger wurde, aber wie durch ein Wunder blieb er unverletzt. Das Beben und Rumoren in den Tiefen des Gebirges hielt an, aber hier, in diesem engen Tunnel, der jetzt immer steiler aufwärts führte, ging kaum mehr als Staub nieder. Nur der Gestank folgte ihnen, suchte gemeinsam mit ihnen einen Weg ins Freie. Sie würden daran ersticken, wenn sie nicht schleunigst an die frische Luft gelangten.

Tiessa rief seinen Namen. Ihre Stimme überschlug sich.

Er blinzelte nach vorn, sah erst überhaupt nichts, dann eine Ahnung von Bewegungen. Der Umriss ihres Pferdes. Schließlich etwas, das Tiessa sein mochte. Und hinter alldem – ein milchiger Lichtstreifen!

Die Pferde bewegten sich noch schneller, und Faun hatte Mühe, Schritt zu halten. Hustend und würgend stolperten sie eine Geröllhalde empor und verließen inmitten einer Wolke aus Staub und Schwefelgestank den Berg. Ein Spalt, erschreckend schmal und selbst aus kurzer Entfernung fast unsichtbar, spie sie hinaus in das Licht einer trüben Morgendämmerung.

Faun hatte kaum Zeit, tief Atem zu holen, als ein infernalisches Donnern und Prasseln sie abermals aufschrecken ließ. Nur wenige Schritte zu ihrer Linken ging ein gewaltiger Erdrutsch nieder. Ein Felsüberhang sackte in die Tiefe und riss drei turmhohe Fichten mit in den Abgrund. Für Faun und Tiessa sah es aus, als stürze der Gipfel selbst den Berg hinunter. Ein Hagel aus Sand und kleinen Steinchen ging auf sie nieder.

Doch die Erdlawine verfehlte sie, krachte mit Getöse die Felswand hinab und stürzte weiter unten in das enge Flussbett. Das Wasser schoss hier viel schneller dahin als am Zugang der Schlucht. Schäumend weiß sprudelte es zwischen schwarzen Schieferwänden dahin. Nicht einmal der Erdrutsch vermochte es aufzuhalten.

Erst jetzt kam Faun dazu, sich umzusehen. Er war ganz benommen von dem, was da aus den Tiefen emporgewölkt war; noch immer drangen die giftigen Dämpfe hinter ihnen aus dem Spalt und verhüllten die schroffe Landschaft mit einem gelblichen Schleier. Tiessa zitterte und hatte sichtliche Mühe mit ihrem Gleichgewicht.

Sie mussten fast das Ende der Via Mala erreicht haben und befanden sich unweit eines Weges, der entlang der Westwand der Schlucht nach Süden führte, gut zehn Mannslängen über dem Fluss. Unmittelbar vor ihnen führte eine Hängebrücke über den Abgrund, ein morsches Gebilde aus Seil und grauem Holz.

Der Pfad – und Faun zweifelte jetzt nicht mehr, dass es sich um den Hauptweg durch die Via Mala handelte – führte nach einer scharfen Biegung über die Brücke zur anderen Seite der Schlucht und verlief dort am Hang entlang nach Norden, zurück nach Hoch Rialt. Das war wohl der Weg, über den sie gekommen wären, hätte Elegeabal sie nicht durch die Höhlen geführt. Das wiederum bedeutete, dass Achard und seine Krieger diese Route benutzen mussten. Zweifellos waren sie längst vorbei und näherten sich bereits dem Pass, der weiter im Süden zur anderen Seite des Gebirges führte.

Der Wechsel von einer Seite der Kluft zur anderen wurde durch eine glatte Felswand erzwungen, die es Reisenden aus Richtung Norden unmöglich machte, ihren Weg an der Ostwand fortzusetzen. Faun war heilfroh, dass er und Tiessa sich bereits auf der Westseite befanden und nicht über die Brücke mussten; sie sah uralt und alles andere als Vertrauen erweckend aus.

Vielleicht hatten sie das Schlimmste hinter sich. Vor ihnen lag der Ausgang der Via Mala, dahinter der Pass, jenseits davon Italien. Und irgendwo dort, Saga und der Zug der Mädchen.

In Gedanken sah er Elegeabals Gesicht vor sich, wie es zurückblieb und in den Schatten des Berges ertrank. Ob der alte Mann noch am Leben war? Sie konnten nur hoffen, dass er es geschafft hatte.

»Er wusste, was er tat.« Tiessa legte ihre Hand auf seine. Sie schien zu ahnen, was ihm durch den Kopf ging. »Er wollte es so.«

Eine weitere Steinlawine kündigte sich durch ein heftiges Beben an. »Los, komm!«, rief Faun, zog sich mit schmerzenden Gliedern in den Sattel und sah aus dem Augenwinkel, dass Tiessa stehen blieb. Reglos blickte sie über die Schlucht hinweg zur Ostseite, den Weg entlang bis zu einer Mauer aus Fichten, die den Pfad nach Hoch Rialt verschluckte.

»Was ist?«, krächzte er mit tränenden Augen.

Sie schien ihren Blick widerwillig von etwas loszureißen, das er nicht sehen konnte. Für ihn wirkte dort drüben alles ganz friedlich, weit ruhiger jedenfalls als auf ihrer eigenen Seite, wo das Prasseln des Gesteins immer lauter und die Abstände zwischen den Erdrutschen kürzer wurden.

»Tiessa! Was ist los?«

»Hörst du das nicht?«

Er lauschte und nahm nichts wahr außer donnerndem Gestein, das jeden Augenblick den Weg und sie selbst verschütten konnte.

»Stimmen!«, sagte sie. »Und Lärm!«

Energisch schüttelte er den Kopf. »Wir waren zu lange da unten. Und die Schlucht ist nur ein paar Meilen lang. Achard und seine Leute müssen längst auf dem Weg zum Pass sein.«

Tiessa gab keine Antwort und starrte wieder hinüber zur Ostseite. »Vielleicht.«

»Komm jetzt, wir haben keine –«

»Das klingt wie Spitzhacken. Und Hämmer.«

Da plötzlich hörte auch er es: helle, schrille Laute, die sich dem Grollen des Berges widersetzten und immer deutlicher wurden.

»Steig auf!«, presste er hervor. »Wir reiten los!«

Diesmal gehorchte sie. Aber als sie im Sattel saß, ließ sie ihr Pferd verharren und blickte zurück nach Nordosten. Die

Dämpfe verflüchtigten sich, doch ihre Wirkung saß Faun in den Knochen. Er fragte sich, ob Tiessa Dinge sah, die gar nicht da waren.

»Sie sind aufgehalten worden«, sagte sie.

Faun versuchte, den Schleier vor seinen Augen beiseite zu wischen, nur um festzustellen, dass sich das Gespinst mit Händen nicht greifen ließ.

»Der Pfad ist verschüttet!« Tiessas Stimme überschlug sich mit einem Mal. »Sie müssen sich erst den Weg freiräumen!«

Er wollte erneut widersprechen, lenkte dann aber unwillig die nervöse Stute neben Tiessas Schimmel und starrte durch Dämmerlicht und Dunstschwaden zu dem Fichtenhain hinüber.

»Brav«, flüsterte er dem Pferd zu. »Ganz ruhig.«

Da waren Stimmen. Grobe, ungehaltene Rufe. Derbe Kommandos. Verzerrte, hallende Flüche zwischen den Felswänden. Und, wirklich: heftiges Hämmern und Hacken, immer wieder unterbrochen von Poltern, wenn ein Gesteinsbrocken den Hang hinabgerollt wurde.

»Die Brücke!«, entfuhr es ihm aufgeregt. »Vielleicht bleibt uns genügend Zeit …«

Geschwind glitt er aus dem Sattel, zog den Dolch und rannte auf den Anfang der Brücke zu. Die Seile, die sie hielten und zugleich als Handläufe dienten, waren so dick wie sein Unterarm.

»Das schaffst du nie mit einem Messer«, sagte Tiessa.

Er setzte die Klinge an, auf der noch immer Reste des Hundebluts klebten, und begann, sägende Bewegungen zu vollführen.

Nach kurzem Zögern eilte Tiessa neben ihn und machte sich mit ihrem eigenen Dolch an dem zweiten Seil zu schaffen. »Wie lange könnte sie das wohl aufhalten?«

»Wenn es keinen anderen Überweg gibt?« Er zuckte die Achseln, während er verbissen immer heftiger an dem Hanftau schnitzte. »Lange genug, dass wir verschwinden können.«

»Ein paar Stunden? Oder Tage?«

Er schüttelte nur den Kopf und sägte weiter. Zu Anfang schien er kaum Aussicht auf Erfolg zu haben, aber dann bemerkte er, dass die Dolchklinge einen Fingerbreit in die grauen Fasern eingedrungen war.

Sie *konnten* es schaffen.

Nicht viel später sah Tiessa plötzlich auf. »Faun! Da drüben!«

Während der letzten Minuten war aus dem Fichtendickicht ein ohrenbetäubendes Grollen ertönt. Felsbrocken waren zwischen den Stämmen hindurchgerollt und hinab ins Wasser gekracht. Einer hatte einen Baum entwurzelt, der jetzt kopfüber im Flussbett steckte, die Wurzel schräg an den Fels gelehnt. Die Strömung zerrte daran, bekam ihn aber nicht zu packen.

Auf dem Weg zwischen den Bäumen und dem gegenüberliegenden Ende der Brücke waren mehrere Männer aufgetaucht. Eine Rotte dunkler Gestalten, kaum zu erkennen in der Dämmerung. Immer mehr strömten jetzt hinter den Fichten hervor. Einige führten Pferde an den Zügeln.

»Sie sind da!« Tiessa ließ das Messer sinken. »Wir müssen weg!«

Faun schüttelte energisch den Kopf und beschleunigte seine Sägebewegungen. »Nicht … aufhören«, keuchte er. Er spürte seinen rechten Arm kaum noch, und das Atemholen brannte in seiner Kehle. Aber er würde jetzt nicht aufgeben. »Sie haben uns noch nicht gesehen.«

»Das werden sie aber jeden Moment.« Trotzdem setzte Tiessa ihre Klinge wieder an. Sie kam langsamer voran als Faun, der bereits mehr als die Hälfte geschafft hatte. Blut klebte an der rauen Furche im Seil, und er erkannte seltsam gleichgültig, dass es sein eigenes war. Beim Sägen hatte er sich den Handballen aufgeschürft.

»Wir müssen wenigstens die beiden oberen Seile schaffen«, presste er hervor. »Die anderen beiden am Boden werden die Brücke allein kaum halten.« Davon war er nicht halb so überzeugt, wie er vorgab, aber er hoffte, dass Achards Männer sich nicht auf eine Hängebrücke wagen würden, die nur noch an der Hälfte ihrer Halterungen hing. Außerdem würde das ganze Ding wild hin und her schwanken, sobald ein Mensch oder gar ein Pferd es betrat.

Er versuchte, die Männer in der Ostwand zu ignorieren, und konzentrierte sich ganz auf den Strick. Tiessa aber warf immer wieder Blicke hinüber.

»Ich glaube …«, begann sie, »ja, jetzt haben sie uns gesehen!«

»Mach weiter!« Das war der Tonfall, in dem sein Vater zu seinen Kindern gesprochen hatte, und Faun fand es abscheulich, den gleichen Klang aus seinem eigenen Mund zu hören. Aber sie durften jetzt nicht aufgeben!

Rufe ertönten, Männer sprangen auf Pferde. Zwischen der Sammelstelle am Rand des Fichtenhains und dem Beginn der Brücke lagen etwa hundert Schritt. Sie würden nicht lange brauchen, ehe sie heran waren.

Fauns Klinge sackte durch das Seil. Die letzten Fasern zersprangen. Die Brücke kippte um eine Winzigkeit nach rechts.

Er schob Tiessa beiseite. »Mach unten weiter. Vielleicht reißt sie dann.«

Sie wechselte die Seite und fiel auf die Knie. Hektisch machte sie sich an einem der beiden Bodenseile zu schaffen, während Faun seinen Dolch tiefer in die Kerbe trieb, die Tiessa bisher zustande gebracht hatte.

Die Rufe wurden lauter. Wilde Drohungen, die sich im Lärm des reißenden Wassers und dem Prasseln weiterer Erdrutsche verloren. Der Schimmel und die Stute tänzelten in Todesangst, und es würde nicht mehr lange dauern, ehe sie sich ohne ihre Reiter davonmachten.

»Wir schaffen's!«, brachte Faun hervor, als er das zweite Seil mit einem beherzten Sägestoß zerfetzte. Die Brücke begann zu schlingern und zu schwanken.

»Sie haben Armbrustschützen!« Tiessa hatte die Worte kaum

ausgestoßen, als sich keine Mannslänge neben ihr ein Bolzen ins Erdreich fräste.

»Aufs Pferd!«, schrie Faun.

Tiessa zog sich in den Sattel des Schimmels. Aufgeregt sah sie, dass Faun jetzt dort kauerte, wo sie gerade selbst noch gekniet hatte. Wenn es ihm gelang, das dritte Seil –

Ein weiterer Armbrustbolzen schlug unmittelbar vor ihm ins Holz des Überwegs.

»Faun! Komm schon!«

»Gleich!« Er sägte weiter.

Fast ein Dutzend Männer hatte sich jetzt am anderen Ende der Brücke versammelt. Sie zögerten, ihre Pferde auf das schwankende Konstrukt zu lenken. Achard war noch nicht unter ihnen; er hätte sie wohl mit Gewalt vorangetrieben.

Der dritte Bolzen sauste an Fauns Schädel vorbei. Mit einem zornigen Aufschrei hieb er den letzten Rest des Stricks entzwei. Fasern zersprangen. Ein furchtbares Knirschen ertönte, dann spannte sich nur noch ein einziges Bodenseil über den Abgrund, an dem die Holzstämme des Überwegs senkrecht herabbaumelten. Drüben schrien mehrere Männer auf, einer zog gerade noch sein Ross zurück, ehe es ihn in den Abgrund reißen konnte.

Achard von Rialt kam in gestrecktem Galopp aus dem Fichtenhain geritten, fluchend und mit wehendem Haar.

Faun wartete nicht, bis der Raubritter seine Männer erreichte. Die Kräfte verließen ihn so abrupt, dass er fürchtete, es nicht mehr in den Sattel der Stute zu schaffen. Das Bündel auf seinem Rücken schien mit einem Mal viel schwerer, so als wollte es ihn nach hinten zerren. Endlich richtete er sich auf dem Rücken des Pferdes auf, dann preschten sie auch schon davon, durch Wolken aus Staub und prasselnden Steinchen, den Weg entlang nach Süden, dem Pass entgegen.

Sie hörten Achard hinter sich brüllen, aber weder seine Worte noch die Bolzen seiner Armbrustschützen konnten sie nach der nächsten Kehre erreichen. Faun sackte im Sattel vornüber, das

Grollen des Drachen im Ohr – oder das Bersten des Berges? –, hielt sich blindlings fest und überließ es seinem Pferd, Tiessas Schimmel in den grauweißen Morgen zu folgen.

Als Maria nach dem rostigen Dolch tastete, stellte sie fest, dass er verschwunden war. Erschrocken blickte sie am Hals des Schlachtrosses vorüber zum Bethanier, der abgestiegen war, um ein Holzgatter zu öffnen; Hirten hatten es über den Weg gebaut, damit sich das Vieh nicht vom Anwesen ihres Herrn auf das des Nachbarn verirrte. In diesem Augenblick konnte der schwarz gerüstete Riese nicht sehen, was Maria oben im Sattel tat.

Angespannt schob sie ihre Hand tiefer in das Gepäck. Seit sie den Dolch dort versteckt hatte, kämpfte sie mit der Ungewissheit darüber, ob der Bethanier die Klinge entdeckt hatte oder nicht. Sicher, das Schlachtross wurde jeden Abend abgesattelt, die Taschen und Waffenbündel heruntergenommen. Aber Maria hatte den Dolch so tief in eine Tasche gesteckt, dass er nur auffallen konnte, wenn der gesamte Inhalt geleert wurde. Sie hatte den Bethanier tagaus, tagein dieselbe Kleidung tragen sehen, und so bezweifelte sie, dass er überhaupt je einen Blick in das Bündel mit Stoffen warf, das aus Gründen, die nur er kannte, an seinem Sattel hing.

Tiefer grub sie ihre Hand hinein, weit vorgebeugt im Sattel.

Das Gatter knirschte, als es über einen Stein am Boden schrammte. Der Bethanier hob es an, um dem Hindernis auszuweichen.

Marias Finger berührten etwas. Hart. Rund. Der Knauf am Griff des Dolches! Also war die Waffe noch da.

Gerade noch rechtzeitig, bevor der Bethanier sich umdrehte, zog sie den Arm wieder aus der Tasche und richtete sich im Sattel auf. Gedankenschnell setzte sie den leeren Blick auf, mit dem sie ihn stets bedachte, wenn er in ihre Richtung schaute. Als würde sie durch ihn hindurchsehen. Mittlerweile hatte sie Übung darin.

Der Bethanier schwang sich hinter ihr aufs Pferd. Leder knirschte, das Schlachtross schnaubte leise. Es setzte sich in Bewegung und trabte an dem Gatter vorüber. Maria erwartete, dass der Bethanier es offen stehen lassen würde – er tötete Menschen, was bedeutete ihm da das Vieh einiger Hirten? –, doch der schwarze Koloss ließ das Pferd anhalten, glitt zu Boden, zog das Gatter hinter ihnen zu und verknotete sorgfältig den Strick, der es geschlossen hielt.

Manchmal war er sonderbar. Sie hätte schwören mögen, dass er das nur um ihretwillen tat. Er hatte das Gatter geschlossen, weil sie zusah. Als wollte er, so bizarr das erschien, kein schlechtes Vorbild für sie abgeben.

Er sagte kein Wort, als er wieder hinter ihr Platz nahm und das Pferd zu schnellem Trab antrieb.

Zu beiden Seiten zog eine karge Landschaft aus Anhöhen und weißen Felsen vorüber. Rechts von ihnen wurde das Land immer flacher, und als die Sonne an diesem Mittag am höchsten stand, glaubte Maria am Horizont ein silbriges Funkeln auszumachen. Es erstreckte sich über viele Meilen, eine funkelnde, leuchtende Linie.

»Das Meer«, brach der Bethanier das Schweigen. Seit sie das Gatter passiert hatten, waren mehrere Stunden vergangen.

»Was ist das?«, fragte Maria.

Er neigte den Kopf ein wenig, ohne sie über die Schulter anzusehen. »Wasser. Eine ganze Menge davon.«

»Mehr als in den Sümpfen?«

»Genug Wasser für tausend mal tausend Sümpfe.«

Sie machte ein abfälliges Geräusch. »Du lügst mich an.«

»Warum sollte ich das tun?«

Warum hast du meine Familie ermordet? Aber das fragte sie nicht.

»Auf dem Meer fahren Boote.« Aus irgendeinem Grund schien ihm plötzlich nach Reden zumute. »Du weißt doch, was Boote sind?«

»Ich bin nicht dumm.«

Er schnaubte leise, und erst nach einigen Herzschlägen wurde ihr klar, dass dies sein Lachen war. Der Bethanier hatte noch nie gelacht. »Nicht solche Boote wie auf den Flüssen in deinem Sumpf. Große Boote. Groß genug, dass ein paar hundert Menschen darauf Platz finden.«

Ein paar hundert! »Bist du auf so einem schon mal gewesen?«

»Sicher.«

»Wohin hat es dich gebracht?«

»In eine Stadt voller Feuer und Blut. In ein sterbendes Reich voller Lügen und falscher Heiliger.«

»Warum sollte jemand dorthin wollen?«

Wieder dieses leise Lachen, kaum mehr als ein scharfes Ausstoßen der Atemluft. »In der Tat. Warum? Darauf weiß ich keine Antwort.«

Stumm ritten sie ein Stück weiter, aber die Worte des Bethaniers ließen Maria keine Ruhe. »Was für eine Stadt ist das gewesen?«

Er zögerte kurz. »Konstantinopel. Früher einmal war das die schönste Stadt der Welt.«

»Und warum hat sie gebrannt?«

»Weil wir sie angezündet haben.«

Natürlich. »Warum zündest du etwas an, das du schön findest?«

»Jemand hat mir den Befehl dazu gegeben. Und ich habe gehorcht.«

»Warum hast du –«

Er fiel ihr ins Wort. »Gold.«

Das klang, als wollte er nicht, dass sie weiterfragte. Maria selbst hatte noch nie ein Goldstück gesehen, doch sie wusste sehr wohl, dass es manchen Menschen viel bedeutete. Man konnte Dinge dafür kaufen, Vieh und Nahrung und Medizin, wenn man krank war. Ihr Vater und ihre Mutter hätten gerne Gold besessen, aber sie waren nicht unglücklich gewesen, nur weil sie keines gehabt hatten. Maria unterdrückte einmal mehr ihre Tränen.

»Reiten wir jetzt auch irgendwohin, weil du Gold dafür bekommst?«

Der Bethanier hob den rechten Arm und zeigte nach vorn. Das Land wurde flacher, die Anhöhen liefen auseinander wie verwässerter Teig. »Kannst du etwas sehen, dort vorn, sehr weit entfernt?«

Sie blinzelte in die Richtung, in die sein behandschuhter Finger zeigte. Ganz am Ende der Ebene schien etwas den Silberglanz des Wasserstreifens zu verdecken, aber sie konnte nicht erkennen, was es war. Dann begriff sie plötzlich.

»Wir reiten in eine *Stadt*? Das sind Häuser, oder?«

»Ja. Das ist Venedig.«

Davon hatte sie nie gehört. In den Sümpfen hatte kaum jemand von Städten gesprochen, außer manche Pilger, die die Armut der Sumpfbewohner verspotteten, indem sie beteuerten, wie sehr sie sich auf die nächste Stadt und ein Lager ohne Flöhe freuten.

»Und was willst du dort?«, fragte sie.

»Ich muss meine Arbeit tun.«

»Leute töten.«

Er gab keine Antwort.

»Ich glaube, du kannst gar nichts anderes«, sagte sie.

Sie konnte spüren, wie er sich einen Augenblick lang hinter ihr im Sattel versteifte. Immer wenn er das tat, begann ihr Herz zu rasen, als wollte es sie davor warnen, ihn zu reizen.

Er nickte. »Es ist das, was ich am besten kann.«

Drittes Buch

Die Archen der Verdammten

»Wir sind die einzigen Tiere, die lügen können.«

Ursula K. Le Guin

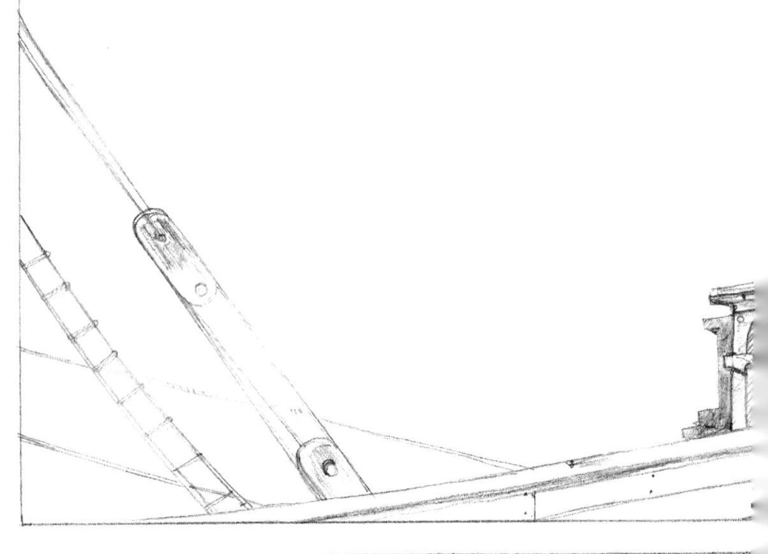

Die zerrissene Stadt

Mailand war eine alte Stadt, aber das erkannte man nicht auf den ersten Blick. Vorstädte schmiegten sich an die oft zerstörte und immer wieder neu errichtete Stadtmauer und machten es flüchtigen Betrachtern schwer, den alten Römerstadtkern von den neuen Vierteln zu unterscheiden. Viele Konflikte um die Pässe der Alpen, die Handelsrouten in den Süden und den Zugang zur adriatischen See waren hier entschieden worden, und stets war der Blutzoll hoch gewesen. Keine fünfzig Jahre lag der letzte Einfall eines kaiserlichen Heers zurück, das große Teile der Altstadt zerstört und die Umsiedlung der Bevölkerung in eilig errichtete Außenquartiere nötig gemacht hatte.

Doch trotz aller Kriege und blutigen Streitigkeiten mit den anderen Handelszentren Norditaliens war Mailands schlimmster Feind stets Mailand selbst gewesen. Bürgerkriegsähnliche Zustände waren eher die Regel als die Ausnahme, und obgleich mittlerweile ein wenig Friede eingekehrt war, brodelte es auch heute noch unter der Oberfläche. Saga und die anderen spürten das sofort, als sie die Stadt von Norden her betraten.

»In Mailand regiert das Unglück«, sagte Gräfin Violante, die jetzt ebenso wie Saga und Zinder auf einem Pferd an der Spitze des angeschlagenen Heerzugs ritt. Es hatte sich als richtige Entscheidung erwiesen, die Wagen auf Hoch Rialt zurückzulassen. »Die Stadt ist zerrissen von Kämpfen im Inneren, zwischen den Großkaufleuten, dem Adel und der Kirche. Dabei ballt sich hier alle Macht über Oberitalien. Mailand kontrolliert die Wege zu den Gebirgspässen im Norden, den Hafen von Genua, im Grunde genommen alle Straßen nach Rom und Venedig. Vielleicht ist das einfach zu viel Machtfülle für eine einzige Stadt. Die Menschen zerfleischen sich hier seit einer Ewigkeit gegenseitig.«

Beim Betreten der Stadt waren Saga mindestens fünf verschiedene Soldatengarden aufgefallen. Unterschiedlich gewandet und voller Argwohn bewachten sie das Tor nicht allein vor Eindringlingen, sondern offenbar auch voreinander. Die Tatsache, dass für den Zug der Frauen nicht ein einzelner Wachtrupp, sondern gleich drei abgestellt wurden, unterstrich die Zerrissenheit dieses Ortes.

Die Führungsspitze des Zuges um Saga, Violante und Zinder wurde zum Palast des Erzbischofs geführt, dem Cousin der Gräfin, während die übrigen Hundertschaften erschöpfter Mädchen in ein Lager im Süden der Stadt gebracht wurden. Saga sah sie zwischen den Häusern verschwinden und empfand gleichermaßen Erleichterung und Beklemmung. Zum ersten Mal seit Wochen hatte sie das Gefühl, frei durchatmen zu können – und verspürte zugleich einen Anflug von Sorge. Für diese Mädchen *war* sie die Magdalena, ob sie wollte oder nicht, und sie folgten nur ihr, niemandem sonst. Violante hatte dies ebenfalls erkannt und machte keinen Hehl daraus, wie sehr es ihr missfiel, dass ihre eigene Rolle in dieser Unternehmung immer stärker an Bedeutung verlor.

Man hatte ihnen erklärt – gleich mehrfach, denn jeder Hauptmann ihrer drei Eskorten hatte darauf bestanden, eigene Begrüßungsworte an sie zu richten –, dass sich südlich der Stadt viele weitere Kreuzfahrerinnen versammelt hatten, die dort auf die Ankunft der Magdalena warteten. Eben darauf hatte Violante spekuliert – doch als die Hauptleute Zahlen nannten, war die Wahrheit sogar für sie ein Schock.

»Viereinhalbtausend«, sagte der erste Hauptmann.

»An die fünf Tausendschaften«, der zweite.

Und der dritte erklärte wortreich: »Meine Herrschaft, die Konsuln der Credenza di San Ambrogio lassen Euch mitteilen, dass viertausend und noch einmal fünfhundert unschuldige Seelen vor den Toren im Süden der Stadt Eurer Ankunft harren. Der Herr Erzbischof, Euer verehrter Cousin, hat Truppen abgestellt, die seither ihr Möglichstes tun, die Mädchen im Umgang mit Kriegswerkzeug zu unterrichten.« Letzteres sagte er mit so augenfälligem Naserümpfen, dass wenig Zweifel daran bestand, was er von Schwertern in Frauenhand hielt.

Der Erzbischof Aribert della Torre, Violantes Cousin zweiten Grades, empfing sie in seinem Palast. Saga mochte ihn nicht – er war feist, schwitzte heftig und hatte bemalte Lippen –, aber Violante erwies sich als äußerst geschickt im Umgang mit ihm. Sie tat, als wäre er ihr ältester und bester Freund, und nach der ausgedehnten Begrüßung in seinem Empfangssaal lud er sie alle zu einem Festmahl am nächsten Abend ein. Zugleich machte er keinen Hehl daraus, dass das Heer sich spätestens Ende der Woche in Bewegung setzen und Mailand den Rücken kehren musste. Violante bejahte eifrig jeden seiner Wünsche, und einmal mehr musste Saga sich vor Augen führen, dass es Erzbischof Aribert war, der das finanzielle Rückgrat des Kreuzzugs bildete.

Violante hatte Saga kurz vor ihrer Ankunft die Zusammenhänge erläutert: Für den Erzbischof ging es weder um Gahmuret von Lerch noch um die Befreiung der Heiligen Stätten. Im ewigen Kampf um die Vorherrschaft in Mailand versprach er sich vielmehr neue Unterstützung im Volk, das des nicht enden wollenden Zwists zwischen Kirche, Adel und Handel überdrüssig war. Ein frommer Mann wie Aribert della Torre mochte die unterschiedlichen Faktionen hinter sich vereinen, wenn er ihnen weismachen konnte, dass er keine Kosten und Mühen scheute, dem Allmächtigen gefällig zu sein.

Während der Begrüßung musterte Aribert Saga immer wieder aus schmalen Augen, die tief in seinem fleischigen Gesicht lagen. Erst als die Audienz fast zu Ende war, richtete er das Wort an sie. »Auf Euch, verehrte Magdalena, wartet morgen Abend beim Mahl noch eine weitere Aufgabe.«

»So?«, fragte sie unsicher.

»Unser aller Heiliger Vater, Papst Innozenz, hat einen Vertrauten gesandt, der die Rechtmäßigkeit Eurer Ansprüche überprüfen soll. Macht Euch also gefasst auf einige Fragen, meine Liebe. Und, bitte, seid so gut – gebt ihm die richtigen Antworten.«

Achards Führer durch die Via Mala hatten die Frauen wider Erwarten nicht in eine Falle gelockt oder anderweitig in die Irre geleitet. Nichtsdestotrotz hatten sie den Zug brutal zur Eile getrieben und keine Rücksicht auf Kranke und Verletzte genommen. Erst kurz vor Erreichen der Passhöhe, mehrere Meilen jenseits der Schlucht, hatten Violante, Saga und Zinder erfahren, dass es mehrere Tote beim Durchqueren der Kluft gegeben hatte; der Weg war zu eng gewesen, um vorher Boten vom Ende des Zuges an seine Spitze zu senden. Eine Felslawine hatte sich gelöst und drei junge Frauen und zwei Söldner unter sich zermalmt.

Ein halbes Dutzend Mädchen war verletzt worden, wenn auch keines so schwer, dass man es hätte tragen oder gar zurücklassen müssen. Die Führer hatten daraufhin erklärt, fünf von vierhundert sei ein vortrefflicher Schnitt für so gefährliches Terrain. Als aber unverhofft der Boden gebebt hatte, waren sie blass geworden und hatten verstört miteinander getuschelt. Auf die Frage, ob solche Beben an der Tagesordnung wären, hatten sie keine Antwort gegeben und sich eilig auf den Rückweg zur Burg gemacht. Niemand hatte ihr Verschwinden bedauert, und wie sich bald zeigte, war der Zug auf dem Rest des Weges über die Berge gut ohne Achards Männer ausgekommen.

Mönche, die auf dem Pass ein Hospiz betrieben, hatten sich bereit erklärt, die Verwundeten zu versorgen. Nach einem halben Tag Pause hatten sie weiterziehen können und waren während des Abstiegs über die Südhänge der Alpen auf keine weiteren Hindernisse gestoßen.

Der Marsch über das Gebirge, die Sorge um die Verletzten, die Trauer um die Toten, all das forderte nach ihrer Ankunft in Mailand einen längst überfälligen Tribut. So kam es, dass Saga den Rest des Tages verschlief und erst am nächsten Morgen in ihrem Zimmer im erzbischöflichen Palast erwachte. Zofen bereiteten ihr ein Bad, aber sie hatte nur wenig Geduld dafür. Kaum war sie im Wasser, kletterte sie auch schon wieder hinaus, streifte ihre abgenutzten, aber frisch gewaschenen Sachen über und ließ das graue Büßergewand, das man zusätzlich für sie bereitgelegt hatte, mit einem Naserümpfen liegen.

Sie verließ die Kammer, eilte zu Violantes Gemächern und klopfte. Niemand gab Antwort. Gerade wollte sie sich abwenden, als sich aus einer Tür gleich neben dem Zimmer der Gräfin eine Gestalt löste.

Jorinde von Rialt blieb stehen, als sie Saga erkannte, und für einen Augenblick sah es aus, als wollte sie sich gleich wieder in ihr Gemach zurückziehen.

»Warte«, bat Saga, ehe sie noch genau wusste, warum. »Lauf nicht gleich wieder weg.«

Jorinde hatte während der gesamten Reise durch die Via Mala geschwiegen. Niemand fühlte sich für sie verantwortlich, obgleich die Gräfin einige Anstrengungen unternahm, sich mit der einzigen anderen Edeldame im Zug anzufreunden. Als sie aber bemerkte, dass Jorinde in sich gekehrt blieb, hatte sie ihre Versuche aufgegeben. Es war Saga überlassen geblieben, dann und wann zu Jorinde aufzuschließen und ein paar Worte mit ihr zu wechseln. Ihre Geduld war auf eine harte Probe gestellt worden, während Jorinde ein ums andere Mal in Schweigen verfiel und nur das Allernötigste von sich gab.

Die junge Frau mit dem hellblonden Haar trat auf den Gang hinaus. Im Gegensatz zu Saga und der Gräfin hatte sie sich während des Weges durch die Berge geweigert, etwas anderes als ein langes Kleid zu tragen. Sie hielt sich ungeheuer gerade, was bei ihr jedoch weniger imposant, als vielmehr erschrocken wirkte. Tatsächlich war dies der Eindruck, der Saga beim Anblick Jorindes immer als Erstes in den Sinn kam: Sie wirkte schreckhaft wie ein gehetztes Tier, jederzeit bereit, einen Schritt zurückzutreten und sich in Sicherheit zu bringen.

Jetzt beugte sie demütig den Kopf. »Magdalena.«

»Du kennst doch meinen richtigen Namen«, sagte Saga sanft. »Warum benutzt du ihn nicht?«

»Ich dachte, du bist draußen im Lager. Ich sollte auch dort sein. Es ist nicht recht, dass ich besser behandelt werde als die anderen Mädchen.«

»Du bist eine Frau von Adel, das macht einen Unterschied.«

»Unter den vielen tausend dort draußen wird es wohl noch mehr hochgeborene Töchter geben, und trotzdem sind sie damit zufrieden, in einfachen Zelten zu wohnen.«

Saga horchte überrascht auf. »Du warst dort? Im Lager?«

Jorinde nickte. »Niemand hat mich bemerkt. Ich bin den ganzen Morgen allein umhergestreift und habe die Frauen beobachtet.«

Nun schämte sich Saga. Während sie in einem weichen Bett im Schutz des Palastes den Morgen verschlafen hatte, war Jorinde draußen bei den Frauen gewesen – dort wo auch Saga hingehört hätte. Jorinde war nicht so ängstlich, wie sie auf den ersten Blick erscheinen mochte. Oder aber eine Meisterin der Selbstbeherrschung.

Sie schlenderten zu einem Erker. Im Halblicht eines trüben Glasfensters nahmen sie auf steinernen Bänken Platz. Jorindes weißes Kleid straffte sich über ihren Knien und offenbarte ein fein gesticktes Muster aus Goldfäden.

»Denkst du oft an deinen Sohn?«, fragte Saga.

Jorinde nickte. »Es vergeht keine Stunde, in der ich nicht in Gedanken zu ihm spreche.«

Aus dem Nichts überkam Saga heftiges Schuldgefühl. Wann hatte sie zum letzten Mal in Gedanken mit Faun gesprochen? Sie konnte sich nicht daran erinnern. Himmel, wann hatte sie vergessen, dass es ihr eigentlich um ihn gehen sollte? »Und«, fragte sie überstürzt, »gibt er Antwort?«

»Nein.«

»Achard wird schon auf ihn Acht geben.«

»Eben das fürchte ich am meisten.«

»Wie war dein Eindruck von den Mädchen auf der Reise?«

Jorinde neigte den Kopf, als müsste sie erst darüber nachdenken. »Das alles ist ziemlich beeindruckend. Und es sollte uns wahrscheinlich große Angst machen.«

Saga atmete auf. Endlich jemand, der genauso darüber dachte wie sie. »Es *macht* mir eine Heidenangst! Alle erwarten von mir, dass ich mich wie eine wahre Prophetin benehme – wie immer das auch aussehen mag. Dabei möchte ich mir am liebsten die Augen zuhalten und so tun, als wäre ich ganz woanders.«

»Wir suchen uns unsere Stellung im Leben nicht aus. Und wir sind beide nicht freiwillig hier, oder?«

»Nein, wohl kaum.«

Jorinde blickte verlegen in ihren Schoß. »Achard hat mich selten geschlagen. Eigentlich nie, nachdem unser Sohn geboren worden ist. Der Abend vor unserer Abreise war das erste Mal seit vier Jahren.«

»Er ist ein Ungeheuer.«

»Schlimmer.« Ihr Kopf ruckte hoch, kalter Glanz stand in ihren Augen. »Viele täuschen sich in ihm. Sie halten ihn für einen Räuber, für jemanden, der wehrlose Pilger und Händler ausraubt. Und das ist ja auch wahr – aber es ist nicht alles. In ihm ist noch so viel *mehr* Bösartigkeit. Manchmal glaube ich, er ist bis zum Bersten voll davon, und all das Schlechte wartet nur darauf, endlich zum Vorschein zu kommen. Ich habe ihn Dinge tun sehen, die … und danach hat er mir erzählt, was er am liebsten *wirklich* getan hätte.«

»Warum bist du seine Frau geworden?«

»Und du die Magdalena?«

Saga presste überrumpelt die Lippen aufeinander.

Jorinde wich ihrem Blick jetzt nicht mehr aus. »Du hörst nicht wirklich ihre Stimme, oder? Du hörst etwas, aber du weißt nicht, ob es von Gott kommt.«

Saga verschlug es für Sekunden die Sprache. »Woher weißt du das?«

»Du bist nicht so schwer zu durchschauen, wenn man sich nur ein wenig Mühe gibt. Genauso wenig wie Violante.« Ihr Lächeln hellte für einen Moment die Sorgenschatten unter ihren großen Augen auf. Dann wurde sie unvermittelt ernst. »Du musst zu ihnen gehen – zu den Frauen ins Lager. Ihre Angst wird nur von dem unermüdlichen Glauben an die Magdalena in Schranken gehalten.«

Es lag kein Vorwurf in ihrer Stimme, doch Saga trafen die Worte trotzdem.

Sie musterten sich stumm.

Ihr Vertrauen in die Magdalena mag unermüdlich sein, dachte Saga verbittert. Aber an wen glaubt die Magdalena?

~

Der Hauptmann der erzbischöflichen Garde ließ nicht zu, dass Saga allein den Palast verließ. Er bestand darauf, ihr zwanzig Soldaten zur Seite zu stellen. Saga kam sich albern vor, wie sie inmitten dieses Haufens aus waffenstarrenden Kämpfern durch die Gassen zog. Überall blieben die Menschen stehen und begafften sie. Längst schien jeder in Mailand Bescheid zu wissen, wer sie war; wem in Anbetracht ihrer Jugend und Kleidung Zweifel kamen, wurde spätestens vom Anblick ihrer Kriegereskorte eines Besseren belehrt.

Sie zog den Kopf ein und versuchte, stur geradeaus zu blicken, während sie unter wachsendem Aufsehen die Stadt durchquerte.

Bald glich ihr Ritt eher einem Triumphzug, denn die Menschen am Straßenrand – vor allem die Frauen und Kinder – jubelten ihr zu, sanken auf die Knie zum Gebet oder stimmten fromme Gesänge an. Saga wünschte fast, ein Blitz möge sie aus dem Sattel werfen und dieser ganzen Schmierenkomödie ein Ende bereiten. Aber sie dachte an Jorindes Worte und biss die Zähne zusammen.

Schließlich erreichten sie einen Platz an einem der Stadttore. Mittlerweile war sie dankbar, dass der Hauptmann ihr die Eskorte aufgedrängt hatte. Auf sich allein gestellt wäre sie wahrscheinlich längst zerquetscht worden – oder aber gar nicht erst aufgefallen.

»Saga!« Sie blickte sich um, als jemand ihren Namen rief, nicht das endlose »Magdalena! Magdalena!«, das aus der Menge aufstieg.

Zinder war auf seinem Pferd im Torbogen erschienen, kam aber nicht an sie heran, weil die Soldaten ihn nicht erkannten und gar nicht daran dachten, einen wild gestikulierenden, stoppelbärtigen Haudegen mit silbergrauem Pferdeschwanz bis zu ihr vorzulassen. Sie musste sich ihrerseits aus der Menge zu ihm nach außen drängeln, ehe sie ihre Pferde schließlich inmitten des Chaos nebeneinander zum Stehen brachten.

»Ich habe dich unterschätzt, Mädchen«, rief er ihr zu, um den Lärm zu übertönen. »Du weißt genau, wie man sich angemessen in Szene setzt.«

»Wo ist Violante?«

»Sie hat mich gebeten … ach was, sie hat mir auf ihre liebenswerte Art den *Befehl* gegeben, dich abzuholen. Du musst sehen, was da draußen los ist. Es ist unglaublich.«

»Ich weiß nicht, ob ich wirklich irgendwas sehen will, das unglaublicher ist als das hier!« Sie deutete mit einer Kopfbewegung auf die betende, flehende, jubilierende Menge.

»Herrgott, Saga, du hast ja keine Ahnung!«

Wenig später musste sie ihm Recht geben. Als sie endlich

das ganze Ausmaß dieses Irrsinns und ihres Betrugs erfasste, da wollte sie sich nur noch herumwerfen und weglaufen.

Jenseits der Vorstadt, auf niedergetrampeltem Ackerboden und so weit das Auge reichte, wimmelte es von Menschen. Eine ausufernde Zeltstadt war errichtet worden, braune Stoffgiebel in Reih und Glied, durchzogen von schnurgeraden Wegen und breiten Straßen. An mehreren Stellen waren weite Plätze geschaffen worden, auf denen junge Frauen – keine älter als zwanzig, keine jünger als sechzehn – von gerüsteten Gestalten in die Kunst des Kampfes eingewiesen wurden. Saga hatte ein ungeordnetes Tohuwabohu erwartet, eine Vervielfachung des Tumults in den Straßen und des Elends ihres Begleitzuges durch das Gebirge. Doch was sie hier vorfand, war alles andere als ein Bild des Leids. Nicht einmal gelindes Durcheinander. Stattdessen herrschten in diesem Lager peinliche Ordnung und, im Rahmen der Möglichkeiten, sogar Sauberkeit. Hier und da saßen Frauen in Gruppen beieinander und nähten neue Zelte oder Kleidung für die Reise. Die allermeisten aber waren mit Waffenübungen beschäftigt, und das mit einer Verbissenheit, die Saga für einen kurzen Augenblick – und *nur* für diesen Augenblick – beinahe glauben machte, dass diese Armee aus Mädchen tatsächlich das Heilige Land von der Sarazenenplage befreien konnte. Ihr Herz machte einen Sprung, und ein unverhofftes Gefühl von Stärke, ja Erhabenheit überkam sie. Das hier waren *ihre* Kriegerinnen.

»Ist sie das?«, schnitt eine Stimme durch den Lärm. »Ist das die Magdalena?« Die Frau, die diese Worte zu ihr herüberschnauzte und sich dabei rücksichtslos durch die Soldateneskorte drängte, war größer als jede andere, die Saga je unter die Augen gekommen war. Tatsächlich war sie größer als die meisten Männer, die sie kannte. Ihre Schultern unter dem Kettenhemd und den eisernen Protektoren mussten enorme Ausmaße haben, um das Gewicht solchen Rüstzeugs tragen zu können. Das dunkle Haar hatte sie im Nacken zu einem strengen Knoten gebunden, und ihr Gesicht ... ja, ihr Gesicht war bemerkenswert.

Ein schrundiges Narbennetz spannte sich über hervorstechende Wangenknochen, und ihre Nase sah aus, als sei einmal ein Stück von der Spitze abgeschlagen worden. Nur ihre Augen waren unversehrt und leuchteten vor Leben.

»Berengaria«, stellte sie sich vor, als sie sich zwischen Zinders und Sagas Rösser zwängte und kaum zu den beiden Reitern aufschauen musste.

Saga nickte ihr zu und hielt unauffällig Ausschau nach Violante.

»Ich habe hier das Kommando«, rief die riesige Frau so laut, als wäre sie noch immer einen Steinwurf entfernt.

»Nein«, bemerkte Zinder mit gefährlicher Ruhe, »du *hattest* das Kommando. Jetzt ist die Magdalena eingetroffen und dankt dir für deine Mühe, Normannenweib.«

Saga erwartete eine wutschnaubende Antwort, doch Berengaria warf dem Söldnerführer nur einen abschätzigen Blick zu. Sie wandte sich wieder an Saga. »Ich bin die zweite Befehlshaberin der erzbischöflichen Garde. Vor sechs Wochen wurde ich abgestellt, um die ersten Frauen, die hier in der Stadt eintrafen, im Umgang mit Waffen zu unterweisen.«

Saga konnte die Normannin nicht einschätzen. Erst nach einem Augenblick dämmerte ihr, was Berengaria gerade gesagt hatte. Zweite Befehlshaberin der erzbischöflichen Garde! Eine Frau, die die Soldaten eines Bischofs anführte? Saga hätte kein Wort davon geglaubt, hätte sich der lebende Beweis dafür nicht gerade auf recht eindrucksvolle Weise vor ihr aufgebaut.

»Ich werde den neuen Begleittrupp der Magdalena anführen.«

Zinder beugte sich im Sattel vor. Zwischen ihm und der Frau war mit einem Mal eine Anspannung, die fast greifbar war.

»Was soll das heißen?«, knurrte er. »Ich kümmere mich um den Schutz der Magdalena. Und dabei wird es auch bleiben.«

»Das hier hat nichts mit dir oder mit mir zu tun. Ihr seid … wie viele? Fünfzig Männer? Wie wollt ihr einen Zug von fünftausend Frauen beschützen?«

Ein eisiges Lächeln wehte über Zinders Miene. »Diese Sache hast nicht du zu entscheiden.«

Sie entfernte sich bereits. »Nicht ich«, erwiderte sie über die Schulter. »Sondern der Erzbischof. Sprich mit deiner Gräfin, sie weiß mehr darüber. Und du kannst mir glauben, sie war angemessen betrübt.«

Zinders Hand zuckte zum Griff seiner Waffe. Saga wurde bewusst, dass er das sagenumwobene Kettenschwert während der Reise kein einziges Mal blankgezogen hatte. Aber auch jetzt blieb die Klinge in ihrer Scheide. Zinders Wangenmuskeln mahlten in unverhohlenem Zorn.

Berengaria blieb ruhig. »Tu's nicht«, sagte sie nur.

Zinder murmelte etwas, dann trat er seinem Pferd in die Flanken. Mit schrillem Wiehern sprengte es vorwärts, haarscharf vorbei an der Normannin und durch die Schar der Frauen, die sich um die drei versammelt hatte.

»Zinder, warte!«, rief Saga, aber dann spürte sie die entgeisterten Blicke der Mädchen auf sich. Sie musste sich beherrschen. Du bist die Magdalena, wisperte es in ihr. Zeig keine Schwäche, sonst zerbricht dies alles bereits hier und jetzt.

Und vielleicht wäre das sogar besser so, meldeten sich ihre Zweifel zu Wort. Aber es war nur ein kurzes Auflodern von Widerstand, ein Aufblitzen ihrer Vernunft.

Du darfst nicht zulassen, dass sie den Glauben an dich verlieren. Du bist die Magdalena. Sie brauchen dich.

Sie blieb stehen, sah mit steinerner Miene zu, wie sich die Menschenmenge um sie schloss und aus Flüstern ein Begeisterungssturm wurde. Immer schneller eilte die Nachricht durchs Lager, dass die Magdalena endlich eingetroffen war.

Berengaria drängte sich neben sie und brüllte dem Begleittrupp Befehle zu. In Windeseile formierte sich ein Spalier. Alles in ihr schrie danach, Zinder hinterherzureiten und die Gräfin zur Rede zu stellen. Aber sie durfte jetzt keine Hast zeigen. Zu große Eile hätte man als Unsicherheit auslegen können. Und wer wollte schon einer Prophetin folgen, die panisch einem gealterten Söldner nachpreschte?

Lächle. Winke ihnen zu. Mach, dass sie dir vertrauen.

Vertrauen ist das Wichtigste.

Sagas erster Triumphzug hatte den Beigeschmack ihrer ersten großen Niederlage.

Zinders Abschied

Berengaria gab ihr Geleitschutz. Saga blieb nichts anderes übrig, als den Anweisungen der Gardeführerin zu folgen. Die Menschenmasse um sie herum ließ ihr gar keine andere Wahl.

Das, was die Befehlshaberin Saga auf dem Weg zeigte, war allerdings erstaunlich. Als sie den großen Übungsplatz im Zentrum des Zeltlagers passierten, sorgte Berengaria mit drakonischem Durchsetzungsvermögen dafür, dass die Schulungen an Schwert und Lanze nicht unterbrochen wurden; stattdessen nutzte sie den Auftritt der Magdalena zu einer Demonstration dessen, was ihr in den vergangenen sechs Wochen gelungen war.

Hunderte von jungen Frauen führten in langen Reihen Scheingefechte gegen unsichtbare Gegner vor, zeigten einstudierte Schrittfolgen, Attacken und Paraden und vermittelten den Eindruck einer echten Armee.

Als sie der Magdalena gewahr wurden, begannen die Menschenmassen auf dem Platz und den umliegenden Zeltstraßen einen unverständlichen Singsang zu intonieren, Lobpreisungen und Heilsrufe auf die Magdalena in den unterschiedlichsten Sprachen und Dialekten.

Ohne Zinder fühlte sich Saga plötzlich sehr einsam, und das war nach den Wochen erzwungener Nähe ein seltsames Gefühl. Sie hatte ein Gefängnis gegen ein anderes eingetauscht. Statt vierhundert Augenpaare beobachteten sie jetzt fünftausend. Dabei war sie allein wie seit langem nicht mehr. Wenn Berengaria tatsächlich Recht behielt mit dem, was sie über die Entscheidung des Erzbischofes gesagt hatte, würde Saga sich bald an das Gefühl gewöhnen müssen.

Sie gab den Befehl, ohne weiteren Verzug in den Palast zurückzukehren, und zu ihrer Überraschung gehorchte ihr die Gardeführerin widerspruchslos. Ungeduldig wartete Saga, bis sich die Tore des Palastinnenhofes hinter ihnen schlossen und die Blicke der Neugierigen aussperrten. Dann erst sprang sie vom Pferd, warf einem der Soldaten die Zügel zu und stürmte in den Palast, ohne sich um Berengaria zu kümmern, die ihr etwas hinterherrief. Sie nahm die Treppen im Laufschritt, achtete nicht auf die verwunderten Blicke der Dienstboten und hielt erst an, als sie Violantes Zimmer erreichte.

Sie holte tief Luft und wollte gerade ohne zu klopfen eintreten, als sie Stimmen hinter der angelehnten Tür hörte. Sie beugte sich näher ans Holz.

»Wir hatten ein Abkommen«, sagte Zinder. Saga konnte hören, dass er seine Wut nur mühsam unterdrückte. »Meine Leute und ich bilden die Mädchen unterwegs zu Kämpferinnen aus – oder tun wenigstens unser Möglichstes –, und dafür begleiten wir Euch bis übers Meer. Ich habe meinen Männern Land versprochen. Ich habe –«

»Als ob es hier um deine Männer ginge.« Violantes Stimme war deutlich zu verstehen.

Kurzes Schweigen, dann: »Ihr habt mich angelogen. Ihr habt mir versprochen, dass ich mich irgendwo dort unten niederlassen kann. Mit genug Land, um davon leben zu können. Darum habe ich mich auf diesen ganzen Wahnsinn eingelassen.«

»Ja«, sagte sie leise, »und *Land* war in der Tat alles, was ich dir versprochen habe. Dein Lohn sollte ausreichen, um deinen Wunsch zu erfüllen. Nimm das Gold, Zinder, wie alle anderen, und verschwinde.«

Sein Tonfall wurde noch eisiger. »Nach allem, was ich für Euch getan habe?«

Violante klang plötzlich waidwund und in die Ecke gedrängt; als versuchte sie Gefühle zu schützen wie eine offene Wunde. Saga hatte sie noch nie so unsicher erlebt. »Glaub mir … ich habe es versucht«, sagte sie, »Wenn du einen Schuldigen suchst, dann wende dich an Aribert. Es ist seine Entscheidung gewesen, dich zu ersetzen, nicht meine.«

»Gegen Berengaria! Herrgott, ich kenne dieses Weib.«

»Eine geborene Anführerin, wie ich höre. Hart, ehrlich, gehorsam. Das jedenfalls sagt der Erzbischof über sie.« Violante hatte sich wieder in der Gewalt. Ihre Stimme klang schneidend wie immer.

Zinder schnaubte. »Sie hat Söldner geführt, bevor sie es sich auf diesem Posten hier in Mailand bequem gemacht hat. Jahrelang ist sie mit ihrem Trupp durch die Lande gezogen und hat ihre Klingen an den Meistbietenden verkauft.«

Die Gräfin stieß einen Seufzer aus. »Ich habe keine Zeit für so was, Zinder. Und keine Geduld.«

»Ach ja?«, erwiderte der Söldnerführer. Er lachte verbittert auf. »Für mich habt Ihr vielleicht keine Zeit. Nur wenn es um Euch geht – um Euch und um ihn –, habt ihr alle Geduld der Welt.«

Aus irgendeinem Grund brachten Violante diese Worte mehr auf als alle, die vorher gefallen waren. Ihre Stimme klang erstickt, als sie antwortete. »Du weißt nicht, wovon du sprichst, Zinder. Ich habe gedacht … Gott, ich weiß nicht, was ich gedacht habe.« Stille. Dann flüsterte die Gräfin. »Ich bitte dich Zinder, geh. Es ist besser so.«

Er wirbelte herum und kam mit polternden Schritten näher. Saga wich unwillkürlich zurück und verbarg sich in einer Nische im Gang.

»Ach, verdammt!«, hörte sie Violante leise fluchen, dann rief sie dem Söldnerführer hinterher: »Mach's wie deine Männer, Zinder. Nimm dein Gold und verschwinde von hier.«

Saga klangen die Wut und Enttäuschung in Zinders Stimme

noch in den Ohren, als seine Schritte längst verhallt waren. Zinder mochte die Gräfin, das war allzu offensichtlich. Aber war da noch mehr? Eifersucht auf Gahmuret?

Sie presste sich tiefer in die Nische, als sie aus Violantes Zimmer rastlose Schritte vernahm, die sich der Tür näherten. Sie jetzt zur Rede zu stellen war keine gute Idee. Die Gräfin würde nichts ändern können am Beschluss des Erzbischofs, Zinder gegen seine eigenen Leute auszutauschen. Sie hätte es getan, wenn es in ihrer Macht gestanden hätte, da war sich Saga plötzlich sicher. Es war ein kühl kalkulierter Zug des Erzbischofs gewesen, um allen deutlich zu machen, dass er derjenige war, der hier die Entscheidungen traf.

»Es ist besser so«, flüsterte Violante noch einmal, dann stürmte sie mit gesenktem Haupt an dem reglosen Mädchen vorüber und verschmolz mit den Schatten des Korridors.

~

Es war schon spät, als es Saga endlich gelang, den Dienstboten zu entkommen, die ihr auf Schritt und Tritt folgten.

Mit einem Überwurf und tief ins Gesicht gezogener Kapuze huschte sie durch die Gassen Mailands in Richtung Lager. Die Dunkelheit war bereits angebrochen, und die Menge hatte sich ausgedünnt. Aus Wirtshäusern drang der Lärm zechender Männer, hin und wieder der schrille Ruf einer Schankmagd. Auf den Plätzen der Stadt saßen Menschen in kleinen Trauben beieinander und tranken Wein aus Lederschläuchen. Saga sah ein paar Männer in Frauenkleidern, die sich Zöpfe aus Stroh angebunden hatten; sie grölten Lieder, die wie verballhornte Kirchengesänge klangen. Zwei lieferten sich ein ausgelassenes Gefecht mit Besen statt Schwertern. Saga musste unwillkürlich lächeln. Womöglich schenkte ihnen der Rausch einen vernünftigeren Blick auf das Frauenheer vor den Toren als alle fromme Begeisterung, die die Priester des Erzbischofs von den Kanzeln predigten.

Ohne Zwischenfälle erreichte Saga das Lager. In der ganzen Stadt waren Mädchen unterwegs, obgleich Berengaria eine strenge Ausgangsperre für alle Teilnehmerinnen des Kreuzzugs verhängt hatte. Aber es war unmöglich, fünftausend junge Frauen wie Gefangene zu halten, von denen der allergrößte Teil nie zuvor eine Stadt wie Mailand aus der Nähe gesehen hatte. Saga nahm an, dass nicht jede nach dieser Nacht in ihr Zelt zurückkehren würde.

Die Garden der unterschiedlichen Machtparteien Mailands hatten Anweisung erhalten, keine fremden Männer in die Stadt zu lassen; die Verlockung tausender Jungfrauen an einem einzigen Ort musste mittlerweile auch in entlegene Regionen gedrungen sein und Gauner und Verbrecher aller Art herbeigelockt haben. Aber Saga vermutete, dass einige der Mädchen dem Heer eher freiwillig den Rücken kehren würden. Schwer zu sagen, welche die richtige Entscheidung war; die Gefahr, im Mailänder Moloch zu Grunde zu gehen, wog ebenso schwer wie alle Strapazen der Schifffahrt nach Osten und die Aussicht, Sarazenen und Sklavenhändlern in die Hände zu fallen.

Und du?, fragte sie sich. Was willst du eigentlich? Geht es dir wirklich noch um Faun in seinem Kerker auf Burg Lerch? Oder bist du, auf gewisse Weise und ohne es selbst zu merken, tatsächlich zur Magdalena geworden?

Gab es überhaupt einen Unterschied zwischen ihr und den wahren Propheten, von denen die Bibel erzählte? Wessen Stimme hatten *sie* im Inneren vernommen? Was hatte diese heiligen Männer so sicher gemacht, dass es Gott war, der zu ihnen sprach?

Einmal mehr verdrängte sie all diese Fragen. Die Sorge um Zinder lenkte sie ab.

Um sie herum wurde gesungen und gescherzt, gestritten und erbittert debattiert. Ein Pferd trampelte sie beinahe nieder, als sein Reiter es in großer Eile zwischen den Zelten Richtung Westen galoppieren ließ. Er zügelte das Tier, als er Saga zu Boden gehen sah, riss es herum und beugte sich aus dem Sattel. »Alles in Ordnung?«

Sie erkannte ihn sofort. Es war Jannek, der Söldner mit dem fehlenden Schneidezahn. Sie streifte die Kapuze zurück.

»Magdalena!«, entfuhr es ihm.

»Du reitest fort?«, fragte sie mit einem Blick auf seine prall gefüllten Satteltaschen.

»Ich … nun, Hauptmann Zinder hat uns nach Hause geschickt. Oder wo immer wir auch hingehen wollen. Der Erzbischof hat unseren Sold ausgezahlt.« Er grinste, aber das ließ ihn nur noch beunruhigter erscheinen. »Das Anderthalbfache von dem, was vereinbart war.«

»Wo finde ich Zinder?«

»Ihr müsst Euch beeilen, wenn Ihr ihn noch antreffen wollt.«

»Zeigst du mir den Weg?«

Er deutete in die Richtung, aus der er gekommen war. »Dort entlang. Die meisten von uns haben ihre Zelte bereits abgebaut.«

Sie dankte ihm und eilte weiter. Sie wartete darauf, wieder den Hufschlag seines Pferdes zu hören, aber etwas ließ ihn zögern. Vielleicht blickte er ihr nach. Sie sah nicht über die Schulter, um sich zu vergewissern.

Zinders Zelt stand inmitten eines Rings aus niedergedrücktem Gras. Bis vor kurzem hatten hier noch andere Unterkünfte gestanden. Ein paar zerbrochene Holzstangen lagen umher, die üblichen Abfälle einer aufgegebenen Lagerstelle. Der überwiegende Teil des Söldnertrupps hatte sich bereits davongemacht.

»Ich hatte gehofft, dass ich dich noch hier treffe«, sagte sie, als sie die Plane seines Zelts beiseite schlug. Eine einzelne Öllampe erhellte den Innenraum. Zinders Gestalt war kaum mehr als ein dunkler Umriss, der mit hektischen Bewegungen etwas in Bündel stopfte. Er wirkte fahrig und roch nach Wein. Wahrscheinlich war das hier nicht der beste Augenblick für ein Gespräch, aber sie fürchtete, dass es die letzte Möglichkeit dazu war.

Er drehte sich nur kurz um und wandte sich dann wieder seiner Arbeit zu. Ein Würfelbecher verschwand in seinem Bündel, ein ausgepresster Lederschlauch, ein Stück Pergament.

»Du gehst also«, sagte sie.

»Frag die Gräfin, wenn du irgendwas wissen willst.«

»Ich möchte es aber gerne von dir hören.«

»Ich bin dir keine Rechenschaft schuldig.«

»Nein. Aber du hast mal zu mir gesagt, dass es nicht richtig ist, diese Mädchen da draußen im Stich zu lassen.« Sie lächelte. »Irgendwas in der Art, jedenfalls.«

»Mag sein.«

»Und?«

Er wirbelte herum. »Was, und?«

»Niemand zwingt dich, fortzugehen.«

»Violante hat mich aus ihren Diensten entlassen.« Er sagte das, als bereitete ihm jedes einzelne Wort tiefe Abscheu. Erneut wandte er sich seinem Gepäck zu.

»Soweit ich weiß, war das die Entscheidung des Erzbischofs.« Saga zögerte. »Ich habe euch reden hören, heute Nachmittag im Palast.«

»Lass es, Saga.« Er schüttelte müde den Kopf. »Ich bleibe nicht hier.« Mit der Fußspitze stieß er gegen einen umgestürzten Tonkrug am Boden. »Betrinken kann ich mich auch anderswo.«

»Violante wird dich vermissen.«

Seine Bewegung war so schnell, dass sie vor Schreck beinahe rückwärts aus dem Zelt gestolpert wäre. Innerhalb eines Herzschlags stand er vor ihr und hatte sie bei den Schultern gepackt. »Violante wird fünftausend Mädchen ins Verderben führen, weil sie besessen ist von der Erinnerung an einen Mann!«

»Glaubst du wirklich, das ist der einzige Grund?«

»Nein. Sie hat Angst. Ich bin nicht sicher, wovor. Sie läuft mindestens ebenso sehr irgendwem hinterher wie vor irgendetwas davon.« Er ließ die Hände sinken und trat einen Schritt zurück. »Aber das tun viele von uns.«

Sie hätte ihn mit Hilfe des Lügengeists aufhalten können, doch Saga wusste, dass sie das nicht tun würde. Nicht ihn. Wie als Reaktion auf ihre Entscheidung bäumte sich der Lügengeist tief in ihrem Inneren auf und stemmte sich gegen seine Ketten.

»Wo willst du hin?«, fragte sie, um sich abzulenken.

»Vielleicht bleibe ich in Italien und folge dem kaiserlichen Heer nach Süden. Dort unten werden jetzt Söldner gebraucht, auf beiden Seiten.«

»Du hast mir mal gesagt, dass du genug hast vom Kämpfen. Du hast von einem Haus gesprochen, und von einer Familie –«

Er schüttelte den Kopf, trat wieder zurück ins Licht der Öllampe und packte den Rest seiner Sachen zusammen. Saga sah ihm schweigend zu und überlegte mit wachsender Verzweiflung, wie sie ihn aufhalten könnte. Sie wollte nicht, dass er ging.

»Sind wir Freunde, Zinder?«

»O nein, Saga, komm mir nicht so!«

Sie schüttelte den Kopf. »Schon seltsam. Am Anfang hast du mir einen Heidenrespekt eingejagt. Und jetzt habe ich Angst davor, dass du gehst.«

Mit einem Seufzen schulterte er seine Bündel, trat an ihr vorbei in Freie und befestigte die Sachen am Sattel seines Pferdes. Saga stand mit verschränkten Armen dabei und versuchte, ihre Gefühle unter Kontrolle zu halten. Es gelang ihr nur leidlich.

»Sie sind alle weg«, murmelte er beim Anblick der leeren Wiese rund um das Zelt.

»Du hast sie einfach gehen lassen?«

»Sie waren zufrieden mit dem, was der Erzbischof ihnen ausgezahlt hat. Sollen sie sehen, wie weit sie das bringt. Ich werde jedenfalls keine Männer mehr führen. Ich bin es leid, für irgendwen Verantwortung zu tragen.«

»Du bist verbittert.«

»Mag sein.«

Er kam zu ihr, umarmte sie und hielt sie lange genug fest, dass sie ihre Tränen an seiner Schulter abwischen konnte. Sie wollte nicht, dass er sie weinen sah.

Schließlich ritt er davon, hinaus in das Dunkel hinter den Feuern.

»Leb wohl!«, rief sie ihm nach.

Er hob eine Hand, ohne sich umzudrehen. Dann war er fort.

Nach Zinders Abschied irrte Saga lange im Lager umher, beobachtete Frauen, deren Gesichter und Namen sie nicht kannte und die ihr, einer Fremden, dennoch ihr Leben anvertrauten. Sie dachte an das, was Zinder gesagt hatte. Er hatte sich entschlossen, seine Verantwortung abzulegen wie einen alten Mantel. Vielleicht war es für Saga noch nicht zu spät, das Gleiche zu tun. Warum hatte er sie nicht gefragt, ob sie ihn begleiten wollte? Hatte er Angst gehabt vor dem, was sie antworten würde?

Schließlich war es Berengaria, die sie nahe eines der großen Feuer aufstöberte und zurück zum Palast brachte.

»Das Festmahl zu Ehren des päpstlichen Gesandten«, sagte die Normannin knapp. »Alle warten auf dich. Der Erzbischof und die Gräfin sind außer sich, weil wir dich nirgends finden konnten.«

Ein Stück weit erfüllte Saga die Vorstellung mit Befriedigung, dass Violante sich wegen ihr die Haare raufte; aber es war ein oberflächliches Gefühl, das gleich wieder verging. Vielleicht sollte sie aufhören, Violantes Entscheidung persönlich zu nehmen. Für den Kreuzzug mochte sie das Richtige getan haben. Aber Saga stand Zinder zu nahe, um seinen Zorn und seine Enttäuschung nicht nachvollziehen zu können. Und er war der Einzige im Lager gewesen, dem sie ihr Leben anvertraut hätte.

Als Berengaria und sie auf dem Pferd der Normannin den Palast erreichten, entstand Aufruhr. Violante sprach kein Wort mit ihr, schleuderte nur vernichtende Blicke in ihre Richtung und gab den Zofen übellaunige Befehle, Saga so schnell wie möglich hoffähig herzurichten. Saga ließ all das über sich ergehen. Man steckte sie in ein schlichtes Kleid – nur ja nicht zu schmuckvoll, schließlich sollte sie dem Gesandten des Papstes als gottesfürchtige Predigerin vorgeführt werden –, stellte irgendetwas mit ihrem Haar an, das sie selbst nicht sehen konnte, und schleuste sie an zahllosen Wächtern vorbei in den großen Festsaal der erzbischöflichen Residenz.

Um eine enorme Tafel für hundert oder noch mehr Menschen waren eine Reihe kleinerer Tische angeordnet worden, an denen jeweils zwanzig Höflinge und Geistliche Platz genommen hatten. Im ganzen Saal mussten sich vierhundert oder fünfhundert Personen aufhalten, vorwiegend Männer. Schmiedeeiserne Kerzenleuchter hingen an schenkeldicken Ketten von der Decke, an den Wänden brannten Fackeln. Jagdhunde streiften frei umher und verschlangen, was man ihnen von den übervollen Tischen zuwarf. Der Erzbischof zog am heutigen Abend alle Register prahlerischer Völlerei.

Aribert della Torre saß an der Stirnseite der großen Tafel, hatte seinen üblichen Platz in der Mitte aber an den Gesandten des Papstes abgetreten. Der hohe Gast war ein rundlicher Mann mit schwarzem Haar, jünger als Saga erwartet hatte, der den Weinen und Schüsseln weit größere Aufmerksamkeit schenkte als den Gesprächen, die ihm von allen Seiten aufgedrängt wurden.

Saga wappnete sich beim Eintreten für das Kommende und wurde nicht enttäuscht. Erzbischof Aribert führte sie vor wie ein kostbares Spielzeug, hielt eine weitschweifige Rede über die Bedeutung der Unschuld und den sicheren Untergang des Sarazenenreiches, wenn es dem Abendland gelänge, ein solches Kontingent an Reinheit und gottesfürchtiger Entschlossenheit aufzubieten. Andere Redner schlossen sich an, und zuletzt durfte auch Gräfin Violante eine paar knappe Worte sprechen, ehe Aribert ihr unverhohlen signalisierte, sie möge zum Ende kommen.

Saga wartete währenddessen mit wachsender Unruhe darauf, dass der Gesandte ihr vor all diesen Menschen Fragen stellen oder sie zu einer Predigt auffordern würde – sie hatte eine vorbereitet, schon vor Tagen –, aber so weit kam es nicht. Der Botschafter des Heiligen Stuhls lauschte den meisten Dingen, die an diesem Abend gesagt wurden, hatte aber bereits merklich dem Wein zugesprochen und verlor bald das Interesse. Er betrachtete Saga eine Weile lang mit trunkener Ungeduld, flüsterte einigen seiner Lakaien etwas ins Ohr, erntete höfliches Gelächter und gab mit einem knappen Nicken seinen Segen, ehe er sich den neuen Krügen zuwandte, die Aribert just in jenem Augenblick auftafeln ließ. Saga sah verwundert zu Violante hinüber, die ihr mit einem unauffälligen Wink zu verstehen gab, sie möge sich wieder entfernen.

Sollte das alles gewesen sein? Es sah fast danach aus.

Saga drehte sich um und verließ mit gesenktem Haupt den Saal. Sie hatte nicht das Gefühl, dass irgendwer sie vermissen würde.

Am nächsten Morgen erfuhr sie, dass der Gesandte wieder auf dem Weg nach Rom war. Zuvor aber hatte er verkünden lassen, dass das Vorhaben die volle Unterstützung der Mutter Kirche genieße und man so schnell wie möglich mit allem Nötigen voranschreiten möge.

Dem Aufbruch des Heeres nach Venedig stand nichts mehr im Weg.

~

Wie sich herausstellte, hatte Papst Innozenz sehr wohl eine Bedingung gestellt. Eine Gruppe von fünfzig Geistlichen, die mit dem Gesandten aus Rom angereist war, musste in den Heerzug aufgenommen werden; sie sollten das Seelenheil der fünftausend Mädchen gewährleisten, ihnen die Beichte abnehmen, Messen lesen und geistigen Beistand leisten. Violante war nicht glücklich darüber, doch Aribert hatte ihr noch in der Nacht deutlich gemacht, dass dem Wunsch des Heiligen Vaters uneingeschränkt entsprochen werden müsse, ganz gleich, ob es ihr nun gefiele oder nicht. Einmal mehr erhielt sie damit die Bestätigung, dass die Führung des Kreuzzuges nicht mehr in ihrer Hand lag.

Saga erlebte eine weitere Überraschung, als ihr bewusst wurde, dass die Truppe der Normannin keineswegs aus Gardesoldaten des Erzbischofs bestand. Zwar trugen die Bewaffneten, die den Zug nun zu mehreren Hundertschaften begleiten würden, Wappen und Farben von Ariberts privater Armee, doch gab es einen erstaunlichen Unterschied: Es handelte sich ausnahmslos um Frauen.

Keine von ihnen war jung genug, um aus den Reihen der Kreuzfahrerinnen zu stammen. Berengaria erklärte Saga, dass sie bereits vor Monaten im Auftrag des Erzbischofs damit begonnen hatte, Söldnerinnen nach Mailand einzuladen, um aus ihnen einen Wachtrupp zu schmieden. Ein Heerzug nur aus Frauen besagte die oberste Regel ihrer Unternehmung, und darauf basierte nicht nur die Unterstützung des Papstes, sondern – was viel wichtiger war – das Selbstverständnis der Kreuzfahrerinnen.

Saga mochte den Erzbischof nicht, hielt ihn für verlogen und verschwenderisch. Aber sie konnte nicht umhin, seiner Konsequenz Achtung zu zollen. Abgesehen von Zinder schien seine Strategie nur Gewinner hervorzubringen.

Berengaria erwies derweil eindrucksvoll ihre Fähigkeiten, als sie das gewaltige Heer binnen kürzester Zeit bereit für den Aufbruch machte. Unter ihrem Befehl rüsteten sich nicht weniger als viertausendachthundert Frauen, begleitet von fünfzig Priestern und vierhundert Kriegerinnen.

Die Reise sollte von Venedig aus durch das adriatische Meer über Kreta, Rhodos und das christliche Zypern bis zu einer Hafenstadt der Kreuzfahrerkönigreiche führen. Akkon, Jaffa oder Tyrus kamen in Frage, aber noch wollte sich niemand auf ein endgültiges Ziel festlegen, wohl auch um Spionen keine Chance zu geben. Die berüchtigten Flotten afrikanischer Sklavenhändler waren nur eine der Gefahren, der sie sich aussetzten.

Saga konnte kaum die Risiken abschätzen, die die Fahrt eines so riesenhaften Heeres über das Meer mit sich brachte. Irgendwann versuchte sie gar nicht mehr, das wahre Ausmaß des Ganzen zu erfassen, und auf wundersame Weise fühlte sie sich danach fast erleichtert. So vieles konnte passieren – und *alles* entzog sich ihrem Einfluss –, dass ihr Verstand sich weigerte, mehr Zeit als nötig mit unheilschweren Gedanken zu verschwenden.

Sie ahnte nicht, dass die größte Gefahr nicht auf hoher See lauerte, sondern in Venedigs Hafengassen.

Saga lehnte mit verschränkten Armen über den sonnenerhitzten Zinnen des Achterkastells. Der Aufbau im hinteren Teil des Schiffes ragte hoch über den steinernen Kai empor. Das Flaggschiff der Flotte war erst kürzlich fertig gestellt worden. Bei dem Gedanken, dass man der Galeere allen Ernstes den Namen *Santa Magdalena* gegeben hatte, schüttelte Saga auch noch am zweiten Tag ihres Aufenthalts in Venedig den Kopf. Zugleich fühlte sie sich geschmeichelt, eine Regung, die sie irritierte und über die sie am liebsten nicht nachdachte.

Es gefällt dir, flüsterte es in ihr. Du sonnst dich in deiner Wichtigkeit, jetzt, wo du nichts weiter tun musst als dazustehen und den anderen bei der Arbeit zuzusehen.

Der Gedanke war nicht von der Hand zu weisen. Nachdem sie den endlosen Fußmarsch über die Berge und die norditalienische Ebene hinter sich hatten, fiel es ihr leichter, sich mit ihrer Rolle anzufreunden. Die Aussicht auf eine Fahrt über das Meer war verlockend, ganz ohne Zweifel. Aufregung paarte sich mit leiser Furcht. Das alles war so neu und fremd.

Fasziniert beobachtete sie das Treiben im Hafen. Die Venezianer hatten eine Flotte von siebzehn Galeeren bereitgestellt. Jedes Schiff fasste über fünfhundert Menschen, einschließlich der zweihundert Ruderknechte, deren Muskelkraft sie über das Meer bewegen würde. Segel wurden auf venezianischen Galeeren nur gesetzt, um die Kraft der Riemen zu verstärken.

Die Schiffe ankerten in zwei Reihen hintereinander, weil der Kai nicht lang genug war, um ihnen allen Platz zu bieten. Auch den übrigen Handelsschiffen, darunter einige aus Arabien, mussten Ankerplätze für die Abwicklung ihrer Geschäfte zur Verfügung gestellt werden. Venedig war keine Stadt der Wohltäter, sondern ein schwerreiches Handelszentrum. Erzbischof Aribert mochte mit seinem Gerede von Reinheit und der Befreiung des Morgenlandes die Mailänder geblendet haben, doch die Venezianer waren aus anderem Holz geschnitzt. Für sie zählte allein die bare Münze. Seit dem Untergang Konstantinopels, dem stärksten Gegenspieler um die Handelshoheit im Mittelmeer, schien der Aufstieg der Lagunenstadt unaufhaltsam.

Saga sah zu, wie Pferde an Bord der *Santa Magdalena* verladen wurden. Über einen Steg führte man die widerspenstigen Tiere durch eine Luke ins bauchige Innere des Schiffes. Der Einstieg im Rumpf würde später fest verschlossen und mit Teer abgedichtet werden, damit bei hohem Seegang kein Wasser eindringen konnte. Auf dem dunklen Deck wurden die Tiere mit Lederriemen festgebunden.

Die gewaltigen Dreimaster waren von einem Gewirr aus Hanftakelage umsponnen. Die Segel hatte man mit roter Lohefarbe behandelt, damit sie nicht vermodern konnten. Das Achterkastell, auf dem Saga stand, war so groß wie ein Haus und bildete, mit Ausnahme der Mastkörbe, den höchsten Punkt der *Santa Magdalena.* Ein kleineres Vorderkastell befand sich vorn am Bug des Schiffes und war genau wie das hintere von einem hölzernen Zinnenkranz umgeben. Dort stand im Augenblick Berengaria mit gespreizten Beinen und brüllte Befehle zum Kai hinüber. Die muskulösen Arme der Normannin glänzten im Sonnenschein wie Ankerketten. Saga fand, dass sich Berengarias Hände ein wenig zu fest an die Holzzinnen klammerten. Ihr schien nicht wohl zu sein bei dem Gedanken, dass sich unter ihren Füßen kein Land befand. Kapitän Salvatore Angelotti – ein venezianischer Veteran zahlreicher Seeschlachten und Befehlshaber der

Flotte – hatte Violante gewarnt, dass es unter den Kreuzfahrerinnen zu Seekrankheit kommen würde. Wie es aussah, würde die riesenhafte Kriegerin eine der Ersten sein, die darunter zu leiden hatten.

Beim Anblick Berengarias musste sie wieder an Zinder denken. Sie vermisste ihn und fragte sich, ob es auch Violante so erging. Der Anblick Berengarias schien der Gräfin immer wieder aufs Neue klar zu machen, dass ihr die Zügel der Unternehmung entglitten waren. Vielleicht um dieses Gefühl wettzumachen, stürzte sie sich Hals über Kopf auf ihre Aufgaben, traf sich mit Angelotti und seinen Galeerenkapitänen und inspizierte die Quartiere der Frauen.

Die Organisation erwies sich als makellos. Jedes Mädchen, das an Bord ging, erhielt ein Holzplättchen, auf dem eine Platznummer verzeichnet war. Die Plätze, die ihnen so zugewiesen wurden, verteilten sich über mehrere Decks und bezeichneten Rechtecke aus blanken Holzplanken; jedes war penibel vermessen, zweieinhalb Spannen breit und sieben Spannen lang. Bei Nacht würden die Frauen hier Kopf an Fuß liegen, Schulter an Schulter.

Für die Führungsspitze des Kreuzzuges gab es auf dem Flaggschiff der Flotte eigene Kabinen. Violante, Saga, Berengaria und einige der Unterführerinnen des Begleittrupps hatten Kammern auf dem oberen Deck erhalten. Auch Jorinde wurde auf Sagas beharrlichen Wunsch dort untergebracht. Die meisten Kabinen lagen außen am Rumpf und besaßen Holzluken, die bei ruhiger See geöffnet werden durften.

Kapitän Angelotti bat sie mit Nachdruck, alle unbenutzten Kleidungsstücke in Tuch einzuschlagen, um sie vor Ungeziefer zu schützen. Aus demselben Grund sollten alle Frauen nackt schlafen, nicht nur jene in den Einzelkabinen, sondern auch das Gros des Heeres auf den Unterdecks. Als Violante protestierte, machte er ihr in unmissverständlichen Worten klar, wie es um ihre Armee bald stünde, wenn erst Läuse und Flöhe die ersten

Frauen in den Wahnsinn und womöglich gar über die Reling trieben. Er versicherte, dass die Ruderer auf getrennten Decks untergebracht seien und jeder Verstoß gegen Sitte und Anstand auf See hart bestraft werden würde; sollte ein Mann dabei ertappt werden, wie er heimliche Blicke auf die unbekleideten Mädchen werfe, werde er, Salvatore Angelotti, nicht zögern, ihn öffentlich auspeitschen und anschließend über Bord werfen zu lassen.

Aber Sagas Sorge galt nicht allein den Ruderknechten. Fast zwei Monate hatte der Kapitän für die Überfahrt veranschlagt. Vielen Frauen würde es schwer fallen, so lange auf diesen Schiffen gefangen zu sein. Zwei Monate, die sich schnell wie zwei Jahre anfühlen würden, wenn man Nacht für Nacht mit ein paar hundert anderen auf engstem Raum in Dunkelheit und Gestank eingepfercht war.

Zwischen den Ruderbänken, unten auf dem Hauptdeck, entdeckte Saga Jorinde. Die junge Adelige winkte ihr schüchtern zu und kam zum Achterkastell herüber. Im Augenblick wurden die Ruderer zu Verladearbeiten eingesetzt, die Riemenbänke waren verlassen. Wenn sich die Galeere erst in Bewegung setzte, würde jedes Ruder von mehreren Männern zugleich bedient werden. Sie waren keine Sklaven und wurden für die harte Arbeit gut bezahlt; doch selbst als Freiwillige waren ihre Rechte an Bord eingeschränkt.

»Wo hast du gesteckt?«, fragte Saga, als Jorinde die Treppe zum Kastell heraufstieg. Ihr langes blondes Haar hatte sie am Hinterkopf zu einem strengen Knoten gebunden, was ihr blasses Gesicht noch schmaler erscheinen ließ. Saga war nie ganz sicher, ob sie Jorindes Antlitz nun für ätherisch oder kränklich hielt.

»Da und dort.«

Saga hob eine Augenbraue. »Da … und dort?«

»Ich hab ein paar Dinge besorgt. In der Stadt.«

»Du hast Mut. Da draußen muss es nur so wimmeln vor Dieben und Halsabschneidern.«

»Diebe und Halsabschneider, hmm?« Jorinde lächelte verlegen und fügte hinzu, als sei das Erklärung genug: »Vergiss nicht, mit wem ich verheiratet bin.«

»Und was für Dinge sind das, für die du dein Leben aufs Spiel setzt?«

Jorinde druckste verlegen herum. »Farben«, sagte sie kleinlaut. »Und Stoffe. Und ... eine Blume.«

Saga lehnte sich seitlich gegen die Zinnenbalustrade des Achterkastells. »Was tust du mit Farben? Und mit einer *Blume*?«

»Wir werden mindestens zwei Monate in diesen Verschlägen hausen. Und ich dachte, ein wenig mehr Schönes könnte nicht schaden.«

Saga starrte sie entgeistert an und bemerkte erstmals die bunten Halbmonde unter Jorindes Fingernägeln. »Du hast deine Kabine *bemalt*?«

Jorinde nickte verlegen.

»O Himmel.«

»Und mit Stoffen bespannt. *Schönen* Stoffen. In allen Farben und mit Mustern bestickt und –«

»Angelotti wird toben.«

»Angelotti wird meine Kabine nie betreten, oder?«

Ein Grinsen stahl sich auf Sagas Züge, als sie sich das Gesicht des vierschrötigen Kapitäns vorstellte. Jorinde mochte etwas von einem kleinen Mädchen an sich haben, doch zugleich besaß sie eine Eigenschaft, die Weisheit zumindest nahe kam – sie würden sich alle in der Tat noch oft genug wünschen, von Schönem umgeben zu sein.

»Zeigst du's mir?«, fragte Saga.

Jorindes Lächeln verlor den leidenden Zug, der ihren Zügen sonst so oft innewohnte. »Komm«, sagte sie.

Gut gelaunt wandten sie sich der Treppe zu, als vom Kai plötzlich Rufe heraufschallten. Sagas Miene verdüsterte sich, besorgt sprang sie zurück an die Zinnen. Jorinde trat neben sie. »Was ist los?«

Inmitten der allgemeinen Aufbruchstimmung, zwischen den

Mannschaften der Ruderer mit nackten Oberkörpern, Mädchen, die noch auf ihre Einschiffung warteten, Schaulustigen, die von Berengarias Kriegerinnen zurückgehalten wurden, und Angelottis Befehlshabern, war ein Wagen aufgetaucht, gezogen von vier prachtvollen Rössern. Das Gefährt selbst wirkte nur auf den ersten Blick schlicht, denn dann erkannte Saga die feinen Zierleisten rund um das Dach und die Fenster, die metallbeschlagenen Stufen unterhalb des Einstiegs und die farbigen Wimpel am Geschirr der Pferde. Offenbar hatte sich die Kutsche ohne Erlaubnis dem Schiff genähert, indem sie eine Bresche in die Menge der Umstehenden getrieben hatte. Es schien keine Verletzten zu geben, aber viele schüttelten die Fäuste und brüllten Beschimpfungen in unverständlichen Dialekten.

Berengaria eilte gerade mit donnernden Schritten über eine Planke an Land; das Holz federte unter ihren Stiefeln, als wollte es sie abwerfen. Aus einer anderen Richtung kam Violante herbei, umgeben von einer sechsköpfigen Leibgarde, die Berengaria für sie abgestellt hatte. Sagas eigene Leibwächterinnen warteten zu viert am Fuß der Treppe auf dem Hauptdeck; zwei weitere standen in gebührendem Abstand hinter ihr und Jorinde auf der anderen Seite des Achterkastells. Saga hatte beinahe vergessen, dass sie überhaupt da waren.

»Wer, zum Teufel –« Sie verschluckte den Rest des Satzes, als der Kutscher die Tür des Gefährts öffnete. Ein langes schlankes Bein erschien und trat auf die Eisenstufe; der Saum eines hauchdünnen, dunkelroten Kleides glitt eine Handbreit hinauf und entblößte einen gebräunten Knöchel über einer geschnürten Sandale. Die Frau, die da aus der Kutsche stieg, strahlte inmitten der Menge wie ein Rubin auf einem Haufen Asche. Rabenschwarzes Haar ringelte sich über ihre Schultern und fiel bis auf ihre Brust. Ihr Kleid war ungemein eng, blutrot vom Saum bis zu den Schultern. Sie war groß, nicht plump oder riesenhaft wie Berengaria, aber doch auffallend hochgewachsen, und sie besaß die gertenschlanke Eleganz einer Heiligenstatue.

Violante und sie redeten miteinander, die Gräfin erst sichtlich erzürnt, dann – als ihr Gegenüber ruhig blieb und sogar liebenswürdig lächelte – allmählich gelassener. Saga verstand kein Wort von dem, was gesprochen wurde, aber bald wehte ein Flüstern von den umstehenden Frauen zum Deck herauf.

»Karmesin«, wanderte ein einzelner Name von Mund zu Mund, ein tonloses Wispern und Raunen.

»Karmesin?«, wiederholte Jorinde und beugte sich weit über die Reling, als könnte sie die Fremde so besser erkennen.

Saga zog eine Grimasse. Sie hatte nicht die leiseste Ahnung, was vorging. »Wer soll das sein?«

Jorinde warf ihr einen Blick zu, der immer noch ganz im Bann der rubinroten Erscheinung stand. »Die Kaiserkonkubine von Rom.«

Eine der Leibwächterinnen trat von hinten heran. »Karmesin«, sagte sie grimmig, »die Meisterhure der Päpste.«

~

»Könnte mir vielleicht irgendjemand –«

Saga verschluckte alle weiteren Worte, als sie den Fuß der Kastelltreppe erreichte und die Fremde im selben Augenblick von Violante an Deck der *Santa Magdalena* geführt wurde.

»Du hast noch nie von ihr gehört?«, fragte Jorinde, ohne den Blick von der Menschenansammlung um die rot gekleidete Frau zu nehmen.

Saga schüttelte den Kopf. »Sollte ich?«

Jorinde verschluckte sich fast vor Aufregung. »Es heißt, Karmesin habe es schon immer gegeben. Oder *eine* Karmesin. Schon zu Zeiten der Römer war sie die bevorzugte Konkubine ihrer Kaiser.«

»Ihre Hure«, verbesserte die Leibwächterin. Sie machte keinen Hehl aus ihrer Abneigung. Mittlerweile wandelte sich auch bei anderen Frauen an Bord das erste Staunen in unverhohlenes

Misstrauen. Nur Jorinde und eine Hand voll andere glühten vor Erregung.

»Genau weiß das niemand«, sagte Jorinde und schenkte der Kriegerin einen strafenden Blick.

Die Gräfin und die Frau in Rot gingen an ihnen vorüber und verschwanden durch eine Tür in den Innenräumen unter dem Achterkastell. Sie sprachen leise miteinander, aber Saga verstand kein Wort. Mehrere Bewaffnete bezogen vor der Tür Stellung, nachdem sie hinter den beiden Frauen und Berengaria zugefallen war.

Saga stupste Jorinde mit dem Ellbogen an. »Erzähl weiter.«

Das Funkeln in Jorindes Augen wollte nicht verblassen, so als hielte sich ein Spiegelbild der rätselhaften Besucherin beständig in ihrem Blick. »Es ist ein Gerücht, oder besser eine Legende.«

Die missmutige Kriegerin wollte schon wieder etwas hinzufügen, aber Saga brachte sie mit einem Wink zum Schweigen. Die Frau drehte sich um und entfernte sich ein paar Schritte.

»Die erste Karmesin hat angeblich in den letzten Tagen des Römerreiches gelebt«, sagte Jorinde, nahm auf einer Kiste Platz und faltete die Hände im Schoß. »Seither hat es in Rom immer eine Frau namens Karmesin gegeben, mitten im Herzen der Macht, stets an der Seite der Herrschenden – und doch im Verborgenen. Die einen sagen, sie sei nichts als« – ein finsterer Blick hinüber zu der Kriegerin – »eine Hure. Die anderen halten sie für die engste Vertraute, die die Mächtigen je hatten. Die letzten römischen Kaiser haben sie ihren Gemahlinnen vorgezogen, und als später die Päpste zur größten Autorität in Rom wurden, nun, da ging Karmesin in ihren ... sagen wir, *Besitz* über. Aber auch das sind nur Gerüchte. Kein Papst hat sich je mit ihr gezeigt, natürlich nicht. Man erzählt sich Dinge über sie, in Rom ein wenig lauter als anderswo, aber ob irgendetwas davon der Wahrheit entspricht?« Sie hob die Schultern, fuhr aber mit Verschwörermiene fort: »Jedenfalls hat man lange geglaubt, es gäbe nur eine einzige Karmesin, eine Unsterbliche, die von

Generation zu Generation weiterlebt wie ein Gespenst, das in den Hallen des Papstpalastes umherspukt. In Wahrheit ist es wohl eher so, dass es *viele* gegeben hat, eine nach der anderen. Sie reichen ihren Namen weiter wie einen Ehrentitel. Es heißt, dass sie von Kind an irgendwo in Rom auf den Tag vorbereitet werden, an dem sie den Namen der Karmesin übernehmen dürfen … an dem sie zur Karmesin *werden*. An einem geheimen Ort wird ihnen alles beigebracht, was sie in ihrem späteren Leben wissen müssen, von feinem Umgang und Wortgewandtheit über die Kunst der Liebe bis hin zu …« Sie senkte die Stimme. »Sie können mit bloßen Händen töten.«

Ein spöttisches Lächeln huschte über Sagas Züge. Das alles klang nach einer Geschichte, die sich gelangweilte Hofdamen mit hochroten Köpfen beim Sticken zuflüsterten. Es wunderte sie nicht, dass ausgerechnet Jorinde – die auf Hoch Rialt wie eine Gefangene gelebt hatte – vom Mysterium der Karmesinlegende angezogen wurde.

Karmesin, die Kaiserkonkubine von Rom. Die Meisterhure der Päpste. Sagas Lächeln wurde noch breiter.

Und doch –

»Du glaubst mir nicht.« Jorinde machte einen Schmollmund.

Saga hob abwehrend die Hände. »Nein, das ist es nicht. Aber kannst du dir vorstellen, weshalb sie hier ist? Ich meine, war nicht irgendwann mal die Rede vom Kreuzzug der *Jungfrauen*?«

»Ich bin keine Jungfrau mehr«, sagte Jorinde stur.

»Das *weiß* ich. Genauso wenig wie wahrscheinlich die Hälfte aller Frauen auf diesen Schiffen.« Saga seufzte. »Gut … Karmesin, also. Was könnte sie –« Sie brach ab, als unvermittelt Erinnerungen in ihr aufstiegen, nicht an diesen Namen – der war ihr ganz sicher nie zuvor zu Ohren gekommen –, aber an Geschichten, die sie irgendwann einmal gehört hatte, nein, nicht einmal echte Geschichten, sondern Gerüchte über eine Frau an der Seite des Papstes, oder Gerüchte über Gerüchte darüber. Sie hatte ihnen nie besondere Aufmerksamkeit geschenkt, weil sie zu der Art von Gerede gehörten, vor dem man sich auf den Märkten kaum retten konnte. Eine der vielen erfundenen Neuigkeiten, Legenden und Spinnereien, die über Bierkrügen und im fettigen Dunst gebratenen Schweinefleischs entstanden waren.

Und nun saß eben diese Legende dort unten in der Kapitänskajüte und redete mit der Gräfin über … Gott weiß was.

»Wenn du weiter so verträumt auf die Tür starrst«, sagte Saga zu Jorinde, »wird noch irgendwer behaupten, du würdest sie beneiden.«

Jorindes abwehrende Geste war nicht halb so überzeugend, wie sie hoffte. Und im selben Moment begriff Saga, dass ihr diese Geschichte mindestens so viel über Jorinde erzählte wie über Karmesin.

Berengaria polterte aus der Tür des Achterkastells. »Magdalena! Sie wollen dich sehen.«

Saga nickte. Das hatte sie befürchtet. Und gehofft.

Eher befürchtet.

~

»Karmesin wird uns begleiten«, sagte die Gräfin, nachdem sie Saga und die Fremde einander vorgestellt hatte.

»So?«

Violante nickte. »Der Heilige Vater bittet uns in seinem Schreiben« – sie deutete auf ein entrolltes Pergament – »die Dame Karmesin in unsere Reihen aufzunehmen.« Sie sprach sehr betont und förmlich, ihre Züge hatten etwas Maskenhaftes.

Im Hintergrund stieß Berengaria ein abfälliges Grunzen aus. »Und er macht deutlich, dass seine Bitte gar keine Bitte ist.«

Die Lippen der Fremden verzogen sich zu einem feinen Lächeln. Ihr Gesicht war makellos und von zarter Bräunung. Ebenmäßige Zähne, weiß wie Gipfelschnee, blitzten im Wechselspiel mit ihren dunklen Augen. »Es *ist* eine Bitte, jedenfalls soweit es mich angeht. Wenn Ihr mir sagt, ich soll gehen, dann werde ich das tun.« Ihre Stimme war ohne jede Gereiztheit, so sanft, als spräche sie mit einem Kind. Oder Liebhaber.

»Der Papst würde uns seine Unterstützung entziehen«, sagte Violante eisig. Sie hatte diesen Kreuzzug ins Leben gerufen, um sich die Hilfe der Ordensritter im Heiligen Land bei der Suche nach Gahmuret zu sichern, und sie hätte des Teufels Großmutter auf dieses Schiff eingeladen, wäre das die Voraussetzung für den vorbehaltlosen Beistand der Kirche gewesen. Sie konnte gar nicht anders, als dem Wunsch des Papstes Folge zu leisten.

Saga schaute sich in der Kajüte um. Es war das erste Mal, dass man sie hierher gebeten hatte. Angelotti pflegte die meisten Besprechungen an Deck abzuhalten, weil er sich wie viele Seeleute ungern in geschlossenen Räumen aufhielt. Die Einrichtung – ein Schreibpult, drei Truhen, zwei festgenagelte Stühle – war schlicht genug, um niemanden in Versuchung zu bringen, hier unten mehr Zeit als nötig zu verbringen. Die Holzluken an der Rückwand standen offen. Gedämpfter Lärm von den Nachbarschiffen drang herein; das wenige Licht, das in die Kajüte fiel, umfloss sachte Karmesins Profil.

Angelotti selbst war nicht anwesend, nur Violante, Berengaria, Saga und die Fremde. Saga musste immer wieder auf Karmesins Hände starren, auf diese langen, feingliedrigen Finger mit unfassbar ebenmäßigen Nägeln. Kein Schmutz darunter, kein Riss.

Zu Sagas Erstaunen wandte sich Karmesin nun an sie. »Ich denke, die Entscheidung sollte bei Euch liegen. Ihr seid die Magdalena.«

Da schwang etwas mit in der Art, wie sie den Namen aussprach, keine Huldigung wie bei den übrigen Frauen, kein forscher Zweifel wie bei Berengaria. Nicht einmal jene Selbstverständlichkeit, mit der Violante ihn vor anderen benutzte. Vielleicht Neugier?

Saga sah Hilfe suchend zu Violante, aber von der Gräfin

konnte sie keine Unterstützung erwarten. Violante war viel zu sehr damit beschäftigt, ihre Wut zu unterdrücken. Auch Berengaria presste erzürnt die vernarbten Lippen aufeinander.

»Unser Kampf ist bestimmt von der Reinheit des Geistes und des Körpers«, zitierte Saga einen Satz aus einer ihrer Predigten, um Zeit zu schinden und weil ihr nichts Besseres einfiel. »Könnt Ihr versichern, dass Ihr –«

»Dass ich Jungfrau bin?« Humor flackerte in Karmesins Obsidianaugen. »Gräfin, soweit ich weiß, habt Ihr einen Sohn geboren. Und Ihr, Berengaria, seid Ihr etwa ein Leben lang keusch gewesen?«

Saga dachte: Jetzt wird sie *mich* fragen. Sie wird wissen wollen, ob ich noch Jungfrau bin. Und ich werde sie anlügen, wie ich es immer getan habe, und sie wird die Erste sein, die mir nicht glaubt. Sie weiß es. Sie sieht es.

Aber Karmesin fragte sie nicht, und als auch die beiden anderen Frauen zu keiner Erwiderung ansetzten, sagte sie: »Ich werde Euch beweisen, dass es zu Eurem Vorteil ist, wenn Ihr mich aufnehmt. Vielleicht schon sehr bald.«

Violante blickte zu den offenen Luken. Möwen schwebten draußen im Sonnenschein. »Ihr werdet bei den Mädchen auf einem der Unterdecks schlafen«, sagte sie steif, als müsste sie sich zu jedem Wort zwingen. »Es gibt keine Kabine mehr, die wir Euch zur Verfügung stellen könnten.«

»Noch haben wir die Entscheidung der Magdalena nicht gehört«, sagte Karmesin. Wieder sah sie Saga direkt in die Augen, und jetzt wirkte sie offen amüsiert.

Berengaria trat ungeduldig von einem Fuß auf den anderen. »Da draußen gibt es eine Menge zu tun. Trefft Eure Entscheidungen ohne mich.« Damit verließ sie die Kajüte und schlug die Tür hinter sich zu.

Karmesins Augen blieben unverändert auf Saga gerichtet. »Nun?«

»Es gibt offenbar Zwänge, die gebieten, Euch aufzunehmen,

Karmesin. Wenn Ihr Euch mit den Bedingungen einverstanden erklärt, die Gräfin Violante genannt hat, dann seid willkommen.«

Karmesin verbeugte sich, und wie alles, was sie tat, wirkte auch dies ein wenig spöttisch. »Ich werde den Kutscher bitten, mein Gepäck an Bord zu bringen.« Sie öffnete die Tür. »Seid versichert, dass ich den Frauen auf dem Unterdeck nicht zur Last fallen werde.«

»Ihr braucht nicht auf dem Unterdeck zu schlafen«, sagte eine Stimme auf dem Gang.

Violante und Saga blickten überrascht an Karmesin vorbei durch die Tür. Dort stand Jorinde, eingeschüchtert, aber sichtlich entschlossen. Ihre Unterlippe wies Bissspuren auf. »Ihr könnt mit in meiner Kabine schlafen, wenn Ihr mögt«, sagte sie zu Karmesin.

O nein, dachte Saga.

Violante sah aus, als müsste sie jemandem die Augen auskratzen.

»Das ist ein großzügiges Angebot«, sagte Karmesin sehr freundlich. »Seid Ihr auch sicher, dass es Euch ernst damit ist?«

Jorinde nickte würdevoll. »Ich bin Jorinde von Rialt, und es würde mich ehren, wenn Ihr Ja sagtet.«

Karmesin lächelte. »Fragen wir die Magdalena«, schlug sie vor.

Sagas Verwirrung wuchs. Wie machte Karmesin das nur? Man wollte wütend auf sie sein und begann doch zugleich, sie zu mögen.

Violante schnaubte erbost, sagte aber nichts.

»Von mir aus«, entschied Saga. »Irgendwer wird Euch helfen, ein zweites Lager aufzustellen.«

Karmesin sah aufrichtig erfreut aus, verbeugte sich abermals vor Saga, dann noch tiefer in Jorindes Richtung. »Ich bin Euch zu Dank verpflichtet, Jorinde von Rialt.«

Die beiden gingen den Gang hinunter, während Saga vorsichtig zur Gräfin hinübersah. Violante hatte beide Fäuste geballt.

Am Ende des Korridors ertönte das Knirschen einer Tür, dann Karmesins entzückter Ausruf: »Du liebe Güte, was für wundervolle *Farben*!«

Das Attentat

Der Tod kam bei Nacht, und er kam nicht allein. Ein kleines Mädchen lief an seiner Seite.

Die beiden Gestalten, die das Gasthaus nahe des Hafens verließen, wurden eins mit dem Mondgrau der Gassen. Maria hatte längst aufgegeben, darüber nachzugrübeln, ob der Bethanier tatsächlich einmal tot gewesen war. Heute jedenfalls sah er aus, als wäre er es noch immer.

Den Mantel, den er ihr gekauft hatte, hatte sie sich eng um den mageren Leib geschlungen. Mit einer Hand hielt sie ihn geschlossen; zugleich presste sie damit verstohlen den Dolch an ihre Brust. Er ließ sich unter ihrem neuen Kleid nicht befestigen, weil sie keinen Gürtel besaß, also musste sie ihn mit der Hand festhalten. Zwischen dem gerafften Stoff fiel er am wenigsten auf. Die Kälte der Klinge schnitt in ihre Haut. Die Nacht war frisch. Wind wehte von Süden her über das Meer, sammelte den Geruch von Algen und Schlick an den Ufern der Laguneninseln und trug ihn stadteinwärts. Er vermischte sich mit dem Gestank des schmutzigen Wassers zwischen den Schiffsrümpfen und brachte hier und da eine Note exotischer Gewürze mit, die tagsüber verladen worden waren.

Maria hatte noch immer Angst vor dem Bethanier, aber es war ein anderes Gefühl als die heillose Panik, die sie zu Anfang in seiner Nähe verspürt hatte. Er bedrohte sie nicht, redete sogar dann und wann über Nichtigkeiten mit ihr. Sie hatte das Gefühl, dass er sich Mühe gab, ihr gegenüber menschlich zu sein. Fast so, als wollte er ihr etwas beweisen. Oder sich selbst.

Doch er blieb der Mörder ihrer Eltern, ihrer Brüder. Ihre Leichen hatten zwischen den toten Schweinen im Stall gelegen. Maria würde diesen Anblick niemals vergessen.

Gemeinsam gingen sie durch die nächtlichen Gassen Venedigs, beide in ihre Mäntel gehüllt, beide mit hochgeschlagenen Kapuzen. Ich sehe aus wie er, dachte Maria, nur kleiner. Ein alter Mann, der ihnen über den Weg lief, musterte sie argwöhnisch und dachte vielleicht das Gleiche.

Die Gasse öffnete sich zum Hafen hin. Der Bethanier hielt an und legte Maria eine Hand auf die Schulter. Im Sattel, während ihres tagelangen Ritts durch die Ebene, hatte sie sich an seine Berührung gewöhnt. Sie zuckte nicht mehr zurück. Nur ihre Finger schlossen sich ein wenig fester um den Dolchgriff.

Vor ihnen lag in zwei imposanten Reihen hintereinander eine Flotte aus mächtigen Galeeren. Es waren nicht die ersten Schiffe, die Maria sah, seit sie die Stadt erreicht hatten, aber aus der Nähe erschienen sie ihr ungleich beeindruckender. Gigantisch wuchsen sie in den mondgrauen Nachthimmel, den ein Spinnenetz aus Tauen und Seilen in Splitter zerschnitt. Silbergraues Halblicht lag über Rümpfen und Aufbauten und ließ die Szenerie seltsam flach erscheinen.

An Bord der Schiffe bewegten sich Bewaffnete auf langsamen Patrouillengängen, nur Schatten und Silhouetten, die Maria erst bemerkte, als sie eine Weile lang auf dieselbe Stelle blickte. Schlagartig wurde ihr klar, dass es auf den Schiffen von Wächtern nur so wimmelte. Weitere standen am Kai und blickten herüber zur vorderen Häuserzeile.

Zu uns, dachte Maria. Sie beobachten *uns*.

Der Bethanier ließ sich davon nicht abschrecken, wanderte ohne Hast an den Fassaden vorüber und tat, als blicke er stur nach vorn. Doch Maria hörte es unter seiner Kapuze rascheln, wenn er heimlich zur Seite schaute, geschützt von schwarzem Samt.

Sie schlenderten parallel zur Uferkante, vorbei an mehreren Schiffen. Maria stellte sich vor, wie ihnen in der Finsternis die Augen der Wachtposten folgten. Gelegentlich hörte sie Eisen scheppern, das Rasseln von Kettenhemden oder das helle Klirren von Klingen, die über Schleifsteine gezogen wurden. Ansonsten herrschte Stille.

»Was tun wir hier?« Sie hielt die Anspannung kaum noch aus. Sie hatte gelernt, nur die nötigsten Fragen zu stellen, und dies hier war keine günstige Gelegenheit. Aber ihre Neugier war zu groß, und der Dolch zwischen den Falten des Mantels wurde immer schwerer.

Der Bethanier gab keine Antwort, zischte nur ein »Still!« aus dem Schatten seiner Kapuze.

Noch drei Schiffe ließen sie hinter sich, ehe der Bethanier stehen blieb. Er hatte sich dazu den Zugang einer schmalen Gasse ausgesucht, kaum mehr als eine Kerbe zwischen den Häusern. Der Spalt schluckte jegliches Licht, nach nur wenigen Schritten verlor sich das Pflaster in Schwärze. Vom Schiff aus mussten die beiden Gestalten am Ufer vollständig damit verschmelzen.

»Das dort drüben ist die *Santa Magdalena*«, raunte der Bethanier so leise, dass Maria erst nach einem Atemzug bemerkte, dass er gerade mit ihr sprach.

Erst als sie hinsah und erkannte, dass dort mehr Wachtposten standen als anderswo, weckte das ihr Interesse. Vielleicht hatte der Bethanier vor, sich auf das Schiff zu schleichen? Ganz sicher sogar. Falls dem wirklich so war, standen die Chancen nicht schlecht, dass man ihn erwischen und töten würde.

Nein, dachte sie gleich darauf, er ist zu schlau. Sie werden ihn nicht fassen. Und wenn doch, dann würde er es sein, der *sie* tötete. Unter seinem Mantel trug er die Sichelaxt, einen Dolch und ein Kurzschwert. Maria hatte gesehen, wie er die Waffen an seinem Gürtel befestigt hatte. Solange er mit Gegenwehr rechnete, würde er wachsam sein. Deshalb setzte sie so große Hoffnung in den Dolch, den sie heimlich am Leib trug.

Er vertraute ihr.

Er mochte sie.

Das war gut. Er würde die Klinge nicht kommen sehen. Nicht *ihre*.

»Wirst du jemanden umbringen, der auf diesem Schiff ist?«, fragte sie, als er wie so oft dem ersten Satz keinen zweiten folgen ließ.

Die Öffnung seiner Samtkapuze wandte sich kurz in ihre Richtung, dann wieder hinüber zur Galeere.

»Nein«, sagte er. »Das wirst du für mich tun.«

»Ich?«

Die Kapuze erbebte. »Mit dem Dolch unter deinem Mantel.«

~

Lange nach Einbruch der Dunkelheit verließ Saga ihre Kabine. Zwei Wächterinnen vor der Tür folgten ihr in einigem Abstand. Saga gab ihnen keine Erklärungen. Sie wollte allein sein, und ihr fiel nur ein einziger Ort ein, an dem ihr das gelingen würde.

Die zwei Kriegerinnen gehörten zu Berengarias Söldnerinnen, obwohl viele Wachdienste mittlerweile von Kreuzfahrerinnen verrichtet wurden. Ihre Unterweisung an Lanze und Schwert war nur für den Marsch nach Venedig unterbrochen worden. Seit ihrer Ankunft aber, seit drei Tagen, wurden die Übungen fortgesetzt, in Gruppen, die sich auf den Decks der Galeeren abwechselten. Saga glaubte, dass Berengaria damit nicht nur die Kampfkraft des Heeres gewährleisten wollte. Auch die Ruderer und Seemänner sollten mit eigenen Augen sehen, dass jedes dieser Mädchen in der Lage war, sich zu verteidigen. Nicht nur gegen Sarazenen.

Saga schlenderte zum Hauptmast hinüber. Am Fuß der Wanten blieb sie stehen, lächelte ihren beiden verdutzten Leibwächterinnen zu und machte sich daran, an den Seilen nach oben zu klettern.

Die beiden Frauen wechselten einen Blick, dann zuckte die eine die Achseln. Sie hatten in vielen Schlachten um ihr Leben gekämpft und hielten offensichtlich nicht viel davon, einer einzelnen Frau auf Schritt und Tritt zu folgen, Magdalena hin oder her. Sie nahmen Stellung am Fuß des Mastes und ließen Saga tun, was sie für richtig hielt.

Saga genoss jeden Augenblick ihrer Kletterpartie, und als sie den verlassenen Mastkorb erreichte, hätte sie am liebsten noch einmal von vorn begonnen. Seit Fauns Festnahme auf Burg Lerch war sie über kein Seil mehr gelaufen. Sie hätte nie für möglich gehalten, dass ihr die Höhe einmal fehlen würde, aber jetzt überkam sie jäh ein Gefühl von Freiheit, das sie – und das war das Schlimmste – zuvor nicht einmal vermisst hatte. Sie war jetzt seit Wochen eine Gefangene, wenn es inzwischen auch eine Gefangenschaft geworden war, für die sie sich selbst entschieden hatte. Als sie Zinder gehen ließ, hatte sie die vielleicht einzige Gelegenheit verstreichen lassen, dem allen hier ein für alle Mal den Rücken zu kehren. Doch sie hatte ihre Entscheidung nicht erst in Mailand getroffen, sondern lange davor, auf einer einsamen Bergspitze am Rande der Via Mala.

Hier oben im Mastkorb, allein mit sich und dem Wind, konnte sie die Dinge plötzlich klar sehen. Unter ihr gähnte der Abgrund. Die Tiefe und die Gefahr, die sie barg, waren überall die gleiche, egal ob auf Burg Lerch, auf irgendeinem Marktplatz oder hier an Bord der *Santa Magdalena*. Plötzlich fühlte sie sich auf diesem Mastkorb, an diesem ungewohnten und fremden Ort, wie zu Hause. Vielleicht, weil sie nie ein echtes Zuhause gehabt hatte. Der Tanz auf dem Seil war die eine große Konstante ihres Lebens gewesen. Selbst Leere kann etwas Vertrautes sein.

Der Wunsch, Faun könnte jetzt bei ihr sein, überkam sie wie ein scharfer Schmerz. Instinktiv blickte sie nach Norden – oder dorthin, wo sie Norden vermutete, weg vom Meer – und fragte sich, wie es ihm gerade erging. Schlimm genug, dass sie sich sein Schicksal vor Augen führen musste, um Violante zu hassen. Ihre

Gefühle für die Gräfin waren in ständiger Bewegung, ein Nebel, durch den mal die eine Empfindung, dann wieder das Gegenteil lugte. Nur ihre Liebe zu Faun blieb beständig.

Oder nicht? Wie konnte sie nachts nur ruhig schlafen, solange sie ihn im Kerker von Burg Lerch wusste? Darauf wusste sie keine Antwort, und sie schämte sich dafür.

Statt im Inneren des Mastkorbes stehen zu bleiben, setzte sie sich außen auf seine Brüstung und ließ die Beine baumeln. Der Schein vereinzelter Fackeln, der das Deck der Galeere erhellte, reichte nicht bis hier herauf. Sie stellte sich vor, in völliger Schwärze zu schweben, bis ihr der Mondschein auffiel – und die beiden Gestalten, die an Land vor den Häusern entlangwanderten.

Es musste sich um einen Erwachsenen und ein Kind handeln – vielleicht auch um einen Zwerg –, beide in Kapuzenmäntel gehüllt. Fast im selben Moment, da Saga sie bemerkte, versanken sie im Schatten einer Gassenmündung. Sie seufzte leise und wünschte sich, genauso unsichtbar zu sein.

Ihre Gedanken kehrten zurück zu Faun und sprangen dann unvermittelt in die Zukunft. Morgen würde die Flotte in See stechen. Nach Karmesins eindrucksvollem Auftritt hatte Violante heute eine zweite böse Überraschung erlebt. Saga hatte die Gräfin nie zuvor derart aufgebracht erlebt. Violante hatte getobt, jeden angeschrien, der ihr über den Weg gelaufen war, und selbst Kapitän Angelotti derart zugesetzt, dass er sich überstürzt zu einer Inspektion seines Schiffes verabschiedet hatte.

Kurz nach Sonnenaufgang war ein Bote erschienen, der Violante verkündet hatte, die drei großen christlichen Ritterorden hätten eigene Gesandte abkommandiert, um die Glaubwürdigkeit der Magdalena zu überprüfen. Für Violante, die sich nach dem Segen des Papstes bereits auf der sicheren Seite geglaubt hatte, war dies nach der zwangsweisen Aufnahme der fünfzig Geistlichen und dem Erscheinen Karmesins der dritte und offensichtlichste Hinweis darauf, dass ihre Suche nach Gahmuret noch immer auf tönernen Füßen stand. Wie es aussah, hatten die Templer, die Johanniter und der Ordo Teutonicorum Gesandte beauftragt, die bereits vor einigen Tagen vom Heiligen Land aus in See gestochen waren; sie wollten der Flotte der Frauen irgendwo auf dem Meer begegnen und die Magdalena einer Befragung unterziehen. Da es Violante letzten Endes auf nichts so sehr ankam wie die Unterstützung der Ritterorden, blieb ihr keine andere Wahl, als sich darauf einzulassen. Seither hatte sie die Kapitänskajüte nicht mehr verlassen. Sogar Angelotti hielt sich von dort fern, weniger aus Rücksicht als aus Unlust, sich mit dem streitbaren Weibsbild anzulegen.

Saga löste die Finger vom Rand des Mastkorbs und saß nun freihändig auf der hölzernen Umfassung. Ein scharfer Wind blies ihr in den Rücken. Sie genoss das Gefühl, sich dagegen lehnen zu müssen, um nicht vornüberzufallen. Die beiden Wächterinnen standen tief unter ihr, zwei winzige graue Punkte. Weitere Kriegerinnen wanderten an der Reling und am Kai auf und ab.

Ihr Blick suchte die beiden Gestalten vor der Häuserfront, aber sie waren aus dem Dunkel der Gasse nicht wieder aufgetaucht. Auch sonst zeigte sich niemand, nicht einmal die Betrunkenen, die bislang in jeder Nacht dort draußen umhergestolpert waren und sehnsuchtsvolle Oden an das Jungfrauenheer gekrächzt hatten.

Eine Bewegung ließ Saga die Stirn runzeln. Da war doch noch jemand. Der Schatten eines Häuserspalts – war das dieselbe Gasse wie vorhin? – sonderte einen dunklen Schemen ab, eine schwarze Träne, die aus der Finsternis tropfte … nein, *raste*. Nicht groß genug für einen erwachsenen Menschen.

Es musste das Kind sein, das eben an den Häusern entlanggegangen war. Es kam jetzt geradewegs zur *Santa Magdalena* gerannt, dorthin, wo tagsüber der Landungssteg zwischen Deck und Uferkante lag. Bei Nacht wurden die Planken eingezogen.

Eine Wächterin mit Fackel trat der kleinen Gestalt entgegen. Das Kind prallte fast gegen sie, blieb gerade noch stehen, streifte mit links die Kapuze zurück und entblößte langes dunkles Haar. Ein Mädchen. Mit der Rechten hatte es seinen Mantel vor der Brust zusammengerafft. Im Fackelschein leuchteten seine nackten Füße unter dem Mantelsaum. Es blieb stehen und schien aufgeregt auf die Wächterin einzureden. Saga war viel zu weit entfernt, um etwas zu verstehen.

In den vergangenen drei Tagen waren immer wieder junge Frauen, sogar Kinder aufgetaucht, um sich dem Heer anzuschließen. Violante hatte sie alle fortschicken lassen. Die Gräfin wollte keine weiteren Mädchen mehr aufnehmen; schon jetzt würde die Versorgung auf See problematisch werden. Auch wenn sie es nie ansprach, hatte sie wohl kaum damit gerechnet, dass in Mailand so viele Frauen auf die Magdalena warten würden. Die Erkenntnis dessen, was sie da ins Leben gerufen hatte, war selbst für sie ein Schock.

Die Wächterin deutete mit der Fackel hinüber zu den Häusern. Sie scheuchte das Kind davon. Saga atmete tief durch, schloss die Augen und versuchte an etwas anderes zu denken. Aber als sie die Lider wieder hob, stand das kleine Mädchen noch immer dort unten und gestikulierte beim Sprechen mit der linken Hand. Es zeigte auf die Gassenmündung, aus der es gekommen war, und als die Wächterin es packen und dorthin zurückschleifen wollte, riss es mit einem Mal seinen Mantel auf und zog etwas darunter hervor.

Saga kniff die Augen zusammen, um den Gegenstand zu erkennen. Er schimmerte blass im Fackelschein. Die Wächterin sprang einen Schritt zurück und ließ ihre Lanze herumwirbeln. Eine Handbreit vor der Brust der Kleinen verharrte die Spitze.

Das Mädchen machte keinen Versuch, sich mit dem Dolch in seiner Hand zur Wehr zu setzen. Es deutete immer wieder mit der linken Hand nach hinten, jetzt sichtlich verängstigt. Saga fragte sich, ob jemand dort in den Schatten wartete, der das Kind zum Schiff geschickt hatte. Der Erwachsene, mit dem es gekommen war. Natürlich.

Sie war versucht, hinunterzuklettern, um persönlich herauszufinden, was sich dort abspielte. Aber sie hielt ihre Neugier im Zaum. Die Distanz zu allem anderen dort unten tat ihr gut. Plötzlich war das nicht mehr ihr Kreuzzug, nicht ihr Schiff, nicht ihre Angelegenheit.

Zwei weitere Wächterinnen hatten ihre Posten verlassen und näherten sich dem Mädchen. Alle hatten ihre Lanzen gesenkt, als ginge von dem Kind eine ernst zu nehmende Gefahr aus. Eine der Frauen näherte sich der Kleinen von hinten. Das Mädchen wirbelte erschrocken herum – vielleicht hatte es jemand anderen erwartet –, verlor dabei die erste Wächterin aus den Augen und wurde plötzlich von ihr gepackt. Der Dolch schepperte zu Boden, das Mädchen strampelte, konnte sich aber aus dem Griff nicht befreien. Erst als die Kleine der Wächterin in die Hand biss, ließ diese sie mit einem Aufschrei los. Vielleicht hätte sie in diesem Augenblick fortlaufen können, wahrscheinlich hätte man sie sogar entwischen lassen – doch das wollte sie allem Anschein nach überhaupt nicht. Sie blieb stehen und rief etwas. Dann versuchte sie, an den Kriegerinnen vorbeizuschlüpfen, nicht um zu entkommen, sondern … ja, um sich hinter ihnen zu verstecken!

Sagas Blick huschte hinüber zur Gassenmündung. Halb erwartete sie, dass jemand dort hervorgeschossen käme und sich auf die Wächterinnen stürzte.

Aber niemand erschien.

Alles blieb ruhig.

Saga stemmte sich im Sitzen auf gestreckten Armen nach oben und zog die Beine unter sich hindurch ins Innere des Mastkorbs; einer von vielen Verrenkungstricks, die ihr in den Jahren auf dem Seil in Fleisch und Blut übergegangen waren. Ihre Muskeln und Gelenke schmerzten, ihr fehlte die Übung.

Im Mastkorb kam sie zum Stehen, machte sich aber noch nicht an den Abstieg. Etwas ließ sie zögern. Vielleicht die Tatsache, dass das Mädchen sich nicht entscheiden konnte, was es wollte. Gerade noch hatte es sich hinter den Wächterinnen in Sicherheit gebracht, da schien es sich plötzlich anders zu entscheiden und doch noch die Flucht zu ergreifen. Jetzt aber waren es die drei Wächterinnen leid. Eine hielt die Kleine am Mantel fest, zerrte sie zurück und drehte ihr den Arm auf den Rücken. Das Mädchen schrie auf. Eine andere Frau wollte einschreiten und ihre Gefährtin beruhigen, und nun entbrannte ein wortreicher Streit zwischen ihnen.

Die beiden Leibwächterinnen unten auf dem Deck hatten ein paar Schritte nach vorn gemacht, näher an die Reling, um das Geschehen an Land besser verfolgen zu können. Auch Sagas Blick war fest auf den Streit am Ufer gerichtet, in den nun die dritte Wächterin schlichtend eingreifen wollte. Das Kind stand zwischen ihnen, immer noch von einer der drei am Arm gepackt und vor Schmerz leicht vornübergebeugt.

Saga nahm sich keine Zeit, um passende, würdevolle Worte zu finden, die ihrem Status an Bord entsprochen hätten. Stattdessen brüllte sie: »Aufhören, verdammt noch mal! Sofort!«

Im ersten Moment geschah gar nichts. Das Gerangel um das Kind ging weiter, niemand blickte auf.

»In drei Teufels Namen!«, fluchte Saga. »Werdet ihr wohl auf der Stelle damit aufhören!«

Ihre Leibwächterinnen waren die Ersten, die reagierten. Sie brüllten zu den Frauen an Land hinüber, dass die Magdalena persönlich ihnen befehle, voneinander abzulassen. Irritiert schauten die drei Wächterinnen zum Hauptdeck, dann, auf einen Wink der Leibwächterinnen hin, am Mast hinauf. Saga stand dort oben im Dunkeln.

»Bringt dieses Kind an Bord!« Sie hatte wütend die Hände in die Hüften gestemmt. »Es soll verhört werden. Aber brecht ihm, um Gottes willen, nicht den Arm!«

Die Kleine rief etwas, das Saga nicht verstand – auf Italienisch, vermutete sie, in irgendeinem Dialekt –, gestikulierte mit der freien Hand zurück zu den Häusern und versuchte zugleich, sich von dem Mädchen in Kettenhemd und Helm zu lösen. Eine der anderen packte sie am Oberarm und schob sie weniger grob, aber mit Nachdruck in Richtung des Schiffes. Gleichzeitig mühten sich an Bord zwei weitere Wächterinnen mit einer Planke ab und schoben sie als Steg zum Ufer hinüber.

Saga atmete tief durch, nicht sicher, ob sie einen Fehler begangen hatte. Sie war die Magdalena, die Predigerin dieses Kreuzzuges, und keine Befehlshaberin wie Berengaria oder Violante. Es stand ihr nicht zu, in Angelegenheiten der Wachhabenden einzugreifen. Erst recht nicht mit gotteslästerlichen Flüchen. Aber es war zu spät, um sich Gedanken zu machen. Violante würde ihr früh genug einen ihrer endlosen Vorträge darüber halten.

Sie wollte gerade nach unten steigen, als sie bemerkte, dass eine der Wanten, die von beiden Seiten des Schiffes zum Mastkorb heraufführten, erzitterte. Saga selbst war über die zum Ufer gewandte Steuerbordseite geklettert. Sie beugte sich über die Brüstung und blickte in die Tiefe. Doch sie erkannte nichts. »Ist da jemand?«, fragte sie.

Alles blieb still. Sie musste sich getäuscht haben.

Unten herrschte Stimmengewirr und Lärm, als das lamentierende Kind über den Steg an Bord gebracht wurde. Eine der beiden Leibwächterinnen stand an der Reling und erwartete die Wächterinnen und ihre Gefangene. Grob drängte sie die anderen Mädchen beiseite, um selbst einen Blick auf die Kleine zu werfen. Die zweite Leibwächterin war wieder an ihren Platz am Fuß der Steuerbordwanten zurückgekehrt, hatte aber dem Kletternetz an Backbord den Rücken zugewandt.

Saga machte einen halben Schritt zurück. Wieder dachte sie, dass sie am Rand ihres Blickfelds etwas gesehen hätte. Diesmal wartete sie nicht ab, ob sich die Bewegung wiederholte. Mit einem Sprung schwang sie sich über die Brüstung und wollte am Netz auf der Steuerbordseite in die Tiefe klettern. Sie hatte gerade noch eine Hand an der Brüstung, als die Taue unter ihr nachgaben. Etwas blitzte stählern im Mondlicht, beschrieb einen blitzschnellen Bogen und hackte ein zweites Mal in die Steuerbordwanten. Die Gestalt hatte sich herübergebeugt, keine drei Schritt mehr vom Ausguck entfernt, und schlug mit einer sichelförmigen Klinge nach den gegenüberliegenden Haltetauen.

Ein dritter Treffer.

Von einem Herzschlag zum nächsten hatte Saga keinen Halt mehr unter den Füßen. Ein Schrei kam über ihre Lippen, als sie sekundenlang mit einer Hand am Mastkorb hing, sich gerade noch abfing und mit beiden Händen wieder nach oben zog. Das durchtrennte Netz sackte in die Tiefe.

Von unten wurden erschrockene Rufe laut. Plötzlich war das Kind vergessen, obwohl das kleine Mädchen am lautesten schrie und auf den Mastkorb zeigte.

Saga baumelte mit beiden Armen an der Brüstung des Ausgucks, und in diesem Moment sah sie ihn. Ein Mann – es *musste* ein Mann unter dieser Kapuze stecken, so riesig und breitschultrig wie er war – erklomm gerade von der gegenüberliegenden Seite das letzte Stück bis zur Plattform. Wenn er vor ihr dort ankam, hatte sie keine Chance.

Sie stieß einen zornigen Schrei aus und zog sich mit aller Kraft nach oben. Jahrelange Übung machte sich bezahlt, als sie blitzschnell aufwärts glitt. Aus dem Augenwinkel sah sie, wie die Silbersichel ein weiteres Mal aufblitzte und diesmal nur um Haaresbreite ihre Beine verfehlte. Dann war sie oben, schwang einen Fuß über die Brüstung, dann den anderen. Taumelnd kam sie im Mastkorb zum Stehen, noch bevor der Fremde seinerseits eine Hand auf den Holzrand legen konnte.

Sie hatte keine Waffe, nichts, mit dem sie auf ihn einschlagen konnte. In aufwallender Panik irrte ihr Blick umher, suchte etwas, um sich zu verteidigen, oder – besser noch – einen Fluchtweg.

Es gab keinen. Der einzige Weg nach unten führte über das Netz, dessen oberes Ende der Fremde im selben Moment erreichte. Weiße lange Finger schoben sich über die Brüstung, gefolgt vom dunklen Dreieck der Kapuze. Saga erkannte, dass die Kleidung des Mannes durchnässt war; er musste um die *Santa Magdalena* herumgeschwommen sein und war unbemerkt von Backbord her über die Reling geklettert, während alle Augen auf das Mädchen am Ufer gerichtet gewesen waren.

Saga wollte auf die Hand des Fremden einschlagen, überlegte es sich im letzten Moment anders und stieß die Faust geradewegs in die Öffnung seiner Kapuze. Sie traf auf knochigen Widerstand, aber ohne Erfolg: Seine zweite Hand, die noch immer die Sichelaxt hielt, schob sich über den Rand des Ausgucks.

Verzweifelt wagte Saga etwas, dass sie sich unter anderen Umständen dreimal überlegt hätte. Statt weiter auf den Mann einzuschlagen, zog sie sich zur anderen Seite des engen Mastkorbs zurück, stemmte die Hände zu beiden Seiten ihres Körpers auf den Haltering und stieß sich nach oben ab. Ihre Füße federten von der Plattform, sie winkelte im Sprung die Knie an – und landete schwankend auf dem Geländer, mit dem Rücken zum Abgrund, kauerte einen Herzschlag lang da wie ein Vogel, fand ihr Gleichgewicht wieder und richtete sich freihändig auf.

Im selben Moment wollte sich der Fremde auf der anderen Seite des Mastkorbs über die Brüstung ziehen. Sein Mantel öffnete sich und entblößte schwarze, nassschwere Kleidung, mit Salzwasser getränkt wie alles, das er am Leib trug. Der Mann war ungeheuer groß, und das mochte ihm anderswo zum Vorteil gereichen – hier aber, in dieser Enge und Höhe, behinderte es ihn.

Wortlos sprang Saga von ihrer erhöhten Position auf der Brüstung auf ihn zu, bekam im Sprung die Mastspitze in der Mitte des Ausgucks zu packen, hielt sich mit beiden Händen fest und zerrte in der Luft die Füße nach vorn. Ihre Stiefel schlugen gegeneinander, rasten vorwärts, genau auf den Kopf des Angreifers zu. Er wollte ausweichen, während er noch immer über der Brüstung hing, war aber nicht schnell genug. Sagas verzweifelter Tritt traf ihn mitten ins Gesicht. Die nasse Kapuze wurde nach hinten geschleudert, sein Schädel, der ganze Oberkörper sackten zurück.

Die Zeit erstarrte. Der Mann hing im Leeren. Seine Hand mit der Axt hatte sich vom Mastkorb gelöst, hielt aber noch immer die Waffe. Die linke Hand an der Brüstung musste sein ganzes Gewicht tragen, dazu noch den Schwung von Sagas Tritt auffangen.

Aussichtslos. Ohne einen Laut stürzte er hintenüber und verschwand aus Sagas Sichtfeld.

Als der Mann fiel, war auch Saga noch in der Luft und hatte alle Mühe, sich mit beiden Händen am Mast abzufangen. Ihre Linke rutschte ab, aber ihre Rechte saß fest genug, um sie vor einem Sturz in den Abgrund zu bewahren. Schreiend prallte sie im Inneren des Mastkorbs auf, wurde aufgefangen wie von einer offenen Hand. Sie schrammte mit dem Hinterkopf an der Innenwand des Korbs entlang. Ihr einer Fuß verhakte sich an der gegenüberliegenden Brüstung, und als sie endlich irgendwie zum Liegen kam, erfüllt von brüllendem Schmerz, hatte sie das Gefühl, jemand habe sie ausgewrungen wie ein nasses Tuch und verdreht in ein viel zu enges Loch gestopft.

Die Schreie von unten hörte sie kaum. Vielleicht war jemand auf dem Weg zu ihr, und wenn diejenige Glück gehabt hatte, war sie nicht von dem stürzenden Fremden getroffen worden.

Mit geprellten Gliedern und tosendem Kopfschmerz drehte sie sich weit genug, um aufzustehen. Es war kein Aufrichten, eher zog sie sich auf die Beine, unbeholfen, schmerzerfüllt, aber sicher genug, um einen Blick über die Brüstung zu riskieren.

Die Sichel zuckte auf sie zu.

Der Stahl zerschnitt ihre linke Wange, tief genug, dass sie die Klingen über ihre Zähne schrammen spürte. Sofort war ihr Mund voller Blut, es erstickte ihren Schrei und sprühte als Schwall in den Abgrund. Dunkles Rot sprenkelte das weiße Gesicht des Mannes, der sich im Sturz am Netz hatte festhalten können und nun schon wieder bei ihr war.

Sie taumelte zurück, hielt sich die klaffende Wunde und war auf einem Auge blind. Schreie kamen über ihre Lippen, die sie nicht kontrollieren konnte, so als wäre da ein anderer, der diese Laute aus ihrem Inneren emporpumpte, zusammen mit dem Blut, immer mehr Blut. Ihr Gesicht stand in Flammen, fühlte sich an wie zertrümmert, und noch immer konnte sie links nichts sehen, und auch vor ihrem rechten Auge war ein roter Schleier.

Der Mann mit der Axt erschien über der Brüstung. Zum zweiten Mal.

Für einen Schlag, gar einen Sprung wie vorhin, fehlte ihr die Kraft. Die Schmerzen machten sie halb wahnsinnig, und die Tatsache ihrer einseitigen Blindheit raubte ihr jeden Rest von Gleichgewicht.

Vorbei!, durchfauchte es sie. Jetzt tötet er dich.

Du *bist* schon tot.

Wieder stemmte er sich über den Rand, das Gesicht voller Blut. Ihr Tritt hatte seine Nase zertrümmert und – Ironie des Schicksals – sein linkes Auge zerquetscht. Aber im Gegensatz zu ihr hatte er noch immer genügend Kraft, um weiterzumachen, nicht aufzugeben.

Saga schwankte zur Seite und brachte taumelnd die Mastspitze zwischen sich und ihn. Als er noch im Klettern erneut mit der Sichelaxt ausholte, kam die Schneide nicht bis zu ihr, sondern fuhr knirschend ins Holz – und blieb stecken.

Sie erwartete, dass er sich endgültig über die Brüstung zog, aber plötzlich verharrte er. Seine Hand riss die Axt zurück. Er selbst hing mit dem Oberkörper von außen über der Brüstung, machte aber keine Anstalten mehr, zu Saga ins Innere zu klettern. Sein Gesicht zuckte, tiefe Falten gruben sich in seine Stirn – dann rutschte er rückwärts nach unten, schleifte außen am Korb entlang und verschwand zum zweiten Mal aus Sagas Blickfeld.

Vor Schmerz war sie kaum noch bei Bewusstsein. Ihre Zunge konnte nicht aufhören, von innen über die Zähne zu zucken, entlang dieser grässlichen, *fremden* Hautlappen, die einmal ihre

Wange gewesen waren. Kühle Luft drang in ihren Mund, nicht über die Lippen, sondern durch eine Öffnung, die eigentlich gar nicht da sein durfte. Das war alles, was sie denken konnte: Da darf doch kein Loch sein! Nicht in meinem *Gesicht*!

Sie verlor den Halt, wollte sich auffangen, prallte mit der Schulter gegen den Mast, sackte nach vorn. Die gegenüberliegende Brüstung verhinderte, dass sie abstürzte, und als sie mit ihrem einen, blutgetränkten Auge einen Blick in die Tiefe erhaschte, sah sie dort *zwei* Gestalten im Netz hängen. Zwei Menschen, die auf bizarre Weise aneinander klebten, der eine weit beweglicher als der andere, flink und schnell wie eine Katze.

Karmesin.

Sie war splitternackt. Der Lärm musste sie geweckt haben, und nun war sie hier, als Erste oben in den Wanten, und in ihrer Hand glitzerte eine Waffe, nicht ihre eigene, sondern die Sichelaxt des Fremden, die sie ihm abgenommen hatte und jetzt zurückgab – mit der Schneide voraus, geradewegs in die Brust.

Der Mann verlor seinen letzten Halt, als die Waffe sein Brustbein spaltete. Stumm rutschte er ein Stück am Netz hinab, stürzte seitlich über den Rand und krachte nach kurzem Fall aufs Deck. Ein Aufschrei ging durch die versammelten Mädchen, die panisch auseinander sprangen. Die nackte Karmesin, silbrig schimmernd im Mondlicht, war nur einen Augenblick später unten, rasend flink wie eine Spinne. Ihre Knie stießen in den Rücken des leblosen Körpers, ihre Hand zerrte ein Messer aus seinem Gürtel – dann führte sie die Klinge mit einem tiefen, sauberen Schnitt von hinten über seine Kehle.

Saga sackte zusammen, lag mit angezogenen, verdrehten Beinen am Boden des Mastkorbs und hatte das Gefühl, dass die Welt ganz woanders war, sehr weit weg von ihr.

Später, viel später erwachte sie in tiefer Dunkelheit und hörte eine Stimme.

»Dein Bruder ist frei«, flüsterte Violante sanft. »Lange vor den Bergen habe ich einen Boten nach Hause geschickt, mit dem Befehl, ihn laufen zu lassen … Ich wollte, dass du das weißt.«

Sterbe ich?, fragte sie. Aber die Worte kamen nicht über ihre Lippen. Bin ich blind?

»Schlaf jetzt weiter.«

Faun ist frei? Ich hätte ihn gern noch mal gesehen.

Ihr Gesicht fühlte sich an wie abgeschält. Gar nicht wie *ihr* Gesicht.

Schlaf weiter.

Ich schlafe.

Du lebst. Alles wird gut.

Faun …?

Faun ergriff Tiessas Hand, als das kleine Boot in einen Seitenkanal schaukelte, und ließ sie nicht mehr los, bis sie an Land gingen. Er spürte, dass sie ihm einen verstohlenen Blick zuwarf, schaute selbst aber weiter nach vorn, nicht so sehr, weil ihn die Häuser dieser seltsamen Stadt auf dem Meer so faszinierten, sondern weil er Angst davor hatte, was er in Tiessas Augen lesen würde. In seinem Bauch rumorte es, und das lag nicht am Hunger.

»Da es ist«, sagte der Venezianer, der das schlanke Boot mit einem Stab den Kanal entlanglenkte. Mit einem Kopfnicken deutete er auf ein breites Gebäude am rechten Ufer. »Fonticus. Der Handelshof der Deutschen. Gibt viele Deutsche hier in Venedig. Lohnt sich, eure Sprache sprechen. Viele gute Kundschaft, davon.«

Sie legten an einer steinernen Treppe an, die aus dem Lagunenwasser heraufführte wie das Überbleibsel einer zweiten, längst im Meer versunkenen Stadt. Seit Faun und Tiessa am Morgen in Venedig angekommen waren, hielt die sonderbare Stimmung dieses Ortes sie fest im Griff. Egal, wohin sie blickten, es gab überall Hinweise auf versteckte Rätsel. Hinter allem und jedem schien sich eine geheime Wahrheit zu verbergen. So wie hinter dieser Treppe, die aus den Tiefen der Lagune heraufführte, als gäbe es dort unten etwas, zu dem sich hinabzusteigen lohnte.

Glanzvolle Paläste erhoben sich neben schlichten, vielfach geflickten Holzhäusern, die noch aus der Zeit der frühen Besiedlung der Laguneninseln stammten. Menschen aus aller Herren Länder fuhren in Booten über die verschlungenen Wasserwege und redeten in vielen Sprachen durcheinander, trugen mal farbenfrohe, mal schlichte Kleidung, hatten helle, gebräunte oder schwarze Haut. Seit Tiessa und Faun mit einem Boot vom Festland auf die Inseln übergesetzt waren, hatten sie die Münder vor Staunen kaum mehr zugemacht. Alles war neu, war wunderbar.

Venedig empfing sie mit offenen Armen. Schweren Herzens hatten sie vor dem Übersetzen die beiden Pferde verkauft, und nun, da sie wieder ein wenig Geld in den Taschen hatten, kannte die Freundlichkeit der Einheimischen keine Grenzen. Ein fliegender Händler hatte ihnen ihre erste warme Mahlzeit seit Tagen verkauft, scharf gewürztes Fleisch in einem golden gebackenen Brotmantel, und sich dabei vor Höflichkeit fast überschlagen. Als sie nach einem Boot gesucht hatten, das sie zum Fonticus bringen sollte, hatten sich gleich ein halbes Dutzend Bootsleute angeboten. Faun und Tiessa hatten sich für jenen entschieden, der am besten ihre Sprache verstand, weil beide es gründlich leid waren, sich mit Händen und Füßen zu verständigen.

Vor ein paar Tagen hatten sie in Mailand erfahren, dass der Heerzug der Magdalena bereits nach Venedig weitergezogen war; und nun, in Venedig, erzählte man ihnen, die Flotte sei drei Tage zuvor in See gestochen. Faun konnte kaum glauben, dass er Saga erneut so knapp verpasst hatte.

Doch sein Zorn und seine Enttäuschung hatten sich inzwischen gelegt. Der Anblick Venedigs beschäftigte alle seine Sinne und ließ kaum Raum für weitere Gefühle – abgesehen vielleicht von der Freude, die es ihm bereitete, Tiessa heimlich zu beobachten, wenn sie staunend auf die vorübergleitenden Fassaden starrte.

Sie bezahlten den Bootsmann und traten durch den Torbogen

des Fonticus. Am Ende eines breiten Gangs voller Menschen lag ein Innenhof, über den sich ein verwinkeltes Holzgestänge spannte. Bei schlechtem Wetter wurde der Hof abgedeckt, damit die Geschäfte weitergehen konnten. Heute aber brannte die Sonne auf eine Vielzahl von Ständen und Verkaufsbühnen herab. Aus allen Richtungen schrien Stimmen durcheinander, priesen Waren an, riefen Gebote. Die meisten verhandelten auf Deutsch, andere auf Lateinisch, Italienisch oder in Sprachen, die Faun nie gehört hatte. In den Auslagen sah er Seidenballen und Gewürzkrüge, Bernstein, Pelze und Korallen. Es gab Schweinehälften und edlen Fisch, Arzneimittel und tönerne Weinballons. Pfeffer wurde in unterschiedlichen Qualitäten angeboten, außerdem Öle, Häute und stinkender Tran. Manch einer schleppte Säcke mit Getreide zum Ausgang, andere trugen Kisten mit Töpferwaren herein und fluchten über jeden, der ihrer zerbrechlichen Last zu nahe kam. Weinfässer wurden polternd übers Pflaster gerollt, Käfige mit Tieren transportiert, und es war schlichtweg unmöglich, länger als ein paar Sekunden an derselben Stelle zu stehen, weil immer irgendjemand irgendwohin wollte und man meist gleich mehreren Händlern und Knechten im Weg stand.

Faun beugte sich zu Tiessa hinüber. Blonde Haarspitzen rollten sich über ihren Ohren nach oben und kitzelten seine Nase. Sie sah ihn von der Seite an und lächelte. »Hast du eine Idee, wie es jetzt weitergehen soll?«

Er grinste. »Wir müssen nur jemanden finden, der uns für wenig Geld sein Schiff und seine Mannschaft verkauft.«

»Warum versuchen wir nicht, jemanden zu finden, der uns sagen kann, wohin genau deine Schwester und die anderen unterwegs sind?«

»Ins Heilige Land, denke ich.«

Sie verdrehte die Augen. »Und auf welcher Route?«

Verblüfft sah er sie an. »Davon gibt's mehrere?«

Mit einem Seufzen ließ sie ihn stehen und wandte sich an

einen Händler, der billige Schmuckstücke aus Leder und Holz verkaufte. Sie redete auf ihn ein, schüttelte den Kopf, als er ihr eine Kette aufschwatzen wollte, und kam schließlich zurück zu Faun.

»Er meint, es gäbe ganz in der Nähe ein Wirtshaus, in das nur Deutsche gehen. Vor allem Seeleute, sagt er. Die Wirtin ist die Einzige weit und breit, die deutsches Bier über das Gebirge bringen lässt. Seit ein paar Tagen sollen dort Söldner herumlungern, die mit dem Heer der Magdalena aus Mailand gekommen sind.«

Faun war dankbar, das Gedränge des Fonticus hinter sich zu lassen. Zwei Gassen weiter blieben sie vor einer Gasthaustür stehen. Es roch nach gebratenem Fleisch und Kohl. Über den Eingang war ein Brett genagelt, in das jemand mit glühendem Eisen Buchstaben eingebrannt hatte. Unter dem Dreck vieler Jahrzehnte war kaum mehr zu erkennen, ob das Haus aus Holz oder Stein bestand.

»Gehen wir rein?«, fragte Tiessa.

Er zögerte. »Sieht nicht aus wie ein Ort für junge Mädchen.«

»Oh, Faun, *bitte*!«

»Ich mache mir Sorgen, das ist alles.«

Plötzlich küsste sie ihn auf die Wange. »Das ist lieb von dir ... Gehen wir jetzt rein?«

»Ich mach mir noch größere Sorgen, wenn du *so was* tust.«

»Was?«

Er berührte seine Wange. »Das, eben.«

Sie wollte gerade zu einer Erwiderung ansetzen, als die Tür des Gasthofs aufflog.

Ein Mann landete zu ihren Füßen auf dem Gesicht und stemmte sich unbeholfen hoch. Er war ein großer, stattlicher Kerl, aber im Augenblick bot er einen erbärmlichen Anblick. Erbrochenes klebte wie der Schatten eines Diadems an seinem ledernen Wams, und seine Augen blickten trübe unter halb geschlossenen Lidern hervor.

Mit einem unverständlichen Knurren stolperte er davon.

Tiessa und Faun blickten ihm hinterher, als eine fette Frau ihren Kopf durch die Tür steckte. »Scheißkerl, verdammter«, fluchte sie auf Deutsch. »Bleib mir weg mit deinem Scheißgerede von irren Weibern auf Scheißhimmelfahrtskähnen.«

Mit einem Donnern schlug sie die Tür zu.

Faun blickte Tiessa an.

Sie nickte nur, drehte sich um und eilte dem Betrunkenen nach, der in einer der Seitenstraßen verschwunden war.

Zwei Ecken weiter fanden sie ihn wieder. Er kniete am Ufer eines Kanals und übergab sich kopfüber ins Wasser. Tiessa rümpfte die Nase und hielt Abstand, aber Faun trat neben ihn und wartete geduldig, bis das Husten und Spucken ein Ende hatte.

»Geht es dir gut?«, fragte er.

Der Mann wandte langsam den Kopf. »Wonach sieht das wohl aus?«

Faun ließ sich nicht beirren, während Tiessa nervös von einem Fuß auf den anderen wippte. »Kannst du uns etwas von dem Kreuzzug erzählen?«, brach es unvermittelt aus ihm heraus. »Von den Mädchen, die vor drei Tagen in See gestochen sind?«

»Bist du einer ihrer Kerle? Ein Bräutigam?« Er rieb sich die Augen.

»Ihr Bruder«, sagte Faun. Er sah keinen Grund, die Wahrheit zu verschweigen. »Meine Zwillingsschwester ist eine von ihnen.«

»Zwillingsschwester, so, so. Scheint eine Menge Zwillinge zu geben in letzter Zeit.«

Faun verstand nicht recht, wie er das meinte, entschied aber, es vorerst gut sein zu lassen. »Kennst du die Route? Wohin genau sie wollen, meine ich.«

»Welche Hafenstadt?«, meldete sich Tiessa zu Wort. »Akkon? Oder Tyrrus?«

»Ihr wollt ihnen folgen?«

»Ich muss meine Schwester finden.«

Der Söldner wollte sich hochrappeln, bekam aber nur eine halbe Drehung zustande und landete mit ausgestreckten Beinen auf dem Hinterteil. Mit dem Lederärmel wischte er sich Erbrochenes vom Kinn. Tiessa ächzte angewidert.

»Wirst sie nicht mehr einholen, Junge«, sagte der Mann mit weinschwerer Stimme. Sein Blick war noch immer getrübt, als blicke er in eine Ferne, die nur in seiner Erinnerung existierte. »Einmal unterwegs, wird die nichts mehr aufhalten. Außer vielleicht eine Piratenflotte, wenn sie groß genug ist. Oder die Schiffe der Sarazenen.«

Faun hatte dieselbe Befürchtung, aber er war nicht bereit, deshalb aufzugeben. Er hatte sich in zu vielen Nächten den Kopf darüber zerbrochen, was Saga alles zustoßen mochte. Es gab keine Vorstellung, die ihn jetzt noch schrecken konnte.

»Sag mir, Junge, wie ist dein Name?«

»Faun.«

Der Söldner sah ihn an und sagte nichts. Dann ließ er plötzlich den Kopf nach hinten sacken und brach in trunkenes Gelächter aus.

»Faun?«, brachte er zwischen krächzenden Lachern hervor. »Der Faun von Burg Lerch? Den Violante in ihren Kerker geworfen hat?«

Tiessa berührte Faun an der Hand.

»Du kennst meine Schwester?«, entfuhr es ihm verblüfft. »Du kennst Saga! ... Die Magdalena?«

Der Mann ließ sich auf den Rücken fallen und lag jetzt auf dem Pflaster. Seine rechte Hand hing über der Uferkante, die andere öffnete und schloss sich im Staub. Sein grauer Pferdeschwanz hatte sich gelöst.

»Die Magdalena ... gottverdammt, ja, die kenne ich.« Er schloss die Augen und schlief ein.

Faun fiel neben ihm auf die Knie, packte ihn an den Schultern und schüttelte ihn. »Heh!«, brüllte er. »Du kannst jetzt nicht schlafen!«

Der Mann öffnete ein Auge. »Willst du im Kanal landen?«

Faun starrte ihn verständnislos an. »Was?«

»Nimm deine Finger von mir. Sofort.«

Faun zog die Hand zurück.

Der Hinterkopf des Söldners fiel zurück aufs Pflaster. »Scheiße!«

»Du hast gesagt, du kennst sie. Wie geht es ihr?«

Keine Antwort.

»Wie heißt du?«

»Zinder.« Der Mann rieb sich den Kopf und versuchte, den Oberkörper zu heben. Stöhnend kam er wieder zum Sitzen. »Das hat wehgetan.«

»Erzähl mir von Saga!«

»Nicht so schnell. Ich bin noch immer viel zu besoffen, um –«

Tiessa drängte sich neben Faun. »Bitte«, sagte sie sanft.

»O Himmel!«, fluchte Zinder. »Wer bist *du* denn? Noch 'ne Schwester?«

»Tiessa.«

»Schöner Name.«

Faun sah hilflos von einem zum anderen und warf mit einem Seufzer die Arme in die Luft.

»Zinder«, sagte Tiessa eindringlich, »kannst du uns bitte mehr über Saga erzählen? Und über den Weg, den sie und die anderen nehmen wollen?«

»Über Saga – ja. Aber über den Weg? Keine Ahnung, mich haben sie in Mailand rausgeworfen. Mich und alle meine Männer. Haben dieses Weib dafür angeheuert. Berengaria! Ausgerechnet! Herrgott noch mal!« Er verdrehte die Augen. »Mir ist schlecht.« Er schaffte es gerade noch bis zur Uferkante, als ein neuer Schwall von Erbrochenem aus seinem Mund schoss und ins Wasser klatschte.

»Das hat doch keinen Zweck«, raunte Faun ungeduldig. Am

liebsten hätte er den Säufer mit einem Tritt in die Lagune befördert.

Tiessa ging neben Zinder in die Hocke, legte ihm eine Hand auf den Rücken und fragte mitfühlend: »Ist es jetzt besser?«

»Gott nochmal… Ich hab mir in die Haare gekotzt.«

Ein Wiedersehen

Zwei Stunden später saßen sie sich im Schneidersitz gegenüber, auf dem sommerwarmen Pflaster unweit des großen Kanals. Die Abendsonne glitzerte auf dem Wasser. Boote zogen vorüber, winzige Segler und Kähne mit Ruderern. Möwen schnappten sich Fische und Abfall aus goldfarbenen Wogen.

»Zuletzt bin ich also nach Venedig gekommen«, beendete Zinder seinen Bericht und rieb sich zum hundertsten Mal die rotgeränderten Augen. Das beschmutzte Wams hatte er im Kanalwasser grob gereinigt, aber das änderte kaum etwas an dem Gestank. »Und ist es nicht eine wundervolle Stadt!«, rief er spöttisch. »Zugegeben, ich habe nicht viel davon gesehen, weil ich schon auf dem Weg hierher mit dem Trinken begonnen habe.«

Tiessa spielte nachdenklich mit Elegeabals Amulett. Wie eine Münze drehte sie den flachen Stierkopf zwischen den Fingern, bis sich das Lederband immer enger um ihren Hals wickelte und sie es rasch wieder auseinander schnellen ließ.

»Warum bist du ihnen überhaupt gefolgt?«, fragte Faun.

»Weiß der Teufel. Hatte nichts Besseres zu tun, schätze ich.« Er wich Fauns Blick aus. »Die großen Schlachten finden im Moment weiter unten im Süden statt. Aber was soll ich mir für einen Kaiser den Schädel einschlagen lassen, den überhaupt niemand als Kaiser haben will?«

Tiessas Aufmerksamkeit schien noch immer vor allem dem Mithras-Anhänger zu gelten. »Du hast das Söldnerdasein satt«, stellte sie fest. »Manchmal ist das so. Das Leben, das man führt, gefällt einem nicht mehr – und dann hört man einfach damit auf.«

Faun und Zinder sahen sie an, beide gleichermaßen erstaunt, aber Tiessa blickte nicht von ihrem Amulett auf. Sie drehte es gedankenverloren zwischen den Fingern und zwirbelte dabei das Lederbändchen immer wieder auf und zusammen.

»Wie alt bist du?«, fragte Zinder.

»Das hat nichts mit Alter zu tun. Jeder kann Entscheidungen treffen. Dazu gehört nicht viel. Sieh her!« Sie ließ den Anhänger vor den Augen baumeln und schob ihn dann abrupt unter ihre Kleidung. »Eine Entscheidung. Ganz einfach.«

In seinem Zustand hatte Zinder sichtliche Mühe, ihren Gedankengängen zu folgen. Faun erging es nicht besser. Immer wenn er glaubte, er kenne sie endlich gut genug, tat sie etwas, das ihn aufs Neue verblüffte.

Der Söldner räusperte sich. »Viele Leute haben Dinge satt und tun sie trotzdem. Weil sie keine Wahl haben.« Er schüttelte resigniert den Kopf. »Ich hätte es genauso machen sollen wie die anderen. Hätte das verdammte Gold des Erzbischofs nehmen und verschwinden sollen. Stattdessen bin ich hier und hab alles versoffen, was ich noch hatte.«

Faun wollte das Gespräch wieder auf Saga lenken, aber Tiessa kam ihm zuvor. »Was hättest du denn gemacht, wenn sie dich mitgenommen hätten?« Aus irgendeinem Grund schien das Schicksal des Söldners sie zu beschäftigen. »Wirklich gegen die Sarazenen gekämpft?«

»Das hab ich mich auch gefragt.« Zinder musterte Tiessa mit einer Mischung aus Verwunderung und neuem Respekt. »Ich weiß darauf keine Antwort. Eigentlich wollte ich immer nur irgendwo ein Stück Land und ein Haus darauf. Na ja, nicht *immer*. Aber seit mir die Haare ausgehen.«

»Schön und gut.« Faun brachte keine Geduld mehr auf für Zinders Leidensgeschichte. »Wir werden ihnen folgen, irgendwie.«

»Irgendwie!« Zinder lachte auf. »Hast du eine Ahnung, was zwei Überfahrten kosten? In *Venedig*? Schau dich doch um, hier wimmelt es nur so von Halsabschneidern.«

Faun schob trotzig das Kinn vor. »Wir brauchen nicht viel Platz, und wir können –«

»Die Venezianer haben vor sechs Jahren eines der größten Heere Europas übers Ohr gehauen, ihm die letzten Ersparnisse aus der Tasche gezogen und es dann in einen Krieg geschickt, den es nie führen wollte. Warum sollten sie da mit euch beiden zimperlicher sein?«

Faun biss sich auf die Unterlippe und schwieg.

»Wir haben nichts, das sie uns wegnehmen könnten«, sagte Tiessa sachlich. »Nur ein paar Münzen.«

»Die meisten Leute hier werden euch nicht einmal anhören. Und der Rest – nun, dem solltet ihr besser aus dem Weg gehen, wenn ihr nicht auf irgendeinem Sklavenschiff enden wollt.« Er schüttelte den Kopf, seltsam träge, weil er noch immer unter der Wirkung seines Rausches litt. »Ich gebe euch beiden einen Rat, weil du, Junge, Sagas Bruder bist und ich deine Schwester gemocht habe. Wahrscheinlich ist es das Einzige, das euch irgendwer in dieser Stadt umsonst geben wird.« Er beugte sich vor, um seinen Worten mehr Gewicht zu verleihen. »Geht nicht zum Hafen. Sprecht mit niemandem. Kehrt einfach zurück, woher ihr gekommen seid.«

»Saga wäre nicht umgekehrt«, sagte Faun. »Du kannst sie nicht besonders gut gekannt haben, sonst wüsstest du das. Sie und ich sind uns in vielem ähnlich.«

»Verlass dich nicht darauf. Du könntest eine böse Überraschung erleben.«

»Wie meinst du das?«

»Das alles, dieser hirnverbrannte Kreuzzug, ist *ihr* Tun. Sie hat diesen Mädchen das Blaue vom Himmel versprochen, wenn sie Violante und ihr ins Heilige Land folgen. Ich weiß noch immer nicht, warum sie ihr geglaubt haben, aber das spielt auch keine Rolle mehr. Irgendwann ist es ganz von selbst passiert – sie musste überhaupt nichts mehr sagen, und die Mädchen strömten trotzdem aus allen Richtungen herbei. Was aber nichts daran ändert, dass sie die Schuld daran trägt. Ich habe gesagt, dass ich sie mag – und, bei Gott, das ist die Wahrheit! Aber das ändert nichts an dem, was sie ist und tut.«

»Die Gräfin hat sie gezwungen!« Faun ballte die Fäuste. Er wollte das nicht hören, nichts von alldem.

Zinder nickte ernst. »Saga hat das für dich getan, Junge. Jedenfalls am Anfang. Aber danach …« Er ließ seine Fingerknöchel knacken. »Es ist, als könnte sie nicht mehr aufhören, die Magdalena zu sein. Als hätte sie mit einem Mal Gefallen daran gefunden.«

»Unsinn!«

»Reise ihr nach. Frage sie. Ich würde gerne hören, welche Antwort sie dir dann gibt.«

Faun sprang auf. »Ich muss mir das nicht anhören. Tiessa, komm mit.«

»Du musst mich nicht mögen«, sagte Zinder, »und was ich über deine Schwester gesagt habe, kann dir von mir aus gestohlen bleiben. Aber höre auf das eine: Haltet euch von den Schiffen fern. Auf dem Meer könnt ihr vor niemandem davonlaufen.«

»Danke für den Rat«, gab Faun kühl zurück. »Und für deinen Bericht.«

Der Söldner winkte ab. »Ich hätte den Mund halten sollen. Jetzt wirst du dieses Mädchen hier erst recht ins Verderben führen.«

»Dieses Mädchen hier«, sagte Tiessa betont, »weiß allein, was gut für sie ist.«

»Sicher.« Zinder seufzte.

Ein wenig milder sagte Faun: »Wir sind dir wirklich Dank schuldig, Zinder. Zumindest weiß ich jetzt, dass es Saga –« Beinahe hätte er *gut geht* gesagt, aber im letzten Moment verschluckte er den Rest des Satzes.

»Viel Glück«, sagte Zinder und hob müde die Hand.

Tiessa blieb stehen. »Was wirst du jetzt tun?«

»Meinen Rausch ausschlafen«, sagte der Söldner achselzuckend. »Und dann werde ich weitersehen. Vermutlich.«

»Faun nickte ihm zu. »Dann auch dir viel Glück.«

Sie ließen Zinder allein mit seinen trüben Gedanken am Kanalufer sitzen und machten sich auf den Weg zu den Schiffen.

~

Es war Abend geworden, als Faun endlich einsehen musste, dass Zinder Recht gehabt hatte. Sie waren zum Hafen gegangen, doch gleich bei ihrem ersten Versuch, sich nach einer Überfahrt ins Heilige Land zu erkundigen, waren sie kläglich gescheitert. Obgleich die Galeere, die sie sich ausgesucht hatten, eine Gruppe Mönche nach Akkon bringen sollte, schien es sich um alles andere als ein vertrauenswürdiges Schiff zu handeln. Die Mönche mochten sicher sein, weil sie zu alt waren, um mit ihnen einen guten Preis auf dem Sklavenmarkt zu erzielen; doch im Fall von Tiessa und Faun standen die Dinge anders. Insgeheim war Faun längst zu dem Schluss gekommen, dass es niemanden in diesem Hafen gab, dem er Tiessas Wohlergehen anvertrauen würde.

Der Himmel über ihnen wölbte sich schwarz und sternenklar. Feuerbecken brannten an der Uferkante und spendeten flackerndes Licht für jene, die noch immer mit Ladearbeiten beschäftigt waren. Allmählich ließ der Trubel nach, immer mehr Seeleute verzogen sich unter Deck oder in die umliegenden Schänken des Hafenviertels.

Plötzlich packte Tiessa Faun am Ärmel und zog ihn hinter einen Kistenstapel. Aus den Ritzen roch es nach feuchter Schafswolle.

»Da vorn!« Ihre Stimme klang gepresst.

Er drehte sie an den Schultern zu sich herum und erschrak, als er sah, wie blass sie mit einem Mal war. »Was ist?«

»Sie haben uns eingeholt. Achard und seine Männer.«

Er spürte, wie sein Herzschlag aussetzte – und gleich darauf zu trommeln begann. »Achard? Du hast Achard gesehen?«

Sie nickte steif.

Er ließ sie los und lugte vorsichtig um die Kisten. In einiger Entfernung standen ein paar Männer – vier, zählte er jetzt – und steckten die Köpfe zusammen. Drei wandten ihm den Rücken zu, der vierte wurde von den anderen verdeckt. Faun hielt den Atem an. Tiessa bewegte sich neben ihm und schob den Kopf neben seinen, um etwas zu erkennen.

Die Männer traten zurück, die Gruppe löste sich auf. Zwei waren Afrikaner in europäischer Kleidung mit hohen Stiefeln und ledernen Brustpanzern; sie hatten tiefschwarze Haut und das Haar zu einer Unzahl dünner, schlangengleicher Zöpfe geflochten. Der dritte Mann war ein Araber. Er trug ein langes Gewand, ein Krummschwert mit kunstvoll verzierter Scheide und einen Turban, wie Faun ihn bislang nur bei Gauklern gesehen hatte, die sich als Spottbild eines Heiden ausgeben wollten. Er verschwand als Erster in einer angrenzenden Gasse, leicht gebückt, so als hätte er Sorge, man könne ihn entdecken.

Der vierte Mann war Achard von Rialt.

Tiessa zog sich hinter die Kisten zurück und lehnte sich mit dem Rücken dagegen. »Wann hat er uns eingeholt?«

»Er weiß gar nicht, dass wir hier sind.«

»Ach ja?«

Er nickte überzeugt. »Er will ihnen folgen, oder? Genau wie wir. Er will seine Frau zurückholen.«

Faun ließ die drei Männer nicht aus den Augen. »Wenn Elegeabal Recht hatte, dann braucht Achard sie, um seinen Anspruch auf Hoch Rialt und die Via Mala aufrechtzuerhalten.«

Faun zuckte zurück, als einer der Afrikaner einen Blick über die Schulter warf – genau in seine Richtung.

»Haben sie dich gesehen? Sag mir nicht, dass sie dich gesehen haben!« Tiessas Stimme klang angespannt.

»Nein«, antwortete er unsicher. »Ich glaube nicht.«

»Du *glaubst* nicht?«

»Warte einen Moment hier auf mich.« Ohne ihre Zustimmung abzuwarten, löste er sich geduckt von dem Kistenstapel und jagte im Schutz einiger Fässer und Seilzüge hinter den dreien her. Der Afrikaner unterhielt sich jetzt wieder leise mit den beiden anderen. Der zweite Schwarze nickte. Achard sagte gar nichts.

Hastige Schritte in seinem Rücken entlockten Faun einen Stoßseufzer. »Warum tust du nicht einmal, was ich dir sage?«, fragte er, ohne sich umzuschauen.

»Ich bleib hier nicht allein«, wisperte Tiessa.

Sie passierten die Gassenmündung, in der der Araber verschwunden war. In der Ferne brannte eine Fackel, sie steckte fest an einer Hauswand. Niemand war zu sehen.

Die drei Männer liefen jetzt etwa zwanzig Schritt vor ihnen den Kai hinab. Sie waren nicht die Einzigen, sie sich abends hier herumtrieben – auf manchen Schiffen herrschte reges Kommen und Gehen –, aber es fiel nicht schwer, sie im Auge zu behalten. Die beiden Afrikaner überragten den hünenhaften Achard um mehr als einen halben Kopf. Faun hatte selten so große Männer gesehen. Ihre seltsamen Zöpfe wippten bei jedem Schritt; einer von ihnen hatte Juwelen hineingeflochten, die aufblitzten, wenn er eines der Feuerbecken passierte. Ganz im Gegensatz dazu klebte Achards langes Haar an seinen Schultern wie Pech.

Die Reihe der ankernden Schiffe kam Faun endlos vor. Mächtige Handelsgaleeren lagen neben kleinen Küstenseglern, auf denen Bauern ihre Ernten zu den Märkten der Hafenstadt transportierten. Von manchen Decks und aus offenen Luken erklangen Stimmen: leises Gelächter, grober Gesang, gebrüllte Befehle in fremden Sprachen. Aus anderen Richtungen ertönten Hundegebell und die Laute zusammengepferchter Ziegen oder Rinder.

Achard und seine beiden Begleiter hielten auf ein Schiff zu, das nahe des Hafenendes vor Anker lag. Es unterschied sich schon auf den ersten Blick deutlich von den meisten anderen, die im Hafen vor Anker lagen. Es war lang und sehr schmal, mit dreieckigen Lateinsegeln und zwei Reihen von Öffnungen auf jeder Bordseite für die Ruder. Sein Bug lief in einem gestreckten Rammsporn aus, der – und das war ungewöhnlich – oberhalb der Wasseroberfläche lag. Am Heck bogen sich zwei hölzerne Hörner nach oben und überragten das niedrige Achterkastell.

»Eine Dromone«, flüsterte Tiessa ehrfürchtig. »Eine Kriegsgaleere, viel schneller und wendiger als die trägen Handelsschiffe. Kaufleute segeln nicht auf solchen Schiffen.«

»Piraten?«

»Normalerweise gehören Kriegsgaleeren dem Kaiser oder den Königshäusern. Aber diese hier trägt kein Wappen. Entweder hat jemand sie bauen lassen, der ungeheuer reich ist – oder er hat sie draußen auf dem Meer erbeutet.«

»Und die Venezianer würden so jemanden in ihrem Hafen dulden?«

»Nicht, wenn er *ihre* Schiffe angreift. Aber wenn es ein Abkommen gäbe und diese Piraten nur Handelsschiffe aus, sagen wir, Genua oder Frankreich überfallen … warum nicht?«

Schon den ganzen Abend über hatte sich gezeigt, dass Tiessa weit mehr über das Meer und seine Gepflogenheiten wusste als Faun; nicht aus persönlicher Erfahrung, behauptete sie, sondern vielmehr aus Reiseberichten. Doch welcher Edelmann ließ seine Tochter in Belangen der Seefahrt unterrichten?

Faun wurde von Bewegungen an Bord der Dromone in seinen Gedanken unterbrochen. Mehrere Silhouetten empfingen Achard und die Afrikaner. Mindestens einer der Männer an Bord trug einen Turban, der Umriss seines Schädels wirkte vor den Lampenkästen wie aufgebläht.

Einzelne Wörter, die der Wind an Land trug, waren ein seltsames Kauderwelsch aus Latein und Deutsch, das Tiessa vermutlich besser verstand als Faun; zumindest das Allerweltslatein, das viele Geistliche benutzten, war ihr in Bruchstücken vertraut.

In ihrem Versteck hinter Kisten warf sie ihm einen Seitenblick zu. »Wir müssen irgendwie versuchen, uns auf dem Schiff zu verstecken.«

Einen Moment lang fehlten ihm tatsächlich die Worte. »Kommt nicht in Frage«, sagte er dann mit einem Kopfschütteln.

»Aber es ist die beste Lösung.«

»Um ermordet zu werden, sicher. Oder in einem hübschen Kleid auf einem Basar zu landen. Oder *ohne* Kleid. Ist es das, was du möchtest?«

Sie runzelte unwillig die Stirn. »Achard wird Saga und die anderen verfolgen, um seine Jorinde zurückzubekommen. Und das hier ist das schnellste Schiff weit und breit. Es gibt keinen besseren Weg.«

»Das da ist ein Kriegsschiff! Zum Teufel, Tiessa, ein *Piratenschiff*! Und du willst darauf als blinder Passagier mitfahren?« Er ließ den Hinterkopf gegen die Kisten sinken.

»Wir haben zu wenig Geld für eine sichere Überfahrt«, sagte sie. »Und mit jedem Tag, den wir länger in Venedig bleiben, entfernen sich Saga und die anderen von uns. Wie sonst sollen wir sie einholen, wenn nicht damit?« Sie nickte zu der Dromone hinüber, ein imposanter, kaum beleuchteter Gigant jenseits des Kistenstapels.

Er presste die Lippen aufeinander. Obwohl alle Vernunft ihm zuschrie, dass Tiessa an Bord dieses Schiffes einer schrecklichen Gefahr ausgesetzt war – was würden die Piraten ihr wohl antun, wenn sie sie entdeckten? –, und obgleich es allem widersprach, das er sich eben noch vorgenommen hatte – nämlich für Tiessas Sicherheit zu sorgen –, musste er sich eingestehen, dass sie Recht hatte.

»Was ist nun?«, fragte sie leise.

Er sah sie an, tastete mit seinen Blicken ihr schmales Gesicht ab, in dem ihre Augen vor Entschlossenheit blitzten.

»Ich dachte, du kennst mich inzwischen ein bisschen«, sagte er sanft.

Sie schüttelte verständnislos den Kopf.

»Ich würde überall mit dir hingehen.« Er hob bebend die Hand und strich ihr übers Haar. »Weißt du das nicht?«

Für einen Moment machte sie sich ganz steif, als wolle sie nicht zulassen, dass seine Berührung sie erreichte. Dann schmiegte sie sich wortlos an ihn. Die Vorstellung, dass ihr etwas zustoßen könnte, wurde schlagartig um ein Vielfaches schmerzhafter.

Sie legte den Kopf zurück und sah ihm in die Augen. Ganz leicht öffneten sich ihre Lippen.

An Bord der Dromone ertönte ein Schrei.

Blutspuren

»Was tun die da?« Tiessas Stimme war ein erschrockenes Hauchen, kaum noch verständlich.

Faun glaubte, neben seinem eigenen Herzen auch das ihre schlagen zu hören. Seine Hände zitterten noch immer, obwohl sie sich wieder aufgesetzt hatte. Sie blickten jetzt beide verstohlen an den Kisten vorüber zum Schiff.

An Deck der Dromone herrschte Aufregung. Mehrere Stimmen redeten durcheinander, jemand lachte. Dann ertönte der Schrei zum zweiten Mal, gefolgt von einem dumpfen Keuchen. Plötzlich erhob sich eine der Gestalten vom Deck, schwebte höher und höher, strampelte mit den Beinen und hatte die Hände an die Kehle gelegt.

»Sie knüpfen jemanden auf!«, entfuhr es Faun.

Tiessa blickte gebannt auf die Versammlung der Silhouetten im schwachen Gegenlicht der Bordlaternen. Es fiel schwer, die Männer zu zählen, weil sich die dunklen Umrisse überschnitten und gegenseitig verdeckten. Mindestens ein halbes Dutzend waren es, eher noch acht oder zehn.

Der Todgeweihte wurde mit dem Rücken am Hauptmast hochgezogen, noch immer um sich tretend, die Arme spitz angewinkelt, während er verzweifelt versuchte, die Finger unter das Seil um seinen Hals zu schieben.

Eine Tür des Achterdecks schepperte, dann stürmte Achard mit stampfenden Schritten und wehendem Haar auf die Versammlung am Fuß des Hauptmastes zu. Zornig brüllte er die Männer an, den Erhängten sofort wieder zu Boden zu lassen. Offenbar handelte es sich um einen seiner Leute. Es kam zu Rangeleien, schließlich zu einem handfesten Schlagabtausch zwischen Achard und zwei anderen Gestalten. Erst als einer der Afrikaner auftauchte, zogen sie sich zurück. Der Mann musste keine Befehle brüllen, Faun und Tiessa verstanden nicht einmal, ob er überhaupt etwas sagte. Aber die Männer respektierten ihn. Für den Mann am Mast war es zu spät. Als er endlich herabgelassen wurde, hatte er längst aufgehört zu strampeln. Mit einem hohlen Laut fiel sein Leichnam auf die Planken.

Der Streit zwischen den Männern brandete erneut auf, ein wildes Durcheinander aus Deutsch, Latein und exotischeren Sprachen. Plötzlich zog der große Afrikaner sein Schwert. Die Klinge wirbelte in einem funkelnden Halbkreis herum und trennte einem Mann in einer blitzschnellen Bewegung den Schädel von den Schultern. Faun vermutete, dass es sich um einen von jenen handelte, die sich mit Achard geschlagen hatten. Alle übrigen Männer erstarrten. Achard regte sich als Erster, verneigte sich eine Spur zu steif vor dem Afrikaner und ging dann gemessenen Schritts zurück zum Achterdeck. Der Afrikaner brüllte den Männern Befehle zu, und wenig später wurden die beiden Leichen unter Deck getragen, zweifellos um sie später auf offener See über Bord zu werfen. Der Afrikaner folgte Achard und schlug eine Tür hinter sich zu. Zuletzt hob jemand den abgetrennten Schädel auf, stand einen Augenblick lang unschlüssig damit am Fuß des Masts und trat an die Reling. Dort ließ er den Kopf achtlos ins Wasser fallen. Faun und Tiessa hörten ihn auf der Oberfläche aufschlagen.

Das Deck leerte sich, bis nur noch zwei Silhouetten zu sehen waren. Alle Übrigen hatten sich wieder in die Mannschaftsquartiere unter Deck zurückgezogen. Die beiden Wachtposten bezogen gemeinsam Stellung am Bug, warteten eine Weile, bis sie ganz sicher waren, dass der Afrikaner nicht zurückkehren würde, und ließen sich nieder. Damit verschwanden sie aus Fauns und Tiessas Sichtfeld, wurden eins mit den schwarzen Aufbauten der Dromone.

Tiessas Herzschlag hatte sich noch nicht beruhigt, und auch Faun schnappte nach Atem.

»Das ändert nichts«, flüsterte sie.

Er musterte sie prüfend. Dann wandte er seinen Blick wieder zur Sihouette des Schiffes. »Sie haben nur zwei Wächter zurückgelassen.« Er deutete auf die Planken, die an Bord der Dromone führten. »Viel Zeit bleibt uns nicht mehr.«

Sie nickte, schob sich rasch auf ihn zu und gab ihm einen Kuss auf die Wange. Er starrte sie noch an, während sie bereits das Bündel auf ihrem Rücken festzurrte.

»Viel Glück«, sagte sie, als er sich nicht regte, aber es klang eher wie: Nun mach schon!

Faun schluckte und schenkte ihr ein Grinsen.

Dann brachen sie auf.

~

Es ging leichter, als er befürchtet hatte.

Niemand beobachtete sie, als sie sich zur Anlegestelle vorpirschten, ein letztes Mal sichernd die Umgebung absuchten und bald darauf geduckt über den Steg huschten. Tiessa bewegte sich flink. Nur als die Planke, über die sie an Bord schlichen, unter ihren Füßen vibrierte und knirschte, zögerte sie, doch nun war es Faun, der sie mit sich zog.

Sie betraten das Schiff in der Mitte des Hauptdecks, auf halber Strecke zwischen dem Achterkastell und dem Bug mit dem mörderischen Rammsporn. Irgendwo dort vorn mussten sich die beiden Wachtposten aufhalten. Faun hörte sie leise miteinander reden, konnte sie aber nirgends entdecken. Wohlweislich hielten er und Tiessa sich von den trüben Lichtkreisen rund um die Lampenkäfige fern. Jenseits davon, hinter Aufbauten, Kisten und zwischen den Bänken der Ruderer war die Dunkelheit undurchdringlich.

Faun wies auf eine der vorderen Ruderreihen. Gemeinsam gingen sie dahinter in Deckung und beobachteten die Umgebung. Die beiden Wächter sprachen noch immer miteinander, einer lachte leise. Scharrende Schritte wehten herüber, aber die Männer blieben unsichtbar. In der Finsternis außerhalb des Lampenscheins mochten sich weitere Piraten aufhalten, aber Faun bezweifelte es. Wahrscheinlich waren die meisten an Land, in den Hafenschänken und Hurenhäusern.

Die Tür zu den Mannschaftsunterkünften lag im vorderen Teil des Schiffes. Schwacher Lichtschein fiel durch die Ritzen, hin und wieder waren dumpfe Stimmen zu hören.

Mit einem stummen Nicken deutete Tiessa nach vorn, an Faun vorbei, in die Nähe des Hauptmastes. Erst glaubte er, sie meinte die Blutpfütze von der Enthauptung des Seemanns; dann sah auch er die beiden Quadrate in den Planken, Flügel eines zweigeteilten Zugangs, die sich nach oben aufklappen ließen. Sie waren breit genug, um mit Hilfe von Flaschenzügen Pferde oder zerlegte Kriegsmaschinerie unter Deck zu verstauen.

Sie nickten einander zu und huschten zur Luke hinüber. Hätten sie die Blutlache umrunden wollen, wären sie einer der Lampen zu nahe gekommen. Stattdessen mussten sie große Schritte über die Pfütze hinwegmachen, konnten aber im Dunkeln kaum erkennen, ob sie nicht doch auf ihre Ränder traten.

Faun war als Erster am Eisengriff des rechten Lukenflügels. Er schob gerade die Hand durch den rostigen Ring und wollte das Holz vorsichtig anheben, als Tiessa ihm einen Stoß gegen die Hüfte gab. Er blickte auf, sah im Dunkeln ihren panischen Gesichtsausdruck und hörte im selben Augenblick Schritte, die sich ihnen vom vorderen Teil des Decks her näherten.

Hastige Schritte.

Er zog die Hand zurück und zerrte den Dolch aus seinem Gürtel. Aus Angst, das Licht könnte sich auf dem blanken Metall spiegeln, presste er die Klinge fest an seinen Körper. Gleich neben ihnen, am Fuß des Mastes, stand eine hüfthohe Kiste, die mit schweren Nägeln und Eisenleisten auf den Planken befestigt war. Ihr Deckel stand offen, darin lagen Rollen aus Seil. Es war zu spät, um ungesehen hineinzuklettern, aber sie konnten dahinter in Deckung gehen – hätten sie nur gewusst, von wo genau der Wächter herankam.

Es war ein Glücksspiel. Wenn sie sich auf der falschen Seite des Holzkastens versteckten, würde der Mann unweigerlich über sie stolpern; vorausgesetzt, er entdeckte sie nicht schon von weitem.

Tiessa zerrte an seinem Ärmel. Hastig duckten sie sich. Noch während sie hinter der Seilkiste abtauchten, sah Faun den Mann auf der anderen Seite vorübergehen. Faun atmete unhörbar auf. Er hatte sie nicht bemerkt.

Der Pirat hatte dunkle Hautfarbe, nicht so schwarz wie die beiden Afrikaner, die Achard an Bord begleitet hatten, aber doch dunkel genug, um erahnen zu lassen, dass er aus einem Land stammte, in dem Sklavenmärkte so alltäglich waren wie Viehauktionen. Er trug weite Beinlinge und ein schmutziges Wams. An seiner Seite hing ein Krummschwert in schlichter Lederscheide.

Im Schein der nächsten Laterne blieb der Wächter stehen, kratzte sich im Nacken und hustete. Dann wandte er sich ab und trat zwischen zwei Ruderbänken an die Reling, beugte sich vor und spie ins Wasser. Faun beobachtete ihn über den Rand der Kiste hinweg, obwohl es ihn drängte, vollständig dahinter in Deckung zu gehen, für den Fall, dass der Pirat sich unerwartet umdrehte und in seine Richtung schaute. Aber er widerstand seiner Angst und beobachtete weiter – was sich als das Richtige erwies, denn so sah er, wie der Mann einen Arm hob und jemandem zuwinkte, der sich an Land befand.

Sie kommen zurück!, durchfuhr es Faun. Die Besatzung kehrt zurück an Bord!

Sie *mussten* hinunter in den Laderaum. Sofort.

Der Pirat an der Reling machte keine Anstalten, seinen Rundgang wieder aufzunehmen. Stattdessen rief er etwas in seiner hastigen Sprache zum Ufer hinüber, bekam eine Antwort – gleich mehrere Antworten, von mehreren Männern! – und lachte. Der Luke und dem Versteck der beiden wandte er weiterhin den Rücken zu.

»Wir müssen es versuchen«, raunte Faun.

Tiessa nickte, ihr Gesicht ein totenbleiches Oval in den Schatten.

Er schlüpfte als Erster hinter der Kiste hervor. Tief geduckt erreichte er die Luke und behielt dabei den Mann an der Reling im Auge.

Seine Hand schloss sich um den Eisenring.

Der Mann rief wieder etwas zum Ufer hinüber. Die Stimmen, die ihm antworteten, klangen jetzt näher. Einige grölten ausgelassen.

Wo, zum Teufel, steckte nur der zweite Wächter?

Faun zog an dem Griff und glaubte im ersten Moment, die Luke sei verriegelt. Aber sie war nur schwerer, als er erwartet hatte. Wenn jetzt die Scharniere quietschten, waren sie verloren. Doch das Eisen war gefettet, der Lukenflügel ließ sich geräuschlos anheben.

Wieder sah er zu dem Piraten. Der Mann bewegte sich, als sein Blick den Ankömmlingen folgte. In der Richtung, in die er jetzt sah, lag der Steg. Sekunden später erklangen Schritte auf dem schwankenden Holz. Viele Stimmen redeten durcheinander.

Tiessa sauste heran und kroch durch den niedrigen Spalt. Rückwärts tastete sie mit den Füßen nach Leitersprossen und kletterte hinab in die Schwärze. Faun drehte sich, musste dabei umständlich die Luke nach oben halten und zugleich darunter hindurchschlüpfen.

Ein letzter Blick zu dem Piraten. Der hatte sich jetzt so weit umgewandt, dass Faun sein Profil sehen konnte. Die Nase des Mannes war mehrfach gebrochen und bucklig verheilt.

Mit einer Hand hielt Faun die Luke, mit der anderen suchte er nach Halt an der Leiter. Weiter unten flüsterte Tiessa etwas, das er nicht verstand. Das Blut pochte in seinen Ohren. Fast wäre er auf den Leitersprossen abgerutscht, weil der Lukendeckel so schwer von oben auf ihn niederdrückte.

Der Pirat drehte sich um, sah aber nicht in Fauns Richtung, sondern ging den anderen entgegen.

Faun schloss die Luke. Schlagartig wurde auch der letzte Lichtschimmer abgeschnitten. Um sie war vollkommene Finsternis.

»Ich bin unten«, flüsterte Tiessa.

Es war gut, dass sie das sagte, denn er hatte das Gefühl, als läge unter ihm ein bodenloser Abgrund. Es roch muffig, wie feuchtes Stroh oder moderige Stoffballen, und die Wärme des Tages hatte sich aufgestaut und konnte nur langsam entweichen. Bestimmt waren die Wände mit Teer ausgekleidet. Selbst bei Tageslicht würde es hier sehr dunkel sein.

Er erreichte den Fuß der Treppe. Nie zuvor war er an Bord eines Schiffes gewesen, und jetzt erschreckte ihn die Tiefe dieser Höhle im Herzen der Galeere. Möglicherweise kam ihm der Abstieg aber auch nur so lang vor, denn unter ihnen musste es noch einen weiteren Hohlraum geben, sonst hätte der Boden – wie der Rumpf – zur Mitte hin schräg zulaufen müssen.

»Bist du sicher, dass das hier keine Mannschaftsunterkünfte sind?«, fragte er leise.

Tiessa gab nicht gleich Antwort. Im Dunkeln tastete sie nach seiner Hand und zog ihn zaghaft mit sich, bis sie eine Wand erreichten. War das schon der Rumpf? Unter seinen Fingerspitzen fühlte er Holz und getrockneten Teer.

»Ja«, sagte sie, »das hier ist ein Laderaum. Die Unterkünfte sind niedriger, weil die Seeleute tagsüber ihre Lager zusammenrollen und an einem Haken unter die Decke hängen. Dafür wäre der hier viel zu hoch.«

Hand in Hand erkundeten sie die Ausmaße des Laderaums

und stießen mehrfach gegen gestapelte Kisten und Fässer, die mit Stricken zusammengezurrt und gesichert waren. Falls jemand hier herunterkam, gab es wenigstens Deckung, hinter der sie sich verstecken konnten. Er fragte sich, ob er sich nicht etwas vormachte und man sie nicht früher oder später auf jeden Fall entdecken würde. Sie brauchten Wasser und etwas zu essen, und sie mussten irgendwo ihre Notdurft verrichten; zumindest würden sie das bei der Dunkelheit nicht vor den Augen des anderen tun müssen. Dennoch bereitete ihm der Gedanke Unbehagen.

Schließlich hatten sie die Maße des Raumes durch Tasten und Abgehen einigermaßen erfasst. Sie fanden einen Stapel aus Fässern und Truhen, der ihnen als Versteck dienen konnte, und machten es sich dahinter leidlich bequem. Eng aneinander gerückt saßen sie da, eingepfercht zwischen Ladung und Bordwand. Tiessa lehnte ihren Kopf an Fauns Schulter.

Hoch über ihnen redeten dumpfe Stimmen durcheinander. Füße scharrten über Decksplanken. Türen oder Luken wurde aufgeworfen und wieder geschlossen.

»Tut mir leid«, sagte sie, »dass ich uns das eingebrockt habe.«

»Ich bin freiwillig mitgekommen.«

Ihre Hand tastete in der Schwärze sanft nach seinem Hinterkopf, ihr ganzer Körper bewegte sich, dann spürte er endlich ihre Lippen, ihre tastende Zungespitze, ihre bebende Haut an seiner.

Kurz schoss ihm durch den Kopf, dass das hier wohl nicht der richtige Zeitpunkt und schon gar nicht der richtige Ort dafür war, aber dann dachte er nichts mehr.

Seine Finger suchten die Bänder, die ihr Wams zusammenhielten, spielten erst damit, warteten, wie sie reagierte. Als sie sich nicht wehrte, öffnete er die Schlaufen am Rücken, das Wams klaffte auf und glitt an ihren Armen entlang auf ihn zu. Sie lächelte, jedenfalls erahnte er das im Dunkel des Laderaums, schüttelte das Hemd ab und warf einen letzten sichernden Blick zur Luke hinauf. Dann presste sie ihn zurück auf den Rücken, setzte sich mit nacktem Oberkörper auf ihn und ließ die Fingerspitzen über seine Brust tanzen. Sie fand die Knöpfe seines Wamses und ließ sie in Windeseile aufspringen.

Seine Hände wanderten an ihren Armen hinauf, strichen von den Schultern wieder abwärts zu ihren kleinen Brüsten, berührten ganz sachte die hellen Warzen, die sich in der Düsternis nicht vom Rest ihrer Haut abhoben. Ein leiser atemloser Laut kam über ihre Lippen. Sie beugte sich vor und küsste ihn wieder, noch heftiger diesmal. Ihre Hand schob sich zwischen ihre Körper, hinab zu seiner Hüfte. Er schloss für einen Moment die Augen, versuchte auf das Geschehen an Deck zu lauschen und hörte doch nichts als seinen eigenen Pulsschlag, das Rauschen des Bluts in seinen Schläfen.

Schließlich lagen sie nackt beieinander, geschützt von den Kisten des Laderaums, auf harten Planken, ohne zu bemerken, dass sie sich am groben Holz die Haut aufschürften. Die Zeit schien verlangsamt, die Außenwelt zerfiel wie Salzkristalle in Wasser. Nur sie waren noch da, die Kühle ihrer Haut, der glitzernde Schweiß auf ihren Leibern, Tiessas Atem, der eins wurde mit seinem eigenen. Als er in sie eindrang, flüsterte sie etwas in sein Ohr, das er nicht verstand und von dem er doch wusste, was es bedeutete. Insgeheim hatte er seit einer Ewigkeit gespürt, was er für sie empfand, und es war schön zu wissen, dass sie genauso für ihn fühlte. Erleichterung überkam ihn, dann Verlangen, dann Leidenschaft.

Tiessa atmete heftiger, aber ihre Augen blieben weit geöffnet. Darin stand ein Lächeln, leuchtend wie Tränen.

~

Hohles Rauschen und Knarren erfüllte die Dunkelheit des Laderaums, gedämpft vom Wasser zu beiden Seiten der Bordwände. Dazu ertönten vom Deck Gebrüll und dumpfe Paukenschläge.

Die Bewegungen der Ruder unter der Oberfläche klangen wie fauchende Sturmwindstöße.

»Guten Morgen!«, sagte Tiessa.

Faun war vom heftigen Schaukeln des Bodens erwacht, nur halb angezogen, und im ersten Moment wusste er nicht, wo er war. Sie beugte sich über ihn und gab ihm einen Kuss.

Als Faun ihre Lippen auf seinen fühlte, kehrte die vergangene Nacht zurück. »Alles in Ordnung?«, fragte er nach einer langen Weile sanft und fuhr mit den Fingern die Linie ihrer Wange nach.

»Abgesehen von *dem* hier?« Sie deutete in die Düsternis des Laderaums, aber ihre Stimme blieb ruhig. »Ich habe ein schlechtes Gewissen, weil es mir *zu* gut geht. Das sollte nicht so sein, oder? Wir beide, ich meine … hier.«

Er lächelte und zog sie an sich. Sie versteifte sich in seiner Umarmung. Erschrocken sah er sie an. »Tut mir leid«, sagte er unsicher, »wenn ich irgendwie –«

»Ich wollte es dir eigentlich nicht sagen«, unterbrach sie ihn. »Aber unter meinem Stiefel klebt Blut.«

Faun erkannte im Dunkeln nur eine Ahnung ihrer schlanken Beine, erst recht keine Stiefel.

»Bist du sicher?«

»Ich hab's vorhin gemerkt.« Sie hielt ihm die Fingerspitzen ihrer linken Hand hin. Da mochte etwas sein, oder auch nicht. Es war einfach zu dunkel. »Sie werden die Spuren bemerken.«

»Werden sie nicht. Wahrscheinlich sind noch viel mehr von denen durch das Blut gelaufen. Das Deck ist bestimmt voller Spuren.«

»Vielleicht. Vielleicht aber auch nicht.« Sie sah ihn fest an. »Verstehst du: Wir *wissen* es nicht.«

Da begriff er, was in ihr vorging. Es war nicht allein die Möglichkeit, dass man sie finden würde; dafür war die Sache mit dem Blut viel zu vage. Hinter ihrer Sorge steckte vielmehr die Furcht, dass sie die *Schuld* daran tragen könnte. Die Schuld daran, dass ihm etwas zustoßen könnte.

»Wirklich«, sagte er sachte, »mach dir deswegen keine Sorgen. Keiner wird etwas merken. Wahrscheinlich klebt am Deck eines solchen Schiffes ständig Blut. Ich meine, das sind Piraten und ... und *Barbaren*!«

Sie wurde ein wenig ruhiger, aber er spürte, dass ihre Sorge längst nicht besänftigt war. Zumal sie beide wussten, dass bald eine andere hinzukommen würde: Sie brauchten Trinkwasser. Ein Fladen Brot steckte noch in Tiessas Bündel, das würde ihnen zwei, drei Tage über den schlimmsten Hunger hinweghelfen. Doch an Wasser hatten sie bei ihrem überstürzten Aufbruch nicht gedacht.

Wie auch an all das andere, was ihnen auf dem Piratenschiff bevorstand. Was würde geschehen, wenn die Dromone die Flotte der Kreuzfahrerinnen einholte? Würde Achards Frau freiwillig zu ihm zurückkehren? Und wenn nicht? Abgesehen davon: Wie sollten Faun und Tiessa von Bord der Kriegsgaleere hinüberwechseln zu Saga und den anderen?

Er mochte jetzt nicht darüber nachdenken. Früher oder später würde ihnen gar keine andere Wahl bleiben, als sich damit auseinander zu setzen. Aber nicht jetzt.

»Heute Nacht schleiche ich an Deck und besorge Wasser«, sagte er. »Kein Mensch wird merken, dass es uns überhaupt gibt.«

Sie nickte, wenn auch zögernd.

Behutsam zog er sie an sich und streichelte ihr Gesicht. Er fand, dass sie sich schrecklich verletzlich anfühlte. Dabei hatte sie in den vergangenen Wochen oft genug größeren Mut bewiesen als er.

»Wir schaffen das«, sagte er. »Ganz bestimmt.«

Eine Weile lang schwieg sie, aber dann rückte sie plötzlich eine Handbreit von ihm ab und hob den Kopf. »Ich kann nicht mehr zurück, weißt du?«

»Zurück zu deiner Familie?«

Sie nickte. »Und zurück ins Reich. Sie wissen über alles

Bescheid. Über das Dokument, und dass ich es habe, und nun wahrscheinlich sogar, dass du bei mir bist. Bestimmt hat der Falkner unterwegs eine Botschaft an seinen Herrn abgeschickt.« Sie seufzte. »Ich hätte dich in all das nicht hineinziehen dürfen.«

Ein sprödes Lachen kam über seine Lippen. »Du mich? Sind wir auf der Suche nach meiner Schwester oder nach deiner?«

Sie lächelte. »Vielleicht wäre ich so oder so auf einem Schiff gelandet. Womöglich ist das hier noch besser als jetzt an Bord der Kreuzfahrerflotte zu sein.«

Er runzelte die Stirn. »Wie meinst du das?«

»Fünftausend Mädchen auf siebzehn Schiffen. Dazu ein paar tausend Ruderer und Seeleute. Und sie alle wollen ins Heilige Land, um einen Krieg zu führen, dessen Ausgang nichts mit ihnen, aber umso mehr mit Gottes Wohlwollen zu tun hat. Kommt dir das etwa nicht verrückt vor?«

»Du wolltest dich ihnen doch anschließen.«

»Bevor ich …« Sie zögerte. »Bevor ich dich getroffen habe. Da wusste ich nicht, was ich sonst tun sollte.«

Er sah in ihre Augen und hatte das Gefühl, trotz der Dunkelheit darin lesen zu können.

Blinde Passagiere

In der Nacht zog Faun seine Stiefel aus und kletterte barfuß die Leiter hinauf. Vorsichtig schob er die Luke nach oben, nur einen Spaltbreit, um hinaus aufs Deck zu blicken. Das Rauschen der Ruder hatte längst aufgehört. Aus den Mannschaftsquartieren drang Lärm durch die dicken Holzwände des Schiffs hinab in den Laderaum. Schon vor einer Weile war unter lautem Rasseln und Donnern der Anker geworfen worden. Das Piratenschiff verbrachte die Nacht im Schutz der Küste.

Faun hatte gewartet, bis oben auf Deck keine Schritte mehr ertönten. Er war sicher, dass es Wächter gab, aber das beständige Trampeln, das tagsüber in ihren Ohren gedröhnt hatte, war verebbt.

Sein Blick durch den Lukenspalt war wenig ergiebig. Die Sicht reichte nur wenige Schritt weit bis zu den Kisten, hinter denen sie sich am Vorabend versteckt hatten. Seitlich erkannte er die verlassenen Ruderbänke.

Er musste sich dazu zwingen, die Luke weiter nach oben zu drücken. Es beunruhigte ihn, dass er nur einen so kleinen Teil des Decks einsehen konnte. Sogar auf der anderen Seite der Klappe mochte jemand stehen, ohne dass Faun ihn bemerkte. Jeden Moment erwartete er, dass die Luke von oben gepackt und aufgerissen wurde.

Ein letztes Mal schaute er zurück in die Tiefe des Laderaums, hinunter zu Tiessa, die am Fuß der Leiter stand. Im Dunkeln sah er sie nur als grauen Schemen, kein Gesicht mehr, keine Regung. Er winkte ihr zu, dann schlüpfte er ins Freie und ließ die Luke ganz sanft zurück in den Rahmen sinken. Gleichzeitig schaute er sich um, entdeckte noch immer keine Menschenseele und huschte mit ein paar schnellen Schritten in den Schutz des Kistenstapels.

Sein Blick fiel über die Reling. Mondlicht glänzte auf dem Wasser und einem flachen Küstenstreifen. Sie waren weiter vom Land entfernt, als er vermutet hatte. Das Meer musste hier sehr seicht sein. Das Ufer erhob sich als grauer Wall jenseits des Wassers, dahinter wellten sich sanfte Hügel einem verwaschenen Horizont entgegen. Nirgends gab es einen Hafen, nirgends auch nur ein Gehöft. Die Piraten kannten wahrscheinlich viele solcher Ankerplätze, menschenleere Flecken an der Küste, wie geschaffen für ein Schiff, dessen Besatzung es vorzog, unsichtbar zu bleiben. Keine Lampen waren an Bord entzündet worden, nur Mond und Sterne spendeten blasses Halblicht.

Fauns Kehle war ausgetrocknet. Der Durst hatte Tiessa und ihn immer wortkarger werden lassen. Irgendwo an Deck musste es Fässer mit Trinkwasser für die Ruderknechte geben. Ein Gefäß, um das Wasser hinab in den Laderaum zu tragen, besaß er nicht; er würde sich hier oben eines besorgen müssen.

Er überwand seine Furcht und verließ den Schutz der Kisten. Seine nackten Füße verursachten kaum einen Laut auf den Planken.

Fast wäre er dem Wächter direkt in die Arme gelaufen.

Der Mann stand am Fuß des hinteren Masts und kratzte sich mit einer Messerspitze Schmutz unter den Fingernägeln hervor. Er war so vertieft in sein Tun, dass er nicht bemerkte, wie Faun zwischen den Ruderbänken abtauchte. Die Züge des Mannes lagen im Schatten, aber seine Hände verrieten, dass er ein Weißer war, vielleicht einer von Achards Räubern.

Während Faun noch überlegte, wie er sich am unauffälligsten auf die Suche nach den Trinkwasservorräten machen könnte, setzte sich der Mann am Mast in Bewegung und entfernte sich. Die Galeere besaß eine beträchtliche Länge, und schließlich konnte Faun keine Schritte mehr hören. Der Wächter musste sich jetzt vorn am Bug befinden.

Der Himmel war sternenklar und verlieh dem Deck die Farbe von Eisen. Faun hob langsam den Oberkörper und spähte über die blank geriebenen Bänke. Am Bug stand tatsächlich eine Gestalt und blickte zum öden Ufer hinüber; das musste der Mann vom Mast sein.

In der Mitte des Schiffes, angeordnet um die drei Masten, gab es zahlreiche Fässer, aber sie waren alle verschlossen und ihre Deckel mit Keilen gesichert. Eines zu öffnen hätte zu großen Lärm verursacht, und ohnehin blieb Faun keine Zeit, in jedem einzelnen nach Wasser zu suchen.

Sein Blick huschte zurück zum Achterkastell, wo sich tagsüber der Steuermann und der Kapitän aufhielten. Dort oben gab es ganz sicher Wasser. Zudem wurde dort keine Ladung aufbewahrt. Falls sich also auf dem Kastell ein Fass befand, standen die Chancen gut, dass es mit Trinkwasser gefüllt war.

Faun verließ den Schutz der Ruderbänke und eilte zur Treppe hinüber, deren Stufen hinauf zum Kastell führten. Er zog seinen Dolch. Die Waffe fühlte sich schwerer an als sonst.

Vorsichtig huschte er die ersten Stufen hinauf. Hier oben gab es in der Tat ein Fass. Es stand auf der anderen Seite des Kastells, an der zum Ufer gewandten Reling. An seinem Metallrand hingen drei verkorkte Lederschläuche. Der Deckel lag obenauf, aber Faun sah keinen Keil, nur einen Handgriff.

Ganz langsam bewegte er sich von der Treppe in die Richtung des Fasses. Dabei sah er über die Schulter zurück zum Bug. Er konnte nicht sehen, ob der Wächter dort noch stand; Mast und Takelage verwehrten ihm die Sicht.

Faun erreichte das Fass. Den Dolch hielt er fest umklammert, der Griff fühlte sich feucht an. Ihm war schlecht vor Angst. Ganz langsam hob er den Deckel und schob ihn lautlos ein Stück zur

Seite. Sein Herz schlug noch schneller, als er in der Finsternis darunter die Wasseroberfläche schimmern sah – nur tat sie das so weit unten, dass er sich wohl oder übel in das Fass hineinbeugen musste, um einen der Schläuche ins Wasser zu tauchen.

Ein leises Murmeln wurde von der Böe über das Achterdeck getragen. Wo steckte der Pirat? Der Teil des Bugs, den Faun von hier aus jetzt sehen konnte, war verlassen. Der Mann musste sich irgendwo unten zwischen den Schatten des Hauptddecks bewegen.

Faun nahm einen der Lederschläuche, entkorkte ihn und versuchte, ihn am ausgestreckten Arm ins Wasser zu tauchen. Doch die Oberfläche war zu tief unten, er musste den Dolch auf der Reling ablegen und beide Hände zu Hilfe nehmen. Vorsichtig drückte er den Lederschlauch ins Wasser. Tatsächlich stiegen Luftblasen auf, aber sie platzten so leise, dass die Laute nicht aus dem Fass ins Freie drangen.

Faun hing kopfüber im Inneren und sah nichts als Dunkelheit. Sein Wams rutschte ihm halb über den Rücken, der Wind strich kühl über seine Haut. Jede Sekunde erwartete er, dass ihn noch etwas anderes dort berührte.

Eine Hand.

Eine Axt.

Er konnte es nicht erwarten, bis der Schlauch endlich voll war. Als er ihn langsam aus dem Wasser hob, war er gerade mal zu drei Vierteln gefüllt.

Schwitzend zog er Kopf und Schultern aus dem Fass. Sein erster Blick suchte den Wächter. Vergeblich.

Die Versuchung, einen zweiten Wasserschlauch zu füllen, war groß. Faun überlegte nicht lange. Sein Dolch lag noch immer auf der Reling. Zur Not würde er schnell genug danach greifen können, um sich zu verteidigen.

Wo, zum Teufel, steckte der Pirat?

Er entkorkte den zweiten Schlauch, beugte sich wieder ins Fass hinab und presste den Lederbalg unter die Oberfläche. Einmal glaubte er ein Geräusch zu hören, das nicht von den Luftblasen stammte, aber er hatte sich gerade noch gut genug im Griff, um nicht aufzufahren und dadurch alles zunichte zu machen. Ganz langsam drehte er den Kopf so weit es ging und blickte über die Schulter. Er steckte viel zu tief im Fass, um mehr als die Sterne über sich am Himmel zu sehen.

»Guten Abend«, sagte eine Stimme hinter dem Holz.

Mit Fauns Zurückhaltung war es jäh vorbei. Er schnellte zurück, stieß sich den Kopf am gegenüberliegenden Fassrand und wurde einen Augenblick später von kräftigen Armen gepackt, die seine Handgelenke umklammerten. Verzweifelt versuchte er sich zu wehren, doch der Mann war viel stärker als er. »Herrgott noch mal, halt still! Ich will dir nichts tun.«

Verwundert kniff Faun die Augen zusammen. »Zinder?«

Der Söldner hatte den Dolch, mit dem er sich vorhin die Fingernägel gereinigt hatte, wieder eingesteckt. Aus der Scheide an seinem Gürtel ragte der Griff eines Schwertes mit ungewöhnlicher Kreuzstange. Faun war die Waffe schon während ihres Gesprächs am Kanal aufgefallen, doch jetzt sah er sie mit anderen Augen – als Bedrohung.

Faun dachte an seinen eigenen Dolch hinter ihm auf der Reling, doch der Söldner hielt ihn noch immer fest.

»Was tust du hier?«, fragte Faun.

Eine Falte erschien zwischen Zinders Augenbrauen. »Das Gleiche sollte ich dich fragen. Aber sprich leise, wenn du nicht willst, dass jemand dich hört. Unser Freund Achard vielleicht. Oder hundert andere Kerle, die dir ohne zu zögern die Haut abziehen würden.«

Faun nickte, und nach einem prüfenden Blick ließ Zinder ihn los.

»Warum bist du auf diesem Schiff?«, fragte Faun noch einmal und trat einen Schritt zurück in Richtung Reling.

Zinder zuckte die Achseln. »Ich habe Arbeit gebraucht. Ich bin Söldner. Ich kann nichts anderes.«

Da schien noch etwas zu sein, das er lieber für sich behielt. Faun spürte, dass die Gelassenheit des Mannes gespielt war. Zinder stand unter ebensolcher Anspannung wie er selbst.

Der Söldner drehte sich um, ging ein paar Schritte auf die Treppe zu, und blickte sichernd auf das Achterdeck. Faun atmete tief durch. Seine Linke tastete hinter sich, stieß gegen den Dolch auf der Reling – und bekam ihn gerade noch zu fassen, bevor er über Bord rutschen konnte.

Zinder kehrte zurück. »Ist das Mädchen noch bei dir? Tiessa?«

Faun zögerte. »Nein«, log er kurz entschlossen. »Sie ist in Venedig geblieben. Das hier ist kein Ort für sie.«

»Wo hast du dich seit der Abfahrt versteckt?«

»Unter Deck.«

»So?« Zinder verschränkte die Arme. »Es ist mutig, sich auf ein Schiff zu schleichen, wenn man sich nicht darauf auskennt. Und wenn man niemanden dabeihat, der vielleicht mehr darüber weiß als man selbst.«

Er glaubt mir nicht, dachte Faun. Hastig hob er den vollen Lederschlauch auf und hängte ihn sich um die Schultern.

Zinder kam näher. Kaum zwei Handbreit trennten sie voneinander. Die Reling drückte kantig in Fauns Rücken.

Er versuchte, in der Miene des Söldners zu lesen. Zinder mochte Saga, hatte er behauptet. Aber genügte das, um ihren Bruder nicht zu verraten? Faun bezweifelte es.

»Wisst ihr beiden überhaupt, auf was ihr euch eingelassen habt?«, fragte Zinder. »Hast du eine Ahnung, was das für ein Schiff ist?«

»Ein Piratenschiff.«

»Schlimmer. Die *Saragossa* ist nicht irgendein Piratenschiff. Sie ist das Flaggschiff von Kapitän Qwara, einem der schlimmsten Sklavenhändler im ganzen Mittelmeer. Eine ganze Flotte von Schiffen mit Sklavenhändlern und Piraten wartet mehrere Tagreisen von hier darauf, dass die *Saragossa* zu ihnen stößt. Unter Qwaras Kommando planen sie den größten Raubzug, den das Mittelmeer je gesehen hat. Fünftausend Jungfrauen fallen einem nicht alle Tage in die Hände.«

Der Söldner hatte hastig gesprochen, aber Faun verstand nur zu gut, was er sagte. Mit einem Schlag war seine Angst um Saga wieder greifbar. Zuletzt war die Sorge um sie immer diffuser geworden; nun aber war sie so intensiv wie am ersten Tag.

»Was hat dieser Qwara davon, Achard an Bord zu nehmen?«, fragte er. »Was hat er ihm zu bieten?«

»Männer.« Zinder sah sich wieder um. »Achard hat einen ganzen Trupp von Hoch Rialt mitgebracht und weitere im Hafen angeheuert. Mich eingeschlossen.«

Faun blickte ihn argwöhnisch an. Über Männer dürfte Qwara im Überfluss verfügen. »Das ist nicht alles, oder?«

Der Söldner nickte. »Achard weiß mehr über diesen Kreuzzug als jeder andere Halsabschneider, mit dem Qwara sich verbünden könnte. Über Violante … und über deine Schwester.«

Fauns Tonfall wurde eisig, als er den Söldner fixierte. »Ist es wirklich Achard, der Qwara so viel über Saga und den Kreuzzug erzählen kann? *Du* hast dich von ihm kaufen lassen!«

Zinders Lächeln war wie festgefroren. »Ich bin vielleicht käuflich, aber kein Verräter.«

Unter Deck wurden Rufe laut. Womöglich stritten die Piraten gerade, wer seine Koje verlassen und die Wache an Deck verstärken würde. Faun wandte sich zur Treppe.

»Warte!«

Er blieb stehen und sah zurück. Sein Herz hämmerte, und plötzlich kam ihm der Dolch, den er hinter seinem Rücken versteckt hielt, lächerlich vor. Gegen den Söldner hatte er damit nicht den Hauch einer Chance.

»Habt ihr genug zu essen?«

»Trockenes Brot.«

»Sobald es geht, werfe ich euch was runter. Und wegen dem da –« Er deutete auf den Lederschlauch, den Faun sich umgehängt hatte. »Ich bringe euch mehr Wasser.«

»Warum solltest du das tun?«

»Vielleicht weil wir drei aus demselben Grund an Bord dieses Schiffes sind?« Er betonte es wie eine Frage, aber in seiner Miene lag Gewissheit.

Faun hielt seinem Blick noch einen Atemzug länger stand, dann eilte er die Treppe hinunter und schlüpfte durch die Luke. Den Dolch steckte er erst wieder ein, als er sicher auf der Leiter stand und die Klappe über ihm zufiel.

FLUCHT

Allen Bedenken zum Trotz hielt Zinder sein Versprechen. Während der nächsten Nächte brachte er ihnen Wasser, getrocknetes Fleisch, hartes Brot und ein paar Früchte.

Mit keinem Wort erwähnte er den Vorwurf, den Faun ihm gemacht hatte. Vielleicht *hatte* der Söldner Qwara und Achard von ihnen erzählt, und die Männer machten sich einen Spaß daraus, ihre blinden Passagiere hier unten schmoren zu lassen. Sie konnten keinen Schaden anrichten und nirgendwohin gehen. So oder so, sie waren Gefangene.

Anders als in seiner Zelle auf Burg Lerch verlor Faun auf dem Schiff das Gefühl für die Zeit, und Tiessa erzählte ihm, dass es ihr ähnlich erging. Die Tage verrannen im schwachen Dämmerschein, der durch Ritzen im Deck hereinfiel, die Nächte in stockdunkler Finsternis.

In der siebten oder achten Nacht nach ihrer Entdeckung brachte Zinder kein Essen, sondern eine Warnung. Er trug eine Öllampe, deren Licht gespenstisch über die Bordwände zuckte. Faun erschrak, als er sah, wie hohlwangig Tiessa geworden war. Wahrscheinlich sah er selbst nicht besser aus.

»Achard ist misstrauisch geworden«, sagte der Söldner. »Offenbar hat ihm jemand gesteckt, dass Vorräte verschwunden sind. Im Moment redet er auf Qwara ein und verlangt eine Durchsuchung des ganzen Schiffs. Möglich, dass er das nur als Vorwand benutzt. Zweifellos gäbe ihm das eine wunderbare

Gelegenheit, seine Leute in jeder Ecke der *Saragossa* herumschnüffeln zu lassen.«

»Und was hofft er dabei zu finden?«

»Wer weiß?« Zinder machte eine kurze Pause und horchte zum Deck hinauf. »Vielleicht einen Beweis dafür, dass diese sagenumwobene Piratenflotte, die Qwara ihm versprochen hat, wirklich irgendwo auf uns wartet. Möglicherweise ist er davon nicht mehr ganz so überzeugt wie bei unserer Abfahrt.«

»Glaubst du, Qwara hat ihn belogen?«

»Schwer zu sagen. Vielleicht hat er ein wenig übertrieben, als er von zwanzig Galeeren gesprochen hat. Aber, nein, ich denke, es gibt diesen Treffpunkt und auch die versprochene Flotte.« Er senkte die Stimme. »Qwara und seine Leute werden Saga und den anderen noch einige Schwierigkeiten machen.«

»Warum erzählst du uns das alles?«, fragte Faun.

»Ihr müsst von Bord. Noch heute Nacht.«

Faun und Tiessa tauschten einen Blick.

»Nachdem wir so weit gekommen sind?«, fragte Tiessa.

Zinders Stimme klang gereizt. »Gestern Abend hat Qwara der Durchsuchung zugestimmt. Im Morgengrauen werden sie damit beginnen, die *Saragossa* auf den Kopf zu stellen.«

Tiessa stieß hörbar die Luft aus.

»Wer sagt, dass du uns nicht anlügst?«, fragte Faun.

»Hoffentlich dein Verstand, Junge. Weil du sonst nämlich um einiges begriffsstutziger wärest, als ich bisher angenommen habe.« Er ließ Faun keine Gelegenheit zu einer Erwiderung, sondern fuhr gleich fort: »Hört zu, wir sind nicht weit vom Ufer entfernt. *Zu* weit, um zu schwimmen. Aber es gibt ein paar Rettungsboote, und mit einem davon werdet ihr es wohl bis an die Küste schaffen.«

»Welche Küste?«, fragte Tiessa.

»Italien. Irgendwo im Süden. Weiß der Teufel, wo genau.« Sie presste die Lippen aufeinander und schien ein Stück in sich zusammenzusinken.

Faun sah hinauf zur geschlossenen Luke. »Sind Wächter an Deck?«

»*Ich* bin der Wächter«, entgegnete Zinder. »Nachts Wache zu halten ist nicht gerade die beliebteste Aufgabe an Bord. Achard hat dafür gesorgt, dass ich besonders oft das Vergnügen habe.«

»Sonst ist keiner da oben?«

»Nicht im Moment.«

»Was ist das zwischen dir und Achard?«

»Sagen wir, bei unserer ersten Begegnung auf Hoch Rialt sind wir nicht gerade die besten Freunde geworden. Später dann, in Venedig, habe ich ihn überzeugen können, dass niemand so viel über das Heer der Kreuzfahrerinnen weiß wie ich. Er glaubt, dass ich einen Großteil dieser Mädchen zu Kämpferinnen ausgebildet habe – und dass ich ihre Schwächen kenne.«

Faun traute Zinder nicht über den Weg. Und doch standen dagegen all die Tage, in denen der Söldner für sie den Kopf riskiert und sie mit Wasser und Nahrung versorgt hatte. Er blickte zu Tiessa hinüber, aber sie starrte nur düster zu Boden.

»Was ist mit dir?«, fragte er schließlich den Söldner.

»Ich bleibe. Mir droht keine Gefahr. Erst recht nicht, wenn ihr beiden von Bord seid.« Zinder deutete auf ihre Bündel am Boden. »Und jetzt packt eure Sachen zusammen. Es geht los.«

~

Auf jeder Seite der *Saragossa* gab es drei Beiboote. Sie ruhten in Aufhängungen aus Holz und Tauen. Im Ernstfall würde nur ein Bruchteil der Besatzung darin Platz finden. Eines von ihnen unbemerkt zu Wasser zu lassen entpuppte sich als mühsamer, als Faun gehofft hatte.

Der Himmel war in dieser Nacht bedeckt, die Luft drückend. Möglicherweise zog ein Gewitter herauf. Doch nach all den Tagen der Gefangenschaft unter Deck erschien es Faun und Tiessa wie ein Geschenk, überhaupt frische Luft atmen zu dürfen.

Das Ufer war fast unsichtbar, so weit lag es entfernt. Faun wusste, wie man ruderte, aber es war Jahre her, seit er zuletzt in einem Boot gesessen hatte. Schon damals hatte er sich nicht wohl gefühlt – auf einem *Tümpel*, und was hätte da schon passieren können? –, und jetzt, auf dem offenen Meer, wurde ihm übel bei dem Gedanken, sich in einer solchen Nussschale den Wellen anzuvertrauen. Tiessa war schweigsam und sichtlich verängstigt.

Zu dritt gelang es ihnen schließlich, dass Boot zu Wasser zu lassen. Zinder hatte eines der Beiboote am Bug gewählt, für den Fall, dass es von der aufgewühlten See gegen den Rumpf der *Saragossa* geworfen werden würde. Hier vorn war die Gefahr nicht ganz so groß, dass der Lärm jemanden alarmieren würde. Trotzdem blieb ihnen kaum Zeit. Spätestens beim vierten, fünften Schlag gegen das Schiff würde irgendwer heraufkommen, um nach dem Rechten zu sehen.

Der Kiel des Ruderbootes schlug auf die Wellen. Sofort wurde es erfasst und gegen die Schiffswand geschleudert. Das Donnern des Aufpralls war um einiges lauter, als Faun befürchtet hatte. Ein solcher Krach konnte gar nicht unbemerkt bleiben.

»Rein mit euch!« Zinder hakte das Ende einer Strickleiter an der Reling ein. Tiessa kletterte als Erste in die Tiefe. Das Ende der Leiter baumelte ins Wasser und wurde von den Wogen umhergeschleudert. Tiessas Gewicht hielt den oberen Teil einigermaßen ruhig, aber sie war zu leicht, um gegen die Gewalten der See weiter unten anzukommen. Die Leiter drohte sich zu verheddern und sie mit dem Rücken gegen den Rumpf zu schleudern. Tiessa gelang es, siche gerade so weit zu drehen, dass sie nur mit den Knien gegen das Holz schlug. Sie stieß einen dumpfes Stöhnen aus, konnte sich aber festhalten.

Noch schwieriger wurde es, von der Leiter zum Boot überzuwechseln. Als die Seite des Ruderboots zum zweiten Mal lautstark gegen den Rumpf der *Saragossa* krachte, stieß Tiessa sich ab und versuchte, sich im Sprung zu drehen. Sie prallte mit dem Oberschenkel gegen eine der Bänke, rappelte sich auf und machte sich daran, die Ruder loszuschneiden; sie waren mit Seilen an den Bänken festgebunden.

Faun wollte ihr gerade auf die Leiter folgen, als Zinder einen Fluch ausstieß.

»Schnell!«, rief der Söldner.

Faun folgte seinem Blick. Über dem Horizont im Osten war ein feiner rötlicher Schimmer erschienen, das allererste Glühen des Sonnenaufgangs. Es reichte nicht aus, um die Gesichter der Männer zu erhellen, die jetzt durch die Tür des Achterkastells an Deck stürzten, und so erfuhr er nicht, ob Achard oder Qwara unter ihnen waren.

»Beeil dich!«, befahl Zinder noch einmal, dann zückte er seinen Dolch. Das Schwert mit der auffälligen Kreuzstange ließ er in der Scheide stecken.

Etwas in Faun sträubte sich, den Söldner sich selbst zu überlassen. Gerade wollte er nach seiner eigenen Klinge greifen, als Zinder ihm einen groben Stoß gegen die Schulter versetzte.

»Lass das! Sie braucht dich!«

»Die werden dich umbringen!«

»Willst du, dass sie Tiessa in die Finger bekommen? Ihr müsst rudern. Schnell!« Mit einem zweiten, noch heftigeren Stoß verlieh er seinen Worten Nachdruck.

Noch einmal kreuzte Faun seinen Blick. Er wusste nicht, was er sagen sollte. Alles erschien ihm falsch und richtig zugleich.

Die Piraten rasten heran, umrundeten in Windeseile Kisten und Masten. Vier waren es mindestens, vielleicht noch weitere dahinter.

»*Verflucht, Faun! Hau schon ab!*«

Faun zog sich über die Reling. Seine Füße berührten die Sprossen. Die Leiter tobte unter ihm. Tiessa schrie etwas. Das Ruderboot krachte zum dritten und vierten Mal gegen den Rumpf. Bald würde die ganze Mannschaft auf den Beinen sein.

Die ersten beiden Piraten erreichten Zinder, ein Araber mit Krummschwert und ein Afrikaner, in dessen Wangen ein Muster aus Perlen eingestochen war. Er trug einen leichten Streitkolben mit stachelbewehrtem Klingenkopf. Als der Mann seinen Mund aufriss und einen Kampfruf ausstieß, sah Faun seine spitz gefeilten Zähne.

Zinder tauchte unter dem ersten Hieb des Arabers hinweg. Zugleich verfehlte ihn der Streitkolben um Haaresbreite – und hämmerte unmittelbar vor Fauns Gesicht in die Reling! Splitter hagelten ihm ins Gesicht.

Zinder stieß brüllend den Dolch vor und schlitzte dem Araber der Bauch auf. Der Mann kreischte und stolperte. Der Söldner zog ihn zwischen sich und den Afrikaner, der gerade den Streitkolben aus dem Holz zerrte. Ehe er die furchtbare Waffe erneut schwingen konnte, prallte der Araber gegen ihn und riss ihn fast zu Boden. Der Afrikaner taumelte, fing sich und wehrte mit dem Griff des Kolbens Zinders Dolchstoß nach seiner Kehle ab. Zu spät begriff er, dass es sich um eine Finte handelte. Zinder ließ die Klinge herumwirbeln, sein nächster Schlag kam von der Seite und zerfetzte den rechten Oberarm seines Gegners. Schreiend wich der Afrikaner einen Schritt zurück und ließ den Kolben fallen. Der Söldner packte seinen Dolch an der Spitze, holte aus und schleuderte ihn einem dritten Piraten entgegen, der entlang der Reling auf ihn zugerannt kam. Die Klinge bohrte sich in sein Auge und fegte ihn rückwärts von den Füßen. Zinder sah ihn nicht sterben, denn da packte er schon den Streitkolben des verletzten Afrikaners. Ehe dieser sich erneut auf ihn stürzen konnte, ließ Zinder die Waffe in einem Halbkreis auf ihn zusausen. Die Eisenspitzen fetzten das Gesicht des Schwarzen in Streifen und legten gelbliche Kieferknochen frei.

»Faun!«

Tiessas Stimme ließ Faun endlich aus seiner Erstarrung erwachen. Er blickte über die Schulter nach unten, sah sie schwankend im Boot stehen und überlegte, ob er einfach springen sollte. Aber die Entfernung war zu groß. Er würde sich auf den harten Holzkanten des Bootes alle Knochen brechen. So schnell er konnte, kletterte er deshalb die Sprossen hinab, hörte, wie über ihm an Deck der Kampf weiterging, hatte dann aber genug damit zu tun, die wirbelnde Leiter zu bändigen. Die See war zu aufgewühlt, um sich ins Wasser fallen zu lassen. Er konnte schwimmen, gewiss, hatte es aber noch nie mit solchen Wogen zu tun gehabt. Und er hatte eine Höllenangst vor dem, was darunter sein mochte: ein schwarzer Abgrund, Gott weiß wie tief. Doch so grässlich die Vorstellung all dessen war, es war nichts gegen die konkrete Bedrohung von oben, wo Zinder wie ein Wahnsinniger gegen eine Übermacht focht.

»Spring!«, rief Tiessa, aber Faun wagte es noch immer nicht. Sie hatte eines der Ruder zur Seite hin ausgestreckt und versuchte, das Boot so zu drehen, dass es sich unter ihn schob. Wenn sie nicht aufpasste, würden die Wellen ihr das Ruder aus den Händen reißen. Oder, schlimmer noch, Faun geriete mit den Beinen zwischen Boot und Bordwand.

Über ihm ertönte ein Schrei, und dann raste plötzlich etwas von oben auf ihn zu. Mit einem Blutschweif stürzte einer von Achards Gefolgsleuten in die Tiefe. Faun stieß sich mit beiden Füßen von der Bordwand ab, schwang an der Leiter zur Seite und wich dem Leichnam aus. Eine Stiefelspitze erwischte ihn an der Schulter. Er brüllte auf, verlor den Halt – und fiel rückwärts in die schäumenden Wogen.

Wasser drang ihm in Augen und Mund. Um ihn wurde es jäh stockfinster. Er strampelte mit Armen und Beinen, hörte gedämpft entsetzlichen Lärm – Wellen, die sich an dem ankernden Schiffsrumpf brachen – und stieß unverhofft wieder mit dem Gesicht durch die Oberfläche. Er sah nur verschwommen, hörte nichts als Ächzen und Rauschen und Donnern, schluckte abermals Salzwasser und bekam für einen Moment keine Luft mehr. Dann konnte er wieder sehen – und erkannte den Umriss des Ruderbootes, das sich gerade genau auf ihn zubewegte, nicht gesteuert, sondern vom Meer in seine Richtung geworfen. Hinter ihm war die *Saragossa*, und er wusste, was das bedeutete.

Es war zu spät, um zur Seite hin auszuweichen. Stattdessen streckte er die Beine, wedelte die Arme nach oben weg und sank steil in die Tiefe. Er verlor jedes Gefühl dafür, wie tief er sich unter der Oberfläche befand. Vielleicht nur eine Elle – nicht genug! Da ertönte über ihm schon ein grauenvolles Krachen und Knirschen, Holz das auf Holz traf. Zugleich erfasste ihn eine Strömung und warf ihn mit dem Rücken gegen etwas ungeheuer Hartes, Massives – den Rumpf der *Saragossa*. Muschelkanten schnitten durch seine Kleidung, womöglich durch seine Haut. Die Schmerzen vermischten sich zu einem einzigen unerträglichen Lodern zwischen seinen Schulterblättern. Trotzdem stieß er sich irgendwie ab, noch immer blind, schoss vorwärts und dann – weil ihm die Luft ausging und seine Panik die Oberhand gewann – wieder nach oben.

»Faun! Halt dich am Ruder fest!«

Er bekam tatsächlich etwas zu fassen, wurde herumgewirbelt, konnte sich aber halten und an der glatten Ruderstange entlanghangeln. Tiessa streckte ihm die Hände entgegen, und dann war da die Kante des Ruderbootes, und er zog sich hoch in Sicherheit. Die *Saragossa* erhob sich auf der anderen Seite, ein kolossaler Schatten, umrahmt vom Glühen der Morgendämmerung und etwas anderem, hellerem, schlaglichtartigem.

Blitze! Das Gewitter kam näher. Der Lärm, der gleich darauf folgte, war echter Donner, nicht mehr der Zusammenstoß des Bootes mit der Galeere.

Ihm blieb keine Zeit, um zu Atem zu kommen. Tiessa brüllte ihn an, aber er verstand nur die Hälfte und wusste nicht einmal, ob ihre Stimme wirklich so laut war oder ob ihm das nur so vorkam, weil er gerade noch dort unten gewesen war, in der tauben Leere des Meeres. Er rückte auf eine Bank, nahm ein Ruder in beide Hände und versuchte nicht auf die Rufe zu hören, die von der Reling der *Saragossa* zu ihnen herabdrangen.

Sie bekamen das Ruderboot unter Kontrolle, sicher nicht besonders elegant, und wahrscheinlich machten sie alles falsch, was es nur falsch zu machen gab. Aber irgendwie löste es sich von dem riesigen Segelschiff und bewegte sich schlingernd aufs Land zu. Bald schon wurde es von den Wogen gepackt, die ans Ufer rollten. Sie taten sich schwer, ihre Ruderbewegungen aufeinander abzustimmen, und weil Faun kräftiger war als Tiessa, drohte sich das Boot immer wieder zu drehen und quer zu stellen.

Ihre Blicke berührten sich, und Faun las in Tiessas Augen dieselbe Panik, die ihm selbst die Kehle zuschnürte.

Die verästelte Glut der Blitze füllte jetzt mehr und mehr den ganzen Himmel, die Donnerschläge folgten in immer kürzeren Abständen. Faun wusste, dass man sich bei Gewitter nicht auf flachem Land aufhalten sollte, und er fürchtete, dass es sich mit der offenen See genauso verhielt. Er hatte einmal eine Kuh gesehen, die von einem Blitz gefällt worden war; ein anderes Mal einen Wagen, der ausgebrannt an einem Kreuzweg gestanden hatte, die verkohlten Leichen der Insassen im Inneren festgebacken wie Brot auf heißem Stein. Die Vorstellung, den Blitzen schutzlos ausgeliefert zu sein, egal, was sie auch taten, machte ihn rasend. Sie mussten noch schneller werden, irgendwie an Land kommen. Dort gab es Felsen, zwischen denen sie in Deckung gehen konnten. Was dahinter lag, blieb unsichtbar.

Etwas krachte vor ihm in die Planken des Bootsrumpfes. Ein Eichenbolzen, fingerdick und vibrierend. Faun sah über die Schulter zurück zum Schiff. Die Distanz war größer, als er vermutet hatte, aber nicht zu groß für die Armbrustschützen. Eisen blitzte hinter der Reling. Dort wurde noch immer gekämpft! Zinder wehrte sich gegen eine hoffnungslose Übermacht. Faun sah weder ihn noch einen der anderen deutlich genug, um etwas über den Verlauf des Gefechts zu erkennen. Ich habe ihm nicht getraut, schoss es ihm durch den Kopf. Dabei riskiert er dort oben für uns sein Leben.

»Nicht mehr weit«, brüllte Tiessa über das Tosen der See und den Lärm des Gewitters.

Die Wellen warfen sie jetzt immer schneller auf das Ufer zu. Schließlich zogen die beiden ihre Ruder ein und ließen sich treiben. Als ringsum die ersten Wellen brachen, ein Inferno aus Schaum und schwarzem Wasser, drohte das Boot zu kentern. Dann traf sie ein furchtbarer Schlag.

~

Es dauerte eine Weile, ehe Faun begriff, dass es Land war, das sie erreicht hatten. Tiessa kletterte bereits über den Bootsrand und stolperte inmitten der Brandung an Land. Die Blitze warfen ihr Licht auf eine seltsame Landschaft – bizarre Felsen, bucklige grauweiße Ungetüme aus Sand und Stein. Weit dahinter erhoben sich Bäume ohne Laub und erschreckend dürr. Wie titanische Gerippe, die sich mit verkrallten Knochenhänden halb aus dem Erdreich gegraben hatten, um dann zu erstarren.

Zwischen zwei Kalkfelsen gingen Tiessa und Faun in Deckung. Die zerklüfteten Formationen lagen eng beieinander, keine war höher als zwei Mannslängen.

Faun kauerte sich auf den Boden und zog Tiessa an sich. Er brachte vor Erschöpfung kein Wort heraus, aber bei dem tobenden Gewitter um sie herum hätte sie ihn ohnehin kaum verstanden. Und was hätte er auch sagen sollen?

So lehnten sie beide stumm an der grobporigen Kalkwand. Nach einiger Zeit fielen Tiessa vor Erschöpfung die Augen zu, und auch Faun musste sich zwingen, wach zu bleiben. Noch war die Gefahr nicht gebannt. Die *Saragossa* lag am Horizont vor Anker. Faun hegte die vage Hoffnung, dass sie nur das Ende des Gewitters abwartete, ehe sie in See stach. Vielleicht hatte niemand an Bord erkannt, wer die beiden Flüchtigen waren.

Aber welchen Preis hatten sie für ihre Flucht gezahlt? Zinder war entweder tot oder ein Gefangener Achards. Der ehemalige Söldnerführer hatte sich für sie geopfert.

Faun musste sich das erst bewusst machen, ehe ihm endgültig klar wurde, was während der letzten Stunde geschehen war. Ihre Reise auf der Spur der Kreuzfahrerinnen war beendet. Alles, womit sie jetzt dastanden, war ihr Leben und eine gehörige Portion Ungewissheit, wie es von nun an weitergehen sollte.

Er strich sanft über Tiessas Haar. Es fühlte sich immer noch feucht an. Sie wimmerte im Schlaf.

Du wirst dieses Mädchen ins Verderben führen. Zinders Worte klangen dumpf in seinen Ohren.

Als endlich der Donner verebbte und die Blitze auf grellweißen Spinnenbeinen Richtung Horizont wanderten, dämmerte es bereits. Der Himmel verwandelte sich allmählich von einem glühenden Fanal in eine blaue Kuppel. Es wurde sehr warm, selbst so früh am Morgen.

Faun erhob sich und trat aus dem Schutz der Felsen. Die Sonne brannte auf die See und die karge Kreidefelsenküste herab. Der Tag würde heiß werden.

»Sie ziehen weiter«! Tiessa war aufgewacht und hinter ihn getreten. Sie legte ihm die Hand auf den Arm.

Faun beschattete seine Augen. Tatsächlich. Die *Saragossa* fuhr ihre Ruder aus und stach in See.

»Bedeutet das, wir sind in Sicherheit?«, fragte sie zweifelnd.

Faun nickte unsicher, löste sich von ihr und trat auf den Strand hinaus, bis die Ausläufer der Brandung seine Stiefel berührten. Die Galeere entfernte sich, schrumpfte langsam dem Horizont entgegen. Der Lärm der Ruder war längst nicht mehr zu hören.

Doch statt Erleichterung empfand er vielmehr Verzweiflung. Die Piraten hatte sich auf den Weg gemacht, die Flotte der Sklavenjäger zu treffen, die nur darauf wartete, dass die *Saragossa* zu ihnen stieß. Jetzt gab es niemanden mehr, der Saga warnen konnte. In all den Wochen war die Entfernung zwischen ihnen ungeheuer groß gewesen, aber es hatte zumindest die ferne Aussicht auf ein Wiedersehen gegeben. Nun aber erlosch auch der letzte Funken Hoffnung in ihm.

Tiessa war ihm gefolgt.

»Was ist mit Zinder?«, fragte sie leise. »Wenn sie ihn gefangen genommen und gefoltert hätten, wären sie nicht in See gestochen, sondern würden uns suchen.«

Faun blickte sie an. In ihren Pupillen spiegelte sich winzig klein sein Gesicht. Vermutlich war er ebenso blass wie Tiessa.

»Zinder hätte uns niemals verraten«, behauptete er ohne Überzeugung.

»Doch«, sagte eine männliche Stimme jenseits der Felsen. »Hätte er – wenn ihm keine andere Wahl geblieben wäre.«

Der Tempel

Der verbrannte Wald, den sie durchquerten, war eine aschfarbene Ödnis, in der kaum noch etwas lebte. Einst war er dicht und weitläufig gewesen, ein grüner Teppich bis zu den Berghängen im Westen. Doch nun lastete der Geruch von Rauch auf dem Land, und nicht einmal der scharfe Seewind, der von Osten her über die Stümpfe und Baumkrüppel wehte, konnte ihn vertreiben.

Die drei hatten sich gemeinsam auf den Weg gemacht, nachdem Tiessa Zinders zahllose Wunden notdürftig versorgt hatte. Der Söldner erholte sich erstaunlich schnell, auch wenn er beim Gehen hinkte und eine Astgabel als Krücke benutzen musste.

Tiessa fragte ihn nach den Ereignissen an Bord der *Saragossa*, aber Zinder winkte ab. »Meine Großmutter konnte besser mit der Armbrust umgehen als Achards Schützen«, knurrte er und grinste, aber Faun sah ihm an, dass er ebenso erleichtert und überrascht war wie sie, dass er mit dem Leben davongekommen war.

Vogelschwärme flogen in großer Höhe über dem Wald und ließen sich nicht nieder. Einmal sahen sie einen abgemagerten Wolf, aber sie hatten keinen Bogen, um ihn zu erlegen, und er hätte sie ohnehin nicht satt gemacht. Eine Quelle, die aus einem unzugänglichen Dickicht verkohlten Buschwerks rann, nutzten sie nur, um den allerschlimmsten Durst zu löschen; das Wasser schmeckte nach Asche, und sie fürchteten, es könnte sie krank machen.

Sie wanderten parallel zur Küste, immer weiter nach Süden. Dabei folgten sie einer Schneise durch das Brandland, die einmal ein Weg gewesen sein mochte. Es gab keine Pflastersteine, wie auf manchen der uralten Straßen, die alle Länder von hier bis zum Nordmeer durchschnitten, doch die Bresche durch die verkohlte Einöde verlief zu regelmäßig und zu gerade, um nicht das Werk von Menschen zu sein. Tiessa fragte, ob wohl auch das Feuer, das diese Verheerung angerichtet hatte, von Menschenhand gelegt worden war, aber keiner wusste darauf eine Antwort. Zinder erzählte ihnen von Schlachten, in denen er gekämpft hatte und in deren Verlauf Waldland entzündet worden war, um den Feind in bestimmte Richtungen zu treiben oder vom Nachschub abzuschneiden. Gut möglich, meinte er, dass etwas Ähnliches auch hier geschehen war. »Aber es ist eine Sünde, so etwas zu tun«, sagte er. »Diese Bäume und die Tiere, die in ihrem Schutz gelebt haben, hatten nichts mit den Kriegen der Menschen zu schaffen.«

Die Hand des Söldners ruhte wie so oft auf dem Griff seines Schwertes, und Faun fragte sich, wie es ihm gelungen war, die Waffe wieder einzustecken, bevor er von Bord gegangen war.

»Ich habe es nicht benutzt«, erklärte Zinder schulterzuckend. »Man zieht Wielands Kettenschwert nicht ohne guten Grund.«

»Wielands Kettenschwert?« Faun erinnerte sich an die alten Legenden, während Tiessa ziemlich ratlos dreinschaute. »Die Wunderwaffe von Wieland dem Schmied? Wie sollte die wohl in deine Finger geraten sein?«

Plötzlich zeigte sich ein Anflug von Zorn in Zinders Augen. Sein schleppender Schritt wurde ein wenig schneller. »Wie das Schwert zu mir gelangt ist, geht dich nichts an. Es gibt fröhlichere Geschichten als diese.«

»Wenn das da wirklich das Kettenschwert ist, warum hast du es dann nicht gegen die Piraten benutzt? Einer gegen Hundert scheint mir ein ehrenhafter Kampf zu sein, sogar für eine legendäre Waffe.«

Zinder hob die Astgabel, auf die er sich beim Gehen stützte. »Im Kampf geht es niemals um Ehre, Faun. Nur um Leben und Tod. Aber Wieland hat dieses Schwert für die alten Götter geschaffen, und sie waren unsterblich. Darum ist es nicht an einem von uns, diese Klinge zu führen.«

Faun wusste darauf nichts zu erwidern, und so wanderten sie schweigend weiter. Als die Sonne die westlichen Bergkuppen berührte, beschlossen sie, sich nach einem Lagerplatz umzuschauen. Sie liefen ein Stück weit nach Osten, wieder der Küste und den Kreidefelsen entgegen, in der Hoffnung, dass der Aschegestank dort nachlassen würde. In einer Senke machten sie ein Feuer, aßen den Rest ihres klammen und salzigen Brotes und legten sich zum Schlafen. Sie hatten keine Decken, aber die brütende Sonne hatte den Boden derart aufgeheizt, dass sie auch bei Nacht nicht frieren würden.

Irgendwann begann Zinder von dem Stück Land zu erzählen, das er einmal besitzen würde, von seinem Getreide und dem Vieh und wie er an Sommerabenden wie diesem vor seinem Haus sitzen und den Sonnenuntergang betrachten würde. Keine Kämpfe mehr, keine endlosen Fußmärsche oder Ritte. »Nur noch dasitzen«, sagte er gedankenverloren, »und fühlen, dass man angekommen ist.«

Tiessa fragte: »Und gibt es eine Frau, die all das mit dir teilen soll?«

Seine Miene, gerade erst aufgetaut, verdüsterte sich wieder. »Es gäbe eine, aber sie wird niemals irgendetwas mit mir teilen.«

»Ist sie auf einem dieser Schiffe?«, erkundigte sich Faun.

Zinder nickte. »Sie hat dafür gesorgt, dass sie überhaupt erst aufgebrochen sind.«

Faun und Tiessa starrten ihn an. Er erwiderte ruhig ihren Blick.

»Weiß Violante, dass du ihr folgst?« Tiessa hatte sich als Erste gefasst.

»Wohl kaum.« Er legte sich zurück und drehte ihnen den Rücken zu. »Und wenn, würde es nichts ändern.«

Während des ganzen nächsten Tages zogen sie weiter nach Süden und erreichten am Abend ein weites Ruinenfeld. Geborstene Säulen und die Grundmauern vergessener Bauten erhoben sich am Waldrand und erstreckten sich bis zum Rand der Kreideklippen. Das Gestein war rußgeschwärzt, aber die Flammen hatten hier keine Nahrung gefunden und nur am äußeren Rand des Ruinengeländes Buschwerk und Gras verzehrt. Im Westen versank die Abendsonne hinter den Bergen, ihre letzten Strahlen übergossen das Trümmerfeld mit goldenem Glanz. Krähen saßen auf den Säulen oder suchten zwischen den Ruinen nach Nahrung.

Zinder ließ Faun und Tiessa anhalten, bevor sie einen Fuß zwischen die Trümmer setzen konnten. »Wartet!«

»Was ist das?«, fragte Faun, der so etwas noch nie gesehen hatte.

»Eine Stadt der Römer«, sagte Zinder. »Oder eine ihrer Tempelanlagen.«

»Die Mauern da drüben sehen eher aus, als hätten sie einmal zu einer Festung gehört.« Tiessa deutete zur Steilküste, auf deren Kante an manchen Stellen noch Teile eines zinnengesäumten Walls zu erkennen waren. Die Distanz von dort bis zum Standort der drei Wanderer, quer durch das unübersichtliche Ruinenfeld, musste an die dreihundert Schritt betragen. Der Boden war voller Stolperfallen, das war selbst im schwindenden Licht zu erkennen. Aufrechte und umgestürzte Säulen flankierten geborstene Treppenstufen, überwucherte Fundamente und dunkle Flecken, hinter denen sich eingestürzte Keller und Kavernen verbergen mochten. Die Krähen krächzten und lieferten sich Duelle mit Möwen, die dann und wann über den Klippen auftauchten. Mauersegler und Habichte kreisten über den Ruinen und stießen vereinzelt in die Tiefe.

»Dürfte nicht allzu schwer sein, hier irgendwo einen geschützten Platz für die Nacht zu finden.« Faun wollte weitergehen, aber Zinder hielt ihn am Oberarm zurück.

»Moment noch.« Der Söldner kniff die Augen zusammen und spähte voraus zwischen die Trümmer. Die untergehende Sonne tauchte das Gelände jetzt in leuchtendes Ocker. Schlagschatten wurden mit jeder Minute größer. Hier und da blinkte und blitzte etwas.

»Ist das Eisen?«, fragte Tiessa stirnrunzelnd.

Auch Faun blickte skeptisch auf die glänzenden Punkte inmitten der Steinwüste.

»Waffen«, murmelte Zinder düster. »Und Rüstzeug.«

Je länger Faun hinsah, desto mehr davon entdeckte er. Aber sie waren noch zu weit entfernt, um Einzelheiten auszumachen.

»Das ist ein Schlachtfeld«, stellte der Söldner fest. »Hier ist vor nicht allzu langer Zeit gekämpft worden.«

»Sieht irgendjemand Tote?« Tiessas Stimme klang belegt.

Faun schüttelte den Kopf.

Zinder packte den Astknüppel mit zwei Händen, während Faun seinen Dolch zückte; er hatte es aufgegeben, den Söldner nach dem Kettenschwert zu fragen. Tiessa tastete nach ihrem Messer, ohne ihren Blick von der unheimlichen Umgebung zu nehmen.

Die Ausläufer des verbrannten Waldlandes reichten bis an die vorderen Trümmer. Einst musste der Mauerwall das gesamte Gelände umgeben haben, doch auf der landeinwärts gelegenen Seite kündeten davon nur noch vereinzelte Steinquader.

Die drei näherten sich der Mündung des Weges in das Ruinenfeld. Gleich daneben, aber noch außerhalb des zerfallenen Walls, gab es eine weite Fläche, deren Boden tiefschwarz verbrannt und mit verkohltem Dickicht überzogen war. Sie war annähernd rund und maß einen guten Steinwurf von einer Seite zur anderen.

Erneut blieb Zinder stehen. »Da drinnen werden wir keine Leichen mehr finden.«

Tiessa und Faun sahen ihn fragend an.

»Sie sind alle hier draußen verbrannt worden.« Der Söldner deutete auf die schwarze Fläche vor der Mauer, ein Pfuhl aus verschlackter Asche.

Tiessa deutete auf das, was Faun für Dickicht gehalten hatte. Sie senkte ihre Stimme zu einem Flüstern. »Sind das Knochen?«

Zinder nickte. »Die Sieger haben alle Toten aus den Ruinen hierher getragen und auf einem Scheiterhaufen verbrannt.« Sein Blick schweifte über die Ödnis des verwüsteten Waldlandes. »Jemand hätte besser dafür sorgen sollen, dass ein Abstand zu den vorderen Bäumen eingehalten wird.«

Faun stellte sich einen haushohen Berg aus Körpern vor, verstümmelt und ausgeblutet. Womöglich hatte es Sterbende unter ihnen gegeben, halb bewusstlos, aber noch immer am Leben, als die Flammen nach ihnen tasteten. Er wandte eilig den Blick ab, um das verkohlte Knochengewirr am Boden nicht genauer betrachten zu müssen.

Tiessa hingegen trat fasziniert ein paar Schritte näher an die Überreste des monströsen Scheiterhaufens heran. »Da sind noch *Schädel*!«

Faun nahm sie am Arm und zog sie in Richtung der Ruinen. Nach ein, zwei Schritten wurde sie schneller und folgte ihm so überhastet, dass sie stolperte und beinahe gestürzt wäre.

Zinder starrte nachdenklich über das Feld aus Menschenasche, dann umfasste er den Knüppel fester und holte raschen Schritts zu den beiden auf.

»Wer hat hier gekämpft?«, fragte Faun.

Zinder nickte in Richtung der Eisenreste zwischen den Steinen. »Das werden wir wissen, sobald wir ein Wappen oder Feldzeichen finden.«

Die meisten Waffen und Rüstungsteile waren unbenutzbar: zerschmetterte Helme, zertrümmerte Harnische, geborstene Schwertklingen. Für gewöhnlich sammelten die Schmiede, die jedes Heer begleiteten, solche Eisenteile auf, um sie als Rohmaterial für neue Waffen und Rüstungen zu verwenden. Dass sie es hier nicht getan hatten, konnte nur bedeuten, dass es sich bei den Siegern um ein reiches und gut ausgerüstetes Heer gehandelt hatte, das es nicht nötig hatte, sich mit dem Auflesen und Transportieren von Eisenabfall abzuplagen.

Die Bestätigung erhielten sie wenig später, als Zinder aus einem Gesteinsspalt ein zerfetztes Banner zerrte. Die ausgefransten Ränder waren blutgetränkt; es sah aus, als habe jemand den Stoff als Wundverband genutzt. »Ich hab's gewusst«, sagte er leise.

»Die Farben des Kaisers?« Faun schaute sich um, aber sie waren noch immer die einzigen Menschen inmitten der Trümmerwüste. »Das kaiserliche Heer ist hier durchgezogen?«

»Wer weiß, wen sie besiegt haben.« Zinder ließ das Banner vom Wind davontragen. Es schlängelte sich in der Luft um sich selbst, ehe es hinter geborstenen Kalksteinblöcken verschwand. »Die Armee irgendeines rebellischen Fürstentums, vermutlich. Ein paar Soldaten und zwangsrekrutierte Bauern. Arme Schweine.«

»Vielleicht waren es die Männer des Kaisers, die verloren haben«, sagte Faun.

»Unwahrscheinlich. Dann wäre das Feuer dort draußen um ein Vielfaches größer gewesen. Otto ist nach Italien gezogen, um den gesamten Süden zu unterwerfen. Er hat tausende Männer in seinem Gefolge.«

»Und der Papst sieht tatenlos zu? Süditalien untersteht der Kirche, nicht dem Kaiser.«

»Innozenz hat den Kaiser exkommuniziert. Aber der Heilige Vater lässt es nicht auf einen offenen Krieg ankommen, der in Windeseile ganz Europa in einen Scheiterhaufen verwandeln könnte. Und Innozenz ist klüger als Otto. Auf lange Sicht wird sich der Papst immer gegenüber dem Kaiser durchsetzen.«

»Er sollte Otto nicht unterschätzen«, mischte sich Tiessa gedankenverloren in das Gespräch. »Und du auch nicht, Zinder.«

Der Söldner zuckte die Schultern. »Vielleicht wird er uns alle noch mit Weisheit und Weitsicht überraschen, wenn er sich erst einmal entschließt, sich wieder um sein eigenes Volk zu kümmern, statt tausende Meilen entfernt Wälder niederzubrennen und ein paar Bauern niederzumetzeln.«

»Was glaubst du, wie lange sie fort sind?«, fragte Faun.

»Schwer zu sagen. Ihr Ziel ist Sizilien. Dort lebt Barbarossas fünfzehnjähriger Enkel Friedrich, der letzte Staufer, der Otto den Thron noch streitig machen könnte. Wenn der Kaiser ihn besiegt, ist seine Herrschaft gesichert.« Er blickte sich um, tiefer in das Labyrinth der Tempeltrümmer und zerfallenen Säulenarkaden. »Kommt, suchen wir uns einen Lagerplatz.«

Der Söldner schaute sich nach Tiessa um. Sie war auf eine Gesteinskante gestiegen und überblickte von dort aus das Ruinenfeld. Der Wind spielte mit ihrem blonden Haar. »Tiessa, lass uns gehen.«

»Das ist ein schrecklicher Ort«, flüsterte sie. »So viele Tote.«

»Wir sind mitten in einen Krieg gestolpert.« Zinder grinste plötzlich. »Aber keine Sorge – damit kenne ich mich aus.«

Tiessa schlug fröstelnd die Arme um ihren Oberkörper.

~

Faun wusste nicht, wie lange er geschlafen hatte, als er abrupt aus einem Albtraum von brennenden Bäumen mit Menschengesichtern erwachte. Der Himmel war noch immer stockfinster, es standen keine Sterne am Himmel. In den halb zerfallenen Zinnen über ihren Köpfen pfiff ein scharfer Wind vom Meer her landeinwärts.

Tiessa lag zusammengerollt am Fuß der Mauer. Die Glut des herabgebrannten Lagerfeuers schimmerte auf ihren Zügen. Ihre Wangenmuskeln zuckten, ihre Lippen formten stumme Worte. Faun war nicht der Einzige, der in dieser Nacht schlecht träumte. Kurz erwog er, sie zu wecken, dachte aber dann, dass unruhiger Schlaf besser war als gar keiner.

Im ersten Moment konnte er Zinder nirgends entdecken. Dann sah er ihn ein paar Schritt entfernt an einem Steinquader stehen, mit dem Rücken zur Feuerstelle, gerade noch am Rand des Lichtscheins. In der linken Hand hielt er einen lodernden Holzscheit. Sein Kopf war leicht vorgebeugt, als untersuche er etwas auf der Oberfläche des Quaders.

Faun wunderte sich, blieb aber liegen und versuchte weiterzuschlafen. Sie alle hatten Ruhe dringend nötig, und solange Zinder ihn nicht zur Wachablösung weckte, wollte er die Zeit so gut wie möglich nutzen. Dann aber schlug er die Augen abermals auf und blickte zu dem Söldner hinüber. Zinder stand vollkommen bewegungslos.

Langsam hob Faun den Kopf. Sein Blick wanderte zurück zur schlafenden Tiessa, dann über ihre Sachen, die verstreut um die glimmende Feuerstelle lagen. Er hatte sein eigenes Bündel als Kissen benutzt, aber Tiessas lag unweit ihrer Füße. Es war geöffnet. Die Puppe ragte daraus hervor. Ihr Kopf fehlte.

Faun konnte die dunkle Öffnung im Inneren der Puppe deutlich erkennen, nicht aber, ob noch etwas darin steckte. Tiessa hätte das Geheimversteck niemals offen gelassen, zumal Zinder nichts von dem Dokument darin wusste.

Nicht bis heute Abend.

Langsam zog Faun die Beine an und stand auf. Nahezu lautlos näherte er sich von hinten dem Mann, dessen grauer Pferdeschwanz weit über seinen Rücken reichte.

»Ich wusste nicht, dass Söldner lesen können«, bemerkte er, als ihn noch zwei Schritte von Zinder trennten.

Der Söldner schaute sich nicht um. »Manche schon«, sagte er ohne jede Spur von Überraschung. »Du solltest das nicht zu oft machen, Junge: dich von hinten an mich heranschleichen.«

»Muss ich Angst vor dir haben, Zinder? Und Angst um Tiessa?«

Zinder stieß ein Seufzen aus und drehte sich um. Er ließ den brennenden Ast auf dem Steinquader liegen. In der Rechten hielt er das Dokument aus Tiessas Puppe. Der Flammenschein umrahmte ihn jetzt von hinten, sein Gesicht lag im Dunkeln.

»Hast du eine Ahnung, was das ist?«, fragte er.

»Ja.«

»Was das *wirklich* ist?«

»Ein Dokument. Und es gehört Tiessa. Deshalb frage ich mich, warum du –«

»Ich hab gewusst, dass irgendwas faul ist an euch. Ich war nur nicht sicher, ob ich dieses schlechte Gefühl wegen dir oder wegen des Mädchens hatte.«

»Und jetzt weißt du's?«

»Hast du bemerkt, wie sie zusammengezuckt ist, als ich das Banner des Kaisers gefunden habe? Hast du ihr Gesicht gesehen?«

»Welchen Grund das auch immer haben mag, es geht dich nichts an. Das ist allein ihre Angelegenheit.« Und irgendwie auch meine, dachte er. »Du hast es selbst gesagt: Hier herrscht Krieg. Und wir sind mitten hineingestolpert.«

Zinder nickte. »Das *könnte* ein Grund sein. Aber ich war mir nicht sicher. Tiessa hat all die Zeit über sehr sorgfältig auf ihr Bündel Acht gegeben. Weit mehr als du auf das deine. Ich dachte mir schon, dass sie sich nicht nur wegen ein paar Brotkanten Sorgen macht.«

»Hast du gehofft, du würdest Gold bei ihr finden?«

Zinder schüttelte den Kopf. »In einem Land, in dem es vermutlich von marodierenden Soldaten nur so wimmelt, kann es ungesund sein, mit Gold in den Taschen herumzulaufen. Falls Tiessa welches gehabt hätte, dann hätte ich es ins Meer geworfen. Ein paar arme Schlucker lässt man vielleicht am Leben, aber jemanden mit Geld?«

»Du musst es wissen, nicht wahr?«

»Treib es nicht auf die Spitze, Junge. Und ich frage dich noch einmal: Weißt du, was hier geschrieben steht?«

»Nein«, sagte Tiessa auf der anderen Seite des Feuers. »Er hat keine Ahnung. Jedenfalls nicht von *allem*.«

Faun blickte sich zu ihr um. Er war verwirrt, aber noch immer zu wütend auf Zinder, um nun auch noch Tiessa zu misstrauen. Sie hatte sich aufgesetzt, zog die Beine an und schlang die Arme um ihre Knie. Sie sah weder Faun noch den Söldner an, starrte nur gedankenverloren ins Feuer.

»Das hier ist ein Vertrag«, sagte Zinder und wedelte mit dem Pergament. »Fünf Namen stehen darunter.«

»Ich weiß«, sagte Faun trotzig.

»Die Männer, die das hier unterzeichnet haben, sind für den gescheiterten Kreuzzug vor sechs Jahren verantwortlich.« Zinder starrte wieder auf das Dokument, als könnte er nicht glauben, was da in brauner Tinte auf feinem Pergament stand. Es war nur eine einzige Seite, überzogen von der winzigen Handschrift eines geübten Schreibers. »Das hier ist die Vereinbarung, die sie damals getroffen haben. Sie haben sie alle unterzeichnet.«

»Das wissen wir«, sagte Faun wieder.

»Kannst du lesen, Junge?«

»Nein.«

»Und du, Tiessa?«

Faun kam ihr zuvor. »Kann sie nicht.«

»Tiessa?«, fragte Zinder. »Ist das die Wahrheit?«

Sie seufzte. »Ich weiß, was da steht, Zinder. Und, ja, ich kann lesen.«

Faun presste die Lippen aufeinander und schüttelte stumm den Kopf.

»Sei mir nicht böse«, bat Tiessa.

»Es gab Gerüchte.« Zinder machte einen Schritt auf Tiessa zu. »Vermutungen, über die wahren Hintergründe des Kreuzzuges. Aber hier steht alles schwarz auf weiß. Das ist der Beweis.«

Faun sah ihn irritiert an.

»Hier steht«, sagte Zinder, »dass ein Heer ausgehoben werden sollte, unter dem Vorwand, Jerusalem und das Heilige Land zu befreien. In Wahrheit aber diente es einem ganz anderen Zweck. Hier ist alles im Voraus geplant, jede Einzelheit: der Streit mit den Venezianern und die Schulden, die das Heer bei ihnen machen sollte, dann der Pakt mit dem Dogen, um als Ausgleich für die ausstehenden Zahlungen Konstantinopel anzugreifen!« Er ballte die leere Hand zur Faust, und Faun fürchtete schon, dass er auch das Dokument zerknüllen und ins Feuer werfen könnte. »Damals glaubten alle, es sei Schicksal gewesen, oder Pech oder schlechte Planung. Stattdessen war es von langer Hand vorbereitet! Der Papst hat nicht etwa in letzter Minute versucht, die Zerstörung Konstantinopels zu verhindern – wie es im Nachhinein vom Heiligen Stuhl behauptet wurde. Ganz im Gegenteil – Innozenz war einer derjenigen, der vorausgesehen hat, was geschehen würde! Bischof Oldrich von Prag hat den Vertrag unterzeichnet. Er ist auch heute noch einer der engsten Vertrauten des Papstes.«

Faun runzelte die Stirn. Er erinnerte sich, was Tiessa ihm über die Zerschlagung der Ostkirche erzählt hatte.

Zinder ließ die Schultern sinken. »Einige von uns haben schon damals gemutmaßt, dass Innozenz seine Finger im Spiel hatte. Aber solange es keine Beweise gab … Er ist klug und ein geschickter Stratege. Er würde niemals zulassen, dass irgendetwas, das gegen ihn spricht, bekannt gemacht wird.«

Faun schnappte nach Luft, als ihm klar wurde, was Zinder da eben gesagt hatte. Damals, als Tiessa ihm das erste Mal das Dokument gezeigt hatte, hatte er die Tragweite des Ganzen noch nicht begriffen. Wenn dieser Bischof das Papier tatsächlich unterschrieben hatte, dann würde wohl so manch einer viel dafür geben, es zu vernichten.

Er schaute auf Tiessa, doch sie sah immer noch auf das Feuer, als gehe sie das alles nichts an.

Schließlich stand sie auf und wandte sich an Zinder. »Sag ihm ruhig, wer die anderen sind.«

Faun starrte sie verwundert an. »Aber du hast mir doch schon erzählt, wer –«

»Nenn ihm die Namen, Zinder.«

Der Söldner hielt Faun das Pergament vors Gesicht. »Das Siegel von Bischof Oldrich. Der Doge Enrico Dandolo. Daneben Bonifaz von Montferrat, der später das Heer angeführt hat.«

Faun blickte nervös von Zinder zu Tiessa und wieder zurück zu dem Söldner. Zwei Namen fehlten noch. Tiessa hatte behauptet, einer der Unterzeichner sei ihr Vater gewesen.

»Der vierte ist Philipp von Schwaben«, sagte Zinder bitter. »Nicht, dass mich das überrascht.«

Philipp war nur wenige Jahre später mit dem Segen des Papstes zum römisch-deutschen König gekrönt worden. Erst nach seiner Ermordung hatte sein Erzrivale, Otto von Braunschweig, den Thron bestiegen – derselbe Despot, der nun in Italien Krieg führte.

Philipps Verwicklung in das Komplott von Konstantinopel war skandalös, aber keine wirkliche Überraschung. Seine Frau Irene war eine Tochter des Herrschers von Byzanz gewesen, der zum Zeitpunkt des Kreuzzuges im Kerker seines eigenen Palastes festgehalten wurde. Damit hatte Philipp, neben politischen Motiven, auch einen familiären Grund, Konstantinopel anzugreifen. »Und die fünfte Signatur?«, fragte Faun.

Zinder stieß ein trockenes Lachen aus. »Ist die des Hauses Lerch.«

»Gahmuret?«

»Violantes Gemahl. Derselbe, der während der Plünderung Konstantinopels verschollen ist und seither nie mehr gesehen wurde. Und der wahre Grund für Violantes Kreuzzug. Sie ist besessen davon, Gahmuret zu finden, und sie weiß, dass sie das nur mit Hilfe der Kirche und ihrer Ritterorden im Heiligen Land bewerkstelligen kann.« Zinders Blick wurde noch düsterer. »Wie ist dieses Dokument zu dir gelangt?«, fragte er Tiessa.

Auch Faun sah sie durchdringend an. »Und warum hast du mich angelogen? Du hast gesagt, einer dieser Männer sei dein Vater gewesen … Doch nicht etwa *Gahmuret*?«

»Nein. Ich kenne ihn nicht mal, ebenso wenig wie Gräfin Violante.« Trotzig hielt sie seinem Blick stand. Darin war eine Gefasstheit, die ihn erstaunte. »Das schwöre ich bei Gott«, setzte sie hinzu, und so wie sie es sagte, klang es nicht wie eine Floskel.

»Wie bist du dann an diesen Vertrag gekommen, wenn die Geschichte mit deinem Vater erfunden war?«

Sie fischte dem Söldner das Pergament aus den Fingern. Zusammengerollt ließ sie es im Inneren der Puppe verschwinden und steckte den geschnitzten Kopf auf. Zuletzt schnallte sie sich das Bündel auf den Rücken.

»Lasst mich einfach in Ruhe, ja? Alle beide.«

Damit wandte sie sich vom Feuer ab, trat an ihnen vorüber und folgte dem Weg durch das Trümmerfeld in die Dunkelheit.

»Tiessa!« Faun wollte ihr folgen, aber Zinder hielt ihn zurück.

»Sie kommt wieder.«

»Es ist zu gefährlich da draußen.«

»Und spätestens, wenn ihr das klar wird, kehrt sie um. Verlass dich darauf.«

»Du kennst sie nicht. Sie ist ...« Er verstummte. Was war Tiessa? *Wer* war Tiessa?

»Vor allem ist sie klug. Würde mich nicht wundern, wenn sie noch ein, zwei weitere Überraschungen für uns bereithielte.«

Faun starrte ihn an. »Du sagst das, als wäre es dir egal.«

»Egal? Ist dir überhaupt klar, was sie da in ihrer Puppe mit sich führt? Wenn das der Falsche in die Finger bekommt ...«

Faun ließ den Söldner stehen und ging ein paar Schritte in die Richtung, in der Tiessa verschwunden war. In seinem Kopf überschlugen sich die Gedanken. Noch immer konnte er sich kein Bild von den wahren Zusammenhängen machen. Der Doge, der römisch-deutsche König, dazu noch der Führer des Kreuzzuges, der Papst und jetzt sogar noch Gahmuret von Lerch. Wie passte das alles zusammen? Und welche Rolle spielte Tiessa in diesem Komplott, das vor sechs Jahren Zigtausende das Leben gekostet und den Untergang eines Weltreichs besiegelt hatte?

Sie hatte ihn angelogen, die ganze Zeit über. Plötzlich war ihm die Wahrheit über diese Verschwörung egal, deren Konsequenzen er nicht einmal ganz verstand. Dass Tiessa ihn all die Wochen zum Narren gehalten hatte, drängte alles andere in den Hintergrund.

Er starrte in die Dunkelheit, doch er ging ihr nicht nach.

Am Feuer legte Zinder ein paar dürre Zweige nach. Der Söldner blickte auf. »Wer verfolgt euch?«, fragte er unvermittelt.

»Im Augenblick? Niemand, hoffe ich. Die Männer, die Achards Sohn umgebracht haben, dürften die Einzigen gewesen sein, die hinter uns her waren.«

»Wie viele Abschriften von diesem Vertrag gibt es?«

»Es gab fünf, soweit ich weiß. Tiessa sagt, das hier ist die letzte. Sie hat gesagt, ihr Vater sei – … Aber was rede ich da, das war eh alles gelogen.«

»Red ruhig weiter. Ihr Vater war was?«

»Sie hat behauptet, ihr Vater sei ein Adeliger gewesen, der als Gastgeber der geheimen Zusammenkunft fungiert hat. Dann sei er gestorben und habe ihr den Vertrag anvertraut.«

»Um was damit zu tun?«

»Keine Ahnung.« Tatsächlich hatte er danach nie gefragt. Es war immer nur die Rede davon gewesen, vor den Verfolgern davonzulaufen und das Dokument in Sicherheit zu bringen.

Zinder sah grübelnd in die Flammen. »Gastgeber des Ganzen ist Gahmuret gewesen. Der Vertrag wurde auf Burg Lerch unterzeichnet.« Er überlegte kurz, dann fuhr er fort: »Auch die Motive des päpstlichen Gesandten sind klar. Und natürlich die des Dogen. Beiden war die Macht Konstantinopels seit jeher ein Dorn im Auge. Philipp wiederum hat sich von der Befreiung seines Schwiegervaters vor allem Unterstützung auf seinem Weg zur Kaiserkrone versprochen. Ich kannte ihn, ich habe an seiner Seite gekämpft.« Er versank einen Moment lang in trübem

Schweigen, dann fuhr er fort: »Vier dieser Männer sind tot, weißt du das? Philipp, der Doge, Bonifaz – und Gahmuret vermutlich auch. Deine Freundin hat sich mächtige Feinde gemacht. … Bei alldem bleibt die Frage, wie das Dokument in ihre Hände gelangt ist. Gahmuret kannte sie nicht, sagt sie. Bonifaz von Montferrat hat die Jahre seit dem Fall Konstantinopels bis zu seinem Tod in den Kreuzfahrerkönigreichen verbracht. Und vom Dogen oder gar dem Papst selbst wird sie das Dokument ebenfalls nicht bekommen haben. Bleibt nur einer übrig, oder?«

»König Philipp?«

Zinder nickte mit zerfurchter Stirn.

»Du hast ihn gekannt, sagst du.«

»Ich habe für ihn gekämpft. Ich bin in Konstantinopel gewesen. Ich war dabei, als Byzanz fiel und seine Hauptstadt verwüstet wurde. Philipp ist lieber zu Hause in Deutschland geblieben und hat weiter an seinen Intrigen gesponnen, um den Thron zu behaupten. Aber ich habe den Untergang Konstantinopels mit eigenen Augen gesehen, und als ich heimkam, da war die Welt eine andere. *Philipp* war ein anderer. Er hat nie zugegeben, dass er in die Planung dieses Krieges verwickelt war, aber ich … ich wusste es trotzdem. Ich konnte es in seinen Augen lesen, sogar in seinen Worten hören, wenn er *nicht* davon sprach. Damals habe ich ihm den Rücken gekehrt und mich den Armeen Ottos angeschlossen.«

»Du hast die Seiten gewechselt?«

»In einem Bürgerkrieg spielt es keine große Rolle, für oder gegen wen man kämpft. Irgendwann hatte ich genug von diesem Krieg der Eitelkeiten um eine Krone, und seitdem … Ich bin Söldner geworden.« Er warf noch einen Zweig ins Feuer. »Im Augenblick kein besonders brauchbarer.«

»Tiessa hatte Recht, oder?«

Zinder blickte auf.

»Du tust das wirklich für Violante. Deshalb folgst du Saga und den anderen.«

Zinder lachte leise. »Manchmal tun wir einfach Dinge, die wenig Sinn ergeben. Dann laufen wir blind gegen Wände, sogar gegen Schwerter an, nur um … um uns etwas zu beweisen, schätze ich. Violante hat mit mir gespielt. Sie hat gewusst, dass ich alles für sie tun würde – sie weiß es noch immer –, und vielleicht hat sie mich auch gemocht.« Er brach unvermittelt ab. »Aber das ist nicht mehr von Bedeutung. Sie hat inzwischen alles ihrer Suche untergeordnet. Es ist wie ein Fluch, der auf ihr lastet. Sie hat den einen Menschen gefunden, von dem sie sich nicht mehr lösen kann.« Er lächelte traurig. »Zumindest das haben sie und ich gemeinsam.«

Faun wusste nicht, was er darauf hätte erwidern können, und so sah er nur eine Weile schweigend zu, wie Zinder mit einem Ast im Feuer herumstocherte.

Schließlich gab sich Faun einen Ruck. »Ich muss Tiessa finden.« Während der Söldner tief in Gedanken versunken zurückblieb, fischte er einen lodernden Scheit als Fackel aus den Flammen und machte sich auf den Weg.

Vielleicht war er selbst so etwas wie ein Besessener. Am Anfang war alles so einfach gewesen war, die Rollen klar verteilt. Dann war Tiessa dazugekommen und hatte alles durcheinander gewirbelt.

»Tiessa?« Er rief ihren Namen ins Dunkel hinaus, doch niemand antwortete.

Faun schluckte. *Der eine Mensch, von dem man sich nicht mehr lösen kann.* Vor wenigen Wochen hätte er Zinder für verrückt erklärt. Doch inzwischen verstand er, was der Söldner meinte.

Er ging jetzt schneller.

»Tiessa!«

Angestrengt schaute er sich um. Sie war in eine Richtung gegangen, die sie zurück zu dem Weg durch die verbrannten Wälder führen musste – derselbe Pfad, auf dem sie am Abend das Trümmergelände durchquert hatten. Er wagte nicht zu laufen, weil der Feuerschein des brennenden Asts begrenzt und der

Boden gespickt war mit den eisernen Überresten der Schlacht, mit Steinbrocken und, rechts und links des Pfades, den heimtückischen Einbrüchen in die Festungskavernen.

Der Weg machte einen leichten Bogen. Faun hatte fast den Rand der Trümmerwüste erreicht, als er vor sich in der Nacht einen hellen Fleck entdeckte. Es fiel schwer, die Entfernung abzuschätzen. Vorsichtig ging er weiter. Bald gab es keinen Zweifel mehr, dass es sich um ein Lagerfeuer handelte. Hastig trat er seinen Scheit aus und hoffte, dass ihn niemand bemerkt hatte.

»Faun!«, raunte es hinter ihm in der Finsternis.

Zinder holte ihn im Laufschritt ein, weit weniger bekümmert über die Stolperfallen am Boden als Faun, in einer Hand den Ast, in der anderen ein Langschwert mit abgebrochener Spitze. Er musste es unterwegs vom Boden aufgelesen haben.

»Das ist nicht das Kettenschwert, oder?«, flüsterte Faun bissig. Der Griff von Wielands Wunderwaffe steckte noch immer in der Scheide an Zinders Gürtel.

Der Söldner deutete einen Stoß ins Leere an. »Dieses hier liegt gut in der Hand, und es ist nicht allzu verrostet. Außerdem ist die Klinge noch scharf genug, um Knochen zu brechen.« Er sprach sehr leise und ließ dabei das Feuer in der Ferne nicht aus den Augen. »Das da vorn ist nicht Tiessa.«

»Ganz sicher?«

»Ich hab mit ansehen müssen, wie ihr beiden Feuer macht. So schnell geht das bei ihr nicht... Such dir eine Waffe. Irgendetwas.«

Ein Zittern überfiel Faun, als er im Dunkeln am Boden umhertastete, ein paar Schritt weit abseits des Pfades, wo sich in jedem tiefschwarzen Schatten ein Abgrund auftun mochte. Er fand einen Morgenstern mit zersplittertem Griff, legte ihn aber beiseite. Er hatte noch seinen Dolch, doch wenn Zinder *eine Waffe* sagte, meinte er vermutlich etwas, mit dem er größeren Eindruck schinden konnte.

»Beeil dich«, wisperte der Söldner ungeduldig.

Faun wollte sich schon mit einer Axt zufrieden geben, deren Eisenblatt viel zu locker auf der Griffstange steckte und bei jeder Bewegung klapperte, als er schließlich doch noch mit dem Fuß gegen ein Schwert stieß. Es war ein Einhänder, besser erhalten als Zinders Waffe, die Klinge vollständig und erstaunlich scharf; lediglich ein Teil der Kreuzstange war abgebrochen.

»Das hier?«, fragte er, als er zu dem Söldner zurückkehrte.

Zinder blickte kaum hin und nickte fahrig. Seine Augen waren auf das Lagerfeuer am Rand des Trümmerfelds gerichtet. »Es sind vier. Mindestens.«

»Wir können es nicht mit vier Männern aufnehmen«, gab Faun zurück. »Jedenfalls ich nicht.«

»Drei für mich, einer für dich.«

Die Männer lagerten außerhalb des ehemaligen Mauerwalls, in einer kleinen Senke, die nicht weiter als einen Steinwurf vom Aschefeld des Scheiterhaufens entfernt lag. Zwei Steinquader, die in rechtem Winkel aneinander grenzten, schützten die Stelle vor dem scharfen Wind, der vom Meer her landeinwärts wehte. Es roch nach gebratenem Fleisch, und Faun drohte sich einmal mehr der Magen umzudrehen.

Oberhalb der Senke waren mehrere Pferde angebunden, halb unsichtbar im Schatten. Er zählte sie und kam auf fünf. Dann bewegte sich eines, und er entdeckte dahinter ein sechstes und siebtes.

»Heilige Scheiße!«, zischte er. »Es sind sieben! Mindestens.«

Der Söldner nickte nur, machte aber keine Anstalten, sich zurückzuziehen. Sie kauerten sich in den Schutz einer umgestürzten Säule, die eine brauchbare Deckung abgab.

Faun verzog das Gesicht. »Sechs für dich, einer für mich?«

Zinder gab keine Antwort. Die vier Männer dort unten trugen leichte Kriegskleidung, Wämser mit aufgenähten Eisenringen und verstärkte Beinlinge aus Leder. Hohe Stiefel schützten ihre Beine. Einer stützte sich auf eine Lanze, die anderen waren mit Schwertern, Langmessern und Äxten bewaffnet.

»Die sind nicht von hier«, stellte Zinder leise fest. »Drei von denen haben helles Haar.«

»Und?«

»Das könnten Männer des Kaisers sein.«

»Deutsche?« Faun atmete auf. »Dann können sie uns vielleicht –«

»Die Kehlen durchschneiden«, führte Zinder grimmig seinen Satz zu Ende. »Und vorher ihren Spaß mit der Kleinen haben.«

»Aber wir sind ihre Landsleute!«

»Während des Bürgerkriegs habe ich gesehen, was *Landsleute* einander antun können.«

Faun schwieg beschämt und dachte an seine Brüder. Er hätte es wahrlich besser wissen müssen.

»Siehst du sie irgendwo?«, fragte Zinder.

»Tiessa? Nein, sie muss noch –«

»Ich meine die drei anderen.«

»Glaubst du, sie haben Tiessa gefangen?«

»Vielleicht. Oder sie pirschen sich gerade von hinten an uns heran.«

Faun blickte nervös über die Schulter, sah aber nur klobige Ruinenränder vor einem unmerklich graueren Nachthimmel. Der Mond war milchig verschwommen, die Sterne unsichtbar. Die Ruinen mochten vor schleichenden Gegnern nur so wimmeln oder vollkommen menschenleer sein – von hier aus machte das für Faun keinen Unterschied. Er fluchte abermals.

Zinder deutete mit einem knappen Nicken zum Feuer. Dort tauchte jetzt ein weiterer Mann auf, in feiner Kleidung aus Leder und Samt. Er hatte schulterlanges braunes Haar und einen kurz geschnittenen Bart. Die anderen mochten einfache Soldaten sein, aber dieser dort war reicher und wahrscheinlich von edler Geburt.

»Ein Ritter«, flüsterte Faun.

»Oder ein erfolgreicher Räuberhauptmann«, wandte Zinder ein.

In der Hocke verlagerte Faun sein Gewicht, damit sein Bein nicht einschlief. Das Rascheln seiner Kleidung ließ Zinder die Stirn runzeln.

»Still«, raunte er und lauschte ins Dunkel.

Wenig später erkannte Faun, was der Söldner gehört hatte. Entfernter Hufschlag wurde lauter. Da näherten sich weitere Pferde. Bald darauf preschten sie auch schon aus der Nacht in den Schein des Feuers. Die vier Soldaten ließen ihre Waffen sinken, während der Edelmann weiter gelassen dasaß und ins Feuer blickte. Erst jetzt sah er auf und grüßte mit einem Wink einen der Neuankömmlinge, ein Mann in zerkratzter, eingedellter Rüstung, der anzusehen war, dass ihr letzter Einsatz noch nicht lange zurücklag. Staub hatte den Eisenglanz abgestumpft, das Feuer spiegelte sich als blasser Schimmer. Der Reiter hatte hagere Züge und trug einen Verband um die Stirn. Hinter ihm erkannte Faun mindestens fünf weitere Männer auf Rössern, einfache Soldaten wie jene am Feuer.

Zinder seufzte unterdrückt.

»Zwölf für dich«, flüsterte Faun, »einer für –«

Ein finsterer Blick des Söldners brachte ihn zum Schweigen.

Wo steckte nur Tiessa? Hoffentlich hatte sie die Männer früh genug bemerkt und verbarg sich irgendwo im Dunkeln.

»Zwei fehlen noch«, wisperte Zinder.

»Vielleicht sind das Packpferde«, schlug Faun halbherzig vor.

»Das sind Schlachtrösser. Und keine schlechten.«

Hinter ihnen ertönte ein metallisches Schleifen, dann ein schriller Pfiff. Dreizehn Köpfe ruckten in ihre Richtung herum.

Zinder schloss für einen Herzschlag die Augen und stöhnte. Dann wirbelten sie gleichzeitig herum. Hinter ihnen standen zwei schwer bewaffnete Krieger. Der eine hatte sein Schwert gezogen, der andere hielt eine Armbrust im Anschlag. Der Bolzen zeigte in Zinders Richtung.

»Hier!«, brüllte der mit dem Schwert über ihre Köpfe hinweg. »Wir haben zwei!«

»Ganz ruhig«, sagte der Armbrustschütze zu den beiden. »Bleibt unten. Nicht aufstehen.« In der Hocke gaben sie in der Tat keine besonders eindrucksvollen Gegner ab.

»Wir sind nicht von hier«, sagte Zinder.

Die beiden hoben überrascht die Augenbrauen, senkten aber ihre Waffen um keinen Fingerbreit.

»Sie reden wie wir«, brüllte der Schwertträger.

Der Ritter auf dem Pferd horchte auf. »Sie machen unflätige Witze und sprechen mit vollem Mund? Gott hilf uns. Am besten bringt ihr sie gleich um.«

Einige lachten schadenfroh, aber der Edelmann am Feuer blieb ernst. »Bringt sie her!«, rief er. »Ich will sie sehen.«

Faun und Zinder durften aufstehen, mussten aber ihre Waffen am Boden liegen lassen. Niemand fragte nach dem Dolch an Fauns Gürtel, deshalb ließ er ihn stecken; auch Zinders Kettenschwert durfte in der Scheide bleiben. Der Schütze wies sie an, die Hände am Hinterkopf zu verschränken und vorauszugehen. Der andere Mann kehrte nach zwei Schritten um, sammelte die beiden alten Schwerter ein und holte dann wieder auf.

Wenig später standen sie im Lichtschein des Lagerfeuers. Fauns Knie fühlten sich flau an, aber er gab sich Mühe, Zinders Beispiel zu folgen und keine Miene zu verziehen. Die Hände behielten sie hinter dem Kopf, denn nun zeigten auch noch Lanzen und ein paar Klingen in ihre Richtung.

»Hier«, sagte der Mann mit den Schwertern und warf sie neben das Feuer. »Die hatten sie bei sich.«

»Plünderer«, sagte der Ritter zu Pferd und winkte angewidert ab. »Verdammte Aasfresser.«

»Nein«, entgegnete Zinder. »Nur Reisende.«

»Wollt ihr leugnen, dass ihr diese beiden Schwerter in den Ruinen gefunden habt?«, fragte der zweite Edelmann gereizt. »Der Kaiser hat hier einen großen Sieg davongetragen, und das bedeutet, diese Schwerter gehören ihm.«

»Ihr dürft sie ihm gerne mitbringen«, spottete Zinder, während Faun abwechselnd heiß und kalt wurde. »Mit meinen besten Empfehlungen.«

Der Edelmann trat vor und versetzte Zinder eine Ohrfeige. Der Söldner zuckte, war aber nicht lebensmüde genug, sich zur Wehr zu setzen. »Hier geht es um dein Leben, Hundsfott!«

Faun fürchtete schon, Zinder könnte sich allen Ernstes auf einen Streit einlassen. Aber der Söldner schwieg.

Faun kam eine Idee. »Wir gehören zu Eurer Armee, Herr«, sagte er hastig. Diese Männer konnten schwerlich jeden einzelnen Fußsoldaten kennen. Zinder verdrehte die Augen, und gleich darauf wusste Faun, warum.

»Die Armee des Kaisers lagert einen halben Tagesmarsch weiter südlich«, sagte der Edelmann. »Wenn ihr hier seid, und sie dort – dann müsst ihr Deserteure sein, nicht wahr?«

»Gut gemacht«, presste Zinder hervor.

Faun verfluchte sein loses Mundwerk und schwieg.

»Ich sage, bringt sie um«, rief der Mann in der Rüstung und stieg scheppernd vom Pferd. »Ich habe Hunger und keine Lust auf ein Verhör.«

Der zweite Edelmann schien diesen Vorschlag nun ernstlich in Erwägung zu ziehen, als mit einem Mal eine weibliche Stimme ertönte. Eine schlanke Gestalt trat hinter den beiden Steinblöcken hervor, die das Lager nach Osten hin schützten. Tiessa wirkte verletzlich und klein neben den mächtigen Steintitanen. Aber dann sah Faun ihr ins Gesicht, und er fand darin keine Spur von Schwäche. Nur finstere Entschlossenheit.

»Zurück!«, rief sie in die Runde der überraschten Männer. Ein Soldat mit Lanze lief ihr entgegen, blieb aber auf halber Strecke stehen, als sie ihm mit zielstrebigen Schritten entgegenkam, unbeeindruckt an ihm vorüberging und auf das Feuer, die beiden Gefangenen und den bärtigen Edelmann zuhielt.

»Ihr werdet Ihnen kein Haar krümmen, Adalbert von Herringen. Und ihr ebenso wenig, Graf Hektor.« Sie sah hinüber zu dem Mann in der Rüstung. »Ruft Eure Männer zurück.«

Der Bärtige starrte sie entgeistert an, dann überwand er sein Erstaunen und verbeugte sich. Auch Graf Hektor schluckte heftig und tat es ihm gleich. Die Soldaten, die nicht verstanden, was vorging, glotzten ratlos das Mädchen an, dann einander.

»Auf die Knie, ihr Hunde!«, rief Graf Hektor. »Runter auf eure verdammten Knie!«

Eisen schepperte, und Leder raschelte, als die Soldaten dem Befehl eilig nachkamen. Aber noch immer sprach nur Unverständnis aus ihren Mienen.

»Beatrix von Schwaben«, sagte Adalbert von Herringen ehrerbietig in Tiessas Richtung. »Ihr seht uns überrascht, meine Dame, aber wir fühlen uns geehrt.«

Faun verstand die Welt nicht mehr.

»Beatrix ...«, flüsterte Zinder und ließ die Hände sinken. »In drei Teufels Namen und beim Kruzifix meiner Mutter!« Dann neigte auch er den Oberkörper.

Faun stierte Tiessa an. Er brachte kein Wort heraus.

Sie schenkte ihm ein fahriges Lächeln. »Du kannst jetzt die Hände runternehmen, Faun. Keiner hier wird euch etwas zu Leide tun.«

»Wieso Beatrix?« Seine Stimme klang dünn, als er endlich die Sprache wiederfand, vermischt mit einem Anflug von Ungeduld. »Was soll das alles?«

Sie trat vor ihn hin und streichelte flüchtig seine Wange. Graf Hektor räusperte sich, und Adalbert von Herringen warf ihm einen unsicheren Blick zu.

»Ich verstehe das nicht.« Faun wollte ihre Hand ergreifen, aber sie war schneller und entzog sie ihm. Ihr Lächeln sah jetzt sehr traurig aus.

Hektor richtete sich langsam auf. »Unser Herr ist in großer Sorge um Euch, seit die Nachricht von Eurer Entführung –«

»Es war keine Entführung, Graf Hektor, und Ihr wisst das so gut wie ich«, fuhr Tiessa ihm über den Mund. »Ich bin fortgelaufen. Ihr braucht das nicht schönzureden.«

Zinder stieß ein trockenes Lachen aus. »Beatrix von Schwaben«, wiederholte er kopfschüttelnd.

Faun sah verständnislos von ihm zu Tiessa.

Sie wich seinem Blick aus. »Philipp von Schwaben war mein Vater. Es tut mir leid, Faun ... Der Kaiser ist mein Verlobter.«

Ein Segen des Papstes

Der junge Priester zitterte, während er Oldrichs Silberkelch mit Rotwein füllte.

»Nicht so hastig«, sagte der Kardinal mit jener liebenswürdigen Ruhe, die jeder im Papstpalast als Drohung empfand. »Wein schenkt man langsam ein, nicht zu überstürzt, sonst kann er seinen Geschmack nicht entfalten.«

Oldrich ließ den jungen Mann nicht aus den Augen, während der Schnabel des Weinkrugs gegen den Rand des Kelchs vibrierte. Der Junge blinzelte und versuchte nervös, dem Wunsch des Kardinals nachzukommen. Ihm war anzusehen, dass er gar nicht schnell genug von hier verschwinden konnte. Oldrich genoss die Furcht, die er dem Jungen einflößte, und er versuchte, diesen Augenblick so lange auszudehnen wie nur möglich.

Blitzschnell streckte er die Hand aus und legte sie auf die Finger am Griff des Kruges. Der junge Mann schrak zusammen und hätte beinahe den Wein über den Kelchrand verschüttet.

»Ganz ruhig, mein lieber Freund«, sagte Oldrich genüsslich. »Kein Grund, so aufgeregt zu sein.« Er wusste sehr genau, dass er die Beunruhigung des Jungen damit nur steigerte. Er hätte stundenlang dabei zusehen können, wie er sich vor ihm wand. Die Kunst war, ihn nicht wirklich zu bedrohen, und ihm doch das Gefühl eines Messers an seiner Kehle zu geben. Mit finsteren Drohungen um sich zu werfen war leicht, erst recht in Oldrichs Position. Doch darum ging es nicht. Anderen mit Freundlichkeit, mit Huld und Güte Angst einzujagen, *das* war eine Herausforderung. Oldrich meisterte sie wie kein anderer in Rom.

»Lasst mich Euch zeigen, wie man es richtig macht.« Er presste den Krug sanft zurück auf die Tischplatte und löste die bleichen Finger des Priesters davon. Dann griff er selbst danach und füllte den Rest des Kelchs eigenhändig und mit quälender Langsamkeit; das Rinnsaal aus Wein hätte nicht schmaler sein können, ohne zu versiegen. Und während der Junge auf den Kelch starrte, mit zuckenden Wangenmuskeln und bebendem Adamsapfel, sah Oldrich nur ihn an und ergötzte sich an diesem köstlichen Schauspiel der Furcht.

»Nun?«, fragte er, als er den Krug schließlich abstellte. Er hatte den Kelch bis zum Rand gefüllt, ohne ein einziges Mal hinzuschauen, und er hatte keinen Tropfen vergossen.

Der junge Geistliche schluckte. »Ich danke Euch, Eminenz.«

»Aber wofür dankt Ihr mir?«

»Dass ... dass Ihr mir gezeigt habt, wie man Wein einschenkt.«

Oldrich unterdrückte ein Lachen. »Es war mir eine besondere Freude.«

Der Junge nahm den Krug, verbeugte sich demütig und eilte überstürzt an kostbaren Wandteppichen und Fresken zur Tür des Saales.

»Wartet«, sagte der Kardinal.

Der Priester fuhr herum. Oldrich sah ihm an, dass der Junge eine weitere Bosheit erwartete, und er war versucht, ihm den Wunsch zu erfüllen. Dann aber fragte er nur: »Hat der Heilige Vater verlauten lassen, wie lange ich hier auf ihn warten soll?«

»Nicht lange, das war alles, was er gesagt hat.«

»Und Ihr wisst nicht zufällig, wie lange dieses *nicht lange* dauern kann?«

»Eure Eminenz, es steht mir nicht zu –«

»Nein«, unterbrach Oldrich ihn, »natürlich nicht.«

Der Junge blieb stehen und blickte zu Boden, ehe der Kardinal ihm einen Wink gab. »Ihr dürft Euch entfernen.«

»Danke, Eminenz.« Und schneller als Oldrich ihm mit seinen getrübten Augen folgen konnte, war er aus dem Saal geflohen und schloss die Tür hinter sich.

Der Kardinal nahm den Kelch auf, drehte ihn in der Hand und führte ihn an die Lippen. Während er einen tiefen Zug trank, atmete er den Duft des Weines ein. Er kam wohl eben erst aus dem Fass, das Aroma war noch scharf und streng. Trotzdem nahm er einen zweiten Schluck, hielt ihn einen Moment lang auf der Zunge und schluckte ihn hinunter.

Mit einem leisen Seufzen stellte er den Krug ab und erhob sich. Der Saal vor Innozenz' Gemächern befand sich im oberen Stockwerk des Papstpalastes und hatte zwei hohe Fenster. Die Läden waren geschlossen, es war bereits spät am Abend. Dunkelheit breitete sich über die Dächer Roms, und sogar das Gejammer und Geflenne der Bittsteller draußen vor dem Portal war verstummt. Als Oldrich eingetroffen war, hatten die Wachen gerade die letzten Bettler vertrieben.

Langsam schritt er im Saal auf und ab. Er hatte den ganzen Tag mit lästigen Amtsgeschäften verbracht, vornehmlich um sich abzulenken. In Wahrheit wartete er gespannt auf eine Nachricht des Bethaniers. Musste er nicht längst zurück in der Stadt sein? Überhaupt hatten Oldrich in den vergangenen Tagen erstaunlich wenige Botschaften von außerhalb Roms erreicht. Nicht ein einziges Wort über den Kreuzzug der Jungfrauen. Dabei zweifelte er nicht, dass die Magdalena mittlerweile tot war. Aber konnte Violante von Lerch so größenwahnsinnig sein, den Heerzug ohne ihre Predigerin ins Heilige Land zu führen?

Zuzutrauen war es ihr. Oldrich erinnerte sich gut an sie. Er war ihr zweimal begegnet. Jahre lag das zurück, und so vieles war seither geschehen. Aber ihr Gesicht hatte er nicht vergessen. Auch nicht den Schmiss von einem Schnabelhieb unter ihrem Auge. Gahmuret von Lerch hatte eine Falkenjagd für die Gäste seiner Gemahlin veranstaltet, als der Vogel sie attackiert hatte. Es war keine schlimme Wunde gewesen, nur eine blutige Kerbe, und als sie sich wieder begegnet waren, einige Jahre später, war nur noch eine winzige Narbe geblieben.

Oldrich trat zurück an den Tisch und nahm einen weiteren tiefen Zug vom Wein. Möglicherweise war Violantes Kreuzzug der Grund, weshalb Innozenz ihn zu so später Stunde sprechen wollte. Sein Bote hatte es dringend gemacht. Umso verwunderlicher, dass der Heilige Vater ihn nun warten ließ.

Andererseits – Oldrich kannte das Tagesgeschäft des Papstes nur zu gut. Er wusste, mit wie vielen lästigen Besuchern er sich abgeben musste. Verzögerungen waren nicht ungewöhnlich.

Er wanderte wieder zu den Fenstern, tief in Gedanken versunken, als ein Stich im Magen ihn zusammenzucken ließ. Ein Flammenstoß raste durch seine Gedärme, explodierte gleich darauf in seinem ganzen Oberkörper und legte sich von einem Herzschlag zum nächsten auf seine Lunge.

Oldrich beugte sich nach vorn, beide Hände gegen den Bauch gepresst, als ihn die nächste Schmerzattacke wie ein Schwertstreich traf. Mit einem Aufschrei wurde er nach hinten geschleuderte. Er krachte rückwärts aufs Steißbein und wälzte sich keuchend auf die Seite.

Sein Blick war mit einem Mal noch verschwommener als sonst. Das Licht zog sich an die Ränder seines Sichtfelds zurück, während im Zentrum seines Sehens ein schwarzes Schattenherz pulsierte, sich ausdehnte, immer größer und größer wurde. Sein Atem stockte, als er versuchte, gleichzeitig Luft zu holen und den Schmerz aus seinem Leib zu erbrechen.

Konvulsionen schüttelten seinen Körper. Seine Beine streckten sich und zogen sich wieder zusammen. Seine Hände krallten sich um seine Kehle, als wollten sie das Fleisch aufreißen, um endlich Luft hineinzulassen.

Noch einmal klärte sich sein Blick, weit genug, um zurück zum Tisch und dem funkelnden Weinkelch zu sehen. Doch falls in dieser Sekunde so etwas wie Begreifen durch seinen Verstand jagte, so konnte sein Geist das Wissen nicht mehr verarbeiten.

Der seltsame Duft im Wein. Die späte Einladung. Die lange Verzögerung.

Das Zittern des jungen Geistlichen.

Am anderen Ende des Saals wurde die Tür zu den päpstlichen Gemächern geöffnet. Innozenz blieb im Rahmen stehen und betrachtete den sterbenden Kardinal ohne jede Regung.

Ein Gespräch unter Frauen

Karmesin blieb ein Rätsel, auch nach all den Tagen auf See. Die Konkubine hielt sich von allen fern, mit Ausnahme von Jorinde, die ihre Stunden am liebsten mit der Römerin verbrachte. Wenn an Deck der *Santa Magdalena* Waffenübungen abgehalten wurden – und das war tagsüber fast immer der Fall, da der wenige Platz, der zwischen den Ruderbänken zur Verfügung stand, nur Raum für kleine Gruppen bot –, standen die beiden Frauen abseits auf dem Achterkastell und unterhielten sich. Keine von ihnen nahm je an den Übungen teil; zumindest was Karmesin anging, schien der Gedanke abwegig. Alle waren übereingekommen, nie einem flinkeren und zugleich kaltblütigeren Geschöpf begegnet zu sein: Die Art und Weise, wie sie dem Attentäter in Venedig die Kehle durchgeschnitten hatte, hatte selbst Berengaria angemessen beeindruckt. Für einen Augenblick hatte die Kriegerin ihre mürrische Maske abgelegt und sogar vergessen, lautstark Befehle in alle Richtungen zu brüllen, wie sie es sonst bei jeder Gelegenheit tat.

Saga beobachtete Jorinde und Karmesin nicht ohne Neid und hatte das Gefühl, dass sie als Preis für ihr Leben womöglich eine Freundin verloren hatte. Das schmerzte doppelt, weil Jorinde die Einzige an Bord war, zu der sie Vertrauen gefasst hatte. Nach dem Mordanschlag hatte Saga einige Tage im Bett verbracht, zum einen, weil sie sich tatsächlich zu schwach fühlte und ihre aufgeschlitzte Wange wie Feuer brannte; zum anderen, weil Violante darauf bestanden hatte, dass sie sich den anderen Frauen an Bord nicht zeigte, ehe sie einen gestärkten und weitgehend geheilten Eindruck machte: »Auf allen Schiffen predigen die Priester, dass ein Wunder dich vor dem Mörder gerettet hat und dass es Gottes Wille ist, dass du mit frischer Kraft aus dieser Prüfung hervorgehst.«

»So eine Scheiße.«

»Die Mädchen glauben daran.«

»Die Mädchen glauben jeden Mist, den man ihnen erzählt, solange der Satz nur mit einem Amen endet.«

Nach einer Woche hatte Saga es nicht mehr ausgehalten und war an Deck gestiegen. Ein Raunen war durch die Reihen der Ruderer und Frauen gegangen, als sie ans Tageslicht trat. Ein Verband, der unter ihrem Kinn hindurchführte und oben auf dem Kopf verknotet war, hielt ein Kissen aus getrockneten Blättern, Kräuterpaste und irgendeiner stinkenden Substanz auf ihrer Wange. Die Wunde selbst war darunter nicht zu sehen, wohl aber die Schwellung, die bis zu ihrem linken Auge reichte und die Haut tiefdunkel färbte. An den Geschmack eines bitteren Kräutersuds, den sie dreimal am Tag von innen auf die vernähte Wunde streichen musste, hatte sie sich gewöhnt. Ihr Atem roch danach, aber die meisten an Bord hielten ohnehin respektvollen Abstand, selbst Berengaria. Saga hatte das Gefühl, dass sie die riesenhafte Söldnerin verunsicherte; womöglich, weil diese ihr nicht zugetraut hatte, so rasch wieder auf die Beine zu kommen.

Erst jetzt – vier Tage nach Sagas erstem Erscheinen an Deck – rief ihr Auftauchen bei der Mannschaft und den Kreuzfahrerinnen kein Erstaunen mehr hervor. Doch immer noch gingen die meisten ihr aus dem Weg. Den Wenigen, die mit ihr sprachen, konnte man die Anstrengung ansehen, die es sie kostete, ihren Blick von der grässlichen Wunde fern zu halten. Saga trug nun keinen Verband mehr, nur eine Schicht aus Heilsalbe, mit der sie die Naht mehrmals am Tag bedeckte.

Das Wetter war heiß und schwül. Durst war auf allen Schiffen der Flotte zu einem ernsten Problem geworden, aber Kapitän Angelotti weigerte sich, öfter als bisher zu ankern und Trinkwasser an Bord zu nehmen. Seit dem Niedergang des byzantinischen Reiches tummelten sich Gesetzlose an den Küsten des zerfallenen Imperiums, erklärte er; auf dem Meer sei es schon unsicher genug, doch an Land vervielfache sich das Risiko. Auch als die ersten Skorbutfälle auftraten und den Kranken das Zahnfleisch abgeschabt werden musste, damit sie Nahrung aufnehmen konnten, gab der Kapitän nicht nach. Von einigen Schiffen trafen Berichte über wachsende Unruhe und schlechte Moral ein. Die Priester beteten jetzt noch öfter mit den Mädchen für einen guten Fortgang der Reise.

Sagas Gedanken kehrten in die Gegenwart zurück. Karmesin sagte etwas zu Jorinde, dann schauten beide in Sagas Richtung. Sie fühlte sich ertappt dabei, die beiden angestarrt zu haben, und wollte sich rasch abwenden, als sie Karmesins Stimme hörte: »Magdalena! Bitte wartet!«

Mit einem unhörbaren Stöhnen gab sie sich einen Ruck und stieg die Treppe zum Achterdeck hinauf. Karmesin und Jorinde kamen ihr entgegen. Die Herrin von Hoch Rialt wollte ihr unter den Arm greifen, um sie zu führen, doch Saga schüttelte den Kopf – was schmerzhafter war als das Treppensteigen oder jede andere Bewegung, aber das ließ sie sich nicht anmerken.

»Wie geht es dir heute?«, fragte Jorinde.

»Besser«, erwiderte Saga spröde. »Bald kann ich wieder mit den Zähnen knirschen, ohne vor Schmerzen bewusstlos zu werden.« Tatsächlich fiel ihr vor allem das Sprechen schwer, und sie hatte das Gefühl, schrecklich zu nuscheln. Die Heilerin hatte ihr befohlen, während der nächsten drei, vier Wochen kein Wort zu reden, und die Frau wäre wohl fuchsteufelswild geworden, hätte sie Saga in diesem Moment mit den beiden anderen gesehen. Immerhin war Saga nun der Pflicht ihrer Predigten enthoben, und so erwies es sich wider Erwarten als Glück, dass sie die fünfzig Priester hatten mit auf die Reise nehmen müssen. Die Männer predigten auf allen siebzehn Schiffen ohne Unterlass. Kaum jemand vermisste Sagas Ansprachen; am allerwenigsten sie selbst. Den meisten Mädchen genügte es, die Magdalena in ihrer Nähe zu wissen.

Ich bin ein gottverdammtes Maskottchen geworden, dachte Saga finster.

Karmesins Stimme riss sie aus ihren Gedanken. »Ihr geht mir aus dem Weg«, stellte die Konkubine unumwunden fest.

Das überraschte Saga. Sollte sie so eigenbrötlerisch geworden sein, dass sie ihre eigenen Fehler bei anderen suchte? »Ich hatte eher den umgekehrten Eindruck«, sagte sie offen.

Nicht Karmesin, sondern Jorinde schaute daraufhin schuldbewusst zu Boden. Anfangs hatte sie Saga mehrfach am Tag in ihrer Kabine besucht, aber seit Saga an Deck kam, waren ihre Gespräche seltener geworden. Zeit, so schien es Saga, die Jorinde nun lieber mit Karmesin verbrachte. Herrgott, dachte sie, hör dir nur zu: Du bist eifersüchtig auf die Zuneigung einer *Frau*.

»Ich hatte nicht das Gefühl, dass Ihr großen Wert auf meine Nähe legt, Magdalena«, sagte die Konkubine.

»Ich habe Euch gedankt dafür, dass Ihr mein Leben gerettet habt.« Saga kam es merkwürdig vor, sich wie eine Edle anreden zu lassen. Es war ihr unangenehm. »Lasst uns damit aufhören, uns wie zwei verstockte Burgfräuleins zu benehmen, Karmesin. Ich heiße Saga.«

Ein Lächeln erschien auf den ebenmäßigen Zügen der Konkubine, das sie fast schmerzhaft schön machte. »Der Gräfin wird das nicht gefallen.«

»Der Gräfin gefällt vieles nicht, was ich sage und tue.« Saga blickte sich auf dem Deck um, konnte Violante aber nirgends entdecken. Sie hatte in all den Tagen nicht mehr daran gedacht, aber jetzt vermisste sie plötzlich noch jemanden. »Was ist eigentlich aus dem kleinen Mädchen geworden, das kurz vor dem Attentat am Ufer war?«

»Am Abend des Anschlags hat sie geredet wie ein Wasserfall. Sie sagte, dass sie in den Sümpfen aufgewachsen ist – ihrem Dialekt nach würde ich sagen, sie meinte die Sümpfe am Ufer des Po. Darum haben die Wächterinnen sie nicht verstanden, als sie mit dem Messer aufgetaucht ist. Der Attentäter hat das vorausgesehen. Während das Mädchen unwissentlich die Mannschaft abgelenkt hat, hatte er genug Zeit, um aufs Schiff zu gelangen.«

»Das hat sie dir erzählt?«

Karmesin schüttelte den Kopf. »Sie hat viel geredet, aber das meiste hat keinen Sinn ergeben.« Sie war ziemlich durcheinander. Der Mann, der dich angegriffen hat, hat ihre ganze Familie umgebracht und sie mitgenommen.«

»Er hat sie *vor ihren Augen* umgebracht«, ergänzte Jorinde angewidert.

»Wo ist sie jetzt?«, fragte Saga.

»Ich habe sie mit meinem Kutscher nach Rom geschickt. Er spricht ihren Dialekt, und er wird sie neben sich auf dem Kutschbock sitzen lassen. Er ist ein guter Mann. Ich kenne ihn seit vielen Jahren.«

»Wohin bringt er sie?«

»Ins Haus der Karmesin.«

»Aber *du* bist die Karmesin.«

»Nur *eine* Karmesin. Die heutige. Aber im Haus der Karmesin gibt es viele junge Mädchen, und eines wird irgendwann einmal meine Stelle einnehmen.«

»Du hast die Kleine in ein *Hurenhaus* geschickt?«

Karmesin funkelte sie an. »Es ist kein Hurenhaus! Es ist eine Schule. Eine, in der sie mehr lernen wird als hübsch auszusehen und Männern den Kopf zu verdrehen.«

»Was geschieht mit denen, die nicht das … Glück haben, erwählt zu werden?«

»Roms junge Edelleute kämpfen bis aufs Blut um die Gunst, eine von ihnen zur Frau zu nehmen. Glaub mir, die Kleine ist gut versorgt. Sie wird irgendwann einen großen Haushalt haben. Kinder, wenn sie will. Oder keine, falls nicht. Ganz sicher aber ein sorgenfreies Leben.«

»Das Schmuckstück für einen reichen Gecken«, bemerkte Saga kühl.

»Weit mehr als das. Die Schülerinnen im Haus der Karmesin lernen schnell, jeden Mann um ihren Finger zu wickeln. Sie wird tun und lassen können, was sie will. Welche Frau kann das von sich behaupten? Du etwa?« Die Konkubine lächelte wieder. »Aber es ehrt dich, dass du dir Gedanken um die kleine Maria machst, während du selbst –«

»Während ich *so* aussehe?«

»Ja.«

»Glaub mir, ich denke den ganzen Tag kaum an etwas anderes als an mich.« Sie legte die Hände auf die Reling des Achterkastells und blickte über das Meer zu den anderen Galeeren hinüber. Es war ein imposanter Anblick, wie sie auf Spuren aus schäumender Gischt über die tiefblaue See zogen. Siebzehn gewaltige Schiffe, so groß wie kleine Burgen, jedes mit hunderten von Menschen beladen. An den Masten eines jeden flatterten sechs Flaggen. Die wichtigste war weiß mit einem roten Kreuz, das von einem Rand zum anderen reichte – das Zeichen für Pilger auf dem Weg ins Heilige Land. Die zweite trug das Zeichen Venedigs, den roten Löwen auf weißem Grund, unter dessen Vorderpfoten sich die See ausbreitete, während die Hinterbeine sich über Land erstreckten. Die dritte Fahne war die des Papstes, die vierte die des jeweiligen Schiffseigners; die fünfte vereinigte sein Wappen mit dem Venedigs. Die sechste zeigte abermals einen Löwen, diesmal in schwarz auf weißem Feld.

Jorinde musterte mitfühlend Sagas Wunde. »Tut es noch sehr weh?«

Es tat *höllisch* weh, auch jetzt, in diesem Augenblick, aber Saga wich ihr aus: »Es geht schon.« Es war ein Teufelskreis: Solange sie redete, hielt sie es vor Schmerzen kaum aus, aber sie hatte zumindest die Chance, auf andere Gedanken zu kommen. Wenn sie aber schwieg und allein blieb, ließ die eigentliche Pein nach, doch ihre Gedanken kreisten um nichts anderes und machten ihren Zustand noch unerträglicher.

Mit einem Ruck wandte sie sich an Karmesin. »Wer hat ihn geschickt?«

»Das fragst du mich?«

»Violante ist überzeugt, dass es der Kaiser war. Er hat schon einmal versucht, sie ermorden zu lassen, in ihrer eigenen Burg. Violante und ihr Mann Gahmuret haben während des Bürgerkriegs Philipp von Schwaben unterstützt, deshalb ist sie Otto ein Dorn im Auge. Allerdings hat dieser Kreuzzug ihr Ansehen im ganzen Reich steigen lassen, und sie hat jetzt die Kirche auf ihrer Seite, darum wird der Kaiser vorsichtig sein, sich erneut offen gegen sie zu stellen.« Saga lehnte sich mit dem Rücken gegen die Reling. »Sie sagt, wenn es ihm allerdings gelänge, mich zu beseitigen, könnte der ganze Kreuzzug scheitern. Nach einer Weile würden die meisten sie wieder vergessen, auch die Kirche, und dann gäbe sie wieder ein leichtes Ziel für Ottos Attentäter ab.«

Sie wollte noch etwas hinzufügen, aber nun zahlte sie den Preis dafür, sich nicht an die Anweisungen der Heilerin zu halten. Ein grauenhafter Schmerz raste von ihrer Wange über ihr Gesicht, so heftig, dass sie taumelte und mit beiden Händen nach der Reling greifen musste. Jorinde war sofort neben ihr und stützte sie, und diesmal war Saga dankbar. Gott, sie war zum Krüppel geworden!

Ganz allmählich lösten sich die Schleier vor ihren Augen wieder auf, und der Schmerz wurde zu einem Ziehen und Pochen, gerade noch an der Grenze des Erträglichen.

»Du solltest dich wieder hinlegen«, sagte Karmesin.

»Sag mir, was du darüber denkst.« Sie schwankte leicht, hielt sich aber mit Jorindes Hilfe auf den Beinen.

»Warum gerade ich?«

»Du kennst den Papst.«

Karmesin runzelte die Stirn. »Du glaubst, *er* hätte damit zu tun?«

Jorinde mischte sich ein. »Karmesin ist hier, weil der Papst es so gewollt hat. Und sie war es doch, die den Attentäter getötet hat. Das passt nicht zusammen, Saga.«

Auch während Jorinde sprach, sahen Saga und Karmesin nur einander an. Die Konkubine lächelte plötzlich, doch es wirkte jetzt ernsthafter als zuvor. »Saga denkt, das Attentat sei nur ein Vorwand gewesen, damit ihr anderen meine Anwesenheit schneller akzeptiert – dass der Mörder nur hier war, damit ich sie vor ihm retten und mich so leichter in euer Vertrauen schleichen konnte.«

Saga hielt Karmesins Blick stand. Es war kein Vorwurf in den Augen der Konkubine, eher Erstaunen. Vielleicht, nein, ganz sicher hatte sie Saga unterschätzt. Sie hatte jemanden anderes erwartet: ein dummes Bauernmädchen, vielleicht, einfältig genug, sich von einer Frau wie Violante manipulieren und ausnutzen zu lassen. Stattdessen stand sie nun Saga gegenüber – und wusste noch immer nicht genau, woran sie mit ihr war.

»Ist es denn so, wie du sagst?«, fragte Saga.

»Nein.«

Jorinde blickte zwischen ihnen hin und her. Sie sah aus, als wollte sie Karmesin zu Hilfe kommen, ließ es dann aber bleiben. Vielleicht zweifelte sie selbst für einen Augenblick an ihrer neuen Freundin.

»Wenn der Papst nicht dahinter steckt, und auch nicht der Kaiser – wer dann?«, fragte Saga.

Karmesin ballte ihre schlanke Hand zur Faust. Eine Zornesfalte erschien zwischen ihren dunklen Brauen. »Es ist kompliziert.«

Saga sagte nichts, sah sie nur abwartend an.

Karmesin seufzte, fasste sie am Arm und führte sie zusammen mit Jorinde ans äußerste Ende des Achterdecks, aus dem

Sichtfeld der Ruderer, deren Blicke begierig am Körper der Konkubine hingen.

Mehrere Schiffsstockwerke unter ihnen zog die *Santa Magdalena* einen schäumenden Schweif durch die Wogen. Die Wassermassen schlugen lärmend zusammen und machten es unmöglich, die Unterhaltung der drei aus größerer Entfernung zu belauschen. Saga warf einen Blick zurück zur Treppe, wo ihre Leibwächterinnen Stellung bezogen hatten. Auch Kapitän Angelotti und sein Steuermann waren weit genug entfernt und mit der Navigation der Galeere beschäftigt.

»Ich habe den Mann gekannt, der versucht hat dich umzubringen«, sagte Karmesin. »Es war nicht das erste Mal, dass wir ihm begegnet sind.«

»Wir?«

»Die Karmesinschwesternschaft. Eine, die vor mir den Namen der Karmesin trug, hat ihm vor langer Zeit die Kehle durchgeschnitten. Ich habe nur zu Ende gebracht, woran sie damals gescheitert ist.«

»Wie konnte er das überleben?«

»Ich weiß es nicht. Niemand weiß es, außer vielleicht der Mann, der schon einmal seine Dienste in Anspruch genommen hat. Kardinal Oldrich von Prag. Ich glaube, dass er es war, der ihn auf dich angesetzt hat.«

»Also doch der Heilige Stuhl!«

»Nein! Kardinal Oldrich steht dem Papst nahe, das ist wahr. Aber Innozenz ist kein Dummkopf. Er weiß genau, dass Oldrich eigene Pläne hat und seit jeher versucht, auf Innozenz' Entscheidungen einzuwirken. Oldrich war dagegen, euren Kreuzzug zu unterstützen. Er hat den Papst beinahe angefleht, dich beseitigen zu lassen. Innozenz hat sich nicht darauf eingelassen und stattdessen dem Gesandten, den ihr in Mailand getroffen habt, die Befugnis gegeben, euch jedwede Hilfe zuzusagen. Zugleich aber hat er geahnt, dass Oldrich sich mit einem Nein nicht zufrieden geben würde. Darum hat er noch etwas getan.«

Saga neigte den Kopf. »Dich hergeschickt?«

Karmesin nickte. »Ich bin nicht als Spionin hier, Saga, auch wenn ihr alle das glaubt. Ich bin hier, um dich zu beschützen.«

»Warum hast du mich nicht gewarnt?«

»Ich kannte dich nicht, und ich wusste nicht, ob du womöglich deine Sachen packen und verschwinden würdest. Das durfte ich nicht zulassen.«

»Du hast in Kauf genommen, dass er mich umbringt?«

»Ich wusste, dass ihm das nicht gelingen würde.«

»So?«

»Die Karmesin ist nicht nur Konkubine. Wir verstehen uns auf viele Dinge. Dieser Mann hatte nie eine Chance.«

»Was bist du noch? Geliebte des Papstes, Leibwächterin … auch Attentäterin?«

Karmesin sah nun beinahe verlegen aus. »Ich bin nicht Innozenz' Geliebte. Gesellschafterin trifft es wohl besser.«

Jorinde hatte stumm zugehört, hin- und hergerissen zwischen Abscheu und Faszination. Saga erwartete, dass sie sich auf Karmesins Seite stellen und ihr Handeln verteidigen würde. Doch die junge Adelige war schwerer zu durchschauen, als Saga geglaubt hatte. Jorindes Miene verfinsterte sich, als sie sich an die Konkubine wandte. »Saga hätte jetzt tot sein können.«

»Darum bin ich hier. Damit sie *nicht* tot ist.«

»Schau sie dir an! Viel hätte nicht gefehlt, und sie –«

Karmesin nickte. »Ja, und das tut mir leid. Er hätte niemals so nah an dich herankommen dürfen. Aber wie hätte ich wissen sollen, dass du dich mitten in der Nacht auf dem Mast herumtreibst? Wärst du in deiner Kabine geblieben, du hättest ihn wahrscheinlich nicht einmal zu sehen bekommen.«

Jorinde schüttelte erbost den Kopf. »Saga hätte sterben können, weil du sie nicht gewarnt hast.«

Karmesin schwieg. Ihr Blick kreuzte wieder den Sagas. »Du lebst noch, darauf kommt es an. Und du wirst diese Mädchen ins Heilige Land führen.«

»Gibt es noch mehr wie ihn?«, fragte Saga. »Noch mehr Attentäter?«

»Falls es wirklich noch jemand auf dein Leben abgesehen hätte, dann –«

»Müsste er bereits hier an Bord sein«, beendete Saga den Satz. Ihre Stimme war schwach und monoton, ihre Gedanken woanders.

»Ja.«

Jorinde stieß schneidend die Luft aus, drehte sich auf der Stelle herum und stürmte vom Achterdeck.

»Was hat sie?«, fragte Karmesin erstaunt.

»Wahrscheinlich ist ihr gerade erst klar geworden, wen sie da in ihre Kabine eingeladen hat.«

»Ich habe sie nicht angelogen.«

»Vielleicht hat sie sich selbst etwas vorgemacht.«

»Über mich?«

»Über sich selbst. Darüber, was sie gern wäre, wenn sie... nicht Jorinde wäre.«

Karmesin schüttelte verständnislos den Kopf. Sie überspielte ihre Verunsicherung mit einem Lächeln.

»Wie wird es nun weitergehen?«, fragte Saga.

»Ich bleibe an Bord und passe auf dich auf.«

Saga warf einen Blick hinüber zu ihren vier Leibwächterinnen, zwei auf dem Achterdeck, zwei auf der Treppe. »Als gäbe es hier nicht genug Leute, die mich den ganzen Tag anstarren.«

Karmesin schüttelte den Kopf. »Ich beobachte nicht dich, sondern alle anderen. Das ist der Unterschied.«

Saga sah an den vier Kriegerinnen vorbei aufs Hauptdeck. Dutzende Ruderknechte waren von hier aus zu erkennen, und es gab noch zahllose mehr. Wie wollte Karmesin sie alle im Auge behalten?

»Eine Frage noch.«

»Sicher.«

»Violante wollte dich auf einem der unteren Decks unterbringen, zusammen mit all den anderen Mädchen. Was hättest du dann getan?«

»Ich hätte einen Weg gefunden, um in deiner Nähe zu sein.«

»Soll mich das beruhigen, oder soll ich mir Sorgen machen?«

Die Mundwinkel der Konkubine zuckten, und Saga begriff, dass hinter ihrem Lächeln mehr steckte als Heiterkeit. Sie streifte sich die Lagen ihrer Schönheit über wie Schleier, federleichte Verkleidungen, eine über die andere, und immer wenn man glaubte, sie könne unmöglich noch liebreizender, noch umwerfender erscheinen, schloss sie eine weitere Schale, und man *musste* sie einfach mögen. Nur rückte dabei die wahre Karmesin immer weiter von einem fort, tiefer und tiefer hinein in diesen Panzer der Anmut.

Die Konkubine nickte Saga zu. »Ich rede mit Jorinde. Wenn sie es möchte, suche ich mir eine andere Unterkunft.«

»Das wird sie nicht wollen.«

»Frauen in ihrem Zustand sind unberechenbar.«

Saga neigte verständnislos den Kopf.

»Oh. Sie hat es dir nicht erzählt?« Karmesin biss sich auf die Lippe, dann seufzte sie leise. »Jorinde ist schwanger. In spätestens fünf Monaten bringt sie Achards zweites Kind zur Welt.«

Triumvirat der Ordensritter

Drei Galeeren erschienen am Horizont. Eisen blitzte, als Reihen von Rittern hinter den Relingen Stellung bezogen, die Schwerter mit erhobenen Klingen an die Brust gepresst. Farbige Segel waren mit den Zeichen der drei großen Orden geschmückt. Das rote Tatzenkreuz der Templer überschattete das erste Schiff. Ein schwarzes Kreuz auf weißem Grund flatterte über der Galeere des Deutschen Ordens. An den Masten der Johanniter wehte ein weißes Kreuz auf tiefem Schwarz.

Die drei Schiffe näherten sich auf gleicher Höhe der Flottenspitze. Fahnenschwenker gaben Nachricht von einem Deck zum anderen. Auch auf den Galeeren der Kreuzfahrerinnen wurden Zeichen gegeben, von der *Santa Magdalena* wanderten die Signale bis zu den hinteren Schiffen.

Saga stand neben Gräfin Violante und Berengaria an der Reling und spürte Herzklopfen als dumpfe Schlagfolge in ihrer verwüsteten Wange. Drei Wochen waren seit dem Anschlag vergangen. Die Fäden waren gezogen, aber die Verletzung bot noch immer einen scheußlichen Anblick. Zwar war die Schwellung ihres Auges zurückgegangen, auch die Verfärbung hatte nachgelassen, doch der Schnitt selbst, anderthalbmal so lang wie ihr Zeigefinger, führte dunkelrot und wulstig vom Nasenrücken schräg über ihre Wange hinab bis zum Kiefer. Beim Essen musste sie Acht geben, nicht auf die Fleischwucherung im Inneren ihrer Backe zu beißen; überhaupt hatte sie Mühe mit fester Nahrung.

Die Heilerin hatte ihr versichert, dass die Schwellung im Mund zurückgehen und sie irgendwann wieder ganz normal würde essen können. Saga war davon nicht gar so überzeugt. Noch immer schmerzte die Wunde und juckte zudem ganz fürchterlich. Wenigstens war sie von einer Entzündung verschont geblieben, die sie leicht das Leben hätte kosten können.

Die Ordensschiffe waren noch ein gutes Stück entfernt, aber der Ritteraufmarsch auf ihren Decks zeigte bereits Wirkung. Die Befehlshaber der Galeeren gaben sich Mühe, Eindruck zu schinden, und ohne Zweifel hatten sie Erfolg damit. Auf allen Schiffen der Kreuzfahrerflotte drängten sich die Mädchen hinter den Relingen, sogar zwischen den Ruderbänken, und starrten mit großen Augen und offenen Mündern hinüber zu den Galeeren der Ritter.

»Nun wird es also ernst«, sagte Violante in trüber Stimmung, während sich ihre Hände mit kalkigen Fingerknöcheln um die Reling ballten.

Saga war drauf und dran zu fragen, was denn wohl die Narbe in ihrem Gesicht sei, wenn nicht ernst, aber sie war nicht in der Stimmung, mit der Gräfin zu streiten. Dass Violante ihr eröffnet hatte, Faun sei längst freigelassen, hatte wenig an Sagas Gefühlen für sie geändert. Es gab Momente, in denen sie die Gräfin beinahe mochte, und andere, in denen sie nichts als Zorn, sogar Hass empfand. Im Augenblick herrschte zwischen ihnen ein unausgesprochener Waffenstillstand.

»Komm«, sagte Violante und deutete auf die Tür zum Achterkastell. »Ich muss mit dir reden. Allein.«

Saga folgte ihr ins Innere. Ihr entging nicht, dass Karmesins Blick an ihnen haftete, und auch Jorinde sah ihnen nach. Seit Saga wusste, dass die junge Adelige ein Kind erwartete, sah sie die Veränderung ihres Körpers ganz deutlich. Sie fragte sich, warum niemand sonst die nahe liegenden Fragen stellte. Nicht einmal Violante schien einen Verdacht zu hegen – oder sie hatte schlichtweg andere Sorgen.

»Jetzt ist es so weit«, sagte die Gräfin, nachdem die Tür des Kastells hinter ihnen zugefallen war. Sie blieb in dem Gang stehen, der zu den Kabinen und zur Kapitänskajüte führte. Sie waren ganz allein hier unten. Es war dunkel, nur durch Türritzen fiel schwaches Tageslicht. Violantes Gesicht lag im Halbschatten. »Was jetzt geschieht, entscheidet darüber, wie es mit uns weitergeht. Ich will, dass du dir dessen bewusst bist. Alles hängt von dir ab. Wir *müssen* die Ritterorden auf unsere Seite ziehen.«

»Ihr braucht mit mir nicht wie mit einem Kind zu sprechen. Ich verstehe auch so, was Ihr sagen wollt: Wenn die Orden uns nicht helfen, dann werdet Ihr Gahmuret nie wiedersehen.«

Das Gesicht der Gräfin blieb unbewegt. »Es geht nicht nur um ihn.«

»Ach?« Für einen Augenblick geriet der Pakt zwischen ihnen ins Wanken. Aber Saga war zu ausgelaugt, um Violante Vorhaltungen zu machen.

»Die Mädchen auf diesen Schiffen … sie sind auf die Unterstützung der Ritter angewiesen. Was glaubst du, werden die Sarazenen tun, wenn fünftausend Frauen schutzlos an ihrer Küste auftauchen? Wir *brauchen* diese Ritter!«

»Seit wann macht Ihr Euch Gedanken über das Wohlergehen der Mädchen?« Saga kannte die Antwort, auch wenn sie sie noch immer verwirrte: Violante mochte diesen Kreuzzug ins Leben gerufen haben, um ihren Mann wiederzufinden, aber irgendwann unterwegs, an irgendeinem Punkt der Reise, hatte sie begonnen, sich für die Kreuzfahrerinnen verantwortlich zu fühlen. Saga fragte sich, ob Violante insgeheim zu der Ansicht gekommen war, dass dies alles ein großer Fehler war.

»Du kannst von mir halten, was du willst«, sagte die Gräfin. »In ein paar Minuten werden die Gesandten der drei Orden an Bord kommen. Und sie werden dir Fragen stellen.«

Saga nickte nur. Sie waren das alles längst durchgegangen. Während Saga ans Bett gefesselt gewesen war, hatte Violante auf ihrer Bettkante gesessen, geredet und geredet.

»Bist du bereit?«

»Ist das wichtig? Wir können auf See ja doch nicht vor ihnen davonlaufen.«

Violante schenkte ihr ein aufmunterndes Lächeln. »Du wirst das schon schaffen.«

»Ich habe Angst.«

»Die habe ich auch. Aber wenn du alles richtig machst, wird es gut gehen.«

Violante nahm ganz selbstverständlich an, dass Saga den Lügengeist heraufbeschwören würde, um die Ordensritter von der Rechtmäßigkeit ihrer Kreuzfahrt zu überzeugen. Allein der Gedanke ließ ihn in Sagas Innerem rumoren wie ein schlechtes Gewissen, das sich plötzlich zu Wort meldete.

»Du *wirst* doch alles tun, damit sie uns helfen, oder?« Violantes Tonfall verriet ihre Unsicherheit. Was jetzt geschehen würde, lag außerhalb ihres Einflusses.

Sie traut mir nicht, dachte Saga. Und sie hat Recht damit. *Ich* würde mir auch nicht über den Weg trauen. Nicht der besten Lügnerin der Welt.

»Bitte«, sagte Violante. Es war das erste Mal in all den Wochen, dass sie um etwas bat, statt zu fordern. Saga suchte in sich nach Triumph, aber sie fand nichts dergleichen.

Nur Furcht.

~

Zuerst fielen ihr die Augen des Tempelherrn auf. Sie waren eisblau und schienen sich niemals zu schließen. »In deinen Visionen erscheint dir also Maria Magdalena und teilt dir den Willen Gottes mit.«

Es klang wie eine Feststellung, aber Saga hatte dennoch das Gefühl, dass der Ritter eine Antwort erwartete. »Ja«, sagte sie. »Das tut sie.«

»Wie sieht sie aus?«, fragte der Ritter des Deutschen Ordens.

»Ist sie schön?«, wollte der Johanniter wissen.

Saga kam sich unter den Blicken der drei Männer sehr klein vor. Sie befand sich mit ihnen in der Kajüte des Kapitäns. Außer ihr und den Ordensrittern war nur Violante anwesend, aber die Männer hatten keinen Hehl daraus gemacht, dass sie erwarteten, dass die Gräfin während der Befragung schwieg. Man musste ihr nur ins Gesicht sehen, um zu erkennen, wie schwer ihr das fiel.

»Sie sieht aus wie eine ganz normale Frau«, sagte Saga. »Nichts an ihr ist überirdisch. Sie ist einfach nur … eine Frau.«

Der Ritter des Templerordens war der jüngste und stattlichste der drei Männer. Er hatte hellblondes langes Haar, widerspenstig wie Stroh. Unter seinem rechten Auge verlief eine Narbe gerade nach unten, als hätte ihm jemand eine Klinge ins Gesicht gestoßen. Der schmale Strich endete in einer leichten Verdickung; sie sah aus wie eine fleischfarbene Träne. Wie die beiden anderen hatte er in voller Kriegsmontur zur *Santa Magdalena* übergesetzt, was ihn größer und eindrucksvoller erscheinen ließ. Über einem knielangen Kettenhemd trug er den weißen Templermantel mit dem roten Tatzenkreuz. Sein Schwert zeichnete sich unter dem weit fallenden Stoff ab. Die aus Ketten gefertigte Halskrause reichte ihm bis unters Kinn und machte sein markantes Gesicht noch eckiger.

»Du nennst dich selbst die Magdalena. Ist das nicht Gotteslästerung, wenn doch die wahre Maria Magdalena, wie du behauptest, Gottes erwähltes Werkzeug ist? Sie hat als Erste den auferstandenen Herrn Jesus mit eigenen Augen gesehen. Sie war es, die den Jüngern die Nachricht seiner Auferstehung überbracht hat. Manche nennen sie deshalb den Apostel der Apostel. Und *du* willst *sie* sein?«

»Nicht ich habe mir diesen Namen gegeben«, widersprach sie. »Das haben andere getan. Ich habe nie darum gebeten.«

»Aber du fühlst dich ihr verbunden.«

»Ja, Herr. Auch Maria Magdalena hatte Visionen.«

»Sie litt unter Ekstasen«, verbesserte sie der Johanniter.

»Manche sagen, sie war von Dämonen besessen, ehe Christus sie austrieb!«, warf der Ritter des Deutschen Ordens ein.

»Ist sie nackt, wenn sie dir erscheint?«, fragte der Templer so betont beiläufig, dass Saga die Falle selbst auf hundert Schritt gewittert hätte.

»Glaubt Ihr etwa«, gab sie zurück, »Gott wäre nicht in der Lage, sie zu kleiden?«

Der Johanniter lachte leise, was ihm einen wutentbrannten Blick des Tempelherrn einbrachte. Er war ein älterer Mann mit grauem Haar, und er trug gleichfalls Kettenhemd und hohe Stiefel, darüber jedoch eine schwarze Robe, auf deren Brust das weiße Kreuz seines Ordens prangte. Unter seinem Arm hielt er einen Topfhelm mit Sehschlitz. Die beiden anderen Männer hatten ihre Helme auf dem Schreibtisch des Kapitäns abgelegt, wo sie einander lauernd anstarrten.

Der Johanniter räusperte sich. »Hat sie langes Haar, wenn sie dir gegenübertritt?«

»Warum sollte sie es schneiden?«, gab Saga zurück.

»Trägst du deshalb dein eigenes Haar offen bis auf den Rücken?«, erkundigte er sich, ohne auf ihre Gegenfrage einzugehen. »Obwohl doch, wie wir wissen, die Töchter Gottes das Haar unter ihren Hauben kurz zu schneiden pflegen.«

»Ich bin keine Nonne, Herr. Ich habe kein Gelübde abgelegt.«

»Das ist in der Tat eine Hürde«, mischte sich der Vertreter des Deutschen Ordens ein. Sein Mantel über dem Kettenhemd war weiß, das Kreuz darauf schwarz. Auch seine hohen Stiefel waren mit Kettengewebe überzogen. »Warum sollte der Herr uns seine Befehle durch eine gemeine Person überbringen, statt eine seiner treuen Töchter in einem der Klöster dafür zu erwählen?«

»Die Antwort darauf ist leicht, Herr«, sagte Saga, die auf diese Frage vorbereitet war. »Würdet Ihr Euch auf unseren Schiffen umsehen, müsstet Ihr feststellen, dass die meisten Kreuzfahrerinnen an Bord einfache Frauen sind, Bauerntöchter ohne Bildung, Kinder von einfachen Handwerkern oder Tagelöhnern. Nur wenige kommen aus reichem Haus oder sind gar von hoher Abstammung. Und, mit Verlaub, viele misstrauen den Klosterfrauen und Mönchen, weil deren Leben sich so sehr von ihrem eigenen unterscheidet.«

»Ein Leben für Gott!«, rief der Templer empört. »Wer könnte ihnen deswegen misstrauen?«

Der Johanniter seufzte lautstark, bevor Saga etwas erwidern konnte. »Nun, ich denke, wir verstehen alle, was sie meint. Das einfache Volk hat einfache Gedanken. Und wenn der Herr eine Gemeine erwählt, um sie anzuführen, scheint mir das in der Tat wirkungsvoller zu sein als jemand, der im Ornat oder gar von einer Kanzel herab zu ihnen spricht. Von denen gibt es wahrhaftig genug, und wir sehen doch, dass die Welt alles andere als geheiligt und rein ist.«

»Ihr versündigt Euch!«, entgegnete der Templer.

»Ich spreche nur die Wahrheit aus«, sagte der Johanniter ruhig. »Vielleicht solltet Ihr öfter Eure Festung verlassen und Euch unters Volk mischen. Dann wüsstet Ihr, wie es dort draußen aussieht.«

Die Hand des Templers sank auf den Knauf seines Schwertes, doch er hatte sich umgehend wieder in der Gewalt. Steif wandte er sich an Saga. »Hat Gott dir Versprechungen gemacht?«

»Was hat er *Euch* versprochen, Herr?« Einen Moment lang glaubte sie, sie wäre zu weit gegangen. Auch Violante schien den Kopf einzuziehen und blitzte sie vorwurfsvoll an. Ihre Lippen formten stumm: Lüge sie an! Nun lüge schon!

Im Gesicht des Templers zuckte es. »Du sollst Antworten geben, Weib, keine Fragen stellen. Nun sprich: Hat Gott dir Versprechungen gemacht?«

»Nur die gleichen, die er jedem von uns macht. Das Versprechen auf das ewige Leben an seiner Seite.«

»Er hat dir also den Himmel versprochen?«

»Wenn ich nach seinen Gesetzen lebe.«

»Dann brauchst du die Heilige Mutter Kirche nicht mehr für deine Erlösung?«

»O doch. Ich bin ihre treue Dienerin.«

Der hochgewachsene Ritter des Deutschen Ordens ergriff das Wort. »Glaubst du, dass du Gottes Tochter bist?«

»Ihr meint, so wie Christus sein Sohn war? Warum sollte ich das glauben? Nein, ich bin nur sein Werkzeug, das er beiseite legen wird, wenn er es nicht mehr bedarf. Ich sehe, und ich höre, und ich spreche in seinem Auftrag – genauso wie einst die echte Maria Magdalena.«

»Das alles beweist überhaupt nichts«, sagte der Templer. Ich habe von Anfang an nicht an diesen Kreuzzug der Weiber geglaubt, und heute habe ich nichts gehört, das mich vom Gegenteil überzeugen könnte. «

»Ihr seid vorschnell«, sagte der Johanniter. »Womöglich habt Ihr Recht. Vielleicht aber auch nicht.«

»Wir verschwenden hier unsere Zeit«, blaffte der Templer.

»Dessen bin ich nicht so sicher wie Ihr.«

»Dann bleibt. Reist mit diesen Frauen. Schützt sie, wenn Ihr könnt. Der Templerorden kann diesem Irrsinn nicht zustimmen.«

»Es wäre nicht das erste Mal, dass der Templerorden sich irrt.«

Violante sah mit wachsender Verzweiflung von einem Ritter zum anderen. Genau wie Saga dämmerte ihr, dass es hier nicht allein um die Glaubwürdigkeit der Magdalena ging, sondern vorrangig um die Konflikte zwischen den drei Orden.

Tatsächlich wechselten die Männer nun heftige Worte. Einige Minuten lang kümmerte sich keiner von ihnen um die beiden Frauen. Violante sah mehrfach aus, als wollte sie wutentbrannt auffahren und die Ritter zur Ordnung rufen. Ihr Körper war gespannt, ihre Miene verbissen, aber noch hielt sie sich zurück. Saga selbst fühlte sich immer unwohler in ihrer Haut, obgleich der Ausgang dieser Befragung offenbar kaum noch mit ihr zu tun hatte.

Zuletzt verließ der Templer zornig die Kajüte, verbeugte sich im Hinausgehen nur flüchtig vor Violante und warf die Tür hinter sich zu. Sie hörten seine Schritte draußen den Korridor hinabpoltern. Wenig später brüllte er an Deck Befehle, zu dumpf, um die Worte zu verstehen; aber es gab keinen Zweifel, dass er die *Santa Magdalena* verließ.

Die Gräfin sprang auf, als der Johanniter und der Ritter des Deutschen Ordens ihr Streitgespräch fortführen wollten. »Meine Herren«, sagte sie scharf, und in diesem Augenblick bewunderte Saga sie für ihren Mut, »meine *Herren*!«

Die Ritter verstummten und sahen sie an.

»Haltet Ihr es nicht für unehrenhaft, Euch aufzuführen wie Bauern, die über den Preis einer Kuh feilschen, wenn es hier doch um das Schicksal von fünftausend jungen Frauen geht, die zu dieser Reise aufgebrochen sind, um das zu vollbringen, was Ihr und die Euren nicht fertig gebracht habt? Sie haben keine Unbill gescheut, keine Gefahr, keine Krankheit und nicht Hunger und Durst, damit sie die Heiligen Stätten aus den Händen der Ungläubigen befreien können. Eure Orden kämpfen seit einer Ewigkeit auf den Schlachtfeldern des Heiligen Landes, und doch steht Jerusalem unter sarazenischer Herrschaft. Wir alle – diese Mädchen und ich selbst, und ganz besonders die Magdalena mit ihrem Auftrag von Gott – sind hier, um das zu ändern. Und da fällt Euch nichts anderes ein, als Eure kleinlichen Streitigkeiten vor unseren Augen auszutragen? Ich habe geglaubt, es mit Rittern und Ehrenmännern zu tun zu haben. Stattdessen brüllt Ihr Euch an wie Marktweiber! Ihr solltet Euch schämen!«

Saga stand stocksteif, während Violante mit bebender Brust und aschfahlen Zügen die Hände in die Hüften stemmte. Die beiden Ritter blickten sie an, der Vertreter des Ordo Teutonicorum mit hochrotem Kopf, der Johanniter ruhiger, beinahe amüsiert.

»Was wagt Ihr!«, ergriff der Deutschordensritter das Wort.

Violante trat auf den Mann zu, bis nur noch zwei Handbreit zwischen ihren Gesichtern lagen und sie einander in die Augen blicken konnten wie zwei Kämpfende im Handgemenge. »Ihr seid ein erbärmlicher Feigling«, fauchte sie, »und erbärmlich ist Euer Verhalten in Anwesenheit zweier Damen und im Angesicht Gottes!«

Der Ritter rang mit dem Impuls, sie zu Boden zu stoßen, ihr vielleicht gar Schlimmeres anzutun. Doch Violante blieb unverrückbar vor ihm stehen, derart in Rage, dass vermutlich selbst zehn Ritter mit gezogenen Schwertern sie nicht von ihrem eingeschlagenen Kurs hätten abbringen können. Saga, die am liebsten im Boden versunken wäre, wusste, dass Violante ihr Verhalten später bedauern würde und dass sie selbst, Saga, wahrscheinlich unter ihren Launen zu leiden haben würde. Doch in diesem Moment verspürte sie, bei allem Erstaunen und aller Scham, enormen Respekt. Und ihr wurde bewusst, dass es mit ihrer eigenen Autorität womöglich nicht gar so weit her war, wie sie geglaubt hatte. Es bedurfte eines Charakters wie dem Violantes, um ein Heer zu führen; ein paar Lügen reichten dazu nicht aus.

Der Ritter des Deutschen Ordens trat ohne ein weiteres Wort an Violante vorbei. Er ließ die Tür offen stehen, aber die Gräfin sah ihm nicht nach. Sie stand da wie zu Stein geworden, mit geballten Fäusten und kochend vor Zorn. Vielleicht realisierte sie, dass sie gerade ihre Chancen auf ein Wiedersehen mit Gahmuret verspielt hatte. Steif wandte sie sich zu dem letzten verbliebenen Ritter um.

Der Johanniter lächelte und verschränkte die Arme, sodass sein Kettengewebe klirrend aneinander rieb. Er war älter und womöglich auch weiser als die beiden anderen Männer.

»Und Ihr?«, fragte Violante mit einer Stimme, in der noch immer Wut vibrierte. »Wollt Ihr Euch diesen beiden Herren nicht anschließen? Geht nur!«

»Ihr seid eine erstaunliche Frau, Gräfin Violante.«

»Vielleicht erstaunlich, vielleicht nur erstaunlich dumm. Aber ich kann nicht mit anhören, wie –«

Sie verstummte, als sein Lächeln noch breiter wurde, eine

einzige Herausforderung. Tatsächlich schien ihn nicht nur Violantes Wutanfall, sondern mehr noch die Dünnhäutigkeit der beiden anderen Ritter zu belustigen.

»Ich weiß, weshalb Ihr wirklich hier seid«, sagte er übergangslos.

Violantes Augen verengten sich. »So?«

Er nickte. »Keine Sorge, die beiden hatten keinen Verdacht. Ich hatte von Anfang an die Hoffnung, dass ich ohne sie mit Euch sprechen könnte, und wie ich sehe, hattet Ihr das gleiche Bedürfnis.«

»Ihr –«

»Beschimpft mich, wenn Ihr mögt. Nach zwanzig Jahren im Heiligen Land bin ich Schlimmeres gewohnt, glaubt mir. Ich habe mit einer Hand voll Männer zweihundert aufgebrachten Sarazenen gegenübergestanden, habe Sandstürme überlebt, die anderen das Fleisch von den Knochen geschnitten haben, und ich habe viele Jahre lang an der Grenze zum Seldschukenreich gedient.« Er seufzte, während er zugleich die Stimme senkte. »Wahrlich, Gräfin, es gibt üblere Furien, als Ihr eine seid.«

Niemand zeigte mehr Interesse an Saga. Nicht, dass ihr das missfiel. Am liebsten wäre sie den Männern an Deck gefolgt, wo gewiss gerade gehörige Verunsicherung angesichts des ungestümen Abgangs der Ordensritter herrschte.

Noch während der Johanniter gesprochen hatte, verpuffte Violantes Zorn. Müde sank sie gegen den Tisch und stützte sich mit beiden Händen an der Kante ab.

»Ich bin nicht Euer Feind, Gräfin«, sagte der Johanniter. Vorhin bei der Begrüßung war Saga so aufgeregt gewesen, dass sie sich nun nicht mehr an seinen Namen erinnern konnte.

Violante hob den Kopf und sah ihm geradewegs in die Augen. »Dann wollt Ihr uns unterstützen?«

»Könnte ich das denn guten Gewissens tun?« Jetzt suchte sein Blick auch wieder Saga, und als er sie fand, reglos wie eine Statue in einem Winkel der Kajüte, legte er die Stirn in Falten und massierte sich mit Daumen und Zeigefinger die Nasenwurzel. »Du magst eine Stimme hören, mein Kind, aber ich bezweifle, dass es die unseres Gottvaters ist. Oder die der Maria Magdalena.«

Violante wollte erneut auffahren, aber er brachte sie mit einer Geste zum Schweigen. Zu Sagas Verblüffung gehorchte sie.

»Ihr habt mir vorhin nicht zugehört, Gräfin. Ich habe gesagt, dass ich weiß, warum Ihr hier seid. Weshalb Ihr diesen ganzen Wahnsinn ins Leben gerufen habt. Ich weiß, wen Ihr sucht.« Er beugte sich vor, als er das sagte, direkt auf Violante zu, so als wollte er ihren Kopf in beide Hände nehmen wie den eines uneinsichtigen Kindes.

»Dann lasst also auch Ihr uns allein«, gab sie erschöpft zurück, »genau wie die anderen.«

»Gahmuret lebt«, sagte er. »Euer Mann ist nicht tot, Violante, und er ist auch nicht verschollen. Jedenfalls nicht nach den Maßstäben jener Hölle, in der ich ihm begegnet bin.«

Einen Augenblick lang sah die Gräfin ihn nur schweigend an. Falls es ihr die Sprache verschlagen hatte, überspielte sie ihre Überraschung gekonnt mit Härte. Schließlich sagte sie: »Es gehört nicht viel dazu, mir unlautere Motive zu unterstellen. Und noch weniger, den Namen meines Gatten dafür zu missbrauchen.«

»Spielt weiter Euer Spiel, wenn Ihr mögt.« Der Johanniter winkte ab. »Ich bin mehr als nur erstaunt, dass Ihr bis hierher gekommen seid. Die Konsequenz, mit der Ihr Eure Pläne vorantreibt, ist bewundernswert. Ich kannte Euren Mann, und Ihr seid ihm nicht unähnlich. Ihr seid zäh, und das ist er auch – nur deshalb kann er dort überleben, wo er jetzt ist.«

Violantes kunstvoll errichteter Wall aus Verleugnung und Kälte bekam Risse. »*Wo* ist er?«, fragte sie atemlos.

»In einer Festung, umgeben vom Rest seiner Getreuen. Jenen wenigen, die noch leben, heißt das. Gahmuret ist einen gefährlichen Weg gegangen, und ich bezweifle, dass selbst Ihr ihm folgen könnt.«

»Sagt mir, wo ich ihn finden kann.«

»Im Seldschukenland. Im Nirgendwo. Weit jenseits der Grenzen des Heiligen Landes im Osten. Kein Christ geht freiwillig dorthin, es sei denn, er ist bereit, mit dem Leben und seiner Seele dafür zu bezahlen.«

Violante starrte den Ritter an. »Fahrt fort«, brachte sie mit erzwungener Ruhe hervor.

»Gahmuret und seine Getreuen haben auf ihrem Weg eine Spur der Zerstörung hinterlassen. Verwüstete Höfe, niedergebrannte Dörfer, Massaker an Bauern und Nomaden. Es heißt, sie haben den Verstand verloren. Alle Schrecken der Plünderung von Konstantinopel, all das Töten, die Zerstörung... Gahmuret und seine Leute haben sie ins Land hinausgetragen. Ein Trupp wurde ihm nachgesandt, doch die Männer verschwanden. Danach gab es keine Spur mehr von Gahmuret und seinen Kämpfern. Das Große Unbekannte im Osten hatte sie verschlungen. Sie waren verschwunden. Tot, meinten alle.«

Saga bewegte sich nicht, verhielt sich mucksmäuschenstill. Ihre Fahrt stand an einem Scheidepunkt, aber es war nicht jener, den Violante vorausgesehen hatte. Ob die Orden sie unterstützen würden oder nicht, schien mit einem Mal unwichtig. Die Wahrheit über Gahmuret konnte alles verändern.

»Aber er war nicht tot«, fuhr der Johanniter fort und begann nun, in der engen Kajüte auf und ab zu gehen. »Die Brüder meines Ordens waren die Ersten, die wieder von ihm hörten. Wir Johanniter unterhalten eine Feste an der Grenze zum Seldschukenreich, den *Krak des Chevaliers*. Es ist ein abgelegener Außenposten, ein letztes Stück christliche Zivilisation, bevor die Welt in Barbarei versinkt. Von dort aus senden wir dann und wann Spione in die Länder der Seldschukenclans. Viele kehren nie zurück, aber manchmal schafft es einer und bringt Botschaft von dem, was jenseits der Grenze vor sich geht. Vor ein paar Jahren berichtete einer von Gerüchten, die er aufgeschnappt hatte: dass eine Horde Wahnsinniger aus dem Abendland eine Festung der Seldschuken besetzt halte und von dort aus Raubzüge unternehme. Und glaubt mir, Violante – *nur* ein Wahnsinniger könnte einem solchen Irrsinn verfallen. Die Seldschuken sind in mancher Hinsicht schlimmer als die Sarazenen. Sich mit ihnen anzulegen und zudem in ihrer Mitte auszuharren, das erfordert mehr als Mut oder Dreistigkeit oder Verzweiflung. Nur ein kranker Geist würde je so weit gehen, alles hinter sich lassen, seine Vergangenheit, seine Familie, seine Seele, im Austausch für … *das*. Gahmuret ist jetzt einer der Verdammten, und wenn Ihr Eure Sinne beieinander habt, Gräfin, dann versucht Ihr nicht, ihm auf seinem Weg zu folgen. Am Ende warten nur Wahnsinn und Tod auf Euch.«

Violante war aschfahl geworden, viel bleicher noch als während ihres Wutausbruchs vorhin, doch sie hielt ihre Gefühle unter Kontrolle. Ihr Unterlippe bebte, ihr Atem ging zu schnell und zu laut, aber sie brach weder in Tränen aus, noch schimpfte sie den Johanniter einen Lügner.

»Er ist mein Gemahl«, sagte sie leise. Nichts sonst.

»Kehrt um, Violante.« Der Johanniter sprach nun mit erstaunlicher Sanftheit. »Wenn Ihr wirklich die Hilfe meines Ordens erbittet, so kann und will ich sie Euch als Ratschlag geben: Lasst Eure Flotte wenden, bringt diese Mädchen zurück in ihre Heimat und gebt Euch damit zufrieden, dass Ihr Gahmuret nicht mehr wiedersehen werdet.«

Violante schluckte, ihre Finger schienen sich in das Holz des Kapitänstisches zu graben. »Ich werde ihn finden. Mit oder ohne Eure Unterstützung.«

»Und dafür das Leben von fünftausend Mädchen aufs Spiel setzen?«

»Glaubt Ihr denn, sie würden mir gehorchen, wenn ich jetzt den Befehl zur Umkehr gäbe? Das alles hier« – sie machte eine umfassende Geste mit beiden Armen – »das alles ist größer als ich oder Gahmuret oder die Macht Eures Ordens. Der Glaube von fünftausend Menschen ist wie eine Naturgewalt. Niemand kann sich dagegenstellen.«

»Die Sarazenen werden es tun«, sagte der Johanniter unbeeindruckt. »Redet mit den Frauen. Von mir aus lasst Eure Magdalena zu ihnen sprechen. Aber ich bitte Euch, ich flehe Euch an – macht kehrt!«

Sie schüttelte stumm den Kopf.

Der Johanniter ballte die Fäuste. Sein Gesicht schien einzufallen, Schatten vertieften seine Wangen. Er wandte sich ab und trat zur Tür. »Ich werde nach Rom gehen und den Papst über das in Kenntnis setzen, was hier geschieht. Die anderen Orden mögen Euch ihre Hilfe verweigert haben, weil sie uneinsichtig und verblendet sind. *Ich* verweigere sie Euch, um Euch eine Chance zu geben, zur Vernunft zu kommen.«

Mit einem Kopfschütteln verließ er die Kajüte, drehte sich aber auf dem Gang ein letztes Mal um. »Schon bald wird an Euren Händen mehr Blut kleben, als ein einzelner Mensch ertragen kann. Dann, und erst dann, Violante, werdet Ihr Gahmuret wahrlich dorthin folgen, wo er längst angekommen ist.«

Tiessas Schicksal

Das Bergdorf, in dem das kaiserliche Heer sein Hauptquartier aufgeschlagen hatte, lag auf einem schroffen, schwer zugänglichen Felsen. Die Luft flirrte vor Hitze, als Faun, Tiessa und Zinder gemeinsam mit dem Trupp der beiden Ritter einen engen Serpentinenweg hinaufritten. Schwarze Vögel kreisten um die turmhohen Mauern. Fenster gab es nur vereinzelt, und die wenigen waren winzig, kaum größer als Schießscharten für Armbrustschützen. Das Meer lag auf der anderen Seite der Felsen und war von hier aus weder zu sehen noch zu hören. Der Berg wehrte den Seewind ab, und die unerträgliche Sommerhitze Süditaliens hielt sie jetzt fest im Griff.

Der Kaiser ist mein Verlobter.

Faun kam sich dumm vor, verletzt, enttäuscht. Vor allem aber hereingelegt. Warum hatte Tiessa ihm nicht viel früher die Wahrheit gesagt, statt zuzulassen, dass er sich in sie verliebte? Waren ihre Gefühle für ihn echt gewesen? Hatte sie ihn nur ausgenutzt? Frage türmte sich auf Frage, ohne dass er irgendeine Antwort fand.

Sein Blick war starr auf Tiessas Rücken gerichtet. Sie saß allein im Sattel eines Pferdes, weiter vorne, zwischen den beiden Rittern, während er und Zinder sich ein Tier teilen mussten. Die beiden Soldaten, die ihnen ihre Rösser hatten abtreten müssen, waren am Rand des Ruinenfelds zurückgeblieben und sollten später von einer anderen Patrouille aufgelesen werden. Während des gesamten Ritts hatten Faun und Tiessa kein Wort wechseln können. Selbst Zinder blieb einsilbig. Hin und wieder sagte er etwas, das Faun beruhigen sollte, aber er spürte wohl, dass er keinen Erfolg damit hatte, und ließ es schließlich bleiben. Als sie die Serpentinen zum Bergdorf des Kaisers hinaufritten, hatten sie den halben Vormittag lang nicht mehr miteinander gesprochen.

Die Häuser der Ortschaft waren bis an den Rand der Felswand gebaut. Sie lehnten sich kühn über den Abgrund, das Mauerwerk wie verschmolzen mit dem weißgelben Gestein. Lehmgebrannte Ziegel bedeckten die Dächer. Von weitem hätte man das Dorf für eine verschachtelte Burg halten können, und erst im Näherkommen war offenbar geworden, dass es sich keineswegs um eine Festung handelte. Fensterlose Wohntürme überragten das Gewirr der Dächer, auf manchen standen kaiserliche Wachtposten und spähten hinab in die weite Landschaft am Fuß der Felsen und über das riesige Heerlager, das sich dort unten über verdorrte Äcker und ausgetrocknete Flussbetten erstreckte. Die Mittagshitze war feucht und schwer, selbst das Atmen war eine Anstrengung. Die Aussicht auf Schatten und kühles Wasser war verlockend, aber Faun ließ sich nicht einmal davon aufmuntern. Tiessa während des ganzen Ritts vor sich zu sehen und doch nicht offen mit ihr sprechen zu können quälte ihn mehr als die Hitze, mehr als sein Durst.

Durch einen Torbogen ritten sie in die Stadt, während ihnen die Blicke der schwer bewaffneten Posten folgten. Hunde sprangen kläffend um die Hufe der Pferde. Adalbert von Herringen und Graf Hektor hatten einen Boten ausgesandt, der ihnen im Galopp vorausgeritten war und den Kaiser über die Ankunft seiner Verlobten in Kenntnis setzen sollte. Faun hatte erwartet, dass sie von einem Spalier aus Rittern erwartet würden, irgendeiner eilig aufgestellten Ehrengarde für Tiessa. Doch am Tor und in den verwinkelten Sträßchen blieb alles ruhig. Niemand machte Aufheben um das Eintreffen der Stauferprinzessin.

Zu beiden Seiten des Hauptweges zweigten schmale Gassen ab, viele als Treppen mit breiten Stufen und blank gescheuerten Steinkanten. Die Reiterkolonne bewegte sich bereits eine Weile durch die tiefen, schattigen Mauerschluchten des Dorfes, ehe Faun auffiel, dass nirgends Bewohner zu sehen waren; keine verängstigten oder misstrauischen Gesichter zeigten sich in den schmalen Fensterlöchern. Nur Soldaten patrouillierten durch die Gassen, bewachten Gebäude oder saßen schwitzend rund um die Brunnen im Zentrum kleiner Plätze. Über einigen Fenstern und Türen verliefen Rußspuren an den Fassaden nach oben, aber sie blieben die Ausnahme; offenbar war das Heer des Kaisers bei der Einnahme des Ortes behutsamer mit den Bauten vorgegangen, als es sonst während eines Kriegszuges fern der Heimat üblich war. Möglich, dass Otto und seine Berater diesen Ort von vorneherein als Hauptquartier auserkoren hatten. Das erklärte auch, warum nirgends Einwohner zu sehen waren – es gab keine mehr. Die Soldaten hatten sie davongejagt, vielleicht sogar umgebracht, um das Risiko eines Aufstandes so nahe beim Kaiser einzuschränken.

»Das dürfte es sein«, sagte Zinder heiser, als sich vor ihnen der Marktplatz des Bergdorfes öffnete. Ein dreistöckiges Gebäude, das einzige mit Verzierungen und einem steinernen Wappen über dem Eingang, hob sich von den angrenzenden braunen Fassaden ab.

Faun hatte Bauchschmerzen, und er fühlte sich seltsam schwer, so als könnte er keinen Fuß mehr vor den anderen setzen, wenn sie endlich von diesem Pferd herunterkamen. Über allem schien der Schleier seines Verlusts zu liegen und machte die Umgebung farblos und trüb. Er sagte sich, dass das albern war, und im Geiste suchte er all die Argumente hervor, die er sich in den letzten Wochen wieder und wieder vor Augen geführt hatte. Sie war von hoher Geburt. Sie war gebildeter und womöglich auch klüger als er. Und, zum Teufel, ihm fielen sogar noch ein paar *neue* Gründe ein. Zum Beispiel, dass sie ihn nach Strich und Faden belogen hatte. Nicht einmal ihr Name war echt gewesen.

Beatrix von Schwaben.

Er kannte die Geschichte der Stauferprinzessin nur in ihren Grundzügen, ein paar Eckpfeiler ihrer Tragödie, die er in den vergangenen ein, zwei Jahren auf der Straße aufgeschnappt hatte, wenn die Rede auf den Kaiser und den ermordeten König gekommen war. Nichts davon passte zu dem Mädchen, das er kannte – und in das er sich verliebt hatte.

Beatrix.

Für ihn würde sie immer Tiessa bleiben.

»Absitzen!«, rief Graf Hektor, und sogleich stiegen alle Soldaten von ihren Pferden ab. Zinder und Faun brauchten ein wenig länger, weil sie zu zweit im Sattel saßen.

Tiessa wandte sich zu ihm um, schenkte ihm einen traurigen Blick, und für einen Moment sah es aus, als wollte sie zu ihm herüberkommen. Aber dann besann sie sich der Rolle, die sie hier zu spielen hatte, und blieb zwischen den beiden Rittern stehen.

Nein, verbesserte er sich: Eine *Rolle* hatte sie bisher gespielt. Hier musste sie wieder sie selbst sein. Beatrix von Schwaben. Tochter des toten Königs Philipp. Jetzt die Verlobte seines Erzfeindes Otto von Braunschweig.

Die künftige Kaiserin des Heiligen Römischen Reiches.

~

»Willst du die ganze Geschichte hören?«, fragte Zinder später, als er und Faun allein in einer Kammer saßen. Ein mürrischer Diener hatte sie hergeführt, gleich nach ihrer Ankunft.

»Nein.«

»Natürlich willst du. Außerdem habe ich es satt, dir dabei zuzusehen, wie du Trübsal bläst.«

Faun gab keine Antwort, starrte nur stumm auf die Tür aus Zedernholz mit ihren rostigen Beschlägen. Sie befanden sich im hinteren Teil des Rathauses, das jetzt dem Kaiser und seinem Gefolge als Unterkunft diente. Wenn sie aus dem kleinen Fenster sahen, blickten sie keine zwei Armlängen entfernt auf eine Hauswand aus Bruchstein. An ihrem Fuß befand sich eine enge Treppengasse, deren Stufen weiter oben in den Marktplatz mündeten, am unteren Ende aber um eine Ecke und weiß Gott wohin führten. Es roch nach gekochtem Eintopf, vermutlich aus irgendeiner Soldatenküche, die in den angrenzenden Häusern untergebracht war.

»Also?«, fragte Zinder. Er saß mit angezogenen Knien auf seinem Lager, die staubigen Stiefel achtlos auf der Wolldecke, den Rücken gegen die kühle Mauer gelehnt. Hier drinnen war wenig von der Hitze zu spüren, die jetzt, am frühen Nachmittag, alle Bewegungen in den Gassen verlangsamte wie am Grunde eines Sees.

Faun legte sich seufzend auf den Rücken und veschränkte die Hände unterm Hinterkopf. Es gab noch ein drittes unbenutztes Bett in der Kammer; sie hatten ihre Bündel darauf geworfen. Obenauf lag Zinders Waffengurt mitsamt dem vermaledeiten Kettenschwert in seiner Scheide, das Faun so nützlich vorkam wie ein Blumenstängel.

»Weißt du, dass sie und ihre beiden Schwestern die Erbinnen von dreihundertfünfzig Burgen sind?«, fragte der Söldner. »Dreihundertfünfzig! Keine schlechte Partie.«

»Ja«, entgegnete Faun düster, »das muss sich auch der Kaiser gedacht haben.«

»Oh, er hatte andere Gründe, sie zu seiner Verlobten zu machen.«

»*Zu machen*! Sie will ihn nicht einmal! Man hat sie dazu gezwungen, sich auf diese Verlobung einzulassen.«

»Was nichts daran ändert, dass sie nach seiner Rückkehr seine Kaiserin werden wird.«

Faun stöhnte auf und starrte an die Decke.

»Sie hat dich nicht belogen«, sagte Zinder. »Falls es das ist, was du ihr so übel nimmst. Sie hat vielleicht ein paar Dinge verschwiegen – und einen falschen Namen genannt, schön und gut –, aber zumindest die Sache mit dem Dokument scheint die Wahrheit gewesen zu sein. Ihr Vater war einer der Unterzeichner des Vertrages ... der König persönlich.« Zinder stieß ein bitteres Lachen aus. »Ich habe für ihn gekämpft. Und ich bin sogar mit auf diesen verdammten Kreuzzug gezogen ... Aber seine Töchter habe ich nie zu sehen bekommen. Wie alt wäre sie damals gewesen? Noch ein Kind!« Er winkte ab. »Ich hätte sie eh nicht wiedererkannt.«

»Du gibst keine Ruhe, was?«

»Wenigstens einer von uns beiden sollte reden, sonst wird man uns noch in diesem Loch vergessen.«

»Die Tür ist nicht verriegelt. Du kannst jederzeit gehen. Ich glaube nicht, dass dich irgendwer aufhält.«

»Und dich in deinem Jammertal allein lassen?« Zinders Gesicht verzog sich zu einem schiefen Grinsen. »Ohne dass du ihre Geschichte angehört hast? Nein. Ich glaube nicht.«

Faun ließ ein Seufzen hören.

»Du hast Liebeskummer, das ist alles.« Zinder lachte leise, lehnte den Kopf zurück und suchte denselben unsichtbaren Punkt an der Balkendecke, den auch Faun anstarrte. »Der Bürgerkrieg endete mit Philipps Sieg, das weißt du. Mit dem Segen des Papstes wurde er zum König gekrönt, und jedermann hielt es für gesichert, dass er bald auch die Kaiserkrone tragen und damit endlich seinen Vater Barbarossa beerben würde. Seine Frau Irene war die Tochter des damaligen Herrschers von Byzanz, was unsere Tiessa – Beatrix – zur Enkelin von zwei der mächtigsten Männer der Welt macht: Barbarossa auf der einen Seite, Isaak auf der anderen. Man könnte sagen, sie und ihre Schwestern sind die Bindeglieder zwischen den beiden großen Reichen – nun, damals *gab* es das Reich von Byzanz ja noch ... Nachdem Philipp ermordet wurde, genoss plötzlich wieder sein Rivale während des Bürgerkrieges, Otto von Braunschweig, die Aufmerksamkeit des Papstes. Otto gab sich Mühe, es allen recht zu machen, und tatsächlich gelang es ihm, als König anerkannt zu werden. Die staufischen Fürsten, Beatrix' Verwandtschaft väterlicherseits, wehrten sich jedoch dagegen, einen Welfen zum Kaiser zu krönen. Der Hass zwischen Staufern und Welfen sitzt tief, und solange kein Weg gefunden werden konnte, diese Kluft zu überbrücken, sah es schlecht aus für Ottos Pläne.« Zinder stützte sich auf einen Ellenbogen und sah zu Faun hinüber. »Genau das war der Zeitpunkt, an dem plötzlich alle Welt begann, sich für Philipps Tochter zu interessieren. Die Staufer erklärten sich bereit, Otto als Kaiser zu akzeptieren, falls er eine von ihnen zur Frau nehmen würde. Und es durfte nicht irgendeine Stauferin sein, nein, es musste Beatrix sein, Philipps leibliche Tochter, in deren Adern immerhin das Blut Barbarossas fließt.«

Faun rückte unruhig auf seinem Lager hin und her. »Das ist schändlich. Er ist der erbitterste Feind ihres Vaters gewesen.«

»Irgendwer aus Philipps engstem Kreis muss es ihr erklärt haben. Ich glaube nicht, dass man sie zwingen musste. Sie werden ihr erzählt haben, dass von ihr der Frieden im ganzen Reich abhänge, dass nur ihre Hochzeit mit Otto einen zweiten Bürgerkrieg verhindern könne, dass sie ganz allein das Schicksal Zigtausender in Händen halte. Schöne Worte, und sicher sehr eindrucksvoll für ein junges Mädchen.«

»Du hast sie kennen gelernt. Glaubst du wirklich, sie wäre so dumm, sich darauf einzulassen?«

»Sie war ein Kind damals. Und das alles hat nichts mit Dummheit zu tun. Was man ihr erzählt hat, waren keine Lügen. Ihr Eheversprechen an Otto hat das Reich *tatsächlich* vor einem neuen Krieg bewahrt ... Jedenfalls erklärten sich die staufischen Fürsten bereit, Ottos Kaiserkrönung zuzustimmen, falls es tatsächlich zur Verlobung mit Beatrix käme. Ich weiß nicht, ob Otto sie bis dahin überhaupt je zu Gesicht bekommen hatte. Aber um der Kaiserkrone willen hätte er wohl selbst des Teufels

Großmutter zur Frau genommen. Warum also nicht ein Mädchen, noch dazu kein hässliches?«

Er machte eine Pause. »Wusstest du, dass Otto und Beatrix sogar entfernt miteinander verwandt sind?«, fragte er nach einer Weile des Schweigens. »Der Papst persönlich musste ihnen Dispens erteilen – was Otto immerhin die Stiftung von zwei Klöstern gekostet hat. Aber damit war auch diese Hürde beseitigt, und die Verlobung wurde ausgesprochen. Die staufischen Fürsten waren zufrieden, die Welfen sowieso, und Otto wurde endlich zum Kaiser gekrönt. Ich kann mir nicht vorstellen, dass er besonders glücklich war, als ihn vor ein paar Monaten hier in Italien die Nachricht erreicht hat, dass Beatrix klammheimlich bei Nacht und Nebel davongelaufen war.« Er schwieg einen Moment, und als er fortfuhr, hatte sich der Klang seiner Stimme verändert. »Man hat sich viel über ihr Leid erzählt – wie sie aus der Trauer um ihren ermordeten Vater gerissen und in ein noch größeres Unglück gestürzt wurde. Otto verlangte, dass sie nicht länger auf dem Hohenstaufen leben sollte, sondern in seine Heimat Braunschweig gebracht wurde. Er hat sie auf Schloss Dankwarderode einquartieren lassen, und dort sei sie schwermütig geworden, hieß es, fernab ihrer Heimat, ihrer beiden Schwestern und der vertrauten Umgebung Hohenstaufens. Ob das nun die Wahrheit ist oder nicht – und besonders schwermütig ist sie mir nun wirklich nicht vorgekommen –, fest steht, dass sie schließlich die Möglichkeit zur Flucht genutzt hat. Und wie es aussieht, ist sie dabei ausgerechnet dir über den Weg gelaufen.«

Faun versuchte sich Tiessa als Prinzessin in Prunk und Überfluss vorzustellen, in feinen Kleidern, im Kreise ihrer Hofdamen, mit Stickzeug in den Händen, kichernd, intrigierend, beschäftigt mit dem, womit sich die Braut eines Kaisers eben beschäftigen mochte – oder wie Faun sich ein solches Leben ausmalte. Nichts an diesen Bildern erschien ihm wirklich. Tiessa hatte mit ihm unter freiem Himmel übernachtet, *das* war die Wirklichkeit. Sie hatten gestritten, sie hatten gemeinsam im Dreck gelegen, sogar Pferde gestohlen. Und zum Teufel – sie hatten sich geliebt. Nichts von alldem passte zu seiner Vorstellung von einer Prinzessin, schon gar nicht von einer künftigen Kaiserin.

Er musste wieder an ihre Erlebnisse auf Hoch Rialt denken. An ihre Verfolger, den Falkner und seine drei Gefährten, und an den Tod der Ritter unter Achards Klingen. Waren dies *kaiserliche* Ritter gewesen? Männer, die von Ottos Stellvertretern ausgesandt worden waren, um die entlaufene Prinzessin wieder einzufangen?

Zinder fuhr fort. »Beatrix ist in der Überzeugung aufgewachsen, dass Otto und alle Welfen die Todfeinde ihrer Familie sind. Als sie geboren wurde, herrschte Bürgerkrieg. Der Hass auf die Welfen wurde ihr in die Wiege gelegt. Und nun soll sie ausgerechnet den Mächtigsten aller Welfen, den schlimmsten Feind ihres Vaters, zum Gemahl nehmen?« Der Söldner stieß einen Seufzer aus. »Die Arme ist wahrlich vom Schicksal gestraft.«

Fauns Magen krampfte sich wieder zusammen. Er setzte sich auf, in der Hoffnung, dass das Gefühl ein wenig nachließe. Vergebens.

»Was jetzt?«, fragte er.

»Sieht mir nicht so aus, als hätten wir eine Wahl, oder?« Zinder stieg vom Bett und trat ans Fenster. Sein Blick suchte geübt die Gasse am Fuß der Mauer ab. »Da unten ist kein Mensch, aber das täuscht sicher. Der Kaiser im Feindesland dürfte besser bewacht sein als die Reichsschatzkammer. Wahrscheinlich wimmelt es auf den Dächern von Armbrustschützen.«

»Du glaubst wirklich, sie halten uns hier gefangen?«

Zinder schüttelte den Kopf. »Uns nicht. Aber Tiessa werden sie kein zweites Mal davonkommen lassen.«

Faun riss die Augen auf, als er begriff, worauf Zinder hinauswollte. »Das ist nicht dein Ernst!«

»Du hast sie doch gesehen. Glücklich war sie jedenfalls nicht. Und sie ist schon einmal vor ihm davongelaufen.«

»Du willst sie hier rausholen? Aus dem Hauptquartier des *Kaisers?*«

Der Söldner zuckte die Achseln. »Du liebst sie doch – oder?«

»Ich würde alles für sie tun. Aber keiner hat etwas davon, wenn man uns umbringt und sie zurück zum Kaiser bringt.«

»Weißt du, Junge, eigentlich sollten wir beide nicht hier sitzen. Wir sollten auf dem Weg sein zum Hafen auf der anderen Seite dieses gottverfluchten Berges, weil du deine Schwester und ich … nun, weil ich Violante wiedersehen will. Das sind rechtschaffene, akzeptable Gründe, nicht wahr? Und was tun wir stattdessen? Hocken hier auf unseren Betten herum und warten … worauf? Ich sag's dir: Wir sitzen hier, weil wir beide nicht bereit sind, Tiessa aufzugeben. Und, glaub mir, ich sollte es wahrlich besser wissen. Ich bin *alt.*«

Faun sah ihn an wie eine Erscheinung. Plötzlich war er ungeheuer dankbar, dass Zinder bei ihm war. Er begriff, dass er ohne den Söldner am Ende wäre. Wahrscheinlich hätte er noch Tage dagesessen, sich selbst bemitleidet und wäre irgendwann mit dem Kopf gegen die Wand gelaufen, weil er nicht nur Saga, sondern nun auch noch Tiessa verloren hatte.

Es klopfte an der Tür. Ein alter Mann betrat die Kammer, nicht der Diener von vorhin, sondern ein Edler im schwarzen Waffenrock. Abschätzend blickte er von einem zum anderen.

»Lasst alle eure Waffen hier und folgt mir«, sagte er. »Seine Majestät der Kaiser wünscht euch zu sehen.«

~

Auf dem Weg durch die steinernen Flure des Rathauses stellte sich ihnen der Mann als Konrad von Scharffenberg vor. Faun kannte diesen Namen nicht, aber er erfuhr bald, dass er kein Geringerer war als der Hofkanzler des Kaisers persönlich. Scharffenberg war ein hochgewachsener Mann mit silberweißem Haar und vollem Bart, scharf geschnittenen Zügen und klaren Augen, denen keine

Bewegung seiner beiden Begleiter zu entgehen schien. Er trug ein Schwert in edel verzierter Scheide am Gurt, außerdem eine goldene Kette mit Wappenmedaillon, womöglich ein Zeichen seiner Kanzlerwürde.

»Verzeiht, Herr«, sagte Zinder, als sie eine Treppe ins Erdgeschoss hinabstiegen. »Aber es scheint mir ungewöhnlich, dass ein Mann Eurer Stellung uns zum Kaiser bringt und –«

»Und kein Dienstbote?« Scharffenberg lächelte, aber es sah nicht besonders einnehmend aus. »Wir sind im Krieg. Das hier ist kein Palast, und der Kaiser wünscht kein Aufsehen.«

Kein Aufsehen um die Braut, die ihm davongelaufen ist, dachte Faun bitter. Deshalb also kein prächtiger Empfang, als sie ins Dorf geritten waren. Sicher waren auch die beiden Ritter und ihre Vasallen zum Schweigen verpflichtet worden. Und nun holte einer der engsten Vertrauten des Kaisers sie ab, damit niemand ihnen ungebührliche Fragen stellen konnte. Zum Beispiel, wie sie Tiessa überhaupt begegnet waren.

Eine plötzliche Befürchtung durchzuckte ihn. Wenn der Kaiser den ganzen Vorfall vertuschen wollte, dann würde er dort damit beginnen, wo er die größte Gefahr eines losen Mundwerks vermutete: bei zwei Herumtreibern, die ins nächste Wirtshaus ziehen und die ganze Geschichte zum Besten geben mochten, womöglich angereichert mit pikanten Details, die nicht nur den Ruf des Kaisers und seiner Braut, sondern gar die ganze Hochzeit gefährden konnten – und damit den empfindlichen Frieden zwischen Staufern und Welfen und zugleich Ottos Anrecht auf den Thron.

Er wechselte einen Blick mit Zinder und ahnte, dass dem Söldner ähnliche Gedanken durch den Kopf gingen. Zinders Stirn war von Sorge umwölkt, sein Blick düster. Mehrfach sah er unauffällig über die Schulter. Als Faun gleichfalls zurückblickte, entdeckte er zwei Soldaten, die sich ihnen lautlos angeschlossen hatten und ihnen im Abstand von ein paar Schritt folgten. Beide hatten die Hände an den Schwertgriffen.

Und nun?, formte Faun lautlos mit den Lippen.

Zinder schüttelte den Kopf. Der Hofkanzler ging vorneweg und schien den beiden keine Beachtung mehr zu schenken.

»Wo genau führt Ihr uns hin?«, erkundigte sich Zinder.

»Zum Kaiser. Das sagte ich schon.«

Sie folgten jetzt einem kurzen Gang, der vor einer Doppeltür endete. Zwei Öllampen spendeten das einzige Licht, es gab hier keine Fenster. Hinter der Tür mochte sich ein Versammlungsraum befinden, ein Kerker oder ein stiller Hinterhof, wie geschaffen für eine Hinrichtung. Fauns ganzer Körper verspannte sich. Selbst im Gehen fühlte es sich an, als bekäme er Krämpfe in den Unterschenkeln. Das Bauchweh, das ihn seit letzter Nacht quälte, bekam eine neue Qualität, und er hatte das Gefühl, sich übergeben zu müssen.

Irgendwo rasselte Eisen.

Faun sah über die Schulter, aber dort waren nur die beiden Soldaten, ihre Schwerter steckten in den Scheiden. Einer schenkte ihm ein schiefes Grinsen.

Scharffenberg blieb vor der Flügeltür stehen und drehte sich zu ihnen um. »Ich muss euch zuerst noch eine Frage stellen.«

»So?« Zinder tat unbeschwert. Hinter ihnen verharrten nun auch die Soldaten.

Die Augen des Hofkanzlers verengten sich. »Wo seid ihr der Prinzessin begegnet?«

»Auf einem Schiff«, entgegnete Zinder, bevor Faun etwas erwidern konnte. »Einem Handelsschiff auf dem Weg ins Heilige Land.«

Scharffenberg hob eine Augenbraue. »Sie war auf einem Schiff?«

»Als blinder Passagier. Sie wird es Euch bestätigen. Mein Freund hier und ich gehörten zur Mannschaft.«

»Ihr seht mir nicht aus wie Seemänner.«

»Wir sind Söldner. Ich habe im Bürgerkrieg auf der Seite des Kaisers gekämpft.«

»Wie ist dein Name?«

»Zinder, Herr.«

Der Hofkanzler atmete hörbar aus. »Zinder. Ich kenne Euren Namen, aber nicht Euer Gesicht. Ihr habt die Seiten gewechselt, daran zumindest kann ich mich erinnern.«

»Ich kenne Euren Namen ebenfalls, Herr. Ich weiß, dass Ihr ein Vertrauter unseres früheren Königs Philipp wart. Und nun seid Ihr der Kanzler des Kaisers.« Sein Ton wurde eine Spur schärfer. »Sagt mit, was genau findet Ihr verwerflich daran, die Seiten zu wechseln?«

Scharffenberg hielt seinem Blick stand, aber Faun sah, dass seine Kiefer unruhig mahlten. Zinder trieb ein gefährliches Spiel.

Der Hofkanzler ging fürs Erste nicht darauf ein, sondern sagte: »An Bord eines Schiffes, so, so. Und wie genau –«

Zinder fiel ihm ins Wort: »Sie ist versteckt unter Deck gereist. Hat sich wohl in Venedig an Bord geschlichen. Mein junger Freund hier und ich waren als Leibwächter von dem Händler angeheuert worden, dessen Ware das Schiff nach Osten brachte. Einen halben Tagesritt von hier, vor der Küste, haben ein paar Männer von der Mannschaft die Prinzessin entdeckt, schmutziges Gesindel ohne Anstand. Die Männer wollten … nun, Ihr mögt es Euch denken können. Jedenfalls gingen mein Gefährte und ich dazwischen, und es gelang uns, das Mädchen … Ihre Majestät unversehrt von Bord zu schaffen.« Er deutete auf seine zerrissene Kleidung und die kaum verkrusteten Wunden darunter. »Es war nicht ganz leicht, und wir haben einen Preis dafür bezahlt.«

Keine schlechte Geschichte, fand Faun, aber mit einem gefährlichen Haken: Falls er und Tiessa nördlich der Alpen tatsächlich von Männern des Kaisers verfolgt worden waren, dann mochte bekannt sein, dass die Prinzessin in Begleitung eines jungen Mannes gereist war. Eines Mannes, auf den Fauns Beschreibung passte. Aber er war nicht sicher, ob eine solche Beschreibung tatsächlich bis hierher gelangt sein konnte – eigentlich wäre kaum Zeit dafür gewesen –, und sie *mochten* Glück haben. Vielleicht.

Scharffenberg betrachtete sie weiterhin aus seinen blauen, ungemein stechenden Augen. »Warum habt ihr sie vor diesen Männern gerettet?«

»Warum?«, entfuhr es Zinder. »Wir sind Söldner, Herr. Und wenn Ihr meinen Namen kennt, so solltet Ihr wissen, dass ich lange Zeit einen eigenen Haufen angeführt habe. Ich habe Jahre damit verbracht, Männer nach getaner Arbeit davon abzuhalten, über wehrlose Frauen herzufallen. Und, mit Verlaub, Ihr mögt einen hübscheren Waffenrock tragen als ich, aber meiner sieht aus, *wie* er aussieht, weil er die Bekanntschaft von Schwertern und Dolchen und Äxten gemacht hat, während ich versucht habe, die Unschuld und das Leben Eurer Prinzessin zu retten!«

Mochte sein, dass er genau jene Mischung aus Stolz und Entrüstung traf, die einen Mann wie Scharffenberg beeindrucken konnte. Oder aber der Hofkanzler schenkte seinen Worten tatsächlich Glauben. Faun vermochte nicht zu sagen, was es war, das die Stimmung von einem Moment zum nächsten zu ihren Gunsten umschlagen ließ. Tatsache war, dass die Härte in den Zügen des Kanzlers sich kaum merklich löste und ein neuer Ausdruck in seinen Augen erschien.

»Wartet hier«, sagte Scharffenberg, trat durch die Flügeltür und war verschwunden. Sie hörten seine Schritte hinter dem Holz, dann gedämpft und unverständlich seine Stimme.

Fauns Blick suchte die Soldaten am anderen Ende des Gangs. Sie hatten sich breitbeinig dort aufgebaut, der eine mit verschränkten Armen, der andere die Rechte noch immer auf dem Schwertknauf. Jetzt grinste keiner mehr. Auch die beiden Männer schienen gespannt darauf, welchen Ausgang diese Begegnung nehmen würde.

Faun beugte sich zu Zinder und wollte etwas sagen, doch der Söldner brachte ihn mit einem Kopfschütteln zum Schweigen. Erst jetzt begriff Faun, wie angespannt der Söldner wirklich war. Die ganze Entschlossenheit, sein Hochmut und Trotz bekamen Risse, und darunter erhaschte Faun einen Blick auf Zinders wahre Verfassung. Sie unterschied sich kaum von seiner eigenen, nur dass der Söldner sie geschickter zu verbergen verstand.

Nach einer Weile kehrten die Schritte des Hofkanzlers zurück zur Tür, sie wurde geöffnet und Scharffenberg erschien im Schein der Öllampen.

»Tretet ein«, sagte er. »Seine Majestät ist jetzt bereit, euch zu empfangen.«

~

Tiessa saß auf einem hochlehnigen Stuhl zur Rechten des Kaisers. Vier Leibgardisten bildeten einen Halbkreis zu beiden Seiten des Paars.

Otto von Braunschweig erhob sich von seinem Stuhl, einem identischen Gegenstück zu jenem, auf dem seine Braut wie festgewachsen saß. Er war fünfunddreißig Jahre alt, sah aber viel jünger aus: dunkelhaarig, bartlos, mit dichten Brauen und einem Grübchen am Kinn, das ihn beinahe verschmitzt erscheinen ließ. Er hatte etwas von einem Jungen an sich, der alles, was um ihn herum geschah, mit einem Lächeln abzutun pflegte, mit jener Mischung aus Aufsässigkeit und Arroganz, die viel mit Jugend und wenig mit seiner hohen Stellung zu tun hatte.

Faun und Zinder fielen auf die Knie und senkten die Häupter.

»Willkommen«, sagte der Kaiser freundlich.

Das war die erste Überraschung.

Die zweite war, dass er so ganz anders wirkte, als Faun ihn sich vorgestellt hatte. Otto und seine Welfenverwandtschaft hatten ein ganzes Reich mit Bürgerkrieg überzogen, einem Krieg, der Zigtausende das Leben gekostet hatte – darunter Fauns ältere Brüder. Otto hatte sich den Thron nach dem Tod seines Feindes entgegen aller Widerstände erkämpft, jetzt nicht mehr mit dem Schwert, sondern durch Diplomatie und List. Und er hatte dafür einer Hochzeit mit einem Mädchen zugestimmt, von dem er wusste, dass es ihn aus tiefstem Herzen hassen musste. Nichts von alldem hatte auf einen sympathischen Mann schließen lassen.

Aber als Faun ihn nun zum ersten Mal sah, dachte er, dass es unmöglich war, ihn *nicht* auf Anhieb zu mögen. Nicht etwa, weil er so angenehm anzusehen war, anmutig gar, oder weil Klugheit aus seinen Augen sprach und Tatkraft aus seinem ganzen Auftritt – all das traf zu, und doch war es nicht das, was Otto von Braunschweig, den Kaiser des Heiligen Römischen Reiches, beim ersten Ansehen wie einen wahren Herrscher erscheinen ließ. Da war noch etwas, und es war weit weniger fassbar als all die anderen Dinge, die zu seinen Gunsten sprachen. Vielleicht seine Stimme. Sein ansteckendes Lächeln. Oder einfach nur die Tatsache, wie er jetzt ohne Scheu oder Furcht vor einem Anschlag auf die beiden zukam – »Erhebt Euch! Bitte, steht auf!« –, erst Zinder, dann Faun auf die Schulter schlug und sagte: »Ich danke Euch von ganzem Herzen, dass Ihr mir meine Braut zurückgebracht habt.«

Faun wagte nicht, Tiessa anzusehen, weil der Kaiser ihm nun direkt ins Gesicht blickte. Er wusste nicht mehr, wie er dastehen sollte, stocksteif oder eher gelöst, weil er sich plötzlich selbst einer so profanen Tätigkeit wie des Stehens viel zu bewusst war. Seine Stimme stockte, aber Zinder sagte: »Es war uns eine Ehre, Majestät. Wir haben nur getan, was jeder Eurer treuen Diener getan hätte.«

Das klang angemessen hochgestochen, aber Faun war dennoch nicht sicher, ob das die rechte Art und Weise war, einen Kaiser anzusprechen. Womöglich wurde erwartet, dass sie einfach den Mund hielten. Scharffenberg jedenfalls schnaubte vernehmlich.

Der Kaiser drehte sich um und ging zurück zu seinem Platz. Faun nutzte die Gelegenheit, Tiessa einen Blick zuzuwerfen. Sie musste ihn die ganze Zeit über angestarrt haben, aber jetzt senkte sie blitzschnell die Augen. Sie sah traurig aus. Faun, der doch eigentlich wütend auf sie sein wollte, spürte einen Stich in der Brust, der allen Zorn vertrieb.

»Nun«, begann der Kaiser, nachdem er sich wieder hingesetzt hatte. Er schob seine Hand über Tiessas zarte Finger auf der benachbarten Stuhllehne, sah sie aber nicht an. Stattdessen blieb sein Blick auf Faun und Zinder gerichtet. »Nun«, sagte er noch einmal, »wie Ihr wisst, befinden wir uns im Krieg, und ich will nicht viele Worte machen. Ihr beide sollt eine Belohnung erhalten.«

Faun schluckte, während Zinder keine Miene verzog. »Das ist sehr großzügig«, sagte er. Faun an seiner Stelle hätte wohl erwidert, dass eine Belohnung nicht nötig sei, aber möglicherweise hätte der Kaiser – ganz sicher aber Scharffenberg – das als Affront missverstanden. Es war wirklich am besten, wenn er das Reden Zinder überließ.

»Meine künftige Kaiserin hat einen Vorschlag gemacht, was dein Lohn sein soll, Söldnerhauptmann«, fuhr der Kaiser fort.

Zinders linke Braue ruckte nach oben, und sein Blick flackerte zu Tiessa hinüber, nur um sofort wieder zu Otto zurückzukehren.

»Die Prinzessin berichtete mir von deinem Wunsch, ein Stück Land zu besitzen, das du bestellen willst. Das ist ein sehr anständiges, rechtschaffenes Streben, das ich dir nur zu gern erfüllen will. Auf meinen Ländereien nahe Braunschweig gibt es viele Flecken, die sich dazu eignen. Mein Hofkanzler wird dir eine entsprechende Urkunde ausstellen, die dir ein Stück Land und einen kleinen Hof zuspricht. Außerdem sollst du vier Stück Vieh aus den kaiserlichen Stallungen erhalten, des Weiteren genug Geld für deine Reise dorthin. Die Urkunde wird dir noch heute ausgehändigt werden, und wir erwarten, dass du morgen früh abreist.«

Faun sah Zinder von der Seite an. Schweiß stand auf der Stirn des Söldners, und es war unmöglich zu erkennen, was ihm durch den Kopf ging. Stand ihm der Sinn tatsächlich nach einem Leben als Bauer? Es war eines, sich ein solches Dasein auszumalen, während man in Kriegen kämpfte; aber etwas ganz anderes, tatsächlich den Pflug anzuspannen und einen Bullen über den Acker zu treiben. Und würde er dafür seine Hoffnungen auf ein Wiedersehen mit Violante aufgeben?

»Jetzt zu Euch, Meister Faun«, sagte der Kaiser. *Meister Faun* klang ein wenig lächerlich, und Faun war nicht sicher, ob sich der Welfe über ihn lustig machte. Ahnte er, dass die wahre Gefahr für seine Braut weder von verwahrlosten Seemännern noch von einem gealterten Söldner ausging? »Die Prinzessin wusste mir leider keine angemessene Belohnung zu nennen, die Euer Zutun in dieser Angelegenheit aufwiegen könnte. Möchtet Ihr Euren Freund begleiten? Gerne will ich Euch dasselbe anbieten wie ihm, Land und Vieh und ein friedliches Leben in der Heimat.«

Aller Augen waren nun auf Faun gerichtet, und er fürchtete, nicht einmal den Mund aufzubekommen, um etwas zu erwidern. Als Gaukler war er daran gewöhnt, im Mittelpunkt zu stehen. Doch das hier war etwas anderes.

Seine Knie zitterten, als er schließlich sagte: »Wenn Ihr gestattet, Eure Majestät, so habe ich nur einen einzigen Wunsch.«

Tiessas Augen schlossen sich für einen Herzschlag, als ahnte sie, was jetzt käme.

»So nenne ihn uns«, sagte der Kaiser geduldig.

Nicht, formten Zinders Lippen.

»Ich würde gerne, mit Eurer kaiserlichen Erlaubnis, unter vier Augen mit der Prinzessin sprechen. Das ist alles. Nur ein paar Worte.«

Das Schweigen war wie Donnerschlag. Es übertönte alles andere, jeden Atemzug, das empörte Keuchen Scharffenbergs, selbst Fauns eigenen Herzschlag, der wie wahnsinnig in seiner Brust stampfte.

Hinter ihnen knirschten Leder und Eisen, als die beiden Soldaten am Eingang auf einen Wink des Hofkanzlers hin einen Schritt in den Raum hineintaten. Auch die vier Leibgardisten schienen noch angespannter, obgleich sie starr standen wie Skulpturen.

Der Kaiser verzog im ersten Moment keine Miene. Dann wandte er sehr langsam den Kopf und sah Tiessa an. Sie hatte die Augen längst wieder geöffnet, schien aber sekundenlang nicht sicher zu sein, wohin sie schauen sollte. So streifte ihr Blick erst Faun, dann Zinder. Schließlich straffte sie sich und sah ihren künftigen Gemahl an. Und im selben Moment überkam Faun ein Begreifen, das sich wie Nebel über seine Furcht legte.

Er hatte sich geirrt. Otto benutzte Tiessa nicht einfach. Er mochte sie tatsächlich. Gott, ja, er *verehrte* sie. Und er wartete auf ein Signal von ihr, eine Entscheidung, die tatsächlich *sie* treffen sollte!

Scharffenberg räusperte sich.

Zinder seufzte.

Ein Soldat scharrte mit den Stiefeln.

Und Tiessa sagte zum Kaiser: »Gewährt es ihm.«

Sie trug das Amulett des Mithras, als sie zu ihm in die Kammer kam, Elegeabals Anhänger, den ihr der Traumdeuter auf Hoch Rialt überreicht hatte. Vielleicht war er schon während der Audienz unter ihrem Kleid gewesen, Faun war nicht sicher. Jetzt schimmerte der goldene Stierkopf offen auf dem edlen Seidenstoff.

»Man hat mir gesagt, ich würde zu dir geführt«, sagte Faun überrascht, als er von seinem Lager aufsprang. Er hatte dort gelegen und ungeduldig in die Flamme einer tönernen Öllampe gestarrt. Draußen vor dem offenen Fenster stieg die Abenddämmerung düstergrau aus der Gasse empor.

Zinder war fort, vorgeblich, um seine Urkunde abzuholen, tatsächlich aber, um sich im Dorf umzusehen.

»Otto wollte, dass unser Treffen in seinen Räumen stattfindet«, sagte Tiessa. »Aber er würde uns nur belauschen lassen. Ich habe Scharffenberg überredet, mich herzuführen.«

Ausgerechnet Scharffenberg?, dachte er, und sie sah ihm seine Befürchtungen an.

»Täusche dich nicht in ihm«, sagte sie sanft. »Er war meinem Vater treu ergeben. Ich kann ihm vertrauen.«

»So?«

Sie lächelte auf diese schrecklich überlegene Art. Er hatte diesen Ausdruck schon viele Male bei ihr gesehen und sich oft darüber geärgert, weil er es für Arroganz gehalten hatte. Aber jetzt begriff er, dass sie bereits mehr erlebt, mehr durchgemacht hatte als die meisten Menschen am Ende ihres Lebens.

»Glaub mir einfach«, sagte sie. »Vielleicht mag er dich nicht besonders, aber ich bin für ihn so etwas wie eine Tochter.«

Faun tat es mit einem Achselzucken ab, aber der Gedanke, dass der Hofkanzler draußen vor der Tür stehen mochte, beunruhigte ihn weiterhin.

»Ich wollte mit dir reden«, sagte er unsicher.

Sie schüttelte den Kopf. »*Ich* wollte mit *dir* reden. Du hast es mir nur angesehen und dafür Kopf und Kragen riskiert.«

»Glaubst du wirklich, ich hätte gehen können, ohne dich … ohne mich von dir zu verabschieden?«

Sie wandte den Kopf ab, und als er einen Schritt um sie herum machte, sah er, dass sie weinte. Ganz unvermittelt, als hätten die Tränen nur auf ein Stichwort gewartet, um endlich fließen zu dürfen.

»Es tut mir so leid«, flüsterte sie, als er sie in die Arme nahm. »Ich hätte dich nicht belügen sollen.«

»Doch«, sagte er sanft und streichelte ihren Hinterkopf an seiner Schulter. »Hättest du mir von Anfang an die Wahrheit gesagt, wäre ich wahrscheinlich bei der erstbesten Gelegenheit abgehauen und hätte so viele Meilen wie nur möglich zwischen uns gebracht.«

Sie lachte und schluchzte zugleich. »Dann hättest du deine Schwester jetzt vielleicht eingeholt.«

»Ganz bestimmt nicht. Spätestens auf Hoch Rialt hätten Achards Männer mich ohne dich umgebracht. Wenn ich überhaupt bis dorthin gekommen wäre.«

Sie standen eine Weile eng umschlungen da. Faun war es jetzt gleichgültig, ob Scharffenberg vor der Tür wartete. Der Kaiser selbst hätte eintreten können, und Faun hätte Tiessa nicht losgelassen.

»Wenn ich an dich denke, dann denke ich an Tiessa. Nicht an Beatrix«, murmelte er in ihr Haar.

»Beatrix ist auf Schloss Dankwarderode zurückgeblieben. Aber ich … Ich will nur bei dir sein.«

Er hatte einen solchen Kloß im Hals, dass er darauf nichts zu erwidern wusste. Er roch ihr frisch gewaschenes Haar und dachte, dass er selbst noch genauso schmutzig war wie bei ihrer Ankunft. Sie gab ihm nicht das Gefühl, als müsste ihm das unangenehm sein.

Noch einen Augenblick länger blieb sie in seinen Armen stehen, dann löste sie sich ganz sanft von ihm, fasste an dem Medaillon vorbei in ihren Ausschnitt und zog das geheime Dokument hervor. Sie hatte es einmal gefaltet, damit es unter dem engen Seidenstoff Platz fand. Jetzt strich sie es zwischen den Fingern glatt und betrachtete es mit seltsamem Befremden.

»Ich hab das mitgebracht, weil ich nicht weiß, wohin damit«, sagte sie. »Jetzt kommt es mir ziemlich unwichtig vor.«

Faun sah über den Rand des Dokuments in ihr Gesicht. Die Sonne Italiens hatte ihre Haut gebräunt, aber sie wirkte trotzdem blass.

»Ich hab nie verstanden, was du überhaupt damit vorgehabt hast.«

Sie zuckte die Achseln. »Eine Zeit lang dachte ich sogar mal, ich könnte es Otto geben. Verrückt, oder? Meines Vaters Hofkanzler dient jetzt seinem Feind. Seine Tochter wird ihn sogar heiraten. Und das hier, der Beweis, dass er in eine der größten Verschwörungen des Christentums verwickelt war, wäre beinahe ebenfalls in der Hand seines Gegners gelandet.«

»Jedenfalls hassen sich der Kaiser und der Papst genug, dass Otto Innozenz' Verwicklung in die Verschwörung durchaus ausnutzen könnte.« Faun hatte darüber nachgedacht, in seltsamen, unzusammenhängenden Gedankensplittern, immer dann, wenn die Vorstellung von Tiessa vor dem kaiserlichen Traualtar ihm einen Augenblick Ruhe gegönnt hatte. »Otto wäre wahrscheinlich der Einzige, der Grund und Mut genug hätte, die Mitschuld des Papstes am Untergang Konstantinopels bekannt werden zu lassen. Wenn die einzelnen Fürstenhäuser des Reiches Einblick in diesen Vertrag bekämen ...« Er brach ab, weil es ihm plötzlich absurd erschien, in einem Augenblick wie diesem – vielleicht ihrem letzten miteinander – über etwas so Unwichtiges wie Reichspolitik zu sprechen.

Aber Tiessa nickte langsam. »Otto hätte tatsächlich jeden Vorteil davon.« Sie schwenkte das Pergament achtlos hin und her, keineswegs wie etwas, dass sie über tausende von Meilen unter Einsatz ihres Lebens vor Schaden bewahrt hatte. »Aber, verstehst du, ich *kann* es ihm nicht geben.«

»Warum nicht?«

»Wenn er es den Fürsten zugänglich machen würde – und das *würde* er –, dann könnte das zum Sturz des Papstes führen. Aber weißt du, was noch geschähe?«

Er schüttelte den Kopf. »Sie alle würden erfahren, dass auch mein Vater Teil dieser Verschwörung war. Die Fürsten, auch die Staufer, würden ihm nachträglich ihre Unterstützung entziehen – sogar nach seinem Tod! Niemand will mit einem Mann unter einer Decke stecken, der Zigtausende auf einen falschen Kreuzzug geführt hat, nur um – und darauf läuft es doch hinaus – den Vater seiner Frau aus dem Kerker von Byzanz zu befreien. Für eine Familienangelegenheit!«

»Sicher, das wäre schlecht für seinen Ruf, und vielleicht für deinen, aber –«

»So einfach ist das nicht.« Da war sie wieder, die alte, trotzige, widerspenstige Tiessa, nicht mehr anschmiegsam, nicht länger in Tränen aufgelöst, sondern widerborstig und auch eine Spur überheblich. Dafür liebte er sie gleich noch mehr. »Begreifst du denn nicht? Wenn die anderen Staufer meinen Vater im Nachhinein brandmarken, ihm sozusagen die Königswürde entziehen würden, dann wäre das nicht nur schlecht für meinen *Ruf*.« Sie klang jetzt verächtlich, so als wäre ihr Ruf nun wirklich das Letzte, das von Wichtigkeit war. »Es würde meine Hochzeit mit Otto verhindern!«

Er ging einen Schritt auf sie zu, doch sie streckte die Hand aus und ließ ihn nicht näher kommen. Er sah ihr an, wie schwer ihr das fiel.

»Glaub mir, Faun. Ich würde lieber sterben, als Kaiserin zu werden. Aber eines ist mir klar geworden: Wenn diese Hochzeit nicht stattfindet und damit ein endgültiger Frieden zwischen Staufern und Welfen entsteht, dann wird es einen neuen Bürgerkrieg geben. Dann wird das ganze Reich einmal mehr in Blut und Feuer versinken.«

Das waren ganz ähnliche Worte, wie Zinder sie benutzt hatte. Faun zweifelte allmählich an sich selbst und fragte sich, ob er denn tatsächlich so schwer von Begriff war, dass er die Zusammenhänge nicht sofort erkannt hatte. Ohne Hochzeit kein Abkommen zwischen Staufern und Welfen. Ohne das Abkommen – ein zweiter Bürgerkrieg.

Demnach hatten sie die Wahl. Sie konnten Papst Innozenz mit Hilfe des Dokuments diskreditieren und damit seinen Sturz einleiten. Oder aber sie vertuschten das Ganze, ließen Philipps Vermächtnis an seine Tochter verschwinden und garantierten damit den Frieden im Reich.

Tiessa fuhr fort: »Ich habe meinen Vater geliebt, und vielleicht war er ein guter König. Aber dieser Kreuzzug war ein Verbrechen … vielleicht eines der schlimmsten überhaupt. Er hat das gewusst, und wahrscheinlich hatte er Angst, dass seine Mitverschwörer ihm nach seinem Tod die alleinige Schuld daran geben würden. Darum hat er mir das Dokument anvertraut. Ich habe damals noch nicht verstanden, was es bedeutet, aber er hat wohl geglaubt, dass ich es eines Tages begreifen würde. Ich sollte – falls es nötig wäre – damit den Beweis erbringen, dass es noch andere Verschwörer gab, den Papst, den Dogen, Graf Gahmuret und Bonifaz von Montferrat.« Bedrückt fügte sie nach kurzer Pause hinzu: »Er hat nur an seinen guten Ruf gedacht, aber nicht an die Folgen für das Reich. Genau wie damals beim Kreuzzug, als er tausende von Toten in Kauf genommen hat, um meinen Großvater aus dem Kerker von Konstantinopel zu befreien, nur um sich damit die Unterstützung der Byzantiner auf dem Weg zum Kaiserthron zu sichern. Er hat … er hat bei alldem immer nur an sich gedacht.«

Sie wirkte jetzt so verzweifelt, dass Faun sie an der Hand nahm und zum Lager führte. Sie ließ sich auf der Bettkante nieder, zusammengesunken, mit hängenden Schultern und feuchten Augen.

»Die Männer, die uns verfolgt haben«, sagte er, »der Falkner und die anderen, wer waren sie wirklich? Ich dachte erst, sie wären Gesandte des Papstes, dann Ritter des Kaisers, aber das ist beides nicht wahr, oder?«

Sie schüttelte den Kopf. »Sie waren Staufer – die Bluthunde meiner eigenen Familie. Es ging ihnen nie um das Dokument. Ich bin nicht einmal sicher, ob sie davon wussten. Sie wollten mich zurückholen, notfalls mit Gewalt, damit diese Hochzeit stattfinden kann.« Ihre Augen wichen den seinen aus. »Aber das konnte ich dir damals nicht erzählen … Oder vielleicht doch. Ich …«

Er setzte sich neben sie und zog sie an sich. Ihre Faust zerknüllte das gerollte Pergament, aber Tiessa schien es gar nicht zu bemerken.

Im selben Augenblick wurde die Tür geöffnet.

Konrad von Scharffenberg betrat die Kammer. Er sah die beiden ohne große Überraschung an, die eine Augenbraue missbilligend erhoben, machte aber keine Anstalten, einzuschreiten.

Faun ließ Tiessa nicht los. Sie hob den Kopf von seiner Schulter und blickte dem Hofkanzler entgegen.

»Nicht jetzt«, sagte sie nur. Trotz ihrer Verfassung brachte sie einen unmissverständlichen Befehlston zustande.

»Verzeiht, Prinzessin«, sagte Scharffenberg steif, aber dann lockerte er sich, blieb in der Kammer stehen und drückte die Tür hinter sich zu. »Gebt mir das Dokument. Euer Vater hätte es so gewollt.«

Tiessa löste sich von Faun und fuhr auf. »Ihr habt uns belauscht!«

»Ihr habt mich gebeten, vor der Tür zu warten. Und das Holz ist nicht dick.«

Tiessa wollte widersprechen, aber er brachte sie mit einem Kopfschütteln zum Schweigen. »Diese Angelegenheit ist von zu großer Wichtigkeit, um Zeit mit Höflichkeit und Etikette zu verschwenden. Ich war Eurem Vater immer treu ergeben, und ich bin Euer Freund, Prinzessin. Wenn dieses Dokument das ist, was ich vermute, dann bringt es Euch in unnötige Gefahr.«

»Ich bin wochenlang damit durchs Land gewandert und habe es überlebt.«

»Ja«, sagte Faun bitter, »aber jetzt weiß *er* davon.« Anklagend deutete er auf den Hofkanzler. Er erwartete empörten Protest, doch Scharffenberg schenkte ihm kaum Beachtung.

»Dieser Vertrag hat bereits anderen nichts als Unglück eingebracht«, sagte der Kanzler. »Bonifaz von Montferrat ist tot, genau wie der Doge von Venedig und Euer Vater. Und Graf Gahmuret von Lerch… Gott weiß, was aus ihm geworden ist… Allein Papst Innozenz genießt noch immer alle Vorteile, die seine Unterschrift auf diesem Dokument ihm eingebracht hat. Er als Einziger ist übrig geblieben. Gibt Euch das nicht zu denken? Der Papst wird keine Ruhe geben, bis er sicher sein kann, dass auch Philipps Abschrift des Vertrages zerstört ist.«

Faun traf einen Entschluss. Möglich, dass er ihn später bereuen würde. Tatsächlich tat er das schon, während er die Hand ausstreckte, Tiessa das Pergament entriss und damit von der Bettkante aufsprang. Mit einem Satz stand er neben der Öllampe, von deren offener Flamme sich eine schwarze Rußfahne zur Decke schlängelte.

»Faun!« Auch Tiessa sprang auf, aber sie folgte ihm nicht, stand einfach nur da, als wäre sie mit einem Mal froh, dass ihr die Entscheidung abgenommen wurde.

»Tu das nicht!«, rief Scharffenberg, als Faun das eine Ende der Pergamentrolle nah an die Flamme brachte.

Er zögerte noch einmal, sah Tiessa an, konnte aber nicht erkennen, was sie dachte. Sie presste nur die Lippen aufeinander und blickte wie gebannt auf das Dokument und die nahe Ölflamme.

»Bleibt stehen!«, warnte Faun den Hofkanzler.

Scharffenberg erstarrte in der Bewegung, wippte dann einen halben Schritt zurück, bis er wieder mit beiden Füßen fest auf dem Boden stand. Beschwörend hob er die Hände. »Du weißt nicht, was du tust!«, stieß er leise hervor.

»Was wollt *Ihr* damit tun?«, fragte Faun. »Und erzählt mir nicht, dass es Euch nur um Tie-... um Beatrix' Wohlergehen geht. Wollt Ihr den Vertrag dem Kaiser aushändigen? Oder treibt Ihr Euer eigenes Spiel?«

Scharffenberg schüttelte langsam den Kopf, zornig und hilflos zugleich. »Wie kommst du dazu, über mich zu urteilen, Junge? Ich habe unter dem alten König gedient, und heute diene ich dem Kaiser. Ich habe Herrscher kommen und gehen sehen, aber nie habe ich einen verraten oder ihm sonst wie geschadet. Sei vorsichtig mit deinen Vorwürfen.«

Faun schüttelte unwillig den Kopf. »Der Inhalt dieses Vertrages darf nicht bekannt werden. Wenn die Fürsten davon erfahren, gibt es einen neuen Bügerkrieg.«

»Aber der Papst –«

»Für den Papst mag es von Vorteil sein, wenn das Dokument verbrennt, das ist wahr. Aber besser, wir vernichten es jetzt sofort, als dass er seine Häscher auf die Prinzessin ansetzt. Was würde wohl geschehen, wenn er erführe, dass die künftige Kaiserin über seine Verwicklungen in den Angriff auf Konstantinopel Bescheid weiß? Denkt Ihr denn wirklich, er würde das Risiko eingehen, dass man ihr Glauben schenkt, ob mit oder ohne diesen Vertrag?«

Tiessa rührte sich noch immer nicht, sah ihn nur an, hin und her gerissen zwischen ihrem Pflichtgefühl gegenüber dem letzten Willen ihres Vaters und der Vernunft, die aus Fauns Worten sprach.

Scharffenberg schien ernsthaft zu erwägen, mit dem Schwert auf Faun loszugehen. Aber er sah wohl ein, dass dies erst recht das Ende für das kostbare Pergament bedeutet hätte.

»Ich bin König Philipp noch immer verpflichtet«, sagte er, »auch nach seinem Tod. Wenn es sein Wunsch war, das Dokument zu verwahren, dann sollten wir… dann sollte seine Tochter das respektieren. Und wenn damit gar noch dem Kaiser in seinem Kampf gegen den Papst geholfen werden kann, umso besser.«

»Und der Frieden im Reich?«, fragte Faun. »Bedeutet der Euch denn gar nichts?«

»Das Reich hat einen Krieg überstanden, es übersteht auch einen zweiten. Das Reich wird noch in tausend Jahren bestehen, solange niemand die Entscheidungen seiner Herrscher anzweifelt.«

Tiessas Blick wanderte zum Hofkanzler hinüber, und jetzt lag zum ersten Mal tiefe Abneigung darin. »Was sagt Ihr da?«

»Euer Vater hätte es so gewollt.«

»Mein Vater hat gewollt, dass tausende von Rittern und Soldaten zu einem Kreuzzug ausziehen, der vor allem ihm selbst und seinen vier Mitverschwörern dienlich war… Der Wille meines Vaters ist hier nicht mehr ausschlaggebend.«

»Wie könnt Ihr das sagen? Philipp war ein guter König.«

»Und ich habe ihn geliebt, wie eine Tochter einen Vater nur lieben kann. Aber das hier hat damit nichts zu tun.« Sie schüttelte heftig den Kopf. »Gott, ich war so dumm! Ich hätte das schon viel früher erkennen müssen. Niemandem ist gedient, wenn die Wahrheit über diesen Vertrag bekannt wird. Außer vielleicht dem Kaiser. Aber will er tatsächlich über ein gespaltenes Reich herrschen? Über Untertanen, die sich gegenseitig zerfleischen? Glaubt Ihr das denn wirklich?«

»Diese Entscheidung sollten wir allein ihm überlassen.«

Tiessa schnaubte verächtlich. »Mach schon«, sagte sie zu Faun. »Verbrenn es.«

Scharffenberg war ein Mann, der stets nur versuchte, es seinen Herren recht zu machen. Es ging nicht darum, was er selbst dachte oder wollte. Einst war er Philipp ergeben, heute galt seine Treue Otto. Durch die Sicherstellung des Dokuments glaubte er beiden Herrschern zu Diensten zu sein.

»Nein!«, brüllte Scharffenberg und stürzte mit ausgestreckten Armen nach vorn.

Tiessa wollte sich vor ihn werfen, aber er fegte sie mit einem Schlag zurück aufs Bett.

Faun sah ihn kommen, war einen Moment lang überrascht – dann hielt er das Pergament ins Feuer.

Der Hofkanzler heulte auf, als ginge er selbst in Flammen auf. Er prallte gegen Faun und riss ihn zu Boden. Noch im Fallen ließ Faun das brennende Pergament los. Es flog trudelnd Richtung Fenster, prallte aber gegen die Kante und segelte lodernd an der Innenwand entlang zu Boden. Dort blieb es liegen, während die Flammen höher züngelten.

Scharffenberg achtete nicht mehr auf Faun. Sie lagen jetzt beide übereinander, aber der Hofkanzler strampelte sich los, kroch über Faun hinweg und holte aus, um die Flammen zu ersticken. Faun rammte ihm von unten das Knie in den Magen. Der alte Mann brüllte auf, aber er griff weder nach seinem Schwert, noch wehrte er sich. Mit Tränen in den Augen versuchte er erneut, an das brennende Pergament heranzukommen. Seine flache Hand hieb ins Feuer, aber der Schlag reichte nicht aus, die Flammen zu ersticken. Funken und Aschefetzen sprühten zwischen seinen Fingern hervor. Scharffenberg schrie auf, wollte erneut zuschlagen, doch da gelang es Faun, ihn von sich zu stoßen. Der Hofkanzler prallte mit dem Kopf gegen den Holzrand des Bettes, trat zugleich nach Faun und traf ihn zwischen den Beinen. Faun bekam keine Luft mehr, rollte sich zusammen und dachte, er müsste vor Schmerz das Bewusstsein verlieren. Scharffenberg sprang auf und trat triumphierend auf das Dokument. Die Flammen erloschen unter seinem Stiefel; sie hatten fast die Hälfte des Vertrages aufgezehrt, aber der Rest war unversehrt.

Tiessa flog wie eine Furie auf Scharffenberg zu, und diesmal klammerte sie sich an ihn, um ihn davon abzuhalten, das Pergament vom Boden aufzuheben. Er wehrte sich gegen sie, wenn auch nur halbherzig. Noch immer hielten ihn Pflichterfüllung und Zuneigung davon ab, ihr wehzutun. Sie aber ließ sich davon nicht beirren und schlug ihm die Faust ins Gesicht. Aufheulend packte er sie mit beiden Händen, riss sie von sich und schleuderte sie nach hinten – diesmal nicht auf das weiche Bett, sondern auf den Boden vor der Tür. Polternd kam sie dort auf.

Faun sah, was mit ihr geschah. Nicht weit von ihm lagen ihre Waffen, sein eigener Dolch und – noch näher bei seiner Hand – Zinders Schwertgurt, den der Söldner in der Kammer gelassen hatte. Zwischen seinen Fingerspitzen und dem Knauf des Kettenschwertes klafften kaum zwei Handbreit.

Scharffenberg zog seine eigene Klinge, machte aber keine Anstalten, Faun zu erschlagen. Stattdessen bückte er sich und hob den halb verbrannten Vertrag auf. Besorgt, aber zugleich mit einem Anflug von Triumph entrollte er das Pergament. Das Feuer hatte weniger Zerstörung angerichtet, als Faun gehofft hatte. Gut zwei Drittel waren erhalten geblieben, der größte Schaden war am mittleren Rand entstanden. Die Siegel und Unterschriften im unteren Teil waren unversehrt, ebenso ein Großteil des Vertragstextes.

Faun hob den Kopf und sah am Hofkanzler vorbei zu Tiessa. Sie bewegte sich nicht, lag mit geschlossenen Augen auf dem Boden zwischen den Fußenden der Betten.

Seine Hand kroch zum Griff des Kettenschwertes.

Scharffenberg rollte den Vertrag zusammen. Er hatte Tiessa und der Tür den Rücken zugewandt. Dann fiel sein Blick auf

Faun, und er erinnerte sich an die blankgezogene Waffe in seiner Hand.

Fauns Finger berührten Zinders Schwert.

Der Hofkanzler richtete die Spitze seiner Klinge auf Fauns Brust. »Liegen lassen«, sagte er. »Sonst muss ich dich töten.«

Aber Fauns Hand schloss sich bereits um den Griff.

»Dummkopf«, sagte Scharffenberg, holte kopfschüttelnd aus –

– und wurde von hinten niedergestreckt, als Zinder ihm einen Kerzenhalter über den Schädel schlug. Faun rollte sich zur Seite. Die Spitze von Scharffenbergs Schwert bohrte sich neben seiner Schulter in den Holzboden. Der Hofkanzler sank nach vorn, genau auf ihn zu, prallte neben ihm auf und blieb reglos liegen.

»Was habe ich über das Kettenschwert gesagt?«, fragte Zinder mit erhobenem Zeigefinger.

Faun zog die Hand zurück.

Der Söldner lächelte. »Gut.« Hinter ihm stand die Kammertür weit offen. Er wandte sich um, stieg über die leblose Tiessa und drückte die Tür hastig zu.

»Was ist mit ihr?« Faun kroch auf allen vieren auf das Mädchen zu.

»Bewusstlos, würde ich sagen.« Zinder ging in die Hocke und berührte ihren Hals. »Keine Sorge. Sie wird wieder.«

Während Faun Tiessas Oberkörper auf seinen Schoß zog, trat der Söldner neben den leblosen Scharffenberg und zog ihm das Pergament aus den Fingern.

»Verbrenn es«, keuchte Faun.

Zinder zuckte die Achseln, seufzte leise – und hielt das Pergament in die Flamme der Öllampe.

Gemeinsam sahen sie zu, wie die Rolle verbrannte, erst zwischen Zinders Fingern, dann, als er sie nicht mehr halten konnte, am Boden, nicht weit von Scharffenbergs Gesicht entfernt.

Die Flammen loderten ein letztes Mal auf, ehe sie keine Nahrung mehr fanden und verloschen. Zurück blieb nur ein Häufchen grauer Asche.

Die Flucht

Zinder trug Tiessa im Arm wie ein Kind, während Faun, noch immer leicht benommen, mit Scharffenbergs Schwert in der Hand vorauseilte. Zinder hatte ihn fragend angesehen und auf die regungslose Tiessa gedeutet, nachdem er den Kanzler geknebelt und gefesselt hatte. Faun hatte genickt. Es war keine bewusste Entscheidung gewesen, sondern etwas, das aus seinem tiefsten Innersten zu kommen schien. Etwas, das er nicht beeinflussen konnte.

Ihre Flucht war einfacher, als sie gedacht hatten. Auf dem Weg zurück zur Kammer hatte Zinder diesen Teil des Gebäudes ausgekundschaftet und war nirgends auf Wachen gestoßen.

»Hier entlang!« Der Söldner deutete mit einem Nicken auf eine schmale Treppe, von der Faun vermutete, dass sie ins Erdgeschoss führte. Als sie jedoch die Stufen hinabliefen, endeten sie keineswegs ein Stockwerk tiefer, sondern setzten sich fort, bis sie einen Keller erreichten. Er war in den Fels des Berges gehauen; der Boden war uneben und sandig, die Wände zerfurcht.

»Was ist das hier?« Faun sah sich in der höhlenartigen Kammer um. Er trug in der Linken die Öllampe, in deren Flamme sie das Dokument verbrannt hatten. In ihrem Schein erkannte er auf der anderen Seite einen Rundbogen, hinter dem breitere Stufen nach oben führten. Rechts von ihnen erstreckte sich, jenseits eines weiteren Bogens, ein Gang, dessen Ende sich im Dunkeln verlor.

»Wir werden sehen«, sagte Zinder.

»Was soll das heißen?«

Der Söldner lächelte und verlagerte Tiessas Gesicht in seinen Armen. »Weiter als bis hierher bin ich nicht gekommen.«

»Du führst uns in dieses Loch und hast keine Ahnung, wie wir wieder herauskommen?«

»Der Haupteingang des Rathauses wird bewacht. Willst du mit dem Mädchen an den Soldaten vorbeimarschieren? An der Leibgarde des Kaisers?«

»Und das hier sieht für dich aus wie ein besserer Plan?«

»Kein Plan. Aber eine … sagen wir: Hoffnung.«

»Oh.« Faun ließ das Schwert sinken.

»Wenn wir aus dem Dorf herauskommen, sind wir sicher. Für den Rest habe ich gesorgt.«

»Und wie?«

»Auf der anderen Seite der Felsen befindet sich ein kleiner Hafen. Dort unten ankern einige von Ottos Kriegsschiffen, aber nicht viele. Der Großteil seines Heeres ist noch immer eine Landstreitmacht.« Faun wippte ungeduldig, und Zinder fuhr fort: »Es gibt noch ein paar andere Schiffe da unten. Eines davon bringt uns nach Osten. Vertrau mir einfach. Es hat mich den Großteil des Geldes gekostet, den sie mir für die Heimreise gegeben haben.«

»Und dein Stück Land?«

»Ich habe die Urkunde«, entgegnete der Söldner schulterzuckend.

»Die nichts mehr wert ist, wenn der Kaiser erfährt, dass du seine Braut entführt hast … was ungefähr *jetzt* der Fall sein dürfte.«

Zinder winkte ab. »Komm!« Er lief voraus in den dunklen Kellergang, die bewusstlose Tiessa wie eine Strohpuppe auf beiden Armen. Die Scheide des Kettenschwerts schlug gegen seine Beine, aber das schien ihn nicht zu stören, während Faun seinerseits genug damit zu tun hatte, seine Waffe und die Lampe zu halten.

Er drängte sich an Zinder vorbei, um ihnen den Weg zu leuchten. Tiessa stöhnte leise im Arm des Söldners.

Besorgt warf Faun einen Blick auf sie, doch sie erwachte nicht. Als er die Entscheidung getroffen hatte, sie mitzunehmen, hatte er jegliche Vernunft ausgeblendet. Ihre Worte vom Bürgerkrieg, von dem Streit zwischen den Welfen und den Staufern, von der Verantwortung, die sie trug.

Für ihn hatte nur Tiessa gezählt, und das, was sie für ihn bedeutete. Es mochte selbstsüchtig sein, vielleicht auch naiv, auf jeden Fall dumm, die Braut des Kaisers zu entführen. Doch tief in ihm war er überzeugt, das Richtige getan zu haben. Das Richtige für sie. Und das Richtige für ihn selbst.

Er zwang sich, nicht an die Folgen zu denken, die Tiessas Entführung haben mochte, sondern konzentrierte sich auf den Weg vor ihm.

Mehrere Durchgänge führten rechts und links des Gangs in niedrige Felskammern. In ein paar waren Kisten, Säcke und Fässer gestapelt, doch die meisten standen leer. Erst bei genauerem Hinsehen erkannte Faun, dass die Kammern Gittertüren besaßen, die nach innen offen standen. Kerkerzellen.

Täuschte er sich, oder erklangen in der Ferne Rufe?

Möglich, dass es sich dabei nur um die abendliche Wachablösung handelte. Als er über die Schulter blickte, sah er nur Schwärze, keine Fackeln, keine Verfolger. Aber wie lang konnte dieser Gang schon sein? Früher oder später würden sie an sein Ende gelangen. Vermutlich eine Sackgasse.

Zinder blieb mit einem Mal stehen.

Faun, der ein paar Schritte vor ihm lief, blickte nach hinten. »Was?«

»Hierher!« Der Söldner bog nach rechts durch einen Torbogen, der sich kaum von den Eingängen der Zellen unterschied. »Beeil dich! Wir brauchen Licht!«

Faun lief zu ihm zurück und schob sich einmal mehr an ihm vorüber. Eine Tür mit schweren Beschlägen versperrte nach wenigen Schritten den Weg. Ein kalter Luftzug blies ihnen durch eine breite Ritze am Boden entgegen, so heftig, dass er bereits draußen auf dem Gang zu spüren war.

Zinder legte Tiessa sanft am Boden ab. »Gib mir dein Schwert.«

»Du hast doch ein eigenes.«

»Dein Schwert, Faun!«

Faun reichte es ihm, trat zurück und sah zu, wie der Söldner mit ein paar geschickten Hebelbewegungen und einem kräftigen Tritt die Tür aufbrach. Sie erzitterte, knirschte in ihrem Rahmen und schwang – als Zinder erneut dagegen trat – nach außen auf.

Dahinter führten Stufen tiefer in den Fels hinab.

Faun sah Zinder entgeistert an. »Woher hast du das gewusst?«

»Ich bin selbst mal Bürgermeister gewesen. Während eines Feldzugs in … ach, egal. Da war dieses Dorf, und meine Leute hatten, nun ja, den Anschluss an das Heer verloren. Also haben wir es uns dort ein Weilchen bequem gemacht. Und irgendwer musste ja Bürgermeister sein, nachdem der alte … hmm, unpässlich war.«

»Du hast ihn umgebracht!«

»Ach wo. Und nun komm. Scharffenberg wird nicht ewig schlafen.«

Faun sah zu, wie Zinder Tiessa wieder aufhob, dann machte er sich auf den Weg die Stufen hinab.

»Schneller!«, keuchte Zinder hinter ihm. Allmählich schien sich das Gewicht des Mädchens bemerkbar zu machen.

»Sind sie schon hinter uns?«

»Nein. Aber das Schiff wartet nicht ewig.«

»Es wartet auf uns?«

»Aber sicher. Ich bin zurückgekommen, um dich abzuholen.«

»Und wenn Tiessa nicht bei mir gewesen wäre?«

»Wir hätten uns schon was einfallen lassen.«

»Du wolltest ohne sie gehen!«

»Im Augenblick *trage* ich sie. Also hör auf, mit mir zu streiten!«

Die Treppe führte eine beachtliche Strecke weit abwärts, ohne Biegung oder Kehre. Zuletzt erreichten sie eine zweite Tür mit ganz ähnlichen Beschlägen wie jene am oberen Ende des Fluchtwegs. Faun lehnte das Schwert an die Wand, stellte die Öllampe auf den Boden und nahm Zinder das Mädchen ab. Sie rührte sich wieder, und ihre Lippen bebten, als er sie an sich zog. Der Söldner ergriff das Schwert und hantierte am Schloss des Ausgangs.

»Es wird alles gut«, flüsterte Faun in Tiessas Ohr. Er fühlte ihre Wärme an seiner Brust. Sanft küsste er ihre Stirn. *Das ganze Reich wird einmal mehr in Blut und Feuer versinken*, hörte er sie wieder sagen.

Aber er konnte nicht ohne sie fliehen. Ganz gleich, was dagegensprach. Es ging nicht.

Zinders Fluch holte ihn zurück in die Gegenwart. Zweimal, dreimal trat er gegen die Tür, doch sie hielt stand. Erst nach weiteren Versuchen gaben die Scharniere nach. Dort, wo Zinder bereits mit der Schwertklinge das Holz bearbeitet hatte, brach das Eisen aus dem Flügel. Die Tür kippte polternd nach außen – und schlitterte unter Getöse einen Abhang hinunter.

»Heiland!«, fluchte Zinder. Stocksteif warteten sie ab, bis das Krachen und Scheppern des Türflügels in der Tiefe verklang. Es schien eine Ewigkeit zu dauern, ehe endlich wieder Stille herrschte.

Der Ausgang befand sich inmitten einer steilen Schräge. Der Himmel war dunkelblau, die ersten Sterne flackerten. Tief unter ihnen brannten Lichter am Rande des Meeres. Die See erstreckte sich endlos von der zerklüfteten Kalksteinküste bis zum Horizont.

»Wo sind wir hier?«, flüsterte Faun.

Zinder sah sich um. »Auf jeden Fall nicht auf dem Rathausplatz.«

Er streckte die Hand aus, um Tiesssa wieder zu übernehmen, aber Faun schüttelte den Kopf. »Ich trage sie.«

»Wie du willst.«

Der Söldner nahm die Öllampe vom Boden, packte das Schwert und lief voraus. Faun folgte ihm. Ein schmaler Weg führte im Zickzack zwischen den Felsen in die Tiefe. Einmal sah Faun zurück, die gesamte Flanke des Berges hinauf bis zu den Lichtern des Dorfes, das sich hoch über ihnen vom samtig blauen Abendhimmel abhob. Von hier aus ließ nichts darauf schließen, dass ihre Flucht bemerkt worden war. Trotzdem war es möglich, dass sie bereits durch das Innere des Berges verfolgt wurden. Der Kaiser würde seine Braut kein zweites Mal entkommen lassen. Und Faun war nicht einmal sicher, ob sie entkommen *wollte*. Womöglich war dies gar keine Befreiung, sondern tatsächlich eine Entführung.

Sie bewegte sich wieder in seinen Armen. Ihre Lippen bebten und schienen Worte zu formen. Er verstand nicht, was sie sagen wollte. Vielleicht war es besser so. Er war nicht sicher, was er tun würde, falls sie von ihm verlangte, sie abzusetzen und zurückzulassen.

Ungehindert erreichten sie den Fuß der Felsen. Zuletzt schlitterten sie einen Hang hinunter, auf dem dürres Gras aus verästelten Spalten wuchs. Baumkrüppel krallten sich an die Felsen, völlig entlaubt, die Stämme abgestorben.

Der Hafen, von dem Zinder gesprochen hatte, entpuppte sich aus der Nähe als dürftige Ansammlung von Häusern und Lagerschuppen. Er gehörte zum Dorf auf dem Berg und war kaum weitläufiger als ein großes Gehöft. Die Kriegsschiffe des Kaisers ankerten ein Stück weiter draußen auf dem Meer, ein halbes Dutzend mächtige Galeeren, auf denen vereinzelte Lampen und Fackeln brannten. Zwischen diesen Kolossen waren die Silhouetten weiterer Schiffe zu sehen, kleiner und weniger eindrucksvoll. Eine Hand voll Ruderboote pendelte auf dem Wasser zwischen Land und Schiffen. Am Bug einer jeden Jolle stand aufgerichtet eine Gestalt und hielt schwankend eine Lampe am ausgestreckten Arm wie eine lebende Galionsfigur.

Am Rand des ärmlichen Gebäudehaufens brannten Lagerfeuer, um die sich sitzende Gestalten scharten. Auch zwischen den Schuppen und Häusern waren Männer unterwegs, ausschließlich Soldaten des kaiserlichen Heeres. Nirgends waren Einheimische zu sehen. Wie schon oben im Dorf waren auch hier alle Bewohner vertrieben worden.

Tiessa bewegte sich und versuchte, sich aus Fauns Umarmung zu lösen. Erneut murmelte sie etwas, das er nicht verstand, und presste mit der flachen Hand gegen seine Brust. Beinahe wäre er gestolpert und hätte sie mit sich zu Boden gerissen.

»Weiter!«, kommandierte Zinder, als er sich zu den beiden umdrehte.

»Sie ist wach«, sagte Faun.

»Und viel zu benommen, um zu laufen. Ein Ruderboot erwartet uns am Rand des Hafens – das hoffe ich jedenfalls. So war's abgesprochen.«

»Abgesprochen!« Faun keuchte. »Mit irgendwelchen Halsabschneidern, schätze ich.«

Eine Zornesfalte erschien auf Zinders Stirn. »Unglücklicherweise hatten alle Ehrenmänner Bedenken, zwei flüchtige Verbrecher an Bord zu nehmen. Wir können nur Gott danken, dass sie keine Ahnung haben, wen wir hier entführen wollen.«

Faun tat sein Bestes, mit dem Söldner Schritt zu halten, während die benommene Tiessa sich immer heftiger in seinen Armen regte. Er würde sie nicht mehr lange halten können. Zudem schien sie immer schwerer zu werden.

»Hier entlang«, rief jemand aus dem Dunkel zu ihrer Rechten. Zwischen ein paar Felsbrocken am Rande der Hafenschuppen war eine beleibte Gestalt erschienen.

Zinder gab Faun einen Wink. Geduckt rannte der Söldner zu dem Mann an den Felsen hinüber, der sich seinerseits umdrehte und Richtung Wasser davonlief.

»Was tun wir hier?«, murmelte Tiessa an Fauns Schulter.

»Du bist in Sicherheit.« Er hoffte, dass seine Stimme nicht zitterte.

»Schneller«, flüsterte Zinder über die Schulter, kaum hörbar, um die Soldaten an den Lagerfeuern nicht aufzuschrecken.

Entgegen seinen Worten befürchtete Faun, dass jeden Augenblick ein Hornsignal von den Mauern des Bergdorfs die Soldaten warnen könnte. Wenn Scharffenberg erst Alarm schlug, würde es nur Augenblicke dauern, ehe sie das gesamte Hafenbecken abgeriegelt hätten.

Die Häuser blieben links von ihnen zurück. Vor ihnen öffnete sich die felsige Bucht. Wellen schlugen gegen Kalkgestein, das im schwachen Sternenlicht noch farbloser erschien. Faun kam es vor, als liefen sie durch eine bizarre Traumlandschaft, erfüllt von unwirklichen Formen und Gestalten.

Die sonderbarste Gestalt aber war zweifellos der kugelrunde Mann, der sie am Ruderboot erwartete.

»Katervater«, stellte Zinder ihn vor, ohne Faun dabei anzusehen. »Nicht wahr?«, fragte er in die Richtung des Mannes.

Der nickte, was aber kaum zu erkennen war, da sein Kopf beinahe halslos auf dem massigen Leib saß. »Katervater«, wiederholte er, »zu Euren Diensten. Reliquien aller Art. Heiligtümer aus aller Welt. Ihr sucht etwas, das von Gott berührt wurde? Sucht nicht weiter – Ihr findet es in meinem Laderaum.«

»Schön, schön«, gab Zinder gehetzt zurück und eilte an Fauns Seite, um die benommene Tiessa über den Bootsrand zu hieven. Vier Ruderer saßen auf den Bänken. Einer erbarmte sich und half ihnen, Tiessa auf den Boden der Jolle zu legen. Sie murmelte wieder etwas, aber diesmal wollte Faun gar nicht hinhören.

Wenn diese Hochzeit nicht stattfindet, wird es einen neuen Bürgerkrieg geben.

Er verdrängte den Gedanken und folgte Zinder und dem fetten Mann ins Boot. Gleich darauf legte das Boot ab und glitt ohne Licht über die schwarzen Wellen auf eines der Schiffe weiter draußen zu. Im Dunkeln passierten sie zwei kaiserliche Galeeren. Der fette Reliquienhändler winkte freundlich zu einem Wachmann hinauf, der sich neugierig über die Reling beugte und mit einer Fackel aufs Wasser hinableuchtete. Wahrscheinlich reichte ihr Schein nicht weit genug, um Einzelheiten auszumachen.

»Katervater?«, rief der Soldat.

»Eben der.«

»Wer noch?«

»Männer aus meiner Mannschaft. Und Käufer.«

Der Wächter lachte rau. »Er wird euch übers Ohr hauen.«

Katervater fluchte in seine Richtung, behielt dabei aber seinen jovialen Ton bei. Der Soldat lachte noch lauter, winkte ab und verschwand hinter der Reling.

Wenig später kletterten sie an Bord einer kleinen Handelsgaleere. Sie war schlanker und sah wendiger aus, als Faun erwartet hatte. Zu Katervater hätte ein Kahn gepasst, der ebenso bauchig war wie er selbst; dass er stattdessen einem schnelleren Schiff den Vorzug gab, ließ darauf schließen, dass er bisweilen Hals über Kopf verschwinden musste.

Tiessa erklomm die Strickleiter aus eigener Kraft, doch sie sagte nichts. Wie eine Schlafwandlerin folgte sie Zinders Anweisungen. Der Söldnerführer sprach in einem ungewohnt sanften Tonfall mit ihr. Nur ab und zu blickte Tiessa sich nach Faun um, als wollte sie sich vergewissern, dass er noch da war.

Faun kletterte direkt hinter ihr, und als sie an Deck angekommen war, half er ihr, sich niederzulassen, den Rücken gegen eine Kiste gelehnt, die vermutlich Barthaare Jesu, Schenkelknochen der Apostel oder anderen heiligen Tand enthielt.

Überall huschten Gestalten umher, hangelten sich in die Takelage hinauf und bemannten die Ruderbänke. In Windeseile stand das Schiff unter vollen Segeln, die Riemen tauchten ins Wasser, und die Galeere nahm Fahrt auf. Die Bucht blieb hinter ihnen zurück, die Lichter des winzigen Hafens, dann die Silhouette des Bergdorfs vor dem Sternenhimmel.

»Faun?« Tiessa hob das Kinn. Ihr Blick, der bis jetzt verschleiert gewesen war, klärte sich. Sie sah ihm in die Augen. Vor lauter Schuldbewusstsein hätte er sich am liebsten abgewandt, hielt ihrem Blick aber stand.

»Das ist ein Fehler«, sagte sie.

Vor der Katastrophe

Viereinhalb Wochen, nachdem die Flotte der siebzehn Galeeren von Venedig aus in See gestochen war, ließ sich die Schwellung von Jorindes Bauch nicht mehr übersehen. Jeder wusste nun, dass sie ein Kind unterm Herzen trug.

Und sie war nicht die Einzige, wie Berengaria ihnen während einer Besprechung in der Kapitänskajüte der *Santa Magdalena* mitteilte.

»Es sieht nicht gut aus«, verkündete die Söldnerführerin. Sie stand unruhig vor dem breiten Kapitänstisch, hinter dem sich Gräfin Violante niedergelassen hatte. Saga saß auf einem Hocker neben ihr, hatte die Füße überkreuzt und die Hände zwischen den Oberschenkeln auf die Schemelkante gestützt.

Karmesin, die Konkubine des Papstes, lehnte mit verschränkten Armen an der Wand, während Jorinde in einem gepolsterten Sessel Platz genommen hatte und die Hände auf ihrem gewölbten Bauch liegen hatte, als müsse sie das Ungeborene darin vor den Blicken der anderen schützen.

Kapitän Angelotti war der einzige Mann im Raum. Er stand mit dem Rücken zu den fünf Frauen vor dem Fenster und blinzelte grübelnd in Sonnenstrahlen, die durch Ritzen zwischen den geschlossenen Läden hereinfielen und die Hitze der griechischen See auch hier unten spürbar machten.

»Was heißt das: Es sieht nicht gut aus?«, fragte die Gräfin.

»Wir haben mindestens drei Dutzend Schwangere«, sagte

Berengaria, die sich einmal pro Woche mit den Befehlshaberinnen an Bord der übrigen sechzehn Schiffe traf und sich von ihnen Bericht erstatten ließ. Ihr oblag es, das Wichtigste an den Führungsstab auf der *Santa Magdalena* weiterzuleiten. »Wohlgemerkt«, fuhr die Söldnerin fort, »sind das Kinder, die allergrößter Wahrscheinlichkeit nach vor der Abreise ihrer Mütter gezeugt worden sind. Ich schätze, es kommen noch ein paar dazu, die auf die Kappe von Zinders Männern gehen – aber es ist noch zu früh, um das mit bloßem Auge zu sehen.«

»Wann ist es bei den Ersten so weit?«, fragte Violante schicksalsergeben.

»Auf der *Rosaria* gibt es ein fettes Mädchen, das in zwei, drei Wochen werfen wird«, entgegnete die Söldnerin geringschätzig. »Die nächsten dürften nicht allzu viel später folgen.«

Die Gräfin fluchte verhalten, während Jorinde tiefer in ihren Sessel sank. Sie selbst hatte noch rund vier Monate Zeit, vielleicht ein wenig mehr. Karmesin schenkte ihr ein aufmunterndes Lächeln, sagte aber nichts.

»Weiter«, verlangte die Gräfin.

Die Söldnerin verlagerte unruhig ihr Gewicht von einem Fuß auf den anderen. Saga sah ihr an, dass sie am liebsten beim Sprechen auf und ab gegangen wäre, doch dazu war in der überfüllten Kajüte kein Platz. »Wir haben neue Fälle von Skorbut, und mittlerweile sind es *viele*. Immer mehr Mädchen muss das Zahnfleisch abgeschabt werden, damit sie essen können. Dann gibt es Fieber und Krankheiten, deren Namen ich mir nicht merken kann, die aber wohl mit Hunger und Durst zu tun haben. Überall verlangen die Sprecherinnen der Mädchen, dass wir öfter an Land gehen und Nahrung und frisches Wasser an Bord nehmen sollen.«

»Ich hoffe doch, du weißt, wie mit solchem Aufruhr umzugehen ist, Berengaria.«

»Es ist kein Aufruhr«, gab die Söldnerin zornig zurück, »jedenfalls noch nicht. Und ich bitte Euch, im Gedächtnis zu behalten, dass wir kein Gefangenentransport sind. Es wäre ein Fehler, Waffengewalt einzusetzen, um kleine Verfehlungen gegen die Ordnung an Bord der Flotte zu ahnden.«

Kapitän Angelotti drehte sich nicht um, als er mit einem Nicken zustimmte: »Das sehe ich genauso. Gewalt führt nur zu Gegengewalt. Meuterei ist das Letzte, was wir gebrauchen können. Nicht bei fünftausend Frauen und fast dreieinhalbtausend Ruderknechten und Seeleuten. Wer will sie aufhalten, wenn sie beschließen, das Steuer selbst in die Hand zu nehmen? Ihr, Gräfin?«

Violante stand auf und stemmte die geballten Fäuste auf die Tischkante. »Dies ist eine militärische Operation. Die Ordnung an Bord muss höchste Priorität haben. Und ich weiß nicht, warum *ich* Euch das erklären muss.« Ihr Blick war starr auf Berengaria gerichtet, aber die Worte galten ebenso Angelotti.

Saga sah den Kapitän über die Schulter hinweg an – was ein Fehler war. Wenn sie sich zu weit nach links beugte, meldeten sich die Schmerzen in ihrer aufgeschlitzten Wange zurück. Jede ruckartige Bewegung hatte ein quälendes Brennen zur Folge, das oft stundenlang anhielt. Allerdings war der Fleischwulst in ihrem Mund flacher geworden. Sie biss noch immer manchmal darauf – meist unverhofft beim Sprechen –, aber die Heilerin hatte Recht behalten, als sie behauptete, die Schwellung würde zurückgehen.

Doch andere Sorgen waren jetzt dringlicher, wie Berengaria ganz richtig festgestellt hatte. Saga wunderte sich, dass Violante nicht wohlüberlegter damit umging. Vielleicht hatte sie dies alles einfach nur satt. Ja, dachte sie, die Gräfin hat die Nase gestrichen voll von den Hiobsbotschaften, die bei jeder dieser Versammlungen dringlicher und bedrohlicher werden.

»Das ist noch nicht alles«, sagte die Söldnerin, ohne auf Violantes Maßregelung einzugehen. Auch Angelotti schwieg dazu, als gäbe es zwischen ihm und Berengaria ein stummes Abkommen, die Launen der Gräfin zu ignorieren.

»Was noch?« Violante sank zurück auf den Stuhl. Hinter ihr drehte sich der Kapitän um und blickte die Söldnerin ebenfalls an.

»Es betrifft die Magdalena, fürchte ich.«

»Mich?«, fragte Saga.

»Es werden Zweifel laut.«

Violante winkte ab. »Die gibt es seit Wochen.«

»Nicht in einem solchen Ausmaß. Und nicht so offen. Meine Hauptleute melden lautstarke Reden in den Unterkünften, sogar während der Übungen. Sieht aus, als wären einige der Mädchen nicht mehr ganz so überzeugt von den göttlichen Eingebungen der Magdalena wie zuvor.«

»Jemand soll die Rädelsführerinnen zur Rede stellen«, sagte Violante. »Und zum Schweigen bringen, falls nötig.«

»Nein – und zwar mit allem Nachdruck!«, fiel Kapitän Angelotti ein. »Keine groß angelegten Strafaktionen, schon gar nicht gegen Frauen.«

»Das obliegt nicht Euch«, sagte Violante eisig. »Für die Mädchen bin ich zuständig.«

Angelotti behielt die Ruhe. »Während der vergangenen Wochen ist es uns erfolgreich gelungen, die Männer von den Frauen fern zu halten und alle Kontakte auf ein Mindestmaß zu beschränken. Aber, was glaubt Ihr wohl, werden meine Männer denken, wenn Ihr beginnt, einige der Mädchen öffentlich auszupeitschen oder ihnen sonst wie Gewalt anzutun?«

Karmesin räusperte sich. »Ein paar wird es zweifelsohne gefallen.«

»Verschont uns mit Eurer Weisheit über Männer«, entgegnete Angelotti. »Nein, etwas anderes wird geschehen. Ein paar werden sich aufplustern, andere gar Helden spielen. Und *das*, Gräfin Violante, werde ich nicht zulassen. Bis zur Meuterei ist es dann nur noch ein kleiner Schritt.«

Violante schlug die Hände vors Gesicht, schüttelte den Kopf und massierte sich die Augenlider.

»Keine Massenbestrafungen«, wiederholte Angelotti beharrlich. »Das kann nur mit bösem Blut enden.«

»Was also schlagt Ihr vor?« Violante sah vom Kapitän in die Runde. »Bitte, Ihr seid alle gefragt.«

»Schickt mehr Expeditionen an Land«, sagte Berengaria. »Der letzte Hafen, den die Frauen von weitem gesehen haben, war Modon. Und keine von ihnen durfte an Land. Herrgott, nicht einmal wir durften hin. Und es wurde viel zu wenig Nahrung an Bord genommen.«

»Weil unsere Mittel knapp werden«, konterte Violante.

»Trotzdem sollten wir wie geplant Kreta anlaufen«, sagte der Kapitän. »Es wird die allgemeine Moral heben, wenn wir wenigstens so tun, als könnten wir uns frische Vorräte leisten.«

Violante hatte vor einigen Tagen entschieden, nicht der altbewährten Kreuzfahrerroute über die Hafenstadt Kandia auf Kreta zu folgen, sondern auf direktem Wege bis nach Rhodos weiterzureisen. Das würde ihnen eine Ersparnis von drei, vielleicht vier Tagen einbringen, führte sie aber auch durch das Insellabyrinth der Ägäischen See. Weder Saga noch irgendwer sonst war glücklich über diese Entscheidung. Andererseits konnten sie alle es nicht erwarten, endlich ihr Ziel zu erreichen und wieder festen Boden unter den Füßen zu spüren. Ein paar Tage weniger hatten da durchaus einiges für sich. Und seit Violante die Wahrheit über Gahmuret erfahren hatte – *falls* es die Wahrheit war –, kam sie Saga noch ungeduldiger vor. Niemand außer ihnen beiden wusste von dem, was der Johanniter der Gräfin offenbart hatte, und Saga trug mit jedem Tag schwerer an diesem Wissen. Mehrfach war sie kurz davor gewesen, zumindest Karmesin in alles einzuweihen.

»Wir können den Mädchen nicht vorgaukeln, wir würden Nahrung an Bord nehmen«, sagte Violante, »und dann nichts verteilen außer getrockneten Fleischkrusten und verschimmeltem Brot. Sie werden glauben, wir leben an Bord der *Santa Magdalena* im Überfluss, während alle anderen hungern und dursten müssen.« Kopfschüttelnd stieß sie den Atem aus. »Nein, wir lassen Kreta südlich von uns und behalten unseren Kurs Richtung Rhodos bei. In spätestens einer Woche sollten wir dort sein. Nicht wahr, Kapitän?«

»Wenn wir diese eine Woche durchhalten, ohne dass es zur Rebellion kommt – ja, dann vielleicht. Aber die Ägäis ist kein leichtes Gewässer für eine Flotte von siebzehn Galeeren. Es gibt hier Stürme und andere *Umstände*, die es uns nicht gerade leicht machen werden, die Ordnung an Bord aufrechtzuerhalten.«

»Von was für Umständen sprecht Ihr?«

»Piraten. Sklavenjäger. Vielleicht sogar Kriegsschiffe der Sarazenen.«

Violante winkte ab, was nicht nur Saga unvernünftig erschien. »Berengaria, welcher Art genau sind diese Zweifel, die auf den Schiffen laut werden?«

»Die Mädchen fragen sich, warum die Magdalena nicht mehr zu ihnen spricht.« Sie sah zu Saga herüber; ihr vernarbtes Gesicht zeigte dabei keine Regung. »Manche behaupten, die Magdalena könne Gottes Wort nicht mehr hören. Dass sie sich deshalb vor ihnen verstecke.«

»Das ist infam!«, ereiferte sich Violante, aber niemand achtete auf sie. Alle blickten nur Saga an, sogar Karmesin wirkte erwartungsvoll.

Saga hatte das Gefühl, etwas sagen zu müssen. Irgendetwas. Sie hasste es, wenn andere Erwartungen in sie setzten. Ihr Vater hatte immer nur verlangt und gefordert, aber das hier war noch schlimmer. Das Schweigen der anderen war furchtbarer als jeder Befehl.

»Soll ich von Schiff zu Schiff übersetzen?«, fragte sie. »Jeden Tag auf einer anderen Galeere verbringen? Ist es das, was sie wollen?«

»Möglicherweise wäre das ein Anfang«, sagte Berengaria.

»Kommt nicht in Frage!« Violante sprang wieder auf. »Das wäre viel zu gefährlich. Die Magdalena ist zu wichtig, als dass wir sie den Unruhen an Bord anderer Schiffe aussetzen könnten.«

»Es würde helfen, diese Unruhen gar nicht erst hochkochen zu lassen«, bemerkte der Kapitän.

Saga nickte. »Wenn es das ist, was von mir erwartet wird, werde ich es tun.«

»Nein!« Violante schüttelte energisch den Kopf. »Die Magdalena bleibt an Bord des Flaggschiffs. Hier zumindest ist die Lage unter Kontrolle.«

Saga wollte protestieren, aber Violante bekam Unterstützung von unerwarteter Seite.

»Die Gräfin hat Recht«, sagte Karmesin und trat vor. »Die Gefahr, dass der Magdalena etwas zustößt, können wir nicht eingehen. Wie es im Augenblick aussieht, ist sie das Einzige, was die Flotte zusammenhält.«

»Meine Kriegerinnen –«, begann Berengaria erbost, wurde aber von Karmesin unterbrochen.

»Weder Waffengewalt noch die Autorität der Kapitäne wird fünftausend hungrige und durstige Mäuler zum Schweigen bringen«, sagte die Konkubine. »Ich weiß nicht, wie sicher Ihr, Kapitän Angelotti, Euch Eurer Männer seid. Aber wenn es unter den Mädchen zu einem Aufstand kommt, werden Eure Ruderer nicht tatenlos dasitzen. Und selbst wenn sie sich nicht mit den Frauen verbünden, sondern sich unter Eurem Befehl *gegen* sie wenden – würde dann nicht alles noch viel schlimmer? Fünftausend Frauen, die seit Wochen an Schwert und Lanze ausgebildet werden gegen dreieinhalbtausend Seeleute ... wie viele werden da wohl auf beiden Seiten übrig bleiben? Ganz zu schweigen, was im Falle einer Niederlage der Mädchen geschähe. Niemand wird die Männer dann noch kontrollieren können, auch Ihr nicht, Angelotti!«

Betroffenes Schweigen senkte sich über die Gruppe. Weder Berengaria noch Angelotti konnten Karmesin aus ehrlicher Überzeugung widersprechen. Die ewig blasse Jorinde, deren Haut sich selbst unter der griechischen Sonne nicht bräunte, war jetzt so weiß wie ihr Kleid.

»Heißt das«, brach Saga schließlich die Stille, »wir können nur abwarten, was geschieht?«

»Und das Beste hoffen«, bestätigte Karmesin.

»Was ist mit den kleineren Inseln auf dem Weg nach Rhodos?«, fragte Berengaria. »Das Ägäische Meer wimmelt von Eilanden. Können wir uns unterwegs nirgends mit Vorräten eindecken, wenigstens mit dem Allernötigsten?«

Angelotti war wenig angetan von diesem Vorschlag. »Wir sind mehr als achttausend Menschen. Auf diesen Inseln leben oft nur ein paar dutzend oder ein paar hundert Seelen, bettelarme Bauern und Fischer, die selbst kaum etwas zum Leben haben. Was sollten sie uns verkaufen? Ihre Ziegen und Schafe? Eine Hand voll Fische? Davon werden wir nicht satt. Auf unseren Schiffen würde weiterhin gehungert, und wir hätten auch noch die Menschen auf den Inseln auf dem Gewissen.«

»Wir müssen es versuchen.« Violantes Gesichtszüge spannten sich, als wäre sie am Ende ihrer Geduld – oder ihrer Kräfte. Seit der Eröffnung des Johanniters war es schwer, einen Unterschied zu erkennen. »Wir haben keine andere Wahl. Irgendetwas müssen wir tun.« Ihr Blick suchte Saga. »Auch eine Predigt der Magdalena würde niemanden satt machen.«

Violante wandte sich wieder Berengaria und den anderen zu. »Streut die Nachricht auf allen Schiffen. Unser nächstes Ziel bleibt Rhodos, aber wir werden unterwegs auf den Inseln Vorräte an Bord nehmen.«

»Dann sind wir nicht besser als Räuber und Piraten«, sagte Jorinde so leise, als spräche sie zu sich selbst. »Nicht besser als Achard.«

»Es ist der einzige Weg«, sagte Violante.

Angelotti senkte den Blick. »So helfe uns Gott.«

Drei Tage später ließ sich die Entscheidung nicht weiter aufschieben. Alarmierende Botschaften trafen von allen Schiffen ein. In den Nächten, während sie in Sichtweite karger Inselküsten geankert hatten, war es mehrfach zu Versuchen gekommen, Beiboote zu stehlen und damit an Land überzusetzen; Gruppen von Mädchen hatten sich mit hungrigen Ruderknechten verbündet. Zwei Boote mit neunzehn Mädchen und acht Seeleuten waren verschwunden, alle Übrigen waren von Berengarias Kriegerinnen aufgehalten worden. Aber es war nur eine Frage der Zeit, ehe sich die vereinzelten Aufstände zu einer flottenweiten Rebellion entzünden würden.

Zu Beginn ihrer fünften Woche auf See, nachdem es erneut zu Spannungen, gar zu Waffengewalt gekommen war, ließ Violante auf allen Schiffen der Flotte verbreiten, dass sie am Abend eine Insel anlaufen würden, auf der Verpflegung für alle wartete. Niemandem, der die Hintergründe kannte, war wohl dabei; am wenigsten Kapitän Angelotti, der auf seinen Karten eine Insel hatte ausfindig machen müssen, die sich für Violantes Pläne eignete. Ein einfaches Deuten seines Zeigefingers konnte die Bewohner der Insel ihre Vorräte für Monate kosten – und damit die Grundlage ihres Überlebens.

Saga war dabei, als er widerwillig seine Entscheidung traf, und sie sah, wie schwer es ihm fiel, sich auf ein bestimmtes Eiland festzulegen. Sie fand, dass Violante zu viel von ihm verlangte. Es war grausam und womöglich folgenreicher, als die Gräfin realisieren mochte.

Seit dem Tribunal der Ordensritter sprachen Saga und sie kaum noch miteinander. Violante behielt ihre Gedanken für sich. Hatte Saga die Gräfin früher für berechenbar gehalten, so musste sie sich nun von dieser Überzeugung verabschieden. Wie alle anderen konnte auch die Magdalena nur abwarten, was weiter geschähe.

Zuletzt fügte sich Angelotti in sein Schicksal – und besiegelte damit jenes einer ahnungslosen Inselbevölkerung.

Es dämmerte bereits, als eine Kette zerklüfteter Felshöcker in Sicht kam. Sie scharten sich um einen schroffen Zwillingsgipfel, gerade hoch genug, um die anderen Kuppen zu überragen. Ruinen einer uralten Festung oder Tempelanlage erhoben sich dort oben. Auch Angelotti wusste nichts Genaues darüber, vermutete aber, das es sich um eine vorzeitliche Kultstätte handelte, die im Laufe der Jahrhunderte zur Inselfeste ausgebaut worden war. Doch auch das lag lange zurück. Heute standen die Ruinen leer, eine kantige Silhouette, die vom Sonnenuntergang in Bronzeschein getaucht wurde.

Das einzige Dorf der Insel lag unten am Wasser, weiß gekalkte Gebäude mit Dächern aus Lehmziegeln, die sich an den Fuß des Berges klammerten. Die Gassen zwischen den ärmlichen Bauten verliefen kreuz und quer, und manche waren so steil, dass sie als Treppen in den Fels gehauen waren. Am Ufer hatte sich eine Menschenmenge versammelt und blickte der Flotte entgegen. Vermutlich hatten die Inselbewohner gebetet, dass die riesigen Schiffe vorüberzögen.

»Das alles ist keine gute Idee«, sagte Karmesin neben Saga an der Reling, während sie gemeinsam zum Inseldorf und den Menschen am Ufer hinüberblickten. Ein paar kleine Segelboote waren dort auf den steinigen Strand gezogen worden, gerade groß genug für eine Hand voll Fischer. Aus dem Schattenlabyrinth der Felshänge wehte das Meckern unsichtbarer Ziegen herüber.

Die *Santa Magdalena* ging vor Anker. Fahnenschwenker gaben Signale an die übrigen Galeeren weiter. Von der Insel aus musste die Flotte einen überwältigenden Anblick bieten, verteilt über ein Gebiet, das halb so groß war wie das Eiland selbst. An jeder Reling drängten sich Mädchen und Seeleute, tausende Augenpaare, die erwartungsvoll zu den kargen Felsen hinüberblickten.

Kaum lagen die Schiffe still, wurden von der Reling der *Santa Magdalena* drei Ruderboote zu Wasser gelassen. Violante setzte gemeinsam mit Berengaria, Kapitän Angelotti und einigen Kriegerinnen zur Insel über. Saga hatte sie begleiten wollen, allein schon um festen Grund unter den Füßen zu spüren, aber die Gräfin hatte das abgelehnt. Zu gefährlich, meinte sie, und ausnahmsweise hatte Angelotti ihr Recht gegeben. So stand Saga nun zusammen mit Karmesin, Jorinde und vielen anderen an der Reling und sah zu, wie die drei Boote das Ufer erreichten.

Es verging wohl mehr als eine Stunde, ehe sich die Delegation wieder auf den Rückweg machte. Die Sonne war untergegangen, zuletzt waren die Ruinen auf dem Gipfel im Dunkel versunken. An Bord der Schiffe brannten Öllampen. Auch im Dorf glühten Lichtpunkte. Ein kleiner Zug aus Fackelträgern hatte Violante und die anderen zurück zum Ufer begleitet und blieb abwartend dort stehen, während die drei Ruderboote zur *Santa Magdalena* zurückkehrten. Erst als die Gräfin an Bord ging, löste sich die Versammlung auf. Es hatte den Anschein, als zögen sich die Menschen in ihre Häuser zurück, doch Saga vermutete, dass im Dunkeln eine Reihe von Wachtposten am Wasser zurückblieb.

Angelotti sandte Ruderer zu einer Reihe weiterer Schiffe hinüber, um den Kapitänen Nachricht über den Verlauf der Verhandlungen zukommen zu lassen. Violante sah nicht besonders glücklich darüber aus, aber der Flottenkapitän wirkte entschlossen und ließ sich auf keinen offenen Streit mit ihr ein. Gut so, dachte Saga erleichtert. Nicht vor all den neugierigen Zuschauern, die sich an Deck versammelt hatten.

Violante verschwand wortlos unter Deck. Berengaria bat Saga und Karmesin, ihr in die Kapitänskajüte zu folgen; Jorinde kam uneingeladen hinterher, aber wie üblich störte sich niemand daran. Violante hatte sie während der vergangenen Wochen weitgehend ignoriert und tolerierte stillschweigend, dass sie an den meisten wichtigen Besprechungen teilnahm.

In der Kajüte unterrichtete die Gräfin sie in knappen Worten darüber, dass die Dorfbewohner sich weigerten, ihre Vorräte an die Flotte herauszugeben. Trinkwasser, natürlich, aber keinerlei Nahrung. Das Leben auf diesen Inseln sei hart, hatten der Ältestenrat und der Dorfpriester ihr erklärt, und das, was die kargen Ernten und das schlecht genährte Vieh einbrachten, war gerade genug, um die zwei Dutzend Familien des Eilands zu ernähren. Selbst einzelne Gäste wurden ungern aufgenommen. Ganz zu schweigen von *achteinhalbtausend.*

Berengaria wiederholte ihre Warnungen vor einer Rebellion der hungrigen Schiffsbesatzungen, und als Angelotti verspätet hinzustieß, verschärfte sich das Gespräch zu einem neuerlichen Streit. Karmesin zog sich irgendwann kopfschüttelnd zurück, gefolgt von Jorinde. Auch Saga, die keine Lust hatte, sich zwischen die Fronten eines Disputs so streitbarer Charaktere wie Violante, Angelotti und Berengaria zu stellen, verließ bald die Kajüte. Einmal mehr kletterte sie in den Ausguck auf dem Hauptmast der *Santa Magdalena*, schickte den Mann, der dort Ausschau hielt, hinab aufs Deck, und kauerte sich in dem engen Mastkorb zusammen.

Sie musste eingeschlafen sein, denn als sie abrupt den Kopf hob, wusste sie im ersten Moment nicht, wo sie sich befand. Sie fragte sich, wie viel Zeit vergangen war – vielleicht nur wenige Minuten, oder aber die halbe Nacht –, und ihr Körper war steif und verkrampft von der unbequemen Haltung. Mit einem Stöhnen zog sie sich auf die Beine, schwankte ein wenig und atmete tief durch. Die Tage in der Ägäis waren brütend heiß, und selbst jetzt, bei Nacht, war die Luft hier oben kaum erfrischender als im stickigen Schiffsbauch der Galeere. Ein schwacher Wind wehte, aber er reichte kaum aus, den feuchtwarmen Film auf ihren Zügen zu trocknen. Saga fühlte sich unsauber und klebrig, aber das war beileibe nichts Neues nach fünf Wochen auf See. Sie badete gelegentlich im Salzwasser, genau wie alle anderen, aber das Meer und seine dunklen Tiefen waren ihr unheimlich. Selbst nach all den Tagen war ihr nicht wohl dabei, sich den Wogen anzuvertrauen.

Sie streckte sich, gähnte und blickte zur Insel hinüber. Die Ruinen auf dem Gipfel waren mit dem Nachthimmel verschmolzen. Ein milchiger Dunst lag vor der Mondsichel und verhinderte, dass mehr als die vage Form der weißen Felsen zu erkennen war. Im Dorf brannten noch immer vereinzelte Fackeln, vor allem in der Nähe des Ufers.

Noch etwas sah sie. Bewegungen auf dem Wasser zwischen den Schiffen und der Küste. Sie atmete scharf ein, als sie erkannte, was dort vorging.

Ruderboote hatten sich von allen Schiffen der Flotte gelöst und glitten hinüber zur Insel. Dutzende dunkler Flecken schoben sich über das Meer auf das Ufer zu. Als sie angestrengt lauschte, hörte sie das rhythmische Eintauchen der Ruder, aber keine Stimmen. Hin und wieder ein Husten oder einen anderen Laut, nichts sonst. Die Menschen an Bord der Boote verhielten sich vollkommen still. Unmöglich zu sagen, wie viele es waren. Aber falls alle Beiboote dort unten voll bemannt waren, mussten es Hunderte sein.

Eher Tausende.

Sie wollte den Kloß in ihrem Hals hinunterschlucken, aber das gelang ihr nicht. Das dort unten war keine verzweifelte Aktion einiger weniger. Dies war eine ausgewachsene *Invasion*.

Und, schlimmer noch, es war die Meuterei, die sie seit Tagen befürchtet hatten.

Sie wollte sich gerade vom Mastkorb in die Wanten schwingen, als ihr die Stille auf dem Deck der *Santa Magdalena* auffiel. Warum hatte keine der Wächterinnen Alarm geschlagen? Es gab kein wildes Gerenne, keinen Aufruhr, keine gebrüllten Befehle. Nichts dergleichen.

Todesstille.

Angestrengt spähte sie in die Tiefe. Ihr schienen jetzt längst nicht mehr so viele Öllampen an Deck zu brennen wie zuvor, als sie aus der Kajüte gekommen war. Mindestens die Hälfte war erloschen. Im Schein der übrigen erkannte sie nirgends eine Menschenseele. Die sichtbaren Teile des Decks lagen verlassen da.

Angst krallte sich um ihr Herz. Was war aus Violante, Karmesin und den anderen geworden? Hatte man sie überwältigt und nur Saga im Mastkorb übersehen? Hatten sich die Mädchen an Bord tatsächlich mit den Ruderknechten und Matrosen verbündet? Wann, zum Teufel, war die Lage derart eskaliert – und warum hatte sie es nicht bemerkt?

Mit hämmerndem Herzschlag blickte sie hinüber zu den Körben auf den beiden anderen Masten. Sie waren verlassen. Saga versuchte sich zu erinnern, ob sie bemannt gewesen waren, als sie heraufgekommen war. Vielleicht nicht. Wenn siebzehn Schiffe gemeinsam segelten, musste nicht jeder Ausguck besetzt sein.

Die Chancen standen gut, dass sie bislang unentdeckt geblieben war. Sie nahm all ihren Mut zusammen und machte sich an den Abstieg. Sie war unbewaffnet, natürlich, und im Gegensatz zu den meisten anderen Frauen an Bord hatte sie nicht an den Kampfübungen teilgenommen. Sie fühlte sich hilflos und ausgeliefert. Ihre einzige Waffe war der Lügengeist. Beinahe kam es ihr vor, als hörte sie ihn tief in ihrem Inneren lachen.

Du brauchst mich. Du allein kannst sie nicht aufhalten.

Das werden wir sehen.

Abermals das Lachen. Vielleicht nur eingebildet. Aber es

machte ihr Angst, und in einer Lage wie dieser war das Letzte, was sie gebrauchen konnte, Furcht vor sich selbst.

Sie erreichte das Deck und setzte lautlos die Füße auf. Sie war barfuß wie meist während der vergangenen Wochen. Violante hatte das nie gefallen – die Gräfin gab stets Acht, selbst bei der größten Hitze standesgemäß gekleidet zu sein –, aber das war Saga gleich gewesen. Jetzt war sie heilfroh darüber.

Sie bewegte nur ihren Kopf, während sie sich an Deck umsah. Nur keine Regung zu viel, die irgendwen auf sie aufmerksam machen könnte. Aber es war niemand zu sehen.

Leicht geduckt huschte sie zwischen Kisten entlang zur Tür des Achterkastells. Sie hatte den Eingang fast erreicht, als sie doch jemanden entdeckte. Drei Wächterinnen standen an der Reling beisammen und blickten den Ruderbooten nach. Sie hatten Saga noch nicht bemerkt. Offenbar stritten sie miteinander, eine hatte ein Schwert gezogen. Sie flüsterten, sonst hätte Saga sie lange vorher hören müssen. Als sie genauer hinsah, erkannte sie, dass es sich um zwei Kreuzfahrerinnen und eine von Berengarias Söldnerinnen handelte. Eines der Mädchen hielt der Kriegerin die Schwertspitze an die Brust, und nach den wochenlangen Übungen tat sie das durchaus mit Überzeugungskraft.

Saga kümmerte sich nicht weiter um sie und schlüpfte durch den Türspalt ins Innere des Kastells. Der kurze Korridor war verlassen. Einem ersten Impuls folgend wollte sie Violante wecken, entschied sich aber dann dagegen. Stattdessen klopfte sie an die Tür der Kammer, die sich Jorinde mit Karmesin teilte.

Beide lagen in ihren Kojen. Die Konkubine schreckte auf, als Saga eintrat. Es war zu dunkel, um Genaueres zu erkennen, aber Saga war ziemlich sicher, dass Karmesins Hand unter der Decke eine Waffe hielt. Einen Dolch, vermutlich.

»Saga?« Sie drückte die Tür hinter sich zu. Durch die einzige Luke fiel dunstiger Mondschein wie Silberstaub, nur ein spärlicher Hauch von Helligkeit.

Zwischen den Lagern der beiden ging sie in die Hocke und erzählte hastig, was sie beobachtet hatte. Karmesin und Jorinde waren sogleich auf den Beinen. Saga und die Konkubine bestanden darauf, dass Jorinde zurückblieb, aber die junge Frau weigerte sich; sie legte so viel Verbissenheit in ihre Weigerung, dass keine der anderen widersprach.

Wenig später hatten sie die Gräfin und Berengaria geweckt, außerdem den Kapitän. Angelotti wollte an Deck laufen, aber sie hielten ihn zurück. Stattdessen versammelten sie sich in seiner Kajüte, wagten nicht, Lampen zu entzünden, und hielten flüsternd Kriegsrat. Als erneut ein Streit zu entbrennen drohte, hatte Saga endgültig genug. Rastlos stürmte sie aus der Kajüte, und bevor irgendwer sie aufhalten konnte, war sie schon an Deck, baute sich vor den drei Wächterinnen auf und stemmte die Arme in die Hüften.

»Was geht hier vor?«, blaffte sie die beiden an und dachte bei sich, dass sie genau dies schon vorhin hätte tun sollen. Die endlosen Debatten führten zu nichts und kosteten wertvolle Zeit.

Noch bevor sie eine Antwort erhielt, entdeckt sie zu ihrem Schrecken, dass im Inseldorf Feuer ausgebrochen waren. Jetzt wehten auch Stimmen herüber, Gebrüll und Kreischen, nicht angsterfüllt, sondern wütend und übermütig. Die Laute schwollen an, vermischten sich mit anderen Rufen und schließlich auch verzweifelten Schmerzensschreien.

Großer Gott, durchfuhr es Saga, sie *plündern* das Dorf!

Der Gedanke erschien ihr so aberwitzig, so unwirklich, dass sie Mühe hatte, ihn ernst zu nehmen.

Das Mädchen mit dem blankgezogenen Schwert wirbelte in ihre Richtung herum, aber ein Rest von Respekt ließ sie zögern, als sie die Magdalena erkannte. Die Söldnerin neben ihr holte aus und schlug der jungen Kreuzfahrerin mit aller Kraft in die Seite. Ein sonderbares Fauchen kam über ihre Lippen, das Schwert klirrte auf die Planken, sie selbst stürzte hinterher.

Blitzschnell zog die Kriegerin ihre eigene Waffe und richtete sie auf das zweite Mädchen.

Saga atmete auf. »Wie viele sind es?«

»Die allermeisten«, erwiderte die Kriegerin. »Der Rest wartet ab, wie sich die Dinge entwickeln. Nur ein paar haben sich dagegengestellt. Viele von ihnen liegen geknebelt unter Deck. Einige sind vielleicht sogar tot.«

»Das ist doch Irrsinn!« Saga biss sich auf die Lippen.

Karmesin tauchte neben ihr auf. »Geh nicht«, sagte sie. Und da wusste Saga: Natürlich, genau *das* musste sie tun! Wenn überhaupt irgendwer diese Wahnsinnigen aufhalten konnte, dann sie allein.

Auf den benachbarten Schiffen wurde Lärm laut. Auch andere Kapitäne hatten erkannt, was vorging. Waffenklirren drang herüber, als irgendwo ein offener Kampf entbrannte.

»Ich muss gehen!«, entschied Saga.

Violante und die anderen eilten ins Freie und versammelten sich um Saga. Die Gräfin wollte das Wort ergreifen, aber diesmal kam Saga ihr zuvor.

»Ich brauche ein Boot!«, sagte sie. »Gibt es hier irgendwo noch eines?«

Die Wächterin nickte. »Die beiden vorn am Heck sind noch da.«

Falls dem Überfall nicht Einhalt geboten wurde, war der Kreuzzug hier und jetzt beendet; selbst Violante blieb nichts übrig, als sich die furchtbare Wahrheit einzugestehen.

Die nächsten Minuten rauschten wie ein verschwommener Albdruck an Saga vorüber. Eines der beiden verbliebenen Ruderboote wurde zu Wasser gelassen, und wenig später waren Saga, Violante, Karmesin, Angelotti und Berengaria unterwegs zur Insel. Die Söldnerführerin war erschüttert, weil offenbar einige ihrer erfahrensten Kriegerinnen an der Meuterei beteiligt waren; und trotzdem waren da noch genug, die ihr treu blieben, um eine Leibgarde von sechs oder sieben Söldnerinnen zu bilden. Manch einer wurde jetzt erst gewahr, was vorgefallen war. Andere hatten mit den zurückgebliebenen Mädchen und Ruderknechten unter Deck abwarten wollen, welchen Ausgang der Überfall brachte. Berengarias Zorn ließ ein paar von ihnen Vernunft annehmen, während andere sich tiefer in die Schatten der Unterdecks zurückzogen und ausharrten.

Angelotti hatte brüllend ein paar Matrosen an Deck befohlen, die sich eilig bereit erklärten, das Boot mit der Magdalena an Land zu rudern. Die Männer sahen nicht besonders glücklich darüber aus, aber sie waren lediglich Zauderer, keine Meuterer. Der Kapitän glaubte ihnen vertrauen zu können, und Saga hatte ohnehin keine andere Wahl.

Während sich das Boot der Insel näherte, wurde das ganze Ausmaß der Katastrophe offenbar.

Das Dorf war jetzt von Feuerlohen übersät, deren Schein die Felshänge mit einem wabernden Raster aus Goldgelb und Blutrot überzog. Andere Flammen beschienen die Unterseiten der schwarzen Rauchwolken, hinter denen immer rascher die Sterne verloschen. Eine Kakophonie von Schreien drang aus dem Irrgarten der gekalkten Gassen aufs Meer hinaus.

Sagas Hand krampfte sich so fest um den Rand des Ruderboots, dass sich Splitter in ihre Finger bohrten. Berengaria fluchte vor sich hin, während Violantes versteinerte Miene kein Anzeichen irgendeiner Regung zeigte.

»Vielleicht hat es ja so kommen müssen«, flüsterte Karmesin.

Violantes Kopf fuhr herum und schenkte ihr einen bösartigen Blick, aber ihre Lippen blieben fest aufeinander gepresst und schneeweiß.

Am Ufer saßen ein paar Mädchen und hielten Brotfladen in den Händen. So gierig bissen sie davon ab und kauten, dass sie die Ankunft ihrer Anführerinnen erst bemerkten, als der Kiel des Ruderboots über Sand scharrte. Einige sprangen auf und verschwanden zwischen den Häusern, andere blieben sitzen, stopften sich wie apathisch Brot und Käse in den Mund und starrten mit großen Augen ins Leere. Das Wams der einen war mit Blut bespritzt.

Berengaria sah es ebenfalls, zog wütend ihr Schwert und stiefelte durch den Sand auf das Mädchen zu. Sie hatte ihre Waffe bereits zum Hieb erhoben, als Saga brüllte. »Berengaria! Nicht!«

Das Mädchen sah wie willenlos zu der Söldnerin auf, während zwei andere auf die Füße taumelten und sich davonmachten.

»Sie haben nichts begriffen!«, keuchte Berengaria und ließ die Klinge noch immer nicht sinken.

»Du hast ihnen beigebracht zu töten«, bemerkte Karmesin. »Jetzt töten sie.«

Die Söldnerführerin sah über die Schulter zu der Konkubine herüber, als wollte sie die Waffe nun gegen sie wenden. Dann aber entspannten sich ihre Züge, sie gab dem Mädchen am Boden einen Tritt gegen die Schulter, der es zurück in den Sand schleuderte, dann fluchte sie und kam mit weit ausgreifenden Schritten zurück zu den anderen.

Das Mädchen rollte sich hinter ihr herum und warf sich mit dem Körper schützend über das Brot, als fürchtete es, jemand könnte es ihr wegnehmen.

»Gott, was haben wir nur aus ihnen gemacht«, murmelte Violante.

Saga dachte, dass es für diese Erkenntnis nun wirklich ein wenig zu spät war.

Gemeinsam liefen sie über den Strand auf die vordere Reihe der Häuser zu. Die meisten Feuer tobten tiefer im Zentrum des Dorfes, aber auch hier vorn waren alle Türen und Fensterläden aufgebrochen worden. Aus manchen Gebäuden erklang Wimmern, in anderen herrschte Stille, die noch größeres Unheil verhieß. Einmal kam ihnen rückwärts aus einem Eingang eine Söldnerin entgegen und zerrte einen Ziegenbock an den Hörnern hinter sich her; das weiße Fell war mit Blut gesprenkelt. Berengaria packte die Frau von hinten und schlug ihr so fest die Faust ins Gesicht, dass Saga die Knochen splittern hörte.

Ihr Verstand war wie gelähmt, als sie inmitten der anderen durch die Gassen eilte. Immer wieder kamen ihnen nun Kreuzfahrerinnen und marodierende Söldnerinnen entgegen. Fast alle bogen hastig in Seitengassen oder drückten sich in Durchgänge, wenn sie erkannten, wer da an Land gekommen war. Berengaria gab es widerwillig auf, jede Einzelne zur Verantwortung ziehen zu wollen, und irgendwann verschmolzen all die hysterischen, schreienden, blutigen Gesichter zu einer einzigen Schreckensmasse.

Keine von ihnen kannte sich im Dorf aus, und so folgten sie dem Lärm und den höchsten Flammen die Treppengassen hinauf, bis sie eine Art Versammlungsplatz erreichten. Er war zu einer Seite hin offen und gestattete einen weiten Blick über die Dächer der tiefer gelegenen Häuser und das Ufer. Rauch, Gestank und Hitzeflimmern machten es schwierig, dort unten etwas zu erkennen. Trotzdem sah Saga, dass viele Ruderboote bereits wieder in Richtung der Schiffe ablegten; vermutlich wollten sich diejenigen, die darin saßen, unauffällig unter die Zurückgebliebenen mischen.

»Meine Kapitäne werden schon wissen, was sie zu tun haben«, knurrte Angelotti. »Auf Meuterei steht der Tod.«

Aber niemand hatte eine Ahnung, wie es im Augenblick auf den übrigen Schiffen der Flotte aussah. Und ob überhaupt noch eine Flotte da sein würde, wenn sie zur *Santa Magdalena* zurückkehrten.

Falls sie zurückkehrten.

Der Dorfplatz war übersät mit Kreuzfahrerinnen, die sich an den Vorräten der Hirten und Fischer gütlich taten. Viele zerrten am selben Stück, und es gab Keilereien, sogar Kämpfe auf Leben und Tod zwischen Einzelnen, aber auch kleinen Gruppen. Besatzungen unterschiedlicher Schiffe machten sich gegenseitig die Beute streitig. Berengarias Kriegrinnen hätten nach all den Wochen der Waffenübungen genug Autorität besitzen sollen, um die Marodeurinnen in die Schranken zu weisen. Stattdessen plünderten sie wie alle anderen, und nicht wenigen war anzusehen, dass sie Blut vergossen hatten.

»Sie bringen sie um«, sagte Karmesin erschüttert, als aus einer armseligen Behausung eine alte Frau mit einem Neugeborenen im Arm rannte und von zwei Kreuzfahrerinnen verfolgt wurde. Die Alte hatte keine Nahrung dabei, nichts das zu plündern lohnte. Nur das schreiende Kind.

Saga erinnerte sich an die Gerüchte über den ersten Kreuzzug, über ausgehungerte Soldaten und Prediger, die wie Wölfe über die Dörfer Anatoliens hergefallen waren und auch vor Menschenfleisch nicht Halt gemacht hatten. Zum ersten Mal glaubte Saga, dass die Geschichten einen wahren Kern haben könnten.

Berengaria und zwei Kriegerinnen ihrer Leibgarde wollten der Frau mit dem Kind zu Hilfe eilen, doch da starb die Alte schon im Blutrausch der beiden Wahnsinnigen. Berengaria stieß einen grauenvollen Schrei aus und schlug der einen Mörderin den Kopf von den Schultern. Die andere starb unter den Klingen der Gardistinnen.

»Halt!«, brüllte Saga, erklomm einen umgestürzten Holzkarren in der Mitte des Platzes und hob beide Arme. »Hört auf damit! Ihr alle!«

Karmesin lief auf sie zu. »Du kannst sie nicht aufhalten! Du bringst dich nur selbst in Gefahr.«

Saga achtete nicht auf sie. »Ich beschwöre euch – hört auf!«

Ein paar Frauen auf dem Platz hoben die Köpfe und sahen herüber, einige mit ebenso abwesenden Mienen wie das apathische Mädchen am Strand.

Wie hat das so schnell gehen können?, fragte sich Saga verzweifelt. Als wäre der Irrsinn wie ein Fieber über die Flotte hereingebrochen. Aber warum hatte es dann sie selbst, Violante und die anderen verschont? Tief im Inneren kannte sie die Antwort: Weil wir nicht über Hunger und Durst nachdenken mussten, über stickige, voll gepferchte Massenquartiere in finsteren Schiffsbäuchen, wo junge Mädchen in ihrem eigenen Dreck dahinvegetierten und der Glaube an die Magdalena und ihre Botschaft mit jedem Tag stärker schwand.

Ich hätte zu ihnen gehen müssen, dachte sie erschüttert. Stattdessen habe ich mich versteckt. Vor den anderen. Vor mir selbst. Es war meine *Pflicht*!

Nein, du bist entführt worden. Irregeleitet.

Ach ja? Und wann hatte es begonnen, ihr zu gefallen? Sie hatte etwas in der Situation, etwas *in sich selbst* entdeckt, von dem sie vorher nichts gewusst hatte. Sie hatte es genossen, manchmal zumindest – und damit hatte sie, ob sie wollte oder nicht, Verantwortung übernommen. Dieselbe Verantwortung, die auch an Violantes Gewissen nagte.

Jetzt tauchte sie tief in ihr Inneres, schlug Saiten an, die sie beinahe vergessen hatte, suchte nach der Präsenz des anderen in ihrem Herzen, ihrer Seele, in ihrem Verstand.

Lügengeist, schrie sie stumm, wo bist du, wenn ich dich brauche?

Und dann war er da, wand sich wie ein Aal in ihrem Brustkorb, ihrer Kehle, auf ihrer Zunge. Er zehrte von der Luft, die sie atmete, verarbeitete sie zu Silben, zu Wörtern. Zu Lügen.

»*Ich kann euch retten!*«, rief sie hinaus in die brennende Nacht, ungewiss, wer ihr überhaupt zuhörte. »*Ich bin die Magdalena! Ich trage den Willen des Herrn in mir! Und ich sage euch – lasst ab von diesem Wahnsinn. Gott wird euch satt machen mit seinem Wohlwollen und seiner Liebe. Er wird euren Durst löschen und euch den Hunger nehmen. Gott ist auf eurer Seite, und er lässt nicht zu, dass euch Böses widerfährt.*« Und dann sprudelten die Worte nur so aus ihr heraus, getragen von der Stimme des Lügengeistes: darüber, wie Christus am Kreuz gelitten hatte und doch nicht verzagt war. Wie er all den Schmerz, den Hohn und das langsame Sterben auf sich genommen hatte, und wie Gott nun das Gleiche auch von ihnen verlangte, bis sie schließlich vor den Toren Jerusalems stehen und die Feinde der Christenheit im Handstreich niederwerfen würden.

Der Schmerz beim Sprechen zwang sie fast in die Knie. Sie hatte den Lügengeist seit Wochen nicht mehr heraufbeschworen, und zu der entsetzlichen Übelkeit gesellte sich nun auch noch eine Pein, die sich wie ein Dorn in ihre Brust grub und ihr fast die Kraft zum Sprechen nahm. War er das? War das seine Strafe dafür, dass sie ihn bezwungen und zur Untätigkeit verdammt hatte? Rächte er sich jetzt an ihr, während er zugleich keine andere Wahl hatte, als ihrem Willen zu dienen, zerrissen zwischen Zorn über ihren Verrat, der Ekstase neuer Lügen und der Erkenntnis, dass sie ohne ihn nicht sein konnte. Sie brauchte ihn. Sie verzehrte sich nach seiner Lügenmacht.

Er wusste es. Er *schmeckte* es in ihr. Er hörte ihre geheimsten Gedanken, kannte ihre Sehnsüchte und dieses fremde und doch so vertraute Verlangen, mehr zu sein als Saga, das Gauklermädchen, mehr sogar als die Magdalena. Eine Anführerin, eine Herrscherin. Gott selbst.

War es wirklich *das*, was sie wollte? Gottgleiche Macht?

Er versucht mich. Er täuscht und belügt mich. *Sogar mich!*

Aber jenseits der Schmerzen und dem zwanghaften Drang, sich zu erbrechen, war da etwas in ihr, das Gefallen an dieser Darbietung fand, dem ultimativen Gaukelspiel, das sie zur Herrin über Leben und Tod machte, sie aus einem Ozean von Ängsten und Bedeutungslosigkeit aufsteigen ließ wie einen Raubfisch auf dem Weg zur Oberfläche, mit aufgerissenem Schlund, der alles in seinem Weg verschlingt.

Und während ihr das durch den Kopf ging, redete sie und redete. Sprach mit der Stimme des Lügengeists, die in ihren Ohren klang wie hexenhaftes Kreischen und Krächzen und Röcheln, für alle anderen aber wie die Magdalena, die Gottgesandte.

»Saga.«

Jemand nannte sie beim Namen. Kein Ruf, nur ein sanftes Raunen nah an ihrem Ohr. Eine Hand zog an ihrem Ärmel. Wie ein Schleier hob sich die Lügenmacht von ihren Sinnen, und obgleich sie noch immer Worte und Sätze formte, sie ausspie wie etwas, das sie loswerden musste, erkannte sie, wer da neben ihr auf dem Karren stand.

Karmesin sah sie ernst und traurig an und zugleich mit eiserner Unnachgiebigkeit.

»Hör auf damit«, sagte sie sachte. »Sie hören nicht auf dich. Sie glauben dir nicht mehr.«

Sie spürte sich selbst noch weitere Sätze sprechen, ganz ähnliche wie zu Beginn ihrer Rede, und da erst wurde ihr bewusst, dass sie immer wieder dasselbe sagte, immer wieder von vorn begann wie eine Besessene.

Und war sie das nicht? Eine Besessene?

Sie glauben dir nicht mehr.

Karmesins Worte sickerten ganz allmählich in ihren Verstand, aber es fiel ihr schwer, sie zu entschlüsseln, ihre ganze Tragweite zu begreifen. Endlich, nach einer Ewigkeit, erkannte sie, dass die Konkubine es lediglich falsch ausgedrückt hatte.

Sie *wollen* mir nicht mehr glauben!

Und da begriff sie, dass es vorbei war.

Ihre Versuche, die anderen aufzuhalten. Dieser ganze Kreuzzug. Dies war das Ende.

Sie wollen nicht mehr glauben.

Der Lügengeist hatte keine Macht mehr über sie.

»Saga, komm da runter.« Karmesin ergriff ihre Hand und zog sie von ihrem Predigerpodest, umnebelt von stinkendem Rauch, von Schreien, von Hass auf Gott und sich selbst und die ganze Welt.

Sie trat wie betäubt zu Boden, geführt von Karmesin wie ein kleines Kind, beinahe willenlos, gefangen in ihrem eigenen Unglauben darüber, dass es vorüber war. Unausweichlich, unabänderlich.

Um sie herum klirrten Schwerter. Sie wunderte sich kurz darüber, wie über so vieles, sah Funken von Eisen sprühen, hörte gehetzte Schreie, roch Blut, zerfetztes Fleisch im Staub des Dorfplatzes.

»... Weg abgeschnitten...«, drangen verstümmelte Wortfetzen an ihr Ohr. »... nicht mehr zurück... die Flotte... keine Chance, wieder zum Wasser...«

Sie ließ sich von Karmesin fortziehen, irgendwohin. Ihre Füße rannten wie von selbst, ihre Beine bewegten sich wie die einer Puppe an unsichtbaren Fäden.

Der Lügengeist schrie und krampfte in Agonie. Missachtet, vergessen, machtlos. Saga übergab sich im Laufen, aber Karmesin zerrte sie nur weiter bergauf, durch Gassen, über Treppen, immer höher und höher, dann durch offenes Gelände, Felsspalten, Geröllhänge.

»Vielleicht dort oben...«, keuchte jemand.

»Die Ruinen...«

»Verschanzen, irgendwie...«

Saga hörte es und war doch blind und taub für ihre Umgebung. Die anderen hatten den Glauben an sie verloren, aber am schlimmsten war, dass sie ihr damit den Glauben an sich selbst genommen hatten.

Sie war jetzt wieder nur noch sie selbst. Nur noch Saga.

Und mit dieser Erkenntnis stolperte sie durch zerbrochene Säulen, über Trümmer, hinter halb zerfallene Mauern und Zinnen.

Dort brach sie zusammen, kraftlos und ausgelaugt, und dann weinte sie lange und lautlos in Karmesins warmem Schoß.

Immer wenn sie erwachte, war Karmesin bei ihr, tupfte mit einem feuchten Tuch über ihre Stirn, redete sachte auf sie ein oder sang leise Lieder in der Sprache ihrer Heimat.

Vielleicht waren es Tage, vielleicht nur Stunden. In ihr war ein Toben und Zerren. Etwas schien ihre Gedanken und Empfindungen durcheinander zu rühren, sodass mal das eine, dann das andere Gefühl an die Oberfläche kochte. Ihr Gesicht tat wieder weh, sogar im Schlaf, und sie träumte, dass jemand ihr ein Brandzeichen in die Wange sengte und dass die Hitze von dort durch alle Teile ihres Körpers raste, ihren Leib entflammte, ihre Seele verzehrte.

Über ihr war tiefstes Blau, die klare, endlose Weite der Ägäis. Sie lag auf einem dünnen Bett aus Stoff, Karmesins weitem Mantel, aber darunter war harter Stein. Saga war immer schlank gewesen, aber die Entbehrungen der vergangenen Wochen auf See hatten sie abmagern lassen. Sie spürte, wie ihre Knochen auf dem Fels auflagen, und erst als sie klarer im Kopf wurde – langsam, aber doch allmählich –, begriff sie, dass das der Grund war, weshalb Karmesin so streng darauf achtete, dass sie nie zu lange auf einer Seite oder dem Rücken lag.

Als die Sonne höher stieg, rückte der Rand des Schattens, in den man sie gebettet hatte, immer schneller auf sie zu. Bald schlug die unbarmherzige Hitze der Inselwelt über ihr zusammen. In Halbschlaf und Delirium hörte sie heftige Diskussionen zwischen Karmesin und Violante, vielleicht auch noch anderen, Berengaria, womöglich, aber sie verstand nicht, worüber die Frauen sprachen. Ihr Name fiel häufig, und es war von Krankheit die Rede, von Fieber und Auszehrung.

Hatte sie denn Fieber? Sie wusste es nicht. Die Hitze war grauenvoll, die Luft schien wie kochendes Wasser in ihren Brustkorb zu fließen, und das Sonnenlicht glühte durch ihre Lider, aber all das schien von außen zu kommen, während in ihrem Inneren ein ganz anderer Kampf ausgefochten wurde.

Der Lügengeist tobte. Noch immer. Es fühlte sich an, als würde sie von innen ausgepeitscht, als schlüge eine Geißel gegen ihr Rückgrat, ihre Bauchdecke, die Höhlung ihrer Brust. Sie stellte sich den Lügengeist als verschwommenen Schatten vor, der in rasendem Zorn einen Ausweg aus ihrem nutzlos gewordenen Leib suchte, um in einen anderen zu fahren.

Hatte sie versagt? War es wirklich ihre Schuld, was im Dorf geschehen war? Die Bilder waren zu wirr, überlagerten sich, rasten an ihrem inneren Auge vorüber. Sie wusste nicht mehr, was tatsächlich geschehen war und was sich in ihrer Einbildung zu einem Zerrbild der Wirklichkeit aufblähte. Überall war Blut, waren Tote, wurde Vieh geschlachtet und wurden Häuser in Brand gesteckt. Nichts ergab einen Sinn, aber das taten Plünderung, Brandschatzung und willkürliches Morden niemals. Sie hatte es im Bürgerkrieg erlebt, und das hier war nichts anderes. Vielleicht war alles wahr. Vielleicht hatten die Mädchen und Söldnerinnen das Dorf tatsächlich bis auf die Grundmauern niedergerissen, hatten jeden getötet in einer Raserei, zu der sie sich gegenseitig angestachelt hatten.

Einer Raserei, die sich kaum von jener des Lügengeists unterschied.

Nicht ich habe versagt, schrie sie stumm in ihren Gedanken, *sondern du! Dir haben sie nicht geglaubt!*

Er gab keine Antwort. Vielleicht war alles immer nur Einbildung gewesen, seine Präsenz, seine Macht. *Ihre* Macht.

Der Schmerz genauso wie die Hitze.

Sie schlug die Augen auf, und diesmal war es nicht das Gesicht Karmesins, das auf sie herabblickte, sondern Jorinde. Sie kniete neben ihr, eine Hand auf die Wölbung ihres Bauchs gelegt, in der anderen ein Tuch, mit dem sie Sagas Gesicht mit Wasser bestrich, das längst nicht mehr kühl war.

»Was … tust du denn hier?«, kam es brüchig über Sagas aufgesprungene Lippen. »Du bist an Bord geblieben …«

»Nicht jetzt«, sagte Jorinde. »Du musst ruhen.«

Im selben Moment, da man ihr sagte, sie bräuchte Ruhe, wehrte sich alles in ihr dagegen. »Was ist geschehen?«

Jorindes Gesicht war sonnenverbrannt, sie musste schon eine ganze Weile hier sein. »Du hast Fieber. Du bist krank.«

»Es … geht schon.« Und das tat es tatsächlich. Mit jemandem zu sprechen half ihr, sich aus ihrem Selbstmitleid und dem Sumpf aus Vorwürfen zu lösen. »Sind das hier die Ruinen? … Auf dem Berg?«

Jorinde nickte. Saga konnte nicht viel erkennen, außer der Mauer gleich neben ihr, die nicht länger Schatten spendete, seit die Sonne ihren höchsten Stand erreicht hatte. Der Rest der Welt schien von gleißender Helligkeit erfüllt, hier und da von Bewegungen, vorüberhuschenden Gestalten und Wortfetzen.

»Sie lassen uns in Ruhe, so wie es aussieht«, sagte Jorinde. »Hier oben gibt es nichts zu holen.«

»Aber warum bist du hier?«

»Die Schiffe sind in ihrer Hand. Es ist passiert, kurz nachdem ihr fort wart. Jede konnte selbst entscheiden, ob sie sich den Meuterern anschließen oder hier zu euch herauf in die Ruine gehen wollte … Meuterer, das klingt so harmlos, oder?«

»Du hast gesehen, was sie getan haben?«

»Wir mussten durchs Dorf. Jedenfalls durch einen Teil davon.« Mehr sagte Jorinde nicht dazu, aber Saga sah den Schmerz in ihren Zügen. Jorindes Augen füllten sich mit Tränen, aber sie wischte sie hastig mit ihrer weißen, schmalen Hand fort.

»Es tut mir leid«, flüsterte Saga.

»Du kannst nichts dafür.«

»Ich hätte sie aufhalten müssen.«

»Niemand hätte das gekonnt. Berengaria hat es mit Gewalt versucht, aber am Ende musste auch sie aufgeben.«

Aber ich bin die Magdalena, hätte Saga beinahe erwidert. Doch das stimmte nicht. Sie war keine Predigerin mehr, keine Prophetin.

Die Lider fielen ihr wieder zu, aber sie blieb wach, spürte Jorindes Hand auf ihrer und hörte irgendwo in der Ferne aufgebrachte Stimmen. Noch ein Streit. Es schien viele davon zu geben, hier oben in den Trümmern des antiken Tempels. Jene, die sich hierher zurückgezogen hatten, schienen uneins zu sein. Kein Wunder – wahrscheinlich versuchte Violante noch immer, den anderen Befehle zu geben.

Der Aufruhr des Lügengeistes wurde schwächer. Womöglich hatte sie sich an sein Wüten gewöhnt. Oder sich selbst etwas vorgegaukelt.

»Jorinde?«, krächzte sie schläfrig.

»Ich bin bei dir.«

»Wie viele? … Hier, bei uns?«

»Nicht mal zweihundert. Die meisten von denen, die nachts an Bord der Schiffe zurückgeblieben waren, haben sich am Morgen den Plünderern angeschlossen. Das Töten und Stehlen hatten die anderen für sie erledigt, und jetzt haben sie sich die Seite ausgesucht, die ihnen zumindest für ein paar Tage etwas zu essen bieten kann.«

»Gibt es hier Vorräte?«

»Sie lassen uns nicht zu den Schiffen, aber sie haben uns Essen heraufgeschickt. Einen Maultierkarren mit Fisch und Brot. Den Fisch haben die meisten von uns nicht angerührt, aber das Brot macht satt. Jedenfalls eine Weile lang. Karmesin hat dir Ziegenmilch eingeflößt. Hast du Hunger?«

Saga konnte nicht unterscheiden, ob das Grollen in ihrem

Magen vom Hunger oder vom Aufruhr des Lügengeists rührte. »Später«, hörte sie sich sagen, aber da verglühte ihr Bewusstsein schon wieder in der schmerzhaften Helligkeit.

Mehrere Stimmen unterhielten sich jetzt über sie, ganz in der Nähe. Jorinde war dabei, und Karmesin. Dann noch jemand. Die Gräfin.

Saga versuchte noch einmal die Augen zu öffnen. Verschwommen sah sie die drei Frauen neben sich stehen, heftig gestikulierend, debattierend. Warum stritten sie nun auch noch über sie? Gab es nichts anderes zu tun?

Alles deine Schuld, hallte es in ihr nach.

»Ein Priester«, flüsterte sie.

»Was?« Karmesin fiel neben ihr auf die Knie. »Was hast du gesagt?«

»Holt … einen Priester.«

Wieder redeten die drei durcheinander, aber der Streit musste zu ihren Gunsten ausgegangen sein, denn bald darauf beugte sich ein Mann über sie, den sie nur vom Sehen kannte. Er mochte um die vierzig sein, mit strähnigem, verschwitztem Haar und einer Schwellung unter dem linken Auge. Er war geschlagen worden, wahrscheinlich als er sich den Plünderern und Mördern entgegengestellt hatte.

»Seid Ihr ein Geistlicher?«, wisperte sie schwach.

»Ich bin Pater Luca.«

»Ich will …«, begann sie, musste aber mehrfach ansetzen, bevor sie den ganzen Satz hervorbrachte. »Ich will einen Exorzismus. Treibt mir den Teufel aus, Pater.«

~

Sie hatte nicht damit gerechnet, dass Violante es zulassen würde, aber schließlich wurde ihr Wunsch erfüllt. Vielleicht glaubten manche, dass sie im Sterben läge, und hatten Respekt vor ihrem letzten Willen. Ob die Gräfin zu ihnen gehörte, erfuhr Saga nicht.

Auch fehlte ihr die Kraft, um sich die Streitereien mit Karmesin auszumalen, die alldem zweifellos vorausgegangen waren.

Was immer die anderen auch befürchten mochten, Saga starb nicht. Sie fühlte sich dem Tod nicht einmal nahe. In ihr war Leben. Ein Leben *zu viel*.

Sie musste den Lügengeist loswerden, ganz gleich, was danach geschah. Dies war weder der richtige Ort noch die beste Zeit dafür, aber es war die einzige Möglichkeit, das spürte sie genau. Es musste *jetzt* geschehen.

Der Pater traf seine Vorbereitungen, aber sie hörte es eher, als dass sie es sah. Er raschelte und hantierte an ihrer Seite, weihte Wasser, das aus dem Dorf oder aus einem Brunnen in den Ruinen stammte, diskutierte mit Violante und verwies die Gräfin schließlich mit erstaunlicher Vehemenz des Krankenlagers. Tatsächlich zog Violante sich zurück, gewiss nicht weit, aber für einige Stunden bekam Saga sie nicht mehr zu sehen. Womöglich hatte es sie verstört, dass eben jene Macht, die sie beide als göttlich ausgegeben hatten, nun ein Werkzeug des Teufels sein sollte. Dabei war Saga keineswegs sicher, was der Lügengeist war, woher er stammte oder warum er sich gerade sie als Trägerin ausgesucht hatte. Fest stand nur, sie wollte ihn nicht mehr in sich haben.

So gefangen war sie in sich selbst, ihren Ängsten und Hoffnungen und wirren Albträumen, dass sie erst mit Verspätung bemerkte, dass der Pater bereits begonnen hatte. Er las auf Latein aus der Bibel, während Karmesin ihr erneut mit feuchten Tüchern zu Leibe rückte und irgendwer – nein, nicht irgendwer: Berengaria – ihre Handgelenke auf den Boden presste, als könnte sie jeden Augenblick aufspringen und um sich schlagen. Sekundenlang überkam sie entsetzliche Panik, aber dann versank sie wieder in dem schwarzen Ozean in ihrem Inneren, stürzte durch Finsternis, während der monströse Umriss des Lügengeistes – echt oder eingebildet – sie umkreiste, zunehmend schneller und aufgeregter. Er hatte damit aufgehört, sie zu quälen, versuchte es nun mit Schmeichelei und Einflüsterungen, schließlich mit Drohungen. Sie hörte nicht auf ihn, wunderte sich nur, dass er mit ihrer eigenen Stimme zu ihr sprach, während von außen die Worte des Paters um sie waren und sie emporzuheben schienen, hinauf aus der Dunkelheit, wieder dem Licht entgegen, der Sonne der Ägäis und ihrem hochgewölbten Himmelsblau.

Sie verlor das Bewusstsein, verfing sich in einem Geflecht aus neuerlichen Träumen von endlosen Stürzen, und als sie unvermittelt den Mund aufriss und schrie, immer weiter *schrie*, da war es, als drohte ihr Körper zu zerplatzen, so als wäre da etwas in ihr, das mit einem Mal zu groß für das Gefängnis ihres Leibes geworden war und nach außen drängte, in alle Richtungen zugleich.

Später erzählten die anderen ihr, dass sie sich aufgebäumt hatte und dass keine unter ihnen gewesen war, die nicht geglaubt hatte, dass Sagas letzte Stunde gekommen sei. Sie hatte gekreischt mit einer Stimme, die nicht mehr ihre eigene zu sein schien; sie hatte geweint und gefleht; sie hatte den Pater verflucht und bespuckt, hatte Violante verdammt und sogar Karmesin angeschrien und das Ungeborene in Jorindes Bauch zur Hölle gewünscht.

Dann war es vorbei, und das mochte der Augenblick gewesen sein, in dem ihr Bewusstsein zurückgekehrt war und der Lügengeist seine Macht verloren hatte. Sie horchte in ihr Innerstes, aber sie fand keine Spur von ihm.

Ein paar Herzschläge lang überkam sie ein Gefühl entsetzlicher Einsamkeit, so sinnlos wie alles, das gerade um sie und mit ihr geschah. Einsamkeit – und Trauer? Etwa um ihn?

»Es ist gut«, flüsterte Karmesin ihr ins Ohr. »Du hast es geschafft. Alles wird wieder gut.«

Saga versuchte zu lächeln, geradewegs in die sinkende Sonne hinter einem Gitter aus Säulen auf der anderen Seite der Ruinen.

»Es wird dunkel«, sagte sie.

»Bald«, raunte Karmesin ihr zu. »Sehr bald.«

~

Ihr Zustand besserte sich zusehends und viel schneller, als alle vermutet hatten. Sogar sie selbst befürchtete in ihren ersten wachen Momenten, dass sie noch immer Fieber hatte und nie wieder würde aufstehen können. Aber schon am Nachmittag des nächsten Tages – dem dritten seit dem Massaker an den Dorfbewohnern –, gelang es ihr, mit Karmesins und Jorindes Hilfe ein paar Schritte zu gehen. Zuletzt blieb sie aus eigener Kraft stehen, leicht schwankend, aber eher benommen als schwach. Es war, als hebe sich ein heftiger Schwindel von ihr, so plötzlich, wie er beim Versagen des Lügengeists über sie gekommen war. Beinahe meinte sie ihn sehen zu können wie ein hauchdünnes Seidentuch, das der Wind von ihren Schultern hob und über die Felsen, aufs Meer hinaustrug.

Sie verstand es nicht, aber das musste sie auch gar nicht. Das Ergebnis zählte. Ihr Körper war allein ihr eigener, zum ersten Mal so weit ihre Erinnerung zurückreichte.

Sie dankte Pater Luca, der geschwächter erschien als sie selbst. Er reagierte verunsichert auf ihre Nähe, selbst jetzt noch. Er und die anderen Priester hatten sie für eine Botschafterin Gottes gehalten, und nun hatte er ihr etwas ausgetrieben, das in seinen Augen nur vom Teufel stammen konnte.

Violante kam nur kurz zu Saga herüber und versicherte sich, dass es ihr gut ging. Es schien sich eher um eine Höflichkeit zu handeln – inszeniert für die Augen ihrer letzten Getreuen, eine leere, kalkulierte Geste – als um ehrliche Anteilnahme. Saga war nicht sicher, was genau Violante ihr übel nahm. Ihr Versagen? Ihren freiwilligen Verzicht auf den Lügengeist? Auch der Gräfin musste in den letzten Stunden klar geworden sein, dass die Magdalena mit dem Ding in Sagas Inneren gestorben war. Aber was kümmerte es sie noch? Es war vorbei. Endgültig vorbei.

Am Abend des dritten Tages in den Tempelruinen erschien eine Botin des Heeres, das sich rund um das Dorf und an den

Hängen des Berges ausgebreitet hatte. Sie überbrachte das Angebot, dass jeder, der wolle, sich ihnen auch jetzt noch anschließen und gemeinsam mit der Flotte die Heimreise antreten könne.

Die Heimreise!

Ausgenommen waren die Kapitäne, wohl auf Beharren der Ruderknechte. Dass die Ruinen nicht von ihnen überrannt wurden, war ein Zeichen für die neue Vernunft, die allmählich dort unten Einzug hielt. Vernunft, geboren aus Scham.

Eine Hand voll Ruderer folgte der Botin den Berg hinab. Alle Übrigen blieben auf dem Gipfel zurück, unsicher, wie es weitergehen sollte.

»Was ist mit denen, die bereuen?«, fragte Pater Luca. Er stand mit Violante, Saga und einigen anderen zwischen den Tempelsäulen und blickte den Berghang hinab auf das dunkle Muster aus Punkten und Menschenansammlungen rund um die rauchenden Dorfruinen. Dahinter erstreckte sich das Meer ins Endlose. Am Horizont waren zwei weitere Inseln zu sehen, klein und karg wie diese hier. Die siebzehn Galeeren lagen draußen auf See vor Anker, mit eingeholten Segeln und flatternden Fahnen. »Wir müssen ihnen die Gelegenheit zur Beichte geben«, sagte der Pater.

»Wir müssen ihnen Gelegenheit geben zu verrecken«, sagte Berengaria.

»Ich fürchte, was das angeht, sind wir ihnen eine Nasenlänge voraus.« Karmesins Lächeln war selbst jetzt noch blendend schön, obgleich die letzten Wochen auch an ihr gezehrt hatten. Sie trug wie sie alle dieselben Sachen, die sie sich in der Nacht des Überfalls in aller Eile übergestreift hatte, kein Kleid, sondern eine weite Hose, die orientalischen Ursprungs sein mochte, dazu ein enges Wams und eine Weste. Ihr schwarzes Haar wehte offen im warmen Abendwind der Ägäis.

Saga lehnte an einer Säule. Jorinde stand bei ihr, die Hände überm Bauch verschränkt.

Betretenes Schweigen herrschte zwischen ihnen. Nicht nur

Saga wusste, dass Karmesin Recht hatte. Ihre Vorräte gingen zur Neige. Spätestens morgen Mittag würden sich die Ersten das Angebot noch einmal durch den Kopf gehen lassen.

Vom Rand des Tempelplateaus aus hatten sie beobachtet, wie Trupps ausgesandt worden waren, um die verstreuten Ziegen und Schafe auf der Insel einzufangen. Während der beiden vergangenen Tage war am Fuß des Berges ohne Unterbrechung gebraten und gepökelt worden. Der Duft des gerösteten Fleischs wehte den Hang herauf und sorgte dafür, dass sich hier oben alle noch miserabler fühlten.

»Wenn sie jedes lebende Stück Vieh auf dieser Insel verarbeitet haben, werden sie in See stechen«, stellte Karmesin fest. »Wie lange kann das noch dauern?«

Berengaria hob die Schultern. »Viel kann nicht übrig sein. Die meisten Trupps sind von ihren Streifzügen zurückgekehrt. Wenn sie die Nacht hindurch schlachten und braten, könnten sie morgen Nachmittag bereit zum Aufbruch sein.«

»Sie werden uns zurücklassen«, sagte Jorinde.

»Sicher.« Saga nickte langsam. »Und wir sollten uns langsam Gedanken darüber machen, ob wir das wirklich wollen.«

Sie holte tief Luft und löste sich von der Säule. Hinter ihr entbrannte ein wütender Streit. Saga zögerte kurz, doch dann ging sie mit schnellen Schritten bis zum Rand des Plateaus. Sie hatte nicht vor, sich zwischen Violante, Berengaria und Angelotti aufreiben zu lassen. Stattdessen wollte sie einen Rundgang durch die Tempelruinen unternehmen, um sich selbst ein Bild der Lage zu verschaffen. Jorinde blickte ihr erst nach, dann folgte sie Saga. Die Übrigen blieben zurück.

Der Tempel – oder besser: die Festungsruine, die irgendwann einmal ein Tempel gewesen war, ehe man sie zu einer burgähnlichen Anlage ausgebaut hatte – saß auf dem eigentlichen Gipfel des Berges. Gleich daneben gab es noch eine zweite Erhebung, die nur über eine breite Steinbrücke zu erreichen war. Von dort aus führte der Weg ins Dorf und zum Meer hinab. Das Plateau selbst war rundherum von steilen Felswänden umgeben, einige vor langer Zeit künstlich geschaffen, sodass die Brücke den einzigen Zugang zum Tempelgelände darstellte. Sie führte über eine tiefe Kluft, die den zweifachen Berggipfel wie eine Schwertkerbe teilte. Fünfzehn Mannslängen, schätzte Saga, als sie vom Rand der Brücke in die Tiefe blickte. Sogleich kehrte ihr Schwindel zurück, und sie bewegte sich rasch ein Stück nach hinten. Die Brücke selbst war nicht länger als dreißig Schritt, dann endete sie auf der zweiten Felskuppe. Ihr Geländer war hüfthoch und aus massivem Stein gemauert. Wind und Sand hatten alle Verzierungen fast vollständig abgeschmirgelt. Nur wenn man mit den Fingern über die Oberfläche strich, konnte man die Reste von Linien und Rundungen ertasten.

Das Plateau wurde von den Säulen des alten Tempels gekrönt. Mehr als die Hälfte waren vollständig erhalten geblieben, die übrigen ragten als steinerne Stümpfe über dem Abgrund empor. Der Tempel befand sich am Nordrand des Plateaus, die Brücke wies nach Westen. Die übrige Fläche war von halb zerfallenen Mauern bedeckt, die eher Ähnlichkeit mit den Überresten eines Labyrinths als mit den Ruinen einer Festung hatten; die meisten waren mehr als mannshoch, sodass sich ein Großteil der zweihundert Flüchtlinge dazwischen verlor. Vom Zugang des Geländes aus, wo Saga und Jorinde jetzt standen, ließen sich kaum mehr als dreißig oder vierzig Menschen zählen, alle anderen mussten im Schatten zwischen den Mauern sitzen. Selbst wenn sich das gesamte Heer und die Schiffsmannschaften hier oben befunden hätten, wären die meisten unsichtbar gewesen. Die Anlage bot genug Platz für die Bevölkerung einer Stadt.

Rund um das Plateau, auch dort, wo sich der Tempel befand, hatte einst ein gemauerter Wall mit Wehrgang und Zinnen gestanden, aber davon waren nur Reste erhalten geblieben. Nahe der Säulen war das Mauerwerk fast vollständig verschwunden, so als hätte ein antiker Griechengott sein Heiligtum von allen späteren Verunglimpfungen der Festungsbauer bereinigen wollen. Im Süden des Zwillingsgipfels fiel der Berg schroff in die Tiefe ab. An seinem Fuß erstreckte sich ein Tal, das bei Tageslicht idyllisch wirkte; jetzt aber, in der anbrechenden Dunkelheit, sahen die Olivenbäume, die dort in großer Zahl wuchsen, wie gebuckelte Trolle aus, die nur darauf warteten, den Gipfel zu stürmen. Verkrüppelte Stämme, knorrig und gebeugt, breiteten ihr Astwerk über felsigen Boden und spendeten nur Eidechsen Schatten.

»Sieht aus, als ließe sich das Plateau gut verteidigen«, stellte Jorinde fest.

»Warum sollten sie uns angreifen? Sie können uns einfach zurücklassen. Mit allergrößter Wahrscheinlichkeit werden wir hier auf der Insel verrotten. Die Brücke lässt sich nur mit Masse bezwingen. Weshalb sollten sie all diese Menschen hier heraufbringen?«

»Wenn wir wenigstens genug Vorräte herbeischaffen könnten …«

»Die Chance hatten wir vor drei Nächten«, sagte Saga. »Da haben *wir* auf Vorräte verzichtet, nicht wahr?«

»Aber jetzt sind es nicht mehr die Vorräte armer Inselbauern. Jetzt gehören sie dem Heer. Das macht einen Unterschied, finde ich.«

»Tut es das?« Saga senkte die Stimme. »Ich bin da nicht so sicher.«

Jorinde verzog einen Mundwinkel, was bei ihr ungewohnt eitel aussah. »Morgen werden wir Hunger haben.«

Saga schwieg. Der morgige Tag würde in der Tat eine Entscheidung bringen, auch ohne ihr Zutun. Keiner der zweihundert, die sich auf den Gipfel zurückgezogen hatten, konnte darauf irgendeinen Einfluss nehmen. Wenn der Hunger kam, würde sich alles andere von selbst ergeben.

Sie erwachten mit knurrenden Mägen und ohne einen brauchbaren Plan.

Berengaria war inzwischen entschlossen, mit einem Trupp von Kriegerinnen den Ausfall ins Lager zu wagen, doch als sie gerade ihre Schar zusammenstellte, schlugen die Wächterinnen auf der Brücke Alarm.

Es war eine weitere Botin, die auf dem Felsbuckel am Ende der Brücke auftauchte. Ihr Gefolge aus drei bewaffneten Frauen blieb in einigem Abstand zurück. Ganz allein betrat sie die Brücke, blieb aber nach wenigen Schritten stehen. Etwas Gehetztes lag in ihren Zügen, und sie sprach mit einer Atemlosigkeit, die nicht allein von den Anstrengungen des Aufstiegs herrührte.

»Wie ich sehe, bringst du uns keine neuen Vorräte«, sagte Violante, die einmal mehr die Rolle der Wortführerin übernahm.

»Nein, Vorräte bringe ich nicht«, erwiderte die Botin. Sie war den ganzen Weg zu Fuß gegangen. Wahrscheinlich hatte man sogar alle Maultiere der Insel geschlachtet. »Nur ein Angebot.«

»Wir haben schon euer erstes abgelehnt.«

»Da wart ihr satt.« Im Lager der Marodeure wusste man den Zustand der Flüchtlinge auf dem Gipfel offenbar sehr genau einzuschätzen. »Jetzt aber macht euch der Hunger gewiss mehr zu schaffen als euer schlechtes Gewissen wegen ein paar niedergebrannten Häusern.«

Ein paar niedergebrannten Häusern, dachte Saga, und ein paar hundert ermordeten Menschen. Aber sie sagte nichts, sondern hörte weiter zu. Es verblüffte sie, dass die Meuterer noch immer darum warben, sie zurück zur Flotte zu holen.

Berengarias Hand lag am Schwert. Saga hoffte nur, dass die Söldnerin sich beherrschte und die Botin nicht gleich hier auf der Brücke erschlug. Die Frau hatte einst zu Berengarias eigenem Trupp gehört, was ihren Verrat in den Augen der Söldnerführerin noch schwerwiegender machen musste.

»Was also wollt ihr?«, fragte Violante.

»Führung«, entgegnete die Botin.

Blicke wurden gewechselt, Augen blinzelten argwöhnisch. Saga traute ihren Ohren nicht.

»Ihr seid achttausend Menschen da unten, und ihr kommt zu uns, weil ihr Anführer braucht?« Violante schnaubte erbost. »Es ist eine Beleidigung, dass ihr glaubt, wir könnten in eine so lächerliche Falle tappen.«

»Keine Falle«, sagte die Botin kopfschüttelnd. »Bestimmte ... Umstände machen es nötig, dass wir zwei Dinge brauchen. Eine Heerführerin« – dabei blickte sie zu Berengaria, die sich an ihrer Wut fast verschluckte, dann zu Violante, schließlich auf alle anderen – »und einen sicheren Ort, um uns zurückzuziehen. Einen Ort wie diese Festung hier.«

Schweigen senkte sich über die Brücke. Die Botin und Violante standen sich mit ein paar Schritt Abstand gegenüber. Berengaria, Karmesin und Saga warteten nahebei. Auch Angelotti lehnte am gemauerten Geländer, hatte die Arme verschränkt und schwitzte in der Mittagshitze noch stärker als alle anderen. Die übrigen zweihundert Flüchtlinge drängten sich am Zugang zum Tempelgelände.

»Ihr wollt die Festung?«, fragte Violante, als könnte sie nicht glauben, was sie da gerade gehört hatte. Sie hob das Kinn, und nun war sie wieder ganz die Herrin von Burg Lerch.

Die Frau warf einen Blick über das Geländer den Berghang hinab. Von hier aus war nur ein Teil des weit gestreuten Lagers zu erkennen. Rauch stieg von unzähligen Stellen auf. Bis heute Nacht hatte man, wenn der Wind günstig stand, die Schreie der Tiere hören können. Jetzt aber waren sie alle verstummt. Keines war mehr übrig.

»Wir werden kämpfen müssen«, sagte die Botin. Als Violante bereits zu sprechen ansetzte, hob die Gesandte hastig die Hand. »Nicht gegeneinander! Eine Piratenflotte folgt uns, seit wir die Adria hinter uns gelassen haben. Es gab Spione unter den Ruderknechten. Eine Hand voll, bislang. Wir haben sie am Dorfrand aufgeknüpft. Aber vorher haben sie uns alles verraten… Wir *hoffen* jedenfalls, dass es alles war.«

Saga schaute suchend auf die See hinaus. Ihr Blick folgte der Linie des Horizonts, dort wo das Dunkelblau des Meeres auf den leuchtenden Sommerhimmel traf. Die Sonne stand hoch, schien aber so heiß und grell, dass Saga blinzeln und die Augen mit der Hand beschatten musste. Sie fragte sich, wie nahe Schiffe wohl herankommen mussten, ehe sie mit bloßem Auge zu erkennen waren.

»Wer garantiert uns, dass das die Wahrheit ist?«, fragte Violante.

»Es ist eine Lüge!«, rief Berengaria. »Ganz sicher ist es das.«

Die Botin wischte sich Schweiß von der Stirn. Die Hitze war im prallen Sonnenschein schwer zu ertragen, und die Nähe ihrer früheren Anführerin machte die Frau nervös. »Ich kann Euch nur mein Wort geben.« Sie sprach in Violantes Richtung und wich dem Blick der Söldnerführerin aus. »Ihr werdet die Schiffe der Piraten und Sklavenjäger von hier oben aus eine ganz Weile vor uns sehen können.«

»Wie groß soll diese geheimnisvolle Flotte sein?«, erkundigte sich die Gräfin, aber ihre Ironie kaschierte kaum ihre Beunruhigung.

»Zwanzig Galeeren. Sklavenjäger aus Nordafrika. Piratenschiffe aus Malta. Wie es aussieht, haben die Geschichten über fünftausend Jungfrauen alle Ratten des Mittelmeers aus ihren Löchern gelockt.«

»Zwanzig Galeeren!«, entfuhr es Saga.

Auch Karmesin wirkte nun um einiges besorgter als noch vor wenigen Augenblicken.

Die Botin gewann ihre Fassung zurück, als sie sah, dass ihre Worte Wirkung zeigten. »Wir glauben, dass die Männer die Wahrheit gesagt haben. Am Ende, als wir mit ihnen fertig waren, hat jeder von ihnen dieselbe Geschichte erzählt. Der Anführer der Sklavenjäger ist ein Mann namens Qwara.«

Angelotti trat einen Schritt vor. »Ich kenne ihn.«

»Verfügt er über eine solche Flotte?«, fragte Violante.

»Nicht er allein. Aber es gibt wenige Männer, die es fertig brächten, ein Bündnis zwischen unterschiedlichen Piratenrotten und Sklavenhändlern auszuhandeln. Qwara wäre das zuzutrauen. Er ist ebenso klug wie grausam.«

Violante wandte sich erneut an die Gesandte. »Warum brecht ihr nicht auf und flieht vor ihnen?«

»Weiter nach Osten? Niemand will das. Dort warten Ungewissheit und Tod. Die meisten von uns zieht es zurück in die Heimat. Und von dort kommt uns Qwaras Flotte entgegen.«

»Was genau erwartet ihr von uns?«

»Zuallererst einen freien Rückzugsweg in die Festung. Es wäre Irrsinn, auf der einen Seite gegen die Piraten zu kämpfen und auf der anderen gegen Euch. Wenn es zur Schlacht kommt – und ganz so sieht es aus, falls die Flotte hier auftaucht –, müssen wir uns den Rücken freihalten.«

»Ihr seid Meuterer und Mörder!«, brauste Angelotti auf.

Die Botin verzog das Gesicht. »Welche Chance hättet ihr wohl allein gegen diesen Qwara und seine Männer? Ihr seid gewiss nicht mehr als dreihundert, wahrscheinlich weniger. Ihr solltet euch überlegen, mit wem ihr lieber verhandelt – mit euren eigenen Leuten oder allem Abschaum des Mittelmeers.«

Angelotti spie aus, sagte aber nichts mehr. Berengaria sah aus, als wollte sie der Gesandten an die Kehle gehen, doch auch sie hielt sich zurück. Violante dachte nach und wägte ihre Möglichkeiten ab; viele waren es nicht. Und Karmesin blickte, genau wie Saga, immer wieder sorgenvoll aufs Meer hinaus.

Ein Raunen und Flüstern ging durch den Menschenauflauf am Zugang zum Tempelgelände. Die Brücke endete dort vor zwei mächtigen Steinpylonen, auf die horizontal ein weiterer Block aufgelegt war: das Tor der ehemaligen Bergfestung.

»Freier Rückzug ist das eine«, sagte die Gräfin schließlich. »Aber ihr habt von Führung gesprochen.«

Die Botin nickte. »Die Kreuzfahrerinnen verlangen eine Anführerin. Sie akzeptieren weder eine von uns noch einen der Kapitäne.«

Angelotti schnaubte geringschätzig.

Berengaria stellte sich neben Violante. »Ich werde keinen Haufen von Meuterinnen in die Schlacht führen.«

Die Gesandte lächelte. »Ihr habt mich missverstanden. Von dir war nicht die Rede, Berengaria.«

Violante hob eine Augenbraue.

»Auch nicht von Euch, Gräfin.«

Karmesin war die Erste, die sich zu Saga umschaute. Dann blickte auch die Botin in ihre Richtung.

»Die Mädchen wollen ganz allein Euch in den Krieg folgen.« Sie zog ihr Schwert, fiel auf die Knie, senkte das Haupt und hielt Saga die Klinge mit beiden Händen entgegen. »Führt uns zum Sieg, Magdalena.«

Tausende flankierten den Weg, als Saga mit Violante, Berengaria, Karmesin und einer Leibgarde von zehn Söldnerinnen den Berg hinabstieg. Eine unheimliche Stille lag über dem Heer, das sich zwischen den Felsen verteilt hatte. Zelte, die erst im Heiligen Land hatten aufgeschlagen werden sollen, bildeten den Kern des Lagers. Die meisten Unterkünfte waren von Berengarias abtrünnigen Kriegerinnen bewohnt. Auch wenn sie als Anführerinnen nicht akzeptiert wurden, so schienen sie doch eine gewisse Machtposition innezuhaben. Sogar die Seeleute hatten Respekt vor den bis an die Zähne bewaffneten Frauen.

Die Söldnerin, die als Unterhändlerin zur Festung heraufgekommen war, führte auch hier unten das Wort. Wie Saga mittlerweile erfahren hatte, war ihr Name Godvere. Sie war Fränkin, kaum jünger als Berengaria und trug ihr dunkelblondes Haar zu einem Zopf geflochten, den sie mit einem Holzspieß am Hinterkopf hochsteckte. Ihr lederner Waffenrock war mit Eisenplatten besetzt. Bei dieser Hitze musste es eine Qual sein, ihn zu tragen.

Über der Inselküste hing noch immer der Rauch der niedergebrannten Häuser, viel dichter, als sie das auf dem Berg hatten wahrnehmen können. Nicht einmal das tagelange Braten und Räuchern hatte den Gestank vertreiben können. Die Ruinen des Dorfes befanden sich ein gutes Stück weiter östlich. Seine schwarzen Mauern wirkten vor den weißen Felsen wie eine verkrustete Wunde.

Die letzten zweihundert Schritte bis zum Zentrum des Lagers waren erfüllt von neuen Eindrücken. Saga hatte noch nie so viele Feuerstellen auf so engem Raum gesehen. Wo sie auch hinsah, waren Häute und Felle zum Trocknen aufgespannt. Man hatte Fässer von den Schiffen herbeigeschafft und mit gebratenem Fleisch gefüllt.

Die Wortführerin der Marodeure schritt an Sagas Seite auf eines der großen Zelte zu. Es war in Mailand gefertigt worden und sah inmitten des chaotischen Heerlagers auf bizarre Weise reinlich aus. Davor ballte sich die Menge der Mädchen und Seeleute noch dichter zusammen. Männer und Frauen standen wie selbstverständlich beieinander; nach dem Blutbad im Dorf waren wohl noch weitere Regeln gebrochen worden.

Das unheimliche Schweigen folgte ihnen, bis sie das Zelt betraten. Violante machte erneut den Versuch, über Sagas Kopf hinweg zu verhandeln, doch Godvere und die drei anderen Wortführer der Meuterer – darunter auch ein venezianischer Kapitän – schnitten ihr bald das Wort ab. Ungeduldig wandten sie sich an Saga.

»Werdet Ihr uns führen, Magdalena?«, fragte Godvere.

»Habe ich eine Wahl?«

»Ich habe Euch eine ungehinderte Rückkehr auf den Berg zugesagt, und ich werde mein Wort halten.«

Berengaria stieß ein abfälliges Grunzen aus. »Weil dich die Mädchen dort draußen zerfleischen würden, falls du der Magdalena auch nur ein Haar krümmst.«

Godveres Augen blitzten. »Wir könnten ausprobieren, ob sie der Tod einer alternden Söldnerführerin ebenso bekümmert.«

Berengaria wollte auffahren, doch Violante hielt sie zurück. »Nicht.«

Einen Augenblick lang hingen so viel Zorn und Kampfeslust in der Luft, dass keiner einen Laut von sich gab. Eine einzige falsche Bewegung, ein unüberlegtes Wort, hätte die Verhandlungen in einem Fiasko enden lassen.

Dass Saga sich trotz allem einigermaßen sicher fühlte, lag vor allem an der Nähe Karmesins. Die Konkubine saß zu ihrer Rechten. Ihren Blicken schien keine noch so unauffällige Regung zu entgehen.

»Nun?«, fragte Godvere, nachdem sich die Anspannung ein wenig gelöst hatte.

Saga war noch immer geschwächt. Viel zu viele Gedanken gingen ihr durch den Kopf. Die Mädchen dort draußen glaubten immer nur an das, was ihnen gerade zupass kam. Bereitwillig waren sie der Botschaft der Magdalena aus dem Elend ihrer Dörfer gefolgt, über das Gebirge und hinaus aufs Meer. Und nun sollte Saga nach dem Massaker an der Inselbevölkerung erneut die Heilsbringerin für sie spielen? Ohne die Hilfe des Lügengeists? Wie paradox, dass die Mädchen ausgerechnet jetzt, nach Pater Lucas Exorzismus, wieder an sie glauben wollten. Absurd auch, dass es so etwas wie *glauben wollen* überhaupt gab. Saga wäre von so viel Opportunismus angewidert gewesen, wäre sie nicht selbst gerade auf dem besten Wege gewesen, nach dem einzigen Strohhalm zu greifen, der sie, Jorinde und die anderen lebend von dieser Insel herunterbringen konnte. War sie also im Grunde gar nicht anders als die Mädchen, die sich draußen vor dem Zelt drängten?

Aber es gab noch ein ganz anderes Problem. Sie *war* keine geborene Anführerin wie Violante oder Berengaria. Schon gar keine Heerführerin.

Sie war ein Gauklermädchen. Sie *spielte* – auch eine Führerin, wenn es sein musste. Sie hatte lange genug vorgegeben, jemand zu sein, der sie nicht war. Und mit welchem Resultat! Aber ein paar Tage mehr oder weniger konnten es kaum schlimmer machen.

»Sag ihnen, dass ich einverstanden bin«, verkündete sie und hätte dabei gern ein wenig entschlossener geklungen. »Wenn die Piraten kommen, führe ich das Heer in die Schlacht.«

Das war verrückt. Aber sie hatte diesen Mädchen bereits das

Himmelreich versprochen. Rettung vor Sklavenjägern nahm sich dagegen wie eine Kleinigkeit aus.

Ein Lächeln stahl sich auf ihre Züge. Alle sahen sie überrascht, ja erschüttert an. Nur Karmesins Mundwinkel zuckten verhalten.

»Dann ist es beschlossen«, sagte Godvere.

Draußen gaben die Hornbläser auf den Felsen Alarm.

Die Galeeren wuchsen aus dem gleißenden Niemandsland zwischen Himmel und Wasser empor. Auf den ersten Blick geschah das täuschend langsam. Dann war auf einen Schlag der Horizont schwarz von Schiffen.

»Bringt die Vorräte hinauf in die Festung«, befahl Saga und fand den Klang ihrer Stimme viel zu dünn. Niemand würde sie ernst nehmen.

Aber dann gehorchten Tausende in Windeseile. Der Rückzug auf den Berg ging trotz der brütenden Hitze schneller vonstatten, als irgendwer für möglich gehalten hatte. Berengaria und Violante waren beeindruckt genug, um für eine Weile sogar ihre Verbitterung zu vergessen. Selbst Karmesin, die jetzt nicht mehr von Sagas Seite wich und dabei stets eine Hand an dem schmalen, stilettartigen Dolch an ihrem Gürtel hatte, murmelte ein paar anerkennende Worte.

Saga manövrierte in Wort und Tat durch das Geschehen, ohne auch nur einmal innezuhalten, um einen klaren Gedanken zu fassen. Sie fürchtete, dass die Erkenntnis dessen, *was* sie hier gerade tat, sie wie ein Felsrutsch unter sich begraben würde. Besser nicht allzu genau nachdenken. Besser einfach etwas *tun*. Irgendetwas.

Die Sonne ging bereits unter, als das Kreuzfahrerheer endlich in der Ruine auf dem Berggipfel versammelt war.

Berengaria und einige der Söldnerinnen, die treu zu ihr gestanden hatten, machten sich sogleich daran, die Verteidigung der Festung zu organisieren. Die Mädchen und sogar der überwiegende Teil der Ruderknechte gehorchten ihnen, nachdem Saga auf eine Mauer gestiegen war – immer noch schwindelig, noch immer geschwächt – und eine kurze Rede gehalten hatte. Es war das erste Mal, dass sie zu den Mädchen sprach, ohne zu predigen. Sie stellte fest, dass es ihr schwerer fiel, da sie sich jetzt nicht mehr hinter den einstudierten Worten und Floskeln verstecken konnte. Und so sehr sie auch versuchte, eine überzeugende Heerführerin abzugeben, so aussichtslos erschien es ihr doch. Die Mädchen aber waren dankbar, dass sie zu ihnen sprach, und den meisten war die Erleichterung darüber anzusehen, dass die Dinge zumindest scheinbar wieder beim Alten waren. Fast als wären die Ereignisse im Dorf nichts weiter als ein böser Traum gewesen.

Die Piratenflotte ankerte ganz in der Nähe der Kreuzfahrergaleeren, die jetzt dunkel und verlassen dalagen. Saga fürchtete erst, die Angreifer könnten die Schiffe in Brand setzen. Doch als keine Boote von einer Flotte zur anderen übersetzten, atmete sie erleichtert auf. Qwara und seine Leute waren bereits nah genug gewesen, um zu erkennen, dass die Kreuzfahrerinnen und Seeleute den Berg hinauf in die Ruinen geflohen waren. Den venezianischen Schiffen würden sie sich später widmen. Und warum sie zerstören, wenn man mit ihnen die eigene Flotte verstärken oder sie meistbietend an Genuesen oder Sarazenen verkaufen konnte?

Gut anderthalbtausend Schritt lagen in gerade Linie zwischen dem Rand des Tempelplateaus und dem Ufer. Um den Berg über den geschlängelten Weg zwischen den Felsen zu erklimmen, musste man mehr als die doppelte Strecke zurücklegen. Selbst wenn die Piraten und Sklavenjäger das Wagnis eingingen, den Gipfel in breiter Front über tückische Geröllfelder und Felsspalten zu erklimmen, würden sie eine ganze Weile brauchen, ehe sie hier oben waren. Berengaria hatte mehrere hundert Bogenschützen an der Plateaukante und auf den Resten des Mauerwalls postiert. Sie war zuversichtlich, die ersten Angriffswellen abwehren zu können. Saga vertraute auf ihre Einschätzung und ließ zu, dass ein wenig von Berengarias Zuversicht auf sie selbst abfärbte.

Jetzt stand sie mit Karmesin zwischen den Tempelsäulen über dem Abgrund. Violante, Berengaria, Godvere und Angelotti harrten ganz in der Nähe aus. Feuer brannten auf den Trümmerwällen und Felskanten, für Brandpfeile, aber auch um in der anbrechenden Dämmerung und später in der Nacht nicht über die eigenen Leute zu stolpern.

Die feindliche Flotte hatte begonnen, ihre Männer in Ruderbooten an Land zu bringen. Eine Flut aus dunklen Ovalen glitt auf die Küste zu, spie ihre menschliche Fracht auf den Strand und kehrte zurück, um weitere Männer an Bord zu nehmen.

»Wie viele können das sein?«, fragte Saga.

»Weniger als wir, schätze ich.« Karmesin kniff die Augen zusammen, um im Schein des letzten Sonnenlichts über dem Horizont Einzelheiten auszumachen. »Sie haben drei Schiffe mehr, aber unsere sind größer, und ganz sicher sind ihre nicht derart voll gepfercht mit Menschen. Sie müssen Platz für ihre Beute einkalkuliert haben.«

»Für Sklavinnen«, sagte Jorinde mit belegter Stimme.

Karmesin nickte.

Saga trat ein paar Schritte zurück und ließ ihren Blick über das Plateau schweifen. Auch tiefer im Inneren, zwischen den Grundmauern, geborstenen Säulen und gezahnten Trümmern brannten Feuer. Vom Ufer aus musste der Zwillingsgipfel in diffusem Flammenschein erglühen. Überall saßen Mädchen, Kriegerinnen, Ruderknechte und Seeleute in Gruppen beieinander. Hatte Violante noch vor nicht allzu langer Zeit befürchtet, dass es zu Übergriffen und Vergewaltigungen kommen könnte, wenn man Frauen und Männer der Flotte nicht streng voneinander trennte, so bot sich jetzt ein bizarres Bild des Friedens. Zwar hatten sich Paare zusammengefunden, aber sie saßen einfach nur eng aneinander geschmiegt da und warteten angespannt auf das, was die nächsten Stunden und Tage bringen mochten. Nirgends Aufruhr, nirgends erhobene Stimmen. Die Ruhe vor dem Sturm, dachte Saga und bekam eine Gänsehaut.

Die Kreuzfahrerinnen trugen die Ausrüstung, die bei ihrer Ankunft in Venedig schon in den Galeeren verstaut gewesen war, bezahlt mit Mailänder Gold, gefertigt in den besten Rüstungs- und Waffenschmieden Norditaliens. Die meisten hatten wattierte Waffenröcke mit Eisenbeschlägen angelegt, einige verstärkte Lederrüstungen. Ein gewaltiges Kontingent an ledernen Kopfhauben war verteilt worden, manche hatten Schalenhelme mit T-förmigen Augenschlitzen ergattern können. Auch fehlte es nicht an Schwertern und Armbrüsten, leichten Äxten, sogar Streitkolben, die nur die kräftigsten unter den jungen Frauen heben konnten.

Dies also war ihre Armee. Sie hatte die Verantwortung übernommen für diese Mädchen, die im Namen der Magdalena ihre Heimat verlassen und sich auf diesen wahnwitzigen Kreuzzug begeben hatten. Die Vorstellung, dass alles in einem furchtbaren Blutvergießen auf dieser namenlosen Insel im Nirgendwo enden könnte, in Sklaverei, Vergewaltigung und Tod, ließ ihre Knie weich werden. Aber sie hatte sich rasch wieder im Griff. Wenn sie eines während der vergangenen Wochen gelernt hatte, dann keine Schwäche zu zeigen. Sie hatte einmal gegen diesen Vorsatz verstoßen, unten im brennenden Dorf, und sie würde es kein zweites Mal so weit kommen lassen. Jetzt war es *ihre* Verantwortung, nicht mehr die des Lügengeists.

Jorinde sprach flüsternd aus, was die anderen längst sahen. »Sie kommen.«

~

Sie kamen tatsächlich, aber es war keine Armee, die sich im letzten Licht der Dämmerung über den Felsbuckel des Zwillingsgipfels näherte. Es war eine Gruppe von zwanzig, vielleicht dreißig Männern. Eine Delegation.

Saga empfing sie auf der Brücke, begleitet von der Gräfin und Karmesin.

Berengaria hatte getobt, als Saga die Entscheidung getroffen hatte, die Piraten dort zu erwarten. Doch durch Sagas Adern floss plötzlich eine Kraft, die etwas mit Fatalismus, aber auch mit Unbeugsamkeit zu tun hatte. Ohne auf den Widerstand der Söldnerführerin zu achten, hatte sie angeordnet, dass Berengaria ihre besten Bogenschützinnen auf den steinernen Querstreben des Tors unmittelbar hinter ihnen postierte. Inzwischen hatte die zwanzigköpfige Leibgarde dort Stellung bezogen, angeführt von Godvere.

Als die Unterhändler sich der Brücke näherten, war es bereits dunkel. Fackeln brannten in regelmäßigen Abständen links und rechts am Brückengeländer, verkeilt in morschen Mörtelfugen. Auch jenseits des Übergangs, auf dem dunklen Umriss des benachbarten Felsbuckels, loderten ein halbes Dutzend Feuer.

Licht genug, um zu erkennen, wer die Delegation der Piraten anführte.

Unter Saga schien sich ein Abgrund zu öffnen. Sie betete, dass Jorinde auf dem Plateau zurückgeblieben war und hoffentlich hinter all den Kriegerinnen nicht sehen konnte, wer da den Berg zu ihnen heraufgestiegen war. Eine schwache Hoffnung. Jorinde war zu neugierig und besorgt um ihre Freundinnen, als dass sie in diesem Moment nicht nah genug gewesen wäre, um das Gesicht des Mannes am anderen Ende der Brücke zu erkennen.

»Seid gegrüßt«, rief Achard von Rialt und verbeugte sich spöttisch. Sein langes wildes Haar wehte verfilzt im Nachtwind. Sein Gesicht glänzte im Schein der Feuer und Fackeln vor Schweiß, in seinem Bart hatten sich glänzende Tropfen verfangen. Er stank, selbst über eine Distanz von zehn Schritten. Aber Saga vermutete, dass sie alle nicht viel besser rochen.

Violante wollte auffahren, doch Saga berührte sie mäßigend an der Hand und trat zwischen den beiden anderen Frauen einen Schritt vor.

»Was tut ein Wegelagerer aus den Bergen auf einer Insel im griechischen Meer?«, fragte sie.

Achard grinste. »Das, was er am besten kann.«

»Ihr habt Freunde gefunden, wie ich sehe.«

»Treue Verbündete, in der Tat.«

Achard deutete mit einer Handbewegung auf einen breitschultrigen Schwarzen an seiner Seite. Die eindrucksvolle Statur des Mannes war in edle Stoffe gehüllt, die ihn nicht nur aufgrund des schmeichelhaften Vergleichs mit dem schmutzigen, stinkenden Raubritter wie einen afrikanischen Halbgott erscheinen ließen. Sein blauschwarzes Haar war zu einer Vielzahl dünner Zöpfe geflochten, die über seine Schultern fielen. Seine Hand ruhte auf dem Knauf eines Krummschwerts, dessen Scheide mit Rubinen besetzt war.

»Prinz Qwara«, sagte Achard.

Der Schwarze verneigte sich, aber im Gegensatz zu Achards Geste wirkte es wie eine echte Ehrenbezeugung, nicht wie Hohn. Offenbar hatte er den Ritter von Rialt zu seinem Sprecher erkoren, denn statt sich direkt an die Frauen zu wenden, redete er nun leise auf Achard ein, bis dieser nickte.

»Seine Exzellenz Prinz Qwara ist gekommen, um Euch ein Angebot zu unterbreiten«, rief der Raubritter über die Distanz hinweg. »Gräfin Violante, ich denke, Ihr seid es, mit der ich darüber reden sollte.«

»Ich denke«, kam Saga der Gräfin zuvor, »ich bin es, mit der Ihr reden solltet.«

»Die Magdalena, so, so. Ganz wie du wünschst, Mädchen.«

»Er versucht, dich einzuschüchtern«, flüsterte Karmesin kaum hörbar. »Lass dich davon nicht beeindrucken.«

»Wir stehen mit zehntausend Männern am Ufer dieser Insel«, fuhr Achard fort, »aber das muss euch nicht schrecken. Kein Tropfen Blut muss fließen. Niemandem muss ein Leid geschehen.«

Ein kaltes Lächeln spielte um Sagas Lippen. Sie fürchtete sich bis ins Mark, aber die Situation hatte etwas Groteskes, das ganz allmählich die Schrecken der Wirklichkeit beiseite drängte wie ein Geruch, der andere überlagert.

»Wir müssen nur unsere Waffen niederlegen und euch auf eure Schiffe folgen, nicht wahr?« Saga trat noch einen Schritt vor, um zu zeigen, dass sie keine Angst vor Achard und seinen Drohungen hatte.

Achte gar nicht auf ihn, wisperte es in ihr. Achte auf Qwara. Er ist es, der hier das Sagen hat. Achard ist nichts als ein Lakai.

Das hätte Berengarias Stimme sein können, die Worte einer wahren Heerführerin. Aber ein wenig verblüfft begriff sie, dass es ihre eigene Vernunft war, die da zu ihr sprach.

»Ihr traut uns nicht?«, fragte Achard. »Prinz Qwara gibt euch sein Wort, dass es kein Blutvergießen geben wird, wenn ihr euch bedingungslos ergebt.«

»Das Wort eines Piraten!«, spie Violante in Sagas Rücken aus.

»Prinz Qwara ist ein Händler«, sagte Achard.

Die Gräfin winkte ab. »Werdet schon Eure Bedingungen los, damit wir uns Wichtigerem zuwenden können.«

»In Venedig war zu erfahren, dass ihr rund fünftausend Frauen seid. Ein Fünftel von euch – genau tausend – werden sich kampflos und freiwillig in unsere Obhut begeben. Dann mag der Rest abziehen, wann und wohin er will.« Achard hob die Stimme und brüllte nun zu den übrigen Frauen und Männern auf den Mauerresten und am Tor hinüber. »Kein Blutvergießen, hört ihr? Niemand muss sterben! Und die Ruderknechte und Seeleute dürfen gehen, wenn sie wollen. Verlasst diesen Berg! Wollt ihr wirklich eure Leben für diese Frauen fortwerfen? Wollt ihr für sie kämpfen und sterben? Ihr könnt gehen oder euch uns anschließen. Ihr seid willkommen in Prinz Qwaras Heerschar.«

»Ihr verhandelt mit mir, nicht mit den anderen«, rief Saga und wagte gar nicht, sich umzuschauen und in den Gesichtern der Ruderer auf den Wällen zu lesen. Sie hatte Angst davor, was sie dort sehen könnte.

»Fürchtest du deine eigenen Leute, kleine Magdalena?«, höhnte Achard lautstark, und da wusste Saga, dass es ein Fehler gewesen war, ihn hier oben zu empfangen. Sie hätten dieses Gespräch fernab der anderen führen müssen. Vor allem nicht in Hörweite der dreitausend Seeleute, die zweifellos schon länger mit dem Gedanken haderten, ob ihre miserable Bezahlung und das Schicksal der Frauen es wert waren, dafür ihr Leben zu lassen.

»Was führt Euch überhaupt her, Achard von Rialt?«, fragte Saga. »Euch persönlich, meine ich.«

Der Ritter warf einen Seitenblick auf Qwara, der keine Miene verzog. Sein Blick ruhte starr auf den Frauen. Vor allem Karmesin ließ er nicht aus den Augen, vielleicht wegen ihrer Schönheit, vielleicht auch, weil er in ihr auf Anhieb die gefährlichste Gegnerin erkannt hatte.

»Ihr seid doch nicht freiwillig hier«, stieß Saga nach. »Ihr hattet es bequem genug in Eurer Räuberhöhle auf Hoch Rialt. Tausend Sklavinnen sind mehr, als ihr handhaben könnt, Achard. Was also treibt Euch her?«

»Schicksalhafte Umstände«, entgegnete der Ritter vage.

»Jorinde«, flüsterte Karmesin.

Saga sprach leise nach hinten. »Aber er war froh, sie los zu sein.«

»Frag ihn nach seinem Sohn«, verlangte Karmesin.

»Warum nach –«

»Frag ihn!«

Saga schluckte einen Kloß hinunter, dann rief sie zu Achard

hinüber: »Wie geht es Eurem Sohn? Dem kleinen Achim von Rialt?«

Täuschte sie sich, oder erklang hinter ihr am Tor ein Keuchen? Jorinde.

»Ein Unglück zwingt mich dazu, mein liebreizendes Weib zurück nach Hoch Rialt zu führen«, sagte Achard nach einem Augenblick unsicheren Schweigens.

»Dieses Schwein«, fauchte Violante leise.

Saga begriff nur allmählich. Violante hatte die Situation viel schneller erfasst – als Adelige kannte sie sich aus mit den Erbschaftsdünkeln der Hochgestellten. Auch Karmesin hatte lange genug im Herzen allen Intrigantentums gelebt, um sofort die richtigen Schlüsse zu ziehen. Und jetzt erkannte auch Saga die Wahrheit. Sie fürchtete, dass es Jorinde in der Menge der Zuschauer genauso erging.

Qwara stand vollkommen reglos. Weiter hinten bewegte sich unruhig das Dutzend weiterer Piraten. Vom Meer strich ein scharfer Wind die Felsen herauf und trug den Klang ferner Stimmen heran. Da waren noch mehr Männer auf dem Berg. Wahrscheinlich verteilten sie sich gerade über die zerklüfteten Hänge.

»Was ist geschehen?«, fragte Saga den Ritter.

»Fremde sind nach Hoch Rialt gekommen«, sagte Achard, und für einen Moment blitzte tatsächlich so etwas wie Schmerz hinter seiner Maske aus Spott und Überheblichkeit. »Ein Gauklerpaar. Und Ritter. Sie haben mir meinen Sohn genommen... Achim ist tot.«

Gaukler? Saga blinzelte verwirrt. Es gab zigtausende Gaukler im Reich. Sicher nur ein Zufall. Und dennoch... Etwas in ihr krampfte sich zusammen, und zugleich spürte sie einen Schub neuer, unbändiger Kraft.

Hinter ihr ertönte ein Schrei. Sie musste sich nicht umdrehen, um zu wissen, wer ihn ausgestoßen hatte. Ihm folgte ein Moment entsetzter Stille, der nur vom flatterigen Knistern der Fackeln untermalt wurde.

Jorinde stand in ihrem wehenden weißen Kleid oben auf dem Felsentor, inmitten weiterer Frauen, die meisten mit Bogen bewaffnet. Im Fackelschein und unter dem wirbelnden Stoff war die Wölbung ihres Leibes kaum zu erkennen.

Ihre Stimme drohte sich zu überschlagen. »Du lügst!«, brüllte sie zu Achard hinab. »Du verleugnest sogar das Leben deines eigenen Sohnes!«

Eine tiefe Falte erschien auf Qwaras Stirn, aber noch schritt er nicht ein. Mit Achards Ruhe war es vorbei, obgleich er sein Möglichstes tat, nach außen hin nichts von seinen wahren Gefühlen preiszugeben.

»Komm zurück nach Hoch Rialt«, rief er zu Jorinde hinauf. »Wir können weitere Kinder haben, so viele du willst. Schenk mir einen zweiten Sohn, Jorinde. Dies alles hier kann bald schon vergessen sein.«

»Achim ist nicht tot!«, rief sie.

Gaukler, hallte es in Sagas Gedanken nach. Gaukler und Ritter. Unmöglich.

»Er ist jetzt bei Gott«, entgegnete Achard.

»*Nein!*«

»Komm zurück zu mir.« Ein Befehl, erst recht aus dem Munde Achards von Rialt, klang für gewöhnlich ganz anders, dachte Saga verwundert.

Etwas veränderte sich. Die Atmosphäre schien von einem Atemzug zum nächsten mit etwas aufgeladen, zu knistern und von allen Seiten auf die Brücke einzurücken wie unsichtbare Wesenheiten, die sich tiefer über die Häupter der Menschen beugten. Wesen, die schon vor Äonen über diese Inseln gewandelt und heute halb vergessen waren. Saga erinnerte sich an ein ganz ähnliches Gefühl in den Felsen der Via Mala, als die Erde gebebt und die Mädchen am Ende des Zuges verschüttet hatte.

Es war, als zögen sie innerhalb eines Augenblicks das Interesse von Mächten auf sich, denen sie noch Sekunden zuvor völlig gleichgültig gewesen waren. Vielleicht täuschte Saga sich, und sie waren schon die ganze Zeit über da gewesen. Oder aber sie bildete sich das alles nur ein. Doch als sie in die Gesichter der anderen blickte, las sie auch in ihnen eine Spur von Verwirrung und Verunsicherung, die eben noch nicht da gewesen war. Selbst Qwaras schwarze Brauen rückten zusammen, und sein gerade noch so starrer Blick wanderte von einer zur anderen, dann wieder hinauf zu der jungen Frau mit dem wirbelnden weißblonden Haar auf dem Tor.

Seine Augen weiteten sich.

Sagas Blick raste zu Jorinde. Karmesin stieß einen Ruf aus, und irgendwo brüllte auch Berengaria.

Jorinde hielt einen gespannten Bogen in Händen. Wem sie ihn entrissen oder, schlimmer, wer ihn ihr gegeben hatte, war nicht zu erkennen. Es spielte auch keine Rolle mehr.

Der Pfeil deutete hinab zur Brücke.

Auf Achard.

»Sag mir, dass du gelogen hast!«, rief Jorinde.

»Ich –« Achard warf die Arme in die Höhe. »Jesus Christus! Leg dieses Ding weg!«

»*Du* hast ihn getötet!«, rief Jorinde.

»Verdammt, nein!«, schrie Achard, ebenso besorgt wie erzürnt. »Er war mein *Sohn*!«

»Und es war deine Pflicht, ihn zu beschützen!«

Berengaria drängte sich aus dem Trupp der Leibgarde hinter den drei Verhandlungsführerinnen weiter vor auf die Brücke, drehte sich um und sah zu Jorinde oben auf dem Felsentor hinauf. »Tu das nicht!«, brüllte sie. »Haltet sie zurück!« Der Befehl war an die anderen Frauen gerichtet, die sich dort oben drängten. Sie standen so eng beieinander, dass ein Tumult jene am Rand unweigerlich in die Tiefe drängen musste.

Qwara rief etwas in seiner Sprache. Die Piraten, die ihn und Achard auf den Gipfel begleitet hatten, schoben sich als waffenstarrende Masse von hinten näher heran. Achard, dem wohl endgültig klar geworden war, wie schutzlos er mitten auf der Brücke war, wollte zurückweichen, aber Qwara packte ihn am Oberarm und zerrte ihn weiter nach vorn.

Er hat Mut, dachte Saga. Prinz oder nicht, Angst vor dem Tod hat er jedenfalls keine.

Berengaria brüllte weitere Befehle zum Tor hinauf, aber alle Versuche, Jorinde den Bogen zu entreißen waren halbherzig angesichts der Enge dort oben. Niemand wollte Gefahr laufen, dass man sich versehentlich gegenseitig in den Abgrund stieß.

Der Pfeil an der Sehne zitterte, das sah Saga selbst von der Brücke aus. Jorindes Gesicht glänzte unter einem Tränenschleier. Das Fackellicht tanzte über ihre Züge. Der Wind trieb das Kleid noch enger um ihren schwangeren Körper, und nun musste selbst der Letzte erkennen, in welchem Zustand sie sich befand.

»Jorinde, du bist mein *Weib*!«, brüllte Achard und versuchte zugleich, Qwaras stahlharten Griff abzuschütteln. »Versündige dich nicht!«

Saga hätte beinahe laut aufgelacht.

Der Piratenprinz achtete weder auf den Raubritter noch auf dessen Gemahlin mit dem Bogen. Das Drama dieser beiden berührte ihn nicht. Er zog Achard bis auf drei Schritt an Saga, Violante und Karmesin heran. Die Hand der Konkubine zuckte zum Dolch.

»Tausend Frauen!« Qwara bohrte seinen Blick wie Klingen in Sagas Augen. »Bei Sonnenaufgang. Sonst fällt dieser Berg, und keine von euch bleibt am Leben.«

»Lass mich los!«, zeterte Achard, der kaum kleiner war als der Afrikaner und doch beinahe schwächlich neben ihm wirkte. Qwara hatte wahrlich die Ausstrahlung eines Herrschers.

Der Wind wurde heftiger. Die unsichtbaren Wesenheiten beugten sich so tief herab, dass ihr Atem als Schwall eisiger Kälte über die Ruinen und die Brücke strich.

Beobachten sie *mich*?, durchzuckte es Saga. Schauen sie auf mich herab? Oder auf *ihn*?

Aber der Lügengeist war doch fort. Oder ... nicht?

»Bei Sonnenaufgang!«, sagte Qwara noch einmal und wollte sich umdrehen.

Jorinde schluchzte auf und ließ die Bogensehne los.

Achard sah das Geschoss den Bruchteil eines Augenblicks vor Qwara. Mit einem wilden Schrei riss er sich von ihm los und ließ sich zur Seite fallen. Dabei zog er den Piratenprinz ungewollt in seine Richtung. Qwara fuhr zornentbrannt zu dem Ritter herum –

– und wurde getroffen.

Der Afrikaner wurde wie von einem Faustschlag nach hinten geworfen, zwei, drei Schritt weit, hielt sich irgendwie auf den Beinen und schnellte dann wie ein Raubtier wieder nach vorn, leicht vornübergebeugt, die linke Hand auf die rechte Schulter gepresst. Der Pfeilschaft ragte zwischen seinen Fingern hervor.

Karmesin verwandelte sich in einen blitzschnellen Schemen und verstellte Saga so abrupt die Sicht, dass die kaum wusste, wie ihr geschah. Hände packten sie von hinten, rissen sie zurück. Berengaria und die Leibgarde rückten vor.

Aber Qwara griff niemanden an. Langsam und stolz richtete er sich auf, nahm die blutige Hand von der Wunde und spannte sich, als wäre da kein Pfeil in seiner Schulter. Er würdigte Jorinde oben auf dem Tor keines Blickes. Nur Saga sah er an, blickte forschend in ihren Geist, dann zum Himmel empor.

Er spürt es auch, dachte sie panisch.

»Bei Sonnenaufgang.« Qwaras Stimme klang so leise, dass Saga ihn kaum verstehen konnte. Dann wandte er sich ab, achtete nicht auf Achard, der ihm eilig nachlief, auch nicht auf seine Kämpfer, die eine Gasse für ihn bildeten. Als gäbe es nur ihn und Saga, so stieg er den Berg hinab und ließ sie dort oben stehen, allein auf der Brücke.

»Komm«, sagte Karmesin und führte sie zurück durchs Tor.

Kommt müsste es heißen, dachte Saga benebelt und folgte

der Konkubine wie eine Schlafwandlerin. Tief in sich glaubte sie Gelächter zu hören. Es klang wie die Stimme des Prinzen Qwara, vermischt mit dem Lachen von etwas ganz und gar anderem.

Das Ende

Es war am Abend des nächsten Tages, als die Piraten beim ersten Anzeichen der anbrechenden Dämmerung ihren Angriff auf den Tempelberg eröffneten. Saga hatte eine quälende Nacht hinter sich, in der sie mit sich gerungen hatte. Sie hatten die Frist im Morgengrauen ungenutzt verstreichen lassen. Es würde zur Schlacht kommen. Viele Menschen würden sterben, auf beiden Seiten.

Insgeheim fragte sie sich, welche Entscheidung sie wohl getroffen hätte, wenn es nicht um tausend Frauen, sondern nur um eine einzige gegangen wäre. Hätte sie Jorinde ausgeliefert? Nein, ganz bestimmt nicht. Das war es, was sie von Violante unterschied. Saga war unfähig zu taktieren oder abzuwägen. Sie folgte ihren Gefühlen.

Jorinde hatten sie in Obhut der Priester zurückgelassen. Sie beteten mit ihr, hatten ihr die Beichte abgenommen und schirmten sie vor jenen ab, die ihr die Schuld an der kommenden Schlacht geben wollten. Das war Torheit, gewiss. Nicht Jorinde traf die Schuld an dem, was kommen würde. Es war allein Sagas Entscheidung. Ihre Schuld, so oder so.

Es begann mit einem Pfeilhagel aus dem Irrgarten der Felsspalten. Bogenschützen mussten schon in der vergangenen Nacht dort Unterschlupf gesucht und den Tag über dort ausgeharrt haben. Die Männer dort unten waren ausgeruht und weitgehend von der Hitze verschont geblieben, was ihnen einen erheblichen Vorteil verschaffte. Andererseits würden sie, sobald sie ihre Pfeile verschossen hatten, den Berg heraufstürmen müssen, und das würde selbst in der Abenddämmerung eine Tortur werden.

Eine Schlacht in der Dunkelheit war ungewöhnlich, gar absurd, sagte Berengaria, aber die Hitze machte Freund und Feind gleichermaßen zu schaffen.

Sie griffen von Norden her an, der Küstenseite, obgleich einzelne Trupps von Feinden auch im Tal zwischen den Olivenbäumen ausgemacht worden waren. Der Hagel aus tödlichen Geschossen ging auf das gesamte Plateau nieder, ein mörderisches Geprassel rasiermesserscharfer Eisenspitzen und berstender Schäfte, denen das Heer der Kreuzfahrerinnen nur ihre Schilde, Helme und Rüstungen entgegenhalten konnten. Viele der Ruderknechte und Seemänner waren ungeschützt, und so forderte der erste Angriff unter ihnen den höchsten Blutzoll. Auch das mochte Qwara so geplant haben. Noch immer schien er darauf zu hoffen, dass sich die Männer auf dem Berg gegen die Frauen stellten, erst recht wenn ihnen klar wurde, dass sie größeren Schaden davontrugen als jene, auf die der Angriff eigentlich abzielte.

Nun aber erwiesen sich die Bindungen, die viele der Mädchen mit Männern von den Schiffen eingegangen waren, als unerwarteter Vorteil. Viele Ruderer waren mit einem Mal bereit, für ihre Liebsten zu kämpfen, gar mit dem Leben für sie einzutreten. Saga sah einen jungen Mann, der sich im Pfeilhagel vor eines der Mädchen warf und ein tödliches Geschoss mit seinem Körper abfing. Ein hünenhafter Normanne schützte gleich zwei Bauernmädchen mit seiner mächtigen Statur und nahm dafür einen Treffer am Oberschenkel in Kauf.

Gepanzert mit Lederzeug und Waffenrock lief Saga in einem Trupp aus Gardistinnen, angeführt von Berengaria und bewacht von Karmesin, durch die Ruinen, zeigte sich mal hier, mal dort, machte Mut, gab Befehle und versuchte, so zuversichtlich wie möglich zu wirken. Sie trug Siegesgewissheit wie grelle Kriegsbemalung zur Schau und betete, dass ein wenig davon auf die anderen abfärbte.

Die Wogen aus Pfeilen verebbten nach einer Weile, aber es blieb keine Zeit, die Toten und Verletzten zu zählen. Während eine Streitmacht aus Piraten und Sklavenjägern im Schutze der Dämmerung den Hang erklomm und das Wagnis einging, gegen die offene Felskante anzurennen – ein aussichtsloses Unterfangen, und Qwara musste das wissen –, führte der Piratenprinz selbst eine Schar von einigen Hundert zum zweiten Gipfel des Berges hinauf, um von dort aus die Brücke zu stürmen. Saga sah sich gezwungen, an der Verteidigung des Tors teilzunehmen, auch wenn jedermann ihr davon abriet. Sie war keine Kämpferin – als Gauklerin konnte sie Schwerter besser schlucken als schwingen –, aber ihr Verantwortungsgefühl sagte ihr, dass sie sich zeigen *musste*.

Und tatsächlich – allein ihre Anwesenheit schien vielen Hoffnung und Mut zu spenden und ihnen den Glauben an einen Sieg zurückzugeben.

Die Bogenschützinnen auf dem Tor wurden nun ihrerseits mit einer sirrenden Wolke aus Pfeilen eingedeckt, die von der benachbarten Bergkuppe aufstieg und mehr als ein Drittel von ihnen tötete oder schwer verletzte. Einige stürzten in die Tiefe, andere brachen zusammen und behinderten die übrigen. Dennoch erwiderten jene, die noch standen, die Pfeilattacke mit mehreren Salven ihrer eigenen Geschosse, und nicht wenige Piraten, die von Qwara zur Brücke geführt wurden, stürzten getroffen zu beiden Seiten die Hänge hinunter.

Saga lief nicht in vorderster Reihe, als die Gegner auf der Brücke aufeinander trafen. Sie befand sich auf Höhe des Tors, genau unterhalb der Schützinnen, während Berengaria, ihre Söldnerinnen und eine ganze Horde gerüsteter Mädchen sich den Piraten entgegenwarfen. Ein wilder Tumult entstand, als die beiden Menschenwogen aufeinander prallten und sich vermischten. Stahl hieb auf Stahl, Klingen schnitten durch Fleisch und Knochen, Schädel wurden gespalten und Glieder abgeschlagen. Schwerter und Dolche bohrten sich durch Panzer und Muskeln. Äxte hieben in Brustkörbe und Schultern, schnitten Köpfe von den Hälsen und krachten blindlings in kreischende Körper. Einige Piraten drangen inmitten des Chaos bis zum Tor vor, wurden aber zurückgeschlagen, als Saga und viele andere sich ihnen entgegenstellten.

Saga selbst wehrte unbeholfen einige Schwerthiebe ab, hatte aber die meiste Zeit genug damit zu tun, auf den Beinen zu bleiben, weil die Wogen des Gedränges sie mal hierhin, mal dorthin warfen. Bald bekam sie kaum noch Luft, als von allen Seiten Körper auf sie einrückten, Verbündete ebenso wie Feinde, und sie sah, dass auch ringsum die Kämpfe zum Erliegen kamen und jeder nur noch versuchte, nicht von dem tosenden Handgemenge über die Brüstungen in den Abgrund gedrängt zu werden. Hier und da zuckten noch Klingen über den Häuptern der Gegner umher, aber ein *Gefecht* war dies nicht mehr. Zahllose Stimmen brüllten durcheinander, vor Schmerz oder weil nun doch viele auf beiden Seiten in Panik gerieten, keine Luft mehr bekamen oder unter dem schieren Druck der Menge auf der Brücke zerquetscht wurden.

Später erinnerte sich Saga, dass sie irgendwann Qwara ganz nahe gekommen war, im selben Moment, als er den Befehl zum Rückzug gab. Es dauerte noch eine endlose Weile länger, ehe sich das Gedränge allmählich auflöste und die Gegner sich auf ihre jeweilige Seite der Brücke zurückzogen. Die meisten waren viel zu geschwächt, um ihren Feinden nachzusetzen und ihnen in den Rücken zu fallen.

Als sich die Fronten klärten und die Heere sich sammelten – die Kreuzfahrerinnen unterhalb des Tors und dahinter, Qwaras Piraten auf dem benachbarten Gipfel –, öffnete sich für alle der Blick auf die Brücke. Sie war übersät mit Leichen, die meisten in den ersten Augenblicken des Angriffs gefallen, viele weitere zu Tode getrampelt. Da und dort erklang ein Stöhnen, regte sich ein Arm oder Bein, aber in den meisten Körpern war kein Leben mehr.

Berengaria gab Befehl, die Piraten erneut unter Beschuss zu nehmen, während eine Hand voll Kriegerinnen die eigenen Verwundeten bargen. Viele waren es nicht, gerade einmal ein halbes Dutzend.

»Du bleibst zurück!«, befahl Berengaria Saga, ungeachtet ihrer Rangfolge. »Niemandem ist geholfen, wenn du auf dieser Brücke stirbst.«

Saga wollte widersprechen – halbherzig, wie sie sich insgeheim eingestand –, aber die Söldnerin ließ sie nicht zu Wort kommen, sondern formierte in aller Eile einen Verteidigungswall nachrückender Kämpferinnen und führte sie hinaus auf die Brücke. Auch Qwara hatte seine Leute neu aufgestellt und rückte abermals vor. Zum zweiten Mal trafen sich die gegnerischen Verbände in der Mitte der Brücke, diesmal ein wenig geordneter, obgleich absehbar war, dass die Gefechte bald in ähnliches Chaos wie vorhin umschlagen würden.

Karmesin packte Saga am Arm und führte sie durch das Gedränge nachrückender Kriegerinnen und bewaffneter Seeleute fort vom Tor in Richtung der Ruinen.

»Ich muss –«, begann Saga außer Atem, aber Karmesin schüttelte den Kopf.

»Du musst gar nichts«, entgegnete die Konkubine scharf. »Vielleicht führst du dieses Heer tatsächlich – in gewisser Weise, jedenfalls –, aber das bedeutet nicht, dass du dich gleich beim ersten Ansturm erschlagen lassen musst!«

»Ich bin lebend davongekommen, oder?«

»Weil du einen Schutzengel hast.«

Darauf schwieg Saga beschämt. Sie hatte sehr wohl bemerkt, wie Karmesin im Gewühl des Kampfes die Gegner von ihr fern gehalten hatte, noch schneller und schemenhafter als zuvor, ein schlanker Schatten, der sich selbst im Tumult auf der Brücke flinker und flüssiger bewegte als jeder andere. Karmesin schien stets die richtige Lücke zu finden, jede Gelegenheit zu nutzen und sich doch nie weit genug von Saga zu entfernen, um sie inmitten des Menschenansturms aus den Augen zu verlieren.

»Wo ist Violante?«, fragte Saga und suchte das Plateau ab. Es war unmöglich, einzelne Gesichter inmitten des Durcheinanders aus Schatten, Silhouetten und Feuern auszumachen. Von allen Seiten ertönten Geschrei und Waffengeklirr. Mittlerweile wurde an allen Rändern des Felsplateaus gekämpft – auch im Süden, wo ein paar Dutzend wagemutige Piraten aus dem Tal heraufdrängten und versuchten, die schroffe Felskante einzunehmen. Das Unterfangen war so aussichtslos wie der offene Angriff den Hang hinauf an der Nordseite, und Saga fragte sich einmal mehr, was Qwara damit bezweckte. Wollte er ihre Kräfte binden, um an der Brücke leichteres Spiel zu haben?

Auch Karmesin hielt jetzt Ausschau nach der Gräfin. Beide erwarteten nicht, dass Violante sich unter den Kämpfenden befand, und waren umso überraschter, sie schließlich zwischen den Tempelsäulen im Norden zu finden, wo sie konzentriert und erstaunlich gefasst zwischen den Verteidigern am Felsrand umhereilte, Befehle gab, Einzelne anfeuerte und sogar selbst ein Schwert schwang, das in ihrer Hand reichlich deplatziert wirkte. Als Saga und Karmesin zu ihr stießen, entdeckten sie Blut an der Klinge. Violante mochte die Waffe irgendwo aufgehoben oder sie tatsächlich eingesetzt haben, es spielte keine Rolle. Solange sie den anderen signalisierte, seht her, jede von uns muss tun, was sie kann, war es gleichgültig, ob sie eigenhändig einen Sklavenjäger erschlagen oder einen Piraten zurück in den Abgrund getrieben hatte.

Die Gefechte tobten nun überall, und bald drohte Qwaras Rechnung aufzugehen. Durch den Angriff von allen Seiten verwickelte er so viele Verteidiger in Kämpfe, dass es unmöglich war, ein größeres Kontingent zur Verstärkung der Erschöpften oder Verletzten zurückzuhalten. Er wollte die Brücke und das

Tor, nur darauf kam es ihm an; wahrscheinlich vertraute er darauf, das Plateau von dort aus selbst mit wenigen Kriegern einnehmen zu können. Falls sich dafür einige Hundert seiner Leute an den Felskanten aufrieben, schien ihm das ein annehmbarer Preis zu sein.

Mittlerweile war es Nacht geworden, und die Kämpfenden wurden nur noch von zahllosen Feuern, Flammenbecken und Fackeln beschienen. Auf offenem Schlachtfeld hätten die Heerführer jetzt das Signal zum Abbruch gegeben, um am Morgen, bei Tageslicht, weiterzukämpfen. Doch hier, auf diesem einsamen Eiland in der Weite der ägäischen See, galten andere Regeln. Qwara dachte nicht daran, einen Rückzug zu befehlen, und den Kreuzfahrerinnen blieb keine Wahl, als ihrerseits darauf mit einer Verstärkung ihrer Defensive zu antworten. Der Schlachtenlärm, das Toben der Gegner und die Schreie der Verzweifelten und Sterbenden nahmen kein Ende.

Karmesin ließ Saga nicht aus den Augen, während sie sich dem umkämpften Felsrand der Tempelruine näherte. Der Hang unterhalb der Kante war auf mehrere Mannslängen so steil, dass ein Aufstieg nur unter Mühen möglich war. Die Mädchen warfen den heraufkletternden Männern Steine entgegen, übergossen sie mit kochendem Wasser und erwarteten jene, die es dennoch bis nach oben schafften, mit blankem Stahl.

Direkt vor Saga sprang ein langhaariger Kerl auf das Plateau, riss eine Axt aus den überkreuzten Lederriemen auf seinem Rücken und schlug blindlings nach rechts und links. Ein Bauernmädchen in ledernem Waffenrock, pausbäckig, mit aufgelöstem Haar und verheulten Augen wich einen Schritt zurück, aber der Pirat setzte nach und stieß ein grauenvolles Brüllen aus, als er die Axt durch das Schlüsselbein des Mädchens bis tief in ihren Oberkörper trieb. Etwas in Saga gab nach, als sie das Mädchen mit ungläubigem Blick zu Boden gehen sah. Schreiend setzte sie vor und rammte dem Mann ihre Klinge in den Hals, schneller als selbst Karmesin reagieren konnte. Blut sprühte ihr entgegen, der Pirat schlug sie im Todeskampf mit seiner Pranke zu Boden und stürzte rückwärts in die Tiefe.

Karmesin war sofort bei ihr und beugte sich über sie. »Bist du verletzt?«

Saga brachte kein Wort heraus, schüttelte nur den Kopf und richtete sich auf. »Wir müssen das Signal geben«, keuchte sie schließlich.

»Erst wenn das Tor gesichert ist, hat Berengaria gesagt«, rief Violante, die herbeigeeilt kam. »Es ist noch zu früh.«

»Das hier muss aufhören«, entgegnete Saga, während eine weitere Welle von Angreifern gegen die Kante brandete und mit Felsbrocken und Eisen empfangen wurde. »Es ist längst an der Zeit dazu!«

Violante wollte abermals widersprechen, aber da rannte Saga schon los, auf eine Gruppe von zehn Bogenschützinnen zu, die im Zentrum des Plateaus Aufstellung bezogen hatte und sich dort um ein Feuerbecken scharte. Karmesin huschte hinter ihr her wie ein Schatten.

»Es ist so weit!«, rief Saga den Frauen entgegen. »Gebt das Zeichen!«

Die Kriegerinnen senkten die Spitzen in das Feuerbecken. Bald tanzten Flammen an den Enden ihrer Pfeile. Violante kam von hinten heran, schritt aber nicht ein. Gemeinsam mit Saga sah sie zu, wie zehn Brandpfeile zugleich in den Himmel rasten, einen steilen Bogen beschrieben und sich nach Norden hin wieder senkten. Augenblicke später verschwanden sie jenseits der Felskante.

»Noch eine Salve«, befahl Saga. »Zur Sicherheit!«

Sie wartete nicht ab, bis ihre Order ausgeführt wurde, sondern rannte schon mit Karmesin und Violante zurück zur Tempelruine. Wahrscheinlich würde es eine Weile dauern, ehe das Signal seine vereinbarte Wirkung zeigte. Doch als sie die Kante erreichten und über die Schwärze des Berghangs hinweg zur Küste blickten, entdeckten sie, dass ihre Falle bereits zuschnappte.

Von der ankernden Flotte der Kreuzfahrerinnen, nahezu unsichtbar in der Nacht, stiegen nun ebenfalls Brandpfeile auf, mehrere Dutzend zugleich. Aber sie schossen nicht als Antwort auf das Signal in den Himmel, sondern fauchten in niedrigem Winkel hinüber zu den schutzlosen Galeeren der Piraten. Salve um Salve schoss über die schwarze See hinweg. Lodernde Pfeile schlugen in Aufbauten und Masten, in Decks und gereffte Segel. Nach der brütenden Hitze der vergangenen Tage dauerte es nicht lange, ehe Holz und Leinen Feuer fingen.

Wütendes Gebrüll hallte herauf, als die Piraten am Hang erkannten, was unten auf dem Wasser geschah. Ihre Warnungen und entsetzten Rufe setzten sich den Berg hinauf fort, erreichten jene an vorderster Front und bald auch die Kämpfenden auf der Brücke.

Saga hatte kaum Kraft, um ihrer Genugtuung mit einem Lächeln Ausdruck zu verleihen. Während der Angriff an den Felskanten im Norden und Osten des Plateaus ins Stocken geriet und auf der Westseite der Brücke Panik unter Qwaras Männern ausbrach, verwandelten sich die Decks der Piratengaleeren in lodernde Flammenhöllen. Es gab Wächter dort unten, aber längst nicht genug, um gegen die Frauen vorzugehen, die versteckt in den Schiffsbäuchen der Kreuzfahrerflotte auf ihren Einsatz gewartet hatten. Brennende Piraten brachten sich mit einem Sprung über Bord in Sicherheit. Andere wurden unter Lawinen aus prasselndem Segeltuch begraben oder von der Flut aus Brandpfeilen an die Planken genagelt.

Bald stand auch das letzte der zwanzig Schiffe in Flammen. Feuerwände spiegelten sich auf den Wogen, erhellten die Küste und die Ruinen des Fischerdorfs, tauchten den Berghang in geisterhaftes Zucken und die Kämpfenden in das Blutrot eines albtraumhaften Mondaufgangs.

~

Es war Berengarias Plan gewesen, und sie schien Recht mit dem zu behalten, was sie vorausgesehen hatte. Qwara war viel zu sehr darauf bedacht gewesen, die Frauen auf dem Berg in seine Gewalt zu bringen, als den verlassenen Schiffen vor der Küste Beachtung zu schenken. Die List, mehr als tausend Kriegerinnen im Inneren der Galeeren zu verstecken, während alle übrigen sich auf den Gipfel zurückzogen, trug Früchte.

Die Söldnerführerin stand am Tor hinter den Linien und gestattet sich einen Moment, auf das Geschehen tief unter ihr zu blicken.

Alles lief nach Plan. Die Frauen an Bord der Kreuzfahrerschiffe hatten Befehl, an Land überzusetzen und den Piraten am Hang in den Rücken zu fallen. Wenn die Nachhut der Kriegerinnen sie erreichte, würden Qwara und seine Männer gezwungen sein, an zwei Fronten zugleich zu kämpfen.

Der Pirat schien sofort begriffen zu haben, dass seine einzige Chance darin bestand, die Festung einzunehmen, bevor die Nachhut sie erreichte. Auf der Brücke stürzte er sich mit neuer Kraft in die Schlacht, als wollte er die Festung im Alleingang erobern.

Viele seiner Männer hatten sich zurückgezogen und starrten von der Brücke aus auf ihre brennende Flotte. Doch Qwaras gewaltiges Krummschwert mähte mit einem Schlag drei Gegnerinnen nieder, während er sich tobend auf das Tor zuschob, weitere Hiebe nach rechts und links austeilte und seinen Leuten Befehle zubrüllte, die im Tumult der Kämpfe untergingen.

Jetzt folgten andere dem Beispiel ihres Anführers. Es schien fast so, als ob sich die Tobsucht des Prinzen auch auf seine Männer ausweitete und sie umso gefährlicher machte.

Berengaria traf ihre Entscheidung. Während der Jubel der Frauen über die brennenden Schiffe allmählich verebbte, arbeitete sie sich mit nüchterner Zielstrebigkeit vor. Entschlossen kämpfte sie sich den Weg frei, bis sie dem Führer der Piraten gegenüberstand.

Er wischte sich mit der Hand über die Augen und strich die verklebten Zöpfe nach hinten. Blut bedeckte sein Gesicht, tränkte die Reste seiner Kleider und das Kettenhemd, das darunter glänzte. Selbst seine Augen waren rot unterlaufen. Was Berengaria von weitem für blindwütige Raserei gehalten hatte, entpuppte sich aus der Nähe als wilde, aber keinesfalls willkürliche Kampfeslust. Qwara führte seine Waffe weder im Wahn noch unüberlegt. Vielmehr schien er all seinen Zorn über den Verlust der Schiffe in seine Hiebe zu legen; es war, als verliehe diese Wut der Klinge eine tödliche Legierung, die jede Abwehr durchdrang und sie blitzschnell zustoßen ließ.

Mit grimmiger Miene stürzte sie ihm entgegen. Begierig nahm er die Herausforderung an.

~

Saga hörte die anfeuernden Rufe schon von weitem, lange ehe sie erkennen konnte, was draußen auf der Brücke geschah.

Rund um das Plateau wurde noch immer gekämpft. Aber das Vordringen der Piraten hatte an Kraft verloren. Viele stolperten ungeordnet den Hang hinunter, um die unversehrten Schiffe der Kreuzfahrerflotte einzunehmen, aber sie rechneten nicht mit der Vielzahl an Kriegerinnen, die ihnen im Dunkeln von unten entgegenströmte. Andere führten den Angriff auf die Festung fort, doch ihre Reihen waren nun so weit ausgedünnt, dass es ohne große Verluste gelang, sie von den Felskanten fern zu halten. Der größte Pulk aus Feinden drängte sich auf der anderen Seite der Brücke, aber selbst dort waren die Gefechte augenscheinlich zum Erliegen gekommen. Saga versuchte, über die Köpfe der Menschenmasse am Tor hinwegzusehen, doch das war aussichtslos. Auch Karmesin, die ihr nicht von der Seite wich, konnte nichts erkennen.

»Saga!«, rief die Konkubine. »Warte!«

Aber Saga hatte sich schon bis zu der Strickleiter vorgedrängt, die an der Seite des mächtigen Tors herabhing. Auf der Querstrebe des Portals drängten sich noch immer Bogenschützinnen und nun auch ein paar Schaulustige. Es war gefährlich dort oben, so ganz ohne Geländer oder Haltetaue, aber Saga musste wissen, was auf der Brücke vor sich ging. Sie wartete nicht auf Karmesin, die ihre liebe Not hatte, sich hinter ihr einen Pfad durch die Masse der Kriegerinnen zu bahnen.

»Macht Platz!«, verlangte Saga. »Lasst mich durch!« Das war leichter gesagt als getan, aber irgendwie gelang es den Frauen, Saga zur Vorderkante des Felsblocks vorzulassen, ohne selbst von den Rändern in den Abgrund zu stürzen.

Der Anblick der beiden Kämpfenden unten auf der Brücke traf Saga nicht unvorbereitet. Es überraschte sie nicht, dass sich ausgerechnet Berengaria dem Piratenprinzen entgegenstellte. »Warum hilft ihr niemand?«, fragte sie die Bogenschützin neben sich.

»Sie will es nicht«, gab die Söldnerin mit stoischer Miene zurück. »Sie haben beide ihre Befehle gegeben.«

»Er wird sie töten.«

»Nein. Sie tötet ihn.« Auf welcher Seite diese Frau auch immer beim Blutbad im Dorf gestanden hatte – das eherne Vertrauen in ihre Anführerin hatte keinen Schaden genommen. Saga sah sich um und entdeckte auf den meisten Gesichtern eine ganz ähnliche Entschlossenheit. Als strahle etwas von Berengaria zu ihnen herauf, ein Abglanz ihrer Verwegenheit und Würde.

Ein Kloß bildete sich in ihrer Kehle. Glaubte die Söldnerin denn wirklich, die Piraten würden aufgeben, wenn sie ihren Anführer besiegte? Nein, erkannte Saga gleich darauf, und darum ging es auch gar nicht. Was dort unten geschah, folgte anderen Gesetzmäßigkeiten, die nichts mit Verpflichtung, Ehrgefühl oder der Hoffnung auf ein baldiges Ende der Schlacht zu tun hatten.

Die Fackeln und Feuerbecken, die zu Beginn der Kämpfe auf der Brücke gebrannt hatten, waren im Verlauf des Gemetzels ausgetreten oder über die Brüstung geschleudert worden. Berengaria und Qwara kämpften in einem dämmerigen Halbdunkel, beschienen vom Mond und den Gestirnen am klaren Himmel und ein paar vereinzelten Fackeln, die irgendwer aus der Menge an beiden Enden des Überwegs auf die Brücke geworfen hatte. Sie spendeten genug Helligkeit, um zu erkennen, dass die Brücke kniehoch mit Leichen bedeckt war. Es war nahezu unmöglich, einen festen Stand zu finden, und so war das Duell dort unten eine bizarre Abfolge von wütenden Hieben, schlitterndem Gestolper, Stürzen und zornigem Gebrüll.

Berengaria war für eine Frau ungeheuer groß und breitschultrig, aber Qwara überragte sie fast um Haupteslänge. Berengaria konnte seinen furchtbaren Hieben standhalten, obgleich sie mehrfach fast das Gleichgewicht verlor. Zeit für eigene Attacken blieb ihr kaum, doch wenn sie es einmal schaffte, einen Schlag oder Stich gegen ihn zu führen, kam sie seinem Gesicht und seiner Kehle mehrfach gefährlich nah.

Gerade wich Qwara zwei Schritte zurück und ließ seiner Gegnerin einen Augenblick des Atemholens. Berengaria setzte nicht nach, sondern suchte sich zwischen den Leibern am Boden einen stabilen Stand, um seine nächste Attacke zu erwarten. Qwara machte den Versuch, sie zu umkreisen, kam aber nicht weit, weil auch ihm der Untergrund zu schaffen machte.

Neben Saga hob eine Kriegerin einen Pfeil an die Bogensehne, aber Saga hielt sie zurück. »Warte noch.«

»Er wird sie umbringen!«

»Sie tut das nur, um Zeit für unsere Leute zu gewinnen.«

Die Kriegerin folgte ihrem Blick den Hang hinunter, wo in der Finsternis kaum etwas auszumachen war. Der Schein der brennenden Piratenflotte geisterte über Spalten und Felsbuckel. Man konnte erkennen, dass an der Bergflanke erbittert gekämpft wurde, ein diffuses Gewusel in der Dunkelheit. Der Wind trug Lärm herauf, der aber nur selten das Gebrüll der Menschenmengen an beiden Enden der Brücke übertönte.

Saga wandte sich um und drängte sich an die hintere Kante des Tors. Von dort aus hatte sie einen Überblick über das gesamte Plateau. Rundum wurde kaum noch gekämpft. An der Nordseite gelang es nur noch vereinzelten Piraten, den Rand der Gipfelfläche zu erklimmen, aber keiner hatte danach noch die Kraft, dem Ansturm von drei oder vier Gegnerinnen gleichzeitig standzuhalten. Auch im Osten, am weitesten von Sagas erhöhtem Standpunkt entfernt, schienen die Gefechte beendet zu sein; dort waren die meisten Angreifer in Richtung Küste zurückgewichen, um sich die Galeeren der Frauenflotte zu sichern.

Saga fiel es schwer, die Zahl der Gefallenen abzuschätzen, aber sie fürchtete, dass die Kriegerinnen, die von unten den Berg heraufstürmten, es keineswegs leicht hatten. Nach kurzem Zögern brüllte sie ihre Befehle in die Tiefe, wo sie von Berengarias Söldnerinnen aufgegriffen und weitergegeben wurden. Bald schwangen sich die ersten Kämpferinnen über die Kanten und folgten den Piraten den Hang hinab, um ihren Gefährtinnen beizustehen und die Gegner in die Zange zu nehmen.

Karmesin war es endlich gelungen, das Tor zu erklimmen. Mit funkelnden Augen tauchte sie neben Saga auf und begann, jene Kriegerinnen, die hier oben nichts zu suchen hatten, zurück aufs Plateau zu schicken. Bald standen Saga und Karmesin allein zwischen einer Hand voll Bogenschützinnen.

Der Zweikampf auf der Brücke wurde jetzt immer schleppender und für beide Gegner aussichtsloser. Keinem gelang es, die Oberhand zu gewinnen. Berengaria hielt dem Piraten stand, mal stehend, dann halb in der Hocke, aber immer noch wehrte sie seine Schläge und Finten ab, versuchte eigene Vorstöße, ohne aber zu ihm vorzudringen.

Plötzlich wusste Saga, was die Söldnerführerin von ihr erwartete. »Geh zu den anderen hinunter und zieh so viele von unseren Kriegerinnen wie möglich vom Tor ab«, raunte sie Karmesin zu. »Nur die vorderen Reihen sollen stehen bleiben und Berengaria weiter anfeuern, damit die Piraten keinen Unterschied bemerken. Die anderen sollen sich so unauffällig wie möglich nach hinten ins Dunkel davonmachen, den Hang hinuntersteigen und Qwaras Leuten auf der anderen Seite der Brücke in den Rücken fallen.«

Karmesin schenkte ihr ein erschöpftes Lächeln und eilte die Leiter hinunter. Als Saga bald darauf nach hinten über das Plateau blickte, sah sie, wie Dutzende, bald Hunderte Kämpferinnen und bewaffnete Seeleute über die Felskanten ins Dunkel glitten. Alles Weitere musste sich von selbst ergeben. In der Finsternis war es unmöglich, einen Überblick zu behalten. Sie konnte nur hoffen, dass die Piraten im Hang bald besiegt sein würden, damit sich die Kriegerinnen zu einem Angriff auf die Männer jenseits der Brücke zusammenschließen konnten.

Unvermittelt erschien ein Gesicht vor ihrem inneren Auge. Züge, die sie während der vergangenen Stunden beinahe vergessen hatte. Zottiges, schmutziges Haar.

Achard.

Zugleich dachte sie mit neu erwachter Sorge an Jorinde, die mit den anderen Schwangeren und Verletzten in den unterirdischen Kammern unter den Ruinen ausharrte. Grundgütiger! Wo *war* Achard?

Ihr Blick suchte die Reihen der Feinde auf der gegenüberliegenden Seite der Brücke ab, aber es war zu düster, um einzelne Gesichter zu erkennen. Ihre Beunruhigung wuchs.

Noch einmal schaute sie besorgt zum erbitterten Duell auf der Brücke hinab, dann glitt sie die Strickleiter hinunter und suchte Karmesin. Die Konkubine war nicht am Portal. Saga entdeckte sie an der nördlichen Felskante, tiefer im Dunkel, wo sie den Abstieg weiterer Kämpferinnen beaufsichtigte. Das Plateau selbst war gesichert, nirgends zeigten sich neue Angreifer.

Der Eingang zu den Kammern im Berg war unbewacht. Saga blieb keine Zeit, Karmesin herbeizuholen. Während sie losrannte, rief sie zwei-, dreimal den Namen der Konkubine, wusste aber nicht, ob sie ihn hörte. Wahrscheinlich glaubte sie Saga auf dem Tor in Sicherheit.

Der Zugang befand sich im Zentrum des Plateaus, unweit der Stelle, von der aus vorhin die Signalpfeile für den Angriff auf die Piratenschiffe abgefeuert worden waren. Überwucherte Steinstufen, die meisten geborsten, führten hinab in eine gemauerte Grube. In ihrer Ostwand befand sich ein quadratischer Durchgang, hinter dem eine Rampe – einstmals vielleicht eine Treppe, heute kaum mehr als eine Geröllhalde – tiefer in den Berg führte.

Saga zögerte ein letztes Mal, als sie die oberen Stufen erreichte. Sie hob ihr Schwert, schaute sich um und rief drei Kriegerinnen zu sich, die erschöpft an einem nahen Mauerstumpf lehnten; sie hatten die vergangenen Stunden über ununterbrochen gekämpft. Eine hatte einen hässlichen Schnitt im Gesicht, nicht unähnlich Sagas eigener Narbe. Als sie erkannten, wer sie rief, eilten sie bereitwillig herbei.

»Kommt mit!« Das Reservoir aus Wut und Verzweiflung, aus dem Saga bislang ihren Befehlston geschöpft hatte, war allmählich erschöpft. Jetzt klangen die Worte nur noch wie eine Bitte. Sie war müde und ausgelaugt, genau wie die drei Kriegerinnen. Aber sie musste Gewissheit haben, dass Jorinde in Sicherheit war.

Sie führte die drei Frauen die Stufen hinab, durch den Eingang und schließlich die lockere Trümmerhalde hinunter. Unten mündete die Schräge in einen breiten Gang, von dem mehrere Kammern abzweigten. Jorinde und die anderen warteten im hintersten dieser Räume auf den Ausgang der Schlacht. Man hatte ihnen eingeschärft, leise zu sein, für den Fall, dass es den Piraten gelang, das Plateau zu überrennen.

Saga und die drei Kriegerinnen – zwei Bauernmädchen und eine Söldnerin aus Berengarias Schutztrupp – hatten den Korridor bis zur Hälfte passiert, als der Fackelschein, der aus dem Durchgang zum hinteren Nebengelass fiel, von zwei Gestalten durchbrochen wurde. Ihre Schatten legten sich verzerrt auf die gegenüberliegende Wand, als flösse Finsternis aus den uralten Mörtelfugen.

»Zurück!«, befahl eine wohlbekannte Stimme.

Saga erstarrte. »Wartet!«

Die Kriegerinnen blieben widerstrebend stehen.

Achard hatte den linken Arm von hinten um Jorindes Kehle geschlossen und schob sie vor sich auf den Gang hinaus. In der Rechten hielt er ein Langschwert. Die Klinge glänzte nass im Fackelschein. Einen Augenblick lang fürchtete Saga um die anderen Frauen in der Kammer, aber dann hörte sie Stimmen, manche wütend, andere flehend.

»Seid still!«, schrie Achard über die Schulter, und sogleich herrschte Ruhe.

»Saga?« Jorindes Tonfall klang brüchig. »Töte ihn. Er hat es verdient.«

»Zurück!« Achard schloss seinen Griff noch fester um Jorindes Hals. »Sie stirbt, wenn ihr auch nur einen Schritt näher kommt.«

Saga bemühte sich um Fassung. »Sie trägt dein Kind in sich, Achard. Du würdest sie niemals töten.«

»Lass es drauf ankommen, Hure.«

»Du bist hier, um dein Erbe zu sichern. Das Kind *ist* dein Erbe. Ohne Jorinde verlierst du alles. Hoch Rialt, die Macht über die Via Mala … Sieh dich doch um, Achard! Du würdest nicht einmal lebend ins Freie gelangen.«

»Qwara wird euch allen die Haut abziehen!«

»Qwara ist vollauf damit beschäftigt, selbst am Leben zu bleiben«, behauptete sie, obgleich sie dessen keineswegs sicher war. Der Kampf zwischen ihm und Berengaria mochte entschieden sein, aber zu wessen Gunsten?

»Geht langsam zurück«, befahl Achard und schob Jorinde vor sich her den Gang herab. Seine Schwertspitze saß an ihrer Taille, und Saga musste sich eingestehen, dass er entschlossen genug wirkte, die Waffe tatsächlich zu benutzen.

Sie gab den Kriegerinnen ein Zeichen. Rückwärts bewegten sie sich den Gang entlang in Richtung der Halde. Ein Luftzug wehte ihnen von außen entgegen und trug den Lärm weiterer Kämpfe mit sich. Für einen Moment schloss Saga die Augen. Falls es Qwaras Männern gelungen war, die Brücke und das Tor zu stürmen ...

Nein, denk nicht daran. Nicht jetzt.

»Saga«, stöhnte Jorinde. »Achtet nicht auf mich. Wenn er mich mitnimmt, dann bleibe ich ohnehin nicht am Leben. Ich –«

»Halt's Maul!«, fuhr Achard sie an, während er sie weiter den Gang entlangschob. Das Schwert bohrte sich eine Fingerbreit tiefer in ihre Seite. Saga biss sich auf die Unterlippe, als sie Blut auf Jorindes weißem Kleid entdeckte.

Er tötet sie nicht!, hämmerte sie sich ein. Niemals würde er das tun! Um des Kindes willen!

Unter ihren Fersen spürte sie die Steigung der Geröllrampe. Sand und kleine Steinchen prasselten rings um sie herab, gelöst von den Schritten der anderen.

»Wir könnten es versuchen«, flüsterte eine der Frauen hinter ihr. Saga schüttelte den Kopf.

»Weiter«, kommandierte Achard. »Rauf mit euch.«

Sie erreichten den Grund der Grube unter freiem Himmel. Vom Tor her ertönte wieder Schlachtengetümmel. Der ganze verdammte Berg schien unter einer Glocke aus Waffengeklirr, Schmerzensschreien, unergründlichem Grollen und Scheppern zu liegen.

Jorinde stieß ein Stöhnen aus, als Achard stolperte und die Schwertspitze ihr Kleid eine Handbreit weit aufschlitzte. Darunter kam helle Haut zum Vorschein. Und ein blutiger Schnitt, hoffentlich nicht tief.

Die drei Kriegerinnen hinter Saga flüsterten miteinander. Noch hatten sie die Treppe nicht erreicht, die zum Plateau hinaufführte. Zu sechst standen sie jetzt am Grund der Grube, Achard und Jorinde vor dem Tor in die Gewölbe, Saga und die anderen Frauen unterhalb der Stufen.

»Du kommst hier nicht lebend raus«, versuchte Saga es noch einmal.

Der Lügengeist kicherte höhnisch.

Etwas huschte über den Himmel wie ein riesenhafter Raubvogel. Ein Umriss, schlank und drahtig und unglaublich schnell, fegte vom Rand der Grube in die Tiefe. Achard schrie auf, aber da wurde ihm schon das Schwert aus der Hand getreten. Jorinde heulte auf, als jemand sie packte und von ihm fortriss. Saga konnte gerade noch ihre eigene Waffe fallen lassen und die Arme auseinander reißen, um Jorinde aufzufangen. Gemeinsam stolperten sie rückwärts und wurden ihrerseits von den Kriegerinnen gepackt.

Als Sagas Sicht sich klärte und sie die weinende Jorinde an ihrer Schulter barg, sah sie Achard auf dem Rücken liegen. Karmesin stand über ihm, einen Fuß zwischen seinem Kinn und Kehlkopf verkantet, den langen Dolch in der Hand wie ein Pendel, das über seinen aufgerissenen Augen schwebte.

Sein Mund öffnete und schloss sich, während sie langsam und immer fester zutrat. Ein stumpfes Röcheln kam über seine Lippen. Seine Beine begannen zu strampeln, scharrten im Schmutz. Seine Hände versuchten vergeblich, an ihren Beinen zu zerren.

Als seine Bewegungen erschlafften, riss Karmesin den Fuß von seinem Hals, glitt schneller als ein Windstoß in die Hocke und zog den Dolch beinahe sanft über die Kehle des Raubritters. Im Schatten konnte Saga den Schnitt nur erahnen. Achards letztes Stöhnen kam nicht aus seinem Mund, sondern aus einem dunklen Strich auf seiner Luftröhre.

Für einen Augenblick herrschte Stille. An den Hängen und am Tor tobten noch immer Kämpfe, aber in Sagas unmittelbarer Nähe nahm die Luft eine bedrückende Dichte an, wie Wachs, das die Grube ausfüllte und sie alle mit einem Gefühl gespenstischer Ruhe umfloss.

Jorinde schluchzte leise, aber nicht einmal das drang zu ihr durch. Karmesin trat auf Saga zu. »Es ist vorüber«, sagte sie.

Wie im Traum, müde und zäh und unsagbar langsam, führte Saga Jorinde die Stufen hinauf.

Oben angekommen, erkannte sie, was geschehen war.

Berengaria hatte noch nie im Leben aufgegeben, doch nun stand sie zum ersten Mal kurz davor. Ihre Kräfte waren aufgebraucht, ihre Ausdauer am Ende. Aus den Augenwinkeln hatte sie gesehen, wie Saga und Karmesin das Tor hinabgeeilt waren, und das hatte ihr für einen Moment Zuversicht gegeben.

Aber der Augenblick hielt nicht lange an. Qwaras Schläge hatten zwar an Schnelligkeit und Stärke verloren – das Pfeilende in seiner Schulter machte sich schließlich doch bemerkbar –, aber sie hatte selbst diesen letzten Versuchen, sie zu schlagen, kaum noch etwas entgegenzusetzen.

Der Piratenprinz stieß ein triumphierendes Keuchen aus, als er Berengarias Schwert aus ihrer Hand prellte. Mit einem Mal tat ihr alles weh, vor allem ihr Oberkörper, ihr Bauch. Sie stolperte rückwärts über einen Leichnam, hielt sich mit einer Hand an der Steinbrüstung der Brücke fest und verharrte in einer seltsamen Position zwischen Stehen und Sitzen.

Qwara stapfte auf sie zu, ebenso geschwächt wie sie. Unendlich langsam hob er das Schwert mit beiden Händen über seinen Kopf. Berengaria schloss in Erwartung ihres Todes die Augen.

Gebrüll erhob sich aus der Menge der Piraten am Ende der Brücke. Kein Triumph über den vermeintlichen Sieg ihres Anführers, sondern alarmierende Schreie, plötzlich übertönt vom Klirren der Waffen und den heulenden Schlachtrufen der Kriegerinnen, die die Anhöhe von hinten stürmten und sich ohne Zögern auf ihre Gegner warfen.

Mit einem Mal blickte niemand mehr auf die Brücke, Berengaria und Qwara waren vergessen. Die Piraten auf dem Gipfel kämpften ums nackte Überleben, als sich ein Ring aus Angreiferinnen um sie schloss. Einige wollten auf die Brücke zurückweichen, doch dort wurden sie von den Pfeilen der Kriegerinnen oben auf dem Tor empfangen. Bald bildete sich ein Wall aus toten und sterbenden Piraten und machte es für die Nachrückenden noch schwerer, hinaus auf die Brücke zu drängen.

Qwara hielt das Krummschwert noch immer über dem Kopf, aber er drehte seinen Oberkörper ein Stück weit herum, um nach hinten zu blicken. Er blinzelte, halb blind von Blut und Schweiß in seinen Augen, und wischte sich mit dem Oberarm übers Gesicht. Silben in seiner Muttersprache kamen wie leises Stöhnen über seine aufgesprungenen Lippen.

Als er sich wieder umwandte, war Berengaria auf dem Weg zum Tor. Sie wankte teils aufrecht, teils auf allen vieren über die Leichenberge. Die Kriegerinnen unterhalb des Portals wollten ihren Gefährtinnen auf der anderen Seite zu Hilfe kommen, aber Berengaria hob schwerfällig den Arm. Zwei ihrer Unterbefehlshaberinnen brüllten die Frauen an, noch abzuwarten.

Qwara folgte Berengaria in einem Abstand von fünf, sechs Schritt. Mehrfach musste er sich mit seinem Schwert wie mit einem Stock abstützen, um nicht in die Knie zu brechen. Zielstrebig, aber ebenso kraftlos wie sie, folgte er Berengaria Richtung Felsentor.

Eine junge Söldnerin, die sich nicht an der Plünderung des Dorfs beteiligt hatte, ignorierte den Befehl, stieß einen schrillen Kampfschrei aus und löste sich aus der Menge. Mit gezücktem Schwert stürmte sie an Berengaria vorüber, die sie nicht aufhalten konnte, und warf sich Qwara entgegen. Der Prinz sah sie kommen und ließ sein Schwert schneller emporwirbeln, als irgendwer erwartet hatte. Die Kriegerin holte noch im Laufen aus – und blieb mit einem verkrampften Stolpern stehen, als sie mit erhobener Waffe an sich hinabblickte und Qwaras Schwert bis zur Kreuzstange in ihrem Leib stecken sah. Ihre eigene Klinge entfiel ihren Händen, dann stürzte sie selbst. Der Prinz spie ihr ein Gemisch aus Blut und Speichel ins Gesicht, als er sich schwerfällig daranmachte, die Klinge aus ihrem Körper zu ziehen.

Unter den Frauen am Tor wurden hasserfüllte Rufe laut, aber die Befehlshaberinnen hielten sie zurück. Berengaria erreichte eine von ihnen und entriss ihr einen Wurfspieß mit zweischneidiger Spitze, hergestellt in Mailands Waffenschmieden. Damit taumelte sie herum und blickte ihrem Feind entgegen.

Qwara hatte das Schwert aus dem Leichnam befreit und die Verfolgung wieder aufgenommen. Im Hintergrund ging eine weitere Gruppe Piraten unter einer Salve der Bogenschützinnen zu Boden. Jenseits ihrer zuckenden Körper tobten die Kämpfe als unübersichtliches Gerangel. Das eigentliche Schlachtfeld schien sich zusammenzuziehen, während auf beiden Seiten Männer und Frauen ihr Leben ließen.

Berengaria umfasste den Wurfspieß mit aller Kraft. Als sie weit ausholte, traten hinter ihr die Frauen beiseite, um dem Schaft nicht im Wege zu stehen.

Ein Lächeln teilte Qwaras Züge. Die Zähne hinter seinen Lippen waren nicht länger weiß, sondern rot verfärbt, als hätte er sie gerade erst in rohes Fleisch geschlagen.

Unbeirrt wankte er weiter auf Berengaria zu.

Sie stieß ein Knurren aus wie ein Tier, ließ den Oberkörper vorschnellen und schleuderte den Spieß. Die stählerne Spitze rammte durch sein Kettenhemd und bohrte sich tief in seine Brust. Jeden anderen hätte allein die Wucht des Aufpralls zurückgeworfen, erst recht die furchtbare Wunde, doch Qwara hielt sich auf den Beinen. Der Schaft blieb einen Augenblick lang in der Waagerechten stecken, dann kippte er nach unten und zog den Oberkörper des Prinzen vornüber.

Berengaria packte den Spieß einer zweiten Kriegerin. Zwei Frauen griffen zu, damit sie nicht nach hinten fiel. Berengaria schüttelte sie unwillig ab. Irgendwie gelang es ihr, genügend Kraft zu mobilisieren, um erneut auszuholen.

Qwara stieß ein wutentbranntes Fauchen aus.

Der zweite Spieß bohrte sich in seinen offenen Mund, trat am Hinterkopf aus und riss ihn zurück. Diesmal stürzte der Piratenprinz wie ein gefällter Baum, riss den Spieß in seiner Brust mit sich und lag dann auf dem Rücken, ausgebreitet über andere Körper, während beide Schäfte vibrierend aus Leib und Schädel ragten.

Die Frauen stießen ohrenbetäubendes Triumphgeheul aus. Berengaria brach zusammen, wurde von jemandem gestützt und sah nur verschwommen, wie die Frauen, die gerade noch am Tor gestanden hatten, an ihr vorüberstürmten, die Brücke überquerten und sich auf die Piraten stürzten. Damit wurde der Kreis um die Gegner geschlossen. Das Gemetzel erreichte einen neuen Höhepunkt, als sich Piraten und Sklavenjäger ihrer letzten Rückzugsmöglichkeit beraubt sahen und verzweifelt ums nackte Überleben kämpften.

Berengaria wurde durchs Tor gezogen und mit aufrechtem Oberkörper gegen einen der steinernen Pfosten gelehnt. Von hier aus konnte sie nicht sehen, was am anderen Ende des Übergangs vor sich ging, aber sie hörte den Lärm, die Schreie, das Singen von Stahl. Ihr gefiel, was sie hörte. Sie hatte immer mit diesem Klang in den Ohren sterben wollen.

Ihr Kopf fühlte sich unendlich schwer an, und sie drohte vornüberzukippen. Dabei sah sie zum ersten Mal die tiefe Wunde, die wie ein zweiter Mund in ihrem Bauch klaffte, nur größer, weiter, und es half nicht, dass irgendwer notdürftig versuchte, etwas darauf zu pressen, und jemand anders nach einer Heilerin brüllte.

Warum tut es nicht weh?, dachte sie, als Dunkelheit von allen Rändern ihres Blickfeldes näherrückte, gefolgt von einem silbrigen Schimmer in weiter Ferne.

Es sollte wehtun, flüsterte es in ihr.

Es müsste –

Als Saga und Karmesin sie erreichten, lebte sie nicht mehr.

~

Das Ende kam so schnell, dass es beinahe absurd erschien. Noch während Saga neben Berengarias Leichnam kniete und ihre blutige Hand hielt, fiel auf der anderen Seite der Brücke die Entscheidung.

Nachdem es vorbei war, zählte niemand die Toten auf Seiten der Piraten. Keiner machte sich die Mühe, ihre Leichen zu sammeln und zu verbrennen. Sie blieben liegen, wo sie gefallen waren. Die brütende Sonne der Ägäis würde sich ihrer annehmen, außerdem die wenigen wilden Tiere, die auf dem Eiland noch am Leben waren.

Die toten Kriegerinnen und Seeleute aber wurden auf das Tempelplateau geschafft. Mehr als tausend waren während der Kämpfe gefallen, und sie wurden zu mehreren Scheiterhaufen aufgeschichtet, weil es unmöglich war, jedem Einzelnen ein christliches Begräbnis zukommen zu lassen. Pater Luca und seine Priester sprachen die Worte, die ihnen nötig erschienen, während Saga mit gesenktem Haupt neben Karmesin und Violante stand und darauf wartete, dass Feuer an die Hügel aus toten Körpern gelegt wurde. Berengaria hatte man ganz oben auf einen der Scheiterhaufen gelegt, die Hände auf der Brust verschränkt, die beiden Lanzen, mit denen sie Qwara getötet hatte, über ihr gekreuzt.

Jorinde saß zitternd nahebei auf einem Mauerrest, hielt sich die Wölbung ihres Bauches und sprach erst wieder, als sich die Flotte am nächsten Morgen an die Vorbereitungen zur Rückkehr nach Venedig machte.

Nur ein einziges Schiff würde weiter nach Osten segeln. Kapitän Angelotti war während der Kämpfe schwer verletzt worden, als er sich dem Sturm auf den Zwillingsgipfel angeschlossen hatte; er würde nicht sterben, aber für eine Weiterfahrt ins Heilige Land war er zu schwach. Er übertrug das Kommando der *Santa Magdalena* einem jener Kapitäne, die ihn und die anderen gleich am ersten Tag auf den Berg begleitet hatten. Der junge Seemann gelobte, die Gruppe jener, die noch immer an einer Reise gen Osten festhielten, wohlbehalten an die Küste der Kreuzfahrerstaaten zu bringen.

Violante war die Erste gewesen, die darauf beharrt hatte, nicht mit dem Gros der Kreuzfahrerinnen nach Venedig zu segeln. Im engsten Kreis gestand sie Saga, Karmesin und Jorinde, dass sie lieber sterben wollte, als die Hoffnung auf ein Wiedersehen mit Gahmuret aufzugeben. Und sie erzählte ihnen eine aberwitzige Geschichte über ein geheimes Abkommen, das auf Burg Lerch zwischen einem Gesandten des Papstes, dem Dogen von Venedig, König Philipp, Graf Bonifaz von Montferrat und ihrem Mann geschlossen worden war. Er habe ihr nie erzählt, um was es dabei wirklich gegangen sei, und das sagte sie mit solch verbitterter Überzeugung, dass Saga ihr beinahe glaubte. Gahmuret habe bald darauf das Kreuz genommen und sei zur Befreiung der Heiligen Stätten aufgebrochen. Was danach geschehen sei… nun, sie jedenfalls wolle herausfinden, ob das, was der Johanniter ihr und Saga über Gahmurets Wahnsinn erzählt hatte, der Wahrheit entsprach.

Jorinde brach ihr Schweigen und verkündete mit neu erwachter Kraft, dass sie gleichfalls die Reise fortsetzen werde. Sie werde niemals nach Hoch Rialt zurückkehren. Dann schwieg sie wieder, auch als man sie fragte, ob ihre Entscheidung wohlüberlegt sei. Zuletzt aber ließen die anderen sie in Frieden und akzeptierten ihren Entschluss.

Am Abend zuvor war Saga im Schein der Scheiterhaufen vor die versammelten Mädchen, Söldnerinnen und Seeleute getreten und hatte erklärt, dass sie die Führung der Flotte ein für alle Mal abgebe. Sie habe aufgehört, die Stimme der Magdalena zu hören, und wen könne das verwundern nach dem, was auf dieser Insel geschehen war? Gott habe sich von ihr abgewandt, verkündete sie, sonst wäre es niemals so weit gekommen. Dafür erntete sie allerlei Rumoren aus den Reihen der Überlebenden, auch offenen Widerspruch und sogar ein paar Steine.

Angelotti legte ihr nahe, mit der *Santa Magdalena* nach Zypern oder sogar bis ins Heilige Land zu reisen und von dort aus allein die Heimreise anzutreten. Niemand könne für ihre Sicherheit an Bord der Flottenschiffe garantieren, und sie wisse ja selbst, wie wankelmütig die Stimmung unter den Mädchen sei. Er jedenfalls werde keine Verantwortung übernehmen, falls die vermeintlichen Kreuzfahrerinnen in ihr den Sündenbock für ihr Scheitern ausmachen sollten. Saga erkannte die Weisheit in seinen Worten und erklärte sich zur Weiterfahrt auf der *Santa Magdalena* bereit. Insgeheim war sie froh darüber.

Karmesin machte keinen Hehl aus ihrer Erleichterung über Sagas Entscheidung, und obgleich ihre offizielle Aufgabe als Begleiterin des Zuges im Auftrag des Papstes wohl beendet war, wollte sie bis zuletzt an Sagas und Jorindes Seite bleiben, aus Freundschaft, wie sie sagte, und aus Neugier. Gräfin Violante zeigte darüber wenig Begeisterung, aber Saga umarmte die Konkubine freudig, und Jorinde küsste Karmesin mit einem Lächeln auf die Stirn.

Und so brach die Flotte der Kreuzfahrerinnen auseinander.

Die einen machten sich auf den Weg zurück nach Venedig, die anderen setzten ihre Reise fort. Niemand sprach mehr von Heiligen Stätten, von Befreiung durch christliche Unschuld, von Reinheit vor dem Angesicht des Herrn. Vorräte wurden verteilt, Wunden gepflegt, Abschiedsworte gesprochen. Das war alles.

Dann stachen die Galeeren in See, die Flotte nach Westen, die *Santa Magdalena* auf sich allein gestellt nach Osten. An Bord befanden sich Saga, Violante, Karmesin und Jorinde, außerdem rund zweihundert Mädchen, die in den Kreuzfahrerkönigreichen ein neues Leben beginnen wollten.

Das Meer lag ruhig und leuchtend da, die Sonne brannte am Himmel, kein anderes Schiff war in Sicht. Die Luft drang heiß in ihre Lungen, und die Ruder hoben und senkten sich in gemächlichem Gleichtakt. Hinter ihnen standen die Rauchsäulen der Scheiterhaufen als graue Trichter über dem Horizont, bis die Dunkelheit hereinbrach und endlich auch der Gestank des verbrannten Menschenfleischs in der Ferne zurückblieb.

~

In der zweiten Nacht auf See verließ Violante ihre Kabine und stieg allein auf das Vorderdeck der *Santa Magdalena*. Die Galeere ankerte in den niedrigen Gewässern nahe einer unbewohnten Insel. Im Dunkeln formten die Felsen den Umriss einer mächtigen Krone.

Wächterinnen standen an mehreren Stellen des Decks, aber nur eine kam auf die Gräfin zu, erkannte sie und entfernte sich mit einer raschen Verbeugung. Danach hatte Violante das Vorderdeck für sich allein.

Sie stand an der Reling, ohne sich aufzustützen, blickte nach Osten und hatte das Gefühl, dass der Wind kühler geworden war. Sie stellte sich vor, wie er durch ihren ganzen Körper wehte, die Muskeln und Knochen streifte und den Ballast der vergangenen Wochen davontrug.

Sie fühlte sich schuldig. Schuldig an vielen Dingen.

Die anderen mochten glauben, ihr Gewissen belaste sie nicht; dies war genau der Anschein, um den sie sich immer bemüht hatte. Die Gräfin. Die Anführerin. Nichts schien ihr nahe genug zu gehen, um ihren Mut zu brechen.

Aber das Zittern in ihrem Inneren erinnerte sie daran, dass die Wahrheit eine andere war. Die Kälte in ihrem Herzen war kein Zeichen von Gleichgültigkeit, ganz im Gegenteil. Es war das eisige Erschrecken über sich selbst, über die Folgen ihres Tuns und das Grauen, das sie heraufbeschworen hatte.

Und wofür?

Die Mädchen glaubten, es ginge ihr um die Befreiung des Heiligen Landes. Lächerlich.

Saga, Karmesin und der Rest des kleinen Führungstrupps hingegen waren der Ansicht, Gahmuret sei der Grund. Und, bei

Gott, Violante hatte hart gearbeitet, um diesen Eindruck zu erzeugen: Ziehe einige wenige ins Vertrauen und gestehe ihnen deine Lüge, dann tische ihnen als Erklärung eine zweite auf, die sie nachfühlen können. Sie werden dir glauben, solange sie an deine *Gefühle* glauben. Solange du nur ihr Herz berührst.

Gahmuret.

Stumm schüttelte sie den Kopf und stellte ihn sich vor, wie sie ihn zuletzt gesehen hatte, rußgeschwärzt und gerüstet, mit einem Schwert in der einen Hand und an der anderen –

Der Gedanke daran war noch immer zu schmerzlich. Aber bald würde der Tag kommen, an dem sie sich ihm stellen musste.

»Du wirst mir sagen, wo er ist«, flüsterte sie in den Wind. Sie hatte Hunderte geopfert, ein ganzes Tausend, wenn die Zählungen zutrafen. Was bedeuteten da noch weitere Verluste, größere Entbehrungen? Sie murmelte den Namen ihres Gemahls ins Leere und horchte, wie der Wind ihn von ihren Lippen riss.

»Du wirst ihn mir zurückgeben«, raunte sie in die Nacht. »Ganz gleich, was es mich kosten wird. Er ist mein, hörst du, Gahmuret?« In der Finsternis ballte sie die Fäuste. »Du *wirst* ihn mir zurückgeben.«

Viertes Buch

Staub zu Staub

»Einen besseren Lügner gibt es immer.«

Aelvin der Schwindler

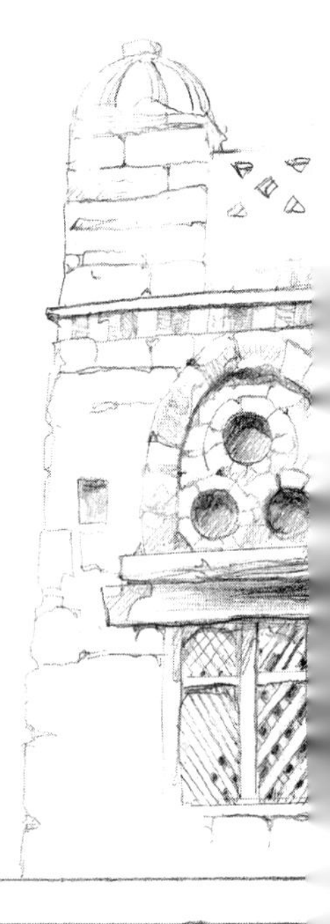

KATERVATER

Tiessa stieg hinab in den Schiffsbauch der *Sturmhochzeit* und suchte Katervater. Der dickleibige Reliquienhändler stand über einen Tisch gebeugt, an der niedrigen Decke schaukelte eine Öllampe. Auf der Holzplatte vor ihm lagen gelbliche Gebeine und allerlei Leinensäckchen und Holzschachteln. In einer Hand hielt er eine Säge.

»Katervater?«

Er fuhr erschrocken auf, lächelte aber, als er sie erkannte. Seit ihrer Flucht von der Küste Süditaliens hatte Katervater Tiessa ins Herz geschlossen.

Der Laderaum war voll gestopft mit Kisten, Fässern und Tongefäßen. Die meisten waren mit Seilen an den Bordwänden gesichert, aber manche waren auch offen und erlaubten den Blick auf kleine Päckchen, Schachteln und Beutel, die sich zu Dutzenden darin befanden.

»Tiessa! Du hast mir einen Heidenschreck eingejagt.«

»Vor wem hast du Angst?«, fragte sie, während sie sich neugierig umschaute. »Du kennst doch alle hier an Bord.«

»Vor *wem*? Hier unten liegen die sterblichen Überreste von ein paar hundert Menschen! Ich wäre nicht der Erste, der es mit den Geistern der Toten zu tun bekäme.«

»Vielleicht solltest du dir besser überlegen, wessen Gebeine du da zersägst und verkaufst.«

Katervater seufzte. »Alles eine Sache der Nachfrage. Wer legt sich wohl die ganze heilige Mathilde unters Kissen? Aber einen Finger oder ein paar Haare, vielleicht ein getrocknetes Ohrläppchen oder eine Brustwarze … Heiland, die lässt sich sogar um den Hals tragen. Schutz für unterwegs, verstehst du? In ihren Häusern werden die Leute von ihren vier Wänden geschützt, aber auf der Straße …« Er zuckte die Achseln. »Und Geschäft ist nun mal Geschäft.«

Tiessa nickte zweifelnd.

Der fette Reliquienhändler grinste und wandte sich wieder seiner Arbeit zu. Mit links packte er einen Oberschenkelknochen und setzte mit der Rechten die Säge an. »In Scheiben geschnitten bringt der hier das Fünffache von dem ein, was ich am Stück dafür bekommen würde.« Gerade wollte er zu sägen beginnen, als er die Stirn runzelte, das Werkzeug wieder weglegte und sich zu Tiessa umwandte. »Was suchst du eigentlich hier im Laderaum? Ich erinnere mich düster an eine Anweisung, dass keiner von euch –«

»Wir sind jetzt seit mehr als zwei Wochen auf diesem Schiff, aber ich war noch nicht ein Mal hier unten.« Skeptisch schaute sie sich um. »Und das hier soll alles *heilig* sein?«

»Garantiert echte, von allerhöchster Stelle zertifizierte Reliquien von den heiligsten Männern und Frauen, die du dir nur vorstellen kannst.«

»Und *wer* garantiert, dass das alles echt ist?«, fragte sie zweifelnd. »Du?«

Katervater strahlte. »Ich habe immerhin einen guten Ruf zu verlieren! Die Leute wissen das zu würdigen.«

»Oh, sicher.« Sie machte ein paar Schritte an den Kisten und Säcken entlang. »Und hast du auch was *Echtes*?«

»Wie bitte?«

Sie sah ihn an. »Etwas, das wirklich schützt. Ich meine, ganz aufrichtig und wahrhaftig. Faun und Zinder und ich könnten es gebrauchen, weißt du.«

Katervater räusperte sich, als er erkannte, wie ernst es ihr war. Er kratzte sich die spiegelnde Glatze und knetete dann nachdenklich das obere seiner vielen Kinne. »Schutz, nun ja … Also, Schutz ist eine schwierige Angelegenheit, weißt du?«

»Katervater!«, rief sie vorwurfsvoll. »Das *alles* hier dient doch zum Schutz, hast du gesagt.«

»Jajaja, aber … nun, eben vor vielerlei Dingen, verstehst du? Das eine hilft gegen Krankheit, das andere gegen Läuse, dieses da vielleicht gegen Dürre und jenes gegen Hochwasser.«

»Etwas, das gegen Unglück schützt, würde schon reichen.« Sie senkte die Stimme. »Und gegen die Angst, einen furchtbaren Fehler begangen zu haben.« Einen Fehler, der Zigtausende das Leben kosten könnte, flüsterte eine Stimme in ihr und wollte gar nicht mehr verstummen: Was hast du dir dabei gedacht? Was denkst du *jetzt* dabei? Du kannst deine Schuld nicht ewig verdrängen. Irgendwann wird sie dich einholen, und niemand wird dir dann helfen können. Auch nicht Faun.

»Hm …«, machte Katervater, der nichts von ihrem Gewissenszwiespalt ahnte. »Schwierig.«

Ihre Knie fühlten sich weich an. Sie hatte das Gefühl, das Gleichgewicht zu verlieren. Hastig tat sie das, was sie in den vergangenen Tagen zu einer gewissen Perfektion entwickelt hatte: Sie lenkte sich ab, verschloss die Augen vor der bitteren Wahrheit.

»Du brauchst keine zu Angst haben, dass ich nicht dafür bezahlen kann.« Sie zog das Amulett, das sie auf Hoch Rialt vom Traumdeuter Elegeabal erhalten hatte, aus dem Ausschnitt ihres Lederwamses. »Ich will tauschen. «

Er trat auf sie zu. »Zeig mal her.«

»Weißt du, was das ist?«

»Ein Anhänger. Sieht aus wie ein Stier. Kretisch?«

Sie schüttelte den Kopf. »Römisch. Das ist ein Mithras-Amulett.«

»So?« Er hob eine Augenbraue. »Wirklich?«

»Ich hab sogar den Tempel gesehen, aus dem er stammt.«

Prüfend führte er den Anhänger zum Mund und biss darauf. »Du hast ihn jedenfalls nicht selbst gemacht.«

»Natürlich nicht!«

»Und du willst dagegen tauschen?«

Sie nickte. »Was bekomme ich dafür? Einen Schädel will ich nicht, der ist zu groß. Und eine Brustwarze der heiligen Mathilde ... lieber auch nicht.«

»Zu teuer«, sagte er kopfschüttelnd. »Ich kann dir dafür nur etwas sehr Kleines geben.«

Trotzig fischte sie ihm das Amulett aus den Fingern. »Dann eben nicht.«

»Die Größe einer Reliquie hat nichts mit dem Schutz zu tun, den sie gewährt.«

»Ach ja?«

Katervater fingerte in den Ausschnitt seines viel zu engen Gewandes und zog ein Lederband zwischen seinen fleischigen Brüsten hervor. Er hielt den Anhänger mit Daumen und Zeigefinger. »Weißt du, was das ist? Ein Zahn aus dem Munde des heiligen Petrus.« Hastig schlug er ein Kreuzzeichen. »Die einzige Reliquie, die ich selbst am Körper trage. Und ist die vielleicht groß?«

Tiessa runzelte die Stirn. »Da ist eine faule Stelle dran.«

Katervater stopfte Zahn und Band wieder unter seine Kleidung. »Das ändert überhaupt nichts an der Heiligkeit. Komm mit, wir schauen uns mal um. Vielleicht finde ich etwas für dich.«

Sie folgte ihm zögernd durch die Gänge zwischen den Kistenwällen. Oft blieb er stehen und sah in offene Gefäße, nahm mal etwas heraus und legte es wieder zurück. »Ein Schleier Mariens? Nein, zu wertvoll und nicht besonders wirkungsvoll, hab ich mir sagen lassen ... Was haben wir hier? Ein Stück von der Dornenkrone Christi. Das da ist sein Blut. Aber, nein, das ist auch nichts für dich ... Hier! Ein kleines Stück von der Salzsäule, zu der Lots Frau erstarrt ist. Hmm, allerdings nicht sehr brauchbar bei Regen ... Oder das hier: Roststaub von einem Gitter, auf dem der heilige Laurentius gebraten wurde ... Ein Schiffsnagel von Noahs Arche ... Der halbe Fingernagel des Täufers ... In dem Fass da sind allerlei Köpfe, aber die willst du ja nicht ... Vielleicht nur eine Hirnschale? Nein? ... Oder ein Herz, ganz klein geschrumpelt? ... Die Nabelschnur Jesu, ein Schnäppchen – obwohl, na ja, ich bin nicht ganz sicher, ob sie echt ist ... Tja, was noch? Sand aus dem Heiligen Land – nein, wohl kaum, davon wirst du bald genug zwischen den Zähnen haben ...« Er blieb stehen und grinste wieder. »Ah, jetzt weiß ich! Hier rüber, komm mit!«

Sie folgte ihm in den vorderen Teil des Schiffes. Unterwegs fragte sie: »Du darfst das alles gar nicht verkaufen, oder?«

»Natürlich nicht. Die Kirche nennt das *Simonie*. Geistlichen Schacher. Damit kennen die sich aus, deshalb haben sie ein Wort dafür erfunden.«

Er blieb vor einem Berg aus Gerümpel stehen und begann schnaufend und stöhnend alte Decken, zerbrochene Kisten, leere Fässer und Säcke von etwas herabzuziehen, das darunter verborgen war.

Was er schließlich enthüllte, war ein steinerner Sarkophag, eingestaubt und von Spinnweben überzogen. In den Deckel war ein schlichtes Muster eingehauen, das vom Dreck in den Ritzen erst sichtbar gemacht wurde.

Tiessa sah Katervater von der Seite an. »Zu groß.«

»Ja, ein wenig, was? Und jetzt geh zurück zum Tisch mit den Knochen. Dort steht ein Tonfläschchen in einer offenen Kiste. Hol's her.«

Sie schloss die Hand um das Amulett auf ihrer Brust. »Du drehst mir nicht irgendwelchen Tand an, oder?«

Er lächelte. »Bestimmt nicht. Und jetzt mach schon, was ich dir sage.«

Als sie mit dem Fläschchen zurückkehrte, hatte er den Abfall auf den Planken vor dem Sarkophag so weit beiseite geräumt, dass sie beide ungehindert herantreten konnten. In einer Hand hielt Katervater jetzt ein winziges Glasgefäß, geformt wie ein

Tropfen und kaum größer als ein Daumenglied. Am schmalen Ende befanden sich ein Verschluss und eine Öse, durch die man eine Schnur oder ein Lederband ziehen konnte, um die winzige Phiole wie ein Medaillon am Hals zu tragen.

Er nahm Tiessa die Tonflasche aus der Hand, entkorkte sie und goss eine träge Flüssigkeit in eine münzgroße Öffnung am Kopfende des Sarkophagdeckels.

»Und?«, fragte Tiessa.

»Wart's ab.« Katervater stellte die Flasche beiseite, ging stöhnend und mit einiger Mühe vor dem Sarkophag auf die Knie und tastete am Fußende, kurz über dem Boden, bis er dort eine zweite, noch kleinere Öffnung in der Seitenwand gefunden hatte. Davor hielt er die offene Glasphiole. »Das dauert jetzt ein Weilchen. Aber wir haben ja sonst nichts zu tun, nicht wahr?«

»Was soll das?«, fragte sie verwundert.

»Das hier ist der Sarkophag des heiligen Alexius von Rom. Viel heiliger geht's nun beileibe nicht, glaub mir. Er ist einer von Roms Schutzpatronen, und was für Rom gut ist, kann dir wohl nur recht sein.«

»Und woher stammt das Öl?«

»Das Öl der heiligen Lampedusa«, verkündete er und zwinkerte ihr zu. »Sie hängt über meinem Tisch ... Gewöhnliches Lampenöl. Wenn auch nicht mehr lange. Wenn es nämlich hier unten wieder herauskommt, dann hat es die sterblichen Überreste des heiligen Alexius berührt und seine Heiligkeit in sich aufgenommen.«

»Du machst dich über mich lustig.«

»Nein.« Er sah aus, als wäre es ihm tatsächlich ernst damit. »Öl vereinigt alle Schutzmacht der Heiligen in sich, wenn es durch ihre Grabstätten geflossen ist. Jeder ehrenhafte Reliquienhändler wird dir das bestätigen. Es ist nicht teuer, aber wirkungsvoll. Und es hat den Vorteil, dass du es überall mit hin nehmen kannst.«

Zweifelnd, aber schon ein wenig milder gestimmt, sah sie zu, wie dickflüssiges Öl aus der Öffnung tropfte. Katervater blieb auf den Knien hocken, bis die kleine Phiole gefüllt war. Dann verschloss er sie sorgfältig und reichte sie Tiessa. »Das hier geb ich dir für dein Götzenamulett. Ein guter Tausch.«

Nach einem letzten Zögern reichte sie ihm den Stierkopf, allerdings nicht ohne vorher das Lederband zu lösen und statt des Amuletts die Phiole daran zu befestigen. Gleich darauf verschwand beides unter ihrem Wams.

»Das hier« – Katervater zeigte ihr den Anhänger in seiner offenen Hand – »werde ich über Bord werfen.«

»Du willst es gar nicht weiterverkaufen?«

Er schüttelte den Kopf. »So etwas bringt nur Unglück. Heidnisches Zauberzeug und Ketzerkram ... Nicht auf meinem Schiff.«

Sie strich über die winzige Erhebung unter ihrem Wams und begann, sich mit ihrem neuen Besitz anzufreunden. »Danke«, sagte sie schließlich.

Der Reliquienhändler legte ihr lächelnd eine Hand auf die Schulter und führte sie an Deck.

~

Derweil standen Faun und Zinder an der Reling und blickten nach Steuerbord über die See. Der Söldner hatte lange gesprochen, ohne eine Pause zu machen, und sich dabei unablässig die Bartstoppeln gekratzt.

Nachdem er geendet hatte, fragte Faun: »Das heißt, die Gräfin hat das alles nur auf sich genommen, um ihren Mann wiederzufinden? Sie führt tausende von Mädchen in den Tod, nur um sich die Unterstützung der Ritterorden bei der Suche nach Gahmuret zu sichern?« Verächtlich spie er über die Reling ins Wasser. »Saga kann davon nichts geahnt haben. Sonst hätte sie sich nie darauf eingelassen, auch nicht um meinetwillen.«

»Anfangs hat sie das alles nur für dich getan«, sagte Zinder. »Daran besteht überhaupt kein Zweifel.«

»Anfangs?«

Der Söldner zögerte. »Ich glaube, es hat durchaus Momente gegeben, in denen sie sich in ihrer Rolle gefallen hat. Oben in den Bergen und, später, in Mailand.«

»Aber sie hat bestimmt nichts von Gahmuret gewusst!«

»Würde das etwas ändern?«

Faun schwieg und starrte verbissen ins Leere. Saga war seine Zwillingsschwester. Er weigerte sich schlichtweg, ihr mehr als eine geringe Mitschuld an dem Jungfrauenkreuzzug zu geben. Obgleich ihm manchmal leise Zweifel kamen. Sie machten ihm stärker zu schaffen, als er sich eingestehen wollte.

»Sprecht ihr von Gahmuret von Lerch?«, fragte eine schnaufende Stimme hinter ihnen. Beide Männer drehten sich um, Faun eine Spur träger und gedankenverlorener.

Katervater hatte gemeinsam mit Tiessa das Deck betreten. Faun lächelte, als er sie sah, löste sich von der Reling und ging auf die beiden zu. Selbst jetzt, und in den melancholischen Stimmungen, die sie seit ihrer Flucht quälten, hellte sich die Umgebung für ihn auf, wenn sie ihn anlächelte, mit ihm sprach oder bei Nacht an seiner Seite unter Deck lag. Er kannte ihren Herzschlag mittlerweile wie seinen eigenen.

Katervater kam auf sie zu, trat an die Reling und warf etwas hinab ins Wasser, zu schnell, als dass Faun hätte erkennen können, um was es sich handelte.

»So«, murmelte der Reliquienhändler und zwinkerte Tiessa zu, »das wäre erledigt. Gelobt sei der Herr!« Nun wandte er sich wieder Zinder zu. »Gahmuret von Lerch?«, fragte er noch einmal.

»Du kennst ihn?«, erkundigte sich Faun und griff nach Tiessas Hand.

»Aber sicher. Bin in Konstantinopel gewesen, als dort die Hölle losbrach. Nicht als Kreuzfahrer, Gott bewahre! Ich wollte Geschäfte mit den Byzantinern machen, als diese Bastarde mit ihren Schiffen und Schwertern und schlechten Manieren kamen und alles dem Erdboden gleichgemacht haben. Gahmuret von Lerch war einer von ihnen. Ich kann mich gut an ihn erinnern, weil er immer eine Maske trug.«

»Was für eine Maske?«, fragte Zinder.

»So ein Lederding. Hatte wohl Narben im Gesicht, unschöne Narben. Irgendwer hat erzählt, er habe sie sich bei der Schlacht um Zara eingefangen, zu der die Venezianer die Kreuzfahrer … nun, *überredet* hatten.«

»Er war verletzt?« Faun wurde hellhörig. »Schwer genug, um daran zu sterben?«

Katervater schüttelte den Kopf. »Als ich ihn gesehen habe, war er quicklebendig. Maskiert, aber ganz sicher nicht geschwächt. Nein, gestorben ist er an seinen Wunden bestimmt nicht. Obwohl das einigen hohen Herren wohl lieber gewesen wäre, nach allem, was man so hören konnte.«

»Erzähl weiter«, forderte Zinder.

Faun wusste, dass der Söldner selbst an den Kämpfen um Konstantinopel teilgenommen hatte, aber offenbar war ihm dabei weder Gahmuret noch Katervater über den Weg gelaufen. Kein Wunder, unter tausenden von Rittern und Vasallen.

Der Händler tupfte sich mit dem Ärmel über den Kahlkopf. In Anbetracht seines Körperumfangs litt er von ihnen allen am meisten unter der Hitze über der griechischen See. »Nun, Gahmuret war wohl dem einen oder anderen im Wege. Genaues weiß ich nicht, aber man erzählte sich, dass es in Konstantinopel ein Attentat auf ihn gegeben hat. Die einen behaupteten, König Philipp habe den Befehl dazu gegeben; der Papst war's, sagten die anderen. Aber wenn ihr mich fragt, so kann es genauso gut irgendein Ritter gewesen sein, dem er unterwegs übel mitgespielt hat. Gahmuret war kein, sagen wir, freundlicher Mann. Ich selbst bin ihm zweimal begegnet, und ich kann nicht sagen, dass ich ihn auf Anhieb ins Herz geschlossen hätte. Jedenfalls wird er wohl seine Gründe gehabt haben, Hals über Kopf aus Konstantinopel zu verschwinden.«

Faun nickte nachdenklich. Das alles machte Sinn. Wenn Gahmuret tatsächlich einer der Verschwörer gewesen war, war er im Besitz eines Wissens, das manch anderem gefährlich gewesen sein konnte.

Der Söldner betrachtete derweil Katervater argwöhnisch. Er trat auf den Händler zu und bohrte ihm einen Finger in die Brust. »Dein Reliquienfundus geht nicht zufällig auf einträgliche Geschäfte mit ein paar Heerführern zurück? Die Kirchen Konstantinopels sind vom Boden bis zu den Turmspitzen geplündert worden, und vieles verschwand noch während der ersten Tage.«

Katervater stieß ein seltsam verschlucktes Lachen aus und hielt sich dabei den mächtigen Bauch. »Tja, nun, was soll ich sagen? Als unabhängiger Kaufmann macht man das Beste aus allem, nicht wahr? Die Byzantiner, mit denen ich Handel treiben wollte, waren von einem Tag zum nächsten … nicht mehr da. Und Gahmuret und all die anderen Anführer … nun, sie haben die Venezianer gehasst und waren froh über jedes Stück, das nicht in den Schatzkammern des Dogen landen würde.« Er hielt kurz inne. »Aber es gab Schlimmere als Gahmuret, weit Schlimmere. Das waren dunkle Tage. Viele hätten gut daran getan, es zu machen wie er und einfach zu verschwinden. Ich frage mich, wie diese Männer ihren Familien zu Hause wieder in die Augen sehen konnten. Aber sie haben einfach weitergemacht, als wäre nichts geschehen.«

»Und Gahmuret?«, fragte Faun.

»War eines Tages fort, zusammen mit einem Haufen seiner Getreuen. Kurz darauf kehrten die meisten anderen zurück in ihre Heimat, und auch ich habe bald der Stadt den Rücken gekehrt. Hat Wochen gedauert, den Gestank des Rauchs und der Toten aus der Nase zu bekommen. Manchmal kam's mir vor, als wäre mir der Geruch gefolgt, sogar mitten aufs Meer hinaus. Aber dann ist mir klar geworden, dass das alles nur in meinem Kopf existiert hat. Der Gestank, die Geräusche der Schlacht, die Schreie der Menschen … es war alles noch eine Ewigkeit da oben.« Er klopfte sich an die Schläfe. »Und ich habe nicht einmal irgendwem ein Haar gekrümmt. Wie soll es da erst in den Köpfen der Männer ausgesehen haben, die *wirklich* schuldig waren?« Ein Blick in Zinders Richtung, doch als der Söldner ihm finster standhielt, sah Katervater eilig zu Boden.

»Wo wird Violante Gahmuret suchen?«, fragte Faun. »Wo wird sie hingehen?«

»Wenn sie es auf die Hilfe der Ordensritter abgesehen hat, dann sicher zu einer ihrer Festungen«, entgegnete Zinder. »Es gibt viele, die in Frage kämen. Katervater?«

»Mindestens ein Dutzend«, bestätigte der Händler. »Die mächtigsten Orden sind die Templer, die Johanniter und die Deutschordensritter. An welchen der drei sie sich wenden wird?« Ein Schulterzucken. »Das weiß Gott.«

Einen Tag später meldete der Mann im Ausguck zahlreiche Segel am Horizont. Katervater gab Befehl, den fremden Schiffen in großem Bogen auszuweichen, da er fürchtete, es könnte sich um Qwaras Flotte handeln.

Lange bevor die drei ihm von ihren Erlebnissen auf Qwaras Galeere berichtet hatten, waren ihm Gerüchte über die Bemühungen des Prinzen zu Ohren gekommen, einen großen Verbund aus Piraten und Sklavenjägern zu vereinen. Es hatte nicht viel dazugehört, sich auszurechnen, dass er es auf die Schiffe des Jungfrauenkreuzzugs abgesehen hatte. Da Katervater genug eigene Erfahrungen mit den Piratenbanden des Mittelmeers gemacht hatte, tat er auch an diesem Tag das, was er stets beim Anblick ihrer Segel am Horizont zu tun pflegte – er machte sich aus dem Staub.

»Wie viele Schiffe sind es?«, brüllte er zur Mastspitze hinauf.

»Schwer zu sagen«, rief der Mann im Ausguck. »Sie sind zu weit entfernt. Vielleicht zwölf, vielleicht auch zwanzig.«

Katervater nickte erbittert. »Und ich werde nicht abwarten, bis wir ihre Masten zählen können«, erklärte er seinen Passagieren und gab der Mannschaft alle nötigen Befehle.

Bald darauf wich die *Sturmhochzeit* nach Nordosten aus, während die Flotte im Südenwesten am Horizont verschwand. Die Schiffe der Mädchen konnten es nicht sein, denn das Heilige Land lag in entgegengesetzter Richtung. Aber auch Qwara hätte es demnach eher noch Osten ziehen müssen. Zinder gab zu bedenken, dass es möglicherweise Sarazenen gewesen sein könnten. Und denen wollte nun wirklich niemand begegnen.

Ein weiterer Tag verging, ehe mit einem Mal Brandgeruch über das Meer wehte. Von einem der kleinen Felseilande, die es in diesem Teil des Meeres zu Dutzenden gab, stiegen dünne Rauchsäulen auf und stemmten sich beharrlich gegen die Winde. Die Insel lag ein Stück südlich ihrer Route, und sie hätten ihr keine weitere Beachtung geschenkt, wäre der Bug der *Sturmhochzeit* nicht mit einem Mal in ein Gewirr halb verkohlter Planken gekracht. Bald darauf trieben ihnen auch größere Trümmer entgegen, und der Ausguck meldete mehrere ausgebrannte Wracks am Ufer der Insel.

Faun bekam fürchterliche Angst, dass es sich um die Flotte der Mädchen handeln könnte und dass es sehr wohl Qwaras Schiffe gewesen waren, die ihnen gestern begegnet waren – voll beladen mit jenen, die vom Heer der Jungfrauen übrig geblieben waren. Falls Saga sich wirklich an Bord eines Sklavenschiffes befunden hatte, dann war seine Suche nach ihr hier beendet. Er würde sie niemals an den Küsten Nordafrikas ausfindig machen können.

Tiessa teilte seine Sorge, und auch Zinder setzte sich bei Katervater dafür ein, dass die *Sturmhochzeit* die Insel anlief. Der Reliquienhändler war keineswegs glücklich darüber und wollte anfangs nichts davon wissen, doch Tiessa gelang es schließlich, ihn umzustimmen.

»Warum nur kann ich dir keine Bitte abschlagen?«, knurrte

er, während er sich widerwillig aufmachte, seinen Männern die nötigen Kommandos zu geben.

Die *Sturmhochzeit* ankerte abseits der verbrannten Schiffstrümmer. Von hier aus konnten sie die Ruinen eines Dorfes erkennen. Oben auf dem Berg befanden sich die Überreste einer Festungsanlage; von dort stieg der Rauch auf, den sie schon von weitem gesehen hatten. Nicht einmal der auffrischende Wind konnte den bedrückenden Gestank vertreiben, und Zinder stellte murmelnd fest, dass so nur verbrannte Leichen rochen.

Katervater weigerte sich, mit an Land zu gehen. Er stellte ihnen eines der Beiboote und vier Ruderer zur Verfügung, die sie an den felsigen Strand brachten. »Ihr habt Zeit bis zum Sonnenuntergang«, sagte er. »Seid ihr bis dahin nicht zurück, lasse ich Segel setzen.«

Die Ruderer blieben am Strand zurück. Faun, Tiessa und Zinder konnten sich nur darauf verlassen, dass Katervater zu seinem Wort stand und ihnen bis zum Abend Zeit gab. Falls das Ruderboot ohne sie ablegte, waren sie verloren.

Fassungslos streiften sie durch die Ruinen des Dorfes und machten sich an den Aufstieg zum Gipfel. Der Berghang war übersät mit Leichen, aber sie fanden nur Männer, die sich mühelos als Gesindel vom Schlage Qwaras oder Achards identifizieren ließen. Hier hatten vor wenigen Tagen erbitterte Kämpfe stattgefunden, ganz ohne Zweifel, doch wo steckten die Gegner der Sklavenjäger?

Zinder deutete hinauf zu den Rauchfahnen aus den Ruinen, und da ahnten sie, was sie dort oben erwartete. Faun schlug Tiessa vor, zurück zum Boot zu gehen, aber ausnahmsweise war er dankbar, dass sie nicht auf seine Bitte achtete, sondern bei ihm blieb.

Das nicht enden wollende Panorama der Leichen, die den gesamten Berg bedeckten, wurde immer unwirklicher. Der Gestank der verwesenden Körper in der erbarmungslosen Sommerhitze drehte ihnen den Magen um. Faun übergab sich zweimal auf dem Weg nach oben, Tiessa erging es nicht besser. Allerlei Getier wuselte zwischen den Leibern umher, obgleich sich, laut Zinder, die Zahl der Aasfresser in Grenzen hielt; auf dem Festland wären es wohl zehnmal so viele gewesen, meinte er. Erbauliche Erklärungen wie diese hatte er im Dutzend auf Lager, doch obwohl Faun und Tiessa irgendwann abstumpften und kaum noch zuhörten, waren sie gleichzeitig froh, dass zumindest einer von ihnen das furchtbare Schweigen dieses Ortes brach. Ihnen selbst hatte es vor Grauen längst die Sprache verschlagen.

Tiessa weigerte sich, die Brücke voller Leichen zu betreten, und so stiegen sie und Faun außen herum auf das Felsplateau, während Zinder achselzuckend den direkten Weg nahm und über die Toten balancierte, als handelte es sich um lästiges Astwerk, das ein Sturm von Bäumen gerissen hatte.

Als die beiden mühevoll die Felskante erklommen hatten, sahen sie Zinder noch immer am Tor stehen. Der Anblick des Plateaus hatte selbst ihn erstarren lassen. Mehr als zehn Scheiterhaufen waren hier oben zwischen den Mauerresten aufgetürmt und entzündet worden. Die meisten waren heruntergebrannt, aber einige hatte der Wind gelöscht, und so waren viele der Leichen noch deutlich als Mädchen und junge Frauen zu erkennen; auch Männer waren darunter.

Faun stolperte ziellos vorwärts, vergrub beide Hände im Haar und suchte mit aufgerissenen Augen wie ein Wahnsinniger nach Sagas Gesicht zwischen denen, die noch zu identifizieren waren. Aber es war aussichtslos, und das sagte ihm auch Tiessa, die sich noch vor Zinder aus ihrer Lähmung löste und Faun inmitten dieser Höllenlandschaft skelettierter und halb verbrannter Leichenberge einholte. Sie berührte seine Hand, und als er sie nicht fortzog, ergriff Tiessa sie und blieb auf Schritt und Tritt bei ihm. Er beruhigte sich nur ganz allmählich, obgleich die Panik noch immer in seinen Augen nistete.

»Sie ist nicht dabei«, sagte Tiessa eindringlich. »Sie ist ihre Anführerin. Man wird sie früh genug in Sicherheit gebracht haben.«

»Das sind nicht alle«, sagte Zinder, als er zu ihnen kam. »Keine *fünftausend.* Die meisten haben überlebt.«

»Es *könnten* fünftausend sein«, stammelte Faun. »Wie willst du ... *das hier* zählen?«

»Vertrau mir einfach. Dies ist nicht das erste Mal, dass ich so etwas sehe. Das waren niemals mehr als anderthalbtausend, eher weniger.«

»Anderthalbtausend«, kam es ungläubig über Tiessas blutleere Lippen.

Faun setzte seine Suche fort und stolperte wie betäubt zwischen den Scheiterhaufen umher. Er blickte nach rechts und links, aber er sah eigentlich gar nichts, nur verschwommenes Braun und Schwarz, Hügel aus Knochen und Asche und Menschenschlacke.

Er hatte fast den östlichen Rand des Plateaus erreicht, als ein wildes Kreischen ertönte. Hinter einem der Scheiterhaufen schoss eine Gestalt hervor. Faun war viel zu benommen, um auszuweichen oder sich zur Wehr zu setzen. Etwas fiel über ihn her, sprang ihn an wie ein Tier und riss ihn unter sich zu Boden. Finger krallten sich in sein Gesicht, suchten seine Augen, verhakten sich in seinem Mundwinkel. Instinktiv biss er mit aller Kraft zu. Ein Schmerzensschrei gellte über das Plateau, dann schlugen Fäuste auf ihn ein, ein Knie rammte in seinen Bauch und –

– plötzlich war er frei.

Tiessa hatte die Gestalt von ihm heruntergerissen. Zinder packte den Angreifer und hielt ihn am ausgestreckten Arm von sich, um nicht in Reichweite seiner Hände und Zähne zu geraten.

Es war eine junge Frau, fast noch ein Mädchen. Ihre Kleidung war zerfetzt, sie selbst von oben bis unten mit Ruß beschmiert. Speichel lief aus ihrem Mund, und ihre aufgerissenen Augen waren blutunterlaufen. Ihr Haar war verklebt mit Schmutz und Schlimmerem; womöglich war sie einmal blond gewesen, aber das ließ sich jetzt kaum mehr feststellen.

»Tu ihr nicht weh«, rief eine Frauenstimme, und dann traten zwei weitere zerlumpte Gestalten hinter dem letzten Scheiterhaufen hervor. Sie mussten sich dort versteckt haben, als die drei das Plateau betreten hatten. »Sie hat den Verstand verloren«, sagte die ältere der beiden.

Das Mädchen schlug mit gekrümmten Krallenfingern nach Zinder.

»Wird sie damit aufhören, wenn ich sie loslasse?«

Die dritte Frau seufzte, kam näher und packte das Mädchen am Arm. Erst wollte es auch nach ihr schlagen, dann aber erlahmte das Gezappel und Gezeter. »Lass sie in Frieden«, sagte die Frau zu Zinder. »Sie könnte dich niemals ernsthaft verletzen.«

Zinder verzog skeptisch das Gesicht.

»Bitte, gib sie frei.«

Widerwillig ließ er die Wahnsinnige los und trat vorsichtshalber einen Schritt nach hinten. Die Frau zog das Mädchen an sich und barg sein Gesicht an ihrer Schulter.

»Ihr stört die Ruhe der Toten«, sagte die ältere Frau und trat neben ihre beiden Begleiterinnen. »Was sucht ihr hier? Wir haben euer Schiff gesehen und fürchteten, ihr wärt Piraten.«

Faun rappelte sich hoch. Tiessa wollte ihm helfen, aber er schüttelte kaum merklich den Kopf. Der Angriff hatte ihn wieder klarer werden lassen. Bedrückung und Ekel blieben, aber er war jetzt nicht mehr überzeugt, dass sich Sagas Leichnam irgendwo unter diesen Scheiterhaufen befand.

»Die Magdalena«, platzte er heraus. »Wo ist sie?«

Die Frau, die das Mädchen hielt, blickte auf. »Ihr sucht die Magdalena? Da kommt ihr zu spät.«

Fauns Hoffnung sackte in sich zusammen.

»Ist sie tot?«, fragte Tiessa.

Die Frauen wechselten einen Blick, während das Mädchen noch immer wie leblos in den Armen seiner Gefährtin lag. »Nein, tot ist sie nicht«, sagte die ältere. »Aber sie ist nicht mehr länger die Magdalena. Das hat sie selbst gesagt. Gottes Wort hat sie verlassen. Schaut euch um! Wundert euch das vielleicht? Gott ist diesem Ort so fern wie die Sterne.«

Faun drängte sich an Zinder vorbei, ungeachtet der Tatsache, dass er sich damit wieder in die Reichweite des Mädchens begab.

»Wo ist sie jetzt? Noch hier auf der Insel?« Daran glaubte er selbst nicht, aber er redete schneller, als er denken konnte.

»Sie ist fort«, sagte die ältere Frau. »Sie sind alle fort. Die einen nach dort« – sie zeigte nach Westen – »die anderen da entlang.« Ihre Hand wies nach Osten, dorthin, wo irgendwo jenseits des Horizonts das Heilige Land lag.

»Ihr habt Qwaras Piraten geschlagen«, stellte Zinder fest. »Das müssen mehrere tausend sein, die unten zwischen den Felsen und auf der anderen Seite der Brücke liegen. Wie viele von euch haben es geschafft?«

»Alle, die nicht hier liegen«, sagte die ältere Frau, von der Faun nun annahm, dass es sich um eine der Söldnerinnen handelte, die den Zug der Jungfrauen seit Mailand begleitet hatten. Sie deutete auf die verbrannten Leichenberge. »Einige tausend sind umgekehrt in die Heimat. Sechzehn von siebzehn Schiffen. Nur eines ist weitergefahren gen Osten. Die Magdalena war bei ihnen, genauso wie die Gräfin und die Hure des Papstes.«

Faun atmete auf, und Tiessa schenkte ihm ein schwaches Lächeln.

»Was ist mit euch?«, fragte Zinder die Frauen. »Warum seid ihr hier geblieben?«

Die Söldnerin schenkte ihm ein bitteres Lächeln. »Du siehst aus wie einer, der was vom Kämpfen versteht. Wenn du den Krieg kennst, dann weißt du, dass Menschen schlechter brennen als nasses Laub. Ich bin hier geblieben, um den Toten die letzte Ehre zu erweisen. Ich werde Feuer an sie legen, bis nichts mehr übrig ist. Und dann, vielleicht, geselle ich mich dazu.« Sie hob die Schultern. »Oder ich warte auf das nächste Schiff.«

Sie wirkte nur nach außen hin klarer als das verrückte Mädchen, doch in Wahrheit war ihr Geist kaum weniger verwirrt.

»Die Kleine hier kam aus den Felsen gestolpert, nachdem die Flotte abgelegt hatte«, sagte die Frau mit dem Mädchen im Arm und bekannte freimütig: »Auch ich bin fortgelaufen, schon zu Beginn der Kämpfe. Als ich zurückkam, war alles vorbei. Gunda hier hat uns aufgelesen, und jetzt helfen wir ihr.«

»Ihr könnt mit uns kommen«, schlug Tiessa vor. »Wir nehmen euch mit, irgendwohin, wo ihr in Sicherheit seid.«

»Wo könnten wir sicherer sein als hier?«, fragte die Söldnerin. »Sicherer als unter den Toten?«

»Ihr werdet verhungern«, sagte Zinder.

»Dann lasst uns Vorräte hier. Nur ein paar, so viele ihr entbehren könnt.«

»Ihr seid wahrlich verrückt.«

»Glaubst du wirklich, deine Meinung hätte hier draußen irgendeine Bedeutung?« Die Söldnerin lächelte milde. »Und nun geht. Wir werden bleiben. Das ist unsere Bestimmung.«

Die zweite Frau nickte, während das Mädchen in ihrem Arm weiterschluchzte.

»Was ist mit ihr?«, fragte Zinder.

»Kannst du sie heilen?«, fragte die Söldnerin. »Oder sonst irgendwer? Wollt ihr sie einem Schicksal in den Straßen irgendeiner Stadt ausliefern, wo sie Freiwild ist für Verbrecher und Menschenschinder? Nein, sie bleibt bei uns.« Sie machte eine allumfassende Bewegung und lächelte wieder. »Bei uns und dem Wind und der Sonne und dem Meer.«

Die Johanniterburg

Der Hafen, vor dem die *Santa Magdalena* vor Anker ging, verdiente diese Bezeichnung nicht einmal in den überheblichsten Träumen jener, die ihn vor Jahrzehnten angelegt hatten. Er war die erste Ansiedlung im Land der Sarazenen, die Saga zu sehen bekam, und war weit entfernt von all der Herrlichkeit und Pracht, die die Priester daheim in ihren Berichten über das Land des Herrn heraufbeschworen.

Vielmehr handelte es sich um eine militärische Garnison des Johanniterordens, landeinwärts umringt von windgepeitschten Palisaden aus Holz. Die nötigen Stämme hatte man von weit her herangeschafft, denn an der kargen Küste gab es keine Wälder. Im Inneren der Palisaden gab es ein paar gemauerte Gebäude aus Basalt, klobig und zweckdienlich, eine Unzahl hölzerner Baracken und Dutzende Zelte, auf deren eingedellten Planen sich feiner Sand sammelte; zahllose weitere drängten sich außen an den hölzernen Verteidigungswall, wo einheimische Händler, aber auch Kaufleute aus dem Abendland ihre Waren anpriesen.

Zu Sagas Überraschung legte Karmesin dem Hafenmeister eine Urkunde mit dem Siegel des Patronats Petri vor, die sie als persönliche Gesandte des Heiligen Vaters auswies. Violante musste von der Existenz dieses Dokuments gewusst haben, denn sie zeigte keinerlei Erstaunen, als die Konkubine das Pergament vor dem Johanniter entrollte. Sagas Augen wurden vor

Erstaunen immer größer, als der Ritter äußerste Dienstbeflissenheit entwickelte und in Windeseile alles Nötige veranlasste, um den Frauen eine Weiterreise zu ermöglichen. Das, was der Gräfin allein nie gelungen wäre, hatte Karmesin fast beiläufig erreicht.

Ihr erstes Ziel war die Festung Margat, größter Stützpunkt der Johanniter in Syrien und bestmöglicher Ausgangspunkt für eine Reise zum Krak des Chevaliers, jener Burg, von der der Gesandte auf See gesprochen hatte.

Ein abgelegener Außenposten, hatte er gesagt, *ein letztes Stück christliche Zivilisation, bevor die Welt in Barbarei versinkt.*

Jenseits davon, im Nirgendwo heidnischer Einöde, wüteten Gahmuret und seine Getreuen.

Doch bevor Violante, Saga und die anderen ihre Reise fortsetzen konnten, hieß es erst einmal Abschied nehmen. Mehr als die Hälfte der zweihundert Frauen, die sie das letzte Stück des Weges über die See begleitet hatten, waren bereits auf Zypern zurückgeblieben, wo der fünfzehnjährige König Hugo und seine Frau Alice im Sinne der Kirche regierten. Alice hatte sich, gerührt vom Schicksal der Frauen, bereit erklärt, die Kreuzfahrerinnen aufzunehmen und sich um ihre vorläufige Unterbringung und Versorgung zu kümmern.

Kaum sechzig Mädchen hatten schließlich die Reise auf der *Santa Magdalena* ins Heilige Land fortgesetzt. Nachdem sie dort an Land gegangen waren und Karmesin ihren päpstlichen Freibrief präsentiert hatte, bekamen sie Gelegenheit, sich einer Johanniterkarawane nach Antiochia anzuschließen. Dort, im Norden Syriens, galt die Herrschaft der Christen als gesichert. Das Fürstentum Antiochia florierte, und die Zahl der Frauen war wie in allen Kreuzfahrerstaaten gering.

Obwohl ihre Suche nach Gahmuret wahrlich unter keinem guten Stern gestanden hatte, wirkte Violante nach dem Abschied von den Resten ihres Heeres erleichtert und manchmal geradezu ausgelassen. Sie konnte es nicht erwarten aufzubrechen. Ihr Plan, die Ordensritter mit dem Jungfrauenheer zu beeindrucken, war zwar längst gescheitert. Aber dank Karmesin hatte sie ihr Ziel auch ohne ein Heer von fünftausend Jungfrauen erreicht. Saga erschien die Gräfin weitaus fanatischer als zu Beginn ihrer Reise, doch sie schrieb das der Tatsache zu, dass ihr Wiedersehen mit Gahmuret endlich in greifbare Nähe rückte.

Zu viert verließen sie schließlich im Gefolge mehrerer Johanniter die Hafengarnison und machten sich auf den Weg nach Margat. Karmesin ritt als offizielle Gesandte des Papstes an der Spitze; sie führte auch alle Gespräche mit den Rittern. Saga, Violante und Jorinde folgten, Letztere mit wachsendem Unbehagen, denn das ungeborene Kind regte sich in ihrem Leib und machte das Reiten zur Tortur. Trotzdem hatte sie darauf bestanden, die Gefährten so weit wie möglich zu begleiten.

Saga selbst hatte sich längst entschieden, Violante bis zum Ende ihres Weges zu folgen. Zum einen aus einer bizarren Neugier heraus, die sie vor ein paar Wochen noch für undenkbar gehalten hätte. Aber auch, weil eine innere Stimme ihr zuraunte, dass es ihre Bestimmung war, das Ende von Violantes Wahnsinn mit eigenen Augen zu erleben. Und wenn auch nur, um irgendwann sicher sein zu können, dass es tatsächlich vorüber war. Sie hatte den Lügengeist nicht durch ihren freien Willen und nicht mit Hilfe von außen bezwingen können; was blieb, war die Möglichkeit, ihm zu beweisen, dass er nicht länger *gebraucht* wurde. Vielleicht war ihr all dies hier vorherbestimmt gewesen, womöglich hatte sie ihn deshalb siebzehn Jahre lang in sich getragen. Wenn sie heimkehrte und ihr Leben zurück in die gewohnten Bahnen lenkte – wie auch immer sie *das* anstellen wollte –, dann würde er sie vielleicht ganz von selbst in Frieden lassen. Sie hatte keinen Zweifel daran, dass sich ihr in Zukunft gewiss kein zweites Mal eine Aufgabe wie diese hier stellen würde, und vielleicht würde sich der Lügengeist dann einfach einen anderen suchen, jemanden, der seiner nötiger bedurfte oder leichter zu einem solchen Abenteuer zu bewegen war.

Sie durchquerten die felsigen Hügel an der Küste und kamen bald in eine weite Landschaft, über der sich die Johanniterburg Margat auf einem imposanten Bergbuckel erhob. Das Land war hier fruchtbarer, es gab borstiges Gras, Haine von Olivenbäumen und gelegentlich ein paar karge Ackerflächen, auch wenn die Winde unablässig Wüstensand aus den nahen Öden herbeitrugen und alles mit hellem Staub überzogen.

Margat selbst bot einen einschüchternden Anblick. Vollständig aus schwarzem Basalt errichtet, aber hell verfugt, thronte die Festung seltsam verwinkelt über einer Ansiedlung an der Nordseite des Berges. Am auffälligsten war ein mächtiger Rundturm, der Wohnsitz des Ordensgroßmeisters, und ein zweiter, kaum kleinerer Turm im Norden, der von zwei niedrigeren Wehrtürmen flankiert wurde. Nirgends gab es Verzierungen. Die Feste Margat war zu einem einzigen Zweck errichtet worden: Von hier aus sollte Krieg geführt werden. Ihre Erbauer hatten nichts getan, um diese Absicht zu verschleiern. Alles wirkte klotzig, eindrucksvoll und Furcht einflößend.

Hinter den Zinnen der Burg, auf Wehrgängen und Wachtürmen, standen Johanniter in ihrer typischen Tracht. Über Kettenhemden trugen sie lange schwarze Waffenröcke, auf denen das weiße Kreuz des Ordens prangte. Auch ihre dreieckigen Schilde waren schwarz, das Kreuz saß darauf oben links und nahm nicht einmal ein Viertel der Fläche ein.

Ihre dunklen Umhänge bauschten sich weit im Wind, der aus dem Hügelland gegen die Festungsmauern peitschte. Viele hielten Lanzen am ausgestreckten Arm, parallel zum Körper, an deren Stahlspitzen lange Wimpel geschlängelt auf den Böen tanzten.

Während eine Hand voll Nonnen sich der geschwächten Jorinde annahmen, wurden Karmesin, Saga und Violante zum Großmeister des Ordens geführt. Er empfing sie in einem schmucklosen Saal. Auf einer runden Tischplatte hatte man Armeen aus winzigen Holzstücken aufgebaut, als wäre ein wunderliches Spiel im Gange. Tatsächlich wurden hier Feldzüge geplant, Verteidigungen von Ordensburgen organisiert und Strategien für die Rückereroberung Jerusalems geschmiedet.

Karmesin zückte einmal mehr ihr päpstliches Dokument. Saga hatte noch keine Gelegenheit gehabt, sie unter vier Augen dazu zu befragen. Weshalb hatte die Konkubine das Pergament niemals vorher erwähnt? Wirklich nur, weil es ihnen unterwegs nicht von Nutzen gewesen wäre?

Nach einem langen Gespräch, in dem der Großmeister sie nachdrücklich vor den Gefahren an der Grenze zum Seldschukenreich warnte, wurde entschieden, dass ein Trupp Johanniter am nächsten Morgen mit ihnen zum Krak des Chevaliers aufbrechen sollte. Die Reise würde mehrere Tage in Anspruch nehmen, und einmal mehr beschwor der Großmeister die Risiken eines solchen Weges herauf. Er berichtete von Überfällen und dem harten Leben in der Grenzfestung, und je länger er darüber sprach, desto schwankender wurde er in seiner Entscheidung. Schließlich kam es so weit, dass er seine Zusage wieder zurückzog und vorgab, eine Nacht darüber schlafen zu müssen. Es sei unverantwortlich, meinte er, die Frauen in diese Hölle zu schicken. Weder Karmesins Beharrlichkeit noch ihr Pochen auf das Siegel des Papstes, und erst recht nicht die Flüche der streitbaren Violante, brachten seinen Beschluss ins Wanken. Morgen früh, so verkündete er, wolle er ihnen mitteilen, ob er einer Weiterreise zustimmen könne oder nicht.

Für die Nacht wurden sie in den kargen Gästequartieren Margats untergebracht. Jede erhielt eine eigene Kammer, und Saga entschied, sich früh schlafen zu legen. Die Strapazen des Ritts steckten auch ihr tief in den Knochen, ganz zu schweigen von der Mühsal wochenlanger Seefahrt. Die Vorstellung, die Rückreise irgendwann erneut auf einem Schiff antreten zu müssen, war nur schwer zu ertragen. Dann aber sagte sie sich, dass es zu früh war, an eine Rückreise überhaupt zu *denken*.

Als sie erwachte, schlug die Glocke der Burgkapelle elf. Es

war dunkel geworden, obgleich noch immer ein fernes Glühen am Himmel schimmerte. Saga wälzte sich eine Weile auf ihrem Lager umher, ehe sie sich eingestehen musste, dass sie vor Aufregung über den bevorstehenden Ritt ins Unbekannte nicht wieder einschlafen konnte. Sie überlegte, in der Küche um einen Becher Wasser zu bitten, ehe sie schließlich auf den Gedanken kam, Karmesin aufzusuchen. Es war nicht besonders rücksichtsvoll, um diese Zeit an ihrer Kammertür zu klopfen. Andererseits hatte sich die Konkubine in den vergangenen Tagen seltsam distanziert verhalten, sogar Jorinde gegenüber. Sie schien sich Sorgen zu machen, war oft tief in Gedanken versunken, und es irritierte Saga mit jedem Tag mehr, dass Karmesin ihr nichts von dem Schriftstück erzählt hatte. Wieso aber hatte Violante darüber Bescheid gewusst? Als hätte es zwischen ihnen eine geheime Absprache gegeben. Dabei hatten die Konkubine und die Gräfin nie einen Hehl daraus gemacht, dass sie einander nicht mochten.

Saga verließ ihre Kammer und lief auf nackten Füßen zu Karmesins Tür hinüber. Der schwarze Basaltboden war eiskalt, trotz der Hitze, die tagsüber außerhalb der Mauern herrschte. Sie trug eine lederne Hose und ein weiches Wams, das bis auf ihre Knie reichte. Beides hatte man ihr am Nachmittag gebracht. Knappenkleidung, vermutete sie.

Sie hob die Hand und klopfte an die Kammertür. »Wer ist da?«, fragte Karmesin.

»Ich bin's. Saga.«

Von innen wurde entriegelt. Zu Sagas Erstaunen war Karmesin vollständig angekleidet. Sie trug die Hose aus Wildleder, die ein wenig zu weit um ihre schlanken, langen Beine lag, und ein Wams, das im Gegensatz zu Sagas eigenem ein hübsches Muster aufwies; Saga vermutete, dass es sich dabei um ein abgeschnittenes und umgenähtes Kleid handelte, weil die Nonnen es nicht über sich gebracht hatten, eine Erscheinung wie Karmesin in grobe Männerkleidung zu stecken. Ihr rabenschwarzes Haar hatte sie zu einem Pferdeschwanz gerafft. Sie wirkte überrascht, dass Saga sie so spät am Abend aufsuchte.

Zwei Talgkerzen brannten in tönernen Schalen und spendeten zuckendes Licht, als Saga sich durch den Türspalt zwängte.

»Du bist noch angezogen?«, fragte sie.

»Ich war bei Jorinde.«

Sagas schlechtes Gewissen rührte sich. Sie hatte Jorinde seit ihrer Ankunft auf Margat nicht mehr gesehen. »Wie geht es ihr?«

»Sie wird nach Zypern zurückkehren.«

»Gott sei Dank! War es schwer, sie zu überreden?«

Karmesin schüttelte den Kopf. »Es war ihr eigener Entschluss. Das Kind ist ihr wichtiger als Violante und Gahmuret.« Sie schnaubte leise. »Ich wünschte, du und ich, wir wären genauso vernünftig.«

»Du würdest lieber zurückbleiben?«

»Ohne mich und meine Befugnisse wird Violante in diesem Land keinen weiteren Schritt machen. Sie braucht mich. Und das weiß sie.«

»Ihr scheint euch plötzlich besser zu verstehen, du und die Gräfin.«

»Sie gibt sich Mühe.« Karmesin winkte ab. »Sie ist immer eine berechnende Frau gewesen, gerade du solltest das wissen. Sie wird noch die Engel am Himmelstor manipulieren … Vorausgesetzt, sie landet nicht ein Stockwerk tiefer, nach allem, was sie hier unten in Gang gebracht hat.«

Saga lächelte höflich. »Sie wusste von dem Freibrief des Papstes.«

»Viel früher hätte ich das Dokument niemandem zeigen können«, sagte Karmesin. »Weil es vor ein paar Tagen noch gar nicht existiert hat.«

»Aber –«

Die Konkubine senkte ihre Stimme. »Ich habe es selbst geschrieben.«

»Was?«

Karmesin lachte, und zum ersten Mal in all den Wochen entdeckte Saga eine Spur von Aufregung in ihren Zügen. »Ich könnte die Stimme des Papstes imitieren, wenn ich müsste. Sogar seinen Gang. Und wie er sich am Hals kratzt, wenn er Dinge sieht, die Priester eigentlich nicht sehen dürfen. Sogar die Art, wie er atmet. Wenn er wach ist *und* wenn er schläft.« Sie ergriff Sagas Hand und zog sie näher heran, bis Saga unmittelbar vor ihr stand und auf Karmesin herabblicken musste. »Ein Schriftstück zu fälschen ist ein Kinderspiel, wenn man weiß, worauf man achten muss. Und wenn man das richtige Siegel besitzt.«

»Du hast ein Siegel des Papstes?«

»Er wird es nicht vermissen. Und wenn schon …« Sie hob die Achseln. »Was sollte er schon tun? Mich exkommunizieren? Einer Karmesin ist es sogar untersagt zu beichten, weil der Heilige Vater zu große Sorge hat, was sie dabei ausplaudern könnte. Innozenz würde es sich dreimal überlegen, bevor er mich zornig macht. Oder er würde mich sofort umbringen lassen.« Sie feixte wie ein Kind, das gerade einen Witz gemacht hat, den kein Erwachsener versteht. »Und wer sollte *das* wohl erledigen?«

»Auch du bist nicht unsterblich.«

»Ich nicht. Aber die Karmesin. Das, wofür wir seit tausend Jahren stehen. Nach mir wird es wieder eine geben. Und danach eine andere. Eine von uns wird immer da sein.«

Saga neigte den Kopf. »Aber warum tust du das? Für Violante?«

Karmesin stand auf und trat an das schmale Fenster, kaum mehr als eine Schießscharte in der Basaltmauer. Von hier aus war ein Stück des Wehrgangs zu sehen, auf dem im Mondlicht schwarz gewandete Ordensritter patrouillierten.

»Nicht für Violante«, sagte sie, ohne sich zu Saga umzudrehen. »Nur für dich.«

»Für mich?«

»Wenn du jetzt umkehren würdest, egal aus welchem Grund,

dann würde es niemals zu Ende sein. Viel mehr als für mich oder Jorinde ist es wichtig für dich, dass es wirklich vorbei ist. Oder nicht?«

Saga starrte sie an, völlig perplex, dass sie in Karmesins Worten ihre eigenen Gedanken wiederfand: ihre Vermutungen darüber, dass der Lügengeist sie vielleicht in Ruhe lassen würde, wenn dies alles endlich ausgestanden war; und die Gewissheit, dass es einen Abschluss gab für das, was sie seit so langer Zeit durchmachte. Vielleicht war das eine fixe Idee, womöglich machte sie sich selbst etwas vor. Aber warum war dann Karmesin zu demselben Schluss gekommen?

»Wenn wir Gahmuret finden«, sagte die Konkubine, »dann wird es vorüber sein, auf die eine oder andere Weise. Kann sein, dass wir sterben. Oder dass wir zu spät kommen. Aber dies alles wird ein Ende haben. Ich möchte wissen, wie es ausgeht – aber du, Saga, du *musst* es wissen. Sonst wirst du niemals Ruhe finden.«

Sagas Stimme klang stumpf. »Glaubst du, dass wir lebend von dort zurückkehren?«

»Wenn ich das wüsste, würde das vieles einfacher machen, nicht wahr?« Karmesin kam zurück zu ihr, legte ihr die Hände auf die Schultern und drückte sie sanft auf die Bettkante. »Ich werde jedenfalls tun, was ich kann, damit wir alle am Leben bleiben.«

In Sagas Augen brannten Tränen. »Das wird nicht leicht werden.«

»Vielleicht nicht.«

»Du glaubst, dass der Großmeister übertrieben hat?«

Karmesin schüttelte den Kopf. »Aber auch er weiß nichts über Gahmuret, stimmt's? Nur das, was *war*, aber nicht, was *ist*.«

»Noch wissen wir nicht mal, ob der Großmeister uns überhaupt gehen lässt.«

»Das wird er«, erwiderte Karmesin überzeugt.

»Was macht dich da so sicher?«

Die Konkubine lächelte. »Ich habe es ihm befohlen.«

~

Am nächsten Morgen brannte die Sonne unbarmherzig vom wolkenlosen Himmel herab. Sie hatte kaum den Rand der Zinnen erreicht, aber schon jetzt staute sich die Hitze im Hof der Festung.

Karmesin hatte damit Recht behalten, dass der Großmeister ihrem Ansinnen zustimmen würde. Ein Trupp von zehn Rittern würde die drei Frauen zum Krak des Chevaliers begleiten. Keine Vasallen, keine einfachen Soldaten. Echte Ritter, erfahrene Kämpfer in zahllosen Schlachten, mit argwöhnischen Augen, denen keine Bewegung entging, und gegerbten Gesichtern, braungebrannt von der Sonne. Nichts, das sie taten, wirkte beiläufig oder überflüssig. Sie glitten geschmeidig auf ihre Pferde, trotz der Last ihres Kettenrüstzeugs, und wenn sie auf Latein miteinander sprachen, schien es sich um knappe Anweisungen und Bestätigungen zu handeln. Kein Wort, keine Regung, kein Atemzug zu viel. Lebe mit dem, was der Herr dir gegeben hat. Lebe für den Herrn.

Als der Trupp bereit zur Abreise war, umarmte Karmesin Jorinde sehr lange und flüsterte ihr etwas ins Ohr, das die junge Adelige unter Tränen lächeln ließ. Sie schloss für einen Moment die Augen, schien sich auf etwas zu besinnen, dann lösten sich die beiden voneinander.

Violante verabschiedete sich als Nächste. »Ich habe in den letzten Monaten viele Fehler gemacht. Aber wenn es etwas gibt, das ich noch einmal genauso machen würde, dann Euch aus Hoch Rialt fortzuholen.«

»Ihr seid sehr freundlich«, sagte Jorinde mit belegter Stimme. Die Tränen liefen ungehemmt über ihre Wangen.

Zuletzt kam die Reihe an Saga. Sie hasste es, Abschied zu

nehmen. In vielerlei Hinsicht hatte Jorinde ihr von allen immer am nächsten gestanden, auch wenn sie in den vergangenen Wochen nur noch wenig miteinander gesprochen hatten. Jorindes Anwesenheit war zu etwas ungeheuer Vertrautem und Selbstverständlichem geworden, das Worte überflüssig machte. Nie hatte es geheime Motive für irgendetwas gegeben, das sie tat, ganz im Gegensatz zu allen anderen mit ihren wechselnden Loyalitäten und verborgenen Zielen. Ihre Bescheidenheit und Scheu waren niemals Maskerade gewesen. Sie war immer nur sie selbst, auch jetzt, mit tränennassem Gesicht und Augen, aus denen tiefe Trauer über den Tod ihres Sohnes und das Schicksal hunderter Mädchen, aber auch unverwüstliche Hoffnung strahlten.

Saga und sie hielten einander lange im Arm, und beide weinten ganz offen, unberührt von den Blicken der Ritter auf ihren hohen Rössern und der Ungeduld des Großmeisters, der auf den Treppenstufen des Palas wartete, um das Zeichen zum Aufbruch zu geben.

»Ich wünschte …«, begann Saga, aber Jorinde legte ihr lächelnd eine Fingerspitze auf die Lippen.

»Psst«, machte sie. »Wir sehen uns bald wieder. Kein Grund, einen Abschied für immer daraus zu machen.«

»Es ist dumm und eigennützig, aber mir wäre es lieber, du müsstest nicht nach Zypern gehen. Ich werde dich vermissen.«

»Ich wäre euch nur eine Last, auch ohne das hier.« Sie streichelte liebevoll ihren Bauch. »Zu allzu viel bin ich nie zu gebrauchen gewesen, fürchte ich.«

»Sag das nicht. Ohne dich hätte ich vielleicht alles aufgegeben.«

Jorinde lächelte. »Das *hast* du. Mehr als einmal.«

»Aber nie für immer. Weil es eben nicht nur um mich ging, sondern auch um andere. Niemand hat mir das immer wieder so klar gemacht wie du.«

»Auf Wiedersehen«, flüsterte Jorinde mit heiserer Stimme.

»Bleib gesund und wage ja nicht, ›Leb wohl‹ zu sagen. Du kommst zurück, hörst du? Du *kommst* zurück!«

Saga musste gegen ihren Willen lächeln. »Bis bald, Jorinde.«

Dann schlängelte sich ein Zug von dreizehn Reitern den Weg vor dem Festungstor hinab, aus dem Schatten der schwarzen Mauern, dem fernen Flimmern im Südosten entgegen.

Krak des Chevaliers

Die *Sturmhochzeit* hatte Faun und die anderen über Zypern ins Heilige Land gebracht. Im Hafen von Limassol hatten sie erfahren, dass Dutzende von Mädchen, die das Massaker auf der Tempelinsel überlebt hatten, auf Zypern zurückgeblieben waren; es war nicht schwer gewesen, einige von ihnen ausfindig zu machen. Bald war der Name Margat gefallen.

Wenige Tage später nahmen sie Abschied von Katervater, und obgleich sie keinen Freibrief besaßen wie jene, die vor ihnen diesen Weg gegangen waren, gelangten Faun, Tiessa und Zinder nach Margat, nicht als Gäste des Ordens, sondern als mindere Bittsteller.

Eine ausgezehrte junge Frau, hochschwanger, die sich ihnen als Jorinde von Rialt vorstellte, zeigte sich überraschend erfreut, als Faun sich erst den Torwächtern und dann ihr selbst als Sagas Zwillingsbruder zu erkennen gab. Sie umarmte und küsste ihn, als hätten sie einander schon lange gekannt, und dann erzählte sie ihnen, dass Saga und ihre Begleiterinnen drei Tage zuvor von Margat aus zum Krak des Chevaliers aufgebrochen waren, sowie das Wenige, das sie über Gahmuret wusste. Faun konnte kaum glauben, dass Saga sich der Gräfin freiwillig auf der letzten Etappe angeschlossen hatte, doch Jorinde versicherte ihm, dass Saga aus freien Stücken unterwegs ins Seldschukenreich war.

»Wie sollen wir dorthin kommen?«, fragte Zinder und seufzte, wohl weil er die Antwort vorausahnte.

»Und wenn ich auf Knien rutschen muss«, erklärte Faun, »ich gehe weiter.«

»Ich komme mit«, pflichtete Tiessa ihm bei.

Und obwohl er am besten einschätzen konnte, in welche Gefahr sie sich begaben, nickte auch Zinder. An seinem eigenen Ziel hatte sich ebenfalls nichts geändert. Das hatte er oft genug gesagt, in den langen Tagen an Bord der *Sturmhochzeit*, während sie alle ihren Gedanken freien Lauf gelassen hatten.

Tiessa hatte viel über ihren verstorbenen Vater, König Philipp, gesprochen. Mit keinem Wort aber hatte sie die Hochzeit mit dem Kaiser erwähnt, wiewohl Faun wusste, dass ihr schlechtes Gewissen ihr zu schaffen machte. Als Zinder einmal, in einem ganz anderen Zusammenhang, den Bürgerkrieg und seine Schrecken erwähnt hatte, war Tiessa aschfahl geworden. Da hatte Faun realisiert, dass sie noch immer mit ihrem Schicksal haderte, dass sie nach wie vor grübelte, auch des Nachts, wenn es schien, als schliefe sie in seinen Armen, und doch in Wahrheit nur über ihre Verantwortung nachdachte, eine Verantwortung, an der viele andere zerbrochen wären. Wie sollte sie damit fertig werden? Es war ein Kreislauf von Befürchtungen, Ängsten und Schuldgefühlen, der immer wieder zum Anfang führen musste.

Faun ahnte das alles, und er hatte immer wieder versucht, mit ihr darüber zu sprechen. Aber obgleich sie sich in jenen Tagen näher kamen als jemals zuvor, wehrte sie all seine Versuche ab, Einfluss auf ihre Überlegungen zu nehmen.

Dass sie sich jetzt ohne Zögern bereit erklärte, die Reise zum Krak des Chevaliers fortzusetzen, beruhigte ihn ein wenig. Er wäre bis zum Ende der Welt gereist, wenn sie ihn begleitet hätte, und sogar noch darüber hinaus, wenn sie das nur von der Entscheidung abgelenkt hätte, die wie ein Mühlstein auf ihrem Gewissen lastete. Früher oder später, das wusste er, würde sie ihm mitteilen, wozu sie sich entschlossen hatte. Und nichts, das er dann sagen oder tun könnte, würde irgendetwas daran ändern.

Ich werde dies tun, würde sie sagen, *oder jenes.*

Und davor hatte er entsetzliche Angst.

~

Als der Krak des Chevaliers aus dem öden Grenzland emporwuchs, raubte der Anblick ihnen allen den Atem. Monumentaler konnte keine Festung auf Gottes Erde sein, allmächtiger in ihrer ehernen Bauweise, gewaltiger und Respekt einflößender.

»Du liebe Güte«, raunte Tiessa, während sie neben Faun und Zinder über eine Hügelkuppe ritt, »sie ist so *groß*!«

»Das ist sie, bei Gott!«, flüsterte Zinder.

Auch Faun sprach leise, als wäre die gigantische Feste etwas Lebendiges, das jeder überflüssige Laut aus steinernem Schlaf aufwecken konnte.

Die Grenzfestung des Johanniterordens erhob sich auf einem Ausläufer des Alawitengebirges, einer dunkelgrauen Bergkette aus schroffem Basalt, zu deren Fuß eine gewellte Ebene lag. Der Krak des Chevaliers überschaute das Tiefland von einem Berg mit abgeflachter Spitze. Von seinen Zinnen aus musste die Sicht bis weit in die Seldschukengebiete reichen. Es gab keine erkennbare Grenze, nur eine endlose Abfolge sanfter Hügel, Woge um Woge aus Sand, Fels und Basaltstaub, die ebenso dunkel waren wie das bedrückende Gebirge. Die Vorstellung, noch tiefer in diese trostlosen Weiten reiten zu müssen, senkte ihre Stimmung und saugte jede Freude aus ihrer Erleichterung über die Ankunft am Krak. Das Land, das sich vor ihnen gen Osten erstreckte, war so grau und düster und eintönig, dass es ihnen für eine Weile gänzlich die Sprache verschlug.

Die Johanniterburg war nicht aus Basalt errichtet worden, sondern aus hellem Kalkstein, der sich knochenfarben von der düsteren Umgebung abhob. Trotz seiner weißen Mauern erschien der Krak des Chevaliers keineswegs licht und einladend. Vielmehr wirkte seine mächtige Silhouette weitaus einschüchternder als

Margat. Es gab ein paar Hütten am Fuß seiner Mauern, aber es waren so wenige, dass man sich unwillkürlich fragte, wen oder was diese Festung eigentlich bewachte. Etwa dieses unwirtliche Ödland, das sich vom Fuß des Gebirges bis zum Horizont erstreckte? Wer sollte ein Interesse haben, *dafür* zu kämpfen? Opferten Männer allen Ernstes ihr Leben für diese verlorenen Hügel und Senken, wo nicht einmal der Sonnenschein Fuß fassen wollte, geschweige denn menschliche Siedlungen?

Bäume waren nirgends zu sehen, nur borstiges, halb verdorrtes Gras und niedrige Büsche, die kaum diese Bezeichnung verdienten.

Die Festung selbst war mehr als zweihundert Schritt breit und, wie die drei Reiter beim Näherkommen feststellten, an die hundertfünfzig tief. Sie bestand aus einer eindrucksvollen Ummauerung mit hohen Wehrgängen, die einen U-förmigen Innenhof umfasste. In seinem Zentrum erhob sich die eigentliche Kernburg, deren Hänge man künstlich abgeschrägt und glatt gepflastert hatte, um ein Erklimmen unmöglich zu machen. Frieden hatte der Krak des Chevaliers niemals gekannt; nicht damals, als hier noch die Burg eines kurdischen Emirs gestanden hatte, und nicht heute, da das Umland unter der stählernen Faust der Kreuzritter ächzte.

Während sie sich der Festung näherten, schlug Fauns Herz immer heftiger. Sogar auf den Zinnen und Türmen suchte er nach Hinweisen auf Sagas Anwesenheit. Nach all den Wochen waren sie womöglich nur noch durch diese Mauern voneinander getrennt.

Du bist hier, raunte er in Gedanken. Ich kann dein Herz hören, weil es klingt wie meines. Ich *weiß*, dass du hier bist. Am liebsten hätte er sein Pferd in Galopp ausbrechen lassen, aber dann hätten die Wächter auf den Türmen ihn schon von weitem mit ihren Armbrüsten aus dem Sattel geschossen. Er wusste, wie vorsichtig er sein musste, und zugleich schrie alles in ihm dagegen an. Er wollte losreiten, sie finden und mit nach Hause nehmen. Jetzt gleich.

Stattdessen hielt er seine Gefühle im Zaum und ließ mit bebenden Knien seinen staubigen Rappen auf den Eingang des Krak zutraben.

Das Tor der Festung war erstaunlich klein. Faun hatte ein prächtiges Portal erwartet, doch sie fanden nur eine schmale Zugbrücke und einen halbrunden Durchgang in einen engen Vorhof. Die Wächter in ihren schwarzen Waffenröcken mit dem weißen Kreuz ließen sie zögernd passieren, nachdem Faun versucht hatte, ihnen zu erklären, warum er hier war. Einer der Männer verstand seine Sprache und winkte die drei durch, ohne zu erkennen zu geben, was er von Fauns Behauptungen hielt.

Erst nachdem sie den Vorhof und ein weiteres Tor passiert hatten, kamen sie in den eigentlichen Innenhof. Hier erkannten sie, weshalb es so einfach gewesen war, in die Feste zu gelangen. Es wimmelte von Einheimischen, die im Hof ihre Verkaufsstände aufgeschlagen hatten. Johanniter patrouillierten mit Lanzen und Schwertern, viele Ritter standen auch an den Ständen und feilschten um Früchte, Honig und geschnitzte Schachfiguren. Überall gab es morgenländisch aussehende Männer und Frauen in schlichter Kleidung, bei denen es sich um Dienstboten oder Reisende handeln mochte.

»Warum lassen sie Feinde in ihre Mauern?«, flüsterte Tiessa.

»Nicht alle Sarazenen sind Feinde«, entgegnete Zinder. »Manche Orden sind ihnen gegenüber aufgeschlossener als andere, und es mag Burgherren geben, die ihnen durchaus wohlwollend begegnen. Hier heißt es entweder miteinander auskommen oder aber sich blutige Köpfe holen.«

Während der Söldner noch redete, hielt Faun bereits auf das Tor der Kernburg zu. Sie waren jetzt alle drei abgestiegen und führten ihre Rösser an den Zügeln. Hühner liefen vor ihnen über den Hof, grauer Basaltstaub bildete faserige Trichter im Wind. Zahllose Stimmen schwatzten durcheinander. Es roch nach heißem Sand, Schweiß und fremden Gewürzen, nach Pferdeäpfeln und Schweinedung. Irgendwo ertönte eine Flöte, aber als Faun sich nach dem Musikanten umsah, konnte er ihn nirgends entdecken.

»Ich bin auf der Suche nach meiner Schwester«, richtete er das Wort an einen der Wachhabenden am Tor der Kernburg. »Sie ist mit einem Trupp Eurer Brüder von Margat aus hierher geritten. Ihr Name ist Saga. Sie ist in Begleitung der Gräfin Violante von Lerch und einer zweiten Frau, von der es heißt, dass sie ungewöhnlich schön ist. Sicher habt Ihr sie bemerkt.«

Die Wächter redeten miteinander, ein höhergestellter Befehlshaber wurde hinzugeholt, und bald darauf bekamen die drei das Zeichen, dass sie die Kernburg betreten durften. Ihre Waffen mussten sie ablegen, auch Zinders Kettenschwert, aber alles wurde in einem Leinensack aufbewahrt und von einem Soldaten hinter ihnen her ins Innere der Burg getragen.

Sie kamen in einen ungleich engeren und schattigeren Hof, vielfach verwinkelt und weniger belebt als der große Hof an der Außenseite. Faun bemerkte, dass die Flötenmelodie hier deutlicher erklang als draußen, und wieder blickte er sich suchend um.

Tiessa trat neben ihn und berührte seine Hand. Sein Blick folgte ihrem ausgestreckten Arm. Nach der sengenden Hitze und Helligkeit an der Außenseite mussten sich seine Augen erst an das schattige Grau gewöhnen. Er kniff die Lider zusammen, öffnete sie wieder.

Er hatte Violante immer in einem edlen Gewand vor sich gesehen, wenn er an sie gedacht hatte, denn so war sie ihm zum ersten und einzigen Mal vor seiner Kerkertür auf Burg Lerch gegenübergetreten. Damals war ihr Haar kunstvoll hochgesteckt gewesen.

Jetzt aber trug sie weite Leinenhosen wie ein Mann, ein langes Wams, eng um ihre schmale Taille gegürtet, und darüber einen weißen Überwurf gegen die Wüstensonne. Ihr langes Haar war mit ein paar Hornspießen zu einem nachlässigen Knoten verschlungen. Die Bräunung ihrer Haut nach den langen Wochen auf See brachte die Schnabelhiebnarbe unter ihrem Auge noch stärker zur Geltung. Am Kinn war ein weiterer Schmiss hinzugekommen; er sah aus wie eine Wunde, die eine Klinge geschlagen hatte und die erst kürzlich schlecht verheilt war.

Sie stand inmitten einer Gruppe von schwarz gewandeten Ordensrittern und debattierte aufgeregt mit einem von ihnen.

»Violante«, flüsterte Faun, stand aber wie festgewachsen da und konnte sie nur anstarren, ohne dass sie ihn in ihrem erregten Streit mit dem Johanniter bemerkte. Er fragte sich, wo all der Hass geblieben war, den er für sie empfunden hatte. Er suchte danach in seinem Inneren, aber da war nur verwirrende Leere, jetzt da er sie vor sich sah. Er verstand es nicht und war doch froh darüber. Er wollte keine Zeit mit ihr verschwenden. Nicht einmal dazu war sie im Augenblick wichtig genug.

Auch Zinder hatte die Gräfin entdeckt. Er schnappte nach Luft, ließ die Zügel seines Pferdes los und wollte auf sie zugehen, doch Tiessa hielt ihn am Arm zurück.

Das Flötenspiel wechselte zu einer neuen Melodie, so melancholisch wie die erste.

Faun schaute sich abermals um. Sein Blick strich über die hohen Mauern des Innenhofs, weißgraue Kalksteinblöcke, in deren Fugen sich dunkler Sand abgelagert hatte. Er war drauf und dran, zum offenen Eingang des Palas hinüberzugehen, als ihm bewusst wurde, dass die Musik von oben kam.

Sein Blick suchte den Wehrgang über dem Tor, durch das sie die Kernburg betreten hatten. Aber die Wand war zu hoch, und Faun stand zu nah an ihrem Fuß, um irgendwen dort oben sehen zu können.

Sanft nahm er Tiessas Hand und reichte ihr die Zügel seines Pferdes. Der Anführer der Eskorte nickte ihm zu.

Faun ging los, erst zögernd, dann immer schneller, bis er eine gemauerte Treppe zum Wehrgang erreichte. Mit jedem Schritt nahm er mehrere Stufen. Die Melodie begleitete ihn, hallte samtig von den Wänden des Innenhofs wider und wurde schlagartig leiser, als er das Ende der Treppe erreichte und auf den offenen Wehrgang trat.

Eine schmale Gestalt saß in einiger Entfernung zwischen den Zinnen, mit angezogenen Knien, eingezwängt zwischen zwei Steinquadern. Sie wandte ihm den Rücken zu und war ganz in ihr Flötenspiel vertieft. Ihr kastanienbraunes Haar wurde vom Wind aufgewirbelt und tanzte fast waagerecht auf den heißen Böen.

Faun blieb stehen und atmete tief durch. Dann ging er langsam auf sie zu. Ein Ritter mit aufgepflanzter Lanze warf ihm einen mürrischen Blick zu, aber er hielt ihn nicht auf.

Fünf Schritt vor Saga verharrte Faun erneut. Seine Augen brannten. Mit dem Handrücken wischte er sich ungeduldig Tränen von der Wange. Ihre Mutter hatte diese Melodie manchmal für sie gespielt, als sie beide noch sehr klein gewesen waren.

Der Moment dehnte sich zur Ewigkeit, während er dastand, unfähig, die letzten paar Schritte zu tun und sie an der Schulter zu berühren. Sie anzusprechen. Oder einfach um sie herumzugehen und ihr ins Gesicht zu blicken. All die Wochen für diesen einen Augenblick. Wie Gedanken eines Sterbenden spulten sich in seinem Geist Bilder und Szenen der Reise ab, ein Flimmern von Eindrücken und Gefühlen, von Schmerz und Wut und Leidenschaft.

Er hatte sie vermisst. Erst jetzt wurde ihm klar, wie sehr er sie vermisst hatte.

»Saga?« Seine Stimme bebte. Er sprach ganz leise, und ihr Name ging im Spiel der Flöte unter.

»Saga!«

Sie hob den Kopf ein wenig, das Instrument noch immer an den Lippen. Die Melodie erklang noch einige Herzschläge länger, dann brach sie ab. Die Flöte wurde zögernd gesenkt. Die gebräunten schmalen Hände, die er so gut wie seine eigenen kannte, zitterten.

Die Zeit gerann zu honigzähem Nebel.

Langsam wandte Saga sich zu ihm um. Etwas war mit ihrem Gesicht, eine furchtbare Narbe auf ihrer linken Wange, aber Faun sah kaum hin. Blickte nur in ihre Augen.

Genau wie sie in die seinen.

~

Sie war froh, dass sie so sicher zwischen den Zinnen verkeilt saß. Ihr Atem war wie abgeschnürt, die Flöte entglitt fast ihren Fingern. Aber dann hielt sie das Instrument fest, so kräftig, dass es zwischen ihren Fingern zu zerbrechen drohte. Die Melodie hallte noch immer in ihrem Schädel nach, nicht mehr ihre eigene, sondern ein Echo jener Musik, die ihre Mutter oft gespielt hatte. Und mit ihr kehrte alles wieder, jedes Gefühl, jede Erinnerung, der furchtbare Schmerz, als Violante ihr Faun genommen hatte und sie gefürchtet hatte, es wäre für immer.

Dann war er endlich bei ihr, zog sie zwischen den Zinnen hervor, während er sie zugleich umarmte und Worte stammelte, die irgendwie an ihr vorüberwehten, denn Worte waren nicht wichtig, nichts war wichtig, nur dass sie ihn wiederhatte. Sie klammerten sich aneinander, weinten und lachten zugleich, während die halb vergessene Melodie aus ihrer Erinnerung sie wie ein Kokon umschloss und alles andere aussperrte.

Nur er und ich, dachte sie. Geschwister. Zwillinge.

»Wo warst du nur?«, flüsterte sie tränenerstickt. »Wo bist du nur die ganze Zeit gewesen?«

»Niemals weit weg«, sagte er leise.

»Ich dachte, ich hätte dich verloren.«

Er redete darauf los, etwas von Schiffen auf dem Meer, von Sklavenmärkten und allerlei anderen Dingen, aber sie sah dabei nur in seine Augen, die ihren eigenen so ähnlich waren, auch wenn sie äußerlich sonst kaum Gemeinsamkeiten hatten.

Er hob eine Hand, als wollte er die Narbe auf ihrer Wange berühren, verharrte aber ein kurzes Stück davor. Saga selbst hatte sie fast vergessen, seit nicht nur die verheilte Wunde, sondern auch jeder andere Fingerbreit ihres Körpers wehzutun schien. Schmerz war ein vertrauter Begleiter geworden, ein enger Freund von Entbehrung und Hitze und entsetzlicher Müdigkeit. Seit fast vier Tagen waren sie jetzt auf dem Krak des Chevaliers und warteten auf die Rückkehr einer Patrouille aus den Seldschukenländern, doch trotz der Ruhe, die sie hier gefunden hatten, wollte Sagas Erschöpfung nicht weichen.

Selbst jetzt nicht, da sie und Faun einander gegenüberkauerten, jeder in der Umarmung des anderen. Alles hätte gut sein müssen in diesem Moment. So vieles vergessen, so vieles getilgt.

Aber nichts war gut, irgendwie, und sie verstand nicht, warum.

Oder, doch, das *eine*.

Sie hatte ihn wieder. Und ging es nicht gerade darum? Wie hatte sie das aus den Augen verlieren können? Ja, *wie* – und selbst jetzt noch, in diesem Moment?

Sie umarmte ihn fester. Sie würde ihn nie wieder loslassen.

»Wir gehen nach Hause«, flüsterte er an ihrem Ohr. »Zusammen nach Hause, ja?«

Sie zögerte mit einer Antwort, schloss die Augen und atmete tief ein.

»Nein«, sagte sie dann, »ich kann nicht nach Hause gehen. Noch nicht.«

»Du willst bei ihr bleiben?« Er sah sie an, brachte aber nicht mal ein Kopfschütteln zustande. »Um Gahmuret zu finden?«

Saga nickte.

Er holte tief Luft. Ein Teil von ihm weigerte sich zu glauben, was er da hörte. Er hob den Blick. »Dann gehe ich mit dir«, sagte er. »Egal, wohin du noch gehst und mit wem und aus welchem Grund – ich gehe mit dir. Ich lasse dich nicht mehr allein.«

Am Basaltfluss

Als sie die Treppe hinabstiegen, sahen Faun und Saga, dass Zinder bei Violante stand. Beide redeten heftig aufeinander ein. Tiessa seufzte erleichtert, als sie Faun entdeckte, zuckte hilflos die Achseln und eilte auf ihn und Saga zu.

»*Zinder*?«, entfuhr es Saga. »Wie kommt *er* hierher?«

»Mit uns«, sagte Faun. »Wir haben ihn mitgebracht.«

Tiessa blieb vor ihnen stehen. »Oder er uns. *Eher* er uns.« Sie schenkte Saga ein Lächeln. »Ich bin« – ein ganz kurzes Zögern, ein absichernder Blick zu Faun – »Tiessa.«

Saga lächelte zurück. »Ich bin Saga. Ihr müsst mir alles erzählen. Aber erst …« Sie sah zu Faun, dann kurz zu Tiessa. »Ich würde gern Zinder begrüßen.«

Tiessa schaute zu Violante und dem Söldner hinüber. Die Johanniter hatten sich kopfschüttelnd zurückgezogen, augenscheinlich froh, dass die Gräfin ein anderes Opfer für ihre streitbare Laune gefunden hatte.

»Kein guter Moment«, sagte Tiessa.

Aber Saga war schon unterwegs.

»Warum hört hier niemand auf das, was ich sage?«, fragte Tiessa leise.

Faun nahm sie übermütig in den Arm und küsste sie. Nach einem Augenblick hielt er inne und betrachtete sie prüfend. »Du hast doch nicht gedacht, dass sich durch sie irgendetwas ändert, oder?«

Tiessa sah ertappt und erleichtert zugleich aus, und sie gab ihm eilig noch einen Kuss. »Nein«, sagte sie, »natürlich nicht.«

Seine Erschöpfung war im selben Moment von ihm abgefallen, als er Saga vor sich gesehen hatte. Aber jetzt stieg eine neuerliche Sorge in ihm auf, und er war nicht sicher, wie er es Tiessa sagen sollte.

Eine Falte erschien zwischen ihren Augen. »Was ist los?«

Kurz druckste er herum, dann gab er sich einen Ruck. »Sie will Violante begleiten. Tiefer in diese … Hölle da draußen. Weiter nach Osten.«

»Um Gahmuret zu suchen?«

Er nickte.

»Und du willst sie nicht allein gehen lassen.«

Er wich ihrem Blick aus, obwohl sie nicht zornig aussah. Auch nicht enttäuscht. Aber gerade das machte ihn unsicher. »Ich kann nicht einfach zusehen, wie sie wieder verschwindet. Ich habe sie gerade erst wiedergefunden, und nun …« Er brach ab, weil ihm die Worte ausgingen, und er dachte, dass Tiessa es entweder verstehen würde oder nicht, ganz gleich, was er sagte und nach welchen Erklärungen er suchte. Er *konnte* Saga nicht einfach davonziehen lassen. Nicht schon wieder.

Tiessa verriet noch immer durch keine Regung, was ihr durch den Kopf ging. »Wenn man einmal für einen Augenblick außer Acht lässt, was Violante anderen Menschen angetan hat … all den Mädchen auf der Insel und ihren Familien zu Hause … Wenn man das alles einmal ganz kurz vergisst, dann kann man sie fast verstehen, oder?« Sie schwieg einen Moment lang. »Sie hat eine Menge auf sich genommen, um jemanden wiederzufinden, den sie liebt.«

»Und du meinst, das ist dasselbe wie bei Saga und mir?«

Sie schüttelte den Kopf. »Nicht dasselbe. Aber du *kannst* sie verstehen, oder? Ich glaube, *ich* kann es.« Sie senkte ihre Stimme. »Wenn du das wärest, der da draußen verschollen ist, dann würde ich … « Sie brach ab.

Er küsste sie erneut, diesmal weitaus weniger übermütig als zögernd, fast ein wenig unsicher.

»Lass mich mitkommen«, sagte sie.

»Das ist –«

»Zu gefährlich? Eben deshalb.«

»Du bist verrückt.«

»Und mach dir keine Sorgen um Saga. Sie hat es ohne dich bis hierher geschafft, und sie hat es bestimmt nicht leichter gehabt als wir.«

»Aber –«

»Und was mich angeht«, unterbrach sie ihn, »ich bin froh über jeden Tag, den ich bei dir sein kann.«

Er wusste genau, was sie da in Wahrheit sagte: froh über jeden Tag, den sie ihre endgültige Entscheidung hinauszögern konnte.

Saga erreichte Zinder und Violante und räusperte sich, als der Söldner sie nicht auf Anhieb wahrnahm. Dann aber hellten sich seine Züge auf. Er stieß ein freudiges Lachen aus. Violante kniff verbissen die Lippen aufeinander, als er Saga von den Füßen hob und ausgelassen umarmte.

»Hör auf damit!«, rief Saga lachend. »Zinder! Hör auf! Irgendwer könnte noch denken –«

»Dass manchem hier die viele Sonne nicht gut bekommen ist«, sagte Violante.

Zinder setzte Saga am Boden ab. »Gott, Mädchen, du hast da einen hässlichen Schmiss abbekommen.«

Die Gräfin ging dazwischen. »Jetzt erklär mir verdammt noch mal, was du hier zu suchen hast.«

Zinder schwieg. Und auch Saga biss sich auf die Lippen. Das hier war eine Sache zwischen den beiden.

»Was willst du, Zinder?«, fragte die Gräfin flüsternd.

»Ich weiß, warum Ihr hier seid. Lasst mich mit Euch gehen, bis zuletzt.«

»Ich gehe zu Gahmuret.«

»Auch das weiß ich.«

Eine ganze Weile musterte sie ihn schweigend. »Aber du verstehst nicht, warum«, kam es tonlos über ihre Lippen. »Glaub mir, du kannst es nicht verstehen.«

Damit wandte sie sich ab und ging davon, aber nicht schnell genug, als dass Saga nicht die Tränen in ihren Augen hätte blitzen sehen.

»Wie, zum Teufel, hat sie das gemeint?«, murmelte er.

Saga sah ihn hilflos an. »Ich habe keine Ahnung«, sagte sie. Dann ergriff sie seine Hand. »Komm«, sagte sie. »Es gibt viel zu erzählen.«

Er stand einen Moment lang da und blickte Violante ausdruckslos hinterher. Dann nickte er und folgte Saga zu ihrem Bruder und dem Mädchen an seiner Seite.

~

Die zehn Johanniter, die Saga, Violante und Karmesin von Margat aus zum Krak des Chevaliers begleitet hatten, ritten erneut mit ihnen, als sie zwei Tage später die Festung verließen. Außerdem gab ihnen der Befehlshaber der Burg zehn weitere Männer mit auf den Weg, drei davon Späher, die erst am Tag zuvor mit der verspäteten Patrouille aus dem Osten zurückgekehrt waren und so ausgezehrt aussahen, dass Faun ernsthafte Zweifel kamen, ob sie die Strapazen der Reise ein zweites Mal durchstehen würden.

Aber bald schon stellte sich heraus, dass er die Ritter unterschätzt hatte. Während alle anderen unter der Hitze litten und mit jeder Stunde tiefer in ihren Sätteln zusammensanken, ritten die Späher unverdrossen an der Spitze des Zuges, behielten die karge Umgebung im Auge und wirkten aufmerksamer und wacher als alle Übrigen.

Faun ritt neben Tiessa, während Karmesins Pferd nur wenige Schritte hinter ihnen trabte. Faun wurde nicht schlau aus ihr, obgleich es leicht gewesen wäre, ihr mit Haut und Haaren zu verfallen. Sie hatte während der vergangenen beiden Tage kaum ein Wort an ihn gerichtet, war aber meist in Sagas Nähe gewesen, selbst dann, wenn er lieber unter vier Augen mit seiner Schwester gesprochen hätte. Ein paar Mal war Karmesin plötzlich verschwunden, und immer dann hatte Saga den Moment genutzt und über sie gesprochen, über ihr Auftauchen in Venedig, ihr großherziges Wesen, aber auch über ihre Gefährlichkeit. Anfangs war es ihm schwer gefallen, das zu glauben, doch je länger er die Konkubine heimlich beobachtete, desto überzeugter war er, dass Saga nicht übertrieben hatte. Karmesin war keine gewöhnliche Frau, und dieser Eindruck war nicht nur ein Resultat ihrer makellosen Erscheinung. Und makellos, ja, das war sie wohl, selbst nach den Kämpfen auf der Insel, die so vielen das Leben gekostet hatten. Keine Narbe, nicht einmal ein Kratzer. Wie ein Geist.

Gräfin Violante hingegen gab ihm weit weniger Rätsel auf, als er anfangs vermutet hatte. Er hatte nicht das Gespräch mit ihr gesucht, und auch sie machte keinen Versuch, Erklärungen abzugeben über das, was sie ihm auf Burg Lerch angetan hatte. Zu Anfang hatte er noch geglaubt, Scham oder wenigstens ihr Gewissen seien womöglich der Grund dafür, doch dann war ihm klar geworden, dass Violante schlichtweg keinen Gedanken an ihn verschwendete. Sie brannte vor Aufregung, hatte den Aufbruch zuletzt kaum noch erwarten können, und manchmal fragte er sich ernsthaft, ob sie auch nur ein einziges Mal darüber nachgedacht hatte, dass der Junge, der jetzt mit ihr ritt, derselbe war, den sie auf Burg Lerch ins Verlies geworfen hatte. Aber er war nur ein Opfer mehr, das sie für ihr Wiedersehen mit Gahmuret in Kauf genommen hatte, und nach all den Toten auf der Insel hatte er beinahe Verständnis dafür, dass sein wochenlanges Leid im Kerker in ihren Augen kaum der Rede wert war. So war sie eben, das war der Kern ihres Charakters – und Faun fragte sich einmal mehr, was Zinder nur an ihr fand.

Im Augenblick jedoch hielt sich der Söldner von Violante fern, was niemanden überraschte. Die beiden mussten in den letzten Tagen mehr als einmal unter vier Augen miteinander gesprochen haben, und Gott allein mochte wissen, was sie beredet hatten. An Violantes Verhalten jedenfalls hatte es nichts geändert. Sie schien es für das Beste zu halten, ihn die meiste Zeit über zu ignorieren. Und Zinder fügte sich in dieses Schicksal, auch wenn er sich nicht davon abbringen ließ, sie zu begleiten. Faun mutmaßte, dass er es womöglich auch für ihn selbst, für Tiessa und für Saga tat. Doch falls dem wirklich so war, erwähnte Zinder es mit keinem Wort.

~

Die Landschaft, durch die sie mit ihrem zwanzigköpfigen Kriegertross ritten, bot sich in eintönigem Grau dar, eine Staubwüste aus Basaltgeröll und Sand, die aus der Ferne wie eine Ebene wirkte, tatsächlich aber aus unzähligen flachen Hügeln und Tälern bestand. Anfangs hatten die Späher den Trupp zu einer lockeren Dreiecksformation auffächern lassen, waren dann aber zu einer Schlangenlinie zurückgekehrt, in der niemals mehr als drei Rösser nebeneinander trabten. Das hatte den Nachteil, dass der Anfang oder das Ende des Zuges meist hinter der Kuppe eines Hügels außer Sicht war; dafür war es in dieser Formation leichter, sich gegen Angreifer zur Wehr zu setzen.

Und mit Angreifern schienen die Späher jederzeit zu rechnen, zumindest war das der Eindruck, den Faun und die anderen bald bekamen. Doch am Morgen des zweiten Tages ließ sich einer der Männer zurückfallen, bis er zu Faun, Saga und den anderen in der Mitte des Zuges aufgeschlossen hatte.

Der Name des Johanniters war Wolfram von Dürffenthal. Er war einer der Männer, auf deren Rückkehr Violante, Saga und Karmesin gewartet hatten. Die Aufgabe, erneut hinaus in diesen feindlichen Landstrich zu reiten, hatte er ohne Murren akzeptiert. Obwohl niemand ihn als Befehlshaber ihres Zuges vorgestellt hatte, gab es keinen Zweifel daran, dass die anderen Ritter sich seiner Erfahrung in diesen gespenstisch leeren Landen anvertrauten.

Dürffenthal war hochgewachsen und so ausgezehrt wie alle Johanniter, denen sie bislang begegnet waren. Er trug trotz der Hitze den schwarzen Waffenrock seines Ordens über Kettenhemd und ledernen Beinlingen. Er hatte durchdringende Augen, die mit dem grellen Blau des Himmels wetteiferten. Sein langes Haar war grau wie der Basaltstaub, der über die Hügel wehte. Ein Zweihänder war an seinem Sattel befestigt, an seinem Gürtel hing ein Langschwert.

»Macht Euch keine allzu großen Sorgen«, sagte er. »Es gibt eine Art Abkommen mit den Seldschuken, das sie hoffentlich davon abhalten wird, uns zu überfallen.«

»Hoffentlich?«, wiederholte Violante skeptisch. »Und was ist *eine Art* Abkommen?«

»Wir haben es mit einem Volk von Nomadenstämmen zu tun. Nicht jeder dieser Kriegerhaufen wird sich an das halten, was ihr Sultan ein paar Christen wie uns zugesagt hat.«

Bevor Violante nachhaken konnte, fragte Zinder: »Wie kommt es, dass eine solche Zusage überhaupt gemacht wurde – ganz gleich, von wem? Sind Seldschuken und Christen im Heiligen Land nicht Todfeinde?«

»Die Seldschuken sind keine ungebildeten Schlächter. Man könnte meinen, dass manche ihrer Führer weit mehr von Diplomatie verstehen als die unseren. Sie treiben Handel mit Zypern und sogar Venedig. Ihr solltet sie nicht unterschätzen.«

»Aber es hieß, Ihr sichert die Grenze gegen sie ab.«

Dürffenthal seufzte. »Unser Befehl lautet, die Grenze gegen alles und jeden abzusichern, der es wagt, sie zu übertreten. Seldschuken, Sarazenen, Assassinen. Gott weiß, gegen wen noch.

Oft scheinen wir allerdings gegen die Geister unserer eigenen Ängste anzukämpfen, Hirngespinste, die sich die Großmeister und Kardinäle in Rom einreden, ohne je einen Fuß in dieses Land zu setzen. Sie reden von einer Grenze – aber seht Ihr eine? Gibt es eine? Manchmal kommen mir Zweifel daran.« Verdrossen schüttelte er den Kopf. »Wir sind hier nichts als Geduldete. Wenn die Menschen nicht unsere Feinde sind, dann ist es das Land selbst. Und welche Grenze soll uns *davor* bewahren?«

Faun erwachte aus dem eintönigen Tran des Ödlandritts und neigte verständnislos den Kopf. »Sind die Seldschuken nun unsere Gegner oder nicht?«

Der Johanniter verzog das Gesicht, braungebrannt und grobporig, ausgetrocknet und wund geschmirgelt vom Wüstenwind. »Manchmal sind sie es, und manchmal nicht.«

»Ihr sprecht in Rätseln«, sagte Violante.

Er lächelte. »Ich denke, *heute* sind sie keine Feinde. Nicht, solange es einen gemeinsamen Gegner gibt, der uns beide bedroht.«

Faun und Tiessa wechselten einen Blick, während Saga aussah, als hatte sie gerade etwas Zappelndes verschluckt.

Violantes Miene war wie versteinert. »Wen meint Ihr?« Vielleicht verstand sie es wirklich nicht. Oder sie wollte nicht begreifen.

»Das wisst Ihr sehr wohl«, entgegnete Dürffenthal unbeeindruckt. Er war zu lange in diesem Land und hatte zu viel Schreckliches erlebt, um gegenüber einer Frau wie Violante die Regeln der Höflichkeit zu wahren. »Ich rede von den Männern Eures Gemahls.«

Violante starrte den Ritter noch einen Augenblick länger an, dann wandte sie das Gesicht nach vorn und blickte schweigend in ungewisse Fernen.

Karmesin trieb ihr Pferd an, bis es neben dem Johanniter trabte. »Ihr habt Euch mit den Seldschuken gegen Gahmuret verbündet?«

»Nun, sagen wir, die Seldschuken schlagen sich mit ihm herum, während wir beobachten und dann und wann Bericht auf dem Krak erstatten.« Noch einmal warf er Violante einen Seitenblick zu, doch sie schien in Gedanken bereits woanders zu sein. »Gahmuret und seine Leute haben sich in einer alten Festung verkrochen und von dort aus jahrelang die Karawanen der Seldschuken überfallen. Sie haben Frauen und Kinder verschleppt, geschändet und anschließend in die Sklaverei verkauft. Wir wussten davon, kamen aber nicht an ihn heran, weil seine Burg zu tief im Seldschukenland liegt. Um ehrlich zu sein, viele hier hat es wenig bekümmert, was mit ein paar hundert oder ein paar tausend Ungläubigen geschieht – bis sogar den Herren in Rom klar geworden ist, dass ein Verhalten wie das des Grafen einen so wackligen Frieden innerhalb kurzer Zeit in einen ausgewachsenen Krieg verwandeln kann.«

Tiessa blickte nach vorn. Staubhosen tanzten über die Hügel. »Darum also ein Bündnis mit den Seldschuken. Um Gahmuret zu schlagen.«

Der Ritter nickte. »Es ist kein Geheimnis, dass die Orden sich auf einen neuen Sturm gegen Jerusalem vorbereiten. Und wenn dort unten gekämpft wird, kann niemand ein zweites Schlachtfeld hier im Osten gebrauchen. Seldschuken und Sarazenen würden uns zwischen sich aufreiben.«

»Gahmuret ist also der Preis, der die Seldschuken ruhig stellen soll«, sagte Violante verächtlich.

»Was mit ihm geschieht, hat er sich selbst zuzuschreiben, Gräfin. Wir haben uns ihnen gegenüber lediglich verpflichtet, ihm nicht zu Hilfe zu kommen. Das ist alles.«

Violante erwiderte nichts, sondern verfiel wieder in düsteres Schweigen, während die anderen unsichere Blicke wechselten.

»Ich war der Meinung, dass Ihr über all dies Bescheid wissen solltet«, sagte Dürffenthal. »Ich hätte es vorgezogen, wenn man Euch auf dem Krak über die Lage in den Seldschukengebieten in Kenntnis gesetzt hätte. Aber meine Oberen hielten das für falsch.

Das bedeutet, ich habe gerade gegen ihren ausdrücklichen Befehl verstoßen. Zu unserer aller Bestem, hoffe ich.«

Damit trieb er sein Pferd voran und kehrte an die Spitze des Zuges zurück.

Violante blickte ihm lange hinterher. Faun hatte Tränen erwartet, oder Wut. Doch Violante sah eher nachdenklich aus.

Sie ließ ihr Pferd zurückfallen, und lange Zeit hörten sie kein Wort mehr von ihr.

~

Aus der Ferne sah es aus wie ein Fluss, und doch war es keiner.

»Basaltstaub«, sagte Wolfram von Dürffenthal, als sie die Pferde auf einem Felsplateau Halt machen ließen und hinab in ein geschlängeltes Tal blickten. »Eine Ader aus reinem Staub, die sich über viele Meilen von Norden nach Süden erstreckt. Wenn es doch so etwas wie eine Grenze gibt, die das Land selbst gezogen hat, dann ist es diese hier.«

Man hätte es tatsächlich für einen Flusslauf halten können, der in weiten Bögen die Senke zwischen den Felsen teilte. An der schmalsten Stelle maß der bizarre Strom aus Basaltstaub eine Breite von hundert Schritt. Dort reichte eine Hängebrücke von einem Ufer zum anderen.

»Weshalb diese Brücke?«, fragte Faun und deutete auf das lange Band aus Seilen und Brettern. »Wenn das da unten kein Wasser ist, warum können wir dann nicht einfach darüber hinwegreiten?«

»Ich habe Männer in diesem Staub versinken sehen wie in einem Sumpf«, sagte der Ritter. »Er ist feiner als Mehl, aber so schwer wie Blei. Der Wind weht seine oberen Schichten auf, aber niemals mehr als ein Fingerbreit. Es ist, als wollte der Allmächtige selbst, dass der Staub dort bleibt, wo er ist.«

Einige der Johanniter schlugen Kreuzzeichen, und Tiessa tat es ihnen gleich.

Das gewellte Hügelland war am Vortag hinter ihnen zurückgeblieben. Seit dem Morgengrauen hatten sie eine öde Gesteinslandschaft durchquert. Zyklopische Hindernisse, scharfkantig und unüberwindlich, hatten sie immer wieder weite Bögen schlagen lassen, während die Hufe ihrer Pferde über loses Geröll scharrten. Dann und wann kreisten Vögel über ihnen in der wabernden Hitze.

Sie lenkten ihre Rösser und Packpferde den Hang hinab und näherten sich dem Felsvorsprung, von dem aus sich die Brücke über den Staubstrom spannte. Dürffenthal ließ einige Ritter ausschwärmen, um die Umgebung zu erforschen, aber keiner stieß auf Anzeichen eines Hinterhalts.

In einer langen Linie, einer hinter dem anderen, führten sie ihre Pferde an den Zügeln über den Steg. Aus der Nähe sahen die Bretter noch morscher aus, aber Dürffenthal versicherte ihnen, dass er die Brücke schon viele Male unbeschadet überquert hatte. Faun bemerkte, dass Tiessa mit einer Hand die kleine Phiole umfasste, die Katervater ihr an Bord der *Sturmhochzeit* gegeben hatte.

Vielfach fehlten einzelne Bretter, und sie mussten Acht geben, dass sich keines der Pferde in den Lücken verfing. Als sie auf der anderen Seite ankamen, war ihnen allen nach einer neuerlichen Rast zumute, doch Dürffenthal und die Späher trieben sie zur Eile.

»Dort hinauf.« Der Johanniter zeigte auf einen schrundigen Felsenkamm, etwa eine halbe Stunde vor ihnen. »Von da aus können wir unser Ziel sehen.«

Das gab ihnen neuen Antrieb, und bald blieb der geisterhafte Strom mit seinen erstarrten Staubwogen hinter ihnen zurück. Basaltstaub knirschte zwischen ihren Zähnen und brannte in ihren Augen. Selbst Karmesin wirkte längst nicht mehr so makellos und reinlich wie bei ihrem Aufbruch vom Krak vor vier Tagen. Ihre schwarze Mähne war grau gepudert und ließ sie älter erscheinen. Dunkle Ringe hatten sich unter ihre Augen gelegt.

Schließlich lenkten sie ihre Pferde die zerklüftete Anhöhe hinauf und wandten den Blick nach Osten. Auch von dort wehte ihnen Staub entgegen.

Vor ihnen erstreckte sich eine ausgedehnte Felsebene, die erst am flirrenden Horizont vor einer Bergkette endete. Inmitten dieser Weite befand sich eine einsame Anhöhe mit Hängen aus Geröll und Sand. Darauf stand eine Festung, die dritte in den letzten Tagen, und doch unterschied sie sich erheblich von Margat und dem Krak des Chevaliers.

Einst mochte dies eine ansehnliche Burg gewesen sein, aus gelbbraunem Stein mit klobigen Wehren und Zinnenkränzen, in deren Mitte sich verschachtelte Gebäudewürfel aneinander drängten. Deutlich zu erkennen waren die Kuppel und das Minarett einer Moschee, höher als alle anderen Bauten. Doch was einst eine eindrucksvolle Feste gewesen war, glich heute einer Ruine. Aus den Höfen und Gängen zwischen den Gebäuden wehte Rauch empor, mehrere dünne Fäden und eine breitere, wolkige Säule, die über den Mauern auffächerte und als stinkender Schleier über die Ebene trieb. Beim ersten Atemholen erkannten Faun und die anderen den Odem lodernder Menschenasche.

Während sich ihre Augen an die Helligkeit des ausgeglühten Felsenlandes gewöhnten, sahen sie allmählich genauer, was rund um die Festung vorging. Ein breiter Ring aus Zelten zog sich um die Anhöhe, bevölkert von einem Gewimmel aus Kriegern. Rufe in einer fremden Sprache hallten über die Ebene, doch im Augenblick schien die Schlacht zu ruhen; Faun erkannte nirgends stürmende Horden.

Dürffenthal drängte zum Aufbruch. Er ließ sie auf der anderen Seite des Felsenkamms hinab in die Ebene reiten, und bald schon sprengte ihnen eine Gruppe Seldschuken auf prachtvollen Rössern entgegen. Faun, Saga und Tiessa versteiften sich in ihren Sätteln. Ein paar der Krieger hielten die Zügel mit einer Hand und schwenkten mit der anderen Krummschwerter, während ungestümes Geschrei über das Felsenland wehte. Einige Johanniter griffen nervös zum Schwert, doch Dürffenthal und die anderen erfahrenen Späher beschwichtigten sie.

Zinders Miene verriet Achtung vor dem Mut des Johanniters. Während des Ritts hatte er sich mehrfach mit Dürffenthal unterhalten, und Faun hatte zum ersten Mal das Gefühl, dass Zinder einem anderen Menschen uneingeschränkten Respekt zollte.

Die Seldschuken brachten ihre Pferde in einer Staubwolke zum Stehen. Farblose Gewänder verhüllten sie, ließen oft nur Gesicht und Hände frei, und doch schienen sie nicht halb so sehr unter der Hitze zu leiden wie die schwitzenden Johanniter unter ihrem Stahl und den schwarzen Waffenröcken.

Der Anführer der Krieger wandte sich an Dürffenthal und sprach mit ihm in seiner Muttersprache. Die beiden Männer kannten sich, und das Palaver endete mit einem abgehackten Nicken des Seldschuken, einem festen Handschlag und einer Geste Dürffenthals, dass sie ihren Ritt fortsetzen durften. Die Rösser der Seldschuken galoppierten voraus, während die sechsundzwanzig Männer und Frauen aus dem Abendland ihnen in kurzem Abstand folgten.

Bald kam hinter all dem aufgewirbelten Staub wieder der Festungsberg in Sicht, umringt von den Zelten der Belagerer. Die Hänge waren überzogen mit Verteidigungsgräben, wirren Reihen aus angespitzten Pflöcken und Barrikaden aus Stein und Holz. Alle waren schon vor langem durchbrochen oder niedergeritten worden. Aber auch die Angreifer hatten dafür einen Preis gezahlt. In dem Gewirr aus Pfahlspitzen verrotteten die Kadaver zahlloser Pferde, halb verwest und in der Hitze aufgebläht. Menschliche Leichen entdeckte Faun nirgends. Die Seldschuken ehrten ihre Toten.

Aus dem Augenwinkel beobachtete er Violante. Was immer ihr bei diesem Anblick durch den Kopf gehen mochte, sie verbarg es hinter einer Maske aus Gleichmut. Er versuchte für einen Moment, sich in ihre Lage zu versetzen. Sie ritten in das Lager jener Männer, die Gahmuret den Tod wünschten. Jene Männer, die ihren Gemahl und dessen Getreue seit Jahren erbittert bekämpften. Was hatte Violante nicht alles auf sich genommen, um Gahmuret wiederzusehen? Lügen, Verrat, tausendfaches Leid. Und nun fand sie sich unverhofft auf der Seite seiner Todfeinde wieder.

Rasch wandte Faun den Blick ab, lenkte sein Pferd noch näher an das von Tiessa und ergriff ihre Hand. Saga gesellte sich an seine andere Seite, und so ritten sie zu dritt in einer Reihe zwischen die Zelte der Seldschuken, während Karmesin und Zinder vor ihnen blieben und Violante in ihrem Rücken.

Misstrauen stand in allen Augen, in die Faun im Vorbeireiten blickte, und er wünschte bald, er hätte gar nicht erst hingesehen. Es mochte ein Abkommen geben, doch die Feindschaft in den Gesichtern der Seldschuken galt nicht allein den Männern, die sich in der Burg verschanzt hatten. Sie galt jedem von ihnen. Faun, Saga, Tiessa – ihnen allen.

Sie durften ihre Pferde an eine Tränke führen, ihnen selbst wurde Wasser aus Lederschläuchen angeboten. Alle tranken begierig, nur Violante zögerte und rieb lange das Mundstück sauber, ehe sie schließlich einige Schlucke nahm und den Schlauch hastig weiterreichte.

Dürffenthal verschwand und kehrte erst nach einer Weile zu ihnen zurück. Sie saßen im Sand beieinander, argwöhnisch von den Seldschuken beäugt. Höchste Wachsamkeit herrschte unter den Johannitern, aber alle gaben sich Mühe, niemanden durch unbedachte Bewegungen oder Worte zu provozieren.

»Gräfin«, wandte sich Dürffenthal mit gesenkter Stimme an Violante, »hört mir jetzt ganz genau zu. Vermutlich spricht niemand hier unsere Sprache, aber ich will vorsichtig sein, und deshalb sage ich dies hier nur einmal. Der Anführer dieses Heeres ist ein Mann namens Nizamalmulk, und er gestattet Euch, hinauf zur Burg zu gehen. Er hofft, dass Ihr Euren Gemahl dazu bewegen werdet, die Festung aufzugeben.«

Sie gab keine Antwort, hörte nur zu.

»Ich weiß«, fuhr der Ritter fort, »dass Ihr das nicht tun werdet. Aber bevor Ihr zu ihm geht, sagt mir trotzdem eines: Was genau *wollt* Ihr tun?« Er sah sie durchdringend an, aber sie wich seinem bohrenden Blick nicht aus. »Warum seid Ihr hergekommen, Gräfin? Gahmuret wird die Festung nicht mit Euch verlassen können. Ich weiß nicht einmal, ob die Seldschuken Euch selbst noch einmal dort hinauslassen, wenn Ihr einmal im Inneren seid.«

Als Violante noch immer nicht antwortete, sagte Saga leise: »Ihr werdet dort oben sterben.«

Die Gräfin wandte sehr langsam den Kopf in Sagas Richtung, und dann erschien ein sachtes Lächeln auf ihren staubbedeckten Zügen. »Vielleicht.«

»Noch könnt Ihr zurück«, sagte der Johanniter. »Wenn Ihr es wünscht, reiten wir in dieser Stunde zurück zum Krak.«

Sie schüttelte den Kopf. »Ihr könnt das nicht verstehen.«

Er lachte humorlos. »Ich habe während meiner Jahre in diesem Land genug Menschen freiwillig in den Tod gehen sehen, und, glaubt mir, zuletzt hat es nie eine Rolle gespielt, warum sie es getan haben. Zuletzt, Gräfin, werdet Ihr nur ein Leichnam mehr sein, den die Seldschuken aus diesen Mauern tragen.«

»Ich habe meine Entscheidung vor langer Zeit getroffen«, antwortete Violante, noch immer von dieser sonderbaren Ruhe erfüllt. »Und nichts, das Ihr sagt, wird daran etwas ändern.«

»Was wird aus Eurem Sohn?«, fragte Faun.

»Für ihn ist gut gesorgt.«

Faun blickte zu Zinder, aber der Söldner presste nur die Lippen aufeinander und sah Violante schweigend an. Da begriff Faun, dass Zinder sie aufgegeben hatte. Der Söldner war ihm immer wie jemand erschienen, der niemals ein Ziel aus den Augen verlor. Doch während der vergangenen vier Tage war etwas mit ihm geschehen. Hatte es mit Respekt zu tun? Mit Resignation? Faun fand keine Antwort darauf.

Stumm blickte er zur Festung hinauf, die plötzlich so viel mehr war als ein halb zerstörtes Gemäuer im Nirgendwo. Diese Burg war ein Grabmal, ganz gleich, wie lange Gahmurets Männer sie noch verteidigen konnten. Einige Wochen. Ein paar Monate. Selbst wenn sie dort oben frisches Trinkwasser besaßen, wie weit würden wohl ihre Nahrungsvorräte reichen?

Die Gräfin erhob sich. »Ich danke Euch allen«, sagte sie, sah von einem zum anderen, dann ein wenig länger zu Zinder, zuletzt zu Saga. »Ich habe dir nie gedankt, für das, was du getan hast, Saga, und es wäre längst an der Zeit dazu gewesen. Auch für eine Entschuldigung.«

Faun dachte nur, wie absurd dies alles war. Ein Dank. Entschuldigungen. Dabei hatten sie alle nichts mehr zu geben, nichts zu gewähren.

Saga schüttelte schweigend den Kopf und blickte zu Boden. Faun fragte sich, was in ihr vorging. Bedauerte sie Violante? Himmel, er wusste nicht einmal, ob *er* sie bedauerte. Hatte er nicht allen Grund, die Gräfin zu hassen? Und doch war etwas an dieser Situation, das ihn beinahe so etwas wie Mitgefühl empfinden ließ. Vielleicht war es die Unausweichlichkeit dessen, was geschehen würde. Die Erkenntnis, dass sich nichts, aber auch gar nichts daran ändern ließ.

»Kann ich gleich aufbrechen?«, fragte Violante den Anführer der Johanniter.

Dürffenthal nickte.

»Und von uns erwartet Ihr, dass wir zusehen?« Zinder sprach so ruhig, dass die anderen den Atem anhielten. »Zusehen, wie Ihr dort hinaufgeht und in diesem Schlachthaus verschwindet?«

»Mach dir nichts vor, Zinder.« Die Gräfin trat einen halben Schritt zurück. Sie blickte zu Boden, dann mit einem Ruck hinauf zur Festung. »Das hier ist das Ende.«

Und damit trat sie aus dem Kreis der Gefährten, als wollte sie nur kurz etwas erledigen, ging an den Seldschuken vorüber und machte sich an den Aufstieg zum Burgtor. Niemand versuchte, sie zurückzuhalten, als sie zwischen den Pfahlreihen und halb verschütteten Gräben den Hang hinaufging. Nicht einmal Zinder.

»Ich würde dasselbe tun«, sagte Tiessa unvermittelt.

Faun wandte sich mit fragender Miene zu ihr um.

»Sie hat sich entschieden, und sie steht dazu.« Tiessas Lider flackerten kurz, aber dann hatte sie sich wieder im Griff. »Statt sie zu bedauern, sollten wir sie bewundern.«

»Für das, was sie getan hat?«, fragte Saga zweifelnd.

Tiessa schüttelte den Kopf, aber es war Karmesin, die ihr die Antwort gab: »Für das, was sie noch tun wird.«

»Sterben ist leicht«, sagte Dürffenthal.

»Nicht für sie«, sagte Zinder dumpf. »Nicht für jemanden wie Violante von Lerch.«

Stunden später war die Sonne zu einer tiefroten Kugel am Horizont geworden, während Violante noch immer vor dem geschlossenen Tor der Festung stand.

Reglos verharrte sie vor den beiden hohen Torflügeln, denen anzusehen war, dass mehr als einmal vergeblich mit Rammböcken gegen sie angerannt worden war. Nun drohte Violante am selben Hindernis zu scheitern.

»Warum lassen die sie nicht hinein?«, fragte Tiessa, während sie mit den anderen am Rande des Lagers stand und den Berg hinaufblickte. Zweihundert Schritt lagen zwischen ihnen und dem äußeren Wall der Festung.

Faun wusste darauf keine Antwort. Natürlich hatten sie sich diese Frage schon mehrfach gestellt, gleich zu Beginn, als sie Violante mit jemandem auf den Zinnen über dem Tor hatten sprechen sehen, die Worte aber nicht verstehen konnten; und dann immer wieder von neuem, während sie beobachteten, wie die zerbrechliche Gestalt einsam vor dem Tor stehen blieb, dem Lager den Rücken zugewandt, als könnte sie die mächtigen Portalflügel allein durch ihren Willen zum Einsturz bringen. Sie hatte zu viel durchgemacht, um sich jetzt von einem Stück Holz aufhalten zu lassen. Sie würde eher dort oben verhungern als aufzugeben.

»Ich verstehe das nicht«, sprach Tiessa aus, was alle dachten. »Das ergibt keinen Sinn. Warum lässt Gahmuret sie nicht in die Burg?«

Karmesin stand mit verschränkten Armen ein wenig abseits und starrte zur Festung hinauf. Die rote Abendsonne brachte ihre großen Augen zum Glühen. Sie hatte seit einer Ewigkeit nichts mehr gesagt, nur gegrübelt und eine sorgenvolle Miene zur Schau getragen.

»Irgendwer sollte sie zurückholen«, sagte Tiessa.

Zinder nickte, als hätte er nur darauf gewartet, dass jemand diesen Vorschlag machte. »Ich gehe.«

Er wollte loseilen, als Saga vorsprang und ihn an der Hand festhielt. »Nein, warte. Sie würde niemals mit dir kommen.« Als der Söldner nicht auf sie hören wollte, sagte sie: »Sie würde *dir* die Schuld geben. Oder uns allen.«

»Vielleicht sogar sich selbst«, knurrte Faun. »Sie klang, als hätte sie dazugelernt.«

»Wir können sie nicht einfach so stehen lassen.«

»Saga hat Recht«, mischte Karmesin sich ein und brach damit ihr langes Schweigen. »Zurückholen können wir sie nicht. Sie wird dort oben bleiben, bis sie vor Hunger oder Hitze zusammenbricht. So gut kenne ich sie.«

»Aber das ist verrückt!«, entfuhr es Tiessa. »Sie hat tausende von Meilen bis hierher zurückgelegt, und nun will Gahmuret sie nicht sehen?«

»Könnte er tot sein?«, fragte Faun.

Hinter ihm kam Wolfram von Dürffenthal näher. »Gahmuret lebt. Jedenfalls behauptet das Nizamalmulk. Vor ein paar Tagen hat er sich oben auf den Zinnen gezeigt und die Seldschuken verhöhnt.«

»Haben *sie* denn eine Idee, was das alles soll?«, fragte Saga den Johanniter.

»Die Seldschuken sprechen nicht viel. Sie dulden uns, aber sie reden kaum mit mir.«

»Aber Ihr wart jetzt mindestens eine Stunde im Zelt ihres Anführers.« Faun furchte die Stirn. »Worüber *hat* er denn gesprochen?«

»Er interessiert sich für unsere Pläne in Jerusalem«, entgegnete der Ritter. »Er weiß genau, dass ich ihm nicht die Wahrheit sagen kann, aber er hört mir trotzdem zu. Nizamalmulk ist ein kluger Mann. Und er kann zwischen den Zeilen lesen.«

»Warum redet Ihr dann überhaupt mit ihm?«

»Soll ich ihm vielleicht etwas ausschlagen? In unserer Lage? Wir sind seine Gäste, aber es ist kein großer Weg vom Gast zur Geisel. Nicht hier draußen.«

Faun schluckte.

»Schön und gut«, fiel Tiessa ungeduldig ein. »Aber was ist mit ihr?« Sie deutete hinauf zu der winzigen Gestalt vor dem Tor. Je tiefer die Sonne sank, desto mehr verschmolz Violante mit dem riesigen Portal.

»Ist irgendetwas passiert, während ich weg war?«, fragte der Johanniter.

Saga schüttelte den Kopf. »Nichts.«

»Hat sie mit jemandem gesprochen?«

»Nur ganz zu Anfang mit einem Mann auf den Zinnen. Jetzt steht sie einfach nur noch da und wartet.«

»Gahmuret hält dieser Belagerung seit vielen Monaten stand«, sagte der Ritter. »Wenn er eines hat, dann Ausdauer. Sein Weib scheint ihm sehr ähnlich zu sein.«

»Seht!«, entfuhr es Faun. »Jetzt ist wieder jemand da. Oben, über dem Tor.«

Sie alle verengten die Augen, in der Hoffnung, Genaueres erkennen zu können. Aber die Entfernung war zu groß, und das Licht wurde immer schwächer.

»Ist das derselbe Mann wie heute Nachmittag?«, fragte Dürffenthal.

»Ich glaube schon«, sagte Tiessa.

Saga trat nachdenklich ein paar Schritte vor, als wäre die Sicht von dort aus besser. »Gahmuret?«

»Möglich.« Dürffenthal blinzelte ins rote Abendlicht. »Aber eher noch einer seiner Männer.«

Sie drehte sich mit einem Ruck zu ihm um. »Ihr glaubt, er *redet* nicht einmal mit ihr?«

Der Ritter hob die Schultern. Er trug Kettenhemd und Waffenrock, hatte aber die Kapuze aus Eisengliedern zurückgeschlagen. Obwohl es allmählich kühler wurde, hatte der Felsboden genug von der Hitze des Tages aufgesogen, um weiterhin Wärme abzugeben. Sie alle schwitzten noch immer. Faun trat neben Saga und bemühte sich gleichfalls, Einzelheiten auszumachen. Die Berghänge hatten sich im Schein des Sonnenuntergangs verfärbt; es sah aus, als wäre das Blut all jener, die im Kampf um die Burg gefallen waren, wieder aus Sand und Gestein aufgestiegen und breitete sich jetzt über die trostlose Landschaft aus.

»Wir müssen irgendwas tun«, sagte Karmesin.

»Wir?« Faun stieß ein bitteres Lachen aus. »Seht sie euch an ... Ich meine, sie hat den Verstand verloren.«

Karmesin hörte nicht auf ihn. »Saga?«

»Was sollte ich wohl tun?«

Karmesin lächelte. »Weißt du das wirklich nicht?«

Faun schüttelte fassungslos den Kopf. »Meine Schwester wird *nicht* dort hinaufgehen!«

»Deine Schwester wird tun, was sie für richtig hält«, entgegnete Karmesin.

Alle starrten wieder hinauf zur Festung. Der Mann auf den Zinnen hatte sich vorgebeugt, während er mit Violante sprach. Sie regte sich noch immer keinen Fußbreit von der Stelle, an der sie seit Stunden ausharrte.

Saga wandte sich an Dürffenthal. »Werden die Seldschuken zulassen, dass ich dort raufgehe?«

»Ich komme mit«, sagte Karmesin, bevor der Johanniter antworten konnte. »Irgendjemand muss auf dich aufpassen. Ich werde nicht zulassen, dass du ohne mich gehst, Saga. Egal, was die Seldschuken sagen.«

»Sie werden nichts dagegen haben«, sagte der Ritter. »Solange es nur Frauen sind.«

»Nur Frauen?«, stieß Zinder aus. »Das ist nicht Euer Ernst!«

Dürffenthal holte tief Luft. »Wenn der nächste Angriff beginnt, ist jeder Mann dort oben eine Gefahr für ihre eigenen Leute.«

Faun schaute sich im Lager um. Es war erstaunlich ruhig zwischen den Zelten geworden. »Für mich sieht das nicht aus, als stünde ein Angriff bevor. Weder heute noch morgen, noch irgendwann.«

»Ich weiß.« Dürffenthal stieß ein leises Schnauben aus. »Nizamalmulk schweigt dazu. Wie zu allen Fragen, die ich ihm stelle.«

»Euer Abkommen scheint nicht allzu viel wert zu sein.«

»Wäre unser Abkommen nichts wert, mein Junge, dann wären wir alle längst tot.«

Tiessa schob sich an Fauns Seite und nahm seine Hand in die ihre. Sie sagte nichts, aber ihre Nähe besänftigte ihn ein wenig.

»Saga«, flehte er seine Schwester an, »tu das nicht. Das da oben sind Mörder und Vergewaltiger. Schlimmer noch als Achards Bande auf Hoch Rialt.«

»Aber ich bin die Einzige, die sie dazu bringen kann, Violante in die Burg zu lassen«, erwiderte sie. »Der Torwächter wird mir glauben, wenn ich es will.«

Noch auf dem Weg hierher hatte sie Faun erzählt, dass sie sich geschworen hatte, den Lügengeist nie wieder einzusetzen. Und dass sie ihn fürchtete – vielleicht mehr als irgendetwas anderes auf dieser furchtbaren Reise ins Heilige Land. Und nun wollte sie ihren Schwur ausgerechnet für *Violante* brechen?

»Es wäre endlich zu Ende«, sagte sie, weil sie ihm ansah, was er dachte. »Eine allerletzte Lüge. Das wäre es wert.«

»Aber es *ist* zu Ende«, sagte er. »Hier und jetzt.«

»Nicht für Violante.«

»Aber für dich. Für uns alle hier.«

Sie sah zu der einsamen Gestalt vor dem Burgtor hinauf und schüttelte langsam den Kopf.

~

Saga und Karmesin gingen langsam an den Reihen angespitzter Pflöcke vorbei, in deren Dickicht Pferdekadaver verfaulten. Fliegenschwärme surrten unter verkrustetem Fell. Der Gestank war süßlich und schwer, das Geknister schlüpfender Insekten Ekel erregend. Aus der Ebene wehte Wind herauf, aber nicht stark genug, um den Odem vergangener Schlachten zu vertreiben. Saga kämpfte während des ganzen Weges mit ihrem revoltierenden Magen.

Sie hatten die halbe Strecke bergauf zurückgelegt, als Saga noch einmal über die Schulter zum Belagerungsring der Seldschuken blickte. Die Sonne war jetzt vollständig hinter dem Horizont verschwunden, der Himmel zu einer düsteren Mischung aus Dunkelrot, Violett und dem anrückenden Schwarz der Nacht verlaufen. Sie konnte Faun und die anderen kaum noch erkennen, schwarze Striche zwischen vielen anderen. Zahlreiche Seldschuken hatten ihre Lagerfeuer verlassen und sich am Rand der Zeltstadt versammelt. Manche spotteten und scherzten, doch die meisten starrten wortlos mit düsteren Zügen hinter Saga und Karmesin her.

Die Konkubine trug ihren langen Stilettdolch am Gürtel, außerdem ein Kurzschwert, das Dürffenthal ihr aufgedrängt hatte. Saga war unbewaffnet. Es war bedeutungslos, ob sie eine Klinge besaß oder nicht. Sobald sie mit Violante durch dieses Tor trat, waren sie Gahmurets Männern ausgeliefert.

Sorgenvoll spürte sie dem Pulsieren und Zappeln des Lügengeists in ihrem Inneren nach. Oder war das ihr Herzschlag? Nein, er *war* da. Ganz sicher. Und er gierte danach, einmal mehr für sie zu lügen.

»Violante«, rief Karmesin zum Tor hinauf.

Die Gräfin war im Dämmerlicht kaum mehr zu sehen, ein Schemen vor dem dunklen Hintergrund des Festungsportals. Aus der Nähe erkannten sie, dass auch hier alles mit Spuren der erbitterten Kämpfe übersät war. Die Seldschuken hatten den Belagerten nicht gestattet, ihre Toten zu bergen; vielleicht hatte Gahmuret sie auch gar nicht im Inneren der Burg haben wollen. Überall lagen verdreht, verrenkt, verschlungen die Überreste ihrer Leichen. Karmesin rief erneut den Namen der Gräfin.

»Was wollt ihr?« Nach den Stunden in der trockenen Hitze klang Violante erschreckend heiser.

Saga schwenkte einen Lederschlauch. »Wir haben Euch Wasser mitgebracht.«

»Ich gehe nicht mit zurück, falls ihr deshalb gekommen seid.«

»Als hätten wir das angenommen«, flüsterte Karmesin.

»Warum lassen sie Euch nicht ein?«, fragte Saga.

Violante sah an ihnen vorbei zum Ring der Lagerfeuer. Zelte und Menschen waren mit dem Dunkel der Landschaft verschmolzen. »Seid ihr allein?«, fragte sie.

»Zinder wollte mitkommen, aber die Seldschuken haben es nicht erlaubt.«

»Gott sei Dank.«

»Er macht sich Sorgen. Wir alle machen uns Sorgen.«

Die Gräfin lachte bitter auf. »Seid ihr hier, um mir das zu sagen?«

Saga streckte ihr den geöffneten Wasserschlauch entgegen. »Trinkt! Sonst wird es bald keine Rolle mehr spielen, warum wir hier sind.«

Violante setzte den Trunk an die Lippen.

»Nicht zu schnell«, warnte Karmesin.

»Sie weigern sich, das Tor zu öffnen«, sagte Violante zwischen zwei Schlucken, bevor sie den Schlauch absetzte, verschloss und an ihrem Gürtel befestigte.

»Was soll das?«, wunderte sich Saga. »Die Seldschuken könnten niemals schnell genug hier oben sein, um das Tor zu stürmen.«

»Um sie geht es auch gar nicht.«

»Um was dann?«, fragte Karmesin.

»Sie sagen es mir nicht. Hin und wieder erscheint der Torwächter und schaut nach, ob ich noch hier bin. Dann hört er sich an, was ich zu sagen habe, zuckt die Schultern und verschwindet wieder.«

»Sonst nichts?«, fragte Saga verwundert.

Violante schüttelte den Kopf.

»Habt Ihr mit Gahmuret gesprochen?«, erkundigte sich Karmesin.

»Kein Wort. Er zeigt sich nicht.« Sie senkte ihre Stimme. »Ich habe mich gefragt, ob er noch am Leben ist.«

»Die Seldschuken behaupten, dass er lebt«, sagte die Konkubine. »Sie haben ihn vor ein paar Tagen gesehen.«

»Keine Sorge.« Saga atmete tief durch. »Er *wird* Euch hereinlassen.«

Violantes Augenbrauen rückten näher zusammen. Sie schwieg für ein paar Herzschläge, dann flüsterte sie: »Du, Saga? Du willst es versuchen?«

Saga nickte. »Kommt der Torwächter auf die Zinnen, wenn Ihr ihn ruft?«

»Zweimal, bisher.«

»Versucht es noch einmal.«

Violante musterte sie. »Was willst du ihm sagen?«

»Das überlege ich mir, wenn es so weit ist.« Der Lügengeist wird es wissen, dachte sie. Er wird sich etwas einfallen lassen. Wie zur Antwort rumorte er tief in ihr, streckte und dehnte sich wie nach langem Schlaf, schrie stumm: *Hier bin ich! Lass mich für dich lügen! Keiner lügt wie ich!*

Karmesin deutete mit einem Nicken zum Wehrgang. »Tut, was sie verlangt. Ruft den Mann her.«

Violante straffte sich und wandte das Gesicht zu den Zinnen. »Torwächter! Komm heraus! Ich habe dir etwas zu sagen!« Sie versuchte es ein zweites und drittes Mal, doch erst, als sie schon aufgeben wollte, erschien eine Gestalt auf dem Wehrgang und blickte zu ihnen herab. Saga konnte das Gesicht des Mannes nicht erkennen, es war zu dunkel.

»Was?«, bellte er herab. »Wer ist da bei Euch?«

»Wir bringen Euch Hilfe!«, rief Saga, stockte und wiederholte es dann mit der Stimme des Lügengeistes. Umgehend wurde ihr schlecht. »*Wir bringen Hilfe! Wir können euch retten! Keiner von euch muss mehr sterben!*«

Karmesin warf ihr einen zweifelnden Seitenblick zu. Das war eine so offensichtliche Lüge, dass niemand bei klarem Verstand daran glauben konnte. Aber sie verstand nicht, um was es beim Einsatz des Lügengeistes tatsächlich ging: nicht um Glaubwürdigkeit nach Maßstäben des gesunden Menschenverstands. Menschen in Not waren bereit, jedermann zu trauen, solange er ihnen nur einen Ausweg aus ihrer Misere verhieß.

»Wer bist du?«, fragte der Torwächter. Unsicherheit sprach aus seinem Tonfall, aber keine offene Ablehnung mehr.

»*Ich bin die Magdalena. Ich kenne den Weg aus dieser Einöde. Ich werde euch retten. Keinem wird mehr ein Leid geschehen.*«

Der Wächter schwieg, starrte sie nur an.

Brechreiz schüttelte Saga, aber sie hielt sich mühevoll aufrecht. Sie hatte beinahe vergessen, wie schlimm es war, den Lügengeist heraufzubeschwören. Sie fühlte sich furchtbar dabei, schuldig und niederträchtig – und zugleich voller Triumph.

»*Ihr alle werdet leben!*«, rief sie erneut. »*Ich bin der Schlüssel zu eurer Rettung. Graf Gahmuret wird dir dankbar sein, wenn du derjenige bist, der mich vor ihn treten lässt. Mich und Gräfin Violante.*«

»Er hat mir verboten, die Gräfin einzulassen.«

»*Er hat sich geirrt. Er wusste nicht, dass wir euch die Rettung bringen, als er dir diesen Befehl gab. Du wirst als freier Mann von hier fortgehen. Du und alle anderen.*«

Das Triumphgefühl wurde zu einer überkochenden Euphorie, die gegen ihre Übelkeit ankämpfte und für kurze Zeit die Oberhand gewann. Der Lügengeist überrannte ihre Abwehr, spülte über jeden Anflug von schlechtem Gewissen hinweg, gaukelte sogar ihr selbst etwas vor: dass es richtig war, diesen Mann zu belügen und seine Verzweiflung und Angst für ihre Zwecke auszunutzen. Richtig, ihn zu demütigen, wie sie es früher so oft mit anderen Menschen getan hatte. Der Lügengeist flüsterte und wisperte in ihr, forderte sie auf, diesen Wurm dort oben mit ihren Lügen zu blenden, ihn einzulullen in ihr Netz aus Versprechungen.

Das ist deine Bestimmung, raunte der Lügengeist in ihr. *Dazu bist du gemacht. Verbreite die Macht der Lüge. Säe Falschheit unter den Menschen. Zeig ihnen, was du vermagst!*

Saga bemerkte die verwunderten Blicke, die Karmesin ihr zuwarf. Aber sie tat nur, wozu sie hergekommen war. Was sie am besten konnte.

Und sie hatte Erfolg damit.

Der Torwächter verschwand von den Zinnen, und gleich darauf hörten sie Stimmen auf der anderen Seite des Tors. Befehle wurden gerufen, Widerworte niedergebrüllt. Riegel knirschten und polterten. Ketten kreischten auf den Stacheln mächtiger Zahnräder.

Der linke Torflügel schwang zwei Schritt weit nach innen. Dahinter waberten in schummrigem Wechsel Schatten und Fackellicht. Die Silhouette des Torwächters winkte sie herein, ohne selbst ins Freie zu treten.

»Kommt herein«, rief er. »Beeilt euch!«

Violante schenkte Saga einen nervösen Blick und trat als Erste durch den Spalt; sie bebte vor Aufregung. Karmesin ergriff Saga am Arm, als diese unter ihrer Übelkeit und dem Zerren in ihrem Magen zusammenzubrechen drohte. »Nicht jetzt!«, zischte sie. »Nur noch ein paar Schritte! Dann haben wir es geschafft.«

Was geschafft?, dachte Saga benommen. Aber sie konnte sich kaum mehr auf den Beinen halten und war dankbar für den Halt, den die Konkubine ihr bot. Stolpernd folgte sie Violante und ihr ins Innere der belagerten Festung. Schemenhafte Gestalten bewegten sich um sie herum, wieder knirschten Ketten, quietschten eiserne Scharniere. Das Tor schlug zu. Riegel schrammten über Holz und Metallverstrebungen.

Saga sah über ihre Schulter, sie hätte gern noch einmal zum Lager hinabgeblickt. Aber es war schon zu spät. Eine Wand aus Dunkelheit hatte sich hinter ihnen geschlossen.

»Wir müssen zu Graf Gahmuret«, stammelte sie, ehe ihr einfiel, dass sie noch immer auf den Lügengeist angewiesen waren. Er tobte in ihrem Leib, als wäre er aus Fleisch und Blut, schlug und kratzte und trat wie ein Ungeborenes, damit er nur ja nicht in Vergessenheit geriet.

Wie könnte ich dich je vergessen?, dachte sie zynisch. Du bist ein Teil von mir.

Jajaja, das bin ich!, schien er so ungestüm zu brüllen, dass die Worte in ihren Ohren hallten. *Ich bin du! Du bist ich! Fleischgewordene Lügenmacht, das sind wir!*

Sie fragte sich: Verliere ich den Verstand? Da *ist* niemand in mir. Niemand außer mir selbst. Ich bin die Lügnerin. Keiner sonst ist da. Keiner sonst.

Ich allein bin die Lügnerin.

»Saga«, flüsterte Karmesin mit Nachdruck. »Sag etwas!«

Einen Moment lang klärte sich ihr Blick. Sie erkannte den Torwächter an seiner Stimme, aber sie verstand kaum, was er redete. Kahlköpfig war er und hielt sich seltsam gebückt. Sein Gesicht glänzte vor Schweiß, sein Atem klang rasselnd, genau wie seine Stimme. Alle Männer um sie herum schienen stark zu schwitzen, viele standen leicht vornübergebeugt. Irgendwo in der Ferne erklang ein Wimmern, dann ein furchtbarer Schrei, weit weg, hinter uralten Mauern.

»Was war das?«, keuchte Saga benommen.

»Ich weiß es nicht.« Karmesins Griff um ihren Arm wurde so fest, dass es wehtat. »Saga, lüg sie jetzt an! Sag irgendwas!«

»*Ich bringe euch die Rettung*«, brachte sie erneut hervor, und das schrille Organ des Lügengeists raubte ihr fast das Bewusstsein. Wenn nur irgendwer sonst ihn so hören könnte! So ganz und gar unmenschlich! Das konnte doch nicht sie selbst sein!

Niemals ich selbst, hallte es wie ein Echo in ihr.

»Ich muss zu Graf Gahmuret. Bringt uns zu ihm, und euch allen soll geholfen werden. Ihr werdet diese Burg verlassen können. Ganz egal, was ihr getan habt. Ihr werdet Gerechtigkeit und Gnade finden.«

Sie taumelte und wäre zusammengebrochen, hätte Karmesin sie nicht gepackt. Auch Violante schob ihr jetzt einen Arm unter die Achsel. So hing sie zwischen den beiden Frauen und begriff erst ganz allmählich, dass etwas nicht stimmte. Nicht nur mit ihr, sondern mit all diesen Männern. Mit dieser ganzen verfluchten Burg und ihren Bewohnern.

Der Gestank! Es roch nach Tod, aber anders als draußen am Hang. Nicht nach Verwesung, vielmehr nach langer Krankheit, nach Eiter und Fieber und eiskaltem Schweiß.

»Himmel!«, entfuhr es Karmesin, als sich ihre Augen an den Fackelschein gewöhnten.

Violante stieß ein Keuchen aus.

»Kommt«, flüsterte der Torwächter heiser. »Ich bringe Euch zum Grafen.«

Alles war falsch. Saga spürte es, *sah* es auch, aber sie war noch immer zu verwirrt, um die einzelnen Elemente zusammenzufügen. Sie würgte den Lügengeist in sich nieder, wie etwas, das ihre Kehle verstopfte, und spürte, dass sie die Oberhand gewann. Aber dazu musste sie zugleich die Außenwelt aussperren, und sie hatte das Gefühl, dass das ein schwerwiegender Fehler war. Sie musste wissen, was hier vorging.

Trotz der Aufforderung des Torwächters blieben Karmesin und Violante stehen. Saga röchelte und erbrach sich vor ihre Füße. Die Frauen hielten sie noch immer fest. Sie hing jetzt mehr im Griff der beiden, als dass sie auf eigenen Beinen stand.

Falsch. Alles falsch.

Der Lügengeist kreischte und wurde einmal mehr in sein

Exil am Grunde ihres Verstandes verbannt. Aber für wie lange? Er war ihr noch nie so stark, so fordernd erschienen. Vielleicht weil er ahnte, dass dies seine letzte, seine allerletzte Lüge sein mochte.

»Kommt jetzt«, keuchte der Wächter, als hätte er Mühe, klare Worte herauszubringen. Oben auf der Mauer hatte Saga das für eine Folge seines schnellen Treppenaufstiegs gehalten. Aber er schnaufte auch jetzt noch, beugte sich vor, hustete und wischte sich mit dem Handrücken über den Mund.

»Sie sind krank«, wisperte Violante erschüttert. »Sie sind alle krank.«

»Ihr seid hier, um uns zu retten?« Ein kleiner, klapperdürrer Mann wieselte von rechts heran, eine Fackel in der unnatürlich verdrehten Klaue. Unter seiner Nase blähte sich ein Geschwür wie ein blutroter Eitersack. »Ihr habt ein Heilmittel dabei? Ihr könnt uns heilen?«

Karmesin stand da wie gelähmt. Saga konnte nur die verkrüppelten Hände des Mannes anstarren, sein verunstaltetes Gesicht. Der Gestank schien auf einen Schlag so intensiv zu werden, dass sie sich vor Ekel krümmte.

»Ihr hättet nicht kommen dürfen«, sagte eine raue Stimme tiefer im Hof. Ein Mann kam auf sie zu, vorgebeugt wie die meisten anderen und auf einen zerbrochenen Lanzenschaft gestützt. Der rechte Arm hing schlaff an seiner Seite.

Er trat in den Fackelschein. Licht floss über die Reste seines Gesichts.

Violante rührte sich nicht. Ihre Züge waren wie gemeißelt. Saga blickte verwirrt von ihr zu Karmesin.

Die Konkubine flüsterte seinen Namen. Es *musste* sein Name sein. Saga bewegte im Einklang stumm die Lippen.

Aber Violante erkannte ihn noch immer nicht.

Verbrannte Waffen

Faun sah zu, wie sich Saga und Karmesin in der Dunkelheit des Berghangs auflösten und eins wurden mit der Nacht. Ein Johanniter mit besseren Augen als Faun rief kurz darauf, er könne sehen, wie das Tor der Festung geöffnet werde. Dann hörten sie alle das Knirschen und Schleifen, selbst über die weite Entfernung hinweg. Bald darauf ertönte ein dumpfes Pochen, als der Torflügel wieder zufiel.

»Sie sind drinnen«, knurrte Zinder.

Faun wandte sich ab und ging mit hastigen Schritten davon, tiefer ins Lager hinein, ohne nach rechts oder links zu blicken. Tiessa kam hinterher, packte seine Hand und versperrte ihm den Weg.

»Wohin gehst du?«

»Ich kann nicht einfach dastehen und warten, bis irgendwas geschieht.«

Hinter Tiessa tauchte Zinder auf. Er trug eine Fackel. »Wir könnten die Zeit nutzen«, schlug er vor, »um uns im Lager umzuschauen. Sieht nicht aus, als hätte irgendwer was dagegen.«

Sieht man von den mörderischen Blicken ab, die uns die Hälfte dieser Bande zuwirft, dachte Faun. Aber er war viel zu fahrig, um sich darüber Sorgen zu machen. Die Angst um Saga erfüllte sein ganzes Denken.

Trotzdem nickte er und folgte Zinder und Tiessa wie ein Schlafwandler über die Pfade zwischen den Zelten und Feuern.

Der Belagerungsring war nicht besonders breit, und schon bald erreichten sie seinen äußeren Rand. Von Süden wehten kühle Brisen aus der Nacht heran. Die Ebene lag zu ihrer Rechten unter einem Mantel aus Finsternis. Links breiteten sich die Feuerflecken des Seldschukenlagers aus, dahinter thronte als undeutliche Silhouette vor dem Nachthimmel die belagerte Burg.

Sie liefen eine ganze Weile an der Grenze des Lagers entlang, ohne dass irgendwer ihnen besondere Beachtung schenkte.

»Riecht ihr das?«, fragte Zinder, nachdem sie etwa ein Drittel des Belagerungsrings umrundet hatten.

Tiessa schnupperte in den Wind, während Faun den Söldner nur verständnislos ansah.

»Irgendetwas ist hier verbrannt worden.« Zinder spähte in die Dunkelheit jenseits des Feuerscheins.

»Hier brennen ein paar hundert Lagerfeuer«, sagte Faun unbeeindruckt.

Aber der Söldner ließ sich nicht beirren und entfernte sich mit der Fackel in der Hand vom Lager.

»Wo will er hin?«, raunte Faun.

Tiessa hob die Achseln. »Er wird schon wissen, was er tut.«

Zinder war jetzt fast hundert Schritt entfernt. Sie sahen die Fackel in der Dunkelheit zittern. Plötzlich blieb er stehen.

»Kommt her!«, rief er gepresst, damit der Wind seine Stimme nicht zu den Zelten trug.

»Sie werden die Fackel sehen, wenn er weiter damit herumfuchtelt«, knurrte Faun. Aber als er sich umschaute, fiel ihm aus der Distanz auf, dass das Lager an dieser Stelle zerfasert war. Es brannten weniger Feuer als anderswo, und jene befanden sich am inneren Rand des Belagerungsrings, nicht hier draußen.

Der Söldner senkte die Fackel und wartete, bis sie ihn erreicht hatten.

»Seht euch das an.«

Mit den Flammen beleuchtete Zinder den sandigen Felsboden. Er war mit schwarzer Asche bedeckt, die an dieser Stelle ausgedünnt und vom Wind verteilt worden war, ein paar Schritte weiter aber bereits dicker und klumpiger wurde. Halb verbrannte Überreste von Holzbalken und schwarz angelaufenen Eisenstangen, fingerlange Zimmermannsnägel und Metallzwingen lagen inmitten der Verwüstung.

»Was ist das gewesen?«, fragte Tiessa.

Zinder hielt sie zurück, bevor sie weitergehen konnten, und sah über die Schulter zurück zur Burg. Nachdenklich betrachtete er ihren schwarzen Umriss, als könnte er im Dunkeln tatsächlich Einzelheiten erkennen.

»Zurück«, sagte er.

»Aber du hast uns doch gerade erst –«, begann Faun, aber da stieß der Söldner ihn bereits wieder Richtung Lager. Auch Tiessa stolperte den Weg entlang, den sie gekommen waren.

»Könntest du uns erklären, was das soll?« Zornig starrte Faun den Söldner an. In ihm war eine solche Wut auf die ganze Welt, dass ihm selbst Zinder im Augenblick als perfektes Opfer erschien, um ein wenig davon abzulassen.

Der Söldner wirkte verstört. »Diese verdammten Hurensöhne!«

»Was ist los?«, fragte Tiessa. Seine Unruhe färbte längst auch auf sie ab.

»Als wir im Lager angekommen sind, ist euch da etwas Ungewöhnliches aufgefallen?«

Faun und Tiessa wechselten einen Blick. Beide schüttelten die Köpfe.

»Habt ihr die Risse und Kerben in den Burgmauern gesehen? Und die Krater im Boden rundherum? Ganz abgesehen von den zerstörten Dächern im Inneren.«

»Und?«

»Katapulte«, sagte der Söldner, »und ein paar Einarmige Bliden, möchte ich wetten. Sie haben damit Felsbrocken oder Eisenkugeln auf die Festung geschleudert.«

Faun nickte – und runzelte einen Herzschlag später die Stirn. »Da waren nirgends Katapulte. Nirgendwo im ganzen Lager. Wir hätten sie schon von weitem sehen müssen.«

Tiessa sah von ihm zu Zinder, jetzt immer besorgter.

»Sie haben sie alle verbrannt«, bestätigte der Söldner. »Alle ihre Wurfmaschinen. Das da drüben sind die Überreste.«

»Warum sollten sie das tun?«, fragte Tiessa.

Zinder senkte die Stimme und starrte finster zu den Lagerfeuern hinüber. »Sie haben irgendetwas damit in die Burg geschossen, das die Katapulte und Bliden danach unbrauchbar gemacht hat. Und mir fällt nur eines ein, was das sein könnte. Herrgott, deshalb haben sie Violante und die beiden anderen so bereitwillig gehen lassen! Nicht wegen irgendwelcher Abkommen, wie Dürffenthal sagt.«

Faun kam eine böse Ahnung, aber er wollte es nicht wahrhaben. »Nun rede schon!«

»Fleisch«, sagte Zinder tonlos. »Krankes Fleisch. Leichen von Tieren oder Menschen, die an irgendwelchen Seuchen gestorben sind. Aussätzige, vielleicht. Ich habe schon früher von so etwas gehört.«

Tiessa stolperte einen halben Schritt zurück und starrte die beiden Männer an. »Greifen sie deshalb nicht mehr an?« Eine Spur von Panik ließ ihre Stimme höher klingen als sonst.

Zinder nickte. »Die Seldschuken sind längst nicht mehr hier, um zu kämpfen.«

Der schwarze Umriss der Festung sah von einem Herzschlag zum nächsten noch lebloser aus. Ein titanisches Grabmonument.

»Sie warten«, sagte Zinder. Faun begann erbärmlich zu frieren. »Sie sitzen da und warten darauf, dass dort oben alles zu Ende geht.«

Saga sah zu, wie die Gräfin langsam auf den Mann im Fackelschein zuging. Ihr Verstand musste Violante sagen, wer da vor ihr stand, aber in ihrem Gesicht zeigte sich noch immer kein Zeichen von Wiedererkennen. Nur eine grässliche Leere, die Saga nie zuvor an ihr gesehen hatte. Irgendetwas hatte Violante immer beschäftigt – Ehrgeiz, Verbissenheit, Wut, sogar Anflüge von Freundschaft –, aber dieses Nichts in ihren Augen war eine neue erschreckende Facette.

»Komm nicht näher«, sagte Gahmuret von Lerch zu seiner Gemahlin, und wie eine Hörige hielt sie augenblicklich inne und blieb drei Schritt vor ihm stehen.

»Bitte«, fügte er hinzu, und dieses eine Wort klang so unverhofft sanft, dass Saga augenblicklich an allem zweifelte, was man ihr über Gahmuret erzählt hatte. War dies der Mann, der Tausende hatte abschlachten lassen? Zu dessen Unterwerfung selbst Todfeinde ein Bündnis miteinander eingegangen waren?

Saga rückte näher an Karmesin heran, als immer mehr gebuckelte Gestalten aus den halb zerstörten Bauten der Burg wankten und einen Kreis um die drei Frauen und ihren Anführer bildeten. Das Fackellicht reichte nicht aus, um den ganzen Hof zu erhellen, und so hätten es ebenso zwei Dutzend wie zweihundert sein können, die sich mit schlurfenden Schritten und rasselnden Atemzügen um sie versammelten.

»Komm nicht in ihre Nähe«, raunte Karmesin ihr zu. »Solange du keinen von ihnen berührst, bist du sicher.«

Das Gesicht des Grafen war eine verwüstete Narbenmaske. Schwer zu sagen, was zuerst da gewesen war: der tiefe Schnitt, der seine Züge von der linken Schläfe bis zum rechten Kieferknochen gespalten hatte und unter einem Wulst aus wildem Fleisch verheilt war; die zahllosen kleineren Narben, die wie Verbrennungen aussahen; oder die verwachsenen Schwellungen rund um die Augen und unter seiner Nase. Nur sein Mund war unversehrt geblieben, der Schwertstreich quer durchs Gesicht hatte ihn um Haaresbreite verfehlt.

»Violante«, sagte er bedauernd, »warum bist du nur hergekommen.« Es war keine Frage, eher ein verzweifeltes Seufzen.

Sie sah ihn an, ohne Antwort zu geben. Für endlose Augenblicke schien es, als hätte sie die Sprache verloren. Dann begann es ganz allmählich unter ihren Zügen zu arbeiten, ein Zucken und Ziehen, als kämpften alle nur denkbaren Regungen gegeneinander an, während sie sich standhaft bemühte, keiner den Vorrang zu lassen. Nur ja keine Schwäche zeigen.

Ganz die alte Violante, selbst jetzt noch.

»Du weißt, weshalb ich hier bin«, sagte sie schließlich. »Wo ist er?«

Er?, dachte Saga.

Ein Raunen ging durch den Kreis der Kranken, unter die sich jetzt auch ein paar Frauen gemischt hatten, Einheimische, die von Gahmurets Leuten verschleppt worden waren und nun unter denselben furchtbaren Verstümmelungen und Verwachsungen litten wie ihre Peiniger. Niemand schritt ein, als sich einige von ihnen in die vorderste Reihe drängten. Die Krankheit hatte sie alle zu Gleichberechtigten gemacht.

Karmesins Hand ballte sich um den Griff ihres Dolches. Die Konkubine hatte sich die Unterlippe blutig gebissen. Saga hatte sie noch nie so angespannt gesehen, nicht einmal auf der Insel.

»Gehen wir hinein«, sagte Gahmuret so leise, dass es kaum zu verstehen war. Er drehte sich um und humpelte voraus. Das Gehen bereitete ihm Schmerzen; ohne den Stab, auf den er sich stützte, hätte er sich wohl gar nicht mehr fortbewegen können.

Violante folgte ihm.

Saga blickte Karmesin an, die ihr kaum merklich zunickte. Langsam gingen sie hinterher. Alles in Saga schrie danach, sich herumzuwerfen und die Festung zu verlassen. Karmesins Worte, niemanden zu berühren, hallten in ihren Ohren nach. Falls es dennoch die Atemluft war, die den Aussatz übertrug, war es längst zu spät. Sie wartete darauf, dass einer der Kranken auf sie zusprang, doch keiner bewegte sich. Nur die Blicke der Menschen folgten ihnen, die meisten vollkommen ausdruckslos, ausgelaugt von ihrem Leiden und der langen Belagerung.

Sie horchte auf den Lügengeist, doch wohin auch immer er sich zurückgezogen hatte, er regte sich nicht mehr. Vielleicht hatte er erkannt, dass sie zum ersten Mal einem Feind gegenüberstand, gegen den mit der Unwahrheit nicht anzukommen war. Die Krankheit ließ sich nicht belügen.

Sie folgten Gahmuret und Violante in einen Saal, in dessen Decke ein pferdegroßes Loch klaffte. Darunter lag ein Haufen geborstenen Gesteins. Niemand hatte sich nach dem Katapulttreffer die Mühe gemacht, die Trümmer aufzuräumen.

Vier Männer drängten hinter ihnen durch die Tür, aber Gahmuret gab ihnen mit einem erschöpften Wink zu verstehen, dass sie sich zurückziehen sollten. Alle waren vom Aussatz befallen, trugen schmutzige Verbände und zerschlissene Kleidung. Saga war froh, als die Tür hinter ihnen zufiel.

Um eine Tafel standen hochlehnige Stühle. Gahmuret machte die letzten paar Schritte mit einem erschöpften Schnaufen und nahm auf einem Sitz am Ende des Tisches Platz. Die Gräfin blieb stehen; auch Karmesin und Saga hielten Abstand. Um nichts in der Welt wollte Saga einen Stuhl berühren, auf dem ein Aussätziger gesessen hatte.

Gahmuret blickte Violante schweigend an. Seine Augenlider flackerten, als blendete ihn etwas. Dabei war es in der Halle so düster, dass selbst die Wände kaum zu erkennen waren. In der Mitte des Saales züngelten Flammen aus einer vertieften Feuerstelle; halb verbrannte Überreste verrieten, dass hier auch Stühle von der Tafel verbrannt worden waren.

»Ihr hättet nicht kommen sollen«, brachte Gahmuret hervor, erschöpft von der Anstrengung des Weges. »Ihr werdet … enden wie wir alle.«

Zwischen ihm und Violante hing die Geschichte dieser beiden wie ein unsichtbares Gespinst in der Luft, das mit jedem Atemzug weitere Fäden warf, Verstrickungen und Knoten bildete. Wieder hatte Saga das Gefühl, dass da mehr war, als sie bislang geglaubt hatte.

Irgendetwas war grundlegend falsch.

In den Blicken, die Violante Gahmuret zuwarf, war keine Spur von Liebe. Nicht einmal Zuneigung.

Saga dachte erneut, dass es an der Zeit wäre, von hier zu verschwinden. Aber sie war zu gebannt vom Ausgang dieser Tragödie, schlimmer noch: Sie selbst war längst viel zu sehr Teil davon, um sich jetzt noch zurückzuziehen.

»Sie haben Leichenteile über die Mauern geschleudert ... Glieder von Aussätzigen ... einen ganzen Tag lang. Dutzende, vielleicht ein paar hundert.« Gahmuret schaute zur Decke, als sähe er die Szene dort noch einmal vor sich. »Es regnete Arme und Beine vom Himmel, halbe Leiber ... Und es schien kein Ende zu nehmen. Immer mehr fielen herab.« Seine Stimme wurde zum Flüstern. »Immer mehr.«

Alles in Saga verkrampfte sich, als die Bilder jenes Tages in ihrer Vorstellungskraft zum Leben erwachten.

»Wir haben versucht sie zu verbrennen, so wie wir heute unsere eigenen Toten verbrennen. Nach Stunden waren die ersten meiner Männer so weit, dass sie fast den Verstand verloren. Sie rissen das Tor auf und rannten hinaus, aber die Bogenschützen der Seldschuken haben draußen auf sie gewartet. Keiner hat es bis zum Lager geschafft, die Schützen haben sie alle erwischt. Jetzt verrotten ihre Leichen draußen auf dem Berg, und wir verrotten hier drinnen bei lebendigem Leibe.« Seine Hand ballte sich zu einer zitternden Faust, um gleich darauf wieder zu erschlaffen. »Wir werden ihnen bald folgen.«

Die Lippen der Gräfin bebten. »Wo ist er, Gahmuret? Ist er auch krank?« Sie führte die Hand zum Mund und ließ sie wieder sinken. Ihre Augen verengten sich, sie blinzelte. »Er ist nicht ... gestorben, oder? Sag mir, dass er noch lebt.«

Saga hatte das Gefühl, als wäre sie in der Zeit ein Stück nach vorn gesprungen, und nun fehlten ihr ein paar wichtige Erklärungen. War ihr irgendetwas entgangen? Von wem redete Violante?

Gahmuret sah seine Gemahlin eine Weile lang ausdruckslos an, dann sprach er wieder, ohne auf ihre Frage einzugehen. »Wir sind nur um Haaresbreite aus Konstantinopel entkommen.« Sein Geist verlor sich in Erinnerungen, sein Blick glitt ins Leere. »Da war ein Mann mit durchschnittener Kehle, der trotzdem gelebt hat …«

»Der Bethanier«, sagte Karmesin.

Saga sprach zum ersten Mal, ohne sich dessen gänzlich bewusst zu sein. »Karmesin hat ihn getötet.«

Gahmuret nickte schwach. »Das ist gut.« Dann blickte er in die Richtung der beiden Frauen, als nähme er sie zum ersten Mal wahr. »*Du* bist die Karmesin?«

Ihr Hand lag noch immer am Dolch, als sie nickte.

Etwas, das ein Lachen sein mochte, kam über Gahmurets Lippen, ohne dass sich seine erstarrten Züge bewegten. Saga schauderte.

»Dann hat Innozenz mich also doch noch gefunden. Du kommst zu spät.«

Wie in einem Albtraum beobachtete Saga, dass Karmesin die Klinge aus ihrem Gürtel zog. Flammen spiegelten sich auf dem Stahl.

»Ich weiß«, sagte die Konkubine.

Saga sah Karmesin ungläubig an, während ihre Fassungslosigkeit in widerwilliges Begreifen umschlug.

Violante wirbelte herum. »Nein!«

Saga prallte von Karmesin zurück, als hätte sie ihr einen Stoß gegeben. Doch die Konkubine stand einfach nur da, das blitzende Stilett in der Hand, vollkommen reglos.

Gahmuret breitete in einer grotesken Geste die Arme aus. »Dann komm!«, raunte er Karmesin zu und schloss die Augen. »Stoß mir deine Klinge ins Herz. Deshalb bist du doch hier.«

»Nein!«, brüllte Violante erneut. »Du wirst ihn *nicht* töten!

Nicht, bevor er mir gesagt hat, *was aus meinem Sohn geworden ist!*«

Die Zeit gefror zu einem undeutlichen Nebel, wie der Blick durch Eis zum Grund eines gefrorenen Sees. In Sagas Verstand manifestierten sich zwei Gedanken. Erstens, Karmesin hatte sie alle hintergangen; sie war hergekommen, um Gahmuret zu ermorden – und *nur* deshalb. Und, zweitens, Violante hatte ebenfalls gelogen, die ganze Zeit über. Sie war nicht hier, weil sie Gahmuret liebte, sondern um etwas von ihm zu erfahren. Etwas, das nur er allein wusste.

Aber was hatte ihr Sohn damit zu tun? Nikolaus war daheim auf Burg Lerch. In Sicherheit.

Gahmuret brach das Schweigen mit einem leisen Kichern. Aus Gründen, die nur er kannte, fiel sein Blick dabei ausgerechnet auf Sagas entgeisterte Züge. »Violante hat euch angelogen, nicht wahr? Was hat sie euch erzählt, warum sie hier ist?« Er wandte sich an seine Gemahlin. »Was hast du ihnen gesagt?«

Saga wünschte sich, einen Blick mit Karmesin zu wechseln, nur eine Geste, die ihr sagte, dass dies alles ein Traum war. Aber dann meldete sich die schonungslose Gewissheit zurück, dass die Konkubine sie nur ausgenutzt hatte, um in Gahmurets Nähe zu gelangen. Es war ihr nie darum gegangen, Saga zu beschützen. Ihre ganze Freundschaft, das Vertrauen zwischen ihnen – nichts als eine eiskalt geplante Posse.

Sie machte ein paar Schritte zurück, entfernte sich von den drei anderen Menschen im Saal, jeder auf seine Art ein Ungeheuer.

Und du? Reihst du dich nicht selbst ganz wunderbar in diesen Kreis aus Betrügern und Lügnern ein? Warum bist du nicht wenigstens einmal ehrlich zu dir selbst?

Unter ihren Füßen schwankte der Boden. Vieles ergab mit einem Mal einen Sinn – und anderes überhaupt keinen mehr. Die angebliche Fälschung des päpstlichen Dokuments, das Karmesin dem Großmeister vorgelegt hatte – eine Lüge. Der Freibrief war echt gewesen, genauso wie das Siegel darauf. »Deshalb also haben uns die Johanniter geholfen«, flüsterte sie und konnte sich nicht entscheiden, welche Eröffnung unerhörter, welche Wendung gemeiner war.

Karmesin nickte, ohne den Blick von Violante und Gahmuret zu nehmen. »Ich hätte nicht gedacht, dass dich das wirklich überrascht.« Das Erstaunen in ihrer Stimme klang aufrichtig, und es war mit Bedauern durchmischt.

»An dem Abend, in deiner Kammer auf Margat«, sagte Saga und hatte das Gefühl, kaum noch Luft zu bekommen, »da hast du gesagt, du kämst gerade von Jorinde … Das war gelogen, oder?«

»Es gab noch ein zweites Schreiben des Papstes, eines, das ich dem Großmeister nur unter vier Augen übergeben konnte. Das war der Befehl, alles in seiner Macht Stehende zu tun, um mich hierher zu bringen.« Karmesin musterte Gahmuret über die Distanz hinweg. »Ich bedauere aufrichtig, was Euch widerfahren ist, Graf Gahmuret. Es hätte schneller gehen können.«

»Du hast mich ausgenutzt«, presste Saga hervor. »Du hast mir vorgegaukelt, dass du hier bist, um mich zu beschützen …«

Karmesin bewegte sich nicht, aber die Anspannung war ihr anzusehen. »Ich habe nicht immer die Wahrheit gesagt. Aber willst ausgerechnet *du* mir das zum Vorwurf machen?«

Violante blickte von Karmesin zu Gahmuret, dann wieder lauernd zurück zu der Konkubine. Die Attentäterin des Papstes, seine liebreizende Meuchelmörderin, bewegte sich noch immer nicht, doch ihr Körper war gespannt wie eine Bogensehne. Sie alle wussten, wie schnell Karmesin sein konnte. »Ich bin nicht diesen ganzen Weg gegangen«, sagte Violante mit mühsam unterdrücktem Zorn, »damit du ihn umbringst, bevor er mir die Wahrheit gesagt hat.«

Die Wahrheit. Dass es ausgerechnet darum gehen sollte. Saga biss sich auf die Unterlippe. Sie hatte sich gründlich getäuscht, als sie geglaubt hatte, sie sei die einzige geschickte Lügnerin in diesem Saal.

Sie war so naiv gewesen.

»Welche Wahrheit, Violante?«, fragte Karmesin.

Der Blick der Gräfin zuckte zwischen ihrem Gemahl und der Mörderin umher. »Mein ältester Sohn«, brachte sie mit bebendem Kinn hervor. »Mein *zweiter* Sohn … Malachias. Ich habe ihn zuletzt in Konstantinopel gesehen. Vor sechs Jahren. Gahmuret hat ihn mir weggenommen.«

»Ich habe ihn vor dir *gerettet*«, sagte der Graf, gefolgt von einem röchelnden Husten. »Dein Einfluss –«

»Er war mein Kind, nicht deins!«

»Er musste mit ansehen, wie seine Mutter seinen Vater verraten hat! Er hat mit angehört, wie wir an jenem Morgen in Konstantinopel miteinander gestritten haben – und er hat dich gesehen, in der Nacht am Charisius-Tor, auf der Seite unserer Feinde. Er weiß, dass du diejenige warst, die mir Oldrich und den Bethanier auf den Hals gehetzt hat. Was genau hast du Oldrich damals erzählt? Dass ich eure Verschwörung bekannt machen könnte? Dass es besser wäre, deinen eigenen Mann zum Schweigen zu bringen, bevor er jedermann erzählen konnte, was ihr fünf damals ausgeheckt habt?«

Sagas Verstand raste. Angestrengt versuchte sie, die Bausteine, die man ihr vorwarf, zu einem Ganzen zusammenzufügen. »Das fünfte Siegel«, entfuhr es ihr erstaunt. »Die Unterschrift des Hauses Lerch auf Tiessas Dokument. Das wart *Ihr*, Violante? Nicht Euer Gemahl, sondern Ihr habt mit den Verschwörern an einem Tisch gesessen. Ihr wart die Gastgeberin des geheimen Treffens.«

Karmesin wirkte nicht im Geringsten erstaunt. Saga begriff, dass die Konkubine dies von Anfang an gewusst hatte. Nicht Gahmuret war einer der Planer des Kreuzzugs gegen Konstantinopel gewesen, sondern Violante. Sie entstammte dem Geschlecht derer von Lerch. Es war ihre Grafschaft, ihre Burg. Gahmuret war nur Zeuge der Verschwörung gewesen. Und offenbar einer, dessen man sich später hatte entledigen wollen. Dessen sich *Violante* hatte entledigen wollen.

»Sie hat es für Philipp getan«, spie Gahmuret aus. »Erzähl deinen Freundinnen von unserem König Philipp. Erzähl ihnen, wie du zu seiner Hure geworden bist!«

Violante war drauf und dran, auf ihn loszugehen, aber dann besann sie sich. Ihn zu berühren wäre womöglich ihr Todesurteil.

»Was ist aus Malachias geworden?«, fragte sie leise, ohne auf seine Worte einzugehen. »Er ist nicht hier, oder?« Ihr Tonfall klang, als könne sie sich nicht zwischen leiser Hoffnung und schicksalsschwerer Verzweiflung entscheiden.

Saga schnappte nach Luft. »Es ging die ganze Zeit immer nur um Euren Sohn? Deshalb wolltet Ihr Gahmuret finden?«

Der Graf legte den Kopf zurück gegen die Lehne seines Stuhls. Hohn sprach aus seiner Stimme. »Die Frucht ihrer verbotenen Liebe«, spottete er. »*Philipps* Sohn, nicht meiner. Auch wenn sie mich lange in dem Glauben gelassen hat. Aber als sie mich überreden wollte, mit dem Kreuzzug ins Heilige Land zu ziehen – zum Wohle unseres künftigen Königs Philipp, natürlich –, da habe ich die Wahrheit geahnt. Sie war meiner endgültig überdrüssig geworden.« Seine Lider zuckten in immer kürzeren Abständen, aber sein hasserfüllter Blick war starr auf seine Gemahlin gerichtet. »Du hast gehofft, dass ich nie zurückkehren würde, damit du frei bist für Philipp. Aber hast du wirklich geglaubt, er würde seine Frau verstoßen? Die Tochter des Herrschers von Byzanz? Wegen dir, einer kleinen Landgräfin aus der Provinz? Himmel, er hat mit dir gespielt und dich ausgenutzt. Uns beide hat er ausgenutzt, als er das geheime Treffen auf unserer Burg einberief … auf *deiner* Burg.«

»Philipp hat mich geliebt«, behauptete Violante so stur, dass Saga beinahe Mitlied mit ihr empfand.

Gahmuret krächzte. »Er hatte seinen Spaß mit dir – und er wusste, dass du alles für ihn tun würdest. Sieh dich an. Sogar heute noch, Jahre nach seinem Tod, bist du seinem Gespenst hierher gefolgt.« Er wollte die Hand heben, um abzuwinken, doch die Finger fielen schwer und kraftlos zurück auf die Stuhllehne. »Ich muss dich enttäuschen. Malachias ist nicht hier, schon lange nicht mehr. Und *er* ist nicht Philipp. Ich habe ihn großgezogen. Er ist immer noch *mein* Sohn. Ich habe ihn geliebt. Ich war der Einzige, der für ihn da war.«

»Er ist alles, was mir von Philipp geblieben ist!«

»Dann ist dir nichts geblieben. Malachias ist seit Jahren nicht mehr hier. Ich habe ihn fortgeschickt, dorthin, wo er in Sicherheit ist und seine Mutter ihn niemals finden wird.«

Violante stieß ein rasendes Heulen aus und stürmte vorwärts. Mit beiden Fäusten schlug sie nach Gahmurets Gesicht. Er schrie auf, prallte mit dem Hinterkopf gegen Holz und sackte benommen noch tiefer in sich zusammen.

Als Violante ihre Hände hob, waren sie mit dem Sekret seines verwüsteten Gesichts bedeckt. Das Geschwür war aufgeplatzt. Ihre Handknöchel glänzten vor Nässe.

»Wo ist er?«, flüsterte sie.

Gahmuret stöhnte etwas, gefolgt von einem geräuschvollen Ausatmen.

Violante starrte sekundenlang auf das Todesurteil an ihren Händen, dann fand ihr Blick zurück zu Gahmuret.

»W*o ist er?*«, fragte sie erneut.

Karmesin blieb ruhig und beherrscht, selbst jetzt noch. Saga fragte sich, ob dies nun die *wahre* Karmesin war, jenes Geschöpf das in einem geheimen Palast hinter verschlossenen Toren herangezüchtet worden war, teils Schoßtier, teils Kampfhund. Oder war auch das nur eine weitere Maske? War sie der echten Karmesin überhaupt je begegnet?

»Du wirst nie erfahren, wo er ist«, keuchte Gahmuret, während Violante sich wie betäubt gegen die Tischkante sinken ließ, halb stehend, halb sitzend. »Das Anrecht, seine Mutter zu sein, hast du schon vor Jahren verspielt.«

Violante hob langsam das Kinn. »Und das hast *du* zu entscheiden?«

Saga sah Karmesin an, dass sie eine Entscheidung traf. »Was hast du vor?«, flüsterte sie.

Gahmuret hörte sie. »Sie wird ihren Auftrag erfüllen.« Schwerfällig hob er beide Arme auf die Tischplatte. Er drohte vornüberzusinken, hielt sich aber mühevoll aufrecht.

»Für mich gibt es hier nichts mehr zu tun«, sagte die Konkubine, blickte dabei aber Violante an, nicht den Grafen.

Und da verstand Saga.

»Sie auch?«, entfuhr es ihr. »Du sollst sie *beide* töten?«

»Innozenz beseitigt die letzten Zeugen«, röchelte Gahmuret, und wieder klang es, als wollte er lachen. »Violante hat sie hier hereingebracht, und nun ist auch sie überflüssig. Wer sonst noch? Der Doge und Bonifaz sind tot ... Oldrich? Es würde mich wundern, wäre er noch am Leben.«

Violante stieß sich von der Tischkante ab, aber es wurde ein Taumeln daraus, so als müsste sie sich auf jede Bewegung konzentrieren. Sie hatte die Kontrolle über die Ereignisse verloren, aber nun war sie bereit, alles zu tun, um erneut die Oberhand zu gewinnen – sogar das Leben ihres verhassten Gemahls zu retten. Noch während der ersten Schritte straffte sie sich, bis sie fast wieder wie die frühere Violante erschien, Herrin auf Burg Lerch, Führerin von Tausenden.

Sie hob beide Hände und ging auf Karmesin zu. »Du wirst mich nicht daran hindern, meinen Sohn zu finden.«

Saga wich alarmiert zurück. In einem gewöhnlichen Kampf wäre Violante der Meuchelmörderin heillos unterlegen gewesen. Doch die Gräfin hatte begriffen, dass ihr eigenes Verhängnis ihre beste Waffe war. Karmesin konnte sie töten, gewiss, aber nicht der Berührung ihrer Hände entgehen – und dem ansteckenden Wundsekret, das sie überzog.

»Zurück!«, rief die Konkubine. »Kommt nicht näher.«

Violante bewegte sich sehr langsam, aber sie hielt nicht inne.

Schritt um Schritt kam sie auf Karmesin zu, beide Hände ausgestreckt wie ein Geist. Und Saga dachte wie betäubt: Genau das sind sie alle. Geister. Untote. Jeder von ihnen.

Sogar ich selbst.

Violantes Finger glänzten im Feuerschein.

»Nicht«, flüsterte Karmesin. Sie klang schwermütig, erfüllt von unbestimmter Trauer.

Violante ging weiter.

»Bitte«, sagte Karmesin, aber es lag nichts Flehendes darin.

Gahmuret stieß ein schrilles Lachen aus. Seine Narbenmaske blieb starr und kalt wie das Gesicht eines Steingötzen.

»Violante!« Saga hörte sich ihren Namen rufen, während sie zurückstolperte, weiter fort von Karmesin, auch von der Gräfin, bis sie dem Feuer in der Mitte der Halle gefährlich nahe kam. Die Hitze zwang sie zum Innehalten.

Violante wurde schneller. Noch fünf Schritte.

Wie ein Flammenstrahl zuckte etwas auf die Gräfin zu. Flirrendes Feuer, funkelnd auf Stahl. Sagas Augen waren zu langsam, um dem Blitzflug der Klinge zu folgen. Als ihr Blick bei Violante ankam, ragte der Griff aus ihrer Brust und sah dabei so grotesk harmlos aus, dass die beiden Schritte, die sie jetzt noch machte, ganz natürlich wirkten, gar nicht wie Bewegungen einer Todgeweihten.

Gahmurets Lachen brach ab.

Violante stieß ein Röcheln aus. Ihre Züge verhärteten sich zu… Fassungslosigkeit? Sie drehte sich um und ging mit der Klinge im Herzen denselben Weg zurück. Zu Gahmuret, Schritt um Schritt um Schritt, bis sie neben seinem Stuhl auf die Knie fiel, mit einem scheußlichen Knacken ihrer Gelenke auf Stein. Sie nahm seine Hand und blickte zu ihm auf.

»Malachias«, flüsterte sie, dann sackte ihr Kopf nach vorne. Sie blieb einfach sitzen, das Gesicht an seine Hand gepresst, während Haarsträhnen vor ihre Züge fielen und sie verdeckten.

So starb Violante, die Gräfin von Lerch, Gemahlin des Gahmuret, Führerin des Kreuzzugs der Jungfrauen.

Saga erwachte aus ihrer Erstarrung, als die Hitze in ihrem Rücken unerträglich wurde. Auch Karmesin bewegte sich wieder, ließ die Hand sinken, die den Dolch geworfen hatte, machte einen Schritt nach vorn, blieb wieder stehen. Zum ersten Mal wirkte sie verunsichert.

Gahmuret saß reglos auf seinem Stuhl, den Blick zwischen Narbenwülsten auf seine tote Gemahlin gerichtet. Was immer er empfinden mochte, es blieb verborgen hinter der Maske seiner entstellten Grimasse. Saga dachte einen unwirklichen Augenblick lang, dass dieser Mann weit schlimmere Narben besaß als jene, die er offen zur Schau trug.

Er sah von Violante zu Karmesin. »Bist du jetzt zufrieden, Konkubine?«

Saga schien vergessen. Keiner kümmerte sich um sie. Sie konnte noch immer kaum glauben, dass Violante tot war. Und dass beide – die Gräfin und Karmesin – sie all die Monate über belogen hatten, unabhängig voneinander, und dass sie nichts davon geahnt hatte.

Etwas starb in ihr. Vielleicht der Rest ihres Vertrauens in andere. Vielleicht ihr Glaube an Gerechtigkeit oder was davon übrig war. Womöglich sogar der Lügengeist selbst. *Falls* er starb, dann tat er es leise und elend, zusammengerollt in einer Ecke ihres Bewusstseins. Ohne Spektakel, ohne einen letzten großen Auftritt. Starb einfach ab wie ein abgebundener Armstumpf, zersetzt von Lügen, die den seinen überlegen waren, abgefault in Windeseile, abgestoßen von dem, was ihn genährt und am Leben erhalten hatte.

Sie hatte das Portal fast erreicht, als die Konkubine über die Schulter zu ihr herüberblickte.

»Ich bringe dich von hier fort«, sagte Karmesin. »Ich beschütze dich.«

Gahmuret hustete Blut.

Saga schaute sich nicht zu ihr um. »Ich brauche dich nicht«, entgegnete sie leise.

»Willst du leben?«, fragte Karmesin.

Ihr habt es gewusst!«

Faun wartete nicht auf Dürffenthals Antwort, rannte quer durch das Zelt und warf sich auf den Johanniter. Es war ihm gleichgültig, dass der Ritter viel größer und kräftiger war als er und noch dazu von mehreren seiner Männer umgeben war.

»Ihr wusstet, was die Seldschuken getan haben, und Ihr habt die drei trotzdem gehen lassen!«

Seine Faust traf den Johanniter ins Gesicht, noch bevor der seine Überraschung überwinden und weitere Schläge abblocken konnte. Dann wendete sich das Blatt innerhalb eines Herzschlags. Ehe Faun sich wehren konnte, fühlte er sich herumgeworfen, vornübergestoßen und landete auf dem Boden. Als er sich hochstemmen wollte, wurde ihm eine Stiefelsohle in den Rücken gerammt, kraftvoll genug, um ihm die Luft zu rauben und ihn zurück in den Staub zu pressen.

»Was, zum Teufel, soll das?«, stieß Dürffenthal aus. »Himmel, was ist in dich gefahren?«

»Ihr habt Saga und Karmesin in den Tod gehen lassen! Ihr habt gewusst, dass sie sterben würden, wenn sie die Festung betreten! Ihr habt –«

»Was?« Der Ritter sah verwirrt von Faun zum Eingang des großen Zeltes, in dem jetzt auch Zinder und Tiessa erschienen waren. »Was redet er da?«

Tiessa stürmte an Zinder vorüber und wollte Faun zu Hilfe

kommen. »Lasst ihn los!« Der Söldner bekam sie am Arm zu fassen und hielt sie zurück, bevor auch sie sich auf den Ritter werfen konnte. »Ihr sollt ihn loslassen!« Sie zerrte an Zinders Fingern. »Mich auch!«, schrie sie hilflos.

Mehrere Johanniter, die sich im Zelt zu einer nächtlichen Beratung versammelt hatten, zogen ihre Schwerter. Sofort gab ihr Anführer ihnen Zeichen. »Weg mit den Waffen! Das muss alles ein Missverständnis sein!«

»Missverständnis!«, japste Faun, während ihn der Stiefel des Johanniters noch immer auf den Boden drückte. »Wollt Ihr behaupten, Eure Seldschukenfreunde hätten Euch nicht erzählt, was sie getan haben?«

Dürffenthals Blick wanderte verwundert über die Gesichter der anderen, ehe er auf Zinder verharrte, der seine liebe Mühe mit der zappelnden Tiessa hatte. »Bei allen Heiligen, hätte jemand die Güte, mir auf der Stelle zu sagen, *was hier los ist?*«

Der scharfe Ton, in dem er die letzten Worte brüllte, ließ Tiessas Widerstand für einen Moment erlahmen. Faun versuchte weiter, sich aufzurichten, aber gegen Dürffenthal hatte er keine Chance.

Zinder atmete tief durch, ließ Tiessa nach kurzem Zögern los und berichtete den Johannitern, was sie auf der anderen Seite des Lagers entdeckt hatten. Fauns Verzweiflung wuchs, als keiner der Ritter Zinders Vermutung widersprach.

»Es wäre nicht das erste Mal, dass so etwas versucht worden wäre«, bemerkte ein älterer Johanniter. Abscheu lag in seiner Stimme.

»Wohl wahr«, bestätigte ein anderer. »Ich habe davon gehört, dass es im Süden Vorkommnisse dieser Art gegeben hat.«

»*Vorkommnisse!*«, keuchte Faun. »So nennt Ihr das? Meine Schwester ist dort hinaufgegangen!«

»Versprichst du mir, dass du dich beruhigst?«, fragte Dürffenthal.

Faun knurrte etwas. Der Stiefel verschwand aus seinem Rücken. Er rappelte sich hoch und warf dem Ritter einen wutentbrannten Blick zu. Tiessa war sofort bei ihm und nahm seine Hand.

»Wenn Ihr Nizamalmulk danach fragt, wird er Euch dann die Wahrheit sagen?«, wollte Zinder von Dürffenthal wissen.

»Das werde ich herausfinden.« Der Johanniter wollte schon aus dem Zelt stürmen, ehe er sich eines Besseren besann. Hastig gab er seinen Männern eine Reihe von Befehlen. Dann erst brach er auf, begleitet von drei weiteren Rittern. Faun wollte ihnen folgen, aber Zinder hielt ihn zurück.

»Nicht, Faun! Bleib hier. Du würdest alles nur noch schlimmer machen.«

Bange Minuten vergingen, während alle im Zelt durcheinander redeten. Mehrere Johanniter bezogen vor dem Eingang Stellung, um die umliegenden Lagerplätze der Seldschuken im Auge zu behalten; andere verschwanden im Dunkel, um Dürffenthals Order auszuführen.

Als der Anführer der Johanniter zurückkehrte, hielt Faun es kaum noch aus.

»Es ist wahr«, sagte Dürffenthal grimmig. »Sie haben die Körper von Leprakranken über die Mauern geschleudert.«

Faun sah die Umgebung durch einen Schleier, alles schien verzerrt und seltsam flach. Sein Magen rebellierte, und beinahe hätte er sich im Zelt des Ritters übergeben.

Dürffenthal wechselte Blicke mit den drei Rittern, die ihn begleitet hatten. »Ihr wisst, was das bedeutet. Nizamalmulk wird nicht zulassen, dass irgendjemand diese Festung lebend verlässt.«

~

Gahmuret saß zusammengesunken in seinem Stuhl, die Hand noch immer unter dem Gesicht der toten Violante begraben. Ihr Leichnam kauerte auf den Knien an seiner Seite. Der Graf öffnete mehrfach den Mund, um etwas zu sagen, aber kein Laut kam über seine Lippen.

»Bleib weg von mir!«, fauchte Saga in Karmesins Richtung.

Die Konkubine stand auf halbem Weg zwischen ihr und dem röchelnden Gahmuret. Saga hatte die Hand bereits nach dem Türknauf ausgestreckt, als Karmesin sagte: »Das würde ich nicht tun.«

Saga hielt inne. »Womöglich kümmert es mich nicht, was du tun würdest und was nicht.«

Karmesin schüttelte den Kopf. »Wie kannst ausgerechnet du so wütend darüber sein, dass ich gelogen habe?«

»Du hast von Anfang an geplant, Violante zu töten! Die ganze Zeit über! Du hast nur gewartet, bis sie dich zu Gahmuret bringt.« Und noch etwas fiel ihr ein. »Und mich hast du benutzt, um in die Burg zu gelangen.«

Die Konkubine antwortete nicht.

»Ihr habt keine Chance«, sagte Gahmuret mit brüchiger Stimme. Jetzt erst erkannte Saga, dass er weinte. Ganz gleich, welche Verbrechen er in den Jahren seit dem Fall Konstantinopels begangen hatte – nun jedenfalls saß er da, während um ihn herum seine Welt unterging, und Tränen glitzerten in den Narbenfurchen seines entstellten Gesichts.

»Wer sollte uns aufhalten? Diese Bande von todkranken Krüppeln da draußen?«, entgegnete Karmesin. »Sag mir, Gahmuret, wie lange ist es her, seit sie dir zuletzt gehorcht haben? All das Morden, die Plünderungen – ist das auf deinen Befehl hin geschehen? Oder ist es nicht eher so, dass sie dich all die Jahre lang als ihren Anführer *geduldet* haben?«

Er verzog das Gesicht, als hätte sie ihm bereits ihr Messer zwischen die Rippen gestoßen. »Die Seldschuken werden euch umbringen.«

»Um die werde ich mir Sorgen machen, wenn wir ihnen gegenüberstehen.«

Gahmuret hat Recht, dachte Saga erschüttert. Nizamalmulk würde niemals zulassen, dass sie diese Festung verließen.

»Warum tötest du mich nicht?«, fragte der Graf und hob langsam den Kopf. »Deshalb bist du doch hergekommen.« Er bot ein erbärmliches Bild. Saga hatte Mitleid mit ihm.

»Du bist schon tot, Gahmuret«, erwiderte Karmesin. »Hätte der Papst davon gewusst, hätte ich mir den Weg hierher sparen können.«

»Dann bin ich der Letzte, der die Wahrheit bezeugen kann? Über den Untergang Konstantinopels?«

Karmesin warf Saga einen kurzen, schwer zu deutenden Blick zu, dann nickte sie. »Der letzte der Verschwörer.«

»Das war niemals *meine* Verschwörung…«, brachte er hervor, gefolgt von einem trockenen Husten. »Ich habe versucht, Violante davon abzubringen. Sie hat es für Philipp getan.«

»Spielt das jetzt noch eine Rolle?«

»Innozenz ist sehr… gründlich.«

Karmesin zuckte die Achseln. »Er ist der Stellvertreter Gottes.«

Kummer und Krankheit drückten Gahmuret nieder, verzehrten seinen Lebensmut. In einem zumindest hatte Karmesin die Wahrheit gesagt: Eigentlich war Gahmuret längst tot. Auch er selbst wusste das.

Karmesin warf ihm einen letzten Blick zu, ehe sie hinüber zu den Trümmern eilte, die unter dem Loch in der Decke zu einem Hügel aufgeworfen waren. Flink kletterte sie hinauf und prüfte mit Tritten einen Balken, der sich inmitten eines Gewirrs aus geborstenem Holz und Gestein zwischen der eingestürzten Decke und dem Schutt verkantet hatte.

»Du kannst doch klettern?«, fragte sie in Sagas Richtung.

Saga nickte widerwillig. Sie stand noch immer vor dem Portal. Draußen glaubte sie heisere Stimmen zu hören. Sie war nicht sicher, ob sie sich näherten.

Gahmuret stieß ein raspelndes Lachen aus, das in einen Hustenanfall überging.

Die Konkubine zog das Kurzschwert, das Dürffenthal ihr gegeben hatte. »Hier!«, rief sie. Saga machte keinen Versuch, es zu fangen, und sah zu, wie es vor ihr auf den Steinboden schepperte.

»Nimm es schon«, forderte Karmesin. »Vielleicht brauchst du es noch.«

»Wir können nicht gegen sie kämpfen, Karmesin. Wir würden uns anstecken.«

»Nicht gegen Gahmurets Männer. Aber gegen die Seldschuken. Und nun komm endlich!« Hastig kletterte sie auf allen vieren den schrägen Balken hinauf und zog sich Augenblicke später durch die Öffnung ins obere Stockwerk.

Alles in Saga sträubte sich, ihr zu folgen.

»Warte«, keuchte Gahmuret, als sie zögernd an der Tafel vorbei auf den Trümmerberg zuging.

Außerhalb seiner Reichweite blieb sie stehen, obwohl er nicht aussah, als besäße er noch genug Kraft, um nach ihr zu greifen.

»Wenn du das Schwert nicht willst... dann gib es mir.« Sein Kopf ruhte schräg auf seiner Schulter, in Violantes Richtung geneigt.

»Saga«, rief Karmesin von oben aus dem dunklen Loch, »komm schon!«

Saga trat vor und legte die Waffe auf die Tafel, ohne dabei das Holz zu berühren. Mit dem Finger drehte sie den Griff in Gahmurets Richtung und gab der Klinge einen Stoß. Scharrend rutschte das Schwert über die Tischplatte auf ihn zu, stieß mit dem Knauf gegen seine Brust und blieb liegen, schräg in seinem Schoß.

Gahmuret nickte ihr zu, und für einen Moment sah es aus, als würde sein Kopf vornübersacken. Zitternd hob er die Hand und tastete nach der Waffe.

»Komm her«, sagte er brüchig.

Sie schüttelte den Kopf.

»Malachias«, flüsterte er. »Jemand muss ihm... berichten, was... geschehen ist...«

Sehr langsam machte sie einen Schritt auf ihn zu.

Gahmurets vernarbte Lippen erbebten.

Er nannte ihr den Namen eines Ortes.

»Wirst du es tun?«, fragte er kraftlos.

Sie wusste nicht, ob selbst das eine Lüge war – aber sie nickte.

»Danke«, wisperte er.

Saga setzte sich stockend wieder in Bewegung, rannte an ihm und Violante vorüber und kletterte den Trümmerhügel hinauf. Schneller noch als Karmesin war sie den Balken hinauf und richtete sich neben der Konkubine im Dunkeln auf.

Unter ihr in der Halle ertönte ein scharfes Keuchen. Als sie sich hinabbeugte und zurückblickte, verdeckte die hohe Stuhllehne ihre Sicht auf Gahmuret. Aber sie sah, dass seine Hand jetzt auf Violantes Hinterkopf ruhte, als würde er ihr Haar streicheln. Seine Füße unter der Tafel zuckten ein letztes Mal. Das Feuer in der Grube knisterte und fauchte.

»Wir müssen irgendwie raus auf die Zinnen«, sagte Karmesin.

»Er ist tot«, flüsterte Saga.

»Er wäre ohnehin gestorben. Du hättest bessere Verwendung für das Schwert gehabt als er.«

»Was ist in Konstantinopel geschehen?«

»Wir haben jetzt keine –«

»Ich will es wissen.«

Karmesin starrte sie an, dann seufzte sie. »Er hat die beiden Jungen mit auf den Kreuzzug genommen. Vielleicht um Violante wehzutun oder um ihr klar zu machen, was sie angerichtet hat. Vielleicht auch nur aus Gehässigkeit, wer weiß? Violante ist ihm gefolgt, und sie hat Konstantinopel sogar noch vor ihm erreicht. Als die Stadt erobert wurde, da hat sie ihn aufgesucht und ihre Söhne – der eine von ihm, der andere von Philipp – zurückverlangt. Als er sich geweigert hat, ist sie zu Oldrich gegangen und hat ihm weisgemacht, Gahmuret wollte die Verschwörung im ganzen Heer bekannt machen. Oldrich hat Gahmuret noch in derselben Nacht gestellt, zusammen mit dem Bethanier, und es heißt, auch Violante selbst kam dazu und hat versucht, Gahmuret die Kinder zu entreißen. Doch er ist mit dem älteren der beiden aus der brennenden Stadt entkommen, mit Malachias. Ist es nicht ein Hohn des Schicksals, dass es ausgerechnet Philipps leiblicher Sohn war, den er mitgenommen hat, nicht sein eigener?«

Saga versuchte sich die Szene vorzustellen. Unten wurde der Lärm immer lauter. Der Flügel des Portals knirschte.

»Woher weißt du das alles? Vom Papst?«

Karmesin nickte gehetzt und verlor endgültig die Geduld. »Weiter!«

Saga stand benommen auf und folgte ihr ins Dunkel. Sie mussten über ein Chaos aus Balken und Lehmziegeln klettern. Durch die Reste des zerstörten Dachgiebels über ihnen konnte Saga die Sterne sehen. Es war eine klare Nacht, der Mond schien blass auf die Festung herab. Unter ihren Füßen vibrierte der Boden bei jedem ihrer Schritte. Sie fürchtete, die Hallendecke könnte jeden Augenblick vollständig in sich zusammenstürzen und sie mit sich hinabreißen.

Stolpernd gelangten sie auf einen Gang, über dem das Dach unversehrt war. Das eine Ende führte auf eine Treppe ins Erdgeschoss, am anderen lag eine halb geöffnete Tür.

Unter ihnen in der Halle wurden Stimmen laut. Gahmuret und Violante waren entdeckt worden.

Karmesin schlüpfte ins Freie. Als Saga ihr folgte, konnte sie von einer Balustrade hinab in den Innenhof der Festung blicken. Es war stockdunkel dort unten, das Mondlicht erreichte nur vereinzelte Stellen und warf Schattenraster auf Haufen aus geborstenem Mauerwerk. Der Menschenauflauf hatte sich aufgelöst, viele hatten sich in die Finsternis zurückgezogen.

Das Portal der ehemaligen Moschee stand offen. Stimmen drangen ins Freie, gequältes Wimmern und Schmerzensschreie. Die Laute weckten in Saga Erinnerungen an die Leiden des Bürgerkriegs, an Sterbende und Verstümmelte, die im Schlamm der stinkenden Schlachtfelder nach ihren Müttern schrien.

Sie rannten am Geländer entlang, als in ihrem Rücken mehrere Gestalten auf die Balustrade strömten, ein halbes Dutzend Aussätzige, bewaffnet mit Schwertern und Äxten. Die meisten von ihnen humpelten, aber selbst jene, die laufen konnten, waren nicht so schnell wie Saga und Karmesin.

Die beiden wechselten einen kurzen Blick, aber sie hielten in ihrem Lauf nicht inne. Über eine kurze Brücke, die einen Weg am Fuß der Festungsmauer überspannte, gelangten sie auf den Wehrgang. Wüstenwind fegte ihnen aus der Nacht entgegen. Jenseits der Zinnen erstreckten sich die öden Berghänge, dahinter der Ring aus Feuern des Seldschukenlagers. Es war finster hier oben, nirgends brannten Fackeln. Nicht einmal Wachen gab es. Allen war klar, dass es keinen Angriff mehr geben würde.

Etwas klapperte neben Saga gegen die Innenseite der Zinnen. Jemand hatte einen Pfeil aus dem Hof heraufgeschossen, obwohl sie im Dunkeln kaum auszumachen waren. Ein Lichterschwarm näherte sich dem Fuß der Mauer, eine Horde humpelnder Fackelträger.

Auch die anderen Männer waren ihnen weiterhin auf den Fersen. Sie stolperten über die Brücke, während Saga und Karmesin bereits dem Verlauf des Wehrgangs folgten.

Die Zinnen waren in katastrophalem Zustand. An mehreren Stellen hatten die Wurfgeschosse der feindlichen Katapulte den Wehrgang gestreift und Furchen hineingeschlagen. Ihre Flucht war ein stetes Auf und Ab über Trümmerhaufen, durch tiefe Kerben, einmal gar über einen schmalen Mauergrat, der unter ihren Füßen gefährlich bebte; immerhin würde er auch ihre Verfolger eine Weile lang aufhalten.

Vom Hof aus waren sie jetzt nicht mehr zu sehen, Ruinen verdeckten die Sicht. Aber der Aufruhr dort unten ließ nicht nach, heisere Stimmen brüllten durcheinander, und irgendwo begannen Klageweiber den Tod des Grafen zu beweinen.

Lügen. Es waren alles nur Lügen gewesen.

Immer wieder dieser Gedanke in Sagas Kopf, doch sie hatte keine Zeit, ihn zu fassen oder irgendetwas von dem zu begreifen, was hier geschah.

Karmesin deutete nach vorn. Mehrere Fackelträger hatten den Wehrgang am anderen Ende des Zinnenkranzes betreten. Sie versuchten, den beiden den Weg abzuschneiden.

Saga bekam vor Anstrengung kaum noch Luft. Und noch immer wollte sich etwas in ihr weigern, überhaupt zu atmen, mochte Karmesin noch so oft behaupten, dass sich der Aussatz nicht durch die Luft übertrug. Mittlerweile schien ihr alles hier ansteckend zu sein, sogar der bloße Gedanke an die Krankheit.

Zwischen ihnen und ihren Verfolgern lagen etwa zwanzig Schritt. Bis zu jenen, die ihnen entgegenkamen, mochte es doppelt so weit sein. Aber die Zange schloss sich mit jedem Augenblick ein wenig mehr.

Vor ihnen tat sich eine weitere Kerbe auf, wo ein Geschoss der Seldschuken in die Zinnen gekracht war. Sie hatten schon drei oder vier solcher Vertiefungen durchquert, doch diese hier unterschied sich von den vorangegangenen: Statt nach wenigen Schritten wieder bergauf zu führen, ging es im Finstern weiter nach unten, bald so steil, dass sie sich aneinander festhalten mussten.

Zuletzt sprangen sie. Stöhnend landeten sie am tiefsten Punkt der Bresche. Zu ihrer Überraschung befanden sie sich nur noch zwei Mannslängen über dem Boden. Links von ihnen lag der Hof in tiefen Schatten; von dort näherten sich Geschrei und schlurfende Schritte. Auf ihrer Rechten lag der offene Berghang.

Karmesin gab Saga einen Stoß. Sie sprang in die Tiefe, kam auf Händen und Knien im Staub auf, verlor für einen Augenblick das Gleichgewicht und schlitterte zur Seite. Als sie endlich Halt fand und geduckt auf den Felsen kauerte, landete Karmesin geschickt wie eine Katze neben ihr. Über ihnen und jenseits der

Mauer brandete das Geschrei der Aussätzigen zu einem grauenvollen Heulen auf, ehe es sich in einem Gewirr aus Stimmen verlor.

Statt den Hang hinabzulaufen, eilten sie am Fuß der Mauer geduckt in jene Richtung, die sie vom Portal der Festung fortführte.

»Die Seldschuken werden als Ring vorrücken, der sich um die Festung zusammenzieht«, sagte Karmesin.

Befehle und Rufe wehten aus dem Lager den Hügel herauf. Saga kniff die Augen zusammen und spähte ins Dunkel. Die Reihe aus Lichtpunkten am Fuß der Hänge wurde dichter, neue Fackeln brannten zwischen den Feuern. Sie kamen näher.

»Hier entlang.« Karmesin deutete mit einem Nicken den Hügel hinab.

»Du willst ihnen *entgegen*gehen?«

Karmesin nickte stumm. Mit dem erbeuteten Schwert wedelte sie in Sagas Richtung.

Saga hastete los. Panik beherrschte sie, während sie rannte, aber dann kehrte ein Teil ihrer Vernunft zurück. Abrupt blieb sie stehen, inmitten alter Gerippe und Rüstungsteile. Ein Blick zurück zeigte ihr, dass Karmesin ihr folgte, schneller als sie selbst, und jeden Moment aufholen würde. Zugleich ertönte ein Ruf. Fackelträger, schon ganz nah!

Karmesin blieb stehen. »Lauf ein Stück weiter, dann leg dich hin und rühr dich nicht.« Sie wartete nicht auf Sagas Reaktion, hob das schartige Krummschwert eines Toten auf und ging den Kriegern entgegen.

»Tu das nicht!«, rief Saga gepresst.

»Ich habe gesagt, ich beschütze dich, und das war ernst gemeint.« Karmesin blieb auf halber Strecke stehen und sah noch einmal zu ihr herüber. »Wenn ich sie ablenke, kannst du vielleicht fliehen. Vielleicht auch nicht. Aber es ist die einzige Möglichkeit.«

»Sie werden dich umbringen!«

Die Konkubine lächelte. »Die Karmesin kann nicht sterben. Uns wird es ewig geben.«

Sie spreizte beide Arme, warf den Kopf in den Nacken und rief etwas Lateinisches zum Nachthimmel empor. Stimmen wurden laut. Die Seldschuken hatten sie entdeckt. Karmesin schaute wieder nach vorn, packte das Schwert mit beiden Händen und stürmte auf die Krieger zu.

Saga war drauf und dran, ihr zu folgen. Halbherzig schaute sie sich im Graben nach einer alten Klinge um, fand keine und brachte nicht einmal einen klaren Gedanken zustande. Schließlich traf sie ihre Entscheidung, ohne nachzudenken. Noch einmal atmete sie tief durch, dann lief sie hinter der Konkubine her.

Bald sah sie den Ring aus Kriegern unmittelbar vor sich, keine zehn Schritt entfernt. Da war eine Lücke, wo mehrere Männer die Formation verlassen hatten, um einen Kreis um Karmesin zu bilden. Zwei trugen Bogen, die übrigen Schwerter und Lanzen. Die Schützen legten gerade Pfeile an ihre Sehnen, als Karmesin sich wortlos auf sie stürzte. Statt sich ihr zu stellen, sprangen die Männer zurück, aus Furcht, in Berührung mit ihr zu kom men. Sie hielten sie für eine der Aussätzigen, und das kam ihr jetzt zugute. Der erste Bogenschütze starb schreiend unter ihren Schwertstreichen. Auch der zweite kam nicht dazu, auf sie zu schießen: Karmesin rotierte in einer halben Drehung herum, noch während ihr erstes Opfer zusammenbrach, und drang mit zwei schnellen Hieben auf den Seldschuken ein. Die anderen zögerten, ihm zu Hilfe zu kommen, weil sie den direkten Kontakt mit ihr fürchteten. Jemand rief nach weiteren Schützen, und aus der Dunkelheit näherte sich sogleich ein halbes Dutzend.

Saga brüllte Karmesins Namen. »Da kommen noch mehr!«

Tatsächlich folgten den Fackelträgern weitere Trupps von Kriegern, alle mit Bogen bewaffnet – sie waren die eigentliche Streitmacht, die die Seldschuken gegen entflohene Aussätzige aufboten.

»Was tust du hier?«, brüllte Karmesin, während sie Ausfälle gegen die Schwertkämpfer antäuschte. Die Männer wollten sie nur in Schach halten, nicht in Gefechte verwickeln. »Hau endlich ab!«

»Ich lass dich nicht allein zurück!«

»Das ist sehr nobel, aber auch sehr dumm.«

Die Bogenschützen kamen näher. Alle hatten bereits im Gehen Pfeile an die Sehnen gelegt.

»Lauf, Saga!«

Die ersten Pfeilspitzen schwangen nun auch in Sagas Richtung.

Sie konnte und wollte nicht mehr fliehen. Wohin auch? Mittlerweile wimmelte es auf dem Hang nur so von Kriegern, der ganze Festungshügel war mit Fackeln gesprenkelt. Oben an den Mauern ertönten Rufe, womöglich gaben die Seldschuken Entwarnung: Niemand sonst hatte versucht, aus der Burg zu entkommen.

»Saga, du sollst *laufen*!«

Aber sie schüttelte nur den Kopf und ging stattdessen auf Karmesin zu, durch den Kreis der zurückweichenden Krieger, bis sie wieder Seite an Seite standen, die Konkubine und die Magdalena. Mit verbissenen Mienen erwarteten sie die Pfeile der Bogenschützen.

»Das war dumm«, sagte Karmesin, ohne den Blick von den näher rückenden Schützen zu nehmen.

»Ist das der erste Auftrag, bei dem du versagt hast?«

Die Konkubine sah sie für einen Moment fragend an, dann lächelte sie und nickte.

Schreie ertönten in der Nacht, gleich darauf übertönt von ohrenbetäubendem Donnern. Riesige Umrisse stießen in den Haufen der Bogenschützen und sprengten ihn auseinander. Körper flogen in alle Richtungen, andere wurden erbarmungslos niedergetrampelt. In den Sätteln der Rösser saßen Reiter in schwarzen Gewändern, mit Helm und Schwert und Axt. Die weißen Kreuze des Johanniterordens leuchteten in der Finsternis; sie waren das Erste, was Saga überhaupt erkennen konnte inmitten des hereinbrechenden Chaos aus brüllenden Männern, Schmerzensschreien und dem gewaltigen Getöse der Pferdehufe.

»Saga!«

Sie blickte sich suchend um, während die Schwertkämpfer herumwirbelten und versuchten, sich dem neuen Feind zu stellen. Mehrere wurden von Pferden zu Boden geworfen, andere von den Reitern erschlagen.

»Faun?«

»Saga, hier!«

Sie entdeckte ihn auf einem Pferd zwischen all den anderen, auf einem zweiten Ross dicht an seiner Seite Tiessa, und da war auch Zinder, der jetzt genau auf Karmesin zuhielt, sein Pferd vor ihr zügelte und ihr einen Arm entgegenstreckte. »Rauf mit dir!«, brüllte er. »Schnell!«

Saga sah die Konkubine hinter dem Söldner in den Sattel gleiten, fühlte sich plötzlich gepackt und nach oben gerissen. Geistesgegenwärtig schwang sie ihr Bein über den Pferderücken und fand sich im Sattel hinter einem Ritter wieder.

Saga klammerte sich an das schwarze Kettenhemd des Johanniters vor ihr. Kurz erhaschte sie einen Blick auf sein Gesicht, als er den anderen ein Zeichen gab. Es war Dürffenthal. Dann preschte der schwarze Rappe unter ihnen vorwärts. Wie ein Sturmwind jagte der Trupp zwischen den Zelten hindurch, während Saga das Gefühl hatte, als wäre dies alles ein Traum, in dem sich die Welt in einen Wirbel aus Finsternis und Lichtschlieren verwandelt hatte. Überall um sie war Lärm, Gebrüll und der Geruch von Feuern. Alarmrufe erklangen, wildes Geschrei der Seldschuken, und nun kamen sie auch von allen Seiten herbeigestürmt, wutentbrannt die Schwerter schwingend. Pfeilstürme gingen auf sie nieder. Pferde wieherten und schrien, wenn eines getroffen wurde, aber alle sprengten weiter, selbst die verletzten, und Saga sah keinen Ritter fallen.

Wieder und wieder fächerte ihr Blick zu Faun und heftete sich an ihn, als wäre er ihr einziger Halt in diesem Chaos. Er ritt noch immer dicht neben Tiessa, selbst in diesem Durcheinander, während Zinder und Karmesin gleich hinter ihnen waren.

Dürffenthal hielt mit nur einer Hand die Zügel, während er mit dem gezogenen Schwert gestikulierte, hier und da nach einem Seldschuken schlug, der nicht schnell genug fortkam.

Irgendwann schloss Saga die Augen vor Erschöpfung, und es kam ihr so vor, als ließe der Lärm etwas nach. Aber es mochte vielleicht daran liegen, dass ihre Kräfte immer schneller schwanden. Sie war nicht sicher, wie lange sie noch durchhalten würde. Gedankenfetzen wirbelten durcheinander und formten sich neu. Szenen der Reise vermischten sich mit den Erinnerungen an das, was Gahmuret vor seinem Tod gesagt hatte. Nicht viel davon hielt sie fest – nur die Tatsache, dass Violante tatsächlich Tausende in den Tod geschickt hatte: für ein Kind, das nicht sein durfte, und eine Liebe, die längst vergangen war.

»Saga!«

Faun ritt plötzlich neben ihr und schenkte ihr ein besorgtes Lächeln. Zu ihrem Entsetzen sah sie einen Pfeilschaft aus seinem Oberschenkel ragen, und dann dämmerte ihr, dass das Lächeln vielleicht etwas anderes war, eine Grimasse des Schmerzes.

»Wir …«, brachte sie stockend hervor, nicht sicher, ob Faun oder irgendwer sonst sie verstehen konnte, »… wir haben keinen angefasst … keinen von ihnen … nicht krank!«

Als sie noch einmal hinsah, strahlte er tatsächlich, strahlte von einem Ohr zum anderen.

Faun versuchte, nach hinten zu blicken, aber er sah nur die anderen Johanniter inmitten einer Staubwolke wie wogender Schatten, und irgendwo dazwischen die verschwommenen Gesichter von Zinder und Karmesin, geisterhaft bleich im trüben Sternenlicht über der Öde und nur erkennbar, weil er *wusste*, dass sie da waren.

Sie hatten den äußeren Belagerungsring erreicht, aber niemand war überrascht, dass die Seldschuken sie verfolgten. Sie trieben ihre Rösser noch heftiger an, und Faun verlor Saga wieder aus den Augen. Die Welt um sie herum versank in einem halsbrecherischen Chaos aus aufstiebendem Sand, Hufdonner und wildem Gebrüll.

Tiessa war noch immer neben ihm, wieder einmal viel geschickter im Umgang mit ihrem Pferd als er. Er fragte sich, weshalb er den Pfeil in seinem Bein nicht stärker spürte. Sicher, es brannte und zog, und wenn er länger als ein paar Sekunden darüber nachdachte, fraß sich das Lodern an seinem Bein hinauf bis in den Magen. Zum Glück blieb ihm kaum Zeit zum Denken. Sich im Sattel zu halten erforderte seine ganze Aufmerksamkeit.

Er erinnerte sich an das, was Dürffenthal ihnen auf dem Weg hierher über die Seldschuken erzählt hatte: Sie waren vortreffliche Bogenschützen, selbst von den Rücken ihrer Pferde aus – ein Talent, das sie mit den Sarazenen teilten. Zahllose Schlachten im Heiligen Land waren zu Gunsten der Ungläubigen entschieden worden, weil die Christen ihnen im Umgang mit Pfeil und Bogen heillos unterlegen waren. Die Kreuzritter und ihre Vasallen brachten es bis heute nicht fertig, einen gezielten Schuss aus gestrecktem Galopp abzugeben. Sarazenen und Seldschuken hingegen jagten Pfeil um Pfeil auf ihre Feinde, während sie freihändig auf ihren dahinsprengenden Rössern saßen.

Noch einmal sah Faun zurück und glaubte jetzt hinter all dem Staub, den die Pferde aufwirbelten, eine zweite Wolke zu erkennen. Dichter und größer als ihre eigene verdeckte sie die fernen Lichter des Lagers. Nizamalmulk würde sie nicht davonkommen lassen.

Fauns Erstaunen war groß gewesen, als es den Johannitern gelungen war, ihre Pferde zu satteln, ohne dass die Seldschuken Verdacht geschöpft hatten. Der Krawall im Inneren der Festung hatte das ganze Lager in Aufruhr versetzt. Faun und die anderen hatten gehofft, dass Saga und Karmesin der Grund dafür waren; sicher hatten sie nicht sein können.

Er wechselte einen Blick mit Tiessa, die auf den Pfeil in seinem Oberschenkel zeigte. Faun schnitt eine Grimasse und gab ihr zu verstehen, dass er es schaffen würde – was leicht gesagt war, da die einzige Alternative bedeutete, schreiend aus dem Sattel zu fallen.

Weiter vorn klammerte sich Saga an Dürffenthal, ausgelaugt, aber noch immer kräftig oder willensstark genug, sich aufrecht zu halten. Faun war dem Johanniter unendlich dankbar. Um Saga und Karmesin zu retten, hatte er das Abkommen mit den Seldschuken gebrochen, und nur der Himmel mochte wissen, was das für die Zukunft des Grenzlands bedeutete. Andererseits – und das waren Dürffenthals eigene Worte gewesen – war die Schlacht um Gahmurets Festung entschieden, der gemeinsame Gegner geschlagen, und es gab keinen Grund mehr, das Bündnis aufrechtzuerhalten.

»Und der geplante Angriff auf Jerusalem?«, hatte Faun gefragt. »Der Krieg an zwei Fronten, den Ihr vermeiden wolltet?«

»Noch ist dies hier kein Krieg, Junge. Nur ein Zwischenfall. So was passiert. Und früher oder später wären sie uns wahrscheinlich ohnehin in den Rücken gefallen.«

Faun war nicht sicher gewesen, ob es dem Ritter mit seinen Worten ernst war oder ob er sich nur vor seinem Gewissen gerechtfertigt hatte.

Vor ihnen krochen die Sterne nach oben, als ein schwarzer Wall einen wachsenden Teil des Himmels verschlang: der Felsenkamm, den sie auf dem Hinweg überquert hatten. Faun wünschte, er hätte sich einreden können, dass dahinter so etwas wie Sicherheit lag. Stattdessen wartete dort ein tagelanger Ritt durch die Einöde, ehe sie endlich den Krak des Chevaliers erreichen würden.

Aber Tiessa, die süße, wunderschöne Tiessa, die anscheinend niemals die Hoffnung verlor, lächelte plötzlich inmitten all des Lärms und machte mit der Hand eine Geste, die er nicht verstand.

Was?, formte er mit den Lippen.

Sie wiederholte die Handbewegung, sah, dass er noch immer nicht begriff, winkte ab und deutete nach vorn. Er zuckte die Achseln und ließ sich von der Truppe der Johanniter mit Dürffenthal und Saga an der Spitze den Hang hinauftreiben.

Erst als es endlich wieder bergab ging, erkannte er, was Tiessa gemeint hatte.

Weiter unten lag der Fluss aus Basaltstaub, kaum sichtbar in der Dunkelheit. Und über ihn führte die Hängebrücke, der einzige Weg auf die andere Seite. Die Handbewegung, die Tiessa gemacht hatte, war dieselbe, mit der sie die Brücke über der Via Mala zum Einsturz gebracht hatten. So hatten sie damals Achard und seine Leute aufgehalten.

Faun hörte wieder Dürffenthals Stimme: *Ich habe Männer in diesem Staub versinken sehen wie in einem Sumpf. Er ist feiner als Mehl, aber so schwer wie Blei.*

Die Reiter sprengten den Hang hinab. Fauns Pferd geriet auf

losem Geröll ins Schlittern, ebenso wie viele der anderen. Karmesin wäre beinahe aus Zinders Sattel gestürzt, als die Vorderbeine ihres Reittiers einknickten. Zinder fluchte und zerrte an den Zügeln, und irgendwie gelang es dem Pferd, sich wieder aufzurichten, ohne seine Reiter abzuwerfen.

Dürffenthal erreichte die Brücke. Faun sah, wie er Saga hinter sich etwas zurief und sie schwach mit dem Kopf nickte. Dann ritten sie als Erste über den klapperigen Bretterstrang, der sofort in Schwingung geriet. Es war unmöglich, hier zu galoppieren; eigentlich hätten sie alle absteigen und ihre Tiere an den Zügeln führen müssen. Aber dazu blieb keine Zeit.

Die ersten Seldschuken erschienen hinter ihnen zwischen den Felsen, schwarze Umrisse vor den Sternen.

»Schneller!«, brüllte jemand. »Schneller!«

Ungeduldig drängten sich die Johanniter vor dem diesseitigen Ende der Brücke. Der Überweg war zu schmal für zwei Pferde nebeneinander. Ihnen blieb nichts übrig, als in einer langen Schlange zu reiten, noch dazu entsetzlich langsam, während immer mehr Seldschuken oben auf dem Felskamm erschienen. Faun war froh, keine Einzelheiten erkennen zu können, nur eine dunkle Masse. Er wollte gar nicht wissen, wie sehr ihnen ihre Feinde an Zahl überlegen waren.

Tiessa und er waren unter den Letzten, die auf die Brücke ritten; hinter Faun folgten noch drei weitere Reiter, Tiessa war direkt vor ihm. Sein Pferd scheute sich erst, das Band aus knirschenden, schwankenden Brettern zu betreten, trabte dann aber vorwärts. Er fragte sich, ob er irgendetwas tun konnte, um sicherzustellen, dass es in keine der Lücken zwischen den Hölzern trat oder das Gleichgewicht verlor. Dann aber vertraute er ganz auf die Instinkte des Tiers und ließ sich steif und bis zum Äußersten angespannt hinaus über den tückischen Staubfluss tragen.

Er war nicht sicher, ob sie unterwegs jemanden verloren hatten. Es war zu dunkel zum Zählen. Er konnte nicht einmal erkennen, ob Saga und Dürffenthal bereits die andere Seite erreicht hatten. War die Brücke stark genug, um dreiundzwanzig Pferde und ihre Reiter zu tragen? Während des Hinwegs hatten sie sich beim Überqueren Zeit gelassen und die schwankende Konstruktion nicht mit mehr Tieren und Menschen belastet als nötig. Nun aber befanden sich nahezu zwei Dutzend Pferde *gleichzeitig* auf der Brücke. Diese Erkenntnis überkam Faun ausgerechnet in jenem Augenblick, als er sich der Mitte des Überwegs näherte. Die Brücke hing hier so weit nach unten durch, dass sich ihr tiefster Punkt keine Armlänge über der Oberfläche des trügerischen Staubstroms befand. Faun meinte den Basaltfluss sogar riechen zu können, eine kratzige Trockenheit in der Nase, die seine Atemwege aufraute.

Er hatte schon früher Berichte über Treibsand gehört, abstruse Geschichten, die Kreuzfahrer mit in die Heimat gebracht hatten; er hatte sie stets als Ammenmärchen abgetan, Erfindungen, die den Zuhörern einen Schrecken einjagen sollten.

Nun wusste er es besser.

Hinter ihnen wurde Gebrüll laut, als die Seldschukenhorde den Hang hinabgaloppierte. Die ersten hatten die Brücke beinahe erreicht. Faun sah noch immer nicht, wie groß die Heerschar ihrer Verfolger war. Groß genug, zweifellos. Nizamalmulk führte den Befehl über einige Tausend Krieger. Selbst wenn er ihnen nur eine Hundertschaft nachgejagt hatte, waren das zu viele Gegner für die zwanzig Johanniter.

Tiessa hatte plötzlich Probleme, ihr Pferd unter Kontrolle zu halten. Das Tier schnaubte und trat auf der Stelle. Ruckartige Erschütterungen rasten durch das morsche Konstrukt, die Seile knarrten wie Schiffstakelage im Sturm. Dass gerade ihr das passierte! Sie war eine erfahrene Reiterin. Sie verlor *niemals* die Beherrschung über ein Pferd. Und doch weigerte sich das Tier mit einem Mal, auch nur einen Schritt weiter zu gehen. Die Lücke zwischen Tiessa und den Rittern vor ihr wurde immer größer. Fünf Schritt, dann zehn. Hinter Faun riefen die drei Johanniter am Ende des Zuges Flüche, einer sprach die ersten Verse eines Gebets.

Tiessas Pferd tänzelte, rutschte mit einem Hinterhuf über die Kante der Brücke, fand im letzten Moment Halt und stand wieder gerade. Tiessa beugte sich vor, angespannt, aber erstaunlich beherrscht, streichelte den Hals des Rappen und flüsterte ihm etwas ins Ohr. Faun stieß den Atem aus und vergaß, dass es ihm mit seinem Pferd schon im nächsten Augenblick genauso ergehen mochte. Doch als nähme es sich ein Beispiel an Tiessas Rappen wurde auch sein eigenes Tier ein wenig ruhiger, gab sich nicht mehr gar so störrisch wie zuvor und stakste weiter über die Brücke.

Hinter Faun brach das Gebet des Johanniters ab.

Im ersten Moment bemerkte er es kaum. Dann vernahm er einen gedämpften Ausruf. Gleich darauf stiegen rechts und links der Brücke fingerdünne Staubfahnen auf, so als wäre etwas von oben auf die Oberfläche herabgeregnet.

Der Pfeil in seinem Bein meldete sich mit noch größerem Zerren und Reißen zurück, als wollte er die Geschosse begrüßen, die jetzt rund um sie in die Brücke und den Staubfluss schlugen. Ein weiterer Johanniter brüllte, aber Faun wagte nicht zurückzuschauen, beugte sich nur tiefer und enger über sein Pferd, als ob sie das beide irgendwie schützen könnte. Er wusste nicht, ob der betende Johanniter tödlich getroffen war, hörte aber plötzlich ein panisches Wiehern. Dann schüttelte sich die ganze Brücke mit einem Mal so heftig, dass sie alle fast durch die Halteseile in die Tiefe geschleudert wurden.

Als er endlich wieder zurückblicken konnte, war hinter ihm nur noch ein einzelner Reiter. Staub wölkte rund um die Brücke empor, brannte in den Augen und nahm Faun die Luft. Unter und neben sich hörte er panische Schreie, vermischt mit Lauten, die wie Strampeln und Schläge im Sand klangen.

»Weiter!«, schrie der Johanniter ihn an. »Um Gottes willen, beeil dich!«

Faun trat seinem Pferd in die Flanken, ungeachtet des schwankenden Untergrunds und der Spalten zwischen den Brückenbrettern. Er wollte nur noch fort von hier, hinter Tiessa auf die andere Seite.

Die Staubwolke der abgestürzten Reiter und Pferde blieb zurück, verwehrte aber zugleich den Seldschuken die Sicht auf ihre Beute. Einmal mehr glaubte Faun im Dunkeln das Surren von Pfeilen zu hören, aber keiner traf ihn oder schlug auch nur in seiner Nähe ein. Vor sich sah er das andere Ufer des Basaltstroms, sah die Johanniter, die es bereits erreicht hatten und sich jetzt offenbar teilten. Die größere Gruppe galoppierte voraus, tiefer in die Einöde hinein gen Westen; die anderen versammelten sich um das Ende der Brücke und warteten mit gezogenen Schwertern auf die Nachzügler. Zinder war unter ihnen, sogar Karmesin, die trotz ihrer Erschöpfung eine Klinge ergriffen hatte. Faun erinnerte sich an Tiessas harmlose Handbewegung von vorhin, und nun erschien sie ihm schlüssig und absurd zugleich. Er hoffte nur, die Johanniter würden nicht beginnen, auf die Seile einzuhacken, ehe sie alle festen Boden unter den Füßen hatten.

Die Reiter vor Tiessa sprengten von der Brücke auf die Felsen, sie folgte gleich dahinter. Fauns Pferd wäre beinahe gegen ihres gerannt, als sie das Tier zügelte und angstvoll zu ihm zurückblickte. Sie stieß einen erleichterten Jubelruf aus, als sie ihn auf sich zusprengen sah, gefolgt von dem letzten Johanniter, der einen Augenblick später das Ufer erreichte.

Staubwolken verschleierten noch immer die Mitte des Basaltflusses und verwehrten den Blick auf die Seldschuken am anderen Ufer. Es hagelte keine Pfeile mehr aus der Dunkelheit, und das konnte nur eines bedeuten – die Seldschuken hatten sich in Bewegung gesetzt und folgten ihnen.

Faun suchte Saga, aber sie und Dürffenthal ritten mit der ersten Gruppe den Hang hinauf. Er widerstand dem Drang, ihnen nachzugaloppieren, und wollte stattdessen aus dem Sattel springen, um den Männern an den Seilen beizustehen. Aber Zinder gab Tiessa und ihm mit einem Wink zu verstehen, dass sie verschwinden sollten. Die Johanniter schlugen mit ihren Langschwertern auf die Stricke ein. Vibrierende Laute wie von verstimmten Instrumentensaiten klangen durch die Nachtluft, als die Klingen wieder und wieder auf die Seile herabrasten.

Faun zögerte noch immer, die Männer allein zu lassen, aber Tiessa griff nach seinem Zügel und zerrte sein Pferd zugleich mit ihrem eigenen herum. Schnaubend trugen die Rösser sie den Hügel hinauf, aus der Reichweite der seldschukischen Bogenschützen. Die übrigen Ritter unter Dürffenthals Führung waren weit vor ihnen, eine Wolke aus Staub und Hufdonner, die oben auf der Hügelkuppe wogte und dann zurück nach Osten wehte, Faun und Tiessa und dem Ufer entgegen. Im ersten Moment sah es aus, als hätten die Johanniter die Richtung gewechselt und kehrten um. Aber es war nur der Wind, der den Staub bergab trug.

Faun und Tiessa zügelten ihre Pferde auf halber Höhe des Hügels und schauten zurück zur Brücke. Von hier aus hatten sie einen leidlich guten Ausblick über den Basaltfluss, Grau in Grau unter dem Sternenhimmel, darauf ganz vage verdichtet die Umrisse des schaukelnden Überwegs und des Seldschukenzugs. Anfeuernde Rufe erklangen vom Ufer, wo sich die Johanniter gegenseitig Mut machten und noch heftiger auf die Haltetaue einhackten. Zugleich erklangen Schmerzensschreie – die Verfolger am anderen Ufer schossen jetzt blindwütig Pfeile zur gegenüberliegenden Seite, über die Köpfe der eigenen Leute hinweg und auf jene, die sich an den Halterungen der Brücke zu schaffen machten. Faun meinte gebrüllte Befehle zu hören, vielleicht Nizamalmulk persönlich, der seine Männer zurückbeorderte oder zu noch größerer Eile anstachelte.

Erst ein Teil der Seldschukenstreitmacht befand sich auf der Brücke – zwanzig, dreißig Männer und Pferde –, als die Seile endlich nachgaben. Wildes Geschrei brandete auf, und Tiessa wandte den Blick ab, als das straff gespannte Brückenband schlagartig zusammensackte. Staub wallte zu beiden Seiten empor, wölbte sich einen Moment lang wie ein Tunnel über den kreischenden Menschen und Tieren, sackte auf sie herab und schuf zugleich eine noch größere Wolke. Innerhalb eines Herzschlags verdeckte schwarzer Basaltnebel das Ausmaß der Katastrophe.

Die Seldschuken am anderen Ufer brüllten durcheinander, als sie ihre Gefährten im Chaos des Staubs verschwinden sahen. Zugleich sprengten Johanniter aus der Wolke und galoppierten den Hang herauf, um aus der Reichweite der feindlichen Pfeile zu gelangen.

Faun und Tiessa wollten schon die Pferde herumreißen und mit den anderen hangaufwärts preschen, als sie bemerkten, dass mehrere Pferde fehlten.

»Wo ist Zinder?«, brüllte Faun ihnen entgegen. »Und Karmesin?«

»Sie haben es nicht geschafft!«, entgegnete einer der Johanniter. »Die Pfeile der Seldschuken …!«

Faun stieß einen verzweifelten Schrei aus. Er lenkte sein Pferd zurück in die Richtung des Basaltstroms, ungeachtet der Männer, die ihm Warnungen zuriefen, ungeachtet auch des Pfeils, der noch immer in seinem Bein steckte und einen Schmerz ausstrahlte, der allmählich fast etwas Vertrautes war, eine Erinnerung an das, wovor Zinder ihn mehr als einmal bewahrt hatte.

Dann galoppierte er den Hang hinab, wartete nicht ab, was die anderen taten, fegte einfach nur dem wogenden Staub entgegen, der jetzt über das Ufer kroch und die Balkenaufhängungen vernebelte, an denen die Brücke befestigt gewesen war.

Bald sah er nichts mehr, konnte kaum atmen und war drauf und dran, seine Suche nach den beiden zu Fuß fortzusetzen. Im letzten Moment erinnerte er sich, dass er mit dem Pfeil im Schenkel nicht weit kommen würde, egal wie sehr er sich auch bemühte. Er ließ das Pferd langsamer werden, und dann glaubte er auch schon die Umrisse gestürzter Gestalten inmitten des Staubes zu sehen.

»Zinder!« brüllte er in die wirbelnde Finsternis. »Karmesin!«

Keine Antwort.

»Wo seid ihr?«

Es regnete jetzt keine Pfeile mehr. Die Seldschuken gingen wohl davon aus, dass ihre Gegner längst den Hang hinauf entkommen waren.

Plötzlich entdeckte er Karmesin. Sie bewegte sich und stöhnte, halb erstickt im wogenden Staub. Ein Pfeilschaft ragte aus ihrer Schulter, ein anderer aus ihrem Bein. Zinder lag neben ihr, leblos, nur von einem einzigen Pfeil getroffen. Er steckte in seiner Brust, oberhalb des Herzens.

Faun brachte das Pferd neben die beiden, und nun rutschte er doch aus dem Sattel, hielt sich mit beiden Armen fest, damit der Aufprall auf dem verletzten Bein ihn nicht zu Boden warf. Zugleich erschien Tiessa hinter ihm, erkannte, was vorging, und war in Windeseile an seiner Seite. Faun humpelte zu Zinder hinüber und brach neben ihm in die Knie, nicht sicher, ob er jemals wieder hochkommen würde, wenn er erst einmal am Boden lag. Tiessa versuchte ihn aufzufangen, aber er glitt durch ihre Arme und beugte sich über den reglosen Söldner.

»Zinder, verdammt noch mal …«

»Ist er tot?«, keuchte Karmesin.

Tiessa schüttelte ihre Betroffenheit ab und lief um die beiden Männer herum zu ihr. Irgendwie gelang es ihr, die Konkubine zu einem der Pferde zu schleppen. Mit einer Hand zog Karmesin sich in den Sattel, während Tiessa von unten nachschob.

Derweil untersuchte Faun durch einen Tränenschleier den Pfeilschaft in Zinders Brust. Es floss kaum Blut, genau wie an seinem eigenen Bein, und doch war abzusehen, dass der Söldner nicht überleben würde. Faun hatte solche Verletzungen während des Bürgerkriegs gesehen – einer seiner älteren Brüder war im Pfeilhagel gesichtsloser Gegner gefallen –, und er wusste von niemandem, der sie heil überstanden hatte.

»Faun?« Zinders Lider flackerten, blieben aber geschlossen. Seine Lippen bebten. Er keuchte, weil der Staub sie alle allmählich erstickte, falls sie nicht bald von hier fortkamen oder die Wolke sich endlich senkte. Nicht einmal der Wüstenwind kam gegen sie an. Womöglich kämpften dort draußen noch immer Seldschuken und Pferde um ihr Leben, wühlten panisch im Staub, der allmählich ihre Augen und Münder und Lungen verschloss.

Tiessa packte Faun unter den Armen und wollte ihn fortbringen, heraus aus den tödlichen Schwaden, aber er schüttelte heftig den Kopf und setzte sich zur Wehr.

»Er lebt noch!«, stieß er mit heiserer Stimme aus. »Zinder lebt noch!«

Sie zögerte, dann wandte sie sich dem Söldner zu, packte ihn kurzerhand am Arm und zerrte ihn rückwärts über den Fels dem Hang entgegen, fort vom Ufer, dorthin, wo sie alle wieder einigermaßen atmen konnten. Die beiden Pferde, das eine mit der zusammengesackten Karmesin im Sattel, waren bereits vorausgelaufen. Faun schleppte sich mit letzter Kraft hinterher und brach schließlich neben Zinder zusammen.

»Wenn sich der Staub legt, können die Seldschuken uns sehen«, ächzte Tiessa. »Dann müssen wir fort sein, oder es wird noch eine ganze Menge mehr Pfeile hageln!«

Sie sprang auf, hielt sich einen Ärmel vor Nase und Mund und lief noch einmal in die wallende Wand hinein. Es sah aus, als würde sie eins mit einer Mauer aus Basalt. »Die anderen Männer …«, rief sie über die Schulter, dann war sie verschwunden. Faun erinnerte sich, dass da tatsächlich noch andere gewesen waren, Johanniter, die ebenfalls von den Seldschukengeschossen niedergestreckt worden waren. Mindestens drei. Aber als Tiessa wenig später zurückkehrte, schüttelte sie traurig den Kopf. »Sie sind alle tot.«

Faun blickte hinab auf Zinders Gesicht. »Wir bringen dich in Sicherheit«, flüsterte er, während Tränen von seinem Kinn tropften und dunkle Punkte in die Staubschicht auf Zinders Körper stanzten. »Du schaffst das. Du wirst nicht sterben.«

Zinder brachte ein Röcheln zustande, das vielleicht eine Art Lachen sein sollte. »Ist gut …«, keuchte er kaum noch verständlich. »Karmesin hat erzählt, was mit … Violante …«

Faun wusste, dass er den Pfeil nicht aus Zinders Brust ziehen durfte, und doch hätte er genau das am liebsten getan. Er wollte irgendwie helfen, den Mann dort vor ihm retten, ganz gleich um welchen Preis. Die Hilflosigkeit war viel schlimmer als der Schmerz seiner eigenen Wunde, sie drohte ihn zu ersticken wie vorhin der Basaltstaub in seiner Kehle.

»Versprechen«, krächzte Zinder.

»Was?«

»Musst … versprechen …«

Faun nickte. Tiessa fiel neben ihm auf die Knie. Sie kauerten jetzt Seite an Seite neben ihrem sterbenden Freund.

»Das Kettenschwert … Wirf es fort … In den Fluss.«

Faun nickte abermals, ohne überhaupt nachzudenken.

Zinders Züge entspannten sich. »Gut«, kam es wie ein letzter Atemzug über seine staubgrauen Lippen. »Weit in den …«

Dann nichts mehr.

Eine Weile später legte Tiessa Faun eine Hand auf die Schulter.

Er umarmte den Toten ein letztes Mal, sah mit erstarrten Zügen zu, wie Tiessa dasselbe tat, dann schnallte er die Scheide des Kettenschwerts von Zinders Gürtel und versuchte aufzustehen. Es gelang ihm nicht, sein Bein war zu schwach.

Hinter ihnen ertönte Hufgetrappel. Die Johanniter waren zurückgekehrt; viele sahen schuldbewusst aus. Einer sprang aus dem Sattel und untersuchte Karmesin, die sich mit letzter Kraft auf dem Rücken von Tiessas Pferd hielt. Der Ritter gab einem anderen eine Anweisung. Sogleich durchsuchte jener seine Satteltaschen nach Verbandszeug. Mehrere schnallten ihre Gürtel ab, um damit die Wunden der Verletzten abzubinden. Andere wiederum hasteten in den Dunst, um die Leichen ihrer gefallenen Brüder zu bergen.

Faun versuchte ein zweites Mal aufzustehen, aber er kam nicht auf die Füße.

Zaghaft nahm Tiessa ihm Scheide und Schwert aus der Hand. »Ich mach das«, sagte sie.

Er zögerte, dann nickte er.

Während sich die Ritter um Karmesin kümmerten und ein anderer auf ihn selbst zukam, sah Faun zu, wie Tiessa ein letztes Mal im Staub verschwand und wenig später mit leeren Händen vom Ufer des Basaltstroms zurückkehrte.

Als sie schließlich wieder den Hang hinaufritten, Karmesin fast bewusstlos, Faun über sein bandagiertes Bein gebeugt, alle anderen in düsteren Gedanken gefangen, und während über ihnen auf der Kuppe Dürffenthals Trupp auftauchte, um nach dem Rechten zu sehen und sie in Sicherheit zu bringen, da wandte Faun ganz langsam den Kopf in Tiessas Richtung. Ihr Pferd lief neben seinem, und sie ließ ihn nicht aus den Augen.

»Hast du es gezogen? Das Schwert?«

Sie schüttelte den Kopf.

»Du hast nicht nachgesehen?«

»Wonach?«

»Ob überhaupt ein Schwert in der Scheide war? Wielands magisches Schwert?«

»Wer will das wissen?«, fragte sie.

Epilog

Die ersten Sonnenstrahlen umrissen die Silhouette des Krak des Chevaliers mit einem flirrenden Goldrand, als man Zinder und die drei Ritter in Gräber am Fuß des Festungsberges legte.

Warmer Wind wehte Sand und Staub aus dem Osten über das Land. Das Basaltgebirge, auf dessen Ausläufer der Krak so majestätisch thronte, lag schwarz und schroff vor einem Teil des gewaltigen Panoramas. Faun kam es vor, als wären die Berge seit ihrer Abreise näher gerückt; sie erinnerten ihn an die Gefahr durch die Seldschuken, die sich irgendwo im Osten zusammenbraute und bereitmachte für den großen Kampf.

Der Großmeister hatte ihnen versichert, dass sich Nizamalmulk und seine Leute blutige Köpfe an den Wehrmauern des Krak holen würden. Auf irrwitzige Weise war es Faun vorgekommen, als fieberten die Johanniter dem Krieg mit den Seldschuken entgegen. Es wurden Messen gelesen, Kreuze an der Spitze von Prozessionen um die Festung getragen, allerorts Gebete gesprochen. Dabei war gerade mal ein Tag nach ihrer Rückkehr aus der Öde vergangen. Prediger zogen ins Land hinaus, um Freiwillige zur Verteidigung des Krak zu rufen. Ihre Gesichter glühten vor Eifer und Begeisterung, als sie mit ihren Kreuzstäben und Weihrauchgefäßen durchs Tor zum Fuß des Berges wanderten.

Was auch immer hier im Laufe der kommenden Wochen

geschähe – Faun, Tiessa, Saga und Karmesin würden es nicht miterleben. Ein jeder von ihnen hatte genug Schmerz und Leid gesehen. Nach Zinders Begräbnis wollten sie gemeinsam aufbrechen. Ein Trupp Johanniter würde sie nach Margat bringen, dort wollten sie sich auf ein Schiff nach Westen begeben.

Sie hatten viel miteinander geredet. Entscheidungen waren getroffen worden; manche auch im Stillen.

In einem Halbkreis standen sie an Zinders Grab, das mit Hacken in den felsigen Untergrund getrieben worden war. Karmesin hatte einmal mehr ihre päpstliche Autorität ausgespielt und gegen den Willen des Großmeisters durchgesetzt, dass Zinders Leichnam auf dem Gottesacker der Ritter zur letzten Ruhe gebettet wurde, nicht weiter draußen, wo die Vasallen und Diener verscharrt wurden.

Sein Körper war in Tücher eingeschlagen, und sie sahen zu, wie Geröll und Sand auf ihn niederprasselten.

»Hat er von ihrer Liebe zu Philipp gewusst?«, wisperte Faun.

Saga zuckte die Schultern. »Vielleicht. Aber es hätte nichts geändert, oder?«

Sie blieben am Grab stehen, lange nachdem die Beerdigung beendet war, erst schweigsam, dann zögernd in ein Gespräch über den Söldnerführer und seine Taten vertieft. Leise erzählten Faun, Saga und Tiessa einander, was Zinder ihnen bedeutet und wie er ihnen in dieser oder jener Lage beigestanden hatte.

Karmesin stand daneben, blickte auf das unscheinbare Grab und hörte zu. Seit den Ereignissen in Gahmurets Burg sprach sie noch weniger als zuvor. Aber sie schien den Berichten der drei anderen gerne zu lauschen, und als ihr Gespräch allmählich gelöster und von melancholischer Fröhlichkeit erfasst wurde, gestattete sie sich dann und wann ein Lächeln.

In ihrer aller Gedanken gewann Zinder neues Leben. Vielleicht war dies das Beste, das sie für ihren toten Freund tun konnten. Ihn neu erschaffen, so, wie sie ihn in Erinnerung behalten wollten.

Ihm hätte das gefallen, dachte Faun.

Natürlich hätte Zinder es niemals zugegeben. Er hätte gemurmelt und gebrummt, unwirsch wie es seine Art gewesen war. Unsinn, hätte er gesagt, und: Wem soll das helfen? Tot ist tot. Futter für die Würmer.

Aber tief im Inneren, ja, da hätte es ihm wohl gefallen.

~

Von Margat aus brachte sie ein Schiff nach Zypern. Im Hafen von Limassol ging Karmesin von Bord, um in Erfahrung zu bringen, wie es Jorinde in der Fremde erging; sie war seit zwei Wochen auf der Insel. Die Zeit war knapp, die Galeere sollte bald weitersegeln, und kurz bevor sie auslief, brachte ein Bote eine Pergamentrolle. Tiessa nahm sie entgegen und las den Zwillingen vor, was darauf in brauner Tinte geschrieben stand.

Mir liegt es nicht, Abschied zu nehmen, schrieb Karmesin. *Vielleicht habt ihr euch das schon denken können. Ich werde eine Weile hier bleiben. Jorinde wird bald ihr Kind zur Welt bringen. Möglicherweise kehre ich danach zurück nach Rom. Vielleicht auch nicht. Man wird mich suchen, wenn ich es nicht tue, denn der Karmesin obliegt es nicht, eigene Entscheidungen über ihre Zukunft zu treffen. Aber das bekümmert mich wenig. Ich habe Leben genommen, und nun werde ich dabei sein, wenn neues Leben gegeben wird. Danach werde ich entscheiden, wie es weitergeht, selbst wenn sie kommen, um mich zu holen. Besser wäre, sie täten es nicht. Besser für sie.*

Euch dreien wünsche ich alles nur erdenkliche Gute. Wir werden uns wohl nicht wiedersehen. Doch wer weiß? Vielleicht überrascht uns das Schicksal.

Saga, ich weiß nicht, ob du zuletzt gefunden hast, was du gesucht hast. Hast du überhaupt etwas gesucht? Nicht einmal dessen bin ich sicher. Ich kann dich nur bitten, mir zu verzeihen.

Faun, wir kennen uns kaum, und ich will nicht vorgeben, mehr als nur ganz wenig über dich zu wissen. Ich denke, dir steht noch ein letzter Schmerz bevor. Sei stark, wenn es so weit ist. Vielleicht irre ich mich. Aber eine Karmesin irrt sich selten. Es liegt nicht in unserem Blut.

Tiessa, zuletzt du. Auch wir wissen zu wenig voneinander. Ich habe mein Leben lang Verpflichtungen erfüllt, die ich mir nicht ausgesucht habe. Ist das auch dein Schicksal? Ich wünsche es dir nicht. Aber du hast deine Entscheidung längst gefällt, das weiß ich. Von uns allen bist du vielleicht die Stärkste, auf deine Art. Ich habe noch nie ein Mädchen wie dich getroffen, dabei kenne ich viele. Auch ihr Leben im Palast der Karmesin besteht aus Pflicht und Demut, aber beides kann mit Stärke einhergehen. Deshalb wurden sie auserwählt. Ich glaube, dass auch du auserwählt wurdest. Dein Abenteuer ist vielleicht beendet, aber deine Prüfung mag erst noch beginnen.

An dieser Stelle brach Tiessa für einen Moment ab, las die Zeilen stumm ein zweites und drittes Mal, ehe sie schließlich fortfuhr:

Ich wünschte, ich würde nicht wie eine alte Schicksalskrähe daherreden. Ich kann lange Zeit schweigen, wenn es sein muss, aber gebt mir eine Feder und ein Stück Pergament, und ich erkläre euch die Welt.

Vielleicht ist alles ganz anders.

Vielleicht ist alles viel besser.

Das wäre schön.

~

Sie hatten Wochen, um zu reden, ehe die Küste Italiens vor ihnen am Horizont auftauchte.

Saga sprach vom Lügengeist. Sie gab sich Mühe, ihren Frieden mit ihm zu machen. Eigentlich nur mit sich selbst, gestand sie schließlich. Hatte der Lügengeist je existiert? Sie wusste es nicht. Vielleicht war sie einfach nur eine gute Lügnerin, die die Schwäche anderer ausgenutzt hatte. Und womöglich bedeutete das nichts anderes, als dass sie schlecht mit der Wahrheit umgehen konnte.

Ihre größte Stärke, das Lügen, hatte sich zuletzt als ihre größte Schwäche erwiesen; zu viel Unglück hatte sie damit angerichtet. Aber was, wenn sie die Wahrheit mit ebenso viel Kraft vertreten konnte wie die Lüge? Da sie Menschen Unwahres glaubhaft machen konnte, vermochte sie dasselbe vielleicht auch mit der Wahrheit. Vielleicht konnte sie Menschen dazu bringen, das Wahrhaftige zu akzeptieren, Gefallen zu finden an Hässlichkeit, Glück in der Armut, Segen im Unglauben.

»Du redest wie eine Predigerin«, sagte Faun, als sie den anderen davon erzählte.

Sie schüttelte den Kopf. »Bestimmt nie wieder.«

»Ich habe auch etwas akzeptiert«, sagte Tiessa, wich Fauns Blick aus und schaute zur Küste.

Er schwieg.

Er wusste, was sie sagen würde.

»Ich werde bald Kaiserin sein«, flüsterte sie in den Wind. »Es geht nicht anders.«

~

Die Galeere ankerte im Hafen von Venedig. Die Passagiere durften das Schiff als Erste verlassen, ehe sich die Mannschaft mit den Waren aus dem Osten abmühte. Faun, Tiessa und Saga gingen gemeinsam ein Stück weit und setzten sich auf die Uferkante. Unter ihnen schlugen schmutzige Wogen gegen die Mauer, flossen zurück in Meer. Wieder und wieder und wieder.

»Ohne mich wird es einen zweiten Bürgerkrieg geben«, sagte Tiessa und hielt dabei Fauns Hand. »Und ich habe gesehen, was der Krieg aus den Menschen macht. Burgen werden belagert und mit Krankheiten verseucht. Gute Männer wie Zinder verlieren ihr Leben und Frauen wie Violante den Verstand. Ich habe die verbrannten Leichenberge auf der Insel gesehen. Nichts von alldem will ich noch einmal erleben und schon gar nicht die Schuld daran tragen.« Sie drückte Fauns Finger noch fester. »Ich werde den Kaiser heiraten. Karmesin hatte Recht. Vielleicht hat Demut wirklich auch eine Menge mit Stärke zu tun.«

»Manchmal bedeutet sie auch, dass man vor etwas davonläuft.«

»Ich *bin* davongelaufen, Faun. Vor meiner Familie, vor dem Kaiser, vor dem, was alle von mir erwartet haben. Sogar vor dir und der Wahrheit, weil ich es von Anfang an hätte wissen müssen. Aber jetzt höre ich auf damit. Ich gehe zurück« – sie senkte die Stimme, sprach jetzt ganz leise – »und warte auf die Rückkehr meines Gemahls.«

Faun umarmte sie. Sie küssten sich.

Saga stand auf und ließ die beiden allein.

~

Sie reisten gemeinsam nach Norden, und das half ihnen, die meisten Wunden zu heilen. Faun freute sich, dass Saga wieder bei ihm war, auch wenn sie eine andere war als vor ihrer Reise mit dem Kreuzzug der Jungfrauen. Sie hatte sich verändert. Er selbst hatte sich verändert. Anfangs wünschte er sich, es wäre leichter gewesen, das zu verstehen. Aber nach einer Weile geschah das von ganz allein.

Mit Geld, das Karmesin ihnen gegeben hatte, schlossen sie sich ein paar Händlern an, die mit einem stattlichen Tross aus Rittern über die Alpen zogen. Ihre Führer schlugen den weiteren, sicheren Weg ein, nicht jenen durch die Via Mala. Die drei waren dankbar dafür. Der Zug über das Gebirge war wie eine Zeitreise: Nach der Fahrt über das warme Mittelmeer durchquerten sie auf den Pässen ein Stück Winter, um dann auf der anderen Seite ins satte Herbstgold der Täler hinabzusteigen.

Vor ihnen lagen wieder die weiten, tiefen Wälder ihrer Heimat. Am Ende einer Nacht unter freiem Himmel weckte Tiessa

Faun, nahm ihn bei der Hand und führte ihn im Morgengrauen auf eine Anhöhe.

Nebelfrauen zogen tief unten durchs Tal, eine Prozession aus weißen, wehenden Gestalten. Dies war das zweite Mal, dass sie Faun und Tiessa erschienen. Ihm kam es vor, als läge ihre erste Begegnung nur wenige Tage zurück.

Tiessa musste nichts sagen. Er erinnerte sich gut an ihre Worte von damals: *Dann und wann verlieben sich Nebelfrauen in sterbliche Männer. Aber sie sind dazu verdammt, niemals wahre Liebe zu erfahren. Manchmal zeigen sie sich einem Mann im Morgengrauen, und dann kann es sein, dass sie in der Nacht heimlich bei ihm gelegen haben, obwohl er sie schon fast vergessen hat. Sie können niemals ihm gehören, und er niemals ihnen.*

»Ich werde dich niemals vergessen«, sagte er, als wäre das die Antwort, die er ihr schon damals hätte geben sollen. »Mein ganzes Leben lang.«

Sie lächelte.

Unter ihnen zogen die Nebelfrauen weiter.

~

So kam das Ende ihrer Reise.

Tiessa bot ihnen an, mit nach Schwaben zu gehen und dort zu bleiben. Sie wollte nicht zurück nach Braunschweig, nicht wieder in die Burg, aus der sie vor dem Kaiser und seinen Getreuen geflohen war. Sie würde die Rückkehr ihres künftigen Gemahls daheim auf dem Hohenstaufen abwarten. Dort war ihr Zuhause, dort konnte er ihr seine Aufwartung machen, wenn er wollte.

Faun und Saga dachten kurz darüber nach, dann lehnten sie ab. Sesshaft zu werden war keine gute Idee, aus verschiedenen Gründen. Tiessas Nähe und doch Unerreichbarkeit war der eine. Aber es gab noch einen anderen.

Während ihrer Reise nach Norden hatte es keine Anzeichen

gegeben, dass sie verfolgt wurden, und doch trauten sie dem Frieden nicht. Das einzige Dokument, das die Mitschuld des Papstes am Untergang Konstantinopels noch bezeugen konnte, war vernichtet. Gewiss hatten Innozenz' Spione im Lager des Kaisers diese Nachricht längst nach Rom übermittelt – ebenso wie die Tatsache, dass sich in Begleitung der Prinzessin ein junger Mann befunden hatte. Faun glaubte nicht, dass er für den Papst interessant genug war, als dass dieser ernsthaft nach ihm suchen lassen würde. Innozenz hatte es immer nur auf die Zeugen abgesehen gehabt. Ihm musste klar sein, dass es Mitwisser gab: Tiessa selbst, natürlich, die kein Interesse daran haben konnte, den geheimen Vertrag bekannt werden zu lassen, denn damit hätte sie auch den Namen ihres Hauses in Verruf gebracht; den Hofkanzler Konrad von Scharffenberg, der die Zerstörung des Dokuments mit angesehen hatte, aber ebenfalls schweigen würde, um die Ehe des Kaisers nicht zu gefährden; und, zu guter Letzt, jener namenlose junge Mann, über den kaum etwas bekannt war.

Doch Faun besaß keine Beweise und war von niederer Geburt. Deshalb, vielleicht, war er sicher.

Vielleicht aber auch nicht.

Er und Saga spielten kurz mit dem Gedanken, ihre Eltern und Schwestern ausfindig zu machen. Dann entschieden sie sich dagegen. Es gab noch etwas anderes, das sie erledigen mussten.

Schon auf dem Weg nach Norden hatten die Zwillinge begonnen, kleine Kunststücke in Gasthäusern aufzuführen, während Tiessa für die Gäste tanzte. An manchen Abenden war es fast so gewesen, als hätte es die vergangenen Monate niemals gegeben. Faun wünschte sich, dass es immer so weitergehen könnte. Doch er wusste, dass das Ende kurz bevorstand.

An einem sonnigen Nachmittag im Oktober begleiteten sie Tiessa bis zum Aufstieg des Stauferschlosses. Saga umarmte sie und wünschte ihr Glück.

»Und du willst ihm wirklich nicht begegnen?«, fragte sie. »Er ist dein Halbbruder.«

Tiessa schüttelte den Kopf. »Mein Vater hat ihn nie als sein Kind anerkannt. Es würde nichts ändern.«

Saga zog sich zurück und beobachtete aus einiger Entfernung, wie Faun und Tiessa lange unter den Ästen einer alten Eiche standen, das Schloss majestätisch im Hintergrund, während Herbstlaub rot und gelb von den Zweigen rieselte und schimmernd durch die Täler trieb. Faun beugte sich vor und flüsterte Tiessa etwas ins Ohr. Ein Lächeln erschien auf ihrem Gesicht, während ihr gleichzeitig die Tränen über die Wangen liefen. Saga musste sich abwenden, damit es ihr nicht genauso erging.

Als sie wieder hinsah, war Tiessa auf dem Weg hinauf zur Festung. Faun blickte ihr nach, aber sie schaute sich nur ein einziges Mal um, winkte ihm zu und trat in den Schatten Hohenstaufens. Bald war sie nicht mehr zu sehen, ein schlankes junges Mädchen unterwegs auf den Thron eines Kaiserreichs.

~

Faun sprach nicht viel in den nächsten Tagen und hing düsteren Gedanken nach. Aber ganz allmählich hellte sich seine Miene wieder auf, erst ein wenig, dann etwas mehr, und nach fast zwei Wochen erkannte Saga in ihm wieder ihren Bruder, wie er früher gewesen war. Etwas ernster, etwas nachdenklicher, gewiss – aber eben Faun, der Gaukler, der ihr als Kind Honig ins Haar geschmiert und sie gezwickt hatte, wenn ihm danach gewesen war.

Und dann, an einem Samstag im November, erreichten sie den Ort, den Gahmuret ihr genannt hatte. Das Kloster lag am Rande einer Schlucht, umgeben von tiefen Wäldern. Seine Gebäude waren aus Holz, nur eine Mauer rund um das Anwesen hatte man aus festem Gestein errichtet.

Der Junge war draußen bei den Schafen, gekleidet wie die übrigen Novizen. Die Mönche nannten ihn Michael. Saga und Faun beobachteten ihn aus der Ferne, sahen ihn lachen und mit den Tieren spielen. Er war zwölf. Der Abt hatte ihnen erzählt, dass er das weiseste Kind war, das ihm je begegnet sei. *Weise*, in der Tat, das sagte er.

Der Junge sah nicht aus, als lege er Wert auf das Erbe einer Grafschaft.

Saga und Faun blickten einander schweigend an. Dann gingen sie fort, ohne das Wort an ihn zu richten.

~

Während sie auf einem Marktplatz ihren abendlichen Auftritt vorbereiteten, zog Saga ihren Bruder plötzlich zu sich herum – hoch über ihnen der gespannte Strick für den Seilakt, neben ihnen rauchende Feuerbecken und schnatternde Enten im Käfig eines Bauern –, und sie umarmte ihn lange und wollte ihn gar nicht mehr loslassen.

»Wir sind zu Hause.«

Er lächelte nur.

»Danke«, flüsterte sie.

Nachwort des Autors

Ein Kreuzzug der Jungfrauen hat nie stattgefunden. Dennoch hat es vergleichbar aberwitzige und tragische Unternehmungen gegeben, etwa die Kinder- oder Bauernkreuzzüge, die allesamt in Katastrophen endeten.

Historisch belegt sind die Angaben zum vierten Kreuzzug, der zum Untergang Konstantinopels führte. Die Art und Weise seiner Planung, wie sie in diesem Roman beschrieben wird, ist Spekulation, obgleich vieles auf geheime Absprachen zwischen den Verantwortlichen hindeutet.

Ebenfalls auf Fakten basieren die Beschreibungen der Via Mala, die heutzutage gefahrlos durchwandert werden kann, bis ins Spätmittelalter jedoch als gefährlichste Wegstrecke durch die Alpen galt. Überreste eines römischen Mithrastempels sind dort noch immer zu finden, ebenso die Ruinen der Burg Hoch Rialt auf ihrem eindrucksvollen Felsenturm.

Die Geschichte der Beatrix von Schwaben ist eines der traurigsten Kapitel in den Annalen der mittelalterlichen Königshäuser. Tatsächlich wurde sie gezwungen, den Erzfeind ihres ermordeten Vaters zu heiraten, um den Frieden im Land zu sichern. Sie starb einige Jahre nach ihrer Hochzeit – es heißt, an gebrochenem Herzen.

Dieses Buch zu schreiben war aus den unterschiedlichsten Gründen nicht einfach. Meine Lektorin Christiane Düring hatte mehr

Anmerkungen und Vorschläge als bei irgendeinem anderen meiner Romane – und von fast allen habe ich mich, nach erstem Fluchen und Schmollen, überzeugen lassen. Nach achtzehn gemeinsamen Büchern ist ein Dankeschön mehr als überfällig.

Kai Meyer
Juli 2005

Soeben erschienen:

DSCHINNLAND
der Auftakt der neuen Trilogie
DIE STURMKÖNIGE
von
Kai Meyer

Die Sturmkönige reiten auf himmelhohen Tornados – wie Tarik auf seinem fliegenden Teppich

Am Tag seiner Geburt trug sein Vater ihn auf einem fliegenden Teppich hinauf in den Himmel über Samarkand – Tarik al-Jamal, der beste Schmuggler auf den Himmelsrouten des Orients. Keiner reitet einen Teppich wie er – bis er draußen im Dschinnland, den tödlichen Wüsten zwischen Samarkand und Bagdad, seine große Liebe Maryam verliert. Gebrochen und einsam verdingt sich Tarik bei illegalen Teppichrennen. Doch dann will sein jüngerer Bruder Junis die mysteriöse Sabatea durchs Dschinnland nach Bagdad bringen. Tarik fürchtet um das Leben der beiden – und stellt sich einmal mehr den Geistern seiner Vergangenheit. Eine mörderische Jagd durch die Wüste beginnt, eine Odyssee auf fliegenden Teppichen, mitten in den Krieg zwischen Dschinnen und Sturmkönigen …

»Kai Meyer und seine Figuren verweigern sich Schubladen. Erfrischend und sehr europäisch.«

New York Times

Khorasan –
das Land der aufgehenden Sonne
8. Jahrhundert n. Chr.

Das 52. Jahr
des Dschinnkrieges

Er lenkte den fliegenden Teppich durch die nächtlichen Gassen Samarkands. Geduckt raste er unter niedrigen Brücken hindurch, brach durch Schwärme von Fledermäusen und wich den ausgebeulten Tuchmarkisen über Balkonen und Fenstern aus. Feuchte Wäsche klatschte ihm ins Gesicht, wo sich Leinen zwischen den Hauswänden spannten. Eine angriffslustige Katze sprang von einem Fenstersims auf den Teppich, verhakte sich kreischend im Knüpfwerk und schlug nach ihm, als er sie mit einem Stoß über die flatternden Fransen fegte.

Manchmal schien es Tarik, als bliebe sein eigener Schatten auf den Lehmmauern und Fensterläden zurück, so geschwind jagte er durch die engen Gassen der Altstadt. Schneller als jeder andere, geschickter und ungleich erfahrener. Siegesgewiss, ohne auch nur ein einziges Mal an den Sieg zu denken. Berechnend, ohne auf seine Verfolger Rücksicht zu nehmen. Auf der Flucht vor Erinnerungen, denen er doch nie entrinnen konnte, vor allem in den Morgenstunden, wenn der Triumph über das gewonnene Teppichrennen verebbt war, wenn die Wirkung der billigen Weine nachließ. Dann ein weiteres Rennen. Ein weiterer Sieg. Eine weitere durchzechte Nacht.

Mondlicht lag über den Kuppeln der Moscheen und Zarathustratempel, breitete sich über die flachen Dächer der Häuser und webte feine Gespinste aus Staub und Rauch. Fackeln fauchten, als Tarik an ihnen vorüberfegte.

Er spürte den fliegenden Teppich unter sich wie ein lebendes Wesen. Noch drei oder vier Wegkehren, dann würde er den Palast des Emirs vor sich sehen, das gefährlichste Wegstück des verbotenen Teppichrennens.

Selbst Tarik hatte sich erst zwei Mal auf diese Etappe eingelassen; dann, wenn er das Preisgeld besonders nötig gehabt hatte. Die Aussicht auf eine Handvoll Dinare verblendete viele, deren Fähigkeiten den Anforderungen nicht gewachsen waren; aber die Auswahl der Palastpassage sorgte stets dafür, dass sich einige noch vor Beginn des Rennens besannen und geschlagen gaben. Lieber nahmen sie Prügel und Schlimmeres durch die Hände jener in Kauf, die Geld auf sie gesetzt hatten, als aus freien Stücken entlang der Palastmauer zu fliegen, wo die Garde des Emirs auf der Lauer lag: Der Ritt auf fliegenden Teppichen wurde in Samarkand ebenso mit dem Tod bestraft wie jede andere Anwendung von Magie.

Solange Tarik das Rennen anführte, war die Gefahr berechenbar. Wenn die Wächter auf dem Wehrgang ihn bemerkten, mussten sie erst ihre Bogen spannen oder mit den Lanzen ausholen. Mit etwas Glück hatte er die Mauer dann bereits hinter sich gelassen. Schlimmer würde es für jene kommen, die ihm nachfolgten – sie rasten geradewegs in das Schussfeld der alarmierten Soldaten.

Tarik war der beste Teppichreiter Samarkands, aber er

hätte die Rennen ohne Zögern aufgegeben, wären die Prämien nicht so leicht verdientes Geld gewesen. Er war der Sohn des Jamal al-Abbas, und er ritt die Winde seit dem Tag seiner Geburt. Damals hatte sein Vater das Neugeborene zum ersten Mal mit hinauf in den Himmel über Khorasan genommen. Vor achtundzwanzig Jahren.

Eine weitere Katze verfehlte ihn um mehr als eine Mannslänge. Er hörte sie zornig schreien, als ihr Sprung ins Leere ging. Die gegenüberliegende Lehmmauer bot keinen Halt. Das Tier rutschte ab und stürzte. Dummes Biest.

Als er zuletzt über die Schulter geblickt hatte, war sein Vorsprung vor den anderen beträchtlich gewesen. Gleich nach dem Signal zum Aufbruch hatte er mehrere Teppichreiter abgedrängt. Es kümmerte ihn wenig, was aus ihnen wurde. Alle wussten, auf was sie sich einließen.

Er hatte Schmerzensschreie gehört und angenommen, dass einige durch seine Manöver an die Hauswände geprallt und abgestürzt waren. Die Zahl jener, die am Ende ins Ziel gingen, betrug meist kaum ein Drittel der ursprünglichen Teilnehmerzahl. Gelegentlich kam es vor, dass er als Einziger die gesamte Strecke bewältigte. Das erhöhte sein Preisgeld, darum war es von Vorteil, möglichst viele Gegenspieler gleich zu Beginn loszuwerden. Wer Waffen einsetzte, wurde disqualifiziert, doch Rangeleien waren durchaus erwünscht. Verletzte und Tote erhöhten das Risiko und somit die Einsätze, die Gewinne. Hindernisse wurden von den Veranstaltern errichtet, Kollisionen absichtlich herbeigeführt; und manch ein Teppichreiter munkelte, dass die *Ahdath* vor den großen Rennen Hinweise erhielt, wo es sich lohnte, auf der Lauer zu liegen – ein Hinterhalt der Stadtmiliz war die billigste und wirkungsvollste Methode, einem Rennen gefährliche Würze zu verleihen.

Wie alle Teppichreiter war Tarik maskiert, sein Kopf mit dunklen Tüchern umwickelt, die nur einen Schlitz um die Augen unbedeckt ließen. Die verborgenen Wegposten, die auf Dächern und in dunklen Fensterlöchern jeden Abschnitt des Rennens überwachten, erkannten die Teilnehmer an Zeichen, die sie auf Rücken und Brust trugen. Manche schmückten sich mit brüllenden Löwen, Falkenköpfen oder züngelnden Schlangen. Tariks Signum war ein schlichter Kreis, den eine Linie in zwei Hälften teilte. Irgendwer hatte einmal einen Weinkelch vorgeschlagen. Tarik hatte dem Mann die Zähne eingeschlagen: erst mit den Fäusten, *dann* mit einem Weinkelch.

Weit vor ihm öffnete sich die Gasse zu einer breiten Straße, die zum Palast des Emirs führte. Hinter den trutzigen Festungsmauern regierte Kahraman ibn Ahmad über Samarkand als Stellvertreter des Kalifen von Bagdad. Der Emir herrschte nach eigenem Gutdünken, und es war eine Herrschaft der Verbote. Der Kalif Harun al-Raschid war hier nicht mehr als ein Name; sein Arm reichte schon lange nicht mehr von Bagdad bis nach Samarkand. Das Totenreich der Karakumwüste trennte die beiden Städte. Seit einem halben Jahrhundert herrschten dort draußen die Dschinne. Sie hatten Samarkand zu einem Gefängnis gemacht, aus dem kaum jemand entkommen konnte. Nicht einmal Tarik.

Einmal mehr drängte er die Erinnerungen zurück. Selbst für ihn bedeutete die Palastpassage eine Herausforderung, und wenn er dabei eines nicht gebrauchen konnte, dann diese Bilder in seinem Kopf. Bilder vom Dschinnland. Von Maryam.

Tarik fegte hinaus aus der Gasse, ins Fackellicht der breiten Straße. Er konnte den Palast jetzt in der Dunkelheit erahnen.

Hinter ihm ein Flattern.

Er fluchte, als ein Schatten seinen eigenen kreuzte. Ein zweiter Teppich holte auf. Ein maskierter Reiter wie er selbst, eine Hand ins Muster des Teppichs versenkt, die andere zur Faust geballt. Ein Knie im Ausfallschritt auf dem gewebten Boden, das zweite vor der Brust angewinkelt. In der gleichen Haltung wie Tarik. Nicht etwa weil der andere Reiter ihn nachahmte – beide hatten vom selben Meister gelernt.

Von Jamal al-Abbas. Ihrem Vater.

»Junis?« Die Frage war so überflüssig wie sein Erstaunen darüber, dass sein jüngerer Bruder hier auftauchte. In dieser Nacht, an diesem Ort. Genau neben ihm – und nur noch wenige Steinwürfe von der Palastwand entfernt.

Schatten füllten Junis' Sehschlitz, darin schimmerten hellwache Augen. Längst hatten sie erfasst, worauf es ankam.

Das Ziel. Seinen Gegner. Alle Möglichkeiten.

Abrupt scherte Junis zur Seite aus, holte Schwung – und rammte Tariks Teppich mit der mörderischen Wucht eines Streitwagens.

Tarik wurde zur Seite geschleudert. Nur um Haaresbreite verfehlte er das Gestänge einer hölzernen Balustrade. Einige Herzschläge lang roch er Räucherwerk und den betörenden Duft von Rosenwasser. Beides hüllte ihn ein, während er die Lehmkante eines offenen Schlafzimmerfensters streifte, kurz ins Trudeln geriet, dann die Gerüche und die eigene Unsicherheit hinter sich ließ. Mit einem stummen Befehl an den Teppich schwenkte er zurück auf seinen alten Kurs, auf eine Höhe mit Junis, der zu einem neuen Kollisionsmanöver ansetzte.

Es war ein Fehler, den gleichen Trick ein zweites Mal anzuwenden. Der erste Versuch hatte Tarik aus der Fassung gebracht, weil er mit jedem anderen, aber nicht mit seinem Bruder gerechnet hatte. Der zweite nötigte ihm nur ein mitleidvolles Lächeln ab, als er dem Angriff mühelos auswich, seinen Teppich beschleunigte und abermals die Führung übernahm.

Noch sechshundert Schritt bis zum Palast. Wenn sie dieses Spiel von Rammen und Ausweichen fortführen wollten, würden die Soldaten auf den Zinnen vorgewarnt sein und sie mit gespannten Bogen erwarten. Womöglich legten sie bereits ihre Pfeile auf, zogen die Sehnen durch. Warteten ab.

»Du bist ein Narr!«, fauchte Tarik über die Schulter und vertraute darauf, dass der Gegenwind die Worte an Junis' Ohr tragen würde. »Du glaubst, du hast dazugelernt? Jemand wird umkommen, wenn du nicht mit diesem Irrsinn aufhörst.«

Er hörte das Flattern in seinem Rücken lauter werden. Ein anderer hätte den Unterschied nicht wahrgenommen. Aber Tarik las die Laute, die ein Teppich auf den Winden verursacht, wie Pferdezüchter das Schnauben ihrer Rösser.

An einem Wettkampf mit Junis lag ihm ebenso wenig wie an diesem Wiedersehen. Aber er wollte nicht verlieren. *Würde* nicht verlieren. Den Preis der Niederlage sollten andere zahlen. Auch Junis, wenn er darauf bestand.

Nicht ich, dachte Tarik. Ganz sicher nicht ich.

Junis war schnell, das musste er ihm lassen. Dass es ihm gelungen war, die anderen abzuhängen und bis zur Spitze aufzuholen, überraschte Tarik. Sein Bruder war fünf Jahre jünger als er, dreiundzwanzig, und seit mehr als drei Jahren hatten sie kein Wort miteinander gesprochen. Gelegentlich hatten sie einander gesehen – Samarkand war nicht groß genug, um sich gänzlich aus dem Weg zu gehen –, aber beide hatten sich Mühe gegeben, den anderen nicht mit Blicken oder Gesten herauszufordern.

Soweit Tarik wusste, hatte Junis noch nie an einem der verbotenen Rennen teilgenommen. Wie aber sollte er sein Auftauchen deuten, wenn nicht als Herausforderung? Dabei war es weniger Junis' Versuch, ihn abzudrängen, der Tarik wütend machte. Allein die Tatsache, dass er gegen ihn antrat, war ein Angriff. Ließen sich Verachtung und Stillschweigen nur noch von einer offenen Kampfansage übertreffen?

Junis hatte nichts vergessen, nichts vergeben. Er war jung, ein Heißsporn, ein halbes Kind – das alles hier war nur ein weiterer Beweis dafür –, und nun auch noch sein Gegner.

»Das hier hat nichts mit dir zu tun«, rief ihm Junis zu, gedämpft durch das Tuch über seinem Mund. »Nichts, was ich tue, hat mit dir zu tun.«

Tarik gab keine Antwort. Er schob die Hand tiefer ins Muster seines Teppichs und spürte das vertraute Kribbeln heftiger werden, beinahe aufsässig. Das Muster zog sich um seine Finger zusammen wie Fasern einer bizarren Muskulatur. Sein halber Unterarm war in der Oberfläche des Gewebes verschwunden. Der Teppich schluckte seine Hand, betastete sie, las aus ihr die Befehle ihres Besitzers. Tarik sandte eine Serie knapper Beschwörungen ins Muster. Noch schneller. Ein Zickzackkurs. Und etwas niedriger zum Boden, damit die Soldaten die näher kommenden Teppichreiter nicht bemerkten.

Junis hingegen scherte sich nicht um Höhe. Nicht um die Soldaten.

Das hier hat nichts mit dir zu tun. Von wegen. Es hatte *alles* mit ihm zu tun. Mit den Vorwürfen, dem Zorn, den Jahren maßloser Verbitterung.

Junis war jetzt wieder neben und eine halbe Mannslänge über ihm. Er blickte nach vorn, den Zwiebeltürmen und Zinnen des Emirpalastes entgegen. Mondlicht vereiste die

Mauern, floss als silbriger Gletscherguss die große Kuppel der Moschee hinab. Die Straße führte um eine leichte Kurve, schmiegte sich vierhundert Meter weiter vorn an die Palastmauer und verlief dann parallel zu ihr. Oben auf dem Wehrgang bewegten sich Gestalten hastig durcheinander. Kein gutes Zeichen.

Junis blickte nicht zu seinem Bruder hinüber. Eine Überheblichkeit, die ihn teuer zu stehen kommen würde. Nach wie vor fehlte ihm Fingerspitzengefühl.

Tarik ließ seinen Teppich aufsteigen, bis seine Kante knapp unterhalb von Junis' Teppich lag. Die beiden Ränder überlappten sich, aber Tarik hatte nicht vor, seinen Bruder zu rammen.

Sie befanden sich jetzt nahezu auf einer Höhe, hätten die Arme ausstrecken können, um sich an den Händen zu berühren. Während sie dahinschossen wie ein einziger Teppich mit zwei ungleichen Reitern, wandte Tarik den Kopf.

»Warum tust du das?«

Junis gab keine Antwort. Sein Arm stieß tiefer ins Muster. Wahrscheinlich hatte er in diesem Augenblick erkannt, was Tarik vorhatte. Vergeblich versuchte er seinen Teppich unter Kontrolle zu bringen. Zu spät. Die Kanten der beiden Teppiche spürten einander, tasteten mit ihren Fransen den anderen ab, besaßen Eigenleben genug, um sich den Befehlen eines unerfahrenen Reiters zu widersetzen, bis ihre Neugier befriedigt war. Wie Hunde, die einander beschnupperten und darüber ihren Gehorsam vergaßen. Junis kam nicht dagegen an.

Tarik hingegen würde ein einziger Befehl genügen. Und er sah Junis im Schatten des Sehschlitzes an, dass er diese Gewissheit teilte.

»Warum?«, fragte Tarik erneut und zum letzten Mal.

Balkone und staubige Markisen zogen an ihnen vorüber. Dann und wann ein Gesicht im Kerzenschein zwischen Fensterläden.

Irgendwo wieherte ein Elfenbeinpferd, streckte Schwingen und Gelenke mit einem Knirschen wie von brechendem Geäst. Es war nirgends zu sehen, musste auf einem nahen Dach geschlafen haben und von den vorübersausenden Teppichen geweckt worden sein. Es würde ihnen nicht in die Quere kommen; verwilderte Elfenbeinpferde waren ängstlich und scheu, erst recht bei Dunkelheit.

»Ich brauche die Prämie«, rief Junis, noch immer ohne Tarik anzusehen.

»Natürlich. Wer nicht.«

Das Gesicht des Jüngeren ruckte herum. Wutentbrannt, mit all dem Jähzorn im Blick, den Tarik nur zu gut kannte. »Es geht nicht um Wein und Frauen. Ich bin nicht du.«

Tarik zuckte die Achseln. »Und ich dachte, es geht hier *nur* um eine Frau.«

»Maryam hat nichts damit zu tun!«

»Nein. Sie ist tot.« Es war leicht, das auszusprechen. Er hatte es so viele Male getan, über leere Krüge gebeugt, betrunken in der Gosse, nachts allein im Halbschlaf, wenn ihn die kalte Feuchte des Kissens unter seiner Wange aufgeweckt hatte.

Zornig versuchte Junis ein Manöver, um die aneinandergeschmiegten Teppichkanten zu trennen. Ohne Erfolg. Und doch, dachte Tarik, er *ist* gut, ganz ohne Zweifel. Viel besser als früher. Nur sein Ehrgeiz stand ihm im Weg. Sein aufbrausendes Wesen war der Stolperstein, der ihn zu Fall bringen würde.

Aber war es nicht gerade das, was er Tarik immer vorgehalten hatte? Vielleicht waren sie sich ähnlicher, als sie wahrhaben wollten.

Vielleicht auch nicht.

»Ich muss gewinnen«, rief Junis, jetzt in einem Anflug von Trotz. »Ich habe alles auf mich selbst gesetzt. Alles, jeden einzelnen Dinar.«

»Obwohl du gewusst hast, dass ich am Rennen teilnehme?«

»Du bist nicht unschlagbar. Auch wenn du das glaubst.«

Tariks Verwunderung war aufrichtig. Zugleich forschte er in sich nach einem schlechten Gewissen. Wenn er Junis abschüttelte würde sein jüngerer Bruder alles verlieren. Wenig erstaunt stellte er fest, dass ihn das kaum berührte. Die Verantwortung für so viel Dummheit lag allein bei Junis selbst.

Und doch, er war neugierig. »Was hast du vor? Mit dem Geld, meine ich.«

Ein aufsässiger Unterton trat in Junis' Stimme. »Ich werde auf Vaters alter Schmuggelroute fliegen. Nach Bagdad. Ich habe einen Auftrag angenommen.«

Schweigen. Der Palast kam näher. Die Soldaten auf den Zinnen bewegten sich nicht mehr.

Tarik löste das Tuch vor seinem Mund, um sicherzugehen, dass sein Bruder jedes einzelne Wort verstehen konnte.

»Das Dschinnland hat Maryam umgebracht. Es wird auch dich töten.«

»Maryam hat sich auf dich verlassen«, entgegnete Junis kühl. »Den Fehler werde ich wohl kaum begehen.«

Tarik ballte seine Hand im Muster zur Faust. Mit einem scharfen Fauchen sackte sein Teppich nach unten weg, tauchte unter Junis hindurch. Er streckte die freie Hand nach oben aus. Berührte die Unterseite des fremden Gewebes. Stieß mit einer gemurmelten Beschwörung die Finger hinein.

Junis' Teppich wollte sich aufbäumen, als er die Befehle zweier Meister in sich spürte. Eine Wellenbewegung lief durch das Gewebe, während Junis hasserfüllt aufschrie und von oben einen verzweifelten Kraftstoß in das Muster jagte.

Tarik wischte den Befehl seines Bruders beiseite; es war leicht, so als fiele er ihm im Streit ins Wort. Zugleich zwang er Junis' Teppich seinen eigenen Willen auf.

Es war der schändlichste Trick, mit dem ein starker Reiter einen schwächeren ausschalten konnte. Ins fremde Muster zu greifen, galt als verpönt und unehrenhaft. Aber Ehre war etwas, um das sich die Verlierer schlagen mochten. Niemand fragte den Gewinner eines Rennens danach. Tarik kannte jede List, mit der er einem anderen beikommen konnte. Er hatte sie alle ausprobiert, und er verspürte auch jetzt nicht den Schatten eines Skrupels.

Sein Bruder schrie auf, geriet ins Schlingern. Tarik zog

die Hand aus der Unterseite von Junis' Teppich, gab das Muster frei und wusste zugleich, dass es zu spät war, um seinen Befehl rückgängig zu machen. Er schoss unter Junis hinweg, stieg vor ihm auf und blickte flüchtig über die Schulter.

Der Teppich seines Bruders drehte sich im Flug um sich selbst, schlingerte nach rechts und links, während Junis sich festklammerte, wütende Flüche brüllte und versuchte, die Kontrolle zurückzuerlangen.

Zu spät.

Tarik blieb keine Zeit, das Ende mit anzusehen. Aus dem Augenwinkel nahm er wahr, dass Junis den Halt verlor und abgeworfen wurde, während der Teppich geradewegs auf eine Hauswand zuhielt. Tarik suchte abermals nach Gewissensbissen. Er fand noch immer keine.

Er hörte Junis hinter sich aufschreien, doch etwas anderes verlangte nun seine Aufmerksamkeit. Vor ihm, dann neben ihm wuchs die Palastmauer in die Höhe.

Mondlicht blitzte auf Pfeilspitzen. Nach all dem Geschrei waren die Soldaten auf den Zinnen gewarnt. Nach dem panischen Wiehern des Elfenbeinpferdes. Nach Junis' Aufprall im Staub.

Tarik zog den Kopf ein, beschleunigte den Teppich und jagte geradewegs in den Pfeilhagel.